RECUEIL

DE

MÉMOIRES

ET

DE PIÈCES

SUR LA FORMATION ET LA FABRICATION

DU SALPÊTRE.

AVIS DU LIBRAIRE.

CE Volume forme le Tome XI de la Collection des Mémoires des Savans Étrangers.

Nous avons cru devoir imprimer un Frontispice particulier pour les personnes qui n'ont pas cette Collection.

RECUEIL

DE

MÉMOIRES

ET

DE PIÈCES

SUR LA FORMATION ET LA FABRICATION

DU SALPÊTRE.

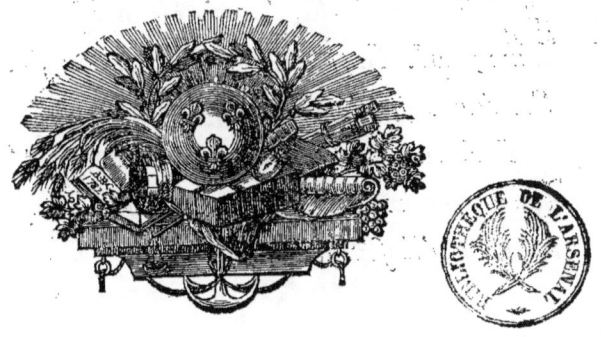

A PARIS,

De l'Imprimerie de MOUTARD, Imprimeur-Libraire de la REINE,
de MADAME, de Madame Comteſſe D'ARTOIS, & de L'ACADÉMIE
ROYALE DES SCIENCES, rue des Mathurins, Hôtel de Cluni.

M. DCC. LXXXVI.

AVERTISSEMENT.

L'*Administration* ayant jugé qu'il seroit utile de faire connoître au *Public* ce que contiennent d'instructif les *Mémoires* qui ont été admis au *Concours* pour le *Prix du Salpêtre*, proposé en 1775, l'*Académie* a chargé ses *Commissaires* (MM. TILLET, CADET, LAVOISIER & SAGE,) d'en faire des *Extraits*, & de les insérer dans la *Partie Historique* de ce *Volume*; M. LAVOISIER faisant les fonctions de *Secrétaire de la Commission*.

MM. DE MONTIGNY, DARCY & MACQUER, qui ont concouru à ce même travail, sont morts avant qu'il fût achevé.

TABLE
POUR L'HISTOIRE.

FIN de la Table pour l'Histoire.

TABLE
POUR LES MÉMOIRES.

FIN de la Table pour les Mémoires.

HISTOIRE

HISTOIRE

DE CE QUI S'EST PASSÉ

RELATIVEMENT AU PRIX PROPOSÉ

SUR LA FORMATION

DU SALPÊTRE.

EXTRAIT des Registres de la Commission nommée par l'Académie des Sciences pour le Prix proposé sur la formation du Salpêtre.

LE 23 Août 1775, M. de Fouchy, Secrétaire perpétuel, fit, à l'Académie Royale des Sciences, lecture de la lettre suivante, qui lui avoit été adressée par M. Turgot, Contrôleur Général des Finances.

Versailles, ce 17 Août 1775.

SUR le compte, Monsieur, que j'ai rendu au Roi, de l'état actuel de la récolte du Salpêtre en France, des diminutions successives qu'elle a

A

éprouvées depuis quelques années ; des moyens propres à la rétablir, enfin des différens motifs qui doivent fixer son attention sur cette branche importante d'administration. Sa Majesté a pensé que le plan qui avoit été suivi jusqu'à ce jour, relativement à la fabrication du Salpêtre dans son Royaume, avoit dû retarder les progrès de cet Art, & que c'étoit sans doute par cette raison qu'il sembloit être, dans ce moment, au dessous du niveau des autres connoissances physiques & chimiques.

Dans ces circonstances, Elle a jugé nécessaire de réveiller l'attention des Savans, de diriger leurs recherches sur cet objet, & de chercher à acquérir, par leurs concours, des connoissances fixes & certaines qui pussent servir de base aux différens établissemens qu'Elle se propose d'ordonner.

Aucun moyen ne lui a paru plus propre à remplir ses vûes à cet égard, que la proposition d'un Prix en faveur de celui qui, au jugement de l'Académie, auroit vu de plus près le secret de la Nature, dans la formation & la génération du Salpêtre, & qui auroit enseigné les moyens les plus prompts & les plus économiques pour le fabriquer en grand & en abondance. L'intention de Sa Majesté étant de soulager le plus tôt possible ses sujets de la gêne qu'entraînent la recherche, la fouille & l'extraction du Salpêtre chez les particuliers, Elle désire que l'Académie se mette en état d'annoncer ce Prix dès la séance publique de la Saint-Martin prochaine. Il sera nécessaire, en conséquence, qu'au reçu de la présente, ou dans le plus court délai possible, elle procède, dans la forme accoutumée, à la nomination des Commissaires qui seront chargés de la rédaction du Programme, & qu'ils en rendent compte à l'Académie avant les vacances.

Le Programme devra contenir suffisamment de détails, 1°. pour donner une idée très-succincte de l'état actuel des connoissances sur la formation du Salpêtre ; 2°. pour indiquer les Ouvrages dans lesquels les Concurrens pourront trouver des notions plus étendues ; 3°. enfin, pour les mettre sur la voie de ce qu'ils ont à faire, & des expériences qu'ils ont à tenter.

L'intention du Roi étant que le Prix ne soit distribué qu'autant que l'expérience aura été jointe à la théorie, Sa Majesté se propose de procurer aux Commissaires de l'Académie, soit à l'Arsenal, soit ailleurs, un emplacement commode & suffisamment vaste pour répéter les expériences proposées dans les Mémoires admis au Concours ; Elle désire même que les Commissaires de l'Académie y joignent toutes celles, qui quoique non-indiquées par les Concurrens, leur paroîtront propres à éclaircir la matière. Elle attend de leur part des preuves du zèle constant de l'Académie, pour tout ce qui intéresse le bien public & le service de l'État. Sa Majesté désire aussi, qu'ils dressent du tout, jour par jour, un procès-verbal exact, auquel pourront assister les Régisseurs des Poudres & Salpêtre, & qui sera signé de tous les Assistans.

Le Prix proposé sera de quatre mille livres, &, vu les dépenses extraordinaires qu'il exigera de la part des Concurrens, il y sera joint deux Accessit, de mille livres chacun, en faveur de ceux qui se seront le plus distingué. Ces fonds seront assignés sur ceux de la Régie des Poudres & Salpêtre; & j'écris aux Régisseurs, pour qu'aussi-tôt que le temps de la proclamation sera fixé, ils remettent entre les mains du Trésorier de l'Académie, un ordre payable à la même époque.

Le Prix distribué, je vous prierai de m'adresser toutes les Pièces qui auront été admises au Concours, pour en faire des Extraits, afin que les idées utiles qui pourront s'y trouver ne soient pas perdues pour le Public.

Je vous prie de me marquer ce que l'Académie aura fait pour l'exécution du contenu de la présente; de m'envoyer le nom des Commissaires qu'elle aura choisis, & de me donner communication du Programme aussi-tôt qu'il sera rédigé.

Je suis, Monsieur, &c.

Signé TURGOT.

QUOIQUE l'usage de l'Académie des Sciences soit de remettre à huitaine toute délibération d'une certaine importance; cependant, comme on étoit très-près des vacances, & qu'il ne restoit de temps que ce qu'il en falloit pour rédiger le Programme & le soumettre au jugement de l'Académie avant sa séparation; enfin, comme il étoit question d'un objet d'utilité publique, sur lequel le Gouvernement réclamoit le Concours de l'Académie des Sciences, on pensa qu'elle pouvoit, sans tirer à conséquence, s'écarter pour cette fois de ses usages, & délibérer dès le jour même.

M. de Fouchy fit en conséquence la lecture des Réglemens relatifs à la proposition des Prix, & on procéda, en exécution, à la nomination de cinq Commissaires, par voie de scrutin, dans la forme ordinaire.

Quelques Académiciens mirent en question, à cette occasion, si M. Lavoisier, en même temps Membre de l'Académie des Sciences & Régisseur des Poudres, n'étoit pas, en cette dernière qualité, dans le cas de l'exclusion, & s'il pouvoit être du nombre des Commissaires qu'on alloit élire; mais sur ce qu'il fut représenté que l'Administration des Poudres & Salpêtre n'étoit plus en entreprise; que par la forme qui avoit

A ij

été donnée à la Régie, ceux qui en étoient chargés ne pouvoient avoir d'autre intérêt ni d'autre but que le plus grand avantage de l'État & du service du Roi, il fut convenu qu'il n'y avoit aucun motif qui pût exclure M. Lavoisier du nombre des Commissaires.

En conséquence, le choix des Commissaires fut fait dans l'ordre qui suit :

M. Macquer, M. Lavoisier, M. le Chevalier d'Arcy, M. Sage, M. Baumé ; depuis, M. Baumé ayant demandé à se retirer de la Commission, il a été remplacé par M. Cadet ; M. le Chevalier d'Arcy étant venu à mourir, M. de Montigny a été nommé à sa place ; enfin, à la mort de M. de Montigny, il a été remplacé par M. Tillet : en sorte qu'au moment où cet Ouvrage est publié, les Commissaires sont, MM. Macquer, Lavoisier, Sage, Cadet & Tillet. On les range ici dans l'ordre de leur nomination.

La plus grande célérité fut recommandée aux Commissaires pour la rédaction du Programme ; & pour mieux remplir les vûes de l'Académie, ils s'assemblèrent dès le jour même à la suite de la Séance de l'Académie. Le résultat de cette première conférence fut de convenir que chacun d'eux mettroit par écrit ses idées sur la forme à donner au Programme, & rassembleroit tous les matériaux qu'il pouvoit se procurer pour le rendre plus instructif ; qu'ensuite le tout seroit remis à M. Macquer, qui voulut bien, à la prière de ses Confrères, se charger de la rédaction.

Le travail des Commissaires ne tarda pas long-temps à être en état d'être présenté à l'Académie, &, dès le 2 Septembre, le Programme fut lu, discuté & arrêté dans son Assemblée. Régulièrement, & suivant les usages de l'Académie, il n'auroit dû être publié qu'à la Séance publique d'après la Saint-Martin, c'est-à-dire, le 15 Novembre suivant ; cependant, pour donner plus de temps aux Concurrens, l'Académie chargea les Commissaires de le faire imprimer pendant les vacances, de le distribuer, & de l'envoyer aux Papiers publics, aux Correspondans de l'Académie, & aux Académies étrangères & regnicoles.

M. le Contrôleur Général, auquel le Programme fut communiqué, ordonna qu'il en fût tiré trois mille exemplaires à l'Imprimerie Royale, aux frais du Roi : on en joint ici la copie.

PRIX EXTRAORDINAIRE,

Proposé par l'Académie Royale des Sciences, pour l'année 1778.

SUR le compte qui a été rendu au Roi, par M. le Contrôleur Général des Finances, de l'état actuel de la fabrication du Salpêtre en France, & de la diminution sensible qu'elle a éprouvée, Sa Majesté, après avoir reconnu que cet inconvénient provenoit des défauts du système ci-devant adopté sur cette branche d'administration, & y avoir fait les réformes & les changemens qui lui ont paru nécessaires, a jugé qu'il seroit encore avantageux à ses sujets de faire rechercher tous les moyens d'augmenter le produit du Salpêtre dans son Royaume, sur-tout pour les délivrer, le plus tôt qu'il sera possible, de la gêne & des torts que leur occasionnent les perquisitions, les fouilles & les démolitions que les Salpêtriers ont le droit de faire dans les habitations des particuliers, & des abus qui peuvent en résulter.

Aucun moyen n'a paru plus propre à Sa Majesté, pour remplir ses vûes, que de proposer sur cet objet un Prix au jugement de l'Académie, & Elle l'a chargée d'en publier un Programme assez détaillé & assez instructif pour faciliter, le plus qu'il sera possible, les recherches de ceux qui voudront concourir.

L'Académie, pour se conformer aux intentions du Roi, croit donc devoir faire les observations suivantes, en indiquant le sujet & les conditions de ce Prix.

Nos connoissances actuelles, sur l'origine & la génération du Salpêtre, se réduisent à plusieurs faits certains, sur lesquels on a établi quelques théories assez incertaines.

Il est constant, par l'observation journalière des Chimistes, & de tous ceux qui travaillent à l'extraction & à la fabrication du Salpêtre, que ce sel ne se forme ou ne se dépose habituellement que dans des murs, des terres & des pierres tendres & poreuses, qui peuvent être imprégnés des sucs des substances végétales & animales, & susceptibles de putréfaction; que le Salpêtre ne commence à devenir sensible, dans ces terres & pierres, qu'au bout d'un certain temps tout-à-fait indéterminé, & qu'il eſt pourtant très-eſſentiel de connoître & d'abréger, s'il eſt poſſible; ce temps varie ſans doute ſuivant les circonſtances, & c'eſt probablement celui où la décompoſition des végétaux & des animaux a été portée à ſon plus haut point.

On ſait encore que les endroits les plus favorables à la production du nitre, ſont les lieux bas qui ne ſont pas trop expoſés à l'action du grand air, dans leſquels cependant l'air a un aſſez libre accès, qui ſont à l'ombre, à l'abri du ſoleil & de la pluie, & où il règne habituellement un peu d'humidité, tels que ſont les caves, les cuiſines, les latrines, les celliers, les granges, écuries, étables; en un mot, tous les endroits, toutes les pièces habitées par les hommes & les animaux.

On s'eſt aſſuré par l'expérience, qu'en mêlant les fumiers, les litières des animaux, les plantes, même toutes ſeules, de quelque eſpèce qu'elles ſoient, avec des terres, ſur-tout calcaires, marneuſes & limoneuſes, on peut conſtruire des murs ou des monceaux de ſept à huit pieds d'élévation, qui, lorſqu'ils ſont placés dans les lieux tels que ceux qu'on vient d'indiquer, & arroſés de temps en temps avec de l'urine, commencent à fournir une quantité ſenſible de Salpêtre, quelque temps après leur conſtruction; que ce Salpêtre qui eſt à baſe d'alkali fixe, quand il vient des plantes, ſe criſtalliſe à la ſurface; qu'on peut l'enlever par le houſſage; que ſa quantité augmente juſqu'à un certain terme; qu'on peut en retirer de cette manière & ſans leſſiver les mélanges, pendant ſept ou huit ans; & qu'enfin on les leſſive pour achever de retirer tout le Salpêtre qui s'y eſt formé ou raſſemblé. C'eſt de cette manière que ſe conſtruiſent & s'exploitent, à ce qu'on aſſure, les couches ou nitrières artificielles en Suède, dans pluſieurs autres pays, & peut-être même aux Indes, dont on apporte en Europe une énorme quantité de Salpêtre; lequel, malgré les frais du tranſport & le bénéfice du commerce, n'eſt point ici d'un plus haut prix que celui du pays.

Au rapport des Salpêtriers, les terres qu'ils ont épuiſées de nitre par les leſſives, en refourniſſent une nouvelle quantité, après qu'elles ont ſéjourné ſous les hangars, où ils les conſervent pour cet uſage; il eſt vrai qu'ils répandent ſur ces mêmes terres, les eaux mères qu'ils obtiennent de leurs cuites, & que, ces eaux contenant ordinairement encore une portion de Salpêtre, & toujours du nitre à baſe terreuſe, cette circonſtance répand de l'incertitude ſur la reproduction du Salpêtre dans ces terres, quoiqu'elle ſoit bien d'accord d'ailleurs avec la génération de ce ſel dans les couches Suédoiſes (*).

(*) *Nota.* Le peu de temps que l'Académie a eu pour rédiger & publier ce Programme, ne lui a pas permis de ſe procurer, par le moyen de ſes Correſpondans, tous les éclairciſſemens qu'elle auroit déſiré d'inſérer ici, ſur ce qui ſe pratique dans les pays étrangers, au ſujet des couches à Salpêtre ou nitrières artificielles; mais voici ce qu'un Citoyen (M. de Chaumont), qui s'occupe avec zèle depuis un certain temps de cet objet, a bien voulu lui communiquer.

Enfin, les analyses des Chimiftes ont prouvé que beaucoup de plantes, telles que la bourache, la pariétaire, & fur-tout le grand foleil, contiennent, fans aucune putréfaction préalable, une quantité, fouvent confidérable, de Salpêtre à bafe d'alkali fixe. On a obfervé que celles qui croiffent aux pieds des murs, ou dans des terreins remplis de fumier, en contiennent beaucoup plus que leurs analogues, qui ont végété dans des terres moins nitreufes, ou contenant beaucoup moins de matériaux du Salpêtre; ce qui peut faire préfumer, avec beaucoup de vraifemblance, qu'il fe forme habituellement une grande quantité de Salpêtre fur toute la furface de la terre, par la putréfaction des herbes, feuilles & racines qui y reftent enfevelies chaque année; mais que ce Salpêtre étant emporté & difperfé par l'eau des pluies, ne fe trouve nulle part en quantité fenfible dans les endroits découverts, à moins qu'il ne foit recueilli & raffemblé par des plantes qui ont en quelque forte la vertu de les pomper.

On reconnoît que les terres & pierres font bien falpêtrées, à leur faveur, qui a quelque chofe de falin & de piquant; de plus, ces matières, quand le Salpêtre y eft abondant, n'ont plus leur confiftance naturelle: elles font plus friables. Ordinairement leur furface fe couvre d'une efflorefcence qui fe réduit en pouffière dès qu'on y touche, & dans certaines circonftances, on y obferve même un vrai Salpêtre de houffage.

» Les couches à Salpêtre, établies près de Stockholm, font faites en pyramides » triangulaires, avec du chaume, de la chaux, des cendres & des terres de pré; » leur bafe eft conftruite en briques pofées de champ; fur cette bafe eft un lit » de mortier, fait avec de la terre de pré, de la cendre, de la chaux, & fuffifante » quantité d'eau mère de Salpêtre, ou d'urine : les lits de chaume & de mortier » fe fuccèdent auffi alternativement jufqu'au fommet de la couche.

» Pour couvrir ces monceaux & les garantir de la pluie, on pique en terre » autour d'eux, des perches, qu'on lie par leur extrémité fupérieure, & le tout » eft couvert avec de la bruyère; on obferve qu'il y ait, entre le monceau & » fa couverture, un efpace affez grand pour qu'on puiffe les arrofer quand il » convient, & recueillir le Salpêtre qui fe criftallife à leur furface; l'arrofement fe » fait avec des urines & des matières fécales, que des femmes de mauvaife vie » font forcées d'y tranfporter.

» Ces couches font en rapport au bout d'un an, & durent dix ans. On en » détache le nitre avec des balais, tous les huit jours, & on les arrofe, dès » qu'elles font balayées, avec des eaux mères étendues d'eau pure, quand on n'a » pas affez d'eau mère pour arrofer complètement la couche.

» Le réfidu de ces couches, au bout de dix ans, eft un excellent engrais » & très-recherché pour la culture du chanvre & du lin.

» On conftruit auffi en Pruffe des murs de terre, mêlée avec la vidange des » latrines, & quand ils font falpêtrés, on en retire le nitre par les lixiviations » & les cuites ordinaires.

» Le Citoyen qui a bien voulu communiquer ces détails à l'Académie, dit qu'il » les tient du fieur Berthelin, François, qui a conduit en Suède une Manufacture » de porcelaine, & qui eft actuellement à fa terre pour y diriger une nitrière, » à peu près fur les mêmes principes, mais avec quelques changemens dont » il efpère de l'avantage «.

Les faits qui viennent d'être exposés, réunis avec les procédés connus ou faciles à connoître, de l'extraction & de la purification du Salpêtre, composent toutes nos connoissances certaines sur la production & l'extraction de ce sel; car, comme on l'a déjà fait observer, les Chimistes n'ont encore établi aucune théorie entièrement satisfaisante sur les principes de l'acide nitreux, sur sa véritable origine, & sur la manière dont il se forme.

Tout ce qui a été dit sur cet objet, peut se réduire à trois sentimens principaux.

Le premier est celui des anciens Chimistes; ils pensoient que l'air de l'atmosphère étoit le lieu natal & le grand magasin de l'acide nitreux : suivant cette opinion, qui a même encore des partisans, cet acide nitreux de l'air se dépose dans les terres calcaires & autres matières alkalines qu'il trouve à sa portée, & forme avec elles les différentes espèces de nitre qui se manifestent dans ces matières, après qu'elles ont été exposées à l'air pendant un temps convenable. Ceux qui adoptent ce sentiment, se fondent principalement sur ce qu'on ne trouve point de Salpêtre dans les terres & pierres, à moins qu'elles n'aient éprouvé pendant long-temps l'action & le contact d'un air tranquille; mais outre que ce fait n'est pas bien avéré, & qu'il est un de ceux qui demandent à être vérifiés, il est combattu par un autre fait indubitable; savoir, que les mêmes terres & pierres qui se salpêtrent abondamment dans les habitations des hommes & des animaux, ne produisent point du tout de Salpêtre dans leurs carrières, lors même qu'elles s'y trouvent placées de manière qu'elles soient accessibles à l'air, précisément comme dans les maisons & autres lieux habités.

Le second sentiment est celui de Stahl, qui, n'admettant avec Becher qu'un seul acide primitif, principe & origine de tous les autres, savoir, l'acide vitriolique, croit que l'acide nitreux n'est que cet acide universel, transmué par son union intime avec un principe inflammable, qui se sépare des substances végétales & animales, & même de l'alkali volatil, dans la décomposition que la putréfaction fait éprouver à toutes ces matières. Il y a beaucoup de faits chimiques qui déposent en faveur de cette opinion, comme on peut le voir dans les Ouvrages de Stahl, & particulièrement dans les *Fundamenta Chimiæ Dogmatico-rationalis ;* dans le *Specimen Becherianum ;* & dans le *Conspectus Chimiæ* de Juncker, *Tab. de Nitro, & Acido nitri.* Cependant on ne peut pas regarder cette théorie comme suffisamment prouvée, parce qu'elle exigeroit un travail expérimental, suivi d'après ces vûes, & plus complet que tout ce qu'on a entrepris jusqu'à présent. On n'a sur cet objet que la dissertation du Docteur Pietch, imprimé à Berlin en 1750, & qui a remporté le Prix que l'Académie de Prusse avoit proposé sur l'origine & la formation du nitre. Les expériences de ce Chimiste, qui sont toutes en faveur du sentiment de Stahl, demandent néanmoins à être vérifiées, & sur-tout variées & multipliées.

On

On croit devoir ajouter ici, que Stahl avance encore dans plusieurs endroits de ses Ouvrages, que l'acide du sel commun peut aussi se transmuer en acide nitreux dans certaines circonstances; & il est certain qu'en différens temps plusieurs gens à secrets ont prétendu posséder celui de cette transmutation, & ont offert de la réaliser; mais, soit qu'on n'ait pas accepté leurs offres, soit que leurs expériences n'aient point réussi, leurs propositions ne paroissent avoir eu aucune suite.

Le troisième sentiment sur l'origine du nitre est celui de M. Lemery le fils; il l'a exposé dans deux Mémoires imprimés dans le Recueil de ceux de l'Académie, pour l'année 1717. Ce Chimiste entreprend de prouver dans ces Mémoires, que le nitre est un produit de la végétation; qu'il se forme habituellement dans les plantes vivantes, d'où il passe dans les animaux, & que si ce nitre ne se manifeste point, sinon en très-petite quantité, dans les analyses ordinaires des substances végétales & animales, c'est parce qu'il est embarrassé & masqué par les autres principes de ces mixtes, ou détruit par l'action du feu, mais que la putréfaction est le moyen que la nature emploie pour le développer & le séparer. On peut voir les preuves que M. Lemery apporte de son opinion dans ces Mémoires, qui méritent d'être lus à cause des réflexions qu'ils contiennent, & des vûes qu'ils peuvent fournir: au surplus, il en est de cette théorie comme de celle de Stahl; elle demande à être confirmée par des expériences beaucoup plus variées & plus multipliées que celles de l'Auteur.

Les trois sentimens qui viennent d'être exposés en abrégé, renferment, comme on l'a dit, toutes les idées théoriques que les Chimistes ont eues jusqu'à présent sur l'origine & la production du Salpêtre. Quoiqu'aucune d'elles ne soit assez bien établie pour n'être pas sujette à de grandes difficultés, elles peuvent servir néanmoins à suggérer des plans d'expériences, & à empêcher qu'on ne travaille en quelque sorte au hasard. D'ailleurs, il est très-probable que les suites d'expériences, dirigées d'après chacune de ces théories, & tendantes à découvrir si elles sont bien ou mal fondées, répandront beaucoup de lumières sur le point de physique qu'il s'agit d'approfondir, quand même il en résulteroit que ces théories sont fausses toutes ou incomplettes.

Il est facile de reconnoître si l'acide vitriolique, ou l'acide marin, se transmue en acide nitreux, par le concours des matières en putréfaction. Suivant l'opinion de Stahl, il ne s'agit pour cela que de mêler avec des matières végétales & animales, susceptibles de putréfaction, l'un & l'autre de ces acides séparément, soit libres, soit engagés dans différentes bases, en observant néanmoins de les proportionner ou de les combiner de manière qu'ils ne puissent retarder sensiblement la fermentation putride. Il sera à propos de laisser ces mélanges en expérience dans un lieu tel que ceux que l'observation a fait reconnoître les plus favorables à la génération du Salpêtre, & de mettre de plus, dans le même lieu, d'autres mélanges qui ne différeront des premiers qu'en

B

ce qu'on n'y aura ajouté ni acide vitriolique ni acide marin; ces derniers devant servir de comparaison.

Si l'on a fait entrer en même temps, dans plusieurs de ces mélanges, une assez grande quantité de terres calcaires ou marneuses, bien exemptes de Salpêtre, comme cela paroît assez convenable, en ce que ces terres accélèrent la putréfaction, il est bien certain qu'avec le temps il se sera formé du Salpêtre dans tous ces mélanges; mais s'il y a eu en effet transmutation des acides vitriolique ou marin, en acide nitreux, cela sera démontré par la quantité de Salpêtre qu'on obtiendra de chacune des matières mises en expérience, & qui, dans ce cas, doit être plus grande dans celle où ces acides auront été ajoutés, & ne doit pas être plus considérable dans les autres.

Des expériences de ce genre, faites comme il convient, seront d'autant plus avantageuses, qu'elles pourront servir en même temps à se décider sur le sentiment de Lemery, qui admet la préexistence du Salpêtre dans les végétaux & les animaux, & son dégagement par la putréfaction. Mais comme il est de la plus grande importance de prévoir tout ce qui pourroit induire en erreur sur le résultat des expériences, c'est-à-dire, sur les quantités de Salpêtre qu'on pourra obtenir dans ces procédés, il sera absolument nécessaire de garantir les mélanges, ou du moins une portion notable de chacun d'eux, du contact immédiat des murs, & même du sol du lieu où ils seront placés, sans quoi le Salpêtre, qui doit naturellement se former dans ces mêmes endroits, indépendamment de toute addition, répandroit immanquablement beaucoup d'incertitude sur le produit réel de celui qui pourroit s'être formé dans les mélanges mis en expériences.

A l'égard de l'influence de l'air dans la production du Salpêtre, c'est encore un objet essentiel, & auquel on ne peut se dispenser de donner la plus grande attention. Il paroît démontré, à la vérité, contre le sentiment des anciens, que l'air n'est point le réceptacle, ni le véhicule de l'acide nitreux tout formé; mais il est vraisemblable qu'il contribue directement ou indirectement à la production de cet acide. On sait que le concours de l'air favorise & accélère la putréfaction; & quand il n'y auroit que cette circonstance, il en résulteroit que son influence n'est point indifférente pour la production de l'acide nitreux; mais indépendamment de cette circonstance, il est très-possible que l'air entre lui-même, comme partie constituante, dans la composition de cet acide, ou qu'il fournisse quelque substance gazeuse, ou autre qui, sans être de l'acide nitreux, se trouveroit cependant un des ingrédiens nécessaires à sa formation.

Ces considérations suffisent pour faire sentir combien il importe de déterminer si l'air contribue ou ne contribue point à la génération du Salpêtre; & en cas qu'il y influe, en quoi, & jusqu'à quel point son concours est nécessaire à cette opération. Cette circonstance indique dans les recherches qu'il convient de faire, une nouvelle suite d'expéfiences toutes dirigées vers l'action de l'air; on n'en parle ici qu'en général, parce qu'elles font faciles à imaginer, & qu'elles ne peuvent manquer de se préfenter d'elles-mêmes à ceux qui voudront s'occuper de ces travaux.

Après cet expofé des connoiffances actuelles fur l'origine & la production du Salpêtre, l'Académie annonce que le fujet du Prix qu'elle propofe eft *de trouver les moyens les plus prompts & les plus économiques de procurer en France une production & une récolte de Salpêtre plus abondantes que celles qu'on obtient préfentement; & fur-tout qui puiffent difpenfer des recherches que les Salpêtriers ont le droit de faire dans les maifons des particuliers.*

Elle exige que ceux qui enverront des Mémoires, expofent leurs procédés avec toute la clarté & tous les détails néceffaires, pour qu'on puiffe les vérifier fans aucune incertitude, comme l'Académie fe propofe de le faire. Elle déclare que le Prix fera adjugé à celui qui aura indiqué le procédé le plus avantageux pour la promptitude, l'économie & l'abondance du produit, indépendamment de toute autre confidération, & que quand même ce procédé réfulteroit uniquement d'une application heureufe des obfervations & des pratiques déjà connues, il fera préféré aux plus belles découvertes dont on ne pourroit pas tirer auffi promptement la même utilité.

Ce Prix fera de 4000 livres, & fera proclamé à l'Affemblée publique de Pâques 1778. Les Mémoires ne feront admis pour le Concours que jufqu'au premier Avril 1777 inclufivement; mais l'Académie recevra jufqu'au dernier Décembre de la même année les Supplémens & les éclairciffemens que voudront envoyer les Auteurs des Mémoires qui lui feront parvenus dans le temps prefcrit.

Outre le Prix des 4000 livres, il y aura auffi deux *Acceffit*; le premier de 1200 livres, & le fecond de 800 liv.

Les Savans & les Artiftes de toutes les Nations font invités à concourir au Prix, & même les Affociés étrangers de l'Académie : les feuls Académiciens regnicoles en font exclus.

Les Mémoires feront lifiblement écrits en françois ou en latin.

Les Auteurs ne mettront point leur nom à leurs Ouvrages, mais feulement une fentence ou devife; ils pourront, s'ils le veulent, attacher à leur Mémoire un billet féparé & cacheté par eux, qui contiendra, avec la même fentence ou devife, leurs noms, leurs qualités & leur adreffe : ce billet ne fera ouvert, fans le confentement de l'Auteur, qu'au cas que la Pièce ait remporté le Prix, ou un des deux *Acceffit*.

Les Ouvrages deftinés pour le Concours, feront adreffés à Paris au Secrétaire Perpétuel de l'Académie; & fi c'eft par la Pofte, avec une double enveloppe, à l'adreffe de M. de Malesherbes, Secrétaire d'Etat. Dans le cas où les Auteurs préféreroient de faire remettre directement leur Ouvrage entre les mains du Secrétaire Perpétuel de l'Académie, ce dernier en donnera fon récépiffé, où feront marqués la fentence de l'Ouvrage & fon numéro, felon l'ordre ou le temps dans lequel il aura été reçu.

S'il y a un récépiffé du Secrétaire pour la Pièce qui aura remporté le Prix, le Tréforier de l'Académie délivrera la fomme du Prix à celui qui lui rapportera ce récépiffé ; il n'y aura à cela nulle autre formalité.

S'il n'y a pas de récépiffé du Sécrétaire, le Tréforier ne délivrera le Prix qu'à l'Auteur même, qui fe fera connoître, ou au porteur d'une procuration de fa part.

L'INTENTION du Roi, fuivant la lettre de M. Turgot, du 17 Août, étant de procurer aux Commiffaires de l'Académie un emplacement commode, foit pour y répéter les expériences annoncées par les Concurrens, foit pour y ajouter toutes celles qui paroîtroient propres à procurer des lumières fur l'origine & fur la compofition du Salpêtre. Les Commiffaires louèrent, au mois d'Octobre fuivant, une maifon, un jardin & un grand hangar dans le fauxbourg S. Denis ; & non feulement M. le Contrôleur-Général voulut bien approuver la location de 1200 livres, mais il y joignit encore une fomme de 1200 l. pour fubvenir aux frais des expériences.

Dans cet intervalle, M. Turgot fut inftruit que l'Académie des Sciences & Arts de Befançon avoit propofé, pour la Séance publique d'Août 1766, un Prix fur la manière la moins onéreufe de fabriquer le Salpêtre en Franche-Comté ; que, quoique le Prix eût été proclamé à l'époque fixée par l'Académie, les Mémoires qui avoient été couronnés n'avoient point été publiés. Il crut devoir en écrire à M. Droz, Secrétaire de l'Académie, & il le pria, fi l'Académie n'y trouvoit point d'inconvéniens, de lui confier le Recueil des Mémoires manufcrits qui avoient concouru, afin qu'il pût faire extraire ce que ces Mémoires contenoient d'utile, & qu'ils ne fuffent pas perdus pour la Société.

Ce Recueil parvint à M. Turgot vers la fin de Septembre, & il le fit paffer aux Commiffaires de l'Académie. Il y joignit quelques détails inftructifs qu'il s'étoit procurés fur la fabrication du Salpêtre en Franche-Comté, & défira qu'il lui fût fait un rapport du tout.

Les Commiffaires s'occupèrent de ce travail, & le rapport

fut lu dans l'Assemblée de tous les Commissaires réunis dans la maison du fauxbourg S. Denis, le 18 Novembre 1775. Comme cette Pièce contient des détails intéressans, on croit devoir la donner ici avec quelques legers changemens.

EXTRAIT détaillé du Rapport fait à M. le Contrôleur-Général des Finances par les Commissaires de l'Académie des Sciences, en Novembre 1775, en lui remettant les Pièces qui avoient concouru en 1766 pour le Prix de Besançon.

L'ACADÉMIE des Sciences, Belles-Lettres & Arts de Besançon avoit proposé, pour sujet du Prix de 1766, *de déterminer la manière la moins onéreuse de fabriquer du Salpêtre en Franche-Comté.*

L'Académie ayant été satisfaite de plusieurs des Pièces qui lui avoient été adressées, elle a couronné d'abord le Mémoire N°. 8, ayant pour devise : *Arte perficitur quod Natura dedit*, dont l'Auteur est M. de Vannes, Apothicaire à Besançon. Elle a en même temps témoigné sa satisfaction aux Auteurs de deux autres Pièces, en leur accordant à chacun un *Accessit*. Ces deux Pièces sont celles N°. 1ᵉʳ, ayant pour devise : *Il y a peu de choses impossibles d'elles-mêmes, & l'application pour les faire réussir nous manque plus que les moyens*. Réflexions morales de M. de la Rochefoucault, nombre 298, dont l'Auteur est M. Puricelly, Négociant, ancien Juge-Consul à Besançon; & celle N°. 3, ayant pour devise : *Bonum publicum reperiendo opificis commodis consulere jucundum*, dont l'Auteur est M. Janson, Apothicaire à Besançon.

De l'examen détaillé qui a été fait par les Commissaires de l'Académie, non seulement de ces trois Mémoires, mais de tous ceux qui ont été admis au Concours, il résulte une vérité très-importante, & qui doit fixer d'une façon bien particulière l'attention du Gouvernement; c'est que, quoique le Salpêtre brut en Franche-Comté n'ait été payé jusqu'ici par les Fermiers des Poudres aux Salpêtriers que 7 à 8 sols la livre, il en coute beaucoup davantage, soit au Roi, soit aux habitans de la Province, & que cet excédent forme une imposition très-réelle, beaucoup plus onéreuse que ne le seroit une imposition directe. Cette vérité est démontrée dans le Mémoire N°. 1ᵉʳ de M. Puricelly : si l'on s'en rapportoit même à ses calculs, il en résulteroit que le Salpêtre de Franche-Comté coute, tant au Roi qu'au peuple, plus de 40 sols la livre ; mais sans admettre ces résultats qui paroissent exagérés, on peut au moins regarder comme à peu près certains les faits qui suivent.

Premièrement, les Salpêtriers de Franche-Comté consomment au moins, l'un dans l'autre, cinquante cordes de bois par année : les Communautés font obligées de les leur fournir façonnées & rendues dans leurs ateliers fur le pied de 30 fols la corde pour le chêne, le hêtre & le foyard, & fur le pied de 24 fols pour le fapin & le bois blanc : cette fixation fuffit à peine aujourd'hui pour la façon du bois; de forte que la valeur intrinfeque & le charroi tombent entièrement à la charge des Communautés. Quand on ne fuppoferoit au bois qu'une valeur de 5 livres par corde, ce qui certainement eft au deffous de la valeur actuelle, il en réfulteroit encore que chaque Salpêtrier coute à la Province 250 livres par an, ce qui fait pour la totalité des Salpêtriers, qui font au nombre de cent trente, un premier objet de dépenfe de . . . . 32,500 l.

Secondement, le nombre des Communautés de Franche-Comté eft de deux mille à peu près, dont les deux tiers, c'eft-à-dire, treize cent trente-deux environ fourniffent du Salpêtre; mais comme le Salpêtrier ne revient qu'une fois tous les trois ans dans la même paroiffe, il en réfulte que le nombre des paroiffes, exploitées chaque année, n'eft que de quatre cent quarante-quatre.

Il en coute par an à chacune de ces Communautés, en mettant tout au plus bas :

1°. Pour le logement du Salpêtrier, 24 liv. ci. . . . 24 l.
2°. Pour le tranfport de fes uftenfiles. 10
3°. Pour le charroi du Salpêtre à la raffinerie. . . . 6

TOTAL pour chaque Communauté. . . . . . . 40 l.

Et pour les quatre cent quarante-quatre exploitées chaque année par la totalité des Salpêtriers. 17,760

La fabrication du Salpêtre coute donc évidemment à la Province. . . . . 50,260 l.

La Franche-Comté rapporte environ trois cent cinquante mille livres de Salpêtre brut, qui, l'une dans l'autre, font payées aux Salpêtriers 7 f. 6 den., & qui forment une dépenfe totale pour l'Adminiftration des Poudres ou pour le Roi, de 131,250

Trois cent cinquante milliers de Salpêtre brut coutent donc en Franche-Comté, tant au Roi qu'aux Communautés, 181,510 l.

C'eft-à-dire, 10 fols 4 den. ½ la livre.

On n'a point fait entrer dans ce calcul les monopoles que n'exercent que trop fréquemment les Salpêtriers : les plus adroits d'entre eux ne manquent pas de placer leurs cuveaux dans la partie de la maifon où ils jugent qu'ils feront les plus incommodes à ceux qui l'habitent, fouvent même dans leur chambre d'habitation; ils effraient, ils menacent de refter long-temps, de fouiller par-tout, & le plus fouvent ils finiffent par traiter pour une fomme plus ou moins forte que le particulier croit devoir facrifier à fa tranquillité ; quelquefois ils compofent avec la Communauté toute entière, fous prétexte de non-fourniture de bois ou autrement : la Communauté fupporte les charges fans procurer de Salpêtre à l'Etat, & l'objet du Gouvernement n'eft point rempli. Il eft impoffible d'évaluer le produit de ces manœuvres ; elles font fûrement très-profitables aux Salpêtriers & très à charge aux particuliers ; & on ne doute pas qu'en les eftimant au plus bas, elles ne portent au moins à 13 fols par livre le prix du Salpêtre brut en Franche-Comté, & à 18 fols celui du Salpêtre raffiné, fans compter la gêne qui refte encore pour le compte de ceux qui ne font point en état de compofer avec le Salpêtrier.

Il n'en eft pas de même, il eft vrai, de la fabrication du Salpêtre dans les grandes Villes, & dans les Provinces où la fouille n'eft point en ufage, comme dans la Touraine ; mais il n'en eft pas moins vrai que, même dans les cas les plus favorables, le Salpêtre coute plus au Roi qu'il n'eft réellement payé par l'Adminiftration des Poudres. Pour connoître, par exemple, le prix que coute au Roi le Salpêtre à Paris, il faudroit cumuler enfemble, 1°. le prix de 7 fols par livre que la Régie paye aux Salpêtriers ; 2°. la gratification de 2 fols par livre qui leur eft accordée par le Roi ; 3°. le prix du fel marin qui leur eft payé, par la Ferme Générale, à raifon de 7 fols par livre ; 4°. enfin, le tort qu'ils font à la Gabelle, foit par la confommation que font leurs ouvriers de fel de Salpêtre, foit par les abus qu'ils commettent même à leur infçu fur cet objet. En fuppofant que la production du Salpêtre dans cette Ville foit de 600,000 livres, année commune, on pourra établir le calcul fuivant.

Prix de fix cent milliers de Salpêtre, payés par l'Adminiftration des Poudres, à raifon de 7 fols la livre, ... 210,000 l.

Gratification de 2 fols par livre accordée par le Roi. . . 60,000.

Prix des quatorze livres par cent, ou des quatre-vingt-quatre mille livres de fel marin, payées par la Ferme Générale, à raifon de 7 fols par livres, ci. 29,400

Evaluation de la valeur à laquelle peuvent fe monter les fraudes de toute efpèce qui fe commettent par les agens fubalternes attachés à la fabrication du Salpêtre, ci. . . . 15,600

TOTAL . . . . 315,000 l.

D'où il fuit que, quoique le Salpêtre à Paris ne paroiffe couter à l'Adminiftration des Poudres, favoir, le Salpêtre brut que 9 fols, & le Salpêtre raffiné que 12 fols, il coute réellement au Roi & à l'Etat, le premier 10 fols 6 den. & le fecond environ 14 fols ; les prix de Touraine font un peu moindres.

Ces vérités, qui ne font peut-être pas fuffifamment développées dans les Mémoires communiqués par l'Académie de Befançon, mais qu'on a cherché à préfenter ici dans tout leur jour, conduifent à un grand nombre de conféquences & de réflexions auxquelles les Commiffaires de l'Académie croient devoir s'arrêter.

La première, c'eft que quand le Salpêtre brut, qu'on recueilleroit en France par de nouveaux moyens, reviendroit au Roi à 10 & 12 fols la livre, il en réfulteroit encore une économie réelle pour la Nation, puifqu'il eft démontré qu'elle le paye beaucoup davantage, fur-tout dans quelques Provinces, telles que la Franche-Comté, la Bourgogne & plufieurs autres.

La feconde, c'eft que, dans les objets de fabrication & d'induftrie, le régime réglementaire ne conduit pas toujours au but défiré. Avec des réglemens très-avantageux aux Salpêtriers, avec des exemptions, des priviléges, des faveurs de toute efpèce, la récolte du Salpêtre s'eft anéantie infenfiblement en France, & de 3,500,000 livres qu'elle étoit dans le dernier fiecle, lorfque la France ne poffédoit encore ni la Franche-Comté, ni l'Alface, ni la Lorraine, elle étoit tombée au commencement de la préfente année 1775, au deffous de 1,800,000 livres: il eft donc évident qu'il exifte un vice dans le régime qui a été fuivi jufqu'ici pour la fabrication du Salpêtre en France; que ce n'eft point avec des réglemens feuls qu'on peut efpérer de rétablir une récolte nationale fuffifante pour les befoins; que c'eft en multipliant les connoiffances relatives à la fabrication du Salpêtre, en éclairant ceux qui s'en occupent, fur-tout en les payant mieux, & en remplaçant les privilèges, dont on abufe par une augmentation de payement en argent, qu'on peut parvenir à ce but.

Une troifième réflexion, c'eft que le rétabliffement de la récolte du Salpêtre en France ne peut pas être opéré par une Compagnie d'Entrepreneurs; quelque inftruction, quelque zèle pour le bien public, quelque honnêteté qu'on leur fuppofe, on ne peut pas exiger qu'ils le portent jufqu'au point de faire le facrifice de leur propre intérêt. Ils font entraînés par une pente naturelle & néceffaire à fe procurer du Salpêtre, au meilleur marché poffible: on ne peut donc pas efpérer qu'ils faffent des établiffemens difpendieux & difficiles, dont le réfultat feroit de leur procurer du Salpêtre à 12 f. la livre, tandis qu'en ufant de leurs priviléges, ils ne le payent que 7 à 8 f. & que celui de l'Inde, en raifon de fa qualité, ne leur revient pas beaucoup plus cher.

Les Commiffaires de l'Académie n'ont entretenu jufqu'ici le Miniftre que de ce qui concerne en quelque façon la partie économique & politique des Mémoires communiqués par l'Académie de Befançon; il leur refte à lui rendre compte de la partie phyfique.

Les moyens propofés dans les Mémoires pour établir une récolte de Salpêtre, indépendante de la fouille, fe réduifent à quatre; des voûtes, des murailles, des foffes, des couches ou tas.

L'idée de former des voûtes avec des matières propres à produire du

Salpêtre,

Salpêtre, pour les leſſiver enſuite au bout d'un certain temps, paroît remonter juſqu'à Glauber. L'Auteur du N°. 5, donne pour les conſtruire la méthode ſuivante :

On prend douze parties de terre à Potier.

Quatre de chaux vive.

Deux de ſel marin.

On y ajoute de la fiente de pigeon & de volaille, ou du crotin de brebis délayé; on pétrit le tout avec de la paille coupée très-menue, & au lieu d'eau on emploie de l'urine ou de la leſſive de fumier.

On fait ſécher ces briques, & on leur fait même éprouver un léger degré de cuiſſon, après quoi on en conſtruit des voûtes ſelon l'art. Le mortier qu'on emploie pour les maſtiquer, ſe compoſe ainſi qu'il ſuit :

Argile, huit parties.

Chaux, huit parties.

Fiente de pigeon, ou crotin de mouton, deux parties.

On établit au deſſus de la voûte une terraſſe formée également d'un mélange de terre & de matières propres à la production du Salpêtre; enfin, on recouvre le tout avec de la paille, laquelle ſert par la ſuite à compoſer un nouveau mélange.

Ces briques, ſuivant l'Auteur, ſe ſalpêtrent en peu de temps; les voûtes ſe dégradent, & quand on s'apperçoit qu'elles ſont prêtes à tomber en ruine, on les détruit; on concaſſe les briques, & on les leſſive.

Ces voûtes ont l'inconvénient d'occaſionner une main-d'œuvre qui renchérit néceſſairement le Salpêtre; mais elles ont en même temps l'avantage d'économiſer le terrein, attendu que le deſſous de ces voûtes forme une eſpèce de hangar dans lequel on peut faire des établiſſemens de murailles ou de couches.

On ne voit pas qu'aucun Auteur ait parlé, avant M. Pietſch, de l'établiſſement d'une fabrique de Salpêtre en murailles; il paroît cependant, d'après les Ouvrages de Stalh, & le Cours de Chimie de Junker, que cette méthode étoit très-anciennement uſitée en Saxe & en Brandebourg. Dans ces pays & dans pluſieurs autres de l'Allemagne, on n'eſt pas dans l'uſage de clore les héritages par le moyen de haies; on y ſupplée par de petits murs de terre franche, de glaiſe ou de toute autre terre, qu'on mêle avec de la paille hachée; en très-peu de temps ces murs ſe ſalpêtrent, au point de pouvoir être leſſivés avec avantage par les Salpêtriers (*).

Le parti qu'on tire de ces murs, en pluſieurs endroits de l'Allemagne, pour la fabrication du Salpêtre, a ſans doute donné l'idée d'en conſtruire d'artificiels, & c'eſt un des objets de la diſſertation de M. Pietſch. Ces murs ſe forment de terre & de paille hachée : on les humecte & on

_____

(*) Ce fait eſt contredit par le Docteur Pietſch, dans ſa Diſſertation ſur le Nitre.

C

les pétrit avec de l'urine ou de la leffive de fumier ; & pour empêcher que l'eau de pluie, en leffivant ces murs, n'emporte le Salpêtre, on les recouvre d'un petit toit de paille.

Ce moyen de fabriquer du Salpêtre a, comme les voûtes, l'inconvénient d'exiger une main-d'œuvre, d'occuper beaucoup de place, & d'ailleurs le petit toit de paille, dont on recouvre les murailles, ne fuffit pas pour empêcher la pluie de frapper fur leurs parois dans les temps de vent; de forte qu'une partie du Salpêtre eft entraînée auffi-tôt qu'elle eft formée.

Les foffes ont un autre inconvénient ; comme le Salpêtre ne peut fe former fans le contact & le renouvellement de l'air, la nitrification ne s'y fait qu'à quelques pouces de profondeur, & il eft aifé de concevoir que ce moyen doit être par conféquent celui de tous qui exige le plus de terrein, & qui, par conféquent, eft le moins économique.

Il paroît, tout examen fait, en difcutant, les uns par les autres, les Mémoires préfentés à l'Académie de Befançon, & en les rapprochant des connoiffances de Chimie les plus certaines, que le moyen le plus économique & le plus avantageux de produire du Salpêtre, eft de faire, fous de grands hangars, des amas de terre quelconque, pourvu qu'elle ne foit ni trop fableufe ni trop argileufe, d'y mélanger des matières animales difpofées à la putréfaction, telles que des fumiers, du crotin de mouton, de la fiente de pigeon, des vidanges, &c. d'y introduire même des végétaux, en choififfant de préférence les efpèces qui contiennent une plus grande quantité de nitre ; de les arrofer d'urine, de leffive de fumier, &c. enfin, de remuer fréquemment ces terres à la pelle; premièrement, pour les entretenir toujours meubles; fecondement, pour renouveler les furfaces, & pour expofer fucceffivement toutes les parties de la maffe à l'action de l'air.

Parmi les Auteurs qui ont concouru, il en eft plufieurs qui regardent comme fuffifant d'élever de grands hangars, d'y amaffer des terres quelconques qui ne foient pas trop compactes; ils fe perfuadent qu'elles fe falpêtreront d'elles-mêmes fans addition, & qu'au bout de trois ans on pourra les leffiver avec profit. Cette opinion non feulement n'eft pas prouvée, mais elle eft contraire même aux expériences de M. Mariotte, à celles de Lémery, & à l'opinion du plus grand nombre des Chimiftes. Il eft très-probable que s'il fe forme du Salpêtre dans une terre expofée à l'air, fans aucune addition, ce n'eft qu'en raifon des matières végétales qu'elle contenoit, telles que des racines de plantes, &c. ou des matières animales qui y ont été accidentellement mêlées.

Tel eft à peu près le réfultat de ce que les Mémoires, qui ont concouru pour le Prix de l'Académie de Befançon, contiennent d'utile quant à la partie phyfique. On y trouve en général beaucoup d'affertions, mais peu de preuves : les Auteurs affirment bien qu'on peut, par telle méthode, parvenir à produire du Salpêtre ; mais aucun ne dit précifément ni qu'il en a fait, ni combien il en a fait, &, à proprement parler, il n'y a pas dans tous ces Mémoires une feule expérience.

A ce reproche on pourroit ajouter celui de ne contenir rien d'absolument neuf; presque tout ce qu'on y trouve de bon, avoit été publié auparavant par Stahl, par le Docteur Pietsch, par M. Bertrand, & par M. Grunner.

Quoique le Mémoire de M. de Vannes, qui a été couronné, ne soit pas à l'abri de ces reproches, on ne peut s'empêcher d'y reconnoître beaucoup de connoissances d'Histoire naturelle & de Chimie : l'Auteur paroît les avoir principalement puisées dans les Cours de M. de Jussieu & de M. Rouelle. Ses observations sur les défauts de la manière d'opérer des Salpêtriers de Paris , & de ceux de Franche-Comté , sont conformes aux vrais principes ; & les corrections qu'il propose sont presque toutes praticables & utiles. Les Régisseurs des Poudres & Salpêtre , sans connoître les Mémoires adressés à l'Académie de Besançon, avoient déjà senti la nécessité des mêmes réformes, & il y a plus de deux mois qu'ils ont commencé à établir , chez les Salpêtriers de Paris , une suite d'expériences tendante à changer toute la forme de leur travail ; à les débarrasser entièrement des eaux mères, & à les convertir toutes en Salpêtre par l'addition d'un alkali. Les avantages de cette nouvelle manière d'opérer leur ont déjà été démontrés par expériences , & il ne leur reste plus , pour en étendre la pratique , qu'à vaincre la résistance qu'apportent à ce nouveau travail les préjugés, & peut-être l'intérêt même des Salpêtriers.

Si le Mémoire couronné est celui de tous qui annonce le plus de connoissances de Physique & de Chimie, s'il est le mieux fait & le plus savant, ce n'est pas le plus instructif quant au point principal, c'est-à-dire, quant aux moyens de produire artificiellement du Salpêtre. Le Mémoire N°. 5 traite de cet objet plus à fond ; & quoiqu'il ne donne rien de précis sur le produit des fosses, des couches, &c. il n'est pas difficile de voir que ce Mémoire est fait par quelqu'un qui a vu opérer & qui a opéré sans doute par lui-même. Il mérite d'autant plus d'attention, qu'il est d'un habitant de Berne , Membre de la Société Économique, & qu'il paroît que le Salpêtre ne se fabrique aujourd'hui dans cette ville que par les moyens indiqués par l'Auteur.

Ce Mémoire, au surplus, n'a point été perdu pour le Public; il a été publié, sans nom d'Auteur, dans le Recueil de la Société Économique de Berne, pour l'année 1766.

CE rapport , en faisant connoître à M. le Contrôleur Général combien la Nation étoit en retard sur les connoissances relatives à la fabrication du Salpêtre, lui fit en même temps sentir la nécessité d'enrichir la France d'un grand nombre de dissertations qui n'étoient ni traduites, ni même connues des Savans François. Il pria en conséquence les Commissaires de l'Académie de s'occuper le plus tôt possible

de faire traduire tout ce qu'ils pourroient raffembler d'intéreffant fur cette matière dans les pays étrangers, & d'en
publier un Recueil. Les perfonnes les plus diftinguées par leur
rang & par leurs connoiffances voulurent bien les feconder.
M. le Duc de la Rochefoucault avoit déjà reçu de Suède
quelques éclairciffemens fur la manière dont on fabriquoit le
Salpêtre dans ce Royaume ; il avoit découvert qu'il exiftoit
plufieurs inftructions qui avoient été publiées par le Confeil
de Guerre, & il écrivit pour fe les procurer. D'un autre côté,
M. Baër, Secrétaire d'Ambaffade, voulut bien prendre la
peine de les traduire : enfin, les Commiffaires de l'Académie
raffemblerent tout ce que les Auteurs anciens & modernes
purent leur procurer de connoiffances relatives à leur objet,
& dès le mois de Janvier 1776, ils fe virent en état de
commencer l'impreffion.

Les Régiffeurs des Poudres ne voulurent point le céder pour
le zèle aux Commiffaires de l'Académie, & pour rendre ce
travail encore plus utile à la pratique, ils en formèrent une
efpèce de réfumé en forme d'inftruction. Telles font les circonftances qui ont donné lieu à deux Ouvrages ; le premier,
intitulé : *Recueil de Mémoires & d'Obfervations fur la
formation & fur la fabrication du Salpêtre, par MM. Macquer, d'Arcy, Lavoifier, Sage, & Baumé, Paris, 1776,
un volume in-8°. de 622 pages*, chez Panckouke, Libraire,
rue des Poitevins, hôtel de Thou. Le fecond, *Inftruction fur
la fabrication du Salpêtre, de l'Imprimerie Royale, Paris,
1777, in-4°. de 85 pages, avec figures, par les Régiffeurs
des Poudres & Salpêtres.*

L'objet du Précis hiftorique que publient aujourd'hui les
Commiffaires de l'Académie, étant de réunir dans un même
volume & fous un même point de vue tout ce qui a été
fait de plus important fur la formation & la fabrication du
Salpêtre, il entre dans leur plan de donner un extrait abrégé
des deux Ouvrages qu'ils viennent de citer.

*EXTRAIT du Recueil de Mémoires & d'Obſervations
ſur la formation & la fabrication du Salpétre, publié
en 1776, par MM. Macquer, Lavoiſier, d'Arcy, Sage,
& Baumé.*

LES Commiſſaires de l'Académie n'ont pas cru devoir s'occuper dans
ce Recueil, des ſubſtances que les Anciens ont décrites ſous le nom
de *Nitrum*. Pline, il eſt vrai, dans pluſieurs endroits de ſes Ouvrages,
parle d'une ſubſtance ſaline, d'une eſpèce de nitre qu'on retire des lacs
de la Perſe, & des plantes par la combuſtion ; mais comme il eſt évident,
d'après les paroles mêmes de l'Auteur, que ce qu'il décrit ſous ce nom
n'eſt point le nitre, le Salpêtre des Modernes, mais un alkali minéral
ou végétal, & principalement celui qui eſt connu ſous le nom de
Natrum ; ils ont regardé comme inutile d'inſérer dans ce Recueil un
extrait de ſes Ouvrages. On en peut dire autant de pluſieurs Auteurs, qui
ont écrit depuis Pline ſur le Nitre, & qui n'ont fait, en quelque façon,
que le copier : tels ſont *Diſoſcorides, Agricola, Ferrante Imperato, &c.*
En rejetant tout ce qui ne s'applique pas évidemment au nitre des
Modernes, les Commiſſaires de l'Académie ont été ramenés juſqu'au
temps de Glauber, & c'eſt par l'extrait de ſes Ouvrages, que commence
le Recueil qu'ils ont donné au Public. Comme les recherches de cet
Auteur ſont le germe de tout ce que nous avons encore aujourd'hui
de mieux fait ſur cette matière, ils ont cru devoir expoſer, dans quelque
détail, ſes expériences & ſes idées ; mais ils ont cru devoir prévenir
en même temps, qu'on ne doit pas les adopter ſans réſerve : il règne
dans les écrits de ce Chimiſte, un ton de jactance, un myſtère affecté
qui tient au langage de l'Alchimie, & ils préviennent qu'on ne peut ſe
défendre, en les liſant, de quelque défiance ſur la certitude des réſultats.
En analyſant les Ouvrages de Glauber, on voit qu'il attribuoit au
Salpêtre trois origines différentes ; il penſoit, 1°. que ce ſel étoit tout
formé dans les végétaux, & qu'il paſſoit de là dans les animaux, qui
s'en nourriſſent par les voies de la digeſtion ; 2°. qu'il ſe produiſoit une
quantité conſidérable de ce ſel, par la putréfaction des matières végétales
& animales ; 3°. enfin, qu'indépendamment de ce Salpêtre, en quelque
façon factice, il s'en rencontroit de naturel dans le règne minéral ; &
il cite des carrières, des montagnes entières, qui en contiennent en
grande abondance. On voit donc que, ſuivant cet Auteur, lorſqu'on
mêle enſemble des terres, des matières animales & végétales, on obtient
avec le temps, & à meſure que les matières animales & végétales ſe
ſont détruites par la putréfaction, 1°. le Salpêtre qui exiſtoit tout formé
dans la terre ; 2°. celui qui étoit tout formé dans les matières végétales

ou animales qu'on a employées ; 3°. enfin, celui qui est en quelque façon l'ouvrage de la putréfaction. Glauber donne, d'après ces principes, différentes méthodes pour obtenir du Salpêtre. Quelques-unes de ces méthodes ont été vérifiées depuis avec succès, & elles ont servi de base aux établissemens qui ont été faits en Suède, en Prusse, & dans plusieurs autres endroits; quelques autres, ou n'ont point été éprouvées depuis lui, ou l'ont été sans succès.

Ce Chimiste croyoit à la conversion du sel marin en Salpêtre, & il donne plusieurs moyens pour l'opérer ; mais comme il est démontré qu'on obtient du Salpêtre par la plupart des méthodes qu'il donne, sans qu'on soit obligé d'ajouter du sel marin au mélange, il y a toute apparence que le Salpêtre, que Glauber regardoit comme un résultat de la conversion, étoit réellement de formation nouvelle : au reste, les expériences multipliées qui ont été faites sur cet objet, depuis la proposition du Prix, ont prouvé, d'une manière démonstrative, que cette conversion est absolument imaginaire.

Le célèbre Stahl, qui a beaucoup écrit sur le Nitre, en différens temps, est d'une opinion entièrement différente de celle de Glauber. L'acide constitutif du Salpêtre n'est autre chose, suivant cet Auteur, qu'une modification de l'acide universel, une combinaison de l'acide vitriolique, avec le principe inflammable, avec le phlogistique qui s'émane des matières en putréfaction : il donne même différens procédés chimiques pour obtenir de l'acide nitreux, ou plutôt pour convertir l'acide vitriolique en acide nitreux; mais les expériences modernes, dont on rendra compte dans la suite, ont renversé entièrement toute cette théorie, & il n'est pas plus permis de croire à la conversion de l'acide vitriolique, qu'à celle de l'acide marin en acide nitreux.

On vient de voir que Glauber attribuoit au nitre trois origines différentes. M. Lémery le fils, dans deux Mémoires qu'il donna à l'Académie en 1717, n'en admet qu'une seule ; il s'efforce de prouver que le nitre est l'ouvrage de la végétation ; qu'il existe tout formé dans les végétaux; qu'il passe de ces derniers dans les animaux par la nutrition; enfin, que le nitre qu'on retire par lixiviation, des terres dans lesquelles on a mêlé des substances végétales ou animales, n'est autre chose que celui qui existoit tout formé, & qui a été séparé par la fermentation des parties huileuses & mucilagineuses qui le masquoient.

Plusieurs Auteurs anciens avoient avancé, sans expériences & sans preuves, que le nitre tiroit son origine de l'air; que l'atmosphère étoit le magasin universel du nitre, & ils admettoient des espèces d'aimant propre à l'attirer & à le fixer. Quoique Glauber, & sur-tout Stahl, eussent écarté cette opinion, c'est principalement à M. Lémery, & avant lui à M. Mariotte, qu'on a l'obligation d'avoir prouvé par des faits, que l'action de l'air seul ne suffisoit pas pour produire du nitre; que des terres, de quelque nature qu'elles fussent, ne se salpêtroient pas d'elles-mêmes à l'air, lorfqu'elles étoient ifolées, & qu'elles ne contenoient aucune fubftance ni animale ni végétale.

Quoique M. Pourfour du Petit, Membre de l'Académie, ne fe foit point occupé fpécialement de l'origine & de la formation du Salpêtre, les Commiffaires ont cru devoir, pour rendre ce Recueil plus complet, y inférer un très-bon Mémoire qu'il a donné en 1729, fur la précipitation du fel marin dans la fabrique du Salpêtre.

Pendant que les Chimiftes & les Phyficiens de différentes Nations s'occupoient de recherches fur le Salpêtre, les Souverains de plufieurs États de l'Europe cherchoient à tirer parti de leurs connoiffances, & à affurer à leurs États une récolte de Salpêtre fuffifante pour leurs befoins. Dès 1745, le Confeil de Guerre en Suède avoit reconnu la néceffité de changer la forme de l'adminiftration des Poudres & Salpêtre, de foulager le peuple de la gêne de la fouille, & de le décharger des impofitions indirectes qui en étoient une fuite. Les perfonnes les plus inftruites fur la formation du Salpêtre ayant été confultées, le Confeil de Guerre publia, dès 1747, une inftruction fur la manière de produire ce fel par des méthodes artificielles. Cet Ouvrage, très-intéreffant, fur-tout relativement à l'époque à laquelle il a été publié, traite fucceffivement, dans différens chapitres & dans différens paragraphes, 1°. du choix de l'emplacement d'une nitrière; 2°. de la conftruction du bâtiment; 3°. de la manière d'en éloigner les eaux; 4°. des matières tirées des trois règnes qui peuvent concourir à la formation du Salpêtre; 5°. des règles fondamentales qui doivent guider ceux qui défirent former des établiffemens de nitrières; 6°. du mélange des terres; 7°. de la formation des couches; 8°. des matières propres aux arrofages, & des moyens de les employer; 9°. du leffivage, de l'évaporation, & de la criftallifation du Salpêtre; 10°. du produit des nitrières, fuivant les dimenfions du hangar. Cet Ouvrage eft accompagné de planches très-détaillées, & de tout ce qui peut contribuer à en rendre l'intelligence facile; c'eft une efpèce de Traité élémentaire, qui laiffe peu de chofe à défirer fur la formation du Salpêtre par le moyen des couches.

Le Confeil de Guerre, en publiant cette inftruction, invitoit les particuliers à fe livrer à ce genre d'entreprife, & promettoit des encouragemens & des gratifications à ceux qui établiroient des ateliers de fabrication.

Tandis qu'on élevoit en Suède des hangars, des pyramides, &c. le Roi de Pruffe multiplioit dans fes États la production du Salpêtre par une méthode différente. Il prefcrivit, par une Ordonnance du 18 Janvier 1748, à chaque Communauté, Bourg & Village, de conftruire une certaine quantité de murailles épaiffes, compofées de terre, de paille & autres végétaux, & de les défendre des injures de l'air par un petit toit de paille. Dans la même année, un Prix fut propofé par l'Académie de Berlin, fur la fabrication du Salpêtre, & le Prix fut remporté en 1749, par le Docteur Pietfch. Ce Chimifte, dans fa

Diſſertation, qui fut imprimée en François l'année ſuivante, prétend, comme Stahl, que l'acide du nitre eſt compoſé d'un acide vitriolique, en quelque façon affoibli par le phlogiſtique qui s'échappe des matières végétales & animales en putréfaction; mais loin que les expériences qu'il rapporte en faveur de ſon opinion, ſoient déciſives, elles ont au contraire été détruites, & toute cette théorie renverſée par les expériences de pluſieurs des Concurrens au Prix.

M. Pietſch, après avoir établi, dans le commencement de ſa Diſſertation, ſon opinion ſur les parties conſtitutives du nitre, paſſe à la formation de ce ſel. Les circonſtances qui lui paroiſſent les plus propres à la favoriſer, ſont, 1°. la préſence d'une terre calcaire, qui fixe l'acide du nitre, & qui lui fourniſſe une baſe; 2°. la grande poroſité de la terre, qui laiſſe un libre paſſage à l'air; 3°. la putréfaction des matières végétales ou animales, & l'émanation de l'alkali volatil qui s'en dégage; 4°. une certaine proportion de chaleur & d'humidité.

Cette Diſſertation de M. Pietſch, ſur le Salpêtre, eſt ſuivie d'un Appendice du même Auteur, intitulé : *Penſées ſur la multiplication du Nitre*. Il y prouve d'abord, que les végétaux qui croiſſent dans un terrein quelconque, ont la propriété d'attirer & de ſe rendre propre une grande partie du nitre qu'il contient. Il entre enſuite dans quelques détails ſur la compoſition des murs ordonnés par Sa Majeſté le Roi de Pruſſe. Il établit, 1°. que la terre qui ſert de baſe à ces murailles, doit contenir de la terre calcaire; ſi même on vouloit obtenir tout d'un coup du nitre parfait, il faudroit employer un alkali fixe quelconque, & le mêler avec la terre : il conſeille à cet égard de faire ramaſſer avec ſoin les cendres pour les faire entrer dans la compoſition des murs; 2°. que la terre noire qui ſe trouve à quelques pouces ſous le gazon, eſt une des plus diſpoſées à ſe ſalpêtrer; 3°. que de tous les excrémens des animaux, la fiente de pigeon eſt celle qui réuſſit le mieux pour la fabrication du Salpêtre.

Peu de temps après la publication de la Diſſertation de M. Pietſch, la fabrication du Salpêtre devint l'objet des travaux de pluſieurs Membres d'une Société Economique naiſſante; M. Elie Bertrand, M. Grunner, & un Auteur anonyme, publièrent, dans le Recueil de la Société Economique de Berne, chacun un Mémoire ſur cet objet.

Le Mémoire de M. Bertrand roule principalement ſur la conſtruction des murailles à Salpêtre de Pruſſe; ſur les matières qui entrent dans leur compoſition; enfin, ſur la manière de leſſiver les terres, & de faire évaporer la leſſive.

M. Grunner, dont l'Ouvrage parut quelque temps après celui de M. Bertrand, inſtruit par ſa propre expérience, crut devoir condamner l'uſage des murailles, des voûtes & des foſſes; il prétendit que les murailles étant faites d'une terre pétrie, d'une eſpèce d'argile, l'air ne pénétroit pas aſſez facilement dans l'intérieur de la maſſe, & que le ſuccès des murailles en Pruſſe ne tenoit qu'à ce qu'elles étoient faites

aux

aux dépens des Communautés, & que le temps & la main d'œuvre conséquemment n'étoient comptés pour rien. Quant aux voûtes, la main d'œuvre en eſt, ſuivant lui, trop chère ; enfin les foſſes, à cauſe du défaut de circulation d'air, ne produiſent du Salpêtre qu'à la longue, & on eſt juſqu'à dix & vingt ans pour en obtenir une très-petite quantité.

M. Grunner ſe trouve ramené, par ces réflexions, à la méthode de Suède, c'eſt-à-dire, à la conſtruction de hangars ſous leſquels on amaſſe des terres qu'on diſpoſe par couches, ou par pyramides. Il conſeille de les faire aux moindres frais qu'il ſera poſſible, de les couvrir en chaume, d'y amonceler des débris de murailles calcaires, des terres déjà ſalpêtrées, d'y mêler beaucoup de cendres, enfin de les arroſer avec de l'urine putréfiée, de la leſſive de fumier, de l'eau des égouts des villes. Il eſt néceſſaire ſuivant lui, de remuer ſouvent les terres, afin qu'elles préſentent ſucceſſivement à l'air des ſurfaces multipliées. Par cette méthode on peut obtenir en peu de temps, ſans dépenſe & ſans grande difficulté, une récolte de Salpêtre fort abondante.

L'Ouvrage de l'Auteur anonyme traite, comme celui de M. Grunner, de tous les moyens connus de fabriquer du Salpêtre ; des voûtes, des tuyaux, des murailles, des foſſes, des couches, &c. Il ne penſe pas auſſi défavorablement des voûtes, que M. Grunner ; il donne le moyen de les compoſer, de les élever, & il aſſure qu'on peut en tirer un très-grand parti. Les tuyaux ſont, ſuivant lui, plus chers que les voûtes. Quant aux murailles, il les rejette entièrement. Enfin, il ſe décide pour les foſſes & pour les couches, & principalement pour ces dernières. Il preſcrit, comme M. Grunner, de placer les couches ſous des hangars couverts en paille. On peut donner, ſuivant lui, aux couches juſqu'à huit à dix pieds de largeur, ſur la longueur qu'on juge à propos ; on en forme un auſſi grand nombre que le hangar peut en contenir, en laiſſant entre elles des ſentiers pour la manœuvre des Ouvriers. L'Auteur preſcrit de mêler avec les terres, de la chaux, de la cendre, du mâche-fer, un peu de vitriol, & un peu d'alun ; mais il eſt prouvé aujourd'hui que les trois dernières matières ne ſervent à rien, & que les deux premières mêmes pourroient être nuiſibles, ſi on les introduiſoit dans les couches en trop grande quantité. On donne aux couches ou tas une figure triangulaire, c'eſt-à-dire, qu'on les termine en eſpèce de toit. On diſpoſe au fond de ces tas deux claies qui s'arc-boutent l'une contre l'autre, & qui ménagent en deſſous un courant libre à l'air ; enfin on ſaupoudre ces couches pyramidales avec du ſel marin, & on les arroſe tous les quinze jours avec de l'urine. Quand la ſurface de la couche ſe durcit, on la ratiſſe à la ſurface avec un rateau de fer, qui rend la terre plus meuble & perméable à l'air. Ces couches, ſuivant l'Auteur, peuvent être leſſivées au bout d'un an.

Il penſe que les ſalpêtrières doivent être placées de préférence dans

D

les environs des grandes villes, à caufe des fumiers, des urines & des matières animales qu'on y trouve en abondance. Les balayures mêmes des maifons, & des rues font très-propres à la production du Salpêtre. Il en eft de même des débris des boucheries, des offemens des animaux, &c. En général, il n'eft point de matières fufceptibles de putréfaction qu'on doive rejeter.

On trouve, à la fuite de cette Differtation, un extrait de deux lettres adreffées à la Société Economique de Berne, par M. Neuhaus, fur la formation du Salpêtre. Il paroît qu'il a éprouvé avec quelque fuccès une des méthodes de Glauber ; elle confifte à amaffer dans un même endroit de la maifon, toutes les matières fufceptibles de fe putréfier, & de les y laiffer pourrir. Il a tiré d'un tas qui s'étoit ainfi amoncelé pendant l'efpace de fept ans, douze quintaux de Salpêtre ; la furface de terrein occupée par le tas, étoit environ de vingt-cinq pieds en carré.

Quoique les trois Mémoires dont on vient de donner l'extrait ne contiennent rien d'abfolument neuf, & qui ne fe trouve, à proprement parler, dans Glauber, dans la Differtation de M. Pietfch & dans l'Inftruction Suédoife, les Commiffaires de l'Académie ont cru qu'on les verroit avec plaifir dans le Recueil qu'ils ont publié, parce que les Auteurs annoncent avoir fait des expériences par eux-mêmes, & parce que les méthodes qu'ils propofent diffèrent, en plufieurs points importans, de celles de Pruffe & de Suède.

Tandis que la production artificielle du Salpêtre faifoit des progrès rapides en Allemagne, la France étoit dans une inaction abfolue fur cet objet ; la fouille dans les maifons des particuliers continuoit à fatiguer les habitans de la campagne, & quelques provinces reffentoient plus vivement que les autres les inconvéniens de cette méthode.

Ce fut dans ces circonftances que l'Académie de Befançon, dont les travaux ont toujours été dirigés au plus grand avantage de la Société, crut qu'il étoit important d'appeler l'inftruction & les lumières au fecours du Peuple ; elle propofa en conféquence, en 1765, pour fujet de fon Prix annuel, de déterminer la manière la plus économique & en même temps la moins onéreufe pour la Franche-Comté, de fabriquer le Salpêtre en grand. On a déjà donné plus haut une idée des principaux abus développés dans les Mémoires admis au concours. Les Auteurs propofent, pour y remédier, l'établiffement de nitrières artificielles, la conftruction de hangars ; & ils ne font que répéter à cet égard ce qui a été dit par Glauber, par Stahl, par le Docteur Pietfch, & que ce qui a été publié dans les inftructions Suédoifes & dans les Mémoires de la Société Économique de Berne. Quelques-uns propofent de faire faire les établiffemens aux frais du Roi ; d'autres de les faire faire aux dépens des Communautés.

Cependant on continuoit toujours en Suède de multiplier les établiffemens des nitrières artificielles, & les connoiffances ne ceffoient de faire de nouveaux progrès dans ce Royaume. La difficulté qu'avoit l'air de pénétrer jusque dans l'intérieur des terres amoncelées dans les fosses, étoit le seul défaut qu'on pût leur reprocher; M. Gadd entreprit de le corriger. Il présenta, en 1757, au Collége de la Guerre, un nouveau projet de fosses dans lesquelles il introduisoit de l'air par des espèces de tuyaux d'airage, à l'instar de ceux qu'on emploie dans les mines. Ce projet fut accueilli par le Gouvernement, & il fut même accordé à M. Gadd des fonds pour accélérer son exécution. M. Berger, Conseiller de la Guerre, perfectionna même encore l'idée de M. Gadd, & proposa, dans un Mémoire qu'il donna sur le même sujet, de placer la terre destinée à la formation du Salpêtre sur un faux-fond de planches distant de deux pieds environ du sol, d'y percer un grand nombre de trous, afin que l'air pût avoir un accès presque aussi libre par-dessous la masse que par-dessus. Enfin, en 1771, M. Abraham Granit publia, en Suédois, une nouvelle Dissertation sur les moyens d'augmenter la fabrication du Salpêtre en Suède. Il y fait voir que la circulation de l'air est le moyen le plus efficace pour accélérer la formation de ce sel, & il va jusqu'à prétendre qu'on peut parvenir à salpêtrer assez promptement des terres, pour qu'on puisse les lessiver deux fois dans un été. Il regarde, avec raison, comme inutile, le mélange de sel marin, de sels vitrioliques & de chaux avec les terres propres à se salpêtrer; & il se persuade même que ces matières, lorsqu'on les emploie au delà de certaines proportions, peuvent nuire à la formation du Salpêtre, en ce qu'elles retardent les progrès de la putréfaction. M. Granit n'est pas non plus dans l'opinion que l'acide nitreux soit une modification de l'acide vitriolique; il prétend également que l'alkali volatil n'entre point dans sa composition; qu'il ne peut contribuer à sa formation que comme lui fournissant le principe inflammable. Enfin, il réfute l'opinion du nitre aérien. Toutes ces idées sont très-conformes aux découvertes qui ont été faites depuis.

M. Granit termine son Mémoire par des détails très-intéressans sur la manière d'extraire le Salpêtre des terres dans lesquelles il s'est formé. La méthode qu'on emploie en Suède diffère peu de celle qu'on emploie en France.

Un Mémoire publié la même année en Pologne, par M. Jean-Chrétien Simon, annonce que les connoissances relatives à la fabrication artificielle du Salpêtre, avoient également pénétré dans ce Royaume. Ce Mémoire contient des détails très-étendus sur l'établissement des nitrières artificielles, sur les dépenses qu'elles exigent, sur le produit qu'on peut en espérer : on y traite de la nature des terres qu'il convient d'employer, de la préparation qu'il convient de leur donner, de la proportion des mélanges, des arrosages, &c. Il est aisé de voir que ce Traité a été calqué sur celui qui avoit été publié en Suède en 1747; mais l'Auteur y a ajouté le résultat de sa propre expérience; &, à cet égard, son Ouvrage est précieux; il blâme l'usage des murs & des fosses, & s'en tient aux couches ou pyramides élevées & construites sous des hangars.

Tel étoit à peu près en Europe l'état des connoissances sur la fabrication du Salpêtre, à l'époque du Prix proposé par l'Académie des Sciences. Mais tandis qu'un grand nombre de Savans travailloient en silence dans la vûe d'obtenir la Palme Académique qui leur étoit offerte, d'autres, sans attendre cette époque, se sont empressés d'offrir au Public le tribut de leurs connoissances ; & les Commissaires de l'Académie ont pensé qu'ils devoient faire jouir la Société, le plus promptement qu'il seroit possible, de leurs Mémoires, en les imprimant dans leur Recueil.

Le premier de ces Mémoires est de M. le Comte de Milly, que l'Académie a compté depuis parmi ses Membres. Il y donne une description détaillée d'une nitrière artificielle, qu'il a eu occasion de voir en Allemagne. Sans s'arrêter à des dissertations vagues sur la nature du Salpêtre, sur sa composition, il passe rapidement aux faits ; il décrit avec précision le bâtiment qui forme la nitrière, la nature des terres qu'on y emploie, les matières qu'on y mélange, leur proportion, la disposition des tas, leur arrosage ; enfin il conduit le Salpêtre depuis l'instant où il se forme jusqu'à sa dernière cristallisation & à son raffinage. Ce Mémoire est accompagné de figures, & les descriptions y sont faites avec tant de clarté, qu'il est aisé à quiconque voudroit former un établissement de ce genre, de trouver dans l'Ouvrage de M. de Milly, tous les détails dont on a besoin pour opérer avec certitude.

Peu de temps après, M. Tronson du Coudray, Officier d'artillerie, & Correspondant de l'Académie, communiqua à cette Compagnie un Mémoire sur les méthodes employées en Prusse & à Malthe pour la génération artificielle du Salpêtre. Ce Mémoire fut bientôt suivi d'un autre de M. le Chevalier Desmazis, qui fut adressé au Ministre. Quoique ces deux Mémoires aient plusieurs choses qui leur sont communes, les Commissaires de l'Académie ont pensé qu'il pourroit être utile de les publier l'un & l'autre.

La fabrication du Salpêtre dans la nitrière de Malthe, se fait à peu près de la même manière qu'en Suède, c'est-à-dire, sous des hangars ; on on y emploie de la terre calcaire la plus légère, la plus poreuse & la plus meuble ; on en forme des pyramides ou couches triangulaires alongées, en y mêlant alternativement de six pouces en six pouces un lit de fumier. On arrose ces pyramides avec de l'urine putréfiée, qu'on amasse, pour cet objet, dans des citernes.

M. Clouet, Régisseur des poudres, ayant eu occasion de rassembler des observations très-intéressantes sur la manière dont se fabrique le Salpêtre dans l'Inde, en a communiqué le résultat à l'Académie. Toutes les terres végétales, d'après son Mémoire, du moins dans certaines parties de l'Inde, sont de véritables nitrières naturelles. Le Salpêtre s'y forme en abondance pendant la saison sèche ; il y végète, pour ainsi dire, & paroît à la surface en petites aiguilles de deux ou trois lignes. Lorsque la saison des pluies est arrivée, l'eau du Ciel dissout le Salpêtre,

& l'entraîne à une profondeur plus ou moins grande ; mais fi-tôt que la terre a repris un certain degré de fécheresse, il remonte à la surface. Il paroît qu'il est des cantons où l'on peut ainsi recueillir du Salpêtre chaque année en abondance, & sans que la quantité en paroisse diminuer l'année suivante. Ce Salpêtre est naturellement à base d'alkali fixe, & on n'a pas besoin de cendres pour l'amener à l'état de Salpêtre parfait.

Un fait très-singulier, rapporté par M. Clouet, d'après l'autorité de M. Perot, c'est qu'il existe dans le Royaume de Cachemire, des mines d'où l'on tire du Salpêtre en masse, à peu près de la même manière qu'on tire de la pierre à plâtre aux environs de Paris. Le Salpêtre se trouve dans ces mines, en bancs d'une certaine épaisseur, & il prétend qu'on en tire de même dans les Royaumes de Siam & de Pégu.

Une autre remarque importante, c'est que, malgré la grande abondance de Salpêtre qui se trouve tout formé dans l'Inde, on ne néglige pas d'appeler l'Art au secours de la Nature, pour favoriser sa production. On y élève des hangars, on y arrose les terres avec de l'urine, & cette même méthode se suit à Manille & à Kanton.

Une réflexion que les Commissaires de l'Académie croient devoir faire sur le Mémoire de M. Clouet, c'est qu'il ne seroit pas impossible qu'on eût confondu dans les éclaircissemens qui lui ont été fournis, le nitre & le natrum. Il paroît en effet que ce dernier sel est une substance minérale fossille, qui se trouve quelquefois en masse dans l'intérieur de la terre ; mais on n'a pas jusqu'ici de preuves suffisantes qu'il existe du Salpêtre dans de semblables circonstances.

Il paroît, d'après un Mémoire du Père d'Incarville, que le Salpêtre n'est pas moins abondant en Chine que dans les Indes ; on l'y recueille de même en plein air, dans les temps de fécheresse. Ce Mémoire se trouve dans le quatrième volume des Mémoires présentés à l'Académie des Sciences. Les Commissaires de l'Académie ont cru devoir rapprocher l'Extrait de ce Mémoire de celui de M. Clouet.

Tandis qu'on cherchoit de toutes parts à rassembler des connoissances sur le Salpêtre naturel de l'Inde & de la Chine, M. Bowles, dans son Histoire Naturelle d'Espagne, apprenoit aux Savans que ce sel n'étoit peut-être pas moins abondant dans ce Royaume que dans l'Inde même ; que près d'un tiers des terres incultes des Provinces Orientales & Méridionales d'Espagne contenoient du Salpêtre naturel ; que pour obtenir ce sel, il suffisoit de labourer, deux ou trois fois en hiver & au printemps, les champs qui sont près des villages ; qu'en ramassant ensuite, au mois d'Août, la couche superficielle de la terre, on en pouvoit tirer, par lixiviation, une grande quantité de Salpêtre. Ce sel, comme celui de l'Inde, est naturellement à base d'alkali fixe : il contient de vingt à quarante livres pour cent de sel marin. Les mêmes terres, qui ont été lessivées une année, étendues l'année suivante, & exposées de nouveau à l'air, rendent communément une égale quantité de Salpêtre.

Ce n'est, à ce qu'il paroît, que depuis peu d'années qu'on a essayé de fabriquer du Salpêtre dans l'Amérique. Les Papiers Anglois de 1775, nous apprennent que les magasins à tabac sont de vraies nitrières; qu'en mêlant la terre, qui forme le sol de ces magasins, avec des rebuts de feuilles de tabac, & en l'humectant avec la lessive de ces mêmes feuilles, il s'y forme, en peu de temps, de beau Salpêtre, qui se montre en efflorescence à la surface. On a soin de balayer de temps en temps ce Salpêtre, & de le mettre à part pour le purifier suivant les méthodes ordinaires.

Quoique le Mémoire lu en 1776 à l'Académie, par M. de Lavoisier, sur un moyen de décomposer & de recomposer l'acide nitreux, soit plus théorique que pratique, & qu'il n'ait qu'un rapport éloigné avec les méthodes connues de fabriquer du Salpêtre, les Commissaires n'ont pas cru qu'il fût inutile de le faire insérer dans leur Recueil, & il est possible, en effet, qu'il ait ouvert les yeux des Concurrens sur les opérations de la Nature dans la formation de l'acide nitreux, puisqu'il paroît aujourd'hui prouvé que les matériaux qu'elle y employe sont dans l'état gazeux ou aériforme.

Quoiqu'il en soit, M. de Lavoisier prouve dans ce Mémoire, que l'acide nitreux peut se résoudre, se partager en deux substances aériformes, l'air nitreux & l'air vital ou déphlogistiqué, & qu'en réunissant ces deux principes, on réforme de l'acide nitreux. La quantité d'air vital qui entre dans la composition de cet acide, est, d'après des expériences publiées depuis par M. de Lavoisier, environ du quart de son poids; l'air nitreux y entre à peu près pour un autre quart; le reste est du phlègme, ou de l'eau.

Le Recueil est terminé par l'Extrait d'un Mémoire publié par le Père d'Incarville, sur la manière de recueillir le Salpêtre en Chine. Il paroît qu'on le tire par lexiviation des terres végétales.

Tel est le tableau raccourci des connoissances que les Commissaires avoient rassemblées dans le Recueil qu'ils ont publié en 1776. On va rendre également un compte abrégé de l'instruction des Régisseurs.

EXTRAIT de l'Inftruction publiée en 1777, par MM. les Régiffeurs des Poudres.

Cette Inftruction eft divifée en dix-fept articles : on y traite d'abord, d'une manière élémentaire & fuccincte, de la nature de l'acide nitreux, & des principes qui entrent dans fa compofition; on y annonce que, conformément aux expériences modernes, cet acide eft, en grande partie, compofé d'air très-pur, lequel eft fixé & combiné avec une fubftance encore inconnue ; que cet acide, une fois formé, eft fufceptible de fe combiner avec un grand nombre de fubftances ; qu'il peut, par exemple, s'unir avec les terres calcaires, les alkalis fixes, les fubftances métalliques, &c. & qu'il réfulte de ces différentes combinaifons un grand nombre de fels neutres, connus fous le nom générique de nitre; mais que celui qu'on a qualifié particulièrement du nom de Salpêtre, eft le réfultat de l'union de l'acide nitreux avec l'alkali fixe végétal.

De ces connoiffances élémentaires fur la nature de l'acide nitreux, les Régiffeurs des poudres paffent aux moyens que la Nature paroît employer pour le former. Sans remonter aux caufes premières, ils font obferver que le Salpêtre fe forme pendant la putréfaction & la décompofition des fubftances végétales & animales ; d'où ils concluent que tout ce qui tend à entretenir & à accélérer la putréfaction, tend en même temps à favorifer la formation & la multiplication du Salpêtre.

Ces vûes générales les conduifent à l'examen des différentes méthodes qui ont été publiées principalement en Allemagne, pour produire artificiellement du Salpêtre. Ils difcutent les avantages & les inconvéniens des foffes, des murailles, des pyramides, des voûtes, des couches ou tas, & ils croient devoir donner la préférence à ces dernières. Les articles IV, V, VI, VII, VIII font en conféquence employés aux détails de la conftruction des hangars, du choix des terres, de la manière de former les couches, de les traiter, de les arrofer : ils infiftent fur la néceffité de former le premier fond des nitrières avec des terres déjà falpêtrées; on obtient, par ce moyen, une jouiffance plus prompte & une régénération plus facile & plus fûre. L'article VIII a principalement pour objet, d'indiquer aux habitans de la campagne des moyens faciles & peu difpendieux de fabriquer du Salpêtre.

Ce n'eft point affez d'avoir produit du Salpêtre, il faut enfuite l'extraire & le féparer des terres dans lefquelles il s'eft formé. Or, ce fel étant foluble dans l'eau, tandis que la terre eft infoluble, il en réfulte un moyen fimple de faire le départ de ces deux fubftances, & d'obtenir le

Salpêtre feul en diffolution dans l'eau : c'eſt ce qu'on nomme *leſſive*, *lexiviation*, *leſſivage*. Les Régiſſeurs développent les principes d'après leſquels cette opération doit être conduite ; ils indiquent la conſtruction d'un pèſe-liqueur qui exprime la quantité de Salpêtre que contient chaque quintal d'eau ; enfin ils expoſent les moyens de laiſſer le moins de Salpêtre qu'il eſt poſſible dans les terres, & d'en concentrer au contraire le plus qu'il eſt poſſible, dans une médiocre quantité d'eau, pour diminuer les frais d'évaporation.

L'eau une fois chargée du Salpêtre qui étoit contenu dans la terre, il reſte à féparer le Salpêtre d'avec l'eau, & c'eſt ce qui s'opère par l'évaporation & la criſtalliſation. Ces deux objets ſont traités dans l'article X.

Il s'en faut beaucoup que tout le Salpêtre qui exiſte dans les matériaux ſalpêtrés, ſoit à baſe d'alkali fixe végétal. Une portion très-conſidérable eſt à baſe terreuſe : il en réſulte un ſel déliqueſcent qui n'eſt preſque pas ſuſceptible de criſtalliſer, & qui, loin d'être propre à la fabrication de la poudre, la gâte & l'altère, pour peu qu'il y ſoit introduit en quantité ſenſible. L'art de ſe débarraſſer de ce ſel conſiſte à le décompoſer par l'alkali fixe végétal. Ce dernier ayant plus d'affinité avec l'acide nitreux, que n'en a la terre, la précipite & prend ſa place, & il réſulte de cette nouvelle combinaiſon de vrai Salpêtre. Juſqu'à l'époque de la publication de l'inſtruction des Régiſſeurs, les Salpêtriers ne s'étoient jamais ſervis que de cendres pour opérer la décompoſition du nitre à baſe terreuſe ; mais comme les cendres ſont plus ou moins chargées d'alkali, que quelques-unes n'en contiennent point du tout, ils opéroient ſans certitude comme ſans principe : ils manquoient ſouvent leur objet, & ils introduiſoient quelquefois même dans le Salpêtre des ſels qui nuiſoient à ſa qualité, & dont on avoit enſuite bien de la peine à le dépouiller. La cendre d'ailleurs eſt une matière chère & précieuſe, que pluſieurs autres Arts partagent avec les Salpêtriers, & il arrivait ſouvent que leurs travaux ſe trouvoient ſuſpendus ou au moins ralentis par la rareté de cette matière. Les Régiſſeurs, après avoir prouvé que la cendre n'agit qu'en raiſon de l'alkali fixe qu'elle contient, font voir qu'on peut y ſubſtituer la potaſſe, qui n'eſt autre choſe que ce même alkali, qu'on extrait des cendres dans les pays où le bois eſt abondant. En employant cet alkali dont la qualité eſt uniforme ou au moins facile à déterminer, le travail des Salpêtriers prend une marche méthodique & aſſurée ; ils ne ſont plus dans la dépendance, ni des cendres, ni de ceux qui les amaſſent, & les Régiſſeurs prouvent qu'il en réſulte ſouvent de l'économie.

Quelque détaillé que fût cet article du traitement des eaux mères, comme il eſt le plus important par l'influence qu'il peut avoir ſur le travail des Salpêtriers, les Régiſſeurs ont cru devoir publier depuis un ſupplément, dont on va donner également une idée. Ils obſervent d'abord, que les eaux qui ont paſſé ſur des matériaux ſalpêtrés, contiennent communément quatre eſpèces de ſel.

Le

Le Salpêtre à bafe d'alkali végétal,
Le Salpêtre à bafe terreufe.
Le fel marin à bafe d'alkali minéral.
Le fel marin à bafe terreufe.

L'addition d'un alkali en quantité fuffifante, fait difparoître les deux fels à bafe terreufe, mais elle en introduit un nouveau; c'eft le fel marin à bafe d'alkali végétal; ainfi il ne refte plus dans des eaux bien faturées d'alkali, que trois efpèces de fels.

Du Salpêtre à bafe d'alkali végétal.
Du fel marin à bafe d'alkali minéral.
Du fel marin à bafe d'alkali végétal.

Rien n'eft enfuite plus aifé que de féparer, au moins groffièrement, le Salpêtre des deux autres fels, attendu que les deux fels marins n'étant pas beaucoup plus folubles dans l'eau chaude que dans l'eau froide, ils criftallifent dans la chaudière très-long-temps avant le Salpêtre, & on les retire avec des écumoires; c'eft ce que les Salpêtriers nomment le grain.

Toute la difficulté de ce genre de travail confifte à faturer convenablement les eaux. Les Régiffeurs croyoient avoir donné un principe certain à cet égard, en prefcrivant de pouffer l'addition d'alkali jufqu'à ce qu'il ne fe précipitât plus de terre; mais ils ne favoient pas, à cette époque, & tous les Savans ignoroient comme eux, que l'eau mère de nitre décompofoit le fel marin à bafe d'alkali végétal. Cette découverte, qui n'a été faite que très-récemment, exige une modification dans le traitement des eaux mères, ainfi qu'on l'expofera dans la fuite; mais il n'en réfulte pas moins, que les inftructions des Régiffeurs étoient conformes aux connoiffances exiftantes en Chimie, au moment où ils les ont publiées.

Après que les terres ont été leffivées, elles doivent être remifes en couches, & traitées de manière à ce que le Salpêtre s'y régénère promptement : c'eft encore ici le cas de l'addition des matières végétales & animales fufceptibles de fe putréfier. Mais il paroît que la quantité néceffaire pour le traitement des terres leffivées, doit être infiniment moindre que quand il s'agit de nitrifier des terres neuves; du refte, la difpofition des couches, leur traitement, les arrofages, &c. font abfolument les mêmes.

Dans l'article XVI, les Régiffeurs donnent des calculs fur le produit qu'on peut attendre de nitrières bien conduites, & du bénéfice qui doit en réfulter. Enfin, cet Ouvrage eft terminé par un article fur la manière d'effayer les terres & de déterminer la quantité de Salpêtre qu'elles contiennent.

QUOIQUE les Commiffaires de l'Académie aient été occupés, pendant une partie de l'année 1776, de la publication du

E

Recueil dont on a donné plus haut l'analyse, ils ne se sont pas livrés avec moins d'activité à ce qui formoit l'objet principal de leur Commission. Dès le mois de Décembre 1775, ils avoient adopté un plan d'expériences, dont l'objet étoit de reconnoître si les terres simples & non mélangées de matières végétales & animales étoient susceptibles de se nitrifier; si les acides pouvoient se convertir les uns dans les autres, comme quelques Auteurs l'avoient avancé; si certains sels favorisoient plus que d'autres la formation du nitre; si toutes les matières, susceptibles de fermentation putride, produisoient un effet égal, & quelles étoient celles qu'on devoit choisir de préférence; quelle étoit l'influence de chaque nature de terre; s'il pouvoit se former du Salpêtre dans de l'argile pur, ou dans du sable, &c. D'après ces vûes & beaucoup d'autres, il fut fait deux cent vingt-cinq mélanges & expériences, qui ont été suivis, avec beaucoup d'attention, depuis l'hiver de 1776 jusqu'à celui de 1783, c'est-à-dire, pendant sept années. Il suffit d'annoncer ici ces expériences; parce qu'on en rendra compte dans un volume à part, que les Commissaires de l'Académie publieront aussi-tôt qu'ils le pourront.

Insensiblement le délai fixé pour l'envoi des Pièces au Concours approchoit, & un nouveau genre de travail attendoit les Commissaires; l'examen des Mémoires, & la répétition des expériences qui devoient y être indiqués. Il est vrai que sur ce dernier article ils s'étoient procuré une avance bien considérable : en effet, comme ils avoient embrassé dans leurs expériences presque toutes les combinaisons qu'on pouvoit tenter, il étoit impossible qu'ils n'eussent pas, pour ainsi dire, répété d'avance une partie des expériences des concurrens, & c'est réellement ce qui est arrivé.

Quoique l'Académie soit dans l'usage de tenir secret tout ce qui est relatif au jugement des Prix; qu'elle ne publie que les Mémoires couronnés; qu'elle garde le silence sur les autres, & qu'elle n'expose pas même les motifs de son jugement, elle a pensé qu'elle se trouvoit, à l'égard du Prix du Salpêtre, dans une circonstance particulière & qui exigeoit une exception. Le Gouvernement, en autorifant, tant pour le Prix du Salpêtre que pour les frais d'expériences, une dépenfe de près de 30,000 livres, s'eft propofé un objet d'utilité publique ; & c'eft pour le remplir d'autant plus, que le Miniftre, dans fa Lettre du 15 Août, a exigé, conformément aux intentions du Roi, qu'après la proclamation du Prix, les Mémoires lui fuffent adreffés, pour qu'il en fît faire des extraits, & qu'il pût faire jouir le Public de tout ce qu'ils pourroient contenir d'utile. Cette Lettre du Miniftre ayant été imprimée à la tête du Programme, les Concurrens n'ont pu ignorer les conditions qu'elle contenoit; & en envoyant leurs Mémoires au Concours, ils fe font dépouillés de leur propriété, & fe font foumis à ce qu'il en fût fait tel ufage qu'il plairoit au Miniftre d'ordonner.

D'après ces détails, les Concurrens ne peuvent trouver mauvais que les Commiffaires de l'Académie faffent imprimer, foit par extrait, foit en entier, fuivant qu'ils le jugeront utile, chacun des Mémoires qui ont concouru. Ils vont en conféquence joindre à ce Précis hiftorique, un extrait détaillé de chacun des Mémoires admis au premier Concours. Ils fuivront la même marche à l'égard de ceux admis au fecond ; ils joindront à la fuite les Mémoires qu'ils ont jugés dignes d'être imprimés en entier ; ils termineront ce premier volume par quelques Mémoires, intéreffans pour leur objet, qu'ils fe font procurés depuis l'impreffion du Recueil publié en 1776. Enfin, dans un fecond volume, ils rendront compte de leurs propres expériences, & des conféquences auxquelles ils auront été conduits.

Comme le plus grand nombre des Concurrens n'ont pas jugé à propos de fe faire connoître depuis la proclamation du Prix, les Commiffaires s'expliqueront avec franchife & fimplicité fur le mérite de chacun des Mémoires admis au Concours : ils n'ont eu deffein d'humilier perfonne; mais ils n'ont pu fe difpenfer d'être vrais, & ils efpèrent qu'on ne les foupçonnera pas de préventions vis-à-vis d'Auteurs anonymes. Au refte, ils n'ont point la prétention d'être infaillibles, ils

E ij

favent que leur jugement à eux-mêmes eft foumis à celui du Public. Ils ne trouveront donc pas mauvais que les Auteurs qui fe croiront trop févèrement jugés, faffent leurs réclamations, même par la voie de l'impreffion, & ils feront toujours très-empreffés de revenir fur les erreurs involontaires qu'ils pourroient avoir commifes.

*EXTRAIT des trente-huit Mémoires adreſſés
pour le premier Concours.*

MÉMOIRE N°. I.

Audaces Fortuna juvat.

Dans ce Mémoire, qui eſt fort court, l'Auteur propoſe des moyens
pour faire du Salpêtre, par la voie humide & par la voie ſèche.

Par la voie humide, il conſeille d'arroſer une terre légère quelconque
avec de l'urine d'hommes, avec celle des animaux, ou avec des égouts de
fumier. L'urine d'hommes vaut mieux, ſuivant lui, que celle des animaux ; mais en faiſant fermenter cette dernière, elle produit également
de bon Salpêtre. Il faut au plus un an.

L'eau de mer, verſée ſur du fumier bien gras dans des foſſes revêtues
de maçonnerie, forme une matière qui, mêlée avec de la terre
légère & miſe en murs, donne du Salpêtre en deux ou trois ans ; mais
l'Auteur avoue qu'il n'a pas été à portée de répéter cette expérience,
faute d'eau de mer.

La méthode que l'Auteur décrit ſous le nom de voie ſèche, conſiſte à
prendre les démolitions des vieilles maiſons, ſur-tout de celles qui ont été
incendiées ; de les humeéter, & d'en faire des murailles de huit pieds de
haut ſur quatre de large. Lorſque ces murailles donnent des effloreſcences,
on enlève un pouce ou un pouce & demi de terre à leur ſurface, & on
laiſſe cette terre expoſée un mois ſous un hangar, avant de la leſſiver.

Un ſecond moyen eſt d'entaſſer des feuilles d'arbres dans de grandes
foſſes, de les humeéter, & de les laiſſer fermenter & ſe putréfier, juſqu'à
ce qu'elles ſoient converties en terre noire ; alors on mêle cette terre avec
moitié glaiſe, & on en fait des murailles ; ce travail exige pluſieurs années.

L'Auteur prétend qu'on peut, en trois ou quatre ans, convertir le
ſel marin en Salpêtre : il ne donne point le détail de ſes procédés, mais
il annonce qu'ils ſont diſpendieux. Les Commiſſaires de l'Académie
obſerveront, à cette occaſion, que toutes les expériences que les Concurrens ont tentées, & qu'ils ont tentées eux-mêmes pour la converſion
de l'acide vitriolique, de l'acide marin & de l'acide tartareux en acide
nitreux, ont été infructueuſes ; & ils regardent comme une vérité à peu
près démontrée, que l'acide nitreux eſt un acide particulier, & non point

une modification d'aucun autre. Ils développeront dans le second volume les preuves de cette affertion.

L'Auteur affure que, d'après fes expériences, un homme fournit affez d'urine pour procurer, chaque année, cent livres de Salpêtre; ainfi, en ne fuppofant que fix cent mille perfonnes à Paris, on pourroit y faire foixante millions pefant de Salpêtre par an.

Quand l'Auteur fe tromperoit des neuf dixièmes, il en refteroit beaucoup plus qu'il n'en faut pour fubvenir à tous les befoins du Royaume.

Comme ce Mémoire ne contient que des opinions & des ideés déjà connues ; qu'il ne renferme point d'expériences proprement dites , ou au moins que celles qui y font annoncées ne préfentent aucun détail, les Commiffaires de l'Académie ont jugé qu'il ne rempliffoit pas l'objet du Programme.

MÉMOIRE N°. II.

In rebus arduis fatis eft monftrare viam.

L'AUTEUR de ce Mémoire admet un acide univerfel, qui, fuivant la nature des bafes auxquelles il s'unit, forme les différens fels que nous connoiffons.

L'acide nitreux n'eft, fuivant lui, que cet acide univerfel modifié par l'addition de matières putréfiées. S'il s'en fût tenu uniquement à ce fyftême, il auroit approché bien près de la vérité ; mais il ajoute, d'après Stalh, qu'on peut obtenir du nitre en modifiant l'acide vitriolique, & en le combinant avec le phlogiftique par la fermentation putride ; & cette partie de fa théorie fe trouve démentie par des expériences qui paroiffent décifives.

Voici au furplus quelles font les expériences qu'on peut regarder comme propres à l'Auteur. Il prend des tuyaux de terre cuite non verniffée ; il les emplit de fel commun, les fufpend à l'ombre, & les arrofe de deux jours l'un avec de l'urine pourrie ; au bout de quelque temps, il obtient une riche efflorefcence de Salpêtre.

De la cendre de bouleau, de hêtre ou de chêne expofé à l'air, défendue de la pluie, s'humecte d'abord, enfuite elle fe fèche, & en la leffivant on en tire du Salpêtre.

Si on expofe de l'alkali fixe végétal à l'air, il tombe en deliquium ; & au bout d'un certain temps on en obtient du tartre vitriolé. S'il a été expofé à des vapeurs urineufes, on en obtient du Salpêtre. La première de ces affertions, celle de la converfion de l'alkali fixe végétal en tartre vitriolé, fe trouve démentie par des expériences bien faites, dont on rendra compte dans la fuite de ces extraits ; & à l'égard de la converfion de l'alkali en Salpêtre par fon expofition à des vapeurs urineufes, elle eft contraire aux expériences de M. Thouvenel & à celles des Commiffaires de l'Académie.

Après quelques détails fur l'opinion de Mariotte & de Lémery, que l'Auteur réfute, & quelques préceptes fur le choix des terres les plus propres à fe falpêtrer, il paffe aux établiffemens en grand : il rappelle, à cet égard, les foffes & les voûtes de Glauber. Les foffes ont, fuivant lui, quelque avantage pour préparer les matières & y commencer la putréfaction. Quant aux voûtes, il affure que le produit en Salpêtre ne fuffit pas pour payer la main d'œuvre de la conftruction.

Il fait, contre l'ufage des murs, toutes les objections connues ; la difficulté des arrofages, la liaifon, ou plutôt la compacité des parties qui s'oppofe au paffage de l'air, &c.

Les couches font, fuivant lui, la meilleure de toutes les méthodes : on fait un mélange quelconque fermentefcible ; on en forme des tas coniques, qu'on met à couvert ; on fait un trou au milieu avec une perche, & c'eft dans ce trou qu'on verfe les arrofages. Ce procédé réuffit, fuivant l'Auteur, avec bénéfice & profit.

Il croit auffi à la poffibilité de la converfion du fel marin en Salpêtre, qu'il affure avoir opérée lui-même il y a vingt ans, & qu'il dit avoir vu pratiquer avec avantage à Naumbourg en Saxe. Il a pris deux livres de fel commun bien broyé ; il les a mifes dans un plat de terre verniffé ; il a verfé par-deffus une leffive de fumier de brebis & de poules, à la hauteur de quatre travers de doigts ; il a laiffé cette eau furnageante s'évaporer dans un lieu couvert & à l'abri du foleil, en remuant fouvent les matières. L'évaporation à peu près achevée, il a ajouté au fel marin une livre de colcothar, une demi-livre de chaux ; il y a joint de la terre de foffés & de jardin, & en a fait une muraille qu'il a percée de trous avec une pipe à tabac, & qu'il arrofoit d'urine lorfqu'elle étoit fèche. Au bout de trois mois, la muraille étoit couverte d'effloreſcences de Salpêtre, & l'ayant leffivée, il en a retiré dix-fept onces de ce fel.

On opère, fuivant lui, la même converfion de la manière fuivante.

Prenez $\left\{\begin{array}{l}\frac{1}{4}\text{ de livre de fel marin.}\\\frac{1}{4}\text{ de livre de vitriol.}\end{array}\right.$

broyez bien le tout, verfez deffus deux travers de doigts de leffive de fumier de brebis ou de pigeons, ou autres, & laiffez évaporer à ficcité ; ajoutez $\frac{1}{4}$ de livre de chaux & autant de cendres, & continuez d'humecter le mélange à mefure qu'il fe deffèche. Au bout de huit à dix femaines, vous aurez du Salpêtre abondamment, & environ moitié du poids du fel que vous aurez employé. Les Commiffaires de l'Académie, d'après les expériences de même genre dont ils fe font occupés, & d'après les lumières qu'ils ont à portée de puifer dans les Mémoires des autres Concurrens, ont reconnu que ces expériences ne prouvoient rien en faveur de la poffibilité de la converfion du fel marin en Salpêtre : en effet, ils ont éprouvé qu'on obtenoit autant & fouvent plus de

Salpêtre des mêmes mélanges, lorfqu'on n'y faifoit point entrer de fel marin. Quoi qu'il en foit, l'Auteur convient lui-même que ces méthodes de convertir le fel marin en Salpêtre, ne font pas profitables, & il en revient à la conftruction des hangars.

Il propofe d'établir des nitrières dans différentes provinces, d'obliger, une fois pour toutes, les Communautés à y porter les terres falpêtrées de leurs écuries, granges, &c. & de délivrer pour toujours de la fouille les habitans de le campagne, moyennant la redevance annuelle d'une mefure de cendre par ménage. Par cette méthode, on pourroit commencer à leffiver prefque fur le champ; on auroit un travail prompt, facile & peu couteux, & on auroit les deux matières néceffaires à la formation du Salpêtre, la terre falpêtrée & la cendre. Ces difpofitions ne s'écartent pas beaucoup du plan que l'Adminiftration a adopté par l'Arrêt du Confeil du 5 Septembre 1779.

Quant à la difpofition des terres fous les hangars, il les met en tas ou couches de quatre pieds de hauteur, qu'on remue & qu'on arrofe fouvent. Pour remplir commodément ce dernier objet, il propofe de faire dans les couches des trous à un ou deux pieds de diftance les uns des autres, par le moyen d'un pieu de trois ou quatre pouces de diamètre, & de remplir ces trous d'urine, & d'arrofer la furface avec des arrofoirs. Il faut que ces terres foient remuées le plus fouvent qu'il eft poffible, & l'augmentation de produit dédommage amplement des frais. L'urine ne doit être employée que bien putréfiée : on peut y fuppléer par de l'eau de fumier qu'on a laiffé fermenter.

Par une fuite de l'opinion où il eft que l'acide nitreux eft une modification de l'acide vitriolique & de l'acide marin, il confeille d'employer dans les nitrières le colcothar, l'alun, les pyrites, l'eau mère des falines, d'ajouter de la chaux lors du leffivage. Les Commiffaires de l'Académie fe font affurés de l'inutilité de toutes ces matières dans la fabrication du Salpêtre. Il n'en eft pas de même des balayures des maifons, qui font d'une utilité réelle, ne fût-ce que par la quantité de Salpêtre tout formé qu'elles contiennent fouvent.

Quoique ce Mémoire contienne quelques obfervations intéreffantes, comme il ne contient rien d'abfolument neuf, qu'il ne préfente qu'unpetit nombre d'expériences, qui ne font pas même très-concluantes, enfin que l'Auteur eft dans l'erreur fur plufieurs points de théorie, les Commiffaires de l'Académie n'ont pas jugé qu'il eût rempli les conditions du Programme.

MÉMOIRE N°. I I I.

Ce Mémoire contient un procédé pour produire du Salpêtre en trois jours. Il confifte à élever un mur en moellons de craie, à faire au bas une tranchée d'un pied de large & d'un pied de profondeur, à y dépofer
des

des herbages fraîchement cueillis, & par-deffus du fumier de vache. Ces matières fermentent en peu de temps; & pour que les vapeurs qui s'en élèvent, lèchent la furface de la craie avant de fe diffiper dans l'air, il appuie contre le mur des planches ou des paillaffons inclinés, auxquels il donne un empiètement convenable. Il affure qu'au bout de trois jours on peut retirer par chaque toife carrée d'un mur ainfi préparé, neuf onces de Salpêtre de houffage, & qu'on peut ainfi continuer à en recueillir de trois jours en trois jours. Lorfque le tas de matières putrefcibles, placé au pied du mur, eft épuifé, on le renouvelle.

Il n'y a pas de doute qu'avec ce procédé on ne faffe du Salpêtre, & même en affez grande quantité. Cette manière d'opérer a beaucoup d'analogie avec ce qui s'obferve le long des côteaux de craie naturellement falpêtrés, ainfi qu'on le verra dans la fuite, & elle s'explique très-bien d'après la théorie de M. Thouvenel. Mais en même temps, comme le Salpêtre ne fe forme qu'à mefure que les plantes & les fumiers entrent en putréfaction, la formation eft beaucoup plus lente que ne l'annonce l'Auteur, & l'on obtiendra à peine, au bout de trois mois, la quantité de Salpêtre qu'il promet en trois jours. Il y a apparence qu'il a employé dans l'épreuve qu'il rapporte, des craies déjà falpêtrées, & que ce qu'il a regardé comme une formation de Salpêtre, n'étoit qu'une criftallifation opérée par le temps fec & froid.

MÉMOIRE N°. IV.

Plus être que paroître.

L'Auteur regarde la poffibilité de la tranfmutation des fels comme une vérité reconnue & hors de doute, & il a particulièrement dirigé fes recherches vers la tranfmutation du fel marin & du vitriol de Mars en nitre.

Pour parvenir à fon but, il prefcrit d'opérer ainfi qu'il fuit. On raffemble, au commencement d'Avril, les cornes, les ongles des animaux; on met ces matières dans une grande chaudière avec le triple de leur volume d'eau; on ferme, le mieux qu'il eft poffible, la chaudière; on fait chauffer & on tient en digeftion.

Quand la cuiffon eft faite, on ouvre la chaudière, & on trouve à la furface une écume graffe que l'on rejette, au deffous, une gelée qu'on conferve foigneufement, & au fond, un marc qu'on garde pour le mêler dans des couches nitreufes. On opère ainfi jufqu'à ce qu'on ait raffemblé fuffifamment de liqueur gélatineufe.

On diffout enfuite dans une première portion de cette gelée entretenue

F

chaude & fluide, feize livres de fel marin qui a fervi à faler les viandes; dans une feconde portion , neuf livres de vitriol ; enfin dans une troifième , deux livres de tartre : on mêle toutes ces folutions ; on ajoute de l'urine d'animaux , du fang de bœuf, de l'eau mère de nitre, de la levure de bière, du marc de diftillation de vin, du frai de grenouille.

On couvre les vafes, on échauffe par le moyen de fourneaux ou de tuyaux de poêle, & on remplit avec de l'urine ou du fang , ce qui fe perd par évaporation.

On continue cette digeftion pendant cinq mois , à la fin defquels on jette une certaine quantité de chaux vive dans les tonneaux. Quelques jours après , on tire la liqueur , on la mêle avec des terres propres à la formation du nitre.

On ajoute de la chaux, des cendres, de la fuie, de la fiente de poules , de pigeons , &c. On doit employer affez de ces matières pour boire toute l'humidité.

Ce mélange eft enfuite mis en couche fous un hangar , de la manière qui fuit : On forme d'abord un premier lit de fougère & autres plantes fèches.

2°. Une couche de fumier de cochon.

3°. Une couche de végétaux.

4°. Une couche de fumier de brebis.

5°. Une couche de raclure de corne afpergée de chaux.

6°. Une couche du réfidu demeuré au fond des tonneaux.

7°. Une couche de raclure de corne & de chaux.

8°. Une couche de fumier de brebis, & de fiente de pigeons ou de poules.

9°. Une couche de la terre demie putréfiée , ci-deffus préparée.

On commence cette opération à la fin de Septembre.

Dès le fixième jour, la couche s'échauffe ; & pour l'entretenir chaude pendant l'hiver , on la couvre de fumier de cheval.

Au mois d'Août fuivant, on défait la couche & on remue chaque lit, en obfervant de mettre deffus ce qui étoit deffous. On la retourne de même la feconde & la troifième année : enfin , la quatrième année, on retire cent dix livres de nitre par le leffivage. Quand la couche fe fèche, on l'arrofe avec du fang & de l'urine.

L'Auteur ne doute pas qu'on ne puiffe fuppléer aux mélanges qu'il indique, par d'autres matières de même genre.

Il eft facile de voir que l'Auteur prend une marche beaucoup trop lente, beaucoup trop difpendieufe , & que comme, pour arriver au but , il fuffit d'établir une putréfaction complette de matières végétales & animales, il eft poffible de remplir cet objet d'une manière plus fimple & beaucoup moins couteufe.

Tout ce qu'on peut tirer d'utile de ce Mémoire, c'eft qu'il eft poffible d'exciter une chaleur confidérable dans les couches, & de l'y conferver long-temps. Cette circonftance contribueroit-elle à accélérer ou à retarder la formation du Salpêtre ? c'eft fur quoi il n'y a que l'expérience qui puiffe prononcer. Si on s'en rapporte aux obfervations rapportées dans le Mémoire N°. 21, fecond Concours, qui eft de M. Rome, la chaleur des couches feroit plus nuifible qu'utile. Cette chaleur nuiroit également à la formation du Salpêtre, d'après la doctrine de M. Thouvenel. En effet, l'air atmofphérique & le gaz putride devenant plus légérs lorfqu'ils font échauffés, ils tendent à s'élever & à s'échapper dans l'air environnant. Ainfi plus la couche eft chaude, moins l'acide nitreux doit tendre à s'y fixer.

D'après ces réflexions, & comme d'ailleurs les expériences rapportées par l'Auteur ne prouvent pas la poffibilité de la converfion du fel marin en Salpêtre qu'il a eue en vue, les Commiffaires de l'Académie ont jugé qu'il n'avoit aucun droit au Prix ni aux Acceffit.

MÉMOIRE N°. V.

Qu'il eft doux de fervir fon Roi & fa Patrie!

L'AUTEUR annonce n'avoir aucunes connoiffances de Chimie, & en effet on voit, par la lecture de fon Mémoire, qu'il ignore même les moyens de reconnoître le Salpêtre. Cette circonftance jette une telle incertitude fur fes réfultats, qu'il n'eft pas même démontré fi les fels qu'il a obtenus dans fes expériences font du Salpêtre ou non.

Les moyens qu'il propofe fe réduifent à deux.

PREMIER ESSAI fait avec de l'eau de morue.

LE 9 Mars 1776, l'Auteur plaça fous un hangar deux cent foixante livres de terreau affez fec, qui s'étoit formé dans un bofquet pendant l'hiver, par l'affemblage d'herbes de toute efpèce. Le terreau fut pris de préférence au centre du tas, pour qu'il fût moins dépouillé de fes fels par la pluie. Il fut enfuite arrofé une fois par femaine avec de l'eau de morue, & remué également une fois chaque femaine avant l'arrofement.

Le 9 Septembre, l'Auteur procéda au leffivage dans deux cuveaux avec de la cendre & un peu de chaux éteinte à l'air. Ayant fait évaporer la leffive, il eut d'abord beaucoup d'écumes, & enfin ayant mis à criftallifer, il obtint une livre de fel en beaux criftaux longs de deux pouces.

L'Auteur conclut que ce fel eft du Salpêtre ; mais il ne s'en eft affuré par aucun moyen, & il n'y a d'autre préfomption en fa faveur, que la figure des criftaux, & la difficulté d'imaginer quel autre fel de cette figure

F ij

il auroit pu obtenir dans cette expérience. Il obferve qu'il n'a pas apperçu dans cette opération, un feul atome de fel marin; mais il eft poffible que ce fel foit refté dans les eaux mères, d'autant plus qu'il paroît n'avoir pas pouffé fort loin l'évaporation.

L'eau de morue, que l'Auteur a employée, étoit très-peu chargée de fel.

SECOND ESSAI *fait avec la vinaffe.*

L'AUTEUR entend par de la vinaffe, le réfidu des diftillations des lies de vin, pour en faire de l'eau-de-vie. Il a pris trois cents livres du même terreau que dans l'expérience précédente. Il l'a mis, le 9 Mars 1776, fous un hangar, & l'a remué & arrofé, chaque femaine, avec de la vinaffe.

Dans les premiers mois, ce terreau formoit, avec la vinaffe, un corps dur & tenace; mais au bout de quatre mois, il étoit devenu très-friable.

Ce terreau fut leffivé, au bout de fix mois, avec de la cendre; la liqueur qui paffa étoit graffe. L'Auteur l'ayant fait évaporer & mis à criftallifer à plufieurs fois, n'a pu en obtenir que de petits criftaux qui avoient, fuivant lui, la fraîcheur & le piquant du Salpêtre, mais qui étoient fans doute d'une nature fort différente; car ce fel, pouffé au feu dans une chaudière, ne laiffoit qu'un réfidu jaunâtre, & fe diffipoit prefque en entier; la quantité étoit de neuf livres onze onces.

L'Auteur a retiré en outre dix livres de fel marin de cet effai.

Pour préparer les terres & les rendre propres à la formation du Salpêtre, l'Auteur a formé, dans un terrein argileux, une foffe, dans laquelle il a mis des herbages de différentes efpèces. Il a laiffé fermenter le tout pendant quinze jours, après quoi il a arrofé avec de la vinaffe & de l'eau de morue; il y a ajouté auffi des lies de vin avec des eaux bourbeufes. Au bout de quatre mois & dix jours, les plantes furent parfaitem nt confommées & converties en terreau. Ayant expofé ce dernier à l'air fous un hangar, pendant un mois, il s'eft trouvé, fuivant l'Auteur, chargé d'une grande quantité de Salpêtre; mais il convient qu'il n'a conftaté ce fait par aucun autre moyen que par la vue & par l'examen à la loupe.

On voit que les expériences contenues dans ce Mémoire, font en général peu concluantes. Rien ne prouve que le Salpêtre obtenu dans le premier effai, ait été produit par l'eau de morue, & il eft très-poffible, au contraire, qu'il exiftât dans le terreau ou plutôt dans les plantes qui avoient fervi à le former.

A l'égard de la vinaffe ou réfidu de la diftillation du vin, il paroît qu'elle n'a donné qu'un fel tartareux, comme il étoit facile de le prévoir, mais point de Salpêtre.

Ce Mémoire n'a donc rempli que très-imparfaitement l'objet du Programme.

MÉMOIRE Nº. VI.

L'expérience favorife l'Art.

CE Mémoire eſt plutôt économique & politique, que phyſique & chimique; l'Auteur n'y donne aucun autre moyen pour produire artifi-ciellement du Salpêtre, que ceux connus.

Il conſeille d'élever dans les diverſes Communautés, dès hangars, dans leſquels on amaſſeta des terres pour la fabrication du Salpêtre. Il ne parle pas de la diſpoſition de ces terres; mais il preſcrit de les arroſer avec de l'eau de fumier: elles ne doivent être leſſivées, fuivant lui, qu'au bout de trois ou quatre ans.

Il penſe que ces établiſſemens doivent être faits aux frais des Com-munautés; qu'il convient de former des diſtricts pour les Salpêtriers; enfin il aſſure qu'un grand nombre des Salpêtriers des environs du pays qu'il habite (la Souabe), pratiquent avec ſuccès cette méthode de produire artificiellement du Salpêtre.

Comme ce Mémoire ne contient rien de nouveau, & qu'il ne remplit que très-imparfaitement les vûes du Programme; les Commiſſaires n'ont pas jugé qu'il eut aucun droit au Prix.

MÉMOIRE Nº. VII.

La fille du Feu, animée de colère, déchire fans
nulle horreur le fein de fa mère.

IL paroît par le préambule de ce Mémoire, que les Salpêtriers Alle-mands ne font pas moins à charge aux habitans de la campagne, que ceux de France, par la permiſſion qu'ils ont d'exercer la fouille dans les maiſons des particuliers.

L'Auteur, pour délivrer les habitans de la campagne de cette gêne, propoſe de taxer chaque maiſon, chaque Communauté, chaque pro-vince à une certaine quantité de Salpêtre. Tout particulier, par ce moyen, loin de chercher à nuire à la production du Salpêtre, comme on le fait actuellement, travailleroit, au contraire, à la favoriſer. Ce Salpêtre feroit livré à des Prépoſés dans chaque province.

L'Auteur examine enfuite la manière dont le Salpêtre fe produit dans les bergeries, les écuries, &c. Il confeille aux particuliers qui voudront y augmenter la production du Salpêtre, de commencer par creufer le fol de l'écurie de deux pieds & demi, de mettre au fond de cette excavation une couche de terre limoneufe, de la bien battre, & de remplir le furplus avec de la terre ordinaire, qui s'imprégnera de l'urine des chevaux, de celle des vaches & des moutons. Au bout de trois à quatre ans, on fera des monceaux ou pyramides alongées de cette terre, & en peu de temps le Salpêtre fe montrera de lui-même à la furface.

Le limon qui forme le fond du fol, doit refter toujours le même, & la terre feulement être renouvelée. Tout particulier peut, par ce moyen, fe procurer, de trois en trois années, une grande quantité de terres falpêtrées.

Les Prépofés à la fabrication des Poudres & Salpêtres recevroient ou la terre même en nature, qu'ils effayeroient avant de la payer; ou bien le Payfan en extrairoit lui-même le Salpêtre & le porteroit enfuite aux Prépofés. Si le Payfan leffivoit lui-même, fon opération faite, il remettroit la terre à fa place, pour qu'elle fe falpêtrât de nouveau, & au bout de deux à trois ans il fe trouveroit en état d'opérer de la même manière. Si, au contraire, les Prépofés à la fabrication recevoient la terre, ils pourroient, après qu'elle auroit été leffivée, en former des couches fous des hangars, les couvrir avec du fumier de brebis & autres animaux, l'arrofer avec de l'eau de fumier; & au bout de deux ans ils en retireroient, fuivant l'Auteur, par lexiviation, un tiers du poids de la terre en Salpêtre. Il annonce avoir formé en Pologne des établiffemens de cette efpèce, dont on a été fatisfait; mais fûrement il fe trompe de beaucoup fur la quantité des réfultats; & les terres mifes en couches, loin de produire, comme il l'annonce, trente-trois pour cent de Salpêtre, en rendent rarement plus d'une ou deux livres.

L'Auteur prétend qu'il eft des pays où le Salpêtre fe montre le long des chemins, de grand matin, comme une neige blanche; il en a obfervé ainfi en Pologne, & principalement en Ukraine. Dans cette province, on racle avec une pelle les terres qui montrent ainfi des efflorefcences; on amaffe cette terre en tas le long du chemin, puis on la tranfporte fous des hangars à Salpêtre, où l'on en forme des couches qu'on couvre de fumier pendant l'été & pendant l'automne. Au bout de deux ans, cette terre eft bonne à être leffivée, & on en tire une grande quantité de Salpêtre. Les détails, au furplus, dans lefquels entre l'Auteur, ne prouvent pas que le Salpêtre fût tout formé dans ces terres lorfqu'on les a raclées à la pelle; il eft poffible qu'il s'y forme pendant le féjour de ces terres en couches.

Ce Mémoire contient, comme l'on voit, des détails intéreffans; les moyens qu'on y propofe pour augmenter la production naturelle du Salpêtre, ne font pas impraticables; ils fe rapprochent même de ce qui fe pratiquoit anciennement dans quelques provinces de France: les Communautés étoient obligées de fournir à l'Etat une certaine quantité de Salpêtre à laquelle elles étoient taxées. Il exifte encore en Pruffe de ces fortes de taxes; mais elles ont plus d'inconvéniens, & il en réfulte plus de gêne, plus de vexations, plus de charges réelles, que de la fouille même qu'on veut fupprimer. L'Auteur n'enfeigne d'ailleurs rien de nouveau fur la formation & la fabrication du Salpêtre. Les Commiffaires de l'Académie ont jugé en conféquence, qu'il n'avoit rempli qu'imparfaitement les conditions du Programme, & qu'il n'avoit droit ni au Prix ni aux Acceffit.

MÉMOIRE N°. VIII.

Felix qui potuit rerum cognofcere caufas.
Fortunatus & ille Deos qui novit agreftes.

LÉ Mémoire que l'Académie a reçu fous ce numéro & fous cette dévife, ne contient qu'une théorie très-obfcure fur la formation du Salpêtre, & rien qui puiffe être utile dans la pratique.

MÉMOIRE N°. IX.

Rien ne s'anéantit, non rien; & la matière,
comme un fleuve, roule toujours entière.

CE Mémoire eft rédigé d'après les principes de l'Ouvrage de Chrétien Simon, dont l'Extrait eft imprimé dans le Recueil publié en 1776 par les Commiffaires de l'Académie; & les recettes qu'il donne n'en font que la copie. L'Auteur y a ajouté le réfultat d'épreuves qu'il a faites lui-même; & cette partie eft ce qu'il y a de plus intéreffant dans fon Mémoire.

Il a fait conftruire un hangar de foixante pieds de long fur trente de large; il y a fait mettre deux cents tonneaux de terre commune, cent cinquante tonneaux de terre de Savonnier, cinquante tonneaux de fumier de cheval, & quarante tonneaux de rognures de Corroyeurs.

Il n'a mêlé avec la terre que la moitié du fumier & la moitié des rognures de Corroyeur; il a mis l'autre moitié dans de grandes pipes à l'huile, & a verfé par-deffus trois cents feptiers de leffive des Savonniers, & fix cents feptiers d'eau de fumier. Lorfque les matières ont été bien pourries, il s'eft fervi de cette eau pour arrofer; & il a mêlé le marc avec fa terre. A la fin de l'été, il a tiré de dix tonneaux de ces mélanges quinze livres de nitre; il penfe qu'avec plus de temps on en obtiendroit davantage.

L'Auteur voudroit qu'on établît à la fois une fabrique de favon, une fabrique de Salpêtre, & une de colle forte. Ces établiſſemens s'aideroient réciproquement par les matières qu'ils fe fourniroient, & il n'y auroit rien de perdu. On pourroit en outre raſſembler pour faire le nitre, du marc de raiſin, de la pouſſière de tartre, des rinçures d'écuelles, les ordures des boucheries, les boues des rues, la fuie des cheminées, l'urine des hommes, la faumure, &c.

On obſervera que la principale expérience que rapporte l'Auteur, n'eſt pas fuffiſamment concluante; il annonce en effet qu'il a employé dans fes mélanges, des décombres de maiſons qui pouvoient contenir du Salpêtre: il n'eſt donc pas prouvé que le Salpêtre qu'il a obtenu, ait été réellement produit pendant le cours d'un été. Quoique ce Mémoire ait été fait par un homme qui a opéré par lui-même, & que fous ce point de vue il mérite attention, les Commiſſaires de l'Académie n'ont pas jugé qu'il contînt rien d'aſſez précis, d'aſſez détaillé, ni d'aſſez nouveau pour donner à l'Auteur un droit au Prix.

MÉMOIRE N°. X.

Heureux qui peut fonder les Loix de l'Univers.

CE Mémoire a été rédigé par un habitant de Saint-Quentin, qui a peu de connoiſſances relatives à la production & à la fabrication du Salpêtre.

Il propoſe de prendre les démolitions des maiſons, de les faire concaſſer avec des mailloches par des déſerteurs, & d'en former des aires dans le fond des étables & écuries; il fe perfuade que la production du Salpêtre y feroit très-rapide.

Il propoſe encore de faire des mélanges propres à la fabrication du Salpêtre, dans des fouterrains ou caſſemates qui font fous les remparts de la ville de Saint-Quentin, & qui ne fervent à rien: enfin il conſeille d'eſſayer dans les mélanges propres à la fabrication du Salpêtre, la terre vitriolique qui fe trouve preſque par-tout entre Saint-Quentin & Chaulny. Cette terre eſt déjà connue de l'Académie; mais loin de pouvoir être d'aucun uſage pour la fabrication du Salpêtre, elle feroit plus nuiſible qu'utile à fa formation.

Les Commiſſaires de l'Académie n'ont pas jugé que ce Mémoire eût aucun droit au Prix.

MÉMOIRE

MÉMOIRE N°. XI.

Ex nihilo nihil fit.

CE Mémoire ne contient rien de neuf, rien par conséquent qui puisse donner à l'Auteur des droits au Prix. Il propose de construire des hangars, d'y amasser des terres, de les arroser d'urine, &c. tous moyens connus, & dont il se promet le plus grand succès ; mais il n'a fait aucune épreuve pour constater la réalité de ce qu'il avance.

MÉMOIRE N°. XII.

Sigillum veri simplex.

CE Mémoire, qui est fait par un homme très-instruit, est écrit en latin.

Il remarque d'abord, que la fabrication du Salpêtre, malgré son importance, est confiée à une classe d'Ouvriers en général peu instruits, & qui n'ont ni connoissances, ni principes.

Il divise ce qu'il dit sur les défauts de la manutention actuelle, en quatre chapitres, dont on va donner successivement un Extrait.

Dans le premier, il traite du choix & de la préparation des matériaux dont on tire le nitre.

Tout le monde convient que le nitre se forme par la résolution des principes des végétaux & des animaux, résolution qui s'opère par la putréfaction.

C'est encore un fait à peu près démontré, sur-tout depuis ces derniers temps, que l'air, soit en tout, soit en partie, se combine avec les terres nitreuses pour y former l'acide nitreux. L'Auteur cependant n'est pas de ce dernier sentiment, & il pense que ce sont les corpuscules des corps dégagés par la putréfaction, qui, combinés avec l'alkali fixe, forment le nitre. Il convient bien que le concours de l'air est nécessaire à cette formation, mais comme un agent mécanique, & uniquement parce que la putréfaction ne peut avoir lieu sans air.

La preuve, suivant lui, que l'air seul ne se combine pas avec les terres pour former le nitre, c'est que les terres qui ne contiennent point de matières susceptibles de putréfaction, ne donnent point de nitre, quelque long temps qu'elles demeurent exposées à l'air. La présence des matières

G

putrefcibles, ou plutôt la putréfaction elle-même, eft donc une condition néceffaire.

L'Auteur, au furplus, n'ofe pas précifément affurer que le Salpêtre ne foit pas tout formé dans les plantes, ou dans les animaux; mais il prétend qu'on ne peut l'y découvrir, & qu'il n'exifte aucun moyen pour l'obtenir avant la putréfaction complette des parties qui en font fufceptibles.

Quant aux plantes qui contiennent du nitre tout formé, l'Auteur penfe, avec grande raifon, qu'il ne vient que des terreaux ou fumiers dans lefquels elles ont été nourries, mais qu'on ne peut l'en tirer avec profit.

Beaucoup de Chimiftes ont penfé qu'on pouvoit changer le fel marin en Salpêtre, ou transformer l'acide vitriolique en acide nitreux. M. Woulfe, Chimifte Anglois, a même prétendu avoir un moyen de changer l'acide marin en acide nitreux, & réciproquement. L'Auteur de ce Mémoire annonce qu'il n'a retiré aucune lumière des expériences qu'il a tentées dans cet objet, & qu'elles n'ont eu aucun fuccès.

D'après cela, il n'attend de Salpêtre que de la décompofition complette des matières végétales & animales, opérée par la putréfaction, & il a obfervé, que plus la fermentation putride étoit rapide, plus il fe formoit de Salpêtre. De là la néceffité d'une chaleur douce, d'une quantité d'humidité convenable, &c. toutes circonftances propres à favorifer & à accélérer la putréfaction.

Tous les corps ne font pas également propres à la fermentation vineufe; il en eft de même de la putride; & cette réflexion le conduit à quelques détails fur le choix des matières putrefcibles qu'on doit employer de préférence dans l'établiffement des nitrières. La terre des écuries, des étables, qu'on emploie pour faire du Salpêtre, contient fouvent des matières qui n'ont encore fubi qu'un commencement de putréfaction, & il ne s'y eft formé qu'une petite quantité de Salpêtre : il y auroit un grand avantage à attendre que les principes putrefcibles qu'elle contient fuffent parvenus au degré de réfolution néceffaire; & l'Auteur penfe, avec très-grande raifon, que l'ufage où l'on eft de leffiver les terres de fouille auffi-tôt après qu'elles font extraites, eft un des vices des plus effentiels de la manière actuelle d'opérer. Il feroit très-avantageux que les terres fuffent raffemblées fous des hangars, au moins pendant un an, & la quantité du Salpêtre s'y accroîtroit dans une très-grande proportion.

L'ufage des murailles formées de fumier, de chaux, de terre, &c. & arrofées d'urine, a quelque avantage fur la méthode actuelle; mais l'Auteur ne la regarde pas encore comme la meilleure. L'air n'agit qu'à la furface des murs, & la putréfaction ne fe fait pas dans l'intérieur. Ces murailles ne feroient donc avantageufes qu'autant qu'elles feroient très-minces, & alors elles s'écrouleroient trop aifément. Ces murs d'ailleurs tantôt font trop pénétrés d'humidité par la pluie, dont ils ne font pas affez défendus par le toit de paille dont on les couvre; tantôt ils font deffechés à l'excès dans les faifons chaudes; de forte qu'ils ne rendent de Salpêtre qu'au bout d'un très-long efpace de temps, & en très-petite quantité.

Les foffes ont l'inconvénient de ne pas préfenter affez de contact à l'air, & la putréfaction en eft retardée.

L'Auteur eft, en conféquence, ramené aux tas ou couches difpofés fous des hangars, & il prétend que, d'après fa propre expérience, on en peut attendre une récolte abondante en Salpêtre.

Il faut, dans le choix des terres, éviter d'employer celles qui font trop compactes, trop argileufes, trop légères; les matières putrefcibles que l'Auteur indique, font toutes celles connues, la terre végétale, les balayures des places, des rues, &c. la terre de marres, les curures d'étangs, &c. le fumier, l'urine, toutes les matières animales ou végétales, quelles qu'elles foient, les rebuts des Ouvriers qui emploient des matières animales, les rognures de peaux, de peignes de corne, le fang, la terre des cimetières, &c.

Les cendres, lorfqu'elles font neuves, ont l'avantage de contenir un alkali qui donne une bafe fixe au Salpêtre; mais celles mêmes qui ont été leffivées, ne font pas à rejeter, à caufe de leur qualité poreufe & des matières fufceptibles de putréfaction qu'elles contiennent encore. La chaux peut également produire un effet avantageux, pourvu qu'elle foit employée en petite quantité.

Les tas ou couches à Salpêtre doivent être formés fur un fol argileux, dans la crainte que la terre ne dérobe le Salpêtre à mefure qu'il fe forme. Il faut enfuite qu'ils foient abrités de la pluie & du foleil, par le moyen de hangars. Ces hangars doivent être fermés d'une manière quelconque, foit avec des murs ou autrement. On doit y ménager des fenêtres, qu'on puiffe ouvrir ou fermer à volonté.

Les tas ou couches ne doivent point avoir plus de trois à quatre pieds d'élévation, & cinq de large, afin que la putréfaction puiffe fe faire dans toute la maffe. Il faut les remuer au moins tous les deux mois, 1°. pour renouveler les furfaces & mettre les parties intérieures en contact avec l'air; 2°. pour que la terre ne fe pelotte pas & ne faffe pas maffe. Les arrofages doivent fe faire avec de l'eau de fumier & de l'urine pourrie, dans laquelle on ajoute un peu de chaux vive. Le grand art eft d'entretenir dans les terres le degré d'humectation convenable : il ne faut pas qu'elles foient trop fèches; mais il eft plus important encore qu'elles ne foient pas trop humides, parce que l'eau bouche les pores de la terre & ôte tout accès à l'air. Si on a trop mouillé par la négligence des Ouvriers, il faut, dès qu'on s'en apperçoit, remuer les tas, y introduire de la chaux vive, de la cendre, &c. pour détruire l'excès d'humidité.

L'Auteur défire que l'Académie puiffe faire l'épreuve de comparaifon des murs & des tas ou couches, pour fe convaincre par elle-même de la préférence due à ces derniers.

Il annonce auffi avoir tenté différens mélanges de fubftances falines avec des terres propres à fe nitrifier, pour connoître quel avantage on pouvoit en attendre. Il a pris une même terre bien mêlée de cendres, & il en a fait fix tas, en ajoutant au premier de la chaux vive, au fecond de l'acide vitriolique saturé de terre calcaire, au troisième du tartre cru, au quatrième du sel commun mêlé de vitriol, au cinquième du sel commun seul. Le sixième est demeuré sans aucune addition.

Tous ces tas ont été arrosés avec une égale quantité d'urine, remués aux mêmes époques, & traités uniformément. Au bout de soixante jours, l'Auteur a fait un premier lessivage d'une portion de ces terres ; mais il n'y avoit point encore de Salpêtre. Il se proposoit de rendre compte du résultat ultérieur dans un supplément ; mais il n'est pas parvenu à l'Académie.

Dans le second chapitre, l'Auteur traite de la lixiviation des terres. Toute terre nitreuse contient communément beaucoup de nitre à base terreuse, un peu de vrai nitre, un peu de nitre cubique, un peu de nitre ammoniacal, enfin du sel marin à base saline & terreuse. Pour convertir en nitre parfait les différentes espèces de nitre qui en sont susceptibles, & l'obtenir dans son état de pureté, il faut, 1°. donner une base d'alkali fixe à l'acide ; 2°. se débarrasser des sels étrangers.

Les terres ne doivent commencer à être lessivées qu'au bout de deux ans. Le nitre est formé avant cette époque, mais en petite quantité ; & c'est vers les derniers mois principalement qu'il se forme en abondance.

Il est bien important de ne pas employer des tonneaux trop élevés pour lessiver : la terre s'y tasse & devient impénétrable à l'eau ; la proportion de deux pieds ½ à trois pieds, est la meilleure ; quant au diamètre, il est indifférent.

Les cuveaux doivent être garnis d'un faux fond supporté par une croix de bois, & l'intervalle doit être rempli de paille. On place sur le faux fond ⅓ de la capacité du cuveau de cendre de bois dur mêlé de deux tiers de chaux vive ; on met par-dessus la terre nitreuse, & on lessive avec de l'eau de rivière. Il faut retenir au moins douze heures l'eau dans les cuveaux, avant de la laisser écouler.

Les Salpêtriers emploient tous une trop petite quantité de cendre. On peut leur substituer des cendres gravelées dans les Provinces où elles sont à bon marché, ou bien de la potasse, & le Salpêtre en est beaucoup plus beau. L'Auteur recommande sur-tout d'employer de la chaux vive, lors du lessivage des terres, & même de ne la pas épargner. M. du Coudrai s'est trompé, en annonçant qu'elle produisoit du Salpêtre moins ferme. Son assertion n'est vraie, suivant l'Auteur de ce Mémoire, que lorsqu'on n'a pas employé assez de cendres, & qu'on a laissé beaucoup de sels à base terreuse non décomposés : alors la chaux les fait cristalliser, & on les obtient sous forme concrète ; mais ces sels n'en sont pas moins déliquescens. Cet inconvénient n'a pas lieu quand on a saturé l'acide nitreux d'alkali ; la chaux ne sert alors qu'à blanchir le Salpêtre, à le dégraisser & à le purifier.

Cette méthode de mettre la chaux & la cendre dans le cuveau, est, suivant l'Auteur, bien préférable à celle de lessiver d'abord les terres seules, & d'y ajouter ensuite l'alkali.

Lorsque la terre aura été détrempée par l'eau dans les cuveaux pendant une nuit, on ouvrira les robinets. L'eau qui a passé sur ces premiers cuveaux doit repasser sur d'autres disposés de la même manière, jusqu'à ce qu'elle n'augmente plus de force. Il prétend qu'elle n'est bonne à évaporer, que quand sa pesanteur est à celle de l'eau pure, dans le rapport de dix à neuf; elle contient alors vingt à vingt-cinq pour cent de Salpêtre; mais cette proposition n'est vraie que pour l'été : en hiver au contraire, lorsque l'eau est très-refroidie, elle ne peut dissoudre que quinze à vingt livres de Salpêtre au plus par cent, & il n'est pas possible de la charger au delà.

L'Auteur prétend encore, qu'avant de faire évaporer la lessive, il faut avoir soin d'essayer si elle ne précipite plus par une addition d'alkali. On prend à cet effet une livre de la lessive, on y ajoute peu à peu de l'alkali, & la proportion donnée par cet essai, détermine la quantité qu'on doit employer pour le tout. Les Commissaires de l'Académie feront connoître dans la suite de ce Recueil, les inconvéniens de porter l'addition d'alkali jusqu'au point de décomposer la totalité des sels à base terreuse, & combien il est important au contraire de se tenir beaucoup en deçà de la précipitation complette de la terre. Il seroit trop long d'en exposer ici la raison.

Dans le chapitre troisième, l'Auteur traite de la coction & de la cristallisation. Il estime que les chaudières d'Allemagne sont trop creuses, & que celles que Stahl a décrites dans les endroits de ses Ouvrages où il traite du Salpêtre, ont ce même défaut. On pense en général, que le sel se rassemble mieux dans une pareille chaudière; mais l'Auteur est d'une opinion différente, & il demande une chaudière de cinq à six pieds sur trois au plus de profondeur.

L'évaporation ne doit pas être poussée trop rapidement, parce que le nitre à base terreuse, ou le nitre ammoniacal, pourroit lâcher une partie de son acide.

L'Auteur conseille, pour remplir la chaudière, de se servir d'un cuveau qui laisse couler la liqueur lentement, comme il est indiqué dans l'Instruction in-4°. publiée en 1777; mais les Régisseurs des Poudres ont imaginé depuis un procédé plus avantageux encore, dont il sera rendu compte dans ce Recueil.

Il est des Salpêtriers qui poussent l'évaporation jusqu'à ce que la liqueur contienne soixante & soixante-quinze p. ½ de matière saline; mais cette méthode ne tend, suivant l'Auteur, qu'à obtenir du Salpêtre très-mêlé de sel marin & de nitre à base terreuse, tandis que, cristallisé à grande eau, il est presque aussi pur à la première cuite qu'à la troisième. Il conseille en conséquence de ne pousser l'évaporation que jusqu'à quarante ou quarante-cinq pour cent de Salpêtre. Il désireroit encore qu'on filtrât la lessive dans une chausse de laine, avant de la mettre à cristalliser pour obtenir du Salpêtre plus pur. A l'égard de la cristallisation, les vases les plus grands lui paroissent les meilleurs, parce que le refroidissement s'y fait plus lentement. D'après le même principe, il prescrit de tenir couverts ces vaisseaux. On peut aussi les traverser de bâtons sur lesquels se fixent les cristaux. Enfin il prescrit, lorsque le Salpêtre a été retiré du vase à cristalliser, de laver & le faire sécher ensuite; on emporte ainsi le peu d'eau mère qui pourroit rester. La liqueur surnageant à la cristallisation, doit être évaporée de nouveau & traitée par l'alkali caustique, si elle en a besoin.

Le chapitre quatrième traite du raffinage du Salpêtre. Comme il ne contient que des vérités & des résultats connus, on se dispensera d'en donner l'Extrait.

Il n'est pas difficile de voir que ce Mémoire est fait par un Chimiste très-instruit; il a de plus le mérite d'être parfaitement rédigé; mais en même temps, comme il ne contient point, à proprement parler, d'expériences nouvelles, les Commissaires de l'Académie n'ont pas jugé qu'il eût rempli les conditions du Programme, & ils se sont contentés d'en faire une mention honorable, lors de la proclamation du Prix.

MÉMOIRE N°. XIII.

Notatio Naturæ & animadversio peperit artem. CIC.

L'Auteur de ce Mémoire regarde l'acide nitreux comme une modification de l'acide vitriolique.

Il cite l'expérience de M. Pietsch, celle de Stalh (Fundamenta Chimiæ), lequel a obtenu de beaux cristaux de nitre, en combinant ensemble de l'esprit de vitriol volatil, de l'esprit de thériaque, & de l'esprit urineux de tartre. Mais toutes ces expériences ne sont point suffisamment probantes, ainsi qu'il résulte d'expériences décisives faites par M. Lorgna, par quelques autres Concurrens, & par les Commissaires de l'Académie.

Il prétend que la cendre seule, exposée long-temps dans une cave, donne du Salpêtre; mais que la nitrification est beaucoup plus abondante & beaucoup plus rapide quand on l'humecte avec des matières putrescibles.

Depuis quinze ou vingt ans on a commencé à établir dans quelques parties de l'Allemagne des plantages de nitre, notamment dans le Palatinat, dans le Margraviat de Bade-Dourlach, & dans le Landgraviat de Hesse-Darmstadt. Il y en a quatre dans le Palatinat; mais ils ne suffisent pas pour la consommation du pays, & pour le surplus, on continue de fabriquer suivant les méthodes anciennes. Les établissemens des nitrières ont été faits jusqu'ici aux frais des Souverains, & en général il paroît que le Salpêtre qui en provient, est cher.

Toutes les nitrières qu'on vient de citer, font établies à peu près fur les mêmes principes; & l'Auteur entre dans le détail de la manière dont font conftruits les hangars.

On leur donne quatre-vingt-quatre pieds fur un fens, & quarante-trois fur l'autre en dehors; un mur fert de fondation; tout le refte eft en bois & en terre.

Toutes matières qui contiennent de l'alkali fixe, du fel urineux, ou qui font propres à en produire, font par cela même propres à la fabrication du Salpêtre; on mêle ces matières avec de la terre légère & poreufe. Les terres déjà falpêtrées, font préférables à toutes. Par ce moyen, le tranfport des terres ne fe fait qu'une feule fois pour toutes, & les mêmes terres font remifes en couche après le leffivage.

Lorfque les mélanges ont été faits, & que les terres ont été convenablement difpofées fous les hangars, on les remue au moins deux fois par an, au printemps & en automne, & on les arrofe quand elles fe deffèchent.

Un plantage conftruit fur ces principes, peut donner du nitre dès la deuxième année; mais il vaut mieux attendre la fin de la troifième: le produit alors peut être de neuf à douze quintaux; ce qui revient à trois ou quatre cents livres par an. Ce produit eft bien médiocre, & il paroît que les effais de ce genre qui ont été faits en France, promettent plus de fuccès.

L'Auteur eft d'avis qu'on établiffe en Alface un certain nombre de ces plantages; que les Communautés contribuent aux premiers frais, & qu'enfuite on les laiffe exploiter par les Salpêtriers. Le bois ne coutera rien dans cette Province, où la plupart des Communautés en poffèdent, & on n'aura tout au plus à payer que le chariage. Il penfe même qu'on pourroit faire également contribuer toutes les Communautés du Royaume; & l'établiffement une fois fait, l'entretien couteroit peu de chofe.

En Pruffe, les établiffemens ont été faits, partie aux frais du Roi, partie aux frais des Communautés.

L'Electeur de Bavière fit publier, en 1766, un Réglement qui portoit, que dans tout village un peu confidérable, il feroit conftruit une efpèce de pyramide, couverte de planches & de chaume, pour la formation du Salpêtre; ce même Réglement accorde une gratification par chaque quintal de Salpêtre qui fera formé au moyen de la pyramide, indépendamment du prix du Salpêtre, payé aux Salpêtriers.

Ce Mémoire eft bien fait; & il eft certain qu'en fuivant la marche indiquée par l'Auteur, en faifant conftruire des hangars par toutes les Communautés du Royaume, on auroit une récolte de Salpêtre fûre & abondante. Cependant, comme les moyens qu'il propofe ne font point nouveaux, que fon Mémoire ne contient aucune expérience qui lui foit propre, aucun fait qui puiffe contribuer à augmenter les connoiffances relatives à la formation du Salpêtre, les Commiffaires ont penfé qu'il ne pourroit avoir aucun droit, ni au Prix, ni aux Acceffits.

MÉMOIRE N°. XIV.

Non tam turpe fuit vinci, quàm contendere decorum. OVID.

L'ACADÉMIE a reçu, fous ce numéro & fous cette devife, une lettre du 21 Février 1777, fignée J. B. C. L'Auteur annonce qu'on a fait à Londres un atelier à Salpêtre, compofé de deux à trois mille tombereaux de terre. Une partie des terres étoit en plein air, d'autres fous des appentis, d'autres enfin étoient recouvertes avec du fumier. On avoit arrofé toutes ces terres avec de l'urine & des matières fécales ; mais après beaucoup de dépenfe, l'établiffement n'a eu aucun fuccès, & il a été abandonné.

Il a vu à Bruxelles un autre atelier, où l'on avoit opéré à peu près comme à celui de Londres ; cette entreprife n'a pas eu plus de fuccès. Enfin, à Saint-Germain-en-Laye, M. le Baron d'Efpuller a effayé de nitrifier des terres graffes ; mais l'Auteur doute encore qu'il y ait réuffi, & les Commiffaires de l'Académie favent que ces craintes de l'Auteur n'étoient pas fans fondement.

L'Auteur en conféquence confeille de ne prendre que des matériaux déjà falpêtrés, de les leffiver & de les traiter enfuite avec des eaux mères, de petites eaux, & un peu d'urine ; de les placer dans des granges, des écuries, des hangars, &c. : en traitant chaque année des terres ainfi apportées du dehors, & en les travaillant enfuite pour les nitrifier de nouveau, la provifion de terres falpêtrées iroit toujours en augmentant, jufqu'à ce qu'on en eût raffemblé une quantité fuffifante.

Si on a de grands terreins à fa difpofition, on peut former des lits de cette terre, les couvrir de paillotis pour les garantir de la pluie, les arrofer & les retourner pour les travailler au bout de quatre ans.

Des terres bien traitées doivent rendre, fuivant l'Auteur, une livre & demie de Salpêtre par pied cube. Les Commiffaires de l'Académie ont lieu de regarder ce produit comme exagéré, & ils ne penfent pas qu'on puiffe compter fur plus d'une livre dans les circonftances les plus favorables. L'Auteur annonce avoir travaillé de cette manière quand il étoit Salpêtrier ; mais que faute de fonds & de terreins, il n'a pu continuer.

Ce Mémoire, ainfi que le précédent, ne préfentant que des moyens connus, & ne contenant point d'expériences propres à l'Auteur, les Commiffaires de l'Académie ont jugé qu'il ne pouvoit avoir droit, ni au Prix, ni aux Acceffits.

MÉMOIRE

MÉMOIRE N°. XV.

Sat mihi, si labor utilis.

APRÈS quelques préliminaires fort courts sur l'origine & la formation du Salpêtre, origine sur laquelle l'Auteur avoue qu'on a peu de connoissances, il entre en matière.

Il cherche d'abord à établir que le Salpêtre n'est pas inflammable ; que ce sel ne se consume pas de lui-même, comme les corps combustibles; qu'il ne fait qu'exciter très-rapidement la propagation du feu dans les corps inflammables & actuellement allumés.

Qu'on mette un charbon ardent sur un pain de Salpêtre, ce dernier détonera, & le charbon se consumera jusqu'à ses derniers atômes ; mais le charbon consumé, le Salpêtre ne jettera plus la moindre étincelle. D'après ce fait & quelques autres analogues, l'Auteur conclut, comme l'a déjà avancé M. de Fourcroy, que le Salpêtre n'est pas le corps qui brûle dans la détonation, & que l'acide nitreux contient peu de phlogistique.

Il seroit trop long de discuter ici cette opinion, qui tient à une théorie délicate & difficile; les Commissaires de l'Académie se contenteront de dire, que si on s'en rapporte à des expériences très-modernes faites avec un grand soin par MM. de la Place & Lavoisier, il paroîtroit prouvé que la matière du feu ou de la chaleur qui se dégage pendant la détonation, vient plutôt du nitre que du charbon.

Sans entrer dans de grands détails sur les principes qui constituent l'acide nitreux, l'Auteur le croit tout formé dans les matières végétales & animales ; il pense avec Glauber, Lemery & autres, que la putréfaction le met à nu, & ne fait que le dégager des matières étrangères qui l'enveloppoient.

Il annonce que tous les greniers de Paris contiennent des cristaux de nitre. Ce sel se trouve autour des lattes en petits cristaux ; les toiles d'araignées, les balayures de grenier en contiennent abondamment. Il en a observé de tout formé au haut des tours de Notre-Dame, & dans presque tous les clochers, sous la tuile.

On en recueille abondamment, suivant lui, en lessivant les balayures des murailles.

Il en a tiré cinquante livres d'une petite quantité de matériaux détachés d'un château en ruine, exposé à l'air depuis trois cents ans.

Il y en a dans la terre du pied des vieux arbres, dans les églises abandonnées, &c. mais il avoue en même temps, que la terre du pied des arbres n'en contient pas assez pour qu'on puisse l'en tirer avec profit.

H

Il prétend que, dans les terres entassées sous des hangars, la couche moyenne est plus abondante en Salpêtre, que l'inférieure & la supérieure.

L'Auteur regarde presque le nitre comme le sel universel. Indépendamment des végétaux où il se trouve tout formé, il prétend qu'il existe dans l'air, dans les fontaines; qu'il est entraîné de là dans les rivières, dans la mer, &c. Mais ce qui renverse entièrement cette partie de son opinion, c'est que l'eau de la mer, ni même celle des fontaines éloignées des habitations, ne fournissent aucun atôme de nitre par l'analyse chimique.

Il termine la partie théorique de son Mémoire par la réflexion qui suit : » Quand je considère, dit-il, que cent chevaux de travail con-
» somment par an douze cent milliers de foin, paille, avoine, à raison
» de vingt-cinq livres pesant par jour; que ces douze cent milliers ont
» été pris sur une surface de six cents arpens de terre; qu'après la
» destruction de ces végétaux, il n'en existe plus que quatre cents tom-
» bereaux de terreau, contenant vingt pieds cubes chacun, c'est-à-dire
» huit mille pieds cubes; que chaque pied cube ne rend pas au delà
» d'une livre de Salpêtre, ce qui donne pour le tout huit milliers de
» Salpêtre.

» Quand, par une suite de ce calcul, je répartis les huit mille livres
» de Salpêtre sur la surface des six cents journaux de terre, & que je
» trouve que la Nature n'en a employé que quatorze livres environ
» à la production de deux mille livres de matière végétale, produit d'un
» journal; lorsque je divise ensuite quatorze livres de nitre par trois cent
» soixante perches, mesure d'un journal, & que je trouve que chaque
» perche de neuf pieds en a fourni moins de cinq gros, je suis étonné
» qu'on puisse en tirer des terres à couvert dans les habitations, sur-
» tout quand elles sont lessivées tous les deux ans & demi, &c. «.

De ces réflexions théoriques l'Auteur passe à la pratique.

Les murailles de Prusse lui paroissent un moyen dispendieux & peu profitable; les hangars sont, suivant lui, trop chers; & pour fournir trois millions de Salpêtre, il faudroit une avance énorme, supérieure à ce que le Gouvernement se déterminera probablement à faire. Les terres les plus riches en Salpêtre n'en fournissent pas plus d'une livre par pied cube, & il prétend même, que dans la plupart des Provinces, elles ne donnent qu'une livre par huit pieds cubes. En supposant donc qu'on ne fouillât qu'à un pied de profondeur, il faudroit travailler en France, pour obtenir trois millions de Salpêtre, vingt-quatre millions de pieds cubes de terre (*). Mais la terre des hangars ne peut se lessiver que tous les trois ans; ainsi, pour fournir trois millions de Salpêtre, il faudroit entretenir sous des hangars soixante-douze millions de pieds cubes de terre, ce qui, divisé par six mille pieds cubes, quantité de

_____

(*) Les Commissaires substituent ici leurs calculs à ceux de l'Auteur, parce qu'ils sont plus exacts.

terre qu'on peut raifonnablement amaffer fous un hangar, exigeroit la conftruction de douze mille hangars.

Il eft vrai que ce calcul eft outré, en ce qu'il eft certain que la terre des hangars, traitée convenablement, pourra fournir plus d'une livre de Salpêtre par huit pieds cubes ; on croit même pouvoir affurer qu'elle rendra au moins une livre par deux ou trois pieds cubes. Mais en fuppofant toutes les circonftances les plus favorables, il faudroit au moins trois mille hangars, pour fournir trois millions de Salpêtre en France. Cette première avance, indépendamment du tranfport des terres, couteroit huit à dix millions.

L'Auteur, d'après cela, penfe qu'on ne peut faire raifonnablement d'établiffement de nitrières, qu'aux environs des villes ou gros bourgs, où les matières végétales & animales de rebut font très-abondantes, & où les villes font en état de faire des avances. Il confeille de remplir ces hangars de terres déjà falpêtrées, d'y apporter des balayures de murs, de cave, de toits, de greniers, &c.

Tout ce que l'Auteur ajoute enfuite fur l'établiffement des hangars & fur leur conduite, ne peut être d'aucune utilité ; fes moyens font compliqués & chers, & évidemment moins avantageux que ceux publiés dans les Ouvrages précédemment imprimés.

Quant aux campagnes, il confeille de donner la liberté à tous les particuliers d'avoir des foffes à Salpêtre ; & il eft perfuadé qu'on fe livreroit avec empreffement à ce travail, comme on le fait en Suiffe. Il va même jufqu'à vouloir qu'on exige des habitans de la campagne, des établiffemens de foffes ou autres amas de terres mélangées de manière à pouvoir fe falpêtrer. Ces terres refteroient deux ans dans les foffes, où elles feroient convenablement arrofées ; alors on les leffiveroit pour opérer enfuite, de la même manière, une nouvelle régénération de Salpêtre.

L'Auteur voudroit qu'on affectât aux Salpêtriers une maifon dans chaque Communauté, de laquelle le Salpêtrier payeroit le loyer.

Le même Auteur a adreffé à l'Académie, pour le fecond Concours, un fupplément dans lequel il promet de lui faire parvenir inceffamment un Mémoire fur la caufe des incendies fréquens des moulins à poudre; une méthode pour fabriquer la poudre en moins de temps, & pour faire une double fabrication dans la même ufine ; enfin une manière de conferver la poudre dans les places de guerre & dans les vaiffeaux, fans être expofés à l'explofion fubite en cas d'inflammation (*).

A la fuite de ce fupplément, qui eft tout-à-fait étranger au Prix du Salpêtre, l'Auteur a joint une Differtation fur le nitre aérien. Il donne pour preuve de fon exiftence, le Salpêtre qui fe trouve fous les tuiles des maifons, & principalement en tête de la tuile & fous fon crochet ; il y eft tantôt en aiguille, & tantôt par couches ou plaques. Ce Salpêtre

_____

(*) Ces différentes pièces ne font point parvenues à l'Académie.

H ij

fans doute n'exiftoit pas dans la glaife qui a fervi à faire la tuile, & l'Auteur le prouve très-bien; il n'exiftoit pas davantage dans les tuiles au moment de leur cuiffon, puifque ce n'eft que lorfqu'elles ont été employées quelque temps en couverture, qu'elles en donnent en quantité notable; d'où il conclut que c'eft la pluie qui l'y dépofe; & comme la pluie ne peut l'avoir puifé que dans l'atmofphère, il en conclut encore qu'il exifte du nitre en diffolution dans l'air.

L'Auteur n'appuie pas ce fyftême de preuves bien rigoureufes, & il ne paroît pas en effet qu'il foit conforme à la vérité. Il eft très-probable, d'après les expériences de MM. Thouvenel, que le Salpêtre fe forme par la combinaifon du gaz putride & de l'air de l'atmofphère. Ces deux airs, ou plutôt la combinaifon de ces deux airs qui s'élève dans l'intérieur des habitations, eft arrêtée, &, pour ainfi dire, réfléchie par les tuiles; & l'acide nitreux doit d'autant plus s'y fixer, qu'elles contiennent commu-nément une petite portion de terre calcaire. Cette explication eft tout auffi naturelle que la fuppofition du nitre aérien, & elle eft plus con-forme aux découvertes dernièrement faites.

Cette Differtation eft terminée par des réflexions fur la combuftion. L'Auteur penfe que le nitre en eft le principal agent, & qu'il eft un des principes conftitutifs de tous les corps inflammables. Cette idée rentre beaucoup dans celle de Lemery, qui penfoit que le nitre étoit tout formé dans les végétaux, qui le tiroient de la terre & de l'air.

Il conclut, que le parti à prendre pour répondre aux vûes du Gouver-nement, eft de continuer à tirer le Salpêtre des décombres & des démo-litions; d'encourager les conftructions de hangars & de nitrières, fur-tout dans les environs des villes; de préferver les Entrepreneurs de l'erreur funefte où ils font, que le nitre fe régénère dans les terres fans addition de matières fufceptibles de putréfaction; enfin de publier des inftructions claires & précifes.

Pour donner une idée de la manière dont il juge que ce dernier objet devroit être rempli, il a joint à fes fupplémens une Inftruction par demandes & par réponfes, une efpèce de Cathéchifme pour les Salpêtriers. Dans cet Ouvrage, qui eft affez bien fait, l'Auteur avance que le temps néceffaire à la régénération du Salpêtre, dépend beaucoup de la nature de la terre & des mélanges qu'elle contenoit originairement; que la craie, par exemple, qui a été une fois imprégnée de Salpêtre, le reprend très-aifément; que de même les terres auxquelles on a ajouté un mélange de matières putrefcibles, fuffifant pour les nitrifier une première fois, confervent encore, après avoir été leffivées, affez de ces matières pour fournir à une feconde formation de Salpêtre.

Il prétend encore dans cette Inftruction, que tout le fuccès des hangars conftruits dans les environs des raffineries, qui font exploités pour le compte de la Régie, tient aux eaux mères qu'on y jette. Enfin il conclut, comme il l'avoit fait dans fon Mémoire, que l'établiffement de nitrières formées fous des hangars, ne convient que dans les environs des grandes villes où les matières putrefcibles abondent de toutes parts, ainfi que les décombres de matériaux déjà falpêtrés.

Quoique ce Mémoire & les fupplémens que l'Auteur y a joints, contiennent des détails intéreffans, & que l'obfervation du Salpêtre qui fe trouve fous les tuiles des couvertures des maifons, paroiffe neuve, les Commiffaires de l'Académie n'ont pas jugé que l'Auteur eût des droits, ni au Prix, ni aux Acceffit.

MÉMOIRE N°. XVI.

Parcere exuctionem, & debellare errorem.

CE Mémoire eft écrit en françois, mais, à ce qu'il paroît, paf un Étranger qui n'a pas l'habitude de cette Langue. On entrevoit qu'il blâme les établiffemens de nitrières où le Salpêtre fe forme par le réfultat de la putréfaction. Il annonce que dans la Bifcaye & dans les Provinces de Guipufcoa & d'Alaba, où il n'y a point de mine de Salpêtre, on a effayé de mêler des terres avec des matières excrémentielles & fufceptibles de putréfaction, mais qu'on n'en a pas tiré un atôme de Salpêtre. Sans doute qu'on n'aura pas attendu le dernier terme de la putréfaction, ou peut-être qu'on aura employé une trop grande quantité de matières putrefcibles.

Il réfute auffi l'opinion du nitre aérien, & affure que le fel alkali expofé à l'air, ne fe neutralife pas & ne donne pas de nitre. Cette vérité eft confirmée par les expériences de plufieurs des Concurrens.

Il ne penfe pas que le Salpêtre fe produife; il le fuppofe préexiftant dans des mines : c'eft en conféquence aux mines même de Salpêtre qu'on doit, fuivant lui, remonter pour le trouver, & il penfe qu'il en exifte, que la France en renferme, & ce qui a pu lui donner cette opinion, c'eft que réellement il fe trouve du Salpêtre naturel en Efpagne, où il paroît qu'il demeure. Il entre dans quelques détails fur la nature des terreins où on trouve le nitre, puis il paffe à la manière de le récolter.

On gratte la terre, on écrafe les morceaux qui fe trouvent trop gros, puis on ramaffe cette couche fuperficielle avec des pelles & des balais, & on met le tout à couvert fous des hangars, pour leffiver pendant tout le cours de l'année. Cette récolte fe fait dans la faifon fèche; lorfque la faifon pluvieufe eft venue, le Salpêtre difparoît, & il faut attendre qu'il fe remonte. Il n'eft queftion dans tout le refte du Mémoire, que du leſſivage, de la criſtalliſation du Salpêtre, &c. Toute cette partie ne contient rien que de connu, & l'Auteur n'eſt pas même au courant des connoiſſances acquiſes ſur ces différens objets.

Les Commiſſaires n'ont pas jugé qu'une ſimple obſervation ſur la manière dont le Salpêtre ſe recueille en Eſpagne, pût donner à l'Auteur des droits au Prix, ni aux Acceſſit.

MÉMOIRE N°. XVII.

Quo Natura ducet eo eundum.

L'Auteur propoſe d'abord d'extraire le Salpêtre des terres par filtration, au lieu de l'extraire par lixiviation.

Il met du plâtre ou de la terre bien ſalpêtrée dans des vaſes d'une terre poreuſe; le Salpêtre paſſe à travers le vaſe, & s'effleurit à ſa ſurface extérieure. On parvient ainſi à extraire la majeure partie du Salpêtre contenue dans la terre. On ſent aſſez combien cette méthode ſeroit longue & embarraſſante, avec combien de facilité les vaſes ſe détruiroient. Les Commiſſaires penſent en conſéquence qu'elle ne peut être d'aucune application à des travaux en grand.

Il conſeille de former dans les villages des caveaux dans leſquels on raſſemblera des terres deſtinées à ſe ſalpêtrer, & il preſcrit d'y introduire l'air, ou plutôt la vapeur des écuries, des bergeries, &c. ſans quoi il annonce qu'on n'obtiendra pas de Salpêtre. Les leſſivages ne doivent être faits que de loin en loin; ſi on leſſive chaque année, on aura un produit très-foible. Les hangars établis en France ne ſe ſoutiendront pas, ſuivant l'Auteur, ſi on continue de laiſſer les terres expoſées à un air peu propre à les enrichir de Salpêtre; il prétend d'ailleurs qu'on leſſive trop ſouvent les terres. A défaut de cette méthode, il conſeille au Gouvernement d'obliger tout particulier à avoir chez lui une certaine quantité de terre diſpoſée pour la formation du Salpêtre; mais cet expédient a plus d'inconvéniens que la fouille même que le Gouvernement ſe propoſe d'abolir. On voit aſſez par cet Extrait, que ce Mémoire ne contient rien de neuf, & en conſéquence les Commiſſaires de l'Académie ont jugé qu'il n'avoit aucun droit au Prix, ni aux Acceſſit.

MÉMOIRE N°. XVIII.

Vive le Roi........ *Domine, falvum fac Regem.*

L'Auteur obſerve que le Salpêtre ſe forme dans les plâtras, les pierres calcaires, les mortiers, les terres & autres matières imbibées d'urine & de matières diſpoſées à la putréfaction. En imitant le procédé que la Nature emploie journellement ſous nos yeux, il eſt indubitable qu'on formera du Salpêtre.

Il preſcrit en conſéquence, de réduire d'abord en poudre groſſière les matériaux qu'on juge à propos d'employer, de les mêler avec des végétaux, des fumiers, de la chaux, de la cendre, de la ſuie, de la fiente de pigeons, &c. de réitérer ces mélanges, & au bout d'une année, la fermentation ſera, ſuivant lui, achevée, & le Salpêtre formé.

Les pierres tendres imbibées d'urine ſont encore très-propres à donner une grande quantité de Salpêtre.

D'après ces principes, qui ſont ceux connus & conſignés dans nombre de Mémoires imprimés, l'Auteur propoſe de faire les établiſſemens relatifs à la fabrication du Salpêtre en plein air, & de choiſir un champ dans lequel il y ait peu de terre végétale, & deſſous de la glaiſe ou de la marne. Il n'annonce pas qu'il ait fait aucune expérience pour s'aſſurer du ſuccès de cette nouvelle eſpèce de nitrière; mais peut-être ſon idée pourroit-elle mériter quelque attention; car le ſeul inconvénient des nitrières en plein air, eſt la crainte que la pluie ne diſſolve le ſel & ne l'entraîne à meſure qu'il ſe forme; mais ſi le fond du ſol eſt glaiſeux & ne permet pas à l'eau de s'imbiber; ſi, comme il le propoſe, on établit des rigoles, des foſſés bien glaiſés, où l'eau ſe raſſemblera, pour être enſuite employée en arroſages, l'inconvénient ne ſubſiſte plus. Le Salpêtre, il eſt vrai, ſe trouvera dans l'état de diſſolution pendant l'hiver; mais il reprendra ſa forme concrète pendant l'été. L'Auteur entre auſſi dans quelques détails ſur la manière de labourer la terre mélangée, deſtinée à la fabrication du Salpêtre.

Ce Mémoire contient la première idée des nitrières en plein air, qui depuis ont été propoſées par d'autres Concurrens; mais cette idée n'eſt point ici ſuffiſamment développée, & l'Auteur ne s'eſt occupé d'aucune des expériences qui auroient pu faire connoître ſi ce projet eſt praticable, s'il eſt avantageux ou non. Les Commiſſaires n'ont pas jugé en conſéquence qu'il eût rempli les vûes du Programme.

MÉMOIRE N°. XIX.

Ce Mémoire ne contient rien d'utile, & a paru ne mériter aucune attention.

MÉMOIRE N°. XX.

Sans devise.

L'Académie a reçu sous ce numéro & sans devise, une simple lettre de quatre pages, dans laquelle l'Auteur suppose que le Salpêtre se tire principalement des démolitions. Il a pris sans doute cette idée à Paris, où en effet on ne lessive que rarement des terres de fouille.

Il propose dans une démolition, de distinguer les gros & les petits matériaux; les gros seroient lessivés par le Salpêtrier sur les lieux même, sans les réduire en poudre, après quoi ils seroient rendus au Propriétaire, qui seroit tenu de faire charger & décharger les cuveaux. Quant aux menus matériaux, il seroit libre au Salpêtrier de les lessiver, ou chez lui, ou sur place, & la dépense du transport seroit à sa charge. Il propose d'accorder une augmentation de six deniers par livre à ceux qui fabriqueront suivant cette méthode. Il attache aussi une grande importance à la nature des eaux dont on se sert pour lessiver, & il prétend qu'il ne faut employer que celles qui prennent leur source dans du gravier, & qu'icoulent sur du gravier.

L'Auteur termine sa lettre en représentant qu'il seroit beaucoup plus avantageux de percevoir les droits sur les boissons à l'encavement, qu'à la consommation. Cet objet n'est pas du ressort de l'Académie.

Tout ce que propose l'Auteur sur la fabrication du Salpêtre, est absolument impraticable. Si on lessivoit les gros matériaux sans les concasser, on ne retireroit pas le quart & souvent même la dixième partie du Salpêtre qu'ils contiennent. Si les matériaux étoient ensuite rendus aux Propriétaires, ils ne pourroient les employer dans de nouveaux bâtimens, sans y porter un principe de nitrification qui les altéreroit & les détruiroit en peu de temps. Cette lettre a paru aux Commissaires ne mériter aucune attention.

MÉMOIRE

MÉMOIRE Nᵒ. XXI.

Diis Solis eſt Scientia veri, nobis contra
. . . . *illa.*

L'Auteur propoſe, pour épargner le prix des hangars & des bâtimens,
de former en plein air, dans les environs de chaque village, des monceaux de terre diſpoſés de manière que le talus ſoit ſuffiſant pour éviter
les éboulemens ; de les garantir ſeulement du vent du ſud & de l'oueſt,
par le moyen d'arbres ou de haies : ces tas ſeroient placés de préférence
ſur un ſol argileux. Les pluies entraîneroient, il eſt vrai, une partie du
Salpêtre ; mais l'Auteur prétend que le déchet ne ſera pas proportionné
à ce qu'il en coûteroit pour conſtruire des hangars.

Il propoſe au ſurplus, de faire un foſſé autour de ces amas de terre, pour
y raſſembler les eaux pluviales & éviter la perte du Salpêtre.

Les méthodes que l'Auteur propoſe pour favoriſer la formation de ce
ſel dans les amas de terre, ſont les mélanges ſuſceptibles de fermenter,
& à cet égard, ſon Mémoire ne contient rien de neuf.

Comme l'Auteur de ce Mémoire n'a prouvé par aucune expérience
la poſſibilité de fabriquer du Salpêtre avec avantage, par le moyen
d'établiſſemens en plein air; que leur ſuccès eſt au moins douteux dans
des climats pluvieux comme celui que nous habitons, les Commiſſaires
de l'Académie n'ont pas jugé qu'il eût rempli l'objet du Programme, &
qu'il eût aucun droit au Prix, ni aux Acceſſit.

MÉMOIRE Nᵒ. XXII.

A grande peine pouvons-nous comprendre
ce qui eſt dans la terre, &c.

Ce Mémoire eſt écrit en Langue Alchimique, & d'une obſcurité difficile à pénétrer.. Le réſultat eſt de conclure que la meilleure méthode
de produire artificiellement du Salpêtre, eſt de raſſembler ſous des
hangars des terres ou des plâtras leſſivés, d'environner les hangars de

I

paillaſſons ou de nattes, qu'on puiſſe lever dans les temps de lune, & abaiſſer dans les temps de pluie; d'arroſer ces terres avec de l'eau dans laquelle on aura laiſſé putréfier gros comme une noix par tonneau de chairs d'animaux.

Quand, au bout d'un mois, l'eau ſera bien corrompue & dans un état viſqueux, on y ajoutera la dixième partie de ſon poids de ſaumure, ou bien de ſel marin appelé grain par les Salpêtriers, ou encore de ſel de mer ou de fontaines ſalantes, calciné à la manière de Glauber; &c. Les arroſages ne doivent commencer qu'au bout de quelques mois. Ces eaux, ainſi préparées & putréfiées, valent mieux, ſuivant l'Auteur, que les urines, & elles procurent un Salpêtre meilleur & plus fort.

Pour raſſembler aſſez de ſaumure, l'Auteur propoſe de reprendre celles des Chaircuitiers, en les remplaçant par du ſel neuf; d'ordonner à tous les vaiſſeaux qui portent des viandes ſalées à la mer, de rapporter les ſaumures; enfin d'obliger les écorcheurs à apporter les bêtes qu'ils tuent, à un dépôt de ſel où elles ſeroient ſalées pour faire de la ſaumure.

Tout ce que ce Mémoire préſente de praticable, eſt l'idée de former des eaux putrides par une addition de chairs animales; ce moyen multiplieroit d'une manière facile & peu diſpendieuſe les arroſages. Quant à l'eau de mer, à celle des fontaines ſalées & aux ſaumures, elles ſeroient plus nuiſibles qu'utiles, & on verra dans la ſuite, que l'addition d'une grande quantité de ſel marin & même de toute matière ſaline, ſuſpend entièrement la putréfaction & conſéquemment la formation du Salpêtre.

Ce Mémoire a paru n'avoir aucun droit au Prix, ni aux Acceſſit.

MÉMOIRE N°. XXIII.

Si parva licet componere magnis.

CE Mémoire ne contient que des recettes pour convertir le ſel marin en Salpêtre; ce ſont à peu près les mêmes procédés qu'a donnés Glauber; mais la converſion du ſel marin en Salpêtre, étant reconnue impoſſible, d'après les expériences de pluſieurs Concurrens, & d'après celles des Commiſſaires de l'Académie, ce Mémoire n'a paru mériter aucune attention. L'Auteur d'ailleurs ne paroît pas avoir répété par lui-même aucune des expériences qu'il rapporte; en ſorte qu'il n'a pas rempli les conditions du Programme.

MÉMOIRE N°. XXIV.

Nunquam aliud Natura aliud fapientia dicit. JUVENAL.

L'AUTEUR ne voit que trois moyens pour suppléer à la fouille.

Le premier, de trouver du *Salpêtre* hors des habitations des particuliers.

Le second, d'établir des nitrières en grand.

Enfin le troisième, d'accorder à tous les particuliers la liberté de fabriquer du Salpêtre chez eux.

Le premier de ces moyens n'appartient, suivant l'Auteur, qu'à l'Inde, à l'Espagne, &c. & il paroît ignorer qu'on trouve en France du Salpêtre naturel en plusieurs endroits.

Le second est dispendieux; il exige des constructions chères, l'amas de matières difficiles à rassembler en grand; enfin il faut beaucoup de temps pour que le Salpêtre se forme.

D'ailleurs, aux dépens de qui se feront ces établissemens ? Si c'est aux dépens des Communautés, c'est substituer une charge à une autre. Si on abandonne ces entreprises à des particuliers, elles n'auront de succès qu'autant qu'on payera le Salpêtre beaucoup plus cher qu'on ne l'a payé jusqu'ici. L'Auteur pense d'ailleurs, que les nitrières en grand ne peuvent réussir que dans les environs des villes; que ce n'est que par des économies particulières qu'on pourra y fabriquer du Salpêtre à un prix raisonnable; en se servant, par exemple, de bâtimens construits & abandonnés, en y faisant travailler des mendians, des déserteurs, &c.; en faisant ces établissemens dans des maisons publiques, dans des maisons de force, parce qu'on auroit alors sous la main les deux grands moyens nécessaires pour la fabrication du Salpêtre, les matières putrescibles, & la main d'œuvre à bon marché.

Ces moyens au surplus, restreints aux grandes villes, ne peuvent, suivant l'Auteur, produire qu'une quantité médiocre de Salpêtre, & il revient en conséquence au troisième moyen proposé, celui de laisser à chacun la liberté de fabriquer du Salpêtre. Il ne s'agit à cet égard, que d'intéresser les particuliers, & de leur apprendre à le fabriquer à peu de frais; c'est l'objet de son Mémoire.

Un coin de hangar, d'écurie, d'étable, de grange, peut servir à la fabrication du Salpêtre. A défaut de local, une cahute, le bâtiment le plus léger peut remplir l'objet, pourvu que la pluie n'y pénètre pas. Tout Journalier peut faire par lui-même de semblables constructions.

L'Auteur prescrit de disposer les terres, couches par couches, avec de la cendre & de la mousse. Il conseille sur-tout le *muscus arborescens*, & il le préfère même au fumier, à cause de sa partie résineuse, qu'il croit devoir être utile pour la formation du Salpêtre; mais il n'en rapporte aucune preuve; & on croit être fondé à croire que cette plante étant fort sèche & peu disposée à la putréfaction, elle ne servira qu'à procurer des conduits à l'air, comme le pourroit faire de la paille. Il propose d'y joindre les balayures de toute espèce, les plumes de volailles, de pigeons, &c. A l'égard des arrosages, il conseille, pour ne pas écraser la couche, & pour ne pas tasser la terre en marchant dessus, de la couvrir de deux planches qui se couperont à angle droit, & qui formeront un chemin; il donne le moyen de soutenir convenablement ces planches. Il prescrit pour arrosage, l'urine & l'eau de lessive; il exige qu'on arrose tous les deux jours alternativement avec ces deux liqueurs, & que les arrosages soient continués pendant quatre mois. Les couches, pendant ce temps, doivent être remuées plusieurs fois à la pelle; au bout de quatre mois on cesse d'arroser, & au bout de six on lessive. Les Commissaires de l'Académie croient déjà pouvoir assurer, d'après toutes les expériences faites, soit par eux-mêmes, soit par les Concurrens, que le terme de six mois, qu'assigne l'Auteur, est beaucoup trop court.

Il préfère de lessiver séparément les terres & la cendre, & de précipiter ensuite jusqu'à saturation; cette méthode est bonne, mais embarrassante: on verra d'ailleurs dans la suite, les raisons pour lesquelles on doit éviter de précipiter toute la terre, & de décomposer complettement l'eau mère. Une partie considérable d'alkali est employée à décomposer le sel marin à base terreuse, & on augmente ainsi la dépense sans augmenter le produit. Il annonce qu'il a fait quelques expériences qui ont eu beaucoup de succès; il se proposoit de les répéter & de faire part à l'Académie de leur résultat; mais il n'a point tenu ce qu'il avoit annoncé.

Ce Mémoire est bien fait, & le systême de liberté que l'Auteur propose, est très-conforme aux principes que l'Administration a adoptés. Non seulement il est permis, par les derniers Arrêts du Conseil, à tout particulier, de fabriquer du Salpêtre, en prenant une simple autorisation gratuite de la Régie, mais encore les Régisseurs regardent comme une de leurs obligations essentielles, d'instruire & d'encourager ceux qui se livrent à ce travail. Indépendamment de ce que le Prix du Salpêtre a été beaucoup augmenté, il leur est encore accordé des récompenses proportionnées à sa qualité. Le vœu de l'Auteur est donc rempli jusqu'à un certain point à cet égard, & autant que le permet l'existence du privilège exclusif de la vente de la poudre & du Salpêtre que le Roi s'est réservé.

Ce Mémoire au surplus ne contenant qu'un petit nombre de réflexions nouvelles sur la théorie & sur la pratique de l'art de fabriquer le Salpêtre, & peu d'expériences, il n'a pas paru avoir rempli les conditions du Programme.

MÉMOIRE N°. XXV.

CE Mémoire, écrit en latin, propose, pour premier moyen, à tous les habitans de la campagne, de faire près de leur habitation, une fosse à Salpêtre, couverte en chaume ou en paille, &c. d'y jeter toutes les matières susceptibles de putréfaction, d'y verser les urines, &c. ils vendront ensuite au Salpêtrier les matières qu'ils auront ainsi préparées.

Il propose ensuite pour seconde méthode, des hangars construits à très-bon compte, sous lesquels on traitera des terres; il prétend qu'elles ne doivent être remuées que dans certains temps de la lune.

Ce Mémoire est, en grande partie, puisé dans Glauber, que l'Auteur cependant ne cite pas.

Son Ouvrage ne contenant que des faits & des réflexions déjà connus, & rien qui puisse éclairer la théorie ni la pratique de la fabrication du Salpêtre, les Commissaires ont jugé qu'il n'avoit aucun droit au Prix, ni aux Accessit.

MÉMOIRE N°. XXVI.

Multa latent arcana Naturæ.

L'AUTEUR est dans la fausse opinion qu'il n'entre point d'alkali fixe dans la composition du Salpêtre, & l'on s'apperçoit qu'il manque des connoissances les plus élémentaires sur cet objet. Il prétend qu'en laissant les terres salpêtrées déposées sous des hangars, jusqu'à ce que les matières putrescibles soient entièrement détruites par la fermentation, on n'auroit plus besoin d'ajouter de cendres lors du lessivage. Quand ce fait seroit vrai, il ne prouveroit pas que l'alkali fixe n'entre pas dans la composition du Salpêtre; il en résulteroit seulement de deux choses l'une, ou qu'il existe de l'alkali fixe tout formé dans les végétaux, & que cet alkali, devenu libre par la décomposition totale, peut s'unir à l'acide nitreux; ou bien qu'il se forme de l'alkali fixe dans les derniers temps de la putréfaction, comme les expériences de M. Thouvenel semblent le faire soupçonner.

L'Auteur est dans une autre erreur capitale sur la nature du sel marin; il croit qu'il peut remplacer les cendres & l'alkali dans la fabrication

du Salpêtre, ce qui est de toute fausseté, au moins pour le sel marin
à base d'alkali minéral. Il prétend même, que dans des expériences qu'il
a faites, il est parvenu à changer le sel marin en alkali fixe végétal.
Les Commissaires de l'Académie peuvent assurer affirmativement à l'Auteur, que s'il veut prendre le peine de vérifier ses expériences avec
attention, il reconnoîtra qu'il s'est trompé.

Il admet, comme tous les Chimistes, la putréfaction comme la cause de
la formation du Salpêtre, & il ne fait que répéter ce qui a été dit sur
l'amas des terres sous les hangars, sur la nécessité de les remuer, sur les
arrosages, &c.

Il conseille d'employer dans les couches de la paille, d'en former de
longs bouchons, tels que ceux qu'on emploie pour laver les jambes des
chevaux, d'en placer un certain nombre perpendiculairement dans
les lits de terre, pour faire pénétrer l'air & les arrosages, & de répandre
de la paille fraîche dans toute la masse. Cette idée est bonne, & elle
seroit certainement d'une application utile dans la pratique. Quant aux
arrosages, c'est toujours l'urine, l'eau de fumier & l'eau de lessive des
blanchisseuses : enfin il prétend que l'urine & les excrémens d'un homme
peuvent rendre par an quatorze livres de Salpêtre.

Indépendamment des établissemens en grand, l'Auteur désireroit qu'on
encourageât les établissemens particuliers, en accordant, par exemple,
l'exemption de tirer à la milice pour un fils, ou un valet, à tout habitant
de la campagne qui auroit disposé deux toises cubes de terres pour la fabrication du Salpêtre. Il calcule, qu'avec seulement deux établissemens de
cette espèce dans chaque paroisse, on fabriqueroit en France trente-
trois millions de Salpêtre.

L'Auteur ne s'apperçoit pas, qu'en proposant d'accorder des privilèges
particuliers à ceux qui fabriqueront du Salpêtre dans les campagnes,
c'est aller contre le but même que se propose l'Administration. On ne
peut exempter un particulier de la milice, sans reporter sur le reste
de la Communauté une charge qui devroit être commune : ce seroit donc
substituer une charge à une autre, celle de la milice à celle de la fouille.
Le plan que l'Administration s'est formé, tend plus au soulagement du
peuple ; elle désire de substituer, autant qu'il sera possible, de l'argent
dont la valeur est bien connue, à des privilèges dont les effets sont
compliqués & indéterminés, qui dégénèrent le plus souvent en abus,
& qui communément ne remplissent pas leur objet.

MÉMOIRE Nº. XXVII.

Credidimus spiritus acidos nitri nusquam in rerum naturâ
extitisse ante inventum modum nitri parendi. BOERHAAVE.

CE Mémoire est de M. de Beunie, Médecin à Anvers, de l'Académie Impériale des Arts & Belles-Lettres de Bruxelles. L'Académie a cru devoir lui accorder un Accessit ; mais, quoiqu'il soit destiné à être imprimé en entier dans ce Recueil, on n'a pas cru devoir se dispenser d'en donner un Extrait.

Le nitre est un sel neutre composé d'un acide uni, soit à un alkali, soit à une terre. Par nitre brut, l'Auteur entend, dans tout le cours de son Mémoire, un mélange d'acide nitreux, de terre calcaire, d'alkali fixe, d'alkali volatil, d'une matière grasse, de sel marin & de sel d'Epsum. Le nitre raffiné est le Salpêtre pur à base d'alkali fixe. Quant aux nitres métalliques, ils n'ont aucun rapport à l'objet du Prix.

Il n'admet point avec Stahl, que l'acide nitreux soit une modification de l'acide vitriolique, & il discute à cette occasion les preuves rapportées par M. Pietsch.

Première preuve de M. Pietsch. Avec quatre parties d'acide nitreux, & une d'huile de térébenthine, on forme, suivant cet Auteur, du baume de soufre. M. de Beunie, qui a répété cette expérience, fait voir qu'elle n'est point concluante ; que le baume qu'on obtient, est un baume nitreux fort différent du baume de soufre vitriolique.

Seconde preuve. Si on mêle ensemble deux parties de nitre & une d'huile de vitriol, on a des vapeurs grisâtres d'acide sulfureux. On pourroit d'abord élever un doute très-légitime sur la nature de ces vapeurs ; mais en supposant même que ce fût véritablement de l'acide sulfureux, M. de Beunie observe que l'acide nitreux contenant beaucoup de phlogistique, il n'est pas étonnant qu'il en communique à l'huile de vitriol, & qu'il la convertisse en acide sulfureux. La preuve que l'esprit de soufre est produit aux dépens de l'huile de vitriol, c'est que si on pousse le feu dans un appareil distillatoire, on retire une quantité d'acide nitreux égale à celle qu'on avoit employée.

La troisième & la principale preuve de M. Pietsch est, que si on humecte une terre calcaire avec de l'acide vitriolique & de l'urine, on obtient, au bout d'un certain temps, du nitre ou du Salpêtre.

M. de Beunie a répété plusieurs fois cette expérience avec succès ; mais premièrement il a obtenu de ce mélange, de la félénite & du fel ammo-niacal vitriolique; donc l'acide vitriolique n'avoit pas été changé en acide nitreux: fecondement, ayant fait la même expérience avec de l'urine & de la chaux, il a obtenu la même quantité de Salpêtre, fans le concours d'acide vitriolique.

M. Pietſch a effayé de phlogiftiquer l'acide vitriolique avec du camphre, avec de la teinture d'antimoine tartarifée, avec différens efprits inflam-mables, tant fimples que rectifiés, & avec une multitude d'effences de végétaux; il a varié les dofes de cent manières; mais fes expériences ont été fans fuccès. M. de Beunie a répété quelques-unes de ces expériences; il a infufé dans de l'acide vitriolique de la poudre de charbon, de la rapure de cornes, de la laine, de la fuie, des plumes, & plufieurs autres matières abondantes en phlogiftique; il a éteint plufieurs fois des char-bons allumés dans le même acide; il y a mêlé des effences inflammables, de l'efprit de vin, des réfines, des huiles, des fels volatils; il a faturé ces acides ainfi préparés, avec de l'alkali fixe; il a toujours obtenu du tartre vitriolé, du fel ammoniacal, ou enfin différens fels fulfureux de Stalh, mais pas un atome de Salpêtre.

Il a de même effayé fans fuccès de phlogiftiquer l'acide marin.

M. de Beunie obferve à cette occafion, qu'on ne peut parvenir à changer par la putréfaction, le fel marin en nitre; car ce nitre feroit cubique : à moins qu'on ne prétende que la putréfaction change l'alkali marin en terre calcaire, ou en alkali végétal, ce qui n'eft ni prouvé, ni probable.

Il a eu occafion, relativement à des opérations de commerce & de manufacture, de faire un grand ufage d'urine humaine vieille & putréfiée; l'ayant fait évaporer, il en a tiré beaucoup de fel marin, mais pas un atome de nitre. Il n'y avoit donc point eu de changement du fel marin en Salpêtre.

Après avoir prouvé que l'acide nitreux ne réfulte pas de la combinaifon de l'acide vitriolique, ni de l'acide marin avec le phlogiftique, comme plufieurs Auteurs l'avoient avancé, M. de Beunie cherche à établir qu'il ne vient pas de l'air; il apporte en preuve l'expérience du linge imbibé d'alkali fixe végétal, qui, expofé long-temps à l'air, donne du tartre vitriolé. Mais cette expérience n'eft pas exacte; & M. Cornette a fait voir qu'on obtenoit, par ce procédé, de l'alkali faturé d'air fixe & crif-tallifable, mais non du tartre vitriolé. Il réfulte toujours de ce fait, que l'alkali expofé à l'air ne donne point de Salpêtre; & M. de Beunie établit même, qu'on n'en retire des terres calcaires, qu'autant qu'on y ajoute des matières en putréfaction.

On a prétendu que la fertilité des terres venoit du nitre; l'Auteur a examiné par l'analyfe, plufieurs claffes de terre végétale, fans y avoir trouvé un feul atome de Salpêtre. Il cite à l'appui les expériences de M. André, qui a analyfé au delà de cent efpèces de terres fertiles, & qui n'a trouvé que dans une feule un grain de fel par livre.

M.

M. Lémery a avancé que le Salpêtre étoit l'ouvrage de la végétation. M. de Beunie n'admet pas encore cette opinion. Les animaux frugivores & leurs urines devroient, dans ce fystême, donner plus de nitre que les autres ; cependant l'urine humaine eft, fuivant M. de Beunie, la meilleure de toutes. D'ailleurs on ne trouve de Salpêtre dans l'urine des animaux, que quand elle eft putréfiée.

Les terres bourbeufes, qui ne font que des plantes pourries, ne donnent pas de nitre ; & M de Beunie en tire un nouveau motif de croire que le Salpêtre n'eft pas tout formé dans les plantes : mais on pourroit lui objecter que leur nitre a été diffous & emporté par les eaux.

Ce n'eft pas non plus l'alkali volatil qui fert à la formation du nitre : l'Auteur a mêlé enfemble de l'alkali volatil & de la chaux, fans addition de matières putrefcibles, & il n'a pas obtenu un feul atome de Salpêtre.

Après avoir écarté par la voie des expériences, les différens fystêmes imaginés pour expliquer la formation du nitre, M. de Beunie développe le fien. Il obferve que la même matière muqueufe ou fucrée qui a fubi la fermentation fpiritueufe, paffe enfuite à la fermentation acide, & forme le vinaigre ; il penfe que la fermentation putride a également la propriété de former un acide, & que cet acide eft le nitreux ; qu'il fe forme dans un air méphitique, qui s'exhale pendant la fermentation putride ; enfin il penfe, avec beaucoup de raifon, qu'en raffemblant toutes les circonftances propres à cette fermentation, on parviendra à augmenter la nitrification.

Cette Differtation théorique, très-intéreffante, eft fuivie de détails applicables à la pratique. M. de Beunie ne prefcrit rien de nouveau fur le choix des terres, ni fur les mélanges ; il engage à préférer les terres déjà falpêtrées, & à les mélanger de matières putrefcibles.

Quant à la difpofition des couches, il confeille d'élever en plein air des pyramides carrées par leur bafe, & de la hauteur de douze ou quinze pieds. Ces pyramides doivent être percées de trous de cinq à fix pouces de diamètre, placés à un pied de diftance les uns des autres ; & le tout doit être recouvert d'un toit de paille foutenu par quatre piliers. On doit injecter, chaque mois, de l'urine dans les ouvertures avec une pompe ou feringue. Si les trous venoient à fe boucher, il faudroit les repercer avec une fonde. On pourroit auffi y introduire, en conftruifant la pyramide, des poteries percées de trous, ou enfin faire un bâti de mauvaifes briques pour foutenir les terres.

L'Auteur a été conduit à donner la préférence à cette méthode. Par l'expérience fuivante, il a conftruit avec des terres leffivées, deux couches égales de quatre pieds carrés de bafe fur trois d'élévation. L'une étoit pleine, l'autre percée de trous ; elles étoient placées à une toife l'une de l'autre : celle percée de trous a donné trois fois plus de Salpêtre que l'autre. Il obferve d'ailleurs, que cette méthode a l'avantage d'éviter tout remuement & déplacement de terres.

K

M. de Beunie, pour éviter une partie de la dépense en alkali fixe, conseille d'employer, lors du lessivage, les eaux de savon noir, ainsi que celles des ateliers de Chamoiseurs, qui contiennent de la potasse, & d'y ajouter un peu de chaux.

Il prétend que pour clarifier la cuite, il vaut mieux employer le sang de bœuf que la colle; qu'il réussit mieux, & qu'il est à meilleur marché. M. de Beunie fait voir, à l'occasion de la cristallisation, qu'il est très-important de mettre, pendant l'été, à cristalliser dans un endroit frais, & que sans cette précaution on n'obtient pas de Salpêtre.

On voit, par l'exposé que nous venons de faire, qu'on doit à M. de Beunie, d'avoir prouvé, par des expériences bien concluantes, que l'acide nitreux n'est une modification ni de l'acide vitriolique, ni de l'acide marin; & c'est principalement sous ce point de vue que l'Académie l'a jugé digne d'un Accessit. Son Mémoire est bien fait, sa théorie sur la formation du Salpêtre claire & simple. L'Académie a seulement regretté que ses expériences ne l'aient pas conduit à des vérités plus directement applicables à la pratique.

MÉMOIRE N°. XXVIII.

Non fingendum aut excogitandum, sed inveniendum quid Natura faciat aut ferat. BACON.

CE Mémoire contient une suite tres-intéressante d'expériences entreprises, à ce qu'il paroît, à Paris, dans une grange de huit pieds sur sept. L'Auteur, pressé sans doute par le temps, n'a envoyé à l'Académie que le détail des procédés. Il avoit promis de lui faire parvenir bientôt après les résultats qu'il auroit obtenus; mais elle ne les a point reçus. Les Commissaires ont regretté de voir un travail si bien commencé demeurer sans suite, & de ce que l'Auteur n'a pas recueilli le fruit de son travail & de ses dépenses.

MÉMOIRE N°. XXIX.

Sic materiis arte dispositis, Natura duce, abondanter gesserabitur nitrum.

CE Mémoire, dont l'Auteur ne s'est point fait connoître, a été jugé digne d'obtenir un Accessit de la valeur de huit cents livres ; il contient une suite d'expériences bien faites & concluantes, dont on va rendre compte dans quelque détail.

Première Expérience.

L'Auteur a mis dans un vase un boisseau ou quatre cent quatre-vingt pouces cubiques de marne, & seize pintes d'urine d'homme ; il a laissé ce mélange pendant sept mois exposé à l'air, à l'abri de la pluie & du soleil, ayant soin de l'agiter de temps en temps, & d'y ajouter suffisante quantité d'urine pour le réhumecter à mesure qu'il étoit sec. Ce mélange, lessivé au bout de sept mois & évaporé, a donné sept gros de nitre à base de terre calcaire.

Deuxième Expérience.

Quatre cent quatre-vingts pouces cubiques de marne écrasée, deux cent quarante pouces de bonnes cendres de bois, & vingt pintes d'urine mélangées & travaillées comme ci-dessus, ont donné en sept mois une once & demie de Salpêtre à base d'alkali fixe.

Troisième Expérience.

Quatre cent quatre-vingts pouces de marne, six livres de vitriol verd, & seize pintes d'urine exposées, agitées & arrosées comme ci-dessus, ont donné trois gros de nitre à base terreuse.

Quatrième Expérience.

Quatre cent quatre-vingts pouces de marne, deux cent quarante pouces de cendre, six livres de vitriol verd, & vingt pintes d'urine, ont donné cinq gros de nitre à base de terre calcaire.

Nota. Les Commissaires de l'Académie ne peuvent concevoir comment le Salpêtre, obtenu dans cette expérience, s'est trouvé à base de terre calcaire, à moins que l'Auteur n'ait employé des cendres lessivées. Ils ne peuvent dissimuler que cette circonstance jette quelque incertitude sur les expériences de l'Auteur.

K ij

Cinquième Expérience.

Quatre cent quatre-vingts pouces de marne, trois livres de potasse, seize pintes d'urine ont donné une once six gros de nitre à base d'alkali fixe.

Sixième Expérience.

Marne.	480 pouces.
Potasse.	3 livres.
Vitriol verd.	6
Urine.	20 pintes.

ont donné une once deux gros de nitre à base d'alkali fixe.

Septième Expérience.

Cendre.	480 pouces.
Urine.	10 pintes.

ont donné Salpêtre à base d'alkali fixe, deux gros.

Huitième Expérience.

Potasse.	1 livre.
Urine.	2 pintes.

n'ont pas donné de Salpêtre.

Neuvième Expérience.

Vitriol verd.	2 livres.
Urine.	4 pintes.

n'ont point donné de Salpêtre.

Dixième Expérience.

Vitriol.	6 livres.
Cendre.	240 pouces.
Urine.	16 pintes.

n'ont point donné de Salpêtre.

De la marne, mêlée avec du sel marin & de l'urine, a donné moins de Salpêtre que la marne & l'urine seule, sans addition de sel marin; mais elle en a donné plus cependant que lorsqu'on a ajouté du vitriol au lieu de sel marin.

La chaux éteinte à l'air, & les décombres de bâtimens pris dans des lieux élevés où il n'y avoit pas de Salpêtre, ont donné les mêmes résultats que la marne.

La marne, la cendre & l'urine mélangées comme ci-dessus, & mises dans un vaisseau fermé, n'ont pas donné un atome de nitre.

CONSÉQUENCES.

Le vitriol nuit plus qu'il ne sert à la production du Salpêtre.

Le sel marin y nuit aussi, mais moins que le vitriol.

Le concours de l'air est indispensablement nécessaire pour la formation du Salpêtre.

D'après ces observations préliminaires, l'Auteur remarque que la plupart des mélanges indiqués pour former du Salpêtre, supposent l'emploi de matières chères & précieuses; telles sont la terre végétale des prairies, les fientes de pigeons, les plantes nitreuses, &c. Il seroit difficile, même à prix d'argent, de se procurer la plupart de ces matières en assez grande quantité.

Il pense qu'on trouveroit des ressources plus sûres & moins chères dans les matériaux de démolitions des grandes villes. Il s'exporte, par exemple, chaque année, de la ville de Paris, au moins huit à dix mille tombereaux de décombres, dont les Propriétaires sont embarrassés. Cette quantité, multipliée par quatorze pieds cubes que contiennent chaque tombereau, donneroit cent vingt-six mille pieds cubes de matières qu'on pourroit obtenir sans frais : il seroit important que ces matières fussent transportées sur le champ dans les nitrières, afin qu'elles ne fussent point exposées à perdre le peu de nitre qu'elles peuvent contenir.

Secondement, les boues, les immondices & les balayures des rues forment un objet de sept mille tombereaux par an, lesquels doivent être réduits à moitié, à cause de l'affaissement des matières qui doit résulter de la putréfaction. C'est encore cinquante mille pieds cubes effectifs de matières propres à la fabrication du Salpêtre. Quant aux pailles & aux fumiers, l'Auteur pense qu'ils sont trop chers pour qu'on puisse les appliquer à cet objet.

Troisièmement, les vuidanges des latrines, qui se vendent communément quatre sous la tonne, ne couteroient pas plus de trois sous, si on s'engageoit à les prendre toutes. La ville de Paris en fournit six à sept mille de trois pieds cubes; c'est environ vingt mille pieds cubes dont on pourroit disposer.

Quatrièmement, le sang, les tripailles & autres abattis des tueries, que les Bouchers sont obligés de transporter hors de la ville, à leurs frais, forment un objet de deux cents tombereaux par an, ou de deux mille huit cents pieds cubes.

L'Auteur propose d'empêcher les Bouchers de laisser couler le sang dans les rues, & de les obliger à le retenir & à le raffembler dans des cuvettes ou des tonnes.

Quant aux moyens d'employer ces matières pour en faire du Salpêtre, l'Auteur se décide pour les hangars. Il propose de les construire solidement, & de leur donner cent quatre-vingt-dix pieds de long sur trente-quatre de large.

Il entre dans le détail de toutes les parties de la nitrière, qui deviendroit, dans ce plan, un établissement très-considérable, mais en même temps très-cher.

Il propose de laisser les hangars ouverts de toutes parts; & pour se garantir de la pluie, il fait déborder le toit de quatre pieds tout autour. Cette méthode, ainsi qu'on en pourra juger d'après le Mémoire de M. Thouvenel, n'est pas sans inconvénient, & l'on verra qu'un air stagnant est préférable à un air trop renouvelé.

L'Auteur divise chaque hangar en deux couches de soixante-onze pieds de longueur sur quatorze de large; au sommet, elles auront sept pieds de hauteur: ainsi chaque hangar contiendra seize mille cent quatre-vingt-quatre pieds cubes de matières propres à se salpêtrer; sur quoi déduisant huit cent dix-huit pieds pour les ventouses pratiquées dans l'intérieur des couches, il restera par hangar quinze mille deux cent soixante-six pieds cubes.

Les ventouses qu'il propose pour multiplier les surfaces & pour donner accès à l'air, sont des espèces de doubles rateliers de bois, qui auront à peu près la figure des claies de l'Instruction publiée par les Régisseurs des Poudres, mais qui auront beaucoup plus de solidité.

L'urine sera la base des arrosages & on les distribuera avec une pompe.

L'Auteur donne tous les procédés relatifs à la lixiviation, à l'évaporation, &c. Mais comme ces détails ne rentrent pas directement dans l'objet du Prix, on se dispensera d'en donner ici l'extrait, & on renverra au Mémoire même, qui est imprimé en entier.

Ce Mémoire a paru aux Commissaires avoir été fait par un homme très-instruit; les moyens proposés pour rassembler des matériaux, sont très-économiques pour la ville de Paris, & très-praticables : mais il est à craindre qu'on ne manque, dans le projet de l'Auteur, de liqueurs pour les arrosages; & à cet égard on pourroit employer l'idée de l'Auteur du Mémoire N°. 22, qui consiste à faire putréfier de la chair dans de l'eau; les rebuts des boucheries & des écorcheries rempliroient très-bien cet objet.

Ce Mémoire a obtenu un Accessit.

MÉMOIRE N°. XXX.

Ars longa, vita brevis.

L'Auteur de ce Mémoire n'entre dans aucun détail relativement à la partie physique de la fabrication du Salpêtre ; il suppose qu'en amassant des terres sous des hangars, & en les mélangeant de matières animales & végétales, il s'y formera du Salpêtre ; du reste il ne s'occupe que des moyens d'exécution. Son Mémoire présente deux plans.

PREMIER PROJET.

Il propose d'abord de former des arrondissemens mieux distribués aux Salpêtriers, & de les faire suffisamment étendus pour que les terres aient le repos nécessaire pour la régénération du Salpêtre ; il désireroit qu'on fixât le nombre de cuveaux de terre que chaque Communauté seroit obligée de fournir, & qu'on réglât leur mesure. La quantité de terre que chaque Communauté devroit fournir étant ainsi réglée, on l'obligeroit à faire elle-meme la recherche des terres salpêtrées, & à les déposer dans des caves, granges, écuries. Ces granges ou écuries n'en seroient pas moins utiles comme toutes les autres, parce que les terres y seroient déposées sous un plancher en bois, fait aux frais des Communautés, lequel seroit distant au moins d'un pouce des terres. Ce plancher se leveroit lorsqu'il seroit question de travailler les terres. Il assure que celles des écuries & granges ainsi réglée, sont beaucoup préférables à celles qui sont exposées à un air libre ; mais il n'en rapporte aucune preuve. Les terres de caves sont, suivant lui, aussi bonnes que celles des granges & écuries qui ont été couvertes d'un plancher.

Trois caves, trois granges & trois écuries suffiroient pour la plupart des Communautés, & ce seroient ces mêmes Communautés qui en payeroient le loyer aux particuliers.

Quant au logement des Salpêtriers, l'Auteur propose d'en construire un dans chaque Paroisse aux dépens de la Province. On sent assez combien cet article seroit cher. Les Communautés loueroient le logement à des particuliers, dans l'intervalle des retours des Salpêtriers. Plusieurs Communautés très-voisines pourroient se réunir pour la dépense du logement du Salpêtrier. A l'égard des cendres, il voudroit qu'on obligeât tout particulier à en fournir une certaine quantité.

SECOND PROJET.

1°. Conftruire des hangars dans les Communautés les plus proches des forêts.

2°. Les conftruire à trois étages voûtés, pour mettre trois étages de terre. Le Salpêtrier logeroit fur la troifième voûte du hangar. On conçoit l'énorme dépenfe d'une telle conftruction, & cette circonftance fuffit feule pour rendre ce projet inexécutable.

Pour éviter les frais de tranfport, il propofe de prendre la terre même du lieu ; & pour l'amender, chaque Salpêtrier auroit vingt-cinq à trente chevres ou moutons qui pafferoient la nuit dans le hangar.

L'Auteur prétend que les terres falpêtrées ne lâchent leur Salpêtre qu'autant qu'on mêle avec ces terres de la terre de bergerie ; ce qui eft contraire à tout ce qui eft connu, ou plutôt ce qui eft évidemment faux.

Il regarde les marcs de raifin comme très-propres à favorifer la production du Salpêtre.

On voit que le réfultat de ce Mémoire feroit de fubftituer à la gêne de la fouille, une gêne beaucoup plus grande encore, & des charges plus réelles & plus abufives. Ce plan d'ailleurs eft directement oppofé à l'état de liberté auquel l'Adminiftration paroît défirer de ramener, autant qu'il fera poffible, la fabrication du Salpêtre. Ce Mémoire n'a paru en conféquence mériter aucune attention.

MÉMOIRE N°. XXXI.

CE Mémoire, qui eft de M. Cornette, a été retiré du Concours avant la diftribution du Prix ; l'Auteur ayant été appelé dans l'intervalle à l'Académie des Sciences, dans la claffe de Chimie, il étoit, aux termes du Programme, exclus du Concours ; mais le Public n'a pas été privé du fruit de fes travaux, & fon Mémoire a été imprimé féparément en 1779. Comme cet Ouvrage eft devenu rare, les Commiffaires de l'Académie ont jugé qu'il feroit utile de le faire réimprimer en entier dans ce Recueil, fans cependant prétendre lui affigner de rang. On va en conféquence en préfenter ici un Extrait détaillé, comme on l'a fait pour les autres Mémoires.

L'Auteur divife fon Mémoire en trois parties.

Première partie, de l'acide nitreux.

Seconde partie, de la formation du Salpêtre.

Troifième partie, des procédés propres à augmenter la récolte du Salpêtre.

Il

Il commence par expofer dans la première partie, les fyftêmes des différens Chimiftes fur la compofition de l'acide nitreux. Les Anciens fuppofoient que ce fel exiftoit tout formé dans l'air; qu'il fe dépofoit dans les terres; quelles formoient pour lui une efpèce de *magnes*. Ce fentiment n'eft pas, fuivant l'Auteur, abfolument déraifonnable; & il fe propofe de faire voir qu'il y a du vrai dans cette opinion.

Lemery fe perfuadoit au contraire, que le nitre étoit l'ouvrage de la végétation. Glauber l'avoit dit avant lui; mais ni l'un ni l'autre n'ont donné des preuves fuffifantes pour fatisfaire les Phyficiens & les Chimiftes. Stahl & la plupart des Chimiftes modernes ont regardé l'acide nitreux comme une modification de l'acide vitriolique. Enfin quelques Auteurs, d'après Glauber, ont cru à la converfion du fel marin en Salpêtre.

Le fentiment de Stahl a été adopté par M. Pietfch dans la Differtation qui a remporté le Prix qu'a propofé l'Académie de Berlin; & il l'a appuyé d'une expérience affez directe; elle confifte à faire du Salpêtre par une combinaifon d'acide vitriolique, de terre calcaire, & d'urine.

M. Cornette a répété cette expérience, & en a fait d'autres de même genre. Pour reconnoître fi l'acide vitriolique fe convertiffoit réellement en acide nitreux, il a faturé de la craie avec de l'acide vitriolique, il a humecté le mélange d'urine, & il a continué d'en faire des arrofages ménagés, à mefure que la matière fe deffechoit. Au bout de fix mois, il a leffivé, & il a obtenu une très-petite quantité de nitre. La félénite n'étoit point altérée, & il en a retiré à peu près une quantité proportionnée à l'acide vitriolique qu'il avoit employé. Les expériences fuivantes, entreprifes dans le même objet, lui ont donné des réfultats analogues.

	livres.	
Craie.	12	Ont donné, au bout de fix femaines, un peu de nitre, du fel marin, & de la félénite; ce dernier fel venoit de la décompofition de l'eau mère par le fel de Glauber.
Sel de Glauber, humecté d'urine.	2	

	livres.	
Craie.	12	Au bout de fix mois la putréfaction n'étoit pas encore complette, & l'odeur putride fe faifoit fentir; auffi l'Auteur n'a-t-il pas retiré de Salpêtre; mais au bout d'un an, ayant leffivé de nouveau, il a obtenu du Salpêtre.
Tartre vitriolé.	2	
Viande.	4	
Le tout humecté d'urine.		

Craie.	Ce mélange, au bout de fix mois, a donné plus de Salpêtre qu'aucun des mélanges précédens. L'Auteur penfe qu'une addition de chaux éteinte pourroit être avantageufe.
Crottin de cheval.	
Humecté d'urine.	

Argile.	Ont donné un peu de nitre au bout de fix mois.
Fumier de cheval bien pourri.	
Farine.	

	livres.	
Vitriol de Mars.	2	Ont donné dans le même intervalle de temps un peu plus de nitre que dans l'expérience précédente. Le vitriol a été décompofé.
Crottin de cheval.	4	
Chaux éteinte.	8	
Humecté d'eau feulement.		

L

Les conféquences que M. Cornette tire de cette première claſſe d'expériences, ſont: 1°. que l'acide vitriolique ne concourt en rien à la formation
de l'acide nitreux.

2°. Que l'acide nitreux ne ſe forme que quand la putréfaction eſt à
ſon dernier période , & que les terres n'ont plus du tout d'odeur.

Il conclut encore d'une expérience faite avec des matières putréfiées,
qui étoient reſtées dans un pot ſix à huit ans , ſans le contact de l'air ,
& qui n'avoient point donné d'indice de Salpêtre, que le concours libre
de l'air eſt néceſſaire à la formation de ce ſel.

M. Cornette a eſſayé de combiner le gaz putride de la viande avec des
diſſolutions de ſel de Glauber, de tartre vitriolé , d'alkali volatil, de
ſel ammoniacal vitriolique. Il opéroit dans des bouteilles renverſées ,
pleines de diſſolutions ſalines , & plongées dans un vaſe également rempli
de diſſolutions ſalines , & il y introduiſoit le gaz putride de la viande,
à meſure qu'il ſe dégageoit. L'opération a duré quatre mois ; mais les
ſels ont été peu altérés. Le tartre vitriolé avoit été ſeulement un peu
rapproché de la nature du ſel ſulfureux de Stahl.

Après avoir expoſé les expériences faites dans la vue de convertir
l'acide vitriolique en acide nitreux, M. Cornette paſſe aux expériences
auxquelles il a ſoumis le ſel marin. Il a fait les mélanges qui ſuivent:

	livres.	
Sel marin.................	2	Ce mélange a donné un peu de Salpêtre; le ſel marin s'eſt trouvé ſans altération.
Craie......................	12	
Crottin de cheval...........	6	

Sel marin à baſe terreuſe. Craie. Fumier.	Ce mélange a donné un peu de Salpêtre; le ſel marin s'eſt trouvé ſans altération.
Gipſe & urine. Sel marin.	Ce mélange a donné un peu de Salpêtre ; le ſel marin s'eſt trouvé dans le même état où on l'avoit employé.
Sel marin. Viande. Craie.	Ce mélange n'a point donné de Salpêtre, la fermentation n'ayant pas été complette.

Les conféquences que l'Auteur tire de cette ſeconde ſuite d'expériences,
ſont: 1°. que l'acide marin n'entre point dans la compoſition de l'acide
nitreux ; 2°. que le ſel marin ne ſe convertit point en Salpêtre.

Après avoir ainſi exclu les différentes opinions reçues, il établit la
ſienne, & conclut que l'acide nitreux réſulte de la combinaiſon de l'air
fixe avec le phlogiſtique.

De ces connoiſſances préliminaires, M. Cornette paſſe à la ſeconde
partie de ſon Mémoire, c'eſt-à-dire, aux expériences applicables à la
pratique, ſur la formation du Salpêtre. Il a conſtruit une nitrière artifi-

cielle, dont un côté donnoit un libre accès à l'air, tandis que l'autre ne contenoit qu'un air stagnant : la partie exposée à l'air a fourni beaucoup plus de Salpêtre que l'autre. On verra dans la suite, que les expériences de MM. Thouvenel conduisent à un résultat contraire, & que l'air stagnant convient mieux en général qu'un air trop renouvelé. Une observation que M. Cornette donne à l'appui de son opinion ; c'est que les terres de caves donnent beaucoup plus de Salpêtre, quand elles ont été exposées à l'air, que quand on les lessive immédiatement au sortir des caves. Il prétend encore que l'exposition du nord est plus favorable que celle du midi à la formation du Salpêtre.

Il pense que la chaux vive peut avoir quelques inconvéniens dans les mélanges ; & il préféreroit la craie légèrement ouverte par le feu, mais non dépouillée de son air fixe.

Enfin ces deux parties sont suivies d'une troisième, dans laquelle l'Auteur traite des moyens d'augmenter en France la récolte du Salpêtre. Il propose de former ce sel dans les travaux en grand, par des mélanges de terres & de matières putrescibles, & il préfère les matières végétales aux animales, à cause de l'alkali fixe qu'elles contiennent naturellement, & qui donne une base à l'acide nitreux. Il paroît, d'après quelques expériences de l'Auteur, qu'on trouve du Salpêtre à base d'alkali fixe dans des matières où on n'avoit introduit aucune portion de ce dernier sel ; ce qui le porte à croire que l'alkali fixe se forme aussi bien que l'acide nitreux, & que cette substance résulte, conformément à l'opinion de M. Baumé, de la combinaison de la terre calcaire avec le phlogistique.

Quant aux choix des terres, M. Cornette indique les terres calcaires calcinées ou non calcinées, le terreau des jardins, la terre de prés, celle du fond des marais, les décombres de vieux édifices, la brique pilée. L'argile n'y convient pas.

Il conseille d'y mêler des plantes de toute espèce, & principalement les plantes aqueuses, & celles qui viennent le long des murailles ; il propose d'humecter le tout avec l'eau noire qui découle des fumiers.

Toutes les matières animales, & sur-tout les excrémens, peuvent être employés avec avantage pour les mélanges ; mais il faut avoir attention de débarrasser les matières animales de leur graisse qui nuit à la putréfaction, & qui en retarde les progrès.

Lorsqu'on a fait choix des matières, il faut les battre, les mettre en poudre grossière, & les passer à la claie. Les matières animales doivent être divisées également en morceaux, ou même avoir été préalablement macérées & ramollies dans de la lessive ou dans de l'eau ; mais l'Auteur conseille de n'employer ces matières, sur-tout les chairs & les parties solides des animaux, qu'à la dernière extrémité.

Il faut que les matières destinées à la formation du Salpêtre soient entretenues très-meubles, & qu'elles soient humectées convenablement, pour favoriser la putréfaction. On peut employer en arrosages, l'urine, les égouts de tannerie, & l'eau pure, à défaut d'eau de fumier.

L ij

Les proportions que l'Auteur a employées dans les expériences de pratique, font :

Plâtre ou terre. . . . . 100 parties.
Craie. 10
Cendres. 5
Matières putrefcibles. 12

Il a arrofé avec de l'urine & de l'eau de fumier, & il a eu du Salpêtre abondamment. Il n'ofe cependant déterminer les quantités qu'il a obtenues, à caufe des incertitudes que laiffent les expériences en petit, & dans la crainte de donner quelque chofe de hafardé.

L'Auteur n'eft pas d'avis qu'on faffe des établiffemens de nitrières très en grand, fur-tout dans le voifinage des grandes villes, à caufe de l'infection qui pourroit être dangereufe ; mais il propofe de rendre une loi qui oblige les habitans de la campagne d'avoir chez eux des amas de terres difpofées pour la formation du Salpêtre. Les méthodes au furplus à prefcrire, ne doivent point être les mêmes pour toutes les Provinces. Dans la Normandie, l'Auvergne, le Poitou, la Touraine, la Picardie, l'Alface, la Bourgogne, la Flandre, la Lorraine, où les beftiaux font nombreux, les terres humectées par les excrémens des animaux, pourroient fournir beaucoup de Salpêtre ; dans les pays fablonneux, on feroit des murailles comme en Pruffe.

Ce feroit en hiver que les habitans des campagnes travailleroient les terres. M. Cornette ne demande qu'une foffe carrée de fix pieds fur chaque face, garnie de glaife & couverte d'un toit de paille ; & voici comme il confeille de compofer les amas de terre qu'on y dépoferoit.

On prendra du terreau de jardin, ou mieux encore de la terre de cave, d'étable ou de grange, déjà falpêtrée ; on mêlera cent parties de cette terre avec cent parties de plâtras ou décombres, & à défaut avec de la craie, de la chaux, de la terre coquillière, &c. On ajoutera à ce mélange trois ou quatre hottées d'herbes de toute efpèce ; on les brifera ; on y mêlera cinq parties de fumier de cheval, de vache, de mouton, &c. quatre parties de cendres ; on remplira la foffe de ce mélange, & on l'élèvera en pyramides au deffus de fon niveau ; on mettra par-deffus, fi l'on veut, un peu de fiente de pigeon, & chaque jour on videra fur ce tas les urines de la nuit, & on y jettera les balayures de la maifon. Tous les deux mois on remuera cette terre, pour renouveller les furfaces ; & quatre mois avant la lixiviation, on ceffera d'employer aucune humidité. L'appentis doit être garni de paillaffons, pour défendre la terre de la pluie & de l'ardeur du foleil.

M. Cornette propofe d'avoir dans chaque Communauté, un homme qui feroit chargé de leffiver les terres ; la Communauté fourniroit la chaudière & le bois néceffaire pour évaporer. Les terres leffivées pourroient reffervir avec avantage. Il faut, fuivant l'Auteur, y mêler quatre parties de chaux éteinte ou de cendres, un peu de crottin de cheval, remettre le tout dans la foffe, & continuer d'arrofer avec de l'urine, comme avant la

lixiviation. M. Cornette affure que ce procédé a été pratiqué avec fuccès.
Il n'appartient point aux Commiffaires de l'Académie d'apprécier le
mérite de ce Mémoire, & d'affigner la place qu'il auroit obtenue dans le
Concours, fi les circonftances n'euffent pas obligé M. Cornette de le
retirer. Leur témoignage, fur le compte d'un Confrère & d'un ami,
pourroit être fufpect, & ils ne peuvent que s'en rapporter au jugement
du Public.

MÉMOIRE N°. XXXII.

Sine ratione, fine fine.

ON propofe de faire paffer, au moyen d'un appareil particulier
qu'on a bien de la peine à entendre, même avec le fecours de la figure
jointe au Mémoire, la fumée du bois & la vapeur de l'urine en diftillation dans des terres difpofées en couche pour former du Salpêtre.
L'Auteur prétend qu'en trois mois la terre eft imprégnée de Salpêtre;
qu'il faut enfuite en former des couches, qu'on laiffe repofer encore
quelques mois, & qu'on leffive. Il ne dit pas qu'il ait effayé ce procédé; & le deffin qu'il donne pourroit faire croire qu'il eft inexécutable,
au moins de la manière dont il le propofe. D'ailleurs l'idée d'employer
l'acide du bois à la fabrication du Salpêtre, n'eft pas neuve : elle eft de
Glauber. Les Commiffaires ont donc jugé, qu'à toutes fortes d'égards,
ce Mémoire n'avoit aucun droit, ni au Prix, ni aux Acceffit.

MÉMOIRE N°. XXXIII.

Nec fpecies fua cuique manet, rerumque novatrix
Ex aliis alias reparat Natura figuras.

OVID. Liv. XV. Mét.

CE Mémoire eft de M. Chevrand, Infpecteur des Poudres & Salpêtres,
& de M. Gavinet, Commiffaire dans la même partie, demeurans l'un &
l'autre à Befançon. Quoiqu'il contienne des détails intéreffans & des
expériences bien faites, les Commiffaires de l'Académie n'ont pas
jugé, lors du premier Concours, qu'il eût rempli affez complettement

les vûes du Programme, pour avoir des droits au Prix. Depuis, M. Gavinet paroît avoir perdu cet objet de vue, & il n'a rien été adreſſé de ſa part à l'Académie pour le ſecond Concours. M. Chevrand au contraire a profité du délai accordé, pour parcourir preſque toutes les Provinces de France, dans leſquelles on fabrique du Salpêtre; il a raſſemblé un grand nombre d'obſervations & de faits, & il a adreſſé au ſecond Concours, ſous la même deviſe, & ſous le N°. 33, un Mémoire qui, rapproché de celui dont on parle ici, a paru digne de partager le ſecond Prix. Ces deux Mémoires ſont imprimés en entier dans la ſeconde partie de ce Recueil. On va eſſayer de donner une idée du premier; l'Extrait du ſecond ſe trouvera dans ſon ordre, parmi ceux adreſſés au ſecond Concours.

Ce Mémoire eſt diviſé en treize chapitres. Le premier eſt intitulé: *Sur les Principes, & ſur ce qu'on doit regarder comme tel*; mais il ne répond point à l'importance de ſon titre, & la nature des principes n'y eſt pas ſuffiſamment diſcutée.

Dans le chapitre ſecond, MM. Chevrand & Gavinet expoſent leur ſentiment ſur l'exiſtence du nitre dans l'air, & ſur la tranſmutation des acides. Pour fixer leur opinion à cet égard, ils ont pris deux paniers contenant chacun un pied cube; ils les ont remplis de terre précédemment ſalpêtrée, mais qui avoit été bien épuiſée par des lavages multipliés; ils ont mêlé à l'une huit onces d'alun; ils ont laiſſé la ſeconde ſans addition, & ils les ont arroſées toutes deux avec un mélange de ſang & d'urine. Ces arroſages ont été continués pendant huit mois, après quoi ils les ont ceſſés pendant quelque temps; puis ils ont leſſivé en jetant les terres dans de l'eau bouillante; ils ont filtré & précipité par une addition de leſſive alkaline, & ils ont obtenu par évaporation du mélange ſans alun, deux onces ſept gros de Salpêtre, & de celui avec alun, deux onces ſix gros de Salpêtre, quatre onces de tartre vitriolé, & du ſel marin. De ce que dans cette expérience le mélange dans lequel ils avoient introduit l'alun, n'a pas produit plus de Salpêtre que l'autre, ils concluent que l'acide vitriolique ne ſe change pas en acide nitreux.

Ils examinent enſuite ſi l'acide vitriolique répandu dans l'air, ſe métamorphoſe en acide nitreux. Pour cela, ils ont fait conſtruire une caiſſe de bois de la capacité d'un pied cube; ils l'ont remplie de terre ſalpêtrée épuiſée par des lavages, & ils l'ont recouverte avec une pyramide de canevas, garnie intérieurement d'étoupes imbibées d'alkali fixe: au moyen de cet appareil, l'air ne pouvoit arriver à la terre, qu'après s'être filtré à travers de l'alkali, & s'être dépouillé par conſéquent, non ſeulement d'acide vitriolique, mais encore d'air fixe, d'acide nitreux, & en général de tous les acides qu'il pouvoit contenir. Ils ont arroſé cette terre avec un mélange de ſang & d'urine, au moyen d'un entonnoir pratiqué au haut de la pyramide. Les arroſages ont été continués pendant huit mois; ayant enſuite leſſivé au bout de quatorze, ils ont obtenu deux onces & un gros de Salpêtre.

MM. Chevrand & Gavinet ont eſſayé de mettre des terres propres à se salpêtrer avec des matières animales, dans un matras bien fermé ; au bout d'un an, ils ont lessivé, & n'ont point obtenu de Salpêtre.

Ils concluent de cette ingénieuse expérience, que ce n'est point à l'acide vitriolique de l'air qu'est due la nitrification des terres. Les Commissaires ajouteront qu'elle prouve également que l'acide nitreux n'existe pas tout formé dans l'air ; autrement il auroit été arrêté par le filtre alkalisé ; & d'une part, les étoupes lessivées auroient donné du Salpêtre, tandis que de l'autre le mélange mis en expérience n'en auroit point fourni.

MM. Chevrand & Gavinet prétendent avoir remarqué, que dans les grandes chaleurs de l'été, les matières en putréfaction ont une odeur d'acide nitreux ; ce qui les porte à croire qu'il se forme souvent de l'acide nitreux, qui se dissipe faute d'avoir rien qui l'arrête & qui le fixe.

Après avoir exclu par voie d'expériences l'opinion du nitre aérien, & celle de la transformation de l'acide vitriolique en acide nitreux, MM. Chevrand & Gavinet cherchent à établir, par voie de raisonnement, que le nitre n'est pas l'ouvrage de la végétation ; & que l'air n'entre pas matériellement dans sa formation, ou au moins qu'il n'y entre que comme l'eau de cristallisation dans les sels. Enfin, dans un troisième chapitre, ils établissent leur propre sentiment sur la formation de l'acide nitreux.

Les élémens, suivant eux, s'unissent difficilement ensemble, & on ne peut parvenir à les combiner que par des moyens particuliers ; sans cela, toute la nature se coaguleroit, & il n'existeroit bientôt plus de mouvement. Ils présument qu'il y a dans la formation de l'acide nitreux, une décomposition, une désunion de principes, & une recomposition comme dans la fermentation spiritueuse, & que c'est par la fermentation putride que se fait cette opération ; enfin ils définissent l'acide nitreux, un combiné d'air, de feu, & d'une terre subtile. D'après cette exposition de leurs principes, MM. Chevrand & Gavinet entrent en matière sur ce qui fait principalement l'objet du Programme ; ils déclarent qu'ils n'ont point cherché à découvrir de nouveaux moyens de produire l'acide nitreux : ils sont connus, suivant eux, & on est sûr du succès en élevant des hangars & en y formant des nitrières ; mais ces hangars forment un capital trop considérable, pour que le Gouvernement puisse se charger de leur construction : le nombre de particuliers qui feront des établissemens, ne sera jamais très-grand ; la plupart ne seront pas assez instruits, d'autres n'auront pas des moyens suffisans ; enfin la crainte de se livrer à une entreprise hasardeuse, arrêtera le plus grand nombre. C'est au surplus dans les environs des villes où abondent les matières propres à la production du Salpêtre, que ces établissemens peuvent avoir le plus de succès, & ils donnent en conséquence le plan d'un hangar dirigé vers cet objet. Ce hangar construit, ils prescrivent d'en défoncer le sol de deux pieds, d'y battre de l'argile, & d'y apporter les terres salpêtrées des villes, des granges & des habitations à portée ; de préférer fur-tout les moins fableufes, les moins argileufes, & les plus calcaires; de mêler avec ces terres toutes les matières fufceptibles de putréfaction, & de former ainfi le fol de la nitrière.

MM. Chevrand & Gavinet élèvent enfuite fur ce fol de petites couches de fix pieds de large fur toute la longueur du hangar. Pour ménager la circulation de l'air, ils propofent de faire faire dans les tuileries, des faîtières toutes percées de trous, & d'en ranger une ou plufieurs lignes bout à bout, en fuivant la longueur de la couche. Ces faîtières ne coutent que 15 liv. le $\frac{c}{8}$; mais il eft à craindre que les trous qui y feront pratiqués, ne s'obftruent, & qu'on n'obtienne pas par ce moyen une circulation fuffifante d'air. Ils ne donnent que quatre pieds de hauteur aux terres, & ils font terminer la couche en pyramide. Les hangars feront fermés de volets, & on ouvrira le côté du midi pendant le temps froid, & le côté du nord pendant le temps chaud.

A l'égard du choix des matières dont feront compofées les couches, MM. Chevrand & Gavinet ne prefcrivent rien que de connu. Ce font toujours les urines, le fang des boucheries, les boues de rues, la chaux qui fort des ateliers de Tanneurs & de Mégiffiers; la matière folide qui fe trouve au fond des foffes d'aifance, & qui fe coupe à la pelle, & en général les matières fécales très-confommées; du grand fumier de cheval, de mouton & de chèvres; les terres falpêtrées des habitations, & à leur défaut, celles qui feront défignées ci-après. Toutes ces matières font à vil prix dans les grandes villes; les urines peuvent fe raffembler aifément dans les cafernes, dans les hôpitaux, dans les maifons de force, dans les corps de garde, les auberges, &c.

La chaux vive feroit trop chère, & fon effet même eft, jufqu'à un certain point, équivoque; mais les Tanneurs & les Mégiffiers en emploient une grande quantité dans leurs foffes, & ils la rejettent quand elle eft épuifée. Alors elle eft plus propre qu'aucune autre matière à la formation du Salpêtre, à caufe des parties animales qu'elle contient.

Ils confeillent, avant d'employer les matières propres à la formation du Salpêtre, de les mettre à putréfier dans des foffes ou baffins deftinés à cet objet; & voici la proportion des mélanges qu'il prefcrivent.

Boues de rues. . . . . 2 parties.
Matières folides des foffes d'aifance 2
Chaux des Tanneurs ou Mégiffiers. 1
Plantes récentes, débris de jardins, autant qu'on pourra s'en procurer.
Urine & fang déjà putréfiés & concentrés par l'évaporation à l'air libre, autant qu'il fera néceffaire pour humecter les matières.

MM. Chevrand & Gavinet adoptent, pour les arrofages, les pots placés fur la couche, à la manière de M. le Ray de Chaumont; mais au lieu de les faire poreux, ils préfèrent qu'ils foient percés de petits trous; autrement les pores de la terre fe bouchent en peu de temps, la partie la plus précieufe pour la formation du Salpêtre refte dans le pot, & l'eau même ne pénètre plus dans la couche.

Ils

Ils conseillent aussi de faire pénétrer les arrosages dans l'intérieur des couches sous les faîtières. Ils proposent à cet effet d'introduire avec de longs bâtons qui se démonteront comme une toise d'Arpenteur, des tuyaux de cuir, semblables à ceux en usage dans les incendies, lesquels répondront d'une part à une pompe, & de l'autre à une boîte de fer-blanc garnie de trous. Mais MM. Chevrand & Gavinet ne font pas attention que la bourbe & les corps étrangers qui se déposeront dans la pompe, empêcheront bientôt le jeu des soupapes, & obstrueront tous les passages.

Au bout de deux années, on coupera les eaux d'arrosages avec moitié d'eau pure, & on cessera absolument d'arroser cinq mois avant de lessiver.

MM. Chevrand & Gavinet passent ensuite aux détails de la construction des hangars, & des dépenses de toute espèce nécessaires pour l'établissement d'une nitrière. Ces détails ne peuvent être suivis que dans le Mémoire même. On se contentera de dire qu'ils font monter le bénéfice à plus de 20 p $\frac{0}{0}$; mais on craint que cette évaluation ne soit trop à l'avantage des nitrières. Les Régisseurs des Poudres, dans l'Instruction qu'ils ont publiée, ne la portent pas, à beaucoup près, aussi haut, & il ne seroit pas impossible que leur évaluation fût même déjà forcée. Quoiqu'il en soit, MM. Chevrand & Gavinet rapportent un grand nombre d'expériences pour prouver la justesse de leurs calculs. On va en citer les principales.

Pour s'assurer d'abord du produit des terres salpêtrées qui doivent, suivant eux, former le fond de la nitrière, ils ont fait un grand nombre d'essais sur des terres prises dans différens endroits de la Province ; dans chaque expérience ils ont lessivé quatre pieds cubes de terres salpêtrées prises depuis la surface jusqu'à deux pieds de profondeur, lorsque la nature du sol l'a permis.

Première Expérience.

Quatre pieds cubes de terre prise dans une bergerie, ayant trois ans de repos, ont été lessivées sans addition : on a décomposé les sels à base terreuse, par de l'alkali ; avant de procéder à la cristallisation, on a purgé de sel marin, & on a obtenu deux livres neuf onces de très-bon salpêtre brut.

Deuxième Expérience.

Quatre pieds cubes de terre d'une autre bergerie, ont donné deux livres quatre onces.

Troisième Expérience.

Quatre pieds cubes de terre de bergeries, qui n'avoient jamais été lessivées, ont rendu trois livres sept onces.

M

Quatrième Expérience.

Terre de cuverie, même quantité, une livre douze onces.

Cinquième Expérience.

Terre de grange, une livre sept onces.

Sixième Expérience.

Terre d'écuries à bœufs, une partie prise sous la crêche, & l'autre au centre de cette écurie, une livre huit onces.

Septième Expérience.

Terre prise dans une écurie à chevaux & bœufs, après deux ans de repos, onze onces.

Huitième Expérience.

Terre de bergeries, après quatre ans de repos, trois livres quatre onces.

Neuvième Expérience.

Terre prise dans un cimetière sous des voûtes aérées par des abats-jour, trois livres une once.

Dixième Expérience.

Huit pieds cubes de terre prise dans une voirie abandonnée depuis quatre ans, n'ont rendu qu'un dépôt terreux, dans lequel il n'a pas été possible de distinguer de substance saline.

Onzième Expérience.

Quatre pieds cubes de terre de hangar, travaillée depuis trois ans, ont rendu dix livres.

Douzième Expérience.

La même terre qui, dans l'expérience septième, avoit été lessivée au bout de deux ans, l'ayant été de nouveau au bout de trois ans, a rendu une livre six onces.

Treizième Expérience.

Terre de bergerie, prife dans une maifon bâtie depuis trois ans, quatorze onces.

Quatorzième Expérience.

Terre de bergerie, prife dans une maifon bâtie depuis cinq ans, une livre fix onces.

On voit que les terres des expériences 1ᵉ, 2ᵉ, 3ᵉ, 4ᵉ, 5ᵉ & 6ᵉ, formant vingt-quatre pieds cubes de terre, ont rendu douze livres quinze onces ; ce qui donne, pour produit commun, neuf onces deux gros par chaque pied cube ; & MM. Chevrand & Gavinet en concluent que les terres mieux foignées, plus divifées & arrofées à propos, donneront au moins douze onces par pied cube ; c'eft d'après cette bafe qu'ils ont établi leurs calculs. Ils concluent encore de ces expériences, qu'il eft avantageux de ne leffiver les terres des hangars qu'après trois ans de repos, & ils prouvent que le bénéfice croît dans une proportion beaucoup plus grande que les dépenfes.

MM. Chevrand & Gavinet comparent enfuite le plan d'établiffement qu'ils propofent, avec celui contenu dans l'Inftruction des Régiffeurs, & ils le trouvent beaucoup plus économique & beaucoup plus productif ; mais on craint qu'ils n'aient forcé le produit, & peut-être diminué la dépenfe : ils ne font pas attention d'ailleurs qu'ils ont calculé les frais de conftruction fur les prix de Franche-Comté, Province où le bois eft commun, tandis que les Régiffeurs ont cherché à prendre un prix moyen entre celui des différentes Provinces de France.

Les établiffemens de hangars que propofent MM. Chevrand & Gavinet, & dont on vient de rendre compte, ne doivent être établis, fuivant eux, que dans les environs des grandes villes. Quant à la fabrication du Salpêtre dans la campagne, ils obfervent que les étables des moutons ou des chevres font les lieux où ce fel fe forme en plus grande abondance. Ils propofent en conféquence, de conftruire dans chaque Communauté un hangar proportionné à la quantité de chevres & de moutons qui appartiennent aux différens particuliers ; ils donnent à ces hangars foixante pieds de long fur vingt-cinq de large ; ils les ferment de manière à former des écuries ; ils les creufent de deux pieds, & rempliffent l'excavation de terres falpêtrées des habitations, & paffées à la claie ; enfin ils prefcrivent de répandre deffus de la paille pour la litière des moutons. Tout particulier feroit obligé de conduire fes troupeaux dans ce hangar, & on formeroit des féparations à claire-voie, pour diftinguer les animaux appartenans à chaque particulier. Quand on voudroit leffiver les terres, on feroit une féparation au hangar, on placeroit les moutons dans une partie, & les cuveaux dans l'autre.

MM. Chevrand & Gavinet penfent que les frais de conftruction des hangars devroient être à la charge du Roi, & le tranfport des matériaux ou des terres à la charge des Communautés. Dans le cas où elles refuferoient de faire cet établiffement pour leur compte, on pourroit autorifer tout particulier à le faire en leur lieu & place, & il s'en préfentera d'autant plus aifément, fuivant MM. Chevrand & Gavinet, qu'ils portent à fix ou fept cents livres le bénéfice que produira chaque établiffement par année.

La Franche-Comté a fourni depuis 1772 jufqu'en 1776, les quantités de Salpêtre ci-après.

		livres.
	1772.	369,046
	1773.	366,384
ANNÉES.	1774.	359,855
	1775.	331,382
	1776.	322,376
		1,749,043
ANNÉE COMMUNE.		349,808

Cette Province eft compofée de quatorze villes & de deux mille dix-huit villages; on pourroit donc leffiver cinq cent quatre hangars par année, lefquels, à raifon de 2250 livres, rendroient 1,134,000 livres de Salpêtre, fans compter le produit des quatorze nitrières qu'ils propofent d'établir dans les quatorze villes, qui pourroient rendre dix ou douze milliers chacune. Ce produit feroit proportionnellement beaucoup plus confidérable dans les Provinces où il y a plus de beftiaux.

Les derniers chapitres traitent du leffivage, & des fubftances alkalines qu'on peut employer pour donner une bafe au Salpêtre; MM. Chevrand & Gavinet confeillent le falin : cette fubftance n'eft autre chofe, du moins d'après l'acception qu'on donne au mot falin en Franche-Comté, que le fel de la cendre, qui n'a point été converti en potaffe par la calcination. Ils prétendent qu'une mefure de trente livres de cendre, qui coute fix à huit fous en Franche-Comté, peut fournir deux à trois livres d'alkali.

Les Commiffaires de l'Académie ont reconnu aifément par l'examen de ce Mémoire, qu'il étoit fait par des perfonnes inftruites, & qui réuniffent à des connoiffances de Chimie, celles des détails relatifs à la fabrication du Salpêtre. L'expérience dans laquelle ils ont filtré l'air à travers une diffolution alkaline, pour le dépouiller d'acide vitriolique, eft extrêmement ingénieufe.

Quant aux moyens d'exécution que propofent MM. Chevrand & Gavinet, pour les environs des villes, ils ne font point impraticables;

mais les Commiſſaires de l'Académie penſent que la diſpoſition des couches, à laquelle ils donnent la préférence, n'eſt pas la plus écono-mique, & qu'elle a l'inconvénient de perdre beaucoup de terrein. Quant au projet des hangars, bergeries ou écuries, les Commiſſaires de l'Académie le regardent comme le moins praticable de tous ceux qui ont été propoſés. En effet, l'obligation impoſée aux particuliers, de conduire tous les jours leurs beſtiaux dans une écurie commune, ſouvent éloignée de leur habitation, leur ſeroit bien plus à charge que l'inconvénient de la fouille, qui ne revient que tous les trois ou quatre ans. Enfin les Commiſſaires penſent que les produits attribués aux nitrières & aux hangars, écuries & bergeries, ſont exagérés.

Voyez l'Extrait de la ſeconde partie de ce Mémoire, ſecond Con-cours, n°. 33.

MÉMOIRE N°. XXXIV.

Deſtructio unius, productio alterius.

CE Mémoire propoſé avec beaucoup de raiſon, de ſubſtituer aux voiries des grandes villes, des nitrières dans leſquelles on tranſporteroit les débris de matières végétales & animales qu'on eſt obligé de porter au dehors, les vidanges des latrines, les balayures, les boues, &c. Si on joint à ces matières les décombres des bâtimens, qu'on eſt également obligé de porter au loin, on verra que les grandes villes peuvent fournir des matériaux riches pour des établiſſemens très en grand. C'eſt égale-ment l'opinion de l'Auteur du Mémoire n°. 29, qui a obtenu un Acceſſit, mais qui ne s'eſt point fait connoître. Ces réflexions ſont très-judicieuſes ſans doute; mais l'Auteur n'en a pas fait une application heureuſe à la pratique; ce qu'il dit ſur la conſtruction des nitrières, ſur la forme des bâtimens, ſur celle des couches, eſt inférieur à preſque tout ce qui a été publié ſur cet objet.

Il propoſe des hangars circulaires, ſans faire attention que cette forme eſt la plus chère pour la bâtiſſe; il adopte une forme de couche qui tient beaucoup de place: enfin les Commiſſaires de l'Académie ont jugé que ce Mémoire ne rempliſſoit point les vûes du Programme.

MÉMOIRE N°. XXXV.

Cum Sacerdos viderit in parietibus domus quasi valliculas pallore sive rubore deformas & humiliores surperficie reliqua; egredietur ostium domus, & statim claudet illam septem diebus.

LÉVIT. Chap. XIV, ℣. 37 & 38.

L'AUTEUR ne regarde pas comme impossible que le Salpêtre soit une espèce de moisissure, de bissus ou de mousse, qui croît & qui végète. La graine de cette végétation seroit, dans ce système, répandue dans l'air, & prête à se déposer dans les couches de terre disposées favorablement pour la végétation.

L'Exposé de ce système suffit pour faire sentir combien il est opposé à toutes les connoissances acquises; & les Commissaires de l'Académie ne s'arrêteront pas à en démontrer la fausseté.

L'Auteur observe que le Salpêtre paroît se former de préférence dans les fentes des murailles où il y a un courant d'air qui traverse.

Il désireroit qu'il s'établît dans les campagnes des Salpêtrilloniers, comme il existe des Chiffonniers; qu'ils courussent le pays pour rassembler tout ce qu'il seroit possible de Salpêtre de houssage, & il pense que les habitans de la campagne s'accoutumeroient à leur en mettre à part, comme on rassemble des chiffons.

Ce Mémoire paroît avoir été fait dans la Touraine, Province où le Salpêtre se montre de toute part. Il ne contient point d'expériences, & l'Auteur n'y présente que des vûes vagues, & qui ne sont point suffisamment arrêtées. Il avoit laissé à son Mémoire beaucoup de lacunes, qu'il se proposoit de remplir, & il a en effet fourni un supplément pour le second Concours, sous le n°. 19; mais les Commissaires de l'Académie n'ont pas jugé qu'il donnât à l'Auteur plus de droits au Prix, ni aux Accessit.

MÉMOIRE N°. XXXVI.

CE Mémoire est écrit en latin; l'Auteur propose, pour fabriquer du Salpêtre, de prendre des terres grasses, marécageuses, argileuses, &c. de les placer à l'abri de la pluie, d'y mêler des matières putrescibles. Il vante beaucoup l'emploi de la terre des taupières, & celle des places où l'on a fait du charbon. Il regarde l'acide nitreux comme une modification de l'acide vitriolique, & il pense que l'accès d'un air libre est nécessaire pour opérer cette transformation.

Il propose, d'après ces idées, d'élever des hangars, d'y amasser des terres, de les remuer, &c. Il conseille sur-tout de commencer à opérer au printemps.

Depuis la publication du Programme, il a formé, par curiosité, un établissement de ce genre; & en une année, il a obtenu cinq quintaux de très-bon Salpêtre.

L'Auteur fait ensuite les questions suivantes :

1°. La fouille est un droit du Roi; en la supprimant, le Roi soulage ses sujets d'un grand fardeau. Ne seroit-il pas juste qu'ils contribuassent aux dépenses des constructions, pour que les vûes du Gouvernement fussent plus tôt remplies ?

2°. Se trouvera-t-il en France des particuliers qui entreprendront à leurs risques ces établissemens ?

3°. Ne pourroit-on pas exiger dans chaque Communauté, qu'un certain nombre de particuliers eussent dans leur grange une certaine quantité de terre propre à se salpêtrer ?

Ce Mémoire est fait par un homme sage & instruit, mais il ne contient rien que de connu; l'Auteur d'ailleurs n'y entre pas dans des détails assez étendus; & les Commissaires ont pensé en conséquence, qu'il ne pouvoit avoir aucun droit, ni au Prix, ni aux Accessit.

MÉMOIRE N°. XXXVII.

Ex libris colligere quæ prodiderunt authores, longè est periculosum ; rerum ipsarum cognitio vera è rebus ipsis est.

JULIUS SCALIGER.

L'AUTEUR annonce avoir répété l'expérience de M. Pietsch, qui consiste à arroser une pierre calcaire d'acide vitriolique & d'urine; il a obtenu de la sélénite, mais point de salpêtre.

Il a fait enlever dans des écuries remplies de terres salpêtrées, un panier de terre dans la partie la plus haute & la plus sèche, un dans le milieu, & un dans la partie basse & la plus humide. Ces terres ayant été lessivées, les produits ont été dans les proportions qui suivent.

Terre d'en-haut, 3 parties de Salpêtre très-beau.

Terre d'en-bas, 1 partie de Salpêtre de mauvaise qualité.

Cependant la partie baſſe avoit été imbibée d'urine, & la partie haute étoit demeurée sèche. Il a répété cette expérience pluſieurs fois, & on peut la regarder, ſuivant lui, comme conſtante.

De cette expérience & de quelques raiſonnemens à l'appui, l'Auteur conclut que le nitre eſt tout formé dans la nature; mais ſes preuves ſont des plus foibles; & Glauber, ainſi que Lémery, ont dit à cet égard, avant lui, des choſes beaucoup plus ſatisfaiſantes.

Il prétend enſuite, qu'après avoir jeté ſur de l'eau mère de nitre une diſſolution de criſtaux de ſoude, & avoir précipité la terre, on obtient par évaporation, non du nitre quadrangulaire, mais de vrai nitre en aiguilles exagones, & que ce Salpêtre eſt le même, ſoit qu'on emploie le ſel de ſoude ou la potaſſe. Il en conclut très-fauſſement, que le Salpêtre eſt tout formé à baſe d'alkali fixe dans les eaux mères; qu'il a ſeulement un excès de terre, dont il faut le débarraſſer.

Ce qui paroît avoir trompé l'Auteur, c'eſt qu'il reſte communément dans les eaux mères des Salpêtriers une quantité conſidérable de Salpêtre à baſe d'alkali fixe. Quand on décompoſe les eaux mères, & qu'on met à criſtalliſer, le nitre en aiguilles, comme moins ſoluble à froid, criſtalliſe le premier; le nitre quadrangulaire au contraire reſte dans les eaux, & on ne peut l'obtenir que par une évaporation ſubſéquente.

M. Meyer a annoncé qu'on obtenoit beaucoup de Salpêtre de houſſage, en enduiſant de chaux nouvelle les murs d'une cave humide. L'Auteur a répété ſans ſuccès cette expérience.

Ces différentes réflexions, & d'autres qu'on croit devoir ſupprimer, le ramènent à la formation des nitrières & des hangars pour fabriquer du Salpêtre; mais il ne penſe pas que ce moyen puiſſe de long-temps ſuppléer à la fouille, & il ne croit pas qu'on doive renoncer à ce dernier moyen de fabriquer du Salpêtre. Son idée au ſurplus ſur l'établiſſement des nitrières, diffère de tout ce qui a été donné juſqu'ici. Il ſuppoſe que le terrein ſur lequel ſe fera l'établiſſement, ſera en pente douce; il propoſe d'y conſtruire des hangars de cent vingt pieds de long ſur ſoixante de large; il y diſpoſe des claies ſolides placées les unes au deſſus des autres, & les charge chacune d'un pied de terre très-poreuſe, telle, par exemple, qu'un mélange de cendres & de briques concaſſées. Au lieu de mêler du fumier avec ces terres, il les amoncèle hors du hangar ſur une eſpèce de foſſe garnie de glaiſe, couverte de fagots; & c'eſt par-deſſus ces fagots que s'entaſſe le fumier: il preſcrit enſuite d'arroſer abondamment ces fumiers. L'eau, en paſſant à travers, ſe chargera des parties extractives & ſalines qu'ils contiennent; elle tombera dans la foſſe, d'où elle ſera enſuite repriſe avec une pompe pour ſervir aux arroſages.

Il eſt d'avis qu'on charge les villes des établiſſemens des nitrières, parce que la fouille étant une charge publique, le Public doit ſupporter la charge qui la remplace.

Il prétend que la chaux a pluſieurs inconvéniens dans la fabrication

du

du Salpêtre; qu'elle le blanchit, mais qu'elle lui ôte de la confiftance & du corps. Il paroît en effet que la chaux a la propriété de blanchir l'eau mère, & de lui faciliter les moyens de paroître fous forme concrète; mais cet inconvénient, qui eft très-grand, en ce qu'il fournit aux Salpêtriers un moyen de livrer du Salpêtre à bafe terreufe pour du Salpêtre à bafe d'alkali fixe, n'en feroit peut-être pas un pour un établiffement en grand qui feroit bien foigné.

L'Auteur rappelle enfuite un projet qu'il avoit propofé, pour tirer en grand du Salpêtre des végétaux : ce projet confifte à femer en plein champ des plantes nitreufes, principalement le tournefol; & il prétend qu'un arpent de terre traité de cette façon, peut donner une grande quantité de Salpêtre.

Les Commiffaires de l'Académie ont été informés des épreuves que la Régie des Poudres a fait faire dans différentes Provinces de France, pour conftater ce qu'on doit attendre de la culture des plantes nitreufes. Il en eft réfulté, que le tournefol ne donne de Salpêtre en abondance, qu'autant qu'il a été élevé dans un champ qui avoit été bien fumé; en forte que la végétation eft plutôt un moyen d'extraire le Salpêtre des terres, que de le former.

Un autre moyen de faire du Salpêtre, que l'Auteur affure avoir employé avec fuccès, confifte à délayer du fumier dans de l'eau de mare ou autre, à y ajouter un mélange d'une partie de cendre, d'une partie de chaux vive, & d'une partie de chaux éteinte, à gâcher le tout, & à en faire une efpèce de mur, que l'on élève par le moyen d'une claie qui le foutient. On arrofe ce mur en mettant deffus des pots de jardin, qu'on remplit d'eau de fumier; cette eau fe filtre & pénètre dans toute la maffe.

Ce Mémoire eft bien fait; mais les Commiffaires de l'Académie n'ont pas jugé qu'il contînt affez de chofes neuves pour avoir rempli le vœu du Programme.

MÉMOIRE N°. XXXVIII.

Dimidium facti, qui bene cœpit, habet.

CE Mémoire eft fort court; mais comme il n'eft écrit ni en françois ni en latin, il eft hors des termes du Programme, & n'a pu concourir pour le Prix.

N

JUGEMENT de l'Académie Royale des Sciences, fur les trente-huit Mémoires admis au premier Concours.

Les Commiffaires nommés par l'Académie Royale des Sciences, conformément aux ordres du Roi, pour le jugement du Prix relatif à la fabrication du Salpêtre, & pour les épreuves ordonnées par Sa Majefté, après avoir fait un examen approfondi des trente-huit Mémoires admis au Concours, ont reconnu que, quoique plufieurs de ces Mémoires foient propres à répandre des lumières fur la théorie de la fabrication du Salpêtre, & puiffent même, à quelques égards, donner lieu à des applications utiles dans la pratique, il n'en eft aucun cependant qui contienne rien d'affez neuf, ni qui rempliffe affez complettement les vûes du Programme, pour avoir droit au Prix. On ne peut douter que la briéveté du temps accordé aux Concurrens, & l'obligation qui leur a été impofée de remettre leurs Mémoires avant l'époque du premier Avril 1777, ne foit une des principales caufes des imperfections qu'on y remarque : plufieurs des Concurrens s'en font expliqués; & les Commiffaires de l'Académie ont la certitude que nombre de perfonnes très-inftruites, & capables d'infpirer de la confiance, auroient concouru, fi le délai eût été moins court. Dans ces circonftances, l'Académie regarde comme indifpenfable, 1°. de différer la proclamation du Prix; 2°. d'annoncer ce nouveau délai dès la rentrée publique de la Saint-Martin prochaine. Enfin elle eft perfuadée qu'il eft impoffible d'efpérer un travail un peu complet fur la formation du Salpêtre, fi l'on ne fe détermine à accorder au moins trois années aux Concurrens; ce qui remettroit la proclamation du Prix à la Saint-Martin de 1780 au plus tôt.

Cependant, avant de faire aucune annonce au Public, l'Académie a défiré de connoître les intentions du Miniftre, & elle a arrêté de lui repréfenter que ce nouveau délai, en procurant aux Concurrens les moyens de multiplier les expériences, donnera lieu à de nouvelles dépenfes. Qu'il feroit en conféquence infiniment intéreffant, qu'en différant la proclamation du Prix, on l'augmentât, qu'il fût porté à dix ou douze mille francs au lieu de fix, & qu'il y fût joint une fomme de quatre mille livres à diftribuer en Acceffit.

Le délai que l'Académie juge néceffaire, apportera fans doute quelque retard à l'exécution des vûes bienfaifantes du Roi, & au défir qu'il a témoigné de foulager fes fujets de la gêne de la fouille, & des recherches qui fe font chez les Particuliers; mais la marche de l'Adminiftration en devenant plus lente, en fera plus affurée, & elle ne parviendra que plus certainement à fon but.

Ce Réfultat ayant été unanimement arrêté, les Commiffaires furent chargés, par délibération du 12 Juin 1777, de faire, auprès du Miniftre, toutes les démarches néceffaires pour obtenir que la fomme deftinée au Prix fût doublée, & que l'époque de la proclamation fût différée.

M. d'Ormeffon, Confeiller d'État & Intendant des Finances, avec lequel ils en conférèrent, voulut bien fe charger de preffentir le Miniftre, & peu de jours après les Commiffaires furent convoqués chez M. le Contrôleur Général. Ils lui rendirent un compte fommaire des travaux des Concurrens; de ceux dont ils s'étoient occupés eux-mêmes; de la néceffité d'un délai plus long; de celle d'une augmentation dans la fomme deftinée au Prix. Ils trouvèrent le Miniftre dans la difpofition de propofer au Roi tout ce qu'ils jugeroient de plus utile au bien de fon fervice; il leur fut donné connoiffance des intentions du Roi quelques jours après, &, pour s'y conformer, ils rédigèrent le Programme qui fuit. Il fut imprimé & publié à la rentrée de l'Académie, dans fa féance de la Saint-Martin de l'année 1777.

SECOND PROGRAMME,

Publié par l'Académie Royale des Sciences, pour la remife de la proclamation du Prix fur la formation & la fabrication du Salpêtre.

L'ACADÉMIE, en annonçant, pour la Séance publique de Pâques 1778, la proclamation d'un Prix extraordinaire fur le Salpêtre, & en exigeant que les Mémoires lui fuffent adreffés avant le premier Avril 1777, n'avoit confulté que fon empreffement à répondre aux vûes bienfaifantes du Roi, & au défir qu'il a de délivrer, le plus tôt poffible, fes fujets, de la gêne de la fouille que les Salpêtriers font autorifés à faire chez les Particuliers, & des abus auxquels elle peut donner lieu.

L'examen des Mémoires qui ont été adreffés à l'Académie, n'a pas tardé à lui faire appercevoir que le délai accordé aux Concurrens étoit beaucoup trop court, relativement à l'importance de l'objet, & à la nature des expériences qu'il exige : il eft arrivé de là, que dans le grand nombre de Mémoires qui ont été admis au Concours, quoiqu'il s'en foit trouvé plufieurs qui paroiffent avoir été rédigés par de très-habiles Chimiftes, il n'y en a aucun cependant qui contienne rien d'affez neuf, qui préfente des expériences affez décifives & affez complettes, enfin qui renferme des applications affez heureufes à la pratique, pour avoir des droits au Prix.

Dans ces circonftances, l'Académie fe voit forcée de différer la proclamation du Prix, & elle croit devoir en reculer l'époque affez loin, pour n'être plus dans le cas d'accorder de nouveaux délais.

Il auroit été à défirer fans doute, qu'en faifant cette annonce au Public, il lui eût été poffible d'aider les Concurrens des connoiffances acquifes depuis la publication de fon Programme, en 1775; mais comme la plus grande partie des notions qu'elle pourroit donner à cet égard, ne pourroient qu'être puifées dans les Mémoires mêmes admis au Concours, ou au moins qu'elles ne pourroient manquer d'avoir des relations très-prochaines avec les expériences contenues dans ces Mémoires, elle a refpecté le droit de propriété des Auteurs, & elle s'impofe en conféquence le filence le plus abfolu fur cet objet, jufqu'à la proclamation du Prix.

L'Académie fe borne donc à annoncer pour le préfent, que le Prix qui devoit être proclamé à la Séance publique de Pâques 1778, fera différé jufqu'à celle de la Saint-Martin 1782; & elle propofe de nouveau pour cette époque, de » trouver les moyens les plus prompts & les » plus économiques de procurer en France une production & une récolte » de Salpêtre plus abondantes que celles qu'on obtient préfentement, & » fur-tout qui puiffent difpenfer des recherches que les Salpêtriers font » autorifés à faire dans les maifons des Particuliers «

L'Académie prévient de nouveau, qu'elle fe propofe, conformément aux intentions du Roi, de répéter généralement toutes les expériences qui feront indiquées par les Concurrens : elle exige donc de ceux qui lui enverront des Mémoires, de décrire leurs procédés avec affez de clarté & de précifion, pour qu'elle puiffe les vérifier fans aucune incertitude; elle déclare auffi, que le Prix fera adjugé à celui qui aura indiqué le procédé le plus avantageux pour la promptitude, l'économie & l'abondance du produit, indépendamment de toute autre confidération; & que, quand même ce procédé ne réfulteroit que d'une application heureufe des obfervations & des pratiques déjà connues, il fera préféré aux plus belles découvertes, dont on ne pourroit tirer la même utilité.

Le Roi, fur les repréfentations qui lui ont été faites par l'Académie, a bien voulu doubler le Prix; ainfi, il fera de HUIT MILLE LIVRES, au lieu de QUATRE; & la fomme à répartir en Acceffit, fera de QUATRE MILLE LIVRES, au lieu de DEUX. Cette dernière fomme fera diftribuée en un ou plufieurs Acceffit, fuivant le nombre des Mémoires qui paroîtront avoir droit à des récompenfes, & fuivant l'objet des dépenfes utiles qui auront été faites par les Concurrens relativement au Prix.

Comme la vérification que l'Académie doit faire de toutes les expériences indiquées par les Concurrens, exigera néceffairement un temps affez confidérable, les Mémoires ne feront admis pour le Concours, que jufqu'au premier Janvier 1781; mais l'Académie recevra jufqu'au premier Avril 1782, les fupplémens & éclairciffemens que voudront envoyer les Auteurs des Mémoires qui lui feront parvenus dans le temps preferit; avec cette condition cependant, que toutes les expériences comprifes dans ces fupplémens, feront regardées comme non avenues, fi elles font de nature à ne pouvoir être répétées avant l'époque fixée pour la proclamation du Prix, c'eft-à-dire, avant la Séance publique de la Saint-Martin 1782.

Les Savans & les Artiftes de toutes les Nations, & même les Affociés étrangers de l'Académie, font invités à concourir; les feuls Académiciens régnicoles en font exclus.

Les Mémoires feront écrits lifiblement, en françois ou en latin.

Les Auteurs ne mettront point leur nom à leurs Ouvrages, mais feulement une Sentence ou Devife; ils pourront, s'ils le veulent, attacher à leur Mémoire un billet féparé & cacheté par eux, qui contiendra, avec la même Sentence ou Devife, leurs noms, leurs qualités & leur adreffe: ce billet ne fera ouvert, fans le confentement de l'Auteur, qu'au cas que la Pièce ait remporté le Prix, ou un des Accefîit.

Les Ouvrages deftinés pour le Concours, feront adreffés à Paris, au Sécrétaire perpétuel de l'Académie; & fi c'eft par la Pofte, avec une double enveloppe, à l'adreffe de M. Amelot, Secrétaire d'Etat, ayant le département de l'Académie. Dans le cas où les Auteurs préféreroient de faire remettre directement leur Ouvrage entre les mains du Secrétaire perpétuel de l'Académie, il en donnera fon récépiffé, où feront marqués la Sentence de l'Ouvrage & fon numéro, felon l'ordre ou le temps dans lequel il aura été reçu.

S'il y a un récépiffé du Secrétaire, pour la Pièce qui aura remporté le Prix, le Tréforier de l'Académie délivrera la fomme du Prix à celui qui lui rapportera ce récépiffé, fans aucune formalité.

S'il n'y a pas de récépiffé du Secrétaire, le Tréforier ne délivrera le Prix qu'à l'Auteur même, qui fe fera connoître, ou au Porteur d'une procuration de fa part.

L'ACADÉMIE, en terminant ce Programme, croit devoir indiquer au Public quelques obfervations nouvelles & peu connues fur l'exiftence du Salpêtre naturel en France. M. Peronnet, Ingénieur des Ponts & Chauffées, préfenta, en 1767, dans une de fes Séances, deux échantillons d'une pierre calcaire poreufe, provenant de la carrière d'Augne en Touraine; ces pierres, confervées dans un tiroir, s'étoient naturellement couvertes de Salpêtre en effloreſcence; & M. Cader, qui en a fait l'examen par ordre de l'Académie, a reconnu qu'indépendamment de la petite portion de Salpêtre à bafe d'alkali fixe végétal qu'elles contenoient, on y trouvoit encore, par la lixiviation & par l'évaporation, du nitre à bafe de terre calcaire, & du nitre à bafe de terre du fel de Sedlitz ou d'Epfom. Depuis cette époque, M. le Duc de la Rochefoucault a fait une autre découverte importante, plus décifive que celle de M. Peronnet, fur l'exiftence du Salpêtre naturel, & qui a été annoncée, depuis plus d'un an, par M. Bucquet, dans fes Leçons de Chimie publiques & particulières : il réfulte des obfervations de M. le Duc de la Rochefoucault, & de celles qui ont été faites, d'après fes indications, par MM. Clouet & Lavoifier, Régiffeurs des Poudres & Salpêtres, 1°. que les montagnes de craie des environs de la Roche-Guyon, Mouffeau, &c. contiennent fouvent une quantité notable de Salpêtre, dans le voifinage des furfaces expofées à l'air : 2°. qu'il ne paroît pas en exifter, du moins en quantité fenfible, dans les parties de la montagne, qui font abfolument intérieures, & qui n'ont point de communication avec l'air : 3°. que ce Salpêtre eft à bafe calcaire, dans tous les lieux éloignés des habitations, tandis qu'il eft à bafe d'alkali végétal, & fe montre fous forme de petits criftaux à la furface de la craie, dans le voifinage des lieux habités.

MM. Clouet & Lavoifier ont conftaté l'exiftence de femblables montagnes, dans différentes parties de la France, notamment aux environs de Dreux en Normandie, à Saint-Avertin près Tours, & dans plufieurs endroits d'un côteau fort étendu qui règne depuis Tours jufqu'à Saumur, &c. Une pierre tendre & poreufe, une expofition favorable, des rochers difpofés en faillie, qui forment un abri contre les injures de l'air, font les circonftances les plus avantageufes à la formation de ce Salpêtre ; & il n'eft pas rare, lorfqu'on réunit toutes ces circonftances, & fur-tout dans le voifinage des habitations creufées dans la craie, ou dans le roc, de trouver des terres qui, traitées avec de l'alkali fixe en quantité fuffifante, donnent jufqu'à trois livres de Salpêtre par quintal.

Ces nitrières naturelles ont échappé, jufqu'à ce jour, aux recherches des Salpêtriers, par la raifon que le Salpêtre y eft prefque toujours à bafe terreufe, qu'il faut le traiter avec de l'alkali pour le transformer en vrai Salpêtre, que les Salpêtriers en ignorent la méthode, & qu'ils croient mieux trouver leur compte à traiter celui qui fe forme dans les endroits habités, & qui y eft naturellement, au moins pour une portion affez confidérable, à bafe d'alkali fixe. On fent affez de quelle importance cet objet peut être pour les Concurrens : en effet il eft probable, d'après les relations des Voyageurs, que le Salpêtre, qui vient en fi grande abondance de l'Inde, fe forme naturellement dans les terres ; il feroit donc poffible que la France renfermât les mêmes richeffes dans fon fein.

M. le Duc de la Rochefoucault a encore conftaté, que les craies des environs de la Roche-Guyon, à quelque point qu'elles aient été dépouillées, par le lavage, du Salpêtre qu'elles contenoient, étoient fufceptibles de fe falpêtrer de nouveau d'elles-mêmes, fans addition, & par la fimple expofition à l'air dans un lieu abrité.

L'Académie, en annonçant ces découvertes aux Concurrens, invite M. le Duc de la Rochefoucault, MM. Clouet & Lavoifier, à publier inceffamment le travail qu'ils ont annoncé fur cet objet ; elle renvoie pour le furplus à fon Programme de 1775, & aux différens Ouvrages qui ont été publiés depuis fur cet objet.

EXTRAIT des vingt-huit Mémoires admis au second Concours.

MÉMOIRE N°. I.

Experimentis & arte cognitio certior.

L'Auteur divise son Ouvrage en huit Chapitres.

Il compare, dans le premier, l'analyse des substances végétales & animales faite par le feu, avec celle qui s'opère par la putréfaction, & qu'il nomme fermentation alkalescente.

Ce plan étoit bon, mais il ne l'a qu'ébauché. Il rappelle à peu près les connoissances générales qu'on a sur l'analyse des végétaux & des animaux, par la distillation à la cornue, & il se borne à rapporter l'expérience suivante.

Il a mis dans une cornue de verre, à laquelle étoit adapté un récipient luté avec du lut gras, quatre livres de viande hachée, qui commençoit à répandre de l'odeur. En quatre mois il a passé peu à peu trois gros d'alkali volatil, qui ne faisoit point d'effervescence avec les acides.

L'huile qu'on retire des végétaux ou des animaux par la distillation, se détruit par la putréfaction; en général tous les principes des corps se désunissent dans cette opération, & c'est le moyen que la Nature emploie pour retirer les principes des végétaux & des animaux, pour les faire rentrer dans le réservoir général, & pour les faire passer ensuite dans d'autres combinaisons.

L'Auteur traite dans le Chapitre second, des substances dont le mélange est propre à accélérer la putréfaction; & il indique d'abord les terres calcaires, 1°. parce qu'elles contiennent beaucoup d'eau dans leur composition, & que cette eau peut favoriser la putréfaction; 2°. parce qu'elles peuvent attirer des miasmes putrides.

Pour se convaincre de cette vérité, il a répété une expérience de M. Macbride; il a mis une égale quantité de chair de bœuf dans deux vases, avec égale quantité d'eau, & il a ajouté de la craie à l'un de ces deux mélanges: ce dernier a manifesté l'odeur putride, quatre heures avant l'autre.

Une circonstance remarquable, c'est que la chaux produit un effet contraire; elle fufpend les progrès de la putréfaction. Ayant fait le même mélange que ci-deffus, & ayant ajouté de la chaux au lieu de craie, la chair de bœuf s'eft diffoute complettement dans l'efpace de huit jours; mais pendant un mois l'odeur putride ne s'eft point manifeftée.

L'Auteur n'en conclut pas que la chaux doive être bannie des nitrières, mais qu'elle doit être employée en petites dofes. Il confeille d'en introduire dans les mélanges, dès qu'on commence la couche, & d'en ajouter un fixième de la quantité primitivement employée, lorfque la putréfaction eft à fon plus haut degré.

Dans le Chapitre troifième, l'Auteur rapporte les expériences qu'il a faites fur la formation du nitre.

Il a fait un mélange des matières fuivantes.

Marne grife faifant effervefcence avec les acides. . .	18 pieds cubes.
Tuf calcaire faifant effervefcence avec les acides.	8
Chaux vive pulvérifée	8
Suie de cheminée de cuifine	1
Bourache & viperine, crues fur des murs, berle & becabunga pilées au mortier.	8
Fiente de pigeon.	1
Fiente de poule.	1
Fumier de mouton.	4
Menue paille.	6

TOTAL. . . . . 55 pieds cubes.

Vitriol de mars employé en diffolution avec de l'urine, comme il va être expofé . . . . 3 livres.

Le tout a été mis dans une grande caiffe de bois, abritée de la pluie; elle étoit percée de trous d'un pouce de diamètre, efpacés à huit pouces les uns des autres. L'intérieur étoit garni de menues baguettes & de paille, pour empêcher la terre de s'écouler par les trous.

Ces différens matériaux ont été mêlés enfemble, à l'exception des plantes & de la moitié de la chaux qui a été réfervée. On a formé au fond de la caiffe, un lit du quart de ce mélange; on l'a arrofé d'urine putréfiée, dans laquelle on avoit fait diffoudre du vitriol. On a mis deffus le quart des plantes pilées, qu'on a faupoudré de chaux; on a ajouté un fecond quart de terre mélangée, qu'on a également arrofé avec de l'urine, dans laquelle on avoit fait diffoudre du vitriol; puis on a ajouté par-deffus une couche de plantes pilées, & ainfi de fuite: on a terminé par une couche de plantes pilées, faupoudrée de chaux; on a arrofé le tout pendant fix mois, de temps en temps, avec de l'urine putréfiée. Au bout de quinze jours, le mélange avoit une odeur de fumier; il s'en exhaloit de l'alkali volatil, & ce dégagement a augmenté pendant trois femaines. L'opération a été commencée le 15 Septembre; ce n'eft qu'au 15 Mars qu'on a remué pour la

première

première fois le mélange. A cette époque on a vidé la caisse & on a mêlé la terre à la bêche. Les plantes étoient déjà détruites par la putréfaction ; on en appercevoit à peine quelques vestiges. On a ajouté à la totalité du mélange six pieds cubes de cendre , & une demi-livre de potasse ; on a remis le tout dans la caisse jusqu'au 15 Mai , c'est-à-dire , pendant deux mois , en arrosant d'urine putréfiée de quinze jours en quinze jours. Le 15 Mai , on a remué de nouveau à la bêche ; on a saupoudré ce mélange avec un pied cube de chaux en poudre ; on l'a remis dans la caisse jusqu'à la fin de Juin, arrosant plus souvent, à cause de la chaleur qui accéléroit l'évaporation ; on a lessivé au bout de dix-neuf mois.

On a formé une semblable couche le 29 Octobre 1775 , & on l'a lessivée le premier Décembre 1776 , c'est-à-dire , au bout de treize mois : les circonstances étoient les mêmes , à l'exception qu'on n'a point ajouté de vitriol.

On a retiré de la couche entretenue pendant dix-neuf mois avec addition de vitriol :

	livres.	onces.
Salpêtre très-pur & très-blanc.	6	4
Salpêtre moins pur.		10
TOTAL.	6	14

On a retiré de la couche entretenue pendant treize mois , sans vitriol :

	livres.	onces.	gros.
Salpêtre bien cristallisé , très-pur	7	4	4
Salpêtre moins pur.		2	4
TOTAL.	7	7	

Ainsi le vitriol nuit plus qu'il ne sert dans la formation du Salpêtre.

Les cinquante-cinq pieds cubes de mélange s'étant affaissés , on ne peut guère compter que sur quarante environ , lors du lessivage ; ainsi c'est à peu près trois onces de Salpêtre par pied cube , ce qui est beaucoup pour un si court intervalle de temps. L'Auteur se persuade qu'il auroit obtenu plus de Salpêtre, s'il avoit donné un accès plus libre à l'air ; il présume également qu'on accéléreroit beaucoup la nitrification , en employant des matières dont la putréfaction auroit été commencée dans des fosses.

On peut objecter ici , que l'Auteur ayant employé dans son mélange des plantes nitreuses , il reste de l'incertitude sur l'origine du Salpêtre qu'il a obtenu , & on ne voit pas clairement s'il étoit tout formé dans les matériaux qu'il a employés , ou s'il est le produit de la putréfaction.

O

Les chapitres 4 & 5 contiennent des differtations théoriques fur la nature de l'acide nitreux , dont les Commiffaires fe difpenferont de donner le détail.

Dans le chapitre 6 , l'Auteur rapporte quelques expériences , dont l'objet eft de prouver que la formation de l'acide nitreux n'eft aucunement due à la transformation de l'acide vitriolique, ni à celle d'aucun autre acide. Il s'eft confirmé dans fon opinion par l'expérience fuivante. Il a pris trois tonneaux fraîchement vides d'huile de navette; il a mis dans chacun trente-deux pintes d'urine , huit livres de chaux vive , & quinze livres de bourrache bien écrafée. Il a ajouté dans l'un de ces tonneaux deux livres de fel de Glauber , & dans le fecond deux livres de fel marin; il n'a rien ajouté dans le troifième.

Ces mélanges font reftés pendant quinze mois expofés à l'air, à l'abri de la pluie. La putréfaction s'eft établie; il y a eu dégagement d'alkali volatil : mais il n'y a eu aucune différence apparente dans la marche de l'opération , fi ce n'eft que l'évaporation a été un peu plus forte dans le tonneau où il n'y avoit point eu de fel ajouté. Au bout de quinze mois , voulant examiner les fels par évaporation , il commença par ajouter à la liqueur huit onces d'alkali fixe , qui dégagèrent de l'alkali volatil ; il paffa le tout à travers un filtre de cendres , & fit évaporer ; & il obtint :

Du mélange fans addition de fels.

	livre.	onces.	gros.
Nitre pur.	"	18	2
Sel marin.	"	3	4
Tartre vitriolé.	"	"	6

Du mélange avec addition de fel de Glauber.

Nitre pur.	"	16	7
Sel marin.	"	4	"
Sel de Glauber.	"	19	4
Tartre vitriolé.	"	1	5

Du mélange avec addition de fel marin.

Nitre pur.	"	15	6
Sel marin.	1	15	
Tartre vitriolé.	"	"	4

On voit que la quantité de nitre a été plus grande dans l'expérience où l'on n'a employé aucuns fels, que dans les deux autres.

Mais une circonftance que les Commiffaires de l'Académie ne peuvent expliquer, & qui leur fait craindre qu'il ne fe foit gliffé quelque erreur dans cette expérience , c'eft que l'Auteur annonce avoir obtenu plus d'eau mère dans l'expérience où il a employé le fel de Glauber, que dans celles de comparaifon. Ce réfultat feroit inexplicable , car l'eau mère & le sel de Glauber se décomposent mutuellement ; donc il ne peut y avoir d'eau mère dans un mélange où il y a du sel de Glauber non décomposé. D'ailleurs on ne voit pas ce que sont devenus, dans cette expérience, les sels que contient naturellement l'urine.

L'Auteur rapporte dans ce même chapitre l'expérience suivante, dont on peut tirer des conséquences intéressantes. Il a semé de la graine de tournesol, 1°. dans son jardin, 2°. dans six pots remplis de terre. Les tournesols semés en pleine terre, ont été abandonnés à eux-mêmes ; de ceux semés dans les six pots, moitié a été arrosée avec de l'eau légèrement nitreuse ; ceux des trois autres pots ont été arrosés avec de l'eau de fontaine. Les tournesols arrosés avec du nitre, se sont trouvés en contenir dans les feuilles & dans les tiges ; il y a trouvé en outre un peu de sel essentiel, & de l'eau mère. Ceux arrosés avec de l'eau pure, ne contenoient que du sel essentiel, & un peu d'eau mère ; enfin ceux crus en pleine terre ont donné du nitre, mais moins que ceux arrosés avec de l'eau nitreuse.

Ces résultats sont assez conformes à ceux qu'ont obtenus les Régisseurs des Poudres : ils ont fait semer & cultiver dans une bonne terre bien fumée, mais en plein champ, des tournesols, puis les ayant fait couper à maturité, il ne leur a pas été possible d'en retirer un seul atome de Salpêtre. Cette expérience a été faite à Glatigny ; elle a été répétée avec soin en Alsace par M. Nadal & par M. Comard ; & il en est résulté que les tournesols ne contenoient de nitre, qu'autant qu'ils avoient pris croissance dans une terre nitreuse.

Le chapitre 8 a pour objet l'application de la théorie à la pratique. L'Auteur conseille d'établir des hangars dans les villes, de leur donner quatre-vingt pieds de long & trente de large, & d'y établir cinquante couches de six pieds de long sur quatre de largeur, avec le plus de hauteur qu'il sera possible. Les fenêtres doivent être garnies de volets percés pour donner de l'air, ou en ôter à volonté. Il admet des fosses à putréfaction, & des réservoirs d'eau putride. Il propose de voûter le dessous du hangar, d'y construire une cave pour avoir une seconde nitrière ; mais il ne fait pas attention que de pareilles constructions seroient extrêmement chères, & que le bénéfice ne pourroit jamais indemniser des dépenses. Il forme également dans cette partie souterraine, des couches qui seront, à ce qu'il prétend, plus productives que les premières, à cause de l'égalité d'humidité & de température : elles demanderont d'ailleurs moins de soin & d'arrosage. Il pense qu'on pourra lessiver ces terres tous les deux ans.

A l'égard des Communautés de campagne, il propose d'y construire de petits hangars, de publier des Instructions simples par demandes & par réponses, pour apprendre à les gouverner, & d'en charger principalement les Maîtres d'école, à moins qu'on ne préfère d'autoriser les Communautés à vendre aux Salpêtriers ordinaires le droit de lessiver les terres.

O ij

L'Auteur traite dans le même chapitre, de l'emplacement des hangars, du choix des matériaux propres à la formation du Salpêtre, de la formation des couches, de leur conduite, & des arrosemens. Sur tous ces objets, il n'a fait qu'extraire ce qui se trouve dans le Recueil publié par l'Académie, & dans l'Instruction des Régisseurs des Poudres.

Quoique ce Mémoire contienne quelques expériences intéressantes, comme leur résultat ajoute peu aux connoissances acquises, les Commissaires de l'Académie ont jugé qu'il ne pouvoit avoir aucun droit, ni au Prix, ni même à un Accessit.

MÉMOIRE N°. II.

Felix qui, populi solámen, votaque Regis,
Artis subsidio, conciliare valet!

L'ACADÉMIE avoit annoncé dans son Programme, *qu'elle envisageroit moins les découvertes importantes, les spéculations ingénieuses, que le procédé le plus simple pour fabriquer du Salpêtre, pourvu qu'il fût constaté par des expériences, & quand même il résulteroit uniquement de l'application heureuse de pratiques & d'observations déjà connues.* L'Auteur part de cet énoncé, & au lieu de s'occuper de recherches physiques sur la production du Salpêtre, il n'envisage au contraire la question que du côté seulement qui intéresse l'Administration. Il annonce dans son introduction, que par la méthode qu'il va proposer, on pourra obtenir en France une récolte de Salpêtre de plus de dix-huit millions de livres, & un bénéfice pécuniaire de vingt-deux millions.

Il entre ensuite en matière, & donne des idées fort justes sur la nature du nitre ou Salpêtre. Il établit la distinction des quatre espèces de nitre; le nitre sexangulaire ou à base d'alkali végétal; le nitre quadrangulaire ou à base d'alkali minéral; le nitre ammoniacal ou à base d'alkali volatil; le nitre à base terreuse ou l'eau mère.

Quelques Chimistes ont regardé l'acide vitriolique comme l'acide universel, & ils se sont persuadés que tous les autres n'en étoient que des modifications. Ils se sont appuyés sur un fait, dont on a depuis reconnu la fausseté. On a imbibé des linges d'alkali fixe, on les a exposés à l'air: on a prétendu que l'alkali avoit été neutralisé, & qu'en les lessivant on avoit obtenu du tartre vitriolé. L'Auteur du Mémoire annonce que l'expérience a été répétée au dôme des Invalides; que le sel qu'on a obtenu n'étoit point vitriolique, & qu'il ne donnoit point de soufre par sa combinaison avec le phlogistique: il ne regarde point en conséquence l'acide vitriolique, ni comme l'acide primitif, ni comme l'acide universel: il fait voir qu'il n'est pas même le plus abondamment répandu dans la Nature ; & que l'acide marin , par exemple , s'y trouve en beaucoup plus grande abondance.

Il regarde comme illufoire l'expérience de M. Pietfch , par laquelle il prétend prouver la converfion de l'acide vitriolique en acide nitreux. Il l'a répétée fur de la terre de cave qu'il avoit imbibée d'acide vitriolique , & avec laquelle il avoit fait un mélange de bourre & de paille. Cette terre leffivée au bout de deux mois , n'a donné que de la félénite , du fel am- moniacal vitriolique , & du tartre vitriolé , tandis que la terre de la cave , leffivée fans aucune autre préparation , donnoit une quantité affez con- fidérable de Salpêtre. Quoique les conféquences de l'Auteur paroiffent en général très-vraies dans l'état actuel des connoiffances fur cet objet , fon expérience n'en eft pas plus concluante, parce qu'il eft tout fimple que l'addition d'acide vitriolique ait détruit le Salpêtre qui pouvoit être tout formé dans la terre de fa cave , & qu'un intervalle de deux mois n'ait pas été fuffifant pour opérer une formation nouvelle. L'expérience n'auroit été probante , qu'autant qu'on auroit employé de la terre neuve de part & d'autre , & fait en forte que toutes les circonftances fuffent égales , à la différence feulement que dans l'un des deux mélanges on eût ajouté de l'acide vitriolique , & qu'on s'en feroit abftenu dans l'autre. C'eft ce qu'ont fait les Commiffaires de l'Académie , fous différentes formes , au fauxbourg St. Denis , & ce qu'ont fait auffi plufieurs des Concurrens.

L'Auteur eft également perfuadé que le fel marin ne contribue pas à la formation du Salpêtre ; il a fait des mélanges de terre , de matières putrefcibles & de fel marin : ce dernier fel a fufpendu les progrès de la fermentation , & il n'a point obtenu de Salpêtre.

Il n'adopte pas non plus le fentiment de Lémery , qui regarde le Salpêtre comme un produit de la végétation , & il prétend au con- traire , mais fans expériences nouvelles , que les plantes ne donnent de Salpêtre par leur analyfe , qu'autant qu'elles ont cru dans un terrein qui en contenoit lui-même. Au refte , cette opinion eft conforme à l'expérience faite par les Régiffeurs des Poudres , & rapportée au fujet du Mémoire précédent.

Après avoir réfuté ces différens fyftêmes , il donne celui qui lui eft propre. Il prétend que le Salpêtre eft le produit de la fermentation putride ; qu'il eft un compofé d'air , de phlogiftique , d'eau , & d'une légère portion de terre. Cette théorie eft celle qui paroît avoir été la plus généralement adoptée dans ces derniers temps ; mais l'Auteur du Mémoire rapporte lui-même des faits qui femblent la contredire.

Il a mis de la terre, qu'il avoit probablement bien leffivée, dans un vafe expofé à l'air , en un lieu abrité & frais , à une certaine élévation du fol, & fans aucune addition de matière fermentefcible. Il a répété plufieurs fois cette expérience , & au bout d'un an il a toujours retiré de vrai Salpêtre. Pour être fûr qu'il n'y avoit dans fa terre aucun principe fufceptible de fermentation putride, il a pris de la chaux , l'a laiffé éteindre à l'air ; & l'ayant mife de même dans un vafe ouvert , il en a retiré du nitre. Les expériences faites par les Commiſſaires de l'Académie, leur permettent difficilement de croire à ce réſultat : la chaux éteinte n'eſt pas, comme le penſe l'Auteur, une terre calcaire ordinaire ; il lui manque un principe pour la conſtituer telle ; c'eſt l'air fixe ; & en ſuppoſant que la chaux éteinte, pût produire du nitre, ce qui eſt douteux, ce ne pourroit être que par quelque mélange, & ſur-tout en l'arroſant ; car, dans l'état de ſéchereſſe & d'aridité où elle tombe promptement quand elle eſt expoſée à l'air, elle n'eſt nulle-ment diſpoſée à la production du Salpêtre. Cependant l'Auteur ne fait pas mention qu'il l'ait humectée même avec de l'eau. Quoi qu'il en ſoit, il a répété les mêmes épreuves dans des circonſtances ſemblables, dans des vaiſſeaux de même nature, & en les couvrant de cloches de verre, & il n'a point eu de Salpêtre. Il conclut de ces expériences, non pas que l'air contient de l'acide nitreux tout formé, mais des effluves putrides propres à le former. Cette dernière conſéquence paroît ſe rapprocher beaucoup de la vérité.

Il prétend à cet égard avoir fait des expériences en grand, pendant l'eſpace de douze années. Il a dépoſé de la terre dans des endroits abrités, & non expoſés au Soleil, & l'a leſſivée tous les deux ans, ſans aucune addition, & il a toujours trouvé la même quantité de Salpêtre à chaque opération ; il prétend même qu'on pourroit leſſiver plus ſouvent qu'il ne l'a fait.

Cette méthode eſt celle qu'on emploie dans la plupart des hangars conſtruits dans le Royaume pour la fabrication du Salpêtre ; on y remet les terres après qu'elles ont été leſſivées, & elles reproduiſent également du nitre au bout d'un certain intervalle. Il ſemble même que les terres ſe bonifient avec le temps ; mais cette circonſtance ne ſuffit pas pour prouver que le nitre puiſſe ſe former ſans le concours de matières fermenteſcibles. Les terres qu'on amoncèle ſous les hangars, ont con-tenu originairement des matières végétales & animales ; on y en remet encore involontairement par l'opération du leſſivage ; & tout ce qu'on pourroit conclure, c'eſt qu'il faut peu de matières végétales & animales pour communiquer aux terres la propriété de ſe ſalpêtrer.

C'eſt au ſurplus de ce point que part l'Auteur, pour propoſer un moyen qui lui paroît aſſuré, afin d'obtenir en France une récolte abon-dante de Salpêtre à bon marché. Au lieu de Salpêtriers ambulans, il voudroit qu'on leur fît, dans les différentes Provinces du Royaume, des établiſſemens fixes ; ils perdroient moins de temps & auroient un travail continu. Ces établiſſemens conſiſteroient dans de grands hangars avec un logement & un atelier d'évaporation : on placeroit ces han-gars dans les lieux où les matières ſalpêtrées ſont abondantes, ainſi que le bois à brûler, & dans le voiſinage d'un ruiſſeau, s'il étoit poſſible.

Il propoſe de bâtir les hangars en carré autour d'une grande cour, & de placer le logement du Salpêtrier au milieu. Il donne les devis eſtimatifs des frais de conſtruction, & il les porte en total à 35,714 liv.

Si ce plan étoit adopté, il ſeroit néceſſaire, ſuivant l'Auteur, que quelqu'un fût chargé par le Gouvernement de fixer dans tout le Royaume l'emplacement destiné pour chaque établissement ; ensuite l'adjudication des constructions seroit faite au rabais. Les hangars pourroient être construits en trois mois, & aussi-tôt on y transporteroit toutes les terres salpêtrées du voisinage, même les terres sur lesquelles on auroit déposé du fumier. Ces terres seroient arrangées par couches ou monceaux ; mais sans addition de chaux, parce qu'il la regarde en même temps comme chère & comme inutile.

On placeroit dans chacun des établissemens huit mille cent voitures de terre, de trente-six pieds cubes chacune ; chaque pied cube de terre pèse quatre-vingt-cinq livres : la voiture pèseroit donc environ trois mille livres, & le total des terres entassées, vingt-quatre millions sept cent quatre-vingt-six mille livres. L'Auteur estime à quatre livres par quintal la quantité de Salpêtre que donneront ces terres ; & c'est ici que ses calculs commencent à être forcés : en effet, il est douteux qu'on puisse porter les évaluations à plus d'une livre par cent, & il y a même lieu de croire que pour ne pas se tromper, il faut à peine compter sur douze onces. Il prétend de même, & à ce qu'il assure d'après ses propres expériences, que des terres lessivées donnent au bout de deux ans de séjour sous les hangars, également quatre livres par cent ; mais les Commissaires de l'Académie sont encore fondés à regarder ce produit comme impossible, & ils ne croient pas qu'en lessivant périodiquement les mêmes terres tous les deux ans, on puisse espérer plus de huit onces de Salpêtre par quintal de terre ; encore pensent-ils comme l'Auteur, qu'il seroit préférable de ne lessiver que tous les trois ans.

L'Auteur suppose que l'on construiroit deux cents hangars de cette espèce dans le Royaume. Il pense qu'on pourroit obliger les Communautés à y faire le transport des terres, & que comme elles se rédimeroient par-là à jamais de la fouille, elles s'y prêteroient volontiers, sur-tout dans certaines Provinces.

L'Auteur prétend que ce projet de former des nitrières en grand, auxquelles on affecteroit un arrondissement de quatre à cinq lieues, est beaucoup préférable à celui d'établir un hangar dans chaque Communauté. Il propose de confier chaque hangar ou établissement à un certain nombre d'Ouvriers, qui seront appointés par l'Administration : le principal Ouvrier auroit 540 liv. le second 480 liv. & les autres 432 liv. ces Ouvriers exploiteroient le Salpêtre pour le compte du Roi. Cette partie du projet de l'Auteur est susceptible de beaucoup d'objections, & il est certain que des Ouvriers ainsi appointés, & qui seroient assurés de toucher leurs gages à la fin de l'année, deviendroient à la longue des Pensionnaires de l'État, que la dépense resteroit, & que la fabrication du Salpêtre s'anéantiroit.

Au lieu de cuviers de bois, qui perdent presque toujours, & qui se pourrissent, il propose de construire dans chaque établissement deux grands bassins en pierre pour le lessivage des terres, & deux autres plus petits pour le lessivage des cendres. Les deux grands seroient de capacité fuffifante pour contenir trois cent quatre-vingts livres de terre; ils feroient contenus par des cercles de fer; on y pratiqueroit un faux fond en bois, garni de trous pour l'écoulement des eaux, & on feroit une ouverture dans le bas, à la hauteur du faux fond, avec un emplacement pour évacuer facilement les terres. Ces baffins auroient douze pieds en carré, fur quatre pieds fix pouces de hauteur, non compris le faux fond. Il eftime qu'ils ne couteroient pas plus de 480 liv.; mais cette évaluation eft évidemment trop foible, au moins pour un grand nombre de Provinces. L'Auteur fuppofe qu'on leffivera par jour vingt-fept mille cinq cent quarante livres, lefquelles, fur le pied d'une livre douze onces par quintal, rendront quatre cent quatre-vingt-fix livres de Salpêtre, ce qui donnera, à raifon de trois cents jours de travail par an, cent quarante-cinq mille huit cents livres de Salpêtre pour chaque hangar, & pour les deux cents, vingt-neuf millions cent foixante mille livres dans l'année; fur quoi rabattant le déchet de 25 pour $\frac{0}{0}$, refte vingt-un millions huit cent foixante-dix mille livres de Salpêtre raffiné.

Ces réfultats font tellement merveilleux, qu'on ne peut fe difpenfer de les difcuter & de les apprécier. Il y aura, fuivant l'Auteur, dans chacun des deux cents ateliers qu'il propofe de conftruire, vingt-quatre millions fept cent quatre-vingt-fix mille livres de terre; mais pour y placer une quantité auffi confidérable, il faudroit y amonceler la terre jufqu'à la hauteur de cinq à fix pieds. Il paroît conftant au contraire, que des couches baffes, peu épaiffes, féparées les unes des autres, qu'on peut remuer aifément, font beaucoup préférables, & alors le hangar propofé ne contiendra pas plus de douze millions de livres pefant. On ne pourra leffiver les terres que tous les trois ans; c'eft donc quatre millions de livres par an, ce qui, à raifon de huit onces par quintal, donneroit vingt-huit mille livres de Salpêtre, & pour les deux cents hangars, quatre millions de livres par an : cette quantité eft bien inférieure à ce que promet l'Auteur; mais elle feroit néanmoins plus que fuffifante pour la confommation du Royaume.

Ces calculs, fur lefquels on peut compter, renverfent, comme l'on voit, toute la théorie de l'Auteur; & on eft bien éloigné, en parlant de ces nouvelles bafes, de trouver chaque année un bénéfice de 22,250,000 liv. en argent, comme il le promet.

Voici, relativement à la dépenfe & au bénéfice, la réalité des faits, d'après les notions à peu près certaines, que la Régie des Poudres a acquifes par plufieurs années d'expériences, & qu'elle a bien voulu communiquer aux Commiffaires de l'Académie.

D'abord chaque établiffement ne coutera guère moins de 100,000 liv. ce qui fait, pour les deux cents hangars, une avance de 20,000,000 de liv.; encore faut-il fuppofer que le tranfport des terres fera fait par les Communautés, fans quoi il faudroit porter l'avance beaucoup plus haut. L'Auteur fuppofe que ces mêmes premiers frais ne monteront qu'à 66,676 liv. par hangar, y compris 24,300 liv. pour le prix de

huit

huit mille cent voitures de terres. Son évaluation est donc d'un tiers au dessous de l'effectif.

Quant aux dépenses annuelles, voici à peu près à quoi elles doivent être évaluées.

DÉPENSES ANNUELLES.

	liv.
Gages de six Ouvriers, à 400 liv. l'un dans l'autre, ci.	2,400
Bois, à raison de trois cordes par millier de Salpêtre, ce qui revient, pour vingt milliers, à soixante cordes, & en argent, à raison de 15 liv. la corde, à	900
Achat de six mille livres de potasse environ, à raison de trente livres par quintal de Salpêtre, la potasse évaluée à 6 sous la livre, ci.	1,800
Quand on voudroit substituer la cendre à la potasse, il n'y auroit point d'économie sur cet objet, du moins dans le plus grand nombre des Provinces du Royaume.	
Achat d'ustensiles, de fumier, d'urine, de matières fermentescibles, &c.	1,200
TOTAL de la dépense annuelle.	6,300
Ce qui fait pour les deux cents hangars	1,260,000
Intérêt à cinq pour cent des avances premières. . . .	1,000,000
TOTAL.	2,260,000

Cette somme répartie sur les quatre millions de Salpêtre que produiront les établissemens, donne 10 f. 2 den. pour le prix de la livre de Salpêtre. C'est à peu près le prix que la Régie des Poudres donne aux Entrepreneurs de nitrières; d'où l'on voit que le plan adopté par l'Administration, est précisément d'engager les particuliers, par l'appât d'un bénéfice honnête, à faire ce que l'Auteur propose de faire pour le compte du Roi.

Quoique d'après ces calculs le bénéfice de 22,000,000 de liv. promis par l'Auteur, disparoisse en entier, son Mémoire n'en mérite pas moins d'être distingué de la foule. Les Commissaires de l'Académie ont cru lui devoir des éloges; mais ils n'ont pas pensé qu'il eût assez complettement rempli les vûes du Programme, pour avoir droit ni au Prix, ni à un Accessit.

P

MÉMOIRE N°. III.

Privatis neceſſitudinibus habere potiora Reipublicæ commoda.

CE Mémoire préſente un extrait clairement fait des connoiſſances acquiſes ſur la formation & la fabrication du Salpêtre.

Il établit que l'air eſt le principal agent de la formation de ce ſel, & il rapporte en preuve l'expérience ſuivante :

Il a fait remuer fréquemment à la pelle, des terres propres à ſe ſalpêtrer ; mais dans leſquelles cependant il n'avoit introduit aucun mélange de matières fermenteſcibles ; au bout de deux mois, ces matières commencèrent à donner des indices de Salpêtre, & en continuant de même, elles ſont devenues de plus en plus riches. Il a amené par cette ſeule méthode des terres juſqu'à donner trente-ſix grains de Salpêtre par livre de terre, c'eſt-à-dire, ſix onces deux gros par quintal, tandis qu'ordinairement les bonnes terres à Salpêtre ne donnent pas plus de vingt-quatre grains par livre de terre, c'eſt-à-dire, quatre onces un gros vingt-quatre grains par quintal. En traitant des terres de la même manière, & en y faiſant des additions convenables, on obtient une production de Salpêtre plus conſidérable, & il le prouve par les expériences ſuivantes :

Il a pris de la terre de champ, qu'il a diviſée en ſix portions ou tas, & qu'il a placée dans un lieu à couvert.

Le premier tas, avant d'être mis en expériences, a été exactement leſſivé à froid, pour le dépouiller de tout ſel, & on s'eſt contenté, pour toute préparation, de l'arroſer d'eau pure, quand la terre étoit trop deſſéchée. Ce mélange, ainſi que les ſix autres, a été remué à la pelle deux fois par mois, & a été leſſivé au bout de ſix mois : il a donné une partie de Salpêtre.

La ſeconde portion de terre a été emplacée telle qu'elle étoit en ſortant du champ, & n'a point été lavée au commencement de l'expérience ; on l'a arroſée de temps en temps comme la première ; au bout de ſix mois elle a donné deux parties de Salpêtre.

La troiſième portion a été arroſée pluſieurs fois avec de l'urine humaine, & au bout du même temps elle a donné trois parties de Salpêtre.

La quatrième a été arroſée à peu près auſſi ſouvent que la précédente, avec de l'égout de fumier, & elle a donné une égale quantité de Salpêtre.

La cinquième a été également arroſée avec de l'eau d'égout de fumier, mêlée de partie égale d'eau d'une fontaine ſalée ; & ayant été leſſivée au bout de fix mois comme les précédentes, elle a donné fix parties de Salpêtre.

Enfin la fixième a été détrempée avec de l'eau de la même fontaine falée, fans mélange d'aucune autre matière, & elle a donné quatre parties de Salpêtre.

De la fixième, & fur-tout de la cinquième expérience, l'Auteur conclut que le fel marin fe convertit en Salpêtre; mais il eft aifé de voir que cette conféquence eft précipitée. Ce n'eft pas fur une feule épreuve, faite avec auffi peu de précaution, dans laquelle on ne fpécifie ni la quantité de terre employée, ni celle du Salpêtre obtenu, dans laquelle on n'a point diftingué fi ce Salpêtre étoit à bafe d'alkali fixe, ou à bafe terreufe, s'il étoit plus ou moins mêlé de fel marin, qu'on peut établir une vérité de cette importance, fur-tout lorfqu'elle eft contredite par un grand nombre d'expériences authentiques, & faites par d'habiles Chimiftes.

L'Auteur, d'après l'opinion où il eft de la tranfmutation du fel marin en Salpêtre, penfe qu'on devroit établir des nitrières dans les environs des fontaines falées, y former des hangars qu'on traiteroit à peu près comme il l'indique dans fa cinquième expérience; il en a fait l'épreuve fous un hangar de douze pieds de long & de cinq pieds de large, & il a reconnu dans fes expériences, comme il avoit fait dans celles précédemment rapportées, qu'on peut retirer de la fimple terre des champs, fans addition, pourvu qu'elle foit fouvent remuée à la pelle, plus de Salpêtre que les Salpêtriers n'en retirent communément des terres qu'ils exploitent: il prétend que fi on ajoute des arrofages d'égout de fumier, on peut obtenir tous les ans, des terres qu'on aura traitées ainfi, quatre fois plus de Salpêtre que n'en donnent les terres ordinaires de fouille.

Il propofe encore de faire, fous les hangars ou nitrières, des caveaux voûtés, où l'on amafferoit des terres. La nitrification s'y feroit mieux que dans le hangar même, à caufe de l'humidité & de l'égalité de température, & on pourroit balayer fur la voûte du Salpêtre de houffage. L'Auteur du Mémoire n°. 1, avoit pareillement eu cette idée; mais ni l'un ni l'autre n'ont fait attention, qu'indépendamment de ce que cette voûte feroit chère à conftruire, elle fe détruiroit promptement par l'action même du Salpêtre, qui ramolliroit les pierres & les réduiroit en efflorefcences.

L'Auteur rapporte une méthode pour faire du Salpêtre, pratiquée en Pruffe, felon M. Brunner. On prend de la terre de deffous les gafons ou pâturages, de la terre noire des environs des habitations, ou mieux encore, de celle qui fort des égouts & cloaques; on y joint un cinquième de cendre de bois; on forme du tout une efpèce de mortier, avec de l'eau d'égout de fumier; on y incorpore de la paille, & on en fait des monceaux, qu'on couvre avec des toits légers, ou plutôt des paillaffons difpofés en forme de toits: on les arrofe avec des égouts de fumier, & on parvient ainfi fucceffivement à la putréfaction & à la deſtruction totale de la paille ; elle laiſſe à ſa place des pores qui donnent un libre accès à l'air , & qui favoriſent la formation du Salpêtre : ces terres ſont leſſivées chaque année, & on en forme de nouveaux monceaux.

A ce Mémoire, l'Auteur a ajouté un ſupplément, dans lequel il entre dans quelques détails ſur la conſtruction des hangars. Cette ſeconde partie ne contient rien qui ne ſoit connu , ſi ce n'eſt qu'elle propoſe de couvrir les hangars en tuiles., & de choiſir l'eſpèce la plus propre à ſe ſalpêtrer. Ce Mémoire n'eſt pas le ſeul où l'on parle du Salpêtre qui ſe forme ſous les tuiles, & cet objet pourroit mériter quelque attention. L'Auteur prétend que les tuiles qui ont été cuites à grand feu, ſe ſalpêtrent davantage que les autres ; ce devroit être cependant le contraire, parce qu'une vitrification complette doit boucher les pores de la tuile. Le Salpêtre s'attache à la partie ſupérieure interne des tuiles, ſous forme d'une matière blanche farineuſe, quelquefois friable, quelquefois compacte, & qui ne peut ſe détacher qu'avec le couteau.

Cette formation du Salpêtre ſous les tuiles s'explique très-bien d'après les expériences de MM. Thouvenel , & elle en forme une eſpèce de confirmation.

Quant à la conſtruction des hangars, l'Auteur penſe qu'elle devroit être à la charge des Communautés, & qu'elles ſe prêteroient volontiers à cette dépenſe pour s'affranchir de la gêne de la fouille.

Quoique ce Mémoire ne ſoit pas ſans mérite , cependant , comme les expériences qu'on y rapporte ne ſont pas faites avec une certaine exactitude & une certaine rigueur, qu'elles ne ſont pas très-nombreuſes, & que l'Auteur même en tire des conſéquences qui paroiſſent fauſſes, les Commiſſaires de l'Académie ont jugé qu'il ne pouvoit avoir droit ni au Prix, ni à un Acceſſit.

MÉMOIRE N°. IV.

Labor omnia vincit improbus.

LE Mémoire que l'Académie a reçu ſous ce numéro & ſous cette deviſe, quoique préſenté avec un appareil ſcientifique, eſt abſolument inintelligible , & n'eſt pas même ſuſceptible d'extrait.

MÉMOIRE N°. V.

Et fi de t'agréer je n'emporte le prix,
J'aurai du moins l'honneur de l'avoir entrepris.

LA FONTAINE.

CE Mémoire contient un expofé très-intéreffant d'expériences entreprifes à Châlons-fur-Marne, dans de très-bonnes vûes & fur de très-
bons principes ; l'Auteur en promet le réfultat, & ne l'a point fait
parvenir à l'Académie ; au moyen de quoi ce Mémoire doit être regardé
comme nul pour le Concours.

MÉMOIRE N°. VI.

Quæ funt in luce tuemur & tenebris.

Il y a peu de chofes impoffibles d'elles-mêmes,
& l'application pour les faire réuffir nous.
manque plus que les moyens.

Réflexions morales de la ROCHEFOUCAULT, N°. 298.

CE Mémoire avoit déjà concouru en 1766, pour le Prix propofé
par l'Académie de Befançon, & il avoit obtenu l'Acceffit. L'Auteur,
M. Puricelli, Négociant à Befançon, l'a adreffé à l'Académie des Sciences
le 13 Juin 1777 ; mais comme le Concours étoit alors fermé, il n'a pu
être admis que pour le fecond Concours. Ce Mémoire fe fent du temps
auquel il a été rédigé, & il n'eft point exactement au courant des
connoiffances actuelles ; il n'en contient pas moins de très-bonnes
réflexions & de très-bonnes obfervations, qui ont dû faire une grande
impreffion en 1766. Il auroit été à fouhaiter qu'il eût été publié à cette
époque.

L'Auteur regarde l'acide nitreux comme une combinaifon de l'acide
vitriolique, avec le phlogiftique ; c'étoit l'opinion d'un grand nombre
de Chimiftes, dans le temps où il écrivoit. Cette combinaifon s'opère,
dit-il, par la putréfaction des fubftances animales & végétales. Dans

le produit qu'on tire des terres & des plâtras, il diſtingue le nitre à baſe terreuſe & le nitre à baſe alkaline, & fait voir comment l'alkali de la cendre précipite la terre & convertit le nitre à baſe terreuſe en Salpêtre.

Il convient que les moyens employés en Pruſſe, en Saxe, & en Suède, pour fabriquer artificiellement du Salpêtre, peuvent remplir leur objet; mais il penſe en même temps que le Salpêtre, obtenu par ces méthodes, doit revenir fort cher.

Il parle enſuite de quelques établiſſemens faits en Suiſſe, à Berne, & à Lauſanne. Dès 1766, on y avoit établi des hangars, où l'on appor* toit des terres ſalpêtrées de huit, dix & douze lieues; ce long trajet n'effrayoit point les Magiſtrats, parce qu'ils ſavoient que cette dépenſe feroit faite une ſeule fois pour l'avenir, & que les hangars approvi- ſionnés, ils jouiroient enſuite d'une récolte abondante de Salpêtre.

L'Auteur entre dans quelques détails ſur l'état où étoit l'art de fabri- quer du Salpêtre en Franche-Comté, lorſqu'il a rédigé ſon Mémoire, c'eſt-à-dire, en 1766.

Cette Province étoit exploitée par environ cent cinquante Salpêtriers, diſperſés dans les différens Bailliages; ils avoient droit de fouiller, & ils jouiſſoient en outre des priviléges ſuivans:

1°. Les Communautés de leur arrondiſſement étoient obligées de leur fournir gratuitement un logement, & un emplacement ſuffiſamment grand pour contenir leurs chaudières & leurs cuviers.

2°. Chaque particulier étoit obligé de ſouffrir la fouille des terres propres à la fabrication du Salpêtre, dans ſes habitations, même dans ſa chambre à coucher. Les terres étoient bien remplacées après avoir été leſſivées; mais on conçoit combien le rapport d'une terre fraîche & humide devoit rendre les habitations mal-ſaines.

3°. Les habitans étoient tenus de fournir les bois néceſſaires à la cuite du Salpêtre, tout façonnés & voiturés devant l'atelier, au prix de 1 liv. 10 ſ. la corde, meſure de Roi, la bûche de quatre pieds de long, chaque quartier ou rondin de quinze à ſeize pouces de tour.

4°. Ils étoient également tenus de fournir les voitures néceſſaires pour le tranſport du Salpêtre brut à la raffinerie, à raiſon de 1 ſ. 6 den. par quintal & par lieue. Le tranſport du Salpêtre ſe faiſoit ordinairement par parties de trois quintaux; ainſi, en ſuppoſant la diſtance de huit lieues, la Communauté recevoit 1 liv. 16 ſ. du Salpêtrier; mais la dépenſe, à raiſon de deux journées pour aller & venir, y compris les frais de route & la nourriture du Conducteur, montoit à 6 ou 8 liv. ainſi il en réſultoit encore une charge de 6 liv. environ par voyage, à la charge de la Communauté.

5°. La Communauté étoit obligée de fournir *gratis* au Salpêtrier deux voitures attelées chacune de trois chevaux ou de quatre bœufs, pour conduire *gratis* ſes effets dans le lieu où il ſe tranſporteroit; & dans le cas où deux voitures auroient été inſuffiſantes, il pouvoit en exiger autant qu'il vouloit, moyennant le prix de 20 ſ. par lieue.

6°. Il étoit permis aux Salpêtriers de prendre les cendres des particuliers au deſſous des prix courans.

7°. Ils avoient la liberté de prendre des Journaliers à diſcrétion, & de ne leur payer que 5 ſ. par jour, pendant les mois de Novembre, Décembre, Janvier & Février; 6 ſ. pendant les mois de Mars & d'Avril; 8 ſ. pendant les mois de Mai & de Septembre; & 10 ſ. pendant les mois de Juin, Juillet & Août.

Il eſt aiſé de juger combien ces priviléges étoient onéreux à la Province; il en réſultoit des impoſitions indirectes, qui coutoient, ſuivant l'Auteur, 4 à 500,000 liv. par an; mais ſans adopter ces baſes, qui paroiſſent forcées, on dira ici, d'après des connoiſſances certaines, qu'il ſe fabriquoit en Franche-Comté, avant 1775, environ trois cents milliers de Salpêtre; que cette fabrication étoit entre les mains de cent trente Salpêtriers, de ſorte que chacun fabriquoit deux milliers de Salpêtre l'un dans l'autre; que chaque Salpêtrier conſommoit environ ſoixante cordes de bois; que dans le nombre de deux mille Communautés qui compoſent la Franche-Comté, les deux tiers environ étoient exploités par les Salpêtriers; mais comme ils n'y revenoient que tous les trois ans, le nombre des paroiſſes exploitées chaque année étoit de quatre cent quarante-quatre.

D'après ces baſes on peut établir les calculs qui ſuivent, ſur ce que coutoient les Salpêtriers à la Province de Franche-Comté.

Perte ſur le bois, à raiſon de 6 liv. la corde, & de ſoixante cordes pour chaque Salpêtrier, ce qui revient pour les cent trente à . . . .   46,800$^{liv.}$

Il en coutoit par an à chacune des quatre cent quarante-quatre Communautés exploitées:

   1°. Pour logement du Salpêtrier. . . . .   24$^{liv.}$

   2°. Pour le tranſport de ſes uſtenſiles, à raiſon de deux voitures à trois chevaux.   15

   3°. Pour chariage du Salpêtre à la raffinerie. . . .   11

      TOTAL.   50

Ce qui revient, pour les quatre cent quarante-quatre Communautés exploitées, à   21,200

Ainſi la fabrication du Salpêtre, avant les diſpoſitions faites par M. Turgot, chargeoit la ſeule Province de Franche-Comté d'un impôt indirect de   69,000

Pour opérer avec exactitude, il faudroit encore ajouter à cette ſomme celles réſultantes des exactions commiſes par les Salpêtriers; il eſt de fait que la plupart s'étudioient à être le plus incommodes qu'il leur étoit poſſible aux habitans de la campagne. Les plus adroits avoient grand ſoin de placer leurs cuveaux dans les caves, dans les lieux

De l'autre part. . . . .   69,000^{liv.}

même d'habitation. Ils fatiguoient ainfi les habitans , & les forçoient à fe rédimer du travail du Salpêtre , moyennant une modique fomme ; ainfi la charge impofée fur les habitans de la campagne ne rempliffoit pas même fon objet : la Province produifoit de l'argent au Salpêtrier ; mais elle ne produifoit pas à l'État toute la quantité de Salpêtre qu'il en auroit dû tirer. En fuppofant que ces taxes volontaires, arrachées par la vexation & par l'importunité, ne montaffent qu'à 50 liv. par chaque Communauté, il y auroit encore à ajouter aux fommes ci-deffus, celle de   22,200

TOTAL de l'impôt indirect dont étoit grevée la Franche-Comté par la fabrication du Salpêtre, ci   91,200

C'eft d'après ces confidérations que l'Auteur du Mémoire propofe de fubftituer à la manière de fabriquer le Salpêtre , telle qu'elle exiftoit en 1766 , l'établiffement de hangars , fous lefquels on entrepoferoit les terres après qu'elles auroient été leffivées. Il propofe , pour accélérer la régénération du Salpêtre , d'y mêler des débris de végétaux , des fruits pourris , des plantes nitreufes , des topinambours , des grands foleils , de la paille , des féves , de la bardane , &c.

Le Comté de Bourgogne renferme dans fon enceinte quantité de vieux châteaux inhabités & abandonnés , dont une grande partie appartient au Domaine du Roi , & d'autres à des Seigneurs particuliers ; l'état qu'en donne l'Auteur , monte à quatre-vingt-quatre : il penfe qu'on pourroit les affecter au logement des Salpêtriers , & y former des ateliers ou nitrières. En fuppofant que le nombre des Salpêtriers , devenus fédentaires , fût réduit à cent , & que chacun fabriquât douze milliers de Salpêtre , la récolte en Franche-Comté feroit portée à un million deux cent mille livres de Salpêtre par an.

L'Auteur penfe qu'en remplaçant les terres leffivées fous des hangars , le Salpêtre s'y régénérera de lui-même , fans addition ; mais il ne rapporte aucune preuve de cette affertion ; & il n'eft point encore décidé fi les terres ne s'épuifent point à la longue , & s'il n'eft point néceffaire d'y introduire des matières fufceptibles de fe putréfier.

Il entre dans des détails affez étendus fur la manière de leffiver les terres , de faire évaporer & criftallifer ; mais loin de rien ajouter aux connoiffances acquifes , il eft même en retard fur ce qu'on connoît , & on ne doit pas en être étonné , en remontant à la date où le Mémoire a été rédigé. Il auroit été à fouhaiter que l'Auteur , avant d'envoyer ce Mémoire à l'Académie , l'eût retravaillé , qu'il l'eût remis au niveau des connoiffances actuelles , & qu'il l'eût appuyé par des expériences.

MÉMOIRE

MÉMOIRE N°. VII.

Aurum non eſt præmium, ſed benevolentia Regis Academiæ proteƈtoris.

L'ÉCRIT envoyé à l'Académie, ſous ce numéro & cette deviſe, n'eſt qu'une ſimple notice dans laquelle l'Auteur fait un grand éloge de la marne, relativement à la production du Salpêtre. Il paroît penſer que ce ſel y eſt tout formé, & que c'eſt par cette raiſon qu'elle fertiliſe les terres. Il part de ce principe, pour conclure que comme la marne ſe trouve preſque par-tout, il eſt poſſible d'établir preſque par-tout une récolte abondante de Salpêtre.

Nous ne nous arrêterons pas à réfuter cette opinion. Tout le monde ſait aujourd'hui que le nitre n'eſt point, à proprement parler, un ſel minéral; qu'il ne ſe rencontre nulle part dans l'intérieur de la terre, mais qu'il ſe forme à ſa ſurface, & que le contaƈt de l'air eſt néceſſaire à ſa formation. La marne ne contient donc point de Salpêtre, elle eſt ſeulement propre à s'imprégner d'acide nitreux quand on l'expoſe à l'air, avec des conditions données.

L'Auteur propoſe, comme un ſecond moyen, d'augmenter la récolte du Salpêtre, de multiplier les colombiers, & de permettre à tout le monde d'en conſtruire. Ce moyen eſt ſuſceptible de grandes difficultés que l'Auteur n'a pas prévues. De ſages Loix défendent à ceux qui ne ſont point propriétaires d'une certaine étendue de terre en ſuperficie, d'avoir des colombiers, parce qu'il eſt juſte que celui-là ſeul ait le droit d'avoir des pigeons, qui eſt en état de les nourrir.

Enfin l'Auteur propoſe, comme un moyen très-avantageux, de mêler de la marne avec de la fiente de pigeon; mais en cela il n'avance rien de nouveau & qui ne ſoit connu.

MÉMOIRE N°. VIII.

Sans deviſe.

CE Mémoire contient deux recettes pour convertir le ſel marin en Salpêtre; elles diffèrent peu de celles propoſées par Glauber. Mais cette prétendue converſion du ſel marin en Salpêtre a déjà été tentée ſans

Q

fùccès par d'habiles Chimiftes, & par des procédés fort analogues à ceux-ci. Les Commiffaires de l'Académie eux-mêmes ont fait un grand nombre de recherches fur cet objet, & il en a réfulté que le fel marin, loin de fe convertir en Salpêtre, nuifoit au contraire à la formation de ce fel, lorfqu'il étoit employé en trop grande quantité dans les mélanges : ils ont penfé en conféquence, qu'on ne pouvoit prendre aucune confiance dans les réfultats annoncés par l'Auteur.

MÉMOIRE N°. VIII, bis.

Avec la devife.

O altitudo divitiarum !

CE Mémoire ne contient qu'un expofé des méthodes ordinaires pour faire du nitre ; des couches formées alternativement de terre & de fumier, de feuilles d'arbres, de paille hachée, de feuillages de buis, de rejets de plantes, &c.

L'Auteur prefcrit de faire d'abord fur le fol un lit de quatre pouces de fumier, de le couvrir d'un lit de terre de quatre pouces, puis d'y ajouter des lits alternatifs de terre & de fumier de deux pouces, & de continuer ainfi pour former une efpèce de pyramide.

Si on a employé de la terre tirée d'écuries ou de bâtimens habités, & qui ait un commencement de nitrification., il penfe qu'on pourra remuer le mélange à la pelle, & le changer de place au bout de fix mois pour y introduire de l'air ; qu'il faudra répéter la même opération tous les deux mois, & qu'on pourra leffiver au bout d'un an. Si c'eft de la terre de rue ou de chemins, il faudra plus de temps, & il confeille de ne leffiver qu'au bout de deux ans. Enfin les terres abfolument neuves, les terres de champ ne doivent être, fuivant lui, leffivées qu'au bout de trois ans. Ces intervalles de temps répondent affez à ce que les Régiffeurs des poudres ont éprouvé dans les travaux en grand, & aux épreuves faites par les Commiffaires de l'Académie ; ils penfent feulement que le terme de trois ans eft trop court pour les terres qui n'ont aucun commencement de nitrification.

Lorfque les terres auront été leffivées, l'Auteur prefcrit d'en reformer de nouvelles couches, en y mêlant la cendre qui aura été leffivée avec elles, & de les leffiver de nouveau au bout de deux ans & demi ou de trois ans.

Il donne dans le même Mémoire un moyen de préferver de l'humidité la poudre mife dans des barriques ; il confifte à revêtir la barrique d'une chemise ou double enveloppe de liége. On conçoit qu'en suppofant que ce moyen fût praticable dans les Provinces méridionales où le liége eft abondant, il n'en eft pas de même des autres où cette double chemise feroit d'un prix exceffif ; d'ailleurs cette enveloppe n'écarteroit pas mieux l'humidité, & moins même encore que des chapes & barils bien reliés.

L'Auteur donne dans un fupplément un moyen de préparer la terre, qu'il prétend également intéreffant, & pour l'Agriculture, & pour la formation du Salpêtre : on prend du menu bois, des fagots, qu'on arrange en petits tas, & on en forme ainfi un grand nombre ; on leur donne dix à douze pieds de diamètre, & quatre de hauteur : on arrange autour, des mottes de terre, difpofées à peu près de la même manière que dans le fourneau du Charbonnier ; on laiffe une ouverture dans le bas, & on met le feu : lorfque le bois eft confumé & que tout eft affaiffé, on a une terre rouge ou noire très-propre à fertilifer les terres, & à devenir la bafe d'une nitrière. L'Auteur au furplus ne parle des propriétés de cette terre que théoriquement ; il ne rapporte aucune expérience qui conftate fes bons effets ; de forte qu'on ne peut pas prendre une confiance abfolue dans ce qu'il avance, fur-tout relativement à la fabrication du Salpêtre. Il prétend au furplus, que cette méthode de fertilifer les terres fe pratique dans quelques Provinces où le fumier eft rare.

Il confeille encore, dans ce fupplément, de former les nitrières alternativement d'un lit de terre d'un pied, & d'un lit de mouffe de deux pouces, & de placer dans la maffe des tuyaux d'ofier, ronds, d'environ douze à quinze pouces de diamètre, travaillés à la manière des claies, & de les éloigner de deux pieds environ les uns des autres : à mefure qu'on formeroit la couche, on humecteroit la terre avec de l'urine & des eaux de buanderie. Il donne auffi une manière particulière d'arrofer, qui eft à la vérité un peu compliquée, mais qui rempliroit fon objet. Il n'eft pas poffible de la faire entendre fans le fecours des figures.

L'Auteur voudroit qu'on établît les couches à Salpêtre fous de fimples cabanes couvertes de bois ou de paille. Il prétend en avoir vu de cette forte en Efpagne : les couches avoient la forme de pains de fucre. Il prétend encore avoir vu leffiver en Efpagne la terre des chemins, des rues, & même des campagnes, par lefquelles les beftiaux paffent habituellement ; mais il convient en même temps, que cette méthode de fabriquer du Salpêtre ne peut avoir lieu que dans les climats où les pluies font rares.

On voit par cet expofé, que le Mémoire dont on vient de donner l'extrait, ne contient aucune expérience qui foit propre à l'Auteur ; qu'on n'y trouve de neuf que l'idée d'employer la terre brûlée pour former des nitrières ; mais cette idée même appartient originairement à Glauber ; & il eft incertain fi elle eft auffi avantageufe que l'Auteur le promet.

Les Commiffaires de l'Académie ont penfé en conféquence que l'Auteur n'avoit point rempli les conditions du Programme, & qu'il ne pouvoit avoir droit au Prix, ni aux Acceffit.

MÉMOIRE Nº. IX.

L'Académie a reçu fous ce Nº. une fimple note fans devife, dans laquelle on expofe que la cherté du bois eft une des premières & des principales caufes qui détournent les particuliers de fe livrer aux établiffemens de nitrières. L'Auteur propofe en conféquence de fubftituer la tourbe au bois, pour l'évaporation des eaux falpêtrées ; il annonce qu'il y en a des quantités confidérables en Franche-Comté. Il prétend de plus, que les tourbes fe régénèrent dans les lieux où elles ont été exploitées. L'Auteur ne paroît pas avoir des connoiffances fort exactes fur cet objet. On fait que les tourbes ne font autre chofe qu'un affemblage de racines, de végéraux & de plantes elles-mêmes, dans un état de demie décompofition ; c'eft le réfultat d'une accumulation formée pendant plufieurs fiècles. Or, s'il en eft ainfi, il ne faut pas s'attendre que la tourbe puiffe renaître dans les lieux d'où elle a été tirée. Il faudroit un temps égal à celui pendant lequel elle s'eft précédemment formée, & des circonftances femblables ; concours qu'il eft difficile de rencontrer. Cette note ayant un objet particulier, & l'Auteur n'y ayant point traité, à proprement parler, le véritable fujet propofé par le Programme, les Commiffaires ont jugé qu'elle ne pouvoit lui donner aucun droit au Prix ; on ajoutera d'ailleurs, que la propofition d'employer de la tourbe pour la fabrication du Salpêtre n'eft pas nouvelle.

MÉMOIRE N°. X,

QUI A REMPORTÉ LE PRIX

PROPOSÉ

SUR LA FORMATION DU SALPÊTRE.

Par MM. THOUVENEL.

Après avoir lu & médité tout ce qui a été écrit fur cet important fujet, ne pourroit-on pas dire, avec le Vieillard de Térence : *Incertior multò fum quàm dudum ?*

ON favoit depuis long-temps que le Salpêtre ne pouvoit fe former fans le contact de l'air, & d'un autre côté, que la fermentation putride des matières végétales & animales favorifoit fa formation; mais à quoi fervent ces deux agens, l'air & la putréfaction? C'eft ce qu'on ignoroit encore, & fur quoi le Mémoire de MM. Thouvenel a répandu de grandes lumières.

Ils ont d'abord recherché quelle pouvoit être l'influence des différens airs dans la formation de l'acide nitreux. On fait que les Chimiftes diftinguent aujourd'hui un grand nombre d'efpèces d'airs ou de gas. Les principales font : l'air atmofphérique, l'air fixe, l'air inflammable, l'air déphlogiftiqué ou vital, l'air phlogiftiqué, l'air qui fe dégage des matières végétales ou animales qui fe putréfient. Ils ont combiné enfemble, deux à deux, dans des appareils convenables, qu'il feroit trop long de décrire, toutes ces différentes efpèces d'air; ils avoient foin de placer dans les vaiffeaux où fe faifoient ces mélanges d'air, des capfules dans lefquelles ils mettoient de la craie, de l'alkali, & différentes autres matières abforbantes, dans la vûe de fixer, par leur moyen, les particules d'acide nitreux qui pourroient fe former.

La plupart de ces mélanges ont donné à MM. Thouvenel des réfultats curieux fur la formation des acides en général; mais ils n'ont obtenu de Salpêtre que dans une feule efpèce de mélange d'airs, c'eft dans celui de l'atmofphère ou de l'air déphlogiftiqué, avec l'air qui s'émane des matières végétales & animales qui fe putréfient. Ces deux airs fe font combinés enfemble, & au bout de quelques mois, la craie qui avoit été renfermée dans l'appareil, s'eft trouvée falpêtrée.

Une circonstance remarquable, c'est que toutes les matières absorbantes ne réussissent pas également dans cette expérience; la chaux vive, l'alkali fixe, la terre de l'alun, celle du sel de Sedlits, &c. donnent rarement du Salpêtre, au lieu que la craie en donne constamment toutes les fois qu'elle a été exposée dans un mélange d'air putride & d'air atmosphérique ou déphlogistiqué; d'où MM. Thouvenel se font crus en droit de conclure que la craie, ou quelques-uns des principes contenus dans la craie, concouroient à la formation de l'acide nitreux.

Le choix des matières animales & végétales, d'où l'on tire les émanations putrides, n'est pas non plus indifférent. Le sang est de toutes les matières animales celle qui fournit le plus long-temps & le plus abondamment l'espèce d'air propre à la formation du Salpêtre; les matières excrémenteuses, sur-tout l'urine, ne font bonnes que dans les derniers temps.

Cette théorie, ou plutôt ce résultat des faits observés par MM. Thouvenel, a été confirmé par une expérience bien simple des Commissaires de l'Académie : ils ont mis de la craie, préalablement bien lessivée à l'eau bouillante, dans des paniers à claire-voie, qu'ils ont exposés à la vapeur du sang de bœuf en putréfaction; il y avoit environ deux pieds de distance entre la surface du sang de bœuf & celle de la craie, & cette dernière étoit suspendue de manière que le Salpêtre n'y pouvoit parvenir par voie de communication; au bout de quelques mois la craie s'est trouvée contenir quatre ou cinq onces de Salpêtre par quintal.

Dans les expériences de MM. Thouvenel, sur la formation du Salpêtre par les mélanges d'air, il s'est rencontré souvent du sel marin, quelquefois du Salpêtre à base d'alkali fixe, & ils sont obligés d'en conclure qu'il se forme aussi de l'alkali fixe par le mélange de l'air putride & de l'air atmosphérique; mais ils pensent que l'alkali fixe se forme le dernier, de sorte qu'il sembleroit qu'il y a dans la fermentation putride une époque d'acessence & une d'alkalescence.

C'est une question importante de savoir jusqu'à quel point les terres sont susceptibles de se nitrifier seules & sans addition, par leur simple exposition à l'air libre, & MM. Thouvenel ont cru devoir entreprendre une suite d'expériences sur cet objet : ils ont exposé des terres absorbantes bien lavées; 1°. à l'air des plaines; 2°. à celui de profondes excavations faites dans les mines; 3°. à celui de fosses superficielles faites dans les terres végétales; 4°. à celui des étables, des caves, des latrines, des cachots, des hôpitaux; 5°. enfin, à l'air des cuves de bière en fermentation, & à celui des foyers sans cesse allumés avec des charbons. Ces expériences ont duré sept à huit mois, & pendant ce temps les terres absorbantes ont été garanties du soleil & de la pluie.

Ayant ensuite lessivé, il s'est trouvé plus de nitre dans les terres absorbantes, exposées dans les plaines, que dans celles exposées sur des montagnes; plus dans les fosses superficielles, pratiquées dans les terres végétales, que dans les plaines ouvertes; mais nulle part la nitrification n'a été aussi abondante que lorsque les terres absorbantes ont été exposées dans des lieux où l'air peu renouvelé est sans cesse imprégné d'exhalaisons de matières animales, notamment dans les étables, les latrines, les cachots, & il ne s'est trouvé nulle apparence de nitrification dans les terres exposées dans les profondes excavations des mines, dans celles exposées dans les souterrains de fortification, où il n'y avoit point d'exhalaisons animales, ni dans l'atmosphère des cuves de bière en fermentation, ou des foyers de charbons allumés.

Il n'est donc plus question aujourd'hui de chercher la formation du nitre dans la conversion de l'acide vitriolique ou de l'acide marin en acide nitreux. Les expériences faites par plusieurs Concurrens, & notamment celles faites par les Commissaires de l'Académie, paroissent démontrer que cette conversion est impossible; & il est reconnu au contraire, par tous ceux qui se sont occupés de cet objet, que les sels vitrioliques & marins, employés en une certaine abondance, sont plus nuisibles qu'utiles. Tout l'art de la nitrification consiste à combiner ensemble les émanations qui se dégagent des corps en putréfaction avec l'air commun, & à fixer dans des terres calcaires le résultat de cette combinaison.

Par une conséquence naturelle de ces observations, on voit que pour former du Salpêtre il faut entretenir un milieu stagnant & tranquille, dans lequel l'air se renouvelle, mais lentement & peu à peu. Un courant d'air rapide ne rempliroit pas l'objet : peut-être le Salpêtre s'y formeroit-il & même en plus grande abondance; mais au lieu de se fixer avec la terre calcaire, il seroit emporté par le courant d'air, & se dissiperoit.

On vient de dire que l'air de l'atmosphère entroit matériellement dans la composition du Salpêtre; il ne sera pas inutile de rappeler à cette occasion les connoissances acquises depuis quelques années, sur la nature de l'air & sur la décomposition du Salpêtre; elles s'accordent très-bien avec le résultat des expériences de MM. Thouvenel.

Il paroît prouvé, par des expériences que M. Lavoisier a consignées dans les Mémoires de l'Académie des Sciences, que l'air de l'atmosphère est composé de deux fluides élastiques très-différens, qui sont mêlés ensemble; l'un de ces deux fluides est celui que M. Priestley a nommé *air déphlogistiqué*, & que le plus grand nombre des Savans nomment aujourd'hui *air vital*; il n'entre que pour un quart ou un tiers dans la composition de l'air de l'atmosphère, & c'est ce quart qui contribue à la formation du nitre. D'après les expériences de MM. Thouvenel, on voit qu'il est indispensablement nécessaire que l'air se renouvelle dans les nitrières, à mesure qu'il a été dépouillé de sa portion propre à la formation du Salpêtre, autrement la nitrification seroit absolument suspendue; mais, comme on l'a dit, ce renouvellement doit être extrêmement lent, parce que la formation du nitre est elle-même très-lente; & quelque bien fermée que soit une nitrière, il s'y fera toujours un renouvellement fuffifant, pour fournir à ce qui fe confomme d'air par la formation du Salpêtre.

Ce que MM. Thouvenel ont fait connoître par voie de compofition, qu'une portion de l'air entre matériellement dans la formation du Salpêtre, on peut le prouver également par voie de décompofition : c'eft à M. Prieftley qu'on doit principalement cette découverte ; elle a depuis été confirmée par M. Scheele, par M. Bertholet, & par plufieurs Membres de l'Académie des Sciences.

On prend une très-petite cornue de verre, ou mieux encore de grès ou de porcelaine, qui ait le col fort long ; on y introduit une ou deux onces de Salpêtre très-pur ; il faut que la capacité de la cornue foit telle, qu'elle foit à peu près remplie par la quantité de Salpêtre qu'on y introduit : on place cette petite cornue au bain de fable dans un petit creufet, & on recouvre toute la partie du col qui doit être expofée au feu, d'une couche épaiffe de terre à Potier. On pouffe cet appareil à grand feu dans un fourneau de réverbère, en rece-vant l'air qui s'échappe par le col de la cornue, dans des cloches de verre ou des bouteilles à large gouleau, pleines d'eau, & renverfées dans un baffin ou dans une cuvette pleine d'eau. La quantité d'air qui fe dégage dans cette opération, eft extrêmement confidérable ; il paffe auffi un peu d'acide nitreux, qui fe combine avec l'eau du baffin ; cet air eft celui que M. Prieftley a nommé *air déphlogiftiqué*. C'eft celui qui entre pour un quart dans la compofition de l'air de l'atmofphère, & qui feul le rend propre à entretenir la vie des animaux & la combuftion.

Cette expérience vient parfaitement à l'appui de la théorie de MM. Thouvenel, & elle prouve encore que l'air déphlogiftiqué ou air vital entre, dans une très-grande proportion, dans la compofition de l'acide nitreux. M. Lavoifier avoit prouvé la même chofe d'une autre manière ; voyez les Mémoires de l'Académie, année 1776, page 672.

Il refte maintenant, pour obtenir des idées plus exactes encore fur la compofition du Salpêtre, à déterminer la nature de l'air putride qui fe combine avec l'air vital pour le former. MM. Thouvenel ont déjà prouvé qu'une portion d'air fixe étoit néceffaire pour cette opération. Il réfulte en effet de fes expériences, que l'air putride n'eft plus propre à la nitrification, quand il a paffé à travers de l'eau de chaux ; mais il refte encore des recherches à faire fur cet objet, & les Commiffaires de l'Académie en font occupés.

A cette partie théorique, MM. Thouvenel ont joint des détails relatifs à la pratique de la nitrification ; ils font développés principalement dans un fecond fupplément, remis à l'Académie en Décembre 1781. Ils y rapportent quelques effais très-heureux, de couches qui leur ont donné, dans l'efpace de dix-huit mois ou de deux ans, jufqu'à une livre de Salpêtre par quintal. Ces couches étoient compofées de terreau & de plâtras de démolitions, mêlés avec du fang de bœuf defféché & en poudre ; elles étoient difpofées en pyramides, & ils avoient ménagé

dans

dans l'intérieur, des canaux de circulation pour l'air, par le moyen de fagots placés tranfverfalement & debout. Enfin ils avoient pratiqué au centre de la couche une partie vide voûtée, fous laquelle on mettoit un mélange de fumier, de crottin frais de pigeon, & de chaux, qu'on renouveloit tous les mois : ils ont entretenu ainfi dans leur couche une chaleur douce & des exhalaifons excrémentielles putrides, deux cir-conftances très-propres à favorifer la nitrification.

MM. Thouvenel s'étendent auffi dans ce fecond fupplément, fur ce qu'ils appellent nitrières-bergeries & nitrières-cavaleries ; ils en ont exécuté une très en grand de la première de ces deux efpèces, à leur frais & pour leur compte. Ils ont commencé par y faire habiter trois à quatre cents moutons pendant un an environ ; enfuite ils ont fait relever les terres, & en ont fait former des couches qu'ils ont traitées avec différens arrofages pendant une autre année : au bout de ce temps, elles fe font trouvées contenir huit à neuf onces de Salpêtre par quintal ; ainfi elles étoient déjà plus riches que ne le font communément les terres de fouille au bout de trois à quatre ans. Nous ne fuivrons pas MM. Thouvenel dans tous les détails que contient leur Mémoire fur l'entretien des couches à Salpêtre, & fur la conduite des nitrières : on peut confulter l'Ouvrage lui-même, qui eft imprimé en entier, page 55 de ce Recueil.

Les Commiffaires de l'Académie ne diffimuleront pas que le projet de nitrières-bergeries, qui a été propofé fous une autre forme par M. Chevrand, leur paroît d'une exécution difficile dans le plus grand nombre des Provinces de France. Les engrais font trop rares, trop précieux, trop néceffaires à l'Agriculture, pour qu'on puiffe les lui enlever pour les appliquer à la fabrication du Salpêtre.

Ce court extrait fuffira pour faire fentir combien les expériences de MM. Thouvenel ont avancé l'Art de fabriquer le Salpêtre ; c'eft d'après cette confidération que les Commiffaires de l'Académie ont cru devoir leur décerner la couronne. Ils ont été fur-tout frappés de la multitude, de la variété, de la difficulté des expériences, & des reffources mul-tipliées que MM. Thouvenel ont été obligés de trouver pour arriver à des réfultats fatisfaifans.

R

MÉMOIRES Nº. XI.

IL a été fourni sous ce Nº. deux Écrits très-courts, dont voici la substance :

L'AUTEUR propose de faire transporter tous les gravois & les démolitions de Paris dans les plâtrières de Belleville, & d'y former des nitrières. Pour obtenir une quantité d'urine assez considérable, il propose de rendre une Ordonnance de Police qui oblige les Marchands de vin & de bière de conserver les urines dans des tonneaux. Les Entrepreneurs des boues de Paris les feroient enlever sur des haquets, & les feroient conduire à la nitrière.

DANS un second Écrit, il propose d'établir dans les environs de Belleville des écuries banales, où l'on obligeroit les Carrossiers de remises & les Entrepreneurs de fiacres de loger leurs chevaux pendant la nuit. On conçoit qu'une simple idée, aussi impraticable dans l'exécution sur-tout que l'est la dernière, ne pouvoit remplir ni le vœu du Gouvernement, ni celui de l'Académie.

MÉMOIRE Nº. XIII.

Sat citò si* * *.

CE Mémoire est rédigé par un homme instruit. L'Auteur y établit, par des expériences qui ne sont pas il est vrai très-décisives, que l'acide nitreux n'est une modification ni de l'acide vitriolique, ni de l'acide marin, & il assure même avoir toujours éprouvé que l'addition des acides minéraux retardoit en général la formation du Salpêtre.
　Il a fait assez en grand un premier mélange, composé de
Vitriol de mars. . . . . 1 partie.
Chaux vive. 12
Urine humaine putréfiée. 36
Et un second, composé de
Vitriol de mars. 1
Chaux vive. 10
Fumier de chevaux. 10

Ces mélanges ont été mis sous un hangar, où ils sont restés pendant deux ans & demi; on les humectoit d'urine dès que leur surface se desséchoit. Ayant ensuite léssivé, le premier lui a donné du gipse, du sel de Glauber, & du sel commun; & le second du gipse, du sel commun, & beaucoup de matières grasses; mais pas un atome de Salpêtre. Cependant l'urine & sur-tout le fumier de cheval, donnent constamment du Salpêtre par la putréfaction; c'est donc le vitriol qui dans cette expérience a mis obstacle à la formation du Salpêtre.

On pourroit objecter à l'Auteur, que la chaux employée dans une trop grande proportion, peut nuire également à la formation du Salpêtre; de sorte qu'on ne peut pas absolument assurer que l'effet qu'il attribue à l'acide vitriolique n'appartienne pas à la chaux.

Il a répété les mêmes expériences avec de l'urine humaine, comme contenant beaucoup de sel marin, & il a fait en conséquence le mélange ci-après :

Chaux vive. . . . . 1 partie.
Urine humaine. 2

Un second mélange de

Chaux vive. 1
Urine humaine pourrie. 4
Fumier de cheval. 3

Enfin un troisième

De cendre de bouleau. 1
Urine humaine pourrie. 2

Ayant lessivé au bout de deux ans & demi, le premier mélange a donné du sel commun, point de nitre.

Le second, beaucoup de matière grasse, du sel commun, point de nitre.

Enfin, le troisième a donné du sel commun, un peu de tartre vitriolé, & une petite quantité de Salpêtre.

L'Auteur conclut de ces expériences, que l'acide marin ne se convertit point en acide nitreux, & ses conséquences à cet égard, ainsi qu'à l'égard de l'acide vitriolique, sont très-vraies; mais elles ne découlent pas immédiatement de ses expériences; & la preuve que la trop grande abondance de chaux a nui à la formation du Salpêtre dans les quatre premières épreuves, c'est que dans la cinquième, où il a substitué de la cendre à la chaux, il a obtenu un peu de Salpêtre.

Une expérience plus concluante, que l'Auteur rapporte pour prouver que l'acide marin ne se transforme pas en Salpêtre, c'est que si on lessive une terre salpêtrée, & qu'on la replace sous des hangars pour la lessiver de nouveau, la quantité de sel marin va toujours en augmentant à chaque lessivage, tandis que le contraire devroit arriver si le sel marin se transformoit en Salpêtre.

Un homme à secrets avoit prétendu qu'en mêlant ensemble du vitriol & du sel commun, en faisant dissoudre ces deux sels dans de l'eau, en y ajoutant du vinaigre, & en jetant le tout fur du fable, dans des pots de grès, au bout de trois mois il fe trouveroit du Salpêtre tout formé à la furface du pot. L'Auteur ayant été à portée de répéter cette expérience, n'a obtenu que du fel de Glauber, & point de nitre; il ajoute cependant qu'il a lieu de croire que l'acide du vinaigre n'eft pas inutile à la fabrication du Salpêtre.

L'Auteur expofe enfuite fon opinion fur l'origine du Salpêtre. Il le regarde comme un fel minéral; mais communément fi difperfé & fi enveloppé de matières hétérogènes, qu'il eft difficile de le reconnoître. La Nature emploie, fuivant lui, la végétation pour le raffembler & pour le féparer des matières qui le mafquent. C'eft dans les végétaux que le Salpêtre abonde, & l'Auteur penfe que les animaux n'en contiennent qu'autant qu'ils le tirent du règne végétal qui leur fert de nourriture; auffi prétend-il, fans cependant citer les expériences par lefquelles il s'en eft affuré, que les animaux frugivores, dans leurs excrétions & dans leur urine, donnent beaucoup plus de Salpêtre que les carnivores.

De ces principes, l'Auteur conclut que pour former du Salpêtre, il faut mêler avec les terres des fubftances végétales, des urines & des excrémens d'animaux frugivores; qu'il faut choifir les végétaux les plus riches en Salpêtre, comme les tiges de tabac; qu'il faut en bannir tout ce qui provient des animaux carnivores; & l'Auteur va jufqu'à penfer que l'urine humaine eft peu propre à la production du Salpêtre.

D'après les mêmes principes, il préfère le fumier de chevaux & de brebis, à celui de vaches ou de taureaux, parce que les excrémens des premiers font plus animalifés que ceux des feconds, & plus avancés vers la décompofition. Enfin il prefcrit de faire un ufage modéré des matières abforbantes, telle que la chaux; d'employer pour mélange fondamental de la nitrière, de l'argile mêlée de fable, ou plutôt encore du terreau. La meilleure proportion, fuivant lui, eft de parties égales de terreau & d'argile, ou de deux parties d'argile contre une de fable. Quant aux liqueurs qu'on doit employer pour arrofages, il préfère l'urine de chevaux, & il confeille d'enterrer, dans la partie baffe des écuries, des tonneaux à fleur de terre, pour la recueillir. A défaut d'urine de chevaux, il propofe d'y fuppléer par des égouts de fumier, par des infufions de plantes fucculentes, enfin par de l'eau pure.

A l'exception de la fiente & de l'urine des animaux frugivores, l'Auteur penfe que toutes les matières animales ne conviennent pas à la formation du Salpêtre. Il exclut & avec raifon le poil & les cornes, qui ne font fufceptibles que d'une décompofition extrêmement lente: mais c'eft à tort qu'il s'élève contre l'ufage du fang, dont l'efficacité a été reconnue par MM. Thouvenel & par plufieurs autres. Enfin les faumures dans lefquelles la viande ou le poiffon ont féjourné, lui paroiffent également nuifibles, fur-tout à caufe de la grande quantité de fel marin qu'elles introduifent. A l'égard des végétaux, il excepte les bois & les écorces, le tan, le charbon de bois, & généralement toutes les matières végétales d'une décompofition difficile.

Après ces préliminaires, l'Auteur paffe à l'établiffement des nitrières. Entre les différens moyens qui ont été propofés pour les former, il donne la préférence aux hangars ; quoiqu'il ajoute à cet égard peu de chofes aux connoiffances acquifes, on ne regarde pas cependant comme inutile de donner ici le détail de fa manipulation. Il met d'abord fur le fol du hangar un mélange de moitié argile & moitié terreau de jardin, ou de deux tiers d'argile & un tiers de fable ; il élève le tout à la hauteur d'une demi-aune (*). Il ajoute, 1°. tiges de tabac ou autres végétaux non décompofés, mais riches en Salpêtre. . . $\frac{1}{2}$ aune.
2°. Chaux. . . . . $\frac{1}{4}$ d'aune.
3°. Cendres de bois. . . . . $\frac{1}{8}$ d'aune.
4°. Même mélange de terre que ci-deffus. . . . . $\frac{1}{4}$ d'aune.
Il continue ainfi, *stratum super stratum* jufqu'à la hauteur de fix ou fept aunes. A défaut de végétaux non décompofés, il confeille l'ufage du fumier, & ce dernier même lui paroît préférable à beaucoup d'égards. Il faut éviter de mettre trop de chaux, parce qu'en trop grande dofe elle feroit plus nuifible qu'utile.

En formant ces couches, on les arrofe d'eau de fumier ou d'urine de chevaux ; enfin quand la couche eft fuffifamment élevée, on la couvre de paille, pour conferver la chaleur & exciter le mouvement de fermentation. De temps en temps on doit arrofer le mélange, pour y entretenir l'humidité ; mais il faut bien fe garder de trop arrofer, dans la crainte de troubler la fermentation. A mefure que la décompofition s'opère, & que les matières fermentefcibles fe fèchent & fe rapprochent de l'état terreux, la couche s'affaiffe, & le Salpêtre fe développe. On peut recharger la couche, fi on le juge à propos, pour l'entretenir à peu près à la même hauteur.

C'eft ordinairement au bout de deux ans que la fermentation eft complette, & on s'en apperçoit parce que la maffe ne s'affaiffe plus ; alors on ôte la paille, on retourne, on mêle bien les matières de chaque lit, on arrofe le tout, puis on reforme la couche, & on la recouvre avec la même paille ; fi on s'appercevoit que la matière fût trop graffe, on ajouteroit de la chaux. Après que la maffe a été retournée, on doit y ajouter tous les deux mois une couche de fumier frais, d'un quart d'aune d'épaiffeur, & on ne doit ceffer que deux mois avant de leffiver : ce fumier n'eft pas perdu, il rentre dans la couche quand elle a été leffivée & qu'on la reforme.

L'Auteur affure que fi la nitrière a été bien conduite, & qu'elle ait été arrofée & nourrie convenablement, on peut la leffiver au bout de trois ans ;

_____

(*) Comme on ignore le pays dans lequel ce Mémoire a été rédigé, on ne peut avoir aucune idée de la valeur de l'aune qu'il a employée.

mais qu'il vaut mieux attendre jusqu'à quatre & même jusqu'à cinq, & qu'alors elle donne quatre livres par tonneau. Il annonce s'en être assuré par des opérations en grand, qu'il avoit commencées long-temps avant qu'il fût question de la proposition d'un Prix sur la fabrication du Salpêtre. Il ne donne au surplus aucuns détails sur les dimensions du tonneau, mais en supposant que ce soit des demi-queues, jauge de Bourgogne, ce seroit environ une livre par quintal, ce qui est assez considérable, sur-tout si l'on considère que presque tout ce Salpêtre est à base d'alkali fixe.

Si au lieu d'attendre quatre à cinq ans, on lessive au bout de deux, on obtient une terre rougeâtre qui fuse assez bien sur les charbons; au bout de la troisième année, la lessive donne des cristaux, quoiqu'avec quelque difficulté, & on ne peut en retirer de Salpêtre qu'après plusieurs cristallisations & purifications, à cause de la matière grasse qui y adhère; encore le Salpêtre qu'on obtient est-il en petite quantité. Enfin ce n'est, comme on l'a dit, qu'à la fin de la quatrième ou dans la cinquième année qu'on obtient les quatre livres par tonneau.

D'après ces principes, l'Auteur conclut que pour délivrer les particuliers de la fouille, le Gouvernement n'a pas de meilleur parti à prendre que de construire pour son compte des nitrières; qu'il peut obliger les Communautés à fournir chaque année une certaine quantité de fumier, pour prix de l'exemption de la fouille. Ces nitrières seroient abandonnées à des Salpêtriers qui en remettroient le Salpêtre à l'Administration, à des conditions convenues.

L'Auteur pense qu'il seroit à propos de remplir, pour la première fois, les hangars ou nitrières du Gouvernement, de terres nitreuses provenant de la fouille des habitations; par ce moyen on auroit, dès le premier instant, une récolte de Salpêtre, & en arrosant & traitant convenablement ces terres, elles deviendroient très-riches. L'Auteur pense même qu'il seroit à propos de ne pas exempter à perpétuité les particuliers de la fouille. Il paroît craindre que les terres des nitrières ne s'épuisent à la longue, & il voudroit qu'on les renouvelât au bout de quelque temps, de vingt ans, par exemple, avec des terres provenant de nouveau de la fouille; il n'en résulteroit pas une charge très-considérable pour le Public, & le service seroit plus assuré.

Telle est la substance du Mémoire N°. XIII du second concours; il contient des expériences bien faites; il est rédigé par un homme d'un esprit droit & sage, & les moyens qu'il propose ne peuvent manquer, d'après ce qu'on connoît déjà, d'avoir un succès réel: cependant l'Académie n'a pas jugé qu'il contînt rien d'assez neuf pour avoir droit au Prix, ou à un Accessit, & elle s'est contenté d'en faire une mention honorable lorsqu'elle a décerné le Prix.

MÉMOIRE N°. XIV.

Qu'il est doux de servir utilement son Roi & sa Patrie!

CE Mémoire est un supplément à celui N°. V du premier concours.

L'AUTEUR y pose de nouveau pour principe, que sans putréfaction, point de Salpêtre, & que sans air humide, point de putréfaction. Il annonce que depuis le second Programme de l'Académie, il a lessivé beaucoup de pierres, de terres calcaires & de marne, sans y trouver le moindre atome de Salpêtre. Enfin il assure que de tous les matériaux propres à la production de ce sel, les terres végétales sont celles qu'il préfère à toutes, même à celles de fouille : ces dernières contiennent, il est vrai, du Salpêtre tout formé ; mais les premières ont une disposition très-prochaine à en produire & en plus grande abondance.

Les meilleures terres végétales sont, suivant l'Auteur, celles qui se trouvent au pied des côteaux, sous des champs de vigne ; c'est le limon des terres cultivées. Les dépôts formés dans les bois & dans les taillis, où le Soleil ne pénètre pas, sont aussi, selon lui, très avantageux, sur-tout quand les feuilles s'y sont accumulées, & qu'il n'y a point eu de courant d'eau qui les ait lavées. Ces terres doivent être portées sous des hangars & remuées fréquemment ; il persiste à conseiller, comme dans son premier Mémoire, de les arroser avec de la vinasse ou résidu de la distillation du vin, & avec de l'eau de morue. Les terres de cimetière seroient préférables à toutes les autres, si un préjugé religieux ne s'opposoit pas à ce qu'elles fussent employées.

L'Auteur observe que dans les pays de plaine, on trouve rarement l'espèce de terre ou de terreau propre à la formation du Salpêtre ; il propose d'y suppléer en accumulant des plantes, & en les laissant pourrir. Il pense que si on instruisoit le peuple des campagnes des procédés relatifs à la fabrication du Salpêtre, il s'en occuperoit avec plaisir, & que ce seroit une nouvelle branche de produit & d'industrie.

Ce Mémoire, quoiqu'annonçant de bonnes vûes dans l'Auteur, ne contient rien d'assez neuf, & sur-tout point assez de faits pour lui donner droit, ni au Prix, ni à un Accessit.

MÉMOIRE N°. XV.

L'Écrit reçu par l'Académie, sous ce numéro, est très-court, & il est destiné à servir de supplément à un des Mémoires adressés au premier concours.

L'Auteur propose d'obliger toutes les Communautés de quelque importance à entretenir un Salpêtrier. A l'égard des Paroisses qui seroient trop peu considérables, elles se réuniroient plusieurs entre elles ; la Communauté fourniroit au Salpêtrier des cuveaux & une chaudière. Chaque particulier seroit tenu d'entretenir chez lui, dans un coin de hangar ou autre lieu bas, de la terre propre à se salpêtrer, & de la donner à lessiver au Salpêtrier : la quantité en seroit fixée en raison des besoins du Royaume.

Le transport & le remplacement des terres seroit à la charge du Salpêtrier ; il n'y auroit d'exception que pour les fermes éloignées, qui seroient obligées d'amener elles-mêmes leurs terres, & le Salpêtrier seroit tenu de les reporter après les avoir lessivées. Dans le cas où les Communautés préféreroient de former un hangar, ce seroit à elles à s'entendre sur cet objet avec le Salpêtrier.

Ce supplément ne contient, comme l'on voit, que des idées connues ; il est d'ailleurs certain que l'entretien d'un Salpêtrier seroit plus à charge aux Communautés, que la fouille elle-même dont on veut les délivrer. Le remède proposé est donc pire que le mal ; ainsi ce supplément ne remplit pas mieux que le Mémoire les vûes du Programme.

MÉMOIRE N°. XVI.

L'Académie n'a reçu sous ce numéro qu'une simple note, dont voici la substance.

L'Auteur a fait enterrer dans le fumier de sa basse-cour des briques neuves : après un mois il les a fait retirer, & en a fait construire un mur dans une cave, en employant pour mortier une argile jaune. Il a fait ensuite appliquer sur ce mur un enduit fort mince d'un mortier de chaux, de pierres bleues, & de sable jaune. Du mois de Septembre au mois de Décembre suivant, le mur étoit tout couvert d'efflorescences salpêtrées.

Il a fait construire un mur semblable, avec des briques neuves qui n'avoient pas séjourné dans le fumier, & le résultat a été le même. Il

y

y a toute apparence que l'argile jaune qui a fervi à faire le mortier, contenoit du Salpêtre avant que d'être employée ; le peu de temps attribué à la formation de ce fel, en fournit une efpèce de preuve.

Cette obfervation ifolée, dont le réfultat même eft équivoque, a paru ne donner à l'Auteur aucun droit, ni à un Prix, ni à un Acceffit.

MÉMOIRE Nº. XVII.

Non omnis fert omnia tellus.

L'AUTEUR annonce dans une note, que cette differtation n'a point été compofée dans la vûe de concourir au Prix propofé par l'Académie, qu'elle faifoit partie d'un Ouvrage confidérable fur la culture des Ardennes, compofé avant l'époque de la publication du Programme, & qu'on a engagé l'Auteur à envoyer ce Chapitre au concours, comme pouvant remplir d'objet de l'Académie ; c'eft en conféquence, particulièrement pour les Ardennes, qu'il a travaillé ; mais il penfe que les mêmes principes peuvent s'appliquer à d'autres pays.

Il établit dans un premier paragraphe, que la fabrication du Salpêtre peut s'allier avec les travaux de l'Agriculture ; que cette fabrication pourroit être fuivie avec fuccès & avec avantage par les riches propriétaires de terre qui font valoir par eux-mêmes, & fur-tout par ceux qui ont de nombreux troupeaux, par les Abbayes, & par les Communautés religieufes qui réuniffent les mêmes avantages & qui ont beaucoup de domeftiques ; enfin par les Gentilshommes de campagne que la culture des terres n'occupe pas également toute l'année.

Le fecond paragraphe traite de la combinaifon des élémens en général, les uns avec les autres, & de la formation du Salpêtre ; mais l'Auteur n'eft point à cet égard au niveau des connoiffances acquifes : au refte il annonce lui-même que fa théorie eft indépendante de fes moyens de fabrication.

Il penfe que les Ardennes font auffi propres qu'aucun autre pays à la fabrication du Salpêtre, & il en cite une preuve de fait ; c'eft qu'il exiftoit, il y a environ quatre-vingts ans, dans le bourg de Saint-Hubert, deux frères qui y avoient établi une fabrique de poudre, & qui trouvoient dans les environs tout le Salpêtre qui leur étoit néceffaire ; ils fe font enrichis dans cette fabrique, dont la poudre avoit acquis beaucoup de réputation.

La potaffe n'eft pas rare dans les Ardennes, & il y a des particuliers qui en fabriquent. On peut d'ailleurs fe procurer abondamment des

S

cendres, en brûlant des genêts; de forte que pour la fabrication du Salpêtre il ne manque que la pierre calcaire.

On doit peu compter dans les Ardennes, fuivant l'Auteur, fur les matériaux de démolitions, parce que la pierre calcaire & la chaux y étant rares, on en emploie peu dans les bâtimens; mais les terres de fouilles font riches, fur-tout celle des écuries, des granges, & des bergeries. Ces terres, quoique non calcaires, n'en font pas moins falpêtrées, & les Ardennes ont à cet égard l'avantage de renfermer un grand nombre de beftiaux. Il défireroit que la fabrication du Salpêtre ne s'y fît point par des Compagnies ou des entreprifes; mais, comme on l'a déjà dit, par les Gentilshommes, les riches propriétaires & les Abbayes. Il y a beaucoup de vieux châteaux, de portions de monaftères abandonnées, où l'on pourroit établir des dépôts de terre & des ateliers.

L'Auteur propofe de mettre en pratique ce qui eft déjà ufité dans plufieurs des établiffemens de la Régie des poudres; c'eft de conftruire les fourneaux deftinés à échauffer les chaudières d'évaporation, de manière que la flamme & la fumée paffent, avant de fe dégorger dans la cheminée, fous une feconde chaudière pour l'échauffer : cette méthode eft très-économique; mais les conftructions que la Régie des poudres a fait faire d'après ces principes, font préférables, & rempliffent mieux leur objet que celles propofées par l'Auteur.

Il confeille aux Cultivateurs de leffiver leurs terres en hiver, après les femailles, & de répandre les terres leffivées dans les champs, pour leur fervir d'engrais; d'amaffer enfuite de nouveau des terres de granges, d'écuries, & de bergeries, pour les leffiver & les répandre de nouveau, & de même chaque année.

Il les engage auffi à faire ufage des murailles nitreufes, & il en prefcrit ainfi qu'il fuit la compofition : Sur cent livres de terres de bergeries ou de décombres de plâtras paffés à la claie, on ajoute deux livres de fiente de poules, quatre livres de crotin de chèvre ou de brebis, fix livres de petit fumier de brebis ou de chevaux, autant de paille ou de branchages de menus genêts féchés, cinq livres de cendres, & cinq livres de fel commun; on mêle toutes ces fubftances à la pelle, en les arrofant d'urine; on en fait enfuite des briques dans un moule de fer, & on les fait fécher à l'air dans un lieu couvert; on forme en même temps des murs avec le même mortier qui a fervi à faire les briques. Les murs doivent avoir plus d'épaiffeur à la bafe qu'en haut; lorfqu'ils font achevés, on les revêtit de deux côtés, en dehors, avec les briques dont on vient de parler; on peut en employer de plus fortes dans le bas, & de moindres dans le haut : on doit ménager des trous de diftance en diftance dans ces murailles; on fe fert à cet effet de rondins de bois, qu'on retire quand le mur eft un peu confolidé : on peut donner, fuivant l'Auteur, à ces murailles quatre à cinq pieds de hauteur, deux pieds & demi d'épaiffeur à la bafe, & un pied &

demi feulement dans le haut. Il prefcrit de former, fur la partie fupérieure, une rigole deftinée à recevoir des arrofages d'urine & d'eau de fumier, qui s'imbiberont infenfiblement dans la terre.

L'achat du fel fera fait une feule fois pour toutes, & on en obtiendra enfuite abondamment de chaque cuite. Quant aux engrais, il fe perfuade qu'ils ne feront pas perdus, & qu'ils pourront refervir lorfque les murs auront été leffivés; mais à cet égard il eft dans l'erreur, & ces matériaux ne pourroient fervir comme engrais, qu'autant qu'ils contiendroient encore ou du Salpêtre ou des matières encore fufceptibles de putréfaction; & dans les deux cas on ne pourroit les tranfporter dans les champs, fans que ce ne fût en diminution du produit de la nitrière.

Il prefcrit de laiffer ces murs en place pendant une année, enfuite de les détruire, d'emplacer les matériaux dont ils étoient formés fur des planches, de les remuer à la pelle & avec des rateaux de fer, en les arrofant encore, fi l'on veut, avec des eaux de fumier, de l'urine & des lavures de vaiffelle. Enfin il annonce qu'au bout d'une feconde année ces terres feront propres à être leffivées. Les mêmes terres peuvent fervir à reformer de nouveaux murs, & l'Auteur penfe avec raifon qu'on peut les leffiver deux ou trois fois avant que de les rendre aux engrais. Si les murailles fe falpêtrent promptement, on peut en balayer la furface pour obtenir du Salpêtre de houffage.

L'Auteur confeille, avant de remplacer les terres falpêtrées dans les granges & écuries, de mettre par-deffous une couche plus ou moins épaiffe de fciures de bois ou d'écorces de Tanneurs; il prétend, & il y a quelque lieu de le croire, que la nitrification en fera plus abondante.

Il paffe enfuite à la leffive des terres & à l'évaporation; mais loin que fon Ouvrage contienne rien de neuf fur cet objet, il n'eft pas même au courant des connoiffances acquifes. Il explique cependant fort bien le mécanifme de la féparation du fel marin & du Salpêtre dans le raffinage; mais en cela il n'ajoute rien à ce que contient le Mémoire de M. Petit de l'Académie des Sciences. Il confeille, avant de mettre à criftallifer, de laiffer repofer & d'épurer la liqueur, & cette méthode eft bonne. Enfin il entre dans quelques détails relatifs au raffinage du Salpêtre, & il prefcrit d'y employer l'alun.

Quoique ce Mémoire contienne des réflexions judicieufes, cependant, comme elles ne font point nouvelles, que la plupart des faits qu'il préfente font connus, les Commiffaires de l'Académie ont penfé que l'Auteur n'avoit aucun droit, ni au Prix, ni aux Acceffit.

MÉMOIRE N°. XVIII,

QUI A PARTAGÉ LE SECOND PRIX.

Par M. CHEVRAND, Inspecteur des Poudres & Salpêtres à Besançon.

Nec species sua cuique manet, rerumque novatrix
Ex aliis alias reparat Natura figuras.

OVID. LIV. XV. Mét.

CE Mémoire est une suite de celui que l'Académie a reçu lors du premier Concours, avec la même devise & sous le N°. XXXIII.

L'AUTEUR annonce que depuis la rédaction de son Mémoire, il a senti combien il étoit important pour lui d'examiner si les moyens connus dans certaines Provinces, pour fabriquer du Salpêtre, l'étoient également dans toutes, & qu'il a cru devoir en conséquence profiter du délai accordé par l'Académie, pour parcourir la plus grande partie des Provinces de France.

Le but qu'on doit se proposer, dit l'Auteur, n'est pas d'établir en France une récolte de Salpêtre fort supérieure à ses besoins; il n'est pas question de chercher à forcer nature, & de vouloir créer une fabrication de Salpêtre dans les Provinces qui, par leur sol & par les circonstances où elles se trouvent, se refusent à cette production; telle est par exemple la Bretagne. On ne doit pas s'attendre non plus que la fabrication du Salpêtre fera de grands progrès dans les Provinces où les bras sont rares, & où les hommes peuvent s'occuper d'objets d'industrie plus lucratifs ou moins pénibles; mais en abandonnant même la fabrication du Salpêtre dans tous les lieux qui ne paroissent pas propres à cette production, il reste encore en France des ressources immenses : le Mémoire dont on va présenter l'extrait est un développement de ces vérités.

Avant de parler des moyens que l'Art peut fournir pour augmenter la récolte du Salpêtre en France, l'Auteur croit devoir commencer par exposer ceux que la Nature présente, & il traite en conséquence, dans un premier article, du Salpêtre qu'on obtient des matériaux de démolitions.

La ville de Paris offre à cet égard des richesses très-considérables; mais il prétend que les Salpêtriers font bien éloignés de favoir en profiter. Lorfqu'un bâtiment est démoli, les vingt Salpêtriers de Paris ont également droit aux matériaux falpêtrés qui en proviennent. Pour éviter qu'on ne les trompe & qu'on ne fasse des démolitions à leur infçu, ils ont chacun un Commis, connu fous le nom d'Homme de ville, dont les fonctions confistent à aller à la découverte & à veiller à l'enlèvement & au transport des matériaux falpêtrés; mais l'Auteur obferve que ces furveillans, payés fort cher, mettent la plus grande négligence dans leurs recherches; d'un autre côté, le Maître Maçon, dont l'intérêt est souvent oppofé à celui des Salpêtriers, s'empresse de confondre les matériaux falpêtrés avec ceux qui ne le font pas, & il fe perd ainfi une grande quantité de Salpêtre. Pour remédier à cet inconvénient, M. Chevrand voudroit qu'il fût établi dans chaque quartier un magafin où feroient entrepofés les matériaux falpêtrés. Les enlèvemens pourroient fe faire beaucoup plus vîte, & les Maîtres Maçons ne feroient pas dans le cas de fe plaindre de la lenteur qu'on apporte ordinairement dans ces fortes de travaux.

Sans chercher à détruire les objections de M. Chevrand, contre l'ufage établi depuis très-long-temps à Paris pour la collection des matériaux falpêtrés, on obfervera qu'il est plus aifé de voir les inconvéniens de ce qui existe, que ceux d'un ordre de chofes qui n'existe pas. S'il étoit question de défendre les Réglemens actuellement exiftans, on feroit remarquer qu'il existe à Paris vingt Salpêtriers qui tous ont droit aux démolitions de tous les bâtimens qui fe font dans la ville; que le plus diligent a la préférence fur ceux qui arrivent après lui, & ainfi fucceffivement jufqu'au vingtième. Or, on le demande, y a-t-il un moyen plus propre à empêcher qu'il ne fe perde des matériaux falpêtrés, que d'admettre la concurrence de vingt perfonnes, toutes intéreffées à les éplucher & à rien laisser perdre de ce que l'on peut travailler à profit? Il feroit fans doute possible, & peut-être même avantageux, de modifier le fystême actuel de la fabrication du Salpêtre à Paris; mais un changement de cette nature ne peut être entrepris qu'après avoir été bien médité, & il entraîneroit néceffairement une foule d'opérations fubféquentes qui conduiroient vraifemblablement beaucoup plus loin que l'Auteur ne l'a prévu.

Ce qu'il avance au furplus fur la dépendance où les Salpêtriers font de leurs Ouvriers, est bien plus certain; il n'y a aucun doute qu'il ne fût très-avantageux pour eux de fubstituer une machine menée par un cheval, ou même par des hommes, aux bras qu'ils emploient pour broyer leurs matériaux falpêtrés; c'est ce que font une partie des Salpêtriers de Touraine; c'est ce que fait depuis plufieurs années le Salpêtrier de Saint-Denis. Vraifemblablement fon exemple entraînera tous les autres. Il n'eſt pas moins vrai, comme l'avance l'Auteur, que l'art de fabriquer le Salpêtre eſt peu avancé à Paris, que les Salpêtriers leſſivent mal, qu'ils n'introduiſent jamais dans leurs eaux de cuite une ſuffiſante quantité d'alkali, qu'ils n'opèrent jamais ſur des eaux ſaturées ; & il en conclut avec beaucoup de raiſon, qu'en rectifiant ces vices dans la fabrication, la ville de Paris & une grande partie des grandes villes du Royaume peuvent fournir une augmentation de récolte très-conſidérable. La Régie des poudres, qui depuis long-temps eſt frappée de ces conſidérations, a fait en conſéquence des établiſſemens à Marſeille, à Bordeaux, à Lyon, à Rouen, à Lille, & elle en fera ſucceſſivement dans toutes les villes du Royaume où elle le pourra, & où la nature du ſol & celle des matériaux qu'on emploie à bâtir, promettent quelque ſuccès.

Des matériaux de démolition, l'Auteur paſſe, dans un ſecond article, aux tuffaux de Touraine & aux craies naturellement ſalpêtrées qui ſe trouvent dans pluſieurs cantons de la France, principalement dans la Généralité de Paris & de Rouen. Ces deux matières peuvent encore fournir des reſſources, pour ainſi dire, illimitées pour la production du Salpêtre. La craie ſur-tout a tant de diſpoſition à ſe ſalpêtrer, au moins celle de certains cantons, que par la ſimple expoſition à l'air elle acquiert en peu de temps, ſuivant l'Auteur, dans l'eſpace d'une année, par exemple, juſqu'à deux livres de Salpêtre par quintal.

La craie ſalpêtrée qui a été leſſivée, n'a pas moins de diſpoſition à former de nouveau Salpêtre ; pour peu qu'on lui donne de légers arroſages de ſucs de végétaux, elle peut être leſſivée au bout d'un an, & l'Auteur cite en preuve les expériences dont il a été lui-même témoin dans les établiſſemens de Montereau & de la Roche-Guyon. Il penſe au ſurplus qu'il vaut mieux ne leſſiver qu'au bout de deux ans, & qu'on eſt indemniſé avec avantage de ce retard par l'augmentation du produit. Il n'eſt donc pas néceſſaire, pour fabriquer du Salpêtre avec de la craie, de trouver des ſurfaces déjà ſalpêtrées ; il ſuffit d'avoir de la craie, d'en former des couches, & de les arroſer avec de l'eau de fumier, de l'eau de buanderie & de l'eau ſalpêtrée à un demi degré de l'aréomètre ; en ſix mois de temps, on aura des progrès aſſez rapides, pour ne pas pouvoir douter du ſuccès de l'entrepriſe. Il exhorte au ſurplus tous ceux qui voudroient ſe livrer à ce genre de travail, à faire des eſſais ſur un tombereau de craie, avant de former de grandes entrepriſes.

M. Chevrand obſerve que dans les pays de craies, les terres des habitations ſont naturellement très-ſalpêtrées, & il conſeille de les employer de préférence dans les établiſſemens de nitrières. Ces terres doivent être d'abord paſſées à la claie pour en ſéparer les pierres ; enſuite on les leſſive, après quoi on les mêle avec de la craie, on les arroſe d'eau de fumier ou d'eau de buanderie, & on en forme des couches de quatre pieds de haut ſur toute la longueur & la largeur du hangar. Il prévient, dans un autre endroit de ſon Mémoire, l'objection qu'on pourroit faire contre la trop grande épaisseur des couches, & il prétend qu'elle n'empêche pas qu'elles ne se salpêtrent jusqu'au centre; mais les Commissaires de l'Académie ne sont pas de son avis, & ils sont persuadés qu'au delà d'un pied & demi ou de deux pieds d'épaisseur, la nitrification est nulle ou au moins très-lente.

M. Chevrand pense que les hangars doivent être fermés en dehors, & une longue expérience a confirmé les Régisseurs des poudres dans cette opinion. Il conseille d'employer à cet effet des murs faits avec de la craie moulée entre deux planches; cette craie doit être délayée avec l'eau de fumier & de buanderie, & même avec de l'eau salpêtrée, pour accélérer la nitrification. En suivant cette méthode & en construisant trois hangars, on pourra y emplacer trente-six mille pieds cubes de craie salpêtrée, qui, au bout de trois ans, donneront deux livres de Salpêtre par pied cube. Quoique l'Auteur prétende avoir la preuve d'un produit aussi considérable dans la nitrière de M. le Marquis de Chaumont à Montereau, les Commissaires de l'Académie sont fondés à le croire forcé. Il se peut bien que dans le voisinage des surfaces, la quantité de Salpêtre aille jusqu'à deux livres & plus par pied cube; mais dès que les masses deviennent un peu épaisses, les quantités sont souvent beaucoup moindres, de sorte que sur une épaisseur de deux à trois pieds, on ne peut compter que sur une livre par pied cube tout au plus.

L'Auteur insiste pour qu'on ne lessive pas avant un délai de trois ans, non que la quantité de nitre augmente beaucoup pendant les derniers temps, mais parce qu'une partie du Salpêtre qui étoit à base terreuse, se convertit en Salpêtre à base alkaline, au moyen de l'alkali provenant de la décomposition des végétaux, & il en résulte une économie d'une grande importance sur la quantité de cendre ou de potasse nécessaire à la saturation.

L'article quatrième traite d'une difficulté très-grande, qui se rencontre souvent dans le lessivage des craies. Ces terres se pelottent dans les cuveaux, & elles forment une masse continue que l'eau ne peut pénétrer. M. Chevrand prescrit, pour lever cette difficulté, de séparer, par le moyen d'un rateau, la craie en morceaux, de celle en poudre, de lessiver la première à l'ordinaire dans des cuveaux peu profonds. Quant à la seconde, il conseille de la traiter par le brassage, c'est-à-dire, de la délayer dans l'eau, & d'obtenir la liqueur salpêtrée par dépôt & par décantation; mais il ajoute que la méthode du brassage est moins avantageuse que celle de la filtration, qu'on a moins de produit à dépense égale; d'où il conclut qu'on ne doit avoir recours à la première que quand on y est absolument forcé par la nécessité.

Après avoir exposé les ressources que la France peut trouver pour la fabrication du Salpêtre, dans les démolitions des villes, dans les tuffeaux & les craies salpêtrées, M. Chevrand passe aux moyens d'ajouter au Salpêtre qui se forme naturellement dans le Royaume, celui qu'on peut y produire artificiellement. Il avoit proposé dans le premier Mémoire, qui avoit été admis au concours, fous le N°. 33, de conftruire des hangars-écuries; il prétend avoir vû la preuve des avantages de ces établiffe-mens dans le Berri, où des bergeries de cette efpèce rendent une quantité extrêmement confidérable de Salpêtre; mais on ne peut nier que l'établiffe-ment de bergeries banales, où l'on forceroit les habitans de la cam-pagne de mener leurs moutons & leurs chèvres, n'ait de grands inconvéniens. Ce feroit remplacer la gêne de la fouille, qui ne revient que tous les trois ans, par une gêne habituelle & journalière, & contre laquelle on feroit d'autant plus en droit de réclamer, qu'en cas de maladies épizootiques, cette méthode tendroit à propager la contagion. L'Auteur au furplus, fans infifter fur ce projet, paffe aux moyens qu'il regarde comme les meilleurs pour l'établiffement des nitrières.

Il paroît avoir vifité toutes celles du Royaume, & notamment la plus grande partie de celles établies en Franche-Comté à l'époque de la rédaction de fon Mémoire.

Il obferve d'abord, que de tous les établiffemens faits avec de la terre neuve, aucun n'a encore réuffi; il a fait lui-même des épreuves à ce fujet. La nitrière de Dijon en préfente une expérience très en grand, & il en réfulte que les terres neuves, quoique parfaitement bien traitées, ne donnent qu'un produit très-médiocre au bout de trois ans.

La méthode la plus fûre eft donc de former le fond de la nitrière de terres de fouilles déjà falpêtrées; on eft fûr alors d'une première récolte très-abondante: quant à la régénération, comme il faut trois ans pour l'opérer, il n'y avoit point encore, lors de la rédaction de fon Mémoire, de nitrière en Franche-Comté où l'on fût au fecond leffivage; mais il annonce avoir effayé les terres de plufieurs nitrières qui avoient deux ans & demi de repos, & les avoir trouvées plus riches, même qu'elles ne l'étoient avant leur premier leffivage. Il cite la nitrière d'Arbois, celle de Beaume-les-Dames, & celle de Serre, fur lefquelles il a été à portée de faire ces obfervations. Enfin, pour être en état de juger par lui-même de ce fait important, il a mis fous un hangar ifolé, un mélange de terres qu'il avoit précédemment leffivées jufqu'à zéro. Au bout de trois ans, traitées avec parties égales d'eau, elles ont donné trois degrés au pèfe-liqueur du Salpêtre, ce qui indique trois livres de matière faline par quintal; ce produit eft fi confidérable, qu'on pourroit craindre que l'Auteur ne s'en fût impofé à lui-même.

Il exifte déjà cinquante-quatre nitrières en Franche-Comté; leur arron-diffement eft formé d'un certain nombre de villages. La quantité de nitrières que cette Province pourra alimenter, quand tous les efpaces vides feront remplis, fera de quatre-vingts environ. De ces établiffemens il y en aura un tiers qui pourront fournir l'un dans l'autre chacun vingt milliers par an, & les deux autres tiers dix milliers; d'où l'on voit qu'il eft poffible que la récolte du Salpêtre en Franche-Comté foit portée un jour à plus d'un million. Il ne s'agit donc que d'étendre la même méthode aux différentes Provinces de France qui en font fufceptibles, & on aura

beaucoup

beaucoup plus de Salpêtre que le Royaume n'en peut employer. Quand ces réfultats feroient forcés, même de moitié, il en réfultera toujours que la Franche-Comté produira par les nitrières au moins cinq cent milliers de Salpêtre, tandis que par la fouille, la récolte n'a jamais été à quatre cent milliers. Il eft vrai que ces établiffemens ne pourront fe foutenir qu'autant que le Salpêtre fera payé plus cher par le Roi, que celui provenant de la fouille.

Deux obftacles principaux fe font oppofés jufqu'ici à ce que la fabrication du Salpêtre s'introduisît dans un grand nombre de Provinces : la difette du bois, & celle de cendres ; mais on fait aujourd'hui remplacer le bois pour le travail du Salpêtre avec le charbon de terre & la tourbe ; on fait fubftituer la potaffe à la cendre : ainfi il n'y a pas de Province, à l'exception peut-être de la plus grande partie de la Bretagne, où l'on ne puiffe fabriquer du Salpêtre.

Les Arrêts du Confeil, du 8 Août 1777 & 24 Janvier 1778, défendent aux Salpêtriers & Entrepreneurs de nitrières, d'enlever les terres falpêtrées des caves, celliers, & des lieux d'habitation perfonnelle. L'Auteur obferve que ces difpofitions ont retardé confidérablement la formation des nitrières, & qu'elles ont fufpendu les progrès de la récolte du Salpêtre. Il n'y a de terres falpêtrées en Bourgogne que dans les caves & celliers ; & comme aux termes des Réglemens qu'on vient de citer, il n'eft pas permis de les y prendre, il eft très-difficile d'y former un premier fond de nitrière. Il penfe qu'on auroit dû diftinguer les Entrepreneurs de nitrières, d'avec les fimples Salpêtriers, & permettre aux premiers, une feule fois pour toutes, l'enlèvement des terres, même dans les caves & celliers : enfin les foulagemens accordés aux Communautés les ont refroidies fur l'établiffement des nitrières qu'elles défiroient toutes en Franche-Comté, & auxquelles elles refufent aujourd'hui de contribuer.

Dans les articles fuivans, M. Chevrand traite de la conftruction des hangars, de l'emplacement & de l'entretien des terres, du leffivage, de la faturation du nitre à bafe terreufe, de l'évaporation.

Les Commiffaires de l'Académie ne le fuivront pas dans ces détails, qu'il faut lire dans le Mémoire même ; on y reconnoît par-tout un homme éclairé, qui a beaucoup obfervé & qui a bien obfervé.

Ce Mémoire eft terminé par une differtation très-courte fur la formation de l'acide nitreux. M. Chevrand penfe d'abord que le Salpêtre ne fe forme pas dans les plâtras, qu'il ne s'y introduit que par voie d'imbibition ; mais il ne rapporte aucune preuve de cette affertion, qui paroît au moins très-hafardée, d'après les expériences des Commiffaires de l'Académie.

Il a analyfé avec grand foin les craies propres à fe falpêtrer, efpérant y trouver quelques principes particuliers qui expliqueroient cette propriété ; mais fes expériences ne lui ont démontré que de la terre calcaire. Il a obfervé feulement qu'elles noirciffoient un peu l'argent, & donnoient un phlegme légèrement acide par la diftillation.

T

Il admet, d'après quelques Chimistes avec lesquels ils annonce avoir eu des conversations, que le gas putride est nécessaire à la formation de l'acide nitreux, & il ajoute en même temps que le concours de l'air n'est pas moins essentiel: en effet, ayant renfermé des matières putrides & de la terre dans un ballon de verre, il n'a obtenu aucun atome de Salpêtre.

L'Auteur ne pousse pas plus loin ses réflexions théoriques sur la formation de l'acide nitreux, & à cet égard son Mémoire n'ajoute rien aux connoissances acquises; mais quant à la pratique des nitrières, quant à l'exposition des ressources qu'offre le Royaume pour la fabrication du Salpêtre, quant aux détails de la fabrication, ce Mémoire est plein d'excellentes réflexions, d'observations justes, de détails qui annoncent l'homme instruit, le Chimiste & le Physicien éclairé.

C'est d'après ces considérations que les Commissaires de l'Académie ont jugé qu'il devoit partager le second Prix.

MÉMOIRE N°. XIX.

SUPPLÉMENT au N°. XXXV, premier concours.

CE Supplément contient à peu près les mêmes idées que le premier Mémoire, & l'Auteur y propose à peu près les mêmes moyens. Les Commissaires de l'Académie n'ont pas jugé qu'il donnât à l'Auteur plus de droit au Prix, ou à un Accessit.

MÉMOIRE N°. XX.

> A grande peine pouvons-nous comprendre ce qui est en la terre, & ne pouvons trouver, sans difficulté & travail, ce que nous avons en main. Qui est-ce qui a connu de point en point les choses qui sont aux Cieux ? *Sapience. IX, 16.*

CE Mémoire est très-long; il contient quelques faits & quelques observations dont il y auroit peut-être à profiter; mais il est écrit en style alchimique, difficile à comprendre, & par cela même il n'est pas susceptible d'extrait.

Il est facile au surplus, au milieu de l'obscurité dont l'Auteur s'est enveloppé, de juger que son Mémoire ne peut avoir droit ni à un Prix, ni à un Accessit. Il avoit déjà envoyé au premier concours un Mémoire de même genre, mais moins étendu.

MÉMOIRE N°. XXI.

Par M. ROME, Professeur.

Utile aux Gouvernemens, funeste à l'humanité.

LE Salpêtre est un composé d'acide nitreux & d'alkali végétal; ainsi, pour former ce sel il faut réunir ensemble ces deux substances. La France, suivant M. Rome, offre de toutes parts l'alkali en abondance; on l'obtient par la combustion des végétaux, & les lieux habités en présentent naturellement des quantités considérables; mais il n'en est pas de même, suivant lui, de l'acide nitreux.

Ces premières assertions ne sont pas parfaitement exactes; il est de fait au contraire que l'acide nitreux est beaucoup plus aisé à obtenir que l'alkali fixe, & que la fabrication du Salpêtre est plutôt limitée en France par le manque d'alkali, que par celui d'acide nitreux.

Pour parvenir à former un plan pour augmenter en France la récolte du Salpêtre, il faut d'abord observer avec soin les lieux où se forme ce sel, & les circonstances de sa formation. De l'assemblage des faits, on pourra ensuite remonter à des principes généraux qui conduiront à la solution du problème.

„ On trouve (dit M. Rome) du nitre dans les lieux habités & dans
„ ceux qui ne le furent jamais; il se montre dans les terres exposées
„ au soleil, & dans celles qui sont à l'abri de ses rayons; on en tire
„ des lieux frais & humides, ainsi que de ceux qui sont frappés par
„ un courant d'air continuel; il naît au sein des terres imprégnées
„ de sucs végétaux & animaux, & cependant on le rencontre dans des
„ terres qui ne présentent aucun vestige de végétaux & d'animaux.
„ Toutes ces variétés & tous ces contrastes subsistent, sont connus, &
„ se découvrent à tous ceux qui veulent prendre la peine de les
„ observer ".

Il entre ensuite dans le détail des faits, & passe en revue les nitrières naturelles du Bengale, des bords du Gange, des Royaumes de Siam & de Pégu, &c. où le Salpêtre semble végéter sur la terre après les saisons des pluies; celles de l'Espagne, où on observe une partie des mêmes phénomènes, sur-tout dans les Provinces orientales & méridionales; celles des autres parties de l'Europe où le nitre se forme de lui-même, dans les vieux édifices & dans les lieux habités, dans des carrières abandonnées. Il passe ensuite aux nitrières artificielles de l'Allemagne & de la France, & il expose le sentiment de tous les Auteurs sur la formation du nitre.

Il regarde comme constant qu'on peut faire du Salpêtre sans le concours de matières végétales & animales, & il blâme même l'usage des matières animales dans les nitrières : mais les faits qu'il rapporte à cet égard ne font pas parfaitement concluans ; & ce qu'ils prouvent tout au plus, c'est qu'il ne faut qu'une petite quantité de matières végétales & animales pour la production du Salpêtre.

M. Rome compare ensuite les circonstances où se trouvent les différens pays où le Salpêtre se produit naturellement dans les terres végétales, & il trouve une analogie frappante entre le Bengale, l'Espagne & le Bas-Languedoc ; les seules différences que présentent ces contrées, c'est que les vents & les pluies font constans, & périodiques dans l'Inde, & variables en Europe. Un dernier trait de ressemblance qu'il trouve entre ces contrées, & qu'il tire d'un Mémoire de M. Montet, c'est que le Salpêtre est également à base d'alkali fixe au Bengale, en Espagne & en Languedoc. Il rapporte à cette occasion différentes observations sur du Salpêtre naturel qu'on rencontre dans des rochers sur le chemin de Montbazon à Sainte-Maure, & sur les carrières de Vaise, de Saint-Mesme & de Saint-Savinien, aux environs de Saintes ; dans toutes ces carrières, le Salpêtre se forme principalement à l'exposition du midi ; mais il ne s'y forme que jusqu'à une certaine profondeur, & cette profondeur est à peu près celle où la température commence à être invariable.

M. Rome développe à cette occasion, d'une manière très-physique, ce qui doit se passer dans les carrières, relativement à la circulation de l'air. Il suppose un lieu souterrain quelconque, ouvert horizontalement dans le flanc d'une montagne. Si l'air extérieur est à vingt degrés, & celui intérieur à dix, c'est-à-dire, à la température des caves, par une suite nécessaire des principes les plus simples de l'hydrostatique, l'air du souterrain, comme plus lourd, se coulera par en bas, & sera remplacé par de l'air chaud qui rentrera par le haut. Cet air chaud avancera insensiblement dans la carrière ; mais à mesure qu'il touchera les parois supérieurs, ou même qu'il deviendra en contact avec de l'air plus froid, il se refroidira lui-même, il deviendra plus lourd, & s'abaissera ; & cet effet ne cessera que quand cet air sera revenu à la température du souterrain, c'est-à-dire, à dix degrés. L'air extérieur, en raison de cette cause, ne s'avancera donc que jusqu'à un certain point dans la carrière ; de sorte qu'il se formera une ligne qu'on peut nommer avec l'Auteur ligne d'égale température, au delà de laquelle il ne se fera plus de circulation. Or M. Rome observe que cette ligne est précisément celle au delà de laquelle il ne se forme pas du Salpêtre ; d'après quoi il se trouve forcé de conclure que la circulation de l'air est la cause de la formation du nitre dans les carrières.

Il va plus loin ; il obferve que par une fuite néceffaire de cette circulation, l'air doit dépofer, dans toute la partie de la carrière dont la température eft variable, une partie des fubftances qui lui étoient combinées. En effet, il eft d'obfervation que l'air chaud tient plus de fubftances en diffolution que l'air froid ; donc, à mefure que l'air pénètre dans l'intérieur de la carrière, à mefure qu'il s'y refroidit, il doit fe faire une précipitation, &. c'eft à cette caufe qu'il attribue la formation du nitre ; c'eft donc en été, ou plutôt dans les temps où l'air extérieur eft plus chaud que celui de l'intérieur, que doit fe former le Salpêtre dans les cavernes.

M. Rome, d'après ces obfervations, feroit affez porté à croire que l'acide du nitre eft tout formé dans l'air, qu'il y eft tenu en diffolution, & que les cavernes ne font qu'un moyen de réfrigération pour le condenfer ; mais il eft aifé de juger de l'infuffifance de cette explication. En effet, fi la formation du Salpêtre étoit l'effet d'une fimple réfrigération de l'air, d'une condenfation des matières qu'il tient en diffolution, il devroit s'en dépofer fur les terres non calcaires, dures & compactes ; or il eft de fait qu'il ne fe forme de Salpêtre que fur les pierres & terres tendres & poreufes ; dès-lors il devient néceffaire de fuppofer dans la craie & les pierres calcaires tendres, au moins une force d'affinité qui oblige le Salpêtre à s'y dépofer.

M. Rome cherche à appliquer cette même explication de la formation du nitre, à celui qui fe rencontre dans les caves & même à la furface des murailles, qui ont une maffe affez confidérable pour conferver quelque temps une fraîcheur plus grande que celle de l'air ambiant ; il a même tenté d'expliquer par la même théorie, la formation du nitre dans les écuries, les vacheries, les étables, & les latrines ; mais il eft obligé de fuppofer que les mélanges fermentefcibles attirent l'humidité de l'air, & que le nitre qui y eft contenu s'y dépofe avec elle : or, indépendamment de ce que cette explication n'eft pas conforme aux faits, l'Auteur avoit un moyen plus fimple de fortir d'embarras, c'étoit de dire que les exhalaifons putrides ayant plus d'affinité avec l'air que l'acide nitreux, elles opéroient la précipitation de ce dernier. Au refte, comme cette dernière partie du fyftême propofé n'eft pas appuyée par des faits, on ne peut la regarder que comme une théorie ingénieufe, vraie à quelques égards, mais qui ne répond pas à tout.

M. Rome penfe qu'on peut expliquer par le même principe le nitre qui fe forme dans les terres végétales du Bengale & de l'Efpagne. Il prétend que l'acide nitreux s'y unit par l'affinité qu'il a avec la terre calcaire que contiennent ces terres végétales ; mais il lui a échappé que le même principe qu'il a employé pour les cavernes pouvoit encore s'appliquer, même à ce cas. En effet, les terres refroidies par la fraîcheur des nuits, doivent encore faire le matin office de réfrigérent par rapport à l'air, d'autant plus que la température moyenne du globe tend continuellement à les ramener à une température moindre que celle de l'air.

Il examine pourquoi le Salpêtre, qui se trouve tout formé dans les terres végétales de l'Inde & de l'Espagne, est à base d'alkali fixe, tandis qu'il est à base terreuse dans la plupart des cavernes, sur-tout à mesure qu'on s'éloigne davantage de leur embouchure. Il s'embarrasse à cet égard dans des explications qui ne sont point du tout chimiques. Il est assez probable que l'alkali qui sert de base au Salpêtre qui se forme dans les terres de l'Inde & de l'Espagne, vient des végétaux crûs dans ces terres. On ne peut douter, d'après les expériences modernes, que l'alkali fixe ne soit le produit de la végétation, & qu'il ne soit tout formé dans les plantes : donc par-tout où il se rencontre de l'acide nitreux & des végétaux, il se formera du nitre à base alkaline ; mais cette explication ne satisfait pas encore à la formation du nitre à base d'alkali qui se trouve à l'entrée des carrières ; & on ne peut disconvenir que ce fait ne soit très-embarrassant à expliquer.

De ces réflexions théoriques M. Rome passe aux moyens de pratique. Il pense que c'est dans les Provinces méridionales, telles que le Languedoc & la Provence, qu'on doit chercher à pousser la fabrication du Salpêtre, sur-tout d'après la considération que le Salpêtre y est naturellement, pour la plus grande partie, à base d'alkali fixe ; mais il ne fait pas attention que le bois est rare dans la plupart de ces Provinces, & qu'il en résulte un renchérissement considérable dans la fabrication du Salpêtre.

Les principes, exposés dans le corps de ce Mémoire, conduisent l'Auteur à des conséquences naturelles sur l'établissement & sur la conduite des nitrières. Il conseille d'en former le fond principalement de terres calcaires, d'y mêler des matières végétales, & il en exclut les matières animales. Le point important est, suivant lui, d'entretenir la masse de ces terres à un degré le plus inférieur qu'il sera possible à celui de l'air extérieur, afin d'y opérer une condensation de l'acide nitreux ou des matières destinées à le former. Il conseille encore de donner aux terres le plus de surface qu'il sera possible, toujours dans l'objet d'opérer la plus grande condensation possible.

M. Rome pense qu'autant il est nécessaire de soulager les habitans de la campagne de la fouille, & de tout ce qu'il y a d'onéreux dans la fabrication du Salpêtre, autant il est essentiel de maintenir dans toute leur vigueur les réglemens relatifs aux démolitions. Il importe en effet que les matériaux salpêtrés n'entrent point dans la construction des édifices neufs, de sorte qu'on remplit à la fois plusieurs objets d'utilité en les réservant à la fabrication du Salpêtre.

L'Auteur termine son Mémoire par des Formules algébriques, pour déterminer par le calcul, d'après un essai, la quantité de Salpêtre contenu dans les terres & dans les cuites ; ces Formules peuvent être d'une grande utilité pour les Entrepreneurs des nitrières.

L'Académie a reçu le 6 Février 1782, un supplément à ce Mémoire; M. Rome n'y remonte point, comme dans le premier, à l'origine du nitre; mais il prétend qu'en supposant qu'il en existe de tout formé & de flottant dans l'air, il n'en faut pas davantage pour rendre raison de tous les phénomènes qui s'observent.

Quant à l'alkali végétal qui se trouve souvent combiné avec l'acide nitreux, il observe que dans tous les lieux exposés à l'air, où il se forme du Salpêtre, il est à base d'alkali végétal; que dans tous les lieux où il se forme dans l'ombre & dans l'obscurité, il est à base terreuse. C'est ainsi que le Salpêtre est principalement à base d'alkali dans les matériaux de démolition, & qu'il est à base terreuse dans la terre des caves; & cette observation est assez conforme à la vérité; d'où il conclut que le soleil contribue à la formation de l'alkali; & c'est pour cela, suivant lui, que presque tous les côteaux naturellement salpêtrés sont exposés au midi, & que les terres du Bengale & de l'Inde ne donnent que du Salpêtre à base alkaline.

Une partie de ce Supplément est ensuite employée à expliquer comment les terres, soit pures, soit imprégnées de matières fermentescibles, doivent condenser l'acide nitreux répandu dans l'air. Il suppose que ces terres sont plus froides que l'air environnant; & que cet excès de froid provient de l'évaporation de l'humidité qui les imbibe; mais, comme on l'a déjà exposé ci-dessus, il étoit bien plus simple de dire que les terres touchant à la masse du globe, dont la température moyenne est de 10 degrés, elles tendent toujours à se refroidir dans les pays chauds, & qu'elles doivent être par conséquent, dans un très-grand nombre de circonstances, plus froides que l'air ambiant.

On voit que dans tout ceci M. Rome n'explique pas comment se forme le nitre; & en cela MM. Thouvenel, & même quelques-uns des autres Concurrens ont été plus loin que lui; mais le nitre une fois supposé formé & flottant dans l'air, on ne peut nier qu'il n'explique d'une manière très-heureuse, comment il se fixe dans les terres.

M. Rome discute toutes les manières de faire du Salpêtre, recueillies par les Commissaires de l'Académie dans le volume in-8°. qu'ils ont publié, & cherche à les expliquer toutes par l'acide nitreux répandu dans l'air, & d'une manière purement mécanique. Enfin il termine son Supplément par quelques faits. Il a observé que dans un couvent de Capucins, 400 pieds cubes de terre s'étoient nitrifiés en grande partie, & au point de pouvoir être exploités avec profit, par la seule exposition aux vapeurs méphitiques des fosses d'aisance, dans le voisinage desquelles elles étoient; ce qui cadre parfaitement avec la théorie de M. Thouvenel. Il prétend encore que le voisinage des grandes marres d'eau contribue à la nitrification par le refroidissement qu'elles occasionnent: du reste, M. Rome, pour la conduite des nitrières, renvoie à son premier Mémoire.

Il est aisé de s'appercevoir que ce Mémoire est fait par un homme

très-inftruit, & qui réunit à la fcience mathématique beaucoup de connoiffances de Phyfique; il contient peu d'expériences; & les Commiffaires ont regretté, fous ce point de vue, de ne pouvoir le couronner:
mais la théorie qu'il expofe eft infiniment ingénieufe; elle eft appuyée
de faits connus, & elle ne peut même manquer d'être vraie en plufieurs
points.

MÉMOIRE N°. XXII.

*Par M. FORESTIER DE VEREUX, ancien Capitaine de
Canonniers au Corps Royal de l'Artillerie, Chevalier de l'Ordre
Royal & Militaire de Saint-Louis.*

In pace robur, & in bello ros cœli & pinguedo terræ.

M. Foreftier de Vereux, après avoir fait un expofé fommaire des
connoiffances acquifes jufqu'à ce jour fur la formation du nitre, obferve
qu'en réfléchiffant fur les circonftances de cette opération de la Nature,
on ne peut douter qu'elle ne puiffe fe faire auffi bien en plein air que
fous des hangars, & voici les réflexions qui l'ont conduit à cette conféquence. S'il fe forme du Salpêtre dans les terres convenablement mélangées fous des hangars, il doit également s'en former en plein air;
mais avec cette différence, que l'eau des pluies, en détrempant les terres,
doit le diffoudre & l'entraîner; mais l'effet de l'eau des pluies fur les terres
eft néceffairement borné, car elles retiennent communément les trois
quarts ou les $\frac{7}{8}$ de leur volume d'eau; donc elles retiennent une quantité
de Salpêtre proportionnelle.

Ce raifonnement a conduit l'Auteur à croire qu'il devoit fe trouver
du Salpêtre dans toutes les terres végétales; & en effet, en ayant leffivé
un grand nombre à l'eau bouillante, il a retiré de prefque toutes une
quantité plus ou moins grande de ce fel. Il en a conclu que la conftruction des hangars indiqués jufqu'ici pour la formation des nitrières,
étoit inutile; qu'on pouvoit faire avec le même fuccès des nitrières en
plein air, & il s'eft livré à cet égard à des calculs très-féduifans. Mais
tous ces calculs avoient pour bafe un fait, ou plutôt une fuppofition;
c'eft que les terres fe falpêtrent d'elles-mêmes en plein air, & que celles
prifes au hafard au milieu des campagnes en contiennent une quantité
notable. Les Commiffaires de l'Académie ont fenti l'importance de
vérifier ce fait; mais comme ils ignoroient le nom & le domicile de

l'Auteur

l'Auteur à l'époque où ils ont examiné fon Mémoire, & que ce n'eft que depuis la proclamation du Prix, qu'ils ont été inftruits qu'il habitoit la ville de Gray en Franche-Comté, ils fe font trouvés dans l'impoffibilité d'opérér fur les mêmes terres que lui ; mais ils ont confidéré en même temps que fes raifonnemens pouvoient s'appliquer aux terres végétales d'un pays comme à celles d'un autre ; & que s'ils étoient juftes, il ne devoit point fe trouver de terre végétale dans des circonftances favorables, qui ne contînt quelque peu de Salpêtre. Ils ont fait en conféquence ramaffer dans les environs de Paris, à la fuite de la grande féchereffe qu'on a éprouvée pendant l'été de 1781, un affez grand nombre d'échantillons de terres végétales de différentes efpèces, en obfervant d'en varier la qualité, & de choifir tantôt des terres légères, tantôt des terres fortes ; de la terre qui avoit été cultivée en blé, en luzerne, de la terre des chemins, &c. Les quantités fur lefquelles ils ont opéré étoient d'un quintal environ : il les ont leffivées à l'eau bouillante, & en obfervant toutes les précautions prefcrites par l'Auteur ; mais au lieu d'une once & plus par pied cube, ils n'ont obtenu qu'un ou deux grains de Salpêtre d'un feul des échantillons : les autres n'en ont pas fourni un feul atome. C'eft d'après ces expériences, que l'Académie, dans fon Programme, a annoncé qu'elle foupçonnoit que l'Auteur avoit employé, pour leffiver fes terres, de l'eau qui contenoit déjà du Salpêtre. Cette conjecture a été vérifiée depuis & convertie en certitude : M. Chevrand, Infpecteur des Poudres & Salpêtres à Befançon, a bien voulu fe tranfporter à Gray, fur la demande qui lui en a été faite par les Commiffaires de l'Académie ; & d'après les épreuves qu'il a faites conjointement avec M. Foreftier fur les mêmes terres végétales qui avoient fervi à fes premières expériences, il a reconnu qu'aucune ne contenoit de Salpêtre en quantité fenfible, quand elles étoient leffivées avec de l'eau de rivière ; en forte qu'il paroît conftant que le Salpêtre obtenu par M. Foreftier, n'eft autre chofe que celui qui exiftoit dans l'eau de fon puits. Cette circonftance, qui faifoit perdre à l'Auteur toute prétention au Prix, lui a laiffé néanmoins des droits à la reconnoiffance du Public. Son Mémoire contient une fuite très-nombreufe d'expériences qui lui ont couté beaucoup de temps, de peine & de dépenfes. Il eft à regretter qu'un défaut de précaution fur un feul point, les ait rendues inutiles.

V

MÉMOIRE N°. XXIII.

Omne tulit punctum qui miscuit utile dulci.

CE Mémoire, après des réflexions générales fur la nature & la formation de l'acide nitreux, préfente une efpèce de critique de l'Inftruction publiée en 1777 par les Régiffeurs des Poudres & Salpêtres.

L'Auteur annonce que les établiffemens de nitrières faits, foit par des Entrepreneurs, foit par la Régie elle-même, fur les principes de l'Inftruction, n'ont point eu de fuccès, & il cherche à en découvrir la caufe.

Il prétend d'abord que l'évaluation donnée par les Régiffeurs pour les frais de conftruction des hangars, eft beaucoup trop foible. Chaque hangar de cent pieds de longueur fur trente de large, n'eft eftimé que deux mille liv., & il donne comme certain qu'il couteroit au moins le double dans la Province qu'il habite.

Il prétend de même que le prix du tranfport des terres a été évalué beaucoup trop bas, & qu'au lieu de 6,000 liv. pour dix hangars, cet objet doit être porté à 60,000 liv. environ. L'Inftruction ne porte qu'à 5,000 liv. les frais de conftruction d'un atelier de leffivage & d'évaporation, & cette évaluation lui paroît encore au deffous des juftes proportions.

Enfin les Régiffeurs des Poudres lui paroiffent dans l'erreur fur l'eftimation du prix du terrein ; ils ne l'ont évalué qu'à 1500 liv., & il penfe qu'il doit être porté beaucoup plus haut.

De ces réflexions, l'Auteur conclut qu'un établiffement de dix hangars couteroit, dans la Province qu'il habite, au moins 120,000 liv. de dépenfes premières, & 36,000 liv. de dépenfes annuelles, y compris l'intérêt des avances premières ; d'où il fuit, qu'au lieu du bénéfice annoncé par l'Inftruction, il y auroit une perte au moins de 8,000 liv. par an pour l'Entrepreneur.

Il avance avec la même affurance, que les établiffemens formés par un mélange de terres falpêtrées & de tuffeau, tels qu'on les a pratiqués en Franche-Comté, n'auront pas plus de fuccès que les autres, & il affure avoir acquis des connoiffances certaines à cet égard : mais, en fuppofant que les évaluations faites par les Régiffeurs foient réellement au deffous de l'effectif, il eft aifé de démontrer que celles de l'Auteur pèchent bien davantage par l'excès oppofé.

Premièrement il eft dans l'erreur, lorfqu'il prétend que tous les établiffemens de nitrières faits, foit par la Régie, foit par des Entrepreneurs particuliers, n'ont point eu de succès. Il est de fait qu'il a été livré, par ces établissemens seuls, dans les magasins de la Régie,

		liv.
	1775.	349,596
	1776.	472,786
	1777.	545,076
	1778.	593,463
Pendant les années	1779.	616,656
	1780.	19,970
	1781.	64,457
	1782.	101,107
	1783.	178,495
	1784.	216,727
TOTAL.		3,158,333

Or une quantité aussi considérable, dans laquelle on ne comprend même le produit ni des nitrières de Franche-Comté ni des établissemens faits en Touraine, est une preuve de fait beaucoup plus démonstrative que tous les raisonnemens qu'on pourroit faire.

Secondement, pour ce qui regarde les constructions, les Régisseurs n'ont fixé à 2,000 liv. les frais de chaque hangar de cent pieds de long sur trente de large, que d'après des devis estimatifs qu'ils ont fait faire dans les différentes Provinces du Royaume, & en prenant un milieu à peu près entre les différens résultats.

Troisièmement, l'Auteur se trompe évidemment sur le prix du transport des terres. Quatre chevaux peuvent aisément conduire un tombereau de terre de huit pieds de long sur $2\frac{1}{2}$ de large & sur $2\frac{1}{2}$ de hauteur ; or un pareil tombereau contiendra cinquante pieds cubes de terre, qui peseront environ 4,000 liv. En supposant que les transports se fassent de la distance moyenne d'une lieue, chaque voiture pourra faire aisément quatre voyages par jour ; ainsi chaque tombereau emplacera par jour deux cents pieds cubes de terre. Le tombereau, compris les frais d'un chartier & d'un homme pour charger, ne coutera pas plus de 12 liv. 10 s. par jour : ainsi chaque pied cube de terre emplacé ne reviendra pas à plus de 1 s. 3 den. On ne fait point entrer en ligne de compte le prix d'achat des terres, parce que les réglemens donnent aux Entrepreneurs de nitrières le droit d'enlever *gratis* les terres des écuries, granges, bergeries, &c. pour une fois seulement : ainsi on ne doit pas supposer qu'ils acheteront à grands frais de la terre non salpêtrée, tandis qu'ils peuvent en avoir gratuitement de riche en Salpêtre. On suppose que la quantité de terre à emplacer soit de douze mille pieds cubes pour chaque hangar, il en coutera 750 liv. pour chacun, & 7,500 liv. pour les dix. Ce résultat diffère peu de celui porté dans l'Instruction.

Quatrièmement enfin, les objections relatives à l'achat des fumiers ;

n'ont pas plus de folidité que les précédentes. On regarde actuellement comme conftant que le Salpêtre fe régénère dans les terres falpêtrées qui ont été leffivées prefque fans aucune addition de matières végétales ; qu'il ne faut pas beaucoup d'arrofages, & qu'une eau de fumier légère eft fouvent fuffifante.

Il eft donc clair que les calculs de l'Auteur font exagérés fur un grand nombre de points ; mais quand il y auroit quelque chofe à reprocher à l'exactitude de ceux des Régiffeurs, il ne faudroit pas perdre de vue qu'ils ont publié leur Inftruction à une époque où l'on n'avoit encore en France que des connoiffances très-imparfaites fur la formation du Salpêtre, où ils n'étoient point encore éclairés par leur propre expérience, enfin, où l'on ne connoiffoit encore le produit des nitrières que par les éclairciffemens très-vagues qu'on avoit pu tirer d'Allemagne.

L'Auteur penfe que l'établiffement de nitrières par les Communautés, n'eft pas moins impraticable que celui par les Entrepreneurs, & il eftime que cette charge feroit plus onéreufe & plus intolérable que la fouille même.

Après avoir argumenté contre le moyen qu'on avoit regardé jufqu'ici comme le plus propre pour fuppléer à la fouille, l'Auteur paffe à la difcuffion de fes propres projets. Il pofe en principe, d'après des expériences dont il ne donne pas le détail :

1°. Qu'une quantité de végétaux putréfiés rendent à peu près la même quantité de nitre, foit qu'ils aient été mélangés ou non avec des terres.

2°. Que les matières animales, même les urines & les excrémens humains ne donnent aucun indice de Salpêtre après leur décompofition.

3°. Que le Salpêtre des étables & des écuries eft toujours à bafe d'alkali fixe, & non à bafe terreufe.

4°. Que la partie des terres des écuries & des étables qui contient le plus de Salpêtre, eft celle qui fe trouve au deffous & en avant des rateliers & des mangeoires.

5°. Que cette abondance eft toujours proportionnée à la durée du temps que le bétail y a été nourri & entretenu.

6°. Que les terres leffivées & remplacées dans les étables & écuries ne s'y falpêtrent point, fi les étables & écuries ceffent d'être habitées.

7°. Que les étables & écuries pavées ou tenues avec propreté ne fourniffent prefque point de Salpêtre.

8°. Que la pouffière & les balayures des greniers à foin, ainfi que celle qui fe trouve au fond des tonneaux ou caiffes dans lefquelles les Herboriftes renferment des plantes, telles que la bourache, le chardon béni & autres, fufent fur les charbons ardens.

De ces propofitions que l'Auteur regarde comme des faits, il conclut que c'eft par l'acte de la végétation que fe forme le nitre ; mais il ne fait pas attention, ou il ignore peut-être que les végétaux ne contiennent de nitre qu'autant qu'ils ont cru eux-mêmes dans une terre nitreufe ; de forte que la difficulté reparoît dans toute fa force,

& qu'après avoir expliqué comment le Salpêtre passe de la terre dans la plante qui y végète, il reste à expliquer comment le Salpêtre s'est formé dans la terre. Il rapporte à cette occasion une expérience qu'il a faite : il a pris deux quintaux de crottin de chevaux récent, il les a séparés en deux parties égales. Il a traité l'une sur le champ par l'eau bouillante & par voie de décantation & de filtration ; il en a retiré une once quelques grains de Salpêtre pur & très-blanc. Il a laissé putréfier & décomposer complettement l'autre quintal, & l'ayant lessivé, il en a tiré la même quantité de Salpêtre que du premier ; d'où il conclut que la putréfaction ne fait que dégager le Salpêtre des matières fermentescibles auxquelles il étoit uni ; que ce sel est tout formé dans la Nature ; que dissous & enlevé par les vapeurs humides qui circulent dans l'air, il est rendu à la terre par les rosées & par les pluies ; que les plantes l'absorbent ensuite, & le retiennent plus ou moins suivant leur organisation. Mais il est évident que ces différentes conséquences ne sont nullement prouvées ni par les expériences, ni par les raisonnemens.

L'Auteur, d'après ces différentes discussions, se persuade que la manière dont le Salpêtre s'amasse & se dépose dans les étables & dans les écuries, fournira toujours le moyen le plus constant & le plus économique pour obtenir ce sel ; que les inconvéniens qu'on reproche à la fouille sont déjà infiniment réduits, d'après l'exclusion donnée aux caves & celliers, & aux lieux d'habitation personnelle. Enfin il ajoute qu'il ne seroit pas même impossible de concilier avec l'opinion où il est, les vûes bienfaisantes du Souverain, & d'augmenter beaucoup, sans aucune gêne de plus pour les habitans de la campagne, le produit en Salpêtre des étables & écuries.

On a vu que, d'après l'Auteur, plus les bestiaux séjournoient long-temps dans les étables & écuries, plus il s'y formoit de Salpêtre ; d'où il conclut que si on abolissoit le droit de parcours dans les Provinces où il a lieu, on rendroit les étables & les écuries beaucoup plus productives en Salpêtre. Ce droit a déjà été aboli dans quelques Provinces, d'après d'autres vûes politiques, & il seroit peut-être à désirer qu'il le fût par-tout. On pourroit également, suivant l'Auteur, augmenter le produit des récoltes en Salpêtre par une meilleure répartition des arrondissemens des Salpêtriers, & en veillant à ce qu'ils exploitassent les différentes Communautés à tour de rôle, tandis qu'actuellement ils se fixent de préférence dans les Communautés où ils trouvent le plus d'aisances & de commodités. Enfin il indique deux causes qui nuisent à la récolte du Salpêtre en France, la facilité donnée aux Seigneurs & aux Maîtres de poste de faire paver leurs écuries, & la perte des eaux de fumier.

D'après cela, l'Auteur pense qu'on pourroit supprimer la fouille en obligeant les habitans de la campagne de faire paver leurs écuries, ou d'en rendre le fond solide, de manière que les urines des animaux pussent s'écouler & se rassembler dans des baquets ou dans des mares glaisées. A côté de ces mares on placeroit un petit mélange de terre qu'on arroferoit avec l'urine & l'eau de fumier contenu dans la mare. Il obferve que ces difpofitions ne formeroient point une charge pour les habitans de la campagne, puifque tous demandent la permiffion de paver leurs écuries, permiffion à laquelle la Ferme & depuis la Régie des Poudres fe font toujours oppofées, dans la crainte de nuire à la fouille. Le Salpêtrier y trouveroit auffi fon avantage, par la raifon que les terres ainfi arrofées & préparées rendroient beaucoup plus de Salpêtre que celles de fouille, & qu'avec quarante pieds cubes il feroit autant qu'avec cent foixante. Au refte, l'Auteur défire qu'on ne force perfonne : fi la fouille eft auffi onéreufe qu'on le donne à entendre, les habitans de la campagne s'emprefferont de faifir ce moyen de s'en rédimer; s'ils s'y refufent, ce fera une preuve que la fouille eft moins à charge qu'on ne l'a avancé.

Il n'eft pas difficile de voir que le plan propofé par l'Auteur ne confifte réellement qu'à fubftituer une gêne à une autre. Cette gêne eft-elle plus ou moins forte ? c'eft ce qu'il eft difficile d'apprécier; mais enfin c'en eft une, & les intentions du Gouvernement ne feroient point remplies, fi on ne fortoit d'une gêne que pour retomber dans une autre.

Quoique ce Mémoire contienne en général des réflexions juftes & bien préfentées, les Commiffaires de l'Académie n'y ont point rencontré affez de faits pofitifs & bien vérifiés, affez d'expériences & de vérités neuves, pour qu'il pût avoir droit au Prix, ou même à un Acceffit.

MÉMOIRE Nº. XXIV.

Obfervatio & experientia docent.

L'Auteur ne fe livre à aucune differtation chimique fur la fabrication du Salpêtre. Il regarde comme conftant que le germe de l'acide nitreux eft dans la terre calcaire, & que cette terre doit fervir de bafe aux travaux entrepris pour l'établiffement des nitrières.

Comme l'alkali végétal eft une des parties conftituantes du Salpêtre, & qu'il n'eft pas moins néceffaire de s'en procurer une récolte abondante que de l'acide nitreux lui-même, l'Auteur commence par indiquer deux moyens nouveaux pour en obtenir. Il obferve qu'au bout de deux à trois jours de feu, il fe forme à la furface de la terre qui recouvre les fourneaux à charbon, une effloreffence blanche faline. Cette effloreffence, traitée avec les matières abondantes en phlogiftique, ne donne point de foufre; elle ne fait effervefcence ni avec les acides, ni avec les alkalis; les acides vitrioliques & nitreux ne paroiffent avoir aucune action fur elle, & elle ne décompofe pas l'eau mère de Salpêtre.

Si on expose cette substance dans une capsule à l'air libre, & qu'on échauffe médiocrement, elle s'enflamme tout à coup sans déflagration, se gonfle, devient très-légère, très-friable, & elle se trouve transformée par-là en un alkali fixe qu'on obtient par dissolution & filtration. Vingt livres de cette substance saline-terreuse, ramassées à la surface des fourneaux, donne onze livres d'alkali.

On peut retirer de cette manière, suivant l'Auteur, environ cinq livres & demie d'alkali fixe par chaque fourneau à charbon; d'où il conclut que sa Province, où il s'exploite beaucoup de mines de fer, en pourroit rendre soixante milliers par année, & qu'en supposant que tout le reste de la France en pût rendre vingt fois autant, on pourroit obtenir par ce moyen plus d'un million deux cent mille livres d'alkali végétal. Il y a lieu de croire qu'il écrit en Franche-Comté.

La suie lui paroît une autre matière perdue, dont on pourroit retirer beaucoup d'alkali. Il suppose qu'il existe en France un million de maisons, & deux millions de cheminées, & cette évaluation certainement n'est pas forcée. Il porte ensuite à une demi-livre par an la quantité d'alkali qu'on pourroit obtenir de chaque cheminée, & il en résulte encore la possibilité de fabriquer un million de livres d'alkali végétal. Sans prétendre appuyer, ni sans contester les idées de l'Auteur, on observera qu'il est très-douteux qu'on puisse obtenir une demi-livre d'alkali des cheminées des campagnes, & qu'on se tromperoit beaucoup, si on vouloit en juger par celles des villes.

L'Auteur observe à cette occasion, que la loi à rendre sur cette matière s'accorderoit parfaitement avec les Ordonnances de Police déjà existantes. Ces dernières exigent des Particuliers de faire ramonner exactement leurs cheminées, & enjoignent aux Officiers publics d'y tenir la main. Il ne s'agiroit, dit l'Auteur, que d'ajouter à ces dispositions l'obligation de présenter en nature, dans certains temps de l'année, aux Officiers de Justice, la suie des cheminées; elle seroit brûlée en leur présence, & la cendre seroit emportée chez les Syndics ou Echevins. Il se formeroit ainsi des dépôts de cendre que la Régie des Poudres feroit enlever à certaines époques.

Quant aux moyens de délivrer les peuples de la fouille, l'Auteur ne propose que des méthodes connues; c'est toujours l'établissement des hangars & des nitrières. Il n'ajoute à cet égard rien à ce qui est connu, si ce n'est qu'il conseille de construire des hangars-caves. Il est certain que l'humidité des caves & l'égalité de température qui y règne, les rend très-propres à la génération du Salpêtre. Il prétend de plus que des hangars voûtés couteront moins que des hangars en charpente. Cette dernière assertion peut être vraie dans certaines Provinces; mais elle ne l'est pas dans toutes. Il en est où la pierre manque entièrement; d'autres où elle est tendre & où elle se salpêtre promptement; alors la voûte s'écrouleroit en peu de temps, & le hangar seroit renversé. Il n'en est pas de même de ceux en charpente qui sont solides, & que le

Salpêtre n'endommage pas. L'Auteur forme sa nitrière d'un carré parfait de trois cents pieds sur chaque face ; il bâtit sur chacun des quatre côtés, quatre hangars-caves voûtés de vingt pieds de large ; il met au centre l'atelier de lessivage & d'évaporation.

Après avoir donné une idée de la disposition générale de l'atelier, il passe aux expériences qu'il a faites pour fixer ses idées, tant sur le choix des terres que sur leur arrangement. Il pense, comme M. Cornette, MM. Thouvenel, M. Lorgna, & comme le reconnoissent aujourd'hui le plus grand nombre des Chimistes, que l'acide nitreux n'est point une modification de l'acide vitriolique ; que ce dernier acide n'est pas même charié dans l'athmosphère, comme on l'avoit cru jusqu'à nos jours, puisque des linges imbibés d'alkali fixe, exposés à l'air, ne donnent point de tartre vitriolé, mais seulement de l'alkali saturé d'air fixe, & susceptible par-là de cristalliser.

Ce n'est pas que l'athmosphère ne puisse contenir quelques molécules d'acide, & même d'acide nitreux. M. Margraf a constamment trouvé du nitre dans les eaux de pluie ou de neige ; mais la quantité en est extrêmement petite. C'est à cette petite quantité de nitre ou d'acide nitreux qui voltige dans l'air, que l'Auteur attribue le Salpêtre qui se trouve en quantité assez considérable sous les tuiles des clochers & des greniers en général. Il en a ramassé jusqu'à deux onces & demie dans un espace de 8 pieds carrés. Ce nitre est à base d'alkali fixe ; il est mêlé de poussière, de toiles d'araignées & d'ordures qui lui donnent la propriété de détonner seul, & sans autre addition de matières phlogistiquées.

L'Auteur rapporte ensuite les expériences qu'il a faites sur la production artificielle du Salpêtre. Il a fait ses épreuves doubles, les unes sous une remise assez bien fermée, les autres dans une cave. Pour éviter la communication du Salpêtre qui auroit pu se trouver tout formé dans ces deux endroits, communication qui auroit pu avoir lieu, soit par le sol, soit par les murailles, il a exposé ses mélanges sur des supports de fer élevés à deux pieds du sol, & à deux pieds de distance des murailles. Ces supports soutenoient des dalles de pierre sur lesquelles étoient exposés les mélanges.

Il a pris de la terre noire de champ, & l'a lavée ; il l'a desséchée légèrement à l'air, & en a exposé moitié dans la remise, & moitié dans la cave. Il a remué ces mélanges & les a arrosés d'eau pure. On conçoit que la portion mise en expérience dans la remise, a demandé de plus fréquens arrosages que l'autre. Au bout d'un an, la terre de la cave marquoit un degré à l'aréomètre, & celle de la remise un demi-degré. Il a retiré de l'une & de l'autre du Salpêtre à base d'alkali & du Salpêtre à base terreuse ; mais en plus grande quantité de celui de la cave.

Il a pris une terre à peu près de même nature, qui s'étoit salpêtrée d'elle-même dans une habitation ; il l'a très-exactement lessivée pour la priver de son Salpêtre, & il a mis ensuite moitié de cette terre en expérience à la cave, & moitié dans la remise. Au bout de six semaines,

il

il y avoit fur ces terres une efflorefcence fenfible de Salpêtre. Ayant leffivé un effai au bout de trois mois, la liqueur qui avoit paffé fur la terre de la cave, donnoit un quart de degré à l'aréomètre, & celle retirée de la terre de la remife, quoiqu'elle marquât moins, donnoit cependant une fraction fenfible de degré. Au bout d'un an, la terre de la cave marquoit près d'un degré & demi, & la terre de la remife trois quarts de degré. L'une & l'autre ont donné du Salpêtre à bafe d'alkali fixe & à bafe terreufe.

Du tuf, préalablement bien lavé, expofé de la même manière, & arrofé trois fois par mois à la cave, & cinq fous la remife, donnoit au bout de trois mois à l'aréomètre ½ degré pour la cave, & ¼ de degré pour la remife. L'un & l'autre n'a fourni que du nitre à bafe terreufe.

Le même tuf, mêlé avec des tiges de tournefol hachées & du fumier, leffivé au bout d'un an, a donné une liqueur qui marquoit un degré & demi pour l'épreuve faite à la cave, & un degré pour celle faite fous la remife. On en a obtenu, par évaporation, du Salpêtre à bafe d'alkali fixe, & du Salpêtre à bafe terreufe. Les arrofages avoient été faits avec de l'eau pure.

Ayant mélangé partie égale du même tuf écrafé, & de terre déjà falpêtrée à un demi-degré, & ayant arrofé pendant trois mois avec de l'eau de buanderie, le mélange de la cave donnoit déjà une liqueur à un degré, & celui de la remife à un ½ degré. Au bout d'un an, le mélange de la cave donnoit deux degrés; celui de la remife un degré ¼.

D'après ces épreuves faites en petit, l'Auteur paffe à celles plus en grand, auxquelles elles l'ont conduit. Il a pris trois cents pieds cubes de terres falpêtrées à un degré, & autant de tuf écrafé; il en a fait une couche de deux pieds de hauteur, & il l'a arrofée d'eau de fumier. Au bout de quarante jours, la furface donnoit un degré à l'aréomètre; L'intérieur n'a pas été examiné. On a remué & mélangé le tout; on a arrofé d'eau de fumier avec beaucoup de ménagement, & au bout de quarante autres jours, la maffe donnoit un degré & demi. Après un autre intervalle de trois mois, pendant lequel on a continué les mêmes arrofages, la maffe donnoit deux degrés.

En même temps que cette couche avoit été formée, l'Auteur en avoit fait une femblable avec un mélange de parties égales de tuf & de terre à un degré & demi. Au bout de fix femaines, fa furface donnoit un degré & demi paffé à l'aréomètre; au bout de fix autres femaines, toute la maffe donnoit un degré trois quarts; enfin, après un autre délai de trois mois, elle donnoit trois degrés forts.

De ces épreuves & de plufieurs autres que l'Auteur ne rapporte pas, il conclut,

Que toute terre, fi ce n'eft le fable pur & l'argile pure, eft propre à la génération du nitre.

Qu'une terre qui a déjà été falpêtrée, eft plus propre qu'une terre neuve à la production du Salpêtre.

X

Que les terres calcaires & les magnéfies font les feules terres vraiment propres à la nitrification.

Que les matières fermentefcibles, végétales ou animales, contribuent à rendre plus abondante la production du Salpêtre.

Que les terres calcaires, fans mélange de matières végétales & animales, ne produifent que du nitre à bafe terreufe.

Que les terres mêlées de fubftances fermentefcibles, fournifsent du nitre, partie à bafe d'alkali fixe, & partie à bafe terrreufe.

Que parties égales de tuf & de terres falpêtrées, jointes à des fubftances fermentefcibles, font le mélange le plus favorable à la prompte & abondante nitrification.

Qu'une température humide concourt plus efficacement à la formation du nitre que de fréquens arrofages, & que ces derniers même, s'ils ne font pas convenablement ménagés, femblent interrompre les opérations de la Nature.

Qu'en général les circonftances les plus favorables à la nitrification, font la température égale, l'humidité conftante, & un air à peu près ftagnant.

Guidé par ces principes, l'Auteur entre dans les détails relatifs à l'établiffement d'une nitrière. Il prefcrit de ne point former de couches de plus de deux pieds d'élévation; de les former de parties égales de tuf ou de craie, & de terres déjà falpêtrées, d'y ajouter des matières fermentefcibles, de les arrofer de temps en temps, de les bouleverfer tous les trois mois, & de les *leffiver au bout d'un an*. Il affure qu'on en retirera environ une livre de Salpêtre par quintal. Il penfe cependant qu'il feroit préférable de ne leffiver les terres qu'au bout de trois ans, & qu'alors elles donneront jufqu'à deux livres de Salpêtre par quintal de terre; mais il eft à craindre que ces réfultats ne foient fort exagérés, fur-tout pour des établiffemens en grand.

Trois cents voitures de trois milliers chacune de matières fermentefcibles, dans un état voifin de la pourriture, fuffifent, fuivant l'Auteur, pour cent mille pieds cubes de terre; c'eft environ dix à douze pour cent pefant.

Trente-fix voitures, c'eft-à-dire, dix mille huit cents livres pefant de fubftances fermentefcibles, fuffiront après le premier leffivage, & lors du fecond emplacement des mêmes terres; c'eft environ un & un tiers pour cent. Ces proportions paroiffent en général affez exactes, elles s'accordent avec la théorie comme avec l'expérience.

L'Auteur parle auffi de l'ufage des claies qui procurent des moyens d'augmenter l'amas des terres, & de donner une plus grande élévation aux couches.

Il traite, dans un article féparé, des arrofages, & confeille l'ufage des eaux de buanderie : elles favorifent la fermentation putride, & fourniffent de l'alkali fixe; mais il auroit dû obferver que toute eau de buanderie n'eft pas indifféremment bonne, & que celle qui ne contient que de l'alkali minéral ou de la foude, n'eft nullement propre à la fabrication du Salpêtre.

Il n'a point fait d'épreuves particulières fur l'urine, ni fur les autres liqueurs fermentefcibles propres aux arrofages.

Le refte du Mémoire roule fur le leffivage des terres, l'évaporation & la criftallifation, & ne préfente rien qui ne foit connu.

L'Auteur finit par quelques réflexions fur la manière d'employer l'action de l'air pour l'évaporation des eaux falpêtrées. Il prefcrit de former des baffins d'évaporation, fur lefquels on augmentera la force évaporante de l'air, au moyen d'une roue qu'on fera tourner dans ces baffins, & qui divifera l'eau falpêtrée & la fera jaillir. Ces moyens, dont l'idée pourroit bien avoir été fournie à l'Auteur par les bâtimens de graduation des falines, ne paroîtroient pas impraticables dans de très-grands ateliers.

En général, ce Mémoire contient des vûes & des expériences intéreffantes. Il feroit à défirer que l'Auteur eût mis plus de rigueur dans les épreuves qu'il rapporte; qu'il eût fpécifié les quantités de terre qu'il a employées, & le poids du Salpêtre & des différens fels qu'il a obtenus; mais malgré ces défauts, qui ont paru aux Commiffaires de l'Académie ne laiffer à l'Auteur aucun droit au Prix, ni aux Acceffit, ils ont jugé que fon Mémoire méritoit des éloges, & qu'on pouvoit en faire une mention honorable dans le Programme de diftribution.

MÉMOIRE N°. XXV.

Point d'effet fans caufe.

L'Auteur de ce Mémoire ne donne aucun détail théorique fur la nature & fur la formation du Salpêtre, & il entre tout d'un coup en matière. Au lieu de conftruire des hangars très-difpendieux pour y dépofer des terres & les entretenir dans un état propre à la nitrification, il propofe de les expofer en plein air fur des aires pavées ou carrelées, ou conftruites en briques & cailloux bien liés avec du ciment & de la chaux.

Quant à la nature des terres, & au mélange néceffaire pour les difpofer à la génération du nitre, l'Auteur ne propofe que les moyens connus; ce font toujours les mélanges de matières putrefcibles. Il confeille l'ufage de la grappe de raifin dont on a exprimé le vin au preffoir : cette matière peut en effet divifer les terres, les rendre plus acceffibles à l'air, & elle doit fournir beaucoup d'alkali. Il craint que

X ij

l'ufage trop abondant des matières animales, tels que les cadavres d'animaux & les fumiers, ne communiquent aux terres une graiſſe qui augmente la quantité d'eau mère. Cette opinion de l'Auteur fur les inconvéniens d'employer une trop grande quantité de matières animales, eſt vraie juſqu'à un certain point; mais la manière dont il s'énonce prouve qu'il ne connoît ni la nature de l'eau mere de nitre, ni les moyens de la convertir en Salpêtre par l'addition d'un alkali fixe.

Il prétend que d'après une étude approfondie de la nature du Salpêtre, il a reconnu qu'il étoit compoſé de fix ſubſtances; mais il ſe réſerve ce ſecret, & ne le communiquera qu'autant que le Prix lui aura été adjugé.

Pour en revenir aux nitrières aériennes (c'eſt le nom par lequel l'Auteur les déſigne), il conſeille d'élever ſur les aires qui auront été conſtruites en plein air, des murs formés avec de la terre graſſe & de la paille ou du foin haché, & de leur donner vingt à vingt-deux pouces d'épaiſſeur, & dix à douze pieds de hauteur. On pourroit encore conſtruire ces murs avec de la terre & des claies, telles que celles qu'on emploie dans les bateaux à charbon. Enfin, il conſeille également de former des couches de terre qu'on ſillonneroit à leur ſurface, & dont on formeroit des pyramides fort ſurbaiſſées d'un pied de hauteur. On mettroit ſous le milieu de la couche de petits fagots de ſix à ſept pouces de diamètre, pour faciliter l'introduction de l'air. Ces couches ſeroient remuées & retournées cinq à ſix fois par an : pour cet effet, on mettroit un rang de fagots qu'on auroit de relais, entre deux pyramides, & on rejetteroit les terres par-deſſus.

Comme dans les grandes pluies la terre des nitrières pourroit être entièrement détrempée, il propoſe de faire à chaque bout une foſſe ou réſervoir, où l'eau excédente ſe raſſembleroit avec le nitre qu'elle auroit diſſous. Le fond de ces foſſes ſeroit pavé à chaux & à ciment, & les parois latérales revêtues à chaux & à ſable, afin de pouvoir contenir l'eau ſalpêtrée. Quand les terres ſeroient trop ſèches, on les arroſeroit avec l'eau même qui ſe feroit amaſſée dans les foſſes.

Quoiqu'il ſoit aſſez probable qu'on pourroit fabriquer du Salpêtre par la méthode que propoſe l'Auteur, cependant, comme il n'annonce pas avoir fait aucune épreuve, les Commiſſaires ont jugé qu'il n'avoit pas rempli l'objet du Programme. D'ailleurs une nitrière pavée ainſi à chaux & à ciment dans toute ſon étendue, ſeroit toute chère; & comme elle ſeroit ſujette à de fréquentes réparations & à un entretien diſpendieux, ſur-tout d'après la propriété qu'a le mortier de ſe ſalpêtrer, il ſeroit poſſible que ce que l'Auteur propoſe comme économique fût beaucoup plus cher que les hangars.

MÉMOIRE N°. XXVI.

On ne doit ni s'affurer aifément de voir ce que les plus
grands Hommes n'ont pas vu , ni en défefpérer
entièrement.

CE Mémoire eft divifé en cinq chapitres. Le premier traite des acides
en général. M. Lorgna y annonce que nous fommes encore peu avancés
fur l'analyfe des acides ; qu'on a bien démontré que l'air étoit un des
principes conftituans de l'acide nitreux ; mais qu'on ne peut pas encore
regarder la féparation de l'air qu'on a faite de cet acide comme une
vraie décompofition , puifque l'air nitreux qu'on obtient conferve encore
beaucoup de propriétés communes avec l'acide nitreux , & qu'il paroît
n'être qu'un acide nitreux mafqué par le phlogiftique.

Le fyftême de ceux qui n'admettent dans la nature qu'un feul acide
différemment modifié ; a le mérite de la fimplicité ; mais les prétendues
tranfmutations d'acides qu'on a voulu apporter en preuves, n'ont jufqu'ici
rien de réel , & c'eft ce que M. Lorgna prouve par une fuite d'expériences
dont on va rendre compte.

Première Expérience.

Il a fait différens mélanges d'acide nitreux & d'acide vitriolique ;
après une longue digeftion , il a combiné cet acide mixte avec différentes
bafes; & en profitant de la circonftance de la diffolubilité de la plupart des
fels nitreux dans l'efprit de vin , & de l'infolubilité des fels vitrioliques
dans ce même menftrue , il eft parvenu à féparer affez exactement les uns
des autres. Dans toutes les expériences de ce genre , il n'a rien apperçu
qui annonçât la tranfmutation de la moindre parcelle d'acide vitriolique
en acide nitreux.

Deuxième Expérience.

Ayant répété les mêmes expériences avec de l'acide vitriolique &
de l'acide marin , il a eu les mêmes réfultats.

Ce genre d'expériences lui a appris combien il étoit facile de fe
tromper fur ces prétendues tranfmutations. En effet , quand on opère
fans précaution dans les mélanges de fels nitreux avec les fels vitrioliques ou marins , les deux fels fe mêlent & fe confondent , & il en
réfulte un tout détonnant qui pourroit en impofer par fon poids , mais
dans lequel on retrouve les deux fels par un examen plus approfondi.

Troisième Expérience.

Ayant versé de l'acide nitreux sur du sel marin, & ayant mis en digestion, ce sel a été décomposé, & il s'est formé du nitre quadrangulaire.

Quatrième Expérience.

Ayant traité du nitre à base calcaire avec du sel marin purifié, il s'est fait, suivant M. Lorgna, une double décomposition sans le secours du feu ; il s'est formé du nitre quadrangulaire parfait, & il ajoute qu'il n'a plus trouvé aucun vestige de l'acide marin dans les nouveaux composés, & que la base du nitre précipité étoit dans l'état de terre calcaire pure, comme si on eût employé un alkali.

Il faut convenir que le résultat de cette expérience est tout-à-fait incroyable. En effet, les Salpêtriers retirent tous les jours d'une même cuite du sel marin assez pur, & du Salpêtre à base terreuse. Or, si ces deux sels étoient susceptibles de se décomposer réciproquement, ils ne se rencontreroient point ensemble. Ces premières réflexions ont fait sentir aux Commissaires la nécessité de répéter une expérience aussi capitale, & d'en constater l'exactitude. Mais de quelque manière qu'ils s'y soient pris, de quelque façon qu'ils aient combiné ensemble du sel marin pur & du nitre, soit à base calcaire ordinaire, soit à base de sel d'Epsum, ils n'ont point eu de précipité. Il y a plus : dans un grand nombre d'expériences qu'ils ont faites dans leur laboratoire du fauxbourg Saint-Denis, ils ont retiré du sel marin & de l'eau mère, tantôt séparément, tantôt mêlés ensemble, sans qu'il y ait eu décomposition. Il est vrai qu'il semble prévenir cette objection, en assurant que l'eau mère qui reste après la cristallisation du Salpêtre, est de l'eau mère de sel marin. Mais cette assertion est contraire à ce qui s'observe dans le plus grand nombre des ateliers des Salpêtriers de France ; & quand il seroit vrai d'ailleurs que les eaux mères des Salpêtriers ne contiennent que des eaux mères de sel marin, cette circonstance ne prouveroit que la décomposition de l'eau mère de Salpêtre par le sel marin à base d'alkali végétal, ce qui est connu, & non pas celle du sel marin à base d'alkali minéral. Enfin, M. de Lorgna ajoute qu'il y a beaucoup de nitre quadrangulaire dans le Salpêtre des Salpêtriers ; mais les Commissaires peuvent assurer que ce fait est encore contraire à ce qui s'observe à l'égard de tous les Salpêtres de France.

Cinquième Expérience.

L'acide vitriolique, soit libre, soit engagé dans une base métallique, décompose également le Salpêtre par une simple digestion à froid.

D'après ces expériences préliminaires, M. Lorgna passe aux recherches qu'il a faites plus directement sur la formation du Salpêtre.

Il a pris soixante livres de terre de jardin, qu'il a mêlées avec parties égales de plantes amères fraîches, divisées en petites parties, & concassées. Il a distribué ce mélange par portions égales dans six terrines.

Il a mêlé avec la terre, dans la première terrine, cinq onces de vitriol de mars bien triturées.

Au bout de dix-sept mois, il a obtenu, par lixiviation, filtration & évaporation, du tartre vitriolé, du sel de Glauber, du sel marin, quelque peu de sélénite, & trois onces deux gros quarante-deux grains de Salpêtre.

Il a mêlé avec la même terre, dans la seconde terrine, une demi-livre de sel marin trituré. Il a obtenu ensuite également au bout de dix-sept mois, par lixiviation, filtration & évaporation, du sel marin ordinaire, du sel marin à base d'alkali végétal, un peu de sel de Glauber, & trois onces cinq gros trente-deux grains de nitre, tant à base d'alkali végétal, qu'à base de natrum ou de soude.

Il a mêlé avec la terre, dans la troisième terrine, quatre onces d'acide vitriolique libre. Ce mélange, lessivé au bout de dix-sept mois, a donné beaucoup de sélénite, du tartre vitriolé, & deux onces sept gros trois grains de Salpêtre.

Il a mêlé, dans la quatrième terrine, avec la terre, quatre onces d'acide marin libre, & ayant lessivé au bout de dix-sept mois, il a obtenu du sel marin à base d'alkali végétal, & trois onces trois gros sept grains de Salpêtre.

Il n'a rien ajouté à la terre de la cinquième terrine, c'est-à-dire, point de plantes pilées & hachées ; mais seulement des arrosages d'urine, ainsi qu'il sera exposé ci-après. Au bout de dix-sept mois, il a obtenu trois onces six gros trente grains de très-bon Salpêtre.

La sixième terrine qui contenoit des mélanges analogues aux précédens, a été arrosée d'urine, puis recouverte avec une autre terrine, & les jointures ont été réunies par une bande de papier collé. Au bout de dix-sept mois, ayant ouvert les terrines, il s'en élevoit une odeur urineuse suffocante. Les plantes n'étoient point encore détruites. Ayant lessivé, filtré & évaporé, M. Lorgna n'a obtenu qu'une liqueur incristallisable, qui n'a démontré que quelques atomes de nitre, qui sans doute existoient dans cette terre antérieurement à l'expérience.

Pendant les dix-sept mois que ces mélanges ont été mis en expériences, on les humectoit de temps en temps avec de l'urine humaine, à l'exception de la sixième terrine qui n'en a reçu qu'une seule fois. On les remuoit de temps en temps, pour présenter successivement toutes les parties au contact de l'air. A l'égard de la terrine n°. 6, on se contentoit de la secouer.

Pour compléter ces expériences, l'Auteur a cru devoir mettre une égale quantité de la même terre de jardin dans une septième terrine, &

au lieu d'urine, il ne l'a arrofée qu'avec de l'eau fimple. Au bout du même temps, c'eft-à-dire, après dix-fept mois, il n'en a retiré que quelques veftiges légers de Salpêtre.

L'Auteur conclut de ces expériences, 1°. que l'acide vitriolique, foit libre, foit combiné, loin d'avoir été avantageux à la nitrification, y a plutôt nui, en s'emparant d'une portion des alkalis.

2°. Que l'acide marin n'a pas diminué fenfiblement la quantité du nitre ; mais qu'il ne l'a pas augmentée.

3°. Que fi dans ces expériences on n'avoit pas eu foin de féparer avec exactitude les fels étrangers d'avec le nitre, il auroit été facile de s'abufer, & de croire que l'addition des fels avoit augmenté la quantité du nitre.

4°. Que l'accès d'un air libre eft néceffaire à la formation du Salpêtre.

5°. Que les fels vitrioliques & marins ne fe transforment point en acide nitreux ; autrement dit, que l'acide nitreux n'eft point une modification ni de l'acide vitriolique, ni de l'acide marin.

6°. Qu'une des circonftances qui en a principalement impofé à ceux qui ont fait des expériences de ce genre, eft que le fel marin étant décompofé par l'acide nitreux uni à différentes terres, il fe forme plus de nitre à bafe alkaline, quand on ajoute du fel marin aux mélanges ; mais que la quantité réelle d'acide nitreux n'eft pas plus confidérable. Les Commiffaires fe font fuffifamment expliqués fur ce qu'ils penfoient de cette décompofition du fel marin par l'eau mère de nitre ; ils éviteront de le répéter.

Après avoir détruit par des expériences affez concluantes l'opinion de la tranfmutation des acides, l'Auteur a cru devoir répondre d'une manière plus directe aux expériences de M. Pietfch.

Ce Chimifte avance, que fi on mêle de l'acide nitreux avec de l'huile de térébenthine, on obtient un véritable baume de foufre. M. Lorgna fait voir que M. Pietfch s'eft abfolument trompé ; & en effet on obtient par le procédé qu'il indique, un véritable favon acide, avec lequel on peut reformer du Salpêtre par une addition d'alkali fixe : l'acide nitreux n'a donc nullement changé de nature.

Il a fait l'expérience inverfe, & après avoir fait du baume de foufre par la combinaifon de l'acide vitriolique & de l'huile de thérébentine, il a reformé du tartre vitriolé bien caractérifé, en y ajoutant de l'alkali fixe : donc l'acide vitriolique, dans cette opération, ne fe convertit point en acide nitreux.

L'un des Commiffaires de l'Académie a eu occafion de répéter cette expérience, & il a obfervé que le tartre vitriolé qu'on obtenoit en décompofant le favon vitriolique par l'alkali fixe, étoit en aiguilles fort alongées, fort approchantes du nitre, & c'eft ce qui a pu en impofer à M. Pietfch ; mais qu'il n'étoit réellement que du tartre vitriolé ou du fel fulfureux de Stahl, & qu'il ne donnoit aucun figne de détonnation.

L'Auteur

L'Auteur réfute avec le même avantage l'argument que tire M. Pietfch de l'expérience rapportée page 182 du Recueil publié par les Commiffaires de l'Académie. Ayant verfé fur deux parties de nitre calcaire diffous dans l'eau, une partie d'huile de vitriol, & ayant procédé à la diftillation graduellement, il a obtenu d'abord du phlegme, enfuite de l'efprit de nitre foible, puis un peu plus fort; enfin il a paffé un mélange d'acide vitriolique & d'acide nitreux. M. Pietfch a cru n'avoir obtenu dans cette expérience que de l'acide fulfureux; mais il fe feroit défabufé s'il avoit combiné ce double acide avec un alkali fixe, & il auroit eu du Salpêtre & du tartre vitriolé.

De ces expériences, & de quelques autres, M. Lorgna fe croit en droit de conclure que les faits détruifent entièrement l'hypothèfe de la converfion des acides.

Dans le fecond chapitre, M. Lorgna traite des nitres en général & des alkalis fixes.

Il obferve que les différens nitres qu'on obtient dans le travail du Salpêtre font :

Le nitre à bafe d'alkali végétal.

Le nitre à bafe d'alkali minéral.

Et les différens nitres à bafe terreufe.

Il prétend que le nitre ou Salpêtre brut qu'on tire des murailles par lixiviation, eft fouvent à bafe d'alkali minéral; il rapporte les expériences d'après lefquelles il s'en eft affuré, & qui font réellement très-concluantes.

Il a reconnu que l'alkali fixe végétal précipitoit l'alkali minéral, & que ce dernier même criftallifoit au fond du vafe quand la quantité d'eau avoit été bien ménagée. Il penfe que cet alkali doit fon origine à la chaux; que c'eft une chaux dans un certain état, & il obferve qu'on a quelquefois beaucoup de peine à le faire criftallifer.

L'Auteur, à cette occafion, s'étend affez au long fur le Salpêtre à bafe de natrum ou nitre quadrangulaire. Il prétend s'être affuré par des expériences, qu'il eft auffi bon que tout autre à faire de la poudre à canon. Pour l'obtenir, il a fait diffoudre du fel marin dans de l'eau, il a précipité tout ce que cette diffolution pouvoit contenir de bafe terreufe par un alkali; puis il combinoit ce fel marin ainfi purifié, foit avec de l'acide nitreux libre, foit avec de l'eau mère de nitre. Il préfère cette méthode à celle d'employer l'alkali de la foude qu'il eft difficile de purifier.

L'Auteur cherche enfuite à déterminer combien le Salpêtre à bafe d'alkali végétal, le nitre cubique & le fel marin contiennent d'acide de bafe & d'eau de criftallifation; mais il n'a pas fait attention à la perte du gas, qui dérange tous fes calculs.

M. Lorgna donne, dans ce même chapitre, une fuite d'expériences fur le poids de l'alkali que peuvent fournir les différens bois; & voici quel eft le réfultat qu'il a obtenu.

Y

NOMS DES PLANTES brûlées.	POIDS de LA CENDRE.	ALKALIS BRUTS obtenus.	ALKALIS PURIFIÉS.
	℔	℔	℔
HÊTRE............	1000	63	48
CHÊNE...........	1000	77	59
AUBIER..........	1000	21	13
PIN.............	1000	83	61
SAULE...........	1000	29	11
SAPIN...........	1000	74	49
MURIER..........	1000	72	54
ONIX...........	1000	82	61
ORME...........	1000	98	80
VIGNE...........	1000	153	138
NOIX...........	1000	71	57
PEUPLIER.......	1000	60	47

L'Auteur, en faisant observer combien les cendres font peu riches en alkalis, en tire un nouvel argument en faveur du sel marin employé comme précipitant, puisque mille livres de sel marin contiennent sept cents livres d'alkali, tandis que les bois les plus riches n'en contiennent que cent cinquante.

M. Lorgna passe, dans le chapitre troisième, à la formation du nitre & de l'acide nitreux.

Il commence par une exposition sommaire des connoissances incontestables qu'on a acquises sur cette matière. Elles se réduisent, suivant lui, à peu près à ce qui suit.

1°. On trouve du nitre tout formé dans les décombres des vieilles murailles, dans les terres légères & friables, dans les pierres tendres & poreuses des caves, des étables, des basses-cours, des celliers, des granges, des écuries, des grottes, &c.

2°. On en trouve même en plein air dans les Indes, dans la Barbarie, dans l'Espagne, dans le Pérou; on en trouve dans des fumiers consommés, dans des côteaux de craie & de pierres tendres.

3°. Si les nitres ne sont pas d'abord tout formés, un long séjour dans des lieux convenables, & quelques traitemens simples, dont l'objet est de faire pénétrer & de multiplier le contact de l'air, suffit pour les achever ; c'est ainsi qu'on en obtient de presque toutes les matières tirées des latrines, des étables, des vacheries, &c. pourvu qu'on ne les lessive qu'après quelque temps d'exposition sous des hangars.

4°. Il y a nombre de plantes dont on peut tirer, par décoction & par expression, du nitre bien caractérisé ; les Commissaires ont déjà fait remarquer ailleurs qu'elles en fournissent d'autant plus, qu'elles ont cru dans un terrein plus nitreux, & que lorsqu'elles ont végété dans des terreins arides, elles n'en contiennent point du tout.

5°. Les matières animales & végétales fermentescibles, mises à se putréfier, soit ensemble, soit séparément, donnent toujours du nitre à putréfaction complète. Il faut deux ans à peu près pour consommer la putréfaction.

6°. Tout ce qui retarde ou empêche la putréfaction, arrête également la production du nitre.

7°. Il ne se forme de nitre qu'à la surface de la terre, & point dans son intérieur.

8°. Une grande partie du nitre qui se forme ainsi, est à base d'alkali végétal ; une autre partie est à base calcaire ; enfin la moindre partie est à base d'alkali minéral.

9°. Plus les matières animales dominent dans le mélange fermentescible, plus on obtient de Salpêtre à base terreuse ; plus au contraire les matières végétales dominent, plus on obtient de Salpêtre à base d'alkali fixe végétal.

Tel est le tableau que présente l'Auteur des principales connoissances, ou au moins des connoissances les plus certaines que nous ayons sur la formation du Salpêtre. Il y ajoute que les décombres des murailles, bien lessivées, exposées à l'air, ne donnent point de Salpêtre, si on n'y a mêlé de nouvelles substances putrescibles ; qu'il en est de même des terres calcaires & des substances alkalines qui ne se salpêtrent point d'elles-mêmes à l'air ; d'où il conclut que le Salpêtre n'est pas tout formé dans l'air, comme le pensoient les Anciens. Il n'est pas moins certain que ce sel n'existe point dans le règne minéral, tout formé ; tout le monde est d'accord à cet égard : d'où M. Lorgna conclut que le Salpêtre tire son origine des deux règnes, du végétal & du minéral. Il est vrai que le concours de l'air est nécessaire à sa formation, & que sans l'exposition à l'air, il ne se forme pas de Salpêtre ; mais il prétend que l'air, dans cette occasion, ne sert à la formation du Salpêtre & à la fermentation, que comme l'eau qui n'est qu'un agent mécanique, sans lequel la fermentation n'a pas lieu. Ainsi, toute nécessaire qu'est la coopération de différens agens subsidiaires, il persiste à regarder le nitre comme le produit d'une putréfaction entièrement achevée.

Il va plus loin : il établit que la formation du nitre tient à la transf miſſion du phlogiſtique d'un corps dans un autre ; qu'à l'aide de cette tranſmiſſion , un corps non combuſtible peut devenir combuſtible ; & il penſe qu'il eſt poſſible que pendant la fermentation , la matière du feu ſe combine aux terres & aux alkalis , & les change ainſi en nitre.

M. Lorgna rapporte une ſuite d'expériences très-intéreſſantes , qu'il a faites ſur la terre des marais. Cette terre , expoſée à l'air , dans un lieu à l'abri des injures de l'air , s'eſt ſalpêtrée pendant un intervalle de temps d'environ deux ans ; mais ſi au lieu d'expoſer ainſi cette terre à la ſortie du marais , on lui fait éprouver une chaleur de quarante degrés environ , il s'en dégage une grande quantité d'air inflammable ; & alors elle ceſſe d'être propre à la fabrication du Salpêtre. Une autre remarque de l'Auteur , qui n'eſt pas moins importante , c'eſt que cette même terre , qui étoit ſuſceptible de donner une ſi grande quantité d'air inflammable au ſortir du marais , n'en donne plus lorſque la putréfaction eſt achevée & que le Salpêtre eſt formé ; on n'en obtient alors que de l'air atmoſphérique & de l'air phlogiſtiqué. Ces expériences le confirment de plus en plus dans l'opinion que le principe inflammable eſt un des élémens de l'acide nitreux.

L'Auteur , après avoir établi que la formation du nitre s'opère par la putréfaction complette des ſubſtances animales & végétales , entre dans des détails intéreſſans ſur la partie des végétaux qui produit cet effet. Il fait voir , par des expériences déciſives , que la partie extractive eſt la ſeule qui y concoure ; & que les parties au contraire qui ont été dépouillées de l'extrait , ne communiquent point à la terre la propriété de ſe ſalpêtrer ; qu'il en eſt de même des matières végétales qui ont été dépouillées de leurs parties acides & huileuſes par la diſtillation. Ces obſervations le conduiſent à diſcuter en peu de mots l'opinion de Lémery & de quelques autres, qui ont penſé que le nitre étoit l'ouvrage de la végétation ; il penſe au contraire qu'il ne ſe trouve qu'accidentellement dans les plantes qui l'ont pompé de la terre , & qu'il s'y étoit précédemment formé par le réſultat de la putréfaction.

Le chapitre quatrième traite de la manière d'augmenter la production du Salpêtre. M. Lorgna obſerve que puiſque la formation de ce ſel eſt due à la décompoſition complette des ſubſtances végétales & animales, c'eſt à favoriſer la putréfaction que doit tendre l'art de la nitrification ; qu'il faut à cet égard donner un libre cours à l'émanation du principe inflammable , donner un accès libre à l'air , qui eſt indiſpenſablement néceſſaire dans toute expérience où il y a dégagement de principe inflammable ; comme on l'obſerve dans la combuſtion : mais il recommande en même temps de ne pas perdre de vue que dans la formation du Salpêtre , le principe inflammable ne doit point ſe diſſiper comme dans la combuſtion , qu'il doit rentrer dans la combinaiſon ; qu'ainſi la circulation de l'air ne doit pas être trop rapide.

Quant à l'humectation des terres , elle doit être modérée , & au degré ſeulement néceſſaire pour entretenir & favoriſer la putréfaction.

M. Lorgna conseille, dans la pratique, d'employer pour les nitrières un mélange de matières animales & végétales, & de faire macérer ces dernières dans l'eau avant de les employer. Il ne conseille pas l'usage de la chaux, qui nuit plus qu'elle ne sert à la putréfaction. Il en est de même des sels en général, & sur tout des sels métalliques.

Il a également fait des expériences sur la proportion des mélanges fermentescibles qu'on doit mêler avec les terres; & sans déterminer à quoi doit être fixée cette proportion, il annonce avoir reconnu qu'elle devoit être au dessous d'un dixième.

Il n'enseigne rien de nouveau à l'égard des arrosages. Il prescrit l'urine, l'eau de fumier, la lie de vin, &c.; mais il recommande sur-tout de les cesser à temps, & de les remplacer par une simple humectation d'eau commune, dans la crainte de mêler ensemble des matières fermentescibles à différens degrés de décomposition.

Il conseille par-dessus tout de remuer les terres, & il regarde cette opération comme si importante, qu'il préfère des couches basses à des couches élevées, & il est persuadé qu'on tirera plus de Salpêtre d'une quantité moindre de terre, quand on en renouvellera souvent les surfaces.

Les étables, les bergeries, les écuries sont des nitrières naturelles; mais il s'en faut bien qu'on tire tout le parti possible des terres qui s'y rencontrent. Elles contiennent des matières végétales & animales à tous les degrés de décomposition, & si on les traitoit convenablement sous les hangars, pour y développer le Salpêtre qui n'est point encore parvenu à son degré de perfection, on en obtiendroit, suivant M. Lorgna, un produit beaucoup plus avantageux.

Les matières des fosses d'aisance, celles des égouts des villes, les vases déposées dans les baies & dans les ports de mer, lui paroissent encore offrir de grandes ressources, ainsi que la terre des marais, dont il a reconnu les bons effets par les expériences ci-dessus rapportées. Il remarque à cette occasion, que la quantité d'air inflammable que peuvent fournir des terres, est à peu près la mesure de la quantité de nitre qu'elles peuvent produire. Les fonds de marais trop aqueux donnent des produits médiocres; ceux trop secs ont le même inconvénient. Il faut un certain milieu; & il observe que si on n'attrape pas ce juste milieu, la décomposition des matières animales & végétales ne se fait qu'incomplettement, & qu'il a vu telle circonstance où il ne se formoit pas un atome de nitre.

Il a réussi à former du Salpêtre par le moyen des vases amassées dans les fossés qui entourent les champs, & où s'égoutent les eaux, en les traitant sous des hangars.

M. Lorgna n'a pas négligé non plus les expériences propres à déterminer le degré de chaleur le plus propre à la nitrification. Il a reconnu qu'en général la gelée & le froid sont nuisibles; que la chaleur de l'été est favorable, & qu'il faut se défendre de la fraîcheur des nuits en fermant le soir les hangars.

Il pense qu'il ne seroit pas impossible que les nitrières réussissent même en plein air, sur-tout pendant les premières époques de la fermentation. On y prépareroit les terres sans frais, & on ne les transporteroit sous des hangars qu'à l'époque de la formation du nitre. Il s'est affermi dans cette opinion par des expériences faites sur une couche de jardin protégée par un gros arbre. On se contenteroit de fermer les nitrières champêtres de cette espèce, par le moyen de haies & de fossés; on y semeroit toutes sortes d'herbes acides & amères; on retourneroit ces plantes avec la charrue, pour les enfouir; on en feroit succéder de nouvelles, qu'on enfouiroit de la même manière. Enfin, quand le terrein seroit assez imprégné de matières végétales & animales, & que sa fermentation seroit déjà avancée, on porteroit les terres sous des hangars, où la nitrification s'acheveroit. Les terres lessivées seroient reportées dans la nitrière champêtre.

M. Lorgna ne s'étend point sur les procédés relatifs au lessivage des terres & à l'évaporation des cuites. Il recommande seulement de précipiter la base terreuse des lessives par l'alkali, & il préfère cette méthode à celle de traiter séparément les eaux mères.

Le dernier chapitre de cet intéressant Ouvrage est intitulé : Plan d'administration pour servir à la multiplication du nitre. Ce n'est pas assez, dit M. Lorgna, d'avoir développé les moyens d'augmenter la récolte du Salpêtre, il faut que les institutions humaines ne mettent point d'obstacles aux opérations de la Nature. Dans l'état des choses, on a rendu le Public & tous les Citoyens ennemis de la fabrication du Salpêtre; chaque Citoyen tend à en détruire les sources; on pave les écuries, on disperse les matériaux salpêtrés, on cherche à soustraire les démolitions aux Salpêtriers.

Abolir la fouille, & obliger les Communautés ou les Particuliers à faire des établissemens quelconques, ce seroit admettre un cercle vicieux & retomber dans l'inconvénient qu'on veut éviter. Il pense qu'une première opération à faire seroit de rendre au Public la liberté de la fabrication du Salpêtre, de livrer cette production à l'industrie nationale; & il prétend que c'est le seul moyen de lier l'intérêt des particuliers à celui de l'Etat. Il voudroit même dispenser les Particuliers de livrer dans les magasins du Roi le nitre provenant de leur récolte.

Il est aisé de voir que ce Mémoire sort de la main d'un Chimiste distingué par ses connoissances & par ses talens; qu'il contient en général une bonne manière de philosopher; qu'il présente une suite d'expériences intéressantes, la plupart très-concluantes, & toutes faites d'après des vûes chimiques très-sûres. Les Commissaires auroient regardé cet Ouvrage comme digne d'obtenir sans partage la couronne académique, s'ils n'avoient été arrêtés par différentes considérations. La première, parce que M. Lorgna n'a pas vu que l'air de l'atmosphère entroit naturellement, & comme partie constituante, dans la composition de l'acide nitreux, & que les matériaux de cet acide se combinoient dans l'état de gas pour le former. La seconde, parce qu'il donne comme un fait certain la décomposition à froid de l'eau mère de nitre par le sel marin à base d'alkali minéral ; qu'il tire de ce fait des conséquences qui influent sur tout le travail du Salpêtre, & qu'il paroît cependant certain, d'après nombre d'observations & d'expériences, que cette décomposition n'a pas lieu.

L'opinion avantageuse que M. Lorgna a donnée dans cet Ouvrage de ses connoissances chimiques, a engagé les Commissaires de l'Académie à rechercher, depuis la proclamation du Prix, ce qui avoit pu l'induire en erreur. Ils ont remarqué que pour purifier le sel marin qu'il a employé dans ses expériences, il le dissolvoit dans l'eau, & qu'il y ajoutoit de l'alkali fixe. Si c'étoit de l'alkali fixe végétal, & si la quantité en étoit plus considérable que celle nécessaire pour précipiter la terre, il a dû y avoir une portion de sel marin décomposé ; car on sait que l'alkali fixe végétal a plus d'affinité que le minéral avec l'acide marin. Il a donc dû former du sel fébrifuge de Silvius, ou sel marin à base d'alkali végétal. Il ne seroit donc pas impossible que M. Lorgna eût employé du sel marin mêlé de sel fébrifuge ; & les Commissaires ont en conséquence dirigé leurs expériences sur ce sel, pour vérifier s'il étoit décomposable par l'eau mère de nitre. Ils ont fait en conséquence avec de l'acide marin & de l'alkali végétal très-pur, du sel fébrifuge de Silvius ; ils ont fait en même temps de l'eau mère de nitre avec de l'acide nitreux & de la terre calcaire. Ces deux substances salines ayant été étendues d'une suffisante quantité d'eau, & ayant été mêlées ensemble, il n'y a point eu de précipitation; mais ayant ensuite rapproché la liqueur par évaporation, ils ont à obtenu par refroidissement de très-beau Salpêtre. L'eau mère qui restoit ne contenoit plus d'acide nitreux, elle étoit entièrement composée de sel marin à base terreuse. Il est possible que ce soit du sel marin de cette espèce, c'est-à-dire, à base d'alkali végétal, que M. Lorgna ait employé dans ses expériences ; & si cette conjecture étoit vraie, tous les résultats qu'il a obtenus s'expliqueroient d'une manière très-simple.

Cette décomposition réciproque du nitre à base terreuse & du sel fébrifuge de Silvius, étoit déjà connue depuis plusieurs années des Régisseurs des Poudres; elle leur avoit été communiquée par M. de Ribaucourt, Apothicaire à Abbeville, & ils en ont tiré un grand parti dans le traitement des eaux mères & des eaux de cuite. Avant cette découverte, on prescrivoit d'étendre les eaux mères d'une certaine quantité d'eau, puis d'y ajouter de l'alkali fixe jusqu'à précipitation complette de la terre. On décomposoit ainsi non seulement l'eau mère de nitre, mais encore celle de sel marin ; on formoit du sel fébrifuge de Silvius, & tout l'alkali fixe entré dans sa composition étoit en pure perte. Aujourd'hui on n'emploie, autant qu'il est possible, que la quantité d'alkali nécessaire pour décomposer l'eau mère de nitre, & l'on est bien sûr que c'est elle qui se décompose la première & de préférence à celle de fel marin : en effet, dans le cas où ce feroit l'eau mère de fel marin qui fe feroit décompofée la première, & où il fe feroit formé du fel fébrifuge de Silvius, ce fel feroit décompofé lui même par l'eau mère de nitre. Ainfi, foit que l'alkali précipite de préférence la terre calcaire unie à l'acide nitreux, foit qu'il précipite indiftinctement celle unie à l'acide nitreux & à l'acide marin, il en réfulte toujours également, que fi dans un mélange de parties égales, par exemple, d'eau mère de nitre & de fel marin, on ajoute moitié de la quantité d'alkali néceffaire pour décompofer les deux fels, l'alkali s'unira de préférence à l'acide nitreux pour former du Salpêtre, & l'acide marin demeurera uni à la terre calcaire; ce qui fignifie en d'autres termes, que l'alkali fixe décompofe l'eau mère de nitre préférablement à l'eau mère de fel marin.

C'eft d'après les confidérations qu'on vient de préfenter, que les Commiffaires ont cru ne devoir décerner à M. Lorgna que le fecond Prix.

MÉMOIRE N°. XXVII.

In expreffione urinæ feconditas.

L'Auteur, après avoir adreffé à l'Académie, le 30 Décembre 1780, un Mémoire très-abrégé, & qui ne contient ni expériences ni faits nouveaux, y a joint deux fupplémens, l'un en date du 17 Avril 1781, le fecond en date du 7 Mars 1782. Quoique ces deux fupplémens contiennent des réflexions judicieufes fur la conduite des nitrières, & fur les matières végétales ou animales qu'on peut mélanger dans les terres, on n'y trouve cependant, à proprement parler, rien qui ne foit implicitement renfermé dans le Recueil publié par les Commiffaires de l'Académie; il ne peut en conféquence avoir aucun droit au Prix, ni aux Acceffit.

On doit cependant faire ici mention d'une idée qui eft particulière à l'Auteur, & qui pourroit avoir une application utile dans quelques circonftances; c'eft celle de l'établiffement d'un parc à lapins dans les environs de la nitrière; on en enleveroit de temps en temps des terres, pour en former des murailles & des couches fous des hangars,

MÉMOIRE

MÉMOIRE N°. XXVIII.

Tandis que tous s'empreſſent à concourir aux projets
d'un Roi bienfaiſant, je dois auſſi du moins rouler
mon tonneau. *DIOGÈNE.*

LE Mémoire que l'Académie a reçu ſous cette deviſe & ſous ce n°. ,
eſt plein de faits bien préſentés & très-intéreſſans. Il auroit été à
ſouhaiter que l'Auteur, qui ſûrement eſt un homme inſtruit, eût
pouſſé plus loin ſes recherches. Il avoit annoncé un ſupplément, mais
il ne l'a point fait parvenir à l'Académie. Comme ce Mémoire eſt fort
court, & qu'il n'eſt point ſuſceptible d'extrait, on va le donner ici
en entier.

» Aux moyens d'accélérer & d'augmenter les récoltes du nitre, deman-
» dés par l'Académie, j'ai, pendant quelques mois, eſpéré pouvoir
» ajouter la ſalubrité & l'économie de la main-d'œuvre.

» Les hangars ne m'ont paru profitables qu'autant qu'ils ſeroient
» établis très-près des grandes villes, & qu'on ſeroit à portée d'y raſſem-
» bler les boues, les décombres, ainſi que les déjections des êtres vivans
» qui les habitent. Les frais de tranſport à quelque diſtance, excéde-
» roient le bénéfice eſpéré par l'Entrepreneur ; mais ces grands amas
» de matières, qu'il faut, le plus tôt poſſible, faire paſſer par tous
» les degrés de la fermentation, ne ſont pas ſeulement funeſtes à la
» ſanté des Ouvriers condamnés à les remuer ; les miaſmes putrides
» qui s'en exhalent, peuvent ajouter beaucoup à l'inſalubrité de l'air
» que l'on reſpire déjà dans les villes qu'ils avoiſineroient (*).

» Une récréation chimique pour laquelle je croyois avoir beſoin de
» feuilles de laitues deſſéchées, m'engagea d'en faire faner au ſoleil
» & dans un four, au ſortir duquel je les froiſſai entre les mains. Je
» fis entrer cette poudre groſſière dans un matras, & j'y verſai une once
» d'huile de vitriol. Il en ſortit ſur le champ d'abondantes vapeurs,
» dont l'odeur ſuffocante m'indiqua l'exiſtence du nitre tout formé.
» Pour m'en aſſurer davantage, je mis des mêmes feuilles ſèches &
» froiſſées dans un large plat de terre expoſé ſur le feu. A peine fut-il

---

(*) La quantité de matières végétales & animales qu'on doit mêler dans les
terres, pour les nitrifier, n'étant point très-conſidérable, on ne s'eſt jamais apperçu
qu'il en réſultât aucun inconvénient pour les Ouvriers attachés aux nitrières.
Note des Commiſſaires.

Z

» échauffé, que la fulguration fe fit voir & entendre dans plufieurs
» parties du contenu, & s'y renouvela jufqu'à l'entière combuftion.
» Une autre fois j'ajoutai aux débris de feuilles un peu de fleur de
» foufre, & la détonnation fut pareille à celle de la poudre à tirer écrafée,
» lorfqu'on l'enflamme à l'air libre.

  » Je foumis à la même expérience & avec le même fuccès les
» plantes fuivantes.

  » La nicotiane. ...... le tapficon ou poivre de Guinée, les feuilles de
» carottes, de panais........ le geranium herbe à robert, la bardane,
» la grande ortie, les feuilles d'oignons & de poireaux, la fumeterre,
» le pavot des jardins, la bourrache, la buglofe, la cynogloffe, les tiges
» & feuilles de brionne, toutes les efpèces d'arroche, l'acus paftoris, la
» mauve, la mercuriale, la pariétaire, la jufquiame, la grande cheli-
» doine, les feuilles de choux de Milan, &c. &c.

  » Dès lors le règne végétal me parut être le principal atelier dans
» lequel la Nature forme ou dépofe le nitre, & je crus aifé de l'en
» tirer promptement, abondamment & avec falubrité. Trois conditions
» effentielles à mon goût, & à l'objet du travail que je réfolus d'en-
» treprendre.

  » Je pofai donc, fans la preffer, une boulette de papier gris au
» fond de plufieurs grands entonnoirs de verre, puis trois doigts d'épaif-
» feur de cendres, pour fervir de filtre, & je les comblai chacun de
» la poudre fèche d'une des plantes ci-deffus. Je les leffivai avec de l'eau
» d'eau bouillante jufqu'à infipidité de la colature, & j'évaporai féparé-
» ment jufqu'à pellicule ou petits corps furnageans.

  » Toutes ces leffives me donnèrent des extraits plus ou moins
» muqueux, tous ayant le goût de la plus forte eau de criftallifation
» nitreufe; mais il ne fe forma de criftaux dans aucun. J'imputai ce
» défaut à l'excès de mucofité qui ne permettroit pas aux atomes falins
» de fe réunir; & pour divifer ce muqueux, j'employai les cendres,
» la potaffe, l'eau de chaux, tant dans l'eau mère, que dans des lixivia-
» tions nouvelles, & ce fut toujours inutilement.

  » Je me dis alors : l'eau froide diffout divers fels, les gommes, les
» mucilages & le fucre, fans attaquer que bien peu le nitre : lavons
» d'abord à l'eau froide ces détrimens fecs de plantes, jufqu'à ce que
» le goût ni la couleur ne nous indiquent plus la préfence d'aucuns
» de ces élémens; puis l'eau bouillante entraînera le nitre pur qui
» fera refté. Mais déplorable conféquence d'un principe que le rai-
» fonnement avouoit ! le mucus a fubfifté en quantité fuffifante pour
» s'oppofer encore à la criftallifation, malgré l'emploi de l'eau de
» potaffe, & l'évaporation compétente & la plus doucement amenée.

  » Je ne voyois plus que la fermentation vineufe qui pût détruire
» & le fucre & la mucofité; j'y foumis donc mes plantes fèches en Mai
» 1779. L'action fut complette deux jours après; je l'entretins pendant

» fix. J'exprimai le marc, qui, féché, puis expofé fur le feu, ne ful-
» minoit plus ; d'où je conclus que tout le nitre étoit paffé dans la
» liqueur. Je la filtrai, évaporai, & mis criftallifer ; mais malgré fa
» faveur d'eau mère de nitre, il ne s'y en forma point. Je tentai
» auffi inutilement la fermentation putride ; toujours le mucus fe
» trouvoit là pour me contredire. Mon peu de fuccès ne doit cepen-
» dant pas décourager des hommes auffi laborieux, mais plus habiles
» que moi ; peut-être trouveront-ils le moyen que j'ai cherché vai-
» nement.

» J'efpérai du moins que le mélange de ces plantes nitreufes avec
» des terres, les enrichiroit, à mefure de leur décompofition, du nitre
» qui faifoit partie de leur fubftance. Mais je rentrois alors dans les
» inconvéniens de la lenteur & des miafmes putrides. Je fis néanmoins
» quelques effais, qui, outre le degré d'enrichiffement des terres,
» devoient m'indiquer quelles plantes mélangées me fourniroient le
» nitre le plus pur, & en plus groffes aiguilles. J'y procédai donc le
» 7 Décembre 1778, ainfi qu'il fuit.

» N°. 1. Dans un plat de terre je mis cinq pots ou quatre cent quatre-
» vingts pouces cubes de terreau fans addition.

» 2. Dans un autre, quatre cent quatre-vingts pouces cubes du
» même terreau, avec cinq livres deux onces de feuilles vertes,
» tiges & racines de nicotiane hachées.

» 3. Dans un autre, quatre cent quatre-vingts pouces cubes du même
» terreau, avec cinq livres deux onces de pariétaire verte.

» 4. Dans le quatrième, quatre cent quatre-vingts pouces cubes du
» même terreau, avec cinq livres deux onces de fucus wareck,
» ou gouefmon marin tout frais.

» 5. Dans le cinquième, quatre cent quatre-vingts pouces cubes du
» même terreau, avec cinq livres deux onces de plantes encore
» vertes de tapficon ou poivre de Guinée.

» Le tout fut arrofé féparément d'eau de mare poiffonneufe, & où
» les beftiaux & volailles vont boire. On a remué, renverfé le deffous
» deffus, & arrofé de la même eau chacun de ces effais, de fix femaines
» en fix femaines, jufqu'au 20 Décembre 1779 que je les ai leffivés,
» évaporés & criftallifés.

» Le n°. 4 ne doit point être compté, puifqu'il n'a produit qu'une
» efpèce de fel de Glauber amer & farineux, qui fe gonfloit fur le feu
» au lieu de détonner.

		gros.	grains.
» Le n°. 1er. a donné du nitre affez blanc, ci.		13	36·
» Le n°. 2 *idem.* en longues, fortes & blanches aiguilles.		15	11·
» Le n°. 3 a donné du nitre en longues, fortes & blanches aiguilles.		14	40·
» Le n°. 5. *idem.* jaune & fale, mais bien fulminant.		16	

 » Ce qui donneroit par pied cube fix onces cinq gros de nitre cru, » obtenu en une année fans frais d'achat d'urine, & fans émanations » fétides.

 » L'addition des plantes a donné l'une dans l'autre un furplus de nitre » de cent vingt-cinq grains, ou un gros cinquante-trois grains par chacun » des trois numéros où elle a eu lieu.

 » Dans les premiers jours de Juin 1778, j'avois fait un mélange de » moitié terre de jardin, un quart de colombine ou de fiente de pigeon » fèche & réduite en poudre, un huitième de fuie & un huitième de bois » neuf. Le tout faifoit trois cent quatre-vingt-quatre pouces cubes ou » quatre pots. Je l'arrofai de jus de fumier & d'urine alkalifée en parties » égales, pour l'amener en confiftance de mortier. Je le pofai fur un » plateau de fapin dans un grenier bien aéré, où l'on oublia totalement » de l'arrofer & remuer. Le 26 Décembre 1778, l'ayant retrouvé très-fec, » je le réduifis en poudre, je le leffivai à l'eau chaude fur un filtre de » deux livres de cendres; évaporé & mis à la cave, il m'a fourni en » trois criftallifations deux onces de bon nitre fulminant, avec peu de » grain apparent; car je ne l'ai pas purifié.

 » J'aurois dû prifer davantage un tel fuccès, puifqu'en fept mois de » temps, fans manipulation défagréablement renouvelée, fans arrofe- » mens, cette compofition m'avoit rendu neuf onces par pied cube, » tandis que la meilleure terre n'eft annoncée pour fournir que huit » onces. Mais la féduifante chimère de l'extraction du nitre exiftant » dans le s plantes, m'a fait abandonner le corps pour l'ombre.

 » Plufieurs bancs des collines crétacées & marneufes du canton que » j'habite, contiennent beaucoup de débris de coquillages marins, & fe » décompofent à l'air en une efpèce de farine falée, dont les pigeons font » très-frians. J'ai penfé qu'en les travaillant, & fuppléant la bafe d'alkali » végétal, j'en pourrois extraire du nitre de même nature.

 » Le 8 Février 1779, j'en ai fubmergé des fragmens gros comme des » œufs, dans une eau compofée d'une partie d'huile de vitriol & de » foixante parties d'eau. Deux jours après, je les ai laiffé bien fécher, puis » je les ai expofés fous un hangar en les arrofant d'urine alkalifée, de » deux en deux mois, pendant près de deux ans.

 » J'en ai plongé dans l'urine récente jufque long-temps après qu'elle » a été putréfiée; puis je les ai expofés, & je les ai arrofés de la même » manière.

» Je viens de les travailler; mais je n'en ai retiré, malgré l'addition
» de cendres neuves & de diffolution de potaffe, qu'un fel marin
» cubique, âcre & un peu amer.

» La marne tirée de quarante-cinq pieds en terre, au pied des mêmes
» collines, traitée de même, m'a donné les mêmes produits, mais en
» moindres quantités.

» Revenant à la nitrification des terres par les végétaux, j'ai concaffé
» douze livres de marne & écrafé douze livres de laitues vertes, le tout
» expofé & arrofé d'urine alkalifée pendant un an : le fel cubique âcre &
» amer a encore été prefque le feul produit, puifque je n'ai eu que trois
» gros de nitre en aiguilles procédant vraifemblablement des laitues.

» J'ai laiffé pourrir avec de l'urine alkalifée plein une feuillette de
» laitues groffièrement hachées. Le réfultat, d'une puanteur infuppor-
» table, a été mêlé, le 21 Juin 1779, avec quinze boiffeaux ou cent
» quatre-vingts pots de terre de jardin, bien mélangé, mis en tas, &
» entretenu de mouvement & d'arrofement d'urine, jufqu'au 29 Sep-
» tembre 1780. J'en ai pris alors fix pots, ou cinq cent foixante-feize
» pouces cubes mêlés avec quatre livres de cendres. J'ai leffivé par vingt
» pots d'eau bouillante, évaporé; puis en trois criftallifations aiguifées
» chacune par un peu de diffolution de potaffe, j'ai obtenu vingt-deux
» gros de nitre en aiguilles blanches ; ce produit excède un peu celui de
» la meilleure terre, dont le pied cube eft annoncé donner huit onces,
» puifqu'il donneroit huit onces deux gros. On doit réfléchir en outre
» que le moindre déchet eft confidérable fur toutes ces opérations en
» petit.

» Le 24 Octobre 1779, j'ai haché cent livres de feuilles, tiges &
» racines vertes de nicotiane, bien mêlées avec deux cents livres de terre
» de jardin & de boues de rues, le tout arrofé d'urine, remué & entre-
» tenu fous le hangar jufqu'au 27 Octobre 1780. J'en ai pris alors fix
» pots ou cinq cent foixante-feize pouces cubes, avec quatre livres de
» cendres, qui, traitées comme ci deffus, m'ont donné vingt gros de
» nitre en aiguilles très-blanches, mais minces ; ce qui rendroit fept
» onces quatre gros par pied cube. Il eft bon d'obferver que ce tas a été
» expofé trois mois de moins que le précédent, qui avoit couté encore
» près de trois mois pour la pourriture des laitues, & que dans aucun
» des remuages celui-ci n'a exhalé de mauvaife odeur, ce qui eft impor-
» tant pour la fanté des Ouvriers.

» En Novembre 1778, je fis defcendre du terreau de couches à melons,
» pour en établir une de chicorée fauvage dans ma cave qui eft fort faine
» & fèche. Les racines, après avoir fourni des falades pendant tout
» l'hiver, y ont enfin pourri. Ce terreau eft ainfi refté en couche juf-
» qu'au 21 Juin 1779, que je l'ai retiré, arrofé d'urine, & expofé fous
» le hangar, où il a été entretenu de remuages & d'arrofemens jufqu'au 2
» Octobre 1780. J'en ai pris alors fix pots, ou cinq cent foixante-feize

» pouces cubes , & quatre livres de cendres , leffivé par vingt quatre pots
» d'eau chaude , évaporé , mis à la cave.

» La première criftallifation m'a donné huit gros de beau
» nitre brut , en groffes & longues aiguilles. . . . .   8 gros.

» La feconde , aiguifée par un peu de diffolution de potaffe ,
» a donné quatorze gros en aiguilles brillantes , mais moins
» étoffées. 14

» La troifième , aiguifée de même , a donné cinq gros auffi
» beaux que la feconde. 5

La quatrième a donné trois gros , mais en aiguilles plus
menues. 3

» La cinquième , encore aiguifée , a donné trois gros , mais
» partie en aiguilles , & partie en croûtes. 3

» La fixième , encore aiguifée de même , a donné trois gros
» de nitre impur & roux , mais fulminant en partie. 3

    » TOTAL. 36

» Ces 36 gros donneroient pour un pied cube treize onces & demie
» de nitre brut , au lieu de 8 onces , plus fort produit annoncé.
» Ces trente-fix gros bien deffechés dans le papier brouillard & devant
» le feu , fe font trouvés réduits à 35 gros , lefquels j'ai prié un Apothi-
» caire célèbre , Chimifte adroit & attentif , de purifier avec foin. Il en a
» obtenu les produits ci-après , & joints au préfent Mémoire.

SAVOIR :

	gros.	grains.	
» De première criftallifation.	19	48	} de beau nitre pur.
» De deuxième criftallifation. . . . . ,	5	24	
» De troifième criftallifation. . . . . ,	2	60	} de beau nitre pur, avec un peu de grain.
» TOTAL.	27	60	
» De quatrième criftallifation.	3	12	prefque tout grain.
» TOTAL.	31	»	
» PERTE.	4	»	
» TOTAL.	35	»	

» Voilà donc près de vingt-huit gros de nitre propre à entrer dans la
» compofition de la poudre à canon , procédant de cinq cent foixante-

» seize pouces cubes de terreau, lequel avoit déjà servi à produire des
» melons, puis de la salade d'hiver, qui n'a exigé que seize mois d'arro-
» sages & de mains pour les remuer, & qui n'a exposé les Ouvriers
» qu'aux émanations d'un peu d'urine.

» Le 18 Février 1779, je fis une composition.

	pots.
» Poudrette ou excrémens humains.	12
» Mortier, débris de vieilles murailles d'étables à vache. .	36
» Terreau de couche de jardin.	24
» Charrée ou cendres lessivées.	24
» Terre prise dans l'égout d'une laverie de cuisine. . . .	24
» TOTAL.	120

» Le tout fut arrosé d'urine, mis en tas sous le hangar, arrosé &
» remué jusqu'au 22 Décembre 1780, que j'en travaille cinq cent
» soixante-seize pouces cubes, ou six pots avec quatre livres de cendres,
» & vingt-quatre pots d'eau bouillante «.

Le résultat de cette opération n'a point été envoyé à l'Académie par
l'Auteur.

En réfléchissant sur la suite d'expériences rapportées dans ce Mémoire,
on s'appercevra que dans presque toutes, l'Auteur s'est servi de terreau,
de terre de jardin, & que dans toutes ses expériences il a obtenu
des quantités de Salpêtre presque égales; lorsqu'au contraire il a employé de la marne, il n'a plus obtenu de produit en Salpêtre. Ces
circonstances porteroient les Commissaires à croire que la terre du
jardin sur laquelle il a opéré, contenoit du Salpêtre. Il est fâcheux
qu'il n'ait pas commencé par en lessiver une portion avant d'y introduire aucun mélange, & il auroit levé cette difficulté importante.

Quoique ce Mémoire contienne une suite de faits intéressans, les
Commissaires de l'Académie n'ont pas jugé que ce travail fût assez
complet pour donner à l'Auteur des droits au Prix, ni même à un
Accessit, & ils se sont contentés d'en faire une mention honorable.

JUGEMENT de l'Académie des Sciences fur les Mémoires admis tant au premier qu'au fecond Concours.

LE ROI défirant d'augmenter par tous les moyens poffibles la récolte du Salpêtre en France, & de délivrer fes Sujets de la gêne de la fouille que les Salpêtriers font autorifés à faire chez les Particuliers, avoit chargé l'Académie des Sciences, en 1775, de propofer un Prix de 4,000 livres, fur le fujet qui fuit : *Trouver les moyens les plus prompts & les plus économiques de procurer en France une production & une récolte de Salpêtre plus abondantes que celles que l'on obtient préfentement, & fur-tout qui puiffent difpenfer des recherches que les Salpêtriers ont le droit de faire chez les Particuliers.* Ce Prix devoit être proclamé à la Séance publique de Pâques 1778.

Les Mémoires adreffés à ce premier Concours, & qui étoient en grand nombre, ont fait connoître à l'Académie que le délai qui avoit été accordé étoit trop court, relativement à l'importance du fujet & à la nature des expériences qu'il exigeoit ; & que, d'un autre côté, l'objet du Prix, quoiqu'affez confidérable en lui-même, ne pouvoit pas encore indemnifer les Concurrens des dépenfes néceffaires pour remplir complettement les intentions du Gouvernement : l'Académie a été forcée en conféquence de différer la proclamation du Prix, & d'en fixer l'époque à la Saint-Martin 1782. En même temps, fur les repréfentations qu'elle a faites au Roi, Sa Majefté a bien voulu porter le Prix à 8,000 livres, & y joindre une fomme de 4,000 livres pour être diftribuée en un ou plufieurs *Acceffits*, fuivant le nombre des Mémoires qui pourroient avoir droit à des récompenfes, & fuivant l'étendue des dépenfes utiles qui paroîtroient avoir été faites par les Concurrens, relativement au Prix.

Ces nouvelles difpofitions ont produit l'effet avantageux que l'Académie pouvoit en attendre, & elle a eu la fatisfaction de voir que dans les foixante-fix Mémoires qui ont formé tant le premier que le fecond Concours, il y en avoit un affez grand nombre qui méritoient fon attention ; mais celui de tous qui lui a paru le plus digne de fes fuffrages, eft le Mémoire N°. X, fecond Concours, qui a pour devife : *Après avoir lu & médité tout ce qui a été écrit fur cet important fujet, ne pourroit-on pas s'écrier avec le Vieillard de Térence, INCERTIOR MULTO SUM QUAM DUDUM,* dont les Auteurs font M. Thouvenel, Docteur en Médecine, Affocié Regnicole de la Société Royale de Médecine, & M. Thouvenel, Commiffaire des Poudres à Nancy.

Ce Mémoire contient une foule d'expériences d'un genre délicat & difficile, entreprifes d'après des vûes nouvelles & la plupart très-concluantes. MM. Thouvenel y donnent des moyens de former de l'acide nitreux, *pour ainfi dire, de toutes pièces,* & en employant des maté-

riaux

riaux abfolument étrangers à cet acide ; ces matériaux font le gas de la putréfaction & l'air atmofphérique. Peut-être laiffent-ils quelque chofe à défirer relativement à l'application de la théorie à la pratique ; mais il n'en eft pas moins conftant que, d'après les expériences théoriques contenues dans leur Mémoire, il fera facile de ramener à des principes certains la conduite des nitrières, qui jufqu'à préfent a été abandonnée, pour ainfi dire, à une routine aveugle : l'Académie a cru en conféquence devoir adjuger à ce Mémoire le Prix de 8000 liv.

Après ce Mémoire, le fuffrage de l'Académie s'eft trouvé partagé entre deux autres qui lui ont paru avoir les mêmes droits à une récompenfe honorable ; elle a cru en conféquence devoir leur accorder, à titre de fecond Prix, à chacun une fomme de 1200 liv.

Le premier de ces Mémoires eft celui N°. XXVI, fecond Concours, qui a pour devife : *On ne doit ni s'affurer aifément de voir ce que les plus grands Hommes n'ont pas vu, ni en défefpérer entièrement.* L'Auteur eft M. Lorgna, Colonel des Ingénieurs au fervice de la République de Venife, & Directeur de l'Ecole Militaire à Vérone, Membre des Académies des Sciences de Pétersbourg, de Berlin, de Turin, de Bologne, Padoue, Mantoue, Sienne, &c. & Correfpondant de l'Académie Royale des Sciences de Paris.

On trouve dans ce Mémoire une fuite d'expériences bien concluantes, d'après lefquelles l'Auteur prouve que l'acide nitreux n'eft point une modification de l'acide vitriolique, ni de l'acide marin, comme le penfoient Stalh, M. Pietsh & une partie des Chimiftes modernes ; mais il n'eft pas auffi heureux dans les expériences qu'il a faites pour découvrir les principes du nitre & le myftère de fa formation ; en forte qu'il réuffit mieux à établir ce que n'eft pas l'acide nitreux, que ce qu'il eft en effet. Son Mémoire contient d'ailleurs quelques expériences qui ne font pas exactes ; telle eft la décompofition du fel marin par le nitre à bafe terreufe : cette décompofition n'eft vraie qu'à l'égard du fel marin à bafe d'alkali végétal, & non pas à l'égard de celui à bafe d'alkali minéral, comme l'annonce l'Auteur.

Le fecond Mémoire que l'Académie a jugé digne de partager le fecond Prix, a pour devife : *Nec fpecies fua cuique manet, rerumque novatrix ex aliis alias reparat Natura figuras.*

La première partie de ce Mémoire avoit été admife au premier Concours, fous le N°. XXXIII ; les Auteurs font M. Chevrand, Infpecteur des Poudres & Salpêtres dans les Provinces de Franche-Comté & de Breffe, & M. Gavinet, Commiffaire des Poudres & Salpêtres à Befançon : la feconde a été admife au fecond Concours fous le N°. XVIII & fous la même devife, & avec le nom feul de M. Chevrand. L'Auteur de cette dernière partie, qui a déterminé principalement le jugement de l'Académie, a parcouru, dans l'intervalle du premier au fecond Concours, une grande partie de la France, pour y étudier les reffources relatives à la fabrication du Salpêtre. Il difcute les avantages & les in-

convéniens que préfentent les différentes Provinces du Royaume, confidérées relativement à cet objet. Quoique fon Mémoire ne contienne pas de
découverte proprement dite, il eft plein de réflexions juftes, d'obfervations ingénieufes, & de détails intéreffans; il complette en quelque façon
ce qui manque aux deux précédens, & il ne peut être que très-utile
pour guider les Entrepreneurs de nitrières dans la pratique de leur Art.

Enfin, l'Académie a cru devoir, foit à titre d'*Acceffit*, foit à titre de
dédommagement des dépenfes qui ont été faites, accorder une fomme
de 800 livres au Mémoire, N°. XXVII, premier Concours, ayant pour
devife: *Credidimus fpiritus acidos nitri nufquam in rerum naturâ exti-
tiffe ante inventum modum nitri parandi*: Boërhaave; & dont l'Auteur eft M. J. B. de Beunie, Médecin à Anvers, de l'Académie Impériale des Arts & Belles-Lettres de Bruxelles; & une pareille fomme de
800 livres au Mémoire, N°. XXIX, premier Concours, ayant pour devife: *Sic materiis Arte difpofitis, Naturâ duce, abundanter generabitur
nitrum*, dont l'Auteur eft M. le Comte Thomaffin de Saint-Omer. Il
eft aifé de voir que ces deux Mémoires font l'ouvrage de Chimiftes
inftruits: ils contiennent des expériences bien faites, & qui ne peuvent
que contribuer à avancer & à perfectionner l'Art de fabriquer le Salpêtre.

Indépendamment de ces cinq Mémoires qui préfentent un grand enfemble de faits, & qui, réunis, rempliffent affez complettement les vûes
du Programme, l'Académie croit devoir faire une mention honorable de
celui N°. XXII, fecond Concours, ayant pour devife: *In pace robur,
& in Bello ros cœli & pinguedo terræ.*

L'Auteur (M. Foreftier de Vereux, ancien Capitaine de Canonniers au
Corps Royal d'artillerie, Chevalier de Saint-Louis, à Gray en Franche-
Comté) y donne une fuite d'expériences très-nombreufes fur le Salpêtre
qui fe trouve, fuivant lui, dans les terres végétales des champs; mais
les Commiffaires de l'Académie, qui ont répété ces expériences avec
beaucoup de foin fur un grand nombre de terres des environs de Paris,
ramaffées à la fuite d'une grande féchereffe vers la fin de l'été 1781,
n'ont trouvé que des particules prefque imperceptibles de Salpêtre, &
qui ne répondent pas à ce que l'Auteur avance. Peut-être a-t-il employé,
pour leffiver fes terres, de l'eau qui contenoit déjà du Salpêtre: quoi
qu'il en foit, l'Académie n'a pas jugé que les nitrières découvertes &
en plein air que l'Auteur propofe de fubftituer aux hangars, puffent
remplir fon objet.

Les autres Mémoires qui méritent une mention honorable, font:

Celui N°. XXI, fecond Concours, ayant pour devife: *Utile au Gouvernement, funefte à l'humanité*, dont l'Auteur eft M. Rome, Profeffeur
Royal de Mathématique à Rochefort, Correfpondant de l'Académie.

Celui N°. XXII, premier Concours, ayant pour devife: *Sigillum veri
fimplex.*

Celui N°. XXIV, fecond Concours, ayant pour devife: *Obfervatio
& experientia docent.*

Celui N°. XXVIII, fecond Concours, ayant pour devife : *Tandis que tous s'empreffent de concourir aux projets d'un Roi bienfaifant, je veux auffi rouler mon tonneau.*

Celui N°. XXVIII, premier Concours, ayant pour devife : *Non fingendum aut excogitandum, fed inveniendum quid Natùra faciat aut ferat :* Bacon.

Il n'eft aucun de ces Mémoires qui ne contienne quelques faits nouveaux, de bonnes obfervations, & des détails utiles : l'Académie invite en conféquence leurs Auteurs à fe faire connoître, afin qu'ils obtiennent du Public la reconnoiffance due à leur zèle & à leurs travaux.

L'Académie fe propofe, conformément aux intentions de SA MAJESTÉ, de publier, le plus tôt qu'elle le pourra, la Collection de ces Mémoires, en obfervant cependant de retrancher ce qui pourroit fe trouver de commun entre eux, & de ne donner que par extrait ceux qui contiendroient des détails trop étendus & des faits déjà connus. Elle y joindra la fuite d'expériences dont elle s'occupe depuis plus de fix ans, & elle s'attachera fur-tout à fuppléer à ce qui eft échappé aux Concurrens, comme l'analyfe du gas putride qui peut encore jetter de grands lumières fur la nature & la formation de l'acide nitreux ; enfin, elle terminera ce Recueil par des vûes générales fur la formation du Salpêtre, & fur la conduite des nitrières.

EXTRAIT de quelques Ouvrages & Mémoires relatifs à la fabrication du Salpêtre, qui ont été rédigés pendant le Concours ou depuis la proclamation du Prix.

ART DE FABRIQUER LE SALIN ET LA POTASSE.

IL n'y a pas dix ans qu'on connoît en France la néceffité de l'alkali fixe végétal pour la fabrication du Salpêtre, & il n'y en a pas huit qu'on y a introduit l'ufage de la potaffe. On annonçoit encore dans des Ouvrages imprimés vers cette époque, que les cendres ne fervoient qu'à dégraiffer les eaux mères, & en conféquence, toute l'induftrie des Prépofés de l'Adminiftration des Poudres fe portoit à imaginer des dégraiffoirs, des filtres à travers lefquels on faifoit paffer les eaux mères, & dont elles reffortoient à peu près dans le même état qu'elles y étoient entrées. C'étoit dans cette fuppofition que les cendres avoient la propriété de dégraiffer les eaux mères, qu'on avoit accumulé les réglemens & les privilèges, pour donner aux Salpêtriers toute préférence pour leur recherche & leur enlèvement. Mais les privilèges ne peuvent point créer des matières qui n'exiftent pas, & la fabrication du Salpêtre languiffoit en France plutôt par le défaut d'alkali que par le défaut d'acide nitreux. Ces confidérations ont déterminé les Régiffeurs des Poudres, premièrement, à rédiger une inftruction générale fur la fabrication du Salpêtre, dans laquelle ils ont infifté fur l'avantage qu'il y avoit, dans certains cas & dans certaines Provinces, à fuppléer à la difette des cendres par la potaffe. Secondement, à publier bientôt après une inftruction fur le travail des eaux mères. Troifièmement enfin, à publier en 1779 une inftruction fur l'art de fabriquer le falin & la potaffe.

Ces différentes inftructions, jointes à une augmentation de prix que les circonftances ont fait juger néceffaire, ont donné une telle activité à la fabrication du Salpêtre en France, qu'elle eft à peu près doublée dans un efpace de douze années. On en peut juger par l'état ci-après.

ÉTAT de la récolte du Salpêtre en France, depuis 1775 jusqu'en 1785.

ANNÉES.	FOURNITURES FAITES		TOTAL DE LA RÉCOLTE.
	par LES SALPÊTRIERS.	par LES NITRIÈRES.	
	liv.	liv.	liv.
1775, environ....	....	....	... 1,800,000
1776............	... 1,843,794	 64,457	... 1,908,251
1777............	... 2,027,849	...: 101,107	... 2,128,956
1778............	... 1,825,075	 178,495	... 2,003,570
1779............	... 2,053,543	 216,727	... 2,270,270
1780............	... 2,191,136	 349,596	... 2,540,732
1781............	... 2,296,710	 471,786	... 2,769,496
1782............	... 2,457,128	 545,076	... 3,002,204
1783............	... 2,555,265	 593,463	... 3,148,728
1784............	... 2,621,990	 616,656	... 3,238,646
1785............	par évaluation.	....	... 3,500,000

Ce n'est point en pesant sur le Public que ces succès ont été obtenus: en effet, c'est dans le mois d'Août 1777, que le Roi a jugé qu'il étoit de sa justice & de sa bienfaisance de soulager ses sujets de la gêne que leur occasionnoit la recherche des matériaux salpêtrés dans les caves & dans les lieux d'habitation personnelle ; que les Communautés des Provinces de Champagne, des Evêchés, d'Alsace, de Lorraine, de Franche-Comté & de Bourgogne ont été exemptées de toutes fournitures de bois ou de voitures autrement qu'à prix défendu, & que les privilèges des Salpêtriers ont été restreints. On peut évaluer les avantages qu'ont procurés ces changemens aux sujets du Roi, par les détails rapportés pages 12 & 13 de ce Recueil.

On ne peut donc douter que ce ne soit au nouveau plan que le Gouvernement a cru devoir adopter pour l'Administration des Poudres, à l'instruction, au bon prix, à l'usage de la potasse, que sont dûs les succès rapides de la récolte nationale.

On distingue dans l'Art dont nous nous sommes proposés de rendre compte, l'alkali végétal qui se trouve dans le commerce sous le nom de salin & sous celui de potasse : l'un & l'autre sont le produit de la lixiviation des cendres de bois, & de l'évaporation de l'eau employée à cette opération ; mais avec cette différence qu'on a coutume de donner en Lorraine, en Franche-Comté & en Alsace, le nom de salin à la matière seulement desséchée, & celui de potasse à la même matière qui a subi un degré plus ou moins grand de calcination.

Il n'est point de plantes qui brûlées ne donnent des cendres ; il n'est point de cendres dont on n'obtienne par lixiviation & évaporation une matière saline ; mais chaque espèce de bois donne des résultats différens pour la qualité & pour la quantité d'alkali. Pour apprécier ces différences, les Régisseurs des poudres ont incinéré des quantités assez considérables de différens bois, de différentes plantes ; ils en ont lessivé les cendres, & en ont obtenu le salin ou la potasse ; enfin ils ont déterminé par des expériences très-concluantes, la quantité d'alkali réel qu'elles contenoient. Le tableau suivant présente les résultats qu'ils ont obtenus.

TABLEAU des quantités de cendres & d'alkali, fournis par la combustion, lixiviation & évaporation, de 4000 liv. de différens végétaux.

ESPÈCES de BOIS OU DE PLANTES.	POIDS des BOIS ET PLANTES incinérés.	PRODUIT en CENDRES.	QUANTITÉ DE MATIÈRE SALINE obtenue.			D'ALKALI RÉEL combiné ou non combiné.		
	liv.	liv. onc. gros.	liv.	onc.	gros.	liv.	onc.	gros.
TIGES DE MAÏS......	 4,000	254 8 5	70	8	6	51	10	2
TIGES DE TOURNESOL.	 4,000	228 14 »	80	»	»	51	5	7
SARMENS DE VIGNE...	 4,000	135 2 6	23	4	4	23	»	»
BUIS...............	 4,000	115 » »	9	»	»	4	7	6
SAULE.............	 4,000	113 15 3	11	9	6	8	1	5
ORME.............	 4,000	94 11 6	15	10	4	12	2	5
CHÊNE.............	 4,000	54 1 2	6	2	4	5	5	2
TREMBLE..........	 4,000	49 6 2	3	»	1	1	8	3
CHARME..........	 4,000	45 2 2	5	»	2	4	2	6
HÊTRE............	 4,000	23 6 2	5	13	5	5	4	3
SAPIN............	 4,000	13 10 6	1	5	2	»	12	3

On voit par ce tableau, que la quantité de cendres & d'alkali fournie par les différens bois & les différentes plantes, n'est pas relative à leur dureté ni à leur pesanteur spécifique, puisque le buis & le saule donnent des produits peu différens les uns des autres, quoique la dureté & la densité de ces bois soit bien différente.

Les Régisseurs des poudres traitent dans un chapitre particulier, des moyens que les Saliniers peuvent mettre en usage pour se procurer des cendres, & de la valeur qu'elles ont pour eux. Il est évident que les cendres étant un composé d'une substance terreuse & d'alkali, elles n'ont de valeur réelle relativement à la fabrication du salin & de la potasse, qu'en raison de la quantité d'alkali qu'elles contiennent, & c'est cette quantité qu'on peut reconnoître par une épreuve très-facile : elle consiste à prendre une portion de la cendre dont on veut déterminer la qualité, une demi-livre, par exemple, à la lessiver avec deux livres d'eau bouillante, &, quand la liqueur est froide & claire, à y plonger le pèse-liqueur gradué pour le Salpêtre. Les Régisseurs des poudres se sont assurés que sept degrés ½ à ce pèse-liqueur indiquoient que la liqueur mise en essai contenoit six pour cent d'alkali concret effervescent ; que neuf degrés ¼ au même instrument indiquoient huit pour cent d'alkali ; douze degrés ⅓, dix pour cent, & quinze degrés ⅓, douze ½ pour cent. Il est toujours aisé, d'après cela, de calculer, sur l'essai qui a été fait en petit, la quantité de salin ou de potasse contenue dans un quintal de cendres, & de proportionner la valeur qu'on y attache à la quantité de produit qu'on peut tirer.

Quoique l'alkali soit une des substances salines qui se dissout le plus facilement dans l'eau, il est cependant beaucoup plus difficile qu'on ne le croit communément, d'épuiser entièrement les cendres de la quantité qu'elles en contiennent. Les Régisseurs des poudres font voir qu'il faut une très-grande quantité d'eau, & qu'il y a beaucoup à gagner à l'employer chaude. Ils donnent la manière qu'ils regardent comme la plus avantageuse pour faire le lessivage, la meilleure forme des chaudières & des fourneaux, & tous ces détails sont accompagnés de planches qui en rendent l'intelligence plus facile.

La matière saline que l'on retire ainsi des cendres par lixiviation & évaporation, & qui, comme on l'a déjà dit, est connue dans une partie des Provinces de France sous le nom de salin, est excessivement déliquescente, & par cette raison d'un transport difficile & embarrassant. On préfère en conséquence, pour les usages du commerce, de la transformer en potasse, & c'est ce qu'on opère par la calcination dans un four destiné à cet objet. Ce four est divisé en trois chambres ; deux latérales, où se place le feu ; une au milieu, où se place le salin. Ces trois chambres ne sont séparées l'une de l'autre que par deux languettes de brique ou de fonte de fer, qui ne montent pas jusqu'à la voûte, & qui permettent à la flamme d'aller lécher la surface du salin & de le calciner.

Cet Ouvrage, qui a mérité les éloges & l'approbation de l'Académie, a été imprimé fous fon privilège, & publié par ordre du Roi en 1779.

OBSERVATIONS *fur des terres & pierres falpêtrées, qui fe trouvent dans quelques Provinces de France, par MM. le Duc de la Rochefoucauld, Clouet & Lavoifier.*

LES Commiffaires de l'Académie ayant eu pour objet de rendre ce Recueil le plus complet qu'il leur a été poffible, & d'y raffembler tous les Mémoires intéreffans & inftructifs qui ont été rédigés pendant ou depuis le Concours, ils fe feroient reprochés de n'y point inférer un Mémoire de M. le Duc de la Rochefoucauld, fur la génération du Salpêtre dans la craie, & deux Mémoires de MM. Clouet & Lavoifier, fur des terres & pierres naturellement falpêtrées, qui fe trouvent à la Roche-Guyon, dans la Touraine & dans la Saintonge. Les Auteurs de ces Mémoires, qui n'avoient eu d'autre but que le bien public & l'avancement des connoiffances utiles, ont confenti volontiers à ce qu'ils fuffent imprimés à la fuite de ceux qui ont concouru.

Le château & le village de la Roche-Guyon font bâtis fur la rive droite de la Seine, au pied d'un côteau efcarpé, compofé de craie dans toute fa hauteur. Cette craie, dans un efpace de près de deux lieues, eft fouvent découverte & coupée à pic, & on y a creufé dans plufieurs endroits des habitations, des caves, des écuries.

Ce côteau, ainfi que celui au pied duquel eft fitué le village de Mouffeau, eft tapiffé, dans un grand nombre d'endroits, d'effloreſcences de véritable Salpêtre de houffage. Ce Salpêtre pénètre même fouvent dans la craie à quelque profondeur; & indépendamment de celui à bafe d'alkali végétal, on en trouve qui n'eft qu'à bafe terreufe.

M. le Duc de la Rochefoucauld a été le premier à obferver ces faits & à foumettre les craies des environs de la Roche-Guyon à des expériences. MM. Clouet & Lavoifier ont vifité depuis ce canton dans un très-grand détail; ils ont pris des échantillons de craie dans différens endroits, à différentes élévations, à différentes profondeurs; ils les ont leffivées avec grand foin, pour connoître la qualité & la quantité de matières falines qui y étoient contenues. Sans entrer dans des détails qui ne peuvent être lus que dans les Mémoires mêmes, les Commiffaires de l'Académie vont donner ici, en peu de mots, les réfultats des expériences, & des obfervations principales qui y font rapportées.

Il fe trouve en général du Salpêtre dans prefque toutes les craies des environs de Mouffeau & de la Roche-Guyon, foit dans le voifinage des lieux habités, foit à de grandes diftances des habitations, pourvu

que

que ces craies foient expofées à l'action de l'air & à l'abri de la pluie ; mais avec cette circonftance remarquable, que loin des habitations le Salpêtre eft toujours à bafe terreufe, & qu'il eft au contraire en partie concret & à bafe d'alkali fixe végétal dans les environs des lieux habités. Ce nitre ne pénètre pas dans toute la montagne ; on n'en trouve qu'à une médiocre profondeur, & il paroît que les parties de craie abfolument intérieures, & qui ne peuvent avoir aucune communication avec l'air, n'en contiennent aucune portion.

Il ne fe forme pas feulement de l'acide nitreux dans les craies des environs de la Roche-Guyon, il s'y forme auffi de l'acide marin ; il eft prefque toujours uni à une bafe terreufe, rarement à l'alkali minéral, & jamais au végétal.

Les craies des environs de la Roche-Guyon & de Mouffeau ont une telle tendance à fe nitrifier, que lorfqu'on les a leffivées, elles fe nitrifient de nouveau en très-peu de temps. M. le Duc de la Rochefoucauld en a eu la preuve dans des expériences qu'il a faites en 1776 & 1777, dont on rendra compte inceffamment, & fes réfultats font aujourd'hui confirmés par une expérience journalière. Pour opérer cette régénération du nitre, on mêle un peu de paille aux craies qui ont été leffivées, on en forme des murs à la furface defquels le Salpêtre s'effleurit. Au bout de quelques mois, on les gratte dès que le Salpêtre paroît en abondance, & on continue ainfi jufqu'à deftruction totale du mur.

La craie qu'on peut regarder comme une terre calcaire à peu près pure, n'eft pas la feule matière du règne minéral qui ait une grande difpofition à fe falpêtrer. Le tuffeau de Touraine, qui n'eft qu'une terre calcaire mêlée d'un cinquième de fable très-fin, paroît au moins auffi propre à la nitrification ; c'eft ce que MM. Clouet & Lavoifier ont conftaté dans un voyage qu'ils ont fait en Touraine en 1778. Ils ont parcouru les côteaux & les cavernes de prefque toute cette Province, & ils donnent très en détail dans leur Mémoire, la defcription des terreins & des montagnes, la proportion de fable & de pierre calcaire contenue dans le tuffeau qui les compofe, la quantité de Salpêtre & de fel marin qu'ils en ont retirée.

Il réfulte de leurs obfervations & de leurs expériences, que le tuffeau de Touraine eft fouvent falpêtré dès la carrière même, & qu'il n'eft pas étonnant par conféquent que cette pierre employée dans les bâtimens foit en peu d'années entièrement pénétrée de Salpêtre. La Touraine préfente donc des reffources immenfes & prefque inépuifables pour la fabrication du Salpêtre. Ces reffources font, 1°. les matières qui fe trouvent naturellement falpêtrées, même dans les carrières. 2°. Les matériaux de démolitions qui font plus riches en Salpêtre que dans aucune autre Province du Royaume. 3°. La régénération du Salpêtre par le moyen des murs. Les Régiffeurs des poudres, en obtenant du Roi que le prix du Salpêtre fût augmenté dans cette Province, en y répandant les inftructions, en éclairant les Salpêtriers fur leurs véritables intérêts, ont mis en activité tous ces moyens, & la récolte du Salpêtre dans cette Province, qui en 1776 n'étoit que de 250,152 livres, est aujourd'hui plus que doublée : on en peut juger par l'état ci-après.

ÉTAT des quantités de Salpêtre recoltées en Touraine depuis 1775 jusqu'en 1784.

		livres.
	1775	261,074
	1776	250,152
	1777	259,998
	1778	338,326
ANNÉES............	1779	412,895
	1780	350,830
	1781	346,740
	1782	426,009
	1783	464,314
	1784	539,441

Indépendamment des observations particulières que M. le Duc de la Rochefoucauld a communiquées aux Commissaires de l'Académie sur les nitrières naturelles des environs de la Roche-Guyon, il a bien voulu rédiger un Mémoire rempli d'expériences & d'observations curieuses sur la génération du Salpêtre dans la craie.

Après des détails intéressans sur l'origine du travail du Salpêtre à la Roche-Guyon, sur les inconvéniens de la forme anciennement adoptée en France pour la récolte du Salpêtre ; enfin sur les avantages de la nouvelle forme que le Roi y a substituée, M. le Duc de la Rochefoucauld donne une idée de la composition des montagnes des environs de la Roche-Guyon ; il prouve ensuite, par de nombreuses expériences, que les craies ne contiennent de Salpêtre que dans le voisinage des surfaces : qu'à la profondeur de cinq à six pieds on n'en retire par lixiviation qu'un peu de sélénite, & quelquefois un peu de sel marin à base saline & à base terreuse.

Des expériences faites sur de la craie, prise dans le haut des falaises qui bordent la mer à Dieppe, à sept à huit pieds des surfaces, ont confirmé ce résultat ; M. le Duc de la Rochefoucauld n'en a également retiré qu'un peu de sélénite & de sel marin.

On trouve à peu de distance de la Roche-Guyon, à Rangiport, un côteau plus riche encore en Salpêtre que ceux de la Roche-Guyon, & M. le Duc de la Rochefoucauld attribue cette grande tendance à la nitrification, à ce que la craie y est mêlée d'une portion d'argile. Cette observation s'accorde avec celles adressées à M. le Duc de la Rochefoucauld par M. le Chevalier de Dolomieu sur la nitrière artificielle de Malte : on y préfère un mélange de terre calcaire & d'un peu d'argile, à de la terre calcaire pure, & on prétend qu'il s'y forme plus de Salpêtre à base alkaline.

Après avoir prouvé que la craie, qui n'a point été exposée à l'air & qui a été prise dans l'intérieur des montagnes, ne contient point de Salpêtre, M. le Duc de la Rochefoucauld s'est occupé d'expériences sur les circonstances de la formation de ce sel. Il a fait concasser en morceaux de la grosseur du poing, de la craie tirée de l'intérieur des montagnes, & qui ne contenoit point de Salpêtre; il en a fait construire des murs, en y entre-mêlant des lits de paille: il a fait de semblables expériences avec de la craie salpêtrée, mais qui avoit été bien dépouillée de tous ses sels par le lavage, & il a varié de différentes manières la disposition des murs: ils ont tous été construits en Mars & lessivés en Novembre, & ils ont tous donné de la sélénite, du sel marin, du Salpêtre à base terreuse, & une petite portion de Salpêtre à base d'alkali végétal. On n'avoit ajouté à ces murs aucune matière fermentescible, d'où M. le Duc de la Rochefoucauld conclut que la seule action de l'air suffit pour imprégner la craie d'acide nitreux, même d'acide marin, & peut-être d'acide vitriolique. A l'égard de l'alkali fixe qui sert de base au Salpêtre, M. le Duc de la Rochefoucauld l'attribue à la décomposition des matières végétales & animales.

Les Commissaires de l'Académie termineront le compte abrégé du travail de M. le Duc de la Rochefoucauld sur la génération du nitre, par l'extrait d'une lettre de M. le Commandeur de Dolomieu, du 6 Décembre 1784, que l'Académie a jugé devoir être rendue publique, sans garantir cependant qu'il n'y a pas d'exagération dans les faits dont on a fait part à M. de Dolomieu.

Malte, 6 Décembre 1784.

» Je ne sais si j'ai déjà eu l'honneur de vous parler, Monsieur, d'une
» découverte aussi extraordinaire qu'intéressante, faite par l'Abbé Fortis:
» c'est une mine de Salpêtre à base alkaline, dans la Province de Pouille
» du Royaume de Naples. Il a trouvé plusieurs trous en forme d'enton-
» noirs ou de cratères de volcans, ouverts dans une pierre calcaire à
» bancs horizontaux, semblables à ceux que l'on voit fréquemment dans
» les montagnes de la Carniole. L'intérieur de ces cavités est tapissé d'une
» croûte de nitre cristallisé, de plus d'un pouce d'épaisseur. Le fond de
» l'entonnoir est plein d'une terre produite par la dégradation du rocher,
» & mêlée avec des croûtes de nitre qui se sont détachés des parois. Il
» y a ensuite une infinité de petites grottes dont l'ouverture donne dans
» l'intérieur de la grande excavation, & qui contiennent de ces croûtes
» de nitre beaucoup plus épaisses & plus blanches. La cassure de ce
» nitre est semblable à celle des stalactiques calcaires, dites *flos ferri*.
» Une seule lixiviation & évaporation le rend aussi beau & aussi pur
» que le meilleur nitre de troisième cuite. Les Commissaires envoyés

» par la Cour fur les lieux, ont calculé qu'une feule de ces foſſes pou-
» voit contenir plus de cinquante mille quintaux de nitre le plus pur.
» L'Abbé Fortis, que j'ai vu à Naples, m'a montré & donné des échan-
» tillons de la pierre, des terres & des croûtes nitreuſes ; j'ai été étonné
» de la quantité de ce fel qu'elles contiennent : il m'a convaincu de la
» réalité d'une découverte qui me paroiſſoit contraire à ce que nous favons
» fur la formation du nitre. Je m'étois refuſé à croire à cette mine juſ-
» qu'au moment où j'en ai vu les preuves. L'Abbé Fortis a obtenu une
» penſion de 2000 francs de la Cour de Naples. La principale foſſe eſt
» dans un lieu nommé *Latera*, à peu de diſtance de la mer, ce qui donne
» encore des facilités pour l'exploitation de ce nitre. Si le Gouvernement
» de Naples fait tirer tout l'avantage poſſible de cette découverte, elle
» fera pour lui une nouvelle fource de richeſſe, & elle diſpenſera les
» Nations Européennes d'aller chercher dans les Indes ce fel devenu
» malheureuſement trop néceſſaire. La pierre qui fert de matrice au nitre
» eſt blanche, dure ; elle a un grain fin, elle fait vivement effervef-
» cence avec les acides, & s'y diſſout preſque en entier. Elle a une telle
» aptitude à former du nitre, qu'un morceau que j'ai dans mon cabinet
» depuis deux mois, renfermé dans une armoire vitrée, a déjà une
» petite croûte de nitre fur fa furface & dans une fente qui s'y eſt for-
» mée. Cette pierre paroît être pour le nitre ce qu'eſt la pierre de la
» Tolfa pour l'alun ; c'eſt-à-dire, contenir les principes prochains né-
» ceſſaires à la formation de ce fel, & n'avoir befoin que d'une nou-
» velle circonſtance pour les développer ; tel eſt le feu pour la pierre
» alumineuſe, & l'air pour la pierre nitreuſe. Les terres nitreuſes de
» *Latera*, c'eſt-à-dire, celles qui, effleuries fur la furface du rocher,
» tombent dans le fond de l'entonnoir, paroiſſent être inépuiſables. Deux
» ou trois mois après leur lixiviation, elles contiennent encore la même
» quantité de nitre. Si je trouve une occaſion prochaine, j'aurai l'hon-
» neur de vous envoyer des échantillons de la terre & du fel, en vous
» priant de les préſenter à l'Académie. Je ne fais fi cette découverte de
» l'Abbé Fortis eſt déjà publiée en France ; fi elle n'y eſt pas connue,
» j'oſe vous prier de la faire inférer dans les Journaux. L'Abbé Fortis
» eſt déjà connu par de très-bons Ouvrages, & par des obſervations
» fort intéreſſantes fur l'Hiſtoire Naturelle du Véronois, du Vicentin
» & de la Dalmatie «.

DÉTAILS de quelques expériences faites en Angleterre & en France, fur la compofition & la décompofition de l'acide nitreux.

Tous les Phyficiens s'accordent aujourd'hui à regarder l'air de l'atmofphère comme un compofé de trois parties environ d'air méphitique, & d'une d'air vital ou déphlogiftiqué. M. Cavendish, dans un Mémoire qu'il a lu très-récemment à la Société Royale de Londres, a fait voir que fi on ajoute à de l'air de l'atmofphère affez d'air vital pour que fa proportion à la mofette foit dans le rapport de fept à trois, qu'on l'introduife dans un appareil convenable, & qu'on tire un grand nombre d'étincelles électriques dans ce mélange, à chaque étincelle on obferve une très-petite diminution dans le volume des deux airs; & en continuant ainfi très-long-temps à tirer des étincelles électriques, on parvient à abforber entièrement les deux airs. Si la liqueur fur laquelle on opère & qui fert à renfermer les deux airs, eft de l'eau de chaux, elle contient, après l'abforbtion, du Salpêtre à bafe terreufe; fi c'eft de l'alkali végétal cauftique en liqueur, on en retire par évaporation de vrai Salpêtre, en forte que l'on ne peut douter que les deux airs ne fe foient combinés & convertis en acide nitreux.

Ces expériences fur la compofition de l'acide nitreux s'accordent avec les réfultats qu'on obtient par voie de décompofition. M. Bertholet a fait voir que quand on pouffoit au feu du Salpêtre fans addition, on convertiffoit tout l'acide en un mélange d'air vital & de mofette. Cette même mophette fe retrouve dans la détonnation du nitre avec le charbon, comme l'ont fait voir MM. Bertholet & Cavallo. Enfin M. Lavoifier, dans un Mémoire lu récemment à l'Académie & qui termine ce Recueil, a fuivi avec beaucoup d'attention le réfultat de cette détonnation, en tenant un compte exact des quantités tant en poids qu'en volume; il fait voir qu'on n'obtient dans cette opération que de l'air fixe, de la mofette atmofphérique, & de l'alkali. Mais l'air fixe, d'après des expériences publiées par le même M. Lavoifier dans le volume de 1781, page 448, eft un compofé de vingt-huit parties de charbon fur foixante-douze d'air vital; on peut donc en quelque façon fubftituer à l'air fixe obtenu dans la détonnation du nitre, fa valeur en air vital & en charbon. D'où il réfulte que le nitre eft compofé d'air vital ou plutôt de principe oxygine, de mofette atmofphérique, & d'alkali fixe.

L'air nitreux n'étant autre chofe, dans la théorie de M. Lavoifier, que de l'acide nitreux, auquel on a enlevé une proportion déterminée de principe oxygine, il en réfulte que l'air nitreux & l'acide nitreux font compofés des mêmes principes, mais dans des proportions différentes.

Voici celles qui ont été déterminées par M. Lavoisier.

COMPOSITION d'un quintal d'acide nitreux sec.

		en poids.			en volume.	
		liv.	*onc.*		*pouc.*	*cubiq.*
Air nitreux.	Mofette atmosphérique.......	20	8	....	20	$\frac{2}{7}$
	Principe oxygine employé à for-					
	mer de l'air nitreux.........	43	8	....	43	$\frac{1}{7}$
Principe oxygine employé à saturer l'air nitreux,						
& à le convertir en acide nitreux..........		36	»	....	36	»
TOTAL........................		100	»	....	100	»

Ces proportions ne s'accordent pas tout-à-fait avec celles de M. Cavendish; mais les différences ne sont pas assez grandes pour qu'on ne puisse pas les attribuer à l'erreur des expériences, ou peut-être aux différens états de l'acide nitreux : on sait en effet qu'en variant les proportions de principe oxygine & d'air nitreux, on peut former différens acides nitreux, depuis celui qui est blanc & sans couleur, jusqu'à celui qui est rutilant & fumant.

MM. Cavendish & Lavoisier ont aussi formé de l'acide nitreux en brûlant ensemble de l'air inflammable & de l'air vital mêlé de mofette atmosphérique. La chaleur de la combustion opère alors, comme l'a observé M. Cavendish, un effet analogue à ce qui a lieu par l'étincelle électrique.

L'acide nitreux n'est pas la seule substance dans la combinaison de laquelle entre la mofette atmosphérique. M. Bertholet vient d'annoncer que l'alkali volatil étoit un composé de cinq parties environ en poids de mofette atmosphérique, contre une d'air inflammable, & il a reconnu l'existence de cette même mofette dans toutes les substances animales.

RECUEIL

RECUEIL

DE

MÉMOIRES

ET

DE PIÈCES,

SUR LA FORMATION ET LA FABRICATION

DU SALPÊTRE.

A

MÉMOIRE

SUR

LA FORMATION DU SALPÊTRE,

ET SUR LES MOYENS D'AUGMENTER EN FRANCE LA PRODUCTION DE CE SEL.

Par M. CORNETTE,

Docteur en Médecine, de l'Académie Royale des Sciences, & de la Société Royale de Médecine.

Nafcitur Nitrum è rebus putrefcentibus oleaginofis, Acido terræ infito concurrentibus.

GEORG. ERNEST. STAHL. SPECIM. BECCHER, pag. 139.

PREMIER CONCOURS, N.º XXXI.

AVERTISSEMENT

DE L'AUTEUR.

L'Ouvrage que je préfente au Public, a concouru au Prix que l'Académie des Sciences avoit propofé pour l'année 1775, *SUR LA FORMATION DU SALPÊTRE* (*). Le titre qu'elle a bien voulu me conférer, en m'admettant au nombre de fes Membres, ne me permettant pas de concourir une feconde

---

(*) Quoique ce Mémoire ait déjà été imprimé en 1779, les Commiffaires de l'Académie croient rendre fervice au Public en l'inférant dans ce Recueil. Comme il a été retiré du Concours, il ne leur appartient pas de lui affigner aucun rang.

A ij

fois, j'ai penfé qu'en faifant imprimer mon Mémoire, je pourrois faire plaifir & me rendre utile à ceux qui fe propofent de courir la même carrière. Des circonftances particulières m'ayant mis à portée de faire plufieurs Obfervations, je les ai ajoutées en note, afin de ne point intervertir l'ordre de ce Mémoire, & de le faire paroître tel qu'il étoit lorfque je l'ai envoyé au Concours. Enfin, le jugement qu'en ont porté Meffieurs les Commiffaires de l'Académie, & l'approbation qu'elle a bien voulu y donner, me font efpérer que le Public le recevra favorablement.

Ce Mémoire eft divifé en trois parties; dans la première, je confidère le Salpêtre comme un fel neutre, compofé d'un acide particulier, qu'on nomme acide nitreux, combiné avec l'alkali végétal : mais je fuis fort éloigné de penfer que cet acide foit dû à la transformation de l'acide vitriolique, & à fon paffage à l'état d'acide nitreux; le grand nombre d'expériences que j'ai faites fur ce fujet, m'autorife à penfer que cet acide eft particulier dans fon efpèce, & qu'aucun des acides connus ne contribue en rien à fa formation. Je me fuis étendu auffi beaucoup fur l'état de la putréfaction, & je crois être le premier qui aie avancé qu'il falloit qu'elle fût complette, que les terres falpêtrées fuffent exemptes de toute odeur, & qu'elles fourniffoient d'autant moins de Salpêtre, que la putréfaction n'étoit pas à fon dernier période. Je n'ai point négligé de m'affurer, fi le libre concours de l'air étoit d'une néceffité abfolue au développement du Salpêtre; on fait combien les fentimens font encore partagés fur cette queftion; mais je crois pouvoir avancer, d'après mes propres expériences, & celles de M. le Duc de la Rochefoucault, que l'on retire d'autant moins de Salpêtre des terres, qu'elles ont été moins de temps expofées à l'air.

Je me fuis attaché dans la feconde partie, à déterminer quelles étoient les terres qui pouvoient convenir le mieux à fixer le Salpêtre; j'ai fait voir que les terres calcaires étoient les feules qui euffent cet avantage, & je crois avoir démontré que pour qu'elles puffent être propres à cet effet, il falloit qu'elles fussent pourvues de leur air fixe; parce que la chaux vive a la propriété de décomposer tous les sels : c'est ce qui m'a donné lieu de conjecturer que l'air fixe pouvoit bien être un des principes constituans de l'acide nitreux. Je prie mes Lecteurs de ne point me condamner avant de m'avoir lu; car je préviens que je ne tiens point à cette théorie, & que je ne l'ai avancée qu'avec beaucoup de réserve, & parce qu'elle m'a paru fondée sur quelques probabilités.

Dans la troisième partie, j'indique la préparation des terres, & je donne divers procédés pour parvenir à former à peu de frais du Salpêtre. Je m'attends bien qu'ils ne seront point approuvés de tout le monde; mais je pense que dans une matière aussi importante, on ne sauroit trop indiquer de moyens; car il me paroîtroit fort difficile d'en fixer un qui fût praticable par-tout : il faudroit pour cela que toutes les Provinces du Royaume se ressemblassent par leur sol & leur situation.

Je n'ai aucune prétention en publiant ce Mémoire : mon seul but est de tâcher de me rendre utile; & je me croirai trop heureux, si mon travail peut être de quelque secours.

INTRODUCTION.

DEPUIS plusieurs années, la plupart des Académies de l'Europe, toujours accoutumées à diriger leurs travaux sur des objets utiles, se sont occupées des moyens d'étendre & de multiplier dans leur pays la production du Salpêtre. Leur principal but étoit non seulement d'augmenter les revenus du Souverain, mais même de délivrer les Particuliers de la gêne & de l'assujettissement qu'entraîne après elle la fouille des terres propres à produire ce sel. Les Savans de toutes les Nations ont été invités à porter leurs vûes sur cet objet important, & à contribuer, par leurs recherches, au bien de l'humanité. Déjà dans plusieurs Etats de l'Europe, des ni-trières artificielles ont été construites; des réglemens sages ont été faits; l'émulation & l'encouragement ont été excités de toute part, & les peuples de ces contrées commencent enfin à ressentir les bons effets de ces établissemens, & recueillent avec profit les fruits de leurs peines.

Puisse ma Patrie jouir bientôt d'un pareil avantage, & profiter des vûes bienfaisantes & vraiment patriotiques d'un Ministre sage & éclairé (*), qui, toujours occupé du bonheur public, a mis à même l'Académie Royale des Sciences de concourir à ses vûes, en lui donnant une somme pour pro-poser des prix extraordinaires à ceux qui auront le mieux rem-pli la question suivante : *Déterminer les moyens les plus prompts & les plus économiques de procurer en France une production de Salpêtre plus abondante que celle qu'on obtient présentement, & sur-tout qui puisse dispenser des recherches que les Salpêtriers ont le droit de faire dans les maisons des Particuliers.*

Cette question que propose aujourd'hui l'Académie, se trouve déjà en partie résolue en plusieurs Royaumes. La Suède,

---

(*) M. Turgot, Contrôleur Général des Finances.

la Pruffe, une grande partie de l'Allemagne, l'Ifle de Malte, plufieurs Cantons de la Suiffe, l'Amérique même, récoltent déjà, par cette voie, du Salpêtre en affez grande quantité pour fournir à leur confommation, & pour ceffer en quelque forte de devenir tributaires des Nations étrangères. En confidérant donc ces différens établiffemens, on peut en inférer que le Salpêtre fe trouve généralement répandu dans tous les pays; que la France, auffi bien fituée que les autres Royaumes, peut fe flatter du même fuccès, & qu'enfin le moyen de fe procurer du Salpêtre en plus grande quantité ne dépend que du choix des matériaux, de la difpofition, de l'arrangement & des mélanges convenables des terres propres à produire ce fel. Voilà à quoi fe borne tout ce travail.

Mais cette queftion, très-intéreffante par elle-même, exige pour la traiter, qu'on entre dans des détails très-étendus : j'expoferai le plus fuccinctement qu'il me fera poffible, mes idées & mes vûes fur cette matière. Je ne tirerai de conféquences que celles qui reffortiront des expériences, & fi j'avance quelques théories, je préviens que je ne les donne que comme des conjectures, qui cependant auront, ce me femble, quelques degrés de vraifemblance.

Pour éviter la confufion, & mettre plus d'ordre à ce Mémoire, je le diviferai en trois Parties : dans la première Partie, je traiterai de l'acide nitreux (*); j'expoferai les divers fentimens des Auteurs qui en ont parlé, & je difcuterai leurs opinions : dans la feconde, je parlerai de la formation du Salpêtre, & des moyens que l'on doit employer pour en obtenir: dans la troifième, je donnerai des procédés fimples pour augmenter en France la production de ce fel, fans avoir recours au creufement des caves, & en délivrant les Particuliers de la gêne & de l'affujettiffement auxquels ils font expofés par les fouilles que les Salpêtriers ont droit de faire chez eux.

(*) Ou acide conftituant du Salpêtre. Le Salpêtre ou nitre eft un fel neutre compofé d'un acide particulier, nommé acide nitreux, combiné jufqu'au point de faturation avec l'alkali fixe végétal.

PREMIÈRE PARTIE.

Sur l'Acide nitreux.

POUR pouvoir donner de l'acide nitreux des idées juftes, une définition exacte, & pour pouvoir établir quelque chofe de certain fur la nature de cet acide, il faudroit que l'on connût fes principes conftituans, & les moyens que la Nature emploie pour le former. Mais jufqu'ici on n'a encore rien obtenu de fatisfaifant fur cette matière, & toutes les recherches des Chimiftes fe font bornées à faire connoître feulement fes propriétés. On ne peut donc le regarder que comme un corps fimple, un mixte vraifemblablement du fecond ordre, dont l'analyfe exacte a échappé à la fagacité des Chimiftes les plus éclairés. Auffi ce défaut de connoiffance fur cet acide a-t-il fait naître beaucoup de fentimens divers fur fa nature & fa formation.

La plupart des anciens Chimiftes penfoient que l'air de l'atmofphère étoit le principal magafin où fe formoit l'acide nitreux ; ils croyoient que cet acide, ainfi formé dans l'air, fe dépofoit dans les terres calcaires. Quoique cette opinion ne foit pas abfolument dénuée de vraifemblance, puifque l'air, comme j'aurai occafion de le faire voir par la fuite, eft un des principes effentiels & conftituans de l'acide nitreux ; cependant ce fentiment a effuyé avec raifon des contradic- tions bien capables de le combattre. Lémery le fils, de l'Aca- démie Royale des Sciences, dans deux Mémoires qu'il a donnés fur cet objet, & qui fe trouvent inférés dans le volume de cette Académie pour l'année 1717, a prouvé d'une manière claire & fatisfaifante, que des terres, de quelque nature qu'elles fuffent, ne fe falpêtroient pas de même à l'air lorfqu'elles étoient ifolées, & qu'elles ne contenoient aucune fubftance en putré- faction. Cependant, fi l'on interprète avec un peu moins de rigueur le fentiment des Anciens, on verra que ce n'eft pas
fans

fans fondement qu'ils avoient établi leur fyftême; on verra, dis-je, qu'ils n'attribuoient pas totalement à l'air la formation de l'acide nitreux, puifqu'ils employoient déjà pour en obtenir des matières en putréfaction. Si d'une part ils ont voulu donner un peu trop d'extenfion à leurs fentimens, & trop le généralifer; d'un autre côté auffi, ils ont trouvé dans leurs contradicteurs un peu trop d'acharnement à les combattre; & on fera autorifé à leur rendre plus de juftice, fi l'on confidère que les matières en putréfaction, fans le concours de l'air, ne fourniffent pas de nitre. Je fais qu'on m'objectera que la plupart des fubftances végétales fourniffent du nitre de cette manière; je répondrai à cela, que ce nitre étoit tout formé dans les plantes, & que celui que l'on en retire n'eft point le produit d'une nouvelle combinaifon, comme j'ai eu occafion de m'en affurer plufieurs fois.

Lémery, après avoir combattu le fentiment des anciens Chimiftes, a cru devoir adopter une autre opinion pour rendre raifon de la formation du Salpêtre; il prétend que ce fel eft un produit de la végétation; qu'il fe forme habituellement dans les plantes vivantes, d'où il paffe enfuite dans les animaux. Mais cette affertion de Lémery entraîne après elle bien des objections. Si le nitre eft un produit de la végétation, pourquoi toutes les plantes n'en contiennent-elles pas? Et pourquoi avance-t-il lui-même dans fon Mémoire, que la bourrache, le pourpier & plufieurs autres efpèces de plantes nitreufes, cultivées dans des terres exemptes du mélange de plantes pourries, ne lui ont donné par l'examen aucun indice de nitre, mais toujours de l'acide vitriolique? Ce fentiment, comme l'on voit, n'eft pas à l'abri des contradictions; car fi le nitre étoit un produit de la végétation, il devroit fe trouver également dans toutes les plantes, ce qui n'arrive point; & on peut avancer avec plus de raifon fans doute que Lémery, que le nitre qu'on retire des plantes n'y eft qu'accidentellement (*); que ce même nitre exiftoit tout formé dans la terre;

(*) Il y a déjà bien des années que j'ai pu me convaincre de la vérité que je viens d'avancer; mon objet, en faifant ces expériences, ne fe bornoit point

B

qu'étant diſſous par l'humidité, il s'eſt trouvé dans un état de
diviſion aſſez grand pour être entraîné par les ſucs nourriciers
de la plante. On pourroit encore avancer que la plupart des
végétaux ne contiennent pas de nitre tout formé, & que celui
qui réſulte de leurs mélanges avec la terre calcaire ou le gypſe,
n'eſt dû qu'à une nouvelle combinaiſon & à un nouvel arrangement des principes qui le conſtituent.

La terre animale, ſelon lui, peut encore être regardée
comme une terre nitreuſe; j'ai eu occaſion de vérifier ce fait
depuis plus de huit ans. On avoit mis dans un pot de terre
verniſſée des matières animales, on avoit enterré ce pot afin
d'ôter à cette matière toute communication avec l'air extérieur:
on avoit en vue d'autres recherches que celles qui intéreſſent
la matière que je traite; mais la circonſtance m'a déterminé
à employer cette terre pour cette expérience. J'ai délayé dans
de l'eau froide cette terre, qui par ce laps de temps avoit
perdu toute ſa mauvaiſe odeur, ſigne certain que la putré-

ſeulement au Salpêtre, car mon but principal étoit d'examiner ſi différens ſels,
mêlés avec de la terre, paſſeroient dans le végétal ſans altération : je ne rapporterai
ici que celle qui a trait au Salpêtre, me réſervant de reprendre ce travail, &
de le donner dans ſon temps à l'Académie. Voici donc comment je m'y pris :
je mis dans deux caiſſes de la terre de jardin, que j'avois bien lavée auparavant
pour ôter tout le ſel qu'elle pouvoit contenir ; j'ajoutai dans une de ces caiſſes
deux onces de Salpêtre, que je mêlai exactement avec la terre, & dans l'autre
je ne fis aucune addition, car elle devoit me ſervir d'objet de comparaiſon ; je
ſemai dans ces deux caiſſes de la laitue ; celle où étoit le Salpêtre me parut lever
un peu plus promptement que l'autre. Je cultivai cette plante avec ſoin, & je
l'arroſai auſſi ſouvent que la ſéchereſſe de la terre l'exigeoit. Enfin, lorſqu'elle
fut parvenue à ſa parfaite maturité, je la cueillis & la fis deſſécher promptement
au ſoleil. La première, où étoit le Salpêtre, me laiſſa entrevoir à la loupe quelques
petits criſtaux, au lieu que l'autre ne m'en donna aucun indice. Cette première
plante brûlée fuſa beaucoup ſur les charbons ardens; l'autre au contraire brûla
tranquillement, & ne laiſſa paroître aucun veſtige du Salpêtre. Je ſens bien que
pour donner plus de poids à cette expérience, il eût fallu la répéter plus en grand;
mais il me ſemble cependant que quelque foible & légère qu'elle puiſſe être, on
peut en inférer que le Salpêtre ne s'eſt point formé dans la plante, & qu'il a
paſſé dans le végétal ſans ſouffrir d'altération.

Ce qui ſe paſſe dans pluſieurs pays, & notamment à l'Iſle de Ré, vient à l'appui
de ce que j'ai avancé. Les Habitans de cette Iſle manquant de fumier pour engraiſſer
leur terre, ſe ſervent à cet uſage de varech ou d'autres plantes de cette nature
qu'ils trouvent ſur les bords de la mer. Les plantes qu'ils cultivent ainſi ſont
ſalées, de ſorte que le pain, le vin & les légumes participent des différens ſels
contenus dans les plantes qui ſervent d'engrais.

faction étoit achevée ; la liqueur eft paffée claire, mais d'une couleur jaune ; foumife à l'évaporation, elle ne m'a donné aucun indice de l'exiftence du Salpêtre. Cette expérience eft concluante, puifqu'elle démontre que la terre végétale & animale ne fourniffent point de Salpêtre fans le concours des fubftances qui lui font propres.

Stahl, en fuivant le fentiment de Becker fur l'exiftence d'un feul acide primitif, qu'il regardoit comme le principe & l'origine des autres acides (favoir, l'acide vitriolique), a avancé que l'acide nitreux n'étoit autre chofe que ce même acide vitriolique, mais modifié par le mouvement de la fermentation putride avec une certaine quantité de phlogiftique. Il fondoit fon opinion fur ce que l'acide nitreux fe forme particulièrement & en plus grande quantité, dans des terres vitrioliques & abreuvées de phlogiftiques, que dans d'autres efpèces de terres ; de là il conclut que l'acide vitriolique fe convertit en acide nitreux. La plupart des Chimiftes modernes, foit par refpeʧ pour Stahl, foit qu'ils foient frappés de la folidité de fon raifonnement, ont fuivi fa doʧrine ; mais l'expérience ne doit pas plier fous le joug de l'autorité, & avec de pareilles armes je me propofe de la combattre.

La préfence du fel marin, par-tout où fe trouve du nitre, fit penfer à Glauber que ce fel étoit fufceptible de fe convertir en Salpêtre. Cet Auteur étoit au moins auffi fondé à le croire que le font les Seʧateurs de Stahl. De part & d'autre les raifonnemens qu'on peut faire fur cet objet paroiffent auffi folides les uns que les autres ; car on peut avancer que fi la félénite étoit auffi foluble dans l'eau que le fel marin, on en trouveroit autant de mêlé avec le Salpêtre, que l'on trouve de ce dernier fel. Ce fentiment de Glauber n'a pas laiffé d'entraîner après lui beaucoup de partifans : plufieurs demi-Savans, flattés fans doute par l'efpoir du gain, ont entrepris, fur une fimple fpéculation, ce genre de travail ; des Sociétés fe font formées ; des établiffemens confidérables ont été faits, & le fuccès n'ayant pas répondu à leur attente, ils ont été les viʧimes de leur impéritie & de leur ignorance.

B ij

Après ce court exposé de différens sentimens des Chimistes sur la nature de l'acide nitreux, j'ai cru qu'il étoit essentiel de terminer, par des expériences variées & multipliées, auxquels de ces sentimens on devoit donner la préférence. Celui de Sthal, comme je l'ai déjà avancé, paroît avoir eu le plus de Sectateurs. Le Docteur Pietch, dans sa Dissertation sur la nature & la formation du Salpêtre (Ouvrage qui a été couronné par l'Académie de Prusse) a principalement calqué ses principes sur la doctrine de Stahl, en établissant comme lui la transmutation de l'acide vitriolique en acide nitreux : il apporte en preuve de son sentiment, une expérience déjà connue ; il dit qu'en saturant une terre calcaire avec l'acide vitriolique, & qu'en exposant ce mélange dans des endroits où il y a des exhalaisons urineuses, ou mieux encore en l'humectant d'urine & le laissant évaporer à l'air, on obtient du nitre de ce mélange, traité par la lixiviation, selon l'art ; d'où il conclut que dans cette circonstance l'acide vitriolique, par le concours de la matière phlogistique de l'urine, s'est converti en Salpêtre. Je pourrois rapporter un plus grand nombre de faits à peu près analogues, contenus dans cette Dissertation ; mais comme cet Ouvrage est imprimé, & qu'il se trouve aujourd'hui entre les mains des Chimistes, je crois devoir m'en tenir là, afin d'éviter des longueurs & des redites inutiles.

Cette expérience, qui étaie la Dissertation du Docteur Pietch, & qui lui sert de base, étoit trop importante pour que je ne la répétasse point ; je saturai, ainsi que le demande l'Auteur, de la craie avec de l'acide vitriolique : j'aurois pu prendre du gypse, qui auroit été la même chose, mais je ne voulus avoir aucun reproche à me faire ; j'humectai ce mélange avec de l'urine, & j'eus soin d'en ajouter de temps en temps, lorsque je m'appercevois qu'elle étoit évaporée, & que la masse qui restoit étoit très-sèche. Après six mois de digestion, je lessivai ce mélange dans une suffisante quantité d'eau ; j'obtins à la vérité par l'évaporation de la liqueur un peu de nitre, mais non point en assez grande quantité pour que je puffe conclure que celui que j'avois obtenu, étoit dû à la modification de l'acide vitriolique, & à son paffage à l'état d'acide nitreux; d'ailleurs la félénite me parut n'avoir fouffert aucune altération; je retirai, extraction faite des fels contenus dans l'urine, prefque poids pour poids la quantité de gypfe que j'avois employé, ce qui me prouva que la félénite, dans ce cas, n'avoit point contribué à la formation de l'acide nitreux.

Mais pour mieux établir mon opinion, je réfolus de faire les expériences fuivantes; je fis un mélange de douze livres de craie, de deux livres de sel de Glauber, que j'humectai avec de l'urine; j'eus foin d'en ajouter de temps en temps, afin de l'entretenir toujours humide. Je ferai obferver que cette expérience a été commencée le 10 Juin 1775, & que je ne l'ai examinée que fix mois après. Pendant que d'un côté je procédois à cette expérience, d'un autre j'en projetois plufieurs; je fis divers mélanges; le premier fut compofé de deux livres de tartre vitriolé, de douze livres de craie, de quatre livres de viande; le fecond, de huit onces de fel ammoniacal vitriolique, de fix livres de chaux éteinte, & de fix livres de crotin de cheval; le troifième étoit un mélange feul de crotin de cheval & de craie; & enfin le quatrième étoit fait avec de l'argile & du fumier de cheval bien pourri, & propre à faire le terreau des jardins. Tous ces mélanges ont été humectés avec de l'eau, à l'exception du premier qui l'étoit avec de l'urine : ils étoient tous numérotés felon l'ordre que je viens d'indiquer, & j'y compris même le premier mélange que je viens d'énoncer. Il eft inutile de dire que ces mélanges, pendant la chaleur de l'été, ont laiffé exhaler une odeur très-fétide & très-défagréable, & qu'après fix mois, toute cette odeur de certains mélanges n'étoit point encore entièrement paffée. Tous ces vaiffeaux étoient placés dans une efpèce de hangar, à quelque diftance les uns des autres, à l'abri de la pluie, mais où l'air pouvoit circuler facilement; j'avois foin de remuer de temps en temps ces terres, afin de renouveler les furfaces & de hâter la putréfaction. Le temps étant expiré, je les foumis à l'examen; le premier numéro, qui étoit composé de sel de Glauber & de craie, humecté avec de l'urine, lessivé & traité comme les terres à Salpêtre, m'a fourni, par l'évaporation, une petite quantité de nitre; mais j'ai retiré une bonne partie du sel de Glauber, que j'avois employé, mêlé avec du sel marin; il s'étoit aussi formé de la sélénite provenant de la décomposition du sel de Glauber, & de l'action de l'acide vitriolique de ce sel sur la terre calcaire. Je me propose de démontrer dans une autre Dissertation (*), que l'acide vitriolique contracte avec les terres calcaires, une adhérence plus forte qu'avec les substances alkalines, puisqu'il quitte, comme je viens de le faire voir, l'alkali avec lequel il est uni, pour se combiner avec une substance terreuse; & c'est relativement à cette double décomposition, qu'on ne trouve jamais ni sel de Glauber ni tartre vitriolé dans les travaux du Salpêtre (**).

Le second mélange, traité comme le premier, me fournit une liqueur d'une couleur jaune & même d'une odeur encore très-désagréable : soumise à l'évaporation, je retirai une grande partie de mon tartre vitriolé, de la sélénite, un peu de sel marin; mais il n'y eut pas de nitre. Je présumai que, si dans cette circonstance je n'avois pu obtenir du nitre de ce mélange, cela ne pouvoit dépendre que de ce que la putréfaction n'étoit pas encore achevée entièrement; & j'ai eu lieu de m'en convaincre, puisque six mois après je retirai du nitre de ce même mélange, ce que je n'avois pu faire auparavant, ce qui prouve que le terme complet de la putréfaction est très-essentiel pour la production du Salpêtre; aussi l'usage & l'habitude confir-

---

(*) Volume de l'Académie des Sciences, année 1778.

(**) Comme dès l'année 1774, j'avois lu à l'Académie un Mémoire sur la décomposition des sels neutres alkalins par l'acide marin, auquel j'avois annoncé une suite sur les sels à base terreuse, j'ai cru, dans la crainte de me faire connoître, ne pas devoir entrer dans un plus grand détail sur la décomposition que les eaux mères du Salpêtre opèrent sur le sel de Glauber & le tartre vitriolé. Le peu que j'en ai dit a suffi pour mettre sur la voie d'autres Chimistes, pour éclairer les Salpêtriers sur la nature & l'emploi des cendres, & pour les mettre à portée de tirer parti des eaux mères, dont la plus grande partie étoit jetée & regardée comme inutile.

ment cette opinion, puisque les terres des nitrières artificielles lessivées, la première année, fournissent moins de nitre que les années subséquentes.

Le troisième mélange avec le sel ammoniacal vitriolique, laissa dégager beaucoup d'alkali volatil; je ne retirai plus de la lixiviation de cette terre, que du gypse en très-grande quantité, du sel marin; mais il y avoit aussi un peu plus de nitre que dans les expériences précédentes, & presque tout ce nitre étoit à base d'alkali fixe.

Le quatrième mélange, lessivé de même, me fournit du nitre en plus grande quantité que les autres. Je ne doute point que ce mélange ne soit préférable aux précédens, si au lieu de craie on y ajoutoit de la chaux éteinte, & qu'on laissât cette matière exposée plus long-temps à l'air avant de la traiter; car, je le répète, la putréfaction complète est absolument essentielle à la formation du nitre, & c'est une considération qui doit entrer pour beaucoup dans les établissemens des nitrières artificielles : je n'avois point employé, comme l'on voit, d'acide vitriolique dans ce mélange, & je n'ai pas laissé cependant d'en retirer plus de nitre que des autres.

Le cinquième mélange m'a aussi fourni un peu de nitre comme les précédens; mais la lixiviation en est plus difficile, la compacité de l'argile n'étoit pas entièrement détruite; aussi la liqueur a-t-elle resté beaucoup de temps à filtrer, & même je n'ai pu éviter la perte d'une assez bonne quantité qui a été retenue.

J'aurois pu m'en tenir à ces premières expériences, & décider affirmativement que l'acide vitriolique n'entre pour rien dans la formation du Salpêtre, si je n'avois eu en vue d'établir, d'une manière encore plus exacte, mon opinion sur cette matière. Aussi, à peine eus-je fini ces expériences, que je m'occupai à en faire de nouvelles; je jetai les yeux sur les combinaisons de l'acide vitriolique avec les substances métalliques, persuadé que cet acide se trouvant ainsi combiné avec des substances aussi abondantes en phlogistique, donneroit encore plus de prife fur lui, & pourroit fournir, par fon union avec la matière phlogiftique qui s'émane des corps putréfiés, quelques réfultats différens des expériences précédentes.

Je fis deux mélanges ; le premier étoit compofé de deux livres de vitriol de Mars, douze livres de craie ; le fecond de deux livres du même vitriol, de huit livres de chaux éteinte, & quatre livres de crotin de cheval. Le défaut de temps m'empêcha de faire une nombreufe fuite d'expériences que j'avois projetées ; mon intention étoit de répéter les mêmes opérations avec tous les vitriols métalliques, afin de m'affurer fi je n'obtiendrois pas des réfultats différens. Le premier fut humeêté avec de l'urine, & le fecond avec de l'eau feulement. J'obfervai toutes les particularités, comme je l'avois fait pour les expériences que je viens de décrire ; ces deux mélanges, traités comme les précédens, me fournirent du nitre, mais le fecond un peu plus que le premier. Le vitriol de Mars, dans ces deux expériences, fut décompofé entièrement, & je trouvai auffi dans les différentes évaporations beaucoup de félénite.

D'après cet expofé, on peut préfumer que l'acide vitriolique n'entre pour rien dans la formation de l'acide nitreux, puifque dans toutes les expériences que je viens de rapporter, la petite quantité de nitre que j'ai obtenue n'eft pas affez confidérable pour me convaincre qu'il doive être attribué à la converfion de l'acide vitriolique en acide nitreux, & puifqu'il eft poffible d'ailleurs de retirer du nitre de différens mélanges de terre qui ne contiennent point cet acide.

Comme j'ai été à portée très-fouvent de fuivre les Salpêtriers dans leurs opérations, j'ai eu occafion de voir qu'ils expofoient leurs terres à l'air, avant de les traiter, pour en retirer le Salpêtre ; que plus ils étendoient ces terres & renouveloient leurs furfaces, & plus auffi ils obtenoient de ce fel : j'ai cru auffi m'appercevoir que leur principal but dans cette manipulation, tendoit principalement à faciliter le développement du gaz putride, qui, felon eux, eft très-effentiel à la formation du Salpêtre. Cette idée, toute chimérique qu'elle foit,

ne

ne m'a pas paru dénuée de fondement, lorſque je conſidérai que tous les jours cette manœuvre étoit miſe en uſage avec ſuccès dans toutes les nitrières artificielles; & il eſt viſible qu'en pareil cas on ne peut aller contre l'expérience, puiſqu'on ſait que les terres de même nature, qui auront été remuées & agitées, fourniront plus de nitre que d'autres que l'on aura laiſſées en repos.

Sans cependant abſolument adopter ce ſyſtême, je réſolus de faire quelques expériences ſur ce ſujet, afin d'examiner l'action du gaz putride ſur les ſels à baſe vitriolique : je me ſervis pour cet effet d'un appareil très-ſimple, décrit par le célèbre Prieſtley.

Je pris quatre bouteilles cylindriques de verre blanc de dix pouces de hauteur ſur deux pouces & demi de diamètre ; je mis dans chacune de ces bouteilles deux livres de viande, dont j'avois fait ôter toute la graiſſe ; j'avois ajuſté à l'orifice de chacune de ces bouteilles, des bouchons de liége, que je lutai avec de la cire molle, & qui étoient percés au milieu. J'introduiſis dans chacun de ces bouchons un tuyau de verre de communication, qui étoit fait à peu près comme une *S*. D'un autre côté, je fis diſſoudre ſéparément dans de l'eau diſtillée ; ſavoir, pour la première expérience, deux onces de ſel de Glauber ; pour la ſeconde, deux onces de tartre vitriolé ; pour la troiſième, une once d'alkali volatil concret ; & pour la quatrième, une once de ſel ammoniacal vitriolique. Toutes ces liqueurs furent miſes dans des vaiſſeaux de verres cylindriques, abſolument ſemblables aux récipiens de la machine pneumatique. Chacun de ces vaiſſeaux étant rempli de la liqueur qui lui convenoit, entroit dans des ſceaux de verre qui étoient également pleins de la même diſſolution. Les choſes étant ainſi diſpoſées, je plaçai ſous chacun de ces cylindres le tuyau de communication dont je viens de parler. Comme le temps où je fis ces expériences étoit fort chaud, la putréfaction ne tarda pas à ſe faire ; il ſe dégagea pour lors beaucoup d'air, qui, en paſſant au travers de la liqueur, en déplaçoit une

C

quantité proportionnelle à son volume. Lorsque la liqueur contenue dans ces récipiens fut presque toute déplacée, j'agitai ces cylindres dans leurs sceaux, afin de redissoudre cet air & de le mêler avec l'eau, ce qui se fit assez facilement ; je continuai cette expérience pendant quatre mois avec la même attention, ayant soin d'ajouter de l'eau dans les sceaux lorsqu'elle s'évaporoit ; je n'apperçus pendant tout ce temps aucun changement à toutes ces liqueurs ; elles étoient restées claires & aussi limpides qu'auparavant ; je les fis pour lors évaporer dans des capsules de verre au bain de sable ; les sels que j'obtins me parurent n'avoir souffert que quelques légères altérations. Le N.° 1er, où étoit le sel de Glauber, cristallisa plus difficilement : il étoit enveloppé d'une portion de matière grasse qui avoit un peu coloré ses cristaux ; mais la calcination la détruisit, & je parvins à avoir ce sel très-pur. Le N.° 2, où étoit le tartre vitriolé, ne cristallisa pas si bien ; les cristaux de ce sel étoient aussi un peu différens ; ils avoient plus de saveur, & approchoient assez de la nature du sel sulfureux de Stahl. Une légère calcination détruisit également cette matière grasse comme au sel de Glauber, & je parvins à avoir ce sel dans le même état où il étoit auparavant. Le N.° 3, où étoit l'alkali volatil, s'étoit dissipé presque entièrement pendant le temps qu'avoit duré cette expérience. Il se précipita pendant l'évaporation un peu de terre, & il se dégagea sur la fin une forte odeur d'alkali volatil. Le sel ammoniacal vitriolique dans l'expérience, N.° 4, parut n'avoir pas été altéré ; car je le retrouvai tout entier, tel que je l'avois employé. Il est inutile de dire que dans toutes les évaporations il se dégage des vapeurs putrides très-désagréables, & que l'on doit éviter ; aussi, pour obvier à tous ces inconvéniens, je les ai toujours fait évaporer en plein air. J'aurois pu suivre plus loin ces expériences, & les étendre sur un plus grand nombre de sels ; mais je n'ai point voulu sortir des bornes que je me suis prescrites, en traitant de choses étrangères à ce Mémoire ; me réservant d'ailleurs de faire un travail particulier sur cet objet, dans lequel j'examinerai l'action de ces gaz putrides sur tous les sels, soit terreux, soit métalliques (*).

Si ces gaz putrides, comme j'ai lieu de le penser, & comme l'expérience le prouve, contribuent à la formation du Salpêtre, on doit voir, par les expériences que je viens de mettre sous les yeux de cette illustre Académie, que la route que j'ai suivie pouvoit me conduire à quelques nouvelles découvertes; que mon principal objet, en employant ces sels vitrioliques, étoit de m'assurer, si par ce moyen je pourrois former du nitre avec ces sels, afin de fixer mes doutes; mais mes espérances se font évanouies, lorsque j'ai vu que les petites altérations apparentes occasionnées à ces sels ne changeoient point leur nature. Je prévois toutes les objections que l'on peut me faire sur ce nouveau genre d'expériences; je sens bien qu'il auroit fallu, pour rendre cette démonstration plus complette, avoir pu parvenir à faire du nitre avec ce gaz putride & des matières quelconques; mais c'est ce que je n'ai point essayé, par le peu de temps qui m'étoit prescrit. Au reste, on ne peut disconvenir que les matières en putréfaction, soit tirées du règne végétal ou animal, ne soient très-essentielles à la formation de l'acide nitreux, puisque sans elle on n'obtient point de nitre; on ne peut pas en dire autant de l'acide vitriolique, sa présence n'y est pas aussi utile, puisqu'il se forme également du nitre avec des terres calcaires pures & des matières putrides, sans le concours de cet acide.

J'ai déjà avancé dans le commencement de cette Dissertation, que Glauber étoit aussi fondé de son côté que Stahl

---

(*) Depuis la publication de ce Mémoire, j'ai cru ne devoir point perdre cet objet de vue, & suivre le plan d'expérience que j'avois projeté.

J'ai pris de la craie bien pure, de la terre magnésienne & de la pierre à plâtre calcinée & non calcinée. J'ai exposé ces terres chacune séparément & pendant près de six mois à la vapeur du gaz putride. Elles étoient placées dans une cloche de verre, de sorte que le gaz les traversoient à mesure qu'il se dégageoit des corps putréfiés. Lorsque j'ai cru qu'elles devoient en être suffisamment pénétrées, je les ai lessivées dans l'eau bouillante, & je puis assurer que ces terres ne contenoient pas de nitre. Ce qui me fait présumer que le gaz putride a besoin du concours de l'air extérieur, pour servir à la nitrification de ces terres.

& ſes Sectateurs, de penſer que l'acide marin fût ſuſceptible
de ſe transformer en acide nitreux ; ſa préſence dans le Sal‑
pêtre prouve au moins qu'il y a entre ces deux ſels une ſorte
d'adhérence & d'analogie qui doit avoiſiner de très-près la
décompoſition. Cependant ſi on examine avec attention, &
ſi l'on ſe dirige par l'expérience avant de prononcer, on verra
qu'il en eſt de même de ce ſel, comme de l'acide vitrio‑
lique ; on verra, dis-je, que, mêlé avec différentes ma‑
tières terreuſes & putrides, il n'augmente point le produit du
Salpêtre, ainſi que je m'en ſuis convaincu par pluſieurs expé‑
riences. Comme ce ſel ne ſe décompſe point par ſon mé‑
lange avec les terres, comme les ſels à baſe d'acide vitrio‑
lique (*), on a l'avantage de le retirer plus facilement, & de s'aſ‑
ſurer s'il peut être employé comme un moyen propre à aug‑
menter la production du Salpêtre.

J'ai fait à peu près, ſur le ſel marin, autant d'expériences
qu'avec les ſels vitrioliques ; j'ai fait des mélanges de deux
livres de ſel marin, douze livres de craie, & de ſix livres
de crotin de cheval ; d'autres de ſel marin à baſe terreuſe, avec
la craie & le fumier ; d'autres de ſel marin, avec le plâtre & l'urine,
& d'autres enfin avec le ſel marin & la viande : j'ai obſervé les
mêmes précautions pour ces expériences, que pour celles que j'ai
déjà décrites. J'ai humecté ces mélanges, lorſqu'ils commençoient
à ſe deſſécher, & je n'ai retiré, en les traitant de même, aucun
indice de l'altération de l'acide marin. De la plupart de ces expé‑
riences, j'ai obtenu le ſel marin tel que je l'avois employé ; & dans
d'autres un peu de ſel qui avoit été décompoſé. Tous ces mé‑
langes m'ont fourni un peu de nitre, à l'exception du der‑
nier qui ne m'en a point donné.

J'ai expoſé également au gaz putride, du ſel marin diſſous
dans de l'eau, du ſel marin à baſe terreuſe. Ces ſels n'ont
ſouffert aucune altération qui en dénaturât l'acide ; je me ſuis
convaincu que celles qu'ils avoient reçues n'entroient point
dans mon but, qui étoit de former l'acide nitreux.

_____

(*) Vol. de l'Académie, année 1778.

Je pourrois rapporter encore un très-grand nombre d'expériences que j'ai faites sur cet objet; mais comme elles ne m'ont rien fourni de particulier, je crois devoir les supprimer, dans la crainte que les détails n'en deviennent trop ennuyeux. Celles que je viens de rapporter sont, ce me semble, capables d'éclaircir un peu cette matière, puisqu'elles combattent l'opinion des Chimistes, qui admettent la transformation des acides vitrioliques & marins en acides nitreux. Mais cette hypothèse de la part des Chimistes, n'est établie que sur de simples conjectures. Ils se fondent sur ce que l'acide nitreux se forme plus particulièrement dans les endroits où il y a des terres vitrioliques, comme s'il ne se formoit pas également dans d'autres; ils donnent pour preuve, que l'acide vitriolique est l'acide universel; qu'un linge imbibé d'alkali fixe, exposé à l'air, se sature d'acide vitriolique (*). Donc, disent-ils, l'acide vitriolique est le seul acide; donc il doit être la base formatrice des autres : comme si je disois, le fer se rencontre

(*) L'acide vitriolique ne se trouve pas plus répandu dans l'air que les autres acides : je crois être en droit de prouver que l'on est dans l'erreur, de penser qu'un linge imbibé d'alkali fixe, & exposé à l'air, se sature de cet acide. Depuis les expériences du célèbre Priestley, on sait que ces sels, par leur union avec l'air fixe, se cristallisent, & il paroît, ainsi qu'on le verra par les expériences suivantes, que c'est à cette substance que l'on doit attribuer la cause dont il s'agit.

J'ai exposé dans un endroit fort élevé en pleine campagne, un linge imbibé d'alkali fixe pur; ce sel avoit été préparé par la détonation du nitre avec le charbon. Après huit jours d'exposition à l'air, je l'examinai; je le trouvai entièrement recouvert d'une infinité de petits cristaux longuets; ils étoient tous absolument semblables à ceux qui résultent de l'union de l'air fixe avec l'alkali. Je fus bientôt convaincu que je ne m'étois point trompé; car ayant lessivé ce linge dans une quantité convenable d'eau distillée bouillante, & ayant fait évaporer la liqueur, je vis que le sel alkali n'avoit perdu aucune de ses propriétés; il faisoit également effervescence avec les acides, & ne contenoit point de tartre vitriolé : je répétai cette expérience d'une autre manière. J'exposai à l'air une capsule de verre large & plate, sur la surface de laquelle j'avois étendu un peu du même alkali. Au bout de deux jours, je trouvai une partie de ce sel cristallisé autour des parois de la capsule, & je reconnus que ces cristaux étoient les mêmes que ceux de l'expérience précédente. Je suis fort éloigné de croire que cette expérience répétée indistinctement dans tous les pays, aura toujours le même succès; je conçois qu'elle peut varier beaucoup, selon le sol & la situation du lieu où elle sera faite; mais il est aisé de sentir que cette différence ne sera qu'accidentelle, puisqu'étant répétée en pleine campagne, éloignée du voisinage des volcans, elle donnera toujours les mêmes résultats.

ordinairement dans les pyrites cuivreuſes ; donc il eſt la baſe
du cuivre. Que penſeroit-on d'un pareil raiſonnement, &
quelle confiance pourroit-on y donner ? Je ſerois cependant
tout auſſi autoriſé à l'avancer que ces Chimiſtes, puiſqu'il ne
ſe trouve jamais de pyrite cuivreuſe, ſans qu'il y ait du fer.
Mais pourquoi refuſer plus long-temps à l'acide nitreux ce
que l'on accorde ſi gratuitement à l'acide vitriolique ? pourquoi vouloir que l'acide nitreux ſoit un dérivé de cet acide,
tandis que l'acide vitriolique auroit ſeul excluſivement le droit
d'être univerſel ? Eſt-ce que la Nature manqueroit de moyens
pour former l'acide nitreux ? Peut-être en eſt-elle plus avare ;
mais ſi l'on ne trouve point des amas conſidérables de nitre,
comme l'on en trouve de ſel gemme & de vitriol, doit-on en
conclure pour cela que cet acide ſoit le réſultat de la modification de l'acide vitriolique ? Ne ſait-on pas que lorſque l'acide
vitriolique touche au phlogiſtique, il reçoit, à la vérité mo-
mentanément, un caractère particulier, mais qui ne le dénature
point, puiſqu'il eſt toujours de l'acide vitriolique ? Si l'on conſidère d'ailleurs les propriétés particulières des différens acides,
leur manière d'être & d'agir ſur les corps, n'eſt-on pas autoriſé à penſer que ce ſont autant de compoſés particuliers qui
diffèrent beaucoup par leurs principes conſtituans les uns des
autres ? C'eſt-là le ſentiment que j'adopte, & c'eſt celui qu'ont
déjà adopté depuis long-temps avant moi pluſieurs Chimiſtes
célèbres. Je penſe donc que les acides minéraux, quoiqu'ayant
des propriétés qui les rapprochent les uns des autres, ſont très-
différens entre eux, & qu'il eſt auſſi difficile de faire de l'acide
nitreux avec de l'acide vitriolique, ou de l'acide marin, qu'il
l'eſt de faire de l'or ou de l'argent avec du cuivre ou du fer :
cela poſé, l'acide nitreux ne doit-il pas être regardé comme
un produit particulier, mais compoſé de principes très-ſimples ?
L'air fixe n'entreroit-il pas lui-même dans la compoſition de
cet acide ? Ne ſeroit-ce point une modification de cet être
avec la matière phlogiſtique dans un état particulier, qui,
comme l'on ſait, eſt un des principes conſtituans des acides ?
Il y auroit encore un très-grand nombre d'expériences à faire

fur cette matière, que le défaut de temps & des occupations d'une nature différente ne m'ont pas permis d'exécuter. Quoi qu'il en foit, je me propofe de faire voir dans la feconde partie de ce Mémoire, que l'on ne retire du nitre en plus ou moins grande quantité que des fubftances qui contiennent plus ou moins d'air fixe; & fi les terres calcaires ont ce privilège fur toutes les autres, ce n'eft relativement qu'à cette fubftance qu'elles contiennent très-abondamment. Le fentiment que j'adopte pour établir une théorie fur l'acide nitreux, a déjà, en quelque forte, été avancé par un habile Chimifte, M. *Lavoifier*, de l'Académie Royale des Sciences. Quoique nos fentimens foient un peu différens l'un de l'autre, on verra cependant qu'ils ont enfemble beaucoup de rapport. Cet habile Chimifte, dans un Mémoire lu à l'Académie Royale des Sciences, & depuis imprimé dans un Recueil de Mémoires fur la fabrication & la formation du Salpêtre, rapporte *que l'acide nitreux n'eft autre chofe que de l'air nitreux combiné avec les fix onzièmes de fon volume de la portion la plus pure de l'air, & avec une quantité affez confidérable d'eau.* M. Prieftley *penfe également que l'acide nitreux eft formé par une décompofition réelle de l'air même: on peut voir ce qu'il en dit dans fon fecond volume d'Expériences, page 74.* Mais pour que cette affertion fur l'acide nitreux puiffe avoir le degré de précifion qu'exige une bonne définition, il feroit effentiel que M. *Lavoifier* nous dît ce que c'eft que l'air nitreux: il eft vrai qu'à la page 616 de cette même Differtation, M. *Lavoifier* ajoute, que l'air nitreux n'eft autre chofe que de l'acide nitreux dépouillé d'air & d'eau: mais comment concilier cette théorie fur la nature de l'acide nitreux avec les fentimens des plus célèbres Chimiftes, qui tous admettent l'air, l'eau & le principe du feu, comme les principaux agens de la formation des fubftances falines? Quand bien même nous fuppoferions que l'acide nitreux puiffe, par quelque moyen particulier, acquérir un affez grand degré de concentration pour être concret, s'enfuivroit-il de là qu'il fût dépourvu d'air & d'eau? Stahl n'a-t-il pas démontré d'une manière très-exacte, que l'acide vitriolique dans le soufre, contenoit encore de l'eau? Hales, dans sa Statique des végétaux, n'a-t-il pas fait voir également que l'air fait partie des sels, & qu'il y entre comme partie constituante? Il est donc probable que s'il étoit possible d'enlever, par quelque moyen que ce fût, à l'acide nitreux son air ou son eau principe, il cesseroit dès-lors d'être acide nitreux, & perdroit entièrement, par cette séparation, son caractère particulier. Quoi qu'il en soit, d'après l'exposé que je viens de faire, on est autorisé à penser que M. Lavoisier regarde l'acide nitreux comme un produit particulier, & qu'il entre dans la composition de cet acide une quantité considérable d'air très-pur. Mais cet air pur que contient l'acide nitreux, & que l'on retire par l'analyse d'un grand nombre de substances où il se trouve, ne pourroit-il pas être regardé comme de l'air fixe rendu plus léger par son mélange avec le phlogistique? M. Priestley le pense ainsi: il regarde l'air de l'atmosphère comme très-composé, & déjà chargé de beaucoup de phlogistique: il dit, à la page 118 de son second volume, qu'il faut laisser séjourner long-temps l'air déphlogistiqué dans l'eau, pour le purger d'air fixe; ce qui paroît prouver que l'air déphlogistiqué n'en est jamais exempt. Plusieurs expériences m'autorisent encore à le penser. Nous sommes parvenus, M. de Lassone & moi, à dénaturer de l'air fixe tiré des terres calcaires, en le combinant avec le phlogistique, & à le rendre plus léger que l'air commun. Ce célèbre Chimiste a d'ailleurs démontré, dans une suite d'expériences qu'il a faites sur l'air, que celui qui se dégage de la calcination de l'étain, par l'acide nitreux, diffère beaucoup de celui que l'on retire de la dissolution de plusieurs autres métaux, par le même acide; puisqu'au lieu de former de l'air nitreux, il étoit au contraire plus léger que l'air ordinaire; légèreté qui n'a pu provenir sans doute, que du phlogistique que l'étain lui a fourni pendant sa calcination. M. Priestley, à la page 201 de son second volume, remarque qu'il a retiré, d'un mélange de cailloux & d'acide nitreux, de l'air fixe; cet air sûrement n'a pas été produit par le caillou, puisque cet Au-

teur

teur lui-même fait observer qu'ils n'en contiennent que très-peu, ou même point. Il eſt donc vraiſemblable que l'air fixe obtenu de ce mélange a été fourni par l'acide nitreux. Je ſens bien que pour donner plus de ſolidité à ce raiſonnement, il faudroit avoir formé de l'acide nitreux avec de l'air fixe & du phlogiſtique ; mais la Nature, myſtérieuſe & cachée, ne découvre que très-difficilement les moyens qu'elle emploie pour la formation & la compoſition des corps.

Fin de la première Partie.

D

SECONDE PARTIE.

*De la formation du Salpétre, & des moyens que l'on doit
employer pour en obtenir.*

LE Salpêtre, comme je l'ai dit dans la première partie de
ce Mémoire, ne se produit pas en aussi grande quantité que
les autres sels; la Nature, apparemment plus avare, n'en forme
point de magasins, & il n'est pas d'exemple que l'on en
ait trouvé des mines, comme l'on en trouve de sel gemme.
Mais si la Nature forme ce sel en moindre quantité que les
autres, il paroît aussi qu'elle est plus égale & plus uniforme
dans ses productions : par-tout on peut faire du nitre, &
par-tout on trouve les matériaux propres à le former; au lieu
qu'on ne trouve pas généralement par-tout des mines de
sel gemme ou de vitriol. Quoique la Chimie ne soit encore
guère avancée pour rendre raison de la formation des sels,
elle a cependant acquis plus de connoissance sur les circonstances qui favorisent la formation de l'acide du Salpêtre,
que sur celle des autres acides. On sait, par exemple, que
les corps en putréfaction, de quelque règne que ce soit,
soit du règne végétal ou animal, sont essentiels à la formation
de l'acide nitreux : on sait encore que les pierres ou terres
calcaires sont exclusivement les seules qui, par leurs mélanges
avec les matières putréfiées, fournissent du nitre; au lieu
qu'on ignore, ou du moins on ne fait que soupçonner quelles
sont les substances qui concourent essentiellement à la formation de l'acide vitriolique ou de l'acide marin. Cela posé,
il est donc important de déterminer quelles sont les circonstances les plus propres & les plus convenables pour
favoriser la production du Salpêtre : un libre concours de
l air & un peu d'humidité sont, selon moi, les deux élémens
qui contribuent le plus à sa formation; les autres substances
qui entrent encore dans sa composition, se trouvent dans les

mélanges, mais elles ne se dégagent pas sans la rencontre
des principes que je viens d'indiquer. On sait que sans humidité il n'y a point de putréfaction ; que les substances végétales ou animales, sèches & solides, restent toujours dans
le même état, & que ce n'est qu'en les humectant qu'on
peut les dénaturer, & les amener au terme convenable pour
la formation du Salpêtre : aussi c'est pour cette raison que
les Salpêtriers emploient toujours de préférence les terres des
souterrains qui sont à la proximité des étables ou des fosses
d'aisance, parce qu'elles sont toujours abreuvées d'une humidité suffisante pour compléter la putréfaction, quoique l'on
pût employer des terres d'endroits plus élevés, si (toutes
choses égales d'ailleurs) on avoit fait des mélanges convenables, & si on avoit eu soin d'humecter ces terres ; c'est
ce qui se pratique journellement dans les nitrières artificielles,
particulièrement en Allemagne, ainsi que l'a annoncé M. le
Comte de Milly, habile Chimiste, dans sa description d'une
nitrière artificielle, lue à l'Académie Royale des Sciences de
Paris, & imprimée dans le Recueil des observations sur le
Salpêtre, déjà cité.

Plusieurs Chimistes prétendent aussi que le libre accès de
l'air n'est pas absolument essentiel à la formation du Salpêtre ;
ils donnent pour raison, que ce sel se forme dans les caves
où l'air est stagnant, & ils partent de là pour se déclarer sur
le peu d'importance dont il est dans cette occasion ; d'autres,
au contraire, pensent que le libre accès de l'air est absolument indispensable : ils distinguent même l'espèce d'air qui y
contribue le plus, & ils avancent, non pas sans fondement,
que toutes les fois que le vent du Nord souffle, ils retirent
plus de nitre de leurs mélanges que par le vent du Sud, &
qu'enfin il en résulte une différence très-considérable dans le
produit des terres qui ont été exposées à l'air avec celles qui
ne l'ont pas été. J'ai été à portée de vérifier ce fait, & de me
convaincre de la bonté de cette opinion. J'ai construit une nitrière artificielle ; une partie de cette nitrière étoit exposée à
l'air ; mais une autre partie étoit placée de manière que l'ai

D ij

n'y circuloit que très-difficilement, & qu'il y étoit presque toujours stagnant : en examinant séparément ces deux terres, & qui étoient de même nature, je me suis apperçu d'une différence bien marquée dans leur produit. Celle exposée à l'air m'a fourni beaucoup plus de Salpêtre que celle où l'air ne circuloit pas, & j'ai eu aussi occasion de me convaincre que toutes les fois que le vent du Nord souffloit, j'obtenois du Salpêtre de houssage à la surface de la terre qui lui étoit exposée ; au lieu que l'autre, qui lui étoit contiguë, mais dont le communication étoit interrompue, ne m'en a jamais donné dans aucune circonstance (*). Mais comment expliquer cette différence ? Pourquoi n'obtient-on pas également du Salpêtre par le vent du Midi, si l'apparition du Salpêtre par le vent du Nord n'est occasionnée que par l'absorption de l'humidité ? Il me semble que celui du Midi, qui est aussi sec que celui du Nord, devroit produire le même effet. Je ne chercherai pas à rendre raison de tous ces phénomènes, ni à expliquer lequel de ces deux vents, ou de celui du Nord, ou de celui du Midi, contribue le plus à la formation de l'acide nitreux ; l'usage & l'habitude confirment d'ailleurs ce que je viens d'avancer. Les Chimistes qui ont été à portée de diriger des nitrières artificielles, ont depuis long-temps senti cette vérité ; ils ont toujours réservé des fenêtres au nord, afin de faciliter l'accès de cet air, au lieu que celles pratiquées à l'est & à l'ouest sont toujours fermées, & paroissent, selon eux, n'être d'aucune utilité. Ils ont même soin, lorsque ce n'est pas le vent du Nord qui souffle, de fermer toutes les communications.

(*) Une expérience d'un Amateur illustre & distingué (M. le Duc de la Rochefoucault) vient à l'appui de ce que j'ai avancé, & sert à confirmer de plus en plus mon opinion. Ce Savant, dans un Mémoire qu'il a bien voulu communiquer, il y a quelque temps, à l'Académie, a démontré que l'air contribuoit essentiellement à la formation du Salpêtre ; il a prouvé par des expériences bien faites, que de la craie, qui, seule & sans addition, donnoit du Salpêtre par la lixiviation lorsqu'elle étoit prise à la surface, n'en fournissoit plus lorsqu'on la prenoit à une certaine profondeur, & où l'air n'avoit pu circuler. Ces expériences réunies, prouvent donc d'une manière incontestable, que le libre accès de l'air est absolument essentiel à la formation de ce sel.

Les Salpêtriers, gens pour l'ordinaire peu instruits, occupés seulement à fouiller les terres & à les lessiver machinalement, ont appris par leur propre expérience, que les terres des caves ou autres souterrains qui étoient exposés au vent du Nord, fournissoient plus de nitre que les autres. On ne peut pas aller contre les faits, puisqu'ils paroissent si généralement établis. Je pourrois encore citer d'autres exemples, & fournir de nouvelles preuves sur la nécessité du libre concours de l'air pour la production du Salpêtre; mais comme les faits que je viens d'avancer se répètent journellement, & qu'ils sont confirmés par une suite d'observations constantes, je n'entrerai pas dans de plus grands détails. Je ferai cependant observer, que je suis très-éloigné de croire que l'air dépose l'acide nitreux sur ces terres; je pense au contraire que s'il en contient, ce n'est que par accident, & que si, par son libre accès dans les terres, il en augmente la production, cela ne doit provenir que de ce qu'en accélérant la putréfaction, il détermine le développement des miasmes putrides, qui sont, ce me semble, ceux qui contribuent le plus à la production du Salpêtre. Je suis d'autant plus convaincu de ce que j'avance, qu'en Suède, en Allemagne & en différens autres endroits où l'on a construit des nitrières artificielles, on s'est apperçu que l'on retiroit plus de nitre des terres qui avoient été remuées, & dont les surfaces avoient été renouvelées, que de celles qu'on avoit laissées en repos.

Il me reste actuellement à passer en revue les terres qui paroissent les plus propres à la production de ce sel. Plusieurs Chimistes ont décidé que le plâtre cuit, la chaux vive, le mortier de chaux, les terres calcaires de toute espèce étoient les seuls qui contribuoient le plus à la formation du Salpêtre; ils ont même regardé le plâtre comme le composé le plus propre à sa production. Mais de ce que le nitre se forme plus abondamment dans le plâtre, doit-on en conclure que l'acide vitriolique soit entré pour quelque chose dans la formation de ce sel ? Ne sait-on pas aussi qu'il se forme abondamment dans les terres calcaires, & qu'on en retire tous les jours en grande quantité des décombres des vieux édifices, quoiqu'il n'y ait point eu de plâtre employé? Nous avons d'ailleurs en France des Provinces entières dans lesquelles on ne trouve pas de plâtre, & où cependant on ne laisse pas de recueillir du Salpêtre; il est donc évident que le plâtre, comme plâtre, ne contribue point à la formation du nitre, & que c'est plutôt à la terre calcaire qu'il contient qu'on doit l'attribuer. On est encore fort incertain de l'état le plus propre & le plus convenable auquel on doit employer cette terre; les uns prétendent que la chaux vive est préférable à la chaux éteinte; je suis porté à croire cependant que si la chaux vive agissoit comme chaux vive, on n'obtiendroit point, par son mélange avec l'urine, de nitre, ainsi que beaucoup de Chimistes l'ont prétendu. J'ai répété cette expérience; j'ai mis douze livres de chaux vive dans un vaisseau convenable que j'ai humecté avec de l'urine; j'ai continué à en ajouter de nouvelle, lorsque je me suis apperçu que cette masse commençoit à se dessécher; cette opération a été entretenue pendant six mois: il est inutile de dire que, pendant cet espace de temps, il s'est dégagé de ce mélange une odeur très-forte d'alkali volatil; cependant, sur la fin du dernier mois, ayant laissé dessécher la matière, elle perdit entièrement sa mauvaise odeur, & en contracta une très-agréable qui approchoit beaucoup d'une plante qu'on nomme *Eliotrope*. Je lessivai cette matière; je fis évaporer la liqueur, & je ne vis pas sans surprise, que non seulement ce mélange ne me donna point de nitre, mais j'observai aussi que tout le sel contenu dans l'urine, avoit été annihilé & détruit entièrement par la chaux; je crus devoir rechercher la cause d'un pareil phénomène: je trouvai, dans M. Pott, une expérience qui me mit à portée de décider promptement cette question; il rapporte, dans sa Dissertation sur le sel marin, une expérience de Mazotta, extraite de son *Triplici Philosophia*, où cet Auteur dit: *qu'en calcinant le sel marin à différentes reprises, avec une partie égale de chaux vive, ce sel est détruit complètement.* On trouve également, dans une Dissertation de With, Médecin Anglois, sur l'eau de chaux, traduite en François par M. Roux, que la chaux a la propriété de détruire plufieurs mucilages ; & nous avons fait, M. de Laffonne & moi, un travail fuivi fur cet objet, dans lequel nous nous propofons de démontrer que la chaux vive a non feulement la propriété de détruire le plus grand nombre des mucilages, mais auffi toutes les fubftances falines, de forte qu'il n'en refte plus le moindre veftige. D'après cet expofé, il eft vifible que fi, dans tous les mélanges où l'on fait entrer de la chaux vive, cette fubftance agiffoit comme chaux, bien loin de favorifer la production du Salpêtre, elle y feroit abfolument contraire ; mais il eft probable qu'en recevant des différentes matières en putréfaction avec lefquelles elle eft mêlée, l'air qu'elle a perdu par la calcination, elle eft dans un état plus convenable à contribuer à la formation de ce fel ; je conçois auffi cependant que fi, au lieu de craie, dans fon état naturel, on l'emploie légèrement ouverte par le feu, on pourra retirer de fon mélange avec les autres matières qui lui conviennent, plus de nitre, parce qu'ayant reçu de la part du feu un commencement d'altération, mais telle que fon air fixe n'ait point été détruit, elle peut alors être dans un état plus favorable à devenir fubftance faline. Il réfulte néanmoins de tout ce que je viens de dire, qu'autant de temps que cette terre n'aura pas récupéré fon air fixe, elle ne pourra être propre à la formation du Salpêtre : on pourra m'objecter que l'on trouve dans les volumes de l'Académie Royale des Sciences, un Mémoire de Bolduc, dans lequel ce Chimifte annonce s'être fervi avec fuccès de chaux vive, pour extraire le nitre de plufieurs plantes qu'il examinoit; mais cette objection ne feroit pas fondée, fi l'on fait attention que Bolduc n'a employé la chaux vive, dans cette circonftance, que comme un intermède capable de détruire le mucilage qui mafquoit ce fel, & non point comme un moyen pour en faciliter la production. Son but étoit de prouver que les végétaux contenoient du nitre tout formé, & il n'a pas cherché à calculer fi l'intermède qu'il avoit employé pour détruire le mucilage, n'avoit pas auffi emporté une portion de la fubftance faline. On voit donc que fi la terre calcaire eft effentielle à la formation du Salpêtre, il faut auffi qu'elle foit pourvue de son air ; autrement, elle a la propriété de détruire tous les corps qu'elle touche.

D'après cet exposé, j'ai lieu de croire que l'air fixe est un des principes constituans de l'acide nitreux (*) ; mais par quel latus se combine-t-il ? quelle est la matière avec laquelle il s'unit, & comment enfin se forme cet acide ? ce sont autant de questions qui sont très-difficiles à résoudre. Les acides paroissent être des substances très-simples, des composés du second ordre, dont la formation & l'origine ont échappé jusqu'ici à la perspicacité des Chimistes les plus exacts & les plus éclairés ; il est encore un très-grand nombre de mixtes de différente nature, sur l'origine desquels nous n'avons pas plus de connoissance que sur la formation des acides : car qui pourroit nous dire de quoi sont composés les métaux, & qui pourroit nous donner les moyens de les réformer avec des substances différentes de celles dont ils sont composés, rendroit un très-grand service à la Chimie, & avanceroit beaucoup les progrès de cette science.

Le sentiment que j'adopte pour l'explication de l'acide

(*) Plusieurs Chimistes pensent aujourd'hui que l'air qui entre dans la composition de l'acide nitreux, est plutôt de l'air déphlogistiqué que de l'air fixe. Ils établissent leurs opinions d'après une découverte de M. Priestley, qui a effectivement démontré que le nitre exposé au feu dans des vaisseaux de verre ou de terre donnoit beaucoup d'air déphlogistiqué, toujours mêlé d'une petite quantité d'air fixe. De là ils concluent que cette espèce d'air entre essentiellement dans la formation du nitre. Mais qui pourra nous assurer que cet air entre dans cet état dans la formation de ce sel ? ne pourroit-il pas se faire que l'air fixe mêlé & saturé de gaz putride, ayant déposé dans une base quelconque le principe de la nitrification qu'il contenoit, cet air fût devenu plus pur & plus respirable, semblable à celui qu'on retire des chaux métalliques, que l'on méphitise à volonté par l'addition d'un peu de phlogistique : car je ne serois point surpris qu'on trouvât un jour le moyen de changer l'air fixe en air déphlogistiqué, comme on le fait de ce dernier en air fixe. Ainsi quelque probable que paroisse l'hypothèse de ces Chimistes, il faut avouer qu'elle n'est étayée d'aucune preuve ; car jusqu'ici, il n'est pas d'exemple qu'on ait pu faire du nitre par la combinaison de l'air déphlogistiqué avec une substance quelconque.

Si les tentatives que j'ai faites pour combiner l'air fixe avec les terres, ont toutes été infructueuses, il me reste au moins le foible avantage d'avoir avancé le premier que cet air mêlé de gaz putride, pouvoit bien être un des principes constituans du Salpêtre ; cette théorie que j'ai donnée avec beaucoup de réserve, vient d'être confirmée d'une manière bien satisfaisante par M. Thouvenel. Ce Chimiste a démontré que l'air putride étoit absolument essentiel à la nitrification ; mais il a fait voir en même temps que lorsque cet air étoit dépouillé de son air fixe, il perdoit dès-lors cette propriété : ce qui me fait soupçonner avec assez de vraisemblance, que ce dernier air est un des principes constituans du Salpêtre.

nitreux,

nitreux, quelque conjectural qu'il puisse être, me paroît tout aussi admissible que celui de plusieurs Auteurs, qui regardent avec Meyer, l'*Acidum pingue*, comme principe constituant de l'acide nitreux; ils se fondent sur ce que la chaux contribue à la formation du nitre : donc, disent-ils, l'*Acidum pingue* de la chaux se combinant avec le phlogistique ou matière huileuse des substances en putréfaction, forme l'acide nitreux; mais si la chaux contribue par son *Acidum pingue*, à la formation du Salpêtre, quelle raison donneront-ils de celui que l'on forme avec la craie, qui, dans son état naturel, ne contient point d'*Acidum pingue*, puisqu'elle n'a pas été exposée à l'action du feu? Il faudra de toute nécessité admettre une autre cause; car, avant d'établir cette assertion, il seroit à désirer que l'on connût ce que c'est que cet *Acidum pingue*, & quel effet il produit sur les corps. En consultant les ouvrages de Meyer, on voit que cet habile Chimiste n'avoit pas encore des idées bien nettes & bien précises sur l'existence de ce nouvel être; il le regardoit (*) comme la substance la plus prochaine de la plus pure matière du feu, comme une matière subtile, mixte, analogue au soufre, & composée d'une substance saline acide : il dit ailleurs, que son genre est inconnu, & il est fort incertain de la dénomination qu'il doit lui donner, ou s'il doit l'appeler un esprit ou un sel volatil, ou une huile subtile incombustible. Je me dispenserai de suivre plus loin Meyer dans son hypothese, puisque son ouvrage se trouve aujourd'hui entre les mains de tous les Chimistes. Quoi qu'il en soit, si, avant que de se décider, on veut concilier le sentiment de Meyer avec celui des Anciens, on pourra, ce me semble, y trouver beaucoup de rapport & d'analogie. L'*Acidum pingue* ne seroit-il pas lui-même ce feu pur, ce feu principe qui est susceptible de se combiner de diverses manières avec les corps? Tout me porte à le croire, si l'on en juge par les différens effets qu'il produit. La craie, comme l'on sait, est susceptible de se calciner aussi bien dans les vaisseaux fermés qu'à l'air libre; dans ces

(*) Meyer, second Volume, traduc. Franç. pag. 7.

E

deux cas, elle se convertit également en chaux : si le principe qu'elle retient pendant sa calcination est un mixte & un composé (comme l'avance Meyer), comment peut-il passer à travers les pores du verre, puisque nous ne connoissons que la matière du feu pur qui lui soit perméable ? Nous voyons d'ailleurs que plusieurs effets que l'on prétend être occasionnés par l'*Acidum pingue*, s'expliquent tout aussi bien, & même d'une manière plus exacte par le feu pur. M. de Lassone, dans un Mémoire lu à l'Académie des Sciences, sur l'examen de la chaux sur différentes substances salines, a fait voir qu'en faisant bouillir de la chaux vive avec du sel de seignette ou du sel végétal, on obtenoit par ce mélange une liqueur très-claire, très-limpide, mais devenue très-caustique. Cette même liqueur, soumise à l'évaporation, s'épaissit sur le feu, & prend une consistance à peu près semblable à celle de la colle d'amidon ; si on laisse refroidir ce mélange, cette liqueur reprend la limpidité qu'elle avoit auparavant. Est-ce l'*Acidum pingue* qui produit cet effet ? Cela n'a pas paru tel aux yeux de M. de Lassone, & ce célèbre Chimiste a cru devoir rendre raison de ce phénomène d'une manière plus simple, en admettant comme cause principale de cet effet, non point l'acide du feu, mais le feu pur qui n'avoit pénétré cette substance que superficiellement, & qui y adhéroit si peu, qu'il se dissipoit par le refroidissement. Pourquoi d'ailleurs le feu n'auroit-il pas le même avantage que l'air ? On ne refuse pas à celui-ci la faculté de se combiner de diverses manières avec les corps, & d'y produire des changemens & des altérations, selon l'état & la quantité où il se trouve ; au lieu que l'on veut borner l'action du feu à une seule manière d'être, & prétendre qu'il agit uniformément sur les corps ; pour moi, je suis bien persuadé du contraire, & je pense, d'après plusieurs célèbres Chimistes, que la manière d'agir du feu sur les corps, est bien aussi variée que celle de l'air, & que, selon le mode où il est, il doit produire des changemens & des phénomènes capables en tout point d'exciter leur attention & leur curiosité.

Je pourrois appuyer mon raisonnement d'un plus grand

nombre de citations & d'expériences, si je ne craignois de sortir des bornes que je me suis prescrites. Quoi qu'il en soit, l'air fixe est un être existant, un être réel dont les propriétés sont connues, & qui se trouve répandu dans presque tous les corps. Il est probable que cet air fixe, dont l'identité est reconnue, retiré de toutes les substances quelconques, puisse, en se combinant avec celles qui lui sont propres, entrer dans la formation de l'acide nitreux. L'acidité de l'air fixe est certaine ; toutes les expériences le prouvent : mais il n'en est pas de même de l'*Acidum pingue*, dont l'existence n'est encore que précaire, & sur l'origine duquel on est encore bien peu d'accord.

Fin de la seconde Partie.

TROISIÈME PARTIE.

Sur les moyens d'augmenter en France la production du Salpêtre, sans avoir recours au creusement des caves, & en délivrant les particuliers de la gêne & de l'assujettissement auxquels ils sont exposés par les fouilles que les Salpêtriers ont droit de faire chez eux.

J'ai traité dans les deux premières parties de ce Mémoire, de l'acide nitreux & de sa formation; j'ai discuté les sentimens de divers Auteurs qui en ont parlé jusqu'ici, & je suis au moins porté à croire, que si mes expériences ne détruisent pas entièrement leurs opinions, elles pourront servir peut-être à ralentir leur jugement, & les détermineront à faire de nouveaux efforts, qui tendront toujours à donner plus de connoissance sur la nature de cet acide. Il me reste actuellement à examiner quels sont les moyens d'augmenter la production du Salpêtre, à déterminer les mélanges & les proportions les plus convenables des terres propres à produire ce sel, & enfin à proposer des méthodes qui me paroissent d'une exécution plus simple, plus facile, moins onéreuse, & qui exigent moins de main-d'œuvre que celles qui sont en usage aujourd'hui.

Des moyens d'augmenter la production du Salpêtre.

On peut, de diverses manières, parvenir au but que je me suis proposé. La nature, si variée dans ses productions, nous offre naturellement du Salpêtre, & nous présente différens moyens par lesquels on peut parvenir à sa composition; mais elle paroît affectionner cependant de certaines terres, de certains mélanges de préférence à d'autres, pour la production de ce sel. Un moyen sûr pour acquérir quelque connoissance sur cet objet, est d'examiner les terres dans lesquelles il se fixe plus tôt, & qui sont essentielles à sa formation; considérer également les matières en putréfaction, qui y concourent le plus : en suivant ces vûes, on sera, ce me semble, à portée de découvrir quelques vérités qui pourront conduire à l'augmentation du produit de ce sel. On sait, ainsi que je l'ai déjà dit dans la seconde partie de ce Mémoire, que les terres calcaires entrent essentiellement dans la composition du Salpêtre; mais ces terres seules & sans aucuns mélanges, deviendroient totalement inutiles, si l'on n'employoit quelques substances qui, par leur union avec elles, contribuassent à sa formation (*); ce sont les matières en putréfaction. Toutes ces matières ne possèdent pas cependant cette qualité aussi bien les unes que les autres : il s'en trouve parmi elles qui ont cette propriété dans un degré plus éminent, qui contiennent du phlogistique plus développé, & plus propre par conséquent à se combiner avec la substance qui sert à former l'acide nitreux. De toutes les matières en putréfaction retirées du règne végétal ou du règne animal, celles qui me paroissent les plus propres & les plus convenables, ce sont celles du règne végétal; ces substances, en se putréfiant, produisent un double avantage à la composition de ce sel; elles fournissent non seulement la matière phlogistique qui sert à le former, mais même encore l'alkali fixe qui le neutralise pour l'ordinaire, ainsi qu'on peut s'en convaincre par les expériences de M. Montet, habile Apothicaire de Montpellier : cet alkali fixe qui se combine ainsi avec l'acide nitreux, existoit tout formé dans les plantes, & ne doit son dégagement qu'à la désunion des principes du corps qui tombe en putréfaction, comme l'a avancé M. Baumé.

(*) On a retiré depuis peu du nitre par la lixiviation d'une espèce de craie ; il est aisé de sentir que la formation de ce nitre ne doit être attribuée qu'à une portion de matière phlogistique des corps organisés, qui se sera combinée avec la terre calcaire, & aura formé du nitre.

Cette découverte vient à l'appui de ce que j'ai avancé dans la première partie de ce Mémoire, sur la formation du nitre avec les terres calcaires, & les matières en putréfaction.

Les subſtances animales, quoiqu'ayant les mêmes propriétés que les subſtances végétales pour la production du Salpêtre, ne fourniſſent pas par leur putréfaction l'alkali fixe (*); auſſi le nitre qu'on retire du mélange de ces ſubſtances, eſt ordinairement du ſel ammoniacal nitreux, qui eſt pour l'ordinaire décompoſé par l'addition des cendres ou autres ſubſtances alkalines, que l'on mêle avec les terres avant ou après leur lixiviation. Lorſque j'avance que les ſubſtances végétales en putréfaction produiſent de l'alkali fixe, & neutraliſent l'acide nitreux, je ne prétends pas pour cela dire que tout l'alkali qui neutraliſe cet acide, ſoit formé par les plantes. Je ſuis au contraire porté à croire que la plus grande partie de ce ſel eſt formée immédiatement & en même temps que l'acide, & que cette formation n'eſt due qu'au développement du phlogiſtique, qui s'émane de ces corps, & qui, en ſe combinant avec la terre calcaire, forme l'alkali fixe, ainſi que l'a démontré M. Baumé : nous en avons d'ailleurs pluſieurs exemples dans le nitre à baſe d'alkali fixe, qu'on obtient de pluſieurs mélanges, dans leſquels on n'a point fait entrer de ſubſtances végétales. Ainſi donc, le véritable moyen d'augmenter la production du Salpêtre, eſt de bien connoître les ſubſtances qui concourent le plus à ſa formation, leur préparation & le terme convenable auquel on doit les employer pour en extraire ce ſel. Car quelque bonnes que puiſſent être ces préparations, ſi la putréfaction n'eſt pas finie entièrement, & ſi ces mélanges conſervent encore quelques mauvaiſes odeurs, on n'obtiendra que peu ou point de Salpêtre de ces terres, qui étoient cependant ſuſceptibles d'en fournir beaucoup, ſi elles euſſent été employées dans un temps convenable. Les trois règnes fourniſſent chacun des matières propres à la production de

_____

(*) Les matières animales, ſeules, ne fourniſſent que de l'alkali volatil; il n'y auroit cependant rien de ſurprenant, que des mélanges de terre calcaire avec des matières animales en putréfaction, il en réſultât de l'alkali fixe; mais il eſt viſible auſſi que cet alkali ne ſeroit point le produit de matière animale, mais ſeulement la combinaiſon du phlogiſtique échappé des corps putréfiés avec la terre calcaire.

ce sel ; dans le règne minéral nous trouvons toutes les terres calcaires quelconques calcinées ou non calcinées, & toutes les terres qui en contiennent ; telles que le terreau des jardins, la terre des prés, celle tirée du fond des marais (*), les platras, les décombres des vieux édifices, les briques pilées ; toutes ces terres peuvent servir, par leurs mélanges, à la production du Salpêtre ; l'argile n'y convient point : il faudroit, pour pouvoir l'employer, diminuer sa densité & sa tenacité par l'addition des terres calcaires, autrement la perte seroit trop considérable.

Toutes les substances végétales peuvent également convenir ; mais les plantes tendres, aqueuses, & qui croissent dans des terreins gras ou le long des murs, sont préférables à celles qui sont ligneuses : on peut se servir avec succès des feuilles, des fruits, du tan, & en un mot, de toutes les parties des végétaux ; les cendres, de quelque espèce qu'elles soient, peuvent être également employées. On peut se servir avec avantage, pour humecter ces mélanges, des eaux alkalines, tirées des blanchisseries, des tanneries, ou, de préférence, on peut employer cette eau noire qui découle des fumiers.

Dans le règne animal, on peut employer tous les animaux quelconques, toutes les parties qui les composent, leurs excrémens. Mais parmi ceux-là, il en est qui sont plus propres, tels que la fiente de pigeon, la crote de mouton, de chèvre, le crotin de cheval & la fiente de poule : il faut avoir attention, dans le choix que l'on fait de ces matières, de n'employer de préférence que celles qui sont composées de parties tendres & molles, & dont la putréfaction puisse s'achever promptement, puisque c'est une des causes qui accélèrent le plus la production du Salpêtre ; il faut sur-tout avoir attention, si l'on emploie des animaux, de les débarrasser de leur graisse, qui en retardant la putréfication, s'opposeroit à la pro-

_____

(*) Celles de cette espèce peuvent être employées avec beaucoup de succès, parce qu'elles renferment les substances convenables par la production du Salpêtre, sans avoir, en quelque sorte, besoin d'addition ; l'exposition de ces terres à l'air suffit.

duction de ce fel. Il n'eſt pas néceſſaire que toutes les matières
que je viens d'indiquer ſoient ajoutées dans les mélanges ; une
partie ſeulement ſuffit : mais je préviendrai qu'il vaut beaucoup
mieux employer des ſubſtances végétales que des ſubſtances animales, parce que ces matières, en ſe putréfiant, laiſſent exhaler
une odeur moins déſagréable & moins nuiſible aux ouvriers qui
ſont occupés à ce genre de travail. Ayant donc expoſé les différentes matières qui peuvent être miſes en uſage avec ſuccès
à la formation de ce ſel, nous allons paſſer aux mélanges,
& donner les proportions les plus convenables auxquelles
on doit s'en ſervir.

Lorſque, ſelon ſa ſituation & le lieu qu'on habitera, on
aura fait choix des matières que l'on veut employer, il faudra les battre & les mettre en poudre groſſière, en les
paſſant à travers une claie, afin de les mêler plus exactement : ſi l'on emploie des parties dures & ſolides d'animaux
ou de végétaux, il faut avoir ſoin, avant de les mêler, de
les couper & diviſer en menues parties; il eſt même très-
eſſentiel de les faire macérer pendant quelque temps, ou
dans une leſſive de cendre, ou dans de l'eau de fumier,
ou au défaut de cela, dans l'eau ordinaire, qu'on laiſſera
expoſée au ſoleil, afin que par cette longue digeſtion, ces
matières puiſſent ſe ramollir & ſoient en état de ſe putréfier
plus promptement : mais il ne faut employer ces ſubſtances
qu'à la dernière extrémité, & lorſqu'on ne peut pas s'en
procurer d'autres plus propres & plus convenables à cet
uſage; ce qui ne peut pas arriver, attendu que par-tout
on trouve des ſubſtances végétales, du fumier, de l'urine
ou d'autres excrémens d'animaux, qui toutes valent mieux
que les autres parties ſolides, à la production du nitre.
Il eſt bien eſſentiel dans la préparation de ces terres, qu'elles
ſoient mêlées du mieux qu'il ſera poſſible, avec les matières
animales ou végétales que l'on voudra employer; il faut ſur-
tout avoir attention qu'elles ſoient aſſez diviſées pour que
l'air puiſſe les pénétrer facilement; auſſi, pour cet effet,
faut-il ajouter des ſubſtances qui les rendent & plus légères

&

& plus friables. Quand on verra que la putréfaction fera bien avancée, & que cette matière n'aura presque plus de mauvaise odeur, il faudra pour lors la remuer avec des instrumens de fer, afin de renouveler les surfaces. Cette agitation est d'autant plus essentielle, que la putréfaction étant plus long-temps à se faire, retarderoit, ainsi que je l'ai déjà dit, la formation du nitre : il faut que les mélanges soient toujours un peu chargés d'humidité; elle y est indispensable; la réaction & la pénétration ne se feroient point; la putréfaction n'auroit pas lieu, ou du moins elle ne se feroit que très - imparfaitement, si l'on n'y ajoutoit pas d'autre humidité que celle contenue dans les substances que l'on emploieroit. Lorsque je dis que l'humidité y est essentielle, je n'entends point que les mélanges soient humectés au point que la liqueur qu'on ajouteroit en trop grande quantité, vînt à s'écouler au travers des terres : on sent bien qu'une manipulation semblable seroit nuisible & défectueuse, parce que cette eau, en se filtrant, lessiveroit les terres, & emporteroit beaucoup de substances salines, que l'on a grand intérêt de conserver : il faut, le moins qu'il sera possible, les humecter avec de l'eau pure; si l'on manquoit d'eau de fumier ou d'urine, on pourroit mettre en usage les égouts des rues, des tanneries & autres, comme je l'ai déjà dit : au défaut de tout cela, on pourra préparer une liqueur dans laquelle on aura fait macérer diverses plantes, n'importe l'espèce, qu'on laissera exposée à l'air : cette eau, par le séjour de ces différentes matières, acquerra une mauvaise odeur, & semblable à l'eau de fumier, pourra être employée avec succès pour humecter de temps en temps ces terres. On ne peut point fixer de terme pour l'addition de cette humidité, cela dépend du temps qu'il a fait & de la situation du terrein; c'est à l'Artiste à décider par lui-même de l'état où il les trouve, de les humecter lorsqu'il prévoit qu'elles en ont besoin. Quant à la proportion des différentes substances que l'on veut employer pour la composition de ces mélanges, cela dépend d'abord des matières que l'on a sous la main. On sent

F

qu'il eſt difficile de donner des proportions juſtes; mais heureuſement une plus grande ou une petite quantité ne change-
roient point la production du Salpêtre, & il faut toujours avoir
attention que les matières putrides n'excèdent point les terres
que l'on emploie. Suppoſons donc un mélange, qui ſeroit
compoſé de terre végétale, de chaux, de cendres & de plâtras; ſi l'on ajoutoit encore à ce mélange une pareille quantité
de matières en putréfaction, ou fumier, ou crotin de cheval,
ou animaux, il eſt évident que ce ſeroit trop, que la putréfaction auroit beaucoup de peine à ſe faire, & que les terres contenues dans ce mélange ſeroient trop enveloppées de matières graſſes qui maſqueroient ce ſel, & qu'il faudroit laiſſer
écouler beaucoup d'années avant qu'elle fût propre à produire
du Salpêtre; ce qui ſeroit un très-grand obſtacle qui ne répondroit point aux vûes que l'on s'eſt propoſées : il vaut mieux
même, pour hâter la production de ce ſel, pécher plutôt en
moins qu'en plus : on pourra, par ce moyen, ſe procurer en
très-peu de temps une terre bonne & fertile en Salpêtre, au
lieu qu'on eſt obligé d'attendre très-long-temps, lorſque l'on emploie trop de matières putrides. Dans tous les mélanges que
j'ai été à portée de faire pluſieurs fois, j'ai toujours ſuivi les
proportions ſuivantes : ſur cent parties de plâtras & de terre
végétale, j'y faiſois mêler douze parties de matières, ou putréfiées, ou propres à ſe putréfier (*); j'ajoutois à ce mélange
dix parties de craie & cinq parties de cendre; je l'humectois
avec de l'urine ou de l'eau de fumier, & j'ai toujours obtenu
par ce procédé une bonne quantité de Salpêtre : j'ai varié
ces mélanges, j'ai employé au lieu de plâtras d'autres eſpèces
de terres, telles que la craie, & j'ai néanmoins obtenu des
réſultats à peu près ſemblables : on ſent bien qu'il eſt impoſſible de déduire au juſte la quantité de Salpêtre qu'on retire
de ces mélanges, cela ne peut ſe faire ſans s'expoſer à com-

(*) J'ai obſervé depuis, qu'on pouvoit diminuer au moins de moitié la quantité
de matières putrides, & que par l'agitation ſeule de ces mélanges, dans la vûe
de les pénétrer plus tôt du gaz que ces ſubſtances fourniſſent, on rendoit ces
terres plus âpres à ſe ſalpétrer.

mettre de grandes erreurs. On sait d'abord qu'il faut plusieurs années pour que ces terres soient en pleine valeur, que la troisième & quatrième années fournissent plus de Salpêtre que la première & la seconde ; que la situation du lieu & la saison plus ou moins favorable qu'il a fait l'année courante, y contribuent même beaucoup, & que les mêmes mélanges, employés en même quantité, produisent encore des variations très-grandes, dont il est très-difficile de rendre raison. Les expériences se font d'ailleurs trop en petit, pour qu'on puisse prendre seulement aucun terme moyen. On voit donc que pour déterminer des proportions justes, il faudroit avoir une connoissance exacte de toutes les substances que l'on peut employer. Mais en suivant les règles générales que je viens d'établir, j'espère que l'on pourra parvenir à augmenter la production du Salpêtre, & que l'on emploiera désormais des méthodes plus simples que celles qu'on a pratiquées jusqu'ici. Je me dispenserai de rapporter celle que l'on pratique en France ; elle est connue de tout le monde, & les pauvres habitans des villes & des campagnes n'ont appris que trop à leur dépens combien elle est défectueuse ; & s'ils se peuvent voir un jour délivrés des entraves & de la gêne qu'on exerce contre eux, ils béniront sans cesse l'auguste Monarque que le Ciel a placé sur le trône pour le bonheur de ses peuples, & le sage Ministre, digne interprète de sa bienfaisance, à qui rien n'a échappé.

On peut proposer divers moyens pour augmenter la production du Salpêtre : nous avons sous les yeux les établissemens qui ont été faits en Suède, en Prusse, & dans divers autres endroits ; peut-être pourrions-nous, par quelques moyens encore plus simples, parvenir au même but. En Suède, on a établi des nitrières artificielles ; on a construit des hangars ouverts de différens côtés, pour déterminer le libre accès de l'air, sous lesquels on a fait des mélanges de terre propre à la production de ce sel. Il est aisé de s'appercevoir que de pareils établissemens exigent beaucoup de main-d'œuvre & de dépenses ; & quoique l'on se serve d'une voie peu couteuse, à la vérité, qui est de se servir des filles de joie pour ramasser l'urine & la

porter au lieu deftiné pour humeƈter les terres, néanmoins
elles ne peuvent pas feules remplir ce genre de travail, il faut
des hommes employés continuellement à remuer les terres & à
les leffiver ; ce qui doit certainement, en multipliant la dépenfe,
augmenter le prix de ce fel. Je fais que les hommes dont on fe
fert pour fuivre ces travaux, font dans la mifère & fans aucune
reffource ; mais on conviendra fans peine, que fi l'on vouloit
employer une méthode plus fimple, on pourroit diriger ces bras
d'une manière plus utile, en les employant au défrichement des
terres & aux travaux de la campagne. Une autre confidération
non moins importante à faire fur ces établiffemens, c'eft leur
proximité des villes. Comme il entre indifpenfablement dans
ces mélanges beaucoup de matières en putréfaƈtion, on ne peut
difconvenir que de ce foyer putride il s'émane continuellement
beaucoup de miafmes capables d'infeƈter l'air, & d'occafionner beaucoup de maladies dangereufes ; c'eft ce que nous ne
voyons arriver que trop fouvent par les maladies auxquelles font
expofés ceux qui habitent près des cimetières, des marais, ou
d'autres matières analogues en putréfaƈtion : fi l'on compenfe
l'avantage qu'on en retire avec les dangers auxquels on eft
expofé, on verra que quelque beaux & quelque avantageux que
foient pour la nation Suédoife ces établiffemens, puifqu'ils ont
pour objet l'utilité & la tranquillité publique, ils peuvent néanmoins devenir la fource d'une infinité d'accidens, & caufer la
ruine de beaucoup de familles. De pareils établiffemens ne pourroient avoir lieu aux environs de Paris, quoique, fans contredit, ils y feroient mieux placés qu'ailleurs, puifque l'on trouveroit dans les balayures, les plâtras & les égouts de cette grande
ville, des matériaux tout préparés, très-riches en Salpêtre, &
qui n'exigeroient d'autre dépenfe que celle d'agiter & remuer
les terres de temps en temps. Mais il feroit à craindre qu'un
amas auffi confidérable de matières putrides, ne répandît fur les
habitans de cette ville des maladies contagieufes, & ne leur
occafionnât des maux beaucoup plus grands que ceux auxquels
ils font accoutumés par la gêne qu'exercent fur eux les Salpêtriers. Je fais qu'on m'objeƈtera que la plus grande quantité

des égouts de Paris font portés dans des tombereaux aux environs de cette ville, dans des endroits deftinés par la Police, & que cependant il n'eft pas d'exemple qu'ils aient occafionné jamais aucune maladie. Je ne chercherai point à réfoudre cette queftion, puifqu'elle eft totalement du reffort de la Médecine ; mais je répondrai feulement, que les égouts placés en différens endroits, font expofés en plein air ; que le dégagement de ces miafmes putrides n'eft retenu par rien ; que la pluie délaye cette matière, & la fait pénétrer plus facilement dans les terres, & que néanmoins, malgré cela, à la proximité des lieux où font ces immondices, il eft des temps dont l'abord n'en eft pas foutenable. Que feroit-ce donc, fi l'on vouloit mettre en ufage ces matières pour en retirer le Salpêtre ? & qui feroient les ouvriers qui pourroient foutenir pendant long-temps un travail auffi pénible, fans courir eux-mêmes de très-grands rifques ? On pourroit néanmoins employer ces terres, & j'indiquerai, dans un inftant, les petites préparations auxquelles il faudroit les foumettre.

La Pruffe, par la conftruction de fes murailles, paroît avoir prévu tous ces inconvéniens ; le moyen qu'elle emploie, fort fimple par lui-même, eft d'autant plus avantageux, qu'il réunit à beaucoup d'égards tout ce que l'on peut défirer fur cet objet, puifqu'il procure le foulagement des peuples de ce Royaume, & les délivre de la fouille dans l'intérieur de leurs maifons. Les payfans eux-mêmes font chargés de la conftruction de ces murailles ; le travail n'en eft point fatigant, & ils font bien récompenfés du prix de leurs peines, par la paix dont ils jouiffent. Ils font, felon M. Pietck (*), un mélange de cendres non leffivées de bonne terre, c'eft-à-dire, de terre noire végétale, ou de la terre des caves ou d'autres fouterrains, qu'ils mêlent avec de la paille pour donner à ce mélange plus de légèreté & le rendre plus poreux ; ils humectent cette terre avec

_____

(*) Sthaal avoit déjà remarqué, que quand l'humidité avoit eu le temps de pénétrer affez avant & affez abondamment dans certaines murailles, on voyoit enfuite paroître à fa furface, un véritable Salpêtre, fous la forme d'une efpèce d'efflorefcence.

l'eau fale des bourbiers ou celle qui fe trouve près des fumiers,
& ils conftruifent, avec cette matière ainfi préparée, des murailles,
qu'ils couvrent de paille pour les garantir de la pluie ; ils ont
foin d'y verfer un peu de cette eau de temps en temps, & par
ce moyen ils fe procurent du Salpêtre en affez grande quantité
pour fournir à leur confommation : on pourroit cependant, ce
me femble, augmenter le produit de ce fel ; fi au lieu de conftruire des murailles, on fe fervoit des mêmes mélanges de terre,
& que l'on eût foin de les agiter & de les humecter de temps
en temps avec de l'eau ci-deffus indiquée, pour lors, en renouvelant davantage les furfaces, la putréfaction fe feroit mieux, &
on pourroit ainfi obtenir plus de Salpêtre. Il eft vrai qu'on ne
retireroit pas de ce mélange autant de Salpêtre de houffage que
des murailles ; mais à tout cela il n'y auroit rien de perdu, puifque celui qui ne fe feroit pas montré au dehors fe trouveroit avec
avantage lors de la lixiviation. M. Pietck emploie, dans la conftruction de ces murailles, des cendres non leffivées, non feulement pour rendre les terres plus poreufes & plus pénétrables à
l'air, mais même dans la vûe d'obtenir davantage du nitre à
bafe d'alkali fixe. Ces cendres, d'après le fentiment de M.
Montet & du Chevalier du Coudray, n'y font pas d'une néceffité abfolue ; car ces deux habiles Chimiftes ont obfervé que
l'on retiroit autant de nitre à bafe d'alkali fixe, du mélange des
cendres du tamarifc qui n'en contiennent point, que du mélange
d'autres cendres qui en contiennent (*). Ces dernières fubftances

_____

(*) Des obfervations que j'ai été à portée de faire pendant mon féjour à Montpellier, fur les cendres du tamarifc, me paroiffent un peu oppofées aux fentimens
des deux habiles Chimiftes que je viens de citer : je ne difconviens point que la
plus grande partie du nitre ne fe trouve naturellement formée à bafe alkaline ;
mais auffi je ne fuis pas de leur avis, lorfqu'ils avancent que les cendres du tamarifc ne fervent qu'à dégraiffer les eaux mères, & ne contribuent point à la régénération du Salpêtre. En effet, de ce que l'on ne retire point par la lixiviation
de ces cendres, aucun indice d'alkalicité, doit-on en conclure qu'elles ne rempliffent point l'indication qu'on avoit toujours crue jufqu'alors ? c'eft ce que
l'expérience ne confirme point. J'ai démontré dans un Mémoire que j'ai lu
à l'Académie des Sciences le 13 Décembre 1777, ayant pour titre : *Mémoire
fur l'action comparée de l'acide nitreux, & de l'acide marin fur les fels vitrioliques à bafe terreufe*, que toutes les fois que l'on uniffoit le fel marin à
bafe terreufe, ou le nitre à bafe terreufe avec le tartre vitriolé ou le fel de

peuvent cependant être de quelque utilité aux mélanges de terres, soit dans la vûe de les rendre plus poreuses & plus pénétrables à l'air. En considérant donc les deux établissemens pratiqués en Suède ou en Prusse, on pourra, sans cependant les adopter ponctuellement, profiter des vûes & des éclaircissemens qu'ils nous ont donnés pour chercher en France de nouveaux moyens d'augmenter la production du Salpêtre, dont la récolte est bien différente aujourd'hui de ce qu'elle étoit il y a plusieurs années, puisqu'il y a près du double de diminution; ce qui suppose certainement un vice, soit dans la régie, soit par le défaut de capacité des personnes qu'on emploie à ce genre de travail: un moyen sûr de réparer cette perte, & de prévenir désormais toute espèce d'abus qui se glissent insensiblement dans toutes les grandes entreprises, ce seroit de fixer des loix sages & invariables. Il faudroit que, par une Déclaration du Roi, il fût enjoint à chaque particulier qui habite les bourgs & villages du Royaume, & qui sont logés un peu convenablement (*), de faire chez eux un mélange de terre propre à la production du Salpêtre, que nous désignerons ci-après; ordonner à Messieurs

Glauber, ces sels étoient toujours décomposés, & que, dans ces deux cas, les sels vitrioliques quittoient leur base alkaline, s'emparoient de la terre des sels terreux, avec laquelle ils ont plus d'analogie. D'après cette théorie, fondée sur l'expérience, je crus que si les cendres du tamarisc ne décomposoient point les eaux mères du Salpêtre par leurs propriétés alkalines, elles pouvoient le faire du moins par la nature des sels neutres qu'elles pouvoient contenir. La réussite de cette expérience confirma mon opinion. Je fis brûler séparément du tamarisc que j'avois fait cueillir en différens endroits, une partie aux environs de la mer, près de Maguelonne, & l'autre partie en étoit éloignée de trois lieues. Je mêlai, sur six onces de chacune de ces cendres, deux onces de nitre à base terreuse, que j'avois fait avec de l'acide nitreux très-pur & de la terre calcaire; j'ajoutai sur chacun de ces mélanges six onces d'eau distillée tiède, afin de les étendre davantage. Après vingt-quatre heures de digestion, je filtrai les liqueurs; je n'obtins point, par l'évaporation de la première, de nitre primastique, mais la seconde m'en fournit une assez bonne quantité. Je m'assurai par l'analyse, que les premières cendres ne contenoient point de tartre vitriolé, au lieu que les secondes m'en fournirent beaucoup. Ces expériences prouvent donc qu'il n'est point indifférent d'employer indistictement pour les lavages, des eaux mères de l'une ou de l'autre espèce de cendre. J'entrerai dans de plus grands détails sur cet objet, dans un Mémoire que je me propose de lire incessamment à l'Académie, sur cette matière. Vol. de l'Académie, 1779.

(*) J'exclus de ce travail, tous les Paysans qui ne sont pas logés chez eux, & qui n'ont pas une cour assez grande pour y faire l'établissement projeté.

les Intendans des Provinces, de tenir la main à l'exécution de cette présente Déclaration ; fixer des termes pour le leſſivage des terres ; défendre, fous peine de priſon ou autres châtimens, aux Salpêtriers, d'inquiéter en aucune manière le particulier, fous quelque prétexte que ce ſoit, & récompenſer celui qui auroit le mieux travaillé ſa terre, & de laquelle on auroit le plus retiré de Salpêtre. Pour lors, avec des règlemens auſſi ſages, il n'eſt aucun ſujet du Roi qui ne contribuât de toutes ſes forces à la perfection de ces établiſſemens, & qui ne ſe trouvât bien dédommagé de ſes peines, par l'eſpoir de ne plus être troublé par les Salpêtriers. Ce moyen que je propoſe aujourd'hui, me paroît être un des plus ſimples que l'on puiſſe mettre en exécution, puiſqu'il auroit l'avantage, ſur les autres, d'exiger très-peu de main-d'œuvre, & réuniroit, ce me ſemble, les bonnes qualités des autres procédés. Pour parvenir à ce but, il faut déterminer les mélanges qu'il convient de faire dans les différens endroits. Toutes les provinces du Royaume ne ſe reſſemblent point, ni par leur ſituation, ni par les terres qu'elles contiennent. Dans les unes, on trouve beaucoup de pierre à plâtre, par conſéquent, dans les décombres des bâtimens, on peut trouver des matériaux propres à remplir ſon objet : dans d'autres, on ne trouve que de la terre calcaire ; & dans d'autres enfin, ce ſont les corps marins qui y ſont généralement le plus répandus. Mais toutes ces terres peuvent être employées également avec ſuccès. Les provinces de Normandie, d'Auvergne, du Poitou, la Touraine, la Picardie, l'Alſace, la Franche-Comté, la Bourgogne, la Flandre, la Lorraine, par leur ſituation & par la bonté de leur terre humectée ſans ceſſe par les excrémens des animaux qui ſont en grand nombre dans ces provinces, peuvent fournir beaucoup de Salpêtre ; il en eſt d'autres dont le terrein eſt ſablonneux, & où l'on pourroit conſtruire des murailles, comme cela ſe pratique en Pruſſe. Comme ces terres ne peuvent pas être exploitées tous les ans avec le même avantage, il faudroit que l'on diviſât les provinces en deux parties, afin de laiſſer deux années d'intervalle entre chaque lixiviation : ce ſeroit l'hiver, temps où les habitans ne ſont pas preſſés par

les

les travaux champêtres, que l'on emploieroit pour la lixiviation des terres : on pourroit même se servir du froid pour la concentration des liqueurs ; ce qui seroit encore un avantage qui diminueroit beaucoup la consommation du bois. Si l'on vouloit éviter la main-d'œuvre, & rendre ces établissemens plus profitables aux particuliers, il faudroit que l'on stylât, dans chaque campagne, un homme qui fût en état de lessiver les terres, & qui l'apprît à chaque paysan ; ce n'est point une chose difficile, & je suis persuadé que le plus grand nombre s'en acquitteroit déjà fort bien. D'ailleurs, s'ils avoient vu opérer une fois, cela leur suffiroit pour toujours, & cette manipulation passeroit de génération en génération. Si ce dernier plan proposé étoit accepté, il faudroit que la Régie des Poudres & Salpêtre établît, dans la ville ou le bourg le plus prochain, un dépôt pour recevoir le Salpêtre ; lorsque les particuliers l'apporteroient, que l'on fixât un prix pour chaque livre de sel. Cette dépense, au premier abord, paroîtra considérable ; mais si l'on évalue l'argent qu'il en coute à la Compagnie pour l'exploitation des terres, & par le séjour des Salpêtriers dans les villages, on trouvera, dans cette somme, de quoi payer les particuliers & les dédommager de leurs peines. Ce petit intérêt produira un double avantage : non seulement le peuple, animé par l'espoir du gain, augmentera son établissement, la récolte du Salpêtre deviendra plus abondante, &, par ce moyen, les revenus du Roi se trouveront tous les ans augmentés de plusieurs millions qui passent chez l'Etranger. Aux environs des grandes villes, on pourroit, comme je l'ai déjà dit, mettre à profit les immondices qu'on en retire, après que ces matières auroient été exposées à l'air pendant quelque temps, pour les raisons que j'ai déjà indiquées ; on pourroit, sans crainte, rassembler ces terres, les mêler avec les vieux plâtras que l'on retire de la démolition des maisons ; on construiroit ainsi des nitrières artificielles qui exigeroient très-peu de main-d'œuvre, & dont on pourroit retirer un très-grand avantage, si ces travaux étoient dirigés avec prudence & économie. Quant au procédé, pour préparer & disposer les terres dans les villages, il faut qu'il soit assez simple pour qu'une

G

femme puiſſe elle-même s'en charger; on pourra, ſelon la capacité du terrein que l'on aura, préparer des nitrières plus ou
moins grandes : ſi les habitations ſont petites, on ſe contentera
de faire, dans une partie de la cour ou même à côté, des creux
à fumier, pourvu que le terrein ſoit un peu plus élevé, ou dans
un coin du jardin, une ouverture en terre de ſix pieds carrés
ſur deux pieds de profondeur : ceux qui ſeront mieux logés,
& qui auront un terrein plus conſidérable, ſeront les maîtres de
faire des augmentations; ils y trouveront un avantage réel,
puiſque leur profit ſera établi ſur leur produit. Il eſt eſſentiel
que les ouvertures ſoient placées de manière que l'air puiſſe y
avoir un libre accès. La direction du Nord me paroît être la
meilleure & la plus convenable; on pourra adoſſer les foſſes à
un mur, afin d'y fixer un toit qui ſera couvert de paille pour
les garantir de la pluie; le fond de ces foſſes ſera garni de glaiſe
que l'on aura battue de tout côté, ou, au défaut, on pourra les
enduire avec du mortier de chaux & de ſable, ou bien avec des
dales de pierre. Les choſes étant ainſi diſpoſées, on procédera
au mélange; on prendra du terreau de jardin; au lieu de cette
terre, on pourra y ſubſtituer celle des caves, des étables, des
granges, celle qui ſe trouve autour des maiſons, dans les villages,
ou mieux encore, celle ſur laquelle ont ſéjourné les fumiers
pendant long-temps, n'importe l'eſpèce, pourvu que ce ſoit
une terre qui ſoit abreuvée de ſucs putrides; on en prendra,
dis-je, cent parties; on y mêlera autant de plâtras ou de décombres de vieilles maiſons; on pourra, au défaut de ces plâtras, ſe
ſervir de chaux éteinte, de craie, de terre coquillère de toute
eſpèce, pourvu cependant qu'elle ſoit entièrement dénaturée par
le laps de temps; on ajoutera à ce mélange trois ou quatre hotées
d'herbes de toute eſpèce; on préférera néanmoins celles qui
croiſſent dans les terreins gras, ſur les fumiers, le long des murs,
& toutes les herbes potagères; on les briſera, afin de pouvoir les
mêler plus exactement; on y mêlera auſſi un peu de fumier, ſoit
de vache, cheval, mulet, mouton, cinq parties : ſi l'on peut ſe
procurer de la fiente de pigeon, on en ſemera un peu ſur ce mélange; mais on peut s'en paſſer & y ſubſtituer de la fiente de poule:

on y ajoutera aussi des cendres, quatre parties, & on pourra les employer lessivées comme non lessivées, car elles conviennent également. Il faut qu'il y ait de ce mélange suffisamment pour remplir toute l'ouverture, & pour qu'il déborde encore de deux ou trois pieds au dessus du niveau ; on le terminera en espèce de pyramide par le haut. Ce premier travail une fois fait, ce sera pour long-temps ; on n'aura d'autres choses à faire que d'y porter tous les jours l'urine que l'on aura rendue de la nuit, & les balayures des chambres & de la cour. Si cependant il ne se trouvoit pas d'urine en assez grande quantité pour humecter suffisamment ces terres, il faudroit avoir recours à l'eau du fumier ou des bourbiers, ou la fausse que j'ai déjà indiquée ci-devant. Tous les deux mois on remuera cette terre à fond, afin de renouveler les surfaces, & pour que la putréfaction se fasse complétement ; mais on pourra la remuer plus souvent sur la fin, & quatre mois avant la lixiviation, on cessera d'y ajouter aucune humidité. Ce procédé, que je soumets aujourd'hui au jugement de cette illustre Académie, est sûr ; il m'a été communiqué par un homme fort versé dans ce genre de travail, qui m'a assuré l'avoir toujours employé avec un grand succès ; & il a, ce me semble, sur les autres, l'avantage d'être plus simple, & de pouvoir remplir les vûes que le Gouvernement s'est proposées, puisqu'on peut le préparer par-tout, & que les matériaux qui le composent sont généralement répandus (*). Comme les ani-

(*) On m'a objecté cependant, que les moyens que je viens de proposer n'étoient simples qu'en apparence, & qu'ils ne pourroient pas être mis en usage, parce que l'exécution en est, dit-on, plus rigoureuse & plus fatigante que la fouille même. Je crois que cette objection n'est pas fondée ; car il me semble qu'il y a beaucoup de différence entre deux procédés, dont l'un ne fatigueroit point le Particulier, & lui rapporteroit du profit, & l'autre au contraire qui lui est très-onéreux, & dont les inconvéniens sont si connus, qu'il me paroît inutile de discuter laquelle des deux méthodes, ou de celle que je propose ici, ou de celle que l'on pratique, est la meilleure. Quand le procédé que je propose n'auroit d'autre avantage que celui d'éviter la fouille, je crois qu'il pourroit mériter quelque considération ; on n'ignore pas cependant les vexations qu'entraîne après elle la fouille ; on n'ignore pas que les Salpêtriers, en creusant les caves des particuliers, dégradent leurs maisons & en hâtent la ruine ; on n'ignore pas que, sous le prétexte de chercher du Salpêtre, les Salpêtriers, à la campagne, troublent la tranquillité du paysan, se rendent maîtres de leurs maisons, & occasionnent des maux plus grands que ceux même que procure la fouille.

G ij

maux sont très-gourmands de nitre, il est très-essentiel que cette fosse soit entourée de palissades, afin de leur en empêcher l'accès : on aura des paillassons, dont on se servira pour garantir ces mélanges de la pluie & de la forte action du soleil (*). Le temps de la lixiviation de ces terres étant arrivé, on se disposera à les lessiver & à filtrer la liqueur. Il ne sera pas nécessaire d'avoir vingt-quatre cuviers, comme cela se pratique dans les Raffineries en grand, deux ou trois seulement pourront suffire. Au reste, on se bornera à cet égard à la capacité des tonneaux & à la quantité de terre que l'on aura. Il faut encore que ces cuviers soient percés par le bas, comme ceux qui servent à couler la

(*) On pourroit aussi mettre en usage les moyens économiques que l'on emploie dans le Comtat d'Avignon. Ici le peuple n'est point foulé, n'est point exposé à l'assujettissement qu'entraîne après elle la fouille; ce sont des particuliers qui préparent le Salpêtre; il y en a environ douze dans la seule ville d'Avignon, qui sont chargés de cette opération, quoique d'autres personnes pourroient également entreprendre ce travail. Ils sont logés presque tous dans des rues assez retirées, & tout près des murs de la ville; ils ont le droit, dans la démolition des maisons ou des vieux édifices, de faire enlever les décombres, qu'ils mettent dans des hangats attenans à leur maison; ils mêlent les décombres avec la terre des caves, ou avec celle des prés qu'ils humectent ensuite ou avec de l'urine, ou avec l'eau des bourbiers, ou bien avec une eau dans laquelle ils ont fait pourrir des plantes. Ils remuent les mélanges de temps en temps, & ne les lessivent que lorsqu'ils sont bien secs & qu'ils ont perdu toute mauvaise odeur. Ils ont l'attention d'avoir une assez grande quantité de ces terres, qu'ils disposent de manière à pouvoir occuper continuellement les ouvriers : lorsque la lixiviation est faite, ils exposent ces terres dans de petites ouvertures qu'ils ont pratiquées autour des murs de la ville, non seulement pour les imprégner de nouveau de matières putrides, mais même pour les faire ressuyer & les dessécher entièrement. Enfin, lorsque les terres ont resté ainsi pendant un certain temps exposées à l'air, ils les rentrent de nouveau dans le hangar, les remêlent avec de nouvelles, & les laissent en cet état, pour être ensuite relessivées à leur tour. Tels sont les moyens que l'on emploie pour préparer le Salpêtre dans le Comtat d'Avignon, moyens simples & point du tout onéreux au Public, puisqu'il n'est assujetti à rien. Les différens ateliers que j'ai vus pendant mon séjour dans cette ville, m'ont paru très-bien dirigés, & conduits avec prudence; plusieurs Propriétaires m'ont avoué qu'ils faisoient environ deux cents quintaux de Salpêtre par an, qu'ils consomment presque tous, soit à faire l'eauforte, qu'ils distillent dans de grandes cornues de verre, capables de contenir soixante livres de mélange, soit à la poudre à canon, qu'ils préparent dans des moulins hors de la ville, soit pour le commerce.

Cette manière de salpêtrer les terres se fait avec facilité; le procédé en est si simple, que toute personne pourroit l'exécuter avec aisance. Au lieu qu'une nitrière artificielle exige, pour sa conduite, beaucoup d'habitude & de soin; & comme elle ne laisse pas d'entraîner après elle beaucoup de dépenses, il arrive souvent qu'elle occasionne la ruine de ceux qui l'entreprennent.

leffive; on ajuſtera à cette ouverture, de la paille pour ſervir de piſſotte : il faut qu'ils ſoient poſés ſur un bloc de bois aſſez élevé, afin que l'on puiſſe facilement y gliſſer un baquet pour recevoir la liqueur; au fond du cuvier, on fera un lit de paille pour éviter l'adhérence de la terre, & pour que la liqueur puiſſe filtrer plus facilement. L'atelier étant ainſi diſpoſé, on remplira les cuviers aux trois quarts de terre, & on finira de les remplir avec de l'eau froide; on agitera le tout avec un bâton, & on la laiſſera ainſi ſéjourner pendant quelque temps, afin que la terre ſoit bien pénétrée, & que l'eau puiſſe ſe charger des ſels les plus ſolubles: on pourra reverſer une ſeconde fois la liqueur filtrée ſur la même terre, afin de la charger le plus qu'il ſera poſſible de ſel; cette liqueur ſera miſe à part. Si l'on prévoit qu'il reſte encore du ſel dans la terre, on y ajoutera de nouvelle eau que l'on pourra reverſer ſur de nouvelles terres, & on continuera ainſi de ſuite, juſqu'à ce que les terres ſoient entièrement leſſivées : on raſſemblera toutes ces liqueurs, & on les fera évaporer. Mais pour procéder à cette évaporation, il faut ſe procurer les inſtrumens convenables; ce qui, je l'avoue, ne peut ſe faire ſans dépenſe; mais s'il n'y avoit que cette difficulté qui pût s'oppoſer à la réuſſite de cet établiſſement, on verra bientôt qu'il eſt très-facile de la réſoudre. Chaque particulier ne ſera pas obligé d'avoir ſa chaudière, deux ſeulement ſuffiront pour une communauté : elles paſſeront ſucceſſivement de maiſon en maiſon pour faire évaporer leur liqueur, & elles ſeront enſuite dépoſées chez le Curé du lieu ou chez le Principal de l'endroit. Une ſomme de ſoixante livres ſera ſuffiſante pour cette acquiſition : cette ſomme très-modique par elle-même, ne ruinera pas le payſan, puiſqu'on peut calculer, en prenant un terme moyen, qu'il ne lui en coutera pas dix ſous pour ſa quote part, en comprenant encore la ſpatule de fer & les autres inſtrumens néceſſaires. On pourroit encore oppoſer à la réuſſite de cet établiſſement, la quantité de bois qu'il faudroit pour l'évaporation de ces liqueurs: mais comment font les Salpêtriers, lorſqu'ils font la même opération dans les villages? Les payſans feroient comme eux, ſuivroient leur marche, & parviendroient également à leur fin.

Chaque communauté a sa portion de bois, & il seroit à désirer que les années où l'on procéderoit à la lessive des terres, le Roi, par un nouveau trait de bienfaisance, permît aux habitans d'en abattre une plus grande quantité dans ces années-là que dans d'autres. Dans les endroits où il y a disette de bois, on pourroit se servir de tourbe, de charbon de terre ou d'autres matières combustibles; mais il faudroit, dans ce cas, que les fourneaux fussent construits différemment, afin de tirer de la chaleur le plus de parti possible. Le Salpêtre qui auroit été retiré de la lixiviation de ces terres, seroit remis en cet état aux Salpêtriers qui le purifieroient, pour être ensuite employé aux différens usages auxquels convient le Salpêtre purifié.

Les terres qui auront été lessivées, pourront servir de nouveau au même usage; il faudra, lorsqu'elles seront bien égouttées, y mêler quatre parties de cendre, ou mieux encore, de la chaux éteinte; on y ajoutera un peu de crotin de cheval; on remettra le tout dans la fausse, & on continuera à y verser l'urine & les balayures, comme cela se pratiquoit auparavant: on retirera de cette terre, dans une seconde opération, une beaucoup plus grande quantité de Salpêtre que dans la première.

Connoissant les abus qui se pratiquent dans ce genre de travail, & les vexations auxquelles sont exposés les gens de la campagne, j'ai cru devoir proposer mes vûes sur cet objet. Je me croirai trop heureux, si les moyens simples que j'annonce, peuvent être de quelque utilité, & si je puis donner à ma Patrie, des preuves de mon zèle & de mon amour pour elle.

MÉMOIRE
CHIMIQUE ET ÉCONOMIQUE
SUR
LES PRINCIPES ET LA GÉNÉRATION
DU SALPÊTRE.

Ouvrage qui a remporté le Prix Royal, au jugement
de l'Académie des Sciences.

Par {
M. *Touvenel*, *Docteur en Médecine*, *Associé Regnicole*
de la Société Royale de Médecine.
M. *Touvenel*, *Commissaire des Poudres & Salpêtre au*
département de Nanci.

Après avoir lu & médité tout ce qu'on a écrit jusqu'à présent
sur cet important sujet, ne pourroit-on pas dire avec le
Vieillard de Térence : *Incertior multò sum quàm dudùm ?*

DÉCEMBRE 1780.

PRÉLIMINAIRES.

LE Salpêtre, par rapport à ses usages importans dans la
société, & plus encore à cause de ses singulières propriétés,
des circonstances très-variables en apparence, & très-diverses
de sa formation, est, de tous les sels, celui dont l'origine
a été la plus recherchée.

Cette question, dans sa seule acception chimique, n'a jamais
été résolue, quoique proposée plusieurs fois par des Académies,
& souvent agitée dans les Écoles & dans les Ouvrages de
Chimie ; mais considérée comme question économique & politique, il y a long-temps que la routine où une pratique grossière

en ont donné la solution. Les Savans ont perfectionné cette pratique dans certains pays ; mais est-elle encore susceptible de l'être, & la France peut-elle en retirer quelque avantage ?

Tous les pays ne sont pas également propres à la production du Salpêtre. On connoît les méthodes par lesquelles on s'en procure en Suède, en Prusse, en Suisse, à Malte, en Espagne, en Chine, dans l'Inde, en Amérique, &c. Il vient naturellement & très-vîte dans plusieurs de ces climats, notamment dans les plus chauds ; tandis que dans les autres ce n'est que par art, à force de travail, & lentement. Le royaume de France n'a pas, à cet égard, les avantages des premiers; mais il n'avoit pas eu non plus jusqu'à présent besoin de recourir aux expédiens des seconds. Sa manière de récolter le Salpêtre, par le moyen des fouilles dans les habitations, est, sans contredit, la plus onéreuse pour le peuple ; mais ne seroit-ce pas aussi la plus sûre & la moins dispendieuse pour l'Etat ? Ne faudroit-il pas encore, pour n'être point dans le cas, par la suite, de remplacer peut-être une gêne par une imposition, lui donner la préférence, s'il étoit possible d'en détruire les inconvéniens & les abus, d'en prévenir les vexations, d'en augmenter le produit, &c ?

Quoi qu'il en soit, le but de ce Concours, suggéré par la bienfaisance du Souverain, & dirigé par la sagesse de ses Ministres, est d'abolir l'ancienne pratique des fouilles, & d'y suppléer par les établissemens qui seront jugés les plus simples, les plus productifs, les plus économiques. Existe-t-il des connoissances fixes & certaines qui puissent servir de base à ces établissemens & en assurer le succès ? Quel étoit l'état de ces connoissances à l'époque de la proclamation du Concours, & quel est-il aujourd'hui ? Jusqu'à quel point la Chimie pourra-t-elle donner la solution de ce grand problème, & que restera-t-il à faire à la politique, à l'économie rurale, au commerce, à l'administration ?

Pour répondre à toutes ces questions, l'ordre exige que nous commencions par donner une idée générale des connoissances de nos prédécesseurs ; que nous y ajoutions ensuite celles que des vûes & des expériences nouvelles nous auront fournies ;

nies ; enfin, que nous faffions de tout cela une utile application en grand au travail de la nitrification.

PREMIERE SECTION.

Théorie générale de la Nitrification.

Toutes les hypothèfes qui ont été produites fur ce point, peuvent bien contenir quelque chofe de vrai ; mais toutes auffi font, à d'autres égards, ou manifeftement fauffes, ou très-précaires. Leur difcuffion, que nous rendrons très-fuccinéte, devient néceffaire pour conduire à l'expofition des faits & des corollaires qui doivent fervir de bafe au fentiment que nous adopterons. Elle peut fe réduire à ce qui fuit :

Suivant l'opinion la plus généralement adoptée, l'acide nitreux eft le réfultat d'une converfion des autres acides, & notamment de l'acide vitriolique, regardé comme primitif & univerfellement répandu dans la nature, dans l'air, dans la terre, dans les plantes, libre ou combiné avec d'autres fubftances ; converfion uniquement ou fpécialement attribuée au pouvoir divifant & atténuant de la putréfaction, ou bien à la combinaifon de l'acide préexiftant avec des fubftances phlogiftiques, fulfureufes, graffes, &c. Les partifans de ce grand fyftême (*de tranfmutation*) qui a été long-temps le dominant, fe font enfuite divifés, faifant dériver l'acide nitreux, les uns de l'acide marin, les autres de l'acide phofphorique, ou plus généralement encore de l'acide microcofmique univerfel, tartareux, acéteux, ou autres, épars dans les animaux & les végétaux.

Une autre hypothèfe appuyée d'autorités, peut-être moins nombreufes, mais auffi graves que la précédente, eft celle qui attribue exclufivement à la végétation, la formation de l'acide nitreux, & la production des fels nitreux, au pur développement qu'amène la décompofition putréfactive des végétaux & des animaux. Quelques partifans de cette hypothèfe

H

(*du végétalisme*) se font encore rapprochés de la première, en admettant que dans cette opération, l'acide vitriolique contenu dans les terres, ou apporté de l'air, & suivant une autre Secte, l'acide microcosmique général, étoit transmué en acide nitreux.

Le système le plus ancien, & qui, après avoir été dans tous les temps le plus combattu, vient d'être depuis peu renouvelé avec le plus d'éclat, est celui dans lequel on regarde l'atmosphère comme l'unique réceptacle des matériaux de l'acide nitreux, ou qui fait dériver de là ce dernier tout formé, en considérant ou l'air comme un élément essentiel de l'acide, ou celui-ci comme un principe constitutif de l'air. Ce système (*du Pneumatisme*) a donc éprouvé, comme les autres, ses modifications, ses vicissitudes, de la part de ses divers partisans.

Chacune de ces opinions a été appuyée par quelques faits vrais ou supposés, & par beaucoup de raisonnemens; & sur cette question très-importante de la *halotechnie*, comme sur beaucoup d'autres de cet ordre, la théorie est allée bien plus loin que ne pouvoit le comporter le résumé des connoissances pratiques.

En effet, si on examine les opérations connues, naturelles ou artificielles, tendant à la génération du Salpêtre, on verra que presque toutes peuvent s'adapter indistinctement à toutes les théories; on verra qu'elles sont les mêmes quant au fond, & ne diffèrent que par des circonstances accessoires de mélanges ou de manipulations, suggérées par telle ou telle de ces théories. D'un autre côté, si on cherche à approfondir ces dernières, en les comparant l'une à l'autre, on trouvera qu'elles sont essentiellement moins diverses qu'elles ne pourroient le paroître au premier aspect, sur-tout si on admet, avec les partisans de ces différentes hypothèses, l'existence d'un principe salin, primitif, universel, dont les autres sels ne seroient que des dérivés ou des modifications.

Peu importe d'ailleurs, quant à présent, pour la solution du problême, que l'on accorde le titre de cette *primordialité* à tel ou tel acide , vitriolique, phofphorique , ou autres ; que ce foit plus généralement encore à l'acide fpécifique, aérien & gazeux, en feroit-on plus avancé pour entendre la *genefe* fucceffive des autres fels ? Ce qui importe au contraire beaucoup , c'eft de connoître les grands foyers naturels de ces opérations, de favoir fi c'eft dans l'atmofphère , dans la terre, dans les êtres organiques, vivans ou pourriffans , qu'elles s'exécutent ; mais avant tout , de favoir fi réellement & jufqu'à quel point elles s'exécutent : fur cela nommément les Sectes chimiques ne s'accordent guère , lorfqu'il s'agit d'expliquer la formation du Salpêtre.

D'après ce premier expofé, il paroît qu'on peut réduire à deux claffes toutes les opinions des Chimiftes fur cet objet. La première comprend tous ceux qui croient à la converfion des divers ordres de fels en Salpêtre : la feconde, ceux qui admettent la formation immédiate & complète de ce fel, ou fa génération *de toutes pièces*, avec des corps réputés élémentaires & non falins.

Quant au premier point, on pourroit concevoir que la permutation des autres fels en Salpêtre, confifte dans une totale décompofition de leur fubftance, & dans une nouvelle combinaifon de leurs matériaux défunis ; mais alors cette hypothèfe rentreroit abfolument dans la feconde. Il refteroit à expliquer comment le mouvement putréfactif ou végétatif des lieux & des fujets où fe trouve le Salpêtre, feroit un moyen générateur de ce fel, & au contraire un moyen radicalement deftructeur de tous les autres. Des effets fi oppofés d'une même caufe, fur des fubftances dont la mixtion chimique femble fi peu différente, ne peuvent fe concilier d'après une théorie auffi fpécieufe que celle de la permutation de ces fels, fuivant la doctrine de *Beccher* & de *Staahl* , modifiée & interprétée par les connoiffances poftérieurement acquifes.

Si au contraire, d'après ces autorités très-impofantes, & par une fuppofition tout auffi inexplicable que la précédente, on prétendoit que le changement des divers fels, ou en pur acide nitreux, ou en Salpêtre complet, s'opérât au moyen d'une fimple addition, ou d'une fouftraction faite à leur effence primitive ; fi, comme on l'a dit plus vaguement encore, cela fe faifoit par une forte d'atténuation, d'épurement, de développement de leurs principes, il faudroit en conclure que cette prétendue transmutation fucceffive des autres fels en vrai nitre, feroit, de quelque manière qu'on l'entendît, une chofe totalement diftincte de la formation nouvelle & élémentaire de ce fel.

Cette feconde opinion, qui appartient prefque en totalité aux Chimiftes-Pneumatiques anciens, & à ceux qui fe font depuis rapprochés d'eux, mais avec quelques réformes dans leur doctrine, toujours vaguement & obfcurément annoncée ; cette opinion, dis-je, fi on veut l'interpréter, paroît bien mieux que celle des *Staahliens*, fe concilier avec tous les phénomènes de la Chimie naturelle & artificielle. Elle eft plus conforme aux vrais dogmes de cette fcience qui n'admettent de tranfmutations poffibles, que celles qui s'opèrent entre les fubftances fimples ou prefque élémentaires ; tranfmutations qui ne font alors que de vraies régénérations réfultant de décompofitions radicales antérieures, d'après cet axiome généralement vrai en Phyfique : *deftructio unius*, *eft generatio alterius*. Au refte, s'il exifte en Chimie des exceptions à cette loi générale de l'immutabilité des corps compofés, par les feuls procédés de l'Art, elles ne font pas fuffifamment prouvées : elles ne dérogeroient d'ailleurs pas à ce que nous difons ici des corps falins, fur-tout fi on l'entend des corps falins du fecond ou du troifième ordre de compofition également compris dans le fyftême général de la *tranfmutation*.

Si l'on devoit d'ailleurs admettre d'autres mutations réelles entre des corps déjà très-compofés, dans le fens que nous l'entendons, & fans décompofition préliminaire, ce feroit dans les corps organiques vivans, & non dans leur deftruction fpontanée, ni dans les tortures que la Chimie leur fait éprouver. Encore ne conçoit-on la poffibilité de tels évènemens, qu'en fuppofant, avec beaucoup de vraifemblance, » qu'ils sont le produit de surcompositions nouvelles qui masquent ou qui dénaturent les corps qui les subissent, & dont la mixtion les rend encore susceptibles de contracter quelque union. Je citerois pour exemple, dans les végétaux, le tartre très-abondant dans le verjus, lequel devient corps sucré dans le raisin ; le sucre des graminées qui passe à l'état de farine par la maturation, &c. Dans les animaux, je citerois l'acide essentiel & constitutif, originairement émané des plantes, le sucre animal engendré dans le lait, lesquels, après avoir subi diverses altérations, semblent parvenir à la condition de sel microcosmique.

Or, la Chimie artificielle ne sait pas imiter de tels produits ; & s'il existe dans les êtres organiques, végétaux ou animaux, quelque substance saline qui, dans la décomposition spontanée, putréfactive, de ces corps très-composés, puisse fournir immédiatement à la génération du nitre, c'est sans doute ce sel essentiel, microcosmique, général ; c'est ce composé moitié salin, moitié muqueux, d'une mixtion très-tendre, très-altérable, très-abondamment pourvue d'air, & par-là susceptible de se prêter à d'autres formes. Il paroît n'être partout qu'une seule & même substance différemment modifiée, suivant la nature de l'organisme animal ou végétal. Sa constitution saline acide dans les matières de ces deux règnes, est bien prouvée par les résultats de leur décomposition analytique, où tout contient de l'acide, ou bien est le produit d'un acide décomposé.

Quant aux autres sels plus parfaits & plus consistans, les vitrioliques, les phosphoriques, les marins, ils ne paroissent servir ni directement ni substantiellement à la formation des sels nitreux. Une observation journalière très-importante, qui a dû sur ce point en imposer pour l'opinion contraire, déjà très-accréditée sans cela, & qui en effet est une preuve très-spécieuse, c'est que dans l'exploitation des nitrières naturelles ou artificielles, on ne trouve pas vestige de sels vitrioliques & phosphoriques, quoique manifestement contenus dans les substances végétales ou animales & quelquefois minérales, em-

ployées à leur confection. On n'a pas manqué d'en conclure,
que ces divers fels étoient réellement changés en Salpêtre ;
mais cette erreur ne doit plus fubfifter, au moins pour les
fels vitrioliques à bafes alkalines, depuis que l'on fait que par la
loi des doubles affinités, ces fels ne font que changer de bafe
avec les fels nitreux & marins terreux toujours contenus dans
les terres falpêtrées, foit que ces derniers fels aient une bafe
calcaire, qui eft la plus commune, ou bien qu'elle foit de nature
fedlitienne ou *alumineufe*.

Ce fait chimique, que je connoiffois depuis long-temps,
m'avoit conduit à tenter la même décompofition avec les fels
phofphoriques. J'ai vu en effet qu'ils décompofoient de la même
manière, les fels nitreux & marins à toutes bafes terreufes. Il
en a réfulté d'une part une efpèce de félénite phofphorique
ou microcofmique, à peine foluble, ainfi que la félénite vitriolique ; & d'autre part, du nitre & du fel marin, ayant pour
bafes l'alkali fixe végétal ou minéral, & l'alkali volatil. Sans doute
le fel phofphorique employé contenoit, comme il paroît que cela
lui arrive dans quelques fecrétions animales, l'un & l'autre de ces
alkalis. La même chofe a lieu à l'égard de ces différens produits
falins, lorfque l'on opère ces décompofitions avec l'acide vitriolique pourvu de ces trois bafes alkalines. D'où l'on voit que dans les
travaux des Salpêtriers, il doit fe trouver trois efpèces de nitre
& de fel marin, fans compter ceux à bafes terreufes ; mais
il ne peut jamais y avoir de fels vitrioliques ni phofphoriques.
Il eft facile de voir auffi pourquoi l'on n'y rencontre pas de
fel de fedlitz, quoiqu'il foit très-commun dans les eaux & les
terres dont on fe fert. Il eft toujours décompofé ou pendant
le temps de la nitrification, ou bien dans le travail de l'exploitation, par les alkalis ou fpontanés ou ajoutés. Puis il décompofe à fon tour les fels nitreux & marins à bafes terreufes.

Pour ce qui concerne les fels marins à bafes alkalines, on
fait qu'ils fe trouvent toujours plus ou moins abondamment
& dans les terres falpêtrées, & dans les cuites des Salpêtriers.
Il paroît qu'ils n'y éprouvent aucune altération, capable d'influer
directement fur la production du Salpêtre ; fi ce n'eft par échange

de bases de la part de ces sels marins avec les nitreux terreux. Cependant c'est une opinion assez généralement reçue parmi les Salpêtriers, même de beaucoup de Chimistes, que le sel marin concourt de sa propre substance ou par ses matériaux désunis, à la formation du nitre. Elle a été d'abord suggérée (cette opinion) par l'observation d'une abondante récolte de ce dernier sel, soit dans les terres naturellement imprégnées de beaucoup de sel marin, soit dans les mélanges artificiels de matières animales & végétales surchargées de ce sel, soit enfin dans les nitrières naturelles ou artificielles, qui, sans contenir d'avance du sel marin tout formé, en fournissent néanmoins d'assez grandes proportions relativement à celles du Salpêtre qui s'y forme en même temps. D'un autre côté, cette opinion s'est accréditée par cette théorie, qui admet une très-grande analogie entre les acides nitreux & marin ; théorie qui a été portée jusqu'à faire prétendre qu'en retranchant, par des procédés chimiques, *quelque chose au premier*, & en ajoutant *quelque chose au second*, ils pourroient réciproquement se changer l'un dans l'autre. Enfin, pour dernière preuve de la conversibilité du sel marin en Salpêtre, on a cité, d'après des Chimistes de nom, des expériences faites directement dans cette vûe, par voie de décomposition lente & putréfactive des nitrières, & l'on n'a pas hésité d'en assurer le succès.

Cependant, malgré toutes ces observations, ces expériences, ces autorités, nous pensons encore, avec la plupart des Chimistes, que cette prétendue conversion est illusoire, & que la composition des sels de cet ordre est tout aussi immuable que celle des métaux. Les faits d'après lesquels il conste que presque par-tout où le Salpêtre existe, il s'y rencontre aussi du sel marin, ne peuvent prouver leur mutabilité réciproque. Tout semble prouver au contraire, qu'indépendamment de la préexistence de ces deux sels, très-communs dans les matières qui fécondent les lieux à Salpêtre, savoir, du nitre dans les végétaux & du sel marin dans les animaux (*où ils sont en quelque sorte essentiels*), ils s'engendrent l'un & l'autre dans la décomposition de ces deux ordres de corps mêlés à des matières

terreuses. Cette double génération simultanée n'arrive-t-elle pas
spontanément dans les terres, par leur simple exposition à l'air
& aux brouillards, dans les pays où le sol & l'atmosphère sont
éminemment propres à la nitrification ? Cela indique tout au plus
qu'il y a quelque analogie entre les matières & les circonstances
favorables à la production de ces deux sels.

Mais les expériences dont nous rendrons compte par la
suite, semblent prouver que la différence de leur formation
tient plus à celle des matières terreuses, absorbantes, ou bien
à celle de la constitution de l'atmosphère, qu'à la diversité
essentielle des émanations aérées & phlogistiques qui constituent,
suivant nous, les acides nitreux & marin ; en forte que nous
sommes très-portés à croire que dans les nitrières, soit naturelles, soit artificielles, plus il se forme du dernier de ces
acides, moins il se forme de l'autre, & *vice versâ*. Mais si
sous cet aspect la génération des sels marins est contraire à
celle des nitreux, il n'en est pas de même de la présence ou
préexistence de ceux-là relativement à la production de ceux-ci.
N'est-il pas plus vraisemblable que les sels marins, accélérant
par leur qualité de ferment, la décomposition des matières
putrescibles, favorisent la nitrification ? peut-être aussi le font-ils
en attirant, par leur diliquescence, & entretenant dans
les terres l'humidité de l'atmosphère, qui en outre porte avec
elle les germes du salpêtre. Si les sels marins remplissent réellement cette fonction d'intermèdes utiles dans les nitrières, ne
seroit-ce pas ce qui en auroit imposé pour faire croire à leur
conversion en vrai nitre ?

Ce qu'il y a de certain, c'est qu'aux expériences directes
qu'on a alléguées pour prouver cette conversion, je peux en
opposer de contradictoires que j'ai faites avec toute l'exactitude possible. J'en ai disposé, dans cette vûe, un très-grand
nombre, soit en plaçant dans le sein même des matières
putrescibles, ou pures ou mêlées de terres, les sels marins,
soit en les exposant seulement à leurs émanations. J'ai fait les
mêmes épreuves avec toutes les autres substances salines connues.
Il est inutile d'en donner le détail. Mes résultats généraux ont
été

été que la putréfaction peut décomposer les sels & en produire de nouveaux, mais non les changer les uns dans les autres, si ce n'est par simples précipitations ou échanges de bases, suivant les loix des pures affinités chimiques.

Il paroît qu'il en est de même pour la végétation. J'ai fait aussi sur cela beaucoup d'expériences, en mêlant aux terres différentes espèces de sels & de graines. Mon but principal étoit de voir si l'addition de ces sels rendoit les plantes plus riches en Salpêtre; mais je n'y ai point réussi : d'ailleurs cela ne prouveroit point encore une transmutation de sels. J'ai vu qu'une plante élevée dans un terrein imprégné de tel ou tel sel, n'en fournissoit point dans son analyse, tandis qu'une autre plante venue sur une terre exempte de sel, en donnoit de plusieurs espèces. Cependant il y a des plantes qui tirent évidemment & abondamment le sel du sol sur lequel on les voit croître; mais tout cela tient beaucoup à l'organisme particulier de chaque végétal. Le degré de maturation du même individu fait encore varier ses produits salins, aussi bien que ses autres substances. Enfin, on peut avancer comme une chose incontestable, que l'air & l'exposition concourent pour le moins autant que la nature de la terre, à l'œuvre de la végétation, & que cela est également vrai pour la nitrification spontanée ou factice.

Les sels des plantes introduits dans le système des animaux vivans, y éprouvent des altérations, des décompositions; mais il s'y en engendre aussi de nouveaux. Tout le sel marin qu'on retire des derniers, ne leur est pas fourni par les alimens, non plus que le sel microcosmique, ni le sel ammoniacal. On sait qu'il s'y forme de l'alkali volatil, mais peut-être beaucoup moins qu'on ne le croit communément. On sait aussi que ce sel a été regardé, par quelques Sectaires *Staahliens*, comme un des grands moteurs de la nitrification, en opérant, par sa décomposition & le nouvel emploi de son principe inflammable ou autre, la conversion des sels vitrioliques en sels nitreux. Mais cette opinion ne porte que sur des raisonnemens très-vagues, ou des expériences très-fautives. J'ai

I

répété quelques-unes de ces dernières, en tenant pendant plusieurs années de suite, dans des vaisseaux ouverts, ou dans des espèces d'appareils circulatoires, de l'alkali volatil pur avec du plâtre, ou naturel ou factice, d'une part, & avec de la craie & de la chaux éteinte, de l'autre, tous bien édulcorés & mis en poudre. J'ai à la vérité obtenu quelque peu de nitre de toutes ces épreuves; mais j'en ai aussi retiré d'autres épreuves de comparaison faites avec les mêmes substances, simplement exposées à l'air atmosphorique, ou bien à l'air méphitique des matières en putréfaction, & sans addition d'alkali volatil. D'où il résulte que ni l'acide vitriolique comme tel, ni les sels urineux, par leur décomposition, ne concourent à la génération du Salpêtre. On prouvera peut-être un jour qu'ils y sont, à quelques égards, contraires. Mais revenons aux sels des animaux.

On ne retrouve pas dans leur substance le nitre que contiennent les plantes dont ils font usage, ou celui qu'on leur donne exprès dans leurs boissons, comme je m'en suis assuré par quelques expériences. Il y a cependant cette exception très-remarquable, c'est que dans les excrémens intestinaux, à peine animalisés, des quadrupedes herbivores, dans la masse parenchimateuse végétale qui résulte, presque inaltérée, de leur première digestion, le Salpêtre y existe encore tout formé & en assez bonne quantité; mais je n'ai pu découvrir aucun indice de ce sel dans les matières totalement animalisées des digestions & des secrétions ultérieures, le sang, l'urine, la bile, le lait, les sucs, &c.; j'ai trouvé constamment du sel marin à base d'alkali fixe de tartre dans certaines de ces substances, & à base natreuse dans d'autres. J'ai trouvé aussi ces deux sortes d'alkalis non combinés, mais avec de grandes variations, qui paroissent tenir à la nourriture, plus qu'aux fonctions & aux organes.

Quant aux sels vitrioliques qui se rencontrent également dans les alimens & les boissons des animaux, je crois qu'ils n'éprouvent dans l'ouvrage de l'animalisation, d'autres changemens que ceux qui peuvent résulter des affinités purement chimiques, doubles ou fimples, telles qu'elles ont été déjà énoncées ci-deffus; favoir, de celles qui s'exercent entre les fels vitrio-liques alkalins & les fels nitreux ou marins terreux; ou bien entre les fels vitrioliques à bafes terreufes & les alkalis libres; peut-être auffi entre les fels vitrioliques & les phofphoriques: mais tous ces réfultats font plus importans à connoître pour quelques phénomènes fecondaires des fonctions animales, ou bien pour ceux de la végétation, que pour la nitrification fpontanée provenant de la décompofition des fubftances ani-males & végétales.

Toujours eft-il certain, & ceci eft un corollaire général de ce qui précède, que la végétation & la putréfaction, fou-vent l'une & l'autre réunies, font les deux grands moyens gé-nérateurs du Salpêtre, & qu'elles ont en outre le pouvoir de changer ou de créer d'autres fels; que l'animalifation au con-traire eft tout oppofée à l'œuvre de la nitrification, & même capable de détruire le nitre tout formé; tandis qu'elle forme des fels d'une autre nature: enfin que dans la fucceffion de ces trois états des êtres organiques, il fe fait de réels chan-gemens, des décompofitions & des récompofitions très-re-marquables dans la texture ou dans la mixtion des fels en général; mais fur-tout de nouvelles générations indépendantes de la falinité quelconque antérieure.

Ces notions majeures, fpécialement relatives à la première claffe des fyftêmes énoncés fur l'origine du Salpêtre, à ceux que *Staahl*, fes Partifans divers, fes Commentateurs ont adoptés, faifant dériver, d'après des fpéculations très-vagues, entortillées, embarraffées, la production de ce fel de la con-verfion des autres fels, au moyen de la putréfaction & de fes débris; ces notions, dis-je, en détruifant les autorités très-graves & très-impofantes, qui ont tant arrêté fur ce point les progrès de la vérité, & mafqué même celle que des Chi-miftes antérieurs & poftérieurs ont dévoilée fur les vraies fources du nitre, fur l'abord ou la formation de ce fel dans fes matrices ordinaires, &c.; ces notions enfin, auxquelles nous ajouterons ci-après ce qu'il faut penfer de l'acide vitrio-

I ij

lique répandu dans l'air, jettent déjà plus de jour sur les autres systêmes qui nous restent à discuter.

Celui que l'on a attribué à *Lémery*, & qui appartient bien plus à *Glauber*, est manifestement, par ce que nous venons de dire, démontré faux sur ces deux points ; *que* la végétation est l'ouvrière exclusive des sels nitreux, & *que* ces sels, pourvus d'une base alkaline fixe ou volatile, passent dans les animaux sans éprouver d'altération. Il est bien prouvé au contraire, que, puisque ces derniers fournissent du Salpêtre de toutes leurs parties après une putréfaction complète, & non sans cela, cette opération ne peut plus être regardée comme un moyen seulement propre à développer ce sel, mais bien comme capable de l'engendrer. Il est prouvé que d'ailleurs il en est de même à l'égard des plantes, puisque le nitre qu'elles donnent par une décomposition spontanée & radicale, est en bien plus grande quantité que celle qui y préexistoit. Enfin, puisque le sel marin & le nitre, tant à bases alkalines qu'à bases terreuses, dont l'association est constante dans les nitrières, & qui résultent de la décomposition générale des végétaux & des animaux, surpassent de beaucoup les proportions de ces mêmes sels & des autres matières salines quelconques que peuvent contenir ces deux ordres de corps dans leur état d'intégrité, il s'ensuit évidemment que la putréfaction, considérée dans son universalité, fait autre chose que dégager & transmuer ces différentes substances salines ; il s'ensuit qu'elle en produit certainement de nouvelles, ou du moins qu'elle favorise leur production, mais avec de certaines conditions. Ces conséquences seront encore appuyées de ce que nous allons dire touchant la dernière classe de systêmes, sur l'origine & la formation de l'acide nitreux ; systêmes dans lesquels on suppose, ou que cette substance saline est formée & généralement répandue dans l'atmosphère, où que celui-ci est le réceptacle naturel de ses matériaux.

Il est bien singulier que chaque secte de Chimistes ait adopté un acide particulier pour en faire l'acide primitif, universel, l'acide prétendu émané de l'atmosphère, & de là ré-

parti fur les trois règnes de la Nature , mais avec des modifications différentes. Il eft plus fingulier encore que toutes
ces hypothèfes n'aient été fondées que fur de fimples données,
fur des faits très-équivoques , fufceptibles de fe prêter à toutes
fortes d'explications, auffi gratuites les unes que les autres.
La première idée & la plus vraifemblable que fuggère cette
confufion de doctrines arbitraires fur la génération des acides ,
c'eft que leur germe commun , leur élément effentiel exifte
dans l'atmofphère , & que chacun d'eux , pour paroître fous
fa forme propre & caractériftique, n'a befoin que de trouver
une matrice capable de l'abforber ou de favorifer fa combinaifon avec d'autres élémens.

Ce premier apperçu , déjà conforme aux découvertes modernes fur les différentes modifications de l'air combiné avec
d'autres principes , notamment avec le principe du feu dans
fes divers états, eft encore fuggéré par les réfultats de quelques expériences fur la décompofition des acides. Il eft d'ailleurs bien juftifié par la contemplation de ce qui fe paffe en
grand dans le laboratoire de la Nature. En effet, ne voit-on
pas que chaque acide a fon domaine particulier, fon réceptacle propre ? L'acide vitriolique fe forme dans les entrailles
de la terre; l'acide nitreux à fa furface; l'acide marin dans
les grandes maffes d'eau ftagnante, remplie d'animaux & de
plantes , dans le fein des mers & de certains lacs ; l'acide microcofmique enfin , avec toutes fes variétés encore peu
connues , s'engendre dans les êtres organifés vivans , &
fur-tout dans les animaux , où il prend plus manifeftement le
caractère d'acide phofphorique.

Cependant il ne faut pas croire que ces limites refpectives
des domaines ou des laboratoires naturels des divers acides ,
foient intranfgreffibles , & que les loix qui régiffent ces combinaifons générales foient fans reftriction. On ne peut contefter
la génération des fels vitrioliques & des fels marins dans
les plantes en général, auffi bien, mais beaucoup moindre ,
que celle du Salpêtre. On verra auffi par la fuite , qu'avec
toutes les conditions en apparence favorables à la production

de ce dernier fel , il ne s'engendre , dans certaines portions
de terre , dans certaines conftitutions d'air ou d'humidité , que
des fels vitrioliques ou des fels marins ; mais ces produits, en
quelque forte fecondaires , ne tiennent & ne dérogent point
aux opérations majeures de la Nature , telles que nous venons
de les indiquer. D'ailleurs il ne faut pas les confondre avec les
effets , pour ainfi dire , accidentels de la confufion que produit néceffairement la relation intime de tous les êtres , tant
dans leur deftruction que dans leur reproduction. On fait que
les révolutions communes & les bouleverfemens extraordinaires
du globe , tranfportent conftamment dans un règne ce qui
appartient à l'autre. C'eft par un évènement de cette forte
qu'il peut fe rencontrer dans l'atmofphère quelques veftiges
des acides ci-deffus mentionnés ; mais tout concourt à prouver
que ce n'eft pas là qu'ils fe forment , ou fi l'on peut fuppofer
qu'il s'y en forme réellement , ce ne fera que dans des circonftances particulières , & par des caufes locales & fortuites ,
ou bien il faudra convenir qu'ils fe décompofent à mefure.

Aucun de ces acides ne mérite donc le titre d'acide atmofphorique proprement dit. On a , dans ces derniers temps ,
regardé comme telles d'autres fubftances qui font bien d'un
autre ordre de ténuité. L'air fixe , ou acide de l'air , celui du feu
(*acidum pingue*) , la matière électrique , celle de la lumière ,
celle de la foudre , &c. ont été , par différentes fectes de
Chimiftes , adoptés pour l'acide aérien par excellence. Chacun
à fa manière & pour l'honneur de fon opinion , leur a déjà
fait jouer un grand rôle dans l'explication de beaucoup de
phénomènes. Mais toute cette doctrine chimico-phyfique , véritablement tranfcendante & deftinée à devenir un jour la bafe
d'un grand fyftême fur la Nature , peut à peine aujourd'hui
fervir de flambeau pour chercher à en pénétrer les fecrets. On
a bien le droit de préfumer que les fubftances peu définies ,
défignées par ces dénominations différentes , quoique peut-
être analogues entre elles quant à leur mixtion , entrent pour
quelque chofe & fous divers états , dans la combinaifon des
acides & de beaucoup d'autres corps naturels ; mais on eft

encore bien loin de pouvoir en fournir des preuves pofi-
tives ; & jufqu'à ce jour la Chimie , quoique riche en faits ,
n'a pu que conjecturer fur la formation des fels en général.
Ainſi , fans vouloir trop *curieuſement* fcruter le mécaniſme
de ces combinaiſons univerſelles , voyons ce que l'expérience
peut plus particulièrement nous apprendre fur la formation
& les principes conſtitutifs du nitre.

Premier Argument.

On ſait que cette ſubſtance ſaline ne ſe trouve nulle part
auſſi abondamment que dans les lieux , où des matières végétales & animales putréfactives , & ſur-tout les parties excré-
menteuſes de celles-ci , ſont convenablement mélangées avec
des terres légères , maigres , poreuſes , très-perméables , particulièrement de nature calcaire ; que lorſqu'un tel mélange ,
abrité du ſoleil & de la pluie , eſt entretenu dans une
certaine humidité & avec une chaleur médiocre ; que ces
matériaux , ſoit par leur difpoſition , leur arrangement , ſoit
par un fréquent *remuage*, ſont, le plus qu'il eſt poſſible, mis
en contact avec un air renouvelé , mais retenu dans un certain état de ſtagnation ; enfin, que lorſque par une putréfaction modérée , les matières qui en ſont ſuſceptibles , ſont
parvenues à leur dernier terme de décompoſition , & que les
matières terreuſes reſtent complètement imprégnées de leurs
débris. Tel eſt le ſommaire des conditions fondamentales
les plus favorables à la production du nitre : mais que ſe
paſſe-t-il dans cette opération ?

D'abord il n'eſt point de Chimiſte qui ne ſache apprécier
l'influence de la chaleur & de l'humidité. Ce ſont les deux
principaux inſtrumens de la putréfaction & des combinaiſons
nouvelles qui doivent en réſulter. Quant à la préſence d'une
matière terreuſe calcaire , elle concourt encore au même but.
Son interpoſition ſert non ſeulement à retenir la putridité dans
de certaines bornes , circonſtance très-eſſentielle ; mais en outre
elle fait fonction d'abſorbant à l'égard des acides qui ſe forment , ou des élémens de cette formation. D'ailleurs, d'après

une théorie affez vraifemblable, déjà foutenue de quelques faits, cette terre paroît devenir un des principes conftitutifs des alkalis qui fe produifent en même temps ou fucceffivement, & dont la génération ne diffère peut-être pas, autant qu'on pourroit le croire, de celle des acides, comme on le verra ci-après.

Refte donc à examiner comment & en quoi les matières animales ou végétales, comment l'air atmofphorique coopèrent à la génération de ces acides & de ces alkalis. Nous avons déjà dit ci-deffus ce qu'éprouvent les premières, en tant que falines, en avançant, d'après des faits, qu'elles fubiffent des décompofitions & quelques tranfmutations définies. Que leur arrive-t-il, confidérées feulement comme muqueufes, extractives, putrefcibles ?

SECOND ARGUMENT.

On a remarqué qu'étant renfermées dans des vaiffeaux parfaitement clos, leur putréfaction ne marchoit que très-lentement, & qu'il s'en exhaloit, indépendamment de l'alkali volatil & d'un principe fétide, une certaine quantité d'air fixe, d'air inflammable, & d'air analogue à celui de l'atmofphère. Les deux premières fubftances font manifeftement engendrées dans cette opération ; les trois autres ne font vraifemblablement que dégagées, mais plus ou moins altérées par leur union, fingulièrement avec le principe inflammable. La décompofition de ces mêmes fubftances opérée par le moyen du feu, fournit à peu près les mêmes produits. Dans l'un & dans l'autre cas, l'alkali volatil paroît être le réfultat d'une métamorphofe qu'éprouve le principe falin-acide, élément effentiel de toute mixtion huileufe & muqueufe. Le phlogiftique & l'air, fouvent combinés, & par conféquent déguifés, font les autres matériaux communs de ces fubftances. L'alkali volatil lui-même, ultérieurement décompofé, fe réfout encore en ces principes. Les Chimiftes ne vont pas plus loin dans leurs procédés analytiques, & ils font réduits, pour entendre la variété des corps qu'ils ont analyfés, à cette convention, de fuppofer dans leurs

corpufcules

corpuscules élémentaires, des différences de mixtion & de quantité. La vérité de cette supposition est démontrée à *posteriori* par une infinité d'exemples, & nommément dans le cas dont il est ici question, savoir, pour la formation de l'acide nitreux.

Il est prouvé par les expériences dont il nous reste à rendre compte, que ces principes dégagés des substances végétales & animales par la violence du feu, ne sont pas aptes à former l'acide nitreux, & qu'il faut au contraire pour cela que le dégagement soit opéré par la putréfaction. Enfin il doit être généralement reçu que la putréfaction seule ne suffit pas pour donner naissance à l'acide nitreux, & que le concours de l'air atmosphérique est encore nécessaire ; que celui-ci à son tour ne peut rien sans être en contact avec des matières putrescibles, ou avec quelque chose qui en tienne lieu. La présence de l'air atmosphérique & la putréfaction sont donc les deux grands agens de la génération de l'acide nitreux. Nous venons de voir ce que peut y fournir la dernière ; sachons à présent quel est le contingent de l'air.

Troisième Argument.

On ne peut lui contester d'être le plus puissant moteur de la putréfaction, & le plus puissant menstrue des matières qui s'en exhalent. Ces matières sont, comme nous l'avons déjà dit, de l'air méphitique fixe, de l'air inflammable, & de l'air respirable, lorsqu'on a séparé ce dernier des autres par le lavage. Ajoutez à cela l'alkali volatil, qui cependant ne s'y trouve pas toujours, & qui, comme tel, ne contribue point à la génération de l'acide nitreux. D'un autre côté, les meilleures analyses de l'air atmosphérique nous apprennent qu'il est lui-même composé, indépendamment de la matière du feu & de la lumière dont il est toujours pénétré, d'une certaine quantité d'air fixe, d'air phlogistiqué & d'air respirable ou déphlogistiqué (V. *Mem. Acad. de M. Lavoisier.*). Le point capital du problème est donc de déterminer parmi ces différentes matières subtiles, tant de l'air que des corps orga-

K

niques, celles qui entrent dans la compóſition de l'acide nitreux. L'expérience étoit le ſeul moyen pour y parvenir, & il falloit néceſſairement procéder par voie de comparaiſon & d'excluſion.

Sommaire des Expériences (*).

J'ai tènu ſéparément dans des appareils appropriés, avec des matières abſorbantes très-diverſes, dont je fais ci-après l'énumération, l'air atmoſphérique & les différentes eſpèces d'airs dégénérés, appelés factices. J'ai, dans d'autres appareils, réuni enſuite en des proportions variées, les uns avec les autres, ces différens fluides, pris dans l'atmoſphère & dans les divers ſujets des trois règnes.

J'ai trouvé d'un côté, que l'air atmoſphérique le plus pur, bien lavé, & l'air déphlogiſtiqué le plus parfait; que l'air fixe, l'air phlogiſtiqué & l'air inflammable retirés des ſubſtances minérales par diſtillation ou par efferveſcence; que ces mêmes eſpèces d'air extraites des matières végétales ou animales, ſoit par le moyen du feu, ſoit par la fermentation; que l'air éminemment inflammable des marais ou des eaux croupiſſantes; enfin que l'air atmoſphérique, & l'air déphlogiſtiqué réduits à l'état dégénéré d'air fixe, d'air phlogiſtiqué, ou d'air inflammable par quelque procédé *phlogiſticant*; que tous ces airs, dis-je, ou ſeuls ou combinés entre eux de diverſes manières, & gardés depuis un mois juſqu'à un an, ſur les ſubſtances abſorbantes, n'ont donné aucun réſultat d'acide nitreux ni d'alkali..... Il y en a eu d'une autre nature, mais dont je ne dois pas m'occuper ici.

Ce premier produit acide m'a été, au contraire, fourni par un grand nombre d'expériences, dans leſquelles j'ai raſſemblé les émanations putreſcentes, ou l'air méphitique compoſé provenant des matières animales & végétales. Il a été plus ſenſible encore, en faiſant entrer dans ces procédés chimiques, certaines quantités d'air atmoſphérique & d'air déphlogiſtiqué, ou, ce qui

---

(*) Les détails renvoyés aux Supplémens ci-après, pour être mieux comparés à d'autres expériences en grand, auxquelles celles-ci ont ſervi de type & de preuves.

revient au même, en prenant ces airs refpirables après les avoir laiffé s'imprégner d'air putride. Enfin, de quelque manière qu'on s'y prenne pour concentrer dans des vaiffeaux convenables, ou l'air feul qui fe dégage des corps en putréfaction, ou l'air atmofphérique chargé par degrés de ces émanations, ou bien un mélange des deux fait après coup, on obtient, en les gardant quelque temps fur certaines matières capables de les abforber, & non fur toutes les matières abforbantes indiftinctement, du véritable acide nitreux, qu'il eft facile de dégager par les moyens connus. On obtient auffi de l'acide marin, également combiné avec les terres, & quelquefois de l'alkali fixe fervant de bafe à ces deux fels.

La connoiffance de ces différentes matières abforbantes, relativement à la découverte de ces produits nouveaux, étant très-importante, & leur préparation diverfe pouvant concourir à dévoiler le mécanifme de ces productions, je vais en donner le détail. Celles que j'ai employées dans un grand nombre d'expériences, font :

1.º La terre calcaire, la terre *fedlitienne* (ou la vraie magnéfie) & la terre alumineufe ; toutes trois bien pures & bien lavées.

2.º Ces mêmes terres foumifes à un feu de calcination complette ; ce qui les change, comme on fait, beaucoup, notamment la première.

3.º Les deux alkalis fixes, végétal & minéral, cauftiques & non cauftiques ; les premiers rendus tels, foit avec la chaux vive, foit avec la magnéfie calcinée.

4.º Ces mêmes alkalis, chargés par les différens procédés connus, du principe teignant, qui les a fait appeler alkalis phlogiftiqués.

5.º Les divers foies de foufre, alkalins & terreux, ordinaires.

6.º La terre animale calculeufe & offeufe ; la première retirée par fimple lavage des pierres urinaires, la feconde par la calcination.

7.º Enfin différens fels neutres, vitrioliques, marins, acé-

K ji

teux, tartareux & phofphoriques , à bafes alkalines , terreufes & métalliques.

Les épreuves de ce dernier ordre , toutes relatives à la converfibilité des autres fels en Salpêtre , ne m'ayant donné aucun produit fatisfaifant , je les paffe fous filence; ayant au furplus précédemment conclu de là & d'autres épreuves bien plus décifives encore fur ce fait chimique, pour l'immutabilité de toutes ces fubftances falines.

Je ne dirai rien non plus ici des expériences , qui , tentées avec les autres matières vraiment abforbantes à l'égard des différens fluides aérés , & dans la vûe de connoître l'aptitude refpective de ceux-ci & de celles-là , pour fervir à la formation nouvelle & immédiate de l'acide nitreux , ne m'ont fourni que des réfultats, autres que ce dernier fel.

Je me borne donc à indiquer à préfent dans le nombre des 20 ou 25 efpèces de matrices abforbantes , dont je me fuis fervi , celles qu'il fe font véritablement montrées propres à la nitrification; ayant d'ailleurs défigné ci-deffus les différentes efpèces d'air convenables à cette opération.

Toutes ces matières probatoires , bien pures , ont été délayées ou diffoutes avec de l'eau diftillée , & foigneufement défendues de tout mélange étranger , autre que celui des émanations gazeufes ou aérées. Elles ont été , chacune dans leur vafe , quelquefois raffemblées dans les expériences en grand ; d'autres fois divifées 4 par 4 ou 6 par 6 dans les expériences en petit , pour recevoir la même ou les mêmes efpèces d'air.

La véritable craie ou la terre calcaire pure eft celle qui m'a le plus conftamment réuffi pour la formation de l'acide nitreux. Elle m'en a donné dans plus de 50 épreuves différentes , foit en fubftituant de la nouvelle terre à chaque fois , foit en faifant plufieurs fois fervir la même , après l'avoir bien lavée. Cela fait voir pourquoi dans les fols crayeux purs ou ceux mêlés de beaucoup de craie , le nitre s'y trouve bien plus abondamment que dans les autres terreins. Il fe forme en plein air , mais bien plus encore dans les lieux couverts &

habités ; cela se fait avec des conditions que nous expliquerons ci-après.

La chaux vive ne m'a fourni de l'acide nitreux que dans quelques expériences, quoiqu'elle ait été soumise à un aussi grand nombre que la terre calcaire; encore la première n'en a-t-elle donné que de très-foibles indices à chaque fois. N'auroit-elle pas besoin, pour redevenir également apte à la nitrification, ou de récupérer ce qu'elle a perdu, ou, suivant un autre système, de perdre ce qu'elle a acquis dans la calcination? Mais redevient - elle jamais parfaitement calcaire par sa simple exposition à l'air & sans repasser, ou dans un nouveau système d'êtres organiques, ou dans de nouvelles combinaisons chimiques ? Enfin, la chaux repourvue, autant qu'il est possible, de l'air fixe ou des autres émanations aériformes résultant de la putréfaction, est-elle la même chose que la craie, au moins quant à son aptitude à la nitrification; ou bien se tient-elle toujours plus rapprochée de cet état de terre que quelques Chimistes appellent terre *absorbante* proprement dite ?

La terre *sedlitienne* & la terre *alumineuse* m'ont encore donné plus rarement que les précédentes de l'acide nitreux, par leur exposition aux *gaz* méphitiques simples ou composés. Ce produit encore a été moindre avec ces deux terres calcinées, qu'avec les mêmes non calcinées, comme cela m'est arrivé pour la chaux comparée à la craie. Les épreuves de ce genre dans lesquelles j'ai le plus recueilli de sel nitreux, ont été celles où il s'est établi, par l'effet du *méphitisme*, une sorte de moisissure dans le sein des matrices absorbantes, au point de les rendre vertes. Cette espèce de végétation, née de la putréfaction, est devenue alors, ainsi que cette dernière, une cause génératrice de l'acide nitreux.

Mais une chose digne de remarque dans la comparaison des trois espèces de nitre terreux provenant de nos expériences, c'est que ceux qui ont pour base les trois terres non calcinées, éprouvent sur les charbons ardens une demi-déflagration, ou plutôt une sorte de scintillation plus ou moins

marquée, laquelle n'a pas lieu avec ceux à bafes terreufes calcinées. Alors, pour reconnoître la préfence de l'acide nitreux,
il faut ou le dégager par l'acide vitriolique, ou précipiter la
terre par l'alkali fixe. Mais à quoi tient donc de la part de
ces fels nitreux, cette circonftance de fufer ou de ne pas
fufer fur les charbons? Nous avons remarqué fur cela bien des
variations, qui paroiffent dépendre d'autre chofe que de la calcination ou de l'intégrité antérieures des terres. Seroient-elles
plus près de l'état alkalin, avant cette opération, qu'après
l'avoir fubie? Il y en a de la claffe, très-étendue, des calcaires,
qui ne manquent jamais de préfenter, avec l'acide nitreux,
ce phénomène de légère déflagration (indépendamment de
toute alkalicité que l'on pourroit foupçonner dans les charbons
allumés), & d'autres qui ne le préfentent jamais. La terre dite
abforbante des animaux, eft auffi dans ce dernier cas, lorfqu'elle eft exempte de tout mélange d'alkalis.

Cette terre animale extraite, foit du dépôt des urines ou
des calculs urinaires, foit des os, & préparée comme il a été
dit ci-deffus, n'a donné, après une longue expofition à l'air
méphitique de la putréfaction, aucun veftige d'acide nitreux.
Cependant j'ai fait d'autres expériences, dans lefquelles, après
avoir broyé & mis en poudre des os frais & des calculs,
long-temps foumis à l'ébulition, pour en extraire toutes fubftances faline & muqueufe, j'ai obtenu du nitre terreux, &
même du nitre alkalin, lorfqu'au bout de deux à trois ans,
la putréfaction à l'air libre & avec le fecours de l'eau, a eu
totalement décompofé le refte de la matière animale, toujours adhérente à ces concrétions. Cela prouve donc que la
terre des animaux eft, à la longue, propre à fervir à la génération non feulement de l'acide, mais même de l'alkali du
Salpêtre.

Il paroît qu'il en eft de même, à ces deux égards, des autres
efpèces de terres abforbantes dont il vient d'être queftion. J'ai
trouvé, dans plufieurs de mes expériences, quelques portions
de nitre à bafe alkaline, notamment dans celles à la *terre
calcaire* pure, gardée très-long-temps dans le fein des émana-

tions méphitiques fortes, avec quelque accès de l'air extérieur, sous de grandes cloches de verre. Je ne suis pas aussi sûr des résultats alkalins des expériences faites avec les deux autres terres, la *sedlitienne* & l'*alumineuse*, attendu que ces dernières ayant été précipitées de leurs sels neutres respectifs, au moyen de l'alkali fixe, on pourroit les soupçonner encore d'être imprégnées de quelques restes de ce sel, quoiqu'elles eussent été parfaitement édulcorées auparavant par de grands lavages. Cependant ce qui devroit rassurer à cet égard, c'est que d'autres portions de ces mêmes terres, après avoir été soumises à de pareilles expériences, n'ont donné que du nitre à base terreuse, & point du tout à base d'alkali, si ce n'est quelquefois à base d'alkali volatil, provenant sans doute, tout formé, des matières en putréfaction.

Si l'alkalisation de ces quatre espèces de terres a réellement lieu dans nos procédés, & à plus forte raison dans les grandes opérations naturelles, avec de simples différences du plus au moins à l'égard de cette propriété, ce seroit une preuve de plus en faveur de leur homogénité essentielle & primordiale, déjà plus que pressentie par des Chimistes du premier ordre. Leurs différences caractéristiques ne tiendroient plus alors qu'à des combinaisons diverses, saliniformes, qui, sans sortir de la classe des terres, suivant le langage chimique vulgaire, ni sans cesser d'être telles ou telles, en passant dans de nouvelles combinaisons vraiment salines, représenteroient la série immense des composés terreux salins ou salins terreux. Dans cette série, je placerois la terre animale la première, & la terre alumineuse la dernière; considérant celle-là comme la terre la plus saline, & celle-ci comme le sel le plus terreux. Les terres calcaire & sedlitienne, sous ces mêmes rapports de salinité terreuse, occuperoient les places intermédiaires; en sorte que, d'après cette manière de voir, & en supposant chacune de ces terres combinées (sans que toutefois la combinaison première & caractéristique de tel ou tel état terreux fût détruite) avec chacun des acides connus, depuis celui de l'air jusqu'à celui du phosphore ou du soufre, soit dans les opérations de la Nature, soit dans les procédés de l'Art, on pourroit concevoir plus facilement l'innombrable variété des corps de cet ordre.

Ce qu'il y a de certain, c'est que, quoique les quatre espèces de terres désignées semblent susceptibles de se prêter à la génération des deux parties constituantes du Salpêtre, cependant la terre animale paroît plus propre à la formation de l'alkali, & la terre calcaire pure à celle de l'acide. Peut-être cela vient-il de ce que celle-là contient plus d'acide phosphorique, & celle-ci plus d'acide gazeux. Les deux autres qui en diffèrent, sur-tout à ces deux égards, ont vraisemblablement besoin de se rapprocher de la condition des deux premières, avant de servir aux mêmes usages; & dès-lors qu'elles sont une fois entrées dans l'une ou l'autre de ces combinaisons, il paroît qu'elles sont identifiées: au moins ne retire-t-on du nitre décomposé sans intermède & par la seule action du feu, qu'une terre homogène, gélatineuse dans la plupart de ses combinaisons, & qui n'a plus les caractères entiers propres à chacune des quatre autres.

Une autre remarque à faire sur ce point, pour éclairer de plus en plus la théorie, véritablement transcendante, de la nitrification, c'est que la calcination, loin de disposer les différentes espèces de terre à l'alkalisation, comme on pourroit le croire d'après une opinion assez répandue, semble au contraire les éloigner de cette disposition. Cela revient à ce que nous avons dit : qu'elle paroît les rendre aussi moins propres à la formation de l'acide nitreux. L'action du feu leur enleveroit-elle, à ces deux égards, ce qu'elles doivent récupérer de la part des émanations putrides; ou bien se formeroit-il, dans le premier cas, quelque nouvelle combinaison contraire à l'ouvrage de la nitrification?

Quoi qu'il en soit, cet ouvrage se commence & s'achève durant la décomposition spontanée, putréfactive, des substances animales & végétales, & son double produit résulte (comme dans la végétation) de tous les matériaux désunis de ces substances, lesquels se recombinent de nouveau entre eux, & avec des matrices terreuses appropriées. On observe de grandes différences dans la production du nitre, & quant à l'aptitude des matières végétales ou animales, & quant à la promptitude ou

à

à la quantité des produits. Il paroît certain que toujours l'acide nitreux se forme le premier, en se combinant à mesure avec une base terreuse, & que ce n'est qu'au dernier terme de la décomposition putréfactive que s'engendre l'alkali destiné ensuite à précipiter le nitre terreux.

De même qu'il y a dans toute putréfaction une première époque d'acescence & une autre d'alkalescence; de même aussi, dans la décomposition radicale des substances putrescibles, il y a une époque pour la formation de l'acide nitreux, & une pour celle de sa base alkaline. D'après cela, s'il m'étoit encore permis de conjecturer sur cette opération de Chimie occulte, je penserois, en supposant, selon cette acception très-chimique, qu'*il entre essentiellement un principe acide dans la constitution des alkalis*, & en partant des faits nombreux qui constatent que, dans la décomposition analytique & totale des corps organiques, soit par l'action du feu, soit par celle du mouvement intestin, ce sont toujours les matières aérées qui dominent dans les premiers débris, & les matières ignées ou inflammables dans les derniers; je penserois, dis-je, que dans la nitrification résultant de la putréfaction, l'acide constitutif du nitre est formé d'une surabondance d'air, & l'acide constitutif de l'alkali, d'une surabondance de feu...... acide *aeré*, acide *igné*, acide *gazeux*, acide *pingue* : espèces d'acides subtils, congénérés, dont l'existence est indiquée par bien des phénomènes, confirmée par bien des spéculations très-rationnelles, & dont la démonstration concilieroit nombre de schismes en Chimie.

L'acide nitreux n'est pas le seul acide qui résulte de la décomposition des corps organiques. Il s'y engendre aussi de l'acide marin. J'en ai trouvé bien des fois dans mes expériences, mais cependant moins souvent & moins abondamment que l'acide nitreux. Il seroit bien difficile de rendre raison de cette différence, & de donner l'œthiologie de ces deux acides. Cela est analogue à ce qui se produit en grand dans les nitrières naturelles & artificielles. Par-tout où il se forme du Salpêtre, on y trouve aussi du sel marin en des proportions bien différentes,

L

selon les différens lieux; mais il n'eſt pas vrai que par-tout où il ſe forme du ſel marin, il s'y engendre auſſi du nitre. J'ai ſouvent recherché à quoi pouvoit tenir, dans mes expériences, l'origine de ces deux ſels; ſavoir, ſi c'étoit à la différence des matrices abſorbantes terreuſes, ou bien à celle des émanations aérées méphitiques. J'ai remarqué à l'égard de ces derniers, que, dans le cours d'une longue putréfaction des mêmes matières ou de pluſieurs mêlées dans les mêmes vaſes, j'obtenois, en y expoſant, pendant plus de trois ans, de cinq ou ſix mois à autres, mes abſorbans, des produits à peu près ſemblables d'acide nitreux & d'acide marin. Cependant, quoique j'aye trouvé ſouvent ces acides réunis dans chacune des matrices terreuſes, & ſur-tout dans la terre calcaire pure, j'ai vu plus particulièrement encore l'acide marin ſe former dans la magnéſie ſedlitienne & quelquefois dans la chaux calcaire. Enfin, dans chacune de ces trois terres long-temps expoſées à l'air putride, & notamment ſur la fin de la putréfaction dans des vaiſſeaux où il n'entroit d'air atmoſphérique que celui que j'y introduiſois de temps en temps, j'ai auſſi rencontré quelques veſtiges d'acide vitriolique. Cela n'eſt pas étonnant, puiſque, dans certains lieux où le *méphitiſme* eſt très-abondant, ſoit qu'il réſulte de la corruption des matières animales, ſoit de celle des végétaux, il ne s'y forme preſque que des ſels vitrioliques, terreux, alkalins ou ſulfureux. Voyez les latrines dans leur intérieur, les tourbières, les voieries, &c. Nous avons dit au ſurplus pourquoi, dans les nitrières ordinaires, on ne rencontroit pas de ſels vitrioliques à baſe alkaline, quoique peut-être il s'y en faſſe auſſi, outre celui qui y eſt apporté tout fait.

La circonſtance de trouver preſque toujours, dans les épreuves dont je viens de rendre compte, de l'acide nitreux dans la terre calcaire, & aſſez ſouvent de l'acide marin dans la terre ſedlitienne, m'avoit d'abord fait préſumer que dans les eaux mères des Salpêtriers il en étoit de même, c'eſt-à-dire, que des deux ſels terreux qui s'y trouvent conſtamment réunis, le nitreux étoit à baſe calcaire, & le marin à baſe de magnéſie (comme celui-ci eſt preſque toujours dans les eaux mères des falines); mais outre mes réfultats ci-deffus, j'ai remarqué, en travaillant en grand les eaux mères du Salpêtre, que les proportions de l'acide marin, quoiqu'en général moindres que celles de l'acide nitreux, y étoient cependant beaucoup plus grandes que celles de la vraie magnéfie fedlitienne : d'où il réfulte qu'une grande partie de l'acide marin eft jointe à la bafe calcaire, & vraifemblablement une petite portion de l'acide nitreux eft combinée avec la bafe fedlitienne, dont la quantité varie fouvent dans les eaux mères.

Enfin, de ce que le partage ou l'emploi de ces deux bafes terreufes dans la formation refpeétive des deux acides nitreux & marin, ne s'eft pas vérifié tout-à-fait d'après ma conjeéture; & de ce que l'acide vitriolique lui-même (produit en apparence très-rafe dans les procédés deftruéteurs des matières organiques tendant à la nitrification, mais très-commun au contraire dans les évènemens de la minéralifation) femble fe former & s'attacher indiftinétement à toutes fortes de matrices terreufes : il s'enfuit que la génération diverfe des acides, tant à la furface qu'à l'intérieur du globe, tient bien moins à la nature de ces matrices, qu'à la diverfité de l'air & des airs méphitiques; airs qui, combinés, mélangés, plus ou moins ignés, conftituent la partie effentielle de toute falinité. Cela paroît fur-tout vrai pour les émanations méphitiques des corps pourriffans à la furface de la terre, puifqu'avec une feule matière abforbante, & dans le même foyer de putréfaétion, on peut, fuivant le temps & les circonftances, voir fe produire deux ou trois efpèces d'acides, & peut-être autant d'alkalis.

Toutes les époques de la putréfaétion ne donnent pas également un air propre à la nitrification, & l'époque favorable n'eft pas la même pour toutes les fubftances putrefcibles. Il paroît que les matières animales, parenchimateufes valent mieux dans les commencemens, & les matières excrémenteufes, furtout l'urine, dans les derniers temps de la putréfaétion. Le fang eft de toutes celle qui fournit le plus abondamment & le plus long-temps. Ces différences ne tiennent-elles pas principalement à la quantité d'air inflammable ou d'air phlogiftiqué

L ij

que donnent ces matières, espèces d'air qui, mises en contact avec l'air atmosphérique, en précipitent une partie en air fixe? On sait qu'elles laissent échapper en même temps de leur propre substance une plus ou moins grande quantité d'air fixe, à mesure qu'elles se décomposent, & que dans ces émissions il se trouve aussi plus ou moins d'air, qui n'a besoin que d'être un peu lavé pour devenir respirable. Il paroît que le mouvement intestin excité dans les matières animales & végétales, qui en sont susceptibles, fait dégager de leur texture plus d'air fixe que d'air inflammable ou phlogistiqué. Ceux-ci dominent au contraire dans la décomposition de ces substances, opérée par le feu. En général, dans l'un & l'autre cas, les animaux fournissent plus d'air inflammable que les végétaux, & ceux-ci plus d'air fixe que ceux-là. Il paroît que le mélange des uns & des autres est éminemment propre à une abondante production ou éructation d'air.

Au surplus, nous croyons que toutes ces sortes d'air ne diffèrent entre elles, que par la manière dont elles sont affectées ou saturées par le principe inflammable qui s'échappe sans cesse avec l'air des corps pourrissans, & que toutes aussi, dans ce dernier cas (c'est-à-dire, venant de putréfaction & non de combustion), sont plus ou moins propres à concourir à la formation du nitre. Ce qui prouve qu'elles sont essentiellement les mêmes, c'est que par des procédés particuliers on peut les changer les unes dans les autres, & les ramener toutes à la même espèce d'air, en leur ajoutant ou enlevant du phlogistique. On sait faire la même chose à l'égard de l'air atmosphérique; & même de l'air déphlogistiqué le plus pur. On les change à volonté, en air fixe, phlogistiqué, inflammable, au moyen de phlogistications réitérées; puis on les rappelle à l'état d'air respirable, en leur enlevant ce phlogistique excédant, par des lavages suffisans.

Voilà du moins les affections apparentes & très-vraisemblablement réelles de l'air dans les passages alternatifs de son état de fixité ou de combinaison, à celui de masse agrégative, atmofphérique. Ces changemens, ces modifications diverfes ont conftamment lieu dans la Nature. C'eft à cela que tient la compenfation qui doit exifter entre l'air abforbé par les corps des trois règnes dans leur formation, & celui qui, dans leur deftruction, eft reftitué à l'atmofphère.

D'ailleurs, les différentes caufes de la dégénération de l'air & celles de fon rétabliffement à la condition d'air refpirable, réagiffent & fe contrebalancent fans ceffe dans le vafte travail de la Nature. Enfin j'ai remarqué ailleurs, que l'identité & la facilité des altérations que fubiffent les différens airs naturels ou factices, que leur permutabilité réciproque prouvoient bien qu'il y a entre eux tous une analogie de compofition ou l'exiftence d'un mixte commun.

C'eft dans la recherche de ce mixte aérien primordial & fur fon effence, que les Chimiftes font fort embarraffés. Prefque tous l'ont cru de nature acide, en le fuppofant en outre faturé & rendu élaftique par fa combinaifon avec d'autres fubftances, notamment avec le principe inflammable. On a voulu affimiler ce prétendu acide aérien à tous les autres acides connus, & même à ceux que l'on ne connoiffoit pas. Suivant une des plus anciennes, & fuivant la plus récente de ces hypothèfes, on a donné la préférence à l'acide nitreux, pour en faire l'élément de l'air atmofphérique. J'ai déjà dit ce que je penfois de ce fyftême; & je perfifte à croire que s'il exifte réellement dans l'atmofphère un acide primitif & univerfel, il n'eft encore reconnu par aucune expérience inconteftable, ou du moins que telle expérience n'a pas été rendue publique jufqu'à préfent.

Celles dont on s'eft appuyé dans ces derniers temps, pour prouver que l'acide nitreux eft le principe conftitutif de l'air, prouvent bien plus que l'air eft au contraire un des matériaux de l'acide nitreux. En effet, au lieu d'avoir changé celui-ci en air refpirable par fa combinaifon avec d'autres fubftances terreufes ou inflammables, il paroît qu'on l'a radicalement décompofé & réduit à fes élémens, dont le plus abondant eft, après fa défunion, de l'air femblable à celui de l'atmofphère. Cela eſt d'ailleurs conforme aux réſultats d'expériences dont j'ai rendu compte ; car indépendamment de ce qu'on n'a pu encore, par aucun moyen direct, démontrer de l'acide nitreux ni dans l'air atmoſphérique, ni dans l'air diverſement dégénéré que fourniſſent les différens corps dans leur décompoſition, comment concevoir que cet acide, s'il préexiſtoit réellement dans l'un & l'autre de ces airs, ne s'attacheroit pas également aux différentes matières abſorbantes qui lui ont été préſentées dans mes expériences ? Pourquoi ne l'aurois-je jamais trouvé dans aucune de celles qui ont été diſpoſées avec les ſubſtances alkalines, pures, calcinées, rendues cauſtiques, phlogiſtiquées, ou autres que j'ai énoncées ci-deſſus ? Pourquoi n'ai-je apperçu dans tout cela que des indices d'une abondante abſorption d'air diverſement méphitique, de la part des matrices alkalines, tandis que j'obtenois des indices d'acidès différens dans les matrices terreuſes placées tout à côté & dans les mêmes maſſes d'air ? Pourquoi faudroit-il enfin le concours de telle ou telle eſpèce d'air, altéré par une ſubſtance inflammable particulière, pour qu'il en réſultât une combinaiſon nitreuſe ?

On eſt donc en droit de conclure que les procédés dans leſquels on fait de l'air avec de l'acide nitreux, ſont des procédés analytiques, & que ceux au contraire où l'on fait de l'acide nitreux avec de l'air, ſont des procédés ſynthétiques. C'eſt ſur cette diſtinction que roule la principale difficulté dans la ſolution du problême académique, au moins quant à la partie théorique de ce problême. Car il eſt bien certain, d'après mes expériences & d'après l'obſervation de ce qui ſe paſſe en grand dans les nitrières naturelles & artificielles, que c'eſt l'air comme tel, ſoit dégagé des corps putreſcibles, ſoit pris de la maſſe atmoſphérique, mais toujours imprégné d'un principe igné ſpécifique, qui ſert à la confection de l'acide nitreux.

Quoiqu'il ne puiſſe reſter aucun doute ſur ce fait, cependant, pour le mettre dans tout ſon jour, pour en connoître toutes les circonſtances, enfin pour ſavoir plus particulièrement quelles font les efpèces d'air les plus propres à la nitrification, j'ai cherché à confirmer les réfultats de mes expériences faites en petit, ou dans des appareils de vaiffeaux fermés, par d'autres épreuves comparatives, difpofées dans des maffes d'air beaucoup plus confidérables & fenfiblement différentes les unes des autres.

J'ai donc expofé mes fubftances abforbantes préparées :

1.º A l'air atmofphérique des plaines cultivées, & à celui des lieux très-élevés, incultes & inhabités.

2.º A l'air des profondes excavations faites dans les mines ; à celui de fimples foffes fuperficielles pratiquées dans les terres végétales & recouvertes, ainfi que dans les terreins marécageux.

3.º A l'air des étables, des caves, des latrines, des cachots, des hôpitaux.

4.º Enfin à l'air des cuves en fermentation vineufe, & à celui des foyers fans ceffe allumés avec du charbon.

Dans toutes ces expériences, qui ont duré 7 à 8 mois (à chaque reprife), étant abritées du foleil, de la pluie & des filtrations, j'ai obtenu des réfultats fort différens. Je ne dois compte que de ceux qui font relatifs à la nitrification.

Elle a été plus marquée dans l'air des plaines, à la furface de la terre, que fur les endroits élevés. Elle a fait encore plus de progrès dans les foffes de terres végétales ; mais elle n'a été nulle part plus fenfible & plus abondante que dans les lieux où l'air peu renouvelé, eft fans ceffe imprégné d'exhalaifons animales, & notamment dans les étables, les latrines, les cachots, &c. Par tout ailleurs je n'ai pas où prefque pas retiré veftige de nitre, c'eft-à-dire, dans les excavations des mines, dans les foffes des marais, dans les caves très-profondes, exemptes de toutes filtrations & émanations corruptives, dans les fouterrains des fortifications, & enfin dans l'atmofphère des cuves à biere fermentante, & dans celui des foyers à charbon toujours brûlans.

J'ai répété plufieurs fois chacune de ces expériences dans

le cours des années 1775 (*), 76, 77, 78, en employant d'affez grandes quantités de tous mes abforbans pour chaque lieu indiqué & de conftitution d'air différente. Les produits relatifs en ont toujours été à peu près les mêmes, & d'ailleurs affez conformes aux produits correfpondans des expériences en petit précédemment rapportées, dans lefquelles chaque efpèce d'air employé a été plus particulièrement fpécifiée.

RÉFLEXIONS fur les expériences précédentes, pour compléter la théorie de la Nitrification.

En comparant les qualités chimiques des différentes efpèces d'airs dégénérés ou méphitiques dont il a été queftion, ne pourroit-on pas les diftinguer en deux grandes claffes, relativement à leur aptitude à former telles ou telles combinaifons falines, fuivant les différens règnes de la Nature & les départemens de l'atmofphère ? En examinant ailleurs les qualités de ces airs, par rapport à leurs effets fur les êtres organiques vivans, je les ai diftingués en airs méphitiques *fuffocans*, & en airs méphitiques *pourriffans*. Ne pourroit-on pas admettre ici la même diftinction ? On fait que les premiers éteignent très-rapidement le principe de la vie dans les animaux, & que les feconds en empoifonnent lentement les fources. Il y en a de mixtes ou qui femblent poffeder ces deux fortes de qualités déléteres, fuivant leur intenfité ou degré de concentration. La différence de leur origine & l'analogie apparente de leur compofition chimique, *éthérée-phlogiftique*, eft une chofe très-remarquable. Mais ce qui l'eft encore plus pour la folution de notre problême, c'eft que parmi ces différentes fortes d'airs méphitiques, il n'y en ait qu'une partie de propre à ˙la génération du nitre.

J'avois déjà remarqué depuis long-temps, à l'égard des airs méphitiques *pourriffans*, qu'ils préfentoient quelques rapports de coexiftance & vraifemblablement de caufalité com-

---

(*) Première époque conftatée de mes découvertes fur la compofition des acides par les airs. (V. *Gazette de Santé.* & *Mem. Acad. de Copenhague*).

mune

mune avec différens phénomènes appartenant à l'animalité , à la végétation , & fur-tout relatifs à la production de certaines maladies des animaux & des végétaux. Je remarque aujourd'hui plus particulièrement ces mêmes rapports avec la nitrification fpontanée, puifqu'en effet le foyer principal & les grands agens de cette opération font les mêmes que ceux de la putrefcence; & que, d'un autre côté, fon produit caractériftique (l'acide nitreux) eft, d'après les meilleures analyfes, manifeftement compofé d'air & de phlogiftique , débris abondans de la deftruction des fubftances végétales & animales.

L'atmofphère étant lui-même le grand réceptacle de tous ces débris volatils des corps organiques, ainfi que de toutes les émanations des fubftances minérales, peut être regardé (fous l'afpect de fournir les matériaux de l'acide nitreux & d'autres corps falins) comme une forte de *mofette*, partie *fuffocante*, partie *pourriffante*, indépendamment de fa portion d'air refpirable, vital & alimentaire. En effet, on fait , d'après les épreuves les plus décifives jufqu'à ce jour , que l'air atmofphérique, dans fon état le plus ordinaire , ne contient qu'environ un quart d'air déphlogiftiqué, propre à la refpiration & à la fubfiftance des animaux. Le refte de cette maffe fluide, vaporeufe, eft toujours plus ou moins , fuivant fes différentes régions & révolutions, furchargé de matière inflammable, & diverfement altéré par cet alliage inévitable.

On conçoit donc aifément , & il eft d'ailleurs bien démontré par nos expériences, que l'air atmofphérique a tout ce qu'il faut, auffi bien que l'air émané des corps putrefcibles, pour fervir à la nitrification, pourvu qu'il trouve des matières capables d'en abforber les matériaux, & des circonftances propres à en favorifer la combinaifon.

Il eft également prouvé, ce me femble, par les mêmes expériences, que le concours de ces deux conditions eft abfolument indifpenfable, & que l'acide nitreux, ainfi que l'acide marin, ne fe forment pas dans l'atmofphère , & par telle ou telle conftitution d'air , indépendamment de la préfence de telles ou telles matières abforbantes. En effet, dans tous les

M

cas cités de nos épreuves, les matrices alkalines n'ont jamais
été saturées que d'acide gazeux ou aéré, plus ou moins chargé
de principe inflammable ; au lieu que les vraies matrices
terreuses l'ont été souvent d'acides nitreux & marin, en plus
ou moins grande quantité. Une autre preuve encore de cette
assertion, c'est que ces deux acides volatils, lors même qu'ils
sont lancés dans l'atmosphère, n'y restent pas en nature d'a-
cides ; puisque dans un laboratoire où j'avois souvent tenu en
évaporation de l'un & l'autre acide, pendant trois ou quatre
mois, ces absorbans alkalins & terreux, qui n'étoient placés
qu'à 12 ou 15 pieds du foyer de l'évaporation, tant sur le pavé
qu'au plafond de cette pièce, ne s'en sont pas trouvés sensiblement imprégnés. Il faut donc que ces acides disparoissent dans
l'air, soit en se détruisant, comme tous les corps subtils portés à
une extrême division, soit en se combinant de nouveau, ou avec
la terre toujours existante & peut-être engendrée dans l'atmosphère, ou bien avec la matière du feu, celle de la lumière, &c. &c.

On ne peut cependant pas douter qu'il ne se forme de
l'acide nitreux dans l'atmosphère, particulièrement dans les
couches inférieures, qui sont toujours plus chargées des émanations résultant de la décomposition des corps de la surface
de la terre, & dans lesquelles se trouvent aussi plus abondamment les matériaux inflammables & terreux, propres à la
nitrification. Il faut bien que l'atmosphère soit le réservoir
commun de tous ces débris aérés & phlogistiques, pour qu'il
lui soit restitué sans cesse ce qu'il perd par toutes les combinaisons dans lesquelles entrent les élémens dont il est formé.
Il faut bien aussi qu'une de ces combinaisons majeures soit
celle de l'acide nitreux ; puisqu'indépendamment de celui
qui se forme & se fixe à toute la surface du globe, & dont
les matériaux sont apportés de l'air, il doit s'en former une
prodigieuse quantité dans le sein de l'air même. Tout prouve
qu'il s'y forme réellement, en s'attachant à mesure à la terre
qui s'y trouve répandue, pour retomber ensuite avec la pluie,
la neige & tous les météores aqueux, dans lesquels il se
rencontre aussi quelque peu de sel marin. Cela seul n'en fait-il

pas une quantité énorme & incalculable? Il faut en ajouter
une autre, peut-être aussi grande & aussi indéterminable:
c'est ce qui, de ces deux sels nitreux & marin terreux, engendrés dans l'atmosphère, se décompose à mesure, soit
par les incendies spontanés de cet océan vaporeux, soit par
les déluges, soit par son agitation seule, oscillatoire & ven-
teuse; car rien ne résiste à cette incommensurable force.

A ces grandes causes de destruction du nitre atmosphérique,
ne pourrions-nous pas ajouter ce qu'il en faut pour l'entretien
des corps organiques vivans qui consomment une si prodigieuse
quantité d'air, les végétaux par leur inhalation, les animaux
par leur respiration, &c.? Nous avons dit que le nitre se
forme dans les premiers & se détruit dans les autres. Nous
ajoutons que ceux-ci, par leurs simples émanations excrémenteuses, leur transpiration, leur haleine, fournissent des
matériaux propres à la reproduction du nitre, tout comme par
leur décomposition putréfactive, après la mort. Peut-être en est-il
de même des végétaux, au premier comme au second égard. Je
n'ai point fait d'expériences dans cette vûe. On connoît celles,
toutes récentes & très-ingénieuses, qui constatent que les végétaux
vivans exhalent un air pur pendant le jour, & un air méphitique
dans l'obscurité. Quelques faits d'observations & quelques raisonnemens d'analogie sembleroient prouver que cette espèce de
mofette végétale, concentrée & retenue sur des matrices convenables, pourroit servir à la nitrification. Peut-être, à cet égard de
constitution nitrifiante ou nitrifère, sert-elle constamment
d'engrais & d'aliment à la végétation.

Quoi qu'il en soit, il est certain que le nitre se forme presque par-tout sur la terre, mais en quantités bien différentes.
On connoît l'énorme production de ce sel, sans aucune précaution ni travail, dans l'Inde, en Chine, & dans d'autres
pays très-chauds. Cela ne vient certainement pas de la végétation, ni de la décomposition des végétaux. Il faut en chercher
la cause dans la nature de l'air & du sol, dans la grande
quantité de matière inflammable dont l'un & l'autre sont imprégnés; soit par la prompte & abondante destruction des êtres

M ij

organiques, soit encore par la formation habituelle des météores ignés, & peut-être aussi par le voisinage des volcans
ou d'autres feux souterrains; en un mot, par tout ce qui peut
entretenir dans les terres & dans l'air, un état de fermentation énergique & constante.

Ce n'est donc point à raison du nitre préexistant dans l'atmosphère, quoiqu'il s'y en forme, comme on l'a dit, en très-
grande quantité, mais par la qualité spécifique *nitrifiante* de
l'air que les terres s'imprègnent plus ou moins de ce sel. Dans
nos climats tempérés, la nitrification spontanée des terreins
champêtres est en général très-peu considérable, & cela varie
encore beaucoup suivant l'espèce de terre, d'exposition & de
constitution d'air. J'ai examiné beaucoup de terres dans différentes provinces de France; j'ai fait ces épreuves le plus communément dans les mois d'Avril & de Septembre, choisissant
sur-tout les époques les plus éloignées des pluies un peu considérables, & les terres cultivées qui étoient restées le plus long-
temps sans aucune plantation.

Les terres très-sableuses ou très-argilleuses ne m'ont presque
rien fourni. Les terres mêlées de ces deux-là & de terre calcaire, qui sont les plus ordinaires, ne m'ont guère donné au
delà d'une once ou une once & demie de résidu salin par
quintal. Les terres très-crayeuses, légères & fines, par exemple,
celles de Champagne, se sont trouvées quelquefois un peu plus
riches. Celles des potagers bien soignés & de bon sol le sont
encore davantage. J'ai retiré jusqu'à quatre onces de matière
saline par quintal de terre végétale prise dans le jardin des
Tuileries, au printemps, après deux mois de chaleur & de
sécheresse. C'est à la vérité, de toutes les terres livrées à l'atmosphère & sans abri, que j'ai examinées, celle qui s'est mon-
trée la plus chargée de ce sel naturel. Il y a peut-être la
moitié des terres d'habitation que travaillent les Salpêtriers du
Royaume, & même de celles cultivées dans des nitrières artificielles, qui n'en fournissent pas une plus grande proportion :
mais il faut remarquer que la majeure partie de cette matière
saline, dans tous les cas de terres abandonnées à l'air libre,

est du nitre & du sel marin à bases terreuses, & qu'il s'y trouve très-peu de ces mêmes sels à bases alkalines.

Il en est de même des efflorescences salines que l'on voit se former à la surface des bancs de craie ou de tufs calcaires qui sont simplement exposés à l'air atmosphérique. Pour peu qu'ils soient abrités du soleil & de la pluie, ils donnent encore, bien plus que toutes les terres champêtres connues en France, des sels nitreux & marins, dont une partie est toujours à base alkaline. Aussi ces mêmes substances calcaires, pures & très-poreuses, lorsqu'elles sont en même temps abritées & fécondées par des émanations, des filtrations ou des mélanges de matières putrescibles, deviennent bien plus riches que toutes les autres terres en sels nitreux (ce qui est en tout point conforme à nos expériences). Elles méritent sans contredit la préférence, toutes les fois qu'on peut s'en procurer pour établir des nitrières artificielles ; mais on ne connoît pas encore parmi nous de ces véritables matrices à Salpêtre, qui, abandonnées à elles-mêmes & sans culture, fournissent assez de ce sel pour dédommager amplement des frais d'exploitation, comme cela arrive dans les pays où cette récolte se fait en plein air, & assez abondamment pour pouvoir en fournir au commerce extérieur, après avoir fourni à la consommation locale.

Mais puisque cette ressource naturelle nous manque, ou du moins puisqu'elle est trop bornée & trop pauvre pour fournir aux besoins de l'Etat, comment l'art peut-il y suppléer? & puisque cet art, éclairé de toutes les lumières de la saine Chimie, ne peut pas, d'après nos principes & nos expériences, parvenir à ce but par des procédés extemporanés, ou très-courts & simples, soit en convertissant en Salpêtre d'autres sels plus communs, soit en composant celui-là de *toutes pièces & à volonté* ; faut-il s'en tenir aux méthodes connues, longues & compliquées, déjà perfectionnées autrefois par une sorte de routine chimique; méthodes qui sont depuis long-temps mises en usage ailleurs, & qui, de puis peu, sont imitées & améliorées en France ? Enfin, si l'on adopte ces méthodes que nous croyons encore susceptibles d'être perfectionnées, simplifiées & combinées, doit-on les abandonner à l'économie rurale, à l'industrie des particuliers, ou bien donner la préférence aux établissemens ministériels ? c'est ce qui nous reste à examiner.

DEUXIEME SECTION.
Pratique générale de la Nitrification.

SI on veut faire le tableau résumé de tout ce que nous venons de dire, en rapprochant & comparant entre eux les résultats de nos expériences & de nos observations accumulées, on verra, relativement aux matériaux & aux circonstances de la formation du Salpêtre, que le principe constitutif fondamental de ce sel est l'air; soit celui qui émane des matières animales & végétales putrescentes; soit celui de l'atmosphère qui dissout & se charge des miasmes engendrés dans la putréfaction des matières organiques mortes, ou des exhalaisons excrémenteuses des animaux & peut-être des végétaux vivans. On verra que, dans l'un & l'autre cas, l'air est imprégné d'une substance ignée particulière, ou d'un phlogistique spécifique, différent de celui qui résulte de la combustion des végétaux & des animaux, de leur fermentation acide ou vineuse, de l'altération ou de la décomposition des minéraux, &c. On verra enfin, que la génération de ce sel est due à la réunion d'une certaine quantité de cet air & de ce feu particuliers, fixés & modifiés l'un par l'autre, & vraisemblablement aussi par l'intermède d'un peu d'eau. On remarquera sur-tout les faits qui autorisent à conclure que l'origine de ces matériaux aérés-phlogistiques, doit être uniquement & exclusivement dérivée des matières végétales & animales vivantes ou pourrissantes, pour devenir propres à la combinaison nitreuse; soit que ces émanations mixtes s'attachent & se fixent à des matières appropriées pour former les différentes espèces de nitre; soit qu'elles rentrent & se combinent de nouveau dans le système végétal, trouvant d'ailleurs, dans l'un & l'autre cas, de quoi à favoriser ou à compléter la mixtion saline en question.

On verra, d'un autre côté, que les matières formatrices & les conditions essentielles à la formation du nitre ne doivent se rencontrer & ne se rencontrent en effet qu'à la superficie du globe ; qu'il ne peut pas exister de mines ou d'amas souterrains de ce sel, comme de plusieurs autres. On verra encore qu'à la surface même de la terre, & avec les conditions en apparence les plus propres à la nitrification, il se forme quelquefois des sels d'une autre nature, analogues à ceux de nos expériences en petit : ce qui tient, comme nous l'avons dit, ou à la nature spéciale de l'air méphitique dégagé des corps, ou à la constitution particulière de l'atmosphère, notamment dans les lieux très-enfoncés ou très-couverts ; puisqu'en effet l'on voit des champs, des maisons ou des villages entiers, dans lesquels les terres & les murs ne donnent que des sels vitrioliques, & d'autres des sels marins. On verra enfin, qu'à part ces exceptions, qui ne dérogent point à la loi générale, & dans tous les cas où, avec les circonstances indiquées, l'air extérieur & libre, ou bien l'air intérieur dégagé de certains corps désignés, trouvera à s'unir avec une matière inflammable, telle qu'elle est fournie par la décomposition spontanée des corps organiques, ou telle qu'elle existe, notamment dans certains climats, sans être immédiatement extraite de ces corps regardés comme les *magasins* naturels de cette matière inflammable ; que, dans tous ces cas, dis-je, dont j'ai rapporté les plus notoires, la génération du Salpêtre aura nécessairement & inévitablement lieu.

Cette conclusion, déduite aussi solidement qu'il est possible de le faire pour les objets de cet ordre, de notre méthode synthétique, est encore confirmée par les produits de la décomposition analytique de la substance qui en fait le sujet. On est parvenu, par des procédés très ingénieux, que leur publicité me dispense de rapporter, à réduire en air respirable, en phlogistique & en eau, une quantité quelconque d'acide nitreux. Il resteroit encore à la vérité, pour avoir sur ce point théorique le dernier degré de conviction, à déterminer la nature spéciale & le *mode* de la combinaison de chacun de ces principes constitutifs ; mais le pouvoir de la Chimie ne s'étend pas jusque là :

& ce qui doit faire croire que ces principes font altérés dans leur divulfion, c'eft qu'on ne peut refaire du nitre en les réuniffant ; mais dans l'analyfe de quel corps peut-on fe flatter d'obtenir ce complément de preuves ? C'eft bien affez d'avoir, j'oferois prefque dire, démontré par des faits & par des raifons déduites de ces faits, tant *à priori* qu'*à pofteriori*, les matériaux effentiels & les conditions majeures de la nitrification. Voyons maintenant par quelles méthodes économiques & promptes on peut régir cette opération en travaillant en grand.

Je ne donnerai aujourd'hui que le fimple expofé de mes procédés généraux, me réfervant de donner par la fuite, à titre de fupplément, à l'époque accordée pour cela, les détails & les produits de ces procédés. Ce délai, en me permettant de porter à leur fin toutes mes épreuves, me mettra de plus en plus dans le cas de prononcer fur leur fuccès.

Mon but principal a été de réunir, en faveur des méthodes auxquelles je donne la préférence, les avantages de toutes les autres méthodes, & en général de mettre à profit ceux de l'habitation & de la culture rendues fucceffives & alternatives. On connoît le produit moyen ou le plus général des terres fimplement & natuellement falpêtrées dans les habitations domeftiques, & exploitées dans les différentes provinces du Royaume par les Salpêtriers. On fait auffi quels font les rapports de ces nitrières naturelles, comparées, quant à la récolte, avec les nitrières artificielles, cultivées felon les différentes méthodes, & eftimées d'après leur produit commun ou le plus ordinaire. On fait enfin que l'art n'a prefque rien à faire dans le premier cas, & qu'il fait prefque tout dans le fecond, avec plus ou moins de frais ; & qu'ainfi, pour qu'il y ait une compenfation dans le bénéfice provenant de ces deux manières de procurer du Salpêtre à l'Etat, il faut néceffairement, le prix de ce fel reftant le même dans l'un & l'autre cas, qu'il y ait une différence proportionnée ou dans leurs réfultats refpectifs ou dans les intervalles des récoltes. Mais fi cette compenfation n'exifte pas ou n'exifte que par des circonftances locales particulières, ou bien fi elle n'eft pas fuffifante pour faire adopter univerfellement en France les nitrières artificielles,

cielles, telles qu'elles font pratiquées ailleurs, peut-on trouver des moyens plus économiques, plus faciles & plus à la portée de l'industrie rurale; moyens qui préfentant au peuple & aux particuliers l'appât d'un bénéfice certain, outre celui déjà très-puiffant de fe fouftraire à la gêne des fouilles, puiffent en même temps remplir les vûes & les befoins du Gouvernement? Celui-ci, de fon côté, ne peut-il pas facilement & à peu de frais coopérer à l'emploi de ces moyens, en mettant à profit des reffources qu'il a fous la main, foit pour faire, foit pour aider à faire des établiffemens en ce genre?

Je me fuis appliqué à la recherche de ces moyens, & livré à l'exécution de ces établiffemens. J'ai eu pour objet de les comparer à ceux qui font connus & déjà pratiqués en France, tant pour le compte du Roi, que pour celui de quelques Communautés & des particuliers. Je renvoie au Supplément de ce Mémoire, pour donner l'état comparatif des produits & des dépenfes des différens procédés que j'ai mis en ufage le premier, & de ceux que je n'ai fait qu'imiter.

Dans l'*Inftruction Françoife*, publiée par ordre du Roi, en 1777, par MM. les Régiffeurs Généraux des Poudres & Salpêtres, pour établir dans le Royaume des nitrières artificielles, on a donné avec raifon la préférence, fur toutes les autres méthodes, à celles des couches cultivées fous des hangars. Elle a été adoptée prefque généralement dans tous les pays où l'on produit artificiellement le Salpêtre. Chacun y fait à la vérité quelques changemens dans les mélanges, dans la difpofition, dans la manipulation, foit d'après des vûes théoriques particulières, foit par économie & à caufe de la facilité de fe procurer les matériaux plus ou moins propres à la confection de ces couches, ou de pratiquer telles ou telles conftructions pour les abriter.

Mais tout cela revient à peu près au même quant au fond, & ne mérite pas d'être ni difcuté ni apprécié d'une manière bien rigoureufe. Il faut en cela fe diriger d'après fes moyens, d'après les circonftances locales, la différence de température ou de climats, &c. foit pour faire des établiffemens domeftiques & en petit, foit pour des entreprifes en grand.

N

Le choix des matières les plus convenables dans les trois règnes n'étant pas toujours à beaucoup près praticable, on doit se servir de celles que l'on peut se procurer à moins de frais, & qui exigent le moins de préparations préliminaires ; car c'est sur-tout dans ces deux points que consiste l'économie : *épargner la main d'œuvre, & la dépense de l'approvisionnement des matières.* Cependant, comme c'est principalement dans la bonne culture & les bons matériaux que consiste la bonté du produit, c'est à la sagesse de l'Entrepreneur à éviter ces deux extrêmes de trop d'*économie* & de trop de *recherche*; il existe des modèles d'établissemens dans l'un & dans l'autre genre. La réserve dans la construction des nitrières & dans l'ameublement des Laboratoires, est aussi de la plus grande importance. Il faut, autant qu'il est possible, chercher à faire un double emploi des dépenses que l'on est obligé de faire ; car toutes les fois que l'on fera de l'établissement des nitrières un objet de spéculation, conçues en grand & exécutées en grand ; dès qu'il faudra tout faire & tout avoir à prix d'argent, il est à craindre que de pareils entreprises n'échouent, faute d'une bonne administration. En un mot, nous osons le dire d'après notre propre pratique, l'état de *Salpétrier*, quelque extension & industrie que l'on veuille donner à cet Art, ne sera jamais qu'un métier de *Gagne-petit*, qui doit rester tel pour être profitable ; métier dont le but invariable doit être de tirer parti de tout, de recueillir tout ce qui peut être perdu ou inutile pour l'engrais des terres, la nourriture du bétail & les autres besoins d'économie domestique. On doit enfin mettre la plus grande épargne jusque dans les plus petits détails.

Les nitrières Suédoises & toutes celles dont on a publié les détails, les dépenses, les produits, peuvent bien servir de modèle à tout ce qu'on voudra, je ne dis pas seulement pratiquer, mais même inventer en ce genre. Ces établissemens ont au surplus l'avantage d'être praticables presque par-tout, vu la très-grande diversité des matières, prises des trois règnes, que l'on fait entrer dans leur composition, & que l'on peut varier suivant les cas. Ceux dont on a donné le plan dans l'*Inftruction Françoife*, étant encore fimplifiés & dirigés d'après de meilleures vûes chimiques & économiques, fuffifent pour établir fur ce point une règle générale, dont les applications diverfes & appropriées aux circonftances, feront faciles à faire, toutes les fois que l'on aura des raifons de préférer cette forme de nitrières à celles que j'ai à propofer. Ainfi il feroit inutile de s'arrêter plus long-temps fur ces objets, & ce n'a pas dû être non plus autant le but de ce concours de réformer les méthodes connues, que celui d'en découvrir de nouvelles qui foient préférables.

Cela paroît d'autant plus vrai, que par tout où l'on a adopté comme meilleure la méthode des couches, on a été affez généralement d'accord fur les points capitaux du gouvernement de ces nitrières, fur le choix des lieux & des matières, fur leur difpofition & leur préparation, fur les divers articles de leur culture ; enfin fur les termes de leur exploitation. Or, cette conformité prefque générale eft plus qu'une préfomption en faveur de la bonté de cette méthode, & des préceptes fur lefquels elle eft établie. Les fuccès en ont d'ailleurs perpétué & étendu l'adoption dans les différens Etats politiques.

Aidés de ces préceptes, encouragés par ces fuccès, nous avons cherché à conferver dans la pratique les avantages de cette méthode, en lui en fubftituant une autre, ou plutôt nous avons adopté une méthode mixte, qui confifte à falpêtrer les terres par l'habitation & la culture réunies. On verra par la fuite fi nous avons bien rempli notre plan & par de bons moyens. *Simplicité & économie* dans les procédés ; *abondance & célérité* dans les produits ; *facilité & convenance* dans l'application de ce genre d'induftrie à l'économie rurale. Telles ont été nos vûes en propofant cette nouvelle pratique.

Quoique toute efpèce de bétail puiffe convenir à cette forme d'établiffement, nous donnons cependant la préférence aux moutons, par des raifons qu'il eft facile de preffentir. On peut employer à cela de deux manières les troupeaux. La

première, en faifant habiter fous des hangars publics les troupeaux publics ; foit pour le temps du pranfiage feulement,
pendant la belle faifon ; foit pour cette partie du jour & pour
la nuit, dans les provinces où les troupeaux reftent toujours
aux champs pendant l'été. La deuxième manière feroit pour
les troupeaux particuliers, & confifteroit à pratiquer des bergeries domeftiques pour l'habitation annuelle & alternative ;
comme il fera expliqué ci-après. Nous pouvons d'avance affurer que de ces deux manières les troupeaux feroient beaucoup mieux, & pour leur fanté & pour la profpérité de leur
laine ; chofe fort importante dans l'économie rurale.

Mais l'habitation deftinée à la fécondation des terres, & la
culture de ces dernières pour l'œuvre de la nitrification, ne
pouvant fe faire en même temps & fur le même fol, il faudroit pratiquer, tant pour les hangars publics, que pour les
bergeries particulières, deux efpaces fous le même toit, &
même trois, s'il étoit poffible. Nous réglerons par la fuite les
époques & les méthodes d'habitation & de culture fucceffives, ainfi que les manipulations que les terres peuvent exiger
dans l'un & l'autre cas. Cela doit être difpofé de manière
à procurer des récoltes dans la révolution d'une, de deux
ou de trois années, fuivant la diftribution & l'ufage des bâtimens, fuivant l'aptitude des terres à être fécondées & falpêtrées ; car il peut y avoir fur cela des différences notables.

Quoique la forme & l'étendue de ces conftruction, tant
publiques que particulières, puiffe varier beaucoup, foit pour
s'adapter à l'emplacement & fe conformer au befoin, foit pour
profiter des conftructions déjà faites, cependant, pour préfenter fur cela une règle générale, d'après laquelle on puiffe
fe diriger, nous avons adopté les dimenfions & les divifions
fuivantes.

Nous donnons aux bâtimens de bergeries doubles, fous
le même toit, cent pieds de long & foixante pieds de large ;
environ dix pieds d'élévation à l'égout du toit, & trente
pieds au faîte (dimenfions qui permettent d'accumuler dans
le bas la quantité de terre fuffifante, & de loger dans le

haut des fourrages & des pailles pour les besoins, sur-tout dans les bergeries particulières & habituelles). Nous les divisons, suivant leur longueur, en deux parties égales, par un mur en terre, à la Prussienne, d'environ trois pieds d'épaisseur & quatre à cinq pieds de hauteur. Il ne faut qu'une seule porte cochère qui communique aux deux côtés, & on doit être très-réservé sur les jours, dont le nombre cependant doit varier suivant les circonstances.

Aux bâtimens de bergeries triples, sous le même toit, lesquels seroient encore préférables aux précédentes, comme nous le ferons voir, nous conseillons de donner un tiers de plus en longueur, c'est-à-dire, cent cinquante pieds ; toutes les autres dimensions restant comme ci-dessus : mais il y auroit cette différence, que les divisions, pareillement faites par deux murs de terre, seroient dirigées suivant la largeur & dans toute la profondeur, à la distance de cinquante pieds l'une de l'autre. On pourroit encore ne faire qu'une seule porte cochère dans le milieu du flanc de ce bâtiment, en laissant subsister de là des passages de communication pour les deux parties latérales ; mais il vaudroit mieux faire trois portes, afin de ne pas perdre de terrein dans l'intérieur.

Une différence essentielle qu'il y auroit à mettre entre les bergeries publiques & les particulières, seroit, pour diminuer d'autant la dépense des premières, uniquement destinées au pransiage des troupeaux, de ne pas les fermer de murs ; mais de prolonger & d'abaisser sur tous les côtés la toiture, à peu près comme sont les halles de certaines tuileries. Alors il suffiroit d'y pratiquer, dans le pourtour à l'intérieur, de petits murs en terre, qui serviroient d'autant à la nitrification ; ou bien des fossés en dehors, tant pour clore que pour l'écoulement des eaux, & aussi pour servir de fosses à putréfaction en les abritant. Au reste, il y auroit encore sur tout cela beaucoup de détails de construction, d'arrangement & d'économie, dans lesquels nous n'entrerons pas, attendu qu'ils sont faciles à prévoir & à adapter aux positions différentes ; par exemple, pour ce qui concerne la toiture, qui est un article confidérable de ces conftructions, & qu'il faut, lorfqu'on en a les moyens, préférer de faire en chaume, comme je l'ai fait dans mes établiffemens. Outre qu'elle eft moins chère & plus durable, elle a encore l'avantage de maintenir dans l'intérieur des bâtimens une température plus égale, auffi favorable pour l'habitation que pour la nitrifica-tion.

D'après les dimenfions que nous avons indiquées, il y auroit dans chaque efpace féparé des bergeries doubles ou triples, trois mille pieds de furface. On pourroit y loger facilement quatre à cinq cents moutons; mais deux ou trois cents fuffiroient pour la fécondation des terres; & c'eft-là le nombre le plus ordinaire des troupeaux publics ou particuliers dans la plupart des provinces. On pourroit auffi placer dans chaque efpace, fept à huit mille pieds cubes de terre, non compris les murs de féparation, ni ceux de clôture. Cela feroit au moins deux pieds & demi d'épaiffeur en terre dans toute la furface, laquelle feroit fucceffivement ajoutée & fé-condée pendant le temps de l'habitation. Cette terre enfuite mife en culture, feroit reprife à fond & divifée en couche de quatre à cinq pieds de large à la bafe, fur deux pieds & demi ou trois pieds d'élévation en dos-d'âne. Il y auroit, d'après ce par-tage, place pour cinq couches de cent pieds de long dans chaque moitié des bergeries doubles féparées longitudinale-ment, avec un petit fentier intermédiaire d'une couche à l'autre; & pour dix couches de 50 pieds chacune, dans les bergeries triples partagées, comme nous l'avons dit, fuivant leur largeur. Il refteroit en outre environ un pied de terre dans toute la furface fur laquelle feroient établies les couches. On laifferoit là ce lit inférieur, tant pour recevoir l'excédent des arrofages, que pour ne pas trop groffir les couches en y mettant la totalité de cette terre. Bien entendu que l'on au-roit préliminairement approprié le fond de la nitrière, s'il étoit néceffaire, & enlevé les mauvaifes terres, s'il s'en trou-voit fur le fol.

Bien entendu auffi que l'approvifionnement de ces berge-

ries, en terre , se feroit d'après un bon choix, lequel a été
suffisamment indiqué dans les Ouvrages qui ont traité de cette
matière. (V. l'*Instruction Françoise* déjà *citée*). On donneroit la préférence encore aux terres déjà meubles & salpêtrées des habitations dans les villages où l'on feroit ces établissemens , comme on y est autorisé par l'Administration.
Au surplus , comme il n'en faudroit pas une très-grande quantité dans chaque bergerie , on pourroit facilement l'améliorer
par des mélanges de toutes les matières capables d'opérer
dans les sols trop compacts , trop glaiseux , l'ameublissement ,
la perméabilité , la *dessicabilité* , & les autres qualités favorables à la nitrification.

Les craies seules tiendroient lieu de toute autre matière ,
si l'on étoit à portée de s'en procurer , & conviendroient
également aux terres trop sableuses. Mais au défaut de craie , on
se serviroit des pierres à chaux , poreuses , tendres , friables , seulement à demi-calcinées & broyées. On substitueroit encore à celles-
ci des plâtras & des mortiers de démolitions , des vieilles
chaux , des fonds de fours à chaux , de la chaux des tanneries ; de toute espèce de cendres , même de celles des tourbes & des houilles ; des os calcinés ou putréfiés ; des dépôts
d'urines , &c. Toutes ces substances terreuses , calcaires , absorbantes , seroient tenues quelque temps avec des matières
pourrissantes dans des fosses ou sous des tas de fumiers , &c.
Elles seroient ensuite exposées à l'air , avant d'être employées
dans les couches. D'un autre côté , les terreaux , les boues
de rues , les fonds de marais , ou mieux encore , des marres
d'eau croupissante employées à rouir le chanvre ; espèce de
terreau naturel , très-gras , & qui souvent auroit besoin , pour
devenir plus meuble & plus propre à la nitrification , d'être
long-temps exposé à la gelée & au soleil , abrité de la pluie.
Joignez à cela la classe très-étendue des matières végétales &
animales , dont les plus menues & les plus putrescibles sont
toujours préférables ; le tan sorti des tanneries , la sciure des
bois , les copeaux même , la poudre des bois pourris ; tous
les marcs de fruits broyés , les menues pailles , les pailles ha-

chées, ainsi que les tiges de navette, de féves, de fougères, &c. toutes les plantes agrestes, inutiles, notamment les plus nitreuses & les plus molles ; ayant l'attention de les faire fouler par le bétail, & de les mettre quelque temps en tas ou dans des fosses avec un peu de terre, avant de les mêler aux couches : enfin, tous les excrémens d'animaux, long-temps digérés dans l'eau (destinée aux arrosages), & leur marc séché à l'air ; le sang à moitié pourri, mêlé avec de la chaux, ensuite desséché & mis en poudre.

Toutes ces matières, dis-je, moitié ameublissantes, moitié fécondantes, rempliroient à merveille le but de la préparation, de la fécondation des terres, & seroient employées ; les unes lors de l'habitation, les autres lors de la culture de ces mêmes terres, mises en couches. Ajoutez à cela, pour cette dernière époque, deux articles très-essentiels ; 1.° des arrosages fréquens & peu copieux à la fois, avec toute sorte de liqueurs putrescibles, &, ce qui vaut encore mieux, déjà en pleine putréfaction. Donnez la préférence sur – tout aux urines & aux infusions d'excrémens solides des animaux herbivores, ainsi qu'à l'eau employée de temps en temps au lavage des pavés & des murs des étables, pour enlever le Salpêtre qui s'y forme : le tout reçu & conservé dans des marres ou des réservoirs pratiqués exprès pour ces arrosages. 2.° Le *remuage* des terres en culture, aussi très-fréquemment répété, & plus ou moins à fond, avec des outils faits exprès pour cela. Ayez l'attention d'ailleurs de placer dans le milieu des petites couches, suivant toute leur longueur & profondeur, une cloison d'environ un pouce d'épais de paille droite, posée verticalement, pour favoriser encore la pénétration des arrosages & de l'air.

Quant à la première époque de la fécondation des terres par l'habitation des troupeaux, il y auroit, pour la rendre à peu près égale dans la totalité de ces terres, différentes manières de s'y prendre ; soit en rechargeant d'un lit de terre neuve, à mesure que la fécondation seroit jugée suffisante dans le lit de dessous ; soit en faisant l'inverse, c'est-à-dire ;

en

en enlevant chaque lit fécondé de la maffe de terre même, difpofée d'avance & tout à la fois fur le fol de la bergerie. Il feroit bon de féparer ces lits de terre, dans l'une & l'autre méthode, par un peu de paille ou de fougère. On partageroit en deux ou trois époques le rechargement ou l'enlèvement de la totalité des terres indiquée ci-deffus, qui feroit d'environ deux pieds & demi. Chaque époque feroit de deux, trois ou quatre mois, fuivant l'épaiffeur des couches & leur facilité à fe pénétrer des filtrations excrémenteufes. Les terres déjà fécondées que l'on enlèveroit, ou les terres neuves que l'on deftineroit à la fécondation, feroient dépofées, en attendant, le long des murs ou aux extrémités de la portion des bergeries habitées, s'il y avoit affez de place, ou bien on les mettroit dans la partie non habitée. Mais il faudroit, autant qu'il feroit poffible, pour épargner la main-d'œuvre, ne pas changer les terres de côté; & dès-lors que l'habitation, la culture & la lixiviation de ces terres feroient une fois réglées pour fe fuccéder à des époques fixes, il ne pourroit plus y avoir d'embarras ni de confufion à ces égards. Il en feroit de même pour l'enlèvement du fumier de ces bergeries, à chaque fois qu'on replaceroit ou qu'on ôteroit les lits de terre. On pourroit même fe règler pour cela fur les temps de l'année où l'on eft dans l'ufage de fumer les terres, afin d'éviter l'inconvénient très-commun dans les campagnes, de laiffer long-temps les fumiers livrés aux intempéries avant de les employer; ce qui les détériore confidérablement. Enfin fur toutes ces chofes de détails concernant la fécondation des terres à Salpêtre, un peu d'induftrie & de routine rurales fuffiroient. Il n'en faudroit pas plus pour le gouvernement de ces terres pendant leur culture, confiftant fpécialement en arrofages, *remuages*, & mélanges énoncés ci-deffus.

Conclusion.

Tel eft le précis des inftructions les plus générales que nous avions à donner fur l'établiffement des *nitrières-bergeries*, dont nous propofons d'adopter la méthode; inf-

O

tructions que nous avons suivies nous-mêmes, en tous points, dans des bergeries particulières que nous avons fait construire. Nous en donnerons les produits en Salpêtre d'après des essais répétés, au bout de chaque année. Nous ne sommes encore qu'à la seconde de nos établissemens, & ce ne sera qu'au second terme de ce concours que nous pourrons déterminer à peu près les époques successives & alternatives d'habitation, de culture & d'exploitation; époques qui au surplus doivent nécessairement varier, comme nous l'avons déjà dit. Mais en attendant, on ne peut disconvenir que cette méthode ne réunisse tous les avantages les plus désirables, les plus clairement déduits de nos connoissances théoriques nouvelles sur la nitrification, & en même temps les plus susceptibles de s'adapter à la vie & à l'économie champêtres. Elle a surtout, si on la compare avec la méthode usitée des grandes couches entassées sous des hangars, les avantages suivans :

1.° De n'exiger presque ni main-d'œuvre ni matières pour la fécondation des terres pendant l'habitation, & par conséquent de ne rien enlever à l'agriculture. Il en résulteroit au contraire, comme il est facile de l'entendre, & pour les particuliers & pour les Communautés, qui feroient de ces établissemens, une plus grande quantité de fumier, nullement destiné à la préparation des terres à Salpêtre, mais totalement réservé pour l'engrais des terres champêtres.

2.° De n'employer à la seconde époque de fécondation & de préparation, pendant la culture, que des matières en quelque sorte perdues ou inutiles, & que l'on peut facilement se procurer par-tout. En outre, le travail que demanderoient la formation des couches, leur arrosage, leur remuage, la préparation & le mélange des matières accessoires, ne seroit pas fort considérable, puisqu'un seul homme suffit pour gouverner un établissement de bergerie double & même triple, excepté le temps du lessivage des terres & de leur remplacement.

3.° Le plus grand de tous les avantages de cette méthode, est de pratiquer en même temps & sous le même toit, l'habitation & la culture. D'un côté, on imprègne les terres de toutes les filtrations & émanations excrémenteuses des troupeaux ; de l'autre, on établit sur des couches minces, ayant beaucoup de surface, & d'ailleurs fréquemment arrosées, retournées ou divisées, un atmosphère chaud, humide, capable de favoriser par-là, & par son état de demi-stagnation indiquée ci-dessus, la putréfaction insensible & la décomposition radicale de toutes les matières organiques ; un atmosphère enfin portant par-tout le germe de la nitrification, par sa condition habituelle d'air méphitique respiré, exhalé, putréfié (car tel a été l'objet principal de nos expériences & le point capital de notre théorie) : or, il est bien certain que le concours de toutes ces causes doit rendre la génération du Salpêtre & plus prompte & plus abondante, que sous les simples hangars & dans les simples étables.

A tous ces avantages on pourroit encore en ajouter un autre non moins évident, quant à l'épargne qui en résulteroit : ce seroit d'associer à l'état de Salpêtrier celui de Salinier, pour chaque établissement particulier ou commun. On sait que l'emploi du salin ou de la potasse, est devenu, par les lumières de la Chimie, un objet très-essentiel pour l'exploitation & l'augmentation de la récolte du Salpêtre en France ; mais il faut savoir aussi que le prix de ces denrées, depuis que l'on en a fait l'application au travail des eaux mères du nitre, tant à celui qui est livré aux Salpêtriers répandus dans le royaume, qu'à celui des eaux d'atelier, dans les raffineries, est considérablement augmenté ; que probablement il augmentera encore, indépendamment de ce que l'on est obligé de tirer de l'Etranger pour suffire aux besoins des autres Arts. Nous ferons voir par la suite, & cela d'après notre propre expérience, que si chaque Entrepreneur de nitrière travailloit à se procurer la quantité de salin nécessaire pour sa consommation, il ne lui reviendroit pas à moitié prix de ce qu'il coute dans le commerce ; soit par le peu de peine & de dépense qu'il y auroit à recueillir toutes les matières propres à fournir ce sel ; soit par l'économie & le double emploi du feu & des uftenfiles de laboratoire, pour le préparer; foit enfin par la manière de l'employer fur place, dans l'exploitation des terres, & dans l'évaporation des eaux falpêtrées. Il en réfulteroit encore le bénéfice d'améliorer les terres leffivées de la *nitrière*, par le mélange des cendres leffivées de la *falinerie*, pour les difpofer à une nouvelle régénération du Salpêtre.

Enfin, le dernier & le plus décifif des avantages de notre *méthode mixte* fur toutes les autres, eft d'offrir aux habitans des campagnes une branche d'induftrie à leur portée, analogue à leurs moyens, à leurs goûts, à leurs travaux, & qui d'ailleurs les délivre de leur afferviffement aux fouilles.

Cependant, malgré tout cela, on ne doit pas s'attendre qu'elle foit facilement & promptement adoptée. En général, tout ce qui eft pour le peuple une pratique nouvelle, éprouve toujours des entraves & des lenteurs. Mais n'y auroit-il pas de la part de l'Adminiftration, des moyens à prendre pour en affurer & en hâter le fuccès?

Il ne faudroit pas, à beaucoup près, employer pour cela les reffources de tout le royaume. Trois ou quatre provinces de l'intérieur, les plus riches en bois, en pâturages, en troupeaux, fuffiroient pour fournir à l'Etat la quantité de Salpêtre dont il a befoin; quantité de laquelle il faudroit d'abord déduire ce que l'on récolte annuellement de ce fel fans le fecours des fouilles, tant dans les établiffemens miniftériels qui font déjà fort multipliés, que dans les ateliers privés établis dans le royaume, notamment dans les grandes villes: ce qui doit aller ou ira bientôt à plus d'un tiers de la confommation. Pour le furplus, trois ou quatre cents *nitrières-bergeries*, faites felon notre plan, feroient fuffifantes; & je connois telle province, par exemple, la Lorraine, qui pourroit fournir par an, près d'un million de Salpêtre brut. On choifiroit, d'après le rapport des Commiffaires particuliers de la Régie générale, dans chaque département, les meilleurs villages, les plus à portée des raffineries & des moulins à poudres; mais fur-tout ceux dont le fol & l'expofition font reconnus les plus favorables à la nitrification, par

leur produit ordinaire, au moyen des fouilles. On adopte-
roit pour chaque endroit désigné, l'établissement d'une nitrière
publique ou particulière, suivant les circonstances & les facilités.

On pourroit, sinon obliger, du moins engager les Communautés, pour se soustraire aux fouilles, & pour leur bénéfice commun, à cette sorte d'entreprise, que l'on mettroit
en adjudication ou à l'enchère : entreprise dont les frais ne
seroient presque que ceux de la construction, & dont le produit seroit réversible à chaque Communauté, sous la direction des Officiers municipaux, ou appliquable à un fonds de
charité, sous les auspices des Curés. Pour diminuer encore
la première dépense de ces établissemens, tant publics que
privés, on pourroit accorder les bois de construction à prendre dans les bois communaux, ou, à défaut de ceux-ci,
dans les bois domaniaux, pour les lieux où il s'en trouve.
On pourroit aussi encourager les nitrières particulières par
quelques exemptions ou gratifications. Enfin le Gouvernement, pour favoriser les entreprises publiques, ne pourroit-il
pas faire les premiers frais de construction, sauf à les récupérer sur les premiers produits, pour en laisser ensuite l'usu-
fruit aux Communautés? La totalité de ces avances employées
avec économie, & en profitant des parties de constructions
déjà faites dans bien des endroits, ou les achetant à peu de
frais, ne monteroit peut-être pas à plus de cent mille écus.

Il me suffit d'avoir indiqué des moyens très-praticables, dont
l'application, en assurant le service de l'État, & prévenant le
besoin de recourir à l'Étranger, tourneroit totalement à l'avantage & au profit du peuple, en le délivrant d'ailleurs d'une
grande gêne. Tel a été le double but de l'Administration,
en proposant ce Concours : c'est à elle encore à réaliser par
les voies qui lui paroîtront les plus convenables, ce que nous
lui proposons, après l'avoir exécuté nous-mêmes.

PREMIER SUPPLÉMENT.

Récapitulation du Mémoire précédent.

Décembre 1781.

ON a, dans ce Mémoire, passé en revue, examiné, discuté les différens systêmes des Chimistes, sur la nitrification. On a pris de chacun ce qu'il y a de vrai & d'utile, quant à l'objet proposé. On s'est spécialement attaché au systême des Chimistes pneumatiques, anciens & modernes. On l'a présenté sous un nouvel aspect, plus vaste, plus lumineux, & sur-tout plus conforme aux faits d'observations générales, & aux résultats d'expériences particulières. Le but principal & véritablement chimique de ces dernières, a été de prouver :

1.º Que tout air méphitique émané de la putréfaction des corps organiques, morts ou vivans; que l'air atmosphérique méphitisé, plus ou moins altéré par le mélange ou la dissolution de ces émanations putrides, sont éminemment propres à la nitrification.

2.º Que toute autre espèce d'airs méphitiques, naturels ou factices, phlogistiqué, fixe, inflammable, pris dans l'atmosphère ou dans les sujets des trois règnes, & résultant de leur décomposition par le feu, par l'action des dissolvans, ou par une fermentation autre que la putréfactive; que l'air atmosphérique le plus pur & l'air déphlogistiqué le plus parfait, ne sont, seuls, nullement propres à la nitrification; mais que les airs méphitiques de cette seconde classe, dont on a indiqué les divers foyers, conviennent à la génération d'autres sels étrangers à l'objet de ce concours.

D'un autre côté, on a désigné différentes matrices terreuses absorbantes, susceptibles de se nitrifier par leur combinaison avec les airs méphitiques de la première classe, & on a indiqué les circonstances propres à favoriser ces combinaisons. On a remarqué des différences considérables dans les degrés d'aptitude à la nitrification, & de la part des terres, &

de la part des airs. On a fait voir qu'il n'y a aucune apparence de cette aptitude dans les subftances alkalines quelconques, calcinées, cauftiques, phlogiftiquées, fulfurées,
ou autres, quoiqu'expofées dans les mêmes foyers d'airs méphitiques. On a conclu de là & d'autres expériences, qu'il ne
pouvoit y avoir aucun foupçon de préexiftence des matériaux immédiats du nitre, ni dans les airs, ni dans les terres
employés à fa confection fpontanée ; & qu'ainfi les procédés dans lefquels on fait du nitre avec de l'air méphitique
& de la terre, font réellement des procédés fynthétiques, fuivant le langage de l'Ecole ; tandis que ceux où on fait de l'air
avec du nitre ou de l'acide nitreux, font des procédés analytiques.

On a tiré des réfultats de cette double voie d'analyfe, une
preuve de plus en faveur de l'affertion principale, fur laquelle
porte tout le nouveau fyftême de la nitrification ; favoir, que
l'air eft l'élément effentiel & caractériftique de l'acide nitreux ;
que par conféquent l'atmofphère eft, à cet égard, le réceptacle naturel de la nitrification en grand ; mais que telle ou
telle efpèce d'air méphitique, naturel ou factice, eft, exclufivement à toute autre, ou éminemment ou médiocrement
propre à la formation de ce fel ; enfin, que le mécanifme
de cette opération confifte en ce que l'action diffolvante &
combinatoire de cet air fpécifique, conftitué tel par fa mixtion avec le phlogiftique propre, réfultant de la putréfaction,
foit dirigée, exercée fur telle ou telle efpèce de matrice terreufe abforbante.

Il paroît en outre, que ces dernières, dans les procédés complets de la nitrification, ou au moins que quelques-unes
d'entre elles deviennent propres à l'alkalifation ; mais qu'il y
a pour cela deux époques très-diftinctes, & que dans cette
double *genéfe*, celle des alkalis par les émanations méphitiques, eft poftérieure à celle de l'acide ou des acides : ce qui
porte à croire que tout nitre commence par être à bafe terreufe, & que la précipitation de celle-ci, pour qu'il en réfulte ou
du vrai nitre, ou du nitre ammoniacal, ne fe fait que fucceff-

fivement & à mefure que l'alkali fe forme ou fe développe de fon côté.

On a comparé ces deux époques de la fermentation putréfactive & nitrifiante, quant à leurs produits refpectifs, à celles d'autres fermentations plus connues. On ajoute ici, pour exemple, que le tartre, dont une partie fe forme dans la végétation, comme le nitre, eft auffi, comme ce dernier, à l'égard de la putréfaction, le produit de la fermentation vineufe. On a trouvé encore, entre ces deux fels, d'autres rapports, quant à leurs acides fpécifiques, l'un & l'autre éminemment aérés, & quant à leur bafe alkaline commune. Ainfi, pour indiquer les différentes fources de cette dernière dans les nitrières, & faire entendre le complément de la nitrification à cet égard, on a conjecturé qu'outre l'alkali fixe qui exifte tout formé, à nu ou prefque à nu dans les fubftances organiques des deux règnes; outre celui que l'on eft fondé à y admettre auffi, mais très-enveloppé, déguifé, faifant principe conftituant de tout corps huileux, muqueux, extractif, lequel ne fe développe que par la décompofition radicale de ces corps très-compofés; on a conjecturé, dis-je, que dans la putréfaction, ainfi que dans la combuftion de ces corps, il fe forme encore de l'alkali fixe de toutes pièces, par un mécanifme & des matériaux très-approchans de ceux qui concourent à la formation des acides.

Si, comme on le croit affez généralement, la calcination rapprochoit les terres abforbantes de l'aptitude à s'alkalifer (ce qui n'eft pas du tout prouvé), il paroîtroit au contraire que cela les éloigneroit de la condition la plus favorable à la formation des acides. Cette alternative ne pourroit s'entendre que des deux manières énoncées dans le Mémoire, & d'après un point de théorie très-vraifemblable, qui, s'il étoit mieux prouvé, concilieroit des fchifmes très-graves en Chimie, notamment les deux derniers fyftêmes concernant l'action du feu & de l'air fur les terres calcinables. On a oppofé à ces deux fyftêmes, pour en tenter la conciliation la plus conforme aux faits, l'adoption de deux acides élémentaires, l'acide *igné*

&

& l'acide *aéré* ; subſtances chimiques & naturelles du même ordre de ténuité & de diſſolubilité. Ces deux acides ſouvent combinés dans les mêmes corps, ſouvent produits dans les mêmes opérations, paroiſſent toujours auſſi diſtinſts l'un de l'autre, par leurs propriétés, que le feu l'eſt de l'air. En adoptant cette même diſtinction, & pour mieux entendre le mécaniſme ultérieur de la nitrification complette, on a auſſi, d'après les meilleures inductions chimiques, admis entre les airs méphitiques d'une part, & les abſorbans terreux de l'autre, une analogie de compoſition, ou l'exiſtence d'un mixte commun que chacun a voulu définir à ſa manière ; mixte dont le caractère principal, celui du moins qu'il importe le plus de ſaiſir ici, eſt de ſe prêter facilement & dans des circonſtances peu différentes en apparence, à la formation diverſe des deux principes ſalins immédiats du Salpêtre. Enfin on a conclu, relativement à la génération des ſels acides & alkalis, dans la nitrification, & même en général d'autres ſels, que leur différence tient bien moins à la nature des matrices terreuſes abſorbantes, qu'à celle de l'air & des airs diſſolvans ; qu'à l'eſpèce des mofettes diverſes, animales & végétales ; qu'à la différence des foyers, des réceptacles de ces mofettes & des époques de la décompoſition des corps deſquels émanent ces airs méphitiques.

Au ſurplus, on a dû remarquer dans tout le cours du Mémoire, dont ceci eſt le réſumé, que l'on a bien diſtingué les ſimples conjectures, les inductions purement rationnelles & inacceſſibles à la méthode expérimentale, d'avec les aſſertions les plus poſitives, toutes ſubordonnées aux preuves de faits. On s'eſt permis à la vérité d'entremêler cette dernière claſſe de preuves avec celles qu'ont pu fournir le raiſonnement, la comparaiſon des moyens & des faits généraux analogues, le rapprochement des connoiſſances homogènes, &c. On a cherché par cette réunion de preuves, par cette extenſion de lumières, à remplir le double but du Concours propoſé ; celui d'établir une théorie ſolide de la génération du nitre, & celui de rendre cette théorie généralement & utilement

P

appliquable aux méthodes pratiques de la nitrification. Les principes que l'on a posés, les corollaires que l'on en a tirés, tendant à l'un & l'autre but, ne font, en quelque forte, que l'expression des expériences & des observations accumulées.

On avoit pensé qu'il suffiroit de donner à l'Académie, à la première époque du Concours (Décembre 1780), le sommaire de ces expériences sur la génération absolue du Salpêtre, telle qu'elle a été annoncée dans le Mémoire ; en indiquant d'une manière générale, mais précise, les vraies matières formatrices, élémentaires, & les conditions essentielles à la formation du nitre. On s'étoit réservé de donner par la suite, à titre de Supplément, à l'époque accordée pour cela, le complément des instructions de détail, non seulement pour ce qui concerne la solution du point principal du problème chimique, d'après des expériences en petit, mais encore pour ce qui regarde la partie économique, dans l'établissement des nitrières en grand, d'après les principes & les vûes de la partie théorique. On avoit dès-lors en vûe, pour la seconde époque de ce travail, de mieux faire la comparaison des procédés chimiques & économiques, & de leurs produits respectifs, pour éviter les erreurs de calcul qui se commettent souvent lorsqu'on veut conclure des uns aux autres. On espéroit que ce délai de plus d'une année, permettant de porter à leur fin toutes les épreuves, on seroit plus en état de prononcer sur leurs succès. On n'ignoroit pas à la vérité qu'une précision extrême dans les expériences de ce genre, tant pour les circonstances de la manipulation, que pour les quantités des ingrédiens & des produits, étoit très-difficile à obtenir & même rigoureusement impraticable ; mais un plus grand nombre de résultats comparés devoit produire au moins des à-peu-près plus certains. Ce font ces nouveaux & plus nombreux résultats, conformes aux dernières demandes de l'Académie (Journal de Paris, Avril 1781), & recueillis en Décembre de la même année, qui ont donné lieu à ce qui suit.

NOUVELLES EXPÉRIENCES
relatives à la première partie du Mémoire.

On a déjà avancé qu'on pouvoit réduire à trois classes tous les appareils dont on s'est servi pour les expériences sur la nitrification proprement dite.

1.ere *Classe*. Appareils totalement découverts ; & dans lesquels les divers absorbans ont été exposés à l'abord libre de l'air atmosphérique, ou pur, ou altéré par des agens naturels & habituels de corruption ; de manière à ce que chaque espèce distincte d'air extérieur, pris dans différentes parties de l'atmosphère, fût séparément explorée par rapport à son aptitude à servir à la nitrification spontanée.

2.e *Classe*. Appareils à demi-fermés, contenant chaque espèce d'air intérieur, dégagé, tellement concentré dans le foyer même de sa génération, ou de son dégagement, que, malgré une certaine communication avec l'air atmosphérique, les matières absorbantes susceptibles de se nitrifier, ont été sans cesse environnées & imbibées de cet air factice.

3.e *Classe*. Vrais appareils pneumatiques totalement fermés, dans lesquels les différentes sortes d'airs & de matrices absorbantes ont été renfermées & conservées sans aucuns mélanges, ni sans aucune communication avec l'air extérieur.

Tous les procédés relatifs à la première classe, n'ont besoin que d'être énoncés pour être entendus. Ils ont été suffisamment expliqués dans le Mémoire, pour pouvoir être répétés & vérifiés. Ils font d'ailleurs, & quant à leur disposition & quant aux produits, parfaitement conformes à ce qui se passe journellement & spontanément sous les yeux de l'observateur, par rapport à la génération du Salpêtre & d'autres sels, dans les différens lieux, de constitution d'air sensiblement différente. Ces expériences, tentées sur-tout dans la vûe de connoître plus particulièrement les espèces d'air, faisant parties distinctes de l'atmosphère, les plus propres à la nitrification spontanée, ont aussi servi à comparer, à confirmer d'autres expériences faites en petit & dans des appareils de vaisseaux

P ij

fermés. Les réſultats des premières ont été d'autant plus marqués, par rapport à ceux des autres, qu'elles ont été diſpoſées dans des maſſes plus conſidérables d'air plus méphitique, & avec de plus grandes doſes de chacun des abſorbans ſuſceptibles de ſe nitrifier, dont j'ai donné l'énumération & la préparation. Il ſuffira d'en citer quelques exemples.

Trois livres de craie bien pure & bien lavée, miſe en poudre groſſière, contenue dans des terrines de grès, ou de grandes cloches de verre, ſimplement humectée ou totalement recouverte d'eau pure, d'autrefois tenue à ſec, toujours ſoigneuſement abritée du ſoleil, de la pluie & des filtrations, ont été conſervées pendant 7 à 8 mois, hors le temps des gelées, à l'air des différens lieux ci-après.

1.° Les étables, les latrines & les caves ont montré une nitrification plus prompte & plus abondante que par-tout ailleurs. En rapprochant tous les produits de ce genre que j'ai obtenus de 35 expériences exécutées dans la révolution de quatre années, le moindre a été de 50 grains de réſidu ſalin, provenant de la lixiviation de cette terre, & le plus conſidérable d'un gros & demi. Comme j'ai pris la précaution d'employer de l'eau diſtillée pour les arroſages & les leſſivages de ces eſſais, on ne peut y ſoupçonner de ſels étrangers. Dans celui que j'en ai retiré, il y a toujours eu quelques veſtiges de ſel marin terreux; mais la plus grande partie étoit du nitre auſſi à baſe calcaire & quelquefois un peu à baſe alkaline, comme je l'ai avancé & prouvé dans le Mémoire.

2.° Les mêmes épreuves ont été faites tant en plein air, dans des expoſitions très - différentes, que dans les habitations perſonnelles; dans les hôpitaux; dans des foſſes ſuperficielles pratiquées au milieu des couches de terre végétale & recouvertes; dans les voiries; ſous des tas de fumiers, &c. Par-tout il y a eu auſſi des produits analogues aux précédens, plus ou moins abondans, ſuivant le degré d'altération, ſuivant la ſtagnation ou la circulation de l'air.

Dans cette longue ſuite d'expériences avec la terre calcaire & dans d'autres du même genre, faites plus en grand, avec des terres mêlées, & confervées en tas de 3 à 4 quintaux, dans les mêmes lieux, traitées de la même manière, j'ai fpécialement cherché à éclaircir un point très-important pour la théorie & pour la pratique de la nitrification. Ce point relatif à l'influence & au gouvernement de l'air atmofphérique, ou tout-à-fait libre & ouvert, ou tout-à-fait ftagnant & concentré, n'a pas été jufqu'ici fuffifamment déterminé, ni par les Chimiftes, ni par les Salpêtriers. J'ai vu que ces deux conditions extrêmes de l'air ambiant étoient peu favorables à l'ouvrage de la nitrification, & que l'état intermédiaire, celui d'un renouvellement modéré, contribuoit le plus au fuccès de cette opération; foit que l'air y agiffe comme véhicule, comme intermède, ou comme agent de diffolution & de combinaifon; foit qu'il y faffe fonction de principe conftituant & fubftantiel de falinité

J'ai vu, par exemple, que trois livres de craie dans des terrines découvertes, ou trois quintaux de terre végétale étendue fur des aires garnis de planches ou de glaife, fourniffoient près de 3 à 4 fois plus de fel nitreux, que les mêmes quantités de terre gardées, ou dans des terrines couvertes de pareils vafes, de manière qu'il n'y reftât qu'une petite ouverture pour le paffage de l'air, ou dans des caiffes de bois & des tonneaux qui gênoient également l'abord de l'air, fans l'intercepter totalement. Ces différens effais difpofés dans les mêmes lieux, dans des celliers, fous des hangars, dans des bergeries, étoient du refte, à l'article de l'air près, traités de la même manière. Ainfi on ne peut fufpecter l'exactitude de leurs réfultats, quant à la nitrification. Ils ont été en général plus abondans, proportions gardées, dans les petits effais avec la terre calcaire, que dans les maffes plus confidérables avec les terres végétales ordinaires, quoique celles-ci aient été toujours choifies dans la claffe des plus propres à fe falpêtrer. Mais pour que la comparaifon de ces réfultats fût plus exacte; pour que la différence des quantités de terres employées, n'en apportât pas, comme telle, dans les produits, j'ai placé quelques petites couches, de 3 à 4 quintaux chacune, de craie pure, mife en poudre groffière ou en petits morceaux, à côté de femblables couches de terre végétale mélangée. Toujours les premières fe font trouvées plus riches. Enfin, pour éviter une dernière fource d'erreur dans ces recherches, j'ai eu grand foin de leffiver à fond ces différentes terres avant de les employer; ou bien de tenir compte de leur état de falinité antérieure, reconnue chaque fois par des effais répétés. J'ai dit dans mon Mémoire, jufqu'à quel point elles étoient fufceptibles de fe nitrifier par la feule expofition à l'air libre. Il eft bien conftaté, d'après mes nouvelles épreuves, que la craie à, a cet égard, un grand avantage fur les autres terres, comme on l'a cru affez généralement.

Je ne ferai que rappeler, en deux mots, ce que j'ai dit dans ce Mémoire, de la très-foible aptitude à la nitrification de la part des autres terres dites abforbantes & réputées pures. J'ai expofé aux mêmes foyers d'air atmofphérique, plus ou moins *méphitifé*, & j'ai traité de la même manière que dans les expériences ci-deffus, les terres fuivantes; favoir, la chaux vive, éteinte à l'air & bien lavée; la terre *magnéfie* & la terre alumineufe, précipitées de leurs fels neutres par la foude, & parfaitement édulcorées; enfin la terre animale provenant des os & des dépôts urinaires, l'une & l'autre dépouillées par une longue ébulition de toutes falinité & mucofité.

Toutes ces terres, à la dofe de trois livres pour chaque épreuve, comme la terre calcaire, quoique toujours placées & traitées comme cette dernière, pendant le même efpace de temps, ne m'ont donné que de foibles indices de nitrification & dans quelques épreuves feulement. J'ai dit dans quelles circonftances ce fuccès avoit été plus marqué. Je l'ai, depuis ce temps, obtenu dans prefque tous mes effais nouveaux, avec la chaux éteinte, expofée dans les foffes végétales & dans les étables; avec la magnéfie également placée dans ces dernières; mais il m'a paru qu'il falloit à la terre alumineufe, pour fe nitrifier d'une manière plus marquée, un air plus fortement méphitique, & plus de temps. J'ai conftamment réuffi, en expofant cette terre dans des cloches de verre, au deffus de mes cuves d'arrofages putrides, deftinées à la culture des couches fous des hangars & dans mes bergeries-nitrières. Cependant je dois prévenir que, quoique toutes ces terres m'aient donné, dans quelques expériences, des produits de fels nitreux, il n'en eft pas moins vrai, comme je l'ai déjà dit, qu'elles font bien moins propres que les terres calcaires à la nitrification ; mais qu'enfin elles en font fufceptibles, & qu'il y a entre elles encore, à cet égard, des différences que j'ai indiquées. Je n'ai jamais obtenu par livre de chacune de ces terres, au bout de 7 à 8 mois d'expérience, plus de 6 à 7 grains de fel nitreux prefque tout à bafe terreufe, & quelquefois à bafe d'alkali volatil. J'y ai auffi toujours retrouvé, & notamment dans les épreuves avec la magnéfie, quelques veftiges de fel marin terreux, & jamais alkalin.

Avant de terminer la relation des expériences de cette première claffe, il eft bon de rappeler deux points très-effentiels & qui y font autant relatifs qu'à celles de la feconde & de la troifième claffe ; favoir, 1.° que les abforbans alkalins quelconques & tels qu'ils ont été défignés précédemment, ayant été expofés de la même manière & dans les mêmes lieux que les abforbans terreux ci-deffus, au contact de l'air atmofphérique plus ou moins imprégné de méphitifme putride, n'ont donné aucun indice d'abforption ou de génération d'acide nitreux, ni d'aucun autre acide. 2°. Qu'il n'y a pas eu non plus le moindre veftige de nitrification dans ces deux ordres d'abforbans alkalins & terreux, expofés autant de temps & avec les mêmes circonftances, à d'autres efpèces d'airs méphitiques, phlogiftiqué, fixe, inflammable, dont on a vu l'énumération au commencement de ce Supplément, & indiqué les divers foyers dans le corps du Mémoire. Ainfi on fera difpenfé de donner les détails des expériences, difpofées à ces deux fins, dans le rapport qui va fuivre, des épreuves appartenant à la deuxième & à la troifième claffe.

En me reftreignant donc à ne rapporter ici que les procédés dans lefquels j'ai obtenu des fels nitreux, il fera facile de faire entendre en peu de mots la difpofition des appareils de la seconde classe, d'après ce que j'en ai déjà dit. Ils consistent uniquement à retenir & à concentrer les émanations méphitiques putrescentes, à mesure qu'elles se forment ou se dégagent, sur les matières absorbantes susceptibles de nitrification ; mais sans intercepter totalement l'abord & le renouvellement de l'air atmosphérique, comme dans les procédés de la troisième classe, ni sans le laisser parfaitement libre, comme dans ceux de la première.

Ainsi des cloches de verre ou des terrines de grès, réunies deux à deux & lutées, mais en laissant toujours subsister une, deux ou trois petites ouvertures pour l'entrée & la sortie de l'air ; de grands ballons de verre, ou de grandes cucurbites également à demi-fermés, servent de récipiens aux matières en putréfaction, & aux émanations composées résultant de ces matières. Dans l'atmosphère méphitique de ces vaisseaux, remplis au tiers ou à la moitié de substances putrescibles, seules ou mélangées, sont placés chacun dans des vases à part, les divers absorbans terreux & alkalins, 4 par 4 ou 6 par 6 ; ceux-là à la dose de deux onces, ceux-ci à la dose d'une once ; les uns dans des flacons à large ouverture, suspendus par des fils de fer, les autres dans des capsules de verre supportées par des châssis en bois ; les substances terreuses, tantôt à sec ou simplement humectées, tantôt délayées avec de l'eau distillée ; les alkalis pareillement en poudre ou dissous, & plus ou moins étendus d'eau pure.

Dans vingt-deux appareils de cette sorte, les uns renouvelés plusieurs fois dans l'espace de trois ou quatre ans, & quant aux espèces d'absorbans, réciproquement changés de foyers méphitiques, & quant aux matières putrescibles végétales, animales ou mixtes, successivement appareillées avec de nouveaux absorbans ; j'ai eu occasion d'observer, tant pour les époques que pour les produits de la nitrification, bien des différences qu'il seroit trop long & très-inutile de rapporter ici. Les principales, celles qui peuvent avoir trait à l'objet direct de ce Concours, ont été indiquées dans le Mémoire. Il suffira de rappeler ici :

1.º Que la nitrification est d'autant plus prompte & plus
abondante

abondante dans les procédés de cette seconde classe, que la putréfaction y est plus active, plus récente, & qu'elle est accompagnée d'une plus grande éruption d'air méphitique; mais que néanmoins elle a encore lieu dans les degrés ultérieurs & moindres de cette décomposition spontanée.

2.º Que pour cela les substances animales très-putrescibles & très-aérées, telles que le sang & les matières fécales, sont plus propres que les autres, & plus encore dans la classe des herbivores, que dans celle des carnivores; mais que le mélange des animaux avec les végétaux vaut encore mieux; que parmi ces derniers, les seuls pourrissans peuvent servir à la génération du nitre, & jamais ceux dont la fermentation est acide ou vineuse.

3.º Que dans le sein des émanations-méphitiques putrides, alimentées d'air atmosphérique, les absorbans terreux, presque toujours dans l'espace d'un mois, ont donné un commencement de nitrification qui s'est successivement accrue; mais que les produits au bout de l'année n'ont pas été en même proportion que dans les deux ou trois premiers mois; que ces produits nitreux, presque toujours mêlés d'un peu d'acide marin, ont été constamment plus marqués dans les épreuves avec la terre calcaire, que dans celles avec les autres terres, & plus encore avec chacune de ces terres non calcinées, qu'avec les calcinées; que dans un grand nombre d'essais de ce genre, la différence pour la quantité du résultat salin a été depuis un jusqu'à sept grains par once de terre; mais que dans la plupart de ceux avec les terres *sédlitienne* & *alumineuse*, ainsi qu'avec la chaux, ce résultat a manqué; que, d'un autre côté, il n'a jamais eu lieu avec les absorbans alkalins, placés par-tout à côté des autres.

4.º Enfin, que parmi ces matières absorbantes, celles qui sont susceptibles de se nitrifier, éprouvent cet évènement d'une manière plus marquée, lorsqu'elles sont, comme dans les appareils à demi-fermés de cette seconde classe, sans cesse environnées & pénétrées d'air très-méphitique, mêlé, étendu d'air atmosphérique; que dans les procédés de la première

Q

claffe, par leur fimple expofition à l'air libre atmofphérique plus où moins méphitifé, & que dans ceux de la troifième claffe avec l'air méphitique feul, concentré & renfermé, comme nous allons le faire voir.

D'après la difpofition des expériences précédentes, l'air méphitique dégagé des fubftances putrides, étant toujours mêlé d'air atmofphérique, il falloit bien rechercher les moyens de connoître féparément le degré de leur aptitude refpective à la nitrification : mais puifque d'après les meilleures analyfes, chacun de ces fluides eft encore lui-même compofé de plufieurs fortes d'airs, comme on l'a indiqué dans le Mémoire, il étoit d'autant plus néceffaire, en fuivant la divifion analytique de ces fluides, de procéder par voie de comparaifon & d'exclufion. Ainfi, pour remplir ces différentes vûes, on a eu recours à des appareils pneumatiques totalement fermés, dans lefquels chaque efpèce d'air a été éprouvé féparément & fans communication avec l'air extérieur.

1.° Douze grands ballons de verre d'environ 25 à 30 pintes ont été remplis, les uns d'air fixe des cuves à biere, les autres d'air inflammable des marais, par une expofition fuffifante à ces deux efpèces de foyers méphitiques. On s'eft affuré par les moyens ordinaires, que ces vaiffeaux étoient exactement pleins de ces deux fortes d'airs. On avoit auparavant introduit dans chacun d'eux la même dofe d'abforbans terreux & alkalins que dans les procédés de la feconde claffe, c'eft-à-dire, deux onces de chaque terre féparément, & une once de chaque alkali, calciné ou non calciné, les uns & les autres étendus de quelques onces d'eau diftillée. On a parfaitement luté tous ces appareils, & on les a gardés fix mois fans y toucher. Dans d'autres épreuves, on a renouvelé chaque mois, dans les mêmes foyers méphitiques, les mêmes efpèces d'airs fur chaque abforbant terreux ou alkalin. Après ce terme de réaction, & ayant eu l'attention d'agiter de temps en temps les ballons, toutes les liqueurs ont été évaporées à une douce chaleur. Elles n'ont pas donné le moindre indice d'acide nitreux, non plus que les appareils correfpondans de la première & de la seconde classe qui avoient été disposés dans les mêmes lieux, comme on l'a dit ci-dessus.

2.° Deux autres ballons à peu près de la même capacité que les précédens, garnis de robinets en cuivre, ont été, par le moyen d'une pompe pneumatique, exactement purgés d'air atmosphérique. On avoit mis dans l'un une once d'huile de tartre, & dans l'autre deux onces de craie pure, délayée avec quatre onces d'eau distillée. On a adapté à l'ouverture vissée de ces ballons, un tuyau de cuivre recourbé & pareillement à vis. On les a fait par ce moyen communiquer avec un récipient ordinaire de machine pneumatique, aussi garni par le haut d'un robinet. Ce récipient, fermé de son robinet & plein d'eau pure, a été placé sur l'appareil ordinairement employé pour les expériences sur les airs. La communication étant établie par le tuyau de cuivre recourbé & vissé, entre le récipient & le ballon, & les deux robinets restant fermés, on a rempli d'air atmosphérique, pur & bien lavé, le récipient. Ensuite, en tournant les deux robinets, on a fait passer cet air dans le ballon pourvu de son absorbant. On a refermé les robinets pour empêcher l'eau de monter, & l'on a répété l'effusion du même air jusqu'à ce que le ballon en a été parfaitement rempli.

On a employé les mêmes appareils & suivi la même manipulation, pour mettre en expérience avec les mêmes absorbans, l'air pur déphlogistiqué, retiré, par distillation, du mercure précipité *per se*, & lavé dans l'eau pure. La durée de ces expériences a été la première fois de six mois, la seconde fois d'un an, & la troisième fois d'un an & demi. On a eu soin toutes les semaines d'agiter les ballons. Il ne s'y est trouvé, après ces termes, aucun indice de sels nitreux, & les airs qui y étoient contenus paroissoient n'avoir éprouvé aucune altération.

De semblables expériences ont été faites, d'une part, avec l'air atmosphérique ordinaire, & de l'autre, avec l'air méphitique, pris dans nos cuves à putréfaction pour les arrosages. Ces cuves, aux trois quarts vides & dans les momens de la

plus forte fermentation putride, exhaloient un air capable
d'éteindre la lumière. De grandes *quines* de grès pleines
d'eau, étoient, en versant cette dernière, remplies d'air putride, &; dans le même atmosphère, garnies des absorbans ci-
dessus. Dans l'espace de huit mois, ces vaisseaux, exactement
lutés, ont été agités & débouchés huit fois; pour les remplir
de nouveau chacun de leur air. Celui à la craie pure & à l'air
atmosphérique ordinaire, a donné six grains de résidu salin
nitreux & en partie marin; celui à l'air méphitique putride en
a donné quinze grains. Les deux vaisseaux garnis d'alkali fixe
se sont comportés ici comme ailleurs, c'est-à-dire, sans donner
aucun produit salin nouveau.

On s'est encore servi de ces grands récipiens, tant de verre
que de grès, pour y faire passer, après les avoir remplis
d'eau, quelques autres espèces d'airs dégénérés ou factices;
tels que l'air fixe, l'air phlogistiqué, l'air inflammable, retirés
par distillation de quelques substances des trois règnes; tel
aussi que l'air atmosphérique réduit à l'état d'air méphitique
par la combustion du charbon, ou par l'électricité. On a
introduit ensuite avec précaution & promptitude, dans ces
vaisseaux pleins de ces airs, les deux absorbans, calcaire &
alkalin. On a traité ces épreuves comme les précédentes;
mais aucune n'a donné le plus léger indice de nitrification.

Pour qu'il ne restât aucun doute sur les résultats des opérations que l'on vient de voir; pour prouver de plus en plus
que l'air méphitique, dégagé des corps par la putréfaction,
& l'air atmosphérique imprégné de ce *gaz* putride, ou altéré
par son union avec le principe inflammable résultant des corps
pourrissans, sont, à l'exclusion de tout autre air méphitique
ou dégénéré, propres à la génération des sels nitreux; pour
constater que ceux-ci sont réellement des produits nouveaux,
qu'ils ne préexistent pas, non plus que leurs matériaux immédiats, dans les substances employées à leur confection, &
que les absorbans terreux, chacun suivant leur degré
d'aptitude, fournissent, ainsi que les airs indiqués, leur
contingent à cette confection; enfin, pour compléter le

plan des procédés relatifs à la troisième classe, tendant
à confirmer, à analyser en quelque sorte ceux des deux
autres classes, on a cru devoir ajouter encore les expériences
suivantes.

3.° Dans des appareils de ballons enfilés jusqu'au nombre
de cinq à six, on a introduit les divers absorbans terreux &
alkalins ci-dessus, chacun dans un ballon séparé. On a adapté
ces files de ballons à de grandes cornues tubulées, contenant
des matières, ou en putréfaction, ou en distillation, ou en
effervescence. On a eu soin de luter parfaitement ces appareils; & pour que l'air pût librement circuler sur toutes les
matières absorbantes, on a adapté à une des tubulures du dernier ballon, un tube de verre recourbé & plongé dans une jatte
toujours pleine d'eau. On a d'autres fois employé des ballons
à trois ou quatre tubulures & autant de cornues, afin d'introduire, ou à la fois, ou successivement, plusieurs espèces d'airs
pris de différens corps.

On a mis en effervescence avec l'acide vitriolique la craie
& la limaille de fer. On a distillé pour substances minérales
de la mine de fer spathique, du marbre, & de la houille déjà
préparée; pour substances animales, du sang & de la corne
de cerf; pour substances végétales, du tartre, du blé & du
charbon de bois. On a pris pour mélange de putréfaction
éminente & éminemment aérée, celui de sang, d'urine, de
viande hachée & de farine; mais comme cette opération
marche lentement dans les vaisseaux fermés, on a pris les
matières déjà putrescentes, & on n'a scellé les tubulures des
cornues, que lorsque la putréfaction a été bien établie. Quant
aux appareils à distillations & effervescences, on a eu la précaution d'interposer un ou deux récipiens pleins d'eau entre les
cornues, contenant les substances aériferes, & les ballons contenant les absorbans, afin de dépouiller les airs factices des produits grossiers non aérés. On a conservé ces appareils ainsi
disposés autant de temps qu'on l'a jugé nécessaire (depuis trois
jusqu'à sept mois), en ajoutant par intervalles aux mélanges
effervescens; en donnant aussi par intervalles des coups de feu

aux matières en diſtillation ; enfin , en aidant par une chaleur douce habituelle, le dégagement d'air dans les mélanges en putréfaction.

Ces dernières ſeules , à l'examen, ont donné des produits nitreux , mais en moindres proportions que dans les procédés de la première & de la ſeconde claſſe. La terre calcaire pure n'a jamais manqué d'en donner , depuis deux juſqu'à cinq grains par onze. La magnéſie ne s'eſt nitrifiée que quelquefois , & plus foiblement encore que la craie. Les autres terres , qui , dans pluſieurs des épreuves précédentes , ont montré quelque aptitude à la nitrification, y ont été réfractaires dans celles-ci. Cette qualité réfractaire s'eſt ſoutenue ici comme ailleurs, de la part des abſorbans alkalins. Ils n'ont jamais éprouvé d'autre changement que celui d'une abſorption plus ou moins abon- dante d'air méphitique , différent ſuivant les différens corps dont il étoit extrait. Celui des corps putrides notamment , ſuivant les époques de la putréfaction , préſente , lorſqu'on le dégage de ſa combinaiſon avec les alkalis par un acide ou par le feu , des variétés très - remarquables , tant par l'odeur plus ou moins piquante & vive , que par d'autres qualités. L'examen de tous ces airs & des compoſés ſalins ou ſalini- formes auxquels ils donnent lieu , avec les différentes baſes , ſeroit un vaſte champ de recherches , indépendant de ce qui eſt relatif à la nitrification, qui ſeule doit nous occuper ici.

Il nous reſte à découvrir ce qui , dans la ſubſtance com- poſée de l'air méphitique putride , fournit à cette opération. Nous avons dit que cet air principe , s'exhalant des corps en putréfaction , à meſure qu'ils ſe décompoſent , ſe préſentoit ſous les formes diverſes d'air fixe , d'air phlogiſtiqué , d'air inflammable , & d'une portion d'air peu différent de l'air at- moſphérique ; puiſque par le plus ſimple lavage il eſt rendu reſpirable comme ce dernier.

On a avancé , & tout ſemble prouver en effet , que le principe inflammable , ou le feu principe dégagé des corps organiques pourriſſans , produit ſeul , par ſes combinaiſons diverſes avec le principe aéré , cette variété d'airs plus ou

moins dégénérés. On a d'autres exemples que la phlogistica-
tion, comme telle, opère sur l'air pur de telles métamorphoses; mais il paroît qu'il n'y a pas, outre la putréfaction,
un autre procédé *phlogisticant* qui dispose l'air à servir à la
génération des sels nitreux. On a vu dans les expériences
précédentes, que l'air atmosphérique, habituellement phlogistiqué par les exhalaisons des corps organiques vivans & pourrissans, est, jusqu'à un certain point, propre à cette génération : il a été prouvé que c'est en raison de son alliage avec
ces émanations, dans certaines constitutions de l'atmosphère,
ou dans des foyers particuliers de corruption. Il a été confirmé par d'autres expériences, que l'air atmosphérique
très-pur, dans certaines expositions, n'a aucune aptitude à la
nitrification, & qu'il en est de même dans des appareils particuliers, lorsqu'on purifie par des lavages suffisans l'air atmosphérique le moins pur, & même l'air méphitique le plus
putride.

Ainsi, puisqu'il y a dans l'air respirable de l'atmosphère, une
portion d'air méphitique, & dans l'air méphitique de la putréfaction, une partie d'air respirable; puisque, de part & d'autre,
ces airs composés paroissent n'être susceptibles de nitrification
qu'à raison de la substance méphitique, il falloit bien, pour
éclairer de plus en plus, s'il étoit possible, la théorie de cette
opération, rechercher, sinon le mode & l'action plus particulière de ce *méphitisme*, qu'il n'est pas au pouvoir des Chimistes
de pénétrer, en ce qu'ils tiennent aux secrets des affinités &
des combinaisons, du moins la partie essentiellement nitrifiante
de l'air méphitique putride.

Les résultats des expériences, 1 & 2 de la troisième classe,
jettent déjà quelque jour dans cette recherche. ● s'est encore
servi des mêmes appareils de ballons, pour renfermer avec de
la craie pure, l'air méphitique, après l'avoir fait passer ou à
travers l'eau de chaux, ou à travers une liqueur alkaline caustique, ou seulement à travers l'eau distillée. Dans les deux premiers cas, il n'y a pas eu vestige de sel nitreux, après un temps
suffisant de réaction. Dans le 3.e cas, il y en a eu un peu, mais

moins que dans les épreuves avec l'air méphitique non filtré par le moyen de l'eau. On a vu plus haut, que cet air complétement lavé, n'en fournit plus du tout, & qu'il ressemble à cet égard à l'air atmosphérique lavé, ou simplement filtré à travers l'eau de chaux ou la liqueur alkaline. On doit voir que dans ces lavages & ces filtrations, la partie nitrifiante de l'air est enlevée ou détruite ; mais avec cette différence que dans les premières, l'air méphitique est ramené à l'état d'air analogue à celui de l'atmosphère ; tandis qu'après sa filtration à travers l'eau de chaux & la liqueur alkaline, il reste encore plus ou moins phlogistiqué & inflammable. Il n'est réellement dépouillé que de la portion d'air fixe.

Il paroît donc d'après cela, que ce dernier est nécessaire à la génération du nitre ; qu'elle a constamment lieu, lorsque l'action dissolvante de cet air acide s'exerce sur certains absorbans terreux ; mais on ne peut encore en conclure que l'autre portion d'air altéré & rendu méphitique, inflammable ou phlogistiqué, par son union avec le principe igné résultant de la décomposition putréfactive, ne contribue aussi pour quelque chose à cette génération nitreuse, au moins indirectement ou médiatement.

Ces affections diverses du même air principe, de la part du même feu principe, au moment de leur éruption, de leur divulsion simultanées des mêmes corps pourrissans, paroissent si voisines les unes des autres ; la formation telle ou telle, & la mutation réciproque de ce mixte éthéré-phlogistique semblent si accidentelles & si variables ; enfin la composition de ces airs méphitiques est chimiquement & substantiellement si analogue, & quant au principe, & quant au mécanisme qui les produit qu'il est bien difficile de pénétrer & d'expliquer leur concours respectif, immédiat ou secondaire, dans l'ouvrage de la nitrification. Voici encore quelques expériences tendant à éclaircir cette dernière partie du problème, qui est du reste plus relative à l'objet chimique, qu'au but économique.

Des appareils analogues à ceux du n.° 3 de la 3.ᵉ classe,

ont

ont été difposés, les uns avec communication de l'air extérieur, les autres fans cette communication. Comme l'influence & le contingent de cet air dans la nitrification font connus ; comme il eft bien prouvé, par tout ce qui précède, que l'air atmofphérique mis en contact avec des matières en putréfaction ; devient à cet égard, *de méphitifme nitrifiant*, comparable à l'air intérieur dégagé de ces matières putrides ; il nous eft permis de les confondre actuellement dans le rapport des expériences fuivantes, faites depuis les nouveaux éclairciffemens demandés par l'Académie.

On a rempli de mélanges très-putrefcibles & déjà en pleine putrefcence, de grandes cruches de grès, à larges ouvertures, & de grands bocaux de verre. On a adapté à ceux-ci des entonnoirs renverfés & bien lutés : on a fimplement recouvert celleslà de chapiteaux non lutés : on a fait communiquer ces vaiffeaux, par le moyen de tubes de verre recourbés & lutés, avec des flacons d'environ trois pintes, percés latéralement, & fe communiquant auffi entre eux par des tubes de verre exactement lutés. On a réuni pour chaque appareil de flacons ainfi enfilés, trois vaiffeaux à putréfaction, afin d'avoir une plus grande quantité d'air méphitique, & on les a entretenus à une chaleur habituelle de 18 à 20 degrés. Les flacons fervant de récipiens à l'air & aux abforbans, ont été, pour chaque appareil de trois vaiffeaux putrides, rangés dans l'ordre fuivant.

1.er *Appareil.* Trois bocaux à putréfaction, adaptés enfemble à trois flacons de file, fervant de récipiens : les deux premiers pleins au $\frac{1}{4}$ d'eau diftillée feule ; le troifième d'eau diftillée avec 4 onces de craie pure.

2.e *Appareil.* Même vafe à putréfaction, & mêmes récipiens ; dans les deux premiers récipiens, de l'eau de chaux aux $\frac{1}{4}$; dans le dernier, de l'eau diftillée & de la craie.

3.e *Appareil.* Comme les précédens ; liqueur alkaline cauftique, au lieu d'eau de chaux : de la craie dans le troifième récipient.

4.e *Appareil. Idem* quant à la difpofition : quatre onces

R

de craie dans chacun des deux premiers flacons ; & quatre onces de liqueur alkaline cauftique concentrée dans la troifième.

On a établi de la même manière, quatre autres appareils avec des cruches de grès, fervant de vafes à putréfaction, fimplement recouvertes de chapiteaux non lutés, & communiquant trois à trois, comme ci-deffus, avec le premier des trois flacons de file. Ceux-ci ont été remplis de mêmes liqueurs abforbantes que dans les quatre appareils précédens. Enfin, il n'y a eu de différent, que l'accès de l'air extérieur, non totalement intercepté dans les quatre derniers.

Quant à la communication entre les trois récipiens de chaque appareil, par le moyen des tubes de verre lutés, elle a été établie de façon que l'air méphitique, s'exhalant des vafes à putréfaction, étoit porté jufqu'au fond des récipiens. Il étoit repris, après avoir traverfé les liqueurs, dans l'efpace vide, à la partie fupérieure de chaque récipient. Pour favorifer la circulation de cet air dans tous les flacons, il partoit du dernier de chaque appareil, un tube courbé & plongé dans une jatte d'eau. On a mis doubles par-tout les premiers récipiens, afin de mieux opérer la filtration ou l'abforption de l'air dégagé, & de connoître mieux ce qu'il étoit encore après ces deux opérations.

Tous ces appareils ainfi difpofés, ont été confervés depuis le mois de Mai jufqu'au mois de Novembre. Ils viennent d'être examinés, & les réfultats en ont été à peu près tels qu'on les avoit attendus. Cependant, comme la capacité ou le nombre des récipiens n'étoient pas en proportion de l'air méphitique fourni par les vafes à putréfaction, ces réfultats ont été, quant au but analytique & fynthétique des expériences, un peu confondus & mal déterminés.

Dans le premier appareil, les deux récipiens à l'eau diftillée ont enlevé à l'air putride la plus grande partie de fa fubftance nitrifiante, dont l'eau eft reftée imprégnée, fans rien acquérir de falin, fi ce n'eft quelque peu d'alkali volatil. Cependant il s'est trouvé dans le troisième récipient une petite quantité de nitre calcaire (environ 4 grains), & point de sel marin.

Dans le deuxième appareil, l'eau de chaux des deux premiers récipiens a absorbé la portion d'air fixe contenu dans l'air putride, & a déposé peu à peu sa terre au fond & aux parois des vases. La liqueur mise à évaporer, a répandu une odeur d'alkali volatil & d'ail-putride. La chaleur ayant été très-modérée, sur-tout à la fin, on a obtenu cinq à six grains de nitre ammoniacal de toute l'eau réunie des deux premiers récipiens. Celle du troisième a aussi donné quelque indice de nitre calcaire, mais à peine sensible.

Le troisième appareil n'a fourni aucune espèce de sel nitreux, ni dans les deux premiers récipiens avec la liqueur alkaline caustique, ni dans le troisième à la craie. L'alkali totalement neutralisé par l'absorption de l'air fixe, étoit devenu doux & cristallisable. Cet air dégagé par un acide, conservoit encore son odeur d'ail-fétide très-forte & très-piquante. J'ai cru y remarquer, ainsi que dans d'autres expériences analogues, la présence de l'esprit de sel.

Le quatrième appareil est celui de tous qui a le plus donné de produit salin nitreux, tant ammoniacal que crayeux. Il y en a eu environ 25 à 26 grains dans les deux premiers récipiens. Le troisième ne contenoit que sa liqueur alkaline, encore saturée d'air fixe, & en partie cristallisée aux parois du vase.

L'air non absorbé ni dissous, contenu dans tous ces récipiens, ainsi que celui qui s'est ramassé dans des flacons pleins d'eau, renversés sur la grande jatte d'eau, auxquels flacons aboutissoient les tuyaux recourbés partant des derniers récipiens; cet air, dis-je, fourni par les vases à putréfaction & ajouté à l'air atmosphérique, également altéré, renfermé dans la partie vide des appareils, étoit par-tout un mélange d'air plus ou moins phlogistiqué & inflammable. On a déjà avancé ci-dessus, que cette sorte d'air méphitique n'étoit pas par elle-même propre à la nitrification ; mais on a présumé qu'elle pou-

R ij

voit y servir d'une autre manière. On s'est fondé sur ce que de
l'air surchargé de phlogistique, étant mêlé à de l'air pur respirable, il en résulte toujours une certaine quantité d'air fixe ;
tandis au contraire que si à ce dernier on ajoute du nouveau phlogistique, on le convertit en air insoluble, phlogistiqué ou inflammable, qui, lavé suffisamment, redevient respirable. C'est ce qui nous a déjà fait avancer ailleurs, » que
» toutes ces espèces d'airs dégénérés ne diffèrent entre elles,
» que selon la manière dont elles sont affectées ou saturées
» par le principe inflammable, qui s'échappe sans cesse avec
» l'air des corps pourrissans, & que toutes aussi sont plus ou
» moins propres à concourir à la formation du nitre «.

Pour prouver cette assertion, quant à l'espèce d'air méphitique insoluble & surchargé de ce principe inflammable, émané
de la putréfaction, il étoit nécessaire, d'après ce qu'on vient
de voir, de le soumettre à d'autres épreuves de nitrification.
N'étant pas susceptible seul de cette dernière, on l'a mêlé
en différentes proportions à de l'air atmosphérique lavé. On
s'est servi pour cela des appareils N.° 2 de la troisième classe,
avec de la craie pure délayée, & il en est résulté, au bout
de deux mois, du sel nitreux calcaire, à la vérité en moindre
dose que dans aucune des opérations précédentes, mais
assez pour constater le but de ces nouvelles épreuves.

Enfin, de tous ces résultats accumulés, aussi bien cons-
tatés que les objets de cet ordre peuvent l'être ; résultats sur
lesquels la Chimie, plus curieuse & plus scrutatrice, s'exercera
sans doute encore quelque jour ; mais sur lesquels néanmoins
il est difficile que son pouvoir s'étende plus loin, quant à
la théorie de leur production & nommément pour ce qui
concerne la nature & les différences du méphitisme putride,
nitrifiant ; de ces résultats, dis-je, liés & comparés les uns
aux autres, on croit pouvoir conclure de nouveau, que toute
la substance aérée-phlogistique, qui s'exhale des corps organiques en décomposition putride ; que toute la substance
de l'air respirable atmosphérique, lorsqu'elle est imprégnée
de ces exhalaisons méphitiques pourrissantes, sont l'une &

l'autre fufceptibles de fe.prêter & de fournir à la nitrification ; que ces matériaux organiques défunis, faifant *corps* enfuite avec l'atmofphère, doivent être uniquement, mais non immédiatement, produits par des fubftances animales & végétales, vivantes ou pourriffantes, pour communiquer à l'air atmofphérique ce qui le fait devenir propre à la combinaifon nitreufe ; que cette combinaifon a réellement & également lieu, foit que les émanations méphitiques du fein de l'air s'attachent à des matrices appropriées, abforbantes, terreufes, déjà imprégnées, faturées d'air : ce qui forme alors les différentes efpèces de nitres épars à la furface de la terre, & celui qui, formé & répandu dans l'atmofphère même, fe décompofe ou fe précipite à mefure ; foit qu'elles rentrent & fe combinent de nouveau dans le fyftême végétal, pour y fervir à des compofés analogues. Enfin, c'eft toujours & par-tout l'air qui, par fa condition d'air méphitique, refpiré, exhalé, putréfié, porte le germe de la nitrification ; mais le fuccès de cette opération exécutée en grand, eft totalement fubordonné à des circonftances très-variables, très-accidentelles, & de la part de la conftitution de l'atmofphère, qui fert de réceptacle & de véhicule à ce germe nitrifiant, & par la difpofition des matrices terreufes abforbantes, qui font deftinées à le recevoir & à le féconder.

DEUXIEME SUPPLÉMENT,

Relatif à la seconde partie du Mémoire.

ON a fait connoître dans ce Mémoire, les circonstances, les matériaux & les foyers les plus favorables à la génération naturelle & spontanée du nitre. On s'est aidé de ces connoissances pour trouver des méthodes artificielles, tendant à régir & à favoriser cette génération dans des établissemens en grand. On croit avoir approché du but proposé dans ce Concours par le Gouvernement, & soumis au jugement de l'Académie. Avant l'époque de ce jugement, il importe de faire connoître, par deux essais qui ont été faits, l'état de la nitrification dans les terres des établissemens dont nous avons terminé la formation au mois de Novembre 1779, & donné la description générale dans notre Mémoire à la fin de Décembre 1780.

Ces deux essais ont été faits dans le courant de l'année 1781; le premier au mois de Mai, le second en Novembre. Nous allons en produire les résultats, après avoir rappelé succinctement la manière dont ces établissemens ont été exécutés.

Nous avons fait construire, exprès pour nos premières épreuves, une *nitrière-bergerie* double sous le même toit, suivant les dimensions énoncées dans le Mémoire; savoir, de 100 pieds de long sur 60 de large, partagée suivant sa longueur, par un mur en terre, à la Prussienne; entourée d'un mur à l'ordinaire, de 10 pieds de haut, & recouverte d'un bon toit en chaume. Le sol de ce bâtiment, quoique trop glaiseux & trop compact pour la nitrification, a été gardé, faute de meilleur. Il y avoit environ un pied & demi de terre végétale passable, & par-dessous une couche argileuse très-dure, que nous avons aussi laissé subsister, comme capable de résister aux filtrations. Après avoir fait bêcher à un pied le bon fond, & mis par-dessous une mince couche de paille, nous avons fait habiter dans un des côtés de la bergerie, 3 à 4 cents moutons, depuis

le mois de Décembre 1779, jufqu'en Mars 1780, en fourniffant une abondante litière. A cette époque, on a enlevé tout
le fumier. On a retourné la terre à fond, & après trois femaines d'habitation continue, on l'a rechargée d'environ neuf
pouces de nouvelle terre femblable à la première. On a fait
habiter jufqu'à la fin de Juillet fuivant. On a enlevé de nouveau le fumier, & après avoir retourné la terre, on l'a encore rechargée comme la première fois. L'habitation a été continuée jufqu'au mois d'Octobre fuivant, temps auquel on a
enlevé le fumier pour la dernière fois. Voulant alors commencer la culture des terres fécondées, nous avons fait paffer
les moutons de l'autre côté. Ce dernier, pendant l'année d'habitation de fon voifin, dans le courant de 1780, a été préparé & cultivé, pour qu'il n'y eût point de temps perdu.
On l'a chargé d'autant & de pareille terre que l'autre,
à plufieurs reprifes. On y a répandu beaucoup d'arrofages &
d'autres matières fécondantes ou ameubliffantes. On ne l'a pas
mis en couches; mais on en a bêché & retourné la terre
quatre à cinq fois, dans le cours de l'année, jufqu'au temps
où il a commencé à être habité. Cette habitation a duré depuis Novembre 1780, jufqu'à pareille date 1781 ; alors a commencé fa culture en couches. L'on a fait paffer les moutons
dans une troifième bergerie fimple & ancienne, deftinée à compléter la révolution triennale & alternative d'habitation & de
culture, que nous préfumons être la plus convenable à cette
forte d'établiffemens. C'eft au temps à prouver fi nous fommes
fondés, & à chaque Entrepreneur à vérifier fi une autre divifion ne vaudroit pas mieux, dans une autre pofition, quant
au fol & au local. Nous ne dirons plus rien à préfent des
terres habitées en 1781, & dont la culture ne fait que commencer. Celles de la troifième bergerie auront à leur tour une
culture encore différente des deux autres, lorfqu'elles auront
été fuffifamment fécondées par l'habitation de 1782. Revenons à celles de 1780.

Ces terres fécondées pendant environ une année d'habitation continue, ont été encore gardées deux mois fur place,

fans y toucher. On les a arrofées de quinze jours à autres, pour
mieux répandre dans toute la maffe d'environ trente pouces
d'épaiffeur, les filtrations excrémenteufes & putrefcentes. Le
premier arrofage a été fait avant l'enlèvement du dernier fumier, que l'on a enfuite laiffé égoutter pendant quinze jours.
Je crois qu'il feroit avantageux de laiffer un plus long intervalle,
que je ne l'ai fait ici, entre la fin de l'habitation & la *mife-
en-couche*, afin d'éviter par ce *remuage* la diffipation des vapeurs
animales putrefcibles, toujours très - abondantes à ce premier
terme. A la vérité, ce travail des terres fécondées accélère la
putréfaction & donne plus d'accès à l'air atmofphérique, qui
eft, felon la doctrine précédemment établie, un puiffant coo-
pérateur, & comme inftrument & comme élément, de la nitrification. Ainfi il faut calculer les avantages & les inconvéniens qui peuvent réfulter d'une culture à contre-temps, d'un
remuage trop fréquent ou trop tardif. En général, les terres
fortes, très-riches en engrais, doivent être plus retournées que
d'autres, pour hâter la putréfaction, au rifque de diffiper
beaucoup d'air méphitique; mais fur cela encore, ainfi que
pour la fréquence & l'abondance des arrofages, la nature des
terres apporte de grandes différences, & la manipulation à
ces divers égards, ne peut comporter de règles précifes. Quant
à nous, preffés de voir les premiers produits de nos effais,
nous avons hâté la culture des terres. Nous avons rendu plus
fréquens les arrofages & les *remuages* des couches. Celles-ci,
au nombre de cinq, formées dans un des côtés de notre
bergerie, ont chacune cent pieds de long, cinq de large à la
bafe, & environ trois de hauteur en dos-d'âne. Cela fait un
total de près de quatre mille pieds cubes de terre; non
compris le lit de fept à huit pouces de bonne terre réfervée
fous les couches, dans toute la furface de cent pieds de
long, fur trente de large qu'occupent les cinq couches
avec les fentiers intermédiaires. Chaque couche eft partagée jufqu'à fa bafe, fur toute fa longueur, par un cor-
don de paille droite, de trois à quatre pouces d'épaiffeur,
pour mieux faire pénétrer les arrofages. Ceux-ci font compofés

posés d'eau de fumier, ramassée dans une marre que l'on a pratiquée exprès pour cela, & conservée ensuite dans de grandes cuves, que l'on remplit au tiers de crotin de moutons & de pigeons. Ce mélange fermente pendant quinze ou vingt jours, avant d'être employé aux artofages, & est renouvelé chaque fois. Lorsque toute la liqueur fermentante est répartie sur les cinq couches, le marc des cuves est enlevé pour servir à l'usage que nous allons indiquer.

Lors de la formation des couches, à la fin de Décembre 1780, on a cherché à corriger, par différens mélanges de matières ameublissantes, l'état trop compact & trop glaiseux des terres de la nitrière. On a laissé une de ces couches sans y rien ajouter. On a intimement mêlé à la seconde (contenant, comme toutes les autres, environ sept à huit cents pieds cubes) quatre-vingt-dix quintaux de cendres lessivées : à la troisième, cent & quelques quintaux de poudre de tan, gardée (après son service à la tannerie) dans une fosse pendant quatre mois, & arrosée de temps en temps d'urine en putréfaction. La quatrième couche a été ameublie par soixante quintaux de vieille chaux éteinte à l'air, arrosée en tas, pendant quatre mois, avec de l'eau de fumier. La cinquième a reçu, tant à l'époque de sa formation, qu'à celle de son premier remuage, deux mois après, environ trente quintaux du marc épuisé des crotins d'artofages, mêlé avec le double de vieux plâtras battus & lessivés.

Toutes ces couches ainsi disposées & préparées, ont été, chaque quinze ou vingt jours, arrosées avec la liqueur indiquée ci-dessus, à la dose de vingt, vingt-cinq à trente sceaux pour chaque couche, suivant le degré d'absorption, d'évaporation & de dessiccation des terres mélangées. On a retourné ces couches à fond tous les deux mois; on les a remuées tous les mois à la surface, avec des crochets de fer à trois pointes de quinze pouces de longueur. Cette culture n'a pas été interrompue, malgré le froid de l'hiver, à cause de l'habitation de l'autre partie de la bergerie, sous le même toit & dans le même atmosphère. Il y règne toujours

S

à peu près la même température ; & c'est encore là un des avantages de cette sorte d'établissement, de sauver le retard qu'apportent toujours à la marche de la nitrification, les temps froids de près de la moitié de l'année, dans la plupart des provinces du royaume. Ajoutez à cela le but très-utile d'établir autour des terres à salpêtrer, une constitution d'air en quelque sorte artificielle, toujours à peu près égale, ou du moins qui ne participe guère à certaines constitutions passagères ou durables de l'atmosphère ; constitutions peu propres, & d'autres fois même contraires, à la génération du Salpêtre.

Quoique cette génération ait dû à peine être commencée dans nos terres, seulement cultivées depuis six mois, à raison du peu de progrès de la putréfaction des matières fécondantes, cependant nous en avons fait une première épreuve au mois de Mai 1781. Nous avons lessivé six pieds cubes de terre de chaque couche, dans des cuviers, à la manière des Salpêtriers, avec deux cents livres d'eau. Cette terre étant, comme nous l'avons déjà dit, très-compacte & grasse, une espèce de terre à four, elle a retenu à peu près la moitié de l'eau employée, & chaque cuvier n'en a fourni qu'environ cent livres. Nous avons fait repasser cent autres livres de nouvelle eau qui s'est écoulée toute entière, la terre étant saturée. Cette seconde eau a été réunie à la première pour l'évaporation (*).

Toutes ces eaux réduites au point de la cristallisation, n'ont donné que très-peu de vrai Salpêtre en aiguilles, & il n'y a eu à cet égard que de petites différences entre chaque couche.

_____

(*) Les Salpêtriers, dans la plupart des provinces, sont dans l'usage de se servir de cette seconde eau (qu'ils appellent un rassis), pour la repasser sur de la nouvelle terre. Mais il paroît que pour les terres fortes & très-absorbantes, qui vont quelquefois jusqu'à retenir près des ⅔ de l'eau employée pour lessiver, cette pratique est mauvaise, sur-tout lorsque ces terres sont un peu riches en Salpêtre. Il vaudroit mieux faire cuire les rassis, malgré la plus grande consommation de bois. Un calcul facile à faire, montre qu'en n'employant que deux cents ou deux cent-cinquante livres d'eau pour une cuve de six à sept pieds cubes de terre, & qu'en faisant repasser successivement les rassis de cent livres d'eau sur de nouvelles cuves, il doit rester la moitié & même quelquefois les ¼ du Salpêtre dans les terres.

Les eaux mères, très-épaisses & très-noires, à cause de la décomposition encore incomplette des matières putrescibles,
ont été précipitées avec une suffisante quantité de potasse. Le
Salpêtre, produit de cette opération, a été par-tout plus du
double de celui des premières cristallisations. A la vérité, on
ne doit pas croire que celles-ci, vu la viscosité des liqueurs
concentrées, aient donné tout le Salpêtre à base alkaline
préexistant dans les lessives ; mais il paroît qu'en cela tout a
été égal de part & d'autre.

L'essai de la première couche, celle de terre végétale pure,
a fourni 5 onces $\frac{1}{2}$ de Salpêtre, dont plus des $\frac{2}{3}$ provenant
de la précipitation de l'eau mère.

La deuxième couche a donné six gros de plus que la première, & ce surplus a été presque tout de la première cristallisation, avant l'emploi de la potasse.

Les troisième & cinquième couches ont été à peu près
égales en produits de première & seconde cristallisations ;
& le produit total de chacune a été de sept onces trois à
quatre gros. Il n'y a pas eu tout-à-fait trois onces dans chacun de ces essais, avant la précipitation de l'eau mere.

La quatrième couche s'est trouvée encore un peu plus
riche que les précédentes. Elle a donné trois onces à la première cuite, & cinq onces sept gros à la seconde. On a toujours eu soin de mettre la potasse en excès, pour ne pas laisser
dans les eaux mères de nitre à base terreuse. Tous les essais
ont donné du sel marin, tant dans la première que dans la
seconde opération. Les proportions de ce dernier sel ont
été par-tout de plus d'un tiers, par rapport au Salpêtre. Je
rappellerai à cette occasion ce que j'ai déjà dit dans mon Mémoire, qu'il importeroit beaucoup dans les travaux en grand,
de ne pas employer en pure perte une partie de la potasse
pour précipiter le sel marin terreux. J'ai déjà fait sur cela
diverses épreuves qui n'ont pas eu encore tout le succès dési-
rable.

Le second examen de nos couches a été fait à la fin de
Novembre 1781. Leur culture a été, depuis le mois de Mai,

pratiquée comme auparavant. La fermentation dans les cuves d'arrosages & dans l'intérieur des couches, a été un peu plus active durant cette seconde époque. Il a paru des efflorescences nitreuses à la surface des terres. On a pris la même quantité de six pieds cubes, de chaque couche, pour en faire la lessive, avec la même quantité d'eau, en deux fois, comme ci-dessus. Les eaux évaporées ont donné pour première cristallisation les produits suivans :

Première couche, sept onces deux gros.
Seconde & troisième couches, sept onces sept gros.
Quatrième couche, neuf onces.
Cinquième couche, huit onces six gros.

Toutes les eaux mères ont été étendues d'eau, & travaillées séparément avec cinq à six onces de potasse. Elles ont toutes donné, à peu de chose près, une quantité de Salpêtre égale à celle de leurs premiers produits. Il n'y a pas eu de la première à la deuxième cuite, une différence de plus de deux à trois gros, entre les produits correspondans de chaque couche. Il est probable que lorsque la nitrification sera achevée dans toutes les couches, on y appercevra des différences plus considérables, suivant leurs divers apprêts, non seulement quant au produit salin total de chaque couche, mais aussi quant aux proportions du sel alkali & du sel terreux. En attendant, on voit que dans l'espace de six mois, elles ont plus que doublé leur produit en Salpêtre, & notamment que cette amélioration a été plus considérable par rapport à la base alkaline ; ce qui est très-digne de remarque.

Si l'on peut présumer avec quelque fondement, que l'augmentation progressive sera la même dans le cours de l'année qui commence, & qui doit compléter la révolution triennale d'habitation & de culture, on trouvera que pour une première époque de fécondation, encore très-incomplette, de terres toutes neuves, la nitrification aura été assez prompte & assez abondante ; sur-tout si l'on considère que cette espèce de terre forte, compacte & froide, est par elle-même peu propre à cette opération, & que l'on n'a pas encore employé pour l'approprier, ni les moyens les plus efficaces indiqués dans le Mémoire, ni un espace de temps suffisant pour cela. Ainsi on a tout lieu de croire qu'en suivant la même pratique, sur un meilleur fond de terre, avec de meilleures & de plus abondantes matières préparatoires, telles qu'on les a fait connoître pour la culture, on obtiendra, en y mettant un temps convenable, des récoltes bien plus abondantes.

Toujours est-il vrai que, sans avoir été à portée jusqu'à présent de remplir ces conditions dans nos établissemens, comme nous le ferons par la suite, nous avons obtenu de nos terres, après une seule année de culture, un produit à peu près égal à celui que fournissent pour l'ordinaire, dans des révolutions de six, sept & huit ans, les terres d'habitations domestiques, exploitées par les Salpêtriers dans la plupart des provinces du royaume. Si l'on ajoute à ce produit actuel, l'accroissement très-présumable de nos *nitrières-bergeries* dans le cours de la seconde, & même, s'il le faut, d'une troisième année de culture, on verra qu'elles surpasseront en richesse les nitrières ordinaires, celles des grandes couches élevées sous des hangars; en exceptant peut-être celles qui sont formées avec de bonnes terres de craie pure, ou avec des terres d'ateliers & de démolitions, déjà fécondées & salpêtrées de longue main. Nous avons été à portée de voir la plupart des nitrières Françoises, établies à la manière Suédoise corrigée. Nous les avons trouvées jusqu'à présent peu profitables, vu la grande dépense qu'elles exigent. Nous en avons établi nous-mêmes, & il est certain que, depuis trois ou quatre ans de culture, les terres ne sont pas encore parvenues à plus de trois à quatre onces de Salpêtre par pied cube, encore faut-il le tirer presque tout du travail des eaux mères par la potasse.

Nous avons trouvé en général les petites couches plus hâtives & plus productives que les grandes, quoique composées de même & placées sous les mêmes hangars. Nous avons employé, pour les former, différentes sortes de fumier avec des boues de rues, & pour les cultiver, des arrofages préparés de diverfes manières; mais nous n'avons pas obfervé dans les réfultats, des différences bien fenfibles. La plus remarquable a été en faveur d'un effai que nous avons fait dans la vûe de propofer, comme un acceffoire à notre travail fur les *nitrières-bergeries*, le projet d'établir des nitrières à la fuite de la Cavalerie.

Une feule petite couche de cinq cents quintaux de terre de prés, affez bonne, placée fous un appentis adoffé à une écurie de douze chevaux, a été fécondée avec cinquante quintaux de crotin, & arrofée avec l'urine de ces animaux. Pour entretenir un certain échauffement dans les terres, avec un degré de fermentation fuffifante, on a ajouté, par parties de dix quintaux, chaque deux mois, & bien mêlé avec la terre meuble, le crotin confervé pendant ces intervalles, dans de grandes cuves, entaffé lits par lits avec des cendres non leffivées, ou bien de la chaux éteinte. Les urines ont été recueillies & gardées en putréfaction pour les arrofages, dans un réfervoir pratiqué exprès à l'extrémité de l'écurie en dehors & fous l'appentis de la couche. On a étendu cette urine avec l'eau employée, de temps en temps, comme je l'ai indiqué ailleurs, pour le lavage du pavé de l'écurie, après le houffage des murs, afin d'enlever les parties excrémentitielles & le Salpêtre qui s'y trouvent.

Après dix mois de fécondation de cette couche, par le mélange fucceffif de cinquante-quintaux de crotin préparé, & après une année de culture & d'arrofages au delà de ce premier terme, on a leffivé, tout récemment, trois cuves de terre prife aux deux extrémités & au milieu de cette couche. Le produit de la première cuite, à part le fel marin qui s'eft trouvé plus abondant que dans les nitrières précédentes, a été, par quintal de terre, de près de fix onces, dont un tiers au plus provenant du travail des eaux mères. Remarquez au furplus, que cette épreuve des terres, faite après 22 mois de couches feulement, donne lieu d'efpérer que, lorfque la maturation en sera complète, dans la révolution de trois à quatre ans, la nitrification pourra bien être portée à dix ou douze onces.

Je n'ai fait qu'une seule expérience qui ait été plus riche que celle-là; c'est celle d'une couche en pyramide, ayant neuf pieds de haut sur sept de diamètre à la base : elle a été formée au $\frac{1}{4}$ d'un très-bon terreau, & pour le surplus, d'un mélange, à parties à peu près égales, de vieux mortier & plâtras de démolitions; de sang de boucheries desséché; de crotins de moutons & de pigeons, épuisés par l'eau des arrosages; enfin de cendres de bois neuf non lessivées. Le tout a été pulvérisé, passé à la claie, & intimement mêlé au terreau. On a gardé ce mélange en un seul tas, pendant trois mois, en l'arrosant fortement avec une liqueur composée d'eau de fumier & d'urine, dans laquelle on faisoit pourrir différentes herbes champêtres & potagères hachées. Lorsque la fermentation a été bien établie, & la terre bien pénétrée de matières putrescentes, on a élevé la pyramide dans un coin de nitrière-bergerie; on a partagé & soutenu la terre de deux en deux pieds, par un lit de fagots placés horizontalement. Un autre rang de fagots, disposés verticalement bout à bout, occupoit le milieu de la pyramide, & aboutissoit à une espèce de voûte en cléonage au centre & à la base de cette pyramide. La voûte étoit destinée à recevoir un mélange de fumier de cheval & de crotin frais de pigeons, avec de la chaux vive : ce mélange étoit renouvelé tous les mois, pour entretenir sous la couche une chaleur & des exhalaisons excrémentitielles putrides. Les fagots, traversant la pyramide dans toute son épaisseur, remplissoient le but d'établir une libre communication à l'air, & une facile distribution pour les arrosages. Ces derniers ont été continués comme ci-dessus, pendant 18 mois, tous les 15 jours. On y a ajouté ensuite un quart d'eau de lessive domestique pendant six mois. Enfin on a terminé la culture par huit autres mois d'arrosages avec de l'eau simplement rendue gazeuse-putride au moyen quelques pièces de charogne jetée dans une grande cuve pleine d'eau & recouverte. Les quatre derniers mois, on n'y a pas touché.

Quoique dans cet espace de trois ans la décomposition des matières putrescibles, & notamment celle du sang en poudre, ne fût pas encore parvenue à son dernier terme, cependant on a lessivé la couche tout effleurie à sa surface & dans les tuyaux d'airage pratiqués par les fagots. Chaque cuve de six quintaux de terre, lessivée avec six cents livres d'eau, à trois reprises, a donné sept livres de Salpêtre brut, outre l'eau mère qui étoit, à la vérité, en petite quantité, à raison de l'eau de lessive employée pour les arrosages à la fin. D'ailleurs, comme cette eau mère contenoit encore quelques portions de matières extractives non totalement putréfiées, on a préféré de ne pas la travailler, & on l'a mise de côté, pour servir aux arrosages de la couche pyramidale qui a été reconstruite selon les mêmes principes que la première fois.

J'ai fait d'autres pyramides pareillement disposées avec des terres végétales, ou seules ou mêlées avec des cendres, de la chaux, des plâtras, &c. sans aucune addition de fumier ni d'autres matières putrescibles. Elles n'ont été arrosées qu'avec de l'eau putride-gazeuse simple, préparée comme ci-dessus. Elles ont fourni, au bout de l'année, depuis une jusqu'à trois onces de Salpêtre par quintal de terre, mais presque tout à base terreuse. Quoique la couche pyramidale précédente, fortement fécondée, se soit trouvée, au bout de trois ans, beaucoup plus salpêtrée que celles-ci, sans fécondation préliminaire; quoique l'on puisse présumer avec raison qu'elle seroit encore susceptible d'une augmentation considérable par une suite de culture, cependant, vu les frais de préparation & l'emploi des matières qu'elle exige, je ne conseille d'en adopter l'entreprise que comme un accessoire dans l'établissement des nitrières - bergeries ou autres. Cette culture recherchée ne peut devenir profitable que lorsqu'on peut se procurer à très-peu de frais les matieres nécessaires, & en remettant leur préparation & *mise en œuvre* au temps de l'année où les ouvriers des nitrières n'auroient rien de mieux à faire. Cela serviroit aussi à améliorer peu à peu

les

les terres du fonds des nitrières en grand, lorsqu'elles en ont besoin. Enfin, ces couches pyramidales, riches & fécondes, seroient aussi la forme de petites nitrières domestiques la plus convenable & la plus à portée des gens de la campagne; attendu qu'elle exige peu de place & de couvert, & que d'ailleurs on a presque par-tout, sous la main, les choses qui peuvent servir à leur confection; tant pour féconder, que pour arroser & *saliner*.

Lorsque les terres sont de bonne qualité, il ne leur faut ni fécondations, ni arrosages. L'air seul suffit pour les salpêtrer par l'abondante absorption dont elles sont susceptibles. En Champagne, par exemple, la craie pure, ou mieux encore, toutes les terres de démolitions, mises en espèce de couches ou de murs, & simplement abritées de la pluie par de petits toits de paille, se salpêtrent très-vîte à leur surface. On peut enlever, pour le lessivage, une petite couche d'un ou deux pouces, tous les dix, quinze, vingt jours, suivant les saisons de l'année. Il paroît que pour cette sorte de nitrification spontanée, sans addition & sans culture, l'exposition à l'air vaut mieux que sous des hangars fermés. La rosée, les brouillards, de petites pluies fines & chaudes, semblent donner à l'air plus de force & de prise. Cependant, comme ces petits toits en chaume pour chaque couche, quoique très-économiques, ne laissent pas que de devenir dispendieux par la main-d'œuvre, en ce qu'ils ne durent au plus que deux ans, & que d'ailleurs, sous ces toits, les couches sont exposées à souffrir des grandes pluies, ou des neiges; qu'elles sont sujettes à se fendre & à s'ébouler au dégel : il seroit peut-être mieux, pour des établissemens en grand, de faire des hangars ouverts de toutes parts & simplement soutenus sur des piliers, comme des halles. Je crois aussi que, soit en plein air, soit sous des hangars, on devroit, au lieu de disposer tous les murs à Salpêtre suivant une même direction, les faire s'entre-couper ou se réunir, à peu près comme les murs des jardins fruitiers, à la manière dite de *Montreuil*. Ils s'abriteroient réciproquement contre le soleil & les vents; ils conserveroient la chaleur, & rendroient l'air un peu plus stagnant, sans l'intercepter.

T

On conçoit que l'on peut multiplier à l'infini ces vrais magafins prefque naturels de Salpêtre. En ufant de cette reffource
dans une Province, telle que la Champagne, par exemple, &
fur-tout dans les villes où l'on peut fe procurer beaucoup de
démolitions, il feroit peut-être poffible d'y récolter le quart ou
le tiers du Salpêtre néceffaire à la confommation de l'Etat.
Dans les Provinces au contraire, où, par la nature du fol, le
Salpêtre ne vient qu'à force d'art, comme dans les nitrières
que j'ai fuivies, ou, à force de temps, comme dans les habitations domeftiques, je crois que la meilleure méthode eft celle
que j'ai propofée, *des nitrières-bergeries*. Voyez celle des étables
du canton d'*Appenzell*, en Suiffe. Quoique très-différente de
la mienne par la difpofition des terres, par l'habitation du
bétail, & par la culture, elle revient à peu près au même, quant
aux principes fur lefquels elle eft fondée, & quant aux produits
des établiffemens. Il s'agit de féconder abondamment des terres
avec des exhalaifons & des filtrations excrémentitielles. Tout
l'art doit tendre à bonifier les terres, lorfqu'elles font mauvaifes
ou médiocres. En un mot, il faut qu'à l'égard de celles-ci, l'air
très-méphitique des animaux vivans & pourriffans rempliffe ce
que l'air feul de l'atmofphère, qui n'eft que peu méphitique,
opère fur les très-bonnes terres abforbantes calcaires. Si l'on met
en comparaifon les nitrières établies dans l'*Appenzell*, & pratiquées dans des foffes ou égouts fous les étables, avec les nitrières
des pays crayeux, en forme de couches ou de murs expofés à
l'air libre, on verra que les nitrières-bergeries, telles qu'elles ont
été décrites, réuniffent les avantages des unes & des autres,
& quant à la fécondation des terres par l'habitation, & quant
au gouvernement de l'air par leurs expofition & *mife en couches*.
Leur culture fuivie, confiftant en mélanges, arrofages, *remuages*, &c. ajoute encore à ces avantages.

Engagés par toutes ces confidérations & plus encore par nos
premiers fuccès, nous avons, depuis l'année dernière, fort augmenté nos établiffemens dans le même lieu. Cette augmentation n'en eft prefque pas une pour les frais d'ouvriers & ceux de
laboratoire.

Les frais de première mise n'ont pas été non plus très-confidérables. Nous avons profité d'anciennes conftructions, de vieux bâtimens de fermes, pour y pratiquer, moyennant quelques réparations & additions, des nitrières-bergeries, doubles ou triples fous le même toit. Nous les avons meublées de meilleures terres que nos conftructions neuves des années précédentes. Nous avons recueilli pour cela, comme on y eft autorifé par le Gouvernement, toutes les couches de bonnes terres dans les maifons des particuliers foumis à la fouille des Salpêtriers. Nous y avons ajouté toutes les terres de démolitions que nous avons pu nous procurer, ainfi que les fonds de fours à chaux, des cendres leffivées, des fonds de marais ou de marres à rouir le chanvre, de la poudre de tan & de chaux éteinte, retirés des tanneries, &c. Toutes ces matières bien mêlées & encore améliorées par l'habitation & par la culture, dans nos derniers établiffemens, feront fans doute d'un produit plus abondant & plus prompt que les terres neuves, froides & compactes des premiers établiffemens dont nous avons rendu compte.

Nous avons élevé, par-tout où nous avons pu le faire, attenant nos bâtimens, des appentis en bois, recouverts en tuile : efpèce de conftructions très-fimples, très-économiques, & fur-tout très-commodes dans ces fortes d'entreprifes. Elles fervent à mettre en dépôt, en fermentation toutes les matières ou fécondantes ou ameubliffantes, dont on a befoin pour la formation des couches, pour leur culture, pour leurs arrofages : on y place les laboratoires, les cuves à leffiver, les fourneaux à évaporer, les vaiffeaux pour la criftallifation, les uftenfiles & les matières pour le travail des eaux mères : on y place auffi ce qui eft relatif à l'Art du Salinier, que nous avons tant recommandé, pour plus grande économie, de joindre toujours à l'Art du Salpêtrier. Le furplus du terrein couvert par ces appentis, peut être employé à des couches, à des murs, à des pryamides & à des foffes d'effai, comme nous le pratiquons; voulant enfuite nous fervir de ces petites épreuves recherchées & des terres qui en proviennent, pour améliorer le fonds des grandes nitrières-bergeries.

T ij

Enfin, nous avons par-tout & toujours cherché à joindre l'exemple au précepte, pour remplir les demandes de l'Académie & les vûes du Gouvernement. Nous défirons, pour le foulagement des Peuples opprimés & vexés par les fouilles, que nos établiffemens, s'il ne fe trouve pas de meilleure méthode, foient bientôt imités & multipliés. Nous avons fait voir que ce genre d'entreprife, tout-à-fait analogue à l'économie & à l'induftrie rurale, très-facilement praticable par les Communautés & par les particuliers, pouvoit être, jufqu'à un certain point, fecondé par des fecours que l'Etat a fous la main.

On doit croire que, fous le règne de la Bienfaifance éclairée par les Savans, ces fecours peu difpendieux feront mis en ufage.

RÉSUMÉ GÉNÉRAL

Du Mémoire & des Supplémens.

Décembre 1782.

L'Analyse de l'atmosphère, ébauchée dans un autre Mémoire (*), étoit le premier pas à faire pour parvenir à des connoissances précises sur la formation du Salpêtre. L'atmosphère porte par-tout le germe & les élémens de ce sel, mais en des degrés ou rapports de concentration bien différens, suivant les divers quartiers, ou les différentes révolutions de cet océan vaporeux. Cette vapeur atmosphérique, outre les hétérogénéités de tout genre qu'elle tient dissoutes ou suspendues dans son sein, est essentiellement composée de deux fluides très-distincts, ou plutôt d'un seul fluide dans deux états bien différens.

La partie respirable de ce fluide, faisant à peu près les $\frac{3}{10}$ de la masse totale atmosphérique, ne concourt point directement & immédiatement à la nitrification. Il entreroit peut-être dans la solution ultérieure de notre problème, de savoir si cette partie doit être, suivant l'échelle ordinaire des êtres chimiques, regardée comme élémentaire ; ou bien si des faits chimiques assez probables, récemment observés, autorisent à croire que, dans l'ouvrage de la Nature, elle est un mixte du premier ordre, résultant d'une combinaison de l'eau & du feu principes. Quoiqu'il en soit, cette portion d'air atmosphérique respirable, que l'on appelle aussi air du feu, air déphlogistiqué, air vital, &c. n'est réellement propre à la combinaison nitreuse que par son aptitude éminente à saisir, par voie de dissolution, la substance inflammable qui se dégage des corps en putréfaction, & à s'en saturer jusqu'à un certain point. Cette affinité remarquable de l'air déphlogistiqué, avec le principe du feu dans ses divers états,

---

(*) Couronné à Toulouse en 1778. (A Paris, chez *Didot*).

est au surplus une source féconde de produits différens, soit dans les procédés de l'Art, soit dans ceux de la Nature.

L'autre partie de l'air atmosphérique, dont l'air respirable a été, ou soustrait, ou corrompu par quelque procédé phlogisticant, est ce qu'on peut appeler du nom générique d'*air phlogistiqué*, d'air *méphitisé*, de diverses manières. Dans cette espèce de mofette atmosphérique habituelle, se trouvent pêle-mêle les matériaux propres à la nitrification, fournis par les débris volatils des corps organiques pourrissans, & les débris d'autres décompositions servant à la génération d'autres sels. Plus ces sortes d'airs méphitiques dégagés sont près de leurs foyers, plus elles sont caractérisées, concentrées, & génératrices de tels ou tels corps salins. Plus elles s'en éloignent & se répandent dans les torrens de l'atmosphère, plus elles s'affoiblissent, se dénaturent & s'identifient.

L'examen de ces différentes mofettes, dans leur état d'intégrité, de concentration; celui de leur mélange, de leur dilution, de leurs mutations, dans le sein de l'air atmosphérique; celui enfin des composés salins ou saliniformes qui peuvent en résulter dans l'un & l'autre état, deviendra sans doute un vaste sujet de recherches pour les Chimistes, jaloux de connoître les grands procédés de la Nature. Le résultat sommaire de ces recherches, sera que l'air, dans tous ses états dégénérés, combinés, modifiés, se fixant à des matrices terreuses propres, est le vrai principe général constitutif de la salinité; comme le fluide électrique, qu'il ne faut pas non plus regarder comme simple & homogène, paroît être, dans ses combinaisons avec des bases particulières, le principe essentiel, caractéristique de la métallicité; comme l'alliage de ces deux élémens, sans cesse absorbés par l'organisme vivant, fournit, dans cette texture aqueuse, la véritable substance fondamentale des animaux & des végétaux; celle de leurs sécrétions diverses, &c.

Il peut donc se former dans l'atmosphère des acides de divers genres, celui du soufre, celui du phosphore, comme nous avons dit qu'il s'y forme de l'acide nitreux & de l'acide marin ; mais il paroît que ces générations, dans le fein de l'atmofphère, ne font en quelque forte que locales, accidentelles & paffagères ; que leurs produits deviennent l'aliment des météores ignés, ou font entraînés par les météores aqueux & décompofés en partie ; comme les fels engendrés dans les entrailles de la terre & portés à fa furface par les fources, font détruits par le mouvement des eaux extérieures & par le contact de l'air ; comme auffi, dans d'autres circonftances, une partie de ces fubftances enfouies devient la proie des feux fouterrains.

Au furplus, d'après ce que nous avons prouvé à l'égard du Salpêtre, il paroît que la diverfité dans la génération des autres fels, foit dans l'atmofphère, foit dans la terre, foit dans les êtres organiques, tient bien plus à la différence des mofettes aériennes, d'origine végétale, animale, minérale ou mixte, qu'à celle des bafes ou matrices dans lefquelles s'achèvent ces générations. Mais outre ces matrices, toujours néceffaires à la confection des acides, & à leur abforption, pour former des fels neutres, dont l'origine paroît toujours être à bafes terreufes, comme nous l'avons dit pour le Salpêtre, il faut bien admettre d'autres générations fpontanées de ces mêmes acides, dans les combinaifons de matières combuftibles, tels que les foufres, les phofphores, les bitumes, les réfines, &c. ; combinaifons dans lefquelles on retrouve manifeftement un principe acide, que neutralife toujours une fubftance ignefcible plus ou moins compofée.

Le premier élément, l'élément effentiel de toute falinité, eft donc l'air, qui, altéré par le feu & plus ou moins furchargé de ce principe, donne naiffance à la plus fimple des combinaifons falines. C'eft cette combinaifon première, dans l'ordre naturel, que nous avons, d'après des données très-probables de l'Art, diftingué en *acide aéré* & en *acide igné*, fuivant la prédominance des deux principes qui conftituent cette mixtion univerfelle. Avoir fait connoître l'influence de l'air & du feu principes, dégagés des corps en putréfaction, & le concours de l'air atmofphérique, pour la génération du

Salpêtre, c'est avoir fait un grand pas pour connoître l'origine de tous les autres sels. Connoissez d'abord les grands foyers, les domaines naturels des uns & des autres ; les bassins des lacs & des mers, les couches superficielles & intérieures des continens, celles de l'atmosphère, les êtres organiques, & la correspondance intime de tout cela ; voyez aussi, d'un autre côté, à raison de cette correspondance générale, la génération confuse, le transport continuel, dans ces différens départemens du globe, des matières salines de tout genre ; étudiez les circonstances de leur formation habituelle & constante, ou accidentelle & passagère ; distinguez les bases ou les matrices terreuses auxquelles s'attache & où se développe, pour former les acides & les alkalis, le germe salin élémentaire, tel que je l'ai défini : vous aurez, par cette suite d'observations & d'expériences, conformes à celles que j'ai faites sur le Salpêtre, le complément des mêmes connoissances sur les autres sels ; & ces connoissances réunies mèneront au delà du terme auquel je me suis arrêté.

De cette étude sur les sels, toute fondée sur le pneumatisme chimique, & totalement étrangère à celui des Physiciens, si on passe à l'étude des phénomènes électriques & des phénomènes phosphoriques, tels que la Nature les produits, & tels que l'Art cherche à les imiter ; si on parvient à saisir les points de rapprochement, de similitude, des uns & des autres, on ne sera peut-être pas loin d'obtenir sur les métaux, en considérant leurs matrices & leurs foyers, les mêmes notions que j'ai données sur les sels : peut-être aussi, d'après ces apperçus, ne sera-ce pas une entreprise téméraire que de chercher à imiter les procédés de la Nature dans la formation de ceux-là, comme je l'ai tenté avec succès pour ceux-ci. Le fer n'est-il pas aux autres métaux, ce que le Salpêtre est aux autres sels ? Il paroît que c'est la première, la plus simple, comme la plus commune des combinaisons métalliques. J'ai dit, non sans quelques preuves, qu'elle se forme dans les êtres organiques, animaux & végétaux. J'ai présumé qu'elle n'est pas indifférente à leur organisation, à leur vie. Sa singulière propriété magné-
tique

tique & son extrême turgescence de principe inflammable, serviront à expliquer son origine, & donneront des idées sur les autres métaux : à peu près comme l'inflammabilité explosive du Salpêtre, & la prodigieuse éruption d'air déphlogistiqué qui résulte de son analyse, ont éclairé sur la composition de cette substance saline, & jeté du jour sur celle des autres corps du même ordre.

Si, comme je l'ai conjecturé, tout le Salpêtre qui se forme naturellement ou artificiellement, commence par être à base terreuse ; si, d'un autre côté, une partie de l'alkali destiné à compléter ce sel, s'engendre aussi dans les mêmes foyers & avec les mêmes matériaux, débris de la putréfaction, tout l'art des nitrières doit tendre à hâter la désunion de ces matériaux ; à opérer leur concentration ; à empêcher leur destruction ou leur dissipation ; à favoriser leur combinaison nouvelle, en leur présentant des bases convenables, très-accessibles, ayant beaucoup de surface, &c. : la nitrification, après cela, est l'ouvrage de la Nature, & le temps qu'elle emploie à le compléter, est plus ou moins considérable. C'est une règle générale, que les combinaisons chimiques s'opèrent à raison des surfaces de leurs ingrédiens ; qu'elles sont facilitées, accélérées par l'état de ténuité extrême, de fluidité, de vapeurs, par un certain degré de mouvement, d'échauffement, &c.

Ainsi la nitrification en grand iroit bien plus vîte, si, comme dans les expériences en petit, on pouvoit remplir ces différentes conditions ; si on pouvoit tenir, dans le sein de l'air méphitique nitrifiant, les matrices terreuses absorbantes en état de volatilisation, de trusion, ou de solution constantes. La formation du nitre terreux dans l'atmosphère où se trouvent, comme nous l'avons dit, les matériaux nécessaires, est sans doute bien plus prompte qu'à la surface de la terre. On sait combien la calcination spontanée ou la rouille de certains métaux à l'air libre, peut être accélérée par des moyens analogues à ceux qui hâtent la nitrification. On sait aussi que la chaux ordinaire, dont le retour à l'état approchant de celui de terre calcaire, est extrêmement lent par la simple exposition à l'air atmosphérique,

V

éprouve au contraire très-promptement cette conversion ; si la chaux, sous forme pulvérulente, & rendue volatile par l'agitation, est exposée dans un atmosphère d'air fixe, & plus encore si, à l'abord & au contact de cet air fixe, la chaux est présentée dissoute. C'est à peu près l'image de ce qui se passe dans l'œuvre de la nitrification, ou à l'air atmosphérique seul, ou à l'air atmosphérique chargé du méphitisme putride. Mais la réintégration de la chaux en terre calcaire, par le seul accès long-temps continué de l'air atmosphérique, est-elle due à l'absorption de l'air fixe préexistant dans le sein de ce fluide ; ou bien, vient-elle de ce que le principe igné contenu dans la chaux vive, convertit, à la longue, en air fixe, comme toute autre matière ignescible, l'air respirable ou déphlogistiqué de l'atmosphère ? Il est bien remarquable que la chaux calcaire cesse d'être chaux par son exposition à l'air, & que, par le même moyen, quelques substances métalliques soient au contraire réduites en une espèce de chaux. Dans un temps où la Chimie s'est tant exercée sur les chaux calcaires & métalliques, on n'a pas assez éclairci la comparaison des propriétés chimiques de ces deux espèces de chaux, & en général des chaux faites par le feu, par l'air & par les sels. Une recherche plus suivie auroit jeté plus de jour sur l'origine des alkalis.

La formation incontestable des alkalis par le feu, n'est-elle pas, à certains égards, comparable à la calcination des métaux par ce même agent ? & la calcination spontanée de ceux-ci à l'air atmosphérique, n'a-t-elle pas aussi quelques rapports avec la formation de ceux-là dans le sein de l'air méphitique ? Si la combustion alkalise l'acide constituant des matières organiques, végétales & animales, pourquoi la putréfaction ne le feroit-elle pas ? Celle-ci, dans sa marche, présente deux époques où deux manières d'être, l'acescence & l'alkalescence, quelquefois très-distinctes l'une de l'autre, d'autrefois mêlées & confondues. Son produit volatil, spontané, aériforme, doit être également, avons-nous dit, considéré sous deux aspects différens, *celui de méphitisme aéré*, & celui de méphitisme *igné*, résultant de la combinaison diverse des mêmes principes. A ces différences d'époques, de produits, de combinaisons, dans le sein de la putréfaction & de l'air atmosphérique qui en reçoit les débris, tient la génération double & non simultanée des acides & des alkalis. Il paroît au moins que dans la génération du Salpêtre, celle de l'acide précède toujours celle de l'alkali. Il paroît aussi qu'au terme même de la putréfaction radicale, la formation de l'alkali n'est jamais dans une proportion égale à celle de l'acide. Mais l'Art ne pourroit-il pas établir cette proportion dans les nitrières, en dirigeant, d'après ces vûes particulières, la nitrification ; ou bien, fera-t-on toujours obligé, dans les travaux des Salpêtriers, de suppléer à ce qui manque à la proportion d'alkali, soit engendré, soit développé durant la putréfaction des animaux, par celui qu'on retire de l'incinération des végétaux ? Ne pourroit-on pas aussi, en empêchant ou diminuant la formation constante & très-remarquable des sels marins, par-tout où se forment les sels nitreux, augmenter, par des manipulations ou des additions, la quantité de ces derniers ? Les sels nitreux & marins, que nous croyons toujours terreux à leur naissance, devenant alkalins par une sorte de maturation des nitrières (puisqu'en effet les anciennes sont plus riches que les récentes en sels neutres à bases alkalines), seroit-il possible d'accélérer cet évènement, & ne trouveroit-on pas que la substance même des sels terreux est susceptible de l'alkalifer ?

Quoique ces questions appartiennent directement au problème de la formation du Salpêtre, cependant on ne s'est pas occupé spécialement à en donner la solution ; mais des vûes & des résultats contenus dans ce Mémoire doivent y conduire.

La connoissance des mofettes putrides & des matrices terreuses, propres à la génération des deux principes du Salpêtre ; celle du concours de l'air atmosphérique, servant d'intermède & d'ingrédient dans cette génération ; celle des foyers & des circonstances qui y sont favorables ; ces connoissances, dis-je, étant une fois bien acquises, le reste n'est qu'accessoire & en quelque sorte un corollaire.

Parmi ces connoissances, il en est une qui n'a point encore été suffisamment établie : c'est celle qui est relative à l'expo-

V ij

sition des nitrières, la plus avantageuse à leur fécondation. L'usage le plus généralement observé pour l'exposition au nord, est dans les nitrières domestiques du canton d'*Appenzell* en Suisse. Ce sont des espèces de caves ou de fosses pratiquées sous les étables, & dont la partie la plus ouverte regarde le nord. La crainte de dissiper, par un courant d'air chaud, les exhalaisons nitrifiantes, fait éviter l'exposition au midi. Cet usage, que l'on a aussi quelquefois adopté ailleurs, sembleroit justifier l'avis, peut-être plus théorique que pratique, de quelques Connoisseurs, qui en effet est en faveur de l'exposition au nord. Mais cet avis n'a jamais été motivé de manière à faire une règle générale : ce n'a été jusqu'à présent qu'un point de routine aveugle, dont on s'est souvent écarté dans la construction des nitrières.

Cependant, d'après notre théorie, on conçoit au moins que l'exposition n'est pas indifférente : car si, d'un côté, l'air moite & tiède du midi peut aider la putréfaction, & par conséquent la génération de l'air méphitique ; l'air sec & froid du nord doit favoriser l'évaporation, toujours très-utile, de l'humidité superflue, & rendre par-là plus fréquent le besoin des arrosages fécondans. Mais d'un autre côté, ces deux constitutions d'air opposées, qui sont, à quelques égards, contraires à la nitrification, soit en arrêtant, par l'excès du froid, la marche de la putréfaction, soit en dissipant ses produits par l'excès de la chaleur, ne peuvent-elles pas devenir profitables à cette opération, en portant dans les nitrières, par leurs qualités dominantes les plus habituelles, une certaine quantité ou d'air méphitique, ou d'air déphlogistiqué, deux principes élémentaires de l'acide nitreux ? Suivant ces vûes, toutes fondées sur l'observation de quelques faits chimiques, n'est-il pas possible dans le gouvernement des nitrières artificielles, de tourner à leur profit & le dégagement de l'air méphitique intérieur, & l'accès de l'air atmosphérique extérieur, celui du nord, ou celui du midi, en variant toutefois, selon l'espèce & la forme des nitrières, cette partie de leur pratique ?

Mais pour connoître mieux les influences de l'air atmofphérique dans la formation du Salpêtre, il faudroit une longue fuite d'expériences, qui, à ce que je crois, n'ont pas
encore été tentées. On a dit que la nitrification étoit plus
prompte & plus abondante durant les équinoxes, que dans
les autres temps de l'année ; mais cette affertion ne porte-
t-elle pas uniquement fur ce que l'on a cru que l'expofition
au nord étoit la plus favorable à cette opération, & fur ce
que, pour l'ordinaire, dans les faifons des équinoxes, les vents
de nord font les dominans ? Quoi qu'il en foit, pour éclaircir
ce point de doctrine relatif aux faifons & aux expofitions,
il faudroit non feulement connoître les proportions de fels
nitreux ou marins qui fe trouvent naturellement dans la pluie
& les autres météores aqueux, pendant le cours de plufieurs
années ; mais encore favoir quelles feroient les proportions de ces
deux fels, fuivant les différentes expofitions des mêmes abforbans
terreux, livrés aux courans de l'atmofphère, pendant les différentes faifons de l'année. De telles expériences comparées vau-
droient bien en Chimie, ce que valent en Phyfique les obfervations météorologiques.

Il eft certain que le méphitifme ou le dépurement de l'air
atmofphérique, relativement à la nitrification, varient beaucoup, comme ils le font par rapport à la production des maladies qui tiennent à cet élément. La nitrification fpontanée qui
fe fait à la furface de la terre & dans l'atmofphère, n'eft-elle
pas un moyen naturel de dépuration pour ce dernier, par
l'abforption de l'air méphitique, comme la décompofition
fpontanée du nitre atmofphérique en eft un de réintégration
par le dégagement de l'air déphlogiftiqué ? De même auffi
la végétation, en employant, à titre d'engrais, certaines émanations méphitiques, purifie l'air, comme les exhalaifons des
plantes pendant le jour le font en reftituant de l'air déphlogiftiqué ; tandis que pendant la nuit les exhalaifons excrémenteufes des végétaux paroiffent redevenir, par leur combinaifon avec de l'air pur, une forte d'engrais nitrifiant : mais
il ne faut pas croire que cette mofette végétale nocturne

en foit une pour les hommes, comme on a voulu le dire. Enfin, plus on confidérera que les grandes nitrières de la Nature, à la furface du globe, bien plus riches dans certains pays & dans certains temps que dans d'autres, le font en raifon du méphitifme que la terre fournit à l'atmofphère; plus on étudiera la caufe des grandes différences qui s'obfervent à cet égard dans certains climats, par exemple, dans l'Inde, fur les côtes de la mer Pacifique, près de Lima, &c.; & ce qui fe paffe fous nos yeux dans notre continent, à la furface des terres qui fervent de pâturages, ou qui éprouvent d'autres cultures, &c.; plus on fe perfuadera que dans les nitrières artificielles, la nature & le gouvernement de l'air font un article important.

Mais il en eft un autre qui n'exige pas moins d'attention dans les établiffemens à Salpêtre; c'eft ce qui concerne l'approvifionnement, l'appropriation, la difpofition des matières terreufes, abforbantes, plus ou moins fufceptibles de fe nitrifier. On a vu qu'à cet égard la terre calcaire tient le premier rang; elle eft plus avide de combinaifons nouvelles, & contient, dans fon état naturel, plus d'air & de feu déjà combinés. C'eft dans cette matrice même que s'accomplit la combinaifon nitreufe, par l'abord de la mofette putride, mêlée à l'air atmofphérique. La terre calcaire eft très-abondante à la furface & dans l'intérieur du globe; mais elle n'eft pas toujours, à beaucoup près, dans un état favorable à la nitrification. Celui de craie ou de tuf calcaire y eft éminemment propre à tous égards. Celui de fpath ou de pierres calcaires, dont les variétés font innombrables, exige des préparations qui ont été indiquées. La calcination par le feu éloigne à la vérité ces fubftances de leur aptitude à fe nitrifier; mais leur expofition à l'air atmofphérique & plus encore à l'air méphitique, les rapproche de l'état de craie. C'eft pour cela que les vieux mortiers, les vieux cimens, font plus *nitrifiables* que les nouveaux; c'eft auffi à la réabforption d'un nouvel air fixe qu'ils doivent leur folidité (*M. d'Arcet*); & leur décompofition, infiniment lente, à l'air libre, méphitifé, vient en partie de leur nitrification fpontanée.

L'acide de l'air porte donc dans les terres, en s'y combinant, un premier germe favorable à cette opération, & l'acide du feu paroît y être contraire. Les autres acides, celui du soufre, celui du phosphore, celui des spaths, combinés avec la terre calcaire, la terre animale, la terre sedlitienne, la terre alumineuse, &c. ; toutes ces combinaisons, dis-je, qui forment la classe immense des corps salins-terreux ou terreux-salins, gypseux, spathiques, argileux, &c. loin de servir, comme on l'a dit, par la prétendue transmutation de leurs acides, au procédé de la nitrification, y sont absolument réfractaires. Si elles peuvent y fournir quelque chose, ce n'est qu'à raison de l'excédent de leurs bases terreuses par rapport à ces acides différens ; alors cela revient à ce que nous avons prouvé : savoir, que ces terres dégagées & mises à nu, sont susceptibles de se nitrifier. C'est ainsi que les plâtres, les argiles, les spaths même vitrioliques & phosphoriques, exposés à un air nitrifiant, peuvent se décomposer en partie ; par la même raison que la terre, presque toute saline, des concrétions osseuses & calculeuses des animaux, se prête à la nitrification : mais il faut rappeler ici que ces décompositions partielles peuvent être aussi produites par le moyen des doubles affinités qui s'exercent entre les sels vitrioliques & phosphoriques lorsqu'ils trouvent à s'alkaliser, & les sels nitreux ou marins terreux qui se forment d'un autre côté. Au surplus, tout cela ne concourt que très-secondairement à l'œuvre de la nitrification.

Après en avoir fait connoître les grands foyers, les grands agens & les matériaux véritables, pour résoudre le problême chimique, nous avons indiqué l'usage que l'on pouvoit faire de ces connoissances, pour remplir le but de l'Administration dans l'établissement des nitrières. C'est surtout dans l'exposition & la disposition de ces matériaux, que consiste l'art du Salpêtrier, & on peut pratiquer pour cela bien des méthodes différentes. Nous avons préféré celle des étables, comme étant les meilleurs laboratoires à Salpêtre, & en même temps les plus économiques & les plus analo-

gues à l'industrie rurale. Nous avons donné les raisons de
cette préférence, & le succès répond à notre attente.

Quoique nous ayons, par une suite de ces mêmes raisons,
adopté & conseillé les *nitrières-bergeries*, domestiques ou com-
munales, cependant on pourroit également faire servir aux
mêmes usages les étables de tout autre bétail, en y appor-
tant les différences de manipulation que les circonstances exigeroient. Mais si ces méthodes présentoient des difficultés que
nous n'ayons pas prévues ; si l'on n'en trouvoit pas de meilleures
qu'on pût leur substituer sans inconvénient, & livrer aux spéculations du peuple ; enfin, si le Gouvernement François ne
pouvoit accomplir à cet égard ses vûes bienfaisantes & politiques, sans se mettre encore à la tête des établissemens à
Salpêtre, comme il a déjà commencé à le faire, & comme
cela se pratique dans d'autres Etats : on pourroit proposer un
autre moyen moins couteux, de rendre aussi productifs qu'ils
peuvent l'être, suivant la méthode Suédoise ou autre analogue,
les hangars adoptés jusqu'à présent. On établiroit ces derniers
pour être fécondés & cultivés par la Cavalerie de France,
dans ses garnisons ou dans ses quartiers habituels & réglés.

On pratiqueroit pour cela des constructions suffisantes en
bois & en terre, attenant les écuries & même communiquant
avec elles, s'il étoit possible ; élevant d'ailleurs par-tout où cela
seroit praticable, des simples halliers, espèce de construction très-
économique. On meubleroit tous ces bâtimens de terres choisies & préparées, comme nous l'avons dit ci-dessus ; préférant
toujours, pour les mettre en culture, les petites couches, les
petites pyramides, aux masses énormes des nitrières ordinaires,
& les murs en terre à Salpêtre, à toute autre clôture.

D'après les proportions que nous avons adoptées & mises en
pratique, chaque cent chevaux suffiroient pour féconder, tous
les ans, de trente à quarante mille pieds cubes de terre, sans
aucun emploi de fumier, & avec les seuls excrémens tant solides
que fluides de ces animaux. Ces excrémens très-faciles à recueillir & à mettre en œuvre, sont de leur nature *semi-animale*, &
par

par leur atténuation naturelle, éminemment difposés à une fermentation active & à la nitrification, indépendamment du
nitre tout formé qu'ils contiennent. On ajouteroit facilement
à cela, pour les arrofages, les eaux de fumier, contenant auffi
du Salpêtre, & toujours abondantes en pareilles pofitions, avec
les eaux de lavage des écuries. On y mêleroit encore, pour
les rendre plus fortes, certaines quantités de crotin frais, & quelque peu de chaux éteinte. Enfin, fur-tout cela, on fe compor-
teroit d'après les principes établis ci-deffus.

Quant à la main-d'œuvre, quoique très-peu couteufe, de
cette culture, elle pourroit, vu fa fimplicité & fa facilité, être
comprife dans le fervice militaire, pour en diminuer encore les
frais ; on mettroit feulement à la tête de chaque établiffement
un Maître Salpêtrier, ou même un Invalide dreffé à cela, fur-
tout pour l'exploitation des terres falpêtrées, & pour les travaux
ultérieurs du laboratoire.

En calculant ce que l'on pourroit faire d'établiffemens de ce
genre dans quinze ou vingt poftes fixes de Cavalerie, & en
portant à une livre de Salpêtre feulement l'eftimation du pied
cube, ou même du quintal de terres cultivées, exploitables
tous les deux ou trois ans, on verra que ces *nitrières-cava-
lerie* remplaceroient à peu près, pour le produit total & annuel, les *nitrières-bergeries*, dont il a été queftion dans ce
Mémoire.

Il n'eft pas douteux que l'on ne puiffe, par des mélanges &
des manipulations plus recherchées, porter à un plus haut degré
la nitrification dans des établiffemens particuliers. Ce feroit
encore une autre manière, plus chimique, de réfoudre le
problême en queftion, fans recourir aux expédiens économiques précédens ; mais il faut peu compter fur cette manière,
au moins pour en faire l'application dans les travaux en grand,
& pour perpétuer le fervice de l'Etat.

Cependant il eft des pofitions, favorables pour le choix
& l'approvifionnement des matériaux, dans lefquelles les entreprifes de nitrières, fans le fecours des étables, & fans aucun
emploi de matières deftinées à l'engrais des terres, pour-

X

roient devenir très-profitables. Elles feroient telles, fous quelque forme qu'on les établiffe, dans les pays abondans en craie ou en tuf calcaire ; l'Ifle de France, la Champagne, la Touraine, les Falaifes de Normandie, &c.... Pour rendre ces matières premières plus fécondes, ou pour féconder dans d'autres pays celles qui font moins propres, mêlez-y des terres d'ateliers ou d'habitation, non leffivées; ajoutez-y des gravois & des plâtras, fi vous en avez; des coquillages de toute efpèce, concaffés, comme étant à la fois fubftances calcaires & putrefcibles; ajoutez-y encore, à ce dernier égard, du fang & des crotins, qui font matières fécondantes préférables à toutes celles dont on a vu précédemment le détail. Difpofez ces mélanges, faits avec foin, de manière à étendre leur furface, & pour que l'air atmofphérique les mouille de toute part. Mettez-les en petites couches, en petits tas, & mieux encore en murs à *torchis*, à *pifay*, de 18 à 20 pouces d'épaiffeur & de diftance. Jetez dans les intervalles & de tous côtés des matières pourriffantes, mais fur-tout du fang, qui, par fon extrême turgefcence d'air & de feu, par fa décompofition facile, active & durable, eft éminemment propre à cela. Faites, au furplus, fi vous le pouvez, fi le local le permet, des nitrières à plufieurs étages, des efpèces de bâtimens de graduation, des murailles en moëllons de tuf ou de craie, efpacés & difpofés de façon à fe prêter facilement à la diftribution, à la difperfion & à l'imbibition des eaux & des vapeurs putrides. En un mot, raffemblez dans ces vrais laboratoires à Salpêtre, recouverts le plus économiquement qu'il fera poffible, des matrices terreufes bien appropriées, fans ceffe environnées, pénétrées d'air méphitique putride & d'air atmofphérique, avec une humectation & une température convenables. Du refte, la nitrification s'opérera dans ces terres, ainfi aérées, humectées, échauffées, comme la vitriolifation s'opère dans les pyrites traitées de la même manière.

Quant à l'exploitation des terres, fuffifamment falpêtrées, par le laps de temps, elle devra varier fuivant les circonftances : l'induftrie de chaque Entrepreneur, aidée d'ailleurs

des notions pratiques que l'on a données sur cela, suffira bien
pour diriger cette partie du travail. Il y a cependant, pour
améliorer cette récolte, un fait-pratique majeur, sur lequel
les Chimistes ont déja éclairé la routine des Salpêtriers;
mais sur lequel aussi ceux-là ont peut-être poussé trop
loin la réforme dans les ateliers à Salpêtre : c'est pour ce qui
concerne l'emploi du salin ou de la potasse dans le travail des
eaux mères. On sait en général ce qui doit résulter de ce
mélange, & on ne peut douter que son adoption ne soit
propre à augmenter la récolte du Salpêtre. Mais de nouvelles
expériences ont donné sur cela de nouvelles lumières. Voici
quels ont été les résultats des miennes. Elles ont eu pour but,
annoncé dans mon Mémoire, en 1780, de diminuer la consommation de la potasse, & de connoître plus particulièrement
l'office de cette substance saline dans la précipitation des eaux
mères.

Quoique ces dernières varient beaucoup en quantité & en
qualité dans les terres des différentes nitrières, cependant elles
contiennent toujours un mélange de sels nitreux & marins terreux, dont la plus grande partie est à base calcaire, le reste à
base de magnésie. Peut-être y retrouveroit-on, en y regardant
de plus près, quelque peu de terre alumineuse, au moins dans
certaines positions. Il s'y trouve enfin quelques restes de vrai
nitre & de sel marin, qui se sont refusés aux premières cristallisations, mais qui sont étrangers à la composition des eaux mères,
comme telles. Tout cela est enveloppé d'une matière grasse
indéfinie.

Le but du Salpêtrier, en traitant ces eaux meres avec un sel
alkali, étant uniquement de précipiter les nitres terreux pour
en former du Salpêtre véritable, le surplus de cet alkali, employé pour décomposer les sels marins terreux, est en pure
perte pour l'opération du Salpêtrier. Peut-on éviter cette
perte ou la rendre moindre? N'en existe-t-il pas encore une
autre, dans la consommation du sel alkali, au delà même de ce
qu'il en faut pour précipiter les deux espèces de sels nitreux &

X ij

marins, fans que le précipitant furabonde? Enfin, dans cette précipitation, ne fe paſſe-t-il pas, foit en évaporation, foit en décompoſition, des choſes qui nuiſent d'autant à la quantité du produit en Salpêtre que l'on a en vue? A ces deux dernières queſtions, on ne peut encore répondre que par des conjectures & quelques faits très-probables : leur folution ultérieure tient à une analyſe complète des eaux mères, laquelle eſt peut-être l'opération de Chimie la plus compliquée & la plus difficile.

Quant à la première queſtion, relative à l'emploi d'une moindre quantité de potaſſe, elle me paroît décidée, pour le bénéfice des Salpêtriers, d'après des réſultats d'expériences déjà entrevus par quelques Chimiſtes, & qui font totalement con-formes aux miens. Ces nouveaux réſultats prouvent que, juſqu'à ce jour, nos connoiſſances fur l'action des doubles affinités entre les fels, étoient reſtées très-imparfaites. Non ſeulement les fels vitrioliques & phoſphoriques à baſes alkalines, précipitent les fels nitreux & marins à baſes terreuſes, en changeant réciproque-ment de baſes, comme nous l'avons rapporté ci-deſſus ; mais en outre, les fels nitreux à baſes terreuſes décompoſent les fels marins à baſes alkalines. Il y a bien quelques différences à tous ces égards, de précipitations réciproques, entre les fels vitrioliques, phoſphoriques, nitreux & marins, fuivant qu'ils font pourvus de telles ou telles baſes d'alkalis, végétal, miné-ral ou volatil, ou bien de telles ou telles baſes de terres, cal-caire, fedlitienne ou autre ; mais de ces différences, toutes intéreſſantes pour la Chimie, la feule dont la connoiſſance foit réellement utile aux Salpêtriers, eſt celle-ci.

Dans la précipitation des eaux mères, par le moyen de la potaſſe, fi ce fel alkali végétal ne porte pas de préférence fon action fur le fel nitreux à baſe terreuſe, & fi elle s'exerce indiſtinctement & inſtantanément fur le fel marin terreux (ce qui eſt très-difficile à décider) ; il eſt bien certain que le fel fébrifuge réſultant de la précipitation de ce dernier fel, fait à fon tour fonction de précipitant à l'égard du nitre ter-reux fubſiſtant dans la liqueur. Ainſi on ne doit employer dans ce travail que la quantité de potasse nécessaire à la saturation du nitre à base terreuse, pour le convertir en vrai Salpêtre, & cette quantité ne doit pas être toujours la même.

Dans des expériences en petit, faites avec des eaux mères artificielles, on peut obtenir séparément, par deux ou trois précipitations & cristallisations successives, la totalité du Salpêtre & du sel fébrifuge. Mais en travaillant à la fois sur trois ou quatre cents pintes d'eau mère naturelle, je n'ai pas aussi bien réussi; puisque dans chacune des trois opérations, par précipitation & cristallisation, j'ai retiré pêle-mêle du Salpêtre & du sel fébrifuge : cependant le premier de ces sels étoit dominant dans les deux premières cuites, & l'autre dans la troisième. Cela tient probablement à ce que la matière grasse des eaux mères diminue l'action de l'acide nitreux, encore engagé dans sa base terreuse, sur l'alkali végétal du sel marin fébrifuge : mais ce dernier sel, lorsqu'il résulte de l'emploi d'une trop grande quantité de potasse, pour précipiter le nitre terreux, contenu dans l'eau mère, ou d'une précipitation défectueuse, quant au but d'en obtenir seulement le Salpêtre, peut servir néanmoins à précipiter d'autres eaux mères, au lieu de potasse. Je suis venu à bout de retirer, sous forme de vrai nitre, tout le sel nitreux à base terreuse, contenu dans des eaux mères factices, en les faisant, à plusieurs reprises, cuire avec du sel fébrifuge. J'ai observé que, dans ces opérations, le nitre *sedlitien* se décompose plus promptement & plus abondamment que le nitre calcaire. J'ai vu, au contraire, qu'en traitant ces mêmes eaux mères avec du sel marin à base d'alkali minéral, le nitre calcaire le décomposoit en partie, en lui enlevant sa base, pour former du nitre cubique, & que le nitre *sedlitien* restoit intact dans ce mélange. Ces expériences, en faisant voir que l'action de l'acide nitreux sur l'alkali végétal est bien supérieure à celle de l'acide marin, prouvent en même temps que cette action est aussi plus forte sur cet alkali que sur le minéral. Ce dernier fait est encore mieux démontré par la précipitation que le sel de tartre opère sur le nitre cubique, pour le changer en nitre prifmatique. On doit entendre par-là, comment il peut fe trouver, ou ne pas fe trouver, fuivant les circonftances, de nitre à bafe natreufe, dans les cuites des Salpêtriers. Il s'y trouve toujours au furplus, non du fel féb ituge, mais du fel marin véritable, qu'il eft peut-être impoffib e d'en féparer totalement.

Enfin, d'après le réfultat pofitif & véritab'ement économique de ces dernières expériences, on doit rég'er, dans l'exploitation des nitrières, l'emploi de la potafle fur le feul befoin de précipiter le nitre à bafe terreufe. N'y auroit-il pas encore plus d'épargne, dans les grands établiffemens, bien uftenfilés, de ne pas faire de la précipitation des eaux mères un travail à part, lequel travail augmente la confommation du bois & la main-d'œuvre? En ajoutant la quantité d'alkali, jugée néceffaire, d'après un premier effai en petit, aux eaux des leffives, & laiffant dépofer ces eaux dans de grandes cuves, avant de les cuire, n'éviteroit-on pas la décompofition que produit cette cuite fur une partie du nitre terreux; décompofition en tout comparable à celle qu'éprouvent toujours à une chaleur forte & durable tous les fels peu confiftans, & qui eft bien indiquée, tant par l'odeur lixivielle des eaux mères, que par leur continuel dépôt? Ne feroit-il pas également avantageux, comme nous l'avons déjà propofé, de fournir à fur & à mefure une partie de la bafe alkaline; foit par l'addition de cendres non leffivées dans les couches; foit par leur arrofage avec des leffives domeftiques, fur-tout aux dernières époques de la nitrification, pour prévenir l'altération que paroiffent fubir les fels nitreux qui ne font encore, pour ainfi dire, qu'embrionnés dans leurs matrices terreufes? Mais quelque méthode que l'on fuive pour remplir cette partie du travail des Salpêtriers, nous répétons qu'il ne peut être que très-utile de réunir aux établiffemens des *nitrières*, celui des *falineries*, fuivant le plan économique que nous avons indiqué & pratiqué.

RECHERCHES

SUR

LA FORMATION ET LA MULTIPLICATION
DES NITRES.

Par M. LORGNA, Colonel des Ingénieurs au service de la République de Venise, & Directeur de l'Ecole Militaire à Verone, Membre des Académies des Sciences de Pétersbourg, de Berlin, de Turin, de Bologne, Padoue, Mantoue, Sienne, &c. &c. Correspondant de l'Académie des Sciences de Paris.

> On ne doit ni s'assurer aisément de voir ce que les plus Grands Hommes n'ont pas vu, ni en désespérer entièrement.
>
> FONTENELLE.

N.º XXVI SECOND CONCOURS.

CHAPITRE I.

Des Acides.

§. I.

L'ACIDE dégagé de toute enveloppe aqueuse, & séparé de tout mélange étranger à sa nature, étant ce qui fait réellement l'essence de tout sel connu, c'est une de ces substances, les plus pures d'entre les substances salines, qu'on

---

Nota. On s'appercevra aisément que ce Mémoire a été rédigé par un Etranger qui n'a pas l'habitude d'écrire en François : cependant les Commissaires de l'Académie n'ont pas cru qu'il leur fût permis d'y faire aucun changement, & ils ont mieux aimé laisser quelques incorrections de style, que de risquer d'altérer le sens de l'Auteur.

eft contraint de ranger entre les matières principes. Elle ne
fait à la vérité que fe dérober à nos examens dans toutes
les occafions faites pour nous en déceler la nature, comme
tout ce qui a le caractère de principe femble le faire foigneufement. Ainfi nous fommes fi éloignés de connoître intimé-
ment fes qualités effentielles & propres, qu'à l'exception de
quelques fels acides concrets que nous avons faifi, on n'eft
pas encore parvenu à retirer des matières minérales, végétales & animales, les acides tous purs & traitables en forme
fèche, & à en démêler les parties intégrantes & conftitutives
par une convenable décompofition. Ce n'eft que depuis la
découverte fingulière du gaz nitreux, & de fes propriétés,
qu'on a commencé à entrevoir que c'étoit l'acide nitreux lui-
même qui entroit dans la production de ce gaz, & fubiffoit
par conféquent quelque décompofition, parce qu'on ne l'obtient
jamais fans le concours de cet acide, & qu'on en peut re-
compofer l'acide nitreux lui-même fort facilement. Cependant
il s'en falloit bien qu'on pût envifager ce fait, tout féduifant
qu'il eft, comme une décompofition complette de l'acide nitreux, & comme un champ ouvert à l'analyfe des acides en
général. Il falloit conftater, 1.º qu'il n'y avoit pas dans cette opération une décompofition réciproque, une féparation des
principes tant du métal que du diffolvant, pour qu'on pût
s'affurer de tenir tout le fluide émané de la feule décompofition de l'acide ; 2.º que le gaz nitreux n'étoit pas l'acide
nitreux lui-même altéré, modifié dans fa conftitution intégrale,
ainfi que la transformation de l'acide nitreux en gaz nitreux,
par la féparation de l'air & la recompofition du gaz nitreux en
acide nitreux, par la réunion de cet air, le fait foupçonner. C'eft
ce que M. Lavoifier a tout récemment tenté de faire par des
expériences exactes & lumineufes, lues à l'Académie Royale
l'année 1776. On ne fauroit douter que le mercure, forti de
l'opération, ayant été trouvé précifément tel qu'il y étoit
entré, l'émanation retirée de la diffolution ne fût exempte de
toute participation des parties conftitutives du mercure, &
toute due au diffolvant. On convient encore d'après fes ex-

périences,

périences, que c'eft maintenant un fait démontré en rigueur, que l'air eft une des parties intégrantes de l'acide nitreux. Mais le gaz, qui joue le rôle principal dans cette émanation, n'y paroiſſant être que comme un compoſant complétif, ne feroit-il pas la ſubſtance vraiment eſſentielle, qu'il s'agiroit de décompoſer? Ce pourroit être l'acide lui-même incomplet, à cauſe de l'air qui s'en eſt féparé, en fuppofant qu'il n'y eût rien d'échappé dans cette belle opération, & c'eſt ce qui reſte à favoir, pour qu'elle puiſſe être regardée comme une décompoſition complette de l'acide. Perfonne, à la vérité, n'a plus de droit à ces découvertes ultérieures, que cet ex-cellent Chimiſte. Il y a tout lieu d'efpérer que cela nous mettra fur une voie toute nouvelle d'analyfer les acides.

§. II.

En attendant que cet Art naiſſant fe débrouille, fe per-fectionne, nous fommes encore fort éloignés d'avoir, au fujet des acides qu'on trouve dans la Nature, des notions, aſſez claires & certaines pour y fonder des fyſtêmes. Ne crain-droit-on pas de fe laiſſer trop légèrement féduire par des appa-rences, par des tranfmutations équivoques, par des obfer-vations qui mériteroient bien d'être répétées & multipliées, en voulant les dériver tous d'un feul acide univerfel? Eſt-on forcé par des faits décififs, & avoués de tous les Chimiſtes, à établir que c'eſt l'acide vitriolique, acide principe, épars par toute la Nature, qui fe modifie, fe mafque, fe moule, pour ainfi dire, dans les différens corps, fous la forme de tous les acides connus? Que par conféquent les fels acides des plantes & des animaux, les acides minéraux font tous d'une même na-ture, ne différant peut-être entre eux, qu'en ce que les parties des uns font plus fubdivifées que ne font les parties des autres, ou en ce que les uns contiennent une plus grande quantité de parties inflammables, que n'en contiennent les autres? N'eſt-ce pas moins un fyſtême de fait au deſſus de toute exception, de toute difficulté, qu'une hypothèfe phyfique, qui n'a peut-être pour tout fondement, fi c'en eſt un, qu'une très-grande fimpli-

Y

cité ? Mais il n'eſt pas facile qu'on s'en laiſſe impoſer aujourd'hui. La Chimie qu'on cultive à préſent, par-tout où il y a des hommes vraiment ſenſés, eſt une Chimie ſolidement éclairée, tout expérimentale, lente, timide, & par-là même éminemment propre à ſonder les ſecrets de la Nature. Cependant c'eſt la condition des Sciences humaines ; avant que de ſubir une grande révolution, on y doit ſurmonter bien des obſtacles, & s'occuper long-temps du ſoin pénible de deſſiller les yeux à quelque reſte d'hommes prévenus, & démolir enfin avant que de bâtir. Et c'eſt ſouvent une affaire de longue haleine, que de démêler dans une foule de queſtions, de raiſonnemens & d'expériences, quelquefois fines & délicates, ce qui peut avoir ſéduit des hommes illuſtres, de profonds Savans, & de reconnoître au juſte ce qu'on étoit uniquement & légitimement en droit d'en conclure.

§. III.

Mais tout éloigné qu'on pourroit être de s'engager dans de pareilles diſcuſſions extrêmement épineuſes, on ne ſauroit mieux ſeconder les vûes de la Société Royale, pour répandre le plus de jour qu'il eſt poſſible ſur le point de la nitrification, qu'il s'agit d'approfondir, & pour empêcher qu'on n'y travaille déſormais au haſard, qu'en ſe propoſant de reconnoître préalablement ſi l'acide vitriolique ou l'acide marin peut ſe tranſmuer effectivement en acide nitreux. Cet acide étant ce qui fait l'eſſence de toute nitrification, il n'eſt pas indifférent, avant que de faire des recherches directes ſur la génération des nitres, d'être aſſez fondé pour ne les pas dériver d'où l'expérience pourroit les exclure inconteſtablement. Il eſt même poſſible que les réſultats des expériences qu'on feroit à ce ſujet, loin d'être bornés à éclaircir les points en queſtion, étendiſſent en quelque ſorte nos lumières dans l'Halotechnie, où il s'en faut de beaucoup que l'art de ſéparer & caractériſer les ſels, ſoit porté à ſon plus haut point. C'eſt d'abord le raiſonnement tout ſimple que je fis. Si cette tranſmutation a lieu par le concours des matières végétales

& animales, en putréfaction, il en doit réfulter, au bout du compte, une plus grande quantité de nitre, qu'il n'en réfulteroit, fi la même quantité de matières fermentefcibles fe putréfioit féparément. Mais il peut arriver que la matière paroiffant nitreufe, fe foit augmentée, fans que la quantité de nitre effectif en foit devenue plus grande, & que l'acide vitriolique ou marin y foit aucunement dénaturé. Pour s'en affurer donc d'une manière décifive, il ne faut pas s'arrêter au nitre brut. C'eft lui qui peut en impofer, tant par la quantité qu'on en peut retirer, que par fes qualités apparentes. En effet, comme les corps compofés participent toujours des propriétés des parties compofantes, & que, quand une partie prédomine fur l'autre, ce font auffi fes propriétés qui prédominent dans le compofé ; il eft naturel que le nitre devant être le fel prédominant dans le mélange, il y doit auffi jouer le rôle principal : de forte que les fels vitrioliques ou marins, qui y peuvent être unis, n'y font pas fi aifément appercevables, à moins que la purification du nitre ne les décèle. Par conféquent ce n'eft qu'au moyen d'une analyfe exacte & fort délicate de toute la maffe nitreufe retirée, qu'on peut efpérer de réfoudre une queftion fi importante, en démêlant les fels étrangers d'avec le nitre pur & bien caractérifé, auxquels ils pourroient adhérer très-étroitement.

D'après cette idée, je me propofai d'abord de commencer par des mélanges artificiels, fans aucun mélange de fubftances fermentefcibles, ne fût-ce que pour obtenir des lumières fur ce que je devois attendre des expériences plus compofées.

PREMIERE EXPÉRIENCE.

Je fis premièrement différens mélanges d'acide nitreux & d'acide vitriolique, & après une longue digeftion, j'en compofai moi-même avec de la terre calcaire, de l'alkali fixe végétal, & de l'alkali de la foude, un grand nombre de fels, dont l'effence étoit toujours une eau-forte différemment dofée. La combinaifon étoit exacte, & au point précis de faturation, & je les dépouillois après de l'eau fort foigneufement par la deffication. Sans que j'entre dans de longs détails fur toutes les obfervations que j'ai eu occafion de faire fur ces fels mixtes, je me bornerai à dire : 1.º Que pendant le rapprochement des parties dans la criftallifation, à mefure que le liquide interpofé diminuoit, j'obfervois quelquefois des féparations marquées, entre les fels nitreux & les vitrioliques, qu'on ne pouvoit pas méconnoître.

2.º Qu'en appliquant le feu à ceux de ces fels qui étoient à bafe d'alkali fixe, tant végétal que minéral, il n'y en eut pas un qui ne s'allumât plus ou moins lentement, fuivant que l'acide vitriolique prédominoit plus ou moins fur l'acide nitreux dans le compofé. Les plus difficiles à s'enflammer ont été les fels à bafe terreufe, & il y en eut même qui ne firent que fe bourfoufler, quoique l'acide nitreux y prédominât.

3.º Qu'enfin, par de convenables diffolutions, évaporations & criftallifations, je parvins à féparer les concrétions vraiment & purement nitreufes, d'avec les parties vitrioliques dont chacuns de ces fels étoient compofés, ayant tiré le plus grand fecours de la folubilité des nitres, & de l'indiffolubilité des fels vitrioliques dans l'efprit de vin bien rectifié. C'eft à l'illuftre M. Macquer que nous devons cette précieufe découverte. (Miffel. Taurin. t. III).

SECONDE EXPÉRIENCE.

Ayant de même compofé un grand nombre de fels avec des eaux régales différemment dofées, je parvins toujours à féparer les fels marins d'avec les fels nitreux par des femblables procédés. Je remarquai feulement qu'en y appliquant le feu, il y avoit fouvent dans l'embrafement, de ces fels mixtes qui décrépitoient & détonnoient au même temps, d'une manière affez marquée.

§. IV.

Ces premières expériences m'ont d'abord convaincu, qu'en fe rapportant uniquement à la couleur, à la faveur, & même à la détonnation, il y avoit un grand nombre de ces fels compofés, qu'on auroit pris pour de véritables nitres ; mais en les décompofant avec un peu d'attention, il étoit facile de démêler ceux qui provenoient des acides vitrioliques & marins, d'avec les fels vraiment fufceptibles d'inflammation, dont l'ef- fence étoit l'acide nitreux, chacun d'eux fubfiftant en entier fous une forme neutre, féparables & bien caractérifés. Ce- pendant, comme je n'avois allié que des acides libres, dans ces expériences, je voulus voir ce qu'une lente digef- tion à froid pourroit opérer, en y introduifant des acides en- gagés dans quelques bafes. C'eft pourquoi,

TROISIÈME EXPÉRIENCE.

1.° Je triturai du fel marin fuffifamment dépuré, & je le mis en digeftion dans de l'acide nitreux. Je ne faifois que remuer le mélange fréquemment, ce qui caufoit quelquefois une éma- nation vaporeufe bien vifible. Après quelques jours de repos, ayant verfé la diffolution dans un vaiffeau évafé, je la mis à évaporer à l'air, à l'abri du foleil. La totale defficcation ne fe fit qu'au bout de plufieurs jours. Ayant verfé de l'efprit de vin rectifié fur cette matière sèche, je filtrai & fis bouillir l'efprit jufqu'à un certain point. Le refroidiffement me donna d'abord dans le fond du matras une grande quantité de nitre cubique en de très-beaux criftaux. Ayant décanté & répété l'opération, je ne fis qu'en retirer du nitre. Je n'eus de la part du fel marin décompofé, qu'un peu de terre infipide, reftée fur les filtres, qui me parut bolaire, tout l'acide marin s'étant entièrement dégagé, au point que je n'en trouvai pas le moindre veftige.

2.° Il en fut de même peu après, lorfque je mêlai du nitre à bafe calcaire avec du fel marin purifié. Il s'y fit à la vérité une double décompofition fans aucun fecours du feu, l'acide du nitre s'étant réellement porté fur l'alkali fixe quitté par l'acide marin, & étant devenu par-là un nitre cubique auffi parfait, que fi l'on avoit mêlé à la leffive nitreufe la quantité d'alkali marin libre néceffaire à la décompofition du nitre à bafe terreufe, qu'elle contenoit ; mais je n'eus aucune trace de l'acide marin lui-même, ayant retiré la bafe qui s'étoit féparée du nitre, en état de terre purement calcaire.

3.° L'acide vitriolique, tant libre qu'engagé dans une bafe métallique, en fit autant du Salpêtre, que je mis à digérer à froid l'un avec l'autre. Je n'obtins dans le premier cas que du tartre vitriolé très-pur, qui refta au fond du matras, indiffous dans l'efprit de vin, avec lequel j'avois traité la matière sèche. Ayant fait brûler l'efprit filtré, je n'ai retiré qu'une quantité de Salpêtre trop petite pour pouvoir être pefée & appréciée. Dans le fecond cas, c'eft-à-dire, avec une diffolution de vitriol de mars, le vitriol & le Salpêtre s'étant mutuellement décompofés dans la digeftion, par des actions réciproques, j'ai eu du tartre vitriolé, bien décidé, qui fe précipita dans l'efprit de vin, de la terre martiale, & une très-petite quantité de nitre très-déliquefcent, tirée de l'efprit que je fis évaporer.

§. V.

Ceci, réuni aux obfervations précédentes, me confirma de plus en plus dans l'idée que j'avois conçue, que pour reconnoître au jufte fi l'acide vitriolique ou marin fe tranfmuoit effectivement en acide nitreux par le concours des matières putrefcibles, le point capital & décifif étoit d'analyfer très-foigneufement les réfultats finaux, tant pour ne pas fe laiffer féduire par la quantité apparente de la matière nitreufe, que pour démêler tout ce qu'il pouvoit y avoir d'impofant, en ce qui concerne les changemens de bafes, qui pouvoient s'être faits dans des digeftions fi longues par l'effet des affinités, très-propres à jouer un grand rôle dans ces tranfmutations. D'ailleurs, les expériences qu'on vient d'expofer nous apprennent encore, que l'acide nitreux, foit libre, foit engagé dans une bafe terreufe, enlève l'alkali fixe au fel marin, & en dégage l'acide, fans aucun fecours du feu; ce qu'on ne fauroit affez apprécier dans notre fujet, ainfi qu'on le verra dans la fuite.

Cependant voici mes procédés, & les réfultats des expériences que j'ai faites au fujet de ces tranfmutations.

§. VI.

L'année 1778, je fis faire exprès sept grandes terrines vernissées. J'y distribuai en parties égales soixante livres d'une même terre de jardin. Dans six de ces terrines, j'ajoutai à la terre égales quantités de plantes amères, fraîches, divisées en petites parties, & concassées. Les ayant numérotées toutes, je les mis sur des planches à l'abri du soleil & de la pluie, dans un endroit pourtant où l'air avoit un accès libre, écartées les unes des autres, & toutes éloignées des murailles latérales.

Dans la terrine, n.° I, je mêlai cinq onces de vitriol de mars bien trituré.

Dans la terrine, n.° II, une demi-livre de sel marin dépuré & trituré, comme le vitriol.

Dans le n.° III, quatre onces d'acide vitriolique libre.

Dans le n.° IV, quatre onces d'acide marin libre.

Dans les n.° V & VI, je n'ai ajouté aucun acide; mais la terrine, n.° VI, étoit couverte par une autre terrine semblable, la jointure étant fermée exactement avec du papier enduit de colle de farine, pour que l'air libre n'y eût pas d'accès; j'y avois seulement pratiqué un petit trou au sommet, pour l'arrosement.

Dans la dernière, n.° VII, il n'y avoit que la terre simplement, sans aucune substance végétale mêlée. Toutes les fois que les mélanges étoient desséchés, on les humectoit avec de l'urine humaine, y comprise la terrine, n.° VI; la terre de la VIIe terrine n'étoit arrosée que d'eau commune. On remuoit ces terres de temps en temps, pour présenter toutes les parties successivement au contact de l'air, à l'exception du n.° VI, qu'on ne faisoit que secouer & tourner de haut en bas. Au bout de 13 mois, j'ai cessé de faire usage d'urine pour l'arrosement, ayant jugé que c'étoit en pure perte, & même au *préjudice* de la nitrification ; ce n'étant pas la favoriser, que d'ajouter des matières susceptibles d'une fermentation toute nouvelle, à des matières dont la putréfaction étoit déjà presque portée à son plus haut point. Depuis cette époque, je ne fis qu'arroser mes petites nitrières avec de l'eau simple, en remuant pourtant les terres plus fréquemment qu'à l'ordinaire. Enfin dix-sept mois s'étant écoulés je les lessivai toutes l'une après l'autre fort soigneusement. Sans entrer dans l'exposition de toutes les plus petites opérations faites sur chacune de ces lessives, je me bornerai à toucher les points capitaux de mes analyses, & à en soumettre les résultats à l'examen de mes Juges. J'ai fondé mes procédés de pratique, pour la séparation des sels en dissolutions dans les lessives.

1.° Sur la différente quantité d'eau, tant chaude que froide, que les sels demandent pour leur dissolution.

2.° Sur leur différente dissolubilité dans des menstrues différens.

3.° Sur la cristallisation bien ménagée, si propre à séparer les sels confondus dans une même dissolution.

4.° Et enfin sur l'action des intermèdes conyenables, tant pour tirer les nitres des eaux mères, que pour reconnoître les permutations arrivées dans une si longue digestion par l'effet des affinités.

Je ferai l'exposition sommaire de ces résultats, suivant l'ordre gardé ci-devant dans l'arrangement des vaisseaux mis en expérience.

TERRINE, n.° I.

Après avoir filtré la lessive de la terre contenue dans cette terrine, je la soumis à l'évaporation dans un bain de sable d'une chaleur très-douce & uniforme. A mesure que l'évaporation enlevoit aux matières mélangées dans la dissolution une portion de l'eau qui les tenoit dissoutes, je laissois refroidir la lessive, & je recueillois sur un filtre toute la matière précipitée. Après je traitois ces sédimens partiaux avec l'eau, avec l'esprit de vin, & par des cristallisations opérées de différentes manières, pour séparer les sels les uns d'avec les autres. Toutes ces analyses particulières étant poussées au scrupule, & dirigées l'une

après

après l'autre avec toute l'attention possible, le produit final en nitre absolument pur qui en résulta en totalité, se trouva de trois onces deux gros & quarante-deux grains. Il se sépara dans les différentes dissolutions & cristallisations, du tartre vitriolé, du sel de Glauber, du sel marin, & quelque peu de sélénite. Je me suis borné à distinguer seulement le caractère de ces sels, sans m'engager à en apprécier la quantité; ce qui auroit été très-fatigant & même inutile, ne s'agissant que d'évaluer au juste la quantité du nitre pur qui y étoit contenu.

TERRINE, n.º II.

La lessive de ce second mélange étant traitée d'abord par de lentes évaporations & filtrations très-fréquentes, comme dans l'opération précédente, & après par le lavage des matières sèches partielles, fait avec de l'esprit de vin & ensuite par la cristallisation, me donna pour produit final trois onces cinq gros & trente-deux grains de nitre, dont la plus grande partie étoit un véritable Salpêtre, & l'autre un nitre à base d'alkali marin distinctement reconnoissable. Tous les deux étoient très-purs, & dépouillés de tout alliage de sels étrangers. Il y eut de bien caractérisé, dans les autres séparations, du sel marin ordinaire, du sel marin à base d'alkali végétal, & un peu de sel de Glauber.

TERRINE, n.º III.

Ce mélange traité de la même manière, n'a donné pour tout produit que deux onces sept gros & trois grains de Salpêtre entièrement dépuré. Je n'ai pas eu beaucoup de peine à reconnoître dans les séparations, par l'esprit de vin rectifié, le tartre vitriolé & la sélénite que la lessive de ce mélange contenoit abondamment.

TERRINE, n.º IV.

Le produit de cette terre, où l'on avoit ajouté l'acide

Z

marin libre, toutes féparations & réductions faites, a été de trois onces trois gros & fept grains de Salpêtre purifié. Il y avoit du fel marin à bafe d'alkali végétal un peu plus qu'à l'ordinaire.

TERRINE, n°. V.

Ce mélange devant fervir de comparaifon, je l'ai traité avec toute l'attention dont je fuis capable. Son produit total a été de trois onces fix gros & trente grains de très-bon Salpêtre.

TERRINE, n°. VI.

Comme c'étoit le mélange qui avoit été couvert & où l'air n'avoit pas eu un accès libre, je n'ai pas manqué d'y faire des obfervations exactes. J'ai trouvé d'abord la terre couverte d'une croûte, & toute en grumeaux : l'ayant tirée de la terrine, l'odeur urineufe, forte, fuffoquante, infupportable, qu'elle répandoit, faifoit connoître, que l'urine dont elle avoit été arrofée, n'y étoit pas abfolument décompofée. Les plantes mêmes n'y étoient point entièrement corrompues. Je la fis fécher, n'étant pas exempte de toute humidité, & leffiver comme les autres : ayant foumis cette leffive à l'évaporation, j'ai eu bien de la peine à écarter la grande quantité d'écume qui s'engendroit à la furface. C'étoit une liqueur prefque incoagulable : à force de blancs d'œufs, de chaux vive par laquelle je la faifois paffer, & d'efprit de vin, je parvins a en dégager un peu de matière nitreufe & encore bien impure. Elle tenoit certainement au nitre préexiftant dans la terre, ainfi qu'on va le voir.

TERRINE, n.° VII.

Il n'y avoit ici que la terre toute fimple qu'on avoit tirée du jardin, à laquelle on n'avoit ajouté ni acide étranger, ni aucune matière végétale & animale fermentefcible. Cependant elle ne fe montra pas entièrement dépourvue de principes nitreux. Je parvins en effet, par l'addition d'un peu d'alkali tartareux libre, à en retirer un gros & onze grains de Salpêtre ordinaire.

§. VII.

Qu'on rapproche maintenant tous ces faits, & qu'on les soumette au plus sévère examen, en les rapportant du résultat de la terrine de comparaison, n.º V, on ne sauroit se refuser d'en conclure qu'il n'y a pas dans toutes ces expériences le moindre indice de transmutation de l'acide vitriolique ou marin, tant libre, qu'engagé dans des bases, en acide nitreux, par le concours des matières animales & végétales en putréfaction. On y apprend,

1.º Que le concours de l'acide vitriolique, soit libre, soit combiné, loin d'avoir été avantageux à la nitrification, a enlevé dans les fermentations & dans la digestion successive, une portion d'alkali, avec laquelle il a formé des sels neutres vitrioliques, aux dépens du produit.

2.º Que l'acide marin libre n'a pas laissé de s'emparer de quelque portion des matériaux alkalins développés dans la putréfaction; mais qu'il n'a pas été si nuisible que l'autre à la nitrification. Qu'au contraire, une grande partie du sel marin, ayant été ajoutée en petite dose, de façon à ne pas retarder la fermentation par sa qualité antiputride, a été décomposée dans la digestion, l'acide nitreux s'étant emparé de sa base; de sorte que la quantité de sel vraiment nitreux, tiré à putréfaction consommée, est presque revenue à celle qu'on a obtenue de la terrine de comparaison, n.º V.

3.º Que si l'on avoit d'abord évaporé ces lessives sans se livrer à aucune séparation, on auroit effectivement retiré des terres imprégnées de ces acides minéraux, plus de nitre brut que de la terrine de comparaison, où ces acides n'entroient pas; mais ce n'auroit été que du nitre grossi par l'adhésion des sels étrangers, & par conséquent l'augmentation n'auroit été qu'apparente. Ce n'étoit donc qu'à l'aide d'une analyse exacte de toutes ces matières, & par la séparation des différens sels alliés, qu'il pouvoit être permis de juger de la quantité de nitre vraiment & effectivement tel qu'il y étoit contenu.

4.º Qu'enfin, fi l'on ne peut pas dire, d'après ces expériences, en quoi & jufqu'à quel point le concours de l'air eft néceffaire à la nitrification, on eft du moins affuré d'une manière incontestable, que l'accès libre de ce fluide eft effentiellement néceffaire à la génération du Salpêtre : Ce qui s'accorde non feulement avec les connoiffances qu'on avoit de fon influence dans cette opération, & avec les expériences de ces derniers temps qui le conftituent tout pur, comme une des parties intégrantes de l'acide nitreux, & fi abondamment, que la quantité qu'on en retire d'une once de nitre par le moyen d'un feu violent, va prefque à fept ou huit cents pouces cubiques ; mais encore avec ce que mes obfervations m'ont porté à connoître fur la nitrification, ainfi qu'on aura occafion d'en parler dans le quatrième chapitre de ce Mémoire.

§. VIII.

On ne fauroit donc difconvenir que les faits font bien éloignés de venir à l'appui de la tranfmutation des acides vitriolique & marin en acide nitreux, par le concours des fubftances putrefcibles. C'eft une conclufion légitime, une conclufion qui fuit immédiatement d'une fuite d'expériences faites avec le plus grand fcrupule & toutes les précautions poffibles. Il en eft de même des procédés dont on fait mention dans le favant Recueil de MM. les Commiffaires (page 17 & fuiv.); & de quelques obfervations qu'on y rapporte, qui paroiffent dépofer en faveur de la converfion du fel marin en Salpêtre; tout fe réduit à de fimples effets d'affinité. Le fel marin mis à féjourner dans des leffives de nitre, dans des eaux mères, ou de femblables diffolutions contenant de l'acide nitreux foiblement uni à des terres ou enveloppé dans des matières huileufes, y fournit effectivement une bafe fixe faline, que l'acide marin lâche facilement dans la digeftion à l'acide nitreux, ainfi que mes expériences le prouvent inconteftablement. Il y a même beaucoup d'acide nitreux difperfé dans les cuites, qui, moyennant ce fecours, n'eft pas entièrement

perdu : le réfultat qu'on obtient, eft le même que fi on eût employé un alkali fixe libre, foit végétal, foit minéral. Ce n'eft donc
pas une converfion de fel marin en nitre, c'eft une converfion de la bafe du fel marin en bafe de nitre, & c'eft effectivement ce qui arrive tout naturellement dans les leffivages
des terres à Salpêtre contenant du fel marin à bafe d'alkali
minéral ; il y a une grande partie de l'acide nitreux foiblement uni à quelque terre, qui fe porte pendant la digeftion
fur l'alkali fixe, qui fert de bafe au fel marin, & y dégage
l'acide. Les circonftances font trop favorables, pour qu'un
tel effet d'affinité ne puiffe avoir lieu toutes les fois qu'il n'y a
pas dans la leffive une dofe fuffifante d'alkali fixe végétal.
Une preuve de ceci, au deffus de toute objection, c'eft que
dans ces cas, on ne manque pas d'appercevoir dans les criftallifations, du nitre cubique bien décidé, adhérent ordinairement en petits criftaux aux aiguilles du Salpêtre ; & que la
plus grande partie du fel marin contenu dans l'eau mère,
n'eft que du fel marin à bafe terreufe. Je m'en fuis affuré par
mes propres expériences ; de forte que fi l'on ménageoit les
leffives, d'après ces vûes, par des plus longues digeftions &
par des dégraiffemens convenables, très-propres à favorifer
le contact des fels, & par des additions de fel commun
bien purifié, ces converfions feroient plus abondantes & plus
complettes. Mais ce n'eft pas le lieu d'entrer dans de pareils
détails ; nous aurons occafion d'y revenir dans la fuite.

§. IX.

Mais s'il ne faut pas fe laffer de répéter les expériences
en Chimie, & les expériences particulièrement auxquelles
tient quelque fyftême qui paroît douteux, ce ne fera point
un hors-d'œuvre que d'expofer en ce lieu les réfultats des
obfervations que j'ai faites fur les expériences capitales de
M. Pietsch ; notre fujet paroît le demander : l'objet de cet
habile Chimifte étoit de prouver la tranfmutation de l'acide
vitriolique, dont on vient de parler, en acide nitreux, par fon
union intime avec le principe inflammable des matières en

putréfaction. C'est principalement sur quatre expériences que ce Chimiste Allemand appuie le sentiment du grand Stahl, sur l'origine de l'acide nitreux. Les ayant exactement répétées pour en saisir & démêler toutes les circonstances, je vais soumettre mes procédés aux lumières de la Société Royale.

Première Expérience de M. Pietsch, §. XX, page 188 du Recueil cité ci-dessus.

Ayant pris quatre parties d'esprit pur & fort de nitre, & une partie d'huile de térébenthine, je les mêlai l'une avec l'autre, & au bain de sable ; je réduisis le mélange à consistance d'un baume, qui prit une couleur rougeâtre. C'est le baume que M. Pietsch dit être un véritable baume de soufre. Je fis en même temps ce baume à part, avec une dissolution d'huile essentielle de térébenthine & de soufre. Je ne m'arrête pas sur des différences qu'on y remarque aux yeux : c'est la condition intime & actuelle des acides nitreux & vitriolique combinés dans ces deux baumes, qu'il s'agit de démêler. Je mis d'abord dans de l'esprit de vin rectifié quatre gros du baume fait avec l'acide nitreux, en y mêlant un peu d'alkali tartareux très-pur & très-sec. Je tins ce mélange en agitation pendant quelque temps. Ayant après laissé reposer à froid cette dissolution, il se fit au fond du matras une précipitation très-blanche, & l'esprit surnageant étoit tout chargé d'huile. Je décantai, & par de convenables évaporations, filtrations & cristallisations, j'obtins du précipité un excellent Salpêtre. Pour que cette expérience fût favorable à l'opinion de M. Pietsch, il faudroit que l'acide vitriolique combiné dans le baume de soufre fût dénaturé, & nous donnât, par un semblable procédé, du véritable Salpêtre. Les expériences de M. Homberg, faites sur ce baume qui, par la distillation, n'a fourni que les produits qu'on retire de la combinaison de l'acide vitriolique avec une huile, prouvent que le soufre n'y est plus dans sa constitution naturelle. Il paroît que l'acide vitriolique se trouvant partagé entre le phlogistique avec lequel il étoit combiné dans le foufre; & celui de l'huile où le foufre eft diffous, l'eau de l'huile eft fuffifante pour achever la féparation & s'unir à l'acide. Par conféquent un alkali quelconque pourroit s'en emparer, en le débarraffant de l'eau & le corporifiant. Le fait vient à l'appui de cette conjecture; car ayant traité le baume de foufre que j'avois compofé, avec une bonne quantité d'efprit de vin & enfuite avec de l'alkali tartareux en liqueur, je parvins, après les évaporations, filtrations & criftallifations convenables, à en retirer du tartre vitriolé très-bien caractérifé; ce qui, joint à l'expérience de M. Homberg, prouve d'une manière inconteftable qu'il n'y a plus de foufre dans le baume, n'y ayant eu aucun indice de foie de foufre dans mon expérience. Il n'y a rien ici qui puiffe étayer le fentiment de M. Pietfch.

Seconde Expérience, §. XXI. page 182.

Ayant mis dans deux parties de nitre à bafe calcaire, diffous dans l'eau, une partie d'huile de vitriol, je foumis le tout enfemble à la diftillation dans une cornue, en augmentant le feu par degrés. J'eus le foin d'interrompre la diftillation à différentes reprifes, pour reconnoître ce qui paffoit fucceffivement dans le récipient. Je m'affurai donc que l'eau étoit paffée la première : il y eut après de l'eau acidulée; enfuite un peu d'efprit de nitre folitaire & bien caractérifé; enfin le feu étant confidérablement augmenté, j'obtins de l'eau-forte, où l'acide vitriolique dominoit beaucoup fur l'efprit de nitre qui y étoit mêlé. M. Pietfch, n'ayant pas eu cette précaution, a jugé qu'après l'eau, tout ce qui avoit paffé dans le récipient n'étoit que de l'efprit de foufre. S'il en avoit compofé tant foit peu de fel avec quelque fubftance alkaline, il auroit reconnu par le nitre allié & adhérent au fel vitriolique qu'il auroit retiré, que c'étoit un efprit mêlé d'acide vitriolique & d'acide nitreux, une eau-forte; au lieu de conclure, comme il a fait, que c'étoit un véritable efprit de foufre, femblable à celui qu'on

obtient par la cloche, c'eft-à-dire, un fimple acide vitriolique.
Et quand même c'eût été un acide vitriolique tout pur,
chaffé par la violence du feu, il falloit conftater que l'eau
féparée précédemment, ne contenoit point l'acide nitreux
que l'acide vitriolique devoit avoir dégagé de fa matrice
terreufe.

TROISIÈME EXPÉRIENCE, §. XXII, page 290.

Cet Auteur ayant obfervé dans l'expérience précédente,
que la maffe sèche blanchâtre qui reftoit dans la cornue s'é-
chauffoit, en y verfant de l'eau froide, il ne craint
pas d'en inférer, que l'acide du nitre doit être de la même
nature que l'acide du vitriol; fans cela, dit-il, l'huile de
vitriol, comme le plus fort acide que nous connoiffions, s'em-
pareroit néceffairement de la terre du nitre, & en détache-
roit & chafferoit fon acide naturel. Mais, ajoute-t-il, l'échauffement de cette matière faline par l'eau fraîche verfée par-
deffus, prouve clairement que cela n'arrive point; car fi
l'huile de vitriol s'étoit emparée de la terre alkaline du nitre,
cet échauffement n'auroit pas lieu.

Tout Chimifte voit, fans que je le remarque, qu'il y auroit ici bien des chofes à relever. C'eft, comme je viens de
le dire, que M. Pietfch n'a pas eu la précaution de bien examiner & reconnoître les liqueurs qui paffoient fucceffivement
dans le récipient. L'acide vitriolique s'eft effectivement emparé de la terre du nitre : c'eft lui qui s'eft fubftitué à la place
de l'acide nitreux, & ce dernier eft paffé dans le récipient
après l'eau. Mais le grand feu ayant dégagé à fon tour de la
terre une grande partie de l'acide vitriolique, la félénite
reftée dans la cornue n'étoit prefque que de la terre calcaire
calcinée, qui ne peut manquer de produire une effervefcence
dès qu'elle eft en contact avec l'eau. Sans doute M. Pietfch
n'a pas pu concevoir que le feu fût capable de chaffer l'acide
vitriolique ? Cependant le contact de la matière du feu, dont
l'affinité avec cet acide ne fauroit être contrebalancée par celle
de la terre, n'eft-il fuffifant pour lui donner un caractère
fulfureux ?

fulfureux ? On diftille l'acide de l'alun fans aucune addition, fans intermède ; on le dégage de fa terre, & on obtient de l'acide vitriolique à toutes épreuves. C'eft d'un alkali fixe que le feu ne fauroit enlever cet acide minéral fans intermède.

Je ne m'arrête pas à la IVe Expérience de ce Chimifte ; parce quelle ne préfente rien moins qu'une preuve favorable à fon opinion.

§. X.

Il fuit de tout ce que nous venons de voir, que les faits font bien éloignés de dépofer en faveur du fentiment de ceux qui penfent que l'acide nitreux n'eft que l'acide vitriolique, métamorphofé par l'union qu'il contracte avec le principe inflammable des matières en putréfaction ; qu'il s'en faut de beaucoup que les preuves dont il a été dernièrement étayé par M. Pietfch, foient concluantes, & qu'il en eft de même de l'opinion de ceux qui prétendent que c'eft l'acide marin qui fe tranfmue en acide nitreux. On fait par conféquent le cas qu'on doit faire des prétendues tranfmutations du fel marin en nitre, dès qu'on eft convaincu à préfent que la décompofition du fel, qui arrive dans ces tranfmutations, n'eft qu'un effet de fimple affinité, par laquelle l'acide nitreux, tant libre qu'uni à une terre quelconque, dégage l'acide marin, & fe fubftitue à fa place dans l'alkali fixe du fel, même par une fimple digeftion à froid, & une douce évaporation excitée par la chaleur naturelle de l'atmofphère.

CHAPITRE II.

Des Nitres en général, & des Alkalis fixes.

§. XI.

Tout sel neutre, dont l'acide nitreux fait l'essence, est un véritable nitre. Ce n'est que la matrice qui s'en est abreuvée, de quelque sorte qu'elle soit, qui fait la différence des nitres qu'on trouve dans la Nature. Tous les nitres donc se ressemblent par leur acide qui en est le principe générique, & diffèrent les uns des autres par la base dans la quelle ils sont engagés, en prenant même différentes configurations, qui ne dépendent, à ce qu'il paroît, que de la figure particulière des alkalis salins, terreux ou métalliques que l'acide a dissous. Par conséquent les nitres qu'on retire des vieilles murailles, des cimetières, des terres tirées des étables, des vacheries, des écuries ; les nitres qu'on recueille en efflorescence sur des fumiers, sous des voûtes souterraines, sur de certaines pierres de tuf ; les nitres enfin qu'on obtient de toutes sortes de nitrières artificielles, ne sont véritablement des nitres que par l'acide, & c'est la substance particulière unie à l'acide qui en doit établir les différentes espèces.

§. XII.

Les espèces qui se trouvent réellement dans la Nature, se divisent naturellemement en deux classes générales, savoir :

1.° Les nitres ayant pour base un alkali fixe végétal ou minéral.

2.° Et en nitres ayant pour base une simple terre alkaline de quelque nature que ce soit.

Les sels nitreux à base métallique sont, ou des nitres accidentels, ou des ouvrages de nos laboratoires ; c'est une

claſſe à part, qu'il faut ſoigneuſement diſtinguer des autres ,
à cauſe des phénomènes que les nitres à baſe métallique préſentent dans les eſſais qu'on en fait ; phénomènes , à bien
des égards, différens de ceux qui réſultent de l'union de
l'acide nitreux avec les terres , & les alkalis tant fixes que volatils. C'eſt naturellement le phlogiſtique des ſubſtances métalliques , qui joue un rôle tout particulier dans ces combinaiſons. Mais cette claſſe de nitres n'ayant aucun rapport
avec l'objet dont il eſt ici queſtion, nous ne traiterons que de
ceux des deux premières claſſes , tous les nitres qu'on tire
communément par leſſivage ou par houſſage , s'y réduiſant inconteſtablement. Il n'y a que le nitre cru , celui qui ſe tire des
murailles & des plâtras, ſur lequel il ne paroit pas qu'on ait acquis
des connoiſſances bien fixes. C'eſt pourquoi je vais rapporter ci
les expériences que j'ai faites pour définir la nature de ſa baſe. Il
eſt bon qu'on ne laiſſe pas cette lacune dans les premières notions d'un ſujet qu'il s'agit d'approfondir en tous ſens.

PREMIERE EXPÉRIENCE.

J'ai pris de la leſſive concentrée de nitre cru , & j'y ai
verſé de l'alkali tartareux bien ſec & pur. Je vis d'abord s'y
faire une précipitation d'une matière blanchâtre. Une heure
après , ce précipité étoit devenu une eſpèce de coagulum
flottant en forme de blanc d'œuf. Il me vint dans la penſée
de ne pas toucher à ce caillé , ni à la diſſolution , & de laiſſer
tout paiſiblement en digeſtion. Tous les jours je viſitois la
diſſolution , & j'y voyois diminuer le coagulum de jour en jour.
Enfin j'apperçus un matin que le précipité étoit entièrement diſparu , le fond de la bouteille s'étant couvert de très-
beaux criſtaux priſmatiques tranſparens , comme la plus belle
glace. La couleur de la diſſolution étoit devenue orangée.

Voyant que les criſtaux adhéroient au fond , je décantai
la liqueur & je me mis à les conſidérer. Voici les propriétés
que j'y trouvai.

1.° C'étoit un ſel tout-à-fait inſipide ſur la langue, croquant fous les dents, fans fraîcheur, fans amertume & fans aucun retour lixiviel.

2.º Il ne fe bourfoufloit point fur la pelle ; & fur les charbons ardens, il ne donnoit aucune marque de fufion.

3.º A l'air, par la diffipation de fon eau de criftallifation, il fe réduifoit en une pouffière d'un blanc mat.

4.º Il étoit très-peu foluble dans l'eau, & l'efprit de vin rectifié ne l'attaquoit pas.

5.º Il faifoit une vive effervefcence avec tous les acides, & même avec le vinaigre diftillé, en s'y diffolvant. Il verdiffoit la teinture de violettes, & précipitoit en jaune orangé la folution du fublimé corrofif.

SECONDE EXPÉRIENCE.

Ayant balayé moi-même de ce nitre grimpé fur une vieille muraille, & l'ayant diffous dans de l'eau, filtré & concentré, je le foumis à un pareil traitement, avec l'alkali du tartre dans un vaiffeau de verre à fond plat, où je pouvois librement introduire la main. J'eus le plaifir cette fois, après une digeftion de peu de jours, de voir d'abord adhérer de très-petites boules qui s'endurciffoient & groffiffoient tous les jours de plus en plus, & de fuivre le progrès de la criftallifation. Le fel que j'en retirai avoit toutes les propriétés de l'autre, dont je viens de faire mention, à cela près, que celui-ci tenoit beaucoup plus foiblement à fon eau de criftallifation.

TROISIÈME EXPÉRIENCE.

Une autre fois le précipité ayant été en grumeaux, j'ai eu de la peine à y démêler la bafe du nitre cru, enveloppée dans la terre du nitre à bafe calcaire diffous évidemment dans la même leffive, & en grande abondance. Après une plus longue digeftion, ayant décanté l'eau, & defféché le précipité calcaire à l'ombre, en l'éclairant par un rayon du foleil, je parvins enfin à y difcerner de petits criftaux luifans entremêlés. En en ayant retiré un très-grand nombre, je les trouvai par toutes épreuves de la même nature que ceux des autres expériences. Il est bon d'avertir que je n'ai jamais manqué d'évaporer l'eau qui surnageoit aux précipités, pour m'assurer si l'alkali tartareux s'y étoit réellement substitué dans la dissolution. Je l'ai toujours trouvé neutralisé avec l'acide nitreux, n'ayant retiré de ces dissolutions que d'excellent Salpêtre très-bien caractérisé. En réunissant ces résultats, & rapprochant toutes les observations que je viens d'exposer, on est fondé à conclure que la base de ce nitre est un véritable alkali fixe minéral. Il ressemble, à quelques égards, à la base du sel marin; mais il en diffère, tant par le goût de ses cristaux, que par d'autres propriétés. On désigne, à la vérité, tout alkali minéral libre, qu'on trouve sur la terre & dans des eaux minérales, du nom générique de *natrum*; mais ce n'est qu'après que ces objets seront éclaircis par de nouvelles recherches, avec le temps, qu'on saura au juste si tous ces alkalis sont un même & unique *natrum*. Feu M. Rouelle avoit raison de dire, qu'on a pris souvent pour précipités des sels neutres très-peu solubles, ou même insolubles, à raison de la fort petite quantité d'acide qu'ils contiennent. (Voyez le Mémoire de M. Pietsch, dans le Recueil de Mémoires sur la formation du Salpêtre, page 176).

§. XIII.

Mais cet alkali cristallisable, qui fait la base du nitre cru, d'où tire-t-il son origine? Grimpe-t-il de la terre en se cristallisant, ainsi que le fait le *natrum* d'Égypte, suivant l'observation de M. du Hamel? ou appartiendroit-il à la chaux même, où l'acide nitreux paroît se loger & se corporifier? Les lumières que l'on acquiert dans un sujet obscur, ne servent souvent qu'à faire naître de nouvelles difficultés. En réfléchissant que la chaux a toutes les propriétés des alkalis fixes, à cela près, que quelques-unes sont dans ceux-ci un peu plus marquées que dans la chaux, je pensai d'abord que cet effet pouvoit bien tenir à une certaine condition de la chaux dans le ciment, n'ayant plus ni le caractère très-caustique de la chaux vive, ni celui qu'avoit la pierre calcaire avant que d'être calcinée. En effet, les murailles récemment bâties, loin de fournir du nitre cru, même dans des circonftances très-favorables à fa production, ne font aucunement propres à fe falpêtrer. Il en eft de même de certaines autres, & fur-tout des murailles d'une grande antiquité, expofées à l'air, lefquelles étant effectivement imprégnées de matières nitreufes, ne fourniffent pourtant que du nitre, dont la bafe, précipitée par de l'alkali végétal, n'eft qu'imparfaitement criftallifable, ou bien fouvent une chaux raffafiée d'eau & de gaz, & par-là redevenue fimple terre calcaire, indiffoluble dans l'eau. C'eft ce qui fait croire que la génération du nitre mural à bafe d'alkali criftallifable, ne fauroit avoir lieu, que dans une chaux d'un degré particulier de caufticité ni trop grande, ni nulle. Et réellement les nitres qu'on fait avec de l'acide nitreux & de la chaux vive, font précifément déliquefcens & femblables en tout à ceux qui fe font avec la terre calcaire non calcinée, ou avec la chaux redevenue terre calcaire. Il paroît donc que c'eft à un certain degré de faturation relative d'eau & de gaz dans la chaux des cimens, que nous devons les criftaux en queftion : car il eft de fait, que les alkalis fixes & volatils, quand ils font unis avec l'eau & le gaz au degré de parfaite faturation relative, deviennent doux & fufceptibles de criftallifation. Pourquoi n'en feroit-il pas de la chaux comme des alkalis tant fixes que volatils ? Mais voici quelques expériences qui viennent à l'appui de ce fentiment. Ayant fait balayer l'enduit de la muraille de ce même magafin, où j'avois trouvé le nitre de mes premières expériences, j'en fis leffiver une bonne quantité, pour en retirer toute la matière nitreufe qu'elle contenoit. Après avoir bien defféché la fubftance calcaire reftée fur le filtre, je verfai fur une portion de l'acide nitreux concentré. J'obfervai que l'effervefcence qui s'y faifoit, n'égaloit aucunement celle que le même acide excitoit dans une terre calcaire non calcinée. Il s'en fépara du fable, qui fe précipita au fond du vaiffeau. Ayant décantée & defféchée la liqueur furnageante, je mis la matière sèche en diffolution dans de l'eau, & j'y ajoutai de l'alkali tartareux bien fec. Ayant laiffé repofer plufieurs jours la diffolution avec fon précipité, comme dans les expériences précédentes, j'eus à la fin le plaifir d'y apper-cevoir de petits criftaux entremêlés de terre purement cal-caire, ainfi qu'il m'étoit arrivé dans la troifième expérience.

J'ai répété cette expérience plufieurs autres fois avec des ratiffures de différentes murailles falpêtrées. A la vérité, ce n'a pas toujours été avec le même fuccès; il n'y eut, dans quelques-uns des précipités, que des commencemens de criftallifation : ce qui paroît confirmer ma conjecture, que la faturation relative d'eau & de gaz contractée par la chaux, doit être portée à un certain point, pour qu'elle foit fufcep-tible d'une criftallifation parfaite & d'une figure de criftaux femblable à celle des autres alkalis fixes minéraux.

C'eft tout ce que j'ai trouvé de plus probable fur l'origine de l'alkali fixe minéral, qui fert de bafe au nitre cru.

§. XIV.

Mais en regardant l'acide nitreux & la bafe comme les principes prochains de tout nitre de quelque claffe que ce foit, on ne fauroit approfondir le fujet de la nitrification, fans entrer préliminairement dans des détails directs fur ces principes, & fans les reconnoître du plus près qu'il eft pof-fible. Nous commencerons ici par quelques difcuffions fur les bafes, & c'eft dans le chapitre fuivant que nous parlerons de l'acide.

Les qualités du nitre à bafe d'alkali fixe végétal, & fes ufages précieux, ont toujours fait regarder ce fel, qu'on nomme communément Salpêtre, comme le nitre parfait, le nitre par excellence. Je ne fais pourtant fi l'on a jamais fait de la poudre à canon avec du nitre à bafe d'alkali marin tout pur, en vûe de fe procurer une plus grande abondance d'alkalis, & fi on a cherché à conftater fi celui-ci pouvoit fournir à l'acide ni-treux une bafe auffi propre à cet effet, que l'eft l'alkali végétal. Je trouve, par toutes mes expériences, cette poudre éminemment bonne, en ayant fait des épreuves en petit & en grand avec diffé-rentes pièces d'artillerie, dont j'avois la liberté de difpofer. Je commençois d'abord par dépouiller le fel commun de tout fel marin à bafe terreufe, & de toute terre adhérente, par des diffolutions & des filtrations convenables. J'en tirois après mon nitre en de très-beaux criftaux, tant avec de l'acide nitreux libre mis en digeftion avec le fel, qu'avec l'acide nitreux engagé dans des bafes terreufes, par une double décompofition. Les foudes ne me parurent pas fi immédiatement propres à cet échange, à moins qu'on ne les foumît à bien des purifications, l'alkali marin libre n'y étant point en fi grande quantité que les fubftances terreufes & falines, que la combuftion n'a pas attaquées, & que les foudes contiennent abondamment. Il eft fûr que c'eft de la pureté du nitre que dépend principalement l'activité de la poudre de guerre, qui eft d'autant meilleure que le nitre eft plus dépouillé de fels étrangers. La bafe marine toute pure, & non dénaturée par la violence du feu, unie à faturation complette avec l'acide nitreux, nous en fournit certainement d'auffi excellent pour la compofition de cette poudre, que le meilleur Salpêtre de houffage. C'eft de quoi mes illuftres Juges peuvent s'affurer très-facilement. Il a encore, comme on fait, l'avantage de ne pas attirer affez l'humidité de l'air, pour s'y réfoudre en liqueur. Il ne fait que perdre fon eau de criftallifation, & fe réduire en pouffière. On ne fauroit nier, qu'en donnant l'accès à cet alkali dans la compofition des nitres à l'ufage de la guerre, on ne s'ouvre plus de reffources qu'on n'en avoit, en n'y admettant que l'alkali végétal. Il eft vrai qu'à bien d'autres égards, & pour les ufages de plufieurs arts, le Salpêtre fera toujours préférable au nitre à bafe d'alkali marin : mais il n'eft pas indifférent dans notre objet, de s'être affuré par des expériences en grand, qu'on peut admettre le nitre de la dernière claffe dans la fabrication de la poudre. J'en ai fait même grainer & liffer pour les fufils, avec un égal fuccès; & j'efpère que MM. les Régiffeurs la trouveront bonne à toutes les autres manipulations, & à tous les ufages de la Pyrotechnie militaire.

§.

§. X V.

Quant aux nitres de la seconde claſſe, ils n'ont, à la vérité, aucune des qualités requiſes pour entrer, tels qu'ils ſont, dans une pareille compoſition. Cependant ce ſeroit faire beaucoup de tort à la nitrification, que d'en négliger le moindre atome, y ayant bien des occaſions où la Nature les prodigue de préférence. Heureuſement l'adhérence & l'union de l'acide nitreux avec la terre qui ſert de baſe à ces nitres, y eſt ſi foible, & ſa tendance au contraire à ſe combiner avec l'alkali fixe eſt ſi forte, que cet intermède ſuffit pour les décompoſer. Tout alkali en effet, tant végétal que minéral, les ſépare, s'unit à leur acide, & par une décompoſition & une nouvelle combinaiſon, forme avec lui des ſels neutres criſtalliſables; Il en eſt de même des nitres à baſe métallique & d'alkali volatil. Il ſuffit donc d'avoir de l'alkali & de l'acide nitreux engagé dans quelque baſe que ce ſoit, pour convertir tout en nitre de la première claſſe.

§. X V I.

C'eſt par conſéquent ſur les alkalis qu'il faut particulièrement inſiſter. Quoique ce ne ſoit pas le lieu de faire un traité ſuivi ſur ces ſubſtances ſalines, très-connues de tous les Chimiſtes, & ſur leurs propriétés caractériſtiques, on ne ſauroit ſe diſpenſer d'entrer dans quelques détails à ce ſujet. On eſt convenu d'affecter le nom d'alkali fixe végétal aux ſubſtances ſalino-alkalines, qu'on retire par l'incinération des végétaux; & celui d'alkali fixe minéral à la baſe ſalino-alkaline du ſel marin. La Nature ne nous offre nulle part de ces ſubſtances libres, formées de tous temps en grands amas, ainſi que cela a lieu pour tant d'autres répandues ſur la ſurface & dans les entrailles de la terre; ſi ce n'eſt quelques portions éparſes çà & là d'alkali minéral en particulier, à qui l'on trouve les mêmes propriétés qu'à celui qui ſert de baſe au ſel marin, & qu'on déſigne ſous le nom générique de *natrum*; encore s'en faut-il de beaucoup qu'il ſoit dans un état de pureté

B b

convenable ; la plus grande quantité est sous la forme de sel neutre, qu'on est obligé de décomposer pour en retirer l'alkali libre , & singulièrement l'alkali végétal. Avant que l'illustre M. Baumé en eût tiré de bien caractérisé , du grand soleil sans combustion, on n'en avoit point encore dégagé un seul atome de libre, autrement que par l'incinération. C'est ce qui a donné lieu à la question de savoir s'il en existe ou non de formé, par la Nature , dans les végétaux antérieurement à la combustion. D'abord qu'on retire des plantes, sans ce secours, des sels neutres à base d'alkali fixe, tels que le tartre vitriolé & le Salpêtre , il est sûr que l'alkali y est, de la même manière qu'y est l'acide produit par la Nature, sans que la combustion l'ait préalablement préparé : ce qu'on prouve encore mieux par l'expérience mémorable de MM. Margraf & Rouelle, sur la crême de tartre , de laquelle on tire de ces sels , sans combustion, en la combinant seulement avec des acides minéraux. Il est donc moins question de savoir si l'alkali végétal est une production naturelle, que de savoir si la Nature ne sauroit produire ces sels neutres , sans avoir premièrement produit l'alkali fixe libre; question que je ne sais si les observations faites jusqu'à présent sont suffisantes pour éclaircir d'une manière satisfaisante & incontestable. En attendant, ce qu'on peut dire de plus sensé à l'égard de l'origine de ces alkalis , d'après tous les faits, c'est qu'ils existent en état neutre dans la plupart des plantes, sans que la combustion soit entrée dans leur formation ; qu'il y en a de tout formés, libres & bien caractérisés, dans quelques plantes singulières, indépendamment encore du concours du feu; & qu'enfin ce n'est, du moins pour le présent , que par la combustion qu'on peut en faire , dans cet état, des provisions en grand.

§. XVII.

Quant à l'alkali minéral, il n'est pas question de savoir si la Nature en produit de libre, parce qu'on en trouve effectivement, même dans le kali , sans le secours d'aucune combustion , & dans les animaux ; mais pour en avoir en abondance, relativement à nos vûes, ce n'eſt de même qu'à l'aide de la décompoſition des ſubſtances, où il eſt combiné, qu'on peut le retirer en état libre. Nous avons au ſujet de cet alkali deux reſſources; la première, c'eſt l'incinération des kalis; & la ſeconde, l'enlèvement direct de la baſe au ſel marin, que l'acide nitreux, tant libre qu'engagé, peut opérer ſans qu'il ſoit néceſſaire d'alkaliſer le ſel préalablement. Il eſt décidé que l'alkali criſtalliſable, qu'on retire par la combuſtion des plantes maritimes du genre des kalis, eſt abſolument d'une même nature que la baſe naturelle du ſel commun; quoique les ſoudes qu'on en tire ſoient fort éloignées de ne contenir que de cet alkali. Il en eſt préciſément comme de nos potaſſes & des produits ſalino-alkalins des cendres de nos foyers, qui ſont ſurchargées de phlogiſtique, de ſels neutres, de terre, & même mêlés de quelques parties métalliques, & qu'on doit réduire à l'état de pureté convenable, avant que de les mettre en conſommation dans les Arts, & principalement dans les Salpêtreries.

Ce ſont en général les ſources les plus abondantes & les ſeuls moyens de pratique ſur leſquels il eſt permis de faire fond, en grand, pour procurer à nos nitrières de l'alkali végétal & minéral, en ſurcroît de l'alkali naturel de la nitrification, tant pour concourir d'abord à la formation des nitres parfaits dans l'acte même de la production, que pour convertir les nitres à baſe terreuſe en nitre de la première claſſe.

§. XVIII.

Ayant eu occaſion de faire moi-même du nitre cubique en quantité, à baſe immédiate de ſel marin, pour la compoſition de la poudre à canon, dont j'ai parlé ci-deſſus, & de faire proviſion de beaucoup d'alkali végétal tiré de l'incinération de différentes plantes, on s'imaginera aiſément que j'en ai profité en bien des manières. Mais les obſervations que j'ai faites n'ayant pas toutes un rapport immédiat à notre ſujet, je me bornerai à expoſer ici celles qui y ont le plus de connexion, & dont on peut retirer quelque avantage.

PREMIERE EXPÉRIENCE.

Quoiqu'on fache que l'alkali fixe minéral a effentiellement; & pour le fond, toutes les propriétés & les affinités de l'alkali fixe végétal, j'en voulus faire quelques épreuves en ce qui concerne leur force d'alkali comparative. Il fallut donc alkalifer du nitre cubique, que j'avois, pour en retirer la bafe toute pure du fel marin : c'eft ce que je fis de cette manière. Je répandis d'abord de petits monceaux de ce nitre bien fec çà & là, fur un marbre poli ; je l'embrafai enfuite en y foufflant par-deffus la flamme d'une bougie au moyen d'un tuyau, jufqu'à ce que tout le nitre fut entièrement fondu, & plaqué fur le marbre. Ayant broyé ces petites maffes pierreufes, je les mis dans un creufet rougi au feu, pour leur donner une dernière calcination. La matière étant refroidie, je la leffivai ; l'ayant après filtrée & defféchée, je me perfuadai que j'avois la bafe toute feule du fel marin. Il me parut que la calcination ordinaire par le mélange de la poudre de charbon avec le nitre, n'auroit pas été fi exacte : elle fournit plus d'alkali, qu'il n'y en a naturellement dans le nitre qu'on a employé, & c'eft l'alkali fixe des cendres du charbon qui fe confume, & qui, en fe mêlant avec l'alkali minéral, caufe cette augmentation. C'eft ainfi qu'ayant obtenu de l'alkali marin tout pur, j'en mis une demi-once dans de bon efprit de nitre, & une demi-once dans de l'acide marin ; & dans un autre vaiffeau, je verfai du même acide nitreux fur une demi-once d'alkali tartareux bien pur & fec. Après que tous ces alkalis furent foulés parfaitement d'acide, je les dépouillai de tout flegme, par un parfait defféchement. C'étoit donc l'augmentation du poids qui devoit marquer la vraie quantité d'acide que chacun avoit abforbé. L'alkali marin, foulé d'acide nitreux, s'eft trouvé augmenté de cent onze grains. Ce même alkali, foulé d'acide marin, avoit augmenté de cent fept grains. L'alkali végétal, foulé d'acide nitreux, fe trouva augmenté d'un peu plus de cent douze grains. Y ayant verfé un peu d'eau commune, je foumis ces fels à la criftallifation, & les ayant pefés après l'enlèvement de toute

eau furabondante , les criftaux de Salpêtre pefoient quatre
cent feize grains , poids compofé de deux cent quatre-vingt-
huit grains d'alkali , de cent-douze grains d'acide nitreux , &
de feize grains d'eau de criftallifation retenue. Le fel marin
très-bien conformé pefoit quatre cent feize grains , dont deux
cent-quatre-vingt-huit étoient d'alkali marin , cent-fept d'efprit
de fel , & vingt-un d'eau de criftallifation. Le nitre enfin à bafe
d'alkali marin pefoit quatre cent dix-fept grains; fon poids étoit
compofé de deux cent quatre-vingt-huit grains d'alkali , de
cent onze grains d'acide nitreux , & de dix-huit grains d'eau de
criftallifation. Le réfultat de cette expérience eft que l'alkali tartareux & l'alkali marin abforbent prefque la même
quantité d'acide nitreux bien concentré , & que la quantité
d'alkali fixe tout pur , qui entre dans la compofition du fel
marin naturel , eft un peu plus que ⅓ du poids total du fel. Je
ne fuis jamais parvenu à tirer l'alkali marin libre , contenu dans
la foude d'Efpagne , telle qu'elle eft dans le commerce , en
une telle proportion avec le poids total de la maffe que je
traitois. Il paroît que la quantité de fels neutres non décompofés, de la terre & des fubftances entrées en une demi-fufion
dans la calcination qui compofent ces foudes , y eft
plus grande qu'on ne s'imagine , ce qui en diminue l'utilité pour beaucoup d'Arts ; & encore s'en faut - il bien que
l'alkali libre qu'on en retire , foit féparé de toute aglutina-
tion & liaifon intime contractée avec quelques-unes de ces matières pendant la combuftion ; féparation , à ce qu'il me
parut , très-difficile à obtenir d'une manière fatisfaifante &
complette.

SECONDE EXPÉRIENCE.

Il peut être utile en bien des occafions, de connoître au
jufte la quantité d'alkali fixe contenue dans les cendres de
quelques plantes les plus en ufage dans la confommation journalière. C'eft par cette raifon que je vais rapporter les réfultats de l'incinération de douze de ces plantes des plus ufitées.
J'en ai fait brûler les branches fraîches à l'air libre , ayant

toujours eu le foin de faire bien calciner les cendres. On
en faifoit le lavage avec de l'eau froide, ce qu'on répétoit
jufqu'à ce que l'eau en fortît tout-à-fait claire. Après la filtration, j'évaporois la leffive à ficcité. La matière sèche qu'on en
retiroit, eft ce que j'appelle alkali brut dans la table fuivante.
Je purifiois chacun de ces alkalis par des calcinations,
diffolutions, filtrations & deffechemens, jufqu'à ce que
j'obtinffe un alkali très-blanc & bien cauftique, féparé
des terres & des fels aglutinés, auffi exactement qu'il m'étoit
poffible : ce qui, pour dire la vérité, a été une opération
très-fatigante. Voici les réfultats comparatifs de ces alkalis tant
bruts que purifiés, que j'ai obtenus par tous ces procédés,
le poids de la cendre leffivée étant toujours défigné par le
nombre 1000.

NOMS DES PLANTES brûlées.	ALKALIS BRUTS.	ALKALIS PURIFIÉS.
HÊTRE................	63	48
CHÊNE................	77	59
AUBIER...............	21	13
PIN..................	83	61
SAULE................	29	11
SAPIN................	74	49
MURIER...............	72	54
ONIX.................	82	62
ORME.................	98	80
VIGNE................	153	138
NOIX.................	71	57
PEUPLIER.............	60	47

TROISIÈME EXPÉRIENCE.

Je prenois une demi-once de chacun de ces alkalis purs &
bien fecs, & je la foulois d'acide nitreux au point précis de
faturation. Après l'avoir dépouillée de toute eau par l'évaporation, je pefois le nitre réfultant, pour reconnoître l'augmentation de poids qui s'y étoit faite; il n'y en eut pas un dont
l'augmentation ne fût au delà de cent grains; mais aucun
n'atteignit précifément la force abforbante de l'alkali tartareux
(1. Exp. de ce §.); ce qui doit plus être attribué à un refte
d'impureté échappée vraifemblablement à tous mes traitemens,
qu'à une différence effentielle des alkalis, en tant que tirés
de l'incinération de différens arbres. Ces expériences mêmes
& l'excellence des Salpêtres que j'en retirai, ne faifant qu'un
même & feul Salpêtre, prouvent évidemment que tous ces
alkalis ne font qu'une même fubftance faline.

§. XIX.

Il eft donc de fait que les cendres de nos foyers ne font pas
fi riches en alkalis qu'on pourroit le penfer. Par conféquent
en réfléchiffant fur le produit de mille livres de fel marin, qui
fourniffent, fuivant nos expériences (1. Exp. du §. précédent),
prefque fept cents livres d'alkali fixe, ce qu'on auroit de la
peine à retirer de dix mille livres de nos cendres, on fent
bien que le fel marin, dont on peut abonder fans bornes &
à très-peu de frais, fi la Couronne le veut, peut être d'une
très-grande reffource économique, étant employé à propos,
pour que ce qu'il y a d'acide nitreux engagé dans des bafes
terreufes, s'empare de l'alkali qui fert de bafe au fel. Du
moins peut-il fuppléer, dans le nitre à l'ufage de la guerre,
à l'alkali fixe végétal, dont on ne fauroit trop pouffer la confommation à ce feul égard, fans inconveniens. Si l'importante
découverte de M. le Duc de la Rochefoucault, fur les craies
falpêtrées des environs de la Roche-Guyon, Mouffeau, &c.
conftatée dans bien d'autres parties de la France, par MM.
Clouet & Lavoifier, fe trouve affez étendue pour procurer

des provisions de nitre en grand, comme il est presque toujours à base terreuse ; on conviendra que pour le transformer en Salpêtre, il faut une quantité d'alkali végétal bien considérable. Le sel commun purifié, & convenablement administré, en feroit tout autant par de simples digestions & évaporations naturelles, sans aucun secours de feu; & le nitre résultant, ne fût-il bon que pour la poudre de guerre & dans la seule Pyrotechnie militaire, ainsi qu'il l'est effectivement, on auroit gagné du côté de l'économie, & fait en même temps un grand avantage aux Arts qui ne savent se passer d'alkali fixe végétal.

CHAPITRE

CHAPITRE III.

De la formation du Nitre & de l'Acide nitreux.

§. XX.

LES nitres en général étant claſſés ſuivant la nature de la
baſe avec laquelle l'acide nitreux eſt combiné, & ayant parlé
des alkalis fixes & des reſſources de pratique & d'économie
pour en faire des proviſions en grand, il eſt temps d'examiner un peu plus ſoigneuſement la formation même de ces
nitres, afin de s'approcher, le plus près qu'il eſt poſſible, du
développement de l'acide nitreux, autre principe prochain du
nitre; principe le plus éminent, & qui ſe dérobe le plus à
nos recherches. Si le vitriol, l'alun, le ſoufre, & tant
d'autres ſels neutres foſſiles, ne nous étoient préparés par la
Nature en grand amas & en une très-grande abondance,
& ſi leur uſage dans les beſoins de la vie étoit beaucoup
plus précieux qu'il ne l'eſt, les hommes n'auroient pas
tardé à s'occuper de leur formation; & l'on ſent bien que
le laboratoire des ſels foſſiles n'étant pas ordinairement placé
à la ſurface de la terre, ainſi qu'il paroît l'être pour les nitres,
l'objet en ſeroit même par-là incomparablement plus difficile
à remplir. C'eſt donc l'importance & la rareté du produit
ſpontané, relativement à notre beſoin, ce grand moteur des
hommes, qui nous porte à faire du nitre un ſujet ſi intéreſ-
ſant de nos recherches. Quoique l'illuſtre Société Royale ait
bien voulu déclarer, pour les faciliter, que quand même le
procédé plus avantageux pour la promptitude, l'économie &
l'abondance de ce produit, aboutiroit uniquement à une
application heureuſe des obſervations déjà connues, il ſera
préferé aux plus belles découvertes, dont on ne pourroit
pas tirer auſſi promptement la même utilité, il faut convenir
qu'on ne ſauroit ſatisfaire à ſes vûes, augmenter ce ſel,

C c

procurer à la Nature plus de matières & plus d'occafions
pour le produire en une plus grande abondance, à moins
qu'on n'entre heureufement dans les vûes mêmes, &, pour
ainfi dire, dans l'atelier de la Nature. Par conféquent en
ne fe propofant même pour but que les objets énoncés,
fans vifer à aucune théorie, il en faut toujours une, les
points capitaux connus de la nitrification duffent-ils fubfifter
en entier.

§. XXI.

Pour procéder donc avec ordre dans une telle recherche,
nous allons commencer par une expofition fommaire de nos
connoiffances inconteftables fur la génération du nitre, afin
qu'elles fe trouvent rapprochées & réunies fous un même point
de vue. Il vaut mieux fe laiffer guider vers l'objet qu'on ne
connoît pas, par les connoiffances qu'on a, que de fe livrer
d'abord à des principes de pure fpéculation.

1.° Nous trouvons du nitre tout formé dans les
décombres des vieilles murailles, dans les terres légères &
friables, & dans les pierres tendres & poreufes, fur-tout
lorfque ces matières ont été tirées de quelque endroit
bas, à l'abri du foleil & de la pluie, où règne un peu d'humidité & de chaleur & où l'air a un libre accès, comme
dans les caves, les étables, les baffes-cours, les celliers, les
les granges, les écuries, les grottes, &c.

2.° On en trouve quelquefois dans ces matières, même en
plein air. Dans les Indes, dans la Barbarie, dans l'Efpagne,
dans le Pérou, fur les côtes, aux environs de Lima, il y
en a d'expofé à toutes les révolutions de l'atmofphère. Il y a
des cimetières qui en contiennent abondamment. On en trouve
dans des fumiers confommés, & même en effloreſcence fur la
furface, expofé au grand jour. Les montagnes de craie, ainfi
que nous en avons fait mention, des environs de la Roche-
Guyon, Mouffeau, &c. & bien d'autres endroits de la France,
fuivant les obfervations de MM. le Duc de la Rochefou-
caut, Clouet & Lavoifier, contiennent du nitre à découvert.

3.° Si ces nitres ne font pas d'abord tout formés, un long
féjour dans des lieux convenables, & quelques traitemens bien
fimples, pour que l'air entre en contact avec eux, les per-
fectionne, fans aucune addition étrangère. C'eft ainfi qu'on les
obtient de toutes les matières tirées des latrines, des étables,
des vacheries, &c.

4.° Il y a une quantité de plantes dont on peut retirer du
nitre bien caractérifé, par la décoction & l'expreffion de leurs
fucs convenablement rapprochés.

5.° Toutes les matières animales & végétales fermentefcibles,
tant féparées que mêlées enfemble, mifes à fe putréfier, &
traitées de manière que le cours de la putréfaction ne foit aucunement troublé, au bout d'un certain temps, donnent du
nitre à putréfaction complette. C'eft une vérité de fait, &
l'expérience de tous les jours la confirme inconteftablement.
Les doutes qu'on trouve femés là-deffus dans le grand Ouvrage
de l'Encyclopédie, au mot *Nitre*, ne m'empêchent pas de
la mettre au rang de nos connoiffances certaines. Je le fais
d'autant plus fûrement, que je m'en fuis affuré par des expériences faites en mon particulier, en employant féparément des matières végétales toutes feules, ainfi que des matières purement animales que j'ai laiffées en putréfaction pendant deux années dans une terre légère, que j'avois dépouillée préalablement par des lavages de tout fel diffoluble
dans l'eau. Les faits font au deffus de tous doutes.

6.° C'eft encore une vérité de fait, que le dernier terme de
la putréfaction, tout hors de la portée de nos yeux qu'il eft,
eft l'acte, pour ainfi dire, l'accompliffement de la nitrification. Tout ce qui la retarde ou l'empêche, retarde & empêche en même temps la production du nitre. En effet,
tout le monde fait que les matières putrefcibles ne deviennent propres à cette production, qu'autant qu'elles font
mifes en état de fubir cette putréfaction complette; & il eft
de fait, que bien fouvent d'un grand amas de ces matières,
même après un très-long féjour, il ne fe développe pas un
atome de nitre, à moins qu'elles ne foient divifées & difperfées

dans des matières poreufes, & diftribuées en petites quantités, en forte que la fermentation ne foit pas gênée, & que la
putréfaction atteigne librement fon plus haut point.

7.° Tout ceci ne fe fait qu'à la furface de la terre. Il eft
conftaté par toutes les obfervations faites jufqu'à préfent, que
l'intérieur de la terre n'a encore fourni aucune portion de
nitre, ni d'acide nitreux engagé dans une bafe quelconque,
& moins encore en grand amas. C'eft donc une autre
vérité de fait, que la production de ce fel fe fait habituellement fur la furface ou à des fort petites profondeurs, au
bout d'un certain temps, moyennant le concours de certaines
matières & de circonftances favorables & propres à fa formation.

8.° Une grande partie de ces nitres eft tout naturellement
à bafe d'alkali fixe végétal, fans aucune addition étrangère;
le refte eft, pour la plupart, à bafe terreufe, n'y ayant que
quelque portion à bafe d'alkali minéral (Chapitre précédent).
On s'eft encore affuré que plus il eft entré de matières
animales dans la putréfaction, moins on retire de nitre à bafe
d'alkali fixe végétal, & plus de celui à bafe terreufe, & c'eft
tout le contraire lorfque la matière végétale y domine; circonftance bien avérée, à laquelle on ne fauroit faire affez
d'attention.

§. XXII.

Ce font les points capitaux au fujet des nitres, auxquels
toutes nos connoiffances fe réduifent dans ce moment. Mais
tout ceci fait plus connoître la poffibilité de trouver du
nitre & d'en faire, que le procédé intime de la Nature,
qu'il s'agit de démêler, s'il eft poffible. En réfléchiffant
d'un côté fur les matières minérales, où le nitre fe loge
habituellement & fe forme, & de l'autre fur les bafes terreufes
que l'acide nitreux affecte le plus fouvent, on eft d'abord
tenté de demander, qu'eft ce que fournit le règne minéral
dans la nitrification?

Dès que les décombres des vieilles mafures, les terres

qu'on tire des étables, des écuries, &c., les pierres & terres poreuses qui fourniffent ce fel, étant une fois parfaitement dépouillées de leur nitre, n'en reproduifent plus un atome, fi l'on fe contente fimplement de les expofer à l'air, fans les mettre en contact avec de nouvelles matières falpêtrées, fans les rendre acceffibles à des fucs végétaux ou animaux, fans y mêler des fubftances putrefcibles toutes fraîches, fans les hume-cter d'eaux mères & de femblables liqueurs, c'eft d'abord une preuve fans réplique, que le Salpêtre n'eft pas un fel propre de ces matières, & qu'il leur vient d'ailleurs. Par conféquent on ne fauroit regarder tous ces minéraux imprégnés de fubftances nitreufes, que comme des laboratoires où les principes prochains du nitre fe divifent, s'atténuent, fe dépouillent des parties étrangères qui les enveloppent, où enfin fe fait & s'achève la préparation & la production du nitre, & tout au plus comme fourniffant quelquefois des matrices terreufes à l'acide nitreux, faute d'une bafe plus fixe, au moment de fon développement.

J'ai mis un jour, ainfi que Glauber le prefcrit, une once de pierre à chaux en poudre dans une once d'efprit de nitre (Recueil de Mémoires fur la formation du Nitre, pag. 12), & au lieu d'y verfer de la leffive de cendres, où la quantité d'al-kali végétal eft inconnue, j'y infufai une demi-once d'alkali tartareux bien fec. Je fis diffoudre dans l'eau le fel qui fe forma, je filtrai & évaporai, & j'obtins 495 grains de nitre. Le véri-table Salpêtre que je devois retirer d'une demi-once d'alkali, ne pouvoit être réellement que d'environ 400 grains (Chapitre précédent). Il eft donc vrai, comme l'avance cet Auteur, qu'on obtient dans cette expérience plus de nitre qu'on ne devroit en obtenir. Mais ce furplus n'eft pas un nitre provenant de la pierre, ni préexiftant à l'opération, ainfi que je vais le démontrer. Pour fouler une demi-once de fel tartareux, il y faut 378 grains d'efprit de nitre. Ce qui refte d'une once d'efprit de nitre, favoir 198 grains, fuffit pour fouler un peu plus de 72 grains de poudre calcaire (voyez M. Homberg dans les Mémoires de l'Académie pour l'année 1699). Par conféquent l'once d'efprit de nitre employé pouvoit réellement donner 400 grains de Salpêtre, & un peu plus de 72 grains de nitre à bafe calcaire. En effet, nous avons obtenu de notre opération 495 grains de nitre. C'eft que tout ce nitre n'eft pas Salpêtre, ainfi que l'expérience me l'a appris ; car l'ayant diffous dans une quantité fuffifante d'eau , & y ayant ajouté un gros du même alkali tartareux, la terre calcaire fe précipita tout de fuite, terre que j'ai reconnue à toutes épreuves pour la même que j'avois traitée par l'acide nitreux au commencement. Si donc l'intérieur de la terre ne contient aucune portion d'acide nitreux engagé en quelque bafe que ce foit; fi les fubftances minérales qui nous en fourniffent à la furface, ne fervent évidemment que de vaiffeaux, de laboratoires pour la formation du nitre qui y eft apporté d'ailleurs, quelle eft la fource immédiate, effentielle, matérielle & propre de ce fel?

L'acide nitreux ne fauroit à la vérité être rangé parmi les acides minéraux, parce qu'il ne manqueroit pas de s'engager dans l'intérieur de la terre, s'il y en avoit dans quelque bafe, ainfi que le font tous les acides minéraux. Il en feroit de même, fi c'étoit par quelque modification inconnue aux Chimiftes, que les acides minéraux fe tranfmuaffent en acide nitreux dans les entrailles de la terre. On n'en a jamais trouvé le moindre échantillon. D'un autre côté, fi c'étoit par le concours des matières végétales & animales en putréfaction que cette modification s'opéroit fur la furface de la terre, nos expériences (Chap. 1.), faites avec tous les foins poffibles , nous en auroient donné quelques indices.

Mais l'air ne pourroit-il pas être le lieu natal de l'acide nitreux? ne pourroit-il pas fe dépofer fucceffivement dans les fubftances propres à s'en charger ? C'eft ce que plufieurs anciens Chimiftes penfoient & foutenoient vivement. On ne fauroit difconvenir que l'accès libre de l'air ne foit indifpenfable dans toute nitrification, auffi bien qu'un certain degré de chaleur & d'humidité ; mais ce font auffi inconteftablement les conditions requifes pour l'ouvrage de la putréfaction de toute matière fermentefcible. C'eft donc trop légèrement qu'on fe croit autorifé d'en inférer, que l'air est le magasin, le véhicule de l'acide nitreux qui s'y produit au bout d'un certain temps. Il est de fait, & toutes les expériences viennent à l'appui, que les terres & pierres, c'est-à-dire, les matières les plus propres à recevoir & à retenir l'acide nitreux, étant une fois exactement & entièrement dépouillées du nitre qu'elles contenoient, ne s'en chargent plus, ainsi qu'on l'a remarqué ci-dessus, de quelque manière qu'elles soient exposées à l'accès libre de l'air, à moins qu'elles ne se salpêtrent de nouveau par l'accès de substances contenant du nitre tout formé, ou parce que l'on y ajoute des matériaux prêts à le développer par une fermentation convenable. Par conséquent, la principale question à discuter aujourd'hui, est de savoir en quoi & jusqu'à quel point le concours de l'air est nécessaire à la formation des nitres, question qu'on tâchera d'éclaircir dans la suite.

§. XXIII.

En attendant, en réunissant sous un même point de vue toutes ces recherches, on est fondé à conclure, que la partie la plus essentielle du nitre, l'acide nitreux, est tout-à-fait étranger au règne minéral ; que ce règne ne fournit à la nitrification qu'un laboratoire convenable, & souvent des bases où l'acide nitreux s'engage & se neutralise ; que l'air n'est pas non plus le réceptacle, le lieu natal, le véhicule ni du nitre ni de l'acide nitreux tout formé.

Par conséquent il est prouvé par voie d'exclusion, que c'est dans le regne végétal & dans le regne animal qu'il faut puiser son origine. Mais, d'un autre côté, il est de fait (§. XXI de ce Chap.) que le nitre qu'on retire est le produit de la putréfaction complette des matières animales & végétales tant mêlées que séparées ; & que nulle substance minérale n'est salpêtrée, à moins que le Salpêtre n'y ait été apporté d'ailleurs, ou que des sucs végétaux & animaux n'y aient subi une décomposition achevée par la fermentation. Il est donc indirectement & directement prouvé que l'acide nitreux tire son origine immédiate, matérielle & propre, de deux règnes, végétal & animal, quelle que

foit la manière dont la Nature s'y prenne pour le produire ;
& c'eft ce qu'il s'agit de démêler. On fent donc fur quoi
porte l'objection qu'on fait à ceci, en difant qu'on a beau laiffer
putréfier des fubftances végétales & animales on n'en obtient
point de nitre, fi l'on n'en expofe toutes les parties fucceffivement à l'air ; qu'il y a même de ces matières corrompues,
ayant un fiècle d'antiquité, qui ne font pas nitrifiées lorfqu'on
les retire de leur foffe, & cela uniquement par le défaut d'air.
Encore une fois, il en eft de l'air comme de l'humidité & de
la chaleur, dont la fermentation ne fauroit fe paffer, indépendamment de la confidération des nitres. Toute néceffaire
qu'eft la coopération de ces agens fubfidiaires, la nitrification n'en eft pas moins l'effet propre, le produit d'une putréfaction achevée. Il ne faut pas confondre les caufes inftru-
mentales, avec les efficientes & matérielles de cet ouvrage de
la Nature.

§. XXIV.

C'eft par conféquent d'une connoiffance complette de ce
qui s'opère dans la putréfaction des matières végétales &
animales, que dépend le développement du myftère de la nitrification. C'en eft la vraie clef, & ce qu'il y a de plus important & fans doute de plus difficile à découvrir. C'eft dans
cette opération que fe fait le nitre & la récombinaifon
des principes en un être tout nouveau. Mais malheureufement cette théorie manque. On eft auffi éloigné de
connoître au jufte tous les moyens, toutes les fubftances
qui favorifent le plus la putréfaction, de même que ceux
qui s'oppofent le plus à fon progrès, que les changemens
qui arrivent aux corps organifés pendant cette grande opération, & la manière dont la Nature s'y prend pour fubti-
lifer, élaborer & faire paffer les matériaux devenus libres, les
débris des êtres décompofés, dans la formation de nouveaux
êtres. Sera-ce un fecret pour toujours ? Je ne le fais. En attendant, il eft à préfumer que d'après les recherches étendues
& profondes qu'on fait à cette époque, bien des points

capitaux

capitaux ne nous échapperont pas entièrement. Voici ce que je suis parvenu à appercevoir relativement à l'objet de la nitrification, après un grand nombre de tentatives que, dès l'année 1777, je n'ai pas manqué de faire à ce sujet. C'eft d'après ces obfervations qu'on pourra décider avec plus de fondement fi le nitre préexifte tout formé dans les végétaux & les animaux, & s'il n'ai befoin de la putréfaction, que pour fe dégager, fuivant le fentiment de M. Lémery; ou fi c'eft un être, un compofé de nouvelle formation, une combinaifon toute nouvelle.

§. XXV.

Je commençai d'abord par réfléchir que, pour être d'accord avec tous les faits, il falloit convenir qu'une des parties conftitutives, effentielles du nitre, eft le phlogiftique, le principe inflammable, la matière du feu, de quelque façon qu'on veuille le nommer, & que c'eft ce principe qui le rend combuftible par l'attouchement du feu pur, mis en action jufqu'à un certain point. Sa décompofition, fon alkalifation par l'action du feu, par laquelle, de combuftible qu'il étoit, il rentre dans la claffe des corps incombuftibles, ne permet pas de douter que la matière du feu qui s'eft dégagée & diffipée dans cette opration, n'entre, comme principe, dans fa compofition. C'eft une de ces vérités chimiques qu'on peut regarder, ce me femble, comme parfaitement démontrée. Et comme par cette opération tout l'acide nitreux, dont l'alkali étoit raffafié, eft entièrement enlevé, diffipé, détruit, on ne fauroit difconvenir que ce ne foit à l'acide que la matière du feu appartient principalement, & qu'elle n'entre dans fa compofition. En effet, ayant décompofé le nitre par tout autre intermède que par le feu, en forte qu'on l'ait dégagé fans diffipation, ce n'eft que la fubftance qu'on en a retirée fous une forme liquide, c'eft-à-dire, l'acide qui conferve l'inflammabilité, le refte eft devenu un corps incombuftible. Il eft donc fûr que la matière du feu eft l'agent véritable, le principe de toutes ces combuftions, tant dans

le nitre que dans l'acide nitreux. Une autre vérité également
conſtatée & certaine, c'eſt que le nitre ſe fait par le concours
des matières végétales & animales en putréfaction ; qu'il eſt
le produit de cette opération, & que c'eſt des débris ſeuls de la
décompoſition de ces matières, que le nitre réſulte : d'un autre
côté il eſt de fait que ces ſubſtances, tant ſolitaires que combinées, donnent du nitre à putréfaction conſommée, ſans aucune
addition étrangère, & que les matières minérales, l'air, l'eau, n'y
entrent les unes que comme des réceptacles de la nitrification,
& les autres comme des inſtrumens néceſſaires à l'ouvrage
de la fermentation & décompoſition des corps organiſés,
& à la combinaiſon des nouveaux êtres qui s'y reproduiſent.
Qu'on conſidère à préſent que toute plante, tout animal
eſt originairement chargé de principes inflammables : les
huiles, les réſines, les graiſſes quelconques, dont ces corps
ſont compoſés, en ſont le magaſin. Ces principes inflammables ne ſe dégagent pas ſeulement de ces corps qui les contiennent par la combuſtion, dans lequel cas ils ſe remettent
dans l'état de feu pur ; il eſt une autre voie que la Nature
affecte peut-être le plus, & qu'elle emploie ſouvent pour
les en retirer ſans diſſipation, la tranſmiſſion, par laquelle
un corps les enlève d'un autre ſans combuſtion, en s'y uniſſant
à meſure qu'ils ſe dégagent. C'eſt le cas où le principe inflammable ne quitte une combinaiſon, que pour rentrer dans
une autre. Au moyen de cette tranſlation, un corps, de
non combuſtible, peut devenir combuſtible, pendant qu'un
autre devient incombuſtible, de combuſtible qu'il étoit ; &
l'on ſait d'ailleurs que les alkalis fixes, les terres calcaires,
toutes les matières enfin ſèches & terreuſes, naturellement
très-fines & très-diviſées, ont une très-grande diſpoſition
à ſe combiner avec les principes inflammables qui s'y uniſſent
& qui y adhèrent fortement. Tout ceci bien conſidéré me fit
d'abord entrevoir, en rapprochant ces faits de tout ce
qui ſe paſſe dans la nitrification, que la production du nitre
pourroit bien tenir de fort près au grand phénomène de la
circulation, de la tranſlation du phlogiſtique d'une combi-

naison dans une autre, sans devenir feu libre, sans combustion; travail des plus éminens de la Nature. Ne pourroit-il pas se faire, me disois-je, que les alkalis salins & terreux qui se dégagent pendant la fermentation, s'atténuassent, se subtilisassent, s'emparassent, par leur disposition à s'unir au phlogistique, des matières inflammables en décomposition, & que de non combustibles qu'ils étoient avant cette transmission, ils devinssent des substances neutres combustibles après l'avoir reçue? En quoi consistent ces feux qui s'exhalent quelquefois des cimetières, des fumiers, des endroits où il y a des substances en putréfaction? Ce sont des gaz inflammables qu'on sait à présent tirer de tant de corps, dégagés par une fermentation naturelle des matières putrescibles qui y sont enfouies. Mais ce sont en même temps les endroits les plus chéris des Salpêtriers pour en tirer du nitre. Y auroit-il donc quelque connexion entre l'ouvrage de la nitrification & les gaz inflammables que M. Hales, & dernièrement tant d'autres Physiciens célèbres, ont dégagés de la décomposition des matières végétales & animales par une analyse à feu nu, & poussée rapidement? puisque c'est de même de la décomposition complette de toutes ces matières que résulte le nitre. Mais encore n'a-t-on pas vu dernièrement en Italie, & ne voit-on pas à présent par-tout, que du fond vaseux des eaux dormantes, du terrein mou des marais, on tire facilement ce même gaz inflammable? Ne pourroit-il pas se faire que nous pussions parvenir à tirer du nitre de ces mêmes endroits négligés de tout le monde, par ce seul indice du gaz inflammable qu'on en développe, & à acquérir quelque nouvelle connoissance au sujet de cette connexion cachée, que nous entrevoyons dans ces phénomènes?

Ces conjectures fondées sur ce qu'on a bien reconnu, qu'à moins que ces endroits ne soient composés de débris de végétaux & animaux presque décomposés, on ne retire pas de gaz, me firent penser que tant le dégagement de cette matière fluide inflammable, que la formation du nitre, étant évidemment le produit de la putréfaction, il y avoit là quelque chofe de lié qu'il falloit approfondir. En n'entrant pas dans le détail de toutes les tentatives que j'ai faites pour en venir à bout, je vais d'abord expofer mes dernières expériences, comme les plus décifives, les plus mémorables d'entre celles que j'ai faites, & en même temps les plus faciles à répéter. Je fus donc reconnoître au commencement de l'année 1778, dans un ancien marais, l'endroit le plus propre, où le terrein mou étoit en même temps le plus noir & le plus recouvert d'herbes corrompues. En le creufant avec une canne, ainfi que le fit la première fois M. Volta en Italie, & la retirant précipitamment, je préfentois à l'inftant une bougie allumée, pour m'affurer par la flamme bleu qui s'y excitoit & s'enfonçoit rapidement dans le trou, que le lieu abondoit en gaz. Je fis conduire chez moi une charretée de cette terre tirée d'un pied de profondeur. A l'inftant je la divifai en trois parties égales, que je foumis aux expériences fuivantes.

1.º Je diftribuai d'abord une partie de cette terre dans de grands pots de terre verniffés, & je me hâtai d'en retirer le gaz prêt à fe développer, en y creufant avec précipitation des trous très-près les uns des autres, & en embrafant la matière inflammable qui s'en dégageoit; le fecond & le troifième jour il n'en émana que très-peu. C'étoit parce que la fermentation avoit été troublée par ces manœuvres, & qu'il falloit attendre qu'elle reprît fon cours, pour qu'il pût s'en dégager de nouveau gaz. Mais je crus en même temps qu'il valoit mieux changer de procédé. Je commençai donc toutes les fois que j'en voulois dépouiller la terre, par échauffer préalablement les pots, en les plaçant dans un bain de fable, où la terre prenoit à peine une chaleur de 40 degrés du thermomètre de M. de Réaumur; je creufois enfuite dans la terre qui y étoit contenue, des trous; je la remuois en tous fens, afin de diffiper de toutes les manières le gaz à mefure qu'il fe développoit. J'avois le foin d'arrofer la terre de temps en temps avec de l'eau de rivière. Au bout de cinq mois, je voulus m'affurer fi je pouvois difcontinuer ce travail. Je reçus pendant plusieurs jours de suite dans des récipiens la vapeur qui se dégageoit de cette terre traitée par la chaleur simplement, sans aucun intermède. Au lieu d'un air inflammable, c'étoit toujours un peu de gaz méphitique que j'obtenois. Dès-lors j'étendis cette terre sur des planches à l'abri du soleil & de la pluie, & je n'en eus d'autres soins que de l'humecter avec de l'eau, & de la remuer tous les quinze jours.

2.° Le second monceau de la terre apportée du marais fut dès le premier jour étendu en tas sur un pavé de briques, de même à l'abri du soleil & de la pluie; je n'y ai pas touché pendant toute l'année 1779, si ce n'est que je la fis arroser d'eau simple de temps en temps, & remuer soigneusement.

3.° Et quant au troisième monceau, je le fis premièrement sécher à l'ombre, pour le dépouiller de toute humidité. Je l'avois destiné pour le lavage, en vûe de m'assurer si la terre du marais, pendant l'état d'abondance où elle se trouvoit en gaz inflammable, ainsi que l'expérience sur le lieu le faisoit voir, contenoit du nitre. Je la fis séjourner six jours dans l'eau. L'ayant après lessivée & filtrée, je soumis la lessive à une douce évaporation. Elle s'est réduite en une eau rousse, visqueuse, incoagulable, chargée de matières grasses & onctueuses. J'ai eu bien de la peine à la faire évaporer à siccité; j'y suis cependant parvenu. J'ai passé ensuite sur le résidu une bonne quantité d'esprit de vin froid, pour dissoudre la partie huileuse : enfin j'ai fait plusieurs dissolutions de la matière sèche; je les faisois bouillir & refroidir par intervalles : j'en soumettois des portions à la cristallisation : mais tous ces travaux ne m'ont fait appercevoir que de légers indices de matières nitreuses, & quelque peu de substance saline, qui fusoit comme de la mauvaise mèche d'artifice, mais qui n'avoit pas le caractère de Salpêtre bien décidé. Voici à présent les expériences que j'ai faites ensuite sur les deux premiers monceaux.

4.° La terre que j'avois dépouillée (n.° I.), autant qu'il m'avoit été possible, de principes inflammables, à mesure qu'ils se dé-

veloppoient dans la putréfaction des substances végétales &
animales, après une année & demie de repos, ne m'a fourni
qu'une quantité de Salpêtre très-petite, & presque inap-
préciable. On s'imagine bien que cette expérience devant
être décisive, j'ai eu recours à tous les moyens qui me
sont connus pour la bien faire. J'ai lessivé la terre trois fois
de suite; j'ai mis la lessive filtrée à toutes les épreuves de
l'évaporation, du refroidissement, des cristallisations réitérées, pour séparer les sels tant agglutinés que confus dans
la dissolution. Mais comme il ne s'agissoit enfin que de reconnoître
s'il y avoit du Salpêtre, on sent bien qu'il n'étoit pas si facile de
s'y méprendre, si la terre en avoit été effectivement & sensiblement imprégnée : mais je n'en retirai qu'une dose bien foible, & qu'on eut même de la peine à discerner.

5.° Un mois avant que de lessiver la terre du second monceau (n.° II.), où les matières végétales avoient été abandonnées à la putréfaction la plus complette sans y toucher,
je la soumis, vers la fin de l'année passée 1779, à plusieurs
épreuves, pour voir si, au moment où la nitrification devoit
être achevée, elle fournissoit plus de ce gaz inflammable,
dont elle étoit si riche dans son lieu natal. Je ne me ser-
vois que de la chaleur pour le dégager : mais il n'y eut
jamais dans les récipiens que de l'air respirable, & dans quelques épreuves du gaz méphitique.

6.° Enfin, ayant lessivé cette terre & filtré la lessive, je soumis à l'évaporation la dissolution. Tant par les refroidissemens
& ensuite par les cristallisations, que par le traitement convenable de l'eau mère, j'ai retiré sans trop de peine presque
une once & demie de Salpêtre très-bien caractérisé. J'y ai
trouvé du sel marin, comme on peut se l'imaginer; mais
c'étoit singulièrement du nitre dont il falloit s'assurer.

§. XXVI.

Ce sont celles d'entre mes expériences faites à ce sujet,
sur lesquelles je compte le plus, & qu'on peut répéter le plus
aisément sur toute sorte de matières végétales & animales en

putréfaction. Je fuis bien éloigné de les croire fuffifantes pour fonder un fyftême complet : la marche en ces fortes de matières, n'eft jamais affez lente ; mais il faut convenir qu'elles en peuvent être la bafe. L'on voit premièrement, que pendant la fermentation des fubftances végétales & animales, les liens avec lefquels le principe inflammable des parties huileufes eft retenu, deviennent fi foibles, que toute légère fecouffe eft capable de le dégager. D'abord qu'on y touche, voilà le feu qui fe manifefte ; il jaillit, pour ainfi dire, de toutes parts en gaz inflammable. Si l'on continue à l'enlever à mefure qu'il s'en développe de nouveau dans le progrès de la fermentation, toutes les dépouilles de ces matières ne forment, à putréfaction achevée, qu'une maffe incombuftible, faute des principes ignés, qui ont été diffipés : & fi l'opération de la Nature n'a pas été troublée, la matière du feu n'ayant point été détruite, & ayant eu toute la liberté de fe tranfmettre, & de fe fixer dans des matrices naturellement folides, elle ne fe dégage plus en gaz (n.° V.), ou en forme aérienne, ainfi qu'elle pouvoit le faire dans le premier état. C'eft dans fa nouvelle combinaifon, où elle a contracté des liens plus forts, qu'il faut la chercher, en un mot, dans le nitre qu'on retire à putréfaction achevée. Il n'eft plus de matière combuftible dans toute la maffe qui réfulte, que celle précifément où le principe inflammable s'eft logé. C'eft ainfi que l'expérience nous met fur la voie de le fuivre de proche en proche, depuis fon état originaire, dans les matières végétales & animales, jufqu'à fon nouvel alliage : s'il n'eft pas diffipé en gaz par une permutation, par une tranflation, en filence, il paffe dans des nouvelles combinaifons ; les dépouilles originaires qu'il a abandonnées, deviennent incombuftibles, & le corps de nouvelle efpèce dans lequel il s'eft combiné, devient, par cette union, combuftible, d'incombuftible qu'il étoit.

§. XXVII.

Ce premier pas fait, je me fis bien des queftions, dont voici les principales.

1.° Est-ce le principe inflammable tout seul, en état de feu pur, qui s'allie avec les alkalis ; ou y passe-t-il combiné & en qualité de matière inflammable ?

2.° Dans quel état est-il lorsqu'il est dégagé de nouveau de ces liens par un intermède, & qu'il nous paroît sous une forme aqueuse, à qui nous donnons le nom d'acide nitreux ?

3.° Ces deux états seroient-ils différens ?

4.°. Si la matière du feu toute pure est susceptible de se combiner avec des composés, dont l'eau & l'air sont principes, tels que les matières salines, huileuses, terreuses, &c. peut-elle l'être avec un simple composé d'eau & d'air ? Il paroît que non : il faut le secours d'un intermède. Quand même le phlogistique se transféreroit tout pur dans la première combinaison, c'est-à-dire, dans la formation du nitre, il ne sauroit paroître sous une forme aqueuse, qu'en qualité de corps inflammable, ou engagé dans une matière qui le rende miscible avec l'eau en qualité d'intermède.

5.° Est-ce quelque partie terreuse & fixe des huiles qui s'unit très-intimement avec le principe inflammable dans la putréfaction, & qui forme le nitre, ainsi que se forment les matières charbonneuses dans la décomposition des huiles par la distillation, & même dans la combustion des matières végétales & animales ? Ou sont-ce les sucs acides de ces matières, préparés, atténués, élaborés en un mot par la Nature pendant la fermentaion, qui fournissent la matière alkaline très-fine, très-divisée, & très-propre à s'unir au phlogistique, qui, dans l'état huileux, fuligineux, & de vapeur où il est, paroît le plus disposé à s'y combiner très-intimement ?

6.° L'humidité si nécessaire dans toutes les nitrifications, seroit-elle l'intermède propre à cette translation, & ne pourroit-elle pas encore décomposer le gaz inflammable, absorber le gaz méphitique qui s'y mêleroit, & toute autre matière étrangère, & transmettre le principe igné dans toute sa pureté ?

7.° Ne doit-il pas encore être permis, d'après ces expériences, de juger que l'air pourroit bien jouer dans la nitrification

fication, par rapport au phlogiſtique, qui paſſe d'une combinaiſon dans une autre, un rôle analogue à celui de toute combuſtion où le phlogiſtique ſe dégage ſous forme de feu libre ?

§. XXVIII.

Ce ſont des queſtions dont il paroît que la déciſion doit
s'attendre du temps, de nouvelles expériences, & de l'avancement de nos connoiſſances dans la Chimie. Cependant je
vais faire part à la Société Royale de quelques expériences
que j'avois faites précédemment, pendant les années 1776,
1777, après la publication de ſon premier Programme. En
les rapprochant des faits ci-devant rapportés, il ne peut
qu'en réſulter de nouvelles lumières ſur un ſujet ſi obſcur,
& ſingulièrement ſur la nature des ſubſtances propres à ſe ni-
triſer, s'il m'eſt permis de dire ainſi, dans la putréfaction.

PREMIERE EXPÉRIENCE.

Je pris une bonne quantité de plantes crues en pleine campagne ; les ayant concaſſées, je leur fis ſubir une longue
macération à froid dans un mélange d'eau & d'eſprit de
vin, au moyen de laquelle je leur enlevai la plus grande
partie des ſucs diſſolubles dans l'eau & dans l'eſprit de vin ;
enſuite je les retirai, en exprimant toute la liqueur dont elles
étoient imbibées, & ayant préparé à part deux monceaux
de terre légère, dépouillée de ſels par des lavages, ſur l'un
je verſai la matière liquide, & dans l'autre je diſtribuai les
débris des plantes dont on avoit fait l'extrait. Je faiſois remuer ces monceaux de temps en temps, & les arroſer avec
de l'eau, d'abord que la terre étoit ſèche. Vers la fin de
l'année 1777, ayant leſſivé les terres de ces expériences, & ayant
ſoumis les leſſives à l'évaporation & aux autres manœuvres
chimiques ſéparément, la terre imprégnée de ſucs extractifs
m'a d'abord fourni du Salpêtre bien décidé, ce que l'autre
ne fit pas, & encore ai-je remarqué que la matière végétale
n'y étoit pas putréfiée, à proprement parler.

E e

SECONDE EXPÉRIENCE.

En même temps que je faiſois l'extrait précédent par la macération, je ſoumis d'autres plantes à la décoction. L'extrait a été de même répandu ſur un monceau de terre traitée préalablement par le lavage, & dans un autre j'ai répandu & diſtribué toute la matière dont on avoit exprimé les ſucs. Le réſultat a été préciſément le même que dans l'expérience précédente : la terre dans laquelle avoit ſéjourné, pendant treize mois, le réſidu végétal qui avoit ſubi la décoction, ne s'eſt pas non plus ſalpêtrée, comme a fait l'autre, où l'on avoit répandu la matière extractive.

TROISIÈME EXPÉRIENCE.

Enfin ayant dépouillé d'acides une autre portion de végétaux, autant qu'il étoit poſſible, par la diſtillation, j'ai mêlé le réſidu dans de la terre, comme dans les expériences ci-deſſus, en le diſtribuant en petites parties. Au bout de quatorze mois, ayant ſoumis la terre, en 1777, au leſſivage, & la leſſive aux évaporations & aux traitemens convenables, je n'en ai retiré aucun indice de nitre, de quelque manière que je m'y ſois pris. Je dois avertir que toutes les plantes employées dans ces expériences étoient inodores, & crues en pleine campagne.

§. XXIX.

Qu'on ſe rappelle à préſent les connoiſſances inconteſtables qu'on a au ſujet des alkalis fixes végétaux. D'abord que les plantes ont été dépouillées de leurs acides concrets, ſoit par la macération, ſoit par la décoction, ou par la diſtillation, lorſqu'on les brûle à l'air libre, elles ne laiſſent que très-peu ou point d'alkali dans leurs cendres. Maintenant ces expériences nous apprennent que ces mêmes réſidus, ſoumis à la putréfaction dans des matrices convenables, ne ſont plus propres à fournir du Salpêtre, & que ce n'eſt que de la matière des extraits, qu'on en peut retirer. Il eſt donc viſible qu'il y a dans tout ceci une liaison frappante & marquée, qui mérite bien toute l'attention des Chimistes. On a tout lieu de croire que si l'alkali fixe doit son origine aux acides des végétaux, c'est là que le nitre a également sa source matérielle & propre, d'après l'atténuation, l'élaboration & la préparation de ces substances pendant la putréfaction, & moyennant l'accès & l'union intime du principe inflammable qui se développe, comme on vient de l'établir, des huiles décomposées dans la fermentation putride portée à son plus haut point, soit qu'il s'y porte tout pur, soit qu'il soit combiné avec quelque autre substance, ce qu'on ne sauroit encore décider. Rien, par exemple, de plus recherché dans les nitrières, que les sucs qui proviennent de la vigne, des fruits, pour une plus grande production de nitre. La lie, le marc, le tartre, tout y est précieux. Et ce sont précisément de toutes les matières végétales, celles qui fournissent le plus d'alkali fixe par l'incinération (Chap. II, §. XVIII). Il se pourroit même faire que les substances acides qui se changent presque entièrement en alkali par la combustion, tel que le tartre, fussent en même temps les plus faciles & les plus promptes à se nitrifier, étant convenablement traitées & rapprochées. Ce ne seroit pourtant que faire par des voies plus courtes, ce que la putréfaction naturelle ne manqueroit pas d'opérer un peu plus à la longue, mais en récompense d'une manière plus simple & à moindres frais.

§. XXX.

Cependant il s'en faut de beaucoup qu'on soit autorisé d'en conclure que le nitre y est complet & tout formé. Comme ce sentiment ne manque pas de célèbres partisans, & que c'est même le système général de M. Lémery, il faut nécessairement entrer dans quelques discussions à ce sujet, ne fût-ce que pour l'éclaircir & pour se décider avec quelque fondement.

Etant assurés d'un côté qu'on ne trouve jamais de nitre que dans des endroits accessibles à des sucs végétaux ou

animaux, dont ils peuvent s'imprégner, & voyant de l'autre
qu'en faisant un grand nombre d'analyses de matières végétales & animales, & même de simples extraits, on en retire
de la matière nitreuse bien caractérisée, on s'est cru fondé
à en conclure que ce sel préexiste tout formé dans les individus de ces deux règnes, & qu'ils en font la source. Mais il y a de
fortes objections à faire à ce sentiment. Il falloit préalablement
s'assurer que le nitre complet, qu'on trouve dans les végétaux & les animaux, ne leur est pas étranger, parce qu'il est
possible que les plantes & les animaux l'aient tiré des sucs
nourriciers, sans qu'il soit entré dans leur économie, & qu'il
y ait été décomposé. Il est de fait que la quantité qu'on en
obtient, en cette qualité, est très-variable. Le grand soleil,
par exemple, qui a cru sur des couches ou dans du terreau, contient une quantité prodigieuse de nitre; & lorsqu'il a cru en pleine campagne, il n'en contient pas. Il en
est de même de la betterave, en comparant les expériences de
MM. Baumé & de Vannes (voyez le Recueil cité, page 389).
On a singulièrement dans le kali un exemple frappant du
changement qui arrive aux végétaux dans leurs produits, suivant les terreins où ils font cultivés. Le kali d'Espagne, semé
dans des terreins fort éloignés de la mer, dégénère à la longue, & au lieu de cet alkali marin qui fait la base capitale de la soude d'Alicante, il donne, par l'incinération, de
l'alkali fixe purement végétal (Mém. de la Soc. Roy. pour
l'année 1774, page 42). Par conséquent, dès que les expériences, tant anciennes que modernes (Mém. de l'Acad. Roy.
1748), font voir que les plantes peuvent se passer des alimens de la terre, & conserver leur nature en se nourris-
sant simplement d'eau, il ne faut pas établir, contre des
faits journaliers, que les plantes ne tirent rien de la terre
dans laquelle elles sont cultivées. Pendant que les principes propres se développent dans une jeune plante, elle trouve sa nourriture & une sève convenable dans les lobes, comme le fœtus dans
son placenta : mais lorsque le germe commence à grossir,
les racines suppléent aux lobes en pompant les sucs nourri-

ciers & la subsistance de la terre. L'humidité absorbée ne laisse pas d'entraîner avec elle des matières salines qui s'y trouvent, lesquelles, filtrées & atténuées, restent dans la plante, changeant tantôt de figure & se transformant suivant les organes du végétal, & tantôt n'y subissant que de légères altérations. Ceci est si conforme à ce qui se passe tous les jours sous nos yeux, que je ne veux pas perdre mon temps à l'étayer de nouvelles preuves. Mais supposons que ce nitre ne soit pas étranger aux individus du règne végétal & animal ; d'abord que pour l'en retirer il faut que ces corps aient subi des altérations, des mouvemens de fermentation, des modifications, enfin, de leurs parties constitutives, on n'a plus de droit de conclure que le nitre y préexiste tout formé, & que ce sont ces mouvemens qui doivent le développer : que de raisons pour en inférer, que c'est un être dont les matériaux essentiels préexistent à la vérité dans ces individus, mais que c'est par ces mouvemens qu'ils sortent d'une combinaison pour rentrer dans une autre ! En considérant donc sérieusement qu'on ne retire pas de nitre tout formé de toutes les plantes, de tous les animaux ; que la quantité qu'on en obtient de quelques individus n'est jamais constante, qu'ils en sont quelquefois entièrement dépourvus ; qu'au contraire, il n'est pas de matières végétales & animales fermentescibles, dont à la longue il ne résulte du nitre par une putréfaction vraiment complette ; qu'en dépouillant ces matières de tout principe inflammable par dissipation, pendant la fermentation, il n'en résulte plus un atome de nitre ; qu'enfin, en n'y détruisant pas le phlogistique, ce n'est plus que dans le nitre qu'on le trouve intimement engagé, tout le reste étant devenu incombustible, ce qui fait voir que les parties huileuses se sont décomposées dans la putréfaction, & que le phlogistique qu'elles contenoient, n'a fait que quitter sa matrice originaire huileuse, pour en imprégner une autre, sans devenir feu libre, on ne sauroit disconvenir qu'il ne soit permis de penser :

1.º Que le nitre tout formé, dont quelques-uns de ces individus vivans sont souvent chargés, s'est trouvé fortuitement mêlé avec les substances qui leur ont servi de nourriture, & qu'il ne doit pas être mis au nombre de leurs principes naturels.

2.° Que comme dans bien des corps organisés les sels pompés peuvent avoir été fort légèrement altérés, même par la fermentation qu'ils peuvent y avoir subie, il n'est pas impossible que par des rapprochemens convenables ils reprennent & manifestent aisément leurs caractères particuliers, & en imposent par-là, comme si c'étoient des principes qui entrassent essentiellement dans leur composition.

3.° Qu'il est encore très-possible qu'il y ait bien des sucs végétaux & animaux naturellement très-fermentescibles, qu'une première fermentation réduise d'abord dans un état de demi-décomposition. C'est par-là qu'ils reçoivent un commencement de nitrification qui ne demande que d'être achevée. Dès-lors, il ne s'en faut pas beaucoup que par de nouveaux rapprochemens, par des traitemens convenables, la décomposition se complette, le travail de la Nature s'élabore, se perfectionne, & il en résulte un nitre bien décidé. N'est-ce pas précisément le cas où se trouvent quelques plantes nitreuses, les plantes les plus riches en alkali fixe, dont les sucs sont les plus disposés à se nitrifier, ainsi que je l'ai fait observer (§. XXIX)? & je ne suis pas éloigné de croire que ce ne soit sur-tout une prérogative particuliere aux dépôts tartareux qui se séparent des vins & des fruits. Mais il ne faut pas confondre des commencemens, des ébauches de nitre avec le nitre complet, décidé, tout formé. Et peut-on refuser ici des éloges à la circonspection de MM. Macquer & Spielman, qui n'ont jamais pu se déterminer à y reconnoître un nitre tout achevé, ainsi que plusieurs Chimistes se croient fondés à le faire? A la vérité, leurs procédés mêmes, dans le traitement de ces dépôts, fait pour y développer le nitre, donnent tout lieu de juger que ce qu'ils contiennent de matière nitreuse, n'est rien moins qu'un nitre complet. Ne seroit-ce pas supposer tout connu, ce qu'il est question de démêler? A-t-on démontré que les moyens qu'on emploie pour le démasquer, ne font pas suffisans pour en rapprocher les principes & compléter la combinaison, si ce n'étoit qu'une nitrification ébauchée?

4.° Qu'abstraction faite de tout accident & des circonstances particulières, on a tout lieu de conclure que la génération du nitre, naturelle, constante & propre, n'est due qu'à la décomposition totale des corps organisés. C'est l'ouvrage décidé de leur putréfaction portée à son plus haut point; & le nitre, loin d'y préexister tout formé, n'est qu'un être de nouvelle formation qui résulte des principes séparés dans ce travail de la Nature, & qui rentre par un nouveau travail dans une combinaison toute nouvelle, ainsi que les faits rapportés concourent à le démontrer. On y voit le principe igné contenu originairement dans les principes prochains huileux des végétaux & des animaux, se dégager par la fermentation, rentrer dans une combinaison plus fixe, & réformer enfin ce nouveau corps inflammable sans devenir feu libre par une simple translation.

§. XXXI.

C'est jusqu'où j'ai été conduit par l'expérience, & ce qu'il m'a été permis de pénétrer, d'une marche suivie & réglée, dans l'ouvrage de la nitrification. Il seroit à souhaiter qu'on pût se décider sur les questions que je me suis faites à moi-même au sujet de l'acide nitreux (§. XXVII). Mais il ne me reste plus de temps pour entreprendre de nouvelles expériences; & en proposant des conjectures, je risque de répandre de l'incertitude sur un sujet dans lequel je ne me suis laissé guider jusqu'ici que par les faits. D'ailleurs, comme c'est un travail tendant plus à la perfection de la théorie, qu'à l'avantage immédiat de la pratique, on ne sauroit assez attendre qu'on ait des idées nettes & décidées sur les acides animaux trop peu examinés, & même sur les acides végétaux, où paroît être non seulement la source matérielle des alkalis fixes, comme on le savoit, mais le laboratoire encore immédiat & propre de nos nitres; qu'on ait l'histoire & la connoissance complette & détaillée de ce qui fe paffe dans la putréfaction des matières animales & végétales fermentefcibles, depuis fon commencement jufqu'à fon dernier accompliffement, & qu'on foit enfin parvenu à bien connoître par l'analyfe ce qui eft intimement uni à la matière du feu dans l'acide nitreux libre, & ce qui le rend mifcible à l'eau. Il faut bien du temps & du travail, pour déchirer le voile qui dérobe ce myftère à nos yeux. Il y a long-temps que tous les faits ont prouvé d'une manière inconteftable, que les métaux font compofés de fimple terre & de phlogiftique : mais c'eft encore une queftion que de favoir fi ces deux principes feuls & purs fuffifent pour conftituer les métaux, ou fi ce ne font que des principes prochains. En fera-t-il de la nitrification des alkalis, comme de la métallifation des terres ? Peut-on efpérer de faire du Salpêtre avec des alkalis & du phlogiftique, en tâchant de les combiner par la voie humide ? Et ne paroît-il pas plus convenable de le leur préfenter, par cette voie, fous la forme de gaz tiré de la fermentation de fubftances huileufes, ou de mélanges végétaux & animaux putrefcibles ?

CHAPITRE

CHAPITRE IV.

De la multiplication du Nitre.

§. XXXII.

SI l'on fait attention à la fuite des faits très-fimples & très-certains qu'on vient de rapporter, & aux conféquences légitimes qu'on s'eft permis d'en tirer, l'on voit manifeftement qu'on peut fe former, fur l'origine des nitres, des idées beaucoup plus juftes & plus précifes que celles qu'on avoit précédemment. Ce n'eft plus l'ouvrage des acides minéraux modifiés, tranf-mués par le concours des matières putrefcibles, ni une fixa-tion & combinaifon de l'acide nitreux répandu par l'air dans les fubftances propres à le recevoir ; ni un compofé tout formé, faifant une des parties conftitutives & prochaines des corps organifés. On fait à préfent avec toute la certitude dont un fujet de phyfique eft fufceptible, que c'eft uniquement le produit immédiat & propre de la putréfaction des parties vraiment fermentefcibles du règne végétal & animal, portée à fon plus haut point, un être qui en réfulte de nouvelle for-mation. C'eft donc à ce dernier degré de la fermentation, où l'organifation des individus de ces deux règnes eft entièrement défunie, décompofée, dénaturée, que fe fait ce travail. La matière du feu, contenue originairement dans ces individus, s'en fépare fans devenir feu libre, quitte fa combinaifon pour rentrer dans une autre, fe tranfmet, s'unit intimement avec celles des fubftances plus fines, plus divifées, qui font les plus difpofées à s'en imprégner. C'eft l'acte où s'engendre, fe forme, fe combine évidemment cet être effentiel de toute nitrification, qu'on nomme acide nitreux. Les corps dans lefquels il s'eft combiné, en perdant une partie de leur fixité naturelle, devien-nent en récompenfe combuftibles, de non combuftibles qu'ils étoient. On a des exemples frappans en Chimie de cette

F f

tranflation, en filence, & fans combuftion, du phlogiftique
d'un corps combuftible en un autre qui ne l'étoit pas, &
qui par-là le devient éminemment. Les foufres qu'on produit
en combinant les graiffes, les réfines, les charbons, & toutes
fortes de corps combuftibles avec l'acide vitriolique qui ne
l'eft pas, en font une preuve. On en trouve une autre dans la
réduction de toutes chaux métalliques de quelque efpèce que
ce foit, le corps inflammable leur tranfmettant le phlogiftique. C'eft l'origine immédiate, matérielle & propre de tous
les nitres qui fe forment dans la Nature : foit qu'ils s'y trouvent complets & tout formés, mafqués ou libres ; foit qu'ils
y exiftent incomplets & en ébauche ; foit enfin que l'Art fe
les procure de quelque manière que ce foit, on ne fauroit
douter, d'après les faits, que ce ne foit toujours par une même
opération, identique, invariable, qui s'eft faite ou fe fait,
que les fubftances falino-alkalines ou terreufes fe nitrifient,
moyennant le principe inflammable qui s'y tranfmet des fubftances huileufes qui le contiennent proprement & originairement, fans devenir feu libre. Quoiqu'on ne fache pas au
jufte, à ne rien diffimuler, fi c'eft tout feul & pur ou combiné
qu'il s'y unit en quittant fon état naturellement huileux, c'eft
pourtant beaucoup pour notre objet, que de favoir que cette
tranfmiffion a réellement lieu, ainfi qu'il eft conftaté par les faits.
Car fi le principe igné eft diffipé pendant la fermentation
des matières putrefcibles, il ne fe forme pas de nitre abfolument ; & lorfqu'au contraire ce principe n'eft pas détruit,
on n'en trouve de traces à putréfaction achevée, que dans
les matières nitreufes qui fe font formées effectivement, &
qu'on peut récolter. C'eft un point capital qui ne nous
échappe plus, & qui, joint aux connoiffances qu'on avoit,
& qui viennent même de recevoir le dernier degré de
certitude, fournit affez de données, ainfi qu'on va le voir,
pour remplir notre objet d'une manière fatisfaifante.

§. XXXIII.

En réfléchiffant fur la putréfaction & la combuftion des

corps organifés, on s'apperçoit facilement qu'il y a une analogie très-marquée entre ces deux grandes opérations de la Nature. Toutes les deux aboutiſſent à cela, qu'il en réſulte la réſolution totale & la décompoſition des individus qui les ſubiſſent. Mais ſi ces procédés ſe reſſemblent à cet égard, ils différent quant aux produits qui en proviennent à opérations achevées. En n'y conſidérant que la différence des rôles que le principe inflammable doit y jouer dans l'état huileux, on ſent d'abord qu'il n'eſt pas poſſible que les réſultats finaux ſoient les mêmes. Il y a dégagement effectif de la matière du feu dans toutes les deux ; mais dans la combuſtion elle eſt diſſipée, détruite pour la plus grande partie : ce qui n'arrive pas dans la putréfaction, à moins que des circonſtances particulières ne l'en ſouſtraient, parce qu'ordinairement le phlogiſtique rentre par tranſmiſſion dans des combinaiſons toutes nouvelles. Cependant il y a en tout ceci des lumières bien importantes à retirer au ſujet de la nitrification, qui s'y lie eſſentiellement & néceſſairement; car comme il n'y a de différence marquée qu'après l'acte du développement, il doit être permis de penſer que c'eſt par un même intermède, par un mécaniſme tout ſemblable que ſe fait cette ſéparation ; la rapidité plus ou moins grande de l'opération pouvant tenir à l'application plus ou moins continue de l'intermède, plutôt qu'à l'intermède même. Ainſi, puiſqu'il eſt de fait & au deſſus de toutes conteſtations, que l'action de l'air libre eſt indiſpenſable dans la combuſtion, on a tout lieu de préſumer que ſi c'eſt l'intermède qui ſépare le phlogiſtique, le dégage, ſe ſubſtitue peut-être à ſa place dans la combuſtion, comme précipitant, ce doit être en cette qualité, & en jouant un rôle analogue, que l'air entre & agit dans les putréfactions. En effet, aucune matière végétale & animale ne peut ſe putréfier ſans le concours immédiat de l'air : plus les parties de ces corps ont de contacts avec l'air, plus la putréfaction eſt rapide & complette.

Comme l'expérience vient à l'appui de cette importante vérité, il eſt naturel de croire que le principe étant le même, tout ce qui concourt à favorifer, accélérer & compléter le dégagement du principe inflammable dans la combuftion, doit néceffairement contribuer à l'en dégager dans la putréfaction. Et fi c'eft ce dégagement qu'il faut principalement favorifer pour la nitrification, ainfi qu'on le fait maintenant au jufte, ce feront des points fondamentaux de pratique, tout comme dans les combuftions.

1.° De divifer, d'amincir, & de réduire toutes les matières animales & végétales qu'on veut foumettre à la fermentation en de fort petites parties, & de les difpofer de manière qu'elles foient touchées de toutes parts par la plus grande quantité d'air qu'il eft poffible.

2.° De retourner de temps en temps, & remuer ces parties, en forte que l'air ait par-tout l'accès libre, & qu'elles s'y préfentent, & foient toutes fucceffivement foumifes à fon action.

3.° De renouveler même fouvent cet air qu'on veut introduire dans l'opération : & de même que l'air atmofphérique n'eft pas long-temps propre au dégagement du principe igné dans les combuftions, il ne doit pas l'être davantage pour ce même effet dans les putréfactions. Les fubftances aériformes qui y font mêlées, n'étant pas faites pour entretenir ce développement dans la combuftion, ne le favorifent pas non plus pour la nitrification. S'il eft de fait que l'air tout pur eft le feul qu'on trouve convenable aux combuftions, c'eft de même cet air qui le doit être dans les nitrifications.

§. XXXIV.

Tout ceci tient également au dégagement du principe inflammable dans la combuftion & dans la putréfaction. Mais de ce que dans la première opération le phlogiftique doit fe diffiper à mefure qu'il fe dégage, & ne doit dans l'autre que rentrer paifiblement dans une nouvelle combinaifon fans devenir feu libre, il s'enfuit que l'application de l'air & du feu doit être foigneufement ménagée dans la putréfaction. Ce n'eft pas un courant d'air, qu'il faut diriger fur les parties en putréfaction : ce qui augmenteroit & accéléreroit efficacement la combustion de ces substances & la dissipation du principe igné , seroit nuisible dans une opération où il ne s'agit que de lui faire quitter doucement son état huileux, sans viser aucunement à sa destruction. Il en est de même de la chaleur à y entretenir : l'action de la chaleur unie à celle de l'air, contribue , à la vérité, éminemment au dégagement du phlogistique ; ce qu'on ne sauroit nier : mais si le degré en est trop fort , l'opération devient un commencement de combustion , & le phlogistique se disperse au grand dommage de la nitrification. Rien de plus important à ménager dans les putréfactions que le phlogistique, dont la perte entraîne celle du nitre. On verra bientôt que c'est encore à d'autres égards, qu'une trop grande chaleur est préjudiciable à la nitrification ; mais si l'on sait à quoi s'en tenir, suivant ces principes, au sujet de l'air , le degré de chaleur convenable à ce travail est un point sur lequel on ne peut pas fixer des limites très-précises. Nous y reviendrons dans la suite.

§. XXXV.

Mais si la coopération de l'air & de la chaleur est tout ce qu'il faut pour séparer, en qualité d'intermède , & dégager la matière du feu de ces mixtes dans la combustion comme dans la putréfaction , il y a dans celle-ci une opération bien plus délicate à approfondir; c'est la transmission tranquille de ce même principe igné, & son passage d'une combinaison dans une autre. Il ne suffit pas de recourir à la grande disposition qu'ont les substances alkalines & terreuses à s'unir au phlogistique; il faut encore l'interposition d'une substance qui occasionne cette union, & qui puisse servir de véhicule, de conducteur du phlogistique, & qui par conséquent n'ait pas elle-même une trop grande affinité avec les principes inflammables. En considérant qu'un certain degré d'humidité est toujours une des conditions requises dans ces sortes de fermentations , & que c'est d'ailleurs par la voie humide que la Nature ordinairement décompose , recompose & fait une infinité d'opérations, il me paroît que l'eau pourroit être l'instrument, l'intermède convenable pour cette translation. Il y a tout lieu de le présumer ; car l'eau n'a effectivement que très-peu d'affinité avec le principe inflammable, & paroît douée de toutes les conditions nécessaires pour présenter les substances terreuses & la matière du feu, l'une aux autres, de manière qu'elles puissent se combiner. On sait que si le phlogistique, dans l'acte de son dégagement, est encore dans un état fuligineux, de vapeur aérienne, de gaz inflammable, l'eau peut être son décomposant. Et comme il est impossible qu'il ne soit accompagné de gaz méphitique dans le développement, il n'est rien de plus propre que l'eau pour l'en dépurer, étant de fait qu'elle absorbe ce gaz très-puissamment & le tient en dissolution. Quelques observations paroissent venir à l'appui de cette conjecture. Premièrement, il est constant que bien des putréfactions de matières végétales & animales, même les mieux ménagées, ne donnent que peu ou point de nitre, malgré la chaleur convenable qu'on peut y avoir entretenue, & l'accès libre de l'air, à moins qu'on n'y ait maintenu un certain degré d'humidité. On ne sauroit entièrement l'attribuer à une fermentation imparfaite ; car à la longue tout caractère végétal & animal est détruit, tout est porté à la dernière décomposition. Il paroît que dans cette circonstance le phlogistique doit avoir subi une dispersion, ou qu'il n'est pas entièrement dégagé & sorti de son état huileux : mais comme il ne reste après tout que peu ou point de matière combustible, & qu'il n'y a pas d'ailleurs de nitre où le phlogistique se soit logé, le principe inflammable paroît dissipé. C'est ce qui arrive aux bois pourris en plein air ou en grande eau, qui, faute du principe inflammable qui leur a été enlevé, ne sont pas plus propres à la combustion qu'à la nitrification. Il résulte de là, qu'on ne sauroit assez ménager l'humidité dans les putréfactions, ainsi qu'on l'a dit de la chaleur & de l'air. L'eau n'y doit jamais être surabondante, autrement, quand même les matières putrescibles ne seroient pas entraînées, & qu'il pourroit y avoir décompofition complette des corps foumis à la putréfaction, ce feroit avec beaucoup plus de lenteur, & la plus grande partie du principe inflammable feroit plus difpofée à fe difperfer, qu'à fe rapprocher des fubftances trop disjointes dans l'eau & dans une trop grande difgrégation, au préjudice de la formation du nitre. Si donc ce n'eft qu'une fimple humidité & même très-légère, qui convient à ce travail fort délicat, c'eft une raifon de plus de ménager attentivement le degré de chaleur & l'accès paifible de l'air, ainfi qu'on l'a infinué ci-deffus (§. XXXIV), dans la crainte d'occafionner un def-sèchement nuifible, & d'enlever par évaporation l'intermède aqueux fi néceffaire dans la nitrification.

§. XXXVI.

Rien de plus facile d'après toutes ces connoiffances, que de former un plan de la plus grande étendue & sûreté, pour remplir le grand objet de la multiplication matérielle du nitre, & pour renchérir fur tous les moyens connus d'y parvenir avec fuccès. On fait que c'eft feulement dans les règnes végétal & animal que ce fel a fa fource immédiate, effentielle & propre, & que, de même que les charbons, il paroît fe former uniquement par l'accès du phlogiftique des individus de ces deux règnes, où eft la fource originaire, conftante & propre de toutes les huiles. Par conféquent on peut être affuré que dès qu'on ne trouve aucun veftige d'huile dans les fubf-tances purement minérales, même les plus inflammables, à moins que des circonftances particulières n'y en aient apporté & mêlé quelque portion, le nitre ne fauroit tirer fon ori-gine matérielle du règne purement foffile, que par accident; ce qui d'ailleurs s'accorde parfaitement avec les autres faits fondamentaux de la nitrification, expofés dans le Chapitre précédent. Tout le nitre qu'on y rencontre ordinairement, y eft étranger, ainfi qu'on l'a conftaté ci-devant; il provient des deux autres regnes, & n'a été élaboré & complété que par l'accès des fucs végétaux & animaux dont il tire fon origine. Si donc ce n'eft que du débris des êtres, où fe fait une circulation perpétuelle de décomposition & de reproduction, que le nitre se forme, êtres répandus sur toute la surface de la terre, en profitant, d'un côté, des putréfactions toutes naturelles qui ne peuvent manquer d'avoir lieu dans bien des circonstances, & même dans des endroits tout-à-fait inhabités, & en en occasionnant, de l'autre, artificiellement par des moyens les plus convenables, on va s'ouvrir de toutes parts bien des ressources pour sa multiplication. Ce sont toujours les matières putrescibles qui en forment le premier, & sans doute l'unique fondement.

§. XXXVII.

Mais ce n'est pas assez, quant aux procédés artificiels, que de diviser ces matières en petites parties, de les accumuler en grands amas, & de les abandonner à elles-mêmes, pour donner lieu à la génération de ce sel. Ayant établi qu'un des principes les plus importans sur sa formation, c'est de procurer le plus de contacts qu'il est possible avec l'air libre & pur, d'entretenir par-tout une légère humidité, de répandre par-tout l'action de la chaleur; la raison nous apprend, & l'expérience y vient à l'appui, qu'il n'est rien de plus avantageux que de distribuer & disperser ces corps fermentescibles dans des pierres ou des terres poreuses, friables, légères, aérées. Elles attirent l'humidité, s'en chargent & la retiennent; absorbent le gaz méphitique qui ne manque pas de se développer dans la putréfaction; facilitent l'accès & la circulation de l'air; favorisent les changemens alternatifs d'humidité & de chaleur. C'est enfin le laboratoire où la décomposition des substances putrescibles & la préparation de ce sel se fait plus promptement & plus complétement qu'en toute autre manière, & où par conséquent la nitrification a lieu le plus abondamment. En effet, une petite quantité de mélanges putrescibles distribuée dans une grande quantité de ces sortes de terres, se décompose très-facilement, & fournit beaucoup plus de nitre & plus promptement qu'on n'en auroit

retiré

retiré, si elle avoit été mise en putréfaction toute seule & abandonnée à elle-même, le concours des autres circonstances favorables étant également ménagé de part & d'autre. Au surplus, on a des preuves que les terres calcaires singulièrement, ont une grande disposition à attirer le phlogistique, & même à l'arrêter & à s'y unir.

§. XXXVIII.

Quoiqu'on sache donc qu'il n'est pas essentiellement nécessaire de mêler les substances végétales aux animales pour la production du nitre, quelques considérations qu'on va faire nous convaincront qu'il faut préférer le mélange de toutes les deux, à des nitrières purement végétales ou animales. Il est vrai qu'on ne trouve dans le règne animal aucun principe qui ne se rencontre dans le végétal ; il y a cependant entre eux une différence sensible, non pas du tout à rien, mais du plus au moins, & pour la quantité & pour la qualité de ces principes. Les animaux paroissent abonder en substances huileuses plus que les végétaux ; & les huiles dans ceux-ci sont même en général moins atténuées que dans les autres. Les végétaux en général se putréfient plus difficilement que les animaux, ceux-ci étant beaucoup plus près de la décomposition que les substances végétales. L'expérience nous apprend encore que c'est dans les sucs acides des végétaux qu'est la source véritable des alkalis fixes, & qu'au contraire les acides animaux sont plus disposés à se volatiliser & à devenir alkalis volatils. En effet, les nitres qu'on retire de la putréfaction des matières purement animales, ne sont que des nitres à base terreuse. Les substances animales paroissent donc en général plus propres, à fournir une plus grande quantité de principes ignés que les végétales, & à produire par conséquent plus d'acide nitreux ; elles le produiroient même plus promptement, si cette même surabondance de graisses & de matières huileuses ne s'opposoit d'abord à son dégagement. Mais, tout considéré de part & d'autre, il paroît plus avantageux de mêler ces substances ensemble, que de les aban-

G g

donner à elles-mêmes féparément. S'il eft de fait que rien ne retarde plus , & n'arrête même la fermentation des matières qui en font fufceptibles , que le mélange de fubftances qui ne font pas elles-mêmes fermentefcibles , rien au contraire ne paroît plus propre à la favorifer & à l'accélérer, que le mélange de celles qui font non feulement elles-mêmes fufceptibles de fermentation , mais incomparablement plus proches de la putréfaction, ainfi que le font toutes les matières animales. Et, après tout, ce qui fe développe d'alkali fixe des fubftances végétales, fournit autant de bon Salpêtre, fans qu'il foit néceffaire d'en chercher d'ailleurs pour la tranfformation des nitres à bafe terreufe.

§. XXXIX.

Mais il ne faut pas oublier qu'on accélère beaucoup la fermentation en divifant préalablement toutes les parties végétales & animales, qu'on veut foumettre à la putréfaction (§. XXXIII). Il feroit encore mieux de macérer un peu les matières végétales avant que de les mêler ; ce qui pourroit fortement hâter la fermentation , ayant pourtant foin de répandre fur le mélange l'extrait qu'on en auroit tiré par cette infufion. En fe rappelant toutes les qualités connues de la chaux , ce n'eft pas fans fondement que les Artiftes en confeillent l'ufage dans les nitrifications : elle diffère à beaucoup d'égards des terres & des pierres calcaires non calcinées , ayant acquis par la calcination toutes les propriétés des alkalis fixes, quoique dans un degré inférieur. L'expérience nous a appris que la chaux a de l'action fur les huiles & fur les graiffes ; qu'elle aiguife & amène à une grande caufticité les alkalis ; qu'elle abforbe l'humidité, l'air gazeux des fermentations putrides, & s'en empare ; qu'elle décompofe les fels ammoniacaux, & en dégage l'alkali volatil. On ne fauroit nier que ce ne foient-là bien des qualités dont on peut tirer des avantages dans la formation des nitres , ainfi qu'on le juge communément. Mais ce n'eft pas une queftion indifférente que de favoir quelle en est la dose convenable, & quel est le temps précisément de l'employer.

Je vais exposer quelques expériences que j'ai faites à ce sujet, pour répandre un peu de jour sur un article si important. J'ai pris de la chair de mouton, & l'ayant divisée en petits morceaux, je l'ai mêlée avec des herbes hachées, j'ai distribué le tout dans une plus grande quantité de chaux vive, & je l'ai laissé reposer pendant neuf mois. Au bout de ce temps, je voulus visiter le mélange. Les morceaux de chair s'étoient affaissés & comme desséchés. Ils avoient acquis une couleur livide, & la consistance qu'ils avoient prise, ainsi que les plantes, étoit ligneuse. Tout y étoit en entier ; point d'exhalaison fétide, point de véritable décomposition. Ce n'étoit qu'en cassant ces parties ligneuses, qu'il en émanoit une très-mauvaise odeur. Ceci fait voir que la pratique usitée d'enfouir les cadavres des animaux, pendant les épidémies, dans la chaux vive, est très-fondée. Ce n'est pas seulement la partie aqueuse que la chaux absorbe ; elle paroît enlever tout le flegme des corps soumis à son action, empêcher la fermentation putride dont ils seroient susceptibles, & suspendre par-là le développement des alkalis volatils, & la décomposition. C'est, je crois, ce qui doit arriver en infusant de la chaux vive en quantité dans tout mélange destiné à la putréfaction. L'observation qu'on fait, que les murs où il est entré beaucoup de chaux, sont ceux qui amassent le plus de nitre, n'est d'aucune force contre une telle vérité de fait. C'est que les circonstances sont très-différentes. C'est l'acide nitreux développé ailleurs, qui se corporifie dans les murailles, où il s'en faut encore de beaucoup que la chaux ait conservé toute sa causticité, comme on l'a observé dans le deuxième Chapitre : par conséquent dans les nitrifications où la fermentation doit avoir tout son essor, on risque beaucoup d'y gêner par la chaux, la liberté des mouvemens naturels, sans en retirer peut-être tous les avantages qu'on lui a attribués. On ne sauroit disconvenir qu'une certaine quantité

G g ij

de chaux pourroit ne point faire de tort au travail de la Nature ; mais en confidérant que la dofe proportionnée aux différens mélanges eft entièrement inconnue, on fe perfuadera facilement qu'il vaut mieux n'en faire aucun ufage dans les commencemens, & la réferver pour le progrès & la fin de la nitrification, même avec ménagement, ainfi qu'on le verra en fon lieu.

§. X L.

Il n'en eft pas de même des plâtras, gravois de chaux & de tous les décombres, en un mot, des vieilles murailles où il entre de la chaux. Bien des raifons les rendent préférables aux meilleures terres calcaires pour la nitrification. Ce n'eft plus une chaux cauftique, empêchant ou retardant au moins la corruption des matières fermentefcibles ; c'eft une chaux redevenue prefque une fimple terre calcaire, mais incomparablement plus poreufe, plus aérée, plus légère. Puifque la formation des nitres eft en général l'ouvrage de la putréfaction complette, & que la putréfaction ne fauroit fe faire fans que les matières fermentefcibles éprouvent, comme on l'a dit, ce changement alternatif, d'air, d'humidité, de chaleur, il n'eft rien de plus propre peut-être à remplir toutes ces vûes, que ces vieux cimens. On doit dire tout le contraire des fables purs, des terres trop graffes & compactes, des argiles tenaces, qu'on doit éviter le plus qu'on peut, à caufe du peu d'accès qu'elles donnent à l'air, & du peu de liberté que les parties putréfiées ont à s'y loger & à fe préparer pour l'élaboration du nitre.

§. X L I.

Il s'en faut bien, à la vérité, que nous ayons une hiftoire complette de la putréfaction, & de tous les changemens fucceffifs que la Nature fait éprouver aux mélanges fermentefcibles, depuis fon commencement jufqu'à fon dernier terme, avant que de réformer de nouveaux êtres ; & ce qu'il y a

de plus, c'eſt que nous ne connoiſſons pas toutes les matières qui peuvent la retarder. Cependant nous ſommes à
préſent beaucoup plus avancés que nous ne l'étions avant cette
époque, & nous le ſerons davantage après qu'on aura publié
toutes les recherches qu'on aura faites à ce ſujet. A préſent
que nous connoiſſons un peu plus intimement l'influence de
de l'air, de la chaleur, de l'humidité, & le rôle de chacun
de ces intermèdes, on voit de quelle conſéquence eſt, tant
leur ménagement & alternation, que leur privation, pour
favoriſer ou ſuſpendre l'avancement de la putréfaction. On
fait encore à quoi s'en tenir par rapport à bien d'autres ſubſtances, qu'on avoit l'habitude de mêler dans les nitrières.
Tout ce qui peut troubler la fermentation des parties putreſcibles,
altérer l'arrangement de leurs principes, s'y unir même librement,
& y entremêler des réactions contraires à leurs mouvemens
fermentatifs, doit être regardé comme nuiſible à ce travail,
& comme retardant & empêchant même ſon progrès. Telles
ſont, par exemple, toutes les ſubſtances ſalines, & particulièrement les ſels à baſe métallique. Quand même ce ſeroit pour
diviſer & aérer les terres qu'on voudroit les y mêler, il
en réſulteroit inconteſtablement plus de préjudice que d'avantage. On ſait qu'il n'y a rien à eſpérer de la prétendue tranſmutation des acides minéraux, qui pourroient y être engagés, en acide nitreux. Mais il y a une autre précaution
très-importante à garder, qui abrège beaucoup la putréfaction
complette des matières fermenteſcibles : c'eſt à quoi on n'a
pas encore fait aſſez d'attention. Il eſt certain qu'une quantité
déterminée de terre ne peut convenablement ſervir qu'à la
diviſion d'une quantité déterminée de matières fermenteſcibles.
Si elle eſt ſurchargée de mélanges putreſcibles, la putréfaction s'y fait plus lentement, & quelquefois ne s'y fait point
du tout ou incomplétement. L'expérience nous l'apprend
tous les jours ; & celles particulièrement que j'ai faites pendant
que je m'occupois de ce ſujet, m'ont convaincu que cent
livres de vieux gravois en chaux ne ſauroient porter, avec
le plus grand profit, dix livres de matières végétales & ani-

males mélangées. Ordinairement on ne garde pas de proportions , & l'on excède la portée des terres ; ce qui nuit
singulièrement à la promptitude , & l'on n'est en état de les
lessiver avec succès qu'au bout de quelques années. Les plantations de quelques pays , & bien des établissemens de nitrières
artificielles (voyez le Recueil de Mémoires sur la formation
du nitre, cité ci-devant) , ne paroissent point partir d'un
point fixe & décidé pour ces sortes de proportions ; ce qui
m'a obligé de faire un grand nombre d'expériences à cet
égard , dont le résultat a été, comme je viens de le dire ,
que la dixième partie en matière putrescible est trop forte ,
quelle que soit la bonté de la terre qu'on employe. On ne
pourra par conséquent disconvenir , qu'ayant même gardé
de justes bornes dans les mélanges , les urines , les écoulemens des fumiers , & autres liqueurs putrescibles dont on
arrose ensuite les nitrières , au bout d'un certain temps doivent
être employées avec beaucoup de circonspection. On comprend
aisément qu'elles peuvent être fort nuisibles à la nitrification
à putréfaction avancée , en ce qu'elles en troublent le travail
& le progrès, & qu'elles déconcertent & altèrent les mouvemens
fermentatifs des matières portées presque à leur dernière résolution. On ne sauroit faire assez d'attention au tort qu'on fait à
la production du nitre par un pareil procédé. C'est à contre-
temps & mal à propos qu'on mêle des substances fermentescibles toutes récentes , à des matières fort avancées dans la
putréfaction.

§. XLII.

Mais doit-on mettre le sel commun , les saumures , toutes
les eaux salées au rang des matières à écarter dans la plantation des nitrières ? Qu'on me permette d'entrer dans quelques
discussions à ce sujet. La qualité antiputride de ce sel est
connue de tout le monde ; mais il est connu encore qu'en
petite dose, il favorise la putréfaction & porte un peu d'humidité & une certaine fraîcheur qui peuvent être fort utiles
à la plantation. L'expérience, à la vérité, nous a convaincus

que son acide ne se transmue pas en acide nitreux; mais elle nous a appris qu'il y a une conversion décidée de bases pendant la nitrification, l'acide nitreux étant assez puissant pour enlever l'alkali minéral au sel. C'est donc un intermède qu'on se feroit du tort de négliger, lorsqu'on en a abondamment. Il n'y a qu'à se fixer sur la quantité & sur le temps de l'employer. Je ne saurois m'écarter, par rapport à la quantité de ce que j'ai dit sur la chaux vive. Il n'est pas possible de donner aucune règle pour se contenir dans de justes bornes, suivant les différens mélanges dans lesquels on peut en ajouter. En disant qu'on ne peut se tromper en y en mêlant une fort petite dose, ce n'est rien dire, ou l'avantage est si mince, qu'il ne récompense point les frais ni la sujétion d'une manœuvre minutieuse de plus. Un peu plus au contraire touche de trop près à son effet nuisible à la putréfaction. Il paroît donc décidément plus sûr de ne pas l'employer pendant la fermentation, & de ne s'en servir qu'à putréfaction consommée, en qualité d'intermède, comme pouvant fournir une base salino-alkaline à l'acide nitreux, tant libre qu'engagé dans des matrices terreuses, au moyen d'une digestion convenable. C'est ainsi qu'on retire de ce sel des avantages certains, sans s'exposer à aucun inconvénient, en suppléant même à l'alkali fixe végétal, qu'on ne sauroit assez ménager pour l'usage de tant d'Arts où il est indispensable, ainsi qu'on l'a dit ailleurs.

§. XLIII.

Et pour revenir à l'humidité dont l'expérience & la raison nous ont fait connoître la nécessité, soit dans la putréfaction, soit dans l'acte même de la nitrification, on ne sauroit donner assez d'attention pour qu'elle ne soit ni trop abondante, ni trop légère. On sent bien que tout mélange soumis à la putréfaction, ne peut manquer de se dessécher tout naturellement, & qu'il faut par conséquent l'humecter de temps en temps. Suivant les réflexions que j'ai faites ci-dessus, toute liqueur putrescible, telle que l'urine des animaux, le lavage,

ou la leſſive des fumiers, la lie de vin, &c., doit être employée tant dans le commencement que dans le progrès de la fermentation, mais qu'on doit ceſſer avant que les parties végétales & animales ſoient parvenues à tel degré qu'on n'y reconnoiſſe preſque plus leur caractère végétal & animal. Alors, les matières étant trop approchées du dernier terme de la décompoſition, l'arroſage convenable ne doit plus être de matières ſuſceptibles d'une fermentation toute nouvelle, mais d'eau toute ſimple, ou de leſſive de cendre traitée avec de la chaux vive. C'eſt le moment de l'employer ſans riſque, pour donner une plus grande cauſticité aux alkalis lixiviels. La chaux, en leur communiquant ſa cauſticité, redevient une terre purement calcaire, qui n'eſt pas elle-même inutile en cette occaſion. Mais tous ces arroſages ne ſauroient ſe faire convenablement, à moins qu'on ne remue les mélanges pour que l'humidité ſe répande par-tout, & que la terre qui doit ſe ſalpêtrer, puiſſe s'en imbiber uniformément. C'eſt déjà une opération capitale, indiſpenſable dans ce travail à bien d'autres égards : on ne ſauroit ſans cela préſenter toutes les parties ſucceſſivement au contact de l'air qu'on a tant recommandé. C'eſt, à la vérité, la main d'œuvre la plus conſidérab'e, mais en même temps la plus importante, & d'une telle néceſſité, que le plus grand produit des nitres, la plus grande promptitude en dépendent eſſentiellement. C'eſt le défaut capital des murs à Salpêtre, des voûtes, des foſſes, des monceaux pyramidaux, des fagots, &c., imprégnés de matières animales. Il n'eſt pas poſſible de retourner librement ces amas, pour qu'ils ſoient par-tout perméables à l'air, à l'humidité, à la chaleur, & qu'il y ait par-tout ce changement alternatif de ces intermèdes ſi néceſſaires à la putréfaction complette, & par conſéquent à la nitrification. Il n'eſt pas poſſible de remuer les matières en fermentation de toutes parts, ſans démolir & renverſer les monceaux; ce qui ne ſauroit ſe répéter ſouvent, à cauſe de la main-d'œuvre bien plus conſidérable que ne l'eſt le remuement tout ſimple des terres. Je parle d'après mes propres expériences; de ſorte
que

que je n'héfite pas de dire que deux cents livres d'une terre
poreufe mêlées de dix-huit ou vingt livres de matières végétales
& animales, étant difpofées en couche horizontale d'un pied
ou d'un pied & demi de hauteur dans un lieu bas à l'abri
du foleil & de la pluie, & traitées comme on vient de le dire,
donneront plus de nitre & plus promptement que fi elles
avoient été formées en murs ou en monceau immobile dans
le même endroit, & traitées de la même manière par rapport aux arrofemens. C'eft un fait dont on peut s'affurer
très-facilement. Et après tout, les couches n'étant que de
peu de hauteur, la main-d'œuvre pour le remuement, n'eft pas
fi grande. J'ai fait faire pour les expériences qu'on va bientôt
voir, une herfe dont les pointes avoient en quelque forte la
forme d'un foc, qui fendoit très-bien la terre, & qu'il n'étoit
pas impoffible de faire conduire par un feul homme. Il eft fûr,
& je veux bien en convenir, que ces fortes de nitrières occupent
une efpace trop confidérable : mais il eft toujours bon de connoître l'établiffement qui donne le plus grand rapport ; & en
combinant ce que je vais dire, avec le plan qu'on propofera
dans le Chapitre fuivant, cet objet pourroit devenir très-facile
à remplir, en confidérant la néceffité qu'il y a de mettre toute
nitrification, le plus qu'on peut, à l'abri du foleil, de la
pluie & de toutes les eaux qui y pourroient aborder & nuire
au travail de la Nature ; on ne fauroit difconvenir qu'il faut
des emplacemens clos, bien fitués, & couverts, pour en éloigner tous les effets préjudiciables de la trop grande chaleur
& de l'humidité furabondante : mais je ne vois pas en général
que ce doivent toujours être des grands magafins, des halles
fomptueufes. En choififfant des lieux convenables pour l'emplacement, on voit bien que c'eft affez d'y conftruire des hangars
ruftiques fur des poteaux avec des cloifons de toutes fortes de
bois, & des toits en paille. Et quant à l'expofition, elle ne paroît
pas tout-à-fait indifférente, fans cependant vouloir y mettre du
myftère, comme fi c'étoit le vent qui dût imprégner les terres
de nitre. L'expérience, à la vérité, nous a appris que les

H h

lieux bas légèrement humides, accessibles de toutes parts à l'air, moins exposés au midi qu'au nord, sont les plus favorables à la nitrification : mais en faisant attention au rôle que doivent y jouer l'air, la chaleur, l'humidité, & à la nécessité d'y ménager fort soigneusement les changemens alternatifs de ces intermèdes, il n'est pas difficile de se convaincre que les emplacemens, les arrangemens, la conformation des hangars doivent se diriger vers ce but, & viser à l'entretien, dans les nitrières, d'une juste chaleur, d'une humidité convenable, & d'y procurer sur-tout l'accès à l'air libre & tranquille ; ce qui ne sauroit se remplir, à moins que les endroits ne soient à l'abri des eaux, du soleil, & des vents secs & impétueux.

§. XLIV.

Ces sortes de halles, de hangars ne sont pas seulement nécessaires pour l'établissement des nitrières artificielles, ainsi qu'on le pourroit juger : on ne sauroit s'en passer même dans les pays où l'on auroit assez de nitrières naturelles, pour n'avoir pas besoin de plantations artificielles. En France & en bien d'autres climats, on a des endroits qui réunissent tout naturellement les conditions demandées pour la génération du nitre, telles que les caves, les basses-cours, les étables, les écuries, les vacheries, les bergeries, &c. & tant d'autres lieux de cette espèce, imprégnés de matières végétales & animales en putréfaction. Mais il faut réfléchir qu'en général la quantité de nitre tout formé qu'on en peut d'abord retirer, est fort petite, & presque toujours à base terreuse, que la plus grande partie des matières putrescibles qui s'y trouvent enfouies, n'y est pas entièrement décomposée, & qu'il y en a même qui ne fait que subir les premiers degrés de la fermentation. Ces nitrières seroient d'un produit immense, si l'on s'y prenoit de toute autre manière qu'on ne le fait. Les Salpêtriers laissent, à la vérité, reposer quelque temps les terres qu'on en retire sous des hangars ; mais c'est toujours en grands amas qu'il est impossible de remuer, d'échauffer,

d'arrofer & d'aérer convenablement. S'il n'y a pas à la longue
des pertes abfolues, quant à la matière fufceptible de nitrification , c'eft toujours un temps perdu très-confidérable , & on
n'obtient pas l'abondance de produit qu'il s'agit de procurer. En multipliant le nombre des hangars ou des places
couvertes pour étendre en couches les terres qu'on retire &
qu'on pourroit retirer plus fouvent qu'on ne le fait, à mefure
qu'elles font fuffifamment abreuvées de fucs végétaux ou animaux, on comprend aifément qu'on multiplieroit prodigieufement le produit du nitre. C'eft ainfi que les écuries , les
étables, les vacheries , les bergéries , & toute forte d'endroits
où les animaux dépofent habituellement leurs excrémens,
fourniroient le plus grand rapport, ayant foin d'en retirer
toutes les années la terre imprégnée à cinq ou fix pouces de
profondeur, de la répandre dans des femblables emplacemens,
& de la remplacer par de nouvelle, ou par celle même qu'on
auroit leffivée.

§. XLV.

Mais on ne fauroit fur-tout faire affez de cas des foffes
d'aifance, des latrines , & de toutes fortes d'égouts dans les
villes. On n'en retire pas feulement des terres raffafiées de
fucs végétaux & animaux, comme des étables, des écuries, &c.
Ce font des amas immenfes de ces fucs eux-mêmes, dont la
diftribution dans des matières propres à les divifer , & à y
faciliter la putréfaction complette (§. XLI) , fous des hangars, multiplieroient la formation du nitre de tous côtés ;
formation qui ne peut ceffer tant qu'il y a des animaux vivans
& fe reproduifant fur la terre. Les ports de mer , les baies,
les anfes bordées par des villes & habitations des hommes,
offrent dans leurs fonds vafeux de quoi multiplier cette production. Il n'y a peut-être pas de recoins fur la furface de la
terre , où il ne fe dépofe habituellement des matériaux du
nitre , tant de la part dès animaux que des végétaux qui
s'y putréfient tous les ans. C'eft une richeffe répandue dans
tous les lieux habités & inhabités , qui ne demande que des

bras & de la liberté, pour être mife en toute fa valeur. Les découvertes faites & confirmées dernièrement aux environs de la Roche-Guyon, & en tant d'autres endroits n'en font-elles pas des exemples frappans ? Ce font des dépôts fucceffifs qui s'y font faits d'un temps immémorial & peu à peu, de fucs fermentefcibles, dont la putréfaction complette, à l'aide de circonftances tant foit peu favorables, ne peut manquer de fournir du nitre, même en plein air. Mais ce ne font pas abfolument les nitrières naturelles les plus riches, ce ne font point celles où la reproduction eft le plus facile, ni les feules dont la France pourra fe vanter un jour, en donnant à l'induftrie des François tout l'effor dont elle eft fufceptible, ainfi qu'on le fera voir dans le Chapitre fuivant.

§. XLVI.

Qu'on faffe feulement attention au profit qu'on peut tirer des marais. Si les expériences faites en Italie & en France ne prouvoient pas que ce font de grands réceptacles de gaz inflammable en état huileux ; fi mes obfervations n'avoient fuivi de proche en proche les métamorphofes dont ce gaz y eft fufceptible, & n'avoient démontré que n'étant pas détruit, au lieu de fe difperfer, il entre par tranfmiffion dans une nouvelle combinaifon, & nous fournit du Salpêtre, d'autant plus abondamment qu'il y a plus de ce gaz dans le fond vafeux des marais, on ne fauroit nier que ces fonds étant compofés de plantes paluftres, de feuilles, de racines enfevelies & corrompues, de débris d'infectes, de poiffons, & autres animaux aquatiques, fi une longue macération en grande eau ne les a pas dénaturés, doivent être de véritables nitrières. On doit donc à préfent envifager fous un autre point de vue bien plus intéreffant, le gaz inflammable dont ils abondent, & la provifion en grand qu'ils contiennent de tant de fubftances organifées en putréfaction. En y établiffant des emplacemens convenables à l'abri du foleil & de la pluie, on n'a qu'à en retirer les vafes les plus riches en gaz (qui peut déformais fervir de nitrofcope, pour ainfi dire, univerfel dans toute forte de mélanges putrefcibles), & les y étendre en les traitant comme on feroit de la terre tirée des écuries, pour que la putréfaction fe porte à fon dernier terme. On fe perfuadera aifément que les expériences que j'ai rapportées dans le Chapitre précédent à ce fujet, n'ont point été les feules que j'aye faites fur la vafe des marais. Ce font celles qui m'ont réufli le plus complétement & plus fûrement que toutes les autres. Mais ce feroit un récit tout-à-fait fuperflu; je fupprime les détails du grand nombre que j'en ai faites, pour ne pas trop groffir cet article. Je dirai feulement que les produits de différens endroits marécageux m'ont appris que les fonds les plus aqueux étoient ordinairement les moins riches, étant en même temps ceux dont je tirois d'abord moins de gaz inflammable, & que ces rapports étoient différens, fuivant la nature du terrein devenu marécageux, l'abondance plus ou moins grande d'herbes paluftres qui y pourriffoient, la quantité d'eau qui croupiffoit deffus, & les degrés de putréfaction où étoient alors ces matières; car quelquefois, lorfque la corruption y étoit portée naturellement à fon plus haut point, je n'ai pas retiré un atome de nitre: ce qui mérite bien quelque attention. Seroit-ce que le principe inflammable en avoit été diffipé, les fels effentiels ayant été délayés & enlevés par une trop longue macération à grande eau ? Je ne faurois affez répéter ce que l'enfemble de toutes les expériences que j'ai faites fur la nitrification, m'a appris fur le rôle qu'y joue l'humidité. C'eft qu'il peut y avoir totale réfolution des matières végétales & animales, fans qu'il en réfulte du nitre, tant par défaut d'humidité que par furabondance. On peut juger par-là avec beaucoup de fondement, qu'il n'y a qu'un certain degré, une certaine dofe, qui foit décidément propre à fervir de véhicule, d'intermède pour la tranfmiffion du principe igné d'une combinaifon dans une autre. Quoi qu'il en foit, les marais, & fur-tout les anciens, font des provifions naturelles en grand des matériaux du Salpêtre, & ils ne demandent que d'être rapprochés.

§. XLVII.

Je dirai encore, que je n'ai pas négligé de m'assurer si le fond vaseux qu'on trouve de toutes parts dans les fosses qui entourent les champs labourés, & qui en reçoivent les écoulemens, seroit également propre à nous fournir du nitre. Ce sont en effet des réceptacles, des lavages que fait la pluie de ces terres, où il y a toujours des débris de végétaux putréfiés, qu'une telle lessive ne peut manquer d'entraîner ; il est d'ailleurs rare qu'il n'y ait pas des plantes & des arbres au bord de ces fossés, dont les dépouilles vont pourrir dans le fond. Tout ceci me le faisoit présumer. Ayant donc tiré de la vase de plusieurs de ces fosses, & l'ayant traitée sous le hangar où reposoient les terres de marais, & de la même manière que celles-ci, j'en ai retiré effectivement du Salpêtre, sur-tout lorsque le fond n'étoit pas sablonneux ou glaiseux. C'est encore ici que je me suis confirmé que plus je pouvois tirer de gaz inflammable des vases, plus j'étois sûr d'en retirer du nitre.

§. XLVIII.

Comme c'étoit un hangar dont je pouvois disposer, où j'ai fait toutes les expériences dont je me suis occupé ces années, je n'ai pas laissé échapper l'occasion bien favorable d'y faire toutes les observations qui m'étoient permises, sur la chaleur dont l'entretien & le changement alternatif est si nécessaire à la nitrification. Mais je suis forcé de dire, d'après un grand nombre d'expériences, qu'il n'est rien peut-être de plus indécis que ceci dans ce grand travail de la Nature. On se persuade facilement que toutes les matières végétales & animales exposées à une même chaleur, ne s'échauffent pas au même degré avec la même facilité & la même promptitude ; ce qui ne tient pas seulement aux matières fermentescibles elles-mêmes & à leur mélange, mais encore à des circonstances particulières, telles que leur emplacement, le sol où elles reposent, la saison, l'état de l'atmosphère, l'exposition du lieu, le concours plus ou moins libre de l'air, l'humidité plus ou moins grande, &c. tout-à-fait indéterminées. J'ai trouvé, par exemple, que des matières animales, ou des mélanges plus abondans en matières animales que végétales, fermentent assez bien, même par un degré de chaleur continuel de 18 ou 20 degrés du thermomètre de M. de Reaumur, au dessus de la congélation naturelle ; que le degré nécessaire au commencement de la fermentation est trop fort pour la continuer, & sur-tout vers le dernier terme de la putréfaction ; & qu'en général la putréfaction des matières végétales demande, pour être hâtée, un degré plus considérable de chaleur que celle des matières purement animales. Je n'ai cependant jamais eu besoin, pour mettre en une convenable fermentation les matières végétales fraîches, hachées & concassées, d'une chaleur au dessus de 35 degrés du même thermomètre ; & il en falloit moins toutes les fois qu'on y mêloit des matières animales. Pendant l'été, la chaleur naturelle de la plupart des jours me paroissoit suffisante. Ce n'étoit qu'à l'approche de la nuit, que je fermois les ouvertures du hangar jusqu'au lever du soleil. J'ai reconnu qu'on ne sauroit assez se garantir du grand froid & de la gelée. Au lieu du secours des poêles, j'avois le soin de couvrir la terre avec de la paille, des écorces d'arbres, des broussailles, & de fermer toutes les ouvertures. Tous les quinze jours, je brûlois cette couverture végétale peu à peu, pour y entretenir la chaleur plus à la longue, & je faisois sur le champ mêler les cendres toutes tièdes avec la terre, en remuant les couches par le moyen d'une herse ; ce qui introduisoit en même temps une quantité d'alkalis végétaux à l'avantage de la nitrification.

§. XLIX.

Mais en réfléchissant qu'il se fait beaucoup de putréfactions de matières végétales & animales sur la surface de la terre en plein air, qui ne demandent qu'à être portées au plus haut degré pour la nitrification, comme on le voit dans les marais, les cimetières, & autres endroits dont on a fait mention,

& qu'il y a même quelquefois des nitres formés, sans qu'elles aient été entièrement à l'abri du soleil & de la pluie, ainsi qu'on en trouve en bien des endroits, on ne sauroit résister à la tentation de penser que la Nature pourroit ne pas être si scrupuleuse qu'on le croit dans ce travail, & qu'elle n'exige pas exclusivement des hangars pour ateliers, sur-tout dans les premiers degrés de la fermentation. Je ne crois pas cependant qu'il y ait rien dans ces phénomènes qui déroge aux loix générales. Le climat, la position des lieux, la nature du sol, & autres circonstances bien observées & approfondies, expliquent ces dérogations apparentes, & font rentrer les phénomènes dans la règle. C'est toujours l'ouvrage, le produit d'une lente & successive décomposition de sucs d'êtres organisés, qui s'amassent peu à peu dans ces lieux, & souvent couches sur couches. Il y doit avoir, à la vérité, bien du nitre perdu dans ces occasions ; mais il est possible qu'il s'en dérobe une grande partie à la dispersion, toutes les fois que ces sucs peuvent se loger dans des situations accommodées au dernier travail de la Nature. C'est en tout cas le dernier degré de la fermentation qui demande le plus d'être protégé. En effet, comme c'est du développement de la matière ignée, après la décomposition de l'enveloppe huileuse, que le nitre prend sa forme complette, conformément aux expériences rapportées ci-dessus, c'est principalement cette dernière élaboration qui ne sauroit se bien faire sans dissipation du principe le plus essentiel, que par le concours & l'action tranquille des intermèdes dont on a parlé précédemment. Il est donc à présumer que des nitrières en plein air, suffisamment protégées du dégât que pourroit faire la pluie & l'action directe du soleil, ne seroient pas inutiles, tout au moins pour procurer en abondance de la matière propre à se nitrifier, étant ensuite convenablement traitée pour un plus prompt & plus sûr accomplissement de la nitrification. C'est d'après cette idée que j'ai imaginé une sorte de nitrière champêtre végétale, que je n'ai pu, à la vérité, exécuter en grand, mais que quelques essais faits dans une couche d'un jardin,

protégée

protégée par un gros arbre, me donnent la confiance de
propofer. La voici : Qu'on mette en réferve un champ
de la grandeur qu'on veut donner à la nitrière, dont la
terre foit légère & friable ; il vaut mieux, s'il eft poffible,
qu'il ne foit pas éloigné des habitations ; on l'entoure d'un
foffé & d'une haie vive, ainfi qu'on feroit d'un potager
ou d'un légumier. Qu'on y faffe croître des arbres branchus
à de convenables diftances les uns des autres, pour que les
branches couvrent le plus du fol qu'il eft poffible ; après l'avoir
applani, qu'on l'engraiffe & qu'on le sème de toutes fortes
d'herbes acides, amères, &c. & fur-tout de toutes les plantes
les plus nitreufes. Quand ces herbes abonderont le plus en fucs,
qu'on les mette fous la pioche en les enfouiffant dans la
terre, pour qu'elles y pourriffent. On doit répéter cette
manœuvre toutes les fois qu'il y aura dans la nitrière affez
de plantes reproduites ; & toujours après une pluie. Il ne
feroit que mieux d'y répandre les litières des vers à foie,
les grappes des raifins, les lies de vin, & autres immondices, pour engrais. Les arbres défendent par leurs branches la nitrière de l'action trop forte du foleil & de la chute
impétueufe des pluies, qui en font interceptées ; ils augmentent,
par les feuilles qui tombent tous les ans, la matière végétale
putrefcible, & fervent de halle naturelle pour les premiers
commencemens de la nitrification. Quand on reconnoît que
le terrein eft fuffifamment imprégné de matières végétales en
putréfaction, on n'a qu'à le tranfporter fous des hangars,
pour que la putréfaction s'achève & fe perfectionne au plus
vîte, par le concours des circonftances les plus favorables, qu'on
ne fauroit fi bien ménager en plein air. Les terres leffivées fe
reportent & s'étendent dans la nitrière champêtre, dans laquelle tout fe reproduira bientôt.

§. L.

Je n'entrerai point dans de plus longs détails fur cette matière. Je fuis tenté de croire que ce que j'ai dit, que toutes
les vûes, & toutes les recherches qu'on vient d'expofer, fuf-

I i

firont pour établir autant de points capitaux propres à remplir, dans toute son étendue, le grand objet de la multiplication matérielle du nitre. Les indications particulières, les pratiques de détail sur chacun des moyens proposés, doivent moins être le sujet de ce Mémoire, que d'une instruction exacte & circonstanciée, qu'il faudra dresser sur toute sorte de plantations tant artificielles que naturelles, & qu'on n'a fait ici que toucher en général. Le savant Recueil, tant de fois cité, de MM. les Commissaires, contient un grand nombre de pratiques, dont on peut tirer parti, en séparant ce qui est réellement utile, admissible, & conforme aux lumières & connoissances décidées qu'on a présentement sur la formation du nitre, d'avec ce qui est superflu & nuisible même à la nitrification, que des principes plus sûrs & plus fondés nous ont maintenant appris à démêler; mais comme cette instruction tient particulièrement au plan d'administration, dont on s'est proposé de parler dans le Chapitre suivant, c'est là que nous y reviendrons un peu plus en détail.

§. LI.

Je ne m'étendrai pas non plus au sujet des lessivages des terres salpêtrées, des cuissons, des lessives, des extractions du Salpêtre, de ses raffinages; ce sont de même des sujets à réserver pour une telle instruction, aussi bien que les moyens de reconnoître les terres plus ou moins riches en nitre avant que de les lessiver, le degré des différentes lessives à soumettre à l'évaporation, l'état de concentration pour en tirer le Salpêtre par des refroidissemens convenables, & mille autres articles de pratique. Ce ne sont pas des objets que la Société Royale demande, étant connus de tout le monde.

Cependant je vais exposer quelques observations que j'ai eu occasion de faire sur les lessivages des terres à Salpêtre, & sur les eaux mères, avant que de passer à d'autres considérations. Nous avons fait remarquer que c'est le nitre à base terreuse que la Nature prodigue le plus, à moins qu'une grande abondance de matières végétales ne se soit mêlée dans la putréfaction. Nous savons que dans les terres où dominent les sucs animaux, telles que celles des étables, des écuries, des vacheries, des colombiers, &c. dont on doit faire beaucoup de cas, & qu'on a insinué d'améliorer très-soigneusement, parce que ce sont peut-être les meilleures nitrières de la France, presque tout le nitre que l'on retire est à base terreuse. Ce sont les terres, ainsi que je l'ai dit, qui demandent le moins d'être traitées sous les hangars avec de nouvelles liqueurs putrescibles dans les arrosemens. On ne feroit que surcharger le travail aux dépens de la promptitude, sans suppléer, par ce moyen, au défaut d'alkali, qui est le point essentiel. C'est le cas où on ne sauroit faire assez de provision d'eau de lessives, pour humecter les terres avec le plus grand profit ; comme aussi de faire des dissolutions de ses lessives, & de celles qu'on tireroit soi-même des cendres les plus riches en alkalis (Chap. II.) avec de la chaux vive. Outre que cela donneroit plus de causticité aux alkalis, & plus d'action sur les matières onctueuses & visqueuses, on décomposeroit les nitres ammoniacaux qui s'y seroient formés, en dégageant les alkalis volatils, dont la putréfaction des matières animales est si féconde (§. XXXIX.) ; & dans le cas où on manqueroit d'alkalis fixes, on pourroit y mêler du sel commun dissous, pour présenter toujours dans l'élaboration du nitre, des bases salino-alkalines libres ou dégageables par l'acide nitreux. Mais par un grand nombre d'expériences, je me suis convaincu que c'est sur-tout dans les lessives des terres salpêtrées, qu'on peut tirer le plus grand avantage de ces sortes de dissolutions. Avant que de soumettre la lessive, que je tirois de ces terres, à l'évaporation, je m'assurois par une épreuve en petit, si elle abondoit trop en nitre à base terreuse, je le précipitois par un alkali tartareux, & je pesois fort soigneusement la terre que je retirois par filtration. Ceci me fournissoit assez d'indices, pour ne pas porter les alkalis que je devois y ajouter, au delà des justes bornes. Par conséquent, en faisant une dissolution d'alkalis végétaux, de sel marin & de

chaux proportionnée à peu près au besoin, je la versois dans
la cuve : j'y laissois tout en digestion à froid pendant quelques
jours, & je soumettois après à la filtration cette lessive
ainsi digérée, en la faisant passer dans une autre cuve. On
comprend facilement deux choses :

1.° Qu'on sépare par cette digestion la plus grande partie,
soit de la terre qui étoit neutralisée dans la première lessive,
soit des matières imparfaitement putréfiées ; & que ce n'est
pas même par une main-d'œuvre fort considérable.

2.° Qu'en décomposant d'un côté le nitre à base terreuse
tout formé, tant libre qu'enveloppé dans des matières visqueuses,
on fournit de l'autre une base convenable & fixe
à de l'acide nitreux combiné avec des alkalis volatils, &
à celui qui, étant foiblement neutralisé, se feroit absolument
dissipé dans les cuissons des lessives. Rien n'est plus propre
à opérer toutes ces métamorphoses, que l'effet des affinités
ménagées par des digestions convenables qu'on se hâte
trop quelquefois d'abréger & d'interrompre. On s'imaginera
bien que je retirois par ce moyen de très-beau nitre à base
d'alkali fixe ; que ce n'étoit que du sel marin à base terreuse
qui restoit confondu dans les dissolutions ; & qu'il ne me
restoit que très-peu de liqueur rousse incoagulable, refusant
de fournir des cristaux par-refroidissement ; en un mot, qu'il
n'y avoit presque point d'eau mère. Quelquefois, ne m'étant
pas d'abord écarté de la manière ordinaire de traiter les lessives,
je soumettois ensuite à cette manœuvre l'eau mère à part ;
& je dois avouer que je l'ai toujours réduite par-là à fort peu
de chose, ayant sur-tout le soin de répéter plusieurs fois l'opération.

Mais tout comparé de part & d'autre, le traitement fait
immédiatement sur les lessives, simplifie toutes les opérations,
rend plus promptes les évaporations, fournit d'abord
des cristaux de Salpêtre incomparablement plus beaux & plus
purs, comme s'ils étoient de la seconde cuite, & évite dans
la cuisson la perte d'une quantité d'acide nitreux, qui s'évapore
& se disperse en l'air, & auquel on ne fait pas, je ne fais pour-

quoi, l'attention qu'il mérite ; ce traitement doit donc être préféré à celui qu'on pourroit pratiquer sur les eaux mères. Les Salpêtriers seront peut-être bien éloignés de sentir l'importance & l'utilité de ce procédé ; mais ce sont des Chimistes du premier ordre qui doivent en juger, & l'apprécier au juste.

CHAPITRE V.

Plan d'Administration, pour servir à la multiplication du Nitre.

§. LII.

Tous ceux qui voudront se donner la peine de réfléchir sur toutes les parties de ce Mémoire, & principalement sur ce qui concerne la génération & la multiplication du nitre, conviendront certainement que c'est moins de la possibilité physique de porter ce produit au plus haut point d'augmentation, qu'il faut maintenant s'occuper, que de la manière de faire constamment & habituellement concourir à ce but tous les moyens que la Nature prodigue de toutes parts. On sait à présent d'une manière décidée, ce qu'il faut faire pour mettre en toute leur valeur les sources matérielles & propres de la nitrification répandues sur la terre, pour les multiplier & les féconder de plus en plus. On a des connoissances assez étendues sur les matières, les intermèdes, les opérations qui peuvent empêcher ou retarder ce beau travail de la Nature, & l'on sait assez les distinguer d'avec celles qui le favorisent & l'accélèrent, pour ne s'y pas méprendre aisément. Mais ce n'est pas le tout. Les causes physiques ne produisent point leurs effets sans le concours des circonstances favorables au jeu libre de leurs actions, & à moins qu'on ne leve les obstacles qui se jettent à la traverse. Ce n'est pas assez que la raison, d'accord avec l'expérience, nous apprenne à tirer du nitre de tous les recoins où il peut se former; il faut que les causes morales ne s'y opposent pas, que les hommes puissent disposer librement des sources naturelles de ce produit, que l'Administration, en un mot, se plie aux indications de la Nature. Heureusement le temps est venu où il est permis de penser à cet accommodement, à cet alliage.

Le Gouvernement très-éclairé, se propose aujourd'hui de

faire profpérer cette production en France, &, perfuadé des défauts du fyftême ci-devant adopté, il exige que les moyens qu'on pourroit trouver à cet effet, difpenfent des recherches que les Salpêtriers ont le droit de faire dans les maifons des Particuliers ; ce qui fait bien connoître la difpofition où eft l'Adminiftration d'adopter les procédés qui fe trouveront les plus propres à remplir fes vûes bienfaifantes. Si les faits qui fe paffent tous les jours fous nos yeux , les obfervations qu'on vient de rapporter, & toutes les expériences qu'on a faites jufqu'ici, nous apprennent que cette production fe fait fur toute la furface de la terre par le concours des fucs végétaux & animaux, portés au plus haut point, de putréfaction , & convenablement rapprochés & traités, pour que leurs principes inflammables ne fe diffipent pas ; fi la Nature a diftribué ces matières par-tout, fi elles croiffent, ceffent de vivre, fe reproduifent entre les mains & fous la difpofition de tous les hommes, rien de plus facile que de concilier, par une adminiftration convenable, la plus grande abondance, la promptitude, l'économie de ce produit avec les loix de la Nature, & la condition fagement impofée de ne rien prendre fur la propriété de la Nation. C'eft fur ce plan que je me permets de foumettre quelques idées à l'examen de mes Juges. Les plus belles découvertes fur la nitrification ne fauroient complètement fatisfaire aux intentions de l'Académie Royale, à moins qu'on n'indique un fyftême admiffible & praticable, auquel on puiffe les affujettir, pour les mettre en leur plus grande valeur, & pour remplir en grand les objets du Gouvernement.

§. LIII.

On doit être fort furpris de voir qu'au milieu d'une quantité immenfe de corps organifés, qui périffent & fe renouvellent continuellement fur la terre, on manque d'un produit fi intimement lié avec le plus conftant & le plus commun de tous les travaux de la Nature. Ces êtres qu'elle paroît détruire pour les reproduire bientôt, & ne les reproduire

que pour une nouvelle deſtruction qui les touche de bien près,
ſont ceux préciſément qui contiennent les matériaux du nitre,
qui né demandent que d'être convenablement rapprochés,
pendant la décompoſition, pour ſe combiner, & pour ne pas
ſe diſperſer ou rentrer dans la réformation des corps organiſés renaiſſans. N'eſt-ce pas une mine inépuiſable, pour ainſi
dire, un préſent que la Nature eſt toute prête à nous offrir
de toutes parts, pour peu que notre induſtrie s'y mêle &
profite de ces momens précieux, où les principes ignés, originaires des corps organiſés, ſe dégagent, ſe développent, &
quittent une combinaiſon pour rentrer dans une autre ? Qui
pourroit nier que le manque de ce produit ne tienne à des
cauſes morales, à des entraves miſes à l'induſtrie des hommes,
au ſyſtême enfin adopté ſur cette branche d'adminiſtration ?
Des hommes privilégiés ſe ſont chargés de fournir le nitre
à la Couronne, ayant le droit de fouiller librement par-
tout où il peut s'en trouver de tout formé, ou proche à ſe
former dans les terres des Particuliers, de raper, gâter,
démolir les murailles qui en contiennent, de dégoûter la
Nation par toute ſorte de gêne & de torts, que leur indiſ-
crétion ne peut manquer d'occaſionner. Quand même tout
cela ſe pourroit faire ſans aucun dommage conſidérable, ce
qui ne paroît pas poſſible, les perquiſitions ſeules que les
Salpêtriers ſont autoriſés de faire par-tout où bon leur ſemble, ſuffiroient pour que tout Particulier ſe crût troublé dans
la ſûreté de ſon habitation. Si on ajoute de plus l'enlèvement
effectif de matières dont chacun eſt fondé à ſe croire
le propriétaire, on prend en averſion un procédé qui
bleſſe évidemment les droits de la propriété. Les plaintes,
à la vérité, ſont étouffées par un ſincère dévouement au bien
de l'Etat ; mais chacun paroît dire : La Couronne ne pourroit-elle avoir mes nitres de bonne volonté ? Qu'il me ſoit
permis de le tirer de mes caves, de mes écuries, de mes
étables ; d'améliorer ce produit, de l'augmenter, & je le
fournirai à l'Etat, plus promptement, plus abondamment &
plus économiquement que tous ces Entrepreneurs ne ſont

diſpoſés

difposés à le faire. C'eft ainfi que s'allieroit mon avantage avec celui de la Couronne , & que la main-d'œuvre étant moins couteufe chez moi ; le prix du nitre pourroit fe rabaiffer. On n'a pas lieu d'efpérer tout cela , tant qu'on aura affaire à des Entrepreneurs. Premièrement, ajoute-t-il , les lieux vraiment libres aux perquifitions des Salpêtriers fe réduifent à un fort petit nombre. Tout s'y oppofe. Quelque part les Salpê-triers n'ofent pas même paroître ; fouvent ils fe laiffent ren-voyer de bon gré. Par conféquent la fouille ne s'exerce libre-ment, au bout du compte, que dans les endroits où les Particuliers ne favent oppofer qu'un frémiffement fecret & le filence. En fecond lieu , les meilleures fources font négligées ou dérobées aux pourfuites des Salpêtriers. On détruit les nitrifications qui fe manifeftent ; l'on pave , le plus fouvent, tout fol où l'on craint la fouille ; on difperfe une quantité prodigieufe de matières fermentefcibles , dont une induftrie facile tireroit du nitre.

§. LIV.

La fageffe du Gouvernement a fi bien fenti tous ces in-convéniens , & en a été fi vivement pénétrée , qu'elle s'eft propofé de foulager le plus tôt poffible la Nation de la gêne que ce fyftème entraîne néceffairement. Ce feroit donc mal feconder des vûes fi bienfaifantes, fi l'on fe contentoit de n'entrer fur ce fujet dans d'autres difcuffions que celles qui font du reffort de la Chimie. La queftion propofée par la Société Royale , relativement aux ordres du Roi , doit né-ceffairement s'envifager fous deux points de vue. On ne fau-roit , à la vérité , trouver des moyens affez fûrs de pro-curer en France l'abondance du Salpêtre , à moins qu'on n'en ait approfondi l'origine ; ce qui eft légitimement du reffort de la Phyfique & de la Chimie. Mais il eft un autre objet à remplir , concernant la manière d'allier les moyens que la fcience pourroit découvrir, avec la propriété & la tranquillité des Particuliers , que la bienfaifance du Gouvernement fe pro-pofe fur-tout de ne pas bleffer. A préfent qu'on eft fûr que

K k

le nitre ne fe trouve nulle part tout naturellement en grande
provifion , ainfi que cela a lieu pour tant d'autres fels qui
affectent les régions intérieures de la terre ; que c'eft en
général une production qui s'élabore fur la furface , par une
combinaifon toute particulière de certaines fubftances dégagées dans la fermentation putride de toute forte de corps
organifés ; que c'eft uniquement des fucs fermentefcibles de
ces corps , & moyennant leur réfolution , que réfulte la partie
éminente qui fait l'effence des nitres ; & qu'enfin on ne fauroit rien efpérer de la tranfmutation des fels foffiles en nitre :
il paroît d'abord qu'il n'y ait d'autres reffources pour remplir
ce fecond objet , que d'avoir recours au fyftême des nitrières
purement artificielles. Mais je vais faire voir , qu'à cela près ,
les Particuliers doivent être par - là délivrés de toutes perquifitions : il eft bien difficile , s'il n'eft pas impoffible , qu'il en
réfulte l'abondance de ce produit qu'on fe propofe de procurer
à la France avec la promptitude & fur-tout l'économie qu'on
doit défirer.

Il faut donc , ou renoncer à toutes ces nitrières naturelles ,
fur lefquelles on a tant infifté dans le Chapitre précédent ,
qu'offrent de toutes parts les étables , les écuries , les granges ,
les colombiers , &c. en un mot , à toutes les nitrifications
fur les fonds des Particuliers , ou mendier l'extraction des
nitres , & les acheter à tel prix que le Particulier fe croira en
droit d'exiger à proportion du dégât qu'il en doit reffentir.
L'un des deux eft inévitable. Toute obligation qu'on impofe-
roit aux Communautés , aux Particuliers de fournir aux
Entrepreneurs des nitrières artificielles , des matériaux quels
qu'ils foient , & de quelque manière que ce foit , rentreroit
par un cercle vicieux dans le fyftême qu'on veut abolir. Par
conféquent tout le nitre qu'on doit fournir à la Couronne ,
doit être le produit de l'emplette & de l'Art. Il faut répandre
par toutes les provinces du Royaume , des magafins fans nombre , pour autant de plantations que l'exige la quantité des
nitres qu'il faut procurer. Ce ne doivent plus être les habitations particulières où le nitre fe commence aux frais de la

Nature, & qui ne demande que d'être achevé par l'Art. C'est par une main-d'œuvre bien considérable, & dans des lieux préparés, qu'il faut, dans ce système, amasser les substances dont le concours est nécessaire à la nitrification, les traiter, & provoquer la Nature dès les premiers commencemens, les ébauches de la nitrification. Quand même, à force de multiplier ces emplacemens par le royaume, on pourroit faire des récoltes plus abondantes de ce sel, que celles qu'on obtient présentement, je ne saurois me persuader (bien entendu toujours qu'on ne touche point aux matériaux des Particuliers, que par des compensations), qu'on puisse rien gagner du côté de la promptitude & de l'économie. Il n'y a pas une région que je sache en Europe, où tous les nitres nécessaires à l'État soient tirés des nitrières purement artificielles, sans qu'il s'y mêle quelque obligation de la part des Particuliers. Et après tout, il s'en faut bien que la plupart des États soient, autant que la France, dans le cas d'avoir besoin d'une grande provision de ce sel. On a présentement, il est vrai, sur la nitrification des connoissances assez nettes & décidées, pour simplifier, favoriser, accélérer la formation des nitres. Le savant Recueil de MM. les Commissaires contient d'excellentes instructions sur toutes sortes de plantations ou de nitrières artificielles. Les marais, les nitrières végétales que je viens de proposer, les couches de nitres qu'on a découvertes & qu'on découvrira dans bien des endroits montueux, inhabités de la France, ne sont pas des ressources à mépriser. Mais est-il convenable que le Gouvernement attende du temps & des nouvelles recherches, les avantages qu'on peut se promettre de ces sources, & qu'il est du service & de l'intérêt de l'État de se procurer sur le champ? En attendant, il faut commencer par augmenter le nombre des halles, des hangars pour les nouvelles plantations : il faut que les Entrepreneurs fassent provision de terres légères pour les couches, & de matières putrescibles à y distribuer pour la décomposition ; qu'ils préparent des urines, des eaux de fumier & semblables liqueurs fermentescibles, pour les humecter.

K k ij

Il faut du temps, une pratique que les Salpêtriers n'ont pas encore en France, une dépense vive à laquelle ils ne font pas accoutumés, nombre d'hommes gagés pour recueillir les rebuts des places, des boucheries, des cuisines &c., pour se procurer des fumiers, des terreaux, des excrémens, &c. On connoît assez les fantaisies des hommes, quelquefois chimériques, & toujours très-délicats en fait de propriété. Les matières les plus abjectes & méprisables deviennent des objets précieux, toutes les fois qu'on y attache l'idée de propriété. Il est facile qu'on étende sur-tout la défense de la fouille des Salpêtriers. Quelque excellentes, nombreuses, réglées, & bien distribuées que puissent être ces institutions, quelle que soit l'industrie des Entrepreneurs, pour aller au plus vîte, j'ai de la peine à croire que par ces moyens la France soit assez promptement & abondamment pourvue de nitre, & je ne crois nullement qu'elle puisse l'être avec toute l'économie dont ce produit est susceptible, & qu'elle est en droit d'exiger.

§. LV.

Mais en faisant attention que ce n'est pas entre les mains d'un petit nombre d'hommes privilégiés, ni dans des endroits marqués, que la Nature élabore & forme le nitre, c'est à ses indications, ainsi qu'il est dit ci-devant, qu'il faut s'en tenir pour le puiser à toutes les sources, telles qu'elles puissent être, soit naturelles, soit artificielles, & profiter des matériaux qu'elle prodigue sur toute la surface de la terre. Cette production, il faut le dire, ne pourra jamais se relever de sa langueur, tant qu'on voudra avoir besoin d'agens intermédiaires. Il n'y a qu'une Nation en liberté & agissant par elle-même, qui puisse la faire prospérer de toutes parts : c'est ce que je vais développer. On a fait voir que la génération du nitre peut avoir lieu par-tout, & entre les mains de tous les hommes en général, ce sel étant un composé de parties dont la source matérielle réside en tout être organisé de la terre, & dont la combinaison est occasionnée par le développe-

ment des principes convenablement rapprochés de ces êtres dans leur totale décomposition. Et comme il n'y a que l'air qui se soit souftrait par son invisibilité aux partages moraux, on sent bien qu'il n'est presque point de provision en grand de ces substances, qui n'appartienne à quelqu'un. Il en est de même des intermèdes principaux, dont le concours n'est pas moins nécessaire pour favoriser & compléter la formation des nitres. De là vient qu'on ne peut disposer en grand & à peu de frais, des matières propres à cette fabrique, même des plus abjectes, & moins encore des nitrifications, soit ébauchées, soit toutes formées, que la Nature prodigue de tout côté, sans toucher à la propriété des hommes que la sagesse du Gouvernement veut qu'on respecte. Il ne reste donc qu'à réunir & allier d'une manière convenable l'intérêt des Particuliers avec celui de la Couronne, ce qu'on pourroit faire en adoptant cette maxime capitale,
» de faire entrer la production du nitre dans la masse libre
» des richesses vénales de la Nation «.

Tout concourt à nous démontrer la nécessité d'un changement de système sur cette branche d'administration, & tout ce qu'on vient de dire, nous met naturellement sous les yeux le système le plus convenable qu'il faut embrasser. Les véritables moyens, les plus sûrs, les plus prompts & les plus économiques, de procurer en France une production & une récolte immense de Salpêtre, sans que la tranquillité, la sûreté & la propriété des Particuliers en soient blessées, consistent à en mettre toutes les sources en valeur & profit, par des arrangemens sages, & à faire en sorte que désormais ce soit une production livrée à l'industrie & aux soins réunis de toute la Nation. Que de changemens dans la récolte & dans le prix de ce sel, qui doit diminuer à proportion de son abondance, si tout Particulier, toute Communauté, si la Nation entière, en un mot, est autorisée à l'extraire soi-même immédiatement de ses fonds, de ses nitrières naturelles, d'en occasionner la génération par toute sorte de nitrières artificielles, (bien entendu par-tout où la propriété des individus

peut s'étendre)! Tout Particulier en trouve de prêt à se développer, par la plus légère préparation, dans ses caves, dans ses
étables, dans ses basses-cours, &c. de tout formé & en
efflorescence sur ses murailles, sur ses fumiers assaisonnés, &
en bien d'autres endroits. Il a dans ses opérations & celles
de toute sorte d'animaux qui lui appartiennent, dans les
amas faciles qu'il peut faire de matières végétales & animales,
les matériaux essentiels de la nitrification ; dans ses terres poreuses, une matrice convenable à cette production, & un atelier à l'abri du soleil & de la pluie, dans toute sorte de lieu
clos & couvert, perméable à l'air, qu'il est en liberté d'y
destiner ; dans ses cendres, une provision non couteuse
d'alkalis fixes, pour donner à ses nitres la base qui leur
convient le plus. Tout lui sert, & à peu de frais, pour
former sa nitrière. Rien ne lui échappe de ce qui peut contribuer à sa fertilisation, & augmenter une prospérité que le
Gouvernement offre à son industrie. Une Nation qui doit à sa
sensibilité vive & souple un goût universel, une Nation pleine
d'aptitude à tout, ne tardera pas à accélérer, à améliorer,
à multiplier cette production. La conservation & la conduite
des nitrières artificielles deviennent toute autre chose entre
les mains des Particuliers qui trouvent bon de s'y adonner,
qu'elles ne peuvent être étant livrées à des Entrepreneurs.
Ni la main-d'œuvre, ni la provision des matériaux, ni l'extraction
des nitres, qu'on peut faire chez soi, dans les temps les moins
occupés par les travaux de la campagne, ne sont plus des
objets si couteux à remplir, qu'ils doivent l'être pour des Entrepreneurs. L'habitude du travail une fois contractée, facilite tout,
s'étend & se perpétue très-aisément. Il faut se persuader qu'on
peut tout vouloir, mais qu'on n'a rien de bon, de facile,
que de la bonne volonté. Il est de fait qu'une branche quelconque d'administration n'a de consistance & de prospérité,
qu'autant que l'intérêt public est lié à celui des Particuliers qui
y ont rapport, la plupart des hommes ne bravant toute sorte
de fatigues & de difficultés qu'autant qu'ils en sont récompensés.

§. LVI.

Mais les Nations ne raisonnent point ; elles sont conduites par les évènemens, & par la direction de ceux qui les gouvernent. En faisant entrer le nitre dans la masse des productions libres & vénales de la Nation, en autorisant les Particuliers à cultiver ce produit, à le faire naître sur leurs fonds, & à l'améliorer le plus qu'il est possible, il faut bien les éclairer sur la conduite qu'ils doivent tenir, & sur les différentes manières de s'y prendre suivant les circonstances & la nature des nitrières tant naturelles qu'artificielles. Ce n'est que par une instruction générale, exacte & détaillée à publier & répandre par-tout, qu'ils peuvent en être informés. Toutes les indications, tous les moyens de pratique, tous les procédés qu'on pourra juger nécessaires, y doivent être insérés, de sorte que chacun soit mis à portée, avec connoissance de cause, d'augmenter ses revenus par cette nouvelle branche de production nationale. Et comme les nitrières naturelles des habitations doivent être le but principal & la mine, pour ainsi dire, du nitre en France, qu'on doit exploiter le plus soigneusement, rien ne doit être négligé dans l'instruction pour qu'on en retire les plus grands avantages qu'il est possible. On connoît maintenant, d'après tant de recherches & d'observations faites à ce sujet, les vrais principes auxquels il faut s'en tenir pour la bonne conduite de ces sortes de nitrifications. Ce qui les favorise le plus, c'est la division, pour donner à la putréfaction le plus d'essor qu'il est possible, l'arrosement convenable, & le ménagement alternatif de l'humidité, de la chaleur & de l'air. Il en doit être de même par rapport aux nitrières artificielles. L'instruction doit tomber sur le choix des terres, sur la proportion des mélanges putrescibles, sur leur emplacement, leur distribution & leur préparation ; sur les matières des arrosages suivant le degré où se trouve la putréfaction, & sur tous les moyens dont on s'est tant occupé dans les Chapitres précédens, pour hâter ce travail de la Nature. Mais on ne sauroit assez désigner & nommer toutes les matières, tant liquides que solides, à éloigner attentivement des nitrières, comme faisant plus de tort que d'avantage à la nitrification, retardant & empêchant même quelquefois le progrès du travail; & il est très-essentiel de faire distinguer sur-tout les procédés de pratique les plus avantageux, d'avec ceux qui sont nuisibles ou tout-à-fait superflus. Rien ne demande tant de détails exacts & presque minutieux, que cette instruction générale, tant sur ce qu'on doit faire que sur ce qu'on doit éviter dans les opérations, dès qu'on est assez éclairé à cette heureuse époque, sur tout ce qu'il y a d'illusoire, d'inutile, & même de préjudiciable dans l'ancienne routine & dans bien des méthodes insérées dans le Recueil cité ci-dessus sur la formation des nitres. Ces détails posés, soit pour toutes sortes de nitrières naturelles, soit pour les artificielles à établir, l'instruction doit à la fin traiter des moyens de reconnoître avec certitude les terres plus ou moins nitreuses, de la meilleure manière de les lessiver, d'évaluer le plus ou moins d'abondance en nitre dans les lessives, de les digérer & dépurer, de les soumettre à l'évaporation, & d'en extraire la plus grande quantité qu'il est possible de Salpêtre cristallisé.

Si nos Salpêtriers d'à présent sont bien éloignés d'être des Chimistes éclairés, on n'a aucun lieu de douter que tout ceci ne puisse être fort bien exécuté, même par les hommes les plus grossiers. Ce sont des habitudes qui se contractent en peu de temps. Il en doit être comme du vert-de-gris, qu'on fait présentement à la campagne, aussi bien que dans les villes du Languedoc. Il y a bien des produits d'industrie incomparablement plus difficiles. La soie en peut être un exemple frappant. Il suffit qu'on examine de proche en proche les soins pénibles & délicats que demande cette production, du moment que les vers commencent à éclore, jusqu'à ce qu'on retire la soie du cocon, pour se persuader que la culture & la récolte des nitres n'est pas, à beaucoup près, si embarrassée, ni si ennuyeuse.

5.

§. LVII.

On sent bien que ce seroit tout renverser que de charger cette production de quelque impôt que ce soit. Toute vexation en doit être éloignée. Il pourroit arriver que le prix modique du nitre, ainsi formé par tous les moyens à la fois, ne fût pas quelquefois suffisant pour payer les frais préliminaires à la vente ; & un Laboureur, un Particulier quelconque ne sacrifiera jamais une partie de ses loisirs & de son bien à un travail, si ce n'est dans l'espoir de quelque avantage. C'est assez que la production porte, dans les commencemens, l'obligation originaire d'être livrée à l'Etat pour un prix convenable. Les accroissemens que cette culture recevra dans le Royaume avec le temps, (ce qu'on ne doit pourtant pas prétendre si subitement); & l'abondance des rapports qui en résultera de plus en plus, nécessiteront à la vérité des changemens dans l'administration : il suffira peut-être alors d'enjoindre aux Particuliers de vendre à la Couronne le nitre qu'elle trouvera proportionné à ses besoins, en en prenant sur cent livres de récolte la partie qu'elle jugera à propos d'acheter. L'emplette publique accomplie, chacun doit être autorisé à vendre le surplus dans le commerce. C'est ainsi que tout Particulier deviendra le Salpêtrier de la Couronne.

§. LVIII.

Les soins de cette administration doivent nécessairement être confiés à des Commis généraux & particuliers, résidant dans les provinces du Royaume, auxquels il faudra encore joindre des agens & connoisseurs experts pour la recette & appréciation des différentes qualités du nitre, qui étant attachés à la commission, feroient même des tournées par-tout où l'on croiroit leur présence nécessaire pour la direction & l'amélioration de ce produit, & sur-tout pour l'instruction des gens de la campagne qui s'en occuperont. Les Chefs des villages doivent être au fait de toutes les nitrières en œuvre, & des récoltes de leurs dif-

L l

tricts. Et peut-être trouvera-t-on bon d'épargner aux Payfans & à tous Particuliers de la campagne, des voyages & des formalités, en chargeant les Receveurs de fe porter fur les lieux dans les temps marqués, pour y faire la provifion des nitres, & pour que le cultivateur en faffe le débit avec le moins d'incommodités qu'il eft poffible.

§. LIX.

Mais en voilà affez de ma part : ce feroit trop m'écarter de mon but, que d'entrer dans de plus longs détails à ce fujet; il me fuffit d'avoir expofé là-deffus mes idées. C'eft à la Société Royale, à des Savans du premier ordre, à un Miniftère très-éclairé que j'ai l'honneur de les préfenter. Si le nitre étoit un fel minéral affectant la région intérieure de la terre en grand amas & provifion; fi c'étoit dans des mines qu'on le trouvât, comme les métaux, rien ne feroit plus facile que de foulager la Nation de toutes gênes à cet égard. Mais c'eft précifément entre les mains de toute la Nation que fe trouvent les nitrières naturelles, que la Nature ébauche & travaille ce produit, qu'il y peut recevoir de l'induftrie le plus grand accroiffement, la plus grande multiplication. Le raifonnement eft tout fimple : ou il faut renoncer au nitre national, & le tirer tout de l'Etranger ; ou il faut établir un fyftême tout fondé fur les nitrières artificielles, en achetant & mendiant les matériaux des Particuliers, qu'il doit être défendu d'inquiéter ; ou enfin, en profitant de la diftribution que fait la Nature de cette production par-tout où il y a des corps organifés, il faut donner la liberté à la Nation de la faire profpérer elle-même & de bonne volonté au grand profit commun de la Couronne & des Particuliers. En tous cas, le grand objet, l'objet capital à remplir, c'eft celui de l'abondance, de la promptitude & de l'économie du produit. Quand même l'on prouveroit qu'il ne feroit pas impoffible de fatisfaire à quelques-unes de ces conditions dans les deux premiers fyftêmes, fur-tout en les combinant, je fuis perfuadé qu'on ne faura difconvenir qu'il n'y a que le troifième dont on a parlé ci-devant, qui, porté à fon entier accompliffement, puiffe promettre fûrement la plus grande abondance, la plus grande promptitude & la plus grande économie. Comme l'induftrie nationale y a & doit avoir tout fon effor, elle n'eft pas bornée aux nitrières purement naturelles. Aucune plantation, aucun établiffement artificiel ne lui eft interdit fur fes fonds ; tout eft livré à fes recherches. Par-tout où la Nature amaffe quelque provifion de nitre fur la furface de la terre, ou eft difpofée à en engendrer à l'aide de quelque arrangement qui la favorife, quel que foit l'endroit où fa propriété peut s'étendre, tout Particulier eft autorifé d'en profiter, & d'y améliorer & augmenter la production de toutes les manières : & encore eft-il bien à préfumer qu'on compte pour quelque chofe l'avantage que retireroit la Nation d'un revenu tout nouveau, d'une fource domeftique de richeffe abandonnée autrefois au profit d'une branche d'hommes privilégiés, & étouffée pour la plus grande partie, ou dérobée du moins fort foigneufement à leurs perquifitions ; richeffe qu'on peut relever de fa langueur, fans rien prendre fur les autres objets de culture, d'induftrie, de commerce. Que je ferois heureux, fi, d'un côté, les expériences & les obfervations que je viens d'expofer dans ce Mémoire, fe trouvoient propres à éclaircir la matière des nitres & leur origine, à démêler les voies les plus fûres d'en diriger, accélérer & perfectionner la production, & à en pouffer la multiplication au plus haut point ; & fi, de l'autre, les raifonnemens qu'on vient de faire dans ce Chapitre, au fujet de l'adminiftration, avoient le bonheur d'être regardés par mes illuftres Juges, comme affez folides pour mériter quelque attention de la part du Gouvernement ! Mais peut être que je le ferois trop, s'il étoit décidé par leurs fuffrages qu'en prenant le fujet dans tous fes rapports, c'eft en fe tenant à ces principes & moyens de pratique, à la portée de tout le monde, qu'on peut remplir effectivement & en grand également les objets propofés par la Société Royale dans fes Annonces publiques des années 1775, 1778, & les vûes bienfaifantes du Gouvernement.

MÉMOIRE

Qui a partagé le second Prix sur la formation & sur la fabrication du Salpêtre.

Par M. GAVINET, Commiffaire des Poudres & Salpétres à Befançon ; & par M. CHEVRAND, Infpecteur des Poudres & Salpétres dans la méme ville.

Nec fpecies fua cuique manet , rerumque novatrix
Ex aliis alias reparat Natura figuras.
Ovid. l. 15. Met.

PREMIER CONCOURS, n.º 33.

INTRODUCTION.

JE ne me ferois jamais expofé à donner à l'Académie mes recherches fur la formation & la fabrication du Salpêtre, fi je n'avois eu un fonds de connoiffances acquifes depuis bien des années fur cet objet. Je ne prévoyois pas alors qu'il deviendroit un jour le fujet des recherches de tous les Savans. Je m'appercevois bien que cette partie n'étoit pas au point de perfection où l'on pouvoit la porter ; je faifois mes efforts pour réprimer les abus que j'y découvrois.

Comme on n'étoit point dans l'ufage en France de fabriquer artificiellement du Salpêtre, mes expériences & mes obfervations n'ont point été dirigées de ce côté-là ; mes vûes étoient bien d'en augmenter la récolte, & de diminuer l'incommodité & les dépenfes qu'occafionnent aux Particuliers les fréquentes vifites des Salpêtriers. J'ai déjà écrit les défauts que j'ai remarqués dans leurs travaux ; je blâme l'usage de lessiver les terres trop fréquemment ; je prouve par des expériences en grand, qu'elles rendent davantage de Salpêtre en ne les lessivant que de quatre en quatre ans, au lieu de les lessiver de trois en trois ans. Je conseille une mixtion de matières propres à produire le Salpêtre avec les terres des habitations ; je démontre l'ignorance des Salpêtriers répandus dans les provinces, & la nécessité de les instruire sur les points essentiels de leur état : mais une bonne partie de ces observations devient inutile à la vue du Programme donné par l'Académie, puisque le point essentiel est de dispenser des recherches que les Salpêtriers ont le droit de faire dans les maisons des Particuliers. Avant la distribution de ce Programme, Messieurs les Régisseurs des poudres avoient envoyé aux Commissaires des poudres dans les provinces, de la part du Ministre, trente-trois questions toutes relatives à la culture, à l'extraction & à la purification du Salpêtre. Je fus chargé par un de ces Messieurs d'y répondre ; j'y ai joint ce que j'ai cru le plus propre à remplir leurs intentions. Comme j'aurai besoin dans cet Ouvrage de ce que j'ai dit dans mes réponses, je le rappellerai comme mon propre bien.

Paris, 13 Juillet 1775.

On ne trouvera ici aucune citation ; j'avoue que je dois aux Savans qui m'ont instruit ce qu'on y trouvera ; mon hommage est trop foible, pour les dédommager des obligations réelles que je leur ai : ainsi je laisse chaque Auteur maître d'y prendre ce qu'il croira lui appartenir ; je me contenterai du mérite de l'application. Je ne remonterai point aux premiers temps de l'Art que je décris ; je désire trop sa perfection, pour le ramener, pour ainsi dire, à son enfance, & pour surcharger mon Ouvrage de ses anciens défauts. Je ne parlerai point non plus des principes des différentes Ecoles, dont beaucoup d'Ecrivains se plaisent à faire étalage. Je sais que j'écris à mes Maîtres, & que si je suis inintelligible, la faute sera de mon côté.

En examinant le sujet à traiter, on apperçoit d'abord une

carrière immenfe , une fuite d'expériences qui pourroient effrayer celui qui n'auroit qu'une foible intention de travailler. Le peu de temps qu'on a , ne permet pas d'efpérer qu'on puiffe parvenir à des réfultats abfolument fatisfaifans : j'en ai conclu qu'il s'agiffoit plutôt de faire une application heureufe des moyens déjà connus, en les perfectionnant par l'addition de quelques nouveautés , que de chercher à dérober à la Nature fon fecret; & j'ai pris le parti de ne faire que les expériences néceffaires, & qui pouvoient me fournir les preuves dont j'ai befoin pour étayer mon Ouvrage. Je n'ai pu m'empêcher de parler de tout ce qui y a rapport.

CHAPITRE PREMIER.

De l'exiſence du nitre dans l'air, les végétaux & les animaux, & de la tranſmutation des acides.

Nos pères en nous tranſmettant leurs connoiſſances, nous ont tranſmis leurs préjugés. Le ſyſtême de la tranſmutation des acides en eſt encore un veſtige. Pour m'aſſurer ſi l'acide vitriolique engagé dans une baſe ſe change en acide nitreux, j'ai fait conſtruire deux paniers, chacun d'un pied cube de capacité ; j'ai rempli ces paniers de terre à Salpêtre que j'avois épuiſée par des lotions ſuffiſantes, en ajoutant dans l'un huit onces d'alun, & je les ai placés dans un rez-de-chauſſée à couvert & à l'abri du ſoleil ; j'ai arroſé ces deux portions de terre pendant huit mois avec une égale quantité de parties égales de ſang & d'urine putréfiés ; après quoi je les ai laiſſées en repos ; je les ai leſſivées ſéparément, en les jetant dans une chaudière d'eau chaude ; je les ai épuiſées par des lotions répétées ; j'ai filtré la liqueur, & avant de procéder à l'évaporation, j'ai précipité par une liqueur alkaline les baſes terreuſes de l'alun & du nitre. J'ai obtenu du pied cube de terre ſans alun deux onces ſept gros de Salpêtre brut, plus blanc que le Salpêtre brut ordinaire. J'ai obtenu du pied cube de terre dans laquelle j'avois mêlé de l'alun, deux onces ſix gros de Salpêtre bien ſéparé du tartre vitriolé & du ſel marin, qui ſe ſont dépoſés au fond de la chaudière, pendant l'évaporation que j'ai conduite avec une extrême lenteur pour éviter la confuſion. La quantité de tartre vitriolé s'eſt trouvée de quatre onces, qui ſont à peu près ce que huit onces d'alun décompoſées peuvent rendre.

J'ai préféré pour mon ſel vitriolique l'alun*, parce que je voulois un ſel que je puſſe retirer par ſa facile diſſolution ; j'ai précipité les ſels à baſe terreuſe par un alkali fixe, pour dégager l'acide vitriolique qui n'avoit pas manqué d'aban-

---

* *Note des Commiſſaires.* Cette expérience eſt ſuſceptible de quelques réflexions qu'on trouvera dans l'extrait de ce Mémoire. Voyez la première Partie de ce Recueil.

donner la base alumineuse pour s'unir à une base calcaire pendant son séjour dans les terres; j'ai retrouvé tout l'acide vitriolique de l'alun; & la terre dans laquelle j'avois introduit de l'alun, ne m'a pas fourni plus de Salpêtre que l'autre; d'où je conclus que l'acide vitriolique présent n'est entré pour rien dans la composition de l'acide nitreux.

L'acide vitriolique contenu dans l'air est métamorphosé en acide nitreux, suivant le sentiment de quelques Auteurs. Pour m'assurer de cette métamorphose, j'ai fait construire une caisse en chêne d'un pied cube dans œuvre; j'ai mis dans cette caisse de la terre à Salpêtre & épuisée; j'ai ajouté sur cette caisse une pyramide en liteaux de deux pieds de haut, qui, se réunissant à un sommet commun, laissoient entre un vide de quatre pouces en carré; j'ai garni ces liteaux d'un canevas en dedans & en dehors, ce qui mettoit un pouce de distance entre les deux toiles; j'ai plongé dans une liqueur alkaline autant de filasse qu'il m'en a fallu pour garnir bien exactement le vide qui se trouvoit entre les deux canevas; j'ai cloué cette pyramide sur la caisse remplie de terre à Salpêtre; j'ai ajouté au dessus de cette pyramide un entonnoir en fer-blanc, dont le goulot traversoit la pyramide; je l'ai tenue fermée avec un tampon de bois garni de filasses; j'ai arrosé la terre de cette caisse avec le mélange de sang & d'urine, autant de fois que je l'ai cru nécessaire, en observant de ne pas laisser pénétrer l'air en introduisant la liqueur. Pour y réussir, je mettois dans l'entonnoir la liqueur, je le débouchois pour en laisser couler une portion, & je le refermois avant que la liqueur fût entièrement écoulée. J'ai continué ainsi les arrosages pendant huit mois, & pendant tout ce temps j'ai eu soin d'humecter la filasse avec de la liqueur alkaline, à mesure que je remarquois qu'elle se desséchoit. Au bout de quatorze mois, j'ai lessivé la terre de la caisse, j'en ai tiré deux onces & un gros de Salpêtre.

Dans cette expérience, j'avois dessein d'intercepter l'acide vitriolique de l'air, en le faisant passer à travers de la filasse imprégnée d'alkalis, substance avec laquelle il a beaucoup d'affinité.

d'affinité. Cet appareil m'a paru fort propre à remplir mes vûes. L'air en effet ne pouvoit arriver à la terre sans avoir fait bien des détours à travers la filasse, & sans avoir eu un contact bien immédiat avec une substance qui a grande disposition à le fixer ; cependant, malgré les obstacles que j'ai apportés au travail de la Nature en lui interceptant une partie de l'air & en détruisant l'acide vitriolique qu'il contenoit, la terre m'a encore produit du Salpêtre. Je n'ai pas voulu priver totalement d'air la terre de la caisse ; la putréfaction, cette opération de la Nature, n'auroit pu se faire librement ; je n'aurois point obtenu de Salpêtre ; j'en aurois attribué la cause à l'absence de l'acide vitriolique, tandis que celle de l'air auroit causé cette différence, & mon expérience m'auroit induit en erreur.

La putréfaction des matières animales, ainsi que je l'ai vu chez un Physicien moderne, peut s'opérer, jusqu'à un certain point, dans les vaisseaux fermés, sans le contact de l'air. Pour reconnoître si dans ce cas il se formoit du Salpêtre, j'ai mis dans un matras d'une grande capacité, de la terre avec un mélange de matières animales ; j'ai fermé exactement le matras. Au bout d'une année, ayant essayé une partie du mélange, il ne m'a point rendu de Salpêtre.

Il résulte de ces expériences, que l'acide vitriolique, soit libre, soit engagé, n'est point changé en acide nitreux ; que l'air est nécessaire pour favoriser la putréfaction ; que l'acide vitriolique qu'il contient n'est point ce qui le forme, mais plutôt les matières qui se putréfient.

C'est inutilement qu'on a voulu mettre à l'appui du sentiment de la transmutation de l'acide vitriolique, quelques combinaisons sans existence permanente, telle que le sel sulfureux de Stalh. La présence du phlogistique cause une sorte d'altération au tartre vitriolé, mais elle n'est que momentanée ; le contact de l'air seul détruit cette combinaison, & laisse l'acide vitriolique reprendre ses propriétés.

Le système dans lequel on prétend que le nitre se produit par la végétation, & qu'il se forme habituellement dans

M m

les plantes vivantes, est bien éloigné des vûes de la Nature. Lorsqu'elle combine les élémens pour faire un composé, elle va droit à son but par le chemin le plus court. Si les circonstances doivent produire une plante, ce ne sera point une substance saline. Une plante peut exister sans contenir de substance saline étrangère à son essence; mais comme il se produit des substances salines dans les terres où elles croissent; ces sels passent dans les plantes, par leur dissolution dans l'eau de végétation. Une substance saline, étrangère à une plante, peut séjourner dans ses vaisseaux, sans nuire à son économie; c'est ce qu'on remarque dans celles de même espèce qui contiennent des sels que d'autres ne contiennent pas; on ne doit attribuer cette différence qu'au terrein où elles croissent.

Ces Auteurs disent encore que les substances salines que les plantes contiennent, ne se découvrent point dans les analyses, parce qu'elles y sont masquées; sans doute ils n'entendent pas parler de celles qui se présentent à la vue: je dirai dans l'instant mon sentiment à cet égard.

Ceux qui prétendent que l'air contient le nitre & qu'il ne fait que le déposer dans les terres, ont trouvé des partisans; il est indubitable que l'air peut contenir de l'acide nitreux, il peut se rencontrer des circonstances où cet acide soit élevé ayant été formé avant que d'être fixé, ou les vapeurs nécessaires à sa composition se rencontrant isolées; c'est ce dont je me suis apperçu plus d'une fois sans le chercher. J'ai senti autour des maisons de campagne où il y avoit des matières en putréfaction, dans les chaleurs de l'été, une odeur qui avoit beaucoup de rapport à celle qui frappe lorsqu'on entre dans le laboratoire d'un Distillateur d'eau-forte dont les galères travaillent; il faut être un peu accoutumé à cette odeur, pour la reconnoître subitement. Ce que j'avance pourroit paroître ridicule, mais peut-être ne suis-je pas le seul à qui le hasard ait procuré cette observation.

Si cet acide isolé rencontre quelques matières avec lesquelles il puiſſe contracter union, il ſe fixe, & bientôt l'air en eſt dépourvu ; s'il continue à s'élever à des hauteurs immenſes, il diſparoît pour notre globe, & eſt hors de portée pour nos obſervations. Il eſt à préſumer qu'il ſe raſſemble à une certaine hauteur, ainſi que l'on voit la fumée d'une ville le ſoir d'un beau jour ſe fixer à une hauteur proportionnée à ſon poids & à celui de l'air ; c'eſt là que l'acide nitreux peut s'enflammer & ſe détruire avec la matière du tonnerre, dans la compoſition duquel il peut entrer : cette inflammation eſt une ſage prévoyance de la Nature ; car ſi toutes les vapeurs qui s'émanent des corps en putréfaction s'accumuloient continuellement, bientôt l'air ne ſeroit plus aſſez ſain pour entretenir la vie des animaux qui le reſpirent. On s'aſſurera aiſément de l'inflammation de l'acide nitreux en vapeur, en jetant dans une foſſe d'aiſance un peu vieille du papier enflammé ; j'ai vu cette expérience réuſſir pluſieurs fois, & je connois des perſonnes qui en ont fait d'aſſez fâcheuſes, ſans le vouloir, en portant avec eux une lumière à l'ouverture de ces foſſes (*).

Des obſervations qui n'étoient point ſuffiſamment approfondies, ont induit nos Anciens en erreur. De ce qu'on voit les terres & les murailles qui contiennent du Salpêtre, le préſenter à leur ſurface, on a cru que c'étoit l'air qui l'y dépoſoit. Cette idée peut être vraie pour les murailles aux pieds deſquelles il y a des matières en putréfaction ; mais il n'en eſt pas de même à l'égard des terres. Le nitre ſe forme dans leur intérieur ainſi qu'à leur ſurface ; il eſt caché à nos yeux, & s'il nous paroît plus abondant à la ſurface, on doit en attribuer la cauſe au contact de l'air qui occaſionne ſa criſtalliſation par l'évaporation de l'eau qui le tient en diſſolution ; il ſe montre à nous ſous la forme d'un

---

(*) *Note des Commiſſaires de l'Académie.* L'air qui ſe dégage des matières fécales en fermentation, eſt de l'air inflammable qui brûle paiſiblement quand il eſt ſeul, & qui détonne avec bruit & avec fracas quand il eſt mêlé avec l'air ordinaire ; mais cette obſervation ne prouve pas, comme l'Auteur le prétend, que les vapeurs nitreuſes ſoient inflammables.

duvet très-fin qui est une vraie cristallisation de ce sel, dont les cristaux sont d'une grosseur proportionnée à la quantité sur laquelle la Nature a opéré.

L'observation suivante vient à l'appui de mon sentiment. J'ai eu occasion de faire crépir un mur dans une cour à couvert, à l'abri du soleil & de la pluie. Dans la vûe de faire un ouvrage de durée, je me suis servi de ciment non lavé de Distillateur d'eau-forte; ce ciment contenoit beaucoup de Salpêtre non décomposé, ce dont je me suis assuré par l'expérience. Au bout de cinq à six mois, le Salpêtre contenu dans le ciment s'est présenté à sa surface sous la forme d'un duvet d'une extrême finesse; j'ai enlevé ce Salpêtre avec la barbe d'une plume; il a toujours reparu & reparoît encore, quoiqu'il y ait trois ans que cet enduit ait été fait. On observera qu'à côté de ce ciment il y a du mortier ordinaire, qui ne présente point le même phénomène.

Je conclus donc que les Auteurs qui ont avancé que le nitre est contenu dans l'air, que ceux qui prétendent qu'il se forme par la végétation & l'animalisation, que ceux qui croient à la transmutation de l'acide vitriolique en acide nitreux, se sont trompés dans la recherche de la vérité. Ces Auteurs n'étoient pas pénétrés des principes que le sublime Newton donne à l'Observateur de la Nature; il indique sous trois règles les moyens de la découvrir : on peut faire une juste application de la première à la question présente. » Elle » enseigne qu'il ne faut pas admettre plus de causes qu'il » n'est nécessaire, pour expliquer les phénomènes de la Na- » ture «. Autrement on rendroit la Nature moins sage que l'homme dans ses procédés; la plus grande économie du temps, des forces & de la matière, avec la plus grande énergie dans l'effet, est le chef-d'œuvre de nos opérations. Ces Auteurs ont écarté la Nature de la route droite qu'elle a coutume de tenir; le *maximum* est sa mesure pour la grandeur des effets, comme le *minimum* est sa mesure pour l'emploi des matériaux, du temps & du mouvement. Pénétré de cette doctrine, je l'oppose à tout ce qui m'arrête, & cherche la

Nature fous la plus grande fimplicité : ces détours qu'on lui prête, cadrent mal avec fon nom ; elle eft plus fimple dans fes opérations : fi un moyen eft fuffifant dans un cas, pourquoi ne l'eft-il pas dans un autre? & s'il y en avoit un qui fût meilleur & plus court, pourquoi ne l'auroit-elle pas employé? Il ne lui eft pas plus difficile de former de l'acide nitreux, que de l'acide vitriolique ; ils font l'un & l'autre compofés des élémens; leurs proportions, les circonftances font la caufe de la variété des produits que nous avons fous les yeux. J'ai expofé ce fentiment dans mes Réponfes aux Queftions de MM. les Régiffeurs.

CHAPITRE II.

Théorie fur la formation de l'Acide nitreux.

L'Acide nitreux eft une fubftance faline qui a les élémens pour principes conftituans. Si le contaét fimple de ces
élémens formoit des compofés , ils feroient bientôt tous
liés, ils perdroient par cette union leur jeu , leur reffort &
leur liberté ; ce ne feroit plus des corps libres qui entretiennent par leur mouvement l'ordre de la Nature , mais
des maffes privées des propriétés des élémens. Pour former
cette combinaifon des élémens , la Nature emploie des moyens
particuliers ; c'étoit une néceffité intéreffante que ces combinaifons ne s'opéraffent que par des moyens compliqués & dans
une proportion égale à la décompofition. La végétation & l'animalifation font fes moyens pour former les premières combinaifons. La végétation eft celle qui les fait le plus parfaitement , puifqu'elle fournit des fubftances parfaitement ani-
malifées.

Les élémens combinés ne jouiffent plus de leurs propriétés
primitives ; il leur eft plus difficile de retourner à leur premier état , que de former autant de nouvelles compofitions,
& de paffer d'une fituation à une autre. De la deftruétion
d'un compofé , il en réfulte de nouveaux moins compofés
que le premier; la décompofition des végétaux & des animaux produit l'acide nitreux , & cette opération eft un pas
qui tend à ramener les principes primitifs à leur première
fimplicité. Si on précipite cette décompofition des végétaux
ou des animaux par l'aétion du feu , & que par un appareil
convenable on recueille leurs principes , on trouvera qu'ils
font moins compofés que ces fubftances. Je penfe donc que
l'acide nitreux n'eft pas un compofé direét des élémens ; qu'il
faut, pour le former, l'union de fes principes faite d'abord
dans un végétal ou un animal ; qu'il n'eft formé qu'après que

les principes qui composent ces substances se réunissent dans une différente proportion, & que ce dérangement se fait par la putréfaction de l'un ou de l'autre.

Tant que la combinaison qui opère la formation de ces êtres a lieu, ils croissent & augmentent; mais aussi-tôt que ces moyens cessent, le même produit ne peut se former; elle travaille sur le champ à en donner d'autres avec les mêmes matières, ne s'étant pas bornée à former le premier.

C'est dans ce nouveau travail que la Nature forme l'acide nitreux; on ne le trouve qu'après cette opération que nous appelons putréfaction. Quoique cette opération se fasse sous nos yeux, nous ne pouvons suivre la Nature pied à pied, par la raison que j'ai déjà donnée, c'est-à-dire, par l'ignorance absolue où nous sommes sur les matériaux qu'elle emploie. Nous pouvons dire seulement, que les produits de la seconde opération doivent leur existence à l'union des principes du premier; que dans cette seconde, ils ont pris un nouvel arrangement, ils se font combinés dans une proportion différente, relativement à ce qu'ils étoient dans le végétal & l'animal. On voit par ce raisonnement, que la formation de l'acide nitreux est une suite naturelle des travaux de la Nature, & est aussi infaillible que la première de ces combinaisons.

CHAPITRE III.

Sentiment de l'Auteur sur la décomposition de l'Acide nitreux,
par M. Lavoisier.

Toutes les fois qu'on voudra procéder à la fabrication d'une substance, on sera d'autant plus assuré d'y parvenir, qu'on aura une connoissance plus parfaite des principes qui la composent, de leur nombre & de leur proportion : ces lumières ne peuvent s'acquérir qu'en désunissant les principes constituans de la substance qu'on veut examiner, & en les re-combinant pour rétablir la substance décomposée ; ce qui est la preuve de la justesse de l'opération. Dans le travail du nitre, le composé le plus intéressant est son acide ; si on connoissoit bien exactement ses principes constituans, leurs proportions & la manière de les unir, ce seroit une découverte qui nous donneroit les moyens de le fabriquer. On est encore bien éloigné de ce point; l'acide nitreux est un prin-cipe du second ordre, & nous sommes bornés à ne décom-poser que ceux du troisième.

M. Lavoisier donne la décomposition & la recomposition de l'acide nitreux. Je suis bien éloigné de regarder les dif-férens états dans lesquels M. Lavoisier a obtenu l'acide nitreux, comme la séparation de ses principes constituans ; je pense que cet air nitreux, ce gaz élastique que M. Lavoisier n'a pu altérer, est l'acide nitreux lui-même, & qu'il a fait connoître aux Chimistes cet état sous lequel l'acide nitreux pouvoit exister; ce qu'ils ne connoissoient point encore (*); que l'air pur que M. Lavoisier a séparé de ce gaz élastique, n'est point principe constituant du composé, qu'il est seulement une substance propre à le faire jouir des propriétés que nous lui

_____

(*) *Note des Commissaires.* C'est M. Priestley qui a fait connoître le premier l'air nitreux aux Savans.

connoissons ;

connoissons.; que cet air pur est à l'acide nitreux, ce que l'eau de cristallisation est aux sels; qu'il est l'intermède nécessaire pour unir à l'acide nitreux le principe aqueux, sans lequel il ne peut exercer son action sur les corps qu'il a coutume de dissoudre : c'est, à bien considérer, mettre l'acide nitreux sous l'état de siccité.

L'opération de M. Lavoisier m'autorise à penser que l'acide nitreux est très-peu composé; que l'air & le feu sont les principes qui entrent en grande partie dans sa composition; que ces principes sont unis au moyen d'une terre très-subtile, ce qu'on ne peut révoquer en doute, & qu'on peut douter de la présence de l'eau.

L'air nitreux reprend ses propriétés avec l'air de l'atmosphère, malgré l'impureté de cet air; il est en cela semblable aux sels qui cristallisent dans l'eau impure, & qui n'admettent dans leurs cristaux que de l'eau pure. Quoique M. Lavoisier, suivant mon sentiment, n'ait opéré aucune décomposition à la combinaison primitive de l'acide nitreux, on lui sera toujours redevable des connoissances que cette opération nous donne sur cette matière : je désespère cependant qu'elles puissent nous conduire à enlever à la Nature le soin de sa fabrication, tant que nous n'aurons pas d'autres connoissances des matières premières qu'elle emploie.

CHAPITRE IV.

Réflexions de l'Auteur fur la Queſtion propoſée.

LE moment qui doit bannir l'ignorance des ateliers à Salpêtre, & qui doit débarraſſer les Particuliers des incommodités que cauſe la manière actuelle de le récolter, eſt
enfin arrivé ; ſans doute les Savans provoqués à en découvrir
les moyens, feront des découvertes qui mettront la France
en état de ſurpaſſer ſes voiſins dans cet Art. Il s'agit d'augmenter la récolte des Salpêtres, & de diſpenſer de la fouille
les habitations des Particuliers ; c'eſt préſenter d'un mot
toute la difficulté de la ſolution ; les moyens ſont connus en
partie, il ne reſte qu'à en faire une juſte application.

Les habitations ſont de vraies nitrières ; ſi on les abandonne, il faut en conſtruire d'autres. La façon la plus économique de faire ces établiſſemens, eſt mon point de vue,
plutôt que l'eſpérance de faire la découverte d'un procédé
au moyen duquel on feroit l'acide nitreux à volonté. Je ſuis
plus ſûr d'arriver à mon but par la voie que je prends,
que par toute autre.

On connoît les circonſtances qui peuvent nuire ou favoriſer la formation de ce ſel ; il faut les faire concourir le
plus avantageuſement. Les hangars ou nitrières ſont les
ſeuls moyens qui peuvent remplacer ceux qu'on abandonne.
Si on eſt obligé de tirer de ces fabriques tout le Salpêtre
néceſſaire à la France, il faudra des ſommes immenſes pour
faire ces établiſſemens, & l'Etat ne pourroit fournir des fonds
aſſez conſidérables pour un travail auſſi étendu. Je ne
déſeſpère pas qu'il ne ſe trouve des ſujets zélés qui élève-
ront pour leur compte quelques-unes de ces fabriques ; mais
je ne crois pas que le nombre puiſſe en être aſſez grand,
pour fournir une quantité de Salpêtre égale à celle qu'on
recueille ; il y a trop peu de ſujets aſſez inſtruits ; ceux qui

en ont les moyens, n'auront point assez de confiance pour une partie qu'ils ne connoissent pas, dont le nom effraye en ce qu'elle tient à la Chimie. C'est cependant en supposant la possibilité des établissemens particuliers, que j'indique le parti qu'on doit prendre pour surmonter toutes difficultés; j'adopte les nitrières artificielles pour les grandes villes, & j'en construis d'autres dans les campagnes, qui seront infiniment plus profitables, sans couter autant que ces premières. Je laisse subsister la lixiviation des plâtras de démolition, comme une source avantageuse de Salpêtre.

CHAPITRE V.

Plan de hangars pour les villes qui pourront fournir les matières nécessaires à ces établissemens.

Près de la ville, d'une fontaine, d'un ruisseau ou d'une rivière, on fera choix d'un terrein qui soit à l'abri de toute inondation, soit par la crue des eaux, soit par la chute de celles de quelques montagnes voisines, ou par quelques sources cachées. De quelque nature que soit le sol de ce terrein, il pourra convenir, pourvu qu'il ne soit pas un roc pur. On pourroit trouver dans les fossés des villes de guerre, de très-beaux emplacemens qui ne couteroient rien au Roi, si on faisoit ces établissemens à son compte. On construira le hangar de telle grandeur & largeur qu'on voudra, suivant la nature des bois qu'on aura à sa disposition. Ceux qui n'ont pas de sapins, ne pourront pas donner autant de largeur que ceux qui en ont, par la difficulté de trouver des pièces de bois assez longues pour les tirans; ils pourroient cependant les faire de deux pièces. Je vais donner pour exemple un hangar de cent cinq pieds de long, sur cinquante de large. On le tournera de manière qu'une de ses grandes faces soit exposée au nord; on le fermera sur toutes ses faces avec de la paille; on posera la charpente sur des colonnes & des dés, on le couvrira en pailles; & du côté du nord, ainsi qu'au midi, on ménagera des ouvertures qui seront fermées par des volets garnis de liteaux recouverts l'un sur l'autre, de manière à intercepter le passage des rayons du soleil sans empêcher le passage de l'air; ces volets, qu'on appelle persiennes, feront garnis d'un paillasson qu'on pourra baisser & appliquer dessus au besoin; ils seront distribués de douze en douze pieds dans la longueur.

Le hangar construit de la sorte, on défoncera le terrein de deux pieds de profondeur; si la terre est grasse & ar-

gileufe, on la rendra folide avec la batte ; fi elle eft légère
& fableufe, on en couvrira la furface de quatre à cinq
pouces d'argile ; on fera dans le centre du hangar une porte
affez large pour qu'un tombereau puiffe y paffer & y dépofer
les terres à couvert ; on amènera les terres falpêtrées des
villes, granges & habitations à portée de ces hangars ; on fera
choix des plus riches & des plus convenables, ce qui fera très-
aifé à reconnoître au caractère fuivant : les moins argileufes, les
moins fableufes, les plus meubles & les plus noires, faifant
effervefcence avec les acides, & s'y diffolvant prefque complétement. On comblera avec cette terre l'excavation faite fous
le hangar ; on la mêlera en la mettant en place avec toutes fortes
de matières fufceptibles de putréfaction, comme pailles, grands
fumiers, feuilles d'arbres, urines, fangs de boucherie, matières
folides provenantes du fond des foffes d'aifance ; on pourra
ajouter à ces terres, de la chaux qu'on trouvera dans les endroits
que j'indiquerai. Cette terre ainfi difpofée, fera le fol des couches.
  Il feroit très-avantageux, avant toute autre préparation, de
conftruire à un bout du hangar un baffin de quatre pieds
de profondeur, fur vingt-quatre pieds de long & douze de
large ; on divifera cet efpace en deux parties par une féparation que l'on fera en travers par le milieu ; on formera ce
baffin avec des briques bien cimentées, en état de tenir l'eau ;
on emplira d'abord un de ces baffins des matières que j'indiquerai à fon article, après quoi on travaillera à remplir
l'autre ; on mêlera à la terre dont on veut former les couches, une partie des matières du baffin fur trois de terres.
  On fera par petites parties le mélange le plus exact ; on
arrofera les terres jufqu'à ce qu'elles aient une humidité qui
la rende fufceptible d'impreffion ; deux Ouvriers feront ce
mélange à la pelle, & le mettront dans la place où ils doivent former la couche ; ils traceront fur le fol, & fuivant la
largeur du hangar, deux lignes droites diftantes de fix pieds, à
l'exception de quatre pieds qu'ils ménageront à chaque bout.
(C'eft une très-grande économie de n'employer dans ces
travaux que des pelles de fer acérées & battues, minces &

égales). Ils placeront enfuite le long des deux lignes droites
ci-deſſus, deux rangs de pièces de terre cuite , ſemblables
aux faîtières que l'on poſe ſur le haut des toits en tuiles ,
avec cette différence qu'on les fera plus hautes & percées
d'un grand nombre de trous. L'on pourra faire fabriquer ces
pièces dans les tuileries ; elles ont ordinairement un pied de
long ; on les commandera de manière qu'elles laiſſent huit
pouces de vide en deſſous ; on placera deux rangs de ces
pièces ſur le ſol de la couche dans le milieu , en laiſſant
entre les deux huit pouces de diſtance ; on rangera ces pièces
bout à bout ſans les joindre bien exactement ; on élèvera
la couche ſur ces pièces , en y mêlant de la paille ou grand
fumier ; on lui donnera la hauteur de quatre pieds, en la
terminant en pointe. On établira une ſeconde couche ſemblable à côté de cette première, en laiſſant entre les deux
un eſpace d'un pied ; on continuera à conſtruire ces couches juſqu'à ce que le hangar en ſoit entièrement rempli ; il
en pourra contenir environ quinze. On mettra dans le haut
des couches , en les conſtruiſant , des pots de terre
cuite de figure cylindrique , percés d'un grand nombre
de trous, ſur quatre pouces de diamètre & deux pieds
de hauteur, à moins qu'on ne préfère de ſubſtituer à
ces pots de petites caiſſes en chêne de quatre pouces en
carré , percées par les côtés de quantité de trous, & qui
ſeront fermées par le fond. On placera ces pots ou caiſſes
de quatre en quatre pieds de diſtance l'un de l'autre (*).

Je fais garnir d'argile le fond du hangar, pour ménager dans les terres la ſubſtance qui doit produire l'acide
nitreux par la putréfaction, & qui pourroit s'échapper ſi le
ſol en étoit trop ſableux. Je forme un premier lit de deux
pieds de terres à Salpêtre, afin que, placées ſous les couches , elles ſoient abreuvées des matières propres à les fer-

(*) MM. les Régiſſeurs des Poudres & Salpêtres viennent de donner des inſtructions ſur l'établiſſement des nitrières : on trouvera dans cet Ouvrage beaucoup de choſes qui ſont dans ces inſtructions ; il en eſt auſſi que je n'ai point
admis , ce que j'obſerverai,

tilifer; j'augmente par ce moyen le produit du hangar, fans en multiplier la dépenfe; je laiffe des ouvertures du côté du midi & du côté du nord, pour fervir au befoin. Lorfque la température fera depuis quatre ou cinq degrés jufqu'à huit au deffus de la glace, on ouvrira les paillaffons appliqués fur les volets du côté du midi; & lorfque le thermomètre fera au deffus de cette température, on couvrira au contraire les volets du midi de leurs paillaffons, & on découvrira ceux du nord; lorfqu'on fera à une température à la glace ou au deffous, on fermera la nitrière de toutes parts.

Je ne donne de l'air que d'un côté, pour éviter le trop grand defsèchement des couches qui s'oppoferoit à la putréfaction; il fuffit que l'air ne foit pas ftagnant, & qu'il puiffe, en fe renouvelant, emporter les vapeurs qui s'échappent des matières en putréfaction, que la Nature rejette comme inutiles.

Je fais mettre des pièces en terre cuite percées de toutes parts, de préférence aux claies, par leurs plus longue durée & leur moindre valeur: ces pièces coutent à la tuilerie quinze livres le cent. Les claies de MM. les Régiffeurs ne pourront réfifter deux années dans les terres, fans fe pourrir & fe rompre, ce qui caufera la deftruction & le défordre de la couche. Je fais mettre deux rangs de ces pièces, pour que l'air n'ait que deux pieds de terres à pénétrer de toutes parts; c'eft à ce deffein que je ne donne que quatre pieds aux couches. Quoique la putréfaction des matières animales puiffe fe faire fans chaleur fenfible, les couches contenant beaucoup de matières végétales qui donnent de la chaleur dans leur putréfaction, j'adopte les pots pour les arrofemens intérieurs de la couche, à la manière de M. le Ray de Chaumont; je leur ôte feulement un défaut que je crois effentiel, c'eft de faire filtrer à travers la terre cuite l'urine ou l'égout de fumier dont on veut arrofer les couches. Il eft bien important d'introduire dans leur fein la matière fufceptible de putréfaction que ces liqueurs contiennent, ce qui ne peut arriver en les faifant paffer à travers de la terre cuite; il ne filtre qu'une eau claire chargée des fubftances falines qui font en diffolution , & il refte dans les pots la fubftance favonneufe extractive , fi néceffaire à porter le principe de putréfaction dans le centre des terres. C'eft d'après ces réflexions que je donne la préférence aux pots percés d'une grande quantité de trous : je les fais très-étroits pour qu'ils puiffent porter l'humidité de toute leur hauteur dans la couche, fans l'inonder.

Je rejette l'arrofoir de MM. les Régiffeurs ; les avantages qu'il peut procurer pour les arrofemens , ne dédommagent pas de fes frais de conftruction , & de l'efpace qu'on eft obligé de perdre dans la nitrière pour le manier commodément. On trouvera à l'article des arrofages une manière plus avantageufe & moins incommode.

Je fais conftruire des baffins, pour les remplir à l'avance des matières qui doivent fertilifer les terres. Lorfque je confidère le mécanifme de la putréfaction , je trouve que c'eft une forte de fublimation des principes qui incommodent la Nature dans fon travail. S'il en eft de cette fublimation comme de quelques autres que je connois , qui s'opèrent d'autant plus promptement que le col du vaiffeau dans lequel elles fe font , eft plus court, on doit s'attacher à expofer au contact de l'air, autant qu'on le pourra , la matière qu'on veut faire putréfier : ce font ces réflexions qui me font regarder comme mauvaifes les citernes que confeillent les Auteurs dont on trouve les Ouvrages dans la Collection Académique.

Mes deux baffins font des carrés de quatre pieds de profondeur , fur douze de toutes autres faces : en les conftruifant , on élèvera les deux bouts, pour donner une pente qui faffe réunir les eaux de ces baffins dans un petit que l'on pratiquera à côté & au centre des deux grands ; on ménagera une ouverture dans l'angle de chacun des grands baffins, afin que les liqueurs puiffent paffer dans le petit.

CHAPITRE

CHAPITRE VI.

Enumération des matières que l'Auteur emploie dans la nitrières ; des moyens de se les procurer, & de leur emploi.

ON trouve dans les Ouvrages des Auteurs que l'Académie a recueillis, l'énumération de toutes les matières propres à produire du Salpêtre ; ils se sont tellement étendus sur ce sujet, qu'il est difficile de rien dire de neuf. Malgré cette ample Collection, ils n'ont pas désigné le choix qu'on doit en faire. Je rejette le mélange de toutes substances salines, comme inutiles. La plupart proposent des matières, bonnes à la vérité, mais leur valeur est un obstacle à leur emploi ; telle est la terre de couche qui vaut ici six sous le pied cube : on en peut dire autant d'autres matières également bonnes, mais qu'on ne peut se procurer assez abondamment par leur trop grande rareté ; telle est la fiente de pigeons. Peut-on, en établissant des travaux aussi en grands que ceux dont il s'agit, compter sur des matières aussi peu abondantes ?

Ces Auteurs n'ont point en vue l'économie & l'abondance, qui sont les deux points essentiels. Les matières qui servent d'engrais à l'agriculture, ne peuvent pas non plus être employées dans les nitrières avec profit, par rapport à leur valeur. Le nombre de celles dont j'ai fait choix est très-petit, & l'on peut s'en procurer facilement & à très-bas prix ; en voici l'énumération :

SAVOIR ;

1.° Les urines.
2.° Le sang des boucheries.
3.° Les boues des rues.
4.° La chaux des Taneurs & Mégissiers.

O o

5.° La matière folide qui fe trouve au fond des foffes d'aifances, & qui fe coupe à la pelle.

6.° Du grand fumier de cheval, de moutons & de chèvres.

7.° Les terres falpêtrées des habitations, & à leur défaut, celles qu'on doit choifir; elles feront défignées ci-après.

De l'Urine.   Je comprends dans les frais annuels de la nitrière, un homme & un cheval. L'occupation de ce Domeftique fera d'aller chercher les matières; il aura fur un petit chariot, un tonneau de la contenance d'environ un muid, pour aller chercher les urines. Il fera très-facile dans une ville de guerre de fe les procurer; fi la garnifon eft logée dans des cafernes, il y a déjà derrière ces bâtimens des cuviers placés de diftance en diftance pour les recevoir.

Je vois avec regret verfer & perdre cette matière; c'eft une corvée pour le Soldat que cette opération, dont il feroit difpenfé. On pourroit s'en procurer une grande abondance, en obligeant le Soldat de les porter foigneufement dans ces cuviers.

Dans les villes où l'on n'a pas cette reffource, on pourra les tirer des hôpitaux, maifons de force, colléges, communautés, corps-de-gardes, auberges, enfin de tous les lieux où il s'affemble beaucoup de monde.

La facilité de fe procurer cette matière fans dépenfe, eft le moindre de fes avantages; elle contient beaucoup de matières favonneufes extractives de nature animale, & fufceptibles de putréfaction. La propriété qu'elle a de fe diffoudre & de s'étendre dans l'eau, facilite les moyens de la diftribuer uniformément dans les terres; elle peut accélérer par fa putréfaction celle des matières qu'elle arrofe: on peut dire qu'elle met l'ouvrage en train; fi les fels qu'elle contient pouvoient être décompofés par l'acide nitreux, il y trouveroit fa bafe; tel eft le fel phofphorique à bafe d'alkali végétal. Ses autres propriétés dédommagent bien de cette petite perte. Je ne reproche à l'urine qu'un feul défaut, c'eft de contenir trop de fel marin; il eft en fi grande quantité dans les terres arrofées d'urines humaines, qu'il embarraffe dans l'extraction du Salpêtre ; c'est pourquoi je préfère d'employer moitié urine & moitié sang.

De tous les débris des boucheries, il n'en est pas qui ne puisse être d'une grande utilité dans une nitrière ; mais je préfère le sang, parce que cette matière n'a aucune valeur : il est vrai qu'elle en acquerroit bientôt une, si elle étoit recherchée. Mais une Ordonnance de Police qui obligeroit les Bouchers à le mettre à part, en leur payant quelque chose pour les dédommager de leurs peines, préviendroit cet abus. *Du Sang.*

Le caillé du sang qui se sépare de la partie séreuse après sa décomposition, rend beaucoup d'huile animale & d'alkali volatil dans son analyse ; ce qui prouve que c'est une substance animalisée, & très-propre à la nitrification des terres.

J'avois quelque répugnance à employer la boue des rues ; je considérois que ce n'étoit qu'un résidu échappé à l'action dissolvante des pluies & de l'air ; que c'étoit une terre provenant du pavé des rues, réduit en une poudre impalpable ; que dans les pays où l'on emploie des pierres vitrifiables pour paver, cette espèce de terre conviendroit peu ; que dans les pays où les pierres des pavés sont de nature calcaire, leur division est plutôt une division mécanique que chimique, qui convient moins que cette dernière. *Des Boues des rues.*

C'est en considérant que c'est un amas de toutes sortes d'ordures, soit par les débris de cuisines, de marchés, de jardinages, que je me suis décidé à en faire usage. Les boues des rues appartiennent aux Magistrats des villes ; il y a des Entrepreneurs qui sont chargés de les enlever ; on peut les obliger à les conduire au hangar, en leur payant une somme, qui, jointe à ce que leur donne le Magistrat pour les enlever, feroient ensemble la valeur de cette matière.

L'élément terreux est le principe constituant des substances salines ; mais il faut qu'il soit combiné avec les autres principes : cette combinaison se trouve faite dans la pierre calcaire ; l'action du feu la réduit en chaux ; cette opération forme en elle une combinaison dont il résulte une sorte de substance saline. C'est en combinant, le plus possible, le principe inflammable dans la chaux, qu'on rend cette *De la Chaux.*

O o ij

substance saline plus parfaite, & qu'on la convertit en alkali. Je ne crois pas qu'il puisse résulter un acide de cette combinaison; mais je pense que la chaux peut trouver dans le sein des matières en putréfaction, le phlogistique nécessaire pour arriver en partie à l'état de parfait alkali. Quand même ce phénomène n'arriveroit point, sa division extrême, l'affinité que l'acide nitreux a avec elle, doit engager à l'employer dans les nitrières, ne fût-ce que d'après la propriété qu'elle a d'accélérer la putréfaction des matières.

Sa valeur met un obstacle à son emploi; elle vaut à Besançon douze livres la voiture; mais voici le moyen de s'en procurer à peu de frais. Les Tanneurs & les Mégissiers ont des fosses pleines de chaux, dont ils se servent pour leurs travaux; aussi-tôt qu'une partie de son action est épuisée, ils la jettent à la rivière; elle n'a pas toute l'activité de la chaux vive, mais elle est aussi bonne qu'elle peut l'être pour la fabrication du Salpêtre; elle a séjourné avec des matières animales, comme elle auroit fait dans le bassin. Quoique les Tanneurs & les Mégissiers de cette ville ne soient pas en grand nombre, ils en consomment environ cent voitures par an. J'ai parlé à tous ces Artistes, ils m'ont dit qu'ils donneroient cette matière avec plaisir, pourvu qu'on prît la peine de l'enlever. A l'acheter directement, ces cent voitures couteroient douze cents livres à l'Entrepreneur, & elles ne lui couteront que ce qu'il voudra bien donner aux Ouvriers de la tannerie. C'est en accumulant cette matière, qu'on pourra augmenter les terres du hangar, pour en former de nouveaux; cette terre est préférable à toute autre terre calcaire.

De la matière solide des fosses d'aisance. La matière fécale humaine est fort propre à la production du Salpêtre; elle rend de l'alkali volatil dans son analyse; sa putréfaction est longue, ce qui doit rebuter de l'employer récente. Dans le fond des fosses d'aisance qu'on ne vide que rarement, on trouve une matière dure & ferme, qui se coupe à la pelle; je la trouve dans cet état préférable à celle qui n'a point cette solidité; sa décomposition faite en partie, la met en état de donner plus promptement le produit qui doit en être le résultat. L'action de l'air libre achève cette décomposition, ce qui ne pouvoit avoir lieu lorsqu'elle étoit couverte du liquide qui la surnage dans la fosse. J'en ai lessivé au sortir de la fosse, qui ne m'a point donné de Salpêtre; j'en ai distillé à la cornue, & j'en ai tiré de l'huile & de l'alkali volatil.

Comme ces idées ne me sont venues que successivement, je n'ai pu voir le résultat de ces différens mélanges, n'y ayant point encore assez de temps qu'ils sont exposés. Les Laboureurs viennent chercher cette matière pour engrais; ils payent aux Vidangeurs vingt sous la voiture attelée de deux chevaux: on pourra s'en procurer aux mêmes conditions.

Le concours des matières végétales étant très-avantageux *De la paille ou grand fumier.* dans la fabrication du Salpêtre, soit en le formant directement, soit en entretenant la putréfaction dans les terres, soit en les rendant plus meubles, & en procurant à l'air plus d'accès, on se procurera de la paille qui ait servi de litière aux animaux; je la préfère à la paille neuve, en ce qu'elle est moins chère, & qu'elle est imprégnée de leurs urines. Si on ne peut s'en procurer en assez grande quantité, on prendra de la paille neuve. Si dans les environs du hangar il y a des terreins incultes qui contiennent des plantes, comme bruyère & autres herbes inutiles, on pourra en faire une provision dans la saison d'automne.

C'est sur-tout au choix des terres que doivent présider des gens *Du choix des terres.* instruits. Les terres calcaires quelconques peuvent servir dans les nitrières. Si on ne peut se procurer assez de terres salpêtrées, on sera forcé d'en prendre de neuves. J'ai vu par expérience combien leur rapport est tardif; ce qui me détermine à donner la préférence aux terres déjà salpêtrées.

Si on est forcé de prendre des terres neuves, on fera choix de celles qui se trouvent sous le gazon des prés, des déserts, des endroits incultes. Cette terre est de couleur brune ou noire; elle doit à la végétation & à la putréfactions des matières qui périssent à sa surface, la différence qui la distingue d'avec celle qui est plus basse.

L'urine & le fang font des matières qui contiennent beaucoup d'eau ; je défirois qu'elles fuffent plus rapprochées lorfqu'on les emploie. La première reffource que l'imagination me préfenta, fut l'évaporation fur le feu ; mais cet expédient eft difpendieux. Je me fuis décidé à la faire au moyen de l'air ; ce qui s'exécutera très-bien dans le baffin.

Comme les matières que je viens d'indiquer y feront mélangées, je confeille de les mettre à peu près dans les proportions ci-deffus.

Boues des rues ;   2   parties.
Matières folides des foffes d'aifance ;   2
Chaux de Tanneurs ou Mégiffiers ;   1

Plantes récentes, débris de jardins, autant que l'on pourra s'en procurer ; urines & fangs, partie égale, & autant qu'il en faudra pour arrofer le mélange & les terres.

Si les circonftances locales ne permettent pas de fe procurer les matières ci-deffus énoncées, on pourra avoir recours aux fumiers de toutes efpèces, aux animaux péris, & autres immondices.

Ces matières dépofées dans les baffins, réuniront tous les avantages qu'on peut défirer ; la concentration des liquides qui ferviront pour les arrofemens, fuppléera aux égouts de fumier qu'on ne pourroit fe procurer affez abondamment. La putréfaction des autres matières, qui fe trouvera déjà avancée lorfqu'on les mêlera aux terres, gagnera du temps : enfin, la divifion du baffin en deux parties, permettra d'avoir toujours, & fans perte de temps, des matières en pleine putréfaction. La paille & le grand fumier feront mis à part, pour n'être employés qu'à la conftruction des couches.

CHAPITRE VII.

Manière d'arrofer les couches.

ON connoîtra que les couches ont befoin d'être arrofées, lorfque la terre deviendra sèche & fe mettra en poudre ; on pourra s'affurer de leur état dans l'intérieur , au moyen d'une petite fonde qui ira chercher la terre du centre fans déranger la couche. Deux Ouvriers rempliront une tine du liquide du petit réfervoir; ils la porteront à la tête des couches ; ils la diviferont enfuite en deux baquets qu'ils porteront entre les couches ; pour remplir les pots, ils puiferont avec un baffin emmanché dans leurs baquets, & en verferont une affez grande quantité pour remplir les pots d'une feule fois ; lorfque tous les pots feront remplis, ils arroferont la furface de la couche avec un arrofoir de jardin. Ils auront attention de ne point trop arrofer. Je fais remplir fubitement les pots , pour que la liqueur puiffe fe diftribuer généralement dans la couche par les trous qui y feront pratiqués. Comme les couches ne manqueront point de fe ferrer à leur furface par les arrofages, on les labourera légèrement avec un outil que les Jardiniers appellent traçoir.

Quoique mes couches aient peu d'épaiffeur, j'exige que le fond en foit arrofé par les ouvertures qui fe trouvent deffous, non feulement pour entretenir l'humidité dans la couche, mais encore pour remplir le même objet à l'égard des terres qui font deffous. MM. les Régiffeurs des poudres donnent dans leur inftruction la forme d'un inftrument pour les arrofages; j'ai déjà dit que je le rejetois, en ce qu'il falloit trop facrifier de place dans la nitrière pour en faire ufage : d'ailleurs il n'arrofe les terres que par flots. Voici le moyen que j'emploie, & que je préfère au leur.

On aura une petite pompe foulante, telle qu'on en voit qui font fabriquées en bois, & qui ne coutent que douze à quinze livres. On ajuftera à la fortie de cette pompe un tuyau de cuir paffé au fuif, femblable à ceux dont on fe fert dans les incendies, & auquel on donnera vingt-cinq pieds de longueur; on adaptera au bout de ce cuir une pièce ronde & creufe en fer-blanc, percée comme un goupillon; on arrêtera cette pièce au bout d'un bâton de quatre pieds de long; on mettra à l'extrémité de ce bâton une roulette affez large pour qu'elle puiffe fe foutenir d'elle-même fans fe renverfer; on introduira ce corps & ce bâton dans la cavité de la couche; on ajuftera au bout de ce premier bâton, au moyen d'une boîte en fer du même calibre, un fecond bâton de même longueur, & on en ajuftera ainfi jufqu'à ce qu'il y en ait vingt pieds d'introduits fous la couche. Ce petit appareil ainfi difpofé, on fera mouvoir la pompe en retirant le corps infenfiblement, & démontant les bâtons à mefure qu'ils fe préfenteront.

Comme l'expérience m'a démontré qu'il y avoit un très-grand avantage à mettre beaucoup d'intervalle entre les leffivages des terres, il n'y aura nul inconvénient à les arrofer de la forte deux années avec les matières les plus rapprochées & les plus chargées; la troifième année, on alongera la liqueur prife au baffin avec un volume égal d'eau pure; enfin on difcontinuera les arrofages quatre à cinq mois avant la lixiviation; c'eft pendant ce repos que s'achèvera la putréfaction.

Pour faire un établiffement (*) tel que je le propofe, on prendra les mefures que je vais indiquer.

S'il fe préfente quelque Particulier zélé, on lui accordera le privilége de faire enlever les terres falpêtrées des habitations une fois feulement, & le droit de ramaffer les urines & les autres matières, ainfi que je l'ai indiqué. Il commencera par conftruire fes baffins, qu'il couvrira; il les remplira des

---

(*) L'Etat devroit faire un établiffement dans une des villes principales de chaque provinces, pour expofer un modèle fous les yeux des Particuliers qui pourroient fpéculer fur cet objet.

matières;

matières; il conftruira enfuite deux hangars comme je l'ai indiqué, ou fur telle proportion qu'il jugera à propos; il amènera les terres falpêtrées fous un de fes hangars, pour les garnir & y établir fes couches; ce qui pourra bien employer une campagne : il veillera au foin de fes terres, en conftruifant de même l'année d'enfuite le fecond hangar; il en établira encore deux en prenant les mêmes précautions, & lorfque le quatrième fera fini, il procédera à la lixiviation des terres du premier, qui fe trouveront avoir trois ans de repos. Il emploiera une campagne·à leffiver les terres de ce hangar, & à les remettre en place. L'année d'enfuite, il leffivera celles du fecond, & ainfi de fuite pour le troifième & le quatrième; par ce moyen, il aura chaque année un hangar à leffiver, dont les terres auront trois ans de repos.

Comme les frais de conftruction donnés par MM. les Régiffeurs ne fe rapportent point avec ceux que j'ai calculés, & que je ne voudrois pas induire en erreur, je vais entrer ici dans quelques détails; ils font relatifs à la province que j'habite, la Franche-Comté.

Pour couvrir un hangar en paille, on peut placer les fermes à quinze pieds l'une de l'autre; huit fermes à cette diftance donneront cent cinq pieds; les fermes, le chevronnage & les autres pièces de charpente, groffeur réduite, donneront onze cent quatre-vingt-fix pieds cubes de bois, qui couteront en fapins quinze fols le pied, & feront la fomme de, ci . . . . 889^l 10^f »^{d}

Cent une toifes de couverture en paille, en y comprenant les côtés, à raifon de neuf livres la toife, font, ci . . . . . . 909 » »

Portes & volets, ci . . . . 100 » »

Pour dix-huit mille pieds de terres falpêtrées, ci. . . . . 800 » »

Terres cuites en place de claies, à quatre-vingts par couche, avec les pots ou petites caiffes en bois, à raifon de quinze

2698 10 »

P p

2698ˡ· 10ᶜ ᵈ

livres par couche, font pour les quinze
couches que pourra contenir chaque han-
gar, ci   225   »   »
   Pour les colonnes du hangar & les dés
sur lesquels elles poseront, ci   100   »   »

                                                       3023   10   »

   Pour trois semblables, ci   9070   10   »

   Et pour les quatre, ci   12094   »   »
   Une écurie & deux chambres qu'on
pourra placer entre deux fermes en cons-
truisant, ci   200   »   »
   Un atelier pour lessiver, chaudière, four-
neau, mays en bois, & autres ustensiles,   500   »   »
   Un cheval, ci   150   »   »
   Un tombereau & un petit chariot, . .   100   »   »
   Les bassins & leurs couvertures, . .   500   »   »

                                                      13544   »   »

Produit annuel.

   Treize mille cinq cents livres de Salpêtre
à dix sols, retenue faite des quatre pour
cent en le livrant, font la somme de . .   6490   7   8

Dépense annuelle.

   Intérêts des treize mille cinq cent quarante quatre livres à cinq pour cent, forment
une somme de   677   4   »
   Pour quarante cordes de bois à qua-
torze livres, ci   560   »   »

                                                       1237   4   »

	1237ˡ·	4ᶜ·	»ᵈ·
Cendres & potaſſe, ci	500	»	»
Grand fumier ou paille, quatre milliers à dix livres, ci	40	»	»
Loyer du terrein . . . . . . :	60	»	»
Nourriture du cheval	250	»	»
Gages d'un Domeſtique & deux Ou-vriers, à trente livres par mois chacun, & pour ce	1080	»	»
Cinquante voitures de matières ſolides de foſſes d'aiſance, à vingt ſols, ci . .	50	»	»
Pour la boue des rues, cent voitures à dix ſols, ci	50	»	»
Chaux des Tanneurs & Mégiſſiers, ſomme arbitraire, ou	24	»	»
Entretien des uſtenſiles & du cheval,	200	»	»
Total	3491	4	»

Récapitulation.

Produit annuel monte à . . . . : .	6490	7	8
La dépenſe annuelle à	3491	4	»
Partant, bénéfice, intérêts compris . .	2999	3	8

Pour m'aſſurer du rapport des terres, j'en ai leſſivé une grande quantité priſe dans différens endroits de la province; dans chaque expérience j'ai leſſivé quatre pieds cubes de terres ſalpêtrées, priſes depuis leur ſurface juſqu'à deux pieds de profondeur, lorſque la nature du ſol l'a permis.

Première Expérience.

Quatre pieds cubes de terre priſe dans une écurie de moutons, ayant trois ans de repos, leſſivés ſans addition, décompofition faite des fels à bafe terreufe par un alkali avant de procéder à la criftallifation, & purgés de fel marin, m'ont rendu deux livres neuf onces de très-bon Salpêtre brut.

Pour éviter les répétitions, j'obferve que les expériences fuivantes font faites avec les mêmes attentions que cette première.

Seconde Expérience.

Terre d'écurie de moutons, deux livres quatre onces.

Troisième Expérience.

Terre d'écurie de moutons qui n'avoit point été leffivée, n'étant point comprife dans l'arrondiffement des Salpêtriers, pour m'affurer de fa richeffe, m'a rendu trois livres fept onces. Ces terres contenoient moins de fel à bafe terreufe que les autres.

Quatrième Expérience.

Terre de cuverie, une livre douze onces.

Cinquième Expérience.

Terre de grange, une livre fept onces.

Sixième Expérience.

Terre d'écurie à bœufs, une partie prife fous la crèche, & l'autre au centre de cette écurie, une livre huit onces.

Septième Expérience.

Terre qui avoit deux ans de repos, prife dans une écurie à chevaux & bœufs, onze onces.

Huitième Expérience.

Terre d'écurie de moutons, qui avoit quatre ans de repos, trois livres quatre onces.

Neuvième Expérience.

Pour m'affurer fi les matières animales putréfiées dans les terres, rendoient beaucoup de Salpêtre, j'en ai pris dans un cimetière, fous des voûtes aérées par des abat-jours; elles m'ont rendu trois livres une once. J'avois imaginé de couvrir les voiries de chaque village, & d'obliger les Particuliers à y enterrer les bêtes qui viendroient à mourir, en les mettant par morceaux; mais ce produit ne m'a pas paru affez confidérable, pour qu'on pût tirer un grand parti de ce moyen.

Dixième Expérience.

Huit pieds cubes de terre prife dans une voirie abandonnée depuis quatre ans, ne m'ont rendu qu'un dépôt terreux, dans lequel je n'ai pu diftinguer de fubftance faline.

Onzième Expérience.

Quatre pieds cubes de terre de hangar, travaillée depuis trois ans, m'ont rendu dix livres. *

Douzième Expérience.

La terre leffivée, après trois ans de repos, la même qui avoit été leffivée au bout de deux ans, Expérience 7, m'a rendu une livre fix onces.

Treizième Expérience.

Terre d'écurie de moutons, prife dans une maifon bâtie depuis trois ans, quatorze onces.

Quatorzième Expérience.

Terre d'écurie de moutons, prife dans une maifon bâtie depuis cinq ans, une livre fix onces.

Toutes ces terres ont été leffivées dans une chaudière à grande eau, jufqu'à ce qu'elles fuffent entièrement épuifées.

On voit que les terres des Expériences 1, 2, 3, 4, 5 & 6, formant enfemble vingt-quatre pieds cubes, ont rendu douze livres quinze onces, ce qui donne pour le produit moyen neuf onces deux gros par chaque pied cube.

---

* *Note des Commiffaires.* Un produit auffi riche annonce qu'on avoit répandu fur ces terres des eaux mères de nitre. On ne peut pas efpérer par aucune des méthodes connues, d'arriver à un réfultat auffi avantageux.

Si le produit de ces terres, qui ne font ni amendées, ni foignées, ni fuffifamment divifées, & qui contiennent de groffes pierres, eft auffi confidérable; que ne doit-on pas attendre de celles qui feroient amendées, arrofées à propos, criblées & choifies ? C'eft en conféquence de ces obfervations & de ces expériences, que j'établis avec confiance le produit des couches à douze onces par pied cube de terre.

Les perfonnes qui ne font pas inftruites, pourront douter que les terres des nitrières puiffent donner un produit plus fort; mais celles qui ont des connoiffances fur cet objet, verront au contraire que le produit pourra excéder celui auquel je les ai fixées : ces terres placées avantageufement pour faciliter la putréfaction des matières qu'elles contiennent, pourront venir au point de rendre autant que celles défignées, Expérience troifième, qui ont rendu environ quatorze onces par pied cube.

J'avois déjà l'expérience en grand, que les terres rendoient davantage, lorfqu'elles étoient plus anciennes : les Expériences feptième & douzième m'ont encore confirmé dans cette opinion, & c'eft ce qui m'a déterminé à ne leffiver mes terres de hangar qu'au bout de trois années. Que m'en coute-t-il pour avoir un produit fûr ? La conftruction d'un hangar de plus. Les intérêts des fonds que fa conftruction exige, ne font rien en comparaifon de l'avantage qu'il procure. Le Salpêtre qui eft dans les couches, au bout de deux années, ne peut échapper à l'Entrepreneur; ces deux années ne fuffifent pas pour achever complètement la putréfaction des matières qui doivent produire le Salpêtre; & il en réfulte que la troifième année en produit davantage que les deux autres.

CHAPITRE VIII.

Comparaison de l'établissement proposé par l'Auteur, avec celui de MM. les Régisseurs.

LA somme considérable de *quarante mille livres* au moins, que MM. les Régisseurs des poudres exigent pour former un établissement d'après leurs instructions, effrayera sûrement ceux qui auroient quelque disposition à l'entreprendre. Ils comptent pour rien l'intérêt de la somme avancée; ils estiment un terrein qui pourroit contenir dix hangars de cent pieds sur trente de large, clos de murs, à la somme de *quinze cents livres*; cette modique somme ne payeroit pas les murs. Ils ne font point entrer en ligne de compte les frais de voitures des matières conduites aux hangars par des voituriers étrangers, & ne font même mention d'aucun attelage pour le service de ces hangars. Ils font lessiver les terres au bout de deux années, ils n'osent en affirmer le produit; enfin, pour former un établissement qui, sans payer d'intérêt des fonds, produiroit *cinq mille livres* par année, il faut dix hangars à quinze mille pieds de terres à Salpêtre par chaque, ce qui feroit, pour les dix, cent cinquante mille pieds cubes de terres. L'impossibilité de trouver & de rassembler une pareille quantité de terres à Salpêtre, joint au peu de bénéfice qu'ils présentent dans leurs instructions, démontre incontestablement qu'on ne peut faire un pareil établissement avec avantage.

La somme qu'il faut pour faire l'établissement que l'Auteur indique, n'est que de treize mille cinq cent quarante-une livres : dépense annuelle comprise & intérêt des fonds, cette somme produira un profit net de deux mille neuf cent quatre-vingt-dix-neuf livres six sols huit deniers.

Sous chaque hangar, je place quinze couches, chacune

de quarante-deux pieds de long, fur fix pieds de bafe &
quatre de hauteur ; chacune de ces couches contiendra cinq
cent quatre pieds cubes de terres, ce qui donnera pour
les quinze la quantité de fept mille cinq cent foixante pieds
cubes ; le fol du hangar de cent cinq pieds de long
fur cinquante de large & deux de profondeur, contiendra
dix mille cinq cents pieds, qui, joints à la quantité de fept
mille cinq cent foixante, forment une totalité de dix - huit
mille foixante pieds cubes.

Les terres ont plus de furface dans les hangars que je propofe, qu'elles n'en ont fous ceux de MM. les Régiffeurs ;
ce qui eft un avantage. Il faut pour conftruire mes quatre
hangars, environ foixante-douze mille pieds cubes de terres
à Salpêtre, qui feront plus faciles à fe procurer que les
cent cinquante mille pieds qu'ils propofent ; & avec un de
ces hangars, travaillé tous les ans, l'Entrepreneur a un bénéfice plus confidérable qu'il ne peut l'efpérer de l'établiffement que ces Meffieurs propofent.

On voit que ces établiffemens ont befoin d'être placés près
des grandes villes ; on ne pourroit les faire dans les campagnes avec autant d'avantages, par la raifon qu'on ne pourroit s'y procurer les matières à auffi bas prix. Je réferve l'établiffement de ces hangars, pour tous les endroits où la fagacité de l'Entrepreneur lui démontrera la poffibilité d'en faire.
Je vais indiquer pour la campagne un autre genre d'établiffement, dont les avantages réunis feront peut-être le feul
mérite de mon ouvrage.

CHAPITRE

CHAPITRE IX.

Projet de hangars pour les villages.

S'IL ne falloit qu'expofer des terres nitreufes à l'action de l'air, & les garantir du foleil & de la pluie pour leur faire produire du Salpêtre, la fabrication de cette matière deviendroit facile; mais auffi-tôt qu'elles ne reçoivent plus les matières propres à entretenir la putréfaction, le Salpêtre fe régénère difficilement, & il faut un temps beaucoup plus confidérable.

Il eft bien étonnant que MM. les Régiffeurs des poudres, qui ont fi fort à cœur l'établiffement des nitrières artificielles, faffent conftruire dans cette ville (à Befançon) des hangars fous lefquels ils vont mettre les terres falpêtrées de ladite ville pour les laiffer en repos; ils ôtent les moyens de conftruire des hangars, où elles feroient traitées plus avantageufement. Ils penfent les enrichir avec les eaux mères de la raffinerie qui en eft voifine, & dans laquelle on purifie tous les Salpêtres de la province; mais j'efpère que lorfque les Ouvriers qui dirigent ces travaux feront inftruits, ils abandonneront l'ufage préjudiciable & défectueux de traiter ainfi leurs eaux mères.

On croit pouvoir affurer que le feul produit de ces terres vient des eaux mères que l'on verfe abondamment deffus; fi on les en privoit, elles rendroient fi peu, qu'on abandonneroit le projet de délivrer les fujets de la fouille. Pour parvenir à ce point & augmenter la récolte du Salpêtre en abandonnant les lieux où il fe forme fans aucun frais que ceux de récolte, voici le parti que j'ai pris.

De tous les lieux où l'on recueille le Salpêtre dans les habitations, il n'en eft point qui fourniffent autant (au rapport de tous les Salpêtriers, & fuivant mes propres expériences), que les écuries de moutons & de chèvres. C'eft

Q q

en fe rappelant les circonftances les plus favorables à la production de ce fel, qu'on n'eft plus étonné du réfultat. Ces
animaux entretiennent dans leurs écuries une chaleur & une
humidité moyenne qui convient davantage à la formation
du Salpêtre, que l'inondation que caufent les urines trop
abondantes des autres animaux. L'arrofement fe fait infenfiblement fur toute la furface de l'étable, au lieu que dans les
autres il ne s'y fait que dans une partie. Ces animaux vivent
d'herbes fortes, telles que le thym, le ferpolet, l'orignan, le
calaman & les plantes de cette efpèce, qui contiennent
beaucoup d'huiles, ce qui donne à leur fumier une qualité
fupérieure à tous les autres. J'en ai vu qui rendoient en les
levant une vapeur qui irritoit le nez & les yeux, comme de
l'alkali volatil; le fumier couvre toute la furface de l'écurie,
ce qui rend la putréfaction générale. C'eft dans le fein de
cette putréfaction & de cette humidité moyenne, que fe forme
abondamment la combinaifon qu'on recherche. Le porc qui
réduit en pâte le fumier & la terre de fa loge, ne produit
point de Salpêtre; la putréfaction fe fait dans une trop grande
quantité d'eau, ce qui s'oppofe à la combinaifon des principes qui doivent former l'acide nitreux, du moins je le pré-
fume. On a des exemples en Chimie de combinaifons de
cette efpèce, qui ne peuvent s'opérer avec la préfence de
l'eau. Enfin, quand mon opinion fur le mécanifme de l'opération feroit fauffe, il reftera toujours pour conftant, d'après
les faits, que l'écurie des moutons & des chèvres eft la meilleure nitrière; c'eft fur cette certitude qu'eft fondé mon établiffement.

Dans chaque village on conftruira un hangar d'une grandeur proportionnée au nombre des moutons & des chèvres
qui s'y trouveront; j'en donnerai ci-après les proportions. Je
prends dans ce moment pour exemple un hangar de foixante
pieds de long, fur vingt-cinq de large. On aura les mêmes
attentions tant pour le choix de l'emplacement & de fa pofition, que pour les nitrières. J'appellerai ces hangars, pour
les diftinguer des autres, hangars-écuries.

Dans les provinces où il fait froid, on fermera ce hangar-écurie d'un mur de six pieds hors de terre, & de trois de fondation, construit en mortier. On ménagera dans la maçonnerie du côté du nord, de petites fenêtres qui pourront se tenir fermées avec des volets; on fera à chaque extrémité du hangar-écurie une porte; on posera sur cette maçonnerie une charpente en sapin ou en chêne, suivant le local, & on couvrira en paille. On pourra faire un grenier sur cette charpente, qui sera loué au plus offrant, au profit de la Communauté; il pourroit contribuer à rendre ce hangar-écurie plus chaud en hiver. Le hangar-écurie ainsi achevé, on en creusera le sol de deux pieds de profondeur; on assurera bien le fond avec la batte; puis on le garnira d'une couche d'argile, si on le peut; enfin on y déposera les terres salpêtrées des habitations. Dans le choix des terres, il est important de ne prendre que les plus convenables, de les passer à la claie, & de les améliorer si elles sont trop sableuses, en les mêlant avec des terres plus grasses; on pourra y ajouter le fumier qui se trouve dans les étables à moutons du village; les terres ainsi préparées, on remplira l'excavation de deux pieds faite dans le hangar, en l'égalisant le mieux possible; on mettra sur la surface de la terre autant de paille qu'il en faut pour faire litière aux moutons & aux chèvres; enfin on obligera chaque Particulier à placer dans ce hangar-écurie ses moutons & ses chèvres.

Une grande partie de l'année, ces animaux n'ont d'autre nourriture que celle qu'ils prennent dans la campagne : il est des temps au contraire où l'on est obligé de les nourrir à l'étable; alors chaque Particulier seroit bien aise de donner aux siens la nourriture; à cet effet il sera fait une séparation à claire-voie, où ils pourront mettre chacun les leurs : si le troupeau est assez considérable pour qu'il y ait un Pâtre, il veillera à entretenir l'ordre, & à ce que personne n'ôte aux moutons ou chèvres de son voisin, pour donner aux siens. Chaque Particulier fera à ses moutons une marque distinctive, pour éviter le désordre.

Ce seroit laisser beaucoup à désirer, si en indiquant cet

Q q ij

établissement, je ne donnois les moyens d'en assurer le succès. C'est tomber dans l'inconvénient que je trouve dans l'établissement des nitrières, que d'en charger l'état ; si on exige que les Communautés les fassent à leurs frais, c'est leur rendre un fort mauvais service. Voici, je pense, le parti qu'on peut prendre dans cette circonstance.

Les Communautés seront chargées du transport des terres salpêtrées, des pierres pour les murs, des bois pour la charpente ; ils fourniront la paille pour couverture, des Manœuvres par corvée pour creuser les fondations, servir les Maçons & les Charpentiers ; l'Etat fournira les bois nécessaires qui seront pris dans les forêts du Roi ; il payera l'Ouvrier de carrière, le Charpentier & le Maçon.

Si on peut persuader les Communautés du bénéfice qu'elles auroient de prendre ces hangars-écuries à leur compte, alors elles les construiront à leurs frais, en prenant cependant les bois nécessaires à la construction dans les forêts du Roi. Ils auront le privilége d'extraire le Salpêtre, & de le vendre à l'Etat : si quelques Communautés se refusent à cette entreprise, & qu'un Particulier veuille s'en charger, elles seront obligées aux corvées ci-devant énoncées ; & le Particulier sera chargé seulement de celles de l'Etat. Si le bénéfice ne déterminoit aucune Communauté ni aucun Particulier à prendre ces établissemens à leur compte, l'Etat pourroit s'en charger aux conditions ci-devant dites, & j'indiquerai ci-après les moyens qu'il pourra employer pour s'indemniser de ses frais.

Dans les questions envoyées par MM. les Régisseurs, ils demandent » quels seroient les secours que l'on pourroit » trouver au près des Communautés pour la formation des » hangars, &c. «.

J'ai répondu qu'on pourroit les charger de ce à quoi je les engage ; ce qu'ils feront avec empressement, dans l'espérance de se débarrasser des incommodités de la fouille ; ce qui vient de se réaliser par des soumissions que quelques-unes ont données.

Les Communautés seront tenues à l'entretien, c'est-à-dire,

aux réparations à faire à la couverture , ainsi qu'aux portes &
volets ; cette charge ne fera pas onéreufe , en ce qu'une couverture en paille dure vingt-cinq à trente ans , & même plus,
fans qu'on ait befoin d'y toucher. Elles fourniront la paille néceffaire à la litière de leurs moutons & chèvres ; elles facrifieront
cette petite quantité de fumier qui fera mêlée aux terres après
les avoir leſſivées. On pourroit peut-être même les obliger de
labourer tous les ans la terre du hangar-écurie , & d'y mêler
le fumier ; on feroit faire cette corvée par la jeuneſſe du
village les jours de pluie ou d'hiver , que les travaux champêtres font interrompus.

Dans le cas contraire , le fumier fe partagera entre chaque
Particulier , ou fe vendra au profit de la Communauté , à
l'exception de l'année qu'on leſſivera les terres , parce qu'il eſt
néceſſaire que le fumier y foit mêlé.

La grandeur du hangar-écurie fera déterminée à raifon de
trois pieds de long fur deux de large , par chaque mouton
ou chèvre. Suivant ce calcul , il ne faudroit pour un hangar-
écurie de la dimenſion ci-deſſus , qu'environ deux cent quarante moutons ou chèvres , non pas pour le remplir , mais
pour le fertilifer.

On pourroit placer davantage de ces animaux dans un
hangar-écurie de cette étendue ; mais il eſt néceſſaire de n'y
en pas mettre un plus grand nombre, pour les raifons fuivantes.

Lorfqu'on leſſivera les terres , on partagera le hangar-écurie
en deux parties par le travers ; on fera une petite féparation ;
on mettra tous les moutons & chèvres dans une partie , tandis
qu'on travaillera dans l'autre. Quand les terres feront remifes
en place , on fera paſſer les animaux dans cette partie , pour
travailler l'autre à fon tour ; ce qui fera d'autant plus facile à
exécuter , que j'ai ménagé une porte de chaque bout du hangar:
les travaux finis , on rendra la liberté à ces mêmes animaux
de l'occuper en entier.

On penfera peut-être que la difficulté d'infpirer à chaque

Particulier assez de confiance pour réunir ainsi leurs moutons & leurs chèvres, mettra un obstacle à cet établissement; mais si on considère que ces animaux sont toujours en troupe pour chercher leur nourriture, pourquoi ne pourroient-ils pas reposer ensemble ? Les habitans des campagnes ont en commun des biens plus précieux.

La direction de ces hangars ne couteroit rien à l'Etat : que ce soit les Communautés ou un Particulier qui en soient chargés, ils seront intéressés à ce qu'on en ait le plus grand soin ; ce qui sera d'autant mieux exécuté, qu'ils regarderont cet établissement comme le leur, & comme le seul moyen qui puisse les délivrer des incommodités du Salpêtrier.

Après avoir indiqué les moyens de faire l'établissement des hangars-écuries dans les Communautés, je vais mettre sous les yeux les avantages & le produit qu'on en pourroit tirer. Je donne pour exemple une province qui fournit une bonne quantité de Salpêtre, & dans laquelle il y a moins de moutons & de chèvres que dans beaucoup d'autres. Cette province est la Franche-Comté ; elle a fourni pendant les années ci-après, en Salpêtre brut,

SAVOIR.

Année					liv.	onc.	gr.
Année	1772	.	.	.	369046	»	»
	1773	.	.	.	366384	»	»
	1774	.	.	.	359855	»	»
	1775	.	.	.	331382	»	»
	1776	.	.	.	322376	»	»
TOTAL	. . .				1749043	»	»
Année commmune	.	.	.	.	349808	9	4

On voit la diminution sensible que la récolte a éprouvée dans l'espace de cinq années ; on voit aussi que le produit

annuel, année commune, est de trois cent quarante-neuf
mille huit cent huit livres neuf onces quatre gros. Pour évaluer le produit qu'on peut espérer des hangars-écuries, on
observera que cette province est composée de quatorze villes,
& de deux mille dix-huit villages; les villes, ainsi que les villages
sont sujets à la fouille des Salpêtriers : je suppose donc que l'on
fasse un hangar-écurie dans chaque village. Il est bien peu
de ces villages qui n'aient une quantité de moutons & de
chèvres suffisante pour un hangar de la dimension rapportée
ci-devant; & il en est beaucoup dans lesquels on seroit obligé
d'en former un plus grand; cependant je n'établirai mon
calcul que sur la supposition la plus foible.

Un hangar-écurie de soixante pieds de long sur vingt-
cinq de large, contiendra trois mille pieds cubes de terre;
on ne lessivera les terres de ce hangar qu'au bout de quatre
ans de repos; ces trois mille pieds cubes de terre rendront
douze onces par pied; ce qui fera la quantité de deux mille
deux cent cinquante livres de Salpêtre. On en lessivera cinq cent
quatre par année, qui, en partant du même produit, donneront la quantité d'un million cent trente-quatre mille livres
de Salpêtre.

En faisant la comparaison de ce produit annuel avec celui
des années précédentes, on voit qu'il est plus que triplé : si
on y joint ensuite celui des quatorze villes que je n'ai
point comprises dans le nombre des hangars - écuries, &
dans lesquelles on peut faire un établissement de la nature
de celui que j'ai indiqué à l'article des nitrières, en supposant que chacune produise par année dix à douze mille
livres de Salpêtre, on recueilleroit en Franche-Comté environ un million deux cent soixante-quatorze mille livres de
Salpêtre.

Si, par le moyen des hangars-écuries, la récolte se trouve
augmentée à ce point dans la province de Franche-Comté
qui a moins de moutons & de chèvres que celles de Champagne, Languedoc, Provence & le Berry, que n'a-t-on pas

lieu d'efpérer de cet établiffement dans ces dernières provinces ?

Je m'apperçois que le produit des hangars-écuries étonnera, en le comparant avec celui des travaux actuellement en ufage; & on concevra avec peine comment, avec une furface de foixante pieds de long fur vingt-cinq, je retirerai plus de Salpêtre qu'en leffivant toutes les terres du village : en voici la raifon.

Une partie des Salpêtriers compofent avec les habitans de la plus grande partie des maifons, & moyennant une rétribution qu'ils en tirent, ils ne leffivent point leurs terres. La plupart n'épuifent point les terres de tout le Salpêtre qu'elles contiennent; ils n'ajoutent point affez d'alkali pour décompofer les fels à bafe terreufe; ils n'obtiennent qu'une petite quantité de criftaux, & rejettent une matière qui auroit été d'un très-grand produit dans des mains plus inftruites. Les Particuliers d'ailleurs planchéïent & pavent pour la propreté de leurs habitations ; ceux qui n'en ont pas le moyen, mettent fur le fol de leurs habitations une couche d'argile qui fe durcit : tous ces moyens s'oppofent à la génération du Salpêtre.

Le produit d'ailleurs des hangars-écuries n'eft point fondé fur des hypothèfes hafardées ; on voit par les expériences 1 & 2, que les terres d'écuries à moutons, prifes en différens endroits, ont rendu la quantité moyenne de neuf onces & demie & un gros par pied cube. Il eft démontré par l'expérience 3, que ces terres peuvent rendre davantage.

On obfervera que le produit de ces terres n'eft dû qu'à la Nature, que ces terres ne font point choifies, qu'elles contiennent de groffes pierres, qu'elles ne font amendées par aucune matière, qu'elles font leffivées de trois en trois ans ; que les terres de hangar-écurie au contraire feront choifies & paffées à la claie, pour en ôter les groffes pierres; qu'elles feront mêlées avec le fumier de moutons, & qu'elles ne feront leffivées que de quatre en quatre ans ; que cette année de plus eft un avantage réel : d'où je conclus que

ces

ces terres ainsi traitées, donneront un produit supérieur à celui même auquel je les porte.

Je pense que l'établissement de ces hangars-écuries pourroit dispenser de celui des nitrières : le Salpêtre deviendroit si commun, qu'on ne pourroit lui donner assez de valeur pour que l'Entrepreneur d'une nitrière pût trouver du profit à en fabriquer. Dans ces nitrières, il faut payer des Ouvriers, des matières & des terreins ; dans les hangars-écuries, les moutons & les chèvres sont les Ouvriers, ils arrosent, ils apportent les matières, ils procurent dans l'hiver une température moyenne à leur écurie ; la putréfaction par conséquent ne sera point interrompue comme dans les nitrières pendant la gelée.

Je ne fais point d'ouverture aux murs du côté du midi, dans la crainte que les Particuliers n'en laissent les volets ouverts, ce qui exposeroit aux rayons du soleil les terres du hangar-écurie. J'en laisse du côté du nord, qu'on pourra ouvrir en été & lorsqu'il ne fera point assez froid, pour laisser circuler l'air.

Les Particuliers resteront libres dans leurs habitations ; les écuries des autres animaux, propres à leurs travaux, ne seront plus bouleversées (*); ils seront maîtres de planchéïer ou de paver leur séjour, l'Ordonnance qui le leur défend n'ayant plus d'objet. Et si cette propreté peut contribuer à la santé, quelle est la classe des citoyens qui mérite plus d'attention que les habitans des campagnes ?

Ce seroit en pure perte que la Nature & les soins formeroient une grande quantité de Salpêtre, si on n'instruisoit suffisamment ceux qui seront chargés de le recueillir : pour y parvenir, voici le parti qu'il faut prendre.

On commettra dans chaque province un homme instruit dans ce genre de travail ; il établira dans chaque Bailliage

---

(*) Les bêtes de travail exigent trop de soins, pour pouvoir les faire vivre en commun ; ce qui m'a déterminé à ne prendre que les moutons & les chèvres.

R r

un Cours de démonstration & d'instruction sur l'extraction du Salpêtre, auquel pourront assister les Particuliers des Communautés qui voudroient s'instruire sur cet Art, & qui voudroient entreprendre des établissemens. S'il y a des Salpêtriers en titre, ils seront obligés de s'y rencontrer, jusqu'à ce qu'ils soient suffisamment instruits ; ce qui ne peut être long. Il est possible de faire en quinze jours un parfait Salpêtrier, d'un homme d'une intelligence médiocre.

CHAPITRE X.

Du leſſivage des terres.

ON diviſera trente-deux cuveaux en quatre bandes : on garnira le fond de ces cuveaux (*) d'un faux fond, ainſi que le portent les inſtructions de MM. les Régiſſeurs ; on mettra la terre ſalpêtrée ſur ce faux fond, & on en remplira le cuveau ; on verſera enſuite par-deſſus de l'eau dans laquelle on aura diſſous autant des ſubſtances alkalines indiquées ci-après, qu'il en faudra pour pénétrer les terres & juſqu'à ce qu'elles refuſent d'en prendre ; on fermera exactement la ſortie des cuveaux pendant douze heures, après lequel temps on laiſ-ſera filtrer l'eau dans la recette placée deſſous ; on fera paſſer l'eau de la première bande ſur les cuveaux de la ſeconde, & ainſi de ſuite ſur ceux de la troiſième & quatrième bande. On examinera les eaux qui ſortiront des cuveaux de la quatrième bande, pour s'aſſurer ſi elle eſt autant chargée de Salpêtre qu'elle peut l'être pour être ſoumiſe à l'évaporation ; on ſe ſervira du pèſe-liqueur donné dans les inſtructions de MM. les Régiſſeurs. Si les eaux ne ſe trouvoient point aſſez char-gées, on les fera paſſer ſur de nouvelles terres, juſqu'à ce qu'elles aient acquis le degré convenable. On verſera ſur les terres de nouvelle eau, juſqu'à ce qu'elle en ſorte pure, ce qu'on reconnoîtra encore par le pèſe-liqueur.

J'ai reconnu en viſitant les travaux des Salpêtriers, qu'ils n'épuiſoient point leurs terres de tout le Salpêtre qu'elles con-tenoient, qu'ils ne chargeoient point aſſez leurs eaux, qu'ils conſommoient du bois à faire évaporer une eau qui ne leur rendoit que peu de Salpêtre : c'eſt pour éviter ces défauts, que j'ajoute une quatrième bande, & que j'emploie un grand

---

(*) Si on veut faire la dépenſe d'une pompe pour diſtribuer les eaux ſur les cuveaux, au moyen des chaîneaux, ce ſera une grande commodité.

R r ij

nombre de cuveaux pour accélérer la lixiviation. Je laisse l'eau séjourner douze heures, pour qu'elle ait le temps de pénétrer complètement les terres.

Le nitre à base terreuse étant d'une dissolution plus facile que le nitre à base alkaline, il se dissout le premier ; c'est pour retirer ce dernier, que je recommande d'ajouter une grande quantité d'eau sur les terres. J'ai éprouvé qu'en tenant sous de l'eau pure du Salpêtre concassé pendant quinze jours, & à la température de dix degrés, il n'étoit pas dissous complètement. Je ne fais aucune addition de cendres aux terres nitreuses, parce qu'on ne peut réduire sous un volume trop petit la terre à lessiver. L'alkali de la cendre est d'une plus facile dissolution que le nitre ; en mêlant les cendres avec les terres, elles se chargent d'eau salpêtrée ; & il faut, pour les épuiser, une plus grande quantité d'eau, qu'il n'auroit fallu si la terre eût été seule.

Il sera essentiel de reconnoître si les sels à base terreuse sont décomposés ; dans le cas contraire, on ajoutera une quantité suffisante d'eau alkaline très-concentrée, pour l'opérer complètement ; on laissera précipiter la terre, comme l'indiquent MM. les Régisseurs, & on portera l'eau de lessive à la chaudière.

Si on reconnoissoit un excès d'alkali, on pourroit se dispenser d'ajouter de l'eau salpêtrée pour saturer cet alkali ; comme la quantité ne pourroit en être considérable, il acheveroit pendant l'ébullition la décomposition des sels à base terreuse, qui auroient pu échapper à son action dans le mélange à froid. Sa présence ne pourroit nuire au Salpêtre, qui cristalliseroit, parce qu'il est de la nature de ce sel de former une cristallisation parfaite, quoique dans une eau alkaline. Ce seroit pour l'Etat un bien grand avantage, si tous les Salpêtres bruts qu'on lui délivre, cristallisoient dans une eau alkaline.

CHAPITRE XI.

Des subflances alkalines qu'on doit employer pour donner une bafe au Salpêtre.

Quoique les fubftances végétales fourniffent, après leur décompofition, de l'alkali fixe auffi parfait que celui qu'on auroit tiré de ces matières par l'analyfe, il ne fe trouve point en proportion fuffifante pour donner à l'acide nitreux la qualité qui lui eft néceffaire. J'ai remarqué que plus la putréfaction étoit parfaite, plus elles rendoient d'alkali ; ce qui prouveroit qu'il en eft de cette opération comme de la combuftion. J'ai mis dans une cornue du bois de gayac ; j'ai procédé à la diftillation en l'interrompant à chaque produit, pour examiner le bois en partie décompofé ; j'ai reconnu qu'il falloit que l'huile noire diftillât, pour que le réfidu rendît de l'alkali fixe ; ce qui vient à l'appui du fentiment qu'il eft avantageux de donner le temps à la putréfaction de fe faire complètement dans les terres, avant de les leffiver.

La potaffe, le falin, la cendre font les matières qui peuvent fournir à l'acide nitreux la bafe qu'il n'a pas trouvée dans les terres. On ne peut indiquer la quantité de ces fubftances néceffaires pour le jufte point de la décompofition des fels à bafe terreufe, cela dépend de circonftances trop fujettes à variation. L'ufage indiquera la quantité qu'on doit en mettre par chaque cuveau, en obfervant ce qu'il en aura fallu pour la première leffive des terres qu'on commencera à leffiver. Si c'eft de la potaffe ou du falin, on les fera préalablement diffoudre dans l'eau qui doit paffer dans chaque cuveau ; fi on fait ufage de cendre, on la mettra dans un grand cuveau deftiné à cet ufage, & on fera paffer deffus l'eau qui doit fervir à leffiver les terres.

Je ne dirai rien de la potaffe, puifque MM. les Régiffeurs fe chargent d'en fournir de la meilleure qualité ; je préviendrai feulement qu'on en fabrique dans les falines de Lorraine & de Franche - Comté, qu'on débite aux Verreries, qui n'eft que du fel marin prefque pur, qui ne peut être d'aucun ufage dans le travail des Salpêtres ; ce qui pourroit induire en erreur les perfonnes qui pourroient s'en fervir fans la connoître.

Le falin eft un alkali retiré des cendres de bois ; il eft d'une qualité à peu près égale à la potaffe ; il n'en diffère qu'en ce qu'il n'eft point calciné : mais fon bas prix devroit le faire préférer ; il vaut actuellement trois fols la livre. On en fabrique dans beaucoup d'endroits de cette province ; on pourroit de même en fabriquer dans beaucoup d'autres endroits, les genevriers du Langundoc & de la Provence en rendroient de qualité parfaite.

Si on fe fert de cendres, il faut choifir celles qui proviennent de la combuftion du bois neuf ; le bois flotté a perdu dans l'eau la fubftance faline qui devoit produire l'alkali. On reconnoît aifément celles qui en contiennent beaucoup, en les appliquant fur la langue ; elles piquent d'autant plus fortement, qu'elles en contiennent davantage. Une mefure qui pèfe environ trente livres, coute fix à huit fols ; j'en ai leffivé plufieurs fois, j'en ai tiré trois livres d'alkali ; cette quantité d'alkali couteroit au moins vingt - un fols, tandis qu'elle ne revient pas à neuf en employant la cendre. L'opération pour l'en extraire coute trop peu, pour la compter pour quelque chofe.

Je ne penfe pas qu'on puiffe tirer un grand parti des eaux alkalines de leffives ; on s'en fert dans chaque ménage à laver tous les autres effets, & on en fait grand cas.

CHAPITRE XII.

Du traitement des Salpêtriers, & du bénéfice que les Communautés ou les Particuliers peuvent retirer des hangars-écuries.

S'IL ne fe trouve point affez de Communautés ou de Particuliers pour prendre à leur compte les hangars-écuries, on pourra en charger des Salpêtriers. Les Communautés ne leur fourniront rien ; ils auront le feul avantage de prendre du bois dans les forêts au prix courant, fans qu'on puiffe leur en refufer ; il leur fera ordonné de travailler avec trente-deux cuveaux ou vingt-quatre au moins, pour ne pas laiffer languir l'ouvrage, & de les traiter comme il convient. L'avantage qu'ils auront de trouver des terres très-riches raffemblées dans le même endroit, les difpenfera de la manœuvre fatigante de porter ces eaux de leffive des différentes maifons dans la chaudière ; comme d'une autre part, ils jouiront d'un établiffement pour lequel l'Etat aura fait des dépenfes; on leur retiendra dix livres de Salpêtre par quintal, au lieu de quatre livres qu'on leur retient préfentement.

Pour mettre fous les yeux des Communautés & des Particuliers un tableau du bénéfice & du produit de ces hangars-écuries, je vais encore entrer dans quelques détails.

Un hangar-écurie de foixante pieds de long fur vingt-cinq, rendant tous les quatre ans deux mille deux cent cinquante livres de Salpêtre, retenue faite du dix pour cent, il reftera la quantité de deux mille vingt-cinq livres, qui, à huit fols, feront la fomme de huit cent dix livres.

Pour faire criftallifer un millier de Salpêtre avec des eaux bien chargées, j'ai obfervé qu'il falloit trois cordes de bois ; je leur en paffe huit. Le bois coure dans les villages, rendu en place, depuis fix jufqu'à huit livres la corde ; ce qui feroit une fomme de foixante-quatre livres. Pour potaffe, falin ou cendres, cinquante livres.

RÉCAPITULATION.

Produit	810$^{\text{l.}}$ »$^{\text{f.}}$ »$^{\text{d.}}$
Dépenfe	114 » »
Refte net	696 » »

Un Salpêtrier intelligent & actif, avec un bon domef-tique, peut rendre par année dix milliers de Salpêtre. On voit par ce produit, qu'il lui refte un profit confidérable pour un Artifte de cette claffe ; il pourra aifément payer les voi-tures pour tranfporter fon atelier, entretenir fes cuveaux & fa chaudière.

Il y a beaucoup de maifons dans les campagnes, qui font éloignées des villages ; les habitans de ces maifons pour-roient mettre leurs moutons dans les hangars-écuries ; ils pour-ront en conftruire un proportionné à la quantité de mou-tons & de chèvres qu'ils auront. J'en ai vu qui avoient pour un feul plus de cent moutons. En inftruifant ces Particuliers, ils pourroient eux-mêmes leffiver leurs terres, & vendre le Sal-pêtre qui en proviendroit. Chacun regarderoit fon hangar-écurie comme un produit de plus à fes biens ; & fi-tôt qu'il en fe-roit convaincu, il amenderoit fes terres avec le fumier de moutons & de chèvres, d'autant plus foigneufement qu'il feroit perfuadé que ce fumier lui feroit plus avantageux dans fon hangar-écurie, qu'en l'employant dans fes terres.

Les dépenfes pour l'achat des uftenfiles néceffaires pour l'exploitation d'un atelier pourroient, détourner les Particuliers de faire cet établiffement ; mais l'Etat pourroit en avoir en réferve, & leur louer ; ou bien ils pourroient s'adreffer aux Salpêtriers du voifinage, pour faire leffiver leurs terres à un prix dont ils conviendroient.

Si

Si la fragilité du pèse-liqueur rebutoit ces nouveaux Sal-pêtriers, ou s'ils n'avoient point assez d'intelligence pour en faire usage, on pourroit leur donner un moyen aussi simple de reconnoître le degré de l'eau de lessive, par sa pesanteur spécifique comparée à celle de l'eau pure.

Pour diminuer les frais qu'un nombre d'ateliers multiplié exigeroit, sur-tout pour la chaudière en cuivre qui coute qua-rante sols la livre, on pourroit en fabriquer de feuilles de fer forgé, réunies ensemble comme le font celles de cuivre ; elles ne couteroient que dix sols la livre, & ne dureroient guère moins, si on en avoit soin.

Le produit auquel je porte les hangars-écuries, ainsi que les terres des nitrières, pourra paroître extraordinaire pour les provinces dont les terres ne produisent que deux ou trois onces de Salpêtre par pied cube ; cette différence provient de la qualité trop sableuse de la terre : l'Art peut venir au secours de la Nature, en les amalgamant avec des terres plus grasses qu'on doit trouver dans ces lieux mêmes à une certaine profondeur. La putréfaction des matières végétales & animales se fait par-tout ; c'est cette opération qui forme l'acide nitreux, & les terres ne servent qu'à favoriser cette opéra-tion & à fixer l'acide nitreux.

Je ne puis m'empêcher, en terminant ce Mémoire, d'indi-quer un moyen, peut-être déjà connu, d'augmenter la quantité de Salpêtre qu'on recueille en France. M. de Cossigny, qui a resté long-temps dans l'Ile de France, m'a dit bien des fois que le Salpêtre qu'il tiroit du Bengale y étoit à si bon mar-ché, que, tout raffiné, il ne coutoit pas ce que le brut coute ici à l'Etat ; il seroit donc intéressant de voir si ces Iles ne pourroient pas produire du Salpêtre aussi facilement que l'Inde elle-même. On peut y pousser avec activité la fabrication de la poudre avec le Salpêtre de l'Inde. M. de Cossigny y a établi un moulin à poudre, qu'il m'a assuré être en état d'en fabriquer une bonne quantité. Les bâtimens qui partent de France pour ces Iles, ne seroient plus obligés de s'en charger pour aller & venir, & ils y trouveroient

S f

les mêmes reſſources qu'en France. Je n'ai parlé de ces Iles que comme un moyen de ſe procurer plus abondamment une matière qui, ſans être rare en France, en laiſſe déſirer une plus grande quantité. On en viendra aiſément à bout, ſi mes conſeils poûvoient avoir quelque application. Je ne doute pas que dans le nombre des Savans qui ſe feront occupés de cet objet, d'autres n'aient trouvé peut-être des moyens meilleurs. Pour moi, je donne dans cet Ouvrage ce qui m'a paru le plus propre à remplir les vûes du Monarque bienfaiſant qui a daigné interroger tous les Artiſtes, pour débarraſſer ſes ſujets d'une charge ſi onéreuſe. Si je n'ai pas eu le bonheur de réuſſir, j'aurai au moins la ſatisfaction de me dire que j'ai fait ce qui a dépendu de moi pour ſervir ma Patrie.

OBSERVATIONS

Sur les moyens d'augmenter la récolte du Salpêtre en France.

Pour servir de suite au Mémoire présenté en 1777, sous le n°. 33, & sous la devise :

> Nec species sua cuique manet, rerumque novatrix
> Ex aliis alias reparat Natura figuras.
> Ovid. l. 15. Met.

Par M. CHEVRAND, Inspecteur des Poudres & Salpêtres à Besançon.

SECOND CONCOURS. N°. 18.

LE Mémoire que je mets aujourd'hui sous les yeux de cette illustre Académie, est une suite de celui que j'eus l'honneur de lui présenter sous la même devise, dans le courant de Mars 1777. Le long délai accordé aux Concurrens m'a permis d'ajouter à mes premières expériences, & de vérifier en grand & dans les travaux mêmes de la Nature, le système que je m'étois formé.

J'ai senti que pour répondre avec netteté & précision à la question proposée, il étoit indispensable de faire un voyage d'observation dans les différentes provinces de ce royaume. Il m'a paru qu'il ne devoit pas suffire de connoître certains moyens applicables à une ou même à plusieurs provinces, mais qu'il étoit nécessaire de les parcourir toutes d'un œil observateur, pour comparer les matières que chacune d'elles renferme, & juger, par cette comparaison, du parti le plus

S f ij

avantageux qu'on en peut tirer. Les connoiſſances que je
crois avoir acquiſes dans ces obſervations, me mettent en
état de me préſenter ſans crainte, & c'eſt avec cette ſécu-
rité que je vais indiquer les procédés qui m'ont réuſſi.

Je me verrai peut-être forcé de réfuter des procédés indiqués dans quelques Ouvrages, qui peuvent induire en erreur
les Entrepreneurs qui les ont entre les mains; mais je préviens les Auteurs que je les réfuterai ſans cauſticité, & que
ma plume ne ſera conduite que par le zèle qui doit animer
tous mes Concurrens empreſſés de ſeconder les vûes bienfai-
ſantes d'un Monarque ſi ſérieuſement occupé du bonheur de
ſes ſujets.

Je n'imagine pas que le projet du Miniſtère de France
ſoit de fabriquer du Salpêtre dans le Royaume, beaucoup
au delà de ſes beſoins. On ſait trop combien il eſt difficile
de ſoutenir la concurrence de l'Inde, où la Nature donne
cette matière en grande abondance & à bas prix. Cependant, vu la grande étendue & la nombreuſe population du
royaume de France, il doit être facile d'en tirer par année
ſix millions à peu près de Salpêtre brut, dont il peut avoir
beſoin; quoique l'acte de bonté que Sa Majeſté a exercé
envers ſes ſujets, en les diſpenſant de la fouille dans leurs
habitations, en ait prodigieuſement reſtreint les moyens.

Il eſt, à mon avis, très-inutile de prétendre préparer cette
matière dans toutes les provinces de France indifféremment:
on ne doit conſeiller à ſes Concitoyens que des entrepriſes
avantageuſes. Les provinces, par exemple, où la Nature ſe
refuſe abſolument cette fabrication par la mauvaiſe qualité des
terres, doivent être excluses ſans réſerve; telle eſt la Bretagne
preſque entière. On ne doit pas s'attendre non plus à voir
les hommes d'une province, où les bras ſeront rares & employés ſur-tout à d'autres travaux d'une néceſſité abſolue, ſe
tourner vers ceux-ci. Ce ne ſera donc que dans les provinces
ſeules où l'on trouvera & des bras & des matières aſſez abondamment pour ajouter cette branche de commerce à l'induſtrie des habitans, que ces derniers s'y livreront avec em-

preffement, & qu'on en pourra tirer un très-grand avantage. C'eft ce que je me propofe de démontrer, d'après l'examen fcrupuleux que j'ai fait fur les lieux mêmes, & fur-tout d'après nombre d'obfervations éclairées du flambeau de l'expérience.

Je vais traiter d'abord des démolitions, des tuffaux, des craies, & de leur leffivage particulier. Je parlerai enfuite des nitrières, & dans cet article je dirai ce que doit obferver un Entrepreneur dans la conftruction des hangars & dans le traitement des terres, dans les engrais, le mélange & les arrofages. Je finirai par donner mon fyftême fur la formation de l'acide nitreux. Pour fuivre un plan plus méthodique, j'aurois dû traiter cet article en premier lieu; mais comme mon fyftême eft fondé fur les obfervations détaillées dans les articles précédens, il m'a paru qu'il étoit effentiel de les faire connoître d'abord.

ARTICLE PREMIER.

Des Démolitions.

Avant de parler des moyens que l'Art peut fournir pour augmenter la récolte du Salpêtre, commençons par ceux que la Nature nous préfente. Les démolitions font les premiers.

Le grand nombre de reconftructions qui fe font chaque jour dans Paris, la quantité confidérable de plâtre qu'on emploie dans les bâtimens, la vétufté des édifices que l'on démolit, & leur expofition avantageufe aux matières en putréfaction, font autant de moyens qui contribuent à donner une très-grande quantité de matériaux falpêtrés. La pierre d'ailleurs dont on fait ufage, ayant elle-même la propriété de fe nitrifier, augmente encore la quantité de ces matériaux. On doit juger par ce feul article, combien cette immenfité de déblais pourroit fournir de Salpêtre. Cependant un ufage malheureufement établi fait que l'on n'en tire qu'un parti médiocre : voici cet ufage.

Tous les matériaux de démolitions font abandonnés aux Salpêtriers répandus dans les différens quartiers de Paris. Ces Ouvriers ont des voitures pour ramaſſer ces matériaux , & pour ſurveiller à cet amas , ils payent un homme, à qui ils donnent le nom d'*Homme de ville*. Ce ſurveillant , payé fort cher , eſt ſouvent de la plus grande négligence pour faire la recherche exacte de toutes les matières ſalpêtrées. Le Maître Maçon, d'un autre côté, conſultant, comme de raiſon, ſes intérêts plutôt que ceux du Salpêtrier, confond à la hâte dans ſa démolition les matériaux ſalpêtrés avec ceux qui ne le ſont pas, dès que le Salpêtrier n'eſt pas extrêmement prompt à faire enlever ces premiers.

Pour obvier à ce double inconvénient, on pourroit établir dans chaque quartier un magaſin, où ſeroient entrepoſés les matériaux ſalpêtrés. Le grand nombre de voitures qu'on mettroit en activité à l'inſtant d'une démolition, enleveroit ſur le champ ces matériaux ; on n'en perdroit aucun , & le Maître Maçon n'auroit jamais à ſe plaindre de la gêne que la lenteur ordinaire de ces ſortes d'enlèvemens met à ſes travaux.

Mais quel ſeroit le meilleur moyen de procéder à cette entrepriſe ? Et la Régie des poudres pourroit-elle ſe charger de cet enlèvement , & faire payer à chaque Salpêtrier un prix convenable par voiture qu'il viendroit charger au dépôt? Faudroit-il plutôt en faire une entrepriſe & charger également le Salpêtrier de payer l'Entrepreneur ? On peut, ſuivant moi, prendre ou l'un ou l'autre de ces deux moyens.

L'Entrepreneur de l'enlèvement des boues pourroit joindre cette entrepriſe à la ſienne; ce qui le mettroit en état d'avoir un plus grand nombre de voitures , & de faire enlever avec la plus grande célérité.

Au reſte, je ſais que la néceſſité de ces précautions a déjà été prévue par MM. les Régiſſeurs généraux pour le Roi, des poudres & Salpêtres de France, & qu'ils s'occupent des moyens de tirer le plus grand parti de cette immenſe reſſource.

Cette eſpèce d'abandon des matériaux ſalpêtrés , n'eſt pas

le seul vice qui s'oppose à la récolte du Salpêtre. L'aveugle routine dans laquelle les Ouvriers ont vieilli, & dont on ne peut, pour ainsi dire, les détacher, y met encore un autre obstacle.

Les Salpêtriers de Paris dépendent en quelque façon de leurs Ouvriers; & si on parvient à persuader le Maître, les Ouvriers ne l'étant point, ils conservent obstinément leur procédé défectueux. J'ai vu des Maîtres écouter avec plaisir les principes qu'on leur donnoit, mais qui n'osoient les pratiquer, dans la crainte d'être abandonnés de leurs Ouvriers.

Quelles sont les sources de cette crainte?

Le battage des plâtras à bras d'hommes, opération pénible qui s'exécute dans les ateliers. Oui, c'est cette opération qui asservit le Maître à l'Ouvrier, parce que ce premier ne peut que très-difficilement remplacer des Ouvriers accoutumés à ce dur exercice; & que tant que le Maître Salpêtrier n'aura pas d'autres moyens pour faciliter ce travail, il se verra continuellement dans cette dépendance.

Les Salpêtriers de Touraine font usage de plusieurs manières de moudre les pierres salpêtrées. Les uns se servent d'un moulin en fer de fonte, semblable en grand au moulin à café. Ces moulins sont mis en mouvement à l'aide d'un cheval. J'en ai vu à l'Arsenal de Paris quelques-uns, que MM. les Régisseurs ont fait construire pour cet usage. D'autres Salpêtriers se servent d'une meule tournante, posée debout sur une autre meule gisante. Cette machine est également mise en mouvement par un cheval. Les Salpêtriers de Paris pourroient employer ou l'une ou l'autre de ces machines, pour se débarrasser des Batteurs de plâtras qui leur font la loi en faisant moins de besogne. Au défaut même de ces moulins qui pourroient paroître trop embarrassans, par la nécessité d'avoir un cheval dressé à ce travail, il seroit aisé de faire mouvoir une meule par le moyen d'un tambour. Un homme seul, par son propre poids, suffiroit pour cet objet. Cette machine est trop simple, pour qu'il soit nécessaire d'entrer dans un plus long détail : un arbre debout, un rouet, un arbre de couche; une lanterne & le tambour la composent en entier.

Au moyen d'une semblable machine, les Maîtres Salpê-triers, avec de simples Manœuvres sans connoissance, feroient leur ouvrage, & ils pourroient recevoir les renseignemens qu'il est nécessaire de leur donner. J'ai remarqué, avec regret, que dans leur lessivage mal exécuté, ils rejettent beaucoup de Salpêtre, & j'ai trouvé ces matières lessivées souvent plus riches que des terres même qu'on lave chaque jour dans plusieurs nitrières. Il est encore essentiel, outre la manière d'exécuter le lessivage suivant les règles de l'Art, de leur apprendre à saturer; ils le savent & l'exécutent si peu, que jamais ils n'obtiennent autant de Salpêtre que leur cuite en donneroit à coup sûr, si elle étoit traitée convenablement.

C'est en prêtant l'oreille à ces utiles leçons, que le Salpê-trier de S. Denis près de Paris, est parvenu à doubler & au delà sa récolte en Salpêtre. Comme ce n'est point ici le lieu de traiter de ces deux opérations, je renvoie à leur article.

On doit voir par l'article seul des démolitions de la Capitale, quel parti immense on pourroit tirer des démolitions de la plus grande partie des autres villes du Royaume. Dans toutes, ou peu s'en faut, on construit avec des sables, des plâtras, ou des pierres salpêtrées. Il est vrai que ces derniers matériaux ne le sont pas par-tout aussi abondamment, & j'en dirai les raisons en parlant des craies & des tuffaux; mais il est des pro-vinces où ils sont extraordinairement riches. MM. les Régisseurs généraux ont répandu trop de lumières dans leurs observa-tions sur la province de Touraine, où ces matériaux salpêtrés abondent, pour rien laisser à désirer sur cet objet. Ce que je pourrois dire de plus, ne seroit qu'une répétition superflue.

L'Orléanois, le Berry, la Marche, le Poitou, la Beausse, le Nivernois, l'Auvergne, notamment la partie de cette pro-vince qu'on appelle la Limagne, la Normandie, fournissent avec abondance les mêmes matériaux salpêtrés. J'ai vu des

sables

fables de démolitions, dans la ville de Caën, falpêtrés à 8 pour 100, & la quantité de ces matériaux eft fi grande, qu'elle peut fournir deux ateliers qui fabriqueroient par année 25 milliers de Salpêtre chacun.

On doit trouver les mêmes reffources dans les grandes villes, comme Lyon, Bordeaux, Marfeille, Rouen, Lille, &c. & généralement dans toutes les villes des provinces que je viens de nommer. Je ne faurois trop le répéter; il eft d'autant plus effentiel de s'attacher aux démolitions, qu'avec cette reffource prodigieufe pour la récolte du Salpêtre, on ne nuira en aucune manière au repos & à la tranquillité des Particuliers; & qu'en leur ôtant même les moyens de remployer dans les reconftructions quantité de vieux matériaux falpêtrés, qui caufent la ruine des bâtimens, on pourvoit en partie à la fûreté de leur perfonne.

Par-tout où les démolitions feront affez abondantes pour entretenir un atelier, il fera aifé d'en établir. Je prévois, à la vérité, qu'il y aura nombre de bourgs & de villages où ces matériaux ne feront jamais en affez grande abondance pour procurer aux Salpêtriers de quoi y travailler avec avantage, & que, par une fuite néceffaire, les démolitions de ces bourgs & villages refteroient abandonnées, fi on ne fait en forte de parer à cet obftacle.

Sa Majefté pourroit engager chaque Communauté à faire cette entreprife pour fon compte. Un Particulier autorifé, & au befoin même encouragé à ce travail par quelques légères exemptions, pourroit renfermer fous un appentis les matières qu'il auroit ramaffées dans les reconftructions, & les leffiver dans un temps où l'intempérie de la faifon interromproit fes travaux champêtres. Pour lui faciliter cette befogne, le Roi feroit les avances d'une très-petite chaudière que l'on confieroit au Curé ou à l'Echevin du lieu, avec défenfe de la faire fervir à d'autres ufages. L'indemnité de cette avance modique pourroit, au refte, être retenue proportionnellement à l'intérêt, fur la livraifon du Salpêtre. L'Infpecteur de la province feroit chargé en même temps, & de l'inftruction de ce

T t

Particulier, & du foin de veiller à ce que les matériaux de démolitions fuſſent ramaſſés avec exactitude.

ARTICLE II.

Des Tuffaux.

DE toutes les matières de démolitions, la plus abondante eſt le tuffau de Touraine. C'eſt une pierre fort tendre, de couleur blanche. Les carrières de cette pierre ſe trouvent à Montrichard & aux environs, ſur la frontière du Berry. Elles ſont ſouterraines ; mais l'entrée ſeule eſt ſalpêtrée ; l'intérieur ne l'eſt point du tout, quoique depuis long-temps les ſurfaces en ſoient découvertes. Je dirai ailleurs ce que je penſe de cette différence. Cette pierre, auſſi-tôt qu'elle a un contact avec l'air, ſe ſalpêtre dans toute ſa maſſe de l'épaiſſeur d'un pied & demi. J'ai vu à Palluau, en Berry, des rochers ſervant de fondations à un château, ſalpêtrés comme les murs de l'édifice même. C'eſt avec cette pierre que l'on bâtit dans toute la Touraine, & c'eſt à elle que l'on doit la grande quantité de Salpêtre que fournit cette province. Elle ſe nitrifie expoſée à la pluie & au ſoleil, comme à couvert ; & j'ai trouvé des murs de jardins ſans couverture, ſalpêtrés comme ceux des habitations mêmes. Il exiſte encore à St Genoux, près de Palluau, une égliſe abandonnée, dont les murs très-épais & découverts ſont entièrement ſalpêtrés.

Enfin, tout ce qui eſt bâti avec cette pierre eſt chargé de Salpêtre ; & c'eſt en parcourant cette province, que j'ai remarqué juſqu'où pourroit ſe porter la récolte de cette matière, ſi on pouvoit déterminer les habitans à la recueillir ſoigneuſement.

Ceux de Valencey, Ecueilley, Châtillon, Clion, Loches, Mézieres & le Blanc, en perdent une quantité prodigieuſe & auſſi riche que tous les matériaux de cette eſpèce que l'on trouve ſur les frontières de la Touraine & du Berry.

ARTICLE III.
Des Craies.

Depuis long-temps on fabriquoit du Salpêtre avec les craies naturellement salpêtrées, & cependant la Compagnie des poudres avoit négligé de fixer son attention sur cet objet. Il étoit réservé à MM. les Régisseurs généraux d'en faire une recherche exacte, & de mettre ces matières en œuvre avec avantage. Aux foibles ateliers qu'on voyoit aux environs de la Roche-Guyon en Normandie, il en a succédé tout à coup de bien supérieurs, & dans ce canton, & dans la Bourgogne, la Brie, & la Basse-Normandie.

J'ai vu & examiné les craies de Pont, Fontenelle, Chaumont, de Montereau-sur-Yonne, Rangiport, Evreux, Dreux, Louviers, Rouen & Dieppe; elles donnent toutes beaucoup de Salpêtre.

Quoique cette terre ait la propriété de se nitrifier à l'air, elle n'est point pour cela pénétrée de Salpêtre dans toute sa masse. Celle, par exemple, qui est recouverte par le sol, n'est point salpêtrée, quoiqu'elle ait la faculté de le devenir: il faut de toute nécessité le contact immédiat de l'air, comme on le remarque le long des côteaux & dans les coupures pratiquées pour les habitations.

La craie exposée de la sorte ne tarde pas à se nitrifier; & ce qui doit détruire le faux système de la nécessité d'une exposition au nord, c'est que dans toutes les positions, la craie se salpêtre également. Il semble même que s'il étoit question d'adopter une exposition particulière, l'expérience feroit choisir celle du midi.

Toutes les craies ne sont pas de qualité à se salpêtrer; témoin celles de Champagne & toutes celles qui sont sur le bord de la Seine depuis Rouen jusqu'au Havre. On juge par les cailloux qu'elles renferment, que ces craies sont semblables à celles qui se nitrifient; mais soit par leur dureté, soit

T t ij

par la perte abfolue de la fubftance néceffaire à la nitrification, il eft certain que ces dernières n'ont pas la propriété
de fe falpêtrer.

Généralement toutes les craies légères & douces au toucher,
& qui donnent, en les mangeant, une faveur tirant à peu
près fur le fucré, font très-propres à fe nitrifier. J'en ai vu à
Evreux acquérir cette faveur, & développer parfaitement l'acide
nitreux après trois mois d'expofition à l'air. J'en ai vu de
même en très-grande quantité à Effone, qui, mifes en couche,
fe font falpêtrées, quoiqu'auparavant ce traitement elles ne
donnaffent aucun indice d'acide. A Montereau on fit fous
mes yeux une couche de ces craies, qui, huit mois après, fut
falpêtrée à *deux livres par cent* de terre.

La régénération du nitre dans les craies n'eft pas moins
prompte que la nitrification : j'ai vu leffiver à la Roche-
Guyon des craies pour la feconde fois, qui rendoient autant
de Salpêtre qu'à la première; & cela, fans qu'on eût employé d'autre fecours que la feule expofition à l'air.

Après ce court expofé, on peut juger de l'avantage que
les craies doivent avoir fur les autres terres, & de quelle utilité elles feront à l'avenir pour la fabrication du Salpêtre.
Mais malgré ces heureufes difpofitions, comme la manière de
les travailler eft encore inconnue, & que, jufqu'à préfent, on
n'a rien écrit fur cet objet, je vais faire connoître les moyens
d'en tirer le plus grand parti.

Il eft deux manières de former une nitrière avec les craies.

La première, en grattant les rochers de craie, & en raffemblant des furfaces qui font pénétrées d'acide nitreux.

La feconde, en prenant la craie non falpêtrée pour la faire
nitrifier.

Un Entrepreneur qui aura dans fon voifinage une quantité fuffifante de furface de craies falpêtrées, doit les regarder
comme une fource inépuifable pour l'entretien de fa fabrique.

J'ai dit plus haut, que la craie n'étoit pas falpêtrée dans
toute fa maffe; on n'en trouve qu'une couche d'environ un
pied de profondeur, plus ou moins. Le Salpêtre en eft pref-

que tout à base terreuse, excepté dans les surfaces voisines des habitations ou des matières en putréfaction, comme des fumiers. Celles-ci donnent du Salpêtre à base alkaline.

Ces surfaces étant à découvert, & par conséquent exposées à la pluie & au soleil, le moment d'en faire la récolte ne doit pas être indifférent.

On sait que la craie est une terre très-avide d'eau. Si le soleil l'a desséchée, l'eau qu'elle contenoit, à mesure qu'elle s'est évaporée, a charié à la surface de la terre le Salpêtre à base alkaline qu'elle tenoit en dissolution, & qui y est resté fixé sous forme cristalline, ne pouvant pas se volatiliser comme son eau de dissolution. C'est alors que la surface des craies est beaucoup plus salpêtrée que l'intérieur; & c'est aussi dans ce temps sec que doit s'en faire la récolte, puis-qu'on est sûr d'obtenir, dans un moindre volume de terre, une plus grande quantité de Salpêtre.

Par le mécanisme contraire, il est sensible que dans un temps humide & pluvieux, l'eau rentrant dans la craie, en-traîne avec elle le nitre qui étoit à sa surface. On se voit obligé pour lors d'enlever & de lessiver une plus grande quantité de terre, pour faire une récolte en Salpêtre égale à celle que l'on auroit faite dans un temps sec. L'Entrepreneur intel-ligent, d'après cette observation, saura parer aux inconvéniens de la saison, & choisir le temps le plus propre.

Il sera aussi de la plus grande importance pour ce Parti-culier, de savoir se ménager les surfaces, & de ne point trop enlever de terres à la fois. On doit toujours laisser du Sal-pêtre aux superficies qu'on récolte; il se régénère plus promp-tement par ce moyen, & fournit d'ailleurs perpétuellement. Si l'avidité portoit l'Entrepreneur à dépouiller & à enlever toutes ses surfaces, il seroit forcé d'attendre bien des années la régénération du Salpêtre, qui même ne se feroit d'abord qu'en couches trop minces pour être récoltées. C'est ce que j'ai remarqué à Montereau-sur-Yonne.

L'Entrepreneur doit donc ménager habilement ses surfaces, pour pouvoir faire chaque année une récolte abondante de matières falpêtrées. Il pourroit même, à la riguenr, en faire deux tous les ans; mais c'eft affez, felon moi, de fe borner à une feule. On trouvera davantage de Salpêtre à bafe alkaline, ce qui diminuera la dépenfe d'alkali dans l'atelier. Il n'en couteroit d'ailleurs pas plus à l'Entrepreneur en frais de tranfport, échelles, ponts, & autres uftenfiles, pour faire cette récolte double.

Les craies mifes à couvert après leur leffivage, & amendées avec des arrofages très légers de fucs végétaux & d'eau de buanderie, donneront, après une année, affez de Salpêtre pour être travaillées de nouveau. Cependant, comme il feroit plus avantageux de laiffer ces terres s'enrichir par un plus long féjour, le Conftructeur doit recourir à fes furfaces, s'il ne les a pas toutes récoltées, pour fe donner, par ce moyen, le temps d'attendre la régénération des premières terres mifes fous les hangars. Si une heureufe pofition lui fourniffoit affez de craies falpêtrées pour fournir à un travail de trois années confécutives, fans toucher aux premières craies, & qu'à cet avantage il pût ajouter celui de joindre à fon leffivage la même quantité de terres que doit lui donner fa récolte annuelle, alors fa fabrique fe trouveroit doublée pour le produit. C'eft ce qu'a très-bien reconnu l'Entrepreneur d'Evreux, qui travaille déjà de cette manière. A la vérité, on fe voit forcé tous les ans d'augmenter les hangars en proportion de cette augmentation des terres; mais on doit d'autant moins regretter cette dépenfe, que cette plus grande quantité des matières fera pour le Conftructeur une moiffon perpétuelle & abondante, qui l'exemptera pour toujours de récolter, & fera la richeffe de fon atelier. On peut d'autant plus compter fur ce que j'avance, que le fieur Alexandre de la Roche-Guyon, monté préfentement pour fabriquer vingt milliers de Salpêtre par an, produit qu'il augmentera encore à l'avenir, en fournit un exemple fenfible & conftant.

Quoique les craies foient en général très-communes, furtout dans la province de Normandie, elles ne donnent cependant pas autant de Salpêtre qu'elles font fufceptibles d'en donner, parce que les surfaces font rarement découvertes, & que les craies n'ont la faculté de se nitrifier que dans cette circonstance. C'est encore dommage que les surfaces qui bordent la Manche en Normandie, soient baignées par les eaux de la mer. Les craies, dans cette partie du royaume, sont de nature à se salpêtrer ; mais le sel dont elles sont imprégnées empêche la formation du salpêtre (*) ; & comme le sel a la propriété de grimper, il arrive jusqu'à la partie la plus élevée des masses de craies. J'en ai mâché, que je prenois à la hauteur d'environ deux cents pieds, & qui étoient salées comme celles baignées par le flux & le reflux au niveau de la mer.

Le sel que ces craies contiennent, leur est absolument étranger ; elles sont si disposées naturellement à donner du Salpêtre de préférence à ce sel, qu'elles en produisent dès qu'elles sont assez éloignées de la mer pour n'être plus imprégnées de sel. J'en ai trouvé à Dieppe, à droite & à gauche du port, qui sont assez salpêtrées pour fournir un atelier ; & qui, quoiqu'attenantes aux bancs de craies salées, ne le sont pas, parce que la mer n'en baigne pas le pied. On en rencontre encore d'autres aux environs de la ville & loin des habitations, sur les chemins, qui ne doivent le Salpêtre qu'elles contiennent, qu'à leur disposition naturelle à le former.

Ces observations prouvent, 1°. que ces craies sont disposées à donner du Salpêtre, & non pas du sel ; 2°. que ce sel ne se convertit point en Salpêtre dans les terres ; 3°. que lorsque ces craies sont imprégnées de sel marin, elles ne donnent pas de Salpêtre, sur-tout si l'on fait, comme l'Auteur du Mémoire *sur la formation du Salpêtre*, un mélange d'un sixieme de sel & de craie ; mélange entièrement disproportionné à tout ce que l'on trouve dans la Nature & dans les matières salpêtrées.

_____

(*) *Note des Commissaires.* Les craies, quoiqu'exposées à l'air dans des circonstances favorables en apparence, ne se salpêtrent qu'autant qu'elles reçoivent des émanations de matières végétales ou animales en putréfaction. C'est parce que cette circonstance manque au bord de la mer, que les craies des falaises de Normandie ne sont point salpêtrées.

Ces obfervations conduifent naturellement à une autre; c'eft qu'ayant fous la main une terre qui donne fi facilement du Salpêtre, on ne doit pas fe reftreindre à n'en tirer que de cette même terre lorfqu'elle eft en furface. Il ne s'agit donc, pour avoir du Salpêtre des craies non falpêtrées, mais fufceptibles de le devenir, comme de celles qui le font déjà, que de réunir les moyens les meilleurs & les plus avantageux. En conféquence, tout Particulier qui pourra fe procurer des craies non falpêtrées, par la raifon qu'elles ne font pas découvertes, entreprendra, s'il le veut, de faire avec fuccès une nitrière artificielle. Pour le tranquillifer fur les frais que cette nitrière occafionnera, & pour s'affurer en même temps de la propriété des terres non falpêtrées qu'il voudra employer, il pourra, avant tout, prendre une voiture environ de ces craies, qu'il renfermera fous un hangar; il les concaffera, & les arrofera avec un mélange à parties égales d'eau de fumier, de buanderie & d'eau légèrement falpêtrée à un demi-degré de l'aréomètre, jufqu'à ce que fa terre foit bien humectée. Si ces craies font de qualité convenable, dans fix mois il y reconnoîtra la préfence du Salpêtre, & il acquerra la certitude de la réuffite de fon entreprife.

Il ne fuffit pas de copier la Nature, pour fe donner des furfaces falpêtrées. J'ai vu à Effone, à Montereau & à Fontenelle, des murs formés avec des craies taillées, refter expofés de la forte, l'efpace d'une année & plus, fans indiquer de Salpêtre. On a imaginé que cette abfence provenoit de ce que ces murs étoient ifolés & dénués de communication avec la maffe de la terre qui devoit leur fournir une humidité néceffaire; cependant ces mêmes murs, brifés & mis en couches, à la manière que je viens d'indiquer, & que je l'ai fait pratiquer à Montereau, ont donné très-promptement du Salpêtre.

D'un autre côté, fi l'on confidère que les craies expofées fur des murs en pleine campagne, fe font falpêtrées, on ne peut condamner les murs formés à couvert. La feule

différence

différence de ces murs aux couches, est, à mon avis, que le développement de l'acide nitreux devient beaucoup plus long dans les murs, & que le Fabricant, impatient de jouir, n'a pas donné à ceux que je viens de citer le temps de se nitrifier. Au surplus, je ne conseillerai jamais cette voie, que je crois très-inférieure à celle des couches, & beaucoup moins certaine & moins prompte.

Par-tout où j'ai trouvé des craies propres à se nitrifier, j'ai remarqué que la terre du sol des habitations étoit aussi très-salpêtrée. Comme il est fort avantageux d'avoir des terres salpêtrées pour les premiers arrosages, on trouvera par conséquent sur les lieux mêmes les matières nécessaires à l'entreprise.

Lorsqu'un Particulier sera déterminé à s'y livrer, il fera choix, en premier lieu, d'un emplacement assez spacieux pour y construire un hangar de quatre cents pieds de long, sur trente-cinq à trente-six de large. Il faut qu'il soit à l'abri de toute inondation, & cependant que le Constructeur soit assuré de ne jamais manquer d'eau; soit par le moyen d'un puits, soit par quelques autres ressources. Cet emplacement trouvé, il construira d'abord cent pieds de hangar; il fera ensuite l'amas des terres salpêtrées qui se trouveront dans les habitations, suivant l'esprit de l'Arrêt du Conseil du . . . . . . qui l'y autorise. Il passera ces terres à la claie, pour en séparer les pierres; il lessivera d'une part lesdites terres, & de l'autre les pierres, qu'il rejettera après leur lessivage. Après avoir mêlé ces terres salpêtrées avec les craies, il fera un amas d'eau de fumier & de buanderie, & les jettera sur un creux à fumier, construit de la manière que je l'indique dans mon premier Mémoire. Ces opérations finies, l'Entrepreneur prendra des craies, & les brisera par morceaux, dont les plus considérables n'excéderont pas la grosseur d'un œuf. Il en étendra, sur le sol & dans tout le travers de son hangar, une couche de trois pieds de largeur sur quatre pouces d'épaisseur; il arrosera cette terre ainsi préparée, avec son eau salpêtrée & celle de fumier, dans laquelle le fumier même doit être délayé,

V v

On aura foin d'inonder fortement la craie, parce qu'étant sèche, elle peut abforber beaucoup d'eau. Dès qu'elle fera humectée au point de devenir en mortier folide, on la relevera à la pelle, pour rendre le mélange plus uniforme, & pour en former une couche de quatre pieds de hauteur fur toute la longueur & largeur du hangar. On laiffera feulement tout au tour de cette couche, un petit paffage d'environ un pied.

Le hangar fera fermé exactement avec des craies délayées de même & avec la même eau. Pour rendre cette clôture folide, on jette cette matière entre des planches formant l'épaiffeur du mur, & on ne lève ces planches qu'après que les craies ont pris affez de confiftance pour fe foutenir. Cette méthode eft bien préférable à celle de faire un mur en appareils de craies, ou de fe fervir pour mortiers de ces mêmes craies délayées. J'ai vu des Maçons conftruire de ces fortes de murs, qui fe font bientôt écroulés, parce que la craie taillée perdoit fa folidité en s'humectant. On ménagera de douze en douze pieds une ouverture d'un pied carré. Cette ouverture fe fermera feulement avec un volet en planches. Ce n'eft pas ici le moment d'entrer dans les différens détails qui me décident à adopter les moyens que j'indique; on les verra à l'article *Nitrière*.

L'Entrepreneur meublera de la forte un hangar chaque année, ce qui lui donnera trente-fix mille pieds cubes de terres environ; en n'en leffivant que douze mille pieds tous les ans, le produit le plus bas que j'aye conftaté, fera de deux livres par chaque pied cube, & par conféquent de vingt-quatre milliers de Salpêtre. Ce n'eft point ici une affertion hafardée, on peut en voir la preuve dans la nitrière de M. le Marquis de Chaumont, où, après une année d'expofition de cette manière, les terres donnoient, en les prenant au deffus, au bas & au milieu de la couche, deux degrés au pèfe-liqueur; ce qui revient à deux livres pour cent (*).

_____

(*) *Note des Commiffaires.* On a lieu de craindre que ces produits ne foient forcés, fur-tout pour un fecond ou troifième leffivage des mêmes terres. Les Commiffaires de l'Académie n'ont jamais obtenu de réfultats à beaucoup près auffi avantageux.

Pendant les trois années ci-devant dites, on bouleversera les terres, & on les arrosera fortement, sur-tout la première année, avec l'eau composée dont j'ai parlé plus haut. Les deux dernières années, on se contentera de les retourner de six en six mois, sans y rien ajouter; cependant si elles paroissoient trop sèches, on les arroseroit seulement avec de l'eau pure.

Je prescris un intervalle de trois ans, parce que j'ai vu les Entrepreneurs, trop empressés de jouir, perdre le fruit de leurs opérations, pour avoir voulu lessiver leurs craies préparées, après une seule année de repos. Pour qu'une opération de lessivage soit avantageuse, il ne suffit pas que les terres donnent du Salpêtre, il faut encore qu'elles en donnent assez pour indemniser des frais du lessivage & de l'évaporation, & qu'au moyen de leurs richesses elles puissent monter les eaux après la quatrième bande entre six & huit degrés. J'ai vu de ces terres trop peu riches, augmenter les eaux à la première & seconde bande, & perdre considérablement à la quatrième; c'est ce qui décourage un Fabricant, & discrédite une entreprise qui, sans cet inconvénient, auroit eu le plus heureux succès.

Ce n'est pas encore le seul obstacle que cause l'empressement de jouir. L'acide nitreux est le premier produit des craies; l'alkali végétal ne s'unit à cet acide qu'après sa formation : j'ai beaucoup examiné de terres de toutes espèces, je n'ai jamais trouvé d'alkali seul & libre dans ces terres : on trouve du Salpêtre à base alkaline dans les craies qui sont à portée d'être abreuvées de sucs végétaux; mais celles qui sont éloignées de pareil secours, n'en produisent qu'à base terreuse : en conséquence, la quantité d'alkali qu'il faut employer pour convertir en Salpêtre parfait le Salpêtre à base terreuse, fait une dépense au Fabricant qui lui enlève une grande partie de son bénéfice. J'ai vu des craies de cette espèce, qui ne rendoient qu'une livre de Salpêtre pour une livre de potasse. Chacun sait que la potasse n'est point un alkali

aſſez pur , & qu'il n'y a qu'environ huit à dix onces d'alkali par livre de cette matière. On peut , en comparant le
prix actuel de la potaſſe à celui du Salpêtre , juger du bénéfice d'un Fabricant , ſi la Régie n'avoit pas ſoin de l'ap-
proviſionner à meilleur compte. Le ſéjour des craies ſous les
hangars a donc pour objet d'augmenter la quantité d'acide
nitreux & celle d'alkali , par la décompoſition complette des
matières végétales qui s'y trouvent mêlées , tant par le moyen
des eaux de fumier , que par le fumier en ſubſtance délayé
dans l'eau , comme je viens de le dire.

Que tout Entrepreneur de nitrière ſe pénètre donc fortement de cette maxime indubitable : trop d'empreſſement à
récolter , & à jouir , fait perdre tout le fruit du travail le plus
actif. Celui qui voudra jouir dès la première année , re-
cueillera peu ; les années ſuivantes ne ſeront pas plus avantageuſes , & d'année à autres il ſe verra toujours dans la mal-
heureuſe poſition de travailler mal & de gagner peu ; au
lieu qu'en ſe ménageant d'avance trois années de repos , il
aura un fonds riche & qui ſe perpétuera. Un Particulier qui
plante une vigne ou qui conſtruit une maiſon , n'attend-t-il
pas davantage avant de retirer ſes revenus ? & pourquoi
le Fabriquant de Salpêtre n'attendroit-il pas de même pour
doubler les ſiens ?

ARTICLE IV.

Du leſſivage particulier des craies.

IL n'étoit pas naturel de s'attendre à trouver autant de
difficultés qu'on en rencontre dans le leſſivage des craies ,
ces terres étant de nature calcaire aſſez pure. Il eſt étonnant que
l'Auteur du Mémoire ſur la formation du Salpêtre ait paſſé
ces difficultés ſous ſilence ; elles méritent une attention particulière.

On pratique deux méthodes pour leſſiver les craies.

La première, que l'on appelle *par filtration*, consiste à mettre la craie dans un cuvier, & à verser dessus l'eau qui doit s'écouler par un trou percé dans le fond de ce cuvier.

Si les craies sont en poudre, elles s'opposent absolument au passage de l'eau; elles se tapent même si fort, qu'elles repoussent cette eau à leur surface. J'ai vu de ces craies en poudre se dessécher entièrement dans la partie inférieure, tandis que la supérieure étoit recouverte d'eau.

J'ai rencontré cette difficulté après avoir monté & garni un atelier de 80 cuveaux, & c'est à cette difficulté que l'on doit l'idée de retirer l'eau de dessus la craie après avoir brassé & laissé déposer: seconde méthode en usage, qui s'appelle *le brassage*.

Pour préférer l'un de ces deux moyens à l'autre, il est essentiel de calculer les avantages & les frais de chacun en particulier.

Dans un atelier de soixante cuveaux divisés en quatre bandes égales, j'ai vu employer chaque jour huit cent trente-cinq livres de craies, & pour le lessivage de ces craies, deux mille cinq cent vingt livres d'eau. On obtenoit régulièrement dix-huit cents livres d'eau, donnant six à huit degrés à l'aréomètre; ce qui indique cent huit livres de Salpêtre au produit le plus bas: mais l'on étoit forcé d'occuper six Ouvriers tous les jours, soit au battage de ces craies, soit au rechange des bandes, au brassage & décharge des cuveaux.

Dans un autre atelier, *par filtration* de quarante-huit cuveaux divisés également en quatre bandes, on employoit par jour douze cents livres de craies avec douze cents livres d'eau, dont on retiroit huit cents livres d'eau de douze à quinze degrés, qui donnoient au plus bas produit quatre-vingt-seize livres de Salpêtre. Deux Ouvriers suffisoient à ce travail.

Comme on le voit, la dépense de l'atelier *par le brassage* est de six livres, en payant chaque Ouvrier à une livre par jour; tandis que celle de l'atelier *par filtration* n'est que de deux livres. Ainsi le produit de l'atelier par le brassage, compenſation faite de la dépenſe, eſt bien inférieur à celui de l'atelier par leſſivage.

Cette différence vient de ce que ce dernier emploie une plus grande quantité de terres. Une autre obſervation, c'eſt que les ſix Ouvriers ſont occupés conſtamment dans l'atelier du braſſage, tandis que les deux Ouvriers peuvent, en faiſant leur leſſivage, vacquer encore à d'autres occupations néceſſaires dans leur atelier, comme le travail du hangar, &c.

On ne doit pas oublier non plus, que par cette dernière méthode on a, ſous un moindre volume d'eau, une quantité de Salpêtre égale à celle que l'on obtient par le braſſage, ce qui diminue les frais d'évaporation.

L'expoſition des deux moyens de leſſiver les craies que l'on vient de mettre ſous les yeux, ſemble décider en faveur de celui par filtration, comme on le pratique à Fontenelle, à la Roche-Guyon & à Evreux. Cependant, comme parmi les craies miſes dans les cuveaux, il s'y en trouve beaucoup de réduites en poudre, qu'on pourroit ſe trouver dans l'impoſſibilité de filtrer, & qu'il y auroit par conſéquent une perte de produit, je me ſuis déterminé à conſeiller l'une & l'autre méthode.

Si l'on avoit pour objet de tirer la plus grande quantité poſſible de Salpêtre d'une quantité donnée de terre, j'accorderois la préférence à l'opération par le braſſage. Cette manière dépouille mieux les craies que la filtration ; mais les terres leſſivées étant remiſes ſous les hangars, il eſt avantageux de ne les pas épuiſer entièrement, & il n'y a rien à perdre à laiſſer encore du Salpêtre dans les craies en maſſe. J'en ai rompu des morceaux après le leſſivage ; ces morceaux conſervoient dans le centre une ſaveur plus marquée qu'à l'extérieur ; ce qui fait connoître la cauſe du moindre produit par filtration, malgré l'emploi d'une plus grande quantité de terres.

Toutefois, d'après mes expériences réitérées, j'ai reconnu qu'il étoit poſſible de leſſiver facilement les craies par filtration, en s'y prenant de la manière ſuivante. On ſe procurera des cuveaux plus larges & plus plats que ceux qui font en usage dans les ateliers ; ils auront trois pieds de diamètre sur huit pouces de profondeur, avec un trou dans le fond, qui se fermera par un tampon de bois. Après avoir clos cette sortie, on jettera doucement dans les cuveaux, qu'il est inutile de garnir de faux fonds, des craies ramassées au rateau, pour éviter d'y mettre celles qui font en poudre : on y versera de l'eau jusqu'à ce qu'elle surnage de trois doigts. Dès qu'on aura laissé imbiber pendant douze heures, on ouvrira la champleure pour faire égoutter les craies ; il doit en sortir les deux tiers de l'eau employée à la filtration, & cette eau sera chargée à dix ou douze degrés, si les craies font riches de trois à quatre pour cent. D'une autre part, on montera douze cuveaux plus hauts & plus étroits que les premiers, & semblables à ceux que l'on emploie dans les ateliers de Montereau & d'Essone. On les divisera en quatre bandes égales. Ces cuveaux seront destinés à la lessive, par le brassage, des craies en poudre qui se trouvent nécessairement dans tout atelier.

On évitera, par ce moyen, les frais de battage & la manipulation dispendieuse du braffage. Les eaux seront aussi plus riches pour la cuite, & les terres pourront être plus facilement mises sous les hangars ; elles feront plus solides que celles qui sortent du braffage, toujours aussi liquides que l'eau même, & on ne sera pas obligé de les mettre dessécher dans de vastes endroits capables de les contenir & de les empêcher de couler hors du hangar.

Je donne la préférence à des cuveaux plats, afin de ne pas mettre trop de craies les unes sur les autres ; elles écrasent celles qui font dessous, & empêchent la filtration. Lorsque la craie se soutient en morceaux, cette terre avide d'eau absorbe incontinent celle qu'on lui présente, & elle pénètre jusqu'au fond de la masse ; la dissolution mettant ensuite un partage égal entre l'eau contenue dans la craie & celle qui l'avoisine, on enlève par ce moyen le Salpêtre qui y est renfermé, sans détruire la foible agrégation des masses de cette terre.

Après l'extraction de la première eau qui est la meilleure, celle que l'on ajoute, étant moins riche que celle que les craies ont retenue, s'unit à cette dernière ; & par la loi de dissolution, elle parvient à ne laisser dans ces craies que de l'eau pure, ou au moins qui ne contient plus qu'une très-petite quantité de Salpêtre, si toutefois on lui a donné le temps de faire complètement cette opération. Mais, comme je l'ai dit, il n'y a point d'inconvénient de laisser du Salpêtre dans les craies après leur lessivage. Ce Salpêtre ne reste point renfermé dans le centre de la craie, il est charié à la surface par l'évaporation de l'eau contenue dans cette terre.

J'ai tenté une infinité de moyens pour rendre la craie filtrable ; aucuns ne m'ont réussi. Je ne citerai que celui d'avoir réuni trois parties de sable avec une de craie ; cette petite quantité seule de cette dernière a suffi pour opérer la difficulté de filtrer.

J'ai vu une machine avec laquelle un homme brassoit fortement l'eau & la craie, au moyen d'une manivelle qui faisoit mouvoir dans un cuveau une croisée en fer. Comme les moyens les plus simples méritent toujours la préférence quand ils arrivent au même but, je ne conseille pas de faire usage de cette machine.

On a imaginé que la cause de la difficulté de la filtration de l'eau à travers la craie, provenoit d'une matière gélatineuse qui lui étoit unie. J'ai fait dissoudre de la craie dans les acides nitreux & vitrioliques ; il est resté très-peu de matière indissoluble, & cette matière sautoit avec éclat au lieu de s'enflammer ; ce qui indique plutôt une terre argileuse qu'une gelée. J'ai fait aussi évaporer quarante muids d'eau provenant du lessivage des craies ; il est sensible que ces quarante muids réduits à un seul, ce dernier n'auroit été qu'une gelée très-forte, si la matière gélatineuse existoit dans les craies, comme on l'a pensé. Pour moi, je crois que la propriété qu'à cette terre de retenir l'eau, provient de son extrême division, & de sa tendance à se réunir & à former des masses. On ne voit jamais s'écouler une goutte d'eau dans

les

les ateliers & habitations creusés dans les craies ; ce qui prouve que c'est une propriété inhérente à cette terre, de s'opposer au passage de l'eau.

ARTICLE V.

Des Nitrières.

J'ai parlé des démolitions, des tuffaux & des craies, & je crois avoir fait voir que ces trois parties pouvoient fournir une ample récolte de Salpêtre ; mais il est une autre source plus abondante & plus intéressante encore à faire valoir, parce qu'elle est plus générale ; c'est celle des nitrières.

A peine a-t-on pris le parti d'en établir en France, que de tout côté on a cherché des modeles ; on a ajouté même à ceux que nous ont fournis la Prusse, la Suède, la Suisse, l'île de Malte, &c. Peut-être auroit-on à s'applaudir de ces recherches & des moyens qu'on a trouvés jusqu'à ce jour, si l'expérience, cette grande maîtresse, seule capable de mettre un sceau certain à nos observations, ne venoit anéantir la plupart de ces moyens, & nous indiquer une méthode d'approcher davantage de la perfection, soit pour le choix des matières & pour les constructions, soit dans le produit & les dépenses journalières.

L'Ouvrage que j'eus l'honneur de présenter à cette illustre Académie en 1777, se ressentoit encore de la nouveauté de l'entreprise, quoiqu'il ne fut pas mon essai sur cette matière. Je conseillois dans cet Ouvrage, de construire dans chaque hameau des hangars-écuries, d'y faire transporter, une fois seulement, les terres salpêtrées de chaque habitation, & d'y renfermer les moutons & les chèvres du village. Je me suis assez étendu sur le produit assuré & considérable de ces sortes d'établissemens, pour n'avoir plus rien à ajouter. Je répéterai seulement, que j'ai vu dans le Berry des bâtimens semblables, qu'on appelle *bergeries*, où l'acide nitreux se trouvoit en si

X x

grande quantité, que les Salpêtriers n'osoient en travailler les
terres, parce qu'ils ne pouvoient en obtenir du Salpêtre,
faute de savoir saturer & précipiter les bases terreuses. Depuis qu'ils connoissent cette opération, ils ont autant d'empressement à récolter les terres de ces bergeries, qu'ils en
avoient à les éviter. Je peux encore ajouter à cette remarque, que je connois plusieurs Entrepreneurs qui ont eu le
plus grand succès en nitrifiant des terres par cette voie ; ceux
de Franche-Comté la pratiquent aussi dans beaucoup d'endroits, en faisant reposer les troupeaux du village, sur leurs
terres, pendant la chaleur du jour.

Cependant, comme on ne peut que préférer les moyens
qui entraînent le moins de dépenses & de gêne, il est essentiel de les chercher dans les nitrières.

Je ne m'attacherai pas à rapporter les différentes méthodes
que l'on emploie dans les nitrières nouvellement construites.
Je ne mettrai sous les yeux que celles qui réussissent le mieux
d'après l'expérience. Toutefois, comme on a mis en usage
plusieurs moyens qui n'ont pas réussi, je pense qu'il est à
propos de les faire connoître, ne fût-ce que pour épargner
les dépenses que ces mêmes expériences pourroient occasionner à ceux qui les tenteroient.

Les provinces de ce Royaume, dans lesquelles il existe présentement beaucoup de nitrières, sont la Bourgogne, la Bresse,
& sur-tout la Franche-Comté ; l'on en voit déjà dans cette
dernière jusqu'à cinquante-quatre d'établies.

Généralement on donne le nom de nitrières artificielles à
toutes ces sortes d'établissemens. Il me semble cependant que
pour une plus grande intelligence, on doit en faire une distinction. J'appelle simplement nitrière, celle où se fait un
amas de terres salpêtrées, provenant des habitations ; & je
donne exclusivement le nom de nitrières artificielles à celles
qui sont formées sans ces secours avec des terres neuves
prises dans la campagne, pour les amander & les travailler sous
les hangars où elles se chargent de Salpêtre.

Je ne conseillerai pas d'entreprendre des nitrières de cette dernière espèce. Le foible produit qu'on retire de celles qui font déjà élevées, le défavantage qu'elles auront toujours relativement à celles qui travaillent avec des terres d'habitations, les mélanges que j'ai faits moi-même avec des terres neuves expofées depuis trois ans, le peu de fuccès que j'en ait tiré, me déterminent à les condamner. On doit d'autant mieux fe ranger à ce fentiment, qu'on en a une preuve convaincante dans la nitrière de cette façon établie aux environs de Paris, & dans les deux conftruites à Orléans : quoiqu'il faille avouer que les Entrepreneurs de ces trois établiffemens n'avoient aucune idée du travail dont ils alloient s'occuper, & ne vouloient écouter qui que ce fût. Enfin, pour fortifier invinciblement ces différentes preuves, on voit une de ces nitrières établie à Dijon, & dirigée par les perfonnes les plus inftruites dans ce genre de travail. Malgré leurs lumières, leurs foins affidus & leurs dépenfes, le réfultat qu'ils obtiennent eft fi peu avantageux, qu'il n'engage pas à les imiter.

Peut-on compter fur le produit des nitrières de la première efpèce ? On fait qu'elles ne donnent à préfent que du Salpêtre de fouilles, & qu'on ne leffive point encore les terres de régénération dans les nitrières de Franche-Comté.

C'eft l'incertitude de cette régénération, qui tenoit les Entrepreneurs en fufpens. En effet, des terres amoncelées fous des hangars ayant moins de furfaces & de chaleurs, étant moins expofées aux vapeurs des matières en putréfaction, devoient-elles fructifier comme dans les habitations ? Le réfultat pouvoit effrayer les perfonnes les plus inftruites.

A préfent que l'on approche de ce terme, j'ai vifité tous ces établiffemens, & j'ai vu avec la plus grande fatisfaction que la Nature fecondoit merveilleufement ces fortes d'entreprifes.

Je n'apporterai pas pour preuve de ce que j'avance, le produit annuel de la nitrière établie pour le compte du Roi à la raffinerie de Befançon ; on pourroit foupçonner que les travaux rapprochés de ces deux parties ajoutent au pro-

duit des terres, foit par les écumes, foit par les autres matières falpêtrées de ce genre. Je peux affurer cependant
que j'ai fuivi de très-près le travail de cette nitrière, &
que j'ai reconnu que la régénération enrichiffoit ces terres
plus que les feçours qu'elle peut tirer des opérations de la
raffinerie.

J'ai vu la nitrière d'Arbois dans la même province de
Franche-Comté : on y travaille depuis deux ans & demi
les premières terres, & on les y leffive jufqu'à zéro, ou jufqu'à un demi-degré de l'Aréomètre ; & ces terres donnent
déjà deux degrés & demi, terme fuffifant pour être traitées
avec profit ; puifque la plus grande partie de celles qu'on
lave dans les nitrières fituées dans la partie de la Franche-
Comté qu'on nomme le *pays bas*, n'outre-paffent point un
degré.

J'ai vu de même les terres fe régénérer auffi richement
dans la nitrière de Baume-les-Dames, où elles feront bientôt travaillées pour la feconde fois ; & dans celle de *Serre*,
je puis certifier que des terres leffivées depuis neuf mois
feulement ont acquis déjà un degré, quoiqu'elles aient été
réduites à zéro par un leffivage très-exact.

Malgré les courfes que ces diverfes obfervations m'ont oc-
cafionnées, j'ai fait l'expérience d'expofer dans un hangar
ifolé un mélange de terres falpêtrées, épuifées par un leffivage parfait, amendées & traitées comme je l'indiquerai
ci-après. J'en avois confié le foin à une perfonne fur laquelle je pouvois compter. Après trois ans, ces terres m'ont
donné trois degrés au pèfe-liqueur, traitées avec leur
poids égal d'eau : ce qui dénote trois livres de Salpêtre par
quintal de terre.

C'eft donc après ces expériences certaines, que j'ofe compter fur le fuccès de la régénération, & que j'indiquerai la
marche qu'il faut tenir pour avoir un fuccès égal, & même
fupérieur. Par le tableau que je vais donner des nitrières
de Franche-Comté, on jugera de ce qu'il eft poffible d'exécuter dans le refte du Royaume.

Il exiſte préſentement cinquante-quatre nitrières en Franche-Comté. Une partie de ces nitrières fait amas de terres, l'autre eſt en conſtruction. Pour former ces établiſſemens, on leur annèxe un certain nombre de villages. Les Entrepreneurs en enlèvent les terres ſalpêtrées, qu'ils leſſivent à leur arrivée à la nitrière. Ils choiſiſſent de préférence celles qui ont été travaillées par le Salpêtrier depuis deux ou trois ans.

Pluſieurs de ces nitrières ont leſſivé dans une année la quatrième partie des terres qui leur ont été accordées. Elles ont fourni juſqu'à vingt-deux milliers de Salpêtre ; de ce nombre eſt celle de *Mignovillars*. D'autres, d'un moindre produit, ont donné cependant juſqu'à douze milliers, après avoir leſſivé également la quatrième partie de leurs terres.

D'après la quantité des terres qui doivent former la conſiſtance de chacune de ces nitrières, il n'en eſt aucune qui ne puiſſe fabriquer à l'avenir huit milliers de Salpêtre au moins par chaque année. Or, après avoir tracé ſur la carte les arrondiſſemens de chaque nitrière en particulier, & calculé, à vue des places vuides, & ſur les mêmes dimenſions, le nombre des nitrières que l'on peut encore établir, on voit qu'il ſe portera facilement juſqu'à quatre-vingt. Ainſi en partant de ce calcul, & en ne comptant le produit de Salpêtre de chaque nitrière qu'à dix milliers par an, on aura huit cents milliers. J'obſerverai de plus, que le tiers de ces établiſſemens fournira cependant annuellement vingt milliers de Salpêtre.

Par ce tableau réel, exiſtant, & ſûr, on peut ſe former une idée de la quantité prodigieuſe de Salpêtre que donneroit le Royaume entier, s'il étoit récolté de la même manière. Je n'excepte de toutes nos provinces que celles de Bretagne, qui n'offre qu'un ſchiſte plutôt qu'une terre propre à la végétation. Cette immenſe récolte, qui ſeroit peut-être trois fois plus forte que les beſoins de la France ne l'exigent, augmenteroit encore dans les provinces où l'on n'a jamais vu de Salpêtriers; telles font la Flandre, la Picardie, la Normandie, la Brie, la Baſſe-Bourgogne, &c.

La cherté du bois eſt cauſe que la Compagnie des poudres ne s'eſt point occupée du ſoin d'établir des ateliers dans ces provinces, comme dans la Franche-Comté, la Lorraine, l'Alſace, la Bourgogne, la Breſſe, le Bugey, le Dauphiné, le Berry, l'Auvergne, &c. & je conçois qu'il étoit difficile à des ouvriers peu inſtruits de ſurmonter ces obſtacles de la Nature. La rareté & la cherté du bois augmentoient le prix des cendres, & ces ouvriers, qui ne connoiſſoient d'autres moyens pour faire du Salpêtre que l'uſage des cendres, devoient infailliblement trouver de l'impoſſibilité à s'établir dans les pays où ces matières manquent.

Actuellement on n'ignore pas qu'à l'imitation des différentes fabriques établies dans les provinces où le bois eſt très-cher, on peut chauffer une chaudière, ſoit avec de la tourbe, ſoit avec du charbon de terre déſoufré ou non déſoufré; on peut remplacer les cendres avec la potaſſe, & par conſéquent conſtruire des nitrières par-tout où l'on trouvera des terres ſalpêtrées.

Où les terres ſont fertiles & propres à la végétation, elles ſont également propres à la production du Salpêtre : c'eſt une obſervation que j'ai faite dans toutes les provinces que j'ai citées & que j'ai parcourues.

Il ne reſte donc qu'à multiplier ces établiſſemens dans tout le Royaume : & ne devroit-on pas s'attendre à voir les peuples concourir à la perfection des nitrières, pour répondre à la bienfaiſance du Souverain qui les exempte de la fouille dans leurs caves, celliers & habitations perſonnelles ? Cependant ce même acte de bonté eſt, contre l'attente de tous les vrais citoyens, un des plus grands obſtacles aux établiſſemens des nitrières.

En Franche-Comté, preſque tous les Entrepreneurs ont conſtruit à leurs frais ſeuls; nombre de Communautés, qui d'abord avoient fait ſoumiſſion de conduire leurs terres, ont procedé pour fe rétracter. Depuis l'Arrêt avantageux du Confeil de Sa Majefté, aucune Communauté n'a voulu s'engager, par la raifon que les Salpêtriers ne peuvent plus les troubler dans leurs habitations perfonnelles, ni exiger d'eux, comme auparavant cet Arrêt, du bois & des voitures. Je fuis loin de ne pas applaudir aux vûes louables & généreufes qui ont dicté cette loi; je fuis trop patriote, pour confeiller aucun moyen d'autorité, & je juge par mon cœur que fi mes concitoyens connoiffoient la néceffité de fervir l'Etat par ces entreprifes utiles, ils s'y porteroient avec zèle : mais comme ces nouveautés font étrangeres à leurs connoiffances, & que leur intérêt & leur repos n'y eft pas attaché, ils reftent tous dans un quiétifme abfolu, état plus attrayant pour eux que celui du travail.

Ce ne fera donc que par l'efpoir du gain, qu'on déterminera quelques Particuliers à fe livrer à ce genre d'entreprife. Il faut fur-tout veiller à ce que des impofteurs ne fe fervent de ce prétexte pour faire des dupes, comme on ne l'a que trop vu dans quelques endroits, & que ce foit le Miniftère feul qui commiffionne pour cet objet des perfonnes connues & inftruites.

Puifque Sa Majefté, en abandonnant les terres des caves & celliers, a renoncé au plus vafte magafin du produit des Salpêtres, tachons d'y fuppléer par d'autres moyens qui fecondent les intérêts de l'Etat & les vûes du Monarque.

Aux termes des Arrêts des 8 Août 1777 & 24 Janvier 1778, on paroît n'exclure de l'enlèvement des terres des caves & celliers, que les Salpêtriers & non pas les Entrepreneurs des nitrières. Cependant dans plufieurs endroits de la province de Franche-Comté, nombre de Particuliers ont fait refus de les donner. Cet obftacle met une impoffibilité abfolue de conftruire des nitrières dans les pays de vignobles, où l'on ne rencontre des matières falpêtrées que dans les caves. Auffi a-t-on vu tous les Salpêtriers de Bourgogne abandonner leur métier, d'après la publication des Arrêts ci-deffus.

La fouille pour une conftruction de nitrière diffère tellement de celle d'un Salpêtrier ordinaire, qu'il n'y auroit aucun inconvénient à l'accorder dans ces endroits aux Entrepreneurs de ces établiffements. Une demi-journée, dans un
temps où une cave n'eft pas garnie de vin, fuffit pour en
enlever les terres ; le remplacement fe fait avec des terres
sèches : le Salpêtrier au contraire, qui remplace avec les terres de fes cuveaux, caufe toujours infailliblement beaucoup
de défordres. Il eft donc plus avantageux pour l'Etat, que
les nitrières fe faffent aux frais des Entrepreneurs. La fource
des matières falpêtrées devient inépuifable par ce moyen.
On trouve dans les mêmes lieux, après dix ans, des matières
affez riches pour former un atelier pareil au premier ; par
conféquent même avantage pour les temps à venir.

J'ai vu des terres neuves bien choifies, qui montroient du
Salpêtre après deux années d'expofition dans les lieux où
s'étoit fait l'enlèvement, ce que j'attribue aux murs & aux
terres falpêtrées qui les touchent : car j'ai cherché combien il-
falloit de temps aux terres d'une maifon neuve pour fe falpêtrer, & j'ai reconnu qu'après quatre années elles ne donnoient encore rien. Je n'ai trouvé du Salpêtre que dans les
terres des maifons conftruites depuis huit & dix ans.

A préfent que j'ai parlé des moyens d'établir les nitrières,
je vais dire quelque chofe de leur conftruction.

ARTICLE VI.

De la Conftruction.

Lorsqu'un Entrepreneur aura fait choix d'un terrein convenable, à l'abri des inondations, quoiqu'à portée de ne
manquer jamais d'eau, il fera travailler à la conftruction d'un
hangar qui doit contenir en étendue la quatrième partie de
fon entreprife ; c'eft-à-dire, que fi le Conftructeur fe propofe
de leffiver chaque année vingt mille pieds cubes de terres,

fon

fon hangar doit avoir cent cinquante pieds de long fur trente de large, pour renfermer cette quantité de terres à quatre pieds de hauteur.

On a beaucoup varié fur la forme, la clôture & la conduite de ces nitrières. On les a d'abord fermées avec des claies & des paillaſſons, pour avoir la liberté d'y introduire beaucoup d'air ; & cela, parce qu'ayant trouvé des matières falpêtrées expoſées à cet élément, on l'a cru néceſſaire & eſſentiel à la formation du Salpêtre. On a bientôt reconnu cependant que l'on s'étoit trompé ; je dirai dans la fuite les raiſons de cette méprife.

Si la pierre eſt commune dans l'endroit choiſi, on doit conſtruire avec des murs à mortier, que l'on élevera à la hauteur de ſix pieds feulement, pour éviter la dépenſe : il ſuffira que les Ouvriers puiſſent paſſer ſous les tirans ſans ſe heurter la tête. Si au contraire la pierre eſt rare, on conſtruira le hangar fur des poteaux de bois, & on le fermera en terres battues de l'épaiſſeur de huit pouces au moins ; on lui donnera de la conſiſtance & de la liaiſon, au moyen de faſcines ou de paille. On ménagera au haut du mur, de douze en douze pieds, une ouverture d'un pied carré feulement, garnie de ſon volet en planche. La couverture ſe fera en tuiles, pierres, bardeaux ou pailles, de la manière enfin qui coutera le moins fur les lieux, quoique je donne la préférence à la couverture en pailles. Il y aura des portes placées relativement à la poſition du hangar, pour amener les terres & communiquer avec l'atelier. Le ſol pourra reſter tel qu'il ſe trouvera ; qu'il ſoit de roc, de terre ou d'argile, il ſuffit de le niveller.

Toutes choſes difpoſées de la forte, l'Entrepreneur fera amas de ſes terres falpêtrées. Il en garnira, la première année, ſon hangar, & s'occupera en même temps de la conſtruction d'un ſecond, & du foin de monter l'atelier du leſſivage & celui d'évaporation. Il ne leſſivera ces terres qu'après les avoir laiſſé repoſer une année. J'ai vu enlever des terres encore imprégnées de fucs végétaux, de fumiers, & d'autres matières non

Y y

décomposées; dans le leffivage qu'on en faifoit tout de fuite, il en fortoit des écumes & des matières extractives, qui embarraffoient extraordinairement le travail. Ces inconvéniens n'arriveront jamais, quand l'Entrepreneur aura au moins une année d'avance fur fes terres.

S'il en a affez de quoi meubler quatre hangars, qui, dans fix cents pieds de longueur, renfermeront quatre-vingt mille pieds cubes de terres, fon fuccès eft certain en les divifant en quatre parties pour les leffiver de quatre en quatre ans. J'ai vu des terres dans la Normandie, la Touraine, le Berry, la Beauce, l'Orléanois & les montagnes de Franche-Comté, donner quatre degrés au pèfe-liqueur : or, comme on peut aifément les entretenir à cette valeur fous les hangars, quel produit affuré ne donneront pas vingt mille pieds cubes de terres de cette efpèce ?

Les terres leffivées feront mifes en égout. Dès qu'elles auront perdu l'eau de leur leffivage, on les brifera pour en former une couche, en les mêlant avec les eaux de fumiers délayés, ainfi que l'indique mon Mémoire. On peut fe difpenfer d'y mêler des eaux de Salpêtre, elles le portent en elles-mêmes. Cette couche fera de toute la longueur & de toute la largeur du hangar, fur quatre pieds de hauteur. Comme on y aura mis dès l'origine toutes les matières à putréfier, on fe contentera de la bouleverfer une année après fa conftruction; & fi les terres étoient trop deffiéchées, on les arroferoit convenablement avec de l'eau de fumiers, & on les laifferoit ainfi, fans y toucher, pendant une autre année : même opération l'année fuivante. Si par hafard au bout de ce laps de temps, les terres étoient sèches & n'étoient pas encore complètement putréfiées, ce qu'il eft aifé de reconnoître à l'odeur & aux débris des fubftances végétales, on les arrofera avec de l'eau pure, & on les laiffera attendre la quatrième année, terme fuffifant pour leur leffivage.

On avoit penfé mal-à-propos que l'air contribuoit beaucoup à la formation du Salpêtre, & c'eft ce qui avoit donné l'idée des claies, pour en introduire par ce moyen dans les terres. L'expérience a prouvé que, dans cette pofition, elles fe rapoient, & que le Salpêtre s'y régénéroit mal; que d'ailleurs la dépenfe de ces claies emportoit au delà du bénéfice. J'ai vu à Roligni en Franche-Comté une couche montée de cette manière, expofée depuis deux ans, & qui jufqu'alors avoit fait très-peu de progrès pour la régénération. J'ai obfervé la même chofe à Befançon, & ce n'eft qu'après avoir démoli ces couches de douze pieds de hauteur pour les remettre en couche de quatre pieds, que le progrès de la régénération a commencé à s'établir dans les terres.

Dans mes différentes obfervations fur la formation du Salpêtre dans les terres d'habitations, j'ai fait une découverte, qui par fa nouveauté doit répandre le plus grand jour fur cette formation. Je vais en rendre compte. Dans la partie de la province de Franche-Comté limitrophe de la Suiffe, que l'on appelle communément *la Montagne*, j'ai trouvé des terres à Salpêtre toutes particulières. Elles fe rencontrent fous les aires des granges où les laboureurs battent leurs bleds. Comme le bois de fapin eft très commun dans ces cantons, les habitans conftruifent le plancher par terre avec des madriers ou plateaux de ce bois, qui repofent fur des traverfes de huit pouces d'épaiffeur, appelées *femelles*. Il refte par conféquent entre le fol du terrein & ces plateaux un efpace vide de huit pouces: comme ces madriers font rangés fimplement les uns à côté des autres, & qu'ils ne fe joignent pas exactement; les particules brifées de la paille & de l'enveloppe du grain s'infinuent à travers les joints, & rempliffent à la longue l'efpace en queftion. Ils le rempliffent même fi exactement, qu'en levant le madrier, on voit fa forme imprimée fur ce réfidu de particules brifées, que l'on nomme vulgairement *la pouffe*; elle s'échauffe à tel point fous ce plancher, qu'en y portant la main, on reffent une chaleur fupérieure à la température.

Ce réfidu du végétal eft une fubftance terreufe, fort légère, de couleur de tabac d'Efpagne, faifant effervefcence avec les acides, ce qui dénote qu'il eft de nature calcaire.

Il donne quatre & cinq livres de Salpêtre par quintal de terres : mais une grande partie de ce Salpêtre est à base terreuse. C'est à ce résidu qu'on doit la richesse des nitrières des montagnes de Franche-Comté, principalement de celles de Mignovillars, de Ruffey, Vauclusotte, Damprichard, &c. & de toutes celles qui ont ce genre de construction dans les environs.

Voilà donc de l'acide nitreux produit par le végétal seul, sans air, sans secours des matières en putréfaction, sans humidité : car le sol de presque toutes les granges en question, est un roc vif & sec ; c'est ce qu'on pourroit appeler une analyse de végétal par la voie sèche. Cette découverte a beaucoup accrédité cette pousse, & tous les Entrepreneurs en mêlent dans leurs terres, en aussi grande quantité qu'ils le peuvent. Cela est d'autant moins difficile, que cette matière a très-peu de valeur dans ces cantons. On apperçoit l'effet heureux de cette pousse dans les terres ; elle les échauffe considérablement, & accélère la putréfaction des matières qui y sont mélangées. Comme cette matière est généralement répandue en France, je conseille d'en faire usage en l'humectant avant de la mêler avec les terres.

Je n'entreprendrai pas de décider comment un végétal isolé peut donner de l'acide nitreux & de l'alkali : les doit-on à la matière animalisée qui se trouve dans le grain ? y en a-t-il aussi dans l'enveloppe ? Ce sont autant de sujets d'expériences à faire, & dont je me propose de rendre compte par la suite. Je tirerai seulement de cette découverte une induction, qui m'autorise à penser que l'acide nitreux est produit plus abondamment par les végétaux que par les matières animales.

Je me suis engagé à rendre compte des motifs qui me décident à adopter la manière que j'indique pour la construction des hangars, le traitement des terres sous ces hangars, & les matières les plus propres aux engrais.

Pour établir ces motifs plus sûrement, je demanderai d'abord ce que l'on cherche en formant des nitrières ? C'est, me dira-t-on, à remplacer les lieux où la Nature fabrique l'acide nitreux. Examinons donc quels sont les endroits où la Nature le produit plus abondamment, pour copier plus parfaitement cette Nature.

Les caves, les écuries & les autres lieux clos des habitations, ceux où il y a peu d'air & qui sont à portée de recevoir des matières susceptibles de putréfaction, sont en général les endroits où la Nature établit son travail pour cet objet.

Que se propose l'Artiste qui amende des terres salpêtrées avec des matières végétales & animales? D'obtenir par la décomposition complette de ces matières, l'acide nitreux, & de rendre continuellement aux terres les principes que chaque travail doit leur ôter. En conséquence, pour faire promptement cette opération, on voit que les lieux les plus propres à la putréfaction, sont ceux qui sont clos & où il circule peu d'air. Qu'on ne s'y trompe pas, ce travail n'a aucun rapport avec les premiers produits des craies ou des tuffaux qui doivent être exposés au grand courant d'air. L'acide nitreux que ces matières contiennent, provient des matières végétales & animales, complètement décomposées, & qui ont été confondues avec ces craies dans le bouleversement. Ainsi, quoique ces terres puissent donner de l'acide nitreux sans addition de matières putrescibles, il est prudent cependant d'en augmenter la quantité par l'addition de ces matières; & pour faire concourir en même temps les moyens les meilleurs pour hâter cette putréfaction dans toutes les terres quelconques, on se défendra également avec soin, & de la chaleur qui les dessèche trop promptement & arrête cette putréfaction, & du froid qui en gelant les terres, s'oppose au travail de la Nature.

Si l'Entrepreneur des nitrières a eu attention de remplir continuellement le creux à fumier dont j'ai parlé dans mon Mémoire précédent, il ne manquera jamais d'engrais pour fertiliser ses terres. Je me borne simplement à conseiller le fumier de cheval, de vaches, de moutons, & celui qu'on pourra tirer des colombiers. On arrosera ces matières avec des eaux de buanderie, & à leur défaut avec des eaux de mares, d'égouts de fumier, & généralement de toutes celles qui se trouvent dans les rues des villages.

Ce doit être avec ce fumier pourri & l'eau du puisard que l'Entrepreneur amendera ses terres : il mettra dès la première fois tout ce qu'il veut faire putréfier, afin de conduire l'opération à sa fin dans le temps le plus court, & ne pas la retarder, comme il arriveroit par l'addition de nouvelles matières. D'après mes expériences sur le produit de ces matières, je rejette pour engrais toutes substances autres que celles que je viens de nommer.

En premier lieu, j'exclus les urines, que je n'avois conseillées d'abord qu'avec beaucoup de modération : j'ai reconnu qu'elles donnent trop de sel marin, & que même elles peuvent mettre les terres au point de ne donner que de ce sel.

2.° Les cendres, la terre vitrifiable & sablonneuse qui ne produit jamais de Salpêtre. Si les cendres en ont indiqué, on ne le doit qu'à l'alkali qu'elles contiennent, qui a formé ce Salpêtre avec l'acide des terres qui les avoisinoient, & que les cendres n'ont point du tout produit. Ainsi, comme le lessivage exact doit laisser très-peu d'alkali dans les cendres, il est inutile, pour ce même objet, de leur donner place sous les hangars.

3.° La brique, indiquée par l'Auteur du Mémoire *sur la formation du Salpêtre*. C'est une terre argileuse & cuite, peu propre au mélange des terres, & encore moins à donner de l'acide nitreux. Si on trouve de ces briques salpêtrées dans les bâtimens, ce Salpêtre leur est étranger & n'est dû qu'à leur position dans les lieux pénétrés déjà de cette matière.

Il est un autre objet dont personne n'a parlé jusqu'à présent, mais que quelques Entrepreneurs de nitrières en Franche-Comté emploient, séduits par la ressemblance du nom : cet objet est la pierre appelée *tuf*, qu'ils confondent mal-à-propos avec le tuffau de Touraine, dont MM. les Régisseurs ont fait mention dans leur instruction.

Ce tuf de Franche-Comté, employé dans la construction des maisons, devient fort dur & ne se salpêtre point, quoique le fable qui le touche dans les murs foit fortement falpêtré.

J'ai examiné des couches de cent voitures de terres, à parties égales de tuf concaffé & de terre falpêtrée; cette terre falpêtrée donnoit au moment du mélange un degré au pèfe-liqueur. On a arrofé très-foiblement ces terres avec des eaux falpêtrées; & après une année d'expofition, la totalité donnoit un degré.

J'ai vu une autre couche compofée d'une partie de terres falpêtrées donnant quatre degrés & trois parties de tuf. Après une année d'expofition & de traitement femblable aux premières, la maffe donnoit un degré, comme au moment du mélange, parce qu'elle eft dans fa proportion ce qu'un eft à quatre; d'où je conclus que le tuf n'a rien produit par lui-même.

Cependant, avant d'en blâmer l'ufage, j'ai réitéré mes obfervations, & vifité une quantité prodigieufe de ces tufs en conftru&ions. Si cette pierre avoit les propriétés du tuffau de Touraine pour fe falpêtrer, j'en aurois rencontré de falpêtrée; & depuis le temps que ces conftru&ions exiftent, le Salpêtre les auroit détruites, au lieu que ce tuf a acquis beaucoup de dureté; ce qui fe rapporte parfaitement aux craies trop dures qui ne fe falpêtrent pas. Il ne reffemble donc en rien au tuffau de Touraine : celui-ci eft uni & liffe, & le tuf de Franche-Comté eft au contraire un ftala&ique formé chaque jour par les eaux que l'on voit rouler dans la carrière.

Suivant mes principes, le tuf de Franche-Comté eft une pierre calcaire, pure, douée du principe qui produit l'acide nitreux. On ne réuffira à lui donner du Salpêtre, qu'après l'avoir furchargé de matières putrefcibles; ce qui reviendroit à l'entreprife du travail des terres neuves. En conféquence, je confeille aux Entrepreneurs de n'employer cette pierre qu'avec beaucoup de modération : ils ne doivent s'attendre à obtenir du Salpêtre de ces tufs, qu'après les avoir amenés au point des terres qui font chargées du réfidu des matières putréfiées.

En reftreignant les matières pour les engrais au point que je viens de le dire, les Particuliers ne feront plus effrayés par la putridité des matières animales que l'on a indiquée dans les Ouvrages qui ont paru jusqu'ici. On pourra trouver sans peine, au milieu des campagnes, les secours nécessaires pour opérer la putréfaction dans les nitrières.

On s'est trompé encore en prétendant que les terres doivent être arrosées habituellement & entretenues fort humides, pour que la putréfaction des engrais puisse se faire complètement; il faut au contraire que ces terres parviennent à un certain point de siccité. On aura donc soin, après avoir mis les engrais dans les terres, de ne les arroser qu'autant qu'elles pourront prendre d'eau, & de les abandonner ensuite.

Lorsqu'une fois elles sont disposées à donner de l'acide nitreux, il faut très-peu d'engrais pour en entretenir la fabrication; si cent livres de terres produisent une livre d'acide nitreux, elles donneront au quintal environ deux livres de Salpêtre, richesse suffisante pour travailler à profit.

ARTICLE VII.

Du lessivage des terres.

On sait que ce n'est point en passant plusieurs fois la même eau sur le même cuvier, comme le dit l'Auteur du Mémoire sur *la formation du Salpêtre*, que l'on fait l'opération du lessivage dans les règles de l'Art; c'est au contraire en passant la même eau sur trois ou quatre différentes terres.

Jusqu'à présent on ne s'est servi que de cuveaux pour ce travail : les Salpêtriers en ont introduit l'usage, parce que dans leurs ateliers ambulans, ils ne pouvoient transporter d'ustensiles plus commodes.

Dans les nitrières & autres ateliers où l'on est fixé, je conseille de faire construire des bassins en bois de huit à dix pieds carrés, sur dix-huit pouces de profondeur. La forme régulière de ces bassins occupe peu de place dans les ateliers; leur largeur donne beaucoup d'aisance dans les manœuvres

de

de la charge & de la décharge des terres; le leſſivage eſt très-uniforme & parfaitement exécuté. Il ſuffit de placer au bas de ces baſſins un faux fond, pour faciliter l'écoulement des eaux. Avec trois baſſins ſeulement, on peut leſſiver cent cinquante pieds cubes de terre par jour. On en établira une plus grande quantité, s'il le faut, proportionnément à la force de l'atelier. J'ai vu pluſieurs ateliers travailler avec ces baſſins, & avoir le plus grand ſuccès; dans le pays où la pierre eſt commune, il ſeroit facile d'en faire de cette matière qui ſerviroient à jamais. Toutes les différentes eſpèces de terres de ſol, ſablonneuſes, marneuſes, argileuſes, légères & noires comme le terreau, ſont filtrables, & peuvent être leſſivées dans ces baſſins; ainſi un établiſſement qui travaille des dé-molitions ou des terres de ſol, peut, ſans crainte, en faire uſage.

C'eſt en faiſant des fautes, que l'on parvient à perfec-tionner les opérations. J'avois penſé que l'agitation accélé-rant la diſſolution, ce ſeroit un moyen de preſſer la diſ-ſolution dans les terres: j'ai éprouvé tout le contraire; l'agi-tation broyoit la terre, empêchoit la filtration, & le travail étoit ſans ſuccès. La réflexion m'a démontré que l'opération dont il s'agit n'eſt point une diſſolution, mais une lixiviation, que les terres doivent reſter ſpongieuſes pour permettre la filtration, & qu'il faut par conſéquent, au lieu de les broyer, les laiſſer en repos pendant le leſſivage.

Quand un Entrepreneur a diſpoſé ſa fabrique, il doit ſe conſtruire un atelier de leſſivage ſéparé de ſes hangars; & comme on ne peut ſe procurer par-tout les commodités de ceux qui ſont creuſés ſous la montagne même de craie, tel qu'on le voit à Fontenelle, Montereau, Chaumont & à la Roche-Guyon, où ils ſont ſans ceſſe dans une température uniforme qui les défend de la gelée, il faut tâcher de les remplacer en conſtruiſant un bâtiment de ſoixante pieds de long ſur vingt-deux pieds de large. On peut dans cette étendue placer la chaudière, l'atelier de leſſivage, & les baſſins de criſtalliſation. On conſtruit ce bâtiment en murs, & la partie

Z z

qu'occupe l'atelier pour le leſſivage, eſt ſurmonté d'un logement pour les Ouvriers; celle de la chaudière eſt ſous la
couverture ſans planchers, avec de grandes ouvertures pour
faciliter l'évaporation. Au moyen de cette conſtruction, on
peut fermer l'atelier du leſſivage, & y monter, dans les grands
froids, un fourneau pour défendre les cuveaux de la gelée.

J'ai vu un Entrepreneur adapter un corps de fourneau
à la cheminée de la chaudière; il étoit prolongé dans l'atelier, & rendoit une chaleur ſuffiſante pour empêcher le leſſivage de geler, & pour permettre de travailler durant toute
l'année.

Je n'entreprendrai pas de mettre ſous les yeux un tableau
de dépenſes néceſſaires pour la conſtruction d'une nitrière;
elles varient trop dans chaque province, en raiſon de la
cherté des matériaux à y employer; je dirai ſeulement que
l'on peut conſtruire pour vingt-quatre mille livres une nitrière
à fabriquer vingt-cinq milliers de Salpêtre par chaque année,
& que le bénéfice ſera d'un tiers du produit de la recette,
dans un pays où la journée du Manœuvre coute une livre,
& la corde de bois quinze livres.

J'obſerverai de plus, que beaucoup d'Entrepreneurs n'ont
payé leurs conſtructions & l'enlèvement des terres, avec le
produit du Salpêtre que ces terres ont donné, qu'après
quatre années de travaux. Le Propriétaire ſera diſpenſé d'avoir
des voitures pour l'enlèvement des terres; il pourra ſe
renfermer dans ſa nitrière avec trois Ouvriers ſeulement, qui
lui ſuffiront pour le remuage & le leſſivage des terres, &
pour fabriquer vingt-cinq milliers de Salpêtre par chaque
année (*).

(*) Les Commiſſaires croient ces calculs trop avantageux à la récolte du Salpêtre.
Ils craignent que l'Auteur n'ait forcé les produits, & qu'il n'ait pas évalué convenablement toutes les dépenſes.

ARTICLE VIII.

De la Saturation.

Depuis qu'on a reconnu la nécessité absolue de substituer un alkali végétal à la base terreuse du Salpêtre de cette dernière espèce, on a cherché les moyens de faire cette opération avec le moins de dépenses possible : on connoît deux manières de saturer, savoir, à froid ou à chaud. A froid, on fait fondre l'alkali dans une partie de l'eau à saturer, & l'on mêle ensuite le tout ensemble pour opérer la précipitation. A chaud, on fait évaporer la lessive de terres salpêtrées, & lorsqu'on est parvenu par cette évaporation, au point d'avoir l'eau de trente degrés du pèse-liqueur, on jette la potasse dans la chaudière pleine de la liqueur.

Quoique l'une & l'autre de ces deux méthodes aient le même objet, il est certain cependant que les produits ne sont pas les mêmes. Je me suis assuré par l'expérience, que l'alkali fondu à part & mêlé ensuite à la liqueur salpêtrée, rend moins de Salpêtre que l'alkali fondu à chaud dans la totalité de la liqueur.

Cette vérité est surprenante ; car enfin l'alkali, dira-t-on, doit être mis en œuvre de telle ou telle manière qu'on en fasse usage : il est constant cependant, après des expériences répétées scrupuleusement en grand, que la saturation à chaud rend, avec les mêmes eaux & les mêmes alkalis, dix livres de Salpêtre de plus par cent que la dissolution préliminaire de l'alkali & la saturation à froid, d'où j'ai pensé que l'alkali n'ayant pas, entre ses principes, d'union assez parfaite, perd davantage dans les deux opérations de dissolution & saturation faites séparément, que lorsqu'on les fait ensemble.

Je me suis assuré que l'alkali rendoit beaucoup d'air fixe dans sa dissolution, & que c'étoit toujours en pure perte pour la quantité de ce sel que cet air principe se dissipoit ; au lieu que cette perte étoit beaucoup moindre lorsque la saturation opéroit la dissolution (*).

Mais, d'un autre côté, la manière dont plusieurs Entrepreneurs traitent l'opération à chaud, est très-fautive. Ils font trop rapprocher la liqueur, qui est, en grande partie, à base terreuse ; & je me suis convaincu, en plaçant à la surface de la liqueur bouillante un chapiteau de verre garni d'une fiole à son bec, qu'il s'élevoit de l'acide nitreux, que l'action réunie de l'air libre & du feu forçoit à abandonner sa base : l'odeur seule auroit suffi pour indiquer cette volatilisation de l'acide ; mais on en est plus certain encore, par la propriété que la liqueur reçue dans la fiole a de changer en rouge la couleur bleue des végétaux.

Comme cet acide est en perte pour le produit, ainsi que je l'ai dit plus haut, je conseillerai, pour éviter cet inconvénient, de saturer à chaud, en mettant tout à la fois dans la chaudière, & la quantité d'eau, & celle d'alkali nécessaire. On les fera bouillir & réduire une heure ou deux, suivant la capacité de la chaudière. On tirera ensuite la liqueur, & on la mettra déposer dans la cuve à saturer. Le dépôt se fait plus exactement quand la terre a bouilli : celle-ci se pelotonne, tombe en masse plus promptement, & occupe moins d'espace dans la liqueur ; ce qui la rend plus facile à décanter. Mais comme la chaudière ne peut & ne doit pas contenir toute l'eau de la cuite, il faut se donner la peine de l'y faire passer par partie, en ajoutant à chaque chaudière la quantité d'alkali que l'usage indique.

On avoit cru qu'il étoit nécessaire, pour fabriquer du Salpêtre, d'opérer la précipitation complette de la terre, & de saturer entièrement l'acide d'alkali végétal. Cette précision,

_____

(*) *Note des Commissaires.* Il ne se dégage point d'air fixe dans la décomposition du nitre à base terreuse par l'alkali fixe, par la raison qu'il se combine avec la terre calcaire, qui se précipite sous forme de terre calcaire & non sous forme de chaux.

au contraire, eſt d'autant plus inutile, que l'on doit toujours reſter au deſſous de la ſaturation parfaite, c'eſt-à-dire, qu'il faut laiſſer ſubſiſter dans la cuite des Salpêtres à baſe terreuſe.

On peut ſe paſſer de potaſſe ou de ſalin, pour ſaturer. Dans les fabriques à portée de ſe procurer des cendres de bois ordinaires, on pourra monter un atelier de Salinier. Je renvoie pour cela à l'inſtruction donnée par MM. les Régiſſeurs, ſur les moyens de fabriquer cette matière. Au lieu de faire évaporer les eaux chargées d'alkali pour en tirer le ſalin, on peut ſaturer directement avec ces eaux. J'ai vu pluſieurs ateliers en Berry & en Franche-Comté, qui travaillent de cette manière.

La réduction des eaux eſt plus facile à faire dans une grande chaudière que dans une petite ; mais comme on ne peut faire cette opération dans le cuivre, qui eſt trop attaquable par les alkalis, & qu'il eſt impoſſible de s'en procurer en fer de fonte d'auſſi grande que celle en cuivre de l'atelier, on peut, ſans crainte, faire cette opération dans cette dernière, parce qu'après la ſaturation, l'alkali n'eſt plus libre.

ARTICLE IX.

De la formation de l'Acide nitreux.

Les Savans qui ſe ſont occupés de trouver les moyens d'augmenter la récolte en Salpêtre, ont tenté ſans doute, par des expériences recherchées, d'enlever à la Nature le ſecret particulier qu'elle a de préparer cet acide.

Sans déſeſpérer de cette découverte, j'ai tourné mes vûes d'un autre côté, & j'ai penſé que l'acide nitreux étoit un compoſé de l'union directe des élémens ; il n'y a pas moins de difficultés à trouver le procédé de le fabriquer, qu'à faire un eſprit ou une ſubſtance métallique. Il n'eſt pas à notre puiſſance de former des combinaiſons avec les élémens libres ;

cette opération est seule réservée à la végétation. On sait
assez depuis combien d'années les Alchimistes cherchent les
moyens d'imiter la Nature, & les progrès qu'ils ont faits
jusqu'à ce jour. La découverte de la fabrication de l'acide
nitreux est une opération de ce genre ; & comme il faut
recourir, dans ce moment, aux moyens les plus prompts de
fabriquer du Salpêtre, je prétends que l'Art ne peut fournir
de procédés plus simples & plus économiques que de mettre
en œuvre le Salpêtre que la Nature nous offre.

Si je m'étois engagé à former beaucoup d'acide nitreux,
je dirois : Il me faut une combinaison des élémens ; recou-
rons donc aux végétaux de qui la décomposition donne de
l'acide nitreux : mais en voyant la quantité de cet acide qui
existe en France, j'ai jugé que le plus simple moyen seroit
plus dispendieux encore que celui que la Nature emploie
chaque jour sous nos yeux. Cet acide est si commun, qu'on
aura de la difficulté à se procurer assez d'alkali pour le mettre
en œuvre, parce que la Nature ne fabrique pas de cette dernière matière en proportion.

La plupart des opinions différentes qui ont paru sur la
formation de l'acide nitreux, sont très-fausses, & cependant
elles ont toutes eu des partisans. Elles sont trop connues, pour en
surcharger mon Ouvrage ; elles sont d'ailleurs rapportées dans
mon Mémoire précédent. Je me bornerai donc dans celui-
ci, à rendre les idées que m'ont fait naître mes différentes observations & mes découvertes.

La terre purement calcaire, telle que les Chimistes la dé-
signent, n'est point propre à donner d'acide nitreux. Le
marbre, de toutes les terres calcaires la plus pure, n'en
produit jamais. En vain ai-je cherché dans les monumens
les plus anciens, bâtis avec cette pierre, & souvent situés très-
avantageusement, je n'en ai point trouvé. Mes recherches
ont été de même toujours infructueuses dans toutes les pierres
bien décidément calcaires, telles que celles des carrières de
Bourgogne & de Franche-Comté. Il y a plus, c'est que
les craies plus dures que les craies ordinaires ne se salpêtrent

point, comme je l'ai dit ci-devant. Ces obfervations doivent donc fuffire pour prouver que la terre purement calcaire ne donne pas de Salpêtre.

Plus une terre calcaire eft pure, plus elle a d'union entre fes parties : auffi la terre calcaire la plus pure eft-elle la plus dure (*). Celle qui renferme dans fa compofition des matières étrangères, ne pouvant avoir d'agrégation affez forte, elle refte molle & fans cohérence. De cette efpèce font les tuf-faux de Touraine, les craies falpêtrées, & les terres propres à la végétation.

Je penfe donc que les terres calcaires qui produifent de l'acide nitreux, ne le doivent qu'aux matières végétales en-fermées dans leur fein & complètement décompofées. Les terres de grange viennent à l'appui de mon fentiment.

La chaux ne donne pas non plus d'acide nitreux, parce qu'elle peut très bien être préparée avec une pierre qui ne fe feroit jamais falpêtrée, & que fi cette chaux provenoit d'une pierre qui eût cette propriété, l'action du feu lui auroit enlevé le principe de la nitrification. L'air fixe que perd la terre calcaire dans cette calcination, n'eft point le principe qui fournit l'acide nitreux. On peut, en traitant la chaux avec les matières phlogiftiques, lui rendre fon air fixe & la rétablir dans l'état de terre calcaire, fans que pour cela elle ait acquis la propriété de fe falpêtrer. Le marbre eft pourvu de fon air fixe, & cependant ne fe falpêtre pas. La Méca-nique opéreroit même la divifion la plus fubtile de la pierre calcaire pure, qu'elle ne donneroit point de Salpêtre; & fi on mêloit à cette terre beaucoup de matières végétales en putréfaction, on ne devroit le Salpêtre qu'on en tireroit, qu'à la décompofition de ces matières.

Je fuis bien éloigné de regarder le Salpêtre contenu dans les plâtras, comme une production de cette matière. Ici la terre calcaire eft unie à l'acide vitriolique avec lequel elle a une

---

(*) *Note des Commiffaires.* Cette affertion n'eft pas auffi généralement vraie que l'Auteur le fuppofe.

affinité très-forte : la petite quantité de terre calcaire libre qui se trouve dans le plâtre, ne pourroit, à coup sûr, produire autant de Salpêtre. Mon avis est donc que le Salpêtre qui se trouve dans les plâtras & dans les briques, ne s'y rencontre que par la voie d'imbibition ; que ces matières font l'une & l'autre l'effet de l'éponge, & qu'elles ne produisent du Salpêtre que parce qu'elles se trouvent à portée des matières qui putréfient près d'elles.

Sans décider si l'élément terreux entre comme principe constituant dans l'acide nitreux, je me bornerai à dire que l'expérience fait voir que les terres calcaires chargées de matières putrescibles donnent de l'acide nitreux. Si on pouvoit imiter le mélange des craies, on auroit une certitude de ce que j'avance ; mais comme l'acide nitreux n'est produit qu'après l'entière décomposition des matières, & que cette décomposition est très-complette dans les craies, nos derniers neveux ne verroient pas le résultat de cette expérience.

Cependant, puisque l'on trouve sur la surface du globe des terres déjà chargées de matières phlogistiquées, & que les végétaux pourris sous les planchers des granges donnent de l'acide nitreux, j'établis sur ces principes cette théorie : *Qu'il faut que la terre calcaire soit unie aux matières végétales dans l'état le plus complet de décomposition, pour donner de l'acide nitreux.*

Cette théorie n'est ni aussi claire, ni aussi bien prouvée que celle du bleu de Prusse, je le sais : toutefois j'ai cru pouvoir hasarder un sentiment appuyé de l'expérience.

J'ai cherché, par l'analyse des craies propres à se salpêtrer, à connoître la nature du principe qui leur donne cette propriété : de quelque manière que j'aye opéré, je n'ai rien obtenu de particulier ; j'ai remarqué seulement qu'elles phlogistiquoient l'argent. J'ai saturé d'acide vitriolique cette terre, je l'ai soumise à la distillation ; j'espérois en tirer du soufre, si le phlogistique étoit très-abondant, & je n'ai obtenu qu'un phlegme légèrement acide.

J'ai conversé avec plusieurs Savans, qui pensoient que le gaz

putride

pûtride étoit néceffaire pour former l'acide nitreux : j'ai cru devoir adopter cette opinion après eux. J'avois, depuis trois années, des matières putrides enfermées avec de la terre dans un ballon de verre. J'ai ouvert ce ballon, & la terre ne m'a pas donné un atôme de Salpêtre; ce qui prouve qu'il faut laiffer la Nature fe débarraffer des différens gaz qui gênent la formation de l'acide nitreux, & que ce n'eft qu'après que l'opération de la putréfaction eft portée à fon dernier point, qu'on obtient cette formation. Je pourrois appuyer ce que je dis ici, de l'exemple des craies que l'on trouve falpêtrées au milieu des campagnes éloignées de toutes habitations, & de celui des terres des cavernes qui fe trouvent en plufieurs endroits; mais il fuffira de faire obferver que les tuffaux & les craies ne donnent du Salpêtre qu'après un contact immédiat avec l'air. Les tuffaux font falpêtrés à l'entrée de la carrière, & ne le font point dans l'intérieur, malgré l'habitation des Ouvriers; ce qui montre qu'il manque à ces tuffaux la diffipation de quelque principe qui nuit encore au développement de l'acide nitreux.

On ne doit pas imaginer que l'air porte cet acide : il a une affinité égale avec une terre calcaire, ou avec une autre, & il s'uniroit indiftinctement aux craies dures, aux marbres & aux autres pierres, comme aux craies molles. Ainfi, puifque le contraire arrive, on doit conclure que la propriété des pierres calcaires molles, de donner de l'acide nitreux, dépend des matières qui leur font unies.

C'eft fur ces obfervations que j'ai confeillé de fabriquer de l'acide nitreux par le mélange de beaucoup de matières végétales en putréfaction dans les terres. On m'objectera peut-être que des terres en couche de quatre pieds de hauteur, comme je propofe de les faire fous hangars, fe nitrifient bien à la furface, & non point dans l'intérieur. Pour répondre à cette objection, il ne faut que faire voir par l'expérience que j'ai faite moi-même dans une couche de quatre pieds, & par le travail du Salpêtrier, que la nitrification fe fait plus profondément encore, & que fouvent on fouille à cinq

& six pieds de profondeur dans des terres tappées & non remuées ; désavantage que n'auront pas les terres des hangars.

Si dans les nouveaux voyages que je vais encore entreprendre pour cet objet, je fais de nouvelles observations, j'aurai l'honneur de les communiquer.

Je désire ardemment qu'une heureuse découverte puisse dispenser d'un travail que je regarde comme nécessaire, & qu'un moyen que je n'imagine pas, puisse fournir tout le Salpêtre dont on a besoin, à un prix bien inférieur à celui qui est fixé présentement. J'abandonnerai pour lors avec plaisir mon système, pour me rendre à l'évidence, & remercier avec tous les bons Citoyens le Grand Homme qui aura si bien servi, par cette découverte, & l'Etat & notre glorieux Monarque.

DISSERTATION

SUR

LE SALPÊTRE,

Avec quelques idées sur la Nitrification, ainsi que sur la manière d'augmenter considérablement la récolte du Salpêtre.

Ouvrage qui a remporté le premier *Accessit*, par M. J. B. de BEUNIE, Médecin à Anvers, de l'Académie Impériale des Arts & Belles-Lettres de Bruxelles.

> *Credidimus spiritus acidos nitri nusquam in rerum natura extitisse ante inventum modumnitri parandi.*
> Boerhaave.

PREMIER CONCOURS, n.° 27.

DISCOURS PRÉLIMINAIRE.

M. PIETSH dit dans son Introduction : *Ni Hoffmann, ni Stahl, ni Neumann, ni Becher, ni Schulze, ni Glauber, ni Lemery, ni Schelhamer, ni aucun autre Chimiste n'a traité à fond la matière du nitre.* Mais sommes-nous parvenus à une vraie connoissance de ce sel, par les expériences de cet illustre Académicien? Il me paroît qu'il nous reste encore bien des conjectures sur la nature de cette matière. A-t-il évidemment prouvé quelle est la nature de son acide? la transmutation de l'acide vitriolique en acide nitreux est-elle bien conftatée ? L'illuftre Baumé n'en paroît pas plus convaincu que moi, puifqu'il dit : *Nous penfons qu'il n'eft pas plus pof-fible de changer la nature d'un acide, que de tranfmuer un métal*, Chimie, tom. 3, p. 593; & dans un autre endroit: *Le problême de changer l'acide marin en acide nitreux eft de la même nature que ceux de la pierre philofophale, de la quadrature du cercle, & de la médecine univerfelle.* Je n'ofe donc pas me flatter, MESSIEURS, de contenter la curiofité des Savans à qui j'ai l'honneur de préfenter ce Mémoire; du moins j'expoferai ce qu'un nombre fuivi d'expériences m'a fait déve-lopper fur la nitrification; je propoferai une méthode plus facile, plus prompte & moins difpendieufe de faire le nitre, que celle qu'on a fuivie jufqu'à préfent, & je crois que c'eft-là l'unique but qu'on doit fe propofer. A cette fin, je diviferai mon Mémoire en trois Chapitres. Dans le premier, j'expoferai brièvement les principes & les qualités fpécifiques du nitre; dans le fecond, je hafarderai quelques idées fur la nitrification; & dans le troifième, je détaillerai la méthode d'extraire le nitre beaucoup plus copieu-fement qu'on ne l'a fait jufqu'ici.

CHAPITRE PREMIER.

Des principes & des qualités du Nitre.

LE nitre est un sel neutre, composé d'un acide qui lui est uniquement propre (*), d'un alkali, soit calcaire, soit salin, du phlogistique, & de l'eau.

Ce sel diffère des autres sels neutres, principalement s'il est pur,

1.º Par son goût rafraîchissant.

2.º Par sa figure pyramidale hexangulaire.

3.º Il dépouille les métaux imparfaits de leur phlogistique, les réduisant en chaux.

4.º Ce sel, mis sur un charbon ardent, détonne.

5.º Mis dans un creuset, sans qu'il touche à quelque matière inflammable, il se fond comme de l'eau; si en cet état on y ajoute quelque corps inflammable, il s'enflamme avec bruit, perd son acide, & devient un alkali fixe.

Je ne divise le nitre qu'en nitre brut, cru ou naturel, & en nitre vrai ou raffiné, quoiqu'on puisse encore faire plusieurs nitres métalliques; mais comme ils ne sont pas en usage, ni en Médecine, ni dans le Commerce, nous n'en disons rien.

Le nitre est aussi un mélange d'acide nitreux, de terre calcaire, d'alkali fixe, d'alkali volatil, d'une matière grasse, de sel marin, de sélénite (**).

(*) On trouve l'acide vitriolique dans l'alun, dans le soufre, dans les vitriols, dans les gips, les sélénites, &c. l'acide marin, dans le sel marin, dans des sources, dans des métaux, dans le sel ammoniac natif de Model ; mais l'acide du nitre ne se trouve que dans le nitre seul, comme l'immortel Boerhaave dit très-bien : *Credimus spiritus acidos nitri nusquam in rerum natura extitisse ante inventum modum nitri parandi*, Chim. part. 2, pag. 405.

(**) On tire du nitre brut par la cristallisation des sels ci-dessus mentionnés; par la distillation on obtient l'alkali volatil, sur-tout si on y ajoute un peu de chaux pour dégager l'alkali volatil de la matière grasse.

Le nitre vrai ou raffiné eſt un ſel neutre, compoſé d'acide nitreux & d'alkali fixe ; mais ce ſel eſt rarement ſi bien purifié, qu'il ne contienne un peu de ſel marin.

Le nitre paroît être un ſel qui n'eſt ni purement minéral ; ni purement animal, ni purement végétal ; mais un ſel produit par le concours des divers règnes, & de circonſtances heureuſes ; il paroît devoir ſa baſe alkaline au règne végétal, ſon phlogiſtique au règne animal ; mais ſur ſon acide, il y a diverſes opinions dont nous traiterons plus bas.

Les ſignes caractériſtiques du nitre réſident uniquement dans ſon acide, parce que l'eſprit de nitre ſaturé d'alkali fixe végétal, donne le vrai nitre (*) ſaturé d'alkali minéral, produit le nitre cubique.

C'eſt donc l'acide de ce ſel qui doit fixer toute notre attention, & il eſt probable qu'il contient quelque choſe de plus que les autres acides, vu qu'il produit des effets tout particuliers. Voyons ſes propriétés ſpécifiques, & tâchons par-là de developper en quoi il conſiſte.

1.° L'eſprit de nitre avec les ſels alkalis urineux fait le nitre ammoniacal inflammable : or tout autre ſel ammoniacal, fait par l'acide vitriolique ou marin, n'eſt pas inflammable ; conſéquemment l'acide du nitre contient du phlogiſtique ou une matière inflammable.

2.° Le plomb & quelques autres métaux, même des parties animales diſſoutes dans l'eſprit de nitre & évaporées à ſiccité, deviennent inflammables, & même font une exploſion conſidérable, ſi on augmente la chaleur. Les autres acides, traités de la même façon, ne produiſent pas cet effet.

3.° L'eſprit de nitre fumant, mêlé avec quelques huiles, prend feu à l'inſtant ; ce qui n'arrive point avec l'acide vitriolique, quoique beaucoup plus acide & que la chaleur ſoit plus grande.

(*) Le nitre régénéré ne diffère en rien du nitre ordinaire, ſi ce n'eſt par une petite cauſticité qui ſe manifeſte quand on le fait bouillir dans un vaiſſeau d'étain bien poli ; mais il perd cette qualité par la recriſtalliſation, & encore plutôt par l'addition d'un peu de chaux.

4.° Si on allume le nitre par le tartre, les charbons ou quelque autre matière inflammable, on obtient un alkali urineux, ce qui a été observé par Stahl & Geoffroi.

5.° L'acide du nitre est plus volatil que l'acide vitriolique; il ne se concentre pas au feu comme ce dernier acide; car ce qui s'élève dans la distillation, est aussi concentré que ce qui reste dans la cornue, aussi est-il plus élastique.

6.° Cet acide concentré, dès qu'il touche un charbon ardent, excite une inflammation & détonnation, parce qu'il se forme un soufre nitreux qui est beaucoup plus combustible, & qui prend beaucoup plus tôt feu que le soufre ordinaire; aussi brûle-t-il dans les vaisseaux clos sans le concours de l'air, ce que le soufre vitriolique ne fait point; au contraire, si on jette quelque autre acide sur les charbons ardens, l'extinction s'en suit.

De toutes ces expériences, ne doit-on pas conclure que l'acide du nitre contient une matière inflammable, phlogistique, ou peut-être phosphorique, puisque l'action de cet acide sur les corps combustibles, prouve une espèce de feu enfermé dans cet acide, comme dans le phosphore? Il ne m'est pas inconnu que MM. *Lemery*, *Barnerus*, & plusieurs autres, nient le phlogistique ou la matière du feu dans cet acide; mais leurs objections me paroissent trop foibles, pour que je croye devoir en grossir cette Dissertation; on peut en voir la réfutation (mais à son ordinaire un peu trop âcre) dans les Ouvrages de M. Neumann (*). Nous croyons même avec le grand Stahl, que l'acide nitreux est si étroitement lié avec le phlogistique, qu'il est impossible de séparer l'un & l'autre de ces principes, sans la destruction du total. Il paroît donc probable, que si on pouvoit intimement unir le phlogistique avec un acide quelconque, il en résulteroit l'acide nitreux.

(*) Gaspar Neumann des Grundlichenfund mit experimenten ciweisinen Chimie. *Tom.* 4, *part.* 2.

§. II.

Sentiment de M. Pietsh sur la transmutation de l'acide vitriolique en acide nitreux.

» Cet Auteur dit, §. 30 : J'ai essayé de faire du nitre
» avec du camphre, avec la teinture d'antimoine tartarisée,
» avec les différentes sortes d'esprits inflammables tant simples
» que rectifiés, & avec une multitude innombrable d'essences
» de végétaux ; j'ai tâché de les unir avec quelques acides ;
» j'ai fait l'épreuve en changeant la proportion de plus de
» cent manières ; mais tout ce travail a été vain «. Néanmoins j'ai voulu répéter quelques-unes de ces expériences, &
en ajouter quelques autres ; à cette fin, j'ai infusé long-
temps de la poudre de charbons, de la rapure de cornes,
de la laine, de la suie, des plumes, & plusieurs autres matières qui abondent en phlogistique dans l'acide vitriolique ;
j'ai éteint plusieurs fois des charbons allumés dans ce même
acide ; j'y ai mêlé de l'esprit de vin, plusieurs essences inflammables, des résines, des huiles & des sels volatils ; j'ai
saturé tous ces acides phlogistiques avec de l'alkali fixe ; des
uns j'ai eu du tartre vitriolé ou du sel ammoniacal ; des autres,
un sel neutre qui se cristallisoit en aiguilles qui formoient
des houppes, & qui avoient quelque ressemblance avec le
nitre, mais qui au fond n'étoient que des sels sulfureux de
Stahl. Tous ces sels se convertissoient en tartre vitriolé, après
qu'ils avoient perdu leur phlogistique, parce que ce principe
n'adhère que foiblement à l'acide vitriolique, tandis qu'au
contraire il est inséparable dans l'acide nitreux.

Voyons maintenant si les quatre preuves que M. Pietsh
appelle importantes, & d'après lesquelles il conclut que
l'acide du nitre prend son origine de l'acide vitriolique, sont
véritablement concluantes. Je suis loin de chercher en cela à
rien diminuer de la gloire de ce Grand Homme que je révère,
& dont j'ai lu les savans Écrits avec un véritable plaisir ; mais je
veux seulement ajouter quelque lumière, si cela est possible,

à

à une matière fi abftrufe, & qui a été jufqu'ici une pierre d'achoppement en Chimie.

PREMIÈRE PREUVE. §. 20.

*Qua** parties d'acide nitreux & une partie de l'huile de térébenthine, après une évaporation fuffifante, produit* (dit M. Pietsh) *le baume de foufre.* Cette expérience paroît empruntée de Neumann, tom. 4, part. 1; mais quelle conféquence en tirera-t-on? L'acide nitreux fe joint aifément au phlogiftique, fait avec lui un foufre nitreux; ce foufre, diffout dans l'effence de térébenthine, fait un baume de foufre nitreux, mais non pas un baume de foufre vitriolique; le phofphore avec les huiles fait un baume de foufre; pourroit-on de cela feul conclure que l'acide du phofphore foit vitriolique? vraiment non.

SECONDE PREUVE. §. 21.

Si on diftille deux parties de nitre cru diffout dans de l'eau, & une partie d'huile de vitriol, l'efprit fulfureux monte fous la forme des vapeurs grisâtres, & ce qui refte dans là cornue eft une maffe faline blanchâtre, qui donne, par la criftallifation, un fel criftallin blanc. Quelle conféquence peut-on encore tirer de cette expérience? Si cet efprit fulfureux, obtenu par l'Auteur, étoit véritablement vitriolique, cela prouveroit tout au plus que l'acide nitreux a plus ou autant d'affinité avec la terre calcaire ou la bafe du nitre cru, que l'acide vitriolique fulfureux volatil. On voit arriver la même chofe, quand l'acide du nitre décompofe le tartre vitriolé dans l'expérience de M. Baumé, tom. 1, pag. 436. On ne fera point étonné de ce réfultat, fi on fait réflexion que le nitre cru contient beaucoup de matière graffe phlogiftique, qui n'eft pas unie avec l'acide nitreux: or l'acide vitriolique ayant plus d'affinité avec le phlogiftique qu'avec la terre calcaire, il doit néceffairement produire un acide fulfureux, qui, étant moins fixe que l'acide du nitre, doit monter avant les autres acides.

B b b

On n'obſerve pas cet effet quand on prend le nitre raffiné, parce que, dans ce cas, le phlogiſtique eſt inſéparable de l'acide nitreux, & qu'il ne peut pas par conſéquent produire un eſprit acide ſulfureux. Pourquoi les ſélénites ne ſont-ils point décompoſés par l'acide nitreux, comme le tartre vitriolé? parce que ces ſels ne contiennent pas autant de principes inflammables. Mon opinion ſe trouve confirmée par ce que l'Auteur rapporte dans le paragraphe ſuivant : *Mais ſi on augmente*, dit-il, *le degré du feu, cette huile de vitriol détache enfin l'eſprit de nitre qui paſſe alors en forme d'une vapeur rougeâtre.* Ainſi l'acide nitreux n'étoit pas métamorphoſé en en acide vitriolique ; mais cette opération a produit un acide ſulfureux, qui, étant plus volatil que l'acide vitriolique & nitreux, doit monter le premier ; enſuite l'acide vitriolique reſtant, s'attachant à la terre calcaire, chaſſe l'acide du nitre moins fixe que l'acide vitriolique.

Troisième Preuve. §. 22.

Cette maſſe (ſavoir le réſidu de la diſtillation précédente) *s'échauffant lorſqu'on verſe de l'eau froide, nous donne à connoître que l'acide nitreux doit être de la même nature que l'acide vitriolique.* Cette conſéquence eſt-elle juſte ? Cette maſſe contient apparemment un peu de nitre brut & de l'acide vitriolique qui doit être concentré, puiſqu'on lui a ôté une partie de ſon phlegme par la diſtillation de l'acide ſulfureux : or il eſt très-naturel que l'eau s'échauffe, ſi on la verſe ſur un acide vitriolique concentré.

Quatrième Preuve. §. 23.

Si on verſe de l'acide vitriolique ſur le nitre cru, on n'obſerve aucune vapeur ni exhalaiſon ; mais ſi on fait cette opération ſur le nitre raffiné, l'odeur de l'eau-forte ſe manifeſte d'abord. Quelle conſéquence peut-on tirer de cette expérience en faveur de la tranſmutation des acides ? On pourra uniquement en conclure, que le nitre cru, enveloppé d'une matière graffe, n'eft pas fi facilement décompofé par l'acide vitriolique que le nitre raffiné, qui ne contient pas cette matière onctueufe.

Cinquième Preuve. §. 30.

L'Auteur rapporte encore une autre preuve, qu'il appelle *infaillible & feule fuffifante pour prouver la jufteffe de fon fyftéme : fi on prend une terre calcaire qu'on humecte avec de l'acide vitriolique, & puis avec de l'urine ou quelque autre matière propre à produire du fel volatil par putréfaction, on en tire du nitre.* Ce fait eft conftant, je l'ai répété plufieurs fois; mais que ce foit une preuve que l'acide vitriolique fe change en nitreux, la conféquence me paroît hafardée, parce que, 1.° j'ai trouvé dans le réfidu de cette expérience une grande quantité de félénite; ainfi l'acide vitriolique ne s'étoit point converti en acide nitreux, mais il s'étoit combiné avec la terre calcaire : auffi en ai-je retiré du fel ammoniacal fecret de Glauber, par le mélange de l'acide vitriolique & de l'alkali volatil de l'urine. 2.° J'ai mis la même quantité de chaux avec de l'urine dans la même place, & j'en ai au moins retiré la même quantité de nitre. L'acide vitriolique ne paroît donc pas avoir contribué en rien, dans cette expérience, à la formation du Salpêtre; ainfi la conféquence de l'Auteur ne paroît pas plus jufte que les précédentes.

J'ai tâché de phlogiftiquer l'acide marin de la même manière que j'avois fait l'acide vitriolique; mais cet acide ne paroît pas fort difpofé à le faire; auffi, comme il eft beaucoup moins concentré, que fa gravité fpécifique eft moindre que celle des autres acides minéraux, & que le phlogiftique ne peut pas beaucoup augmenter fon acidité, ni fa gravité fpécifique, je n'ai pas fort multiplié ces expériences. Ce n'eft pas que j'ignore que les Salpêtriers croient généralement que le nitre prend fon origine du fel marin; ils fe fondent en cela, 1.° fur ce que les urines & les matières fécales, qui font de la première néceffité pour la nitrification, font amplement pourvues de fel marin;

mais ils ne favent pas que ces matières font très-compofées d'autres principes; de plus, le fel marin que ces matières ex-crémentielles contiennent, fe trouve dans leur nitre & dans leurs eaux mères.

2.° Sur ce qu'ils ont obfervé que l'urine humaine, qui contient plus de fel marin que celle des autres animaux, eft auffi plus favorable à la nitrification; mais ils ne confidèrent pas qu'elle eft auffi beaucoup plus active & plus phlogiftiquée.

3.° C'eft une pratique prefque généralement reçue par les Salpêtriers, de mêler leurs terres nitreufes avec du fel marin ou avec des matières qui en contiennent beaucoup; mais cette pratique conftante ne prouve encore rien : ils ont fou-vent d'autres vûes. J'en connois, entre autres, un qui mêle parmi ces décombres & terres nitreufes, toutes les faumures de harengs, de morues, & le fel qui fe trouve dans les peaux de bœufs falées qui nous viennent d'Irlande; mais auffi fait-il un gros commerce de fel marin, qui lui eft peut-être plus lucratif que le Salpêtre même.

4.° Sur ce qu'ils croient que le fel marin putréfié fe change en nitre; cette métamorphofe eft auffi deftituée de tout fon-dement : j'ai examiné plufieurs fois le nitre brut de nos Sal-pêtriers qui emploient beaucoup de fel marin, & je n'y ai jamais trouvé de nitre cubique; on devroit cependant en ren-contrer, fi l'acide marin s'étoit changé en acide nitreux, à moins qu'on ne prétendît que la bafe minérale s'eft auffi changée en végétale; auffi ai-je fouvent examiné leurs eaux mères, & je n'y ai rien trouvé de pareil.

J'ai une fabrique en propriété, où j'emploie quelques cen-taines de tonneaux d'urine humaine très-vieille & putréfiée; j'ai fouvent évaporé la fubfidence, pour en tirer le fel effentiel d'urine, à la manière de MM. Sloffer & Margraf, pour des re-cherches chimiques; je n'y ai jamais trouvé un grain de nitre, foit à bafe végétale ou minérale, mais beaucoup de fel marin. Ce fel, au bout de quatre à cinq ans, au fein de la putréfaction, n'a pu fe changer en nitre; pourquoi le fera-t-il chez les Salpêtriers? De tout ceci, on peut conclure avec beaucoup de probabilité, que l'acide marin ne peut être changé en acide nitreux, soit par la putréfaction ou quelque autre méthode connue jusqu'à présent. On peut encore ajouter, à l'appui de tout ce qu'on avance, le travail qu'ont fait MM. Machy & Parmentier, pour détruire les expériences de Junker sur la transmutation de l'acide marin en acide nitreux.

Si donc les preuves alléguées par M. Pietsh sont insuffisantes, & si tous mes efforts sont vains; si l'opinion des Salpêtriers est mal fondée, je conclus avec le célèbre Baumé, que la transmutation des acides est tout aussi difficile que la transmutation des métaux.

CHAPITRE II.

De la Nitrification.

LES Anciens voyant que le nitre ne se trouvoit qu'à la superficie de la terre ou des murailles, qui avoient eu pendant
un temps convenable le contact immédiat de l'air, s'imagi-
nèrent que l'acide nitreux voltigeoit dans cet élément, & se
déposant sur une terre calcaire, donnoit la naissance au nitre;
mais les preuves qu'ils allèguent sont si foibles, que les expériences suivantes les combattent d'une manière victorieuse.

1.° Un linge imbibé de l'huile de tartre par défaillance,
exposé pendant quelque temps à l'air libre, puis lavé dans de
l'eau distillée qu'on fait évaporer, donne du tartre vitriolé &
non pas du nitre (*).

2.° De l'alkali fixe végétal exposé à l'air, se change, avec
le temps, en tartre vitriolé; conséquemment l'acide de l'air
n'est pas nitreux, mais vitriolique.

3.° Les terres calcaires exposées à l'air, ne donnent pas
de nitre, si elles ne sont pas exposées à quelques vapeurs
putrides (**).

4.° Ce qui a encore beaucoup favorisé ce système, c'est
l'opinion presque généralement reçue, que la fertilité de la
terre dépend du nitre; mais alors la plus grande partie de
notre globe devroit abonder en nitre, ce qui est contraire
aux faits.

J'ai analysé trois classes des terres végétales de nos envi-

(*) *Note des Commissaires.* Cette expérience a été répétée, & le résultat n'en
est pas exact. Au lieu de tartre vitriolé, on obtient de l'alkali saturé d'air fixe
& cristallisé. Il en est de même de la seconde expérience.

(**) J'avois exposé, il y a six ans, à l'air libre, à un troisième étage, de la
chaux vive pour l'éteindre, & pour l'employer à quelques expériences chimiques,
relatives au système de M. Meyer; j'ai évaporé l'eau où j'avois détrempé cette
chaux, & je n'ai pas trouvé un grain de nitre; conséquemment l'air ne contient
pas d'acide nitreux.

rons , & pour plus de certitude , j'ai répété les expériences
fur douze terres différentes de chaque claffe , prifes à la diftance d'un demi-quart de lieue ; celles de la première claffe
étoient des terres qui portent annuellement de beau froment
& de l'orge ; elles font fi fertiles qu'on ne les laiffe jamais en
jachère, ou engraiffer par quelque fumier, marne ou chaux:
auffi font-elles fi graffes, qu'elles m'ont donné de onze à treize
onces d'argile par livre. Celles de la feconde claffe étoient
moins fertiles, mais cependant affez bonnes pour produire du
froment ; elles exigent d'être bien engraiffées , & donnent
depuis quatre jufqu'à fept onces d'argile par livre. Celles de
la troifième claffe étoient très-peu fertiles , & prefque entièrement fablonneufes ; mais de toutes ces terres, je n'ai pas tiré
un feul grain de nitre (*).

M. André dit avoir analyfé au delà de cent terres fertiles ,
& n'avoir trouvé que dans une feule un grain de fel par livre.
D'après cela, peut-on croire que le nitre foit la bafe de la
fertilité des terres, ou que la fuperficie de notre globe en
contienne en abondance, comme le vulgaire le croit ? Qu'on
ajoute auffi les expériences de MM. Mariotte & Lemery ,
& on fera convaincu qu'il n'y a pas d'acide nitreux dans l'air.

M. Lemery le fils a tâché de prouver que le nitre étoit
un produit de la végétation qui fe formoit habituellement dans
les plantes vivantes, d'où il paffoit dans les animaux ; mais
ce fentiment ne me paroît pas plus probable que les précédens , quoiqu'il foit inconteftable qu'il y a des plantes qui
contiennent du nitre.

Le bétail, qui n'a qu'une nourriture tout-à-fait végétale , devroit alors être plus abondant en nitre que l'homme ; néanmoins l'urine des hommes eft plus propre à la génération du
nitre, que l'urine des animaux herbivores (**); conféquemment

---

(*) J'ai détaillé les expériences chimiques que j'ai faites fur ces terres , dans un
Mémoire lu à l'Académie , fur la végétation.

(**) Il eft indubitable qu'on trouve cent fois plus de nitre dans les latrines
que dans les écuries. Un Salpêtrier de mes amis, cherchoit autrefois la terre des
écuries à trois lieues à la ronde ; nous avons analyfé ces terres feules , & nous y
avons trouvé fi peu de nitre, qu'il ne les cherche plus à un quart de lieue de chez lui.

ce ne font pas les plantes qui fourniffent à l'urine la qualité nitrificative ; au contraire , l'expérience prouve que les plantes beaucoup fumées ou arrofées d'urine, contiennent plus de nitre. J'ai analyfé plufieurs terres tourbeufes, qui ne prennent leur origine , felon les expériences inconteftables de M. Barkhey (*) & les fentimens généralement adoptés des Phyficiens modernes, que des plantes putréfiées , & je n'y ai jamais trouvé un grain de nitre.

J'ai auffi analyfé nos terres noires, qui font fi fertiles qu'elles portent annuellement leurs fruits fans jamais être en jachères ; elles donnent même bien fouvent deux récoltes par année; mais elles exigent d'être confidérablement fumées par des végétaux putréfiés. C'eft dans de femblables terres qu'on devroit, fuivant M. Lemery , trouver du nitre en abondance, puifqu'elles font remplies de végétaux , & que la putréfaction doit y avoir développé tous les fels fixes : néanmoins je n'y ai pas trouvé ce fel ; conféquemment le fyftême de M. Lemery , quoiqu'affez ingénieux, ne me paroît pas affez probable pour être adopté.

Il ne fuffit pas d'abattre les édifices de nos prédéceffeurs, uniquement par goût pour la nouveauté, il eft néceffaire d'en conftruire d'autres plus fermes , plus ftables , & mieux fondés que les précédens, fi cela eft poffible. Nous avons combattu , peut-être renverfé les trois fentimens de la nitrification , propofés par le Programme; nous avons montré la foibleffe des argumens de MM. Becher, Sthal, Neumann & Pietsh , qui croient que l'acide vitriolique eft l'origine de tous les autres acides , & qu'il fe transforme en acide nitreux. Nous avons tâché de démontrer que l'acide marin ne peut être changé en acide nitreux par les voies jufqu'à préfent connues. Le fentiment des Anciens, qui penfoient que l'air étoit le lieu natal & le grand magafin de l'acide nitreux, nous paroît déjà renverfé par MM. Mariotte & Lemery ; néanmoins

---

(*) Natuurlyke Hiftorie van Holland. ainfi que Mendes d'Acofta , Natural Hiftory of foffils.

nous

nous y avons ajouté quelques preuves ultérieures. Le système de M. Lemery le fils, quoique très-ingénieux, nous paroît trop foible pour être adopté, & nous en avons donné la raison. Il ne nous reste donc plus qu'à exposer la manière dont nous pensons que la nitrification se fait. Suivons les traces de la Nature, & empruntons d'elle les matériaux pour construire notre édifice, & pour fonder notre système. Posons d'abord les axiomes suivans.

1.° Le Salpêtre ne se trouve ni dans la mer, ni dans les rivières, ni dans l'air, ni dans l'intérieur de la terre, comme on trouve les autres sels.

2.° On ne le trouve pas dans les terres purement vitrifiables, à moins qu'elles n'aient quelque matière calcaire dans leur proximité, comme on l'observe dans les briques maçonnées, où il est engendré dans la chaux & conservé dans les pores des briques (*).

3.° Seroit-il bien vrai qu'on trouve aux Indes si abondamment le Salpêtre en pleine campagne, comme les Voyageurs nous le débitent? Ne seroit-il pas une manipulation artificielle, comme le nitre qu'on prépare en Europe? Combien cette Nation industrieuse ne nous a-t-elle pas caché la porcelaine, le camphre & le borax? J'ai analysé le Salpêtre brut de l'Inde, je l'ai, pour la plus grande partie, trouvé à base alkaline, tandis que le nôtre est presque entièrement à base calcaire; ce sel si dissoluble à la superficie de la terre, ne seroit-il pas emporté par la pluie? Dans ce climat chaud, le soleil n'empêcheroit-il pas la génération du nitre, puisque nous voyons que les murailles exposées à cet astre ne produisent point ou très-peu de ce sel? Nous pensons donc qu'il est plus probable que dans ces pays si peuplés d'hommes & de bétail, si souvent dévasté par les guerres & les rebellions, se trouvent des villages & des villes entières rendues inhabi-

(*) Nous avons déjà prouvé par l'analyse, que les terres vitrifiables ne contiennent pas du nitre. Dans nos environs, il y a un village qui contient au delà de quarante briqueteries; on y voit des tas considérables de cette matière, même contre les écuries, & je n'y ai jamais vu la moindre efflorescence nitreuse.

C c c

tables, & que ce font ces endroits qui fournissent les terres nitreuses, dont la lessive leur donne le nitre; il me paroît donc fort probable que les Indiens tirent leur Salpêtre de la même matière & de la même façon que nous le tirons en Europe.

4.° La matrice du nitre est une matière alkaline, soit terreuse ou saline, puisqu'on ne trouve d'acide nitreux dans la Nature, que mêlé avec l'une ou l'autre de ces matières.

5.° Cette matrice alkaline ne donne de nitre que dans le sein de la putréfaction (*).

6.° L'action de la fermentation putride y est absolument nécessaire, & sans elle le produit de la putréfaction (savoir l'alkali volatil) ne produit pas l'effet désiré. J'ai mêlé quatre onces d'alkali volatil avec une livre de chaux, je l'ai détrempé dans l'eau, je l'ai exposé à l'air dans un lieu convenable, & l'ayant examiné après plusieurs mois, je n'y ai pas trouvé un grain de nitre; par conséquent l'alkali volatil qui est le produit de la putréfaction, ne facilite pas la nitrification, mais c'est la fermentation putride même qui la produit; c'est ce qui fait qu'on ne voit de murailles nitreuses que dans le voisinage des cloaques, des latrines, ou des écuries.

7.° Sans le concours de l'air, il n'y a point de nitrification.

8.° La génération du Salpêtre demande aussi une humidité modérée. Les endroits élevés ne donnent pas ce sel. On rencontre rarement des murailles nitreuses au second ou au troisième étage (**), parce que la fermentation putride n'y règne pas.

La fermentation est un mouvement intestin qui se fait à

_____

(*) Voyez les expériences de MM. Mariotte & Lemery.
(**) Peut-être dans des villes où tous les étages sont habités, souvent humectés & pourvus de latrines, on pourroit les trouver; mais dans la ville que j'habite, qui est du premier ordre, la qualité de Médecin me faisant voir mille & mille chambres, je n'ai jamais vu une muraille élevée au delà de dix à douze pieds qui fût nitreuse.

l'aide d'un degré de chaleur, de fluidité convenable, & de l'air entre les parties intégrantes, dont il résulte une nouvelle combinaison des principes, qui change entièrement leur nature ; ainsi nous voyons que les farineux & les sucs mûrs des fruits produisent, par cette première fermentation, des liqueurs spiritueuses, qui ne subsistoient pas dans ces corps, & d'où il étoit impossible de les tirer sans l'aide de la fermentation.

Si on expose, avec les attentions convenables, ces liqueurs spiritueuses à la seconde fermentation, elles produisent un être nouveau, savoir un acide qui est le vinaigre.

Si ces liqueurs sont exposées à la troisième fermentation, il en résulte une putréfaction, un alkali volatil, & un gaz très-subtil, qui est beaucoup plus abondant dans la putréfaction animale, qui est si pénétrant & si phlogistique qu'il suffoqueroit l'homme, comme les esprits acides sulfureux & le soufre brûlant.

Ce gaz concentré prend feu comme les mouffettes, ou le feu brison qu'on trouve dans les houillères.

L'immortel Boerhaave soutient que l'urine récente ne manifeste ni acide ni alkali ; l'expérience suivante le prouvera. J'ai trempé un papier bleu teint avec l'orseille de Canarie, ou la pierre bleue de Hollande, dans l'urine récente, & la couleur bleue n'a été nullement altérée ; signe qu'elle ne contient pas d'acide. J'ai trempé dans cette même urine un papier teint en rouge par l'orseille de cette couleur, & il n'est pas devenu bleu ; marque qu'elle ne contient pas d'alkali. J'ai laissé séjourner cette urine trois fois vingt-quatre heures ; alors y ayant trempé un papier bleu, il est sorti pourpre ; l'ayant trempé une seconde fois, il en est sorti rouge ; signe non équivoque que la fermentation y avoit produit un acide : mais doutant si l'urine fermentée ne contient pas du sel ammoniac, qui, quoique sel neutre, surabonde en acide comme l'alun, & change par conséquent le bleu en rouge, j'ai saturé une urine très-putride & alkaline d'acide vitriolique, à un tel point, qu'elle ne changeoit ni la couleur de l'orseille bleu, ni celle de l'orseille rouge ; ce qui marque la juste saturation. Je l'ai exposée à une chaleur de cent degrés, couverte d'un papier teint en b'eu , & le papier eſt devenu rouge. Or l'acide vitriolique ſaturé d'alkali volatil d'urine , fait le ſel ammoniacal ſecret de Glauber ; mais ce ſel ni l'acide marin ne peuvent pas monter à ce degré de chaleur ; conſéquemment c'eſt l'acide de l'urine qui change la couleur dans ces cas. Ceci paroît confirmé par M. Haller , dans ſes *Elementa Phyſiologica* , où il dit que l'urine (apparemment fermentée) contient un acide.

Si donc on ne trouve d'acide nitreux que dans le nitre ſeul , ſi on ne tire de nitre que du ſein de la putréfaction , enfin , ſi la putréfaction produit un acide ; ſera-t-il abſurde de croire que la fermentation putride , créatrice de nouveaux principes comme les autres fermentations , puiſſe unir le phlogiſtique (dont l'urine abonde , ainſi qu'il eſt conſtaté par le phoſphore) comme principe à l'acide ? Or cet acide voltigeant ſous la forme de vapeurs , rend l'air pernicieux , cauſe des mouffettes , & produit le nitre quand il ſe joint à quelque matière calcaire ou alkaline. Cette théorie eſt d'autant plus vraiſemblable , qu'on ne trouve ni mouffette ni nitre dans le ſable ni dans les carrières éloignées des matières inflammables. Les partiſans de M. Meyer peuvent ajouter que l'*acidum pingue* contenu dans la chaux , coopère beaucoup à la production du nitre , puiſque ce ſavant enthouſiaſte avance même *que l'acide du nitre n'eſt que l'acidum pingue mêlé de quelque ſubſtance qui s'exhale des corps putréfiés* , tom. 2 , pag. 258.

Sans aller auſſi loin que M. Meyer , & ſans adopter entièrement les idées de MM. Macbride , Black , Cavendiſh , Prieſtley , Jacquin , je crois qu'il ne ſe fait pas un grain de nitre ſans la concurrence de la putréfaction , ſans un air méphitique produit par ce mouvement inteſtin , & ſans la préſence de la terre calcaire. Tâchons de multiplier ces heureuſes circonſtances , & je ne doute pas que la nitrification ne ſoit portée à ſon plus haut degré.

CHAPITRE III.

Manière d'augmenter la Nitrification.

Les Salpêtriers choisissent les murailles & les plâtras les plus imprégnés de nitre; ils rejettent les plus grosses pierres, ou, s'ils les trouvent imbibées de nitre, ils les brisent, y mêlent des terres d'étables ou d'écuries, en font des monceaux & les arrosent d'urine, & après quelque temps ils en tirent le nitre; mais nous croyons cette méthode très-difficile, très-dispendieuse, & insuffisante. Les perquisitions, les fouilles & les démolitions qu'ils ont le droit de faire dans les habitations des Particuliers, doivent absolument entraîner une gêne générale, des abus infinis, des difficultés sans nombre, & des dépenses considérables. L'arrosement de la superficie de ces monceaux par l'urine est insuffisante, parce que l'urine ne peut pénétrer qu'à quelques pouces; ainsi le gaz si volatil est bientôt emporté par le vent ou la chaleur, & peut tout au plus nitrifier la superficie. Si on veut de temps en temps changer de place ces terres, on aura un peu plus de nitre; mais aussi les dépenses augmenteront considérablement : nous proposerons en conséquence une méthode plus facile, moins couteuse, & au moyen de laquelle on obtiendra non seulement le triple de nitre, mais encore un Salpêtre qui surpassera de beaucoup le Salpêtre brut ordinaire.

On rangera la matière propre à se nitrifier, en forme de pyramide tronquée, carrée ou de telle autre forme qu'on jugera à propos, dans une place basse, inaccessible aux inondations, & autant qu'il sera possible à l'abri du soleil; on préférera pour la construction de ces pyramides, les vieux plâtras, les décombres des écuries, des étables, des latrines, & des murailles ladrées ou nitreuses. A défaut de ces matériaux, on prendra les décombres ordinaires, & on les pilera grossièrement. Ces pyramides doivent être percées, à chaque pied de distance, d'un trou ou lacune de cinq à six pouces de diamètre. On peut ménager ces trous par des perches coniques, qu'on introduit dans les pyramides en les conftruifant, & qu'on ôte à mefure que le monceau avance; la hauteur doit être de douze à quinze pieds. On couvre la pyramide d'un toit de paille attaché à quatre piliers, tous les mois, plus tôt ou plus tard, fuivant la température; on injecte de l'urine dans les lacunes au moyen d'une pompe ou autre machine convenable. De cette façon, on aura rassemblé toutes les circonftances requifes pour une nitrification complette; favoir, l'air, l'humidité, le phlogiftique, la fermentation putride, & la terre calcaire, tandis que fans l'un ou fans l'autre on ne peut pas produire un grain de nitre (*).

Pour ne laiffer aucun doute fur la fupériorité de cette méthode, j'ajouterai l'expérience fuivante : J'ai conftruit deux pyramides, chacune de quatre pieds carrés & de trois pieds d'élévation, avec de la terre tirée d'une Salpêtrière & bien leffivée; l'une étoit maffive & feulement arrofée d'urine; l'autre, percée & injectée de la manière que je viens de l'indiquer : je les ai placées dans le même endroit à une toife de diftance, & après neuf mois je les ai leffivées; la pyramide percée m'a produit au delà de trois fois autant de Salpêtre que la pyramide folide.

Il eft donc inconteftable que les nitrières conftruites de cette façon, doivent produire infiniment plus de nitre que celles conftruites à l'ordinaire. Il eft auffi indubitable que cette méthode ne demande que la moitié du terrein, puifque la terre nitreufe ne doit jamais être remuée ou changée de place; que par cette méthode on peut éviter les perquifitions, les fouilles & les démolitions; enfin, qu'il en réfulte une économie confidérable. Quoiqu'aux termes du Programme, nous puiffions finir ici notre Mémoire, cependant une foule d'obfervations économiques que nous avons été à portée de faire, nous force d'ajouter ce qui fuit.

_____

(*) Si ces trous ou lacunes fe comblent par la pefanteur de la maffe, on peut les ouvrir par une fonde, ou les conftruire avec de mauvaifes briques fans chaux, ou des bufes faites de terre glaife, cuites & percées de plufieurs ouvertures.

CHAPITRE IV.

De la manière de tirer le Nitre de la terre nitreuse.

LE nitre brut ou cru, comme nous l'avons dit, eft, pour la plus grande partie, un nitre à bafe calcaire, mêlé de beaucoup de fel marin, de quelques autres fels, & d'une matière graffe ou onctueufe; par conféquent plus on peut purifier ce nitre dès la première fois fans augmenter les frais, moins aura-t-on de peine à le raffiner; à cette fin, il faut quatre opérations chimiques pour extraire le nitre brut de fa terre; favoir,

1.º La commixtion.
2.º La lixiviation.
3.º L'évaporation.
4.º La criftallifation.

Tâchons de porter l'économie & la perfection dans chacune de ces opérations.

§. I.

De la Commixtion.

La commixtion eft le mélange de la terre nitreufe avec de la potaffe, de la chaux, de la leffive des Savonniers ou des cendres de bois; chacun doit choifir parmi ces matières celle qui eft la moins chère dans fa province : ainfi les Allemands préfèrent la potaffe mêlée avec de la chaux ou de la leffive des Savonniers, parce que ces matières font à bas prix chez eux. D'autres emploient des cendres de bois avec de la chaux; cette commixtion eft néceffaire pour deux raifons : 1.º la bafe calcaire du nitre brut doit être remplacée par un alkali fixe, afin d'en faire le nitre véritable. 2.º On y ajoute la chaux, pour mieux dégraiffer le nitre brut; il eft conftaté que la chaux poffède cette qualité, par les Raffineurs de fucre, qui, fans l'ufage de chaux, ne pourroient pas rendre leur fucre (qui n'eft qu'un fel effentiel) ni fi blanc, ni fi bien criftallifé. On remarque de même, que l'addition de chaux favorife confidérablement la dépuration des fels alkalis volatils.

Voici les pratiques généralement adoptées; mais ne pourroit-on pas y fubftituer quelques matières plus viles? La potaffe coute ordinairement trente à trente-fix livres par quintal; les cendres ne produifent d'effet qu'autant qu'elles contiennent d'alkali fixe, ainfi que les leffives des Savonniers. Des expériences répétées m'ont confirmé dans l'idée, que dans quelques provinces on peut avoir à très-vil prix une grande quantité d'eau de favon noir, qui a fervi au lavage des linges (*). Cette eau contient beaucoup de favon; ce favon n'eft qu'une compofition de la potaffe rendue cauftique par la chaux, & d'huile; l'alkali du favon ayant plus d'affinité avec l'acide nitreux qu'avec l'huile, décompofera le nitre brut en chaffant fa bafe calcaire, & conftituera un véritable Salpêtre. L'eau de favon produira donc le même effet que la potaffe, la leffive des Savonniers, ou les cendres de bois. De plus, dans les villes ou grandes Communautés, il n'y a pas de Chamoifeurs qui n'emploient annuellement plufieurs quintaux de potaffe, pour enlever à leurs peaux l'huile de baleine dont on s'eft fervi pour le foulage. Dès que cette leffive eft chargée d'huile à un certain point, ils la font bouillir, enlèvent l'huile furnageante, & rejettent cette leffive qui eft néanmoins très-chargée de potaffe, & qui fera très-propre à la décompofition du nitre à bafe terreufe.

On mêle donc dans des cuviers la terre nitreufe avec de la potaffe, des cendres, ou de la leffive des Savonniers, ou, plus économiquement, avec l'eau de favon, ou mieux encore, avec la leffive des Chamoifeurs, mêlée d'un peu de chaux vive, & on les remplit d'eau. J'omets ici la conftruc-

_____

(*) Il faut que ce foit du favon noir dont l'alkali eft végétal; car le favon blanc étant fait avec l'alkali minéral, donnera un nitre quadrangulaire qui eft plus déliquefcent, & dont la criftallifation eft plus difficile. Voyez *Differtatio inauguralis de nitro cubico.*

tion,

tion, l'ordre, & le nombre des cuviers, cet objet étant suffisamment connu des Salpêtriers.

§. II.

De la Lixiviation.

L'eau versée sur le mélange dissout les parties salines, les
entraîne, & coule dans des bassins placés à cette fin : dès
que l'eau est égouttée des huit ou dix premiers cuviers, on
la repasse sur les huit ou dix suivans, & puis sur les restans.
Je n'insiste pas beaucoup sur cette manipulation, vu qu'elle
doit varier selon la richesse de la terre nitreuse, aussi chaque
Salpêtrier a sa manière particulière ; mais il me paroît qu'il
seroit beaucoup plus exact de mesurer le degré de force de
cette lessive, au moyen d'un aréomètre construit de la manière suivante (*). On prend un aréomètre ordinaire d'argent
fin, on le plonge dans une pinte de l'eau dont on se sert
dans sa salpêtrerie, & on marque un zéro à la place de l'enfoncement, puis on dissout une once de nitre brut dans cette
eau, & à la place de l'enfoncement de l'hydromètre, on marque n.° 1, puis on y dissout encore une once, & on y
marque n.° 2 ; & de cette manière on poursuit jusqu'à la
saturation complette de cette eau (**). Par cette méthode,
on peut aisément reconnoître quand la liqueur sera dûment
saturée pour être mise en cuite; on peut aussi s'assurer par ce
même moyen, si cette terre est suffisamment lessivée; alors on décharge les cuviers, & on construit de cette terre lessivée des
pyramides, comme nous l'avons dit ci-devant. Si la terre
n'est plus propre à cet usage, elle peut servir d'engrais aux
terres argileuses, marécageuses, ou aux prairies.

(*) *Note des Commissaires.* Les Régisseurs des poudres ont donné en 1777,
dans leur instruction sur la fabrication du Salpêtre, la description & la construction
d'un aréomètre à peu près semblable à celui qu'on propose ici.
(**) On doit observer ici que l'eau peut dissoudre beaucoup plus de nitre en été
qu'en hiver, comme nous le dirons ici-après; par conséquent la cuite doit être plus
chargée pendant les chaleurs que pendant le froid. On pourroit même faire une
correction thermométrique au degré mesuré par l'aréomètre; mais on la regarde
comme inutile dans la pratique.

§. III.

De l'Évaporation.

On met cette eau égouttée & imprégnée de nitre & d'autres sels dans une chaudière de cuivre ; on la fait lentement bouillir , on ôte l'écume , puis on y ajoute six à sept livres de sang de bœuf, qu'on aura soin de tenir liquide par l'agitation ; on y ajoutera quelques pots d'eau de chaux claire : l'expérience m'a appris que cette addition fait encore jeter une quantité considérable d'écume , que la liqueur devient beaucoup plus lympide, que la cristallisation se fait beaucoup mieux , & que le nitre qui en provient est plus dégraissé (*). On peut aisément concevoir le profit qui en doit résulter , si on considère l'effet que produit le sang de bœuf & l'eau de chaux dans le raffinage du sucre ; après ces différentes additions, on écume ; on poursuit l'évaporation à petit feu , & on enlève le sel commun qui se précipite au fond de la chaudière, au moyen d'une cuiller percée ; car le sel marin se cristallise à l'eau chaude , & le nitre ne le fait que par refroidissement. Dès que la cuisson est au degré convenable , ce qu'on connoît quand la liqueur se congèle aussi-tôt qu'on en met un peu refroidir sur une hachette , on la tire de la chaudière & on la met dans un réservoir, afin que le sel marin & les ordures se déposent ; mais on ne doit pas l'y laisser au delà d'une demi-heure ; car si la cuite commençoit à se refroidir, le nitre se cristalliseroit ; c'est pourquoi il est très-utile de couvrir le réservoir, afin d'y retenir la chaleur le plus long-temps qu'il est possible.

§. IV.

De la Cristallisation.

On retire la cuite par un robinet qui est à trois ou quatre pouces du fond du réservoir ; on la reçoit dans des bassins

---

(*). Le sang de bœuf m'a beaucoup mieux réussi que la colle qu'on emploie ordinairement ; d'ailleurs cette matière est à beaucoup meilleur marché que la colle.

de cuivre ou des cuveaux de bois; on les couvre très-exactement, afin que le refroidissement se fasse très-lentement, ce
qui contribue fort à la perfection des cristaux; & en hiver,
au bout de trois ou quatre jours, on a la cristallisation parfaite; mais il n'en est pas ainsi en été, il faut au moins cinq
à six jours; encore n'a-t-on pas, à beaucoup près, la même
quantité de nitre, & n'obtient-on que de très-mauvais cristaux.
Un Salpêtrier de mes amis se plaignoit, il y a trois ans, qu'il ne
pouvoit pas obtenir de si beaux cristaux, ni en aussi grande quantité, sur-tout en été, qu'un de ses Confreres; en conséquence il
avoit résolu de ne plus travailler pendant l'été. J'examinai sa manière
de procéder, & j'observai que la place où il mettoit cristalliser,
étoit exposée d'un côté au soleil, & de l'autre contre le feu
de sa chaudière. A la cuite suivante, sachant que la cristallisation du nitre se faisoit par refroidissement, je fis mettre
quelques bassins dans la place ordinaire, & quelques autres
dans un autre endroit, où le thermomètre de Farenheit
étoit à huit degrés plus bas. J'obtins dans cette dernière place
presque le double de Salpêtre. Le voulant convaincre que
ce n'étoit que la chaleur de la place qui faisoit manquer ses opérations, un jour que la température étoit de soixante-quatorze
degrés, je plaçai quelques bassins à l'ordinaire, & je plongeai
quelques autres dans un bain d'eau mère, où j'avois encore
ajouté un peu de sel marin & du sel ammoniac, &, quoique
dans la même place, je tirai beaucoup plus de nitre des
bassins refroidis par l'eau salée. J'ai aussi observé que pour
avoir de beaux cristaux, il falloit que la cristallisation se fît
très-lentement; à cette fin, j'ai exactement bouché quelques
bassins, pour y retenir plus long-temps la chaleur; au bout de
deux jours, je mis ces bassins dans l'eau; le troisième, je les
mis dans l'eau mère chargée de sel marin & de sel ammoniac; & de cette façon, non seulement j'ai obtenu plus de
Salpêtre qu'à l'ordinaire, mais encore les cristaux étoient
beaucoup plus beaux. Pour me convaincre encore davantage,
j'ai rempli en été un bassin d'eau mère qui avoit donné tout son
nitre, je l'ai placé dans une saumure de sel marin & de sel

ammoniac, & après quelque temps, elle m'a donné encore beaucoup de nitre fans l'avoir approché du feu.

De ces expériences on peut tirer les axiomes fuivans.

1.º Que fi on rapproche trop la cuite, le fel marin & le nitre doivent fe précipiter enfemble.

2.º Qu'on doit continuer de rapprocher la cuite, fur-tout pendant l'été, jufqu'à ce que le fel marin fe précipite.

3.º Que pendant l'été on doit un peu plus rapprocher la cuite que pendant l'hiver.

4.º Qu'en été la cuite peut plus long-temps féjourner dans le réfervoir qu'en hiver.

5.º Que le refroidiffement doit fe faire très-lentement.

6.º Que plus le refroidiffement eft grand, plus on en retire du nitre.

7.º Que le refroidiffement artificiel par le fel marin & le fel ammoniac, doit être d'un très-bon ufage, fur-tout en été.

8.º Que par le refroidiffement artificiel, on peut faire dépofer à une cuite dûment rapprochée, prefque tout le nitre qu'elle contient.

Si on fait donc les opérations de la manière indiquée, on aura beaucoup plus de nitre, un nitre pour la plus grande partie à bafe faline, un nitre qui contiendra moins de fel marin qu'à l'ordinaire, un nitre qui fera moins gras, par conféquent moins difficile à raffiner, & une eau mère pour la plus grande partie dépouillée de fes parties nitreufes. Au lieu d'en arrofer les décombres, comme cela fe pratique ordinairement, ne feroit-il pas mieux de la garder jufqu'à ce qu'on en eût une quantité convenable, d'y ajouter de l'eau de chaux & du fang de bœuf, de la clarifier, & de la rapprocher jufqu'à ce qu'elle dépofât une partie de fon fel marin ? Si on met de temps en temps un peu de ce fel précipité fur des charbons ardens, le détonnement inftruira du moment où le nitre fe précipite. Dans ce dernier cas, on ajoute un peu d'eau, on décharge promptement après la chaudière dans le réfervoir, & on fait criftallifer.

Conclusion.

1.º J'ai attaqué les trois syftêmes propofés par le Programme fur la nature de l'acide nitreux.

2.º J'ai tâché d'établir un nouveau fentiment qui fera attaqué à fon tour. Je l'ai appuyé de preuves, qui, quoique bien loin d'être convaincantes, me paroiffent du moins auffi plaufibles que celles de mes prédéceffeurs. Si je n'ai rien établi de nouveau, du moins aurai-je excité la curiofité des Savans, qui feront peut-être plus heureux que moi; & cela me dédommagera amplement de mes peines; car je ne crois pas que l'Académie exige une manière courte, facile & peu couteufe de convertir l'acide vitriolique ou marin en acide nitreux; car l'Inventeur, fût-il fi heureux, fe réferveroit le fecret.

3.º Mais je penfe que les pyramides aérées & l'injection continuelle que j'ai propofées, donneront plus promptement & beaucoup plus de nitre que les monceaux de plâtras ordinaires, que les murs propofés par M. *Pietfch* & les pyramides mides folides de *Stockholm*; du moins leur conftruction me paroît-elle plus conforme à la théorie, parce que l'air & l'humidité qui doivent néceffairement concourir à la putréfaction & par conféquent à la nitrification, pénètreront dans toute la fubftance de la pyramide, & fe répartiront dans toute la maffe, tandis qu'ils ne peuvent agir qu'à la furface dans les nitrières ordinaires. De plus, notre méthode occupe moins de terrein, eft moins difpendieufe, & procurera par-là une grande économie.

4.º Nous avons fubftitué à la potaffe, à la leffive des Savonniers, & aux cendres, l'eau de favon noir, ou la leffive des Chamoifeurs; ce qui fera une économie très-confidérable, vu que ces matières abondent en alkali fixe, font très-viles, & qu'il eft très-facile de fe les procurer.

5.º Nous avons ajouté à l'évaporation des précautions très-effentielles, comme l'ufage du fang de bœuf & l'eau de chaux pour le dégraissage, qui, indépendamment de l'épargne, produiront un nitre supérieur & en plus grande quantité.

6.° Dans la cristallisation, nous avons montré la raison pour laquelle on fait si peu de nitre en été ; non seulement nous y avons apporté le remède, mais encore nous avons montré la voie de tirer plus de nitre qu'on n'en tire par la voie ordinaire. Voyez *M. Machy*, *Recueil des Dissertations Phisico-Chimiques*. D'après tout ceci, nous croyons d'avoir proposé *des moyens plus prompts & plus économiques de procurer en France une production & une récolte de Salpêtre plus abondantes que celles qu'on obtient présentement, & sur-tout qui puissent dispenser des recherches que les Salpétriers ont le droit de faire dans les maisons des Particuliers.*

ESSAI

SUR

LES MOYENS

De faire générer le Salpêtre en abondance & avec
la plus grande économie.

Ouvrage qui a remporté le second Acceffit.

Par M. le Comte Thomassin de Saint-Omer.

> *Sic materiis arte difpofitis , Naturâ duce , abundanter*
> *generabitur Nitrum.*

N.° 29.

Des différens fentimens établis fur la formation du nitre ,
fi judicieufement analyfés dans le Programme publié par MM.
de l'Académie Royale des Sciences, celui de Staahl , qui n'admet avec Becker qu'un feul acide primitif (l'acide vitriolique)
pour principe & pour l'origine de tous les autres, nous avoit
d'abord paru préférable. Ce fyftême paroiffoit confirmé par
des expériences faites fur le même principe , notamment par
une de M. Pietfch , qui , ayant imprégné une terre calcaire
d'efprit de vitriol & d'urine, obtint un véritable nitre naturel (*) ; mais confidérant que d'autres Chimiftes très-éclairés ,
poftérieurs à ces premiers, particulièrement M. Baumé ; avoient
obtenu du nitre d'un mélange de terre calcaire & d'urine,

(*) Differtation fur la génération du Nitre, Berlin , 1750, pag. 29, §. 30.

fans employer de matières vitrioliques (*) , induits d'ailleurs par l'invitation du Programme , & le défir de reconnoître fi l'acide vitriolique entroit pour quelque chofe dans la compofition du nitre , nous nous fommes portés aux expériences fuivantes.

1.° Nous avons mis dans un vafe un boiffeau de marne (**) & feize pintes d'urine d'hommes ; nous avons laiffé ce mélange pendant fept mois (***) expofé à l'air, à l'abri de la pluie & du foleil ; on l'agitoit de temps en temps, & on y ajoutoit fuffifante quantité d'urine, pour le rehume&er quand il étoit fec ; ce mélange, leffivé & évaporé, nous a donné fept gros de nitre à bafe de terre calcaire.

2.° Un boiffeau de marne écrafée , un dēmi-boiffeau de bonnes cendres de bois , & vingt pintes d'urine, mélangés & travaillés comme deffus, dans le même efpace de temps, nous ont donné une once & demie de nitre à bafe d'alkali fixe.

3.° Un boiffeau de marne , fix livres de vitriol vert & feize pintes d'urine, expofés auffi pendant fept mois, agités & arrofés comme les autres mélanges , ne nous ont donné qu'environ trois gros de nitre à bafe terreufe calcaire.

4.° Un boiffeau de marne , un demi-boiffeau de cendres , fix livres de vitriol vert & vingt pintes d'urine, expofés pendant le même temps que les mélanges précédens , agités & arrofés de même , ne nous ont donné qu'environ cinq gros de nitre à bafe de terre calcaire.

5.° Un boiffeau de marne , trois livres de potaffe , feize pintes d'urine, expofés , agités & arrofés comme deffus , ont donné une once fix gros de nitre à bafe d'alkali fixe.

6.° Un boiffeau de marne , trois livres de potaffe, fix livres de vitriol vert, & vingt pintes d'urine, agités & arrofés pendant le même temps, ont donné près de dix gros de nitre à bafe d'alkali fixe.

(*) Chimie expérimentale de M. Baumé , tom. 3. pag. 594.
(**) Le boiffeau tient dix pintes de Paris.
(***) Commencé au mois d'Avril 1776 , pour jouir du temps propre à la fermentation.

7.°

7.° Un boiſſeau de cendres de bois, & dix pintes d'urine, mélangés, arroſés & expoſés pendant le même temps que les préparations ci-deſſus, ont donné deux gros de nitre à baſe d'alkali fixe.

8.° Une livre de potaſſe & deux livres d'urine, tenues en expériences auſſi pendant ſept mois, ont reſté en déliquium, & ne nous ont point donné de nitre.

9.° Deux livres de vitriol & quatre pintes d'urine, tenues pendant le même temps, n'ont point donné de nitre.

10.° Six livres de vitriol, demi-boiſſeau de cendres & ſeize pintes d'urine, n'ont point donné de nitre.

11.° Le ſel marin employé au lieu de vitriol dans de pareils mélanges où le ſel vitriolique entroit avec la marne, n'a pas donné autant de nitre que les mélanges de marne, &c. ſans ce ſel; il en a cependant donné plus que ceux avec la marne où entroit le vitriol.

12.° La chaux éteinte à l'air, & les décombres de bâtimens, pris dans les parties les plus élevées, où il n'y avoit point de nitre, employés au lieu de marne dans de pareils mélanges, ont donné les mêmes produits, à peu de différence.

Indépendamment du nitre provenu des mélanges ci-deſſus, nous en avons tiré du ſel marin, du vitriol à baſe de terre calcaire, des alkalis ſurabondans, & du tartre vitriolé. Pour nous aſſurer d'où provenoit ce dernier, dans le ſecond mélange où nous n'avions pas employé de vitriol, nous avons leſſivé à part des cendres; nous avons évaporé à conſiſtance convenable, & nous avons retiré par criſtalliſation du tartre vitriolé; nous en avons également obtenu de la potaſſe par le même procédé. Nous ne nous ſommes point arrêtés à ces ſels, étant étrangers à ce ſujet.

13.° Un mélange de marne, de cendres & d'urine, ayant été mis dans une bouteille bouchée pendant les ſept mois, & enſuite leſſivé & évaporé, n'a produit aucun nitre; d'où il réſulte que le concours de l'air eſt néceſſaire à la génération de ce ſel.

E e e

REMARQUES.

Ces différentes expériences confirment affez clairement que l'acide vitriolique n'eft point néceffaire à la formation du nitre: il ne fait au contraire qu'en diminuer le produit ; ce qui fe voit par l'expérience troifième, où la même quantité de marne & d'urine avec le vitriol, donne moitié moins de nitre que le premier mélange, où il n'entre que la même quantité de marne & d'urine, fans vitriol.

Dans la troifième expérience, le vitriol, abandonnant fa bafe ferrugineufe pour s'unir à la terre calcaire, diminue la quantité de cette terre qui eft en jeu avec l'urine; le fel vitriolique qui y eft interpofé, ainfi que le précipité ferrugineux, font autant de caufes du retard & du moindre produit nitreux.

Le même raifonnement peut s'appliquer à la quatrième expérience comparée à la feconde ; le mélange eft le même, à l'exception des fix livres de vitriol qui font de plus dans la quatrième ; l'on voit que le produit en Salpêtre eft moitié moindre dans l'expérience où entre le vitriol. L'acide vitriolique abandonne fa bafe ferrugineufe pour s'unir à l'alkali fixe de la cendre, avec lequel il a plus d'affinité ; de là du tartre vitriolé, & de la cendre employée en pure perte à la production du nitre. Le tartre vitriolé & la terre ferrugineufe interpofés dans le mélange, font encore ici des caufes du retard de la production & de l'extraction du nitre.

Le fixième mélange démontre auffi les mauvais effets du vitriol dans la production du nitre ; la quantité que nous en avons retirée, beaucoup moindre que dans le cinquième mélange, qui eft le même à l'exception du vitriol, ne vient encore que de ce que l'acide vitriolique quitte fa bafe pour s'unir à l'alkali fixe de la potaffe. Mais comme il fe trouve plus d'alkali qu'il n'en faut pour décompofer le vitriol, il en refte encore pour la production du nitre ; auffi voit-on que ce mélange donne plus que ceux fans alkali, mais moins que celui de même compofition fans vitriol.

On peut conclure des expériences ci-deſſus, que le nitre retiré par M. Pietſch du mélange d'une terre calcaire, arroſée d'acide vitriolique & d'urine, ne doit point ſa production à cet acide, mais à l'urine & à la terre calcaire ; qu'au contraire l'acide vitriolique ne peut qu'avoir retardé & diminué le produit.

Si ces expériences ne rempliſſent point entièrement les vûes de l'Académie, elles confirment au moins deux points importans : 1.° l'inutilité de l'acide vitriolique & du ſel marin pour la formation du nitre ; 2.° la néceſſité indiſpenſable du concours de l'air.

Ayant eu connoiſſance, dans le cours de nos expériences, de la publication d'un Recueil de Mémoires & d'Obſervations ſur la formation & ſur la fabrication du Salpêtre, par MM. les Commiſſaires nommés par l'Académie, nous nous ſommes empreſſés de nous en procurer un exemplaire ; & la Préface de ce Recueil, également lumineuſe, nous ayant fait connoître que l'intention du Gouvernement eſt moins de favoriſer la poſſibilité de faire du Salpêtre, que la préſentation des moyens d'établir une bonne méthode pour l'avoir en grande quantité & aux moindres frais poſſibles ; conduits par les connoiſſances acquiſes par nos expériences, nous avons dirigé nos recherches pour remplir les vûes de cette ſeconde annonce.

Nous ne nous arrêterons pas à diſſerter ſur chacune des différentes matières propres à produire le Salpêtre ; il nous ſuffit de voir par le Programme de MM. de l'Académie Royale des Sciences, par le Recueil des différens Mémoires, & de ſavoir par nos propres expériences, que les ſubſtances animales, végétales & minérales, mélangées en certaines proportions dans un lieu à l'abri de la pluie & du ſoleil, avec le concours de l'air, produiſent le Salpêtre par la putréfaction, & que plus la putréfaction eſt grande, plus la production en Salpêtre eſt abondante, ainſi qu'il eſt conſtaté par les nitrières de Suède, de Pruſſe, de Malte, &c. La ſeule obſervation que nous nous permettrons ſur l'objet des matières annoncées par pluſieurs Auteurs de ces Mémoires, comme les plus abondantes en nitre ou les plus propres à le produire, c'eft qu'ils en citent beaucoup dont on ne pourroit faire ufage, parce qu'elles feroient trop difpendieufes, telles que les fuperficies d'un jardin, d'un champ, d'une prairie, que les Propriétaires ne permettroient d'enlever qu'en leur en payant la valeur, fouvent au double de la perte qu'ils éprouveroient ; fans compter les frais des enlèvemens, qui augmenteroient en raifon des diftances. Il en eft de même des fientes de brebis & de pigeons, qui, par cela feul que ces fubftances contiennent beaucoup de nitre, forment un engrais des plus recherché, notamment depuis la cherté des blés, & que les Agriculteurs favent l'apprécier à fa plus haute valeur. Au nombre des végétaux, font le foleil, la bourache, la fumeterre, &c. &c. qui ne font préférables qu'autant qu'elles ont été cultivées dans des terreins bien fumés, puifqu'il n'en eft pas de même lorfque ces plantes croiffent dans des terres qui ne contiennent pas de nitre (*). Il eft certain qu'indépendamment de ce que ces matières feroient trop frayeufes, elles font trop rares pour fournir à l'abondance ; elles peuvent être employées dans un laboratoire en petit, mais elles ne fauroient fuffire à faire le fond d'une nitrière en grand.

Les matières que nous propofons d'employer, fe trouvent par-tout, & par-tout en abondance ; à la vérité, il eft des pays où quelques-unes ont une certaine valeur, en raifon de l'utilité dont elles font pour l'agriculture où elles fervent d'engrais ; & comme il eft de la dernière conféquence, pour réuffir dans ces fortes d'établiffemens, de porter l'économie fur tout ce qui concerne une nitrière, il eft effentiel de ne fe charger que de celles de ces matières que l'on peut obtenir fans frais, ou à des prix qui foient proportionnés à l'avantage qu'on en peut tirer dans la production du nitre. Il n'eft pas moins important d'introduire dans les mains d'œuvre le plus de mécanifme qu'il eft poffible, afin de les abréger ; car les bras des Journaliers s'achètent toujours à prix d'argent.

Voici les matières minérales, végétales & animales les plus

(*) Chimie expérimentale de M. Baumé, tome 3, pag. 592.

fufceptibles de produire abondamment du nitre, les moins couteufes de toutes celles qui fe rencontrent en cette ville (*), l'appréciation des quantités annuelles qu'on peut en obtenir, & celle
de leur valeur. Toutes perfonnes chargées de pareils établiffemens, doivent fe prémunir de ces connoiffances, relativement aux endroits où ils fe propofent de les former. Les proxi-
mités des villes font les lieux les plus favorables aux nitrières,
à caufe de la plus grande facilité à fe procurer les matières.

1.° Les terres & décombres provenant de la démolition des
vieux bâtimens, dont les Propriétaires ni les Entrepreneurs ne
retirent aucun profit, qu'au contraire ils font obligés de faire tranfporter hors de la ville à leurs frais, fans favoir fouvent où les
placer. Par l'évaluation que nous avons faite de cette reffource,
d'après des informations exactes, la quantité de tombereaux
qui s'en exporte annuellement, monte de huit à dix mille.
En prenant la moyenne proportionnelle, qui eft de neuf mille,
& en portant à quatorze pieds cubes la contenance du tombereau, on auroit chaque année cent vingt-fix mille pieds cubes
de matières qui ne couteroient rien. Pour remplir plus fûrement
cet objet, il feroit à propos que le Gouvernement fît défenfe
aux Entrepreneurs & Conftructeurs de bâtimens, de dépofer
les matériaux falpêtrés ailleurs que dans les nitrières. Ce règle-
ment ne pourroit les léfer en rien, parce que c'eft une des
obligations des Entrepreneurs de débarraffer les décombres. Les
Charretiers eux-mêmes y trouveroient de l'avantage, en raifon
de la plus grande proximité.

Il conviendroit encore effentiellement d'exiger que les décombres fuffent tranfportés à mefure des démolitions & excavations, afin qu'ils ne fuffent point expofés à perdre leur
nitre par les pluies, comme ils feroient s'ils féjournoient à l'in-
jure du temps.

2.° Les boues, immondices & balayures des rues, remplies
de végétaux & de fubftances animales, lefquelles ne couteroient que la peine de les faire enlever, font un objet de fept

(*) Saint-Omer.

mille tombereaux par an. Nous les réduifons à moitié, à caufe du déchet dans l'affaiffement qu'occafionnera la putréfaction; il en réfultera annuellement une quantité de matériaux de quarante-neuf à cinquante mille pieds cubes effectifs. Les fumiers des étables & écuries, ainfi que les pailles des litières, lorfqu'on pourra les obtenir à bon compte, font encore des matières très-fufceptibles de coopérer à la production du nitre; il n'y auroit que le prix d'achat qui pourroit les faire fupprimer.

3.° Les vidanges des latrines, tant des maifons bourgeoifes que des pavillons & cafernes, qui fe donnent pour les frais de l'enlèvement : cette ville peut en fournir annuellement fix à fept mille tonnes de trois pieds cubes par tonne; on les obtiendroit aux nitrières à trois fous de la tonne, en s'engageant à tout prendre, quoiqu'elles fe vendent actuellement quatre fous pour fervir d'engrais. Mais comme il pourroit fe commettre des fraudes, en ce que les Vidangeurs pourroient remplir les tonnes d'une partie d'eau qu'ils trouveroient aux pompes, dans les cours des Particuliers, pour en augmenter le volume à leur profit, il fera préférable que l'Entrepreneur de la nitrière faffe exploiter l'enlèvement de ces vidanges par économie, en fe conformant toutefois aux Réglemens de Police. Dans cette claffe fe trouvent encore le fang, les tripailles, & autres abattis des tueries des Bouchers; ils font obligés de les faire tranfporter hors de la ville à leurs frais, & ils n'en retirent aucun profit. On ne leur feroit donc aucun tort en leur ordonnant de faire tranfporter ces matières aux nitrières; c'eft un objet de deux cents tombereaux par an, & par conféquent de deux mille huit cents pieds cubes. A l'égard du fang, il eft affez ordinaire que les Bouchers le laiffent couler dans les ruiffeaux des rues; ce qui infecte les quartiers voifins. Il feroit bon d'enjoindre aux Bouchers de ramaffer le fang des animaux dans des cuvettes, & de le tranfvafer dans des tonnes qu'on fe chargeroit d'y dépofer, & qu'on feroit enlever à des jours réglés; dans le cas où les urines des vidanges ne fuffiroient pas pour arrofer convenablement toutes les matières en putréfaction, on pourroit auſſi dépoſer des tonnes dans les cabarets les plus fréquentés, ainſi que dans les caſernes, pour y recevoir toutes les urines qui en proviendroient.

Nous ne penſons pas qu'on puiſſe ſe procurer des matières qui, par leur nature, ſoient capables d'une plus grande production de Salpêtre que celles mentionnées dans les trois articles ci-deſſus, au moins pour une exploitation en grand, ni à meilleur compte, puiſque nous introduiſons dans les nitrières la quantité de cent ſoixante-quinze mille pieds cubes de ſubſtances ſolides; ſavoir, cent vingt-ſix pieds ſans aucun frais, pas même ceux de tranſport, & quarante-neuf mille pieds qui ne couteront que les frais de l'enlèvement, ſans y comprendre les vidanges des latrines & les abattis des tueries. Il ne s'agira donc que de mélanger ces différentes matières, de les arroſer & retourner de façon à accélérer une putréfaction complette, en obſervant de conduire les mains d'œuvre avec la plus grande économie; ce que nous expliquerons ci-après.

Le Recueil de Mémoires & d'Obſervations ſur la formation du Salpêtre, nous fournit pluſieurs idées de nitrières établies ou en projets, ſous diverſes formes; mais nous penſons que la méthode des hangars deſtinés à contenir des couches de matières en putréfaction, eſt à préférer à toutes les autres voûtes propoſées par Glauber; les murailles uſitées en Pruſſe nous paroiſſent trop diſpendieuſes, & au ſurplus ces dernières n'étant couvertes que d'un petit toit de paille au ſommet, qui ne ſauroit garantir les faces des pluies chaſſées par le vent, ni des rayons du ſoleil, elles doivent néceſſairement perdre une grande partie de leur nitre; les foſſes ont auſſi leurs défectuoſités, parce que les matières y étant privées du concours d'un air ſuffiſamment renouvelé, le Salpêtre ne peut s'y produire que fort lentement; d'ailleurs les liquides qui proviennent des arroſages, filtrant dans les terres, y entraînent le nitre qui s'y trouve, à moins que ces foſſes ne ſoient revêtues en bonne maçonnerie en ciment, en forme de cîternes, & couvertes d'un toit pour les garantir des eaux de pluie, auquel cas elles deviendroient fort couteufes , eu égard au peu de volume de matières qu'elles contiendroient.

En adoptant le fyftême des hangars, il fe préfente d'abord deux manières de les conftruire; l'une au folide, l'autre à la légère : mais nous préférons la première pour des raifons fi palpables , que nous ne nous arrêterons pas à les difcuter. Quant aux dimenfions , les uns en propofent de fort étroits , d'autres, d'exceffivement larges. Nous trouvons les uns & les autres également défectueux ; les premiers, en ce qu'ils contiennent bien peu de matières , & que , par cette raifon , il faudroit confidérablement les multiplier ; & les feconds, en ce que leurs couvertures devant être élevées en raifon de leur largeur (notamment fi on les couvre de paille), ils donnent trop de prife au vent, & feroient bientôt détruits. Nous propofons à cet égard un milieu qui pourra concilier le produit avec la folidité.

Avant que d'entrer dans l'explication des dimenfions des hangars , nous avons à obferver , 1.º qu'en quelque endroit qu'on fe propofe d'établir des nitrières , il eft néceffaire , comme nous l'avons déjà dit, d'être informé exactement des quantités de chaque efpèce de matières qu'on pourra fe procurer annuellement fur les lieux, notamment de celles des différentes fubftances qui font les plus effentielles , & dont il fe trouve le moins, afin de proportionner l'étendue de chaque nitrière, ainfi que les capacités des hangars & des bâtimens d'évaporation , au volume de ces matières. Si on n'avoit pas le foin de faire préalablement ces calculs, on s'expoferoit ou à laiffer perdre de ces fubftances, fi les hangars n'étoient pas affez étendus pour les contenir , ou à fe jeter dans des frais de conftruction inutiles , fi on les faifoit trop vaftes.

2.º La durée du temps que les matières devront féjourner en putréfaction avant que de paffer à la lixiviation , doit auffi influer dans la difpofition des hangars : on doit faire fes difpofitions de manière à avoir des matières de tous les âges en fermentation , afin qu'on puiffe leffiver fucceffivement & fans

interruption.

interruption. Suivant ce qui est rapporté dans le Recueil des Commissaires de l'Académie, dans quelques nitrières, on commence à lessiver au bout d'un an, dans d'autres, au bout de deux, enfin quelquefois au bout de trois. Comme les matières que nous proposons d'employer ne font pas les moins fructifiantes, nous pourrions supposer la possibilité de les lens siver après un an de putréfaction; mais comme il est essentiel de leur donner toute la richesse dont elles font susceptibles, pour ne pas s'exposer à faire mal à propos des frais d'évaporation, nous avons formé nos dispositions sur trois années de putréfaction, sauf à diminuer ou augmenter, selon ce que l'expérience pourra plus positivement déterminer.

En conséquence, considérant que la ville que nous proposons pour servir de comparaison, contient trois portes, nous proposons d'établir à chacune d'elles une nitrière, que nous écartons à la distance de soixante à quatre-vingts toises, tant des barrières que de tous chemins, afin de ne pas infecter les passans, & de pouvoir, avec plus d'économie, faire tous les transports des matières qui proviendront des différens quartiers de la ville : s'il n'y avoit qu'une nitrière, les Propriétaires habitans dans les quartiers opposés à celui où elle seroit placée, seroient lésés dans le transport de leurs terres & décombres, puisqu'ils seroient obligés de leur faire traverser toute la ville pour les envoyer à la nitrière, tandis qu'ils seroient à la proximité d'une autre porte ; les Conducteurs exigeroient avec raison doubles frais de voiture, & il y auroit une injustice de contraindre les Propriétaires à les supporter. Néanmoins, comme les raisons qui nous déterminent à diviser les nitrières en trois parties, pourroient être combattues par celles d'une plus grande économie, on pourroit placer les vingt-sept hangars, dont il sera ci-après parlé, dans le même terrein, & par-là on éviteroit la dépense de deux bâtimens d'évaporation.

Cette position n'est proposée qu'autant qu'il n'y auroit point d'incompatibilité avec le service des fortifications de la place, circonstance qui ne peut se rencontrer dans les villes ouvertes de l'intérieur du Royaume.

F f f

Ces trois nitrières uniformes feroient proportionnées de manière que chacune d'elles contînt le tiers des fubftances qu'on fe propofe d'obtenir de la ville.

Chacune de ces nitrières occuperoit un parallélogramme rectangle de quatre cent foixante pieds de Roi de longueur, du levant au couchant, fur trois cent onze de largeur, du midi au nord, le tout hors d'œuvre. On creuferoit, dans fon pourtour un foffé de dix-huit pieds de largeur en haut, de fix pieds de largeur en bas, & de fix pieds de profondeur, pour clorre le terrein, pour le tenir fec, & pour fournir les eaux néceffaires à la lixiviation des terres. Un terrein fur ces dimenfions contiendra quatre mefures un quartier; il fe loue communément quarante livres la mefure (*).

Les pofitions des nitrières qui pourront être à portée de quelque ruiffeau, feront préférables, & pour lors il fera à propos d'y former, fi cela fe peut, un foffé de communication, afin de faciliter, tant l'entrée de certaines matières neuves, que l'exportation de celles qui auront été leffivées.

Chaque hangar fera formé fur deux files de pilots, placés à onze pieds d'intervalle les uns des autres fur la longueur, & à vingt-quatre pieds fur la largeur dans œuvre. Ces pilots, au nombre de trente-quatre, compris les deux qui fe trouveront au milieu de chaque bout, feront autant de petits chênes capables de donner chacun un pied de diamètre en haut, fur feize pieds de longueur, favoir cinq pieds & demi de fiches, deux pieds pour le rehauffement du fol, huit pieds d'étage fous poutres, fix pouces de tenon à emmortaifer dans les poutres, dont chacune fupportera une ferme pour la formation du toit en tuiles creufes du pays.

Nous préférons de laiffer les côtés & les bouts des hangars entièrement à jour, pour donner un accès d'autant plus libre à l'air, & pour faciliter l'entrée des tombereaux qui amèneront

---

(*) Ce terrein pourra contenir neuf hangars de cent quatre-vingt-dix pieds de longueur, fur trente-quatre de largeur. On y entrera par deux ponts de brique, qui traverferont le foffé. On y conftruira en outre un bâtiment pour l'évaporation & pour la criftallifation, un logement pour les Ouvriers, une écurie, &c.

les matières : ces derniers pourront, par ce moyen, déposer leurs charges au pied de la couche, à telle longueur qu'elle soit prolongée ; ce qui économisera des transports intérieurs, puisque l'Ouvrier n'aura qu'à ramasser les terres avec une pelle & les jeter sur la couche, en observant de placer soigneusement les différentes substances, de manière qu'il se fasse un mélange parfait entre elles, à mesure que la couche se formera ; il dirigera à cet effet la décharge des tombereaux, de façon qu'il soit approvisionné des matières de toute espèce. Quoique ces hangars restent à jour, nous ne craignons ni la pluie ni le soleil, au moyen de ce que le toit sera prolongé jusqu'à quatre pieds en dehors des pilots ; la pluie, fût-elle chassée sur un angle de quarante degrés, ne parviendroit point à atteindre le bas de la couche ; s'il y avoit d'ailleurs quelque danger à cet égard, il seroit aisé de prolonger le toit d'un pied de plus de chaque côté ; enfin, il n'y a que de l'avantage à le descendre, pourvu toutefois que le tombereau puisse passer aisément dessous.

Chaque hangar contiendra deux couches de matières en putréfaction, ayant chacune pour base soixante-onze pieds de longueur, vingt pieds de largeur, & au sommet soixante-cinq pieds de longueur sur quatorze pieds de largeur, & sept pieds de hauteur ; ce qui formera seize mille cent quatre-vingt-quatre pieds cubes par hangar ; sur quoi déduisant quatre-vingt-dix-huit pieds de creux qu'auront les ventouses pratiquées dans l'intérieur des couches, reste net par hangar quinze mille deux cent soixante-six pieds cubes de substances propres à la nitrification.

Remarques.

Nous avons dit ci-devant que la ville de Saint-Omer pouvoit fournir cent soixante-quinze mille pieds cubes de substances solides, & nous pensons que les six mille tonnes annuelles de vidanges, tenues dans les réservoirs ou citernes, jointes à celles qu'on pourra ramasser dans les cabarets & casernes, suffiront pour arroser les couches pendant les trois années de

putréfaction : il fera donc à propos de fe procurer la quantité de hangars néceffaires pour contenir fucceffivement lef-
dits cent foixante-quinze mille pieds cubes de matières par an ;
c'eft par cette raifon que nous propofons d'établir à chacune des
trois nitrières neuf hangars, afin d'en avoir trois à remplir chaque
année ; ce qui fera neuf hangars occupés par an dans les trois nitrières , & vingt fept pour les trois années : ainfi multipliant
les quinze mille deux cent foixante-fix pieds cubes que contiendra chaque hangar , par neuf, on n'aura encore que
cent trente-fept mille trois cent quatre-vingt-quatorze pieds
cubes, qui ôtés de cent foixante-quinze mille, il réftera trente-
fept mille fix cent fix pieds cubes de fubftances excédentes au
befoin de la nitrière. Mais comme pour en avoir affez , il faut
en avoir trop , on pourra négliger ce fuperflu, & abandonner
les matières qui feront moins analogues au but qu'on fe propofe.

On trouvera peut-être ces couches trop maffives, & par-là
d'un accès trop difficile à l'air ; car comme il a été reconnu
par maintes expériences, que le concours de cet élément
eft néceffaire à la formation du Salpêtre , dans la plupart des
nitrières mentionnées dans le Recueil, on s'eft attaché à ne
former que des couches étroites, peu élevées , conftruites
triangulairement, & d'autant plus multipliées, afin qu'elles pré-
fentaffent plus de furfaces à l'impulfion de l'air, proportionel-
lement à leur volume. Je conviens de l'avantage de ces conftructions fous ce point de vue ; mais ces fortes de couches ne
cadrent pas avec la dépenfe d'une conftruction de hangars
folides. Comme il faut un talus à chaque côté d'une couche,
pour que les matières puiffent fe foutenir fans éboulement ,
moins elles auront de bafes, moins elles auront de hauteur ,
conféquemment moins elles contiendront de matières. Si donc
on laiffe un intervalle entre chaque couche ; fi, par exemple,
au lieu d'une couche de vingt pieds de largeur à la bafe, on
en faifoit fix de trois pieds avec un intervalle d'un pied feulement entre chacune, & de fix pouces entre les poteaux des
côtés du hangar, ces couches ne pourroient avoir que quatre
pieds de hauteur en confervant un pied de largeur au fom-

met ; on ne pourroit par conféquent faire tenir que fix mille
fept cent vingt pieds cubes de matières par hangar dans cette
conftruction , au lieu de quinze mille deux cent foixante-fix
pieds que contiennent les couches que nous propofons, d'où
il doit réfulter que nos hangars pouvant contenir plus du
double de matières , on doit en obtenir une plus grande abondance de nitre.

On nous dira peut-être que l'air ayant plus d'accès fur les
petites couches que fur celles que nous propofons, il peut arriver que ces premières , quoique moins volumineufes, fourniffent autant de nitre que les nôtres? Nous répondrons à cela,
que la différence dans le produit qu'occafionneroit l'action
de l'air , ne pourroit être qu'en raifon des furfaces ; & en effet ,
les nôtres ne préfenteroient que vingt-huit pieds huit pouces carrés par pieds courant, tandis que les petites en préfenterbient
cinquante-huit pieds, différence du double par hangar. Pour
compenfer ce défavantage , nous établiffons dans les cas cinq
ventoufes ou conduits d'air triangulaires , d'un pied de largeur à la bafe, & d'un pied de hauteur, qui règnent fur toute
la longueur des couches, ainfi qu'il eft propofé dans le Recueil
des Commiffaires de l'Académie, pag. 364. Ces cinq ventoufes nous procurent une addition de furface de treize pieds
huit pouces par pied courant , fans y comprendre le produit
de onze autres pareilles ventoufes qui traverferont la couche dans fa largeur. Ainfi nous nous retrouverons à peu près
au pair avec les autres conftructions. Nous pourrions même
mettre tout l'avantage de notre côté , en ajoutant encore trois
de ces ventoufes fur les bouts, & fept fur les côtés de chaque
couche. Nos grandes nitrières auroient alors plus de furfaces
que les petites, & conferveroient néanmoins encore une augmentation de volume de fubftances de plus de huit mille pieds
cubes par hangar (*). Enfin , les fix petites couches ainfi ajuf-

---

(*) Il fera à propos de ne donner à ces ventoufes que fix pouces de bafe fur deux
pieds de hauteur ; elles feront perdre moins de terrein , & préfenteront plus de furface.

tées dans deux moitiés du hangar, n'auroient entre elles que
huit mille quarante pieds carrés de surfaces; & les nôtres arrangées, comme nous l'avons prescrit ci-dessus, sur la même
étendue, en présenteroient neuf mille cinq cent vingt-six.

Pour maintenir ces ventouses qui traverseront les couches sur
leurs longueurs & largeurs, nous assemblons trois brins de
bois tailli commun, de deux à trois pouces de diamètre, avec
des goujons de six en six pouces, en forme d'un double rate-
lier renversé, de longueur proportionnée à pouvoir en joindre
quatre carrément bout à bout les uns contre les autres. Comme
cette construction ne peut occasionner de grands frais, on
pourroit en augmenter le nombre, & on profiteroit ainsi
de tout le vide que laissent nécessairement les petites couches
dans de vastes bâtimens, pour les remplir de matières sans
rien perdre, & au contraire de l'avantage d'un concours d'air
multiplié.

Après avoir établi un hangar & deux couches, il faut son-
ger aux urines pour les arroser; nous avons dit ci-devant,
que la ville de Saint-Omer peut fournir tous les ans jusqu'à
six mille tonnes de vidanges, & que nous présumions que
cette quantité pouvoit suffire pour arroser les cent trente-sept
mille trois cent quatre-vingt-quatorze pieds cubes de matières
solides qui seront tenues en putréfaction pendant trois ans.
Sur les six mille tonnes, nous estimons qu'il y aura peut-être
un sixième à déduire pour les matières épaisses qui s'y trouveront; & qui seront mélangées avec les autres substances des
couches; mais nous sommes moralement certains que ce
sixième peut être triplé par les urines, qu'il sera aisé de faire
ramasser dans les cabarets, les casernes, les communautés, &c.
ainsi point d'inquiétude sur cet objet. Il sera toutefois prudent
de les économiser & de ne pas en laisser perdre. A cet effet, nous
établissons à chaque bout des couches, une citerne en bonne
maçonnerie de briques & au ciment. Ces quatres citernes par
hangar, à raison de dix-huit pieds de longueur chacune, donneront ensemble soixante-douze pieds sur six de largeur &

cinq de hauteur, le tout dans œuvre; il en résultera un solide de deux mille cent soixante pieds cubes, qui, divisés par trois pieds que contient chaque tonne, donneront de quoi placer annuellement sept cent vingt tonnes d'urine par hangar; ce qui, multiplié par neuf pour les trois nitrières par an, fera un objet annuel de six mille quatre cent quatre-vingts tonnes; mais comme ces urines ne s'obtiendront pas dans le même temps, & qu'il s'en consommera dans les arrosages à mesure des besoins des matières, on est assuré que l'étendue de ces citernes sera plus que suffisante, & qu'on pourroit même les réduire à de moindres contenances, pour d'autant diminuer les frais de construction.

Nous voyons par le Recueil des Mémoires, que dans toutes les nitrières proposées, on s'amuse à arroser les couches à mains d'hommes, avec des arrosoirs de jardins, &c. Cette méthode doit être sans doute frayeuse; car s'il falloit occuper des gens pour arroser ainsi convenablement deux couches contenant ensemble quinze mille deux cent soixante-six pieds cubes, jusqu'à ce qu'elles fussent humectées de part en part, il faudroit sans doute deux hommes continuellement occupés à cette seule opération; & comme l'essentiel dans cette exploitation est d'accélérer & d'économiser les mains d'œuvre, nous proposons d'établir à chaque citerne une pompe de bois, par le moyen de laquelle on puisera les urines dans un réservoir posé sur la longueur de la poutre qui se trouve directement au dessus de chaque bout des couches. Ce réservoir sera composé d'un assemblage de planches de chêne en forme d'auge, d'un pied de largeur, d'autant de hauteur, & de quatorze pieds de longueur; en sorte que les deux réservoirs feront, pour chaque couche, vingt-huit pieds cubes, c'est-à-dire, au moins neuf tonnes d'urines, lesquelles se répandront par cinq tuyaux de communication, dans cinq courses de gouttières, d'un pied de largeur & de six pouces de hauteur, posées sur les poutres d'un réservoir à l'autre, à des distances convenables, pour embrasser toute la largeur de la superficie de la couche; ces gouttières y verseront les urines par des trous percés à leurs fonds de fix en fix pouces. Il fera aifé de reconnoître au premier ou au fecond arrofage, combien il faudra de tonnes pour humecter une couche à chaque fois ; le réfervoir fera la mefure pour fe régler dans la fuite. Par ce moyen, la main d'œuvre des arrofages fe fera avec toute l'économie poffible , & la dépenfe fera infiniment moins grande que fi on occupoit des hommes à puifer les urines dans les citernes , à les tranfporter fur toute l'étendue des couches, & à les verfer avec un arrofoir de jardin. Il ne faut pas perdre de vûe que l'arrofoir, pendant qu'il coule , exige la préfence de l'Ouvrier qui le tient, tandis que nos gouttières répandent leurs urines à mefure que leur en fournit la pompe, & que la préfence de l'Ouvrier n'eft néceffaire que pour remplir le réfervoir ; une couche qui recevra des urines de fix en fix pouces fur toute fon étendue à la fois , fera fans doute également bien arrofée dans tout fon contenu. Pour qu'elle puiffe l'être également dans fon intérieur, on pourra, à l'aide de la même pompe & de tuyaux, répandre les urines dans des gouttières trouées, qui feront placées dans les ventoufes du fecond étage, qui règnent fur la longueur ; ces arrofages ne doivent être faits qu'à propos , pour maintenir les matières dans un état d'humidité convenable, autrement on rifqueroit de retarder la putréfaction. On pourroit, dans la vûe de proportionner les arrofages au befoin des couches, faire les trous des gouttières affez petits pour qu'ils ne répandiffent pas les urines avec trop de précipitation, & pour leur donner le temps de s'imbiber lentement.

Lorfqu'on fera parvenu à une putréfaction complette , & qu'on aura reconnu que les fubftances font faturées de nitre , on les laiffera sècher avant que de les leffiver. On placera alors fur des chantiers élevés de fept à huit pouces entre chaque poteau, quatre cuviers, mais feulement à l'endroit des couches, afin de laiffer à chaque bout & au milieu du hangar, un intervalle pour la facilité des manœuvres. On aura, par ce moyen, quatre bandes de vingt-quatre cuviers chacune.

Nous

Nous formons ces cuviers en cônes tronqués, renversés, de quatre pieds de hauteur, fur trente pouces de diamètre en haut, & dix-huit pouces en bas, pour contenir environ douze pieds cubes chacun; ils font percés d'un trou par le bas immédiatement au deffus du fond, pour l'écoulement des lixiviations; ce trou eft fermé par un tuyau ou robinet, comme il eft d'ufage. Chaque cuvier fera garni d'un faux fond, percé de petits trous, pofé entre deux couches de paille, un peu au deffus du trou d'écoulement, afin de retenir les particules des matières, & d'empêcher qu'elles ne bouchent le tuyau. Dans ces cuviers, nous mettons d'abord la quantité de cendres qui fera jugée néceffaire pour fournir aux fels contenus dans les eaux de lixiviation, tout l'alkali qui pourroit leur manquer. Cette circonftance étant dépendante du plus ou du moins de fel alkali qui fe trouvera dans les fubftances qui feront employées, l'expérience feule peut faire connoître par des épreuves réitérées, la dofe de cendres qu'il conviendra de dépofer dans chaque cuvier. Comme les cendres font fort chères en Flandres, puifque la bonne coute cinq à fix livres la rafière, il fera effentiel de s'étudier à connoître fi la potaffe ne peut pas les remplacer avec avantage; nous fommes portés à le croire, fur-tout pour ce pays. Par-deffus ces cendres ou potaffe, ou fur l'une & l'autre enfemble, nous mettons un lit de paille d'un pouce ou environ d'épaiffeur, enfuite les terres nitreufes, pofées le plus légèrement poffible, après quoi nous y introduifons les eaux. C'eft encore ici le cas d'économifer confidérablement les frais de main-d'œuvre & de tranfport, en élevant l'eau avec des pompes en bois, en les conduifant dans les cuviers par le moyen de gouttières de bois, & en les faifant couler de la même manière jufqu'à la chaudière. Il fera néceffaire dans ce plan, de conftruire au bout de chaque bande des réfervoirs ou citernes, où fe raffembleront les eaux qui auront paffé fur une première bande, & qui feront deftinées à paffer fur une feconde, fur une troifième, &c.

G g g

Il feroit inutile d'entrer en explication fur la marche à obferver dans la lixiviation des matières nitreufes que l'on met dans les cuviers des quatre bandes ; on fait que les eaux qui proviennent de la première bande paffent à la feconde, de la feconde à la troifième, de celle-ci à la quatrième, & que le produit de cette dernière fe nomme eau de cuite, deftinée à paffer à la chaudière pour être évaporée, & de là à la criftallifation : toutes ces pratiques font connues en France. Il y a néanmoins cette différence, que les uns divifent leurs ateliers en deux bandes, d'autres en trois, & que nous jugeons plus avantageux d'en ajouter une quatrième, afin d'avoir des eaux de cuites d'autant plus fortes, & d'éviter un furcroît de dépenfe dans l'évaporation. Au refte, cette diftribution dépend de la qualité des matières plus ou moins riches en Salpêtre ; & c'eft ce qu'il faut connoître, pour régler le nombre de bandes : mais à telle quantité qu'on fe détermine, il en doit réfulter, qu'on en videra tous les jours une, qu'on la rechargera de matières neuves, de laquelle il proviendra auffi chaque jour deux cents pieds cubes d'eau de cuite ou environ à évaporer ; ce qui fera la tâche journalière des deux chaudières.

Nous trouvons qu'il eft plus onéreux que profitable d'employer, comme on le fait dans bien des ateliers, des mains d'œuvre confidérables, à écrafer & paffer par des clayers les matières nitreufes ; il eft même à propos que celles en putréfaction foient entre-mêlées de morceaux d'une certaine groffeur : ces derniers forment & maintiennent des vides dans l'intérieur des couches, & par-là y procurent la circulation de l'air.

Nous ne differterons pas fur la manière d'évaporer les leffives & de faire criftallifer le Salpêtre, non plus que fur celle de le purifier, en le féparant des fels & autres matières hétérogènes, dont il fe trouve prefque toujours chargé ; ces opérations font trop connues par-tout, & particulièrement en France.

Comme le transport des eaux de cuites des recettes ou citernes des hangars, dans le bâtiment d'évaporation, consistantes en soixante à soixante-cinq tonnes par jour pour fournir aux deux chaudières, seroit très dispendieux si on le faisoit à bras, il sera nécessaire d'établir des pieux ou treteaux dans des directions & alignemens convenables, pour y poser des gouttières ou augets, lesquels recevront ces eaux de cuites qui seront pompées de ces recettes ou citernes des quatrièmes bandes, & qui les conduiront directement dans l'atelier d'évaporation.

Les chaudières de fer seroient bien préférables à celles de cuivre ; les premières n'auroient pas l'inconvénient, comme les secondes, de déposer dans le nitre une substance meurtrière (le vert-de-gris) : nous avons reconnu que le nitre qui sortoit des salpêtrières pour être employé en médecine, contenoit souvent plus ou moins de vert-de-gris ; ce qui ne provient que des vaisseaux évaporatoires & de cristallisations, qui sont ordinairement de cuivre. On sent de quelle conséquence est cette observation pour le bien de l'humanité ; ce seroit donc lui rendre un service singulier, que de réformer l'usage du cuivre en cette partie. Aux bassins de cristallisation de ce métal, on pourroit substituer des vaisseaux de bois, ce qui procureroit une économie considérable dans les frais d'exploitation, en ce qu'une chaudière de fer ne coute pas la moitié de celle de cuivre, & résiste beaucoup plus à l'action du feu. La différence du prix des bassins de cuivre à celui des vaisseaux de bois, seroit bien autrement sensible. Au reste, si on trouvoit de l'inconvénient à adopter dans la généralité le nouvel usage qu'on propose, au moins devroit-on réformer le cuivre pour les parties destinées à la médecine.

Voilà ce que nous suggèrent, dans ce moment, nos connoissances sur les moyens de faire générer le Salpêtre en abondance & avec la plus grande économie. Nous souhaitons ardemment que nos réflexions puissent être de quelque utilité à l'Etat ; notre zèle patriotique pour ses intérêts, nous a fait hafarder le préfent effai : fi nous n'avons pas le bonheur de nous rendre parfaitement intelligibles, nous prions les Lecteurs de s'en prendre au peu de loifir que nous ont laiffé, pour le rédiger, nos occupations ordinaires ; mais c'eft avec la plus grande confiance que nous préfumons que nos projets exactement exécutés, ne démentiroient aucunement la devife mife en tête de ce Mémoire.

MÉMOIRE

SUR

LA FORMATION ET LA FABRICATION

DU SALPÊTRE,

Préfenté pour concourir au Prix propofé par l'Académie Royale des Sciences de Paris.

Par M. ROMME, Profeffeur Royal de Mathématiques, & Correfpondant de la même Académie.

Utile au Gouvernement, funefte à l'Humanité.

SECOND CONCOURS. Nº. 21.

SI l'on confidère avec une attention foutenue tous les êtres phyfiques de l'Univers, & fi on les compare à eux-mêmes dans des temps différens, on remarque qu'ils éprouvent des variations continuelles. La Nature, dans une activité égale & conftante, ne femble être occupée qu'à compofer & à décompofer, ayant borné irrévocablement la durée des êtres de chaque efpèce ; après le temps marqué, elle altère leur forme, elle défunit leurs parties, elle fépare leurs élémens, elle les diffipe, & de leurs débris elle recompofe, foit ailleurs, foit aux mêmes lieux, d'autres corps qui fouvent fe montrent fous de nouvelles formes, mais qui difparoiffent auffi fucceffivement. Attentifs à toutes ces transformations, vainement cherchons-nous à en rendre raison; les caufes nous échappent, & nous voyons l'Univers fe renouveler fans que nous ayons pu découvrir les loix auxquelles il eft foumis dans fes révolutions. Cependant, malgré cette obfcurité, un Obfervateur éclairé qui voit tous ces faits, les recueille pour en conferver le fouvenir; enfuite, lorfqu'ils font affez nombreux, il les compofe, il les analyfe, il remarque l'ordre qui règne entre eux; il examine leur rapport, & par une analogie judicieufe il parvient quelquefois à acquérir l'heureufe facilité de les faire renaître où il veut, en préfentant à la Nature, dans des circonftances convenables, tous les matériaux qu'elle emploie pour les produire. C'eft ainfi, par des obfervations nombreufes, variées, & fuivies fur le Salpêtre, qu'on peut découvrir tous les moyens favorables à fa formation, & par conféquent indiquer quels font les élémens qui, raffemblés dans un lieu déterminé, feroient promptement combinés par la Nature pour en compofer du Salpêtre. Il faut donc, pour les connoître, faire des recherches fur les parties intégrantes de ce fel, fur la pofition des lieux où on peut le recueillir, & fur toutes les circonftances qui concourent à fa régénération.

Le Salpêtre eft un compofé de plufieurs élémens que la Nature raffemble quelquefois dans certains points de l'efpace, mais qu'elle difperfe plus fouvent à de très-grandes diftances. Cette irrégularité, qui n'eft que variété dans fes ouvrages, eft précifément ce qui fait le défefpoir des Obfervateurs, & ce qui produit la mal-adreffe des Salpêtriers. Depuis que le Salpêtre eft malheureufement devenu néceffaire, les fentimens des Phyficiens ont varié de mille façons, & fur fon origine, & fur fa formation; on fait feulement jufqu'à préfent, qu'en faturant d'alkali végétal une portion quelconque d'acide nitreux, le corps compofé qui en réfulte, eft un fel neutre qui eft identiquement le même que le Salpêtre. Ce fel peut donc être regardé comme compofé d'acide nitreux & d'alkali végétal. Ainfi, pour le multiplier dans un efpace déterminé, comme la France, ou une de fes provinces, ou un terrein particulier, il ne s'agiroit donc que de rassembler beaucoup d'acide nitreux & d'alkali fixe, ou beaucoup de corps qui continssent ces élémens. Il n'est pas difficile de former un grand amas d'alkali fixe, les cendres des végétaux en fournissent une très-grande abondance, & la nécessité où nous sommes de brûler une grande quantité de plantes pour les besoins de la vie, nous assure d'une ressource toujours considérable. D'ailleurs on peut encore en retirer abondamment de ces lieux où la terre fertile se couvre de végétaux qui sont inutiles aux hommes qui l'habitent, & qui sont propres à donner d'excellent alkali. Mais s'il est facile d'assigner les sources d'alkali fixe, il n'en est pas de même de celles de l'acide nitreux ; cet acide est répandu dans la Nature sous plusieurs formes différentes ; tantôt il a pour base une terre calcaire, tantôt un alkali minéral, tantôt un alkali végétal ; il s'unit au phlogistique, à tous les alkalis salins fixes & volatils, ainsi qu'aux substances métalliques, & tous les résultats de ces combinaisons sont différens, suivant les substances auxquelles il s'allie : mais ces connoissances ne contribuent guère à développer ni la nature de cet acide, ni son origine ; & si elles peuvent empêcher de s'égarer, l'Observateur qui veut reconnoître l'acide nitreux par-tout où il se trouve, elles ne servent guère à lui indiquer les lieux où la Nature le dépose. S'il est vrai que cet acide s'unit aux terres calcaires, il est aussi vrai que toutes les terres calcaires n'en contiennent pas. Il en est de même des autres corps physiques avec lesquels cet acide a de l'affinité, tels que le phlogistique, les alkalis, &c. Ainsi, dès que tous les corps qui sont propres à attirer & à retenir l'acide nitreux, ne sont cependant pas unis à une portion de cet acide, il faut donc que ce ne soit qu'à certaines conditions & dans certaines circonstances que la Nature compose les alliages qu'on rencontre sur la surface de la terre.

Ces considérations ne permettent pas de douter maintenant que la multiplication du Salpêtre dans un lieu déterminé, ne dépende & ne soit le résultat de recherches nombreuses & d'observations délicates sur le lieu, l'espèce & la position des corps sur lesquels la Nature se plaît à déposer de préférence cet acide si recherché. Ainsi, pour trouver des moyens de produire la multiplication de ce sel, & pour les chercher avec autant d'ordre que de méthode, je dois présenter une suite de faits circonstanciés, ou bien faire l'énumération des lieux où jusqu'à présent on a trouvé des terres nitreuses en y joignant l'exposé de tous les détails essentiels; ensuite en comparant ces observations ou ces faits, il faudra, s'il est possible, remonter à quelques principes généraux qui conduisent à une explication plausible des effets observés. Alors ces principes, en s'accordant avec l'expérience, fourniront seuls tous les moyens de multiplier le nitre avec autant de promptitude que d'abondance. C'est en présentant ces moyens, & c'est en les rendant faciles & peu dispendieux, que je puis espérer de répondre d'une manière satisfaisante, & à l'attente du Gouvernement, & à la demande de l'Académie.

On trouve du nitre dans des lieux habités, & dans d'autres qui ne le furent jamais. Il se montre dans des terres exposées au soleil, & dans celles qui sont à l'abri de ses rayons. On en tire des lieux frais & humides, ainsi que de ceux qui sont frappés par un courant d'air continuel; il naît au sein des terres imprégnées de sucs végétaux & animaux, & cependant on le rencontre encore dans d'autres terres qui ne présentent aucun vestige de végétaux ni d'animaux. Toutes ces variétés & tous ces contrastes subsistent, sont connus, & se découvrent à tous ceux qui veulent prendre la peine de les observer.

Si on descend maintenant dans les détails, & si on commence par les nitrières naturelles, on doit mettre au premier rang le plus grand magasin de Salpêtre qu'on connoisse sur le globe, savoir, le Bengale & sur-tout les deux rives du Gange. Après la saison des pluies, ce sel végète & paroît dans tous les champs, excepté dans les lieux couverts de sables ou semés de rochers. Les royaumes de Siam & de Pégu, les environs de Masulipatan, l'île de Ceylan, méritent aussi d'être cités comme des lieux très-abondans en Salpêtre.

pêtre. M. Bowle nous a appris qu'en Espagne des terres incultes, qui occupent un espace égal au tiers de ce Royaume,
contiennent du Salpêtre, & qu'on en fait une récolte considérable
dans les provinces orientales & méridionales de ce Royaume.
Ces terres sont labourées exprès pour accélérer la production
& la récolte de ce sel qui s'accumule & qui reste fixé dans ces
mêmes terres, quoiqu'elles ne soient à l'abri ni du soleil ni
de la pluie. Dans tous ces lieux que je viens de nommer, la
Nature seule, abandonnée à elle-même, forme un Salpêtre
abondant ; & c'est dans ces mines naturelles, sur-tout dans
l'Inde, que l'on a recueilli jusqu'à présent la plus grande
partie du Salpêtre nécessaire aux besoins de la France. En
Europe, le nitre est extrait de tous les lieux habités ; les murailles des vieux édifices, des vieilles écuries, des latrines ;
les terres des caves, des granges, des étables, & en général
tous les débris terreux ou calcaires des habitations des hommes
ainsi que des animaux, contiennent beaucoup de nitre à base
terreuse. On en trouve aussi dans des carrières de pierres tendres. Des façades de plusieurs bâtimens ; des portes de villes,
de châteaux, d'églises, lorsqu'elles sont formées des mêmes
pierres, paroissent souvent corrodées & dépolies par un nitre
sensible. Les surfaces extérieures de plusieurs bancs de pierre
calcaire présentent aussi, dans certains endroits, l'empreinte d'un
nitre destructeur. Glauber rapporte lui-même, qu'auprès du
lieu qu'il habitoit sur les rives du Mein, il y avoit des carrières dont on tiroit des pierres qui donnoient du Salpêtre ;
Stalh dit aussi qu'il a vu des murs de boue & de chaume,
qui, après avoir été recouverts de chaux & pénétrés d'humidité, laissoient paroître sur leur surface une efflorescence
nitreuse.

Telles sont les nitrières naturelles d'où on peut extraire
une grande quantité de Salpêtre ; mais les Gouvernemens
d'Europe étant trop éloignés des grands magasins de l'Inde,
& ne trouvant pas des ressources assez promptes dans le
Salpêtre qu'on peut extraire des lieux habités, ont eu recours à des nitrières artificielles, dont ils ont secondé &

H h h

favorifé l'établiffement. Il s'en eft formé dans les Royaumes du Nord, dans la France ; & on voit à Malte une nitrière artificielle qui fournit feule tout le Salpêtre néceffaire à cet Etat. C'eft ici le lieu d'expofer fuccinctement tous les moyens que l'Art a imaginés jufqu'à préfent pour produire & multiplier le Salpêtre. Cette defcription, rapprochée du tableau des mines naturelles de ce fel, fera voir en quoi l'homme a imité la Nature, & dans quel point il s'en eft écarté.

Glauber penfoit que les vieilles étables ou écuries donnent plus de Salpêtre que les nouvelles, parce que le fel des urines & des excrémens ont reçu depuis plus long-temps, de la part de l'air, le principe qui leur eft néceffaire. Selon lui, les pierres dures ne fe falpêtrent pas ; mais la chaux qui leur fert de liaifon, étant plus poreufe & plus acceffible à l'air, acquiert bientôt cette propriété. C'eft en conféquence de ces expériences & de ces principes, que Glauber a propofé, pour la formation d'une grande quantité de Salpêtre, de raffembler fous des hangars des matières animales & végétales, & d'en accélérer la putréfaction en entretenant dans les terres où elles font mêlées, une certaine humidité. Il recommandoit auffi que rien ne s'oppofât fous ces hangars, ni à l'accès des rayons du foleil, ni à la libre circulation de l'air. Ces préceptes ont fervi de bafe aux établiffemens faits en Suède, en Pruffe, & en d'autres endroits.

Stahl penfoit que le nitre fe trouve non feulement dans les endroits imprégnés d'urine, mais auffi par-tout où il y a quelque matière en putréfaction ; & qu'il eft dépofé en plus grande quantité dans les lieux où il y a beaucoup de matières alkalines & abforbantes, telles que les murailles, les terres & pierres calcaires. Il reconnoît la néceffité du concours de l'air pour la production de ce fel ; mais il regarde comme contraire la chaleur des rayons du foleil. Le nitre, fuivant lui, ne tire pas fon origine de la terre, mais il paroît y être tranfmis, & il doit fa partie faline à la terre & à l'air. Il dit auffi que des végétaux contiennent du Salpêtre, & il penfe que l'acide nitreux provient des matières falines & huileufes, telles que les urines des animaux.

Selon Lemery, les matières pierreuses, terreuses & alkalines sont celles qui fournissent le nitre ordinaire; mais si on les examine avant qu'elles aient eu occasion de tirer leur nitre des sources étrangères qui le contiennent réellement, on n'y découvre aucune trace de ce sel. Elles sont telles néanmoins, qu'elles peuvent en être chargées, dépouillées, & cependant en redonner encore, même au delà de leurs poids, sans être épuisées. Plus ces matières sont poreuses, mieux elles absorbent les matières nitreuses qui leur viennent de dehors. Il dit donc que la chaux, mêlée avec des matières animales, donne d'excellent Salpêtre; il ajoute que le contact de l'air contribue particulièrement à la formation de ce sel, & que les lieux les plus propres à cette production sont ceux qui, à l'abri du soleil & de la pluie, sont bien aérés & naturellement humides.

M. Pietsch, dans ses pensées sur la multiplication du nitre, ne discute que la manière de construire des murailles propres à cet objet. Il demande qu'elles soient formées de terres alkalines, de cendres non lessivées, & de paille. Il prescrit de les arroser avec des eaux de bourbiers, comme étant les plus favorables. Son sentiment est de donner au nitre trois principes, une terre alkaline, l'acide vitriolique, & l'alkali volatil; & il croit que les mélanges des matières qui contiennent ces principes, doivent être très-féconds en Salpêtre.

En Suède, on tire le Salpêtre artificiellement des terres calcaires, auxquelles on a mêlé des débris de tous les règnes. On accélère leur décomposition complette, en entretenant dans ces mélanges une juste humidité, une chaleur modérée, & une libre circulation de l'air.

Dans le Brandebourg, on construit des murailles avec la terre des cloaques, des caves, des écuries, & on y ajoute des cendres avec de la paille. Ces murs sont placés dans les lieux les plus humides, quoique cependant à l'abri de la pluie ainsi que du soleil. Au pied de ces murs, on répand de la fiente de pigeons & de poules.

M. Gruner avance que sans putréfaction on ne peut produire du Salpêtre. Des excrémens, de l'urine, du fumier, des végétaux, des cendres, de la chaux & des décombres mêlés ensemble, forment un composé qui, étant arrosé d'urine ou d'eaux de fumier, devient très-fécond en Salpêtre. Il prescrit d'y entretenir de l'humidité, parce qu'elle attire l'acide de l'air; & il veut qu'on donne un libre accès à l'air du côté du levant ou du couchant. M. Neuham, de la ville de Bienne, annonce que des matières propres à former du Salpêtre, étant jetées irrégulièrement derrière sa maison, & étant arrosées d'eaux de chaux & d'urine, avoient produit du nitre en assez grande quantité. Il assure donc, d'après son expérience, qu'un mélange d'excrémens d'animaux, de plantes, d'herbes amères, de pierres calcaires, de chaux, de cendres & de fumier, doit donner abondamment du Salpêtre.

M. de Vannes, couronné par l'Académie de Besançon, propose pour la production du nitre, de former des amas de matières végétales & animales combinées avec des sels vitrioliques & des terres alkalines propres à servir de base à ces mélanges. Il regarde l'acide nitreux comme l'ouvrage de la végétation; & en reconnoissant beaucoup de nitre dans les plantes, il dit que la fermentation putride en augmente encore la quantité.

M. Granit assure que plusieurs plantes contiennent beaucoup de Salpêtre, & qu'on en retire des matières animales & végétales putréfiées, sur-tout lorsqu'elles ont été mêlées avec de la chaux, & placées dans des lieux humides. D'ailleurs, le Salpêtre ne devient sensible qu'autant que l'air peut circuler librement autour des terres préparées; & un changement alternatif d'air, de chaleur & d'humidité, garantit une récolte abondante.

M. le Comte de Milly, en rapportant ses observations sur une nitrière artificielle d'Allemagne, dit aussi que la putréfaction est nécessaire à la production de l'acide nitreux, mais que l'air lui est encore plus favorable & plus essentiel. Dans cette nitrière dont il fait la description, on mêle du terreau, des plâtras, du fumier, des cendres, des eaux mères, de l'urine, de la fiente de poules ou de pigeons, & de ce mélange on forme plufieurs couches fous un hangar. Une telle nitrière ne donne beaucoup de Salpêtre qu'au bout de trois ans.

M. Du Coudray décrit les pyramides de Pruffe, qui font formées de la terre des prairies prife fous le gazon, de cendres neuves, & de paille. Ces terres font arrofées avec de l'eau de crottin de cheval ; elles font expofées au grand air, & couvertes feulement d'un chapeau de paille. Il décrit auffi les magafins de Malte, qui font bien aérés, mais impénétrables aux rayons directs du foleil & à la pluie. On remarque dans cette nitrière, des couches formées de terres calcaires sèches, & mêlées avec de la paille. Elles font arrofées d'une eau compofée d'urine, d'eaux mères, de fumier, de lies de vin, & de toute matière putrefcible.

A Drefde, on a fait des expériences intéreffantes fur la formation plus ou moins abondante du Salpêtre. Trente tonnes de décombres, mêlées de cendres & de fumier, ont été expofées à l'air pendant fix mois ; des terres femblables & en même quantité, ont été mifes à l'air pendant un an : les premières ont produit fix livres de Salpêtre, & les dernières en ont donné vingt-cinq livres. Dans l'établiffement de Drefde, on croit que les matières animales font préférables aux matières végétales ; & on penfe que le Salpêtre eft le produit de la putréfaction. On y forme donc des hangars, fous lefquels on raffemble & on mêle des terres des démolitions, des fumiers, de la paille, des plantes, des matières animales, des cendres, & on les arrofe d'eaux de fumier ; on donne auffi à l'air l'accès le plus libre, parce qu'on le juge très-néceffaire à la production du Salpêtre.

Dans l'Inde, où la terre produit naturellement du nitre complet, il y a quelques endroits dont les habitans, pour augmenter la récolte, arrofent le fol avec de l'urine. En Efpagne, fuivant M. Bowle, on fe contente de labourer les champs qui rapportent du Salpêtre. En Amérique, on arrofe le fol des magafins avec la leffive des feuilles rebutées de tabac, & laiffant un libre accès à l'air extérieur, on retire beaucoup de Salpêtre des terres marneuses qui forment le sol de ces magasins.

A Manille, à Kanton, on fait du Salpêtre en cultivant sous des hangars des terres qu'on arrose d'urine. Enfin, en France on a établi dernièrement des nitrières artificielles, conformément à une Instruction publiée sur ce sujet par MM. les Régisseurs des Poudres & Salpêtres, qui assurent que tout ce qui peut tendre à accélérer la putréfaction des matières quelconques, animales ou végétales, tend aussi à presser la formation du Salpêtre. Ils prescrivent de laisser à l'air une libre circulation autour des masses préparées, & d'y entretenir une légère humidité, parce que ces deux causes sont les grands agens de la putréfaction. Ces masses de terre doivent être, suivant ces Messieurs, ou un mélange de terre calcaire & de matières animales & végétales, ou des terres déjà salpêtrées provenant des écuries, caves, granges, vieilles masures, démolitions, ou enfin de terres mêlées de matières végétales & animales; & elles doivent être arrosées avec toute liqueur putréfiée ou putrescible.

Bornons-nous maintenant à comparer ensemble tous ces procédés, imaginés pour produire artificiellement du Salpêtre. Les matières animales & végétales entrent dans la composition de tous ces mélanges; elles y sont employées suivant différentes proportions, & il y a autant de variétés dans ces rapports, qu'il y a de personnes occupées du Salpêtre. Les terres parmi lesquelles ces matières se trouvent mêlées, sont différemment exposées & travaillées; les unes sont placées au soleil, tandis que les autres sont privées de sa chaleur directe. Dans certaines nitrières, l'air circule librement de tous côtés, & dans d'autres, on lui ferme tout accès, ou on ne le laisse aborder que lorsqu'il vient sous certaine direction & dans certaines circonstances.

Malgré les différences qui règnent entre ces procédés qui produisent tous du Salpêtre, on apperçoit cependant quelques rapports généraux, & ils paroissent se ressembler en beaucoup de points. Si la chaleur n'est pas généralement admife comme favorable à la fécondité des mélanges, l'air & l'humidité font reconnus pour des agens néceffaires; les matières putrefcibles font regardées comme les feules fources du nitre, & les terres calcaires abforbantes ou alkalines font une bafe commune univerfellement adoptée. Cette conformité que nous obfervons entre quelques parties effentielles des procédés adoptés pour la multiplication du Salpêtre, ne doit cependant pas décider la queftion fur le choix des moyens les plus convenables à cette multiplication; car toutes ces méthodes peuvent bien s'être engendrées mutuellement, & les dernières peuvent n'être, par fucceffion, que les copies des premières. L'ignorance fur les véritables fources du Salpêtre, la crainte de faire des effais difpendieux & fans fuccès, ont pu arrêter les progrès de l'Art, & forcer ceux qui ont formé des nitrières, de copier fervilement leurs prédécefleurs, dont les travaux n'avoient pas été infructueux. Ainfi, pour ne point tirer quelque conféquence hafardée, ou établir quelque principe mal fondé, d'après les procédés établis dans les nitrières artificielles, il faut néceffairement chercher de nouveaux rapports, & nous en trouverons en mettant en parallèle les ouvrages de l'Art & ceux de la Nature, c'eft-à-dire, les nitrières naturelles & les artificielles. Puifque dans les unes & dans les autres on recueille du Salpêtre, & puifque les mêmes effets doivent avoir une bafe ou une caufe commune, on doit préfumer que la comparaifon de ces deux efpèces de nitrières conduira néceffairement à la découverte de quelque erreur ou de quelque fource véritable du nitre.

C'eft fur les rives du Gange, dans les champs du Bengale, de Siam, de Pégu, de Ceylan, de Mafulipatan, que le Salpêtre fe montre en abondance. C'eft des terres labourées qu'on l'extrait en Efpagne; il y a en France des terres & des débris de plufieurs carrières qui font chargées d'une affez grande quantité de nitre, des bancs calcaires, des pierres tendres qui paroiffent attaqués, corrodés & délités par les effets du nitre qui agit conftamment pour les décompofer. Ainfi la Nature, dans tous ces lieux qu'elle couvre de Salpêtre, n'em-

ploie aucune matière animale, ni aucun suc qui en porte
l'empreinte. Ces matières ne font donc pas, comme on l'a
cru jufqu'ici, effentielles à la formation du nitre; mais les
terres calcaires, ou les pierres de-même efpèce, font la bafe
que la Nature admet par-tout comme la plus convenable à
l'acide nitreux. Elle travaille, elle forme ce fel à ciel ouvert;
& quoique fes productions foient échauffées par le foleil ou
agitées par les vents, la récolte n'eft pas moins abondante.
Ces circonftances doivent étonner d'autant moins, qu'il y a
mille exemples autour de nous d'un Salpêtre qui végète fenfiblement malgré les vents, le foleil & même la pluie. Des
murailles entières s'écroulent fous nos yeux, par le feul effet
d'un nitre naturel qui en a corrodé les matériaux & détruit
les liaifons. Des bancs de pierres tendres, expofés à toute
l'intempérie des faifons, changent de forme, perdent confidérablement de leur volume, & tombent en pouffière par
l'action conftante d'un nitre naturel qui y refte attaché. M.
Gruner cite dans un Mémoire un magnifique hôpital dont les
fondemens étoient endommagés, & continuoient de l'être par
la préfence d'un nitre dont on ne pouvoit arrêter la végétation &
les progrès deftructeurs. On voit des portes, des murailles,
des maifons conftruites en pierres calcaires tendres, qui font
corrodées dans leur furface extérieure, & les pierres qui les
compofent paroiffent avoir perdu leur poli, & être criblées
de trous multipliés & peu profonds. Dans ces trous qui retiennent encore les débris de la partie détruite de chaque
pierre, la pouffière calcaire annonce par fon goût la préfence
du nitre, qu'on découvre plus clairement encore par la lixiviation & l'évaporation. On voit à Saintes les reftes d'un monument des Romains, qui portent l'empreinte d'un nitre bien
enraciné, foit dans les pierres, foit dans la matière qui leur
fervoit de liaifon. Il eft une infinité d'autres exemples particuliers qu'on trouve dans toutes les villes anciennes, & qu'on
pourroit citer pour démontrer évidemment que la Nature forme
du Salpêtre, & en plein air, & malgré les chaleurs du foleil.
Si de ces confidérations on rapproche ce qu'on fait fur les
terres

terres des caves, des granges, des écuries, & de plusieurs
lieux où l'on ferme tout accès à l'air, ces contrastes con-
firmeront l'indifférence que la Nature paroît avoir dans le
travail du Salpêtre, & pour les lieux clos, & pour ceux qui
font exposés à l'intempérie des saisons. Ces mêmes considérations rassemblées nous conduisent aussi à conclure avec vérité,
que les matières animales ne sont pas faites pour être comp-
tées comme nécessaires à la formation du Salpêtre, & il y a
long-temps qu'on auroit dû être convaincu de l'impropriété
des matières animales, puisque d'habiles Chimistes n'ont jamais pu retirer aucune parcelle de nitre de ces matières, dans
quelque état qu'elles fussent.

Les Auteurs des nitrières artificielles se sont donc bien
écartés des vrais principes, lorsqu'ils ont admis dans leurs
terres des matières animales, & lorsqu'ils ont fondé sur elles
toutes leurs espérances. Si leurs opérations ont été suivies de
quelque succès, malgré une aussi fausse combinaison, ils le
doivent à des circonstances particulières & aux terres calcaires qu'ils ont employées, & qui seules ont avec l'acide nitreux une très-grande affinité.

Puisque d'ailleurs les terres de l'Inde, celles de l'Espagne,
& les débris de nos habitations sont calcaires, ainsi que les
bancs de pierres tendres, & les carrières que nous avons citées
comme renfermant un nitre naturel ; puisque cette base calcaire est le seul trait de ressemblance qu'on observe entre les
masses salpêtrées par la Nature & celles qui le deviennent
artificiellement, on pourroit d'avance conclure que cette espèce de terre est ou la cause première du Salpêtre, ou la matrice qui attire, reçoit & conserve l'acide nitreux que d'autres sources y répandent. Mais ce sujet n'est pas encore discuté d'une manière assez décisive, pour prononcer absolument
que la terre calcaire soit une mine de Salpêtre, d'autant plus
qu'il y a une très-grande quantité de terres de cette espèce
qui ne sont pas salpêtrées. Il faut donc entrer dans de nouvelles considérations, & je vais tâcher de proposer quelques

idées qui puiſſent jeter un nouveau jour ſur cette matière in-
téreſſante.

Lorſque je me ſuis occupé de la meilleure manière d'accélérer la formation du nitre, je me ſuis moins attaché à
expliquer les petits ſuccès des pratiques aveugles des Salpêtriers, qu'à conſidérer les fabriques naturelles du nitre. Si on
jette les yeux ſur la ſurface du globe, & qu'on compare enſemble, ſous un nouveau point de vue, tous ces lieux où la
Nature ſeule & abandonnée à elle-même raſſemble des amas
immenſes de nitre, on ne peut s'empêcher de leur trouver des
traits frappans de reſſemblance, malgré leur éloignement &
la différence des climats où ils ſont placés.

On recueille le Salpêtre le plus complet aux environs des embouchures du Gange, ainſi que ſur les bords de ce fleuve en s'a-
vançant dans les terres. A Cachemire, il végète ſur la pente des
montagnes, & il ſe montre abondamment dans la plaine. A Ma-
ſulipatan & dans ſes environs, on voit des traces d'un Salpêtre auſſi
abondant qu'il eſt pur. A la pointe de Galles, dans l'île de Ceylan,
il paroît ſenſiblement à la ſurface de la terre. Dans les royaumes
de Siam & de Pégu, ainſi que dans quelque partie de l'île
de Sumatra, les terres renferment un Salpêtre complet. Tels
ſont les plus grands magaſins de ce ſel qu'on connoiſſe dans
l'Inde, & ſans doute ils ne doivent pas être les ſeuls ; mais
il faut que nos remarques ſoient bornées par l'étendue de
nos connoiſſances phyſiques ſur cette partie du globe. Si on
s'éloigne du Bengale, ſi on ſe tranſporte ſur les bords de
la Méditerranée, on voit les contrées orientales & méridionales
de ce royaume fournir, comme celles de l'Inde, le nitre le
plus parfait ; & ſi on ſuit le contour de cette mer, on voit,
dans le golfe de Lyon, tout le Bas-Languedoc, où le ſeul
leſſivage des terres nitreuſes qu'on y ramaſſe, donne un Salpêtre qui n'a pas beſoin, pour devenir parfait, de l'addition
de la plus petite quantité d'alkali végétal. C'eſt M. Montet qui,
dans un excellent Mémoire ſur cet objet, publié parmi ceux
de l'Académie de Paris, a prouvé la pureté de ce ſel ré-

pandu dans cette partie de la France, en faisant voir que les cendres de tamaris, par lesquelles les Salpêtriers font passer leur lessive ; ne contiennent que du sel de Glauber.

Voilà donc le Bengale, l'Espagne & le Bas-Languedoc qui sont des sources & les seules sources connues du nitre le plus parfait. Si on compare ensemble ces mêmes contrées dont les productions sont si semblables, on voit entre elles des ressemblances & des différences.

Sur le globe, les embouchures du Gange sont voisines du tropique du cancer ; les royaumes de Siam & de Pégu sont moins éloignés de l'équateur ; Cachemire est de quelques degrés au nord du tropique ; l'île de Ceylan est près de l'équateur, & Sumatra coupe ce cercle obliquement. Les cités d'Espagne, fécondes en Salpêtre, se trouvent sur les parallèles qui règnent depuis 34 jusqu'à 40° de latitude ; & le Bas-Languedoc occupe l'étendue du 44ᵉ degré de latitude. D'ailleurs les terres de l'Inde & celles d'Europe sont éloignées entre elles de plus de 80° en longitude. Ensuite les saisons règnent bien différemment dans les unes & dans les autres ; le temps des pluies est fixé au Bengale, & il est variable en Europe. Les vents sont constans dans l'Inde, la mousson de l'est-nord-est succède à celle ouest-sud-ouest avec une régularité qui n'a pas encore été troublée ; tandis que les côtes de la Méditerranée sont assaillies de toute sorte de vents, variés dans leur force comme dans leur direction. Telles sont les différences qu'on peut assigner entre les positions de ces lieux, dont les productions sont si semblables. Il faut donc que ces mêmes différences, qui peut-être nuisent à l'abondance du Salpêtre, n'influent aucunement sur sa formation, & par conséquent les vents, ainsi que les orages, la proximité ou certain éloignement de l'équateur, n'ont ou ne semblent avoir aucune part à la production de ce sel.

Si ces contrées ont quelques différences dans leur position, elles ont aussi des ressemblances qui méritent de fixer toute l'attention des Physiciens. Les embouchures du Gange sont placées dans le fond du golfe de Bengale, & ce golfe semble avoir un contour formé pour rassembler, dans l'espace qu'il renferme, les rayons brûlans du midi. La pointe de l'île de Ceylan, où on a remarqué du Salpêtre sur la surface de la terre, est exposée au sud. Le golfe de Siam est ouvert comme celui du Bengale, & la côte forme devant le royaume de Pégu une gorge ouverte au midi. Enfin la côte qui borde la mer auprès de Masulipatan, forme un enfoncement directement exposé au midi ; les environs de Bancoul, dans l'île de Sumatra, sont situés vis-à-vis le sud-ouest du Monde. Ainsi tous les lieux de l'Inde qui donnent du Salpêtre, sont tous dans une exposition parfaitement semblable. Les mêmes traits de ressemblance rapprochent les parties de l'Europe & celles de l'Asie qui ont été citées précédemment.

M. Bowle, en parlant des terres d'Espagne qui produisent naturellement du Salpêtre, ne nomme que les seules provinces orientales & méridionales de ce royaume, & le Bas-Languedoc s'étend sur une partie du contour du golfe de Lyon, qui s'ouvre au midi précisément comme celui de Bengale ; ainsi les contrées salpêtrées d'Europe sont donc encore exposées comme celles de l'Asie.

A ces traits de ressemblance on pourroit ajouter celui de la proximité de la mer. Il est vrai que dans l'intérieur de l'Asie & loin de la mer, il peut y avoir des dépôts de Salpêtre ; ainsi cela ne décideroit pas si le voisinage de la mer peut influer sur la similitude des productions de ces terreins. Cependant, si on veut juger par analogie, & si on compare ce qu'on observe dans l'intérieur de la France & sur la côte du golfe de Lyon, on remarquera que de toutes les fabriques de Salpêtre éparses dans l'étendue de ce royaume, il n'y a que celles du Bas-Languedoc où il ne soit pas nécessaire d'ajouter au lessivage des terres nitreuses une dissolution d'alkali végétal pour obtenir un Salpêtre parfait. Ainsi on peut donc conclure que la proximité de la mer & l'exposition au midi paroissent contribuer essentiellement ou à la production du nitre, ou à son abondance, ou à sa perfection, parce que, quelle que soit la source du Salpêtre, quelle que soit la caufe qui le faffe naître, toutes les fois qu'on trouve des terreins où il végète naturellement, & qu'en comparant ces terreins on remarque entre eux des reffemblances frappantes, on eft très-fondé à n'attribuer qu'à ces traits de reffemblance la fimilitude des productions.

Ces premières conféquences, que nous faifons réfulter de ces premières comparaifons, font encore confirmées par des exemples nombreux, fur-tout fi dans ces recherches nous ne bornons pas nos vûes aux feules terres qui produifent un Sal-pêtre complet, & fi nous les étendons à toutes les fources naturelles d'un nitre quelconque ; car il eft peu de terres calcaires qui, étant expofées convenablement, ne préfentent des veftiges d'un acide nitreux engagé dans une bafe variable. Les exemples à citer feroient immenfes en nombre, fi on vou-loit feulement rapporter ceux que la France feule renferme dans fon étendue, & ce recueil feroit très-intéreffant pour l'objet en queftion ; mais on n'a pas fait encore avec affez de détail l'Hiftoire phyfique & naturelle de chaque partie du royaume, pour qu'on puiffe raffembler tous les faits qui ont quelque rapport à la formation du Salpêtre. Ainfi, en atten-dant que nous connoiffions plus particulièrement la nature & les propriétés du terrein de chaque province, ainfi que les parties ifolées de ces terreins, qui, bien expofées, font chargées ou dépourvues de Salpêtre, nous nous bornerons à quelques faits épars çà & là, & nous obferverons leur rapport avec les autres faits cités précédemment.

Si on parcourt un Mémoire répandu dans le Public par MM. les Régiffeurs des Poudres & Salpêtres, & qui a été fait pour MM. les Entrepreneurs desfalines de Franche-Comté, on y voit l'Auteur affurer pofitivement que des côteaux de craie coupés à pic, ne fe chargent abondamment d'acide nitreux, qu'autant qu'ils font expofés au midi ou au levant. Cette affertion importante de l'Auteur paroît mériter d'au-tant plus de confiance, qu'il l'a énoncée malgré la préven-tion particulière qu'il paroît avoir en faveur des méthodes pratiques des Salpêtriers. Cette prévention l'a empêché d'en tirer quelque conséquence importante ; mais la généralité qu'il donne à cette remarque, annonce qu'elle est le résultat de la comparaison d'un grand nombre de faits entre lesquels il n'a pu s'empêcher de sentir cette ressemblance. Ces faits comparés par cet Auteur, doivent être sans doute ceux qu'il a cités dans son Mémoire. Il dit qu'on trouve du Salpêtre dans les carrières de la Touraine, dans celles du Berry, de la Saintonge, de la Normandie, de la Picardie, de la Champagne, & qu'il y en a en Provence, dans le Bas-Languedoc, ainsi que dans les Baumes de Revigny ; mais dans l'énumération de tous ces lieux, l'Auteur ne donne aucun détail sur les circonstances locales, & aucune réflexion ne caractérise ni leur ressemblance ni leur différence, si ce n'est qu'il est conduit à cette remarque générale, que l'exposition au midi est exclusivement favorable à la production du nitre. Cette remarque ajoute donc un nouvel appui aux idées que j'ai déjà présentées, & les détails de ce Mémoire démontrent les ressources naturelles de la France pour se procurer le Salpêtre nécessaire à ses besoins.

Voici maintenant quelques autres faits particuliers que j'ai recueillis, & qui confirment encore l'influence heureuse de l'exposition au midi sur la formation du Salpêtre.

Il y a près du grand chemin qui conduit de Montbazon à Sainte-Maure, un banc de roche calcaire qui s'étend l'espace d'un quart de lieue, qui est coupé à pic, & qui est exposé au sud-sud-est, sans être à couvert de la pluie ni du soleil.. Ce banc a des veines de pierres tendres & de pierres dures, qui sont quelquefois mêlées & quelquefois bien séparées. Les parties tendres sont très-corrodées par le Salpêtre dans certains points, & on ne peut toucher celles qui sont attaquées par l'acide nitreux, sans qu'aussitôt elles se détachent du banc & se réduisent en poussière. Le nitre a fait, dans le contour intérieur de la surface du banc, une impression si profonde, que sa forme est sensiblement altérée, & par-tout la présence de ce sel est annoncée, foit par le goût falin qu'on trouve aux pierres, foit par l'em-preffement des pigeons à venir fe repaître de ce fel qui les attire.

J'ai fait dans ce même lieu une obfervation que je ne peux m'empêcher de rapporter, parce qu'elle a beaucoup de rela-tion au fujet que je traite. Dans une coupure naturelle de ce rocher, qui forme une efpèce d'antre, & qui s'étend profon-dément dans l'épaiffeur du banc, les habitans voifins renferment chaque nuit un troupeau de brebis. La pierre intérieure & la pierre extérieure de cette retraite font tendres, & de même efpèce que le rocher dont elles font partie. L'intérieure eft placée auffi avantageufement qu'elle peut l'être, fi on ne con-fulte que les Auteurs des nitrières artificielles ; car dans cette retraite il règne une chaleur modérée, une humidité légère, & on y trouve abondamment les excrémens les plus favo-rables, foit par eux-mêmes, foit par leurs exhalaifons, à la produftion du nitre ; cependant les pierres extérieures & le contour de l'ouverture de cet antre font feuls falpêtrés, quoi-que ces parties foient expofées au foleil, à la pluie & au vent ; & l'intérieur de l'antre, malgré tous les avantages, ne préfente aucun veftige de Salpêtre. Il eft à propos de remarquer ici que cette retraite n'a qu'une iffue, qui eft la porte ; ainfi la circulation de l'air n'eft pas en ce lieu auffi libre qu'on l'exige dans certaines nitrières.

Les portes méridionales de la ville de S. Maixent font très-anciennes, & les pierres qui compofent leur partie infé-rieure font corrodées, délitées & excavées par un nitre abon-dant. Près de ces portes il y a une tour ancienne, dont les pierres n'ont plus entre elles la plus grande partie du mortier qui leur fervoit de liaifon. Le nitre l'a réduit en pouffière, & cette pouffière s'eft diffipée ; les pierres elles-mêmes font ex-cavées en mille points de leur furface, & leur démolition préfente l'efpoir d'une belle récolte au Salpêtrier qui les lef-fivera.

A S. Michel-en-l'Herm, on voit une grande Abbaye de Bénédiftins, dont une façade expofée au fud-oueft & du côté de la mer, est dans un état qui la fait paroître bien plus ancienne que la partie de ce même édifice qui est vis-à-vis du nord. Les pierres de celle-ci ont conservé leur poli ; mais celles qui forment la première n'ont plus un contour régulier, elles ont perdu beaucoup de leur solidité, & on y reconnoît constamment le goût & l'action du nitre.

La ville de Saintes & ses environs sont une masse énorme de pierres calcaires, & la nature de ces lieux s'offre avec des circonstances que je me suis empressé d'observer. La ville est très-ancienne, ses rues sont étroites, & les maisons, en grande partie, sont bâties depuis des temps éloignés ; aussi y remarque-t-on des effets multipliés du nitre. Les pierres tendres qui ont servi à former les murs extérieurs des maisons, n'ont plus maintenant la forme qu'elles avoient reçue. Elles sont rongées, excavées ; mais ces excavations les plus considérables, les plus nombreuses & les plus étendues, s'apperçoivent principalement sur les murailles exposées au midi, telles que celles qui bordent la rivière, & celles qui sont dans la partie élevée de la ville ; on reconnoît aussi les mêmes effets sur la façade d'une église ancienne, placée sur cette hauteur, & qui est exposée à l'ouest. Si on s'éloigne de la ville, & si on suit le bord septentrional de la rivière, on trouve un banc calcaire qui forme un côteau dont le sommet est assez élevé au dessus du niveau de l'eau. C'est dans ce banc qu'il y a quelques excavations faites horizontalement pour l'extraction d'une pierre propre à bâtir. Les bouches de ces carrières sont éparses sur la longueur du côteau, & ces excavations n'ont aucune communication ; elles s'étendent seulement dans l'épaisseur du banc jusqu'à une profondeur plus ou moins grande, & chacune n'a qu'une seule issue. Dans l'intérieur de chaque carrière fraîche & humide, il n'y a aucune trace de Salpêtre ; mais les débris calcaires répandus à l'entrée, paroissent fortement salpêtrées. La pierre même du banc exposée à l'air & au soleil est corrodée par le nitre. Ce même banc, qui a beaucoup d'étendue & qui se fait voir en plusieurs lieux à la surface de la terre, présente vis-à-vis du nord

une

une face coupée à pic, & dans laquelle il y a aussi des excavations horizontales qui ont plusieurs ouvertures & qui se communiquent. La pierre est tendre, les déblais sont considérables, l'air y circule librement, l'humidité y est un peu sensible, & je n'ai vu ni au dehors ni au dedans de ces carrières aucun vestige de Salpêtre.

Si on se transporte aux arènes, qui sont un ancien monument des Romains, on trouve du nitre dans les seules parties de ces ruines qui sont exposées au midi. Au delà des arènes, il y a un banc de roches tendres très-étendues, coupé à pic, & qui se montre à nu à la surface du côteau qu'il forme. La coupure de ce banc peut avoir vingt pieds d'élévation, & elle semble un monument authentique de l'affinité & de l'action destructive du nitre. Trois lits épais d'une pierre tendre, & qui sont placés horizontalement l'un au dessus de l'autre, sans aucun intervalle qui les sépare, composent la masse apparente de cette partie de banc qui s'élève au dessus de la plaine. L'extrémité intérieure de chacun de ces lits qui sont bien distincts, a été tellement décomposée, délirée par le Salpêtre, que sa forme est devenue angulaire, & la surface verticale de la coupure du banc semble être excavée par deux sillons profonds qui s'étendent longitudinalement & parallèlement à l'horizon. Ces sillons sont couverts de poussière calcaire, provenant de la décomposition de la pierre, qui auparavant remplissoit les vides actuels. J'ai ramassé une partie de cette poussière, & elle m'a paru chargée d'un nitre très-sensible; j'ai remarqué d'ailleurs que ce banc formoit en s'étendant un angle saillant & à peu près droit, de sorte que dans cette partie il présente deux faces verticales qui forment ensemble un angle de 90°. L'une de ces faces est exposée au sud-sud-ouest, & l'autre à l'est-sud-est. La face du sud-sud-ouest est celle qui est si altérée par l'action du nitre; celle de l'est-sud-est est aussi attaquée, mais ses sillons sont bien moins profonds. La continuation du côteau qui devient ensuite, dans sa direction, parallèle à la première face, a reçu des impressions nitreuses aussi fortes que la face du sud-

K k k

fud-oueft. Dans ce même banc, on a fait autrefois des excavations horizontales; mais les bouches de ces carrières font feules falpêtrées, & ce n'eft encore que dans leur contour extérieur. On remarque auffi dans le chemin qui conduit de ces carrières à la ville, & qui a été creufé dans l'épaiffeur de ce banc prolongé, que le bord feptentrional, qui eft une partie du banc coupé à pic, eft chargé de beaucoup de nitre à bafe terreufe.

Sur les bords de la Charente & à quelque diftance de Saintes, on trouve de nouvelles carrières qui portent les noms des lieux qu'elles avoifinent. L'une eft la carrière de Saint-Vaize, & l'autre, celle de Saint-Sarinien; à Saint-Vaize, le banc de pierre tendre a été excavé horizontalement, & les ouvertures des excavations font les unes expofées au nord, & les autres à l'oueft. Dans l'intérieur des carrières occidentales, on trouve des terres nitreufes en affez grande quantité; mais dans les feptentrionales, fi les terres n'y paroiffent pas tout-à-fait infipides, foit à caufe de l'humidité qui y règne, foit à caufe de l'expofition, le nitre néanmoins n'y eft pas auffi fenfible que dans les premières. Ces excavations cependant fe communiquent & font très-aérées; les pierres font tendres, & il y a des débris de toute groffeur; ainfi il ne leur manque fans doute, pour fe charger abondamment d'acide nitreux, qu'une expofition plus avantageufe.

La carrière de S. Savinien eft mieux fituée; fes bouches nombreufes font toutes ouvertes au midi, & le banc calcaire a beaucoup d'étendue : il eft coupé à pic, & le fommet du banc eft élevé d'environ quarante pieds au deffus du niveau de la rivière. Depuis long-temps les gens du pays & des environs tirent des pierres du fein de cette maffe, & les excavations qui font faites horizontalement, s'étendent très-profondément dans l'épaiffeur du rocher.

Les contours extérieurs des bouches de la carrière font très-chargés d'un nitre très-apparent. En leffivant des morceaux du banc caffés exprès pour en faire l'épreuve, on a trouvé du nitre & du fel marin. A l'entrée de ces bouches, il y a une quantité immenfe de terres calcaires & de déblais qui fe montrent plus ou moins·salpêtrés, & il en est qui font sur la langue l'impression la plus pénétrante, tant le nitre y est abondant. On remarque d'ailleurs dans cette nitrière naturelle, que par-tout où l'air a pu circuler librement, & même dans les lieux que le soleil a échauffés de ses rayons directs ou ré-fléchis, le nitre s'y trouve en très-grande quantité. Au reste, quelque nombreuses que soient les bouches de la carrière, il n'en est aucune qui ne présente des indices sensibles du Sal-pêtre.

On assure aussi que dans le Bas-Languedoc, il y a des cô-teaux calcaires dont la surface est salpêtrée; mais j'ignore leur exposition, & les circonstances locales qui les accompagnent.

A ces faits on pourroit en joindre beaucoup d'autres cir-conscrits dans de plus petits espaces, & qui ne feroient pas voir d'une manière aussi grande comment la Nature paroît travailler à la formation du Salpêtre. Il me suffit d'en avoir présenté qui, tous ensemble, conduisent nécessairement à cette conséquence importante, que l'exposition au soleil & des terres calcaires sont les fondemens les plus essentiels de la produc-tion du nitre. Cette conséquence doit désormais être regardée comme un principe démontré par l'expérience & l'observation; mais ce principe n'est pas seul suffisant pour donner une ex-plication plausible de toutes les sources naturelles du nitre, sur-tout de celles où les rayons du soleil ne peuvent pénétrer. Il faut donc encore présenter de nouvelles observations, où considérer les précédentes sous de nouvelles faces, pour juger des conditions particulières auxquelles la Nature rend le nitre sensible sur la surface du globe, & l'accumule dans des lieux qui diffèrent si étrangement par leur position & leur tempé-rature.

Si les bancs calcaires que j'ai déjà cités, & qu'on voit près de Saintes, de S. Vaize & de S. Savinien, présentent des traces de nitre dans leur surface extérieure, lorsqu'ils sont ex-posés au midi ou qu'ils reçoivent les rayons du soleil pendant la plus grande partie du jour; si nous avons dit que les terres qui se trouvent sous les excavations faites dans ces bancs font auffi chargées de nitre lorfqu'elles font expofées avec autant d'avantage, cela ne doit s'entendre que des terres répandues à l'entrée des carrières; car il n'en eft pas de même de celles qui font placées plus profondément, & qui ne peuvent être frappées des rayons du foleil : celles-ci ne préfentent aucun veftige de nitre, quoique d'ailleurs la circulation de l'air foit auffi libre qu'on peut l'établir. A S. Savinien, les terres qui font à vingt pieds de diftance de l'ouverture des carrières, & celles qui couvrent enfuite tout le fond des excavations, ainfi que les piliers qui foutiennent la maffe du banc, femblent être condamnées à ne jamais recevoir du nitre de la fource quelconque d'où il découle, tandis que celles qui font frappées de la lumière réfléchie ou directe du foleil, & autour defquelles l'air peut circuler plus ou moins librement, font auffi plus ou moins falpêtrées dans leur furface. Cependant ces déblais qui tapiffent l'entrée des carrières, font de même efpèce, de même forme, de même qualité que ceux qui font enfoncés plus profondément fous les carrières. Il faut donc que la différence d'expofition produife la différence de leur propriété, & il devient maintenant néceffaire de remonter à l'origine de cette différence.

Si on confulte tous ceux qui ont parlé des carrières, des cavernes, des grottes, & des caves profondes, & qui les ont confidérées en Phyficiens, ont remarqué que la température de tous ces lieux, obfervée à un certain éloignement du jour, eft conftamment la même que celle des caves de l'Obfervatoire de Paris, où le mercure du thermomètre fe tient toujours & dans tous les temps à 10° au deffus de la congélation. Dans les Mémoires de l'Académie, il y a un fait qui, par fes circonftances, prouve bien évidemment que cette égalité de température doit toujours avoir lieu, lorfqu'on s'avance à une certaine profondeur dans l'épaiffeur de la terre. Sous la colline de Monte-Teftaccio, il y a une cave dans laquelle le mercure du thermomètre s'élevoit à 9° ½, lorfque dehors il montoit à 18°, quoique cependant, fuivant l'obfervation de M. l'Abbé Nollet, cette cave fût expofée di-

rectement au midi, & que ſes portes très-grandes fuſſent
ſouvent ouvertes pendant le jour. D'ailleurs il n'eſt perſonne qui
n'ait obſervé que dans toutes les caves & les lieux profonds éloignés du ſoleil, la température de l'air qui y règne ne s'éloigne
guère du dixième degré du thermomètre; c'eſt ce qui fait dire
communément que les caves ſont fraîches en été, & chaudes en
hiver. M. Jars, de l'Académie des Sciences, a remarqué dans
des mines dont les excavations ſont faites horizontalement
comme celles des carrières dont j'ai parlé, qu'en portant un
thermomètre en dedans de la mine & à une toiſe de l'ouverture
en été, le mercure étoit à 11°, lorſque dehors il s'élevoit à
20°. Il a obſervé auſſi que le mercure ſe tenoit conſtamment
à 11°, à quelque profondeur qu'il le portât dans la galerie de
la mine, pendant l'hiver; ce même thermomètre, placé en dedans de la galerie, & à quarante-cinq pas de l'ouverture,
marquoit 0°, c'eſt-à-dire, qu'il marquoit le terme de la glace;
mais porté plus profondément, alors le mercure s'élevoit &
ſe ſoutenoit conſtamment à 11° au deſſus de 0°. Un courant
d'air qui circule par des puits & par l'ouverture de la galerie, occaſionnoit cette différence de température obſervée
en hiver & en été. Quant à la différence de 2° entre la température des mines & celle des caves de l'obſervation, M. Jars
penſe qu'elle doit être attribuée à la chaleur que répandent
dans ces lieux & les Ouvriers qui y travaillent, & les lampes
qui les éclairent. C'eſt à préſent que j'oſe joindre à ces obſervations, celles que j'ai faites dans les carrières citées précédemment; & j'oſe aſſurer qu'à certaine profondeur elles ont
conſtamment & à peu près la température des caves. Comme
les bouches de quelques-unes de ces carrières ſont nombreuſes
& voiſines, comme les excavations ſe communiquent, il faut
quelquefois s'éloigner de plus de quarante-cinq pas de l'ouverture, pour trouver le premier point de la carrière où la
température eſt égale à celle des caves. Les circonſtances locales changent beaucoup cette diſtance; mais au delà de ce
point juſqu'au fond de la carrière & à quelque profondeur
qu'elle s'étende, le mercure du thermomètre s'y tient conſ-

tamment à la même hauteur. Nommons donc *ligne d'égale température*, une ligne qu'on imagineroit féparer le fond de la carrière où le mercure du thermomètre eft conftamment à 10°, & cette partie avancée de la même galerie où le mercure varie en hauteur, fuivant la proximité & les variations de l'air extérieur. On voit bien que cette ligne fera d'autant plus voifine de l'entrée, que l'ouverture de la galerie fera plus baffe, & que cette galerie aura moins de communication avec les galeries voifines qui peuvent avoir des ouvertures plus ou moins élevées. On voit bien auffi que le mercure du thermomètre, dont la hauteur varie dans le cours de l'année, à l'entrée de la galerie, variera d'autant moins en hauteur & s'éloignera d'autant moins du 10ᵉ degré, que les rayons du foleil directs ou réfléchis auront moins d'accès fous l'ouverture de la galerie. Ainfi on imagine aifément toutes les variétés de température qu'on peut obferver, & à chaque inftant & dans chaque faifon, au milieu de cette maffe d'air qui s'étend depuis l'entrée de la galerie jufqu'à la ligne d'égale température.

Si nous revenons à notre objet principal, nous remarquerons qu'on peut faire fous les carrières citées l'obfervation de deux effets, qui ont lieu en même temps, qui font circonfcrits dans les mêmes limites, & qui finiffent aux mêmes points. Sous ces carrières, la température de l'air eft la même depuis la ligne d'égale température jufqu'au fond de toutes lẽs galeries; de même les terres, les pierres calcaires font, dans le même efpace, également dépourvues de tout acide nitreux. Depuis cette ligne jufqu'à l'entrée, l'air eft variable dans fa température, foit diurne, foit annuelle, & les terres paroiffent contenir une quantité variable de nitre. Ces deux effets ayant lieu enfemble avec des circonftances qui établiffent entre eux la relation la plus marquée, il doit y avoir auffi entre eux une dépendance mutuelle qu'on ne peut s'empêcher de reconnoître.

Puifque dans une carrière telle, par exemple, que celle de S. Savinien, il eft un terme plus ou moins éloigné de l'entrée, au delà duquel le thermomètre ne varie plus & marque constamment la même température ; puisque, depuis ce terme jusqu'à l'entrée de la carrière, le mercure change de hauteur dans le tube du thermomètre, suivant l'état de l'air extérieur : il s'ensuit que le nitre ne se montrant qu'à la surface des terres qui sont sous cette seule région où le thermomètre annonce des variations, on peut conclure par analogie, que la présence du nitre est due à ces mêmes variations de l'air. Afin de justifier cette conséquence d'une manière qui ne permette plus d'en douter, examinons quels doivent être les mouvemens de l'air à l'entrée d'une galerie pendant le froid ou la chaleur, & démontrons quels doivent en être les effets.

Dès que l'air extérieur est échauffé par la présence du soleil, alors l'air intérieur de la carrière étant plus frais, s'échappe par le bas de l'ouverture de la galerie, tandis que l'air chaud de dehors s'introduit dans la galerie par le haut de la même ouverture. Plus la bouche de la galerie a de hauteur, & plus ces mouvemens de l'air sont considérables, c'est-à-dire, plus le courant d'air est rapide. Cet air chaud qui s'introduit dans la galerie où il règne beaucoup de fraîcheur, se condense promptement, perd la chaleur qu'il avoit reçu, & se met bientôt à la température commune des couches d'air qui sont dans la galerie ; de sorte que cet air chaud s'étend d'autant moins profondément dans cette galerie, que celle-ci est plus fraîche, ou que son ouverture est moins élevée ; & la ligne d'égale température est aussi maintenue par ces mêmes causes à une plus grande proximité de l'entrée. Ainsi, plus les ouvertures des galeries sont basses, moins il faut s'avancer dans ces galeries pour arriver à la ligne d'égale température, & moins aussi, dans les mêmes circonstances, on trouve d'étendue à cette portion de terres qui se montrent chargées de nitre. J'ai aussi observé que si plusieurs galeries se communiquent par des excavations collatérales, alors, dans ces mêmes lieux, la ligne d'égale température s'éloigne beaucoup de l'entrée,

& la région des terres nitreuses embrasse un espace beaucoup plus considérable.

La masse d'air comprise entre l'ouverture & la ligne d'égale température n'est donc jamais en repos, soit lorsqu'elle est plus échauffée que l'air extérieur, soit lorsqu'elle a moins de chaleur. D'ailleurs il est à remarquer que si, par exemple, le mercure est à 20° en dehors de la galerie, il doit y avoir dans la masse d'air désignée une suite de tranche dont la température particulière est différente, & toutes ces tranches ensemble doivent avoir toutes les températures intermédiaires comprises depuis 10° jusqu'à 20 au dessus de la congélation. Cet air extérieur & chaud qui s'introduit en été par le haut de la galerie, doit donc, en s'avançant dans la galerie, changer successivement de température, & ces changemens font suivis ou accompagnés de condensations successives, jusqu'à ce qu'enfin cet air soit parvenu à 10° de température. Puisque cet air, lorsqu'il étoit échauffé, a dissous, à proportion de sa chaleur, toutes les molécules fluides des corps évaporables qu'il a pu toucher; de même cet air, en se mêlant à un air plus frais, en se trouvant en contact avec des corps plus froids que lui, doit, en se condensant, en perdant sa chaleur, laisser aussi précipiter ces molécules fluides que sa chaleur seule lui faisoit tenir en dissolution; & ce précipité est d'autant plus abondant, que le changement de température qu'éprouve l'air chaud de dehors est plus considérable. Quant à cette dissolution & cette précipitation dont je parle, ce font des faits dont on ne peut douter; tout le monde peut les observer, & ceux qui auroient négligé de les remarquer, peuvent consulter les Mémoires de l'Académie des Sciences, où il est démontré par beaucoup d'expériences décisives, que cette dissolution produite par l'air, est en raison de sa chaleur, & que le précipité suit toujours son refroidissement.

Ainsi en été l'air chaud qui s'introduit dans une galerie dépose nécessairement, par sa condensation, une partie plus ou moins grande des molécules fluides que sa chaleur lui

avoit

avoit fait diffoudre, & ce dépôt eft reçu par des terres ou pierres calcaires qui font placées fous cette couche d'air refroidie.

Lorfqu'à ces faits bien connus on joindra maintenant l'obfervation de cet autre fait, favoir, que les terres ne paroiffent falpêtrées que dans cette partie de la galerie où l'air éprouve des variations de température ; lorfqu'on remarquera que ces terres peuvent être dépouillées plufieurs fois du nitre reçu, & s'en charger encore autant de fois en les plaçant toujours aux mêmes endroits ; lorfque d'ailleurs, en les analyfant chimiquement avant leur expofition, on trouve qu'elles ne contiennent aucune trace de nitre, & que même, après en avoir fourni au delà de leur poids, elles ne font pas encore épuifées : on peut conclure avec affurance que le nitre qu'elles donnent n'eft pas un nitre qu'elles produifent, mais qui leur eft tranfmis par une caufe extérieure & étrangère. Enfuite, comme dans ces lieux ces terres font à l'abri de la pluie & du foleil, comme elles font éloignées de toute habitation des hommes ou des animaux, & comme aucun végétal ne couvre leur furface, il faut donc que l'air qui eft le feul corps qui les touche, qui les enveloppe, foit auffi, par fes changemens, la feule caufe de la transformation de ces terres infipides en terres nitreufes. Puifque le nitre fe trouve fur la furface de ces terres ; puifque l'étendue de ces terres nitreufes eft proportionnée à l'étendue de la maffe d'air dont la température eft variable ; puifque d'ailleurs l'air eft propre, par fes condenfations fucceffives, à dépofer abondamment des molécules fluides quelconques qu'il tient en diffolution ; puifque cet air eft la feule caufe, la feule fource étrangère qui paroiffe avoir quelque influence fur la transformation de ces terres, & qu'il eft démontré que le nitre eft dépofé par une caufe extérieure, il faut donc que le dépôt reçu par ces terres foit celui de l'air, & que l'air ne dépofe qu'un mélange d'eau & d'acide nitreux dont ces terres fe trouvent chargées.

L'air paroît donc être la fource évidente de ce nitre naturel qu'on recueille dans les terres calcaires. C'eft en s'échauf-

L l l

fant qu'il s'empare de l'acide nitreux par-tout où il le rencontre, & c'est en se refroidissant qu'il l'abandonne, & qu'il
le dépose souvent bien loin de la source où il l'avoit puisé.

Dès que les terres calcaires l'ont reçu, comme cet acide
a plus d'affinité avec elle qu'avec l'air, elles le retiennent; &
c'est après des dépôts multipliés, qu'elles présentent une abondance de nitre proportionnée à leur exposition plus ou moins
avantageuse.

Je renouvelle ici une opinion abandonnée, en établissant
l'air comme le véhicule du nitre; mais les observations & les
raisonnemens m'ont conduit à ce principe, & je n'ai pu m'empêcher de l'admettre. Les Chimistes ne se sont décidés à le
rejeter, que d'après une seule expérience, par laquelle on voit
que des linges imbibés d'alkali fixe, & exposés en plein air,
se sont chargés de tartre vitriolé, & non pas de nitre; mais
si de cette observation on rapproche celles des terres calcaires avec lesquelles l'acide vitriolique a plus d'affinité que
l'acide nitreux, & qui étant exposées à l'air ainsi qu'à l'action de
tout l'acide vitriolique contenu dans l'air, se chargent néanmoins chaque jour d'un nitre à base terreuse qu'elles retiennent & qu'elles conservent sans que l'acide vitriolique le
décompose, on conclura avec vérité, que si la première expérience démontre que l'acide nitreux n'est pas répandu dans
l'air, la seconde fait voir aussi évidemment que l'acide vitriolique ne peut se trouver en dissolution dans l'air : car si ce
dernier acide étoit présent dans l'air, il s'uniroit aux terres calcaires, & en sépareroit l'acide nitreux. Les Chimistes ayant
également égard à ces deux expériences, auroient donc dû
proscrire également les deux acides & nitreux & vitriolique;
mais ils ont continué de penser que l'air ne renfermoit aucune partie d'acide nitreux, & qu'il contenoit de l'acide vitriolique. Laissons ici ces systêmes, & reconnoissons, d'après ces expériences bien analysées & les observations rapportées précédemment, qu'il est prouvé démonstrativement que l'acide nitreux
ainsi que l'acide vitriolique, & même l'acide marin, sont répandus dans l'air qui en est le véhicule. Il me semble même

qu'un seul raisonnement le prouve assez clairement : l'acide nitreux est évaporable, & continuellement il s'exhale en vapeurs rouges très-sensibles ; or toute évaporation d'un fluide quelconque n'est qu'une dissolution de ce fluide faite par l'air qui l'environne ; par conséquent l'air doit contenir l'acide nitreux, s'il y en a en contact avec l'air sur la surface de la terre. D'ailleurs on peut encore ajouter ici, à l'appui de cette opinion, les expériences de M. Margraff, rapportées dans les Mémoires de l'Académie de Berlin, par lesquels ce Chimiste a trouvé dans l'eau de pluie & dans l'eau de neige une petite quantité de nitre. Ainsi on ne peut douter que le nitre qui est si apparent, si sensible sur la surface des terres placées à l'entrée des galeries citées, ne soit réellement un précipité de l'air, & que l'air, dans toutes les circonstances où il se condense, ne dépose l'acide nitreux avec les autres molécules fluides qu'il peut tenir en dissolution sur les corps avec lesquels il est en contact : de plus, que si ces corps ont avec l'acide nitreux plus d'affinité que l'air, alors cet acide déposé reste dans ses nouvelles matrices ; mais que, dans le cas contraire, l'air, en s'échauffant, repompe cet acide déposé & l'enlève au corps sur lequel il l'avoit répandu.

Ce principe est si vraisemblable, qu'il fournit l'explication la plus plausible de l'origine du nitre qu'on recueille dans tous les lieux habités, tels que les caves, les granges, les écuries, sous les halles, près des latrines, dans les églises, ainsi que dans les vieux édifices. Si l'air, en se condensant, laisse précipiter l'acide nitreux, tous les lieux où il peut se condenser en s'y introduisant, doivent contenir du nitre ; si ces lieux d'ailleurs renferment une base convenable : de même aussi tous les corps qui attirent l'humidité de l'air, doivent en même temps & en même raison attirer l'acide nitreux & le retenir fixement, s'ils ont avec lui plus d'affinité qu'il n'en a avec l'air. Par conséquent tous les corps couverts d'exhalaisons urineuses ou de sels qui ont la propriété de produire le refroidissement de l'eau à laquelle ils sont mêlés, doivent aussi, par le même principe, obliger l'air environnant de leur abandonner l'acide nitreux qu'il recèle.

C'eſt par cette raiſon que le nitre ſe montre en ſi grande quantité près des bâtimens, dans les écuries & dans les étables; c'eſt à cette cauſe qu'on peut attribuer le nitre recueilli dans les nitrières artificielles, où les terres ſont humectées d'urines & mêlées avec des matières qui, par leur décompoſition, donnent des ſels qui attirent l'humidité de l'air; enfin, c'eſt de cette ſource que découle le nitre qui paroît par-tout où il y a des exhalaiſons urineuſes, des mélanges de ſel, de cendres, d'excrémens, d'eaux de fumier, & de matières animales putréfiées; lorſque d'ailleurs, dans tous ces lieux, il y a des matières calcaires qui ſont des matrices propres à recevoir & à conſerver le nitre dépoſé.

Si le nitre ſe forme dans les caves, dans les granges, ſous les halles, & dans tous les lieux habités, c'eſt encore aux variations de l'état de l'air qu'on doit l'attribuer. En effet, dans les caves qui ont une ou pluſieurs portes, ou bien une porte & un ſoupirail, l'air qui y règne, ſi elles ſont profondes, eſt preſque toujours, ſoit à 10° de température comme dans les caves de l'Obſervatoire, ſoit à quelques degrés au deſſus ou au deſſous, ſi pendant l'été leur poſition permet à l'air d'acquérir une certaine chaleur, & pendant l'hiver de participer au froid extérieur. Mais cette variation de température eſt ordinairement aſſez peu conſidérable, pour permettre de regarder en été les caves comme fraîches, relativement à la température de l'air extérieur, & de les trouver chaudes en hiver malgré le froid qui y peut entrer. C'eſt cette fraîcheur conſtante qu'on y obſerve en été, qui fait précipiter l'acide nitreux porté par cette maſſe d'air échauffé & extérieur qui s'introduit dans l'intérieur d'une cave. La circulation de l'air que nous ſuppoſons ici, eſt facile à imaginer dans toutes les caves où l'air a ſeulement deux iſſues, dont l'une ſoit plus élevée que l'autre, & qui ſoient placées l'une par rapport à l'autre dans des poſitions favorables. L'air chaud de l'été s'introduit par l'iſſue la plus élevée, tandis que l'air frais de la cave s'échappe par l'ouverture plus baffe; mais ces caufes des courans de l'air font déjà trop connues, pour que je m'étende davantage fur leur développement, & fur les conditions qui doivent avoir lieu pour que ces courans s'établiffent dans un lieu déterminé. Les halles dans les villes recèlent auffi du nitre par la même caufe; l'air qui règne dans l'intérieur de ces lieux eft prefque toujours frais, & jamais il ne fe met à la température de l'air extérieur : il y a donc un courant continuel d'un air échauffé qui s'introduit dans ces lieux, qui s'y condenfe, & d'un air froid qui en fort & qui fe dilate enfuite. J'ai vu dans plufieurs villes anciennes, des halles dont le terrein étoit chargé & fe chargeoit encore d'un nitre très-abondant; mais elles étoient étroites, renfermées & fort vaftes, & elles étoient fituées très-favorablement pour que l'air intérieur confervât toujours une très grande fraîcheur, & ne pût fe renouveler que très-lentement. Au refte, dans tous ces lieux, le nitre n'y eft abondant (toutes chofes d'ailleurs égales) qu'autant que les terres qui couvrent le fol ont une plus grande affinité que l'air avec l'eau & l'acide nitreux. Si ces terres, par exemple, font calcaires, elles attirent puiffamment & retiennent fixement tout celui que l'air condenfé dépofe fur leur furface. Si le fol de ces lieux n'étoit recouvert que de fables ou de terres vitrifiables, l'acide nitreux qui n'a avec ces matières aucune affinité, y feroit dépofé conféquemment aux condenfations de l'air; mais cet air le repomperoit bientôt, lorfqu'il reprendroit quelque nouveau degré de chaleur; peut-être même ne le dépoferoit-il pas, parce que fon affinité avec l'acide nitreux eft plus grande que celle de cet acide avec les terres vitrifiables & fableufes.

C'eft d'après ces principes qu'il eft aifé d'expliquer pourquoi, dans d'autres lieux habités, tels que nos appartemens qui, par leur forme & leur pofition, ne font pas propres à conferver long-temps un air différent de l'air extérieur, à moins qu'on n'emploie des précautions particulières, il fe trouve cependant du nitre affez abondamment dans les débris des murailles qui les entourent. En effet, il fuffit de favoir qu'on peut à volonté établir, fur-tout en été, une différence de plus de 10° entre la température de l'air intérieur & celle de l'air extérieur. L'expérience en a été faite, & on a obfervé que dans un appartement fermé & où les rayons du foleil ne pouvoient avoir d'accès, le mercure du thermomètre fe tenoit à 18 où 19°, lorfque dès-lors il s'élevoit à 28 & 29.° Une moindre différence a lieu affez conftamment, & fuffit pour faire dépofer à l'air l'acide qu'il contient.

C'eft encore fur ce fondement qu'on peut appuyer l'explication de cette quantité de nitre, plus abondante dans les rues étroites dont les maifons font élevées, & où le foleil ne peut pénétrer, que dans les rues larges & expofées à toute la chaleur du jour. La différence de température qui règne conftamment entre l'air frais des petites rues & l'air échauffé des plus grandes, doit feulement être indiquée ici, pour annoncer combien il eft facile de rendre raifon pourquoi les Salpêtriers recueillent plus de nitre des débris des petites rues, que de ceux des plus larges.

Si ce principe fournit une explication auffi facile de l'origine du nitre dans tous les lieux où il fe forme loin du foleil, tels que les carrières, les édifices, les halles, les caves, les écuries, les latrines, & les autres lieux habités; il laiffe encore à défirer des lumières fur la fource du nitre qui végète fous un ciel brûlant dans des terres & fur des pierres pénétrées des rayons d'un foleil qui les échauffe fans interruption, pendant un certain temps, comme dans l'Inde, l'Efpagne & tous les autres lieux où les pierres tendres & les terres fe chargent d'un nitre abondant & fenfible. Il faut encore examiner cette matière fous un nouveau point de vue, & remonter à quelque caufe dont l'influence & l'énergie foient fuffifantes pour la production de ces effets.

Après tout ce qui a été dit précédemment, on ne peut maintenant ne pas regarder comme démontré, que l'air eft le véhicule de l'acide nitreux qui s'évapore fur la furface de la terre, qu'il doit le diffoudre dans un lieu pour le tranfporter dans un autre, où quelquefois il le rediffout enfuite pour aller le dépofer dans une nouvelle matrice, avec laquelle enfin il contracte une union intime qui ne lui permet plus de s'échapper. Ainfi l'air qui enveloppe la terre, doit être regardé comme chargé d'acide nitreux en plus ou moins grande quantité, quoique le refroidiffement qui fuccède à fa chaleur, l'oblige d'abandonner cet acide, & produife la précipitation : l'air peut auffi être dépouillé de ce même acide par une caufe tout-à-fait différente; & on peut imaginer avec raifon, que tous les corps qui ont avec cet acide plus d'affinité que l'air, doivent auffi lui enlever l'acide auquel il eft uni.

L'acide nitreux a moins d'affinité avec l'air, qu'avec les terres calcaires; ainfi ces terres peuvent exercer avec fuccès leur puiffance attractive fur l'acide de l'air. Si on obferve auffi que rien n'égale, comme le dit M. Macquer, l'activité & l'impétuofité avec lefquelles cet acide fe joint au phlogiftique, on doit penfer que tous les corps qui font plus ou moins chargés du principe igné, doivent attirer l'acide de l'air avec plus ou moins d'énergie; & par conféquent fi des terres calcaires ont reçu d'avance une grande quantité de phlogiftique, leur affinité avec l'acide nitreux s'élève au plus haut degré d'intenfité.

Bien différentes de l'air qui eft peu denfe, très-fluide, très-perméable à la lumière, qui s'échauffe aifément, qui perd la chaleur acquife avec autant de facilité, & qui par conféquent ne peut fe charger de beaucoup de phlogiftique, les terres calcaires au contraire étant expofées à une chaleur vive & continue, en confervent la plus grande partie, & la retiennent très-long-temps.

Si on confulte les expériences de M. de Buffon, on y voit que les terres calcaires ne font en partie compofées que d'air & de feu fixes, c'eft-à-dire, qu'elles contiennent effentiellement une certaine quantité de phlogiftique. Si ces terres qui, par conféquent, font naturellement très-propres à s'unir à ce principe igné, font expofées au foleil & pendant long-temps; comme elles ne réfléchissent pas tous les rayons qui les frappent, comme il reste dans ces terres une grande partie de ce feu élémentaire qui s'y éteint, qui s'y fixe, & qui devient enfin partie constituante des terres qu'il a pénétrées, il faut donc qu'elles se chargent d'une quantité de phlogistique qui devient d'autant plus grande, qu'elles éprouvent plus long-temps & sans interruption de très-grands degrés de chaleur. C'est cette surabondance de phlogistique qui ajoute encore à la propriété qu'elles avoient déjà d'attirer l'acide de l'air, & cette force attractive a d'autant plus d'intensité, qu'elle est en raison des affinités de cet acide, & avec les terres calcaires, & avec le phlogistique qu'elles ont pu acquérir. Cette grande attraction doit par conséquent produire l'union la plus intime entre les terres calcaires & l'acide nitreux dont elles dépouillent l'air qui en étoit chargé auparavant. Cet acide doit donc rester sur la surface de ces terres, quoiqu'elles soient exposées en plein air, & la pluie seule peut affoiblir & dissiper ce nitre déjà formé.

C'est ainsi que les terres du Bengale attirent, reçoivent & conservent dans leur sein un nitre abondant qu'on recueille chaque année, & qui fait une branche brillante du commerce de l'Inde. Ces terres sont placées sous un climat qui est brûlant pendant six mois entiers de chaque année.

Depuis le mois d'Octobre jusqu'au mois de Mars, le ciel est superbe dans ces parages, les vents sont constamment à l'est-nord-est, & le soleil sans nuage, après avoir dissipé promptement toute l'eau dont les terres avoient été inondées, pénètre ces mêmes terres de la chaleur la plus vive ; alors ces terres se chargent bientôt d'une très-grande quantité de phlogistique que la pluie ne vient plus dissiper, & qui ajoute à leur affinité avec l'acide nitreux répandu dans l'air. Ces terres doivent donc recevoir du nitre en abondance & en quantité d'autant plus grande, que le vent, toujours très-chaud & par conséquent toujours très-chargé de molécules fluides évaporables, doit apporter aussi régulièrement que successivement de nouvelles masses d'air qui, dans leur contact avec

ces

ces terres, leur abandonnent & leur cèdent un acide que leur moindre affinité ne leur permet pas de retenir.

Sans doute il en est de même des terres des provinces méridionales d'Espagne, dont la latitude est encore assez peu considérable, pour qu'elles puissent recevoir du soleil de très-grands degrés de chaleur depuis le commencement du printemps jusqu'au mois d'Août, qui est le temps de la récolte du Salpêtre. Le soleil, pendant ce temps, a une déclinaison boréale qui donne à ses rayons une direction moins oblique à la surface de ces terres. Il est vrai que le Bengale est plus voisin de l'équateur que ces provinces d'Espagne; mais le temps des grandes chaleurs de l'Inde ne correspond qu'à l'époque où la déclinaison du soleil est australe, & on sait par les observations météorologiques, que si la chaleur y est plus continue, elle n'a pas plus d'intensité que sur les côtes d'Espagne, & même à Paris, en comparant seulement les plus hauts degrés de chaleur de l'Asie & de l'Europe. M. de Cossigny a observé que le mercure du thermomètre ne s'élève pas plus haut à Pondichery, que sous le climat de Paris; mais aussi il a remarqué qu'il se tient dans le premier lieu plus long-temps, & plus ordinairement à la même hauteur qu'à Paris, où sa hauteur varie singulièrement chaque jour & à chaque instant. De même à Malte, à Alger & à Cadix, le mercure du thermomètre ne s'élève pas plus haut qu'à Paris; mais il y varie moins dans sa hauteur pendant la saison d'été, & la chaleur n'y paroît plus considérable, que parce qu'elle y est plus continue, plus long-temps la même, & moins interrompue par des pluies accidentelles. Cette différence entre la durée d'une chaleur également forte & régnante sur les terres du Bengale & de l'Espagne, peut bien avoir quelque influence sur le nitre qu'on recueille sous ces climats divers; mais ce ne peut-être que sur son abondance, dès que sur-tout la durée de la grande chaleur est assez longue & assez continue, pour que les terres calcaires aient le temps de se charger d'une certaine quantité de phlogistique qui augmente suffisamment leur affinité avec l'acide nitreux. Mais plus

M m m

la durée de la chaleur continue d'un climat différera de celle du Bengale, moins aussi la quantité de nitre déposé sera considérable dans ces lieux plus froids, & la récolte enfin sera nulle dans tout pays où les chaleurs de l'été, quelque grandes qu'elles puissent être, sont interrompues par des pluies ou des refroidissemens fréquens, ainsi que dans Paris & la plus grande partie de la France.

C'est ainsi qu'à Montpellier & dans le Bàs-Languedoc, où l'hiver n'est pas aussi froid que le printemps de Paris, où les chaleurs sont plus continues & plus vives que dans le reste de la France, on trouve des côteaux calcaires qui sont salpêtrés.

Si la chaleur continue qui règne dans plusieurs parties de la surface de la terre, est si favorable à la production & à l'abondance du nitre, elle ne paroît pas moins propre à rendre ce nitre aussi complet qu'il doit l'être pour la composition de la poudre, & c'est peut-être le phénomène le plus singulier & qui mérite le plus d'être remarqué, que la différence qu'on observe entre le nitre recueilli dans l'Inde, l'Espagne ou le Bas-Languedoc, & le nitre qu'on trouve en France dans les lieux habités, ainsi que dans les carrières. Le premier est semblable au nitre à base d'alkali végétal; mais le second a une base terreuse dont il faut le séparer par le moyen de l'alkali végétal, pour le transformer en Salpêtre; le premier naît, végète & croît aux rayons du soleil; le second se forme à l'ombre & dans les lieux clos où l'air va le déposer. Des terres de même espèce sont chargées de le recevoir; ainsi il n'y a donc que la différence d'exposition, qui soit la cause de la différence des nitres & de leur qualité. Cette différence indique donc démonstrativement que c'est la chaleur du soleil qui donne au nitre de l'Inde cette base alkaline qu'il doit avoir pour devenir un nitre complet, tandis que cette chaleur manquant aux terres des lieux clos qui reçoivent l'acide nitreux répandu dans l'air, ces mêmes terres ne peuvent renfermer qu'un nitre à base terreuse & non alkaline. C'est donc la chaleur qui donne au nitre de l'Inde, de l'Espagne & du Bas-Languedoc tout l'alkali nécessaire, & c'est l'abfence de cette chaleur dans les lieux clos, qui rend nécessaire l'addition d'une certaine quantité d'alkali pour former, du nitre qu'on y a recueilli, un nitre également complet. En effet, qu'est-ce que l'alkali végétal? ce n'est, suivant M. de Buffon lui-même, qu'un produit de l'air & du feu qui s'incorporent dans une substance dévorée par le feu ordinaire; & on s'en assure aisément en considérant une pierre à chaux. Avant sa calcination, elle ne donne aucun indice d'acide, elle ne laisse aucune impression d'alkali sur la langue qui lui est appliquée; mais est-elle pénétrée par la chaleur, elle devient aussi-tôt alkaline, & cette quantité augmente d'autant plus en force ou en quantité ou en intensité, que le feu est appliqué plus violemment & plus long-temps à cette pierre. Comme l'effet de cette calcination consiste en ce que les molécules fluides qu'elle contient s'échappent, & que l'air ainsi que le feu pur se fixent & s'attachent fortement à la substance; comme cet alkali de la chaux est reconnu par les Chimistes pour être de même espèce que l'alkali végétal, & comme tous les alkalis fixes, tirés du règne végétal, se ressemblent parfaitement, il est donc bien démontré que le feu fixe est le seul principe & même l'essence de tout alkali végétal.

C'est donc un mélange d'air & de feu fixes, ou d'une quantité de phlogistique, qui manque à l'acide nitreux pour devenir du Salpêtre; & je dis une certaine quantité de phlogistique, parce que, si à l'acide nitreux on n'ajoutoit qu'un alkali qui ne contient que peu de phlogistique, comme l'alkali minéral, on ne formeroit qu'un nitre foiblement détonnant. Au contraire, si à l'acide nitreux on ajoute du sel de tartre, par exemple, il lui donne la qualité de détonner avec une vivacité & une violence étonnante, parce que cet alkali est de tous les alkalis végétaux le plus vigoureux, comme aussi celui qui contient le plus de phlogistique, puisqu'on a observé que la quantité d'air fixe, renfermée dans une masse de sel de tartre, est si considérable, qu'elle excède le 8ᵉ de son poids. C'est donc indubitablement ce feu pur & cet air fixe réunis qui donnent à l'acide nitreux la forme & les qualités de

Salpêtre ; ainfi par-tout où le phlogiftique s'accumulera jufqu'à un certain degré, & que l'acide nitreux fe réunira à ce
principe dans une bafe convenable, le Salpêtre doit, dans
tous ces lieux, devenir fenfible, & naître tout complet. Il doit
donc paroître tel fur les terres de l'Inde & de l'Efpagne, qui,
expofées fans interruption & pendant un long temps aux rayons
brûlans du foleil, fe chargent de feu & de chaleur. L'air
qui eft en contaſt avec ces terres, & qui eft auffi extrêmement échauffé, eft par conféquent dans un haut degré de
dilatation, qui eft encore augmenté dans l'inftant du contaſt
par la préfence du feu accumulé dans ces terres. C'eft alors
que cet air dilaté à l'extrême, & engagé dans les pores ouverts de la terre, y devient fixe, & s'y incorpore en perdant, pour ainfi dire, toutes fes qualités premières. C'eft cet
air fixe réuni au feu fixe, qui eft retenu dans ces terres qui
compofent tout le phlogiftique néceffaire à l'acide nitreux
pour le rendre auffi détonnant qu'il doit l'être.

Il n'appartient donc qu'aux terres de l'Inde & de l'Efpagne, conféquemment à leur pofition avantageufe, de
produire un nitre complet, tandis que les terres de France,
à l'abri du foleil ou échauffées trop peu long-temps par fes
rayons, ne peuvent acquérir une quantité de phlogiftique fuffifante, & ne produifent par conféquent qu'un nitre très-incomplet. Les pluies ne troublent pas dans l'Inde la chaleur continue
que les terres éprouvent pendant fix mois; en France au contraire,
outre l'expofition moins favorable de ce Royaume aux rayons
du foleil, le temps des pluies eft très-variable. On compte des
jours pluvieux dans tous les mois de l'année, en plus ou moins
grand nombre, & l'eau de pluie détruit tout l'effet de la
chaleur, c'eft-à-dire, la qualité alkaline qu'elle peut faire naître
dans les terres qui en font fufceptibles. Les jours chauds de
l'été font féparés par des jours pluvieux ou fombres, & les
jours d'hiver, pendant lefquels le foleil échauffe la terre de fes
rayons, font bien moins nombreux que les jours de pluie, de
neige & de frimas. D'ailleurs des nuits longues fuccèdent à
des jours très-courts, & par-là accélèrent & entretiennent le

refroidiffement, l'engourdiffement général de la Nature. Il arrive fans doute que quelques terres calcaires bien expofées, telles que celles qui forment des côteaux coupés à pic, échappent à la dévaftation, & confervent une grande partie du phlogiftique qu'elles ont reçu ; mais il s'en diffipe beaucoup par l'intempérie des faifons, & ce qui refte eft en fi petite quantité, que le nitre qu'on y trouve ne paroît plus être qu'un nitre très-incomplet ou à bafe terreufe. Cependant pourroit-on affurer que dans nos carrières ou fur nos côteaux coupés à pic & bien expofés, il ne fe trouve pas naturellement un nitre abfolument complet comme on le recueille dans le Bas-Languedoc ? L'obfervation n'en a pas été tentée, & cette analyfe feroit cependant fort intéreffante. Jufqu'ici le nitre incomplet a fans doute été mêlé avec le vrai Salpêtre, & l'un & l'autre font reftés confondus dans les eaux nitreufes qui réfultent du leffivage des terres. Ces eaux ont été alkalifées, & tout le nitre a bientôt paru complet, fans qu'on ait diftingué fi telle terre, fourniffant même quantité de nitre qu'une autre, exigeoit comme celle-ci une même quantité d'alkali. C'eft cependant une conjecture bien vraifemblable, que celle de croire les terres des caves, par exemple, chargées d'un nitre plus éloigné de la perfection, que le nitre qu'on extrait des débris d'un banc calcaire bien expofé. Au refte, ce n'eft que par des expériences qu'on peut fe procurer tous les éclairciffemens néceffaires.

Le nitre de la France doit donc être néceffairement un nitre incomplet, tandis que celui de l'Inde, de l'Efpagne & de toutes les terres calcaires placées convenablement, doit être un Salpêtre parfait. On voit auffi, en réfumant ce qui a été dit précédemment, que ni les matières animales ni les végétales ne contribuent à la formation du nitre ; que la Nature femble employer d'autres moyens plus fimples pour le compofer ; qu'elle a chargé l'air d'être le véhicule de l'acide nitreux ; qu'elle a choifi les terres calcaires pour le recevoir, & le phlogiftique pour le transformer en Salpêtre.

Ce font ces principes qui, démontrés avec toute l'étendue

& l'évidence que l'état des chofes peut permettre, doivent
donner maintenant les réfultats importans que demandent
l'Académie & le Gouvernement : car c'eft en les fuivant qu'il
devient facile de prefcrire quelle doit être la forme d'une
nitrière artificielle, & quels foins on doit prendre pour produire auffi promptement qu'économiquement la plus grande
abondance de nitre dans un lieu quelconque, dont la pofition ainfi que les circonftances locales font bien déterminées.

La France eft intéreffée à trouver dans fon fein tout le
Salpêtre fuffifant pour fes befoins, & le Roi, plein de bonté,
défire de fonder cet approvifionnement fur des moyens qui
lui permettent d'affranchir fes peuples de la fervitude de la
fouille. Les confidérations précédentes fur l'origine du Salpêtre promettent fans doute des réfultats qui doivent fatif-
faire à ces vûes d'intérêt & de bienfaifance ; car, comme
on voit, elles femblent déjà indiquer toutes les reffources
qu'on peut fe ménager pour recueillir une très-grande quantité
de Salpêtre fans être obligé d'avoir recours à la fouille.

Si on jette un coup-d'œil fur toutes les provinces de la
France, & fi on cherche celles qui font placées le plus favorablement pour la production du nitre, on voit que le Bas-
Languedoc doit fixer l'attention du Gouvernement à bien
des égards. C'eft dans cette province que la Nature forme un
nitre auffi complet que celui qu'on recueille dans l'Inde ; c'eft
cette province qui, placée dans le fond du golfe de Lion, eft
dans une expofition prefque auffi favorable que celle du Bengale & des côtes méridionales d'Efpagne. Si on parcourt
les anciens états du produit en Salpêtre des diverfes provinces du Royaume, on y voit que Touloufe & Montpellier fourniffoient feules annuellement au delà de quatre cent
milliers de livres, tandis que les autres provinces fe tenoient
toujours à une très-grande diftance d'une récolte auffi abondante. MM. de l'Académie de Montpellier ont fait voir d'ailleurs, que les cendres de tamaris employées en petite quantité par les Salpêtriers du Bas-Languedoc, ne contiennent qu'un
fel de Glauber & aucun atome d'alkali. Ainfi il femble que

dans cette province la Nature fasse tous les frais de la composition du Salpêtre. Dans les autres provinces plus septen-
trionales, non seulement il faut recueillir les terres nitreuses
à grands frais, mais encore à ces premières dépenses il faut
ajouter celles de l'achat d'une quantité énorme de cendre
ou de potasse dont le prix est très-élevé. Ce seroit donc
une économie du tiers des dépenses, si le Bas-Languedoc
pouvoit fournir tout le Salpêtre nécessaire ; mais cette province n'est pas assez étendue, & quand même on joindroit
à ses produits ceux du Roussillon & de la Provence, qui sont
des provinces voisines qu'on peut lui assimiler, on ne recueilleroit peut-être pas encore tout le Salpêtre suffisant aux
besoins du Gouvernement. Ces dernières provinces que je
viens de nommer ne sont pas aussi heureusement exposées
que le Bas - Languedoc ; mais l'été y est superbe, & les
jours chauds n'y sont pas interrompus par des jours pluvieux, comme dans le reste de la France ; ainsi je ne
doute pas qu'avec des lumières & des soins, on ne pût
recueillir dans ces provinces, & à moins de frais, plus de
Salpêtre que dans toute autre province septentrionale. Si on
consulte la Table des Observations météorologiques faites dans
les différentes villes de France en 1777, on voit que les
jours de pluie en Provence & en Languedoc sont deux fois
moins nombreux que sous le climat de Paris ; ce qui donne
à ces provinces deux fois plus d'avantages pour la facilité
de la production du Salpêtre. Si on parcourt aussi les Observations météorologiques rassemblées dans les Mémoires de
l'Académie des Sciences, on voit une très - grande différence bien établie entre la température de Montpellier, de
la Provence, du Roussillon, & celle des autres provinces du
Royaume ; la chaleur y est bien plus continue, & les degrés
d'une chaleur vive s'accumulent & se fixent dans les terres
de ces provinces échauffées pendant un très-long temps. Si
entre ces terres il y en a de calcaires, & que d'ailleurs elles
soient exposées au midi, elles doivent, suivant les principes
établis précédemment, se charger d'un nitre abondant. Il se-

roit donc essentiel que le Gouvernement fît faire dans ces
provinces des recherches de tous les bancs & terres calcaires
que la Nature a déjà salpêtrés, & ceux ou celles que l'Art
pourroit préparer à recevoir l'acide nitreux répandu dans l'air.
Toutes les ressources de l'Art consisteroient, soit à les arranger
en couches & à leur donner une forme qui leur fît présenter à
l'air la plus grande surface possible sous la même solidité, soit
à les diviser & à les remuer, afin que le salpêtre se forme plus
promptement & s'étende plus profondément, soit enfin à les
mettre à l'abri de la pluie, lorsqu'elles auroient reçu du soleil
autant de degrés de chaleur que le climat pourroit le permettre ; peut-être en certains endroits pourroit-on, comme
en Espagne, recueillir du Salpêtre dans les terres des champs,
soit en consultant la nature des terres, soit en choisissant
les temps convenables ou pour les labours ou pour la récolte.
C'est un essai qu'on pourroit faire très-utilement dans des
terreins qui ne seroient propres à aucune autre production.
Enfin la dernière ressource seroit d'établir dans ces provinces,
ainsi que dans toutes les autres provinces du Royaume, des
hangars, sous lesquels on rassembleroit des terres propres à
attirer l'acide nitreux. Le contour du golfe de Lion, à
cause de son exposition favorable, devroit être garni de nitrières nombreuses, qui donneroient à la France la récolte
la plus abondante & la moins chère. Dans les autres provinces,
le nombre de ces nitrières seroit en raison de leur position & de leur température.

Voici maintenant ce que je pense sur la manière de former des nitrières artificielles, & sur les soins qu'on doit prendre
des terres rassemblées. On a vu précédemment, que l'acide
nitreux s'accumule dans les terres par deux causes particulières & différentes. Il faut donc, dans une nitrière quelconque,
donner à ces causes toute l'énergie que la position des lieux
peut permettre. Des degrés d'une chaleur vive étant accumulés dans des terres calcaires, leur communiquent une attraction plus puissante sur l'acide nitreux, & la fraîcheur des lieux
clos fait aussi déposer à un air échauffé qu'on y introduit, une

partie

partie plus ou moins grande de l'acide nitreux qu'il tient en diffolution. Ainfi cette double caufe de la formation du nitre dans les terres calcaires, indique un double moyen pour attirer le nitre dans les lieux où l'on fe propofe de le recueillir. C'eft par les mêmes lumières qu'on eft conduit à diftinguer quel eft celui des moyens qui convient à tel lieu particulier, & quels font les lieux où ces deux moyens peuvent être employés avec fuccès.

Si on confulte les Mémoires de M. Sauvages, on voit que les environs de Montpellier & d'Alais préfentent des bancs, des terres calcaires, qui par conféquent peuvent fervir de bafe dans des nitrières quelconques. Je ne doute pas qu'il ne s'en trouve auffi beaucoup fur le refte du contour du golfe de Lion; ainfi dans cette province on eft prefque affuré d'y trouver la matière première qui eft fi effentielle à la formation du Salpêtre. Je ne peux pas affigner de même des fources où l'on expofe de quelle nature font les terres du Rouffillon & de la Provence. Ces provinces n'ont pas encore été examinées fous le point de vue qui les rend intéreffantes pour la récolte du Salpêtre. Dans le cas où ces provinces feroient fournies de terres calcaires, alors le Roi, qui n'a d'autre intention que de foulager le peuple du fardeau & du défagrément de la fouille, pourroit fans doute abolir cet ufage dans ces provinces, en protégeant d'ailleurs & en encourageant des établiffemens de nitrières où l'on recueilleroit bientôt du Salpêtre auffi abondamment que par le fecours de la fouille. Ces recherches incommodes pourroient auffi être abolies dans toutes les provinces où les terres calcaires font en abondance, telles que la Touraine, la Brie, la Champagne, &c. Alors fi dans les autres provinces moins favorifées & dont les terres feroient ou argileufes ou vitrifiables, le Gouvernement vouloit auffi établir des nitrières, il faudroit laiffer fubfifter dans ces provinces le droit de chercher, au moins une fois, dans les habitations des hommes & des animaux, toutes les terres propres au nitre, & qu'on ne pourroit ramaffer ailleurs. Cette recherche une fois faite, fourniroit pour toujours la base fondamentale du produit & du succès des nitrières établies. Enfin, dans chaque province on proportionneroit le nombre des nitrières à la facilité de les former, & à la grandeur des produits qu'elles pourroient donner ; ainsi, par ce moyen, les habitans de la France entière pourroient être presque tous soulagés de ces droits importuns que le Gouvernement cherche à anéantir.

La construction de ces nitrières seroit aussi simple que les principes établis précédemment sur l'origine & sur la formation du nitre. Nous avons vu que les matières animales ne fournissent aucun nitre par elles-mêmes, & que, mêlées dans des terres, elles servent seulement, par leur décomposition, à attirer le nitre de l'air qui se fixe alors dans les terres calcaires : ainsi on peut bannir de toute nitrière les matières animales, parce qu'il est d'autres moyens d'attirer puissamment l'humidité de l'air, sans avoir recours à cette ressource désagréable. Les matières végétales bien choisies peuvent donner un nitre complet par leur décomposition ; ainsi le mélange de ces matières avec les terres calcaires ne peut que devenir très-utile à la multiplication du Salpêtre. Je pense donc que des couches de terre deviendroient très-propres à être salpêtrées, si elles étoient formées de terres calcaires très-poreuses, ou de décombres en poussière, parmi lesquels on mêleroit quelques végétaux choisis qui y répandroient leur nitre, & qui augmenteroient encore les interstices de ces terres. Ces couches, dans les provinces avantageusement situées comme le Bas-Languedoc, produiroient peut-être du nitre comme les terres d'Espagne, si on avoit le soin de les exposer à toute l'ardeur du soleil dans des hangars ouverts par le sommet. La construction de ces hangars seroit telle, que toute la chaleur du soleil pourroit s'accumuler, se réfléchir & se concentrer dans les terres préparées, qui alors, en vertu du phlogistique acquis, attireroient puissamment le nitre de l'air & se chargeroient de Salpêtre. Il faudroit seulement donner beaucoup de surface à ces terres, leur faire acquérir de très-grands degrés de chaleur directement ou par réverbération ; les tenir à l'abri de

la pluie en recouvrant à propos les hangars, & alors le fuccès répondroit à tant de foins.

Dans les autres nitrières, moins avantageufement placées,
& dans lefquelles ce premier moyen ne feroit pas praticable, on emploieroit le fecond moyen déjà indiqué &
bien propre à raffembler dans les terres l'acide nitreux répandu dans l'air fous des hangars; les terres feroient partagées
en couches pyramidales, féparées les unes des autres, & qui
auroient la plus grande furface poffible. Ces hangars feroient
parfaitement & complètement fermés. Par ce moyen & des
avis fages convenables, on feroit régner fur les terres qui
y feroient renfermées, une fraîcheur conftante, qui conferve-
roit toujours en été à l'air intérieur, une température bien inférieure à celle de l'air extérieur. Les terres feroient arrangées fous les hangars, comme celles de la nitrière de Malte,
& feroient, comme elles, faupoudrées de chaux réduite en
pouffière, à caufe de fon action puiffante fur l'humidité de
l'air. Ces couches feroient arrofées de temps à autre avec
une eau compofée, & cette eau feroit la leffive d'un mélange qu'on formeroit en mettant enfemble tous les débris
poffibles de nitrières végétales, des lies de vin, des écumes
de chaudières, des eaux de buanderie, & une partie des
fels qui auroient été féparés du Salpêtre dans fa fabrication.
C'eft en arrofant les terres de cette eau, qu'on entretiendroit
fous le hangar & fur la furface des terres une humidité ou une
fraîcheur humide, qui produiroit promptement la condenfation de l'air extérieur plus chaud qui s'y introduiroit.

On voit bien auffi que fous ce hangar où les terres font
ainfi préparées, où la fraîcheur règne conftamment, il faut
admettre, mais avec des précautions convenables, l'air extérieur, dont la chaleur doit être un peu plus grande que celle
de l'air intérieur auquel on ménage une iffue. Cet air chaud
de dehors, entrant fous le hangar, perd auffi-tôt une partie
de fa chaleur; il fe refroidit, il fe condenfe, & dépofe auffi-
tôt fes principes fur des terres qui les attirent, & qui font
auffi propres à les recevoir qu'à les retenir. Cet air qui

s'eft introduit, ayant bientôt acquis la température du hangar, doit fortir de ce lieu, comme l'air qu'il remplace, & une autre maffe d'air extérieur qui lui fuccède, éprouve auffi les mêmes changemens, & répand également de nouvelles molécules. C'eft par cette fucceffion & cette multiplication d'effets, que le nitre s'accumule dans des terres raffemblées fous des hangars. Ainfi, pour diriger cette opération avec fûreté, il faudroit placer deux thermomètres, l'un en dedans du hangar, & l'autre en dehors. Leur différence dans l'élévation du mercure, indiqueroit les temps où l'on pourroit avec fuccès établir du déhors au dedans une circulation d'air auffi néceffaire qu'utile. Voici maintenant les moyens d'établir cette circulation de l'air à volonté & dans les temps convenables : foit un hangar quelconque, fous lequel on ait arrangé des terres propres à attirer les principes de l'air, & dans lequel la température foit plus froide que celle de l'air extérieur. Si au faîte de ce hangar on forme une ouverture moyenne, telle qu'une lucarne ; fi les parois du hangar font parfaitement fermés de tous côtés, & fi, à l'extrémité de ce hangar ainfi qu'au niveau du fol, on pratique une autre ouverture en forme de foupirail : alors ces deux iffues étant ouvertes, l'air frais du hangar eft forcé de s'échapper par les foupiraux, tandis que l'air extérieur & chaud s'introduit à fa place fous le hangar, fe répand dans l'intérieur, & la fraîcheur qui y règne lui fait bientôt éprouver une condenfation qui l'oblige à dépofer les molécules qu'il ne peut plus tenir en diffolution. On peut varier de mille façons le rapport de ces ouvertures, foit dans leur pofition, foit dans leur forme & leurs dimenfions. Il faut feulement obferver qu'elles foient très-élevées l'une au deffus de l'autre, & que la circulation de l'air foit douce & légère, afin que l'air extérieur introduit dans le hangar ait le temps d'éprouver tous les changemens que doivent apporter à fa température, & la fraîcheur du lieu, & les fels qui y font répandus, & que par conféquent il foit dépouillé auffi complètement qu'il peut l'être de l'acide qu'il a diffous.

Cet acide introduit, après s'être condenfé, gagne les lieux

bas du hangar, & s'échappe à son tour par les soupiraux. Il est remplacé par un air nouveau qui vient déposer à son tour les molécules dont il est chargé. Il ne faut pas croire qu'il faille une très-grande différence entre la température de l'air intérieur & de l'air extérieur, pour qu'il s'établisse une circulation d'air continue & rapide. J'en ai fait l'expérience par le moyen de deux chambres qui se communiquent, & dont l'une étoit échauffée de façon que le mercure du thermomètre s'y tenoit à 10°, tandis que dans la chambre froide il ne s'élevoit qu'à 7° ½. En ouvrant la porte de communication des deux appartemens, j'ai exposé deux bougies allumées, l'une au haut de la porte, l'autre au niveau du parquet, & malgré le peu de différence de température des deux chambres, les courans d'air supérieur & inférieur m'ont paru très-rapides. Les flammes des bougies prenoient une situation presque horizontale ; tant elles étoient chassées vivement, l'une par l'air qui s'introduisoit dans l'appartement chaud, & l'autre par l'air chaud qui s'en échappoit.

Lorsque dans un hangar l'air a circulé un certain temps, & qu'après s'être renouvelé plusieurs fois, sa température intérieure est moins froide, les terres doivent se sécher à leur surface, & c'est alors qu'il faut rappeler la fraîcheur perdue, soit par des arrosages, soit aussi en interrompant toute communication entre l'air intérieur & l'air extérieur. Ensuite on rétablira de nouveau cette circulation, lorsque la température de l'air intérieur différera assez de celle de l'air extérieur.

J'ai fait une épreuve assez simple de l'effet de cette circulation de l'air. J'ai mis de la chaux & quelques terres calcaires dans un couvoir placé dans un lieu bas, & où j'entretenois une fraîcheur & une légère humidité constantes. Deux portes terminoient ce couvoir, d'ailleurs très-sombre ; l'une toujours fermée, ne permettoit à l'air qu'une seule issue par une ouverture faite au bas & près du sol du couvoir ; l'autre porte opposée étoit ouverte, & l'air extérieur qui répondoit à celle-ci, étoit très-échauffé par le soleil, tandis que l'air intérieur du couroir étoit assez frais. Cet air chaud s'introduisoit par la porte ouverte ; il se condensoit en entrant, & la terre calcaire ne tardoit pas quinze jours à se couvrir d'une efflorescence nitreuse très-abondante. Je détruisois ce premier produit, & quinze jours après la récolte étoit la même.

Si on consulte l'instruction de Suède, où l'on donne les règles observées avec succès par les gens de l'Art, on y voit qu'il est prescrit de fermer les lucarnes des hangars pendant tout l'hiver & les temps froids des autres saisons, & au contraire, de les tenir ouvertes pendant les temps chauds. Ces préceptes s'accordent parfaitement avec mes principes, parce qu'ils supposent que l'été & les jours chauds sont favorables à la formation du Salpêtre, en donnant dans ces temps désignés, un libre accès à l'air extérieur ; c'est un air chaud qu'on admet, qui doit se condenser dans les hangars dont l'air frais s'échappe par le bas des portes, & toutes les petites ouvertures qui se trouvent faites au niveau du sol. Si les lucarnes doivent être fermées pendant les temps froids, c'est que l'air extérieur, étant plus froid que l'intérieur, ne peut rien apporter dans le hangar où on l'introduiroit ; au contraire il s'y dilateroit nécessairement, & dans ce changement il deviendroit capable d'attirer l'humidité du lieu, ainsi que les principes féconds qui y seroient répandus sur les couches, & qui ne seroient pas encore bien unis avec les terres calcaires. Ainsi on voit que pendant l'hiver & les jours froids, les terres des hangars, des caves, des écuries & de tout lieu clos ne reçoivent aucun dépôt d'acide nitreux. C'est en été, c'est dans les beaux jours, que la Nature répand ce sel avec abondance sur les corps, qui d'ailleurs sont propres à l'attirer & à contracter avec lui une union intime.

La fraîcheur qui devient nécessaire au centre d'un hangar, exige donc qu'on emploie tous les moyens qui peuvent la produire & la conserver. Le sel commun répandu sur les couches, me paroît, ainsi que la chaux, très-propre à cet objet. D'ailleurs ce sont deux puissans aimans pour attirer l'acide de l'air. Je voudrois d'ailleurs augmenter encore la fécondité des terres, en formant, dans l'intérieur des couches pyramidales, des canaux qui, partant des sommets de la pyramide & des angles de sa base, aboutiroient tous au centre de cette pyramide. L'air qui entreroit sous le hangar, parcourroit aussi l'intérieur des pyramides, dont les terres seroient, par ce moyen, plus promptement & plus abondamment salpêtrées.

Je croirois aussi très-avantageux d'établir autour & en dedans du hangar un petit canal qui auroit peu de profondeur & plus de largeur, dans lequel on retiendroit les eaux dont les couches devroient être arrosées. Le canal, toujours plein; & renfermant des matières propres à faire naître la fraîcheur & à l'entretenir, seroit aussi utile que commode. Il empêcheroit que l'air du hangar ne se mît trop promptement à la température de l'air chaud de dehors, & les eaux d'arrosage seroient sous la main des Ouvriers. Si la différence de température de l'air extérieur & de l'intérieur devenoit trop petite, alors les émanations des eaux de ce canal rafraîchiroient bientôt l'air intérieur, dont on supprimeroit la communication avec l'air extérieur. Cet arrangement est bien conforme aux vûes de M. Pietch, qui assure que le nitre naturel se forme promptement dans une terre calcaire exposée à des exhalaisons urineuses. Il assure aussi que le nitre se trouve en plus grande quantité dans les lieux les moins exposés au soleil, & cela ne peut être autrement, sur-tout lorsque l'air, échauffé par les rayons du soleil, peut s'introduire dans ces lieux où il règne nécessairement un peu de fraîcheur.

J'ai dit que pour entretenir une circulation facile de l'air du dehors au dedans d'un hangar, il suffisoit de pratiquer une ouverture au sommet, & des soupiraux au niveau du sol; j'ai assuré que l'air froid s'échappe par les soupiraux, & que l'air chaud s'introduit par l'ouverture élevée, & toutes ces assertions sont fondées sur les principes connus de l'équilibre & du mouvement d'un fluide pesant. Mais ce n'est pas ici le lieu de présenter ces principes, je dois seulement les citer, indiquer leurs conséquences, & démontrer l'utilité de leur application ; ainsi je ne donnerai pas une plus grande étendue, ni à leur discussion, ni à leur développement.

On voit donc maintenant que dans toutes les provinces de France, en formant des hangars & en remplissant toutes les indications que j'ai présentées, on peut produire une très-grande quantité de Salpêtre ; on voit aussi par les réflexions précédentes, que les provinces du Nord doivent moins espérer de succès que celles du Midi, & que par conséquent il faut consulter les Tables météorologiques de chaque pays, ainsi que la nature du terrein, pour juger de ce qu'on peut attendre de l'établissement d'une nitrière. Celles où la chaleur est très-grande, & où sa durée est très-longue, sont sans doute les plus propres à l'établissement des nitrières, & à remplir les vûes du Gouvernement. Celles où les hivers sont longs, où les pluies sont fréquentes, où le nombre des beaux jours est inférieur à celui des jours sombres, pluvieux ou froids, ne peuvent rendre que de très-foibles récoltes en Salpêtre. Dès que l'air qu'on y respire a rarement une grande chaleur, il est aussi rarement chargé de ces dépôts précieux qui fécondent les terres qui les reçoivent ; car l'air le plus chaud est celui qui est le plus chargé d'eau ou d'acide, & le plus froid ne peut tenir en dissolution qu'une très-petite quantité de ces principes. Les provinces méridionales, telles que le Bas-Languedoc, la Provence, le Roussillon, où pendant l'été il fait une très-grande chaleur, & où cette chaleur, presque constante, n'est interrompue que par des pluies rares, se présentent au Gouvernement sous le jour le plus avantageux.

Enfin tout ce qui a été dit jusqu'à présent, toutes les réflexions que j'ai présentées, & toutes les explications faciles & heureuses que j'ai faites des principes énoncés précédemment, & établis sur les comparaisons des nitrières naturelles, suffisent sans doute pour diriger le Gouvernement dans ses dispositions relatives à la production du Salpêtre. Dans tout cet exposé, on doit trouver non seulement une simplicité singulière dans le travail & la composition des couches propres au Salpêtre, mais aussi des moyens aussi

faciles

faciles que peu difpendieux, pour accélérer la formation de ce fel. On doit aufli préfumer qu'en fe conformant exactement aux préceptes que nous avons donnés avec tant de détails, le Gouvernement peut fe promettre, comme il le défire, une production & une récolte de Salpêtre beaucoup plus abondante qu'il n'a pu encore l'obtenir. Cette abondance qu'il doit attendre, & ces moyens propofés pour la faire naître, n'étant plus fondés fur les reffources d'une fouille onéreufe, le Gouvernement peut fuivre avec confiance fes intentions bienfaifantes, & anéantir tout droit de fouille ; mais aufli, plus il montrera d'intérêt pour la tranquillité du peuple par cette abolition, plus aufli il doit étendre les droits des Salpêtriers fur les décombres, les démolitions, & fur tous les débris de murs ou de maifons. Si ces matières font falpêtrées, c'eft un fervice qu'il rend au Particulier, en le contraignant de ne pas les employer, & d'en laiffer la jouiffance aux Salpêtriers ; fi elles ne font pas falpêtrées, les Particuliers n'éprouvent qu'une petite privation, & alors le Gouvernement s'affure des reffources très-grandes en les adjugeant aux Salpêtriers.

Il feroit fuperflu d'ajouter ici, qu'en fuivant les principes établis, la récolte du Salpêtre doit être aufli prompte qu'elle peut l'être ; en effet, c'eft la Nature feule qui fe charge de le répandre, & nous avons indiqué les moyens les plus fûrs pour attirer, pour recueillir, & pour conferver fes dons. La jouiffance fera donc d'autant plus accélérée (toutes chofes égales d'ailleurs), que l'intelligence & l'attention de l'Artifte feront plus grandes ; deux ou plufieurs thermomètres lui indiqueront les temps du repos & du travail ; ainfi, avec cette règle infaillible & l'entière exécution des autres préceptes, il peut compter fur le fruit de fes foins & fur une grande production de Salpêtre, autant cependant que le local & fa pofition pourront le permettre. Je croirois donc, en bornant ici cette differtation, avoir affez fait pour répondre à la demande du Gouvernement & de l'Académie ; mais je dois compléter mon ouvrage, en donnant quelques règles plus précifes que celles qu'on obferve dans le leffivage des terres.

Lorsqu'on veut recueillir le Salpêtre répandu dans des terres quelconques, il faut d'abord s'assurer de la quantité de sels dont ces terres sont chargées : on en prend donc une portion, on la lessive avec une quantité d'eau b ; on filtre la lessive, &, à l'aide de l'aréomètre, on voit quel est le degré d de ces eaux. Si on nomme ψ la somme des sels solubles qui sont dans la portion de terre lessivée, en représentant le nombre 100 par a ; on aura $\psi = \frac{bd}{a-d}$; c'est-là l'expression de la somme des sels contenus dans l'échantillon de la masse de terre dont on veut extraire le Salpêtre.

Si dans un atelier on distribue, comme à l'ordinaire, les terres dans trois suites de cuviers, dont la capacité est connue ; si on veut connoître la quantité δ de sels solubles contenus dans les terres non lessivées qui remplissent les cuviers d'une seule suite, en nommant n cette masse de terre, on aura $\delta = \frac{nbd}{(a-d)\zeta}$. On saura donc par un seul essai & par la valeur des *termes* de cette formule, quelle est la quantité de sels solubles renfermés dans les terres qui remplissent une suite entière de cuviers. Lorsqu'on veut procéder au lessivage de ces terres connues, il est encore une attention qu'on doit faire, & qu'on néglige tous les jours ; c'est de savoir le degré de salure que doivent avoir les différentes eaux qu'on cherche à obtenir par le lessivage. En suivant la coutume ordinaire des Salpêtriers, on lessive les mêmes terres trois fois avec des eaux différentes & d'un degré différent, & on dirige ce travail de façon que les dernières eaux soient d'une force & d'une concentration qui garantisse que leur évaporation doit se faire le moins dispendieusement possible. Ces dernières eaux devroient donc, suivant l'opinion commune, être à 15° de l'aréomètre, parce que c'est dans cet état que le nitre terreux s'alkalise facilement. Ainsi, dans le travail d'un atelier, il faudroit s'arranger de façon que les eaux de cuite fussent à 15° ; mais il est peu d'ateliers où ces eaux soient à ce degré désigné, parce qu'on ne fait pas assez d'attention, ou on ignore le degré relatif que doivent avoir les eaux inférieures nommées fortes, petites, & de lavage. Ces trois espèces d'eaux doivent cependant avoir entre elles des rapports particuliers dont on ne peut s'écarter.; & c'est à déterminer ces rapports, que je m'attache ici.

Dans tout atelier en activité il y a trois suites de cuviers. La terre de l'une de ces suites a été lessivée deux fois ; la terre de la seconde suite a été lessivée une fois , & celle de la troisième suite est une terre neuve & qui n'a été lessivée par aucune eau quelconque. Les eaux de lavage sortent des cuviers dont on lessive la terre pour la troisième fois avec de l'eau pure. Les petites eaux sont celles qui sortent des cuviers dont la terre est lessivée pour la seconde fois & par des eaux de lavage. Les eaux fortes sont celles qu'on retire des cuviers remplis d'une terre neuve lavée par les petites eaux , & enfin les eaux de cuite sont celles qui sortent des terres neuves lessivées par les eaux fortes. Ce sont ces eaux de cuite qui doivent être à un degré c déterminé, & qui est ordinairement de 15°. Si on nomme A la quantité d'eau que la terre d'une suite de cuviers doit retenir nécessairement lorsqu'on la lessive pour la première fois, quantité qui paroît être, suivant plusieurs expériences, d'un poids égal à celui des trois dixièmes de la terre lessivée ; si on nomme p la somme des sels contenus dans les eaux fortes, & $E - A$ la vraie quantité d'eau pure contenue dans ces eaux ; on aura $p = \dfrac{a\delta - c(\delta + E - A)}{c - a}$: la somme des eaux pures contenues dans les eaux de cuite sera donc $E - 2A$. Si Q représente $c - a$, maintenant la somme des sels contenues dans les petites eaux, on aura $Q = \dfrac{E\,p}{E - A} - \delta$. Si enfin on nomme φ la somme des sels des eaux de lavage $\varphi = \dfrac{A\,Q}{E - A}$, ces formules s'exigent toutes mutuellement, & il faut s'y conformer lorsqu'on fait dans un atelier un travail suivi, régulier & dirigé vers un but déterminé. Si on trouvoit plus commode de se régler par l'aréomètre plutôt que par la quantité des sels, on le pourroit encore, en cherchant quel doit être le degré auquel certaines eaux doivent soutenir l'aréomètre, lorsqu'elles sont chargées d'une quantité donnée de sels solubles. Soit β cette quantité de sels, B la masse d'eau qui les tient en dissolution, alors D étant le degré auquel elles doivent soutenir l'aréomètre, on aura $D = \frac{a\,\beta}{B}$. Tels sont les principes fondamentaux de lessivage des terres. Ils sont indépendans du nombre des cuviers & des masses de terres lessivées; ils annoncent seulement les rapports généraux que doivent avoir ces quantités ainsi que les différentes lessives, & ils renferment d'ailleurs des préceptes de conduite, soit pour proportionner la quantité de l'eau pure à la force des terres, soit pour assortir la masse de terre à la quantité d'eaux de cuite qu'on veut obtenir. Je ne présente ici que le sommaire de cette matière qui n'a pas encore été soumise à des règles précises, & je dois me borner dans ce Mémoire à donner des règles générales, sans développer leur application autant que l'exigeroit le service particulier de chaque atelier.

J'ai l'honneur de présenter mes idées à un Corps aussi savant qu'illustre, qui, d'un coup-d'œil, en appréciera la justesse ; & s'il daigne les approuver, s'il juge mon travail utile, je me chargerai de rendre faciles & commodes aux Artistes toutes les formules que je n'ai fait qu'énoncer.

Lorsqu'on a obtenu les eaux de cuite, si elles contiennent du nitre à base terreuse, on les alkalise, & ensuite on procède à leur évaporation, en les mettant dans une chaudière qu'on chauffe avec des précautions connues. Je ne parlerai pas de toutes ces opérations, je me contenterai seulement de faire observer que l'évaporation est toujours d'autant plus prompte, que la partie de la chaudière, embrassée par le feu, est plus grande, & que la surface de l'eau en contact avec l'air est plus étendue. Les soins qu'il faut prendre de la cuite, les précautions qu'il faut apporter pour obtenir une belle cristallisation du Salpêtre, ainsi que le traitement des eaux mères & le travail du raffinage, sont des objets qui ont été exposés dans plusieurs Ouvrages d'une manière qui ne me laisse rien de nouveau à présenter sur cette matière.

Je bornerai donc ici ce Mémoire. Il paroîtra peut-être renfermer une opinion qu'on adoptera difficilement ; mais je puis dire avec confiance que j'ai confidéré la Nature fans prévention ; j'ai raffemblé des phénomènes , j'ai rapproché des faits éloignés , je les ai comparés , je les ai analyfés , & je ne me fuis attaché qu'à tracer avec ordre les idées que les obfervations m'ont fait naître , & les réfultats auxquels m'ont conduit le raifonnement & l'analogie.

ADDITION

AU MÉMOIRE QUI A POUR DEVISE,

Utile au Gouvernement, funeste à l'Humanité.

N.° 21.

Nos connoissances en Physique ne s'étendent qu'à l'appui de l'expérience, & lorsque la découverte d'une cause ignorée est devenue intéressante, on ne sauroit rassembler un trop grand nombre d'observations, ni trop multiplier leur comparaison, pour rendre sensible cette chaîne inconnue qui lie toujours un effet à la cause qui a pu le produire. J'ai cherché l'origine de ce nitre qu'on recueille dans tant de lieux différens, & la combinaison des faits m'a conduit à présenter dans le Mémoire précédent un nouvel ordre de choses, des rapports particuliers, & des principes généraux, que la réflexion & de nouvelles observations n'ont fait que confirmer davantage. C'est au développement de ces mêmes causes productrices du nitre extrait des nitrières, soit naturelles, soit artificielles, que je destine ce Supplément à mon premier Mémoire.

J'ai supposé & je suppose encore que l'acide nitreux existe dans la Nature, qu'il fait partie de la masse des êtres épars sur la surface du globe, & qu'il a des affinités différentes avec les corps auxquels il peut s'unir. Je n'examine pas si cet acide est un de ces élémens simples que la Nature a formés pour composer, conserver & reproduire les diverses parties des corps de l'Univers, ou s'il est le résultat de la combinaison de quelques élémens particuliers. Il suffit à mon

objet que cet acide foit répandu fur le globe, puifque l'A-
cadémie ne demande que les moyens de l'attirer & de l'accumuler dans une matrice convenable.

L'alkali fixe végétal, qui a autant de part que l'acide nitreux dans la compofition du Salpêtre, n'eft très-fouvent,
il eft vrai, que le produit du feu ; mais je dirai avec M.
Bowle, qu'on doit être évidemment convaincu par une
analogie lumineufe, que cet alkali peut exifter dans la terre
& dans les plantes, comme l'alkali marin qui fe trouve tout
formé dans la foude dA'licante. On reconnoîtra avec M.
Baumé, que la Nature forme l'alkali végétal, foit par la
voie sèche, foit par la voie humide, fuivant les circonftances. On dira avec M. Pietfch, qu'il feroit trop hardi &
fans fondement d'avancer que la Nature ne produit aucun
alkali fixe. Enfin, on aflurera avec MM. Margraff & Rouelle,
d'après leurs expériences décifives, que cet alkali eft réellement tout formé dans la crême de tartre. Comment en effet
peut-on douter que ces plantes qui renferment du Salpêtre
très-pur, ne continffent, auparavant la formation de ce fel,
& l'acide nitreux & l'alkali végétal qui femblent s'être réunis
pour compofer ce fel ; comment imaginer que les terres de
l'Inde, de l'Efpagne & du Languedoc ne renferment aucune de ces matières falines ; & comment penfer que ces terres,
d'abord épuifées de leur fel par le leflivage, & préfentées aux
feules influences de l'air & du foleil, pourroient jamais reproduire du Salpêtre, fi ces agens feuls n'étoient pas fuffifans
pour faire naître ou dépofer dans ces terres, & de l'alkali végétal, & de l'acide nitreux, qui font les feuls élémens néceffaires à la génération de ce fel neutre?

Il eft des lieux où l'acide nitreux fe préfente uni à l'alkali fixe ; il en eft d'autres où cet acide n'a pour bafe qu'une
terre calcaire, & la comparaifon des fources de ces nitres
différens achevera d'aflurer à la Nature cette puiffance de
produire l'alkali végétal fans le fecours de la combuftion des
végétaux, en faifant voir que les feules différences locales
fuffifent pour rendre raifon de la différence de ces nitres.

Nos preuves sont fondées sur une observation nouvelle & décisive, savoir, que les terres des caves, des granges, des écuries & autres lieux couverts ne renferment qu'un nitre à base terreuse, tandis qu'au contraire les terres salpêtrées en plein air, sur-tout celles qui sont situées sous des climats qui ne sont pas à une trop grande latitude, telles que les terres de l'Inde, de la Chine, de l'Espagne, de Lima, du Languedoc, & tous les décombres, semblent donner le nitre presque tout complet, & par conséquent à base d'alkali végétal. C'est par des faits pris au hasard & comparés, que je vais rendre cette vérité palpable à tous ceux à qui elle auroit échappé.

On sait que l'alkali fixe & l'acide nitreux se combinent par parties égales dans la composition du Salpêtre ; ainsi, lorsque des eaux nitreuses soutiennent l'aréomètre à 15°, & que le nitre, en dissolution dans ces eaux, n'a qu'une base terreuse, si le volume de ces eaux considérées comme chargées seulement de nitre, est, par exemple, de cent pieds cubes, alors il faut mêler à ces eaux cinquante pieds cubes d'eaux alkalines à 15°, pour pouvoir transformer en Salpêtre tout le nitre à base terreuse qu'elles dissolvent. Si au contraire des eaux d'atelier ne sont chargées que d'une petite quantité de nitre terreux, mais de beaucoup de Salpêtre tout formé ; alors il faudra employer beaucoup moins d'eau alkaline pour achever de rendre tout le nitre complet : ainsi le volume des eaux alkalines, nécessaire pour alkaliser parfaitement un volume donné d'eaux d'ateliers, est donc la mesure de la quantité de nitre à base terreuse, dissous par ces mêmes eaux.

Examinons donc maintenant quelques faits, qui nous apprendront où se trouvent ordinairement & le nitre à base terreuse, & celui qui a pour base de l'alkali végétal.

Dans un atelier de Paris où on ne lessive que des décombres ramassés indifféremment dans toutes les rues où l'on abat de vieux édifices, on a fait dans le cours d'une année trente milliers de livres de Salpêtre brut. Dans le
travail

travail & leſſivage de ces décombres, on ne leur a mêlé que des cendres déjà leſſivées & ramaſſées dans les rues de Paris. On employoit toujours trois parties de décombres pour une partie de ces cendres ; ainſi les ſels terreux des décombres devoient être décompoſés par les ſeuls ſels alkalis qui pouvoient reſter dans des cendres déjà dépouillées. Maintenant, ſi on conſulte les réſultats de l'analyſe de ces cendres, faite par M. Lavoiſier ; on verra que vingt - cinq livres de cendre leſſivées, & telles qu'elles ſont employées par les Salpêtriers de Paris, ont donné, avec quelques autres ſels, du tartre vitriolé & du ſel de Glauber, qui ſeuls peuvent être décompoſés par l'acide nitreux. Le tartre vitriolé étoit du poids de trois onces, & le ſel de Glauber du poids de quatre gros ; mais on ne peut compter dans le tartre vitriolé qu'une once & demie d'alkali fixe, & dans le ſel de Glauber deux gros d'alkali minéral.

Comme des terres nitreuſes ou des décombres broyés peuvent à peu près être conſidérés comme d'un poids égal à celui d'un pareil volume de cendres leſſivées, on peut dire que ving-cinq livres de cendres employées par le Salpêtrier de Paris ont été mêlées à ſoixante-quinze livres de décombres, & ont été deſtinées ſeules à alkaliſer le nitre terreux que ces décombres pouvoient contenir. Si on eſtime que ces terres ou ces décombres n'étoient chargés au quintal que de deux livres de nitre (ce qui n'eſt pas une ſuppoſition trop forte, puiſque des décombres ordinaires, bons à être recueillis, donnent trois ou quatre livres de nitre par quintal), ces ſoixante-quinze livres de décombres ſont donc ſuppoſées renfermer vingt-quatre onces de nitre quelconque ; & ſi ce nitre n'étoit qu'à baſe terreuſe, il falloit néceſſairement douze onces d'alkali fixe pour le transformer en Salpêtre. Au lieu de ces douze onces, le Salpêtrier ne préſentoit à ce nitre qu'une once & demie à peu près d'alkali fixe, & cependant, malgré cette diſproportion de l'alkali employé au nitre des décombres, il retiroit par mois quinze cents livres de Salpêtre, & de ces décombres, & des cendres qu'il

Ppp

leſſivoit enſemble. Le volume des décombres leſſivés dans l'eſpace d'un mois, pouvoient être de 1000^{PPP}; celui des cendres étoit par conſéquent de 333^{PPP}. Cette quantité de cendre, conformément à l'analyſe de M. Lavoiſier, ne devoit donner environ que cent trente livres d'alkali fixe; & ſi le nitre des décombres n'avoit été qu'à baſe terreuſe, il eût fallu onze cents livres d'alkali fixe pour en faire du Salpêtre. Ces calculs & ces réſultats annoncent donc bien évidemment que le nitre terreux, diſſous dans les eaux d'ateliers employés par ce Salpêtrier, étoit au nitre complet, formé naturellement & contenu dans les mêmes eaux, dans le rapport de un à dix. Peut-être s'y trouvoit-il plus ou moins de nitre terreux, que la quantité proportionnée à l'alkali contenu dans les cendres; mais il s'y trouvoit indubitablement un nitre complet, un véritable Salpêtre, & la Nature ſeule s'étoit chargée d'en former la plus grande quantité.

Examinons maintenant les réſultats des opérations de ces ateliers où on ne leſſive que des terres recueillies dans des lieux couverts, tels que les caves, les granges, les écuries, &c. C'eſt un Salpêtrier de province qui me les a fournis, au moment où il venoit de raſſembler le Salpêtre brut qu'il avoit recueilli d'un travail dont ſes intérêts lui avoient fait obſerver toutes les circonſtances. Il avoit employé à peu près 1400^{PPP} de terres nitreuſes & de fouille, qui lui avoient donné dix-huit cents livres de Salpêtre brut & bien criſtalliſé. Je ne compte pas ici le ſel marin qui accompagnoit en grande quantité ce Salpêtre. La cuite totale ou la ſomme des eaux d'atelier devoit donc contenir environ deux mille ſept cents livres de Salpêtre, parce que les eaux, ſurnageantes après la criſtalliſation des ſels, pouvoient tenir en diſſolution une quantité de huit ou neuf cents livres de Salpêtre, ſans égard au ſel marin. Le Salpêtrier avoit employé quatorze cents livres de potaſſe, pour alkaliſer complètement ces mêmes eaux d'ateliers; ainſi on voit qu'il lui avoit fallu en alkali la moitié du poids du Salpêtre. Le nitre diſſous dans les eaux de cet atelier, ou des terres qui y étoient leſſivées, n'étoit donc qu'un nitre à baſe terreuſe.

Dans un autre atelier de province, on a remarqué qu'il avoit fallu employer plus de six cents livres de potasse pour alkalifer parfaitement trente-huit barriques d'eau d'ateliers; ces eaux mises à évaporer, ont donné huit cents livres de Salpêtre cristallisé; & comme les eaux surnageantes pouvoient bien en contenir encore quatre cents, on voit évidemment que les eaux de cet atelier renfermoient nécessairement environ douze cents livres de nitre terreux, qui exigent six cents livres d'alkali fixe pour être transformé en douze cents livres de Salpêtre brut. Ces eaux d'atelier avoient lessivé des terres de fouille.

Mais ne nous bornons pas à ces seules expériences, quelque décisives qu'elles puissent être, puisqu'elles ont été faites à peu près sous la même latitude & au milieu de la France; comparons encore les produits des salpêtrières du Languedoc & de la nitrière de Malte. Le climat où elles sont établies est plus chaud que celui du milieu de la France. En Languedoc, & sur-tout à Montpellier, les terres nitreuses ne fournissent qu'un nitre absolument complet, c'est-à-dire, un véritable Salpêtre, & on n'ajoute à ces eaux d'atelier aucun alkali fixe. C'est le contraire dans la nitrière de Malte, où on a remarqué que pour retirer de soixante-douze barrils de cuite deux cents livres de Salpêtre brut, il faut employer tout l'alkali que peuvent donner $14^{PPP}\frac{1}{3}$ de cendres neuves. Si ces cendres, dont la quantité peut aller à neuf cents livres environ, peuvent, par leur qualité, être mises en parallèle & être estimées de même force que les cendres de hêtre, qui donnent douze livres d'alkali fixe par quintal, alors la masse de cendre employée à alkalifer soixante-douze barrils de cuite, & à produire deux cents livres de Salpêtre brut, fourniroit cent huit livres d'alkali fixe, qui feroient environ la moitié du Salpêtre recueilli. Ce résultat est assez d'accord avec celui qui a été déterminé dans divers ateliers de France; & la conformité seroit peut-être encore plus entière, si on pouvoit estimer tout l'effet de plusieurs circonstances particulières qui ne nous ont pas été transmises dans la description du travail de ce grand atelier.

Ces comparaisons nous conduisent invinciblement à cette conséquence importante ; savoir, que les terres qui se salpêtrent dans des lieux couverts, tels que les caves, les granges, les écuries, & les nitrières artificielles, ne contiennent qu'un nitre à base terreuse, & que le nitre complet ne se recueille que dans les terres exposées en plein air, telles que celles de l'Inde, de la Chine, du Pérou, de l'Espagne, du Languedoc, ainsi que dans la plus grande partie des décombres. On peut donc faire ici deux remarques utiles ; l'une est relative au Gouvernement & à l'intérêt des Salpêtriers ; c'est le grand avantage de lessiver des décombres préférablement aux terres de fouilles : l'autre n'a de rapport qu'aux progrès de la Physique, puisqu'on peut établir ce principe nouveau, que la Nature forme le Salpêtre au grand jour, & le nitre terreux dans les lieux couverts. L'éloignement de la lumière & l'exposition au soleil étant ici les seules différences qu'on puisse remarquer entre ces nitrières naturelles qui donnent des nitres différens, on ne peut par conséquent attribuer qu'à ces seules différences ou circonstances locales la diversité des sels qu'on extrait de terres semblables, & de matières également propres à servir de matrices à l'acide nitreux. Il faut donc enfin que l'alkali fixe, qui est toute la différence du nitre recueilli dans les décombres ou dans d'autres terres salpêtrées au grand jour, & de celui qu'on extrait des terres de fouilles, ne soit dû qu'à la seule chaleur des rayons du soleil. Cette origine paroîtra encore plus vraisemblable, lorsqu'à ces remarques on joindra celle que j'ai déjà faite dans mon Mémoire, savoir, que les lieux où l'on trouve du nitre sont particulièrement les murs, les côteaux, les rochers, & les terres qui se trouvent exposées au midi. Ainsi on peut maintenant donner plus d'extension à la conclusion générale rapportée précédemment, & on peut dire, avec toute la vérité à laquelle on peut atteindre en Physique, que des terres calcaires placées près de la mer ou de maffes d'eau quelconques, & expofées au midi, font dans les circonftances les plus favorables pour être promptement chargées, non feulement d'acide nitreux, mais de Salpêtre.

Ces réflexions, ces comparaifons & ces réfultats donnent encore un nouveau degré de vraifemblance à l'origine que j'ai affignée, foit au nitre des Indes & de l'Efpagne, foit à l'alkali végétal qui lui fert de bafe; car les chaleurs vives & continues qu'éprouvent les terres du Bengale pendant l'intervalle de fix mois, peuvent donner à ces terres une qualité vraiment alkaline. Les pluies qui fuccèdent peuvent bien diffoudre cet alkali; mais elles ne le font pas difparoître; & au retour de la belle faifon & des chaleurs, lorfque l'humidité des terres s'évapore, alors l'acide que l'air dépofe dans ces mêmes terres, s'unit à l'alkali que la chaleur avoit pu produire, & qu'elle fait naître encore dans les places deflféchées. Un Salpêtre pur & complet doit donc fe former dans ces terres, &, par l'évaporation des eaux de pluies, fe montrer en beaux criftaux à la furface des champs. Ainfi ces confidérations, l'avis de M. Bowles, le fentiment de M. Baumé, celui de M. Pietfch, les expériences de MM. Margraff & Rouelle, de plus les comparaifons des divers produits réfultans du leffivage des décombres ou des terres de fouille, tout cet enfemble porte à convenir qu'il faut que la Nature produife feule d'autre alkali végétal que celui qu'on retire par la combuftion des végétaux; & on ne peut s'empêcher de penfer que le foleil peut donner à des terres calcaires qu'il échauffe vivement & long-temps, cette qualité alkaline qui eft femblable à celle de la chaux.

Il eft donc vraifemblable que l'alkali qui entre dans la compofition du Salpêtre du Bengale, ne fe trouve dans les terres de cette région, que parce qu'elles font fituées fous un ciel brûlant, & directement expofées aux rayons du midi. C'eft fans doute ainfi du Salpêtre qu'on extrait des terres d'Efpagne, de ces terres qu'on expofe feulement au foleil & à l'air lorfqu'elles ont été leffivées, & qui, dans l'efpace d'une année, fe falpêtrent de nouveau, quoiqu'on ne leur donne d'autre

foin que de les labourer deux ou trois fois en hiver & au printemps.

Quoique ce foit déjà beaucoup d'avoir prouvé la préfence
de l'alkali fixe dans les terres de l'Inde, de l'Efpagne, &
dans certains décombres, ce n'eft pas encore affez pour mon
objet, fur-tout lorfque, dans cette circonftance, je vois le
moyen de démontrer avec un nouvel avantage, comment
l'air, qui eft le véhicule de l'acide nitreux, doit dépofer abondamment dans ces mêmes terres cet acide qu'il tient en diffolution.

Ces terres comme calcaires ont, il eft vrai, beaucoup d'affinité avec l'acide nitreux ; mais fans la qualité alkaline qu'elles
acquièrent, & fans l'humidité régulière qu'elles reçoivent & qui
s'évapore enfuite, jamais ces terres ne préfenteroient des traces bien fenfibles de Salpêtre. En effet, qu'on fe rappelle ici
ce qui a été dit précédemment fur les caufes & les effets de
la condenfation de l'air, & on fentira aifément que toutes
les matières capables de produire dans une maffe d'air environnant un refroidiffement fubit & confidérable, font les
plus propres à dépouiller l'air de l'acide qu'il peut tenir en
diffolution. L'alkali végétal a cette propriété ; expofé au grand
air, il en attire l'humidité, ou, en d'autres termes, il le refroidit, le condenfe, & précipite l'eau & l'acide dont il peut
être chargé. La chaux vive, qui eft une matière alkaline à laquelle on peut comparer des terres calcaires long-temps échauffées par un foleil ardent, s'éteint auffi à l'air, à caufe des
fels alkalins qui en attirent l'humidité. Par conféquent, toutes
les terres de l'Inde, de l'Efpagne, &c. expofées aux chaleurs
du midi, doivent auffi, par la qualité alkaline qu'elles acquièrent, devenir très-propres à dépouiller l'air de fon acide ; &
ce dépouillement eft d'autant plus fûr, que l'acide nitreux
conferve la plus grande affinité, foit avec l'alkali fixe, foit
avec ces terres qui font calcaires. Cependant, malgré toutes
ces fources, la quantité de nitre qui fe recueilleroit dans des
terres femblables, feroit encore bien foible & bien peu comparable à cette abondance qu'on obtient dans l'Inde & dans

l'Éspagne, fi à ces caufes il ne s'en joignoit une nouvelle, un peu obfcure dans le principe de fon action, mais non moins fûre dans fes effets. Cette caufe eft une de celles qui produifent très-fenfiblement le refroidiffement de l'air & la defcente du mercure dans le thermomètre; les Phyficiens l'indiquent, en difant que les liquides en évaporation, refroidiffent les furfaces des corps de deffus lefquels ils s'évaporent. Plufieurs expériences répétées & variées démontrent unanimement l'effet indiqué, & l'influence d'une telle caufe eft de la plus grande importance pour la formation du nitre.

Dans l'Inde, peu de temps après les pluies, l'air qui change fi facilement & fi promptement de température, s'échauffe bientôt aux rayons brûlans du foleil, lorfque les nuages ni la pluie n'en tempèrent plus la chaleur. Le mercure du thermomètre s'élève alors & fe foutient conftamment à la hauteur de 28 ou 30°. Ainfi l'eau dont les terres font imprégnées, doit s'évaporer abondamment de deffus leur furface avec laquelle cet air chaud eft conftamment en contact; par conféquent cette furface fe trouvant refroidie à raifon de l'évaporation continuelle de l'humidité, refroidit & condenfe l'air qui l'environne, & ce refroidiffement fait précipiter promptement l'acide dont cet air peut être chargé. Cette précipitation eft même alors d'autant plus rapide, que cet air fe trouve tenir en diffolution autant d'eau qu'il peut en abforber, à raifon de fa chaleur, tant à caufe de l'humidité qui fe diffipe, qu'à caufe du voifinage de la mer; l'évaporation de l'eau dont les terres avoient été imbibées, continuant toujours, & le refroidiffement de la furface de ces terres ne ceffant d'avoir lieu & d'agir, l'acide nitreux ne ceffe auffi de s'accumuler dans leur fein par l'effet des condenfations de ces maffes d'air qui fe fuccèdent, & qui dépofent fans interruption cet acide précieux. Lorfque cette évaporation a été affez confidérable pour que l'humidité des terres ait diminué très-fenfiblement, alors l'acide nitreux qui s'eft uni à l'alkali de ces mêmes terres, ne pouvant plus être tenu en diffolution par les particules d'eau qui n'ont pas été évaporées, paroît néceffairement à la furface fous la forme du Salpêtre bien criftallifé ; & il n'y a que fon abondance qui puiffe le faire végéter au milieu de la vafe humide produite par les débordemens du Gange.

Cette explication, auffi plaufible qu'elle peut l'être, ne permet pas de douter que les caufes déjà indiquées ne foient celles qui produifent auffi du Salpêtre dans les autres terres qui font connues pour s'en charger périodiquement ; car on peut encore démontrer avec vraifemblance, que le nitre complet, ou le Salpêtre extrait des terres d'Efpagne, ne dépend que de caufes abfolument femblables.

Au mois d'Août on leffive les terres des champs, on en extrait le Salpêtre, & on étend enfuite ces mêmes terres humides fur les mêmes efpaces qu'elles recouvroient auparavant ; alors le foleil agiffant fur ces terres, fait évaporer leur humidité, & conféquemment à cette évaporation, leur furface eft maintenue conftamment plus froide que l'air environnant, qui, dans ces lieux & dans cette faifon, eft toujours d'une chaleur marquée par le 25 ou 26° du thermomètre. Les condenfations fucceffives de l'air font donc précipiter fans interruption fur ces terres une grande quantité d'acide nitreux, qui, dans le premier moment, ne s'unit qu'à une terre calcaire ; mais bientôt le deffèchement total de ces terres fuccédant à leur humidité, & la chaleur du foleil étant encore d'une très-grande activité fur ces mêmes terres, le foleil, par l'ardeur de fes rayons, rend ces terres auffi alkalines qu'elles doivent l'être pour que le nitre terreux, déjà formé, fe change en nitre abfolument complet. Si ces terres font labourées en hiver & au printemps, c'eft pour faire diffiper cette humidité intérieure qui doit leur refter, & faire ainfi dépofer de nouvel acide par l'air environnant. Les chaleurs des mois de Mars, Avril, Mai, Juin, Juillet & Août, achèvent de donner à ce nitre accumulé la bafe fixe qu'il doit avoir pour être transformé en Salpêtre, tel que celui qu'on retire chaque année de ces mêmes terres.

L'acide nitreux & l'alkali végétal doivent donc toujours s'engendrer s'engendrer dans ces terres calcaires, qui, par des circonstances particulières, peuvent alternativement être échauffées vivement, & devenir plus froides que l'air environnant, par l'évaporation de l'humidité qu'elles perdent & acquièrent successivement, ou par le voisinage de ces matières reconnues pour être très-propres à reproduire le refroidissement des fluides auxquels elles sont mêlées. Ces circonstances particulières sont sur-tout d'être exposées au midi, & d'être en même temps placées sur les bords ou des étangs, ou des lacs, ou des rivières, ou de la mer.

Les murs qui bordent les rues de nos villes, sont souvent dans cette position avantageuse, & ils prouvent par l'état où ils sont réduits, les effets dangereux, & de cette humidité qui s'évapore après les avoir pénétrés, & du voisinage de plusieurs matières salines propres à produire de très-grands degrés de froid. Toutes les immondices, les lavages des cuisines & du linge, les débris d'animaux & de végétaux sont jetés d'abord au milieu de ces rues, qui sont les égouts des maisons, & ces matières ne sont ensuite recueillies qu'après quelque séjour, pour être transportées loin des habitations qu'elles pouvoient infecter. Ces matières courantes ou amoncelées ne sont jamais enlevées si promptement que leur décomposition ne soit déjà commencée, & on s'en apperçoit souvent par l'alkali volatil qui se développe & se fait sentir dans leur voisinage. Comme elles sont répandues au milieu des rues, & même ordinairement entassées au pied des murs des maisons, les exhalaisons constantes qui s'en élèvent, s'étendent & s'attachent à tout ce qui les environne; elles se communiquent sur-tout aux parties basses des faces extérieures de ces murs, qui les absorbent d'autant plus évidemment, que leurs matériaux sont des matières calcaires. Cette absorption est d'autant moins troublée ou interrompue, que l'air dans nos rues n'a pas une circulation bien libre. Si ces murs ainsi humectés sont d'ailleurs exposés au midi, & réchauffés souvent & vivement par la chaleur du soleil, leur humidité doit s'évaporer, & l'acide de l'air doit se précipiter sur ces mêmes parties de murs qui avoient été humectées. Les sels qui se développent par la décomposition de ces débris épars au pied des murs, ajoutent encore au refroidissement produit par l'évaporation de leur humidité. C'est aussi par de telles raisons, que les parties basses des murailles qui bordent les rues des villes, sont presque toujours décrépies & corrodées par un nitre abondant, & ces effets sont d'autant plus sensibles, que ces murs sont plus vieux & exposés depuis un plus long temps à l'action des causes indiquées. Ce nitre se trouve complet, lorsque ces murailles sont exposées au midi dans les pays tempérés & méridionaux; mais il pourroit bien n'être qu'à base terreuse dans les pays septentrionaux, & dans les rues étroites qui jamais ne sont éclairées directement par le soleil.

Je pourrois sans doute borner les applications qu'on peut faire des principes généraux établis précédemment, au développement que j'ai donné de l'origine de tout le nitre qu'on recueille dans l'Inde, dans l'Espagne, & qu'on extrait des décombres de France, ainsi que de la nitrière de Malte, &c. Mais il y a des faits particuliers, consignés dans les Mémoires que l'Académie a fait rassembler particulièrement, pour servir sans doute de base ou de preuve à une théorie nouvelle; c'est pourquoi je crois ne pouvoir me dispenser d'exposer comment les mêmes principes expliquent toujours heureusement toutes les observations particulières, & tous les succès qu'on a pu obtenir par des procédés suivis dans les nitrières artificielles qui nous sont connues.

Glauber, en assurant qu'on ne peut retirer de l'urine aucun atome de nitre, a cependant reconnu que cette matière étoit une des plus essentielles pour accélérer & produire occasionellement la formation de ce sel. Il en a arrosé des terres calcaires & de la chaux vive, tantôt seules, tantôt mêlées avec de la cendre, & toujours de ces matières il a retiré du Salpêtre. De tels faits sont faciles à expliquer.

Les sels volatils de l'urine sont, de tous les sels de cette espèce, ceux qui font descendre davantage le mercure du thermomètre. L'urine, en se putréfiant, laisse développer du sel ammoniac, & sur-tout du sel marin, qui est un agent très-puis-

fant pour produire un grand refroidissement dans l'air environnant. Ainsi ces matières humectées d'urine, & placées
dans des lieux où l'air circuloit librement, ont dû se charger
d'acide nitreux précipité de l'air, soit par le refroidissement
occasionné par les sels de l'urine, soit par l'évaporation de
la partie aqueuse; évaporation qui, comme on l'a déjà dit,
est une des grandes causes du refroidissement de l'air. Glauber rapporte un fait qui confirme particulièrement le grand
effet de l'évaporation des liquides pour la production du nitre.
Il dit que de la chaux vive ayant été plongée dans l'acide du bois,
& séchée ensuite, soit au soleil, soit à une chaleur douce, ensuite humectée de nouveau, & resséchée plusieurs fois jusqu'à
ce qu'elle fût réduite en poussière, avoit donné une certaine quantité de Salpêtre.

On voit ici l'évaporation de cet acide jouer le même rôle
que les autres acides dans lesquels les Physiciens ont plongé les
boules de thermomètre, pour observer le degré de refroidissement occasionné par leur évaporation de dessus la surface de
ces boules. Les surfaces des pierres de chaux vive se re-
froidissoient à raison de la quantité d'acide qui se dissipoit, &
faisoient précipiter sur elles-mêmes l'acide de l'air environnant.
Cet acide déposé trouvoit ensuite dans cette chaux des parties alkalines avec lesquelles il s'unissoit, & formoit ainsi le Salpêtre extrait par Glauber. Le même Auteur rapporte encore d'autres faits : il dit avoir observé sur les bords du Mein,
des côteaux calcaires pleins de nitre; alors ce sel n'étoit pas
l'effet de l'action de l'urine, mais d'autres causes aussi puis-
santes, quoique moins promptes dans leur influence. Il en est
sans doute de ces côteaux comme des terres placées sur les
bords du Gange, de la Méditerranée, de la mer du Sud,
comme aussi des carrières qui bordent les rivières. Dans de
telles positions, les terres se salpêtrent bien plus tôt & bien
plus abondamment que lorsque de pareils côteaux sont placés
au milieu des champs, & éloignés de quelques masses d'eau
considérables, telles que des lacs, des étangs, des rivières
& des mers; car dans tous les lieux voisins de ces grandes

Qqq ij

maffes fluides, l'air fe charge néceffairement de toute l'eau
que fa chaleur lui permet & le force de tenir en diffolution. Dans le centre des terres, au contraire, dans des lieux
fecs, arides, & au milieu des champs, l'air environnant ne
peut jamais trouver à diffoudre toute la quantité d'eau qui
feroit proportionnée à fa chaleur; ainfi, dans la première
pofition, la fraîcheur feule d'une foirée, de la nuit, du
matin, & même le feul obfcurciffement du foleil, peuvent
occafioner affez de refroidiffement dans l'air environnant,
pour le condenfer & lui faire dépofer une portion de l'eau &
de l'acide qu'il tient en diffolution, parce qu'il en eft chargé
jufqu'à faturation. Le même effet ne peut avoir lieu au centre
des terres. Ainfi les côteaux calcaires placés dans le voifinage
des rivières, des lacs, des étangs & de la mer, doivent,
plus que tous les autres, fe charger d'humidité, & devenir
des nitrières naturelles, qui préfentent, après quelque
temps, une belle récolte de nitre, à caufe des variations
journalières de la température de l'air. Cette humidité que
les terres reçoivent avec l'acide dépofé par l'air, s'évapore à
fon tour aux rayons du foleil, & contribue elle-même à augmenter la quantité de l'acide précipité.

On ne doit pas douter de cette quantité d'eau différente,
diffoute par l'air qui avoifine les rivières, & par celui qui recouvre
des terreins fecs. C'eft un fait trop bien confirmé par une
obfervation faite à Montpellier, & qui démontre que les vents
de mer font ceux qui tiennent la plus grande quantité d'eau en
diffolution à chaleur égale, & qu'ils en font ordinairement
fi chargés, que le degré de faturation eft le même que celui
de leur chaleur.

Tous ces développemens donnent une nouvelle force aux
principes établis précédemment, en rendant fenfibles les véritables effets qu'on doit attribuer, foit à l'urine & aux matières animales, foit à l'évaporation des fluides, foit enfin
à l'action des circonftances locales; ils font connoître toutes
ces caufes comme étant des caufes feulement fecondaires; ils
font voir enfin, que fi elles fervent à faire naître le Salpêtre,

c'eft occafionellement & fans entrer aucunement dans fa compofition.

Stalh a fait des obfervations qui méritent d'être difcutées. Il remarque fur-tout que le nitre s'engendre dans les débris calcaires des incendies. J'ai été à portée d'examiner de femblables évènemens, & j'ai fait la même remarque fur un édifice dont les murs ne donnoient, auparavant qu'il fût incendié, aucun indice de nitre. Les pierres de ces murs éprouvèrent le feu le plus violent, & les parties baffes reftèrent feules élevées fur leur bafe. Ces reftes de murailles qui fembloient avoir été calcinés, furent en peu de temps couverts d'une pouffière fortement falpêtrée. Sans doute la pierre calcaire avoit reçu, par le moyen du feu, une qualité alkaline, qui, après l'évènement, lui avoit fait attirer l'acide de l'air qu'elle avoit retenu, parce qu'il y avoit trouvé une bafe fixe. Cet Auteur rapporte auffi que la voûte d'une cave placée fous une écurie, s'étoit couverte d'efflorefcences nitreufes, lorfque la chaux, dont elle avoit été enduite, avoit été détruite par le paffage de l'urine à travers l'épaiffeur de cette voûte. On voit ici l'urine fe faire jour entre les pierres de la voûte, s'étendre fur fa furface intérieure, détacher, entraîner, par fon humidité, l'enduit de chaux qui la recouvroit, & faire naître à fa place un duvet nitreux en quantité très-confidérable. Dans toute autre cave, ce n'eft pas à la voûte qu'on trouve du Salpêtre ou du nitre quelconque, c'eft dans le fol; & fi l'on obferve le contraire dans la cave citée par Stalh, cette différence étonnante ne vient que de ce qu'auprès de la voûte, l'air environnant eft expofé à l'action des fels urineux, qu'il y eft néceffairement condenfé, & qu'il dépofe l'acide qu'il pouvoit tenir en diffolution. J'ai vu un phénomène à peu près femblable, & qui dépend des mêmes caufes comme des mêmes circonftances locales. Dans la maifon d'un particulier, il y avoit un canal de latrines qui s'étendoit depuis le troifième étage jufqu'au rez de chauffée, où étoit fituée la foffe d'aifance. Ce canal étoit placé derrière le mur d'un efcalier qui recevoit le jour d'une grande cour par des galeries, & par conféquent l'air extérieur frappoit librement la furface extérieure de cette muraille. En examinant cette furface, on remarquoit depuis le fecond étage jufqu'au rez de chauffée, une trace profonde, une dégradation non interrompue & formée par le nitre qui abondoit dans cette partie de la muraille. C'étoit comme un fillon qui annonçoit fur le mur la direction du canal caché derrière fon épaiffeur. Les fels nitreux & marins dont ce mur étoit rempli, avoient fait tomber toute la chaux qui le recouvroit auparavant. Pourquoi donc le nitre qui, fur les murailles des maifons, ne s'élève ordinairement qu'à une hauteur de quelques pieds, & ne dégrade que leurs parties les plus baffes, s'étendoit-il ainfi, & avoit-il porté le ravage fur la feule partie du mur correfpondant au canal des latrines, jufqu'à une hauteur quatre ou cinq fois plus confidérable ? Cet effet ne doit fans doute être attribué qu'à la préfence des fels & de l'urine dont ce mur étoit pénétré, & par conféquent à la condenfation fouvent répétée de l'air environnant. Cette humidité produite par l'urine eft fufceptible de fi grands effets, que Stahl lui-même a remarqué que dans les murailles de quelques maifons de payfans, (murailles pétries de boues, de limon & de paille), le nitre s'accumuloit & fe trouvoit en grande quantité. Il a même obfervé que la couche de terre nitreufe étoit d'une épaiffeur toujours égale à la couche de terre que la pluie avoit pu pénétrer.

Si l'urine & l'humidité réunies attiroient l'acide nitreux dans le mur des latrines dont nous avons parlé, c'eft l'humidité feule ou fon évaporation qui produit le nitre qu'on extrait des débris des murailles des maifons de payfans. La pluie humecte ces murs, la chaleur du foleil les deffèche, & cette évaporation produifant un certain refroidiffement dans l'air qui eft en contact avec ces murs, l'acide nitreux doit y être dépofé ; & l'effet étant proportionné à fa caufe occafionelle, l'étendue du dépôt doit être égale à la profondeur de la couche humide. Stahl femble même n'avoir voulu laiffer rien à défirer pour la confirmation de mon opinion ; car il ajoute que fi ces murs fe rempliffent de Salpêtre, ce n'eft que parce qu'ils ont été humeftés.

M. Lemery cite plufieurs expériences qui peuvent être expliquées de la manière la plus plaufible. Il dit que M. Mariotte avoit laiffé pendant deux ans, au deuxième étage d'une maifon, de la terre leffivée & dénitrée, qui ne s'étoit chargée d'aucun atome de nitre; mais que de pareille terre ayant été placée au milieu du fol d'une cave, elle étoit redevenue nitreufe. La caufe de ces différens réfultats fe préfente d'elle-même, lorfqu'on fe rappelle comment j'ai déjà expliqué la formation du nitre dans les terres des caves, & lorfqu'on réfléchit que cette terre, mife dans un étage élevé, & dépouillée de tous fels, ne contenoit par conféquent aucune matière propre à changer la température de l'air environnant. Une terre calcaire placée dans des circonftances auffi-peu avantageufes, & n'étant jamais humeftée ni defféchée, n'auroit jamais pu acquérir ce nitre que Glauber avoit fu y produire par un procédé plus convenable.

Lemery a éprouvé que des terres mêlées de matières animales, de chaux & de fel de tartre, ont produit beaucoup de Salpêtre, après avoir été expofées dans un lieu où l'air circuloit avec liberté; tandis que fans matières animales, ces mélanges n'ont pu jamais fe charger d'aucun nitre. Sans doute dans ce lieu d'expofition, où l'air entroit par plufieurs iffues, & où il avoit un cours très-rapide, les fels du tartre & de la chaux n'étoient pas affez puiffans pour produire vivement & promptement le refroidiffement de cet air qui paffoit avec vîteffe fur la furface de ces mélanges. Il falloit apparemment de plus grands agens, tels que le fel commun & les fels volatils qui fe dégagent des matières animales pendant leur décompofition. Si d'ailleurs les murs circonvoifins paroiffoient eux-mêmes falpêtrés, c'étoit fans doute parce que la couche d'air qui les touchoit, ne prenoit pas tout le mouvement ni toute la vîteffe dont étoit animée la maffe d'air qui circuloit plus librement au milieu de l'efpace.

Quelques Voyageurs affurent auffi, fuivant Lemery, que

le Salpêtre ne vient dans toute forte de champ , qu'après des pluies confidérables qui ont inondé la campagne, comme on le remarque au Bengale : nouvellement, M. Dombey a obfervé, auprès de Lima, fur les côtes de la mer du Sud, une très-grande quantité de Salpêtre répandu fur-tout fur les terres qui fervent pour les pâturages. Il ne pleut jamais à Lima ; mais des brouillards épais couvrent cette côte pendant fix mois, & entretiennent dans ces terres une très-grande humidité. Pendant les fix autres mois, la chaleur eft proportionnée à celle qu'on éprouve dans tous les lieux fitués fous la zone torride à 10° de latitude auftrale. Les mêmes principes expofés précédemment fuffifent feuls, pour expliquer ces phénomènes femblables. L'évaporation de l'humidité fait encore naître ce Salpêtre qu'on trouve, fuivant Lemery, aux voûtes des grottes, après que le terrein qui les couvre a été arrofé par des pluies abondantes. Ce Salpêtre lui a paru être occafioné par la pluie, parce que toujours il a remarqué fous ces voûtes & au centre de ces grottes une maffe d'eau. Il cite même Stalh, qui parle de deux endroits femblables chargés de Salpêtre, & où il a remarqué de l'eau & de la terre gypfeufe. Cette eau de pluie qui tombe fur la terre, traverfe l'épaiffeur de la voûte, & tombe au fond de la grotte, en laiffant feulement à la furface intérieure de la voûte une humidité qui, en s'évaporant, condenfe l'air environnant, & fait précipiter fon acide.

C'eft ainfi qu'on peut expliquer les réfultats de l'expérience de M. Pietfch, qui, après avoir verfé de l'urine fur de la terre calcaire, après avoir laiffé fécher cette terre, & l'avoir réarrofée pour la faire fécher enfuite, a obtenu du nitre par le moyen de ces humectations & de ces deffications réitérées. C'eft par les mêmes caufes qu'on voit croître du nitre dans des murs qui n'ont pas été faits pendant un beau temps, & qui font d'ailleurs expofés à des exhalaifons urineufes. Ces obfervations ont engagé M. Pietfch à recommander expreffément de conferver un certain degré d'humidité dans les murs deftinés à fournir du Salpêtre, fur-tout lorfque ces murs

n'ont

n'ont pas été compofés de parties alkalines affez abondantes pour attirer l'acide de l'air. Il prefcrit par conféquent de former les murailles avec de la terre convenable, des cendres & de la paille, mélange qu'on doit humecter avec de l'eau de fumier.

Si le nitre s'accumule dans les murs du Brandebourg, c'eft qu'ils font placés dans des lieux humides & enveloppés d'exhalaifons urineufes, par le foin qu'on a de répandre au pied de ces murs de la fiente de pigeons, de poules, dont les efprits volatils produifent l'effet le plus convenable.

M. Gruner cite un magnifique hôpital de Berne, comme un monument de la végétation prompte & abondante de Salpêtre. Les parties baffes de fes murs font toutes dégradées & corrodées par ce fel; mais il explique prefque feul, fuivant mes principes, la caufe de fa préfence & de fes progrès : car il annonce que les lieux où ce fel croît le plus abondamment, étoient autrefois les emplacemens de latrines, de buanderies, & de réfervoirs d'urines. D'ailleurs, il affure qu'au temps même où il écrit, on eft dans l'ufage de vider par les fenêtres les pots de chambre des malades. Tant de caufes réunies au pied de ces murs, tant d'exhalaifons fétides doivent fans doute agir avec énergie fur l'air qui fe trouve en contact avec les parties baffes de ces murs, & lui faire dépofer beaucoup d'acide nitreux avec beaucoup d'humidité.

La même caufe eft celle de la naiffance du Salpêtre dans certains barrils ouverts par leurs extrémités, & remplis de terre mêlée de cendres, de fels, & arrofée d'urine. Ces barrils employés étoient fufpendus au milieu d'une cave; on formoit plufieurs trous qui traverfoient l'épaiffeur de la terre, & c'eft fur le contour de ces trous que le Salpêtre végétoit fenfiblement; l'air circuloit par ces mêmes trous, & la terre fraîche, humide, pleine d'exhalaifons urineufes, le condenfoit à fon paffage, & précipitoit l'acide nitreux qui s'uniffoit à elle.

Si M. Neuhans a tiré du Salpêtre d'un amas de plufieurs

matières convenables, c'eſt qu'arroſées d'urine, d'eau de leſſive, de chaux, & remuées de temps en temps, ces terres
d'ailleurs expoſées au midi, ſe chargoient & de ſels & d'humidité qui faiſoient ſeuls naître cette abondance de nitre qu'on
y trouvoit.

Dans la deſcription que M. le Comte de Milly donne
d'une nitrière artificielle, on voit que l'Entrepreneur n'emploie que des matières que j'ai indiquées comme les plus convenables à une prompte production de Salpêtre ; ce ſont des
fumiers, des urines, de la terre calcaire, une nitrière bien
cloſe, & des fenêtres qui ne s'ouvrent qu'au nord & au midi ;
on y voit ſur-tout que la terre qui eſt deſtinée à être leſſivée
la première, eſt celle qui eſt placée dans la partie ſepten-
trionale de la nitrière, comme étant ſans doute celle qui
s'eſt ſalpêtrée le plus promptement ; ce qui doit être en effet,
puiſque ce n'eſt que dans cette partie que l'air chaud, qui eſt
entré par l'ouverture du midi, vient éprouver la condenſa-
tion la plus grande, & que c'eſt là par conſéquent qu'il
dépoſe plus d'acide que dans toute autre partie des hangars.

En Pruſſe, ce ſont des murailles faites de terre, de cendres, & de fumiers. A Malte, on voit des magaſins où l'on
met à couvert des pyramides compoſées de terre calcaire
ſeulement & de fumier, qu'on arroſe avec un mélange de
matières putréfiées, & qu'on ſaupoudre de chaux. Nous avons
déjà expliqué comment de tels mélanges doivent ſe charger
de nitre, ſoit au grand air, ſoit à l'abri de la pluie, du
ſoleil & des vents. Il ſera auſſi aiſé de concevoir comment
ce ſel peut ſe former dans la nitrière de Dreſde, & comment
il a pu ſe trouver des différences ſenſibles entre les produits
en Salpêtre réſultant des volumes égaux de terre, dont les
uns avoient été mis à l'air & arroſés d'urine, & dont les autres n'avoient été ni rémués ni humeétés.

Dans l'Inde, quelque abondante que ſoit la récolte en
Salpêtre, quoique la terre produiſe ce ſel naturellement,
cependant les Indiens induſtrieux ne peuvent s'en contenter.

Ils cherchent & réussissent à l'augmenter, en arrosant d'urine les terreins propres au Salpêtre, parce que l'urine contribue doublement & à la formation & à l'abondance de ce sel. Les Chinois trouvent aussi de grands avantages à employer ces mêmes moyens; & c'est pour ce seul objet qu'ils ramassent les urines avec le plus grand soin, comme dans certains pays de la France on recueille sur les grands chemins les excrémens des animaux.

Le Salpêtre qu'on recueille dans les magasins de tabac en Amérique, ne se trouve sur la surface des terres de ces magasins, qu'à cause de l'humidité & des sels qu'on répand sur leur surface, en les arrosant d'une lessive ou d'une infusion de feuilles de tabac.

Je pourrois à tant de faits en joindre encore une foule immense, dont l'explication, suivant mes principes, seroit aussi facile que satisfaisante; mais je me contenterai d'en rapporter quelques-uns qui me paroissent trop décisifs pour être passés sous silence.

Dans des Lettres sur la Suisse, on cite le Salpêtre comme un objet de commerce très-considérable pour l'Appenzel, & qui coute peu de soins aux Bergers qui le recueillent. Les étables de leurs bestiaux sont construites sur la pente des montagnes où ils paissent. Le plan du sol, qui doit être horizontal, fait, avec la ligne de pente de la montagne, un angle plus ou moins aigu, & c'est sous ce fond de l'étable, dans cet espace angulaire, que les Bergers creusent une fosse de trois pieds de profondeur, qu'ils remplissent de terre très-poreuse, & destinée à recevoir les urines des bestiaux. L'air circule librement sur la surface de cette masse de terre, humectée continuellement d'urines, & mêlée d'excrémens. Lorsque cette terre a resté deux ou trois ans dans cette fosse, elle donne une assez grande quantité de Salpêtre, en la lessivant suivant la manière ordinaire. Les principes exposés précédemment, ne permettent pas de douter que le nitre ne doive s'accumuler dans des terres ainsi exposées; mais aussi ils donnent à penser que ce sel ne peut être qu'à base terreuse, & sans doute en leſſivant à l'ordinaire : on mêle à ces terres, des cendres qui fourniſſent un alkali fixe néceſſaire.

Un autre fait que j'ai obſervé dans un couvent de Capucins, prouve bien évidemment l'influence des exhalaiſons urineuſes ſur la multiplication du Salpêtre. Ces Pères avoient fait ramaſſer auprès de leurs latrines, de la terre de jardin; elle étoit amoncelée, & formoit un volume de près de 400ᴾᴾᴾ. Le petit réduit où on avoit dépoſé ces terres, n'étoit ſéparé des lieux d'aiſance que par une cloiſon formée de planches mal jointes, & dans laquelle on avoit pratiqué l'ouverture d'une porte qui n'étoit jamais fermée. Le lieu étoit éclairé par une petite lucarne élevée au deſſus du ſol, & qui s'ouvroit au midi. Après deux ans d'expoſition dans ce voiſinage des latrines, cette terre s'étoit tellement ſalpêtrée, qu'on en a tiré 130ᴾᴾᴾ. au moins, qui ont été leſſivées avec le plus grand avantage. On voit évidemment par les circonſtances locales, que c'eſt l'air chaud du midi, qui, s'introduiſant dans ce lieu, & éprouvant l'action des exhalaiſons urineuſes, a dû dépoſer cette abondance de nitre qu'on a recueillie à la ſurface de cet amas de terre.

Il y a auprès de Ruffec une nitrière naturelle, qui prouve encore particulièrement, comme celle de S. Savinien, combien le voiſinage des grandes maſſes d'eau contribue à la formation prompte & abondante du Salpêtre; c'eſt un rocher calcaire, dont les pierres extraites ont une très-grande dureté. Une face de ce rocher ſe montre à nu ſur le revers du côteau, & le plan de cette face eſt preſque vertical. Elle eſt placée le long des bords de la rivière de Charente, & on trouve ſur la ſurface pluſieurs parties très-ſalpêtrées. Au pied de ce rocher & dans ſes veines, on trouve auſſi une pouſſière calcaire provenant de la décompoſition du rocher, & qui eſt très-chargée de nitre.

Enfin, le dernier fait que je dois rapporter, eſt celui qui démontre le plus clairement tout l'avantage qu'on peut attendre d'une nitrière artificielle enfermée, cloſe, & dirigée ſuivant la méthode que j'ai preſcrite dans le Mémoire précé-

dent. A Saint-Jean-d'Angély il y a une halle qui sert de boucherie ; sa forme est un parallélogramme ; elle est absolument fermée, sur trois faces qui n'ont d'autres ouvertures que
deux petites portes basses qui ne s'ouvrent même que le
Samedi & le Dimanche. A dix pieds au dessus du sol de
cette halle, il y a une ouverture longitudinale, dont la longueur est celle de cette face, & dont la hauteur est environ de
deux pieds. Cette ouverture est la seule par laquelle cette
halle est éclairée, & c'est dans le sol de cette halle ainsi
disposée, qu'on a recueilli une quantité immense de terres
nitreuses. Le Maître Salpêtrier, chargé de choisir & de faire
ramasser ces terres, cite ce lieu comme un des plus riches
en Salpêtre. Si j'avois été chargé de former, d'après mes
principes, une nitrière artificielle sur un terrein pareil à l'emplacement de cette halle, je n'aurois pu m'empêcher de la
disposer comme elle est aujourd'hui, quoique destinée à tout
autre objet ; j'aurois donné à la circulation de l'air, & la direction & la liberté qu'on lui remarque dans la halle de S. Jean ;
j'aurois prescrit d'arroser le terrein d'urine, ou de l'envelopper
d'exhalaisons urineuses, & les mêmes fonctions sont remplies
par les débris des animaux que ce sol a dû recevoir jusques
à présent, conséquemment à sa destination. Ces débris, en se
décomposant comme l'urine, donnent à la terre des sels
très-propres à attirer l'acide de l'air.

Après le grand nombre de faits que j'ai rapportés, & l'explication plausible que j'ai donnée des phénomènes observés,
je dois maintenant me borner à renvoyer à la méthode que
j'ai prescrite dans le Mémoire précédent, relativement à la
construction, aux dispositions & au travail des nitrières artificielles. Il y a quelques attentions ou précautions particulières que je n'ai pas détaillées, mais qu'on pourra imaginer
aisément. J'ai donné toutes les idées principales, & je me
crois dispensé de détails minutieux ; d'ailleurs il ne faut que
réfléchir sur les applications que j'ai faites de mes principes,
au développement d'un grand nombre de faits, & on en
conclura presque autant de règles particulières à suivre pour

obtenir quelques succès de l'établissement d'une nitrière artificielle.

Je serois bien trompé dans mon attente, si cette addition à mon Mémoire, en donnant plus de force à la théorie que j'ai présentée, n'inspiroit pas une nouvelle confiance dans la méthode que je me suis permis de prescrire. Je crois maintenant pouvoir dire avec beaucoup d'assurance, que j'ai fait voir avec toute l'évidence dont une telle matière est susceptible, à quelles conditions on peut faire naître du nitre promptement & avec abondance, quelles sont les matrices convenables à ce sel, quelles sont les dispositions ou le soin qu'il faut prendre pour le faire naître, soit au grand air, soit à l'abri du soleil & de la pluie, & comment enfin on peut distinguer sûrement les pays, les terreins, les climats qui sont les plus favorables à une prompte & abondante production de Salpêtre. C'est à ces objets que le Gouvernement a borné ses demandes; c'est à y répondre dignement que j'ai donné tous mes soins; & maintenant le suffrage de l'Académie est le seul but de mes désirs, parce qu'il seroit la récompense la plus flatteuse de mon travail.

MÉMOIRE

SUR

DES TERRES

NATURELLEMENT SALPÊTRÉES,

EXISTANTES EN FRANCE;

Lu à l'Académie le 5 Juillet 1777,

Par MM. CLOUET & LAVOISIER, Régisseurs des Poudres
& Salpêtres

CE n'est point à nous qu'appartient originairement la découverte que nous annonçons aujourd'hui ; la reconnoissance & l'esprit de vérité qui nous animent, nous obligent d'en faire hommage à M. le Duc de la Rochefoucault ; & nous commencerons en conséquence par un récit exact & fidèle des circonstances qui ont donné lieu à la publication de ce Mémoire.

Le château & le village de la Roche - Guyon sont bâtis sur la rive droite de la Seine, au pied d'un côteau escarpé, composé de craie dans toute sa hauteur. Cette craie est souvent découverte & coupée à pic, & on l'a creusée en plusieurs endroits, pour y pratiquer des caves, des écuries, des habitations.

La même disposition de terrein se retrouve à quelque distance avant & après le village de la Roche-Guyon ; de sorte que depuis Vetheuil jusqu'à Berrecourt, c'est-à-dire, dans l'espace de plus de deux lieues, tout le côteau n'offre que des rochesr de craie découverts, rongés par les injures de l'air, & dégradés par le temps.

L'inspection du local ne permet pas de douter que la rivière de Seine n'ait autrefois miné le pied de ce côteau, qu'elle n'y ait causé des éboulemens considérables, & qu'elle n'y ait formé des espèces de falaises semblables à celles qui existent sur les bords de la mer. L'action des eaux pluviales, celle des ravines formées par l'écoulement des eaux de la plaine, a ensuite dégradé ces falaises; elle les a comme dentelées, & les portions détachées du haut, & éboulées, ont formé dans le bas des atterrissemens considérables. On peut donc distinguer à la Roche-Guyon, & dans les environs, deux sortes de bancs composés également de craies, mais qui ont été formés à des époques très-différentes; les uns, qui ne sont autre chose que les falaises mêmes; les autres, qui se sont formés de leurs débris.

C'est dans le pied même de ces falaises que sont creusées une partie des habitations de Vetheuil, Authile, la Roche-Guyon & Clachaloffe; & ce qui est remarquable, c'est que les cuisines, les bûchers, les buanderies, les communs du château de la Roche-Guyon, enfin l'église même d'Authile, sont également creusés dans cette craie.

M. le Duc de la Rochefoucault & M. Desmarest, Membres de l'Académie des Sciences, qui ont fréquemment visité ees cantons, ont remarqué que les craies dans les environs des lieux habités étoient toutes couvertes d'efflorescences de Salpêtre. Les Salpêtriers établis à la Roche-Guyon étoient, depuis long-temps, dans l'usage d'enlever ces efflorescences avec une espèce de hachette; ils les lessivoient ensuite à la manière ordinaire, & en tiroient du Salpêtre qu'ils livroient aux magasins de la Régie des poudres.

Ces premières observations de M. le Duc de la Rochefoucault l'ont conduit à soupçonner que les craies qui composent ces montagnes, pouvoient bien être naturellement salpêtrées; & en effet, en ayant lessivé des portions prises à quelque distance de la surface, & les ayant traitées avec de

la

la cendre, il en a obtenu de vrai Salpêtre à bafe d'alkali fixe végétal.

Un autre fait très-important, que M. le Duc de la Roche-foucault a conftaté, c'eft que de la craie de ces mêmes côteaux, bien leffivée, bien épuifée de toutes les parties falines qu'elle contenoit, expofée enfuite à l'air en forme de murs, couverts feulement d'un léger toit de paille, fe falpê-troit à la longue, & fe chargeoit même de différens autres fels.

M. Bucquet, compagnon zélé des travaux de M. le Duc de la Rochefoucault, a annoncé ces découvertes il y a plus d'un an, dans fes Leçons publiques & particulières. M. Defmareft en a parlé lui-même à plufieurs de fes Confreres, de forte que les expériences & les obfervations de M. le Duc de la Rochefoucault ont acquis peu à peu une efpèce de publicité.

Obligés par état de veiller à tout ce qui peut contribuer à l'augmentation de la récolte du Salpêtre dans le Royaume, nous avons cru qu'il étoit de notre devoir de prendre les précautions les plus promptes pour tirer parti d'obfervations auffi importantes; & nous avons penfé qu'elle pouvoit êtrele germe de plufieurs découvertes de même genre.

M. Clouet s'eft en conféquence tranfporté dès le mois d'Octobre 1776 à la Roche-Guyon; mais la faifon qui étoit avancée, ne lui ayant pas permis de compléter fes recher-ches, nous y fommes retournés dans le mois de Mai de cette année (1777); & c'eft du réfultat de nos expériences & de nos obfervations, que nous allons entretenir l'Académie. Nous diviferons ce Mémoire en deux parties; nous rendrons compte dans la première, des détails de nos expériences; nous les rapprocherons & nous les combinerons dans la fe-conde, pour en tirer des conféquences.

Ceux qui ne prennent aucun intérêt aux détails chimiques, & qui font plus curieux d'arriver à des réfultats que de fuivre la route qui nous y a conduits, pourront paffer toute la première partie de cet Ouvrage, & confulter feulement le tableau qui fe trouve à la fin, & qui en préfente le réfultat.

S ff

PREMIÈRE PARTIE.

Détail des Expériences.

LA manière dont nous avons opéré ayant été la même pour tous les échantillons, nous allons commencer par en donner le détail ; il ne nous restera plus ensuite qu'à avertir à mesure des légères différences que les circonstances ont exigées dans la manipulation.

Les échantillons sur lesquels nous avons opéré, ont été détachés des carrières ou habitations avec un pic ; nous les recevions sur une grande toile étendue au dessous de l'endroit où l'on travailloit ; nous les mettions ensuite dans des sacs de toile très-propres, qu'on lioit & qu'on étiquetoit sur le champ : en même temps l'un de nous écrivoit sur un registre toutes les circonstances locales qui pouvoient être intéressantes. Lorsque les échantillons n'étoient que de quelques onces, on les mettoit dans un cornet de papier gris.

Nous avons opéré, autant qu'il a été possible, sur douze livres & demie de terre, c'est-à-dire, sur un huitième de quintal ; mais lorsque les échantillons des matières que nous avions recueillies, se sont trouvés peu considérables, nous avons été obligés de diminuer les doses, & nous nous sommes quelquefois trouvés réduits à opérer sur quelques onces ou sur quelques gros ; c'est ce qui nous est arrivé relativement à la substance que les Ouvriers nomment la *mort du Salpêtre*, à celle à laquelle ils donnent le nom de *Salpêtre de pigeons*, & à quelques autres dont il est souvent difficile de recueillir une grande quantité.

Quelques-unes des terres n'ont été que grossièrement concassées ; d'autres, & c'est le plus grand nombre, ont été réduites en poussière très-fine. On les a mises dans des terrines séparées, & on a versé par-dessus une quantité connue d'eau bouillante ; après quelques heures de dépôt, on a jeté la liqueur & la terre sur un filtre de toile supporté par un carré de bois & recouvert avec une grande feuille de papier gris ; enfin on a pesé la liqueur obtenue par la filtration, & on en a déterminé le degré par le moyen du pèse-liqueur, décrit dans l'article XI de l'Instruction sur l'établissement des nitrières, publiée cette année (1777) par ordre du Roi : enfin on a fait évaporer.

On conçoit que dans toutes ces opérations on n'a point retiré par la filtration la totalité de l'eau qu'on avoit employée pour lessiver : une partie de cette eau est restée dans les terres, & pour l'obtenir, il auroit fallu relaver un grand nombre de fois la terre, jusqu'à ce qu'elle eût été entièrement épuisée de toute matière saline. Cette méthode, qui peut-être auroit été la plus exacte, seroit devenue très-embarrassante dans une suite d'expériences aussi nombreuses que celles dont nous allons rendre compte ; elle auroit exigé d'ailleurs un temps considérable pour relaver les terres, un plus considérable encore pour évaporer cette grande quantité d'eau, & d'ailleurs il n'est pas démontré que les sels, par une ébullition trop long-temps continuée, & par les collisions nombreuses qui en sont la suite, n'éprouvent pas des altérations, des décompositions, & peut-être une évaporation totale ou au moins partielle. Nous avons donc préféré de laisser dans les terres la portion d'eau salpêtrée qui ne se séparoit pas par la filtration & par l'égout ; mais il nous a paru qu'on pouvoit l'évaluer par calcul, & connoître, avec une grande exactitude, la quantité de matières salines qu'elle contenoit. En effet, lorsqu'on délaye de la craie dans de l'eau bouillante, on ne sauroit douter que lorsque les matières ont été suffisamment agitées & mêlées, toutes les portions de l'eau ne soient également chargées des sels contenus dans la craie. Lors donc qu'on a séparé la majeure partie de l'eau par filtration, on a droit de conclure que ce qu'il en reste dans la terre contient une proportion de substances salines égale à celle contenue dans la liqueur filtrée : ainsi, par exemple, si on a employé douze livres d'eau & qu'il n'en soit venu que huit livres par filtration, on peut conclure qu'il reste dans la terre un tiers des substances falines, comme il y refte un tiers de l'eau; & en ajoutant un tiers à tous les produits obtenus, on doit avoir la quantité de fels réellement contenue dans la terre. S'il étoit poffible de fe tromper par cette méthode, ce feroit plutôt en moins qu'en plus. Quant à l'évaporation, nous l'avons commencée dans des vaiffeaux de cuivre au degré de l'ébullition, & quand nous foupçonnions que la liqueur approchoit du degré de criftallifation, l'évaporation fe continuoit dans des capfules de verre, & on tranfvafoit fréquemment d'une capfule dans une autre, pour féparer les fels de nature différente qui criftallifoient fucceffivement. Il eft inutile de dire que ces expériences exigent un grand ordre, fur-tout lorfqu'on en fait marcher un grand nombre à la fois; qu'il faut étiqueter chaque capfule avec beaucoup de foin, & diftinguer non feulement le numéro de l'expérience, mais encore les différentes criftallifations de la même expérience.

Lorfque les fels obtenus par criftallifation étoient imprégnés d'eau-mère, nous les lavions avec de l'efprit de vin rectifié; l'efprit de vin diffolvoit l'eau-mère ou les fels à bafe terreufe, & laiffoit les fels à bafe alkaline blancs & purs. Cet efprit de vin étoit enfuite remêlé avec la liqueur décantée, & il étoit enlevé par une évaporation fubféquente.

Lorfque nous avions ainfi féparé les fels criftallifables, & qu'il ne reftoit plus que de l'eau-mère, nous étendions cette dernière dans quatre à cinq fois fon poids d'eau diftillée, & nous opérions la précipitation de la terre par l'addition d'une liqueur alkaline très-pure, compofée de cinq parties d'eau diftillée & de quatre parties d'alkali; nous pefions exactement, avant & après la précipitation, le flacon qui contenoit cette liqueur alkaline, & après avoir conftaté la quantité de liqueur employée, nous déterminions, par calcul, la quantité d'alkali concret qu'elle contenoit; enfin, nous féparions la terre par le filtre, & la liqueur obtenue étoit mife de nouveau à évaporer, pour obtenir fucceffivement les différens fels qu'elle contenoit.

Après avoir déterminé, comme on vient de l'expofer,

la quantité & la qualité des fels contenus dans l'eau mife à évaporer, il nous reftoit encore deux opérations à faire; la première, d'y ajouter la portion de ces mêmes fels contenue dans l'eau reftée dans la terre; la feconde, de transformer toutes ces quantités en celles que nous aurions obtenues, fi nous euffions toujours opéré fur une quantité égale de terre, par exemple, fur un quintal, afin de pouvoir établir des comparaifons d'une terre à l'autre : ces calculs fe réduifent aux deux proportions qui fuivent, & qu'il faut répéter pour chaque efpèce de fel.

PREMIÈRE PROPORTION,

dont l'objet eft de déterminer la quantité réelle de chaque efpèce de fel contenue dans la terre mife en expérience.

La quantité d'eau mife à évaporer
Eft à la quantité de chaque efpèce des fels obtenue,
Comme la quantité d'eau employée pour leffiver
Eft au quatrième terme que l'on cherche, c'eft-à-dire, à la quantité réelle de chaque efpèce de fel contenue dans la terre leffivée.
Ce qui fe réduit à multiplier fucceffivement les quantités de chaque efpèce de fels obtenus par évaporation, par la quantité d'eau employée pour leffiver, & à les divifer par la quantité d'eau mife à évaporer.

SECONDE PROPORTION,

dont l'objet eft de transformer tous les réfultats obtenus en ceux qu'on auroit eus en opérant fur un quintal de terre.

La quantité de terre leffivée
Eft à la quantité de chaque efpèce de fels contenue dans la terre, d'après le réfultat de la proportion précédente,
Comme cent livres
Eft au quatrième terme cherché.

Les exemples multipliés qui vont fuivre, faciliteront l'intelligence de tous ces calculs.

On dira peut-être qu'il auroit été préférable de faire ces expériences beaucoup plus en grand, & cette obfervation fans doute eft fondée jufqu'à un certain point ; mais nous prions de confidérer en même temps, que fi les expériences très en grand ont leurs avantages, elles entraînent auffi de grandes difficultés qui les compenfent. Il n'eft, par exemple, aucune des opérations dont nous rendons compte, que nous n'ayons faites par nous-mêmes. Nous avons ramaffé les terres dans les coupes & carrières, nous les avons fait tranfporter fous nos yeux ; enfin nous avons procédé nous-mêmes aux lixiviations & évaporations : nous n'aurions pu opérer fur de très-grandes quantités, fans employer un plus grand nombre d'agens, fans nous en rapporter à eux fur beaucoup d'objets, & nous n'aurions pu nous rendre garans de tous les réfultats, comme nous pouvons le faire d'après la méthode que nous avons adoptée.

D'ailleurs, quand, par les circonftances où l'on fe trouve, on n'a qu'un temps limité à donner à un objet, l'art confifte à choifir les moyens de faire le plus de chofes poffibles en un temps donné, & de la manière la plus utile relativement à l'objet qu'on a en vue.

Notre premier projet, pour éviter de multiplier les détails, avoit été de préfenter en forme de tableaux le réfultat de nos expériences ; mais indépendamment de ce que ces tableaux auroient été néceffairement très-compliqués, il auroit été impoffible d'y faire entrer une infinité d'obfervations & de réflexions, qu'il nous a paru effentiel de ne pas fupprimer. En conféquence nous nous fommes déterminés à donner le réfultat de nos expériences, telles que nous les avons obtenues, c'eft-à-dire, numéro par numéro. Cette marche aura d'ailleurs un avantage, c'eft que tous ceux qui voudront travailler fur cette même matière, pourront ou prendre pour modèle notre manière d'opérer, ou changer, s'ils le jugent à propos, tout ce qui pourra leur paroître fufceptible de perfection.

EXPÉRIENCES
fur la craie. N.º I.

Cette craie a été prife au deffus de la Roche-Guyon, en fortant par le chemin qui conduit à Gagny, dans une coupe pratiquée le long du chemin, dans les bancs de craie, pour la facilité des voitures ; cet endroit eft fort élevé au deffus de toute habitation. La coupe ou tranchée où a été prife la craie dont il eft ici queftion, préfentoit dans le haut une petite couche de terre végétale ; c'eft à dix pieds environ au deffous de cette couche de terre qu'on a fouillé : on a commencé par abattre avec un pic environ quatre pouces de la craie qui fe préfentoit à la furface, & ce n'eft qu'au deffous de ces quatre pouces qu'a été pris l'échantillon dont il va être queftion dans cet article. On entrera dans des détails de manipulation un peu plus étendus pour ce premier numéro & pour quelques-uns des fuivans, afin de lever les difficultés que pourroient rencontrer ceux qui voudroient s'occuper de recherches de ce genre.

On a mis douze livres huit onces, ou le huitième d'un quintal de la craie n.º I, dans une terrine verniffée ; on a verfé par-deffus fept livres douze onces d'eau bouillante ; on a agité avec une fpatule pendant affez long-temps, puis ayant filtré, comme il a été expofé plus haut, on a retiré trois livres de liqueur, qui donnoit un degré au pèfe-liqueur.

On a enfuite procédé à une évaporation lente, & on a obtenu d'abord un peu de félénite ; après quoi il ne s'eft plus montré aucun fel criftallifable ; & il n'eft refté qu'une petite quantité d'eau-mère épaiffe, mais blanche & limpide ; on a étendu cette dernière de quatre à cinq parties d'eau, puis ayant précipité par une liqueur alkaline, la quantité néceffaire pour arriver au point de faturation, s'eft trouvée d'un gros dix-huit grains d'alkali concret.

La liqueur ayant été filtrée, il eft refté fur le papier gris une terre calcaire d'un blanc un peu fale, qui, féchée, pefoit foixante-fix grains.

On a enfuite procédé de nouveau à l'évaporation de la liqueur filtrée, & on a obtenu,

Par une première criftallifation, deux gros vingt-quatre grains de Salpêtre, qui, purifié, s'eft trouvé contenir un quart de fel marin à bafe d'alkali végétal;

Et par une feconde & dernière criftallifation, vingt-quatre grains d'un mélange de vingt grains de fel marin à bafe d'alkali végétal, & quatre grains de Salpêtre à bafe d'alkali fixe.

RÉCAPITULATION

des produits obtenus après la décompofition de l'eau-mère.

	livres.	onces.	gros.	grains.
Salpêtre à bafe d'alkali végétal....................	»	»	I.	58.
Sel marin à bafe d'alkali végétal....................	»	»	»	62.

Cette quantité de matières falines étoit bien celle obtenue des trois livres de liqueurs mifes à évaporer; mais ce n'étoit pas la véritable quantité des fels contenus dans les douze livres huit onces de terres mifes en expérience. En effet, il eft évident qu'il étoit refté dans la terre quatre livres douze onces d'eau, c'eft-à-dire, plus de la moitié de celle qui avoit été employée pour leffiver; mais comme, d'après la manière dont nous avions opéré, l'eau reftée dans la terre devoit être, comme nous l'avons déjà expofé plus haut, proportionnellement auffi chargée de matières falines que celle obtenue par filtration, il étoit poffible de déterminer la quantité inconnue par la quantité connue, & il eft évident, d'après les principes établis ci-deffus, que l'opération fe réduifoit à multiplier les quantités de fels obtenus par fept livres douze onces, & à les divifer par trois livres. Ce calcul nous a donné les réfultats qui fuivent.

Quantité des matières falines contenues dans douze livres huit onces de la craie mife en expérience.

Sans addition d'alkali..................... Un petite portion d'eau-mère.

		livres.	onces.	gros.	grains
Avec addition de 4 gros 22 grains d'alkali fixe végétal.	Salpêtre à bafe d'alkali végétal......	»	»	4.	48.
	Sel marin à bafe d'alkali végétal.....	»	»	2.	16.

Mêmes

Mêmes produits pour un quintal de la même craie.

Sans addition d'alkali........................ Une petite portion d'eau-mère.

Avec addition de 4 onces 2 gros 32 grains d'alkali fixe végétal.		livres.	onces.	gros.	grains.
	Salpêtre à base d'alkali végétal.........	,,	4.	5.	22 ½.
	Sel marin à base d'alkali végétal.......	,,	2.	1.	57

En fuppofant qu'on voulût traiter un quintal de cette terre, il en couteroit pour le prix de quatre onces deux gros trente-deux grains de potaffe à huit fous la livre, deux fous deux deniers; on retireroit pour le prix du Salpêtre à dix fous la livre, deux fous onze deniers; ainfi il ne refteroit que neuf deniers par quintal de terre pour la main d'œuvre, pour le leffivage & pour les frais d'évaporation.

EXPÉRIENCES

Sur la craie. N.º II.

A peu de diftance de l'endroit où a été prife la craie, n.º I, prefque au même niveau, en fuivant le côteau vers Cla-chalofle, on trouve une première roche de craie découverte. Ces roches, qui font en grand nombre dans les environs de la Roche-Guyon, paroiffent être, comme nous l'avons dit au commencement de ce Mémoire, les fommets dégradés d'une ancienne falaife de craie, dont le pied fe trouve caché par les éboulemens qui fe font faits fucceffivement; il y a donc apparence que les parties les plus élevées font expo-fées à l'action de l'air depuis une longue fuite de fiècles.

Les endroits de cette roche qui étoient abrités de la pluie, étoient recouverts d'une efpèce d'efflorefcence blanche, de confiftance farineufe. Les pigeons font très-friands de ces efflorefcences, & s'affemblent de très-loin pour les becqueter; auffi font-elles défignées dans le pays fous le nom de *Sal-pêtre de pigeon.* M. Clouet, l'un de nous, avoit leffivé l'année précédente cinquante livres de cette matière, prife fuperficiellement en cet endroit, & il en avoit obtenu par

Ttt

lixiviation avec des cendres de bois neuf, & par évaporation ; du sel marin à base d'alkali végétal, du sel marin à base terreuse, & environ un quart de Salpêtre. Pour déterminer si les mêmes substances salines se trouvoient à une certaine profondeur, nous avons abattu dix pouces de la superficie, & nous avons trouvé dessous un craie très-blanche, dont nous avons pris un échantillon.

Nous avons mis douze livres huit onces de cette craie dans sept livres huit onces d'eau de rivière bouillante ; nous avons remué ce mélange, nous l'avons laissé reposer un temps suffisant ; puis ayant filtré, il a passé quatre livres huit onces de liqueur marquant $\frac{1}{8}$ de degrés foibles à l'aréomètre, & qui évaporée n'a donné qu'une eau-mère incapable de cristalliser. Ayant étendu ce résidu avec de l'eau, nous avons employé, pour précipiter la terre, quarante-six grains un cinquième d'alkali fixe concret ; après quoi, ayant procédé de nouveau à l'évaporation, nous avons obtenu par une première cristallisation, trente-six grains de beau sel marin à base d'alkali végétal bien blanc, & par une seconde, trente grains du même sel coloré & chargé de matières extractives.

En opérant comme sur le n.° I, c'est-à-dire, en multipliant les produits obtenus pour sept livres huit onces, & divisant par quatre livres huit onces, on trouve :

Quantité de matière saline contenue dans douze livres huit onces de terre.

Sans addition d'alkali.................... Une petite quantité d'eau-mère.

	livres.	onces.	gros.	grains.
Après l'addition d'un gros 7 grains $\frac{1}{8}$ d'alkali végétal. { Sel marin à base d'alkali végétal......	»	»	I.	44.

Mêmes produits rapportés au quintal de terre.

Sans addition d'alkali.................... Une petite quantité d'eau-mère.

	livres.	onces.	gros.	grains.
Avec l'addition d'une once 60 grains $\frac{1}{4}$ d'alkali fixe végétal. { Sel marin à base d'alkali végétal......	»	I.	4.	45 $\frac{1}{4}$.

Ces résultats prouvent que la craie, à une certaine profondeur, ne contient pas les mêmes matières salines qu'à sa surface, ni en même quantité ; car le produit en sel marin que M. Clouet avoit obtenu l'année précédente, étoit beaucoup plus abondant, & il avoit retiré en outre une petite portion de Salpêtre.

EXPÉRIENCES

Sur la craie. N.º III.

A peu de distance de la roche, dont on a tiré l'échantillon de craie, n.º II, se trouve une autre roche de craie, connue dans le pays sous le nom de pierre fourchée ; elle est coupée à pic des deux côtés ainsi que par-devant, & forme une espèce d'éperon ; mais on peut y arriver par-derrière, quoiqu'avec quelque difficulté. Nous avons trouvé vers le haut de cette roche, dans un endroit abrité de la pluie & à l'exposition du nord, la même efflorescence blanche, jaunâtre, farineuse, que ci-dessus, & que nous avons déjà désignée sous le nom de Salpêtre de pigeon. Nous en avons pris un échantillon, peu considérable il est vrai, que nous avons gratté à la surface, & sur lequel nous avons fait les expériences qui suivent.

Nous avons versé trois onces d'eau bouillante sur quatre onces de cette substance ; nous avons retiré par filtration une once quatre gros de liqueur, qui, mise à évaporer, nous a donné six grains de sel marin à base d'alkali minéral, assez bien cristallisé ; & il nous est resté une eau-mère qui, desséchée, pesoit huit grains. Cette eau-mère, d'après les expériences auxquelles nous l'avons soumise, étoit composée d'environ trois parties de nitre calcaire, & d'environ une de sel marin calcaire ; en appliquant à ces résultats les calculs rapportés au n.º I, c'est-à-dire, en multipliant les produits par trois onces, & divisant par une once & demie, on trouvera :

Quantité de matières salines contenues dans quatre onces de terre.

			livres.	onces.	gros.	grains.
Sans addition d'alkali.	{	Sel marin en cristaux réguliers.......	ꝏ	ꝏ	ꝏ	12.
		Nitre à base calcaire..............	ꝏ	ꝏ	ꝏ	12.
		Sel marin à base calcaire..........	ꝏ	ꝏ	ꝏ	4.
			ꝏ	ꝏ	ꝏ	28.

Mémes produits rapportés au quintal de terre.

			livres.	onces.	gros.	grains.
Sans addition d'alkali.	{	Sel marin en cristaux réguliers.......	ꝏ	8.	1.	48.
		Nitre à base calcaire..............	ꝏ	8.	2.	48.
		Sel marin à base calcaire..........	ꝏ	2.	6.	16.
			1.	3.	3.	40.

Il est inutile d'avertir que des opérations faites sur d'aussi petites quantités, ne sont pas susceptibles d'une très-grande précision; aussi ne les rapporte-t-on ici au quintal, que pour mettre de l'uniformité dans les résultats, & pour qu'on puisse les comparer plus aisément entre eux. On avertit donc, une fois pour toutes, qu'il n'y a dans ce Mémoire de résultats très-exacts, que ceux qu'on a obtenus d'échantillons de terre au moins du poids d'une livre; les expériences qui ont été faites sur de moindres quantités, ne doivent être regardées que comme des à peu près: au surplus, on a pris même dans les moindres expériences toutes les précautions nécessaires pour arriver à des résultats aussi exacts que ce genre d'opérations peut le comporter.

Pour traiter un quintal de cette terre, il faudroit employer environ sept onces de potasse, qui, à huit sous la livre, coûteroit trois sous six deniers; on obtiendroit environ sept onces de nitre, qui, à dix sous la livre, vaudroit quatre sous quatre deniers ½: il resteroit par conséquent pour la main d'œuvre & les frais d'évaporation, dix deniers ½ par quintal de terre.

On verra par les expériences qui suivent, qu'en général l'efflorescence farineuse, nommée *Salpêtre de pigeon*, contient principalement du sel marin à base terreuse, & qu'elle ne pourroit être le plus souvent traitée qu'à perte ; mais l'expérience précédente prouve qu'on ne doit point en faire une loi générale, & qu'elle contient quelquefois une quantité assez considérable de Salpêtre.

EXPÉRIENCES

Faites sur la substance, N.º V, *vulgairement appelée* mort du Salpêtre.

Les Salpêtriers de la Roche-Guyon sont, comme on l'a déjà dit, dans l'usage de détacher avec une espèce de hachette, les efflorescences de Salpêtre qui se montrent à la surface des rochers dans le voisinage des habitations. Ils reviennent au bout de six semaines ou deux mois dans l'endroit qu'ils ont précédemment travaillé, & communément ils y retrouvent à peu près autant d'efflorescences salpêtrées qu'ils en avoient enlevées la précédente fois. Quelquefois aussi, au lieu d'efflorescences salpêtrées, ils trouvent dans les places qu'ils avoient travaillées, une croûte, partie saline, partie terreuse, jaunâtre, qu'ils nomment *mort du Salpêtre*; alors ils abandonnent l'atelier, & le regardent comme absolument perdu.

Comme cette petite couche salino-terreuse est peu épaisse, on n'a pu en rassembler qu'une très-petite quantité; on a versé sur six gros de cette substance une once d'eau bouillante; on a obtenu, par filtration, deux gros de liqueur qui, ayant été mis à évaporer, ont donné huit grains & demi de Salpêtre très-pur à base d'alkali végétal sans eau-mère, ni aucune autre substance saline, d'où l'on a conclu:

Quantité de matières salines contenues dans six gros de la substance sur laquelle on a opéré.

		livres.	onces.	gros.	grains.
Sans addition d'alkali.	Salpêtre très-pur à base d'alkali végétal.	»	»	»	34.

Mêmes produits, dans la supposition où on auroit opéré sur un quintal de la même substance.

		livres. onces. gros. grains.
Sans addition d'alkali. }	Salpêtre très-pur à base d'alkali végétal.	7. 13. 7. 29 ½.

Il est donc évident que la croûte salino-terreuse que les Salpêtriers nomment mort du Salpêtre, est encore très-riche en Salpêtre, & qu'ils trouveroient un grand avantage à la recueillir & à la traiter.

EXPÉRIENCES

Sur la terre, N.° VI, ramassée dans l'atelier d'un Charron à Clachalosse.

Etant entré à Clachalosse dans un atelier de Charron creusé dans la craie, nous en trouvâmes la voûte toute couverte d'efflorescences de Salpêtre : comme ce sel étoit si abondant, qu'il étoit impossible qu'il n'en fût tombé par terre une assez grande quantité, nous jugeâmes que la terre qui formoit le sol de cet atelier devoit être prodigieusement salpêtrée, & nous en prîmes en conséquence un échantillon dans le fond sous le n.° VI.

Nous avons versé sur douze livres huit onces de cette terre, sept livres douze onces d'eau bouillante ; nous avons retiré par filtration trois livres de liqueur qui, ayant été mise à évaporer, a donné, sans addition d'alkali, un gros quelques grains de Salpêtre à base d'alkali végétal bien cristallisé ; ayant poussé plus loin l'évaporation, il n'est resté que de l'eau-mère : nous avons étendu cette dernière d'une suffisante quantité d'eau, nous en avons précipité la terre par l'addition d'un gros 26 grains ½ d'alkali concret ; puis, par des évaporations successives, nous avons obtenu un gros de Salpêtre à base alkaline, & un gros trente-six grains de sel marin à base d'alkali végétal. Ces sels étoient imprégnés de beaucoup de matières extractives. D'après ces produits, nous avons conclu, par calcul, en multipliant, comme il a été indiqué au n.º I, par sept livres douze onces, & en divisant par trois livres.

Quantité de matières salines contenues dans douze livres huit onces de la terre mise en expérience.

		livres.	onces.	gros.	grains.
Sans addition d'alkali.	Salpêtre à base d'alkali fixe végétal....	″	″	3.	″
	Eau-mère de Salpêtre & de sel marin.				
Avec addition de 3 gros 37 grains ¼ d'alkali fixe végétal.	Salpêtre à base d'alkali végétal......	″	″	2.	42.
	Sel marin à base d'alkali végétal......	″	″	3.	63.
		∞	1.	1.	33.

Mêmes produits, dans la supposition où on auroit opéré sur un quintal de terre.

Sans addition d'alkali.	Salpêtre à base d'alkali fixe végétal....	″	3	″	″
	Eau-mère de Salpêtre & de sel marin..				
Avec addition de 3 onces 4 gros 13 grains ½ d'alkali fixe végétal.	Salpêtre à base d'alkali fixe végétal....	″	2.	4	48.
	Sel marin à base d'alkali végétal......	″	3.	7.	″
TOTAL des matières salines contenues dans un quintal de terre....................................		″	9.	3.	48.

Si l'on vouloit exploiter cette terre, il en couteroit un sou neuf deniers par quintal pour le prix de trois onces quatre gros de potasse, & on retireroit pour trois sous cinq deniers ¼ de Salpêtre; il résulteroit donc un sou huit deniers ¼ de bénéfice par quintal de terre, pour la main d'œuvre & les frais d'évaporation.

EXPÉRIENCES

Sur la terre. N.º VII.

Nous avons ensuite été curieux de comparer la terre prise à l'entrée de cet atelier avec celle prise au fond, afin de reconnoître l'effet d'un air plus renouvelé. En conféquence, nous avons pris un échantillon de la terre qui formoit le fol, dans l'endroit le plus près poffible de l'ouverture de l'atelier, mais affez avant cependant, pour pouvoir être fûrs qu'il n'avoit pu être lavé par la pluie.

Nous avons verfé fept livres douze onces d'eau bouillante fur douze livres huit onces de cette terre; nous avons obtenu, par filtration, quatre livres huit onces de liqueur qui donnoit deux degrés $\frac{1}{4}$ à l'aréomètre. Nous en avons mis quatre livres à évaporer; mais il ne nous a pas été poffible d'en obtenir aucun fel criftallifable; il eft refté feulement une eau-mère brune fort épaiffe; l'ayant fuffifamment étendue avec de l'eau, nous avons été obligés, pour en précipiter toute la terre, d'employer un gros quarante-huit grains d'alkali concret, après quoi nous avons obtenu, par évaporation, quatre gros douze grains de Salpêtre pur. En opérant comme on l'a indiqué ci-deffus, on trouve:

Quantité de matières falines contenues dans douze livres huit onces de la terre mife en expérience.

		livres. onces. gros. grains.
Sans addition d'alkali. } De l'eau-mère de Salpêtre.		
Après l'addition de 3 gros 42 $\frac{1}{7}$ grains d'alkali. } Salpêtre pur................		» 1. » 70 $\frac{5}{7}$.

Mêmes produits rapportés au quintal de terre.

Sans addition d'alkali. } De l'eau-mère de Salpêtre pur.		
Avec addition de 3 onces 4 gros 53 grains $\frac{1}{7}$ d'alkali. } Salpêtre pur................		» 8. 7. 61 $\frac{1}{4}$.

Il eft évident que cette terre contient du Salpêtre tout formé à bafe d'alkali fixe, quoiqu'elle n'en ait pas donné par

évaporation

évaporation avant la décomposition de l'eau mère par l'alkali; sans doute ce Salpêtre étoit empâté dans l'eau mère qui ne lui a pas permis de cristallifer. Ce qu'il y a de certain, c'est que les trois onces quatre gros cinquante-trois grains d'alkali qu'on a employés, ne pouvoient pas former, en portant tout au plus haut, au delà de cinq onces de nitre: or on a retiré près de neuf; ainfi des huit onces fept gros foixante-un grains ¼ de Salpêtre que cette terre a donnés par quintal, il y en avoit quatre onces au moins de tout formé à bafe d'alkali fixe.

Le prix de la potaffe néceffaire pour exploiter un quintal de cette terre, feroit d'un fou neuf deniers ¼. La valeur du Salpêtre qu'on obtiendroit, feroit de cinq fous fept deniers ⅔; ainfi il y auroit trois fous onze deniers ¼ de bénéfice par quintal de terre, pour les frais de main d'œuvre & d'évaporation.

EXPÉRIENCES

Sur l'efflorefcence. N.º VIII.

Vers le bout du village de Clachalofe, nous avons trouvé une habitation ou cave, dont l'entrée avoit été bouchée pendant un grand nombre d'années par un éboulement de craie. Cette cave venoit d'être débarraffée & ouverte tout récemment; elle étoit encore fort humide: la craie qui formoit les murs & les voûtes étoit couverte d'une efflorefcence terreufe, blanche, pulvérulente, farineufe, dont nous avons pris un échantillon. Il paroît qu'on trouve affez communément de ces mêmes efflorefcences dans tous les fouterrains du pays, dans lefquels il ne fe fait pas une libre circulation d'air. Les Salpêtriers confondent en général toutes ces efflorefcences fous le nom de Salpêtre de pigeon.

Nous avons leffivé trois onces de fubftance avec trois onces d'eau bouillante; nous avons retiré une once un gros de liqueur qui, mife à évaporer, a donné quatre grains d'un fel terreux d'une nature particulière; on le prendroit pour de la félénite, s'il n'étoit un peu plus foluble, & fi, par l'acide vitriolique, on n'en dégageoit beaucoup de vapeur d'acide marin. Nous caractériserons, dans la suite de ce Mémoire, ce sel sous le nom de sel marin à base terreuse particulière. On a obtenu ensuite, en continuant d'évaporer, quatre grains de Salpêtre à base d'alkali végétal. En calculant d'après ces produits, on trouve :

Quantité de matières salines contenues dans trois onces de terre.

		livres.	onces.	gros.	grains.
Sans addition d'alkali.	Sel marin à base terreuse particulière..	»	»	»	10 $\frac{1}{3}$
	Sel marin à base d'alkali végétal......	»	»	»	10 $\frac{1}{3}$
		»	»	»	21 $\frac{2}{3}$

Mêmes produits rapportes au quintal de terre.

Sans addition d'alkali.	Sel marin à base terreuse particulière...	»	9	6	69 $\frac{1}{2}$
	Salpêtre à base d'alkali végétal........	»	9	6	69 $\frac{1}{2}$
		1	3	5	67

Comme cette substance n'exige aucun débourfé pour la potasse, & que le Salpêtre y est tout formé à base d'alkali fixe, on voit qu'elle pourroit être traitée avec beaucoup d'avantage par les Entrepreneurs ou Salpêtriers.

EXPÉRIENCES

Sur la craie du trou de Bon-Fourquières.

Dans le bas de la côte entre la Roche-Guyon & Clachalose, trois fois plus loin environ du premier de ces deux endroits que du second, à soixante-dix ou quatre-vingts pieds au deſſus du niveau de la rivière, on trouve une ouverture triangulaire, qui se prolonge aſſez avant sous la montagne. Ce trou n'eſt pas une fente perpendiculaire de l'eſpèce de celles qu'on obſerve dans preſque tous les bancs horizontaux ; car, dans ce cas, l'ouverture devroit avoir eu lieu à peu près du haut en bas de la montagne, tandis qu'au trou de Bon-Fourquières les bancs de craie font bien joints au deſſus du trou, & n'offrent aucune apparence de fente. En rapprochant cette obſervation de quelques autres cir-conſtances, il nous a paru très-probable que cette ouverture avoit été faite par une ſource ou ruiſſeau qui couloit autre-fois en cet endroit, & dont le cours a été détourné, & s'eſt ouvert ſans doute quelque autre voie ſouterraine.

Quoi qu'il en ſoit, cette ouverture, qui eſt aſſez grande à ſon embouchure pour laiſſer entrer trois ou quatre perſonnes de front, va en ſe rétréciſſant au bout de quinze à dix-huit pas, au point qu'un homme de moyenne taille n'y paſſe qu'avec peine, encore n'y peut-il tenir que courbé. Nous avons pénétré dans cette ouverture juſqu'à ſoixante ou ſoixante-dix pas; plus loin elle ſe rétrécit au point qu'il eſt impoſſible d'aller plus avant. Ce trou eſt creuſé en pleine craie, & ſes parois n'offrent, dans toute l'étendue que nous avons parcourue, qu'une maſſe de craie mêlée de cailloux. Le ſol ſur lequel on marche, s'élève inſenſiblement à meſure qu'on avance; ce qui ſemble confirmer l'idée que ce canal ſouterrain a été formé par les eaux.

Il paroît que les enfans vont jouer & pénètrent fort avant dans ce trou; on y trouve des noms écrits à une aſſez grande profondeur : & ce qui nous a paru ſingulier, c'eſt que, dans la partie la plus intérieure où nous ayons pénétré, la craie étoit tapiſſée d'un grand nombre d'inſeĉtes ailés ou de mou-cherons, dont nous n'avons pas déterminé l'eſpèce.

EXPÉRIENCES

Sur la craie. N.º IX.

Nous aurions déſiré ſans doute pouvoir prendre un échan-tillon de la craie dans la partie la plus enfoncée du canal ſouterrain de Bon-Fourquières; mais comme il étoit trop reſſerré, & qu'il étoit impoſſible d'avoir le jeu du pic, ni même celui d'un marteau un peu fort, à cauſe du peu d'eſpace, nous avons été forcés de nous borner à quarante pieds environ de l'ouverture extérieure. Cet échantillon a été pris à un pied & demi de niveau du sol. On a abattu d'abord deux pieds de craie sur le côté, & ce n'est qu'après ces deux pieds, & par conséquent en plein banc, qu'a été prise la craie qui fait le sujet des expériences suivantes.

On a lessivé douze livres huit onces de cette craie avec sept livres douze onces d'eau bouillante; on a filtré, & on a retiré cinq livres de liqueur à $\frac{1}{4}$ de degré de l'aréomètre; ayant mis à évaporer, on n'a obtenu aucun autre sel cristallisable, que de la félénite. L'eau mère qui restoit, étoit très-amère, mais limpide & peu foncée en couleur; on l'a étendue d'eau, & on a été obligé d'employer, pour précipiter toute la terre, un gros dix-huit grains $\frac{2}{7}$ d'alkali concret; ayant ensuite fait évaporer de nouveau, on a obtenu un gros trente-quatre grains de Salpêtre à base d'alkali fixe. En opérant sur ce résultat comme sur les Numéros précédens, on trouve :

Quantité de matières salines contenues dans douze livres huit onces de craie.

		livres.	onces.	gros.	grains.
Sans addition d'alkali. } De l'eau mère de Salpêtre					
Après l'addition d'un gros 67 grains d'alkali fixe. } Salpêtre pur à base d'alkali végétal		»	»	2	20 $\frac{1}{4}$

Mêmes produits rapportés au quintal de terre.

		livres.	onces.	gros.	grains.
Sans addition d'alkali. } De l'eau mère de Salpêtre.					
Après l'addition d'une once 7 gros 24 gr. $\frac{1}{4}$ d'alkali fixe végétal. } Salpêtre pur à base d'alkali végétal		»	2	2	18 $\frac{1}{2}$

Il en couteroit un fou en potaffe, pour travailler un quintal de cette terre ; on retireroit un fou quatre deniers ¼ de Salpêtre : ainfi il ne refteroit que quatre deniers ¼ par quintal pour les frais de la main d'œuvre & d'évaporation.

EXPÉRIENCES.

Sur la craie. N.° X.

Il nous a paru effentiel de comparer avec la craie précédente celle de l'entrée du même trou de Bon-Fourquières, qui avoit été expofée à l'air pendant une longue fuite d'années. En conféquence, nous avons gratté, à une toife environ de l'ouverture du trou, un pouce de la craie fuperficielle qui étoit couverte de *lichens*; après quoi nous avons creufé environ de quatre pouces, pour prendre l'échantillon qui fait l'objet des expériences fuivantes.

On a verfé fur fix livres quatre onces de cette craie, trois livres quatorze onces d'eau bouillante, & on a retiré, par filtration, deux livres huit onces de liqueur à quatre degrés & demi de l'aréomètre : ayant mis enfuite à évaporer, on n'a retiré que de l'eau mère peu colorée, mais très-épaiffe ; on l'a étendue d'une fuffifante quantité d'eau ; puis ayant précipité, la quantité d'alkali employée s'eft trouvée d'une once fept gros trente-un grains. Ayant mis à évaporer, on a obtenu par une fuite de criftallifations fucceffives, deux onces trois gros trente-neuf grains de Salpêtre pur à bafe d'alkali, & foixante-onze grains de fel marin à bafe d'alkali végétal. En multipliant ces produits par trois livres quatorze onces, & divifant par deux livres huit onces, comme on l'a enfeigné ci-deffus, on trouve:

Quantité de matières falines contenues dans fix livres quatre onces de la craie mife en expérience.

Sans addition d'alkali. } Eau mère de Salpêtre & de fel marin.

		livres.	onces.	gros.	grains.
Avec addition de 2 onces 6 gros 56 grains ¼ d'alkali fixe végétal.	Salpêtre pur.....................	,,	3	6	20 ½
	Sel marin à bafe d'alkali végétal......	,,	,,	1	38
TOTAL des matières falines.................		,,	3	7	58 ½

Mêmes produits rapportés au quintal de craie.

Sans addition d'alkali.	Eau mère de Salpêtre ou fel marin.				
Avec addition de 2 liv. 13 onces 4 gros 40 grains d'alkali fixe végétal.	Salpêtre pur à bafe d'alkali végétal....	3	2	1	5 ⅔
	Sel marin à bafe d'alkali végétal......	,,	2	3	12 ⅓
TOTAL par quintal de craie.................		3	4	4	18

Il en couteroit en potaffe, pour traiter chaque quintal de cette craie, une livre deux fous neuf deniers; on retireroit en Salpêtre une livre onze fous quatre deniers : donc il y auroit de bénéfice par chaque quintal huit fous fept deniers; fur quoi il y auroit à déduire les frais de main d'œuvre & d'évaporation.

EXPÉRIENCES
Sur la terre. N.° XI.

Nous avons jugé qu'il étoit impoffible que la craie qui forme les parois du trou de Bon-Fourquières, fût imprégnée de Salpêtre, fans que la terre qui forme le fol de ce même trou n'en contînt auffi plus ou moins. Cette terre étoit un mélange de craie, de terre végétale, de débris végétaux, &c. On y trouvoit même de petits offemens d'animaux.

Nous avons verfé fept livres douze onces d'eau bouillante fur douze livres huit onces de cette terre; nous avons enfuite retiré, par filtration, trois livres fix onces de liqueur qui donnoit 1 ½ degrés à l'aréomètre ; ayant mis ensuite à évaporer, nous avons obtenu, d'abord un peu de sélénite, puis une eau mère d'un assez joli vert. Ayant étendu cette dernière d'une suffisante quantité d'eau, nous avons procédé à la précipitation, & nous avons employé, pour arriver au point de saturation, deux gros soixante-dix grains ½ d'alkali concret ; ayant évaporé de nouveau, nous avons obtenu quatre gros soixante grains de Salpêtre pur, d'où nous avons conclu :

Quantité de matières salines contenues dans douze livres huit
onces de la terre mise en expérience

		livres.	onces.	gros.	grains.
Sans addition d'alkali. }	Un peu de sélénite.				
Avec addition de 6 gros 60 grains d'alkali concret. }	Salpêtre à base d'alkali un peu jaunâtre.	»	1	3	7

Mêmes produits dans la supposition où
on auroit opéré sur un quintal de terre.

Sans addition d'alkali. }	Sélénite.				
Avec addition de 6 onces 6 gros 47 gr. d'alkali fixe végétal. }	Salpêtre à base d'alkali un peu jaunâtre..	»	11	»	56

Six onces six gros d'alkali représentent à peine neuf onces & demie de Salpêtre ; cependant on en a obtenu onze onces, ce qui paroît prouver que cette terre contient un peu de Salpêtre à base d'alkali tout formé, mais qui n'a pas cristallisé, parce qu'il étoit intimement uni avec l'eau mère, & comme empâté par elle.

Il en couteroit, pour traiter un quintal de cette terre, trois sous cinq deniers en potasse ; mais on retireroit pour six sous onze deniers de Salpêtre : ainsi il resteroit trois sous six de-

niers de bénéfice par quintal de terre, fur quoi il y auroit
à déduire les frais de main d'œuvre & d'évaporation.

EXPÉRIENCES

Sur les craies salpêtrées de Mousseau & des environs.

Après avoir parcouru toute la partie comprise entre la
Roche-Guyon & l'extrémité du village de Clachalofe, nous
nous sommes transportés à celui de Mousseau. Ce village,
qui n'est éloigné de la Roche-Guyon que d'une lieue tout au
plus, présente à peu près les mêmes circonstances : la craie
y est également découverte & coupée à pic dans une étendue de côteau de trois cents toises environ ; mais cette craie est
en général plus tendre que celle de la montagne de la Roche-
Guyon ; ses parties sont moins liées entre elles, elle est plus
fendillée, elle s'altère plus facilement à l'air, & les éboulemens y sont plus fréquens. L'exposition du côteau est à peu
près la même qu'à la Roche-Guyon & à Clachalofe, il y a
de même des habitations creusées dans le bas, avec cette
différence seulement que la montagne est beaucoup plus
élevée à la Roche-Guyon & à Clachalofe qu'à Mousseau.

EXPÉRIENCES

Sur la craie. N.° XII.

Un peu après l'église de Mousseau, en descendant vers
le couchant, se trouvoit une espèce de resserre ou de hangar
creusé dans la craie, ouvert en plein air, & qui paroissoit
abandonné depuis long-temps. Toutes les parois intérieures
étoient couvertes d'efflorescences salpêtrées en longues & fines
aiguilles entrelacées les unes dans les autres, & qui formoient une couche de trois ou quatre lignes d'épaisseur. Il
s'étoit détaché des parties considérables de ces efflorescences
salpêtrées, qui étoient tombées par terre, & qui y formoient
une espèce de neige. Nous avons regardé comme impor-

tant

tant de conftater fi le Salpêtre , dont étoient tapiſſées les parois de ce hangar fouterrain , étoit purement fuperficiel , ou bien s'il pénétroit à une certaine profondeur dans la craie. En conféquence , nous avons abattu d'abord à l'un des côtés de la reſſerre ou hangar, & à quatre pieds environ du niveau du fol, trois ou quatre pouces de la craie qui fe préfentoit à la furface , & nous avons pris à la fuite l'échantillon qui fait le fujet des expériences qui fuivent.

Nous avons verſé ſept livres douze onces d'eau bouillante fur douze livres huit onces de cette craie ; nous avons retiré, par filtration, quatre livres onze onces d'une liqueur claire marquant cinq degrés $\frac{1}{2}$ à l'aréomètre; ayant fait évaporer, nous avons obtenu , ſans addition d'alkali , quatre gros ſoixante grains de beau Salpêtre , très-blanc & très-pur ; après quoi il n'eſt plus reſté que de l'eau mère. Cette dernière ayant été étendue d'eau , il a fallu employer, pour en précipiter la terre, une once un gros cinquante-huit grains $\frac{1}{2}$ d'alkali : ayant évaporé de nouveau, nous avons obtenu, par ſix criſtalliſations ſucceſſives , une once ſept gros trente-quatre grains de Salpêtre très-beau & très-pur, & trois gros trente-huit grains de ſel marin à baſe d'alkali végétal. En multipliant ces produits par ſept livres douze onces, & diviſant par quatre livres onze onces , on trouvera :

Quantité de matières ſalines contenues dans douze livres huit onces de la craie miſe en expérience.

		livres.	onces.	gros.	grains.
Sans addition d'alkali. {	Salpêtre à baſe d'alkali fixe parfaitement pur & très-blanc..............		1.		
	Eau mère de Salpêtre & de ſel marin.				
Avec addition de 2 onces 0 gros 12 grains $\frac{1}{2}$ d'alkali fixe. {	Salpêtre à baſe d'alkali fixe très-pur....		5.	1.	37.
	Sel marin à baſe d'alkali végétal.......			5.	42 $\frac{3}{4}$.

Mémes produits rapportés au quintal de la même craie.

		livres.	onces.	gros.	grains.
Sans addition d'alkali.	Salpêtre à base d'alkali fixe parfaitement pur & très-blanc	»	8.	»	»
	Eau mere de Salpêtre & de sel marin.				
Avec addition d'une livre 1 once 1 gros 25 gr. $\frac{2}{5}$ d'alkali fixe végétal.	Salpêtre à base d'alkali fixe très-pur	1.	9.	4.	8.
	Sel marin à base d'alkali végétal	»	5.	4.	51 $\frac{1}{5}$.
TOTAL des matières salines par quintal		2.	7.	0.	59 $\frac{1}{5}$.

Il en couteroit, pour traiter un quintal de cette terre, huit sous un denier en potasse; le produit en Salpêtre, à dix sous la livre, seroit de vingt sous dix deniers $\frac{3}{4}$; ainsi le bénéfice seroit de douze sous neuf deniers $\frac{3}{4}$ par quintal de terre, sur quoi est à déduire la main d'œuvre & les frais d'évaporation.

EXPÉRIENCES

Sur la craie. N.° XIII.

Près de là étoit un autre endroit creusé dans la craie, également ouvert à l'air, & dans lequel le Salpêtre se présentoit presque en aussi grande abondance. On a détaché dans cette espèce de cave un morceau de craie de trois pouces d'épaisseur, lequel étoit tout couvert d'efflorescences, & on a fait sur ce morceau les expériences qui suivent.

On a versé sur quatre livres de cette terre trois livres d'eau froide, & on a tiré, par filtration, une livre douze onces $\frac{1}{2}$ d'eau à cinq $\frac{1}{2}$ degrés de l'aréomètre. On a mis à évaporer, & on a obtenu, par une première cristallisation, quatre gros douze grains de nitre à base d'alkali fixe. On a ensuite précipité la terre de l'eau mère par six gros soixante-quatre grains d'alkali fixe; puis évaporant de nouveau, on a obtenu une once un gros vingt-huit grains de Salpêtre à base alkaline, & deux gros trente-deux grains de sel marin à base d'alkali végétal. En opérant sur ces produits comme ci-dessus, on trouvera:

Quantité de matières salines contenues dans quatre livres de la craie mise en expérience.

		livres.	onces.	gros.	grains.
Sans addition d'alkali.	Salpêtre pur à base d'alkali végétal......	»	»	7.	1 ¼.
	Eau mère de Salpêtre & de sel marin.				
Avec addition d'une once 3 gros 43 grains ⅓ d'alkali fixe végétal.	Salpêtre pur à base d'alkali végétal......	»	1.	7.	58 ½.
	Sel marin à base d'alkali végétal........	»	»	4.	8 4/10.

Mêmes produits en opérant sur un quintal de craie.

Sans addition d'alkali.	Salpêtre pur à base d'alkali végétal........	1.	5.	7.	31.
	Eau-mère de Salpêtre & de sel marin.				
Avec addition de 2 livr. 4 onces 2 gros 4 gr. ¼ d'alkali fixe végétal.	Salpêtre pur à base d'alkali végétal......	3.	1.	3.	24.
	Sel marin à base d'alkali végétal........	»	12.	6.	66g.
TOTAL des matières salines contenues dans 100 livres de craie...........................		5.	4.	1.	49.

Pour traiter convenablement un quintal de cette craie, il en couteroit en potasse dix-huit sous un denier ½; on retireroit par la vente du Salpêtre deux livres quatre sous six deniers ½. Il resteroit donc en bénéfice une livre six sous cinq deniers par quintal, ce qui surpasse de beaucoup l'avantage des terres les plus riches, même des meilleurs plâtras de Paris.

EXPÉRIENCES
Sur la craie. N.° XIV.

Sous le morceau N.° 13, on en a détaché un second également de trois ou quatre pouces d'épaisseur, afin de constater jusqu'à quelle distance de la surface se rencontroit le Salpêtre.

On a lessivé à froid quatre livres de cette terre par trois livres d'eau. Il a passé une livre treize onces ½ de liqueur à deux degrés de l'aréomètre.

Ayant fait évaporer, on a eu, par une première cristallisation

& sans addition d'alkali fixe, deux gros de Salpêtre à base d'alkali fixe assez pur ; après quoi l'eau mère ayant été décomposée par un gros quarante-huit grains d'alkali, on a obtenu, en continuant d'évaporer, environ deux gros de nouveau Salpêtre également à base d'alkali fixe, & point du tout de sel marin. En tenant compte, comme ci-dessus, du Salpêtre dissous par l'eau & resté dans la terre, on trouvera les résultats qui suivent :

Quantité de matières salines contenues dans la craie mise en expérience.

		livres.	onces.	gros.	grains.
Sans addition d'alkali.	Salpêtre à base d'alkali fixe végétal....	»	»	3.	18 ¼
	Eau mère de Salpêtre.				
Avec addition de 2 gros 51 grains ½ d'alkali fixe végétal.	Salpêtre à base d'alkali fixe végétal....	»	»	3.	18 ¼
		»	»	6.	36 ¼

Mêmes produits en opérant sur un quintal de cette craie.

		livres.	onces.	gros.	grains.
Sans addition d'alkali.	Salpêtre à base d'alkali fixe végétal.....	22.	10.	1.	52 ¼
	Eau mère de Salpêtre.				
Avec addition de 8 onces 3 gros 57 grains d'alkali fixe végétal.	Salpêtre à base d'alkali fixe végétal....	»	10.	1.	52 ¾
TOTAL des matières salines par quintal........		1.	4.	3.	33.

Il en couteroit en potasse, pour traiter un quintal de cette craie, quatre sous trois deniers ; on retireroit pour douze sous dix deniers de Salpêtre : ainsi il y auroit huit sous sept deniers de bénéfice par quintal ; ce qui, déduction faite des frais de main d'œuvre & d'évaporation, laisseroit encore aux Entrepreneurs un profit très-considérable.

Au dessous du niveau de la cave ou resserre souterraine dont on vient de parler, & à peu de distance, se trouvoit une petite vacherie bien fermée & peu aérée. Elle étoit creusée & voûtée en pleine craie ; cependant les parois intérieures ne préfentoient aucune apparence d'efflorefcences falpêtrées. La voûte au contraire étoit recouverte de lichens, fous lefquels fe trouvoit une efpèce de craie farineufe qui avoit un goût de fel marin. Par quelle circonftance ne fe trouvoit-il point de Salpêtre dans un lieu qui paroiffoit fi avantageufement fitué pour en produire? Etoit-ce faute d'un courant d'air affez libre? ou bien eft-ce que la craie ne peut pouffer que pendant un certain temps des efflorefcences falpêtrées, & qu'après qu'elle s'eft épuifée, elle n'offre plus que des efflorefcences farineufes, chargées de fel marin à bafe alkaline & terreufe? C'eft ce qu'il ne nous a pas été poffible de déterminer.

La cave du fieur Gritte, Débitant de fel & de tabac, & Marchand de vin à Mouffeau, fituée vers le milieu du village, dans fa maifon d'habitation, nous a donné lieu de faire une obfervation fingulière. Cette cave eft creufée en plein banc de craie, elle eft affez bien fermée & humide; la voûte ainfi que les parois n'offroient aucune apparence de Salpêtre : mais il avoit été conftruit au milieu de cette cave un mur de féparation en moellons de craie, qui offroient un fpectacle fingulier ; tous les moellons étoient couverts d'efflorefcences falpêtrées, tandis que le mortier terreux & fableux qui formoit les joints, n'en préfentoit pas un atome. Il eft donc clair que cette cave étoit fuffifamment aérée, & qu'elle étoit dans des circonftances propres à la formation du Salpêtre. Il n'y a donc d'autres moyens de concevoir pourquoi la voûte & les parois n'en contenoient pas, qu'en fuppofant que cette cave étoit très-ancienne, qu'elle avoit produit, comme toutes les autres, du Salpêtre dans fon temps; mais que la craie qui fe préfentoit à la furface, s'étoit épuifée à la longue, & ne contenoit plus les matériaux néceffaires pour la formation du Salpêtre.

Tout près de là étoit une autre cave un peu plus aérée, il eft vrai, mais qui fe trouvoit couverte de toutes parts d'efflorefcences falpêtrées.

Le même fieur Gritte a une fuperbe cave de foixante-dix pieds de profondeur à l'extrémité du village; elle eft également creufée dans la craie, & elle lui fert à conferver les vins qui font l'objet de fon commerce. Cette cave, dans la partie antérieure, & par conféquent la plus aérée, préfentoit des efflorefcences falpêtrées; mais à peu de diftance de l'entrée, on ceffoit abfolument d'en voir, & toute la craie fe trouvoit à la place recouverte du même lichen dont on a parlé plus haut. Cette obfervation fembleroit indiquer la néceffité d'un courant d'air renouvelé pour la production du Salpêtre. Cependant une autre obfervation femble détruire cette première, c'eft qu'en hiver le fol de cette cave fe couvre jufqu'au fond d'efflorefcences falpêtrées très-abondantes, qu'on balaye, & qui fe reproduifent au bout de quinze jours. Ce n'eft donc pas faute d'air qu'il ne fe forme pas de Salpêtre à la voûte, puifqu'il s'en forme dans le bas où l'air ne fe renouvelle pas beaucoup mieux: il y a donc une autre caufe qui s'oppofe à la formation du Salpêtre dans la partie la plus enfoncée de cette cave.

L'atelier du fieur Benoît, Salpêtrier, qui eft creufé dans la craie, & qui fe trouve à peu de diftance de la cave dont il vient d'être queftion, donne lieu à la même obfervation; l'entrée de cet atelier étoit toute tapiffée d'efflorefcences falpêtrées, & le fond au contraire ne préfentoit qu'une matière farineufe dont nous avons raffemblé un petite quantité fous le n.º XV.

EXPÉRIENCES
Faites fur la fubftance farineufe. N.º XV.

Nous avons leffivé deux onces de cette matière avec une once & demie d'eau; nous avons retiré deux gros & demi de liqueur, qui, mife à évaporer, a donné fix grains d'eau mère très-épaiffe, dont il s'eft dégagé, par l'addition de l'huile de vitriol, des vapeurs d'eau régale très-pénétrantes; cette eau mère contenoit par conféquent deux tiers à peu près d'efprit de nitre contre un de fel marin.

En fuppofant qu'on eût opéré fur un quintal de la même terre, on auroit eu, d'après des calculs analogues à ceux ci-deffus indiqués, deux livres huit onces de la même eau mère, compofée de deux tiers de nitre calcaire, & d'un tiers de fel marin calcaire.

Il ne paroît pas qu'il faille un intervalle de temps très-considérable, pour que le Salpêtre à base terreuse se transforme en Salpêtre à base d'alkali fixe, & se montre à la surface de la craie; car ayant examiné un endroit où la montagne s'étoit éboulée deux années auparavant, & où de nouvelles surfaces de craie avoient été découvertes, les efflorescences de Salpêtre y étoient aussi abondantes qu'en aucun autre endroit.

EXPÉRIENCES
Sur la craie. N.º XVI.

Le point important étoit de déterminer si la craie, prise au centre de la montagne & dans des endroits qui n'avoient jamais été exposés à l'air, contenoit du Salpêtre, soit à base terreuse, soit à base alkaline : un endroit de Mousseau où la montagne s'étoit éboulée l'année précédente, & où on venoit de creuser tout nouvellement une cave, nous a paru propre à fixer nos idées sur cet objet. Ce n'est pas même à l'entrée de cette cave qu'a été pris l'échantillon dont il va être question; mais dans la partie la plus profonde, & qui n'étoit creusée que depuis quelques jours : on a de plus abattu un bon pied de craie, pour ne prendre aucune des surfaces qui pouvoient avoir été en contact avec l'air, & c'est sous ce pied de craie qu'on a pris l'échantillon qui fait l'objet des expériences suivantes.

Nous avons lessivé douze livres huit onces de cette craie avec sept livres douze onces d'eau bouillante ; nous avons retiré quatre livres six onces de liqueur, qui marquoit ¼ de degré à l'aréomètre. Nous avons mis à évaporer, & nous avons obtenu quelque apparence de sel marin en très-petite quantité ; il est resté ensuite un peu d'eau mère, dont la terre a été précipitée par vingt-un grains ½ d'alkali fixe concret : ayant ensuite évaporé de nouveau, nous avons obtenu une matière saline, partie déposée au fond du vase, partie formant pellicule, mais sans aucune figure ni cristallisation régulière ; elle pesoit trente grains : la portion qui occupoit le fond du vase, paroissoit être un sel marin à base d'alkali végétal, & en versant dessus de l'huile de vitriol, il s'en élevoit sur le champ des vapeurs très-suffoquantes d'acide marin.

Quant à la pellicule, elle nous a donné, au moyen de l'huile de vitriol, des vapeurs très-analogues à celles de l'eau régale; en conséquence, nous avons évalué que la portion nitreuse de ce dépôt salin pouvoit peser environ six grains, & la portion marine vingt-quatre. Ce nitre, au surplus, quel qu'il soit, ne détonne pas sur les charbons, ce qui semble prouver qu'il n'est pas à base d'alkali fixe; d'un autre côté, ce sel n'étoit nullement déliquescent; ce qui semble écarter toute idée de nitre à base terreuse. La petite quantité de ce sel qui nous est restée, ne nous a pas permis de pousser plus loin nos recherches pour en déterminer la nature.

En appliquant le calcul ordinaire aux produits de cette opération, on trouvera,

Quantité de matières salines contenues dans douze livres huit onces de la terre mise en experience.

		livres.	onces.	gros.	grains.
Sans addition d'alkali. }	Sel marin........................	»	»	»	4.
Avec addition de 37 grains ½ d'alkali fixe. }	Substance saline qui paroît être presque en entier de nature marine........	»	»	»	33.

Mémes produits rapportés au quintal de la méme terre.

Sans addition d'alkali. }	Sel marin ordinaire..............	»	»	»	32.
Avec addition de 4 gros 10 grains ½ d'alkali. }	Substance saline qui paroît être principalement de nature marine, mais qui pourroit bien contenir quelques vestiges d'acide nitreux.............	»	»	5.	64.
TOTAL........................		»	»	6.	24.

EXPÉRIENCES

Sur la craie. N.° XVII.

Une cave voisine étoit encore dans les mêmes circonstances; elle venoit à peine d'être ouverte dans un endroit
éboulé

éboulé. Cette seconde cave étoit plus profonde que la précédente ; nous avons également rejeté un pied de la craie qui se présentoit à la surface , & nous avons pris par - dessous l'échantillon de craie qui fait le sujet des expériences ci-après.

Nous avons versé sept livres douze onces d'eau bouillante sur douze livres huit onces de cette craie ; nous avons retiré , par filtration , quatre livres huit onces de liqueur , marquant $\frac{1}{4}$ de degré foible à l'aréomètre. Nous avons mis à évaporer quatre livres de cette liqueur , & nous avons obtenu un peu de sélénite, puis il est resté un peu d'eau mère ; nous avons précipité la base terreuse de cette dernière par dix grains d'alkali , & ayant évaporé , nous avons obtenu cinq grains de Salpêtre un peu impur , & huit grains de sel marin à base d'alkali végétal. D'après ces produits, on trouvera , en calculant comme ci-dessus,

Quantité de matières salines contenues dans douze livres huit onces de craie.

		livres.	onces.	gros.	grains.
Sans addition d'alkali fixe. }	Un peu de sélénite. De l'eau mère de Salpêtre & de sel marin.				
Avec addition de 17 grains $\frac{1}{7}$ d'alkali fixe végétal. }	Salpêtre de mauvaise qualité.........	››	››	››	8 $\frac{1}{7}$
	Sel marin à base d'alkali végétal......	››	››	››	13 $\frac{3}{4}$

Mêmes produits rapportés au quintal de la même craie.

Sans addition d'alkali. }	Un peu de sélénite. Eau mère de Salpêtre & de sel marin.				
Avec addition d'un gros 65 gr. $\frac{1}{7}$ d'alkali fixe végétal. }	Salpêtre de mauvaise qualité.........	››	››	››	68 $\frac{1}{7}$.
	Sel marin à base d'alkali végétal......	››	››	1.	38.
TOTAL.......................		››	››	2.	34 $\frac{1}{7}$.

On voit que cette terre est extrêmement pauvre en Salpêtre , & qu'il s'en faut beaucoup qu'elle puisse être traitée avec avantage ; mais il réfulte cependant de cette expérience, que les craies, même à une certaine profondeur, contiennent quelques veftiges d'acide nitreux. On difcutera de nouveau cet objet dans la feconde partie de ce Mémoire.

Observations

Sur les efflorefcences farineufes , ou Salpétre de pigeon.
N.ᵒˢ XVIII & XIX.

Ces efflorefcences farineufes ont été prifes dans deux habitations abandonnées à l'extrémité du village de Moufleau , du côté du chemin de la Roche-Guyon ; des éboulemens qui font fucceffivement furvenus, empêchoient qu'on ne pût parvenir à ces habitations autrement que par des échelles. Ces matières leffivées & traitées comme ci-deffus, ne nous ont donné que du fel marin à bafe de terre calcaire, & quelques indices de Salpêtre également à bafe terreufe, mais en très-petite quantité. Une confufion arrivée dans le réfultat d'une de ces deux épreuves, empêche d'en donner les détails comme on l'a fait pour les autres numéros.

En général , le Salpêtre à Moufleau ne fe trouve que dans le bas du côteau ; & pour donner une idée de la difpofition dans laquelle il fe trouve, nous obferverons que le fol du village eft élevé de foixante ou quatre-vingts pieds environ au deffus du niveau de la rivière, & que c'eft à compter du niveau de ce fol , dans un efpace d'environ trente ou quarante pieds en hauteur, que fe trouvent les terres falpêtrées. On voit par-là, que le niveau du Salpêtre s'élève d'une trentaine de pieds au deffus des lieux habités ; mais une circonftance remarquable , c'eft que dans les endroits où le fol du village s'élève , & où la rue principale va en montant, ce qui s'obferve du côté de Méricourt, le niveau des efflorefcences falpêtrées paroît s'élever auffi à peu près dans la même proportion ; ce qui femble prouver que l'habitation des hommes & des animaux concourt à la formation du Salpêtre.

Après avoir ainfi examiné dans un grand détail, d'une part, les craies de Mouffeau, & de l'autre, celles qui fe trouvent découvertes depuis la Roche - Guyon jufqu'à Clachaloffe, il ne nous reftoit plus qu'à vifiter celles fituées à l'eft de la Roche-Guyon, du côté d'Aurbile & de Vetheuil ; & d'après les obfervations que nous avons déjà faites, il nous importoit principalement de fixer nos recherches fur les endroits non habités, & de déterminer l'état des craies à différens niveaux : ce côteau étant trois ou quatre fois plus élevé que celui de Mouffeau, il offroit un champ plus vafte pour ce genre d'obfervations.

EXPÉRIENCES

Sur la fubflance farineufe. N.° XX.

A un quart de lieue environ, à l'eft de la Roche-Guyon, dans le bas du côteau, à quatre-vingt pieds du niveau de la rivière, fe trouvoit une coupe dans la craie, difpofée de manière que le haut faifoit abri pour le bas, & que la craie étoit bien défendue de la pluie & des injures de l'air. Cette coupe ne préfentoit pas un feul atome de falpêtre criftallifé, mais feulement des efflorefcences farineufes, blanches, falées, déjà défignées fous le nom de Salpêtre de pigeon, dont nous avons pris un échantillon fur lequel nous avons fait les expériences qui fuivent.

Nous avons verfé une once & demie d'eau bouillante fur deux onces de ces efflorefcences ; nous avons filtré, & nous avons retiré quatre gros ½ de liqueur, qui, évaporée, nous a donné environ cinq grains de fel marin à bafe terreufe particulière, non déliquefcent, qui donnoit des vapeurs d'efprit de fel très-fuffoquantes, par l'huile de vitriol, & qui ne paroiffoit contenir rien de nitreux. En appliquant à ces réfultats les calculs employés pour les précédens numéros, on trouvera que ces efflorefcences farineufes contiennent environ une livre une once par quintal de fel marin à bafe terreufe particulière.

EXPÉRIENCES

Sur la substance farineuse. N.º XXI.

Plus loin, à peu près aux deux tiers du chemin, entre la Roche-Guyon & Authile, une coupe naturelle de craie ouverte au même niveau que la précédente, présentoit encore les mêmes efflorescences farineuses; nous en avons également pris un échantillon sous le numéro XXI.

Quatre onces de ces efflorescences ont été lessivées par trois onces d'eau bouillante ; nous en avons retiré par filtration une once un gros de liqueur, qui, évaporée, nous a donné quatre grains de sel marin à base terreuse particulière, non déliquescent, & douze grains de sel marin à base de terre calcaire. En appliquant le calcul ordinaire à ces résultats, on trouve :

Quantité de substances salines contenues dans les quatre onces d'efflorescences farineuses mises en expériences.

	livres.	onces.	gros.	grains.
Sans addition d'alkali. ⎰ Sel marin à base terreuse particulière non déliquescent.....................	″	″	″	10 $\frac{2}{3}$.
⎱ Sel marin à base calcaire............	″	″	″	32.

Mêmes produits rapportés au quintal des mêmes efflorescences.

	livres.	onces.	gros.	grains.
Sans addition d'alkali. ⎰ Sel marin non déliquescent à base terreuse particulière................	″	7.	3.	16.
⎱ Sel marin à base de terre calcaire......	1.	6.	1.	48.

EXPÉRIENCES

Sur l'efflorescence blanche. N.º XXII.

Ayant trouvé près d'Authile une coupe semblable, couverte des mêmes efflorescences farineuses, nous en avons pris un échantillon sur lequel nous avons opéré ainsi qu'il suit.

Nous avons lessivé une once de ces efflorescences par une once d'eau bouillante ; nous avons retiré trois gros de liqueur, qui, évaporée, nous a donné cinq grains d'un sel à base calcaire, qui, par l'épreuve de l'huile de vitriol, nous a paru contenir environ un tiers de nitre à base calcaire, & deux tiers de sel marin également à base calcaire. En appliquant à ces résultats les calculs précédens, on trouvera:

Quantité de matières salines contenues dans une once des efflorescences mises en expérience.

	livres.	onces.	gros.	grains.
Sans addition ⎱ Sel marin à base calcaire............	»	»	»	9.
d'alkali. ⎰ Nitre à base calcaire..............	»	»	»	4 $\frac{1}{20}$.

Produits contenus dans un quintal des mêmes efflorescences.

Sans addition ⎱ Sel marin à base de terre calcaire.....	»	14.	»	»
d'alkali... ⎰ Nitre à base de terre calcaire........	»	7.	»	»

Il paroît que toutes les roches de ce canton sont couvertes de semblables efflorescences plus ou moins salées; mais on n'y trouve pas un atome de Salpêtre cristallisé, si ce n'est dans le voisinage des lieux habités, comme on va le voir ci-après.

La première maison d'Authile, en venant de la Roche-Guyon, est un château ancien, appartenant à Mme la Duchesse d'Enville (*). Le sol sur lequel il est bâti, est élevé environ de quatre-vingts pieds au dessus du niveau de la rivière de Seine. Ce château est situé précisément au pied du rocher ou de la falaise de craie, & on a creusé en plein banc dans la cour plusieurs hangars, resserres ou caves profondes, très-ouvertes & très-accessibles à l'air. Les parois de ces souterrains étoient entièrement couvertes d'efflorescences cristallines de Salpêtre, en aiguilles de l'épaisseur de trois ou quatre lignes; dans les endroits abrités, ces aiguilles formoient une

_____

(*) La Terre d'Authile appartenoit à M. Dongois, Greffier en chef du Parlement de Paris, & avoit ensuite passé à MM. Gilbert de Voisins. C'étoit ce M. Dongois que Boileau appeloit *son respectable neveu*, chez qui il venoit passer un mois tous les ans. On voit encore, au haut du parc d'Authile, les restes d'un cabinet où Boileau alloit travailler; & l'on trouve une description d'Authile dans son *Epître à M. de Lamoignon.*

eſpèce de givre ou de neige infiniment légère ; mais dans les endroits qui avoient été frappés par la pluie, ces aiguilles avoient été diſſoutes & transformées en plaques ſalines qui couvroient la craie.

EXPÉRIENCES

Sur des plaques ou croûtes jaunes, N.° XXIII & XXIV, nommées par les Ouvriers, Mort du Salpêtre.

On a parlé plus haut d'une croûte jaunâtre qui ſe forme à la ſurface de la craie, dans les endroits travaillés par les Salpêtriers, qui empêche, ſuivant eux, la production du Salpêtre, & qu'ils nomment en conſéquence *Mort du Salpêtre.* On en obſervoit de la même nature dans quelques endroits des caves ou hangars du château d'Authile ; mais l'abondance de Salpêtre qui ſe formoit par-deſſous, étoit telle, qu'elle ſoulevoit la croûte en différens endroits, & principalement vers les angles, la forçoit de ſe plier, & quelquefois la détachoit entièrement. Dans quelques endroits, les aiguilles criſtallines de Salpêtre ſe faiſoient jour, paſſoient par-deſſus la croûte, & y formoient des ramifications. Nous avons détaché de ces plaques jaunes, que nous avons miſes à part ſous le n.° XXIII ; &, malgré l'opinion des Ouvriers, elles ſe ſont trouvées contenir une aſſez grande quantité de Salpêtre à baſe d'alkali fixe.

Il n'eſt pas abſolument eſſentiel à la ſubſtance que les Ouvriers nomment Mort du Salpêtre, d'être en plaques jaunes ; dans le voiſinage de l'endroit où ont été détachées celles n.° XXIII, on en trouvoit de très-blanches, qui, leſſivées & évaporées, ont donné aſſez de Salpêtre pour pouvoir être exploitées avec profit, moins cependant que les précédentes.

EXPÉRIENCES
Sur la croûte jaune. N.º XXV.

On obfervoit à un pilier d'une des caves où ont été pris les échantillons précédens, une grande quantité des mêmes croûtes jaunes, par feuillets appliqués les uns fur les autres. Comme ce pilier étoit expofé à la pluie & aux injures de l'air, nous avons jugé que la grande épaiffeur des croûtes jaunes en cet endroit, & leur difpofition par lames ou feuillets, tenoient à ce que la pluie avoit diffous, à différentes reprifes, le Salpêtre qui s'étoit préfenté à la furface de la craie; que la croûte jaune au contraire, étant infoluble dans l'eau, s'étoit amaffée en formant des couches fucceffives. Nous avons pris un échantillon de cette croûte, fur laquelle nous avons fait les expériences fuivantes.

Nous en avons leffivé trois onces par trois onces d'eau bouillante; nous avons obtenu une once trois gros de liqueur, qui, mife à évaporer, nous a donné fix grains de Salpêtre à bafe alkaline, fix grains de Salpêtre à bafe de terre calcaire, & deux grains de fel marin également à bafe de terre calcaire. Ces produits donnent les réfultats qui fuivent.

Quantité de matières falines contenues dans trois onces de la croûte mife en expérience.

		livres.	onces.	gros.	grains.
Sans addition d'alkali.	Salpêtre à bafe d'alkali fixet............	»	»	»	13.
	Salpêtre à bafe de terre calcaire........	»	»	»	13.
	Sel marin à bafe de terre calcaire.......	»	»	»	4.

Produits contenus dans un quintal de la même matière.

Sans addition d'alkali.	Salpêtre à bafe d'alkali fixe.............	»	12.	»	21.
	Salpêtre à bafe de terre calcaire........	»	12.	»	21.
	Sel marin à bafe de terre calcaire.......	»	3.	5.	45.

Cette expérience confirme encore que la fubftance nommée communément Mort du Salpêtre, loin d'être à rejeter, comme les Salpêtriers font dans l'ufage de le faire, contient encore affez de Salpêtre pour pouvoir être travaillée avec profit.

EXPÉRIENCES

Sur une efflorefcence blanche. N.º XXVI.

La roche au pied de laquelle eft creufée l'églife d'Au-thile, eft très-efcarpée, & dans un état de deftruction, comme toutes celles de ce canton. Le haut de ●●●e roche forme une tête pointue détachée du corps de la montagne, & qui s'élève environ jufqu'aux deux tiers de la côte.

Nous fommes parvenus, non fans de grandes difficultés, jufqu'à la cime de cette roche, & nous y avons trouvé, dans un endroit prefque inacceffible, un creux de quatre à cinq pieds de profondeur, formé naturellement, à ce qu'il paroît, dans la partie tendre de la craie : la faillie que formoit le rocher au deffus de ce creux, le défendoit complètement de la pluie & des injures de l'air ; auffi tout l'intérieur étoit – il tapiffé de la même fubftance farineufe blanche, dont il a déjà été queftion plus haut.

On a leffivé quatre livres de cette terre avec deux livres d'eau bouillante ; on a retiré, par filtration, une certaine quantité de liqueur, dont on n'a mis que quatre onces à évaporer. On a obtenu d'abord quinze grains de fel marin, en beaux criftaux, & enfuite dix grains d'un mélange à peu près de parties égales de nitre & de fel marin calcaire. D'après cela, & en adoptant les calculs employés pour les numéros précédens, on trouvera :

Quantité de matières falines contenues dans un quintal des efflorefcences mifes en expérience.

		livres.	onces.	gror.	grains.
Sans addi- } tion d'alkali } fixe. }	Sel marin pur, en beaux criftaux......	″	4.	2.	52.
	Sel marin à bafe de terre calcaire......	″	″	6.	68.
	Nitre à bafe de terre calcaire.........	″	″	6.	68.

EXPÉRIENCES

EXPÉRIENCES

Sur l'efflorescence blanche. N.° XXVII.

Vingt-cinq ou trente pieds au dessous du niveau du trou dont on vient de parler, se trouvoit, dans la même roche, une ancienne habitation creusée à l'exposition du sud-est. On voyoit encore dans cet endroit les débris d'un four ruiné, & on y avoit déposé quelques fagots & du marc de raisin. Quoique cet endroit eût été habité, & qu'il parût être dans les circonstances les plus favorables à la formation du Salpêtre, on n'y en remarquoit pas un atome ; mais tout étoit recouvert de la même efflorescence blanche salée que ci-dessus.

On a lessivé une once de cette efflorescence, avec une once d'eau bouillante ; on a retiré, par filtration, cinq gros de liqueur, qui, mise à évaporer, a fourni dix-sept grains de Salpêtre un peu imprégné d'eau mère. En calculant ces produits comme on a fait pour les numéros précédens, on trouvera :

Quantité de matières salines contenues dans une once d'efflorescence blanche, mise en expérience.

	livres.	onces.	gros.	grains.
Sans addition d'alkali. } Salpêtre à base d'alkali fixe un peu imprégné d'eau mère...............	»	»	»	$37\frac{1}{54}$

Produit contenu dans un quintal de la même matière.

	livres.	onces.	gros.	grains.
Sans addition d'alkali. } Salpêtre à base d'alkali fixe un peu imprégné d'eau mère...............	4.	11.	4.	32.

Ces efflorescences ne contenant que peu d'eau mère, il y auroit peu de dépense en potasse à faire pour les exploiter ; presque tout seroit bénéfice.

Z z

EXPÉRIENCES
Sur l'efflorescence blanche. N.° XXVIII.

Entre cette roche & la suivante, presque au haut de la côte, environ cinquante pieds plus haut que la partie supérieure de la roche où a été pris l'échantillon N.° XXVI, se trouvoit une carrière ouverte à l'exposition du sud-ouest, & creusée dans la craie ; on y voyoit encore des auges, du fumier, & tout ce qui pouvoit indiquer qu'elle avoit été autrefois habitée. L'intérieur de cette carrière n'offroit cependant aucun vestige de Salpêtre cristallisé ; mais seulement des efflorescences blanches farineuses, comme ci-dessus. On a pris quatre onces de ces efflorescences, sur lesquelles on a versé trois onces d'eau chaude ; on a ensuite retiré, par filtration, une once de liqueur qu'on a mise à évaporer, & on en a obtenu, par cristallisation, huit grains de sel marin imprégné d'une petite portion de sel marin à base de terre calcaire, & qui, en conséquence, étoit fort amère. L'eau mère, au surplus, ne paroissoit rien contenir de nitreux.

En appliquant à ces produits les mêmes calculs que ci-dessus, on trouvera :

Quantité de matières salines contenues dans quatre onces des efflorescences sur lesquelles on a opéré.

		livres.	onces.	gros.	grains.
Sans addition d'alkali fixe. }	Sel marin ordinaire imprégné d'un peu de sel marin à base de terre calcaire..........	»	»	»	24.

Mêmes produits rapportes au quintal de la même matière.

		livres.	onces.	gros.	grains.
Sans addition d'alkali fixe. }	Sel marin ordinaire imprégné d'une petite portion de sel marin à base de terre calcaire..	1.	»	5.	24.

EXPÉRIENCES
Sur le N.° XXIX.

Après avoir reconnu la nature des matières salines contenues dans les efflorescences farineuses qui se présentoient à la

furface, nous avons été curieux de déterminer fi ces efflorefcences, une fois broffées & balayées, la craie qu'elles recouvroient contenoit encore quelque chofe de falin. Nous
étions d'autant plus portés à le croire, qu'ayant abattu quelques morceaux fuperficiels de cette craie, nous les avons
trouvés falés, même du côté de l'intérieur.

Nous avons abattu, en conféquence, une quantité fuffifante de cette craie; nous en avons mis douze livres huit
onces dans une terrine, & verfé par-deffus fept livres douze
onces d'eau bouillante, & nous avons retiré trois livres
douze onces de liqueur à un degré $\frac{1}{3}$ de l'aréomètre. Ayant
mis à évaporer, nous avons obtenu d'abord trois gros vingt-
fept grains de fel marin bien criftallifé; après quoi il n'eft
plus refté que de l'eau mère. La quantité d'alkali néceffaire
pour précipiter toute la terre de cette eau mère, s'eft trouvée de
cinquante-huit grains $\frac{1}{3}$; après quoi, ayant évaporé de nouveau,
nous avons obtenu quatre gros feize grains de fel marin à bafe
d'alkali végétal, & feize grains de Salpêtre à bafe d'alkali fixe.

En calculant d'après ces produits, on trouvera:

*Quantité de matières falines contenues dans douze livres huit
onces de la craie mife en expérience.*

		livres.	onces.	gros.	grains.
Sans addition d'alkali.	Sel marin à bafe d'alkali fixe minéral....	”	”	6.	70 $\frac{1}{3}$.
	Eau mère de nitre & de fel marin.				
Avec addition d'un gros 49 gr. $\frac{1}{4}$ d'alkali.	Sel marin à bafe d'alkali bafe végétal........	”	1.	”	51 $\frac{1}{4}$.
	Salpêtre à bafe d'alkali végétal..........	”	”	”	33 $\frac{1}{160}$

*Mêmes produïts en fuppofant un quintal
de la même craie.*

Sans addition d'alkali.	Sel marin à bafe d'alkali minéral........	”	6.	7.	57 $\frac{1}{3}$.
	Eau mère de nitre & de fel marin.				
Avec addition d'une once 5 gros 34 gr. d'alkali fixe végétal.	Sel marin à bafe d'alkali végétal........	”	8.	5.	54.
	Salpêtre à bafe d'alkali végétal.........	”	”	3.	48 $\frac{1}{2}$.

Il en couteroit dix deniers en potaſſe, pour traiter un quintal de cette terre, & on ne retireroit de Salpêtre que pour la valeur de trois deniers $\frac{1}{2}$, ſans compter les frais de main d'œuvre & d'évaporation, ainſi il s'en faut de beaucoup que cette terre puiſſe être traitée avec profit.

EXPÉRIENCES

Sur la craie. N.º XXX.

Comme cet endroit eſt à peu près le plus élevé de ceux auxquels nous ayons été à portée de faire des obſervations, & qu'il nous a paru important de connoître la nature des matières ſalines contenues dans la craie à différentes hauteurs, nous avons abattu un pied & demi à deux pieds de la craie qui ſe préſentoit à la ſurface; puis, en continuant de creuſer, nous avons pris un échantillon de craie qui n'avoit eu aucune communication avec l'air.

Nous avons verſé ſept livres huit onces d'eau ſur douze livres huit onces de cette craie; nous avons retiré, par filtration, trois livres douze onces de liqueur qui donnoit un peu plus d'un quart de degré à l'aréomètre; ayant mis à évaporer, nous avons retiré un peu de ſélénite & une petite portion d'eau mère; ayant précipité la terre par l'addition de trente-cinq grains $\frac{1}{10}$ d'alkali concret, & ayant mis à évaporer de nouveau, nous avons obtenu quarante-cinq grains de Salpêtre aſſez pur, mais jaunâtre, & cinq grains de ſel marin à baſe d'alkali végétal; d'où l'on peut conclure :

Quantité de matières ſalines contenues dans douze livres huit onces de la craie miſe en expérience.

		livres.	onces.	gros.	grains.
Sans addition d'alkali. { Un peu de ſélénite. / Un peu d'eau mère de Salpêtre & de ſel marin.					
Avec addition d'un gros $\frac{1}{2}$ grain d'alkali fixe végétal. { Salpêtre à baſe d'alkali fixe végétal aſſez pur.		»	»	1.	21.
Sel marin à baſe d'alkali végétal.........		»	»	»	10 $\frac{1}{4}$.

Mêmes produits contenus dans un quintal de la même craie.

		livres.	onces.	gros.	grains.
Sans addition d'alkali.	Un peu de félénite. Un peu d'eau mère de Salpêtre & de fel marin.				
Avec addition d'une once » gros 4 grains ¼ d'alkali fixe végétal.	Salpêtre à bafe d'alkali fixe végétal affez pur.	»	1.	2.	24.
	Sel marin à bafe d'alkali végétal........	»	»	1.	10 ½.

Il en couteroit fix deniers en potaffe, pour traiter un quintal de cette craie, & on retireroit en Salpêtre une valeur de neuf deniers ½; ainfi il y auroit trois deniers ½ par quintal de bénéfice, pour repréfenter les frais de main d'œuvre & d'évaporation.

EXPÉRIENCES

Sur les efflorefcences blanches, **N.° XXXI**, *& fur le Salpêtre,* **N.° XXXII.**

Près de la carrière dont on vient de parler, & prefque attenant, eft une roche très-efcarpée, plus élevée que celle au pied de laquelle eft placée l'ancienne maifon de Boileau; c'eft précifément dans le pied de cette roche qu'eft bâtie l'églife d'Anthile. Tout le haut de cette roche a été creufé pour y faire des habitations; mais elles font devenues inacceffibles par les éboulemens de craie qui fe font faits, & elles font prêtes à s'écrouler de toutes parts. La plus élevée de ces habitations, jufqu'à laquelle il nous ait été poffible de parvenir, fe trouvoit un peu au deffus du niveau du pied de la tour de la Roche-Guyon, c'eft-à-dire, à peu près au même niveau que l'obfervation n.° XXVI. Cette carrière ou habitation a dix-huit à vingt pieds de profondeur, huit à dix pieds de hauteur, & eft entièrement ouverte & acceffible à l'air. Quoiqu'elle parût avoir été auffi anciennement abandonnée que la précédente, on y voyoit cependant une grande abondance de Salpêtre, partie en efflorefcences, partie en plaques. Ayant leffivé des unes & des autres, prifes en différens endroits, nous avons reconnu que ces efflorefcences falines contenoient foixante, foixante-quinze, & quelquefois jufqu'à quatre-vingts livres de Salpêtre par quintal; la matière reftante après la lixiviation n'étoit autre chofe qu'une craie très-fine. Les plaques ne font pas toujours auffi riches, on n'en tire fouvent que vingt-cinq ou trente livres par quintal; ce qui refte infoluble eft de la craie plus groffière que la précédente, & qui nous a paru contenir de la félénite.

Il eft inutile de faire fentir combien il y auroit d'avantage à raffembler ces efflorefcences & ces plaques, & à les traiter pour en obtenir le Salpêtre.

EXPÉRIENCES

Sur la craie. N.º XXXIII.

Comme l'endroit où nous avons ramaffé les efflorefcences & plaques de Salpêtre, n.ᵒˢ XXXI & XXXII, eft à peu près placé à la hauteur moyenne de la montagne, nous avons penfé qu'il étoit intéreffant d'y prendre des échantillons de craie; en conféquence, nous avons jeté bas environ un pied d'épaiffeur de craie, puis nous avons pris un échantillon de la craie qui étoit abfolument intérieure, & qui n'avoit point éprouvé le contaçt de l'air.

Nous avons leffivé douze livres huit onces de cette craie avec fept livres douze onces d'eau, & nous avons retiré une livre douze onces de liqueur qui marquoit un degré fort à l'aréomètre; ayant fait évaporer, nous avons obtenu un peu de félénite, point d'autres fels criftallifables, & il nous eft refté un peu d'eau mère; ayant étendu d'eau cette dernière, & l'ayant décompofée par cinquante-fix grains d'alkali fixe concret, nous avons mis de nouveau à évaporer, & nous avons obtenu un gros vingt grains de Salpêtre pur, & quatre grains de fel marin à bafe d'alkali.

En appliquant à ces produits les calculs ordinaires, tels qu'ils ont été détaillés ci-deſſus, on trouve :

Quantité de matières ſalines contenue dans douze livres huit onces d'eau.

			livres.	onces.	gros.	grains.
Sans addition d'alkali fixe. }	Un peu de ſélénite.					
Avec addition de 3 gros 32 grains d'alkali fixe végétal., }	Salpêtre à baſe d'alkali fixe végétal......		"	"	3.	47 $\frac{1}{2}$.
	Sel marin à baſe d'alkali végétal........		"	"	"	17 $\frac{3}{4}$.

Produits contenus dans un quintal de ladite craie.

			livres.	onces.	gros.	grains.
Sans addition d'alkali. }	Un peu de ſélénite.					
Avec addition de 3 onces 3 gros 40 grains d'alkali fixe végétal. }	Salpêtre à baſe d'alkali fixe végétal......		"	5.	5.	19 $\frac{1}{2}$.
	Sel marin à baſe d'alkali fixe végétal.....		"	"	1.	70.

Il en coûteroit en potaſſe, pour traiter cette craie, un ſou huit deniers $\frac{1}{4}$; on obtiendroit en Salpêtre une valeur de trois ſous ſix deniers $\frac{1}{4}$; il reſteroit par conſéquent un ſou neuf deniers $\frac{1}{4}$ pour les frais de main d'œuvre & d'évaporation.

EXPÉRIENCES

Sur la craie. N.º XXXIV.

Il s'étoit détaché du haut de cette même carrière, à ce qu'il paroît, aſſez récemment, un gros quartier de craie ; ce morceau avoit été expoſé à l'air, & il avoit un goût légèrement ſalin : nous en avons pris un échantillon, que nous avons ſoumis aux mêmes expériences que ci-deſſus ; mais l'enregiſtrement n'en ayant pas été fait ſur le champ, & craignant quelque confuſion, nous préférons de n'en point faire uſage.

Plus bas, dans cette même roche, on rencontre encore des carrières habitées ; le Salpêtre y existe en si grande abondance, qu'il se montre presque par-tout à la surface de la craie, soit en aiguilles, soit en lames.

EXPÉRIENCES

Sur l'efflorescence. N.º XXXV.

A six pieds du haut de la roche suivante, la première après celle dans le pied de laquelle est creusée l'église d'Anthile, étoit une espèce de trou de trois à quatre pieds de diamètre, dans lequel se trouvoit une très-grande quantité des efflorescences blanches ci-dessus, ayant un goût de sel marin très-marqué. Cet endroit répond environ au tiers de la hauteur de la tour de la Roche-Guyon : ayant lessivé trois livres de cette terre avec deux livres d'eau bouillante, nous avons retiré, par filtration, cinq onces six gros de liqueur qui a été mise à évaporer ; nous en avons obtenu cinquante grains de sel marin à base d'alkali minéral, en beaux cristaux, imprégné d'une petite quantité d'eau mère de sel marin, & qui ne nous a pas paru contenir d'acide nitreux. En calculant d'après ces produits, on trouve :

Quantité de matières salines contenues dans trois livres de la terre mise en expérience.

		livres. onces gros. grains.
Sans addition d'alkali.	Sel marin à base d'alkali minéral en beaux cristaux, seulement un peu imprégnés d'eau mère de sel marin...............	» » 3. 62 ¼.

Mêmes produits rapportés au quintal de ladite terre.

Sans addition d'alkali.	Sel marin à base d'alkali minéral en beaux cristaux, seulement un peu imprégnés d'eau mère de sel marin...............	1. » » 63.

EXPÉRIENCES.

EXPÉRIENCES

Sur l'efflorescence blanche. N.º XXXVI.

Toute cette roche & la suivante présentent les mêmes résultats dans tous les endroits qui sont à l'abri de la pluie, & qui n'ont pas été durcis à un certain point par l'action de l'air ; on trouve des mêmes efflorescences blanches farineuses, ayant plus ou moins d'amertume, & un goût de sel marin plus ou moins marqué.

Etant parvenus, non sans danger, jusqu'à une espèce de creux ou d'excavation, formé dans le banc de craie tendre, & où trois ou quatre personnes pouvoient tenir couchées, nous y avons trouvé une grande abondance d'efflorescences salées farineuses. Nous avons lessivé quatre livres de ces efflorescences par deux livres d'eau bouillante, & nous avons obtenu sept onces de liqueur, qui, mise à évaporer, a donné trente-neuf grains de sel marin en beaux cristaux. Il est resté ensuite dix grains de sel à base terreuse, dont moitié paroissoit être du sel marin calcaire, moitié du nitre calcaire. D'après ces produits, on peut conclure, en opérant comme ci-dessus :

Quantité de matières salines contenues dans quatre livres des efflorescences mises en expérience

		livres.	onces.	gros.	grains.
Sans addition d'alkali fixe.	Sel marin très-blanc en beaux cristaux & à base d'alkali minéral.............	»	»	2.	34 ½
	Salpêtre à base de terre calcaire........	»	»	»	22 ½
	Sel marin à base de terre calcaire......	»	»	»	22 ¼

Mêmes produits sur un quintal des mêmes efflorescences.

Sans addition d'alkali fixe.	Sel marin en cristaux réguliers, très-blanc & à base d'alkali minéral.............	»	7.	4.	35.
	Salpêtre à base calcaire..............	»	»	7.	67 ½
	Sel marin à base de terre calcaire......	»	»	7.	67 ½

Cette matière, contenant autant de sel marin à base terreuse que de nitre à base terreuse, ne pourroit être exploitée

A a a a

avec profit. Il faudroit employer beaucoup plus de potaſſe qu'on ne retireroit de Salpêtre , & par conſéquent la dépenſe excéderoit le bénéfice.

EXPÉRIENCES

Sur l'effloreſcence blanche. N.° XXXVII.

La roche où a été pris l'échantillon N.° XXXVI , eſt ſéparée de la ſuivante par un petit ruiſſeau qui deſcend du haut de la côte , & qui gagne la rivière de Seine, en laiſ-ſant à gauche le hameau de Chantemelle. Cette roche , qu'on trouve après le ruiſſeau , eſt très-découverte & très-eſcarpée. Les parties les plus dures ayant mieux réſiſté que les autres aux injures de l'air , il s'eſt formé , d'une part , des ſaillies dans la partie dure, & des excavations dans la tendre. Les bancs les plus tendres ſe trouvent , par ce moyen , à l'abri de la pluie , & on y retrouve en grande abondance les mêmes effloreſcences blanches, farineuſes, amères, ſalées, nommées Salpêtre de pigeon.

Nous nous ſommes attachés principalement à une de ces excavations, qui avoit au moins douze pieds de profondeur ſur une hauteur à peu près égale; nous en avons balayé légèrement toute la ſurface avec un balai de bouleau , & nous en avons pris un échantillon ſous le N.° XXXVII.

Nous avons leſſivé ſix livres quatre onces de cette ſubſ-tance farineuſe , par trois livres quatorze onces d'eau ; nous avons retiré , par filtration , une livre de liqueur marquant trois degrés à l'aréomètre. Ayant mis à évaporer , il n'a criſtalliſé aucun ſel , & nous n'avons obtenu que de l'eau mère ; ayant étendu cette dernière d'eau, nous avons précipité la terre par l'addition d'un gros quarante-huit $\frac{2}{10}$ grains d'alkali fixe concret.

Nous avons enſuite procédé de nouveau à l'évaporation, & nous avons obtenu , par pluſieurs criſtalliſations ſucceſſives, un gros ſoixante-huit grains de ſel marin à baſe d'alkali végétal , & treize grains de Salpêtre également à baſe d'alkali végétal.

En calculant d'après ces produits, on trouve les résultats qui suivent :

Quantité de matières salines contenues dans six livres quatre onces des efflorescences superficielles en expérience.

Sans addition d'alkali. } De l'eau mère.

		livres.	onces.	gros.	grains.
Avec addition de 6 gros 17 gr. d'alkali fixe végétal. { Salpêtre à base d'alkali végétal.........	»	»	»	50 $\frac{1}{2}$
Sel marin à base d'alkali végétal.	»	»	7.	38 $\frac{1}{2}$

Mêmes produits contenus dans un quintal de la même matière.

Sans addition d'alkali. } Point de sels cristallisables, seulement de l'eau mère.

Avec addition de 12 onces 3 gros 5 gr. $\frac{1}{4}$ d'alkali fixe végétal. { Salpêtre à base d'alkali fixe végétal......	»	I.	3.	41.
Sel marin à base d'alkali fixe végétal.....	»	15.	»	48.

Il faudroit, pour traiter un quintal de cette substance, employer pour sept sous six deniers de potasse ; il n'en résulteroit que dix deniers de valeur en Salpêtre : ainsi il y auroit perte de six sous huit deniers par quintal, sans compter la main d'œuvre & les frais d'évaporation.

EXPÉRIENCES

Sur l'efflorescence blanche farineuse. N.º XXXVIII.

Nous avons ensuite ratissé avec un rateau de Jardinier cette même surface que nous n'avions d'abord que légèrement balayée, & nous en avons enlevé une petite couche de trois ou quatre lignes d'épaisseur. La grande étendue de la surface sur laquelle nous opérions, nous ayant mis à portée de recueillir une grande quantité de cette matière, nous en avons leſſivé cinquante livres avec trente-une livres d'eau bouillante ; nous avons retiré, par filtration, douze livres de liqueur qui marquoit deux $\frac{7}{8}$ degrés à l'aréomètre ; nous avons mis à évaporer au bain de ſable à une chaleur très-douce, en changeant fréquemment les capſules, afin de bien ſéparer les ſels ; & nous en avons obtenu, ſans addition d'alkali, les produits qui ſuivent : 1.º ſoixante-deux grains de ſélénite ; 2.º deux gros ſeize grains d'un ſel marin à baſe particulière, dont il a déja été queſtion plus haut, & dont nous ne connoiſſons point la nature ; 3.º 34 grains de ſel marin très-pur à baſe d'alkali minéral ; 4.º deux gros du même ſel, mais très-imprégné de matières graſſes & extractives ; 5.º une aſſez grande quantité d'eau mère.

Nous avons étendu cette dernière d'eau ſuffiſante, puis nous avons précipité par un alkali fixe : la quantité néceſſaire pour arriver au point de ſaturation, a été d'une once ſept gros, après quoi ayant évaporé de nouveau, nous avons obtenu deux onces deux gros cinquante grains de ſel marin à baſe d'alkali végétal, & quatre gros cinquante grains de Salpêtre également à baſe d'alkali végétal.

En appliquant à ces réſultats les calculs employés pour les numéros précédens, c'eſt-à-dire, en multipliant par trente-un & diviſant par douze, on trouvera :

Quantité de matières ſalines contenues dans cinquante livres de la craie miſe en expérience.

	Sélénite	livres.	onces.	gros.	grains.
Sans addition d'alkali fixe.	Sélénite........................	"	"	2.	16.
	Sel marin à baſe terreuſe particulière....	"	"	5.	53.
	Sel marin imprégné de matières extractives.	"	"	5.	12.
	Sel marin à baſe d'alkali fixe minéral.......	"	"	5.	20.
	Eau mère de Salpêtre & de ſel marin.				
Avec addition de 4 onces 6 gros 54 gr. d'alkali fixe végétal.	Sel marin à baſe d'alkali végétal........	"	6.	"	21.
	Salpêtre à baſe d'alkali végétal..........	"	1.	4.	2.

Mêmes produits rapportés au quintal de la même matière.

		livres.	onces.	gros.	grains.
Sans addition d'alkali fixe.	Sélénite	»	»	4.	42.
	Sel marin à base terreuse particulière	»	1.	3.	34.
	Sel marin imprégné de matières extractives.	»	1.	2.	24.
	Sel marin à base d'alkali fixe minéral	»	7.	2.	40.
	Eau mère de Salpêtre & de sel marin.				
Avec addition de 9 onces 5 gros 36 gr. d'alkali fixe végétal.	Sel marin à base d'alkali végétal	»	11.	»	42.
	Salpêtre à base d'alkali végétal	»	3.	»	18.

Il en couteroit en potasse, pour traiter un quintal de cette terre, quatre sous dix deniers, & on ne retireroit en Salpêtre qu'une valeur d'un sou onze deniers ; par conséquent il y auroit perte de deux sous onze deniers par chaque quintal de terre.

EXPÉRIENCES

Sur la craie. N.° XXXIX.

Pour avoir ensuite de la craie du même endroit, mais plus intérieure, nous avons abattu, à coups de pic, un pied de celle qui se présentoit à la surface, & nous avons pris ensuite par-dessous un échantillon sous le N.° XXXIX.

Nous avons lessivé douze livres huit onces de cette craie, par sept livres douze onces d'eau, & nous avons retiré deux livres six onces de liqueur qui marquoit $\frac{1}{4}$ de degré foible à l'aréomètre. Cette liqueur, évaporée, n'a laissé qu'une petite portion d'eau mère, qui a exigé, pour être décomposée, trente-deux grains d'alkali concret ; après quoi ayant procédé de nouveau à l'évaporation, nous avons obtenu vingt-quatre grains de Salpêtre, & dix-huit grains de sel marin, l'un & l'autre à base d'alkali végétal ; d'après quoi nous avons conclu :

Quantité de matières salines contenues dans douze livres huit onces de craie mise en expérience.

			livres.	onces.	gros.	grains.
Sans addition d'alkali fixe. {	De l'eau mère de nitre & de sel marin.					
Avec addition d'un gros 24 gr. $\frac{4}{10}$ d'alkali fixe végétal. {	Salpêtre à base d'alkali végétal......... Sel marin à base d'alkali végétal.......		» »	» »	I. »	6 $\frac{1}{4}$. 58 $\frac{1}{4}$.

Mêmes produits rapportés au quintal de la même craie.

			livres.	onces.	gros.	grains.
Sans addition d'alkali fixe. {	De l'eau mère de nitre & de sel marin.					
Avec addition d'une once 3 gros 43 grains $\frac{6}{10}$ d'alkali fixe végétal {	Salpêtre à base d'alkali fixe végétal..... Sel marin à base d'alkali fixe végétal...		» »	I. »	» 6.	50 $\frac{1}{2}$. 37 $\frac{1}{2}$.

Il en couteroit en potasse, pour traiter un quintal de cette terre, huit deniers $\frac{1}{3}$; on ne retireroit en Salpêtre qu'une valeur de huit deniers $\frac{1}{12}$ ainsi il y auroit perte, indépendamment même des frais de main d'œuvre, de lessivage, évaporation, &c.

EXPÉRIENCES

Sur la craie. N.º XL.

Nous n'avions opéré jusque là que sur de la craie prise dans le haut ou dans la partie moyenne de la montagne; nous avons cru devoir prendre également un échantillon de la craie du bas de la même montagne; nous avons profité à cet effet d'une coupe faite l'année précédente, à cinquante pieds à peu près au dessus du niveau de la rivière, entre Au-thile & la Roche-Guyon. La craie en cet endroit n'étoit point à l'abri des injures de l'air ; & comme la saison avoit été fort pluvieuse, il y a toute apparence qu'elle avoit été lessivée, en quelque façon, à sa surface par l'eau du ciel. Au reste, on n'a pas pris la craie qui se présentoit précisément à la surface, on a au contraire creusé environ deux pieds, & ce n'est qu'au delà qu'a été pris l'échantillon sur lequel ont été faites les expériences qui suivent.

On a lessivé douze livres huit onces de cette craie, par sept livres douze onces d'eau bouillante ; on a retiré douze onces de liqueur à $\frac{1}{4}$ de degré fort à l'aréomètre : on n'a obtenu d'abord, par évaporation, qu'une petite portion d'eau mère ; mais ayant précipité par 10 grains $\frac{1}{2}$ d'alkali fixe végétal concret, on a obtenu, en évaporant de nouveau, trente grains de Salpêtre à base d'alkali végétal, & quinze grains de sel marin également à base d'alkali végétal.

En appliquant à ces produits les calculs précédens, on trouvera :

Quantité de matières salines contenues dans douze livres huit onces de terre.

		livres.	onces.	grains.	gros.
Sans addition d'alkali fixe. } Eau mère de nitre & de sel marin.					
Avec addition de 22 grains d'alkali fixe végétal. } Salpêtre à base d'alkali fixe végétal......	»	»	»	62 $\frac{1}{2}$
Sel marin à base d'alkali fixe végétal....	»	»	»	31.

Mêmes produits en opérant sur un quintal de la même matière.

Sans addition d'alkali fixe. } Eau mère de nitre & de sel marin.					
Avec addition de 2 gros 32 gr. d'alkali fixe végétal. } Salpêtre à base d'alkali fixe végétal.......	»	»	6.	64.
Sel marin à base d'alkali fixe végétal....	»	»	1.	32.

La quantité de Salpêtre qu'on a obtenue étant environ double de celle qu'on auroit dû obtenir, d'après la quantité de potaſſe employée pour précipiter, il y a toute apparence qu'il exiſte dans cette craie au moins trois gros par quintal de Salpêtre à baſe d'alkali fixe tout formé. Ce Salpêtre ſans doute a été empâté par l'eau mère, qui l'a empêché de criſtalliſer. Au reſte, la quantité de Salpêtre contenue dans cette terre eſt trop petite, pour mériter d'être exploitée directement & ſans bonification préalable.

EXPÉRIENCE

Très-importante de M. le Duc de la Rochefoucault.

M. le Duc de la Rochefoucault a fait tirer dans la montagne une quantité aſſez conſidérable de craie, & l'ayant fait leſſiver, il a jugé qu'elle ne contenoit point, ou au moins que très-peu de Salpêtre. Il a fait conſtruire avec cette craie des murs de cinq à ſix pieds de haut, & les a fait couvrir d'un toit de paille. Ces murs ſont reſtés expoſés à l'air depuis le mois de Mars 1776 juſqu'au mois de Juillet 1777 ; le toit de paille s'eſt en partie détruit, & la craie a été expoſée à la pluie, qui a dû en leſſiver la ſurface & en diſſoudre les ſels ; ils ont été en outre deſſéchés pendant l'été par l'ardeur du ſoleil : cependant M. le Duc de la Rochefoucault en ayant fait leſſiver deux portions de cinq cents livres chacune, au bout de quinze mois, comme on vient de le dire, on en a retiré, par la première expérience, ſans aucun mélange, un peu de Salpêtre à baſe d'alkali végétal & de l'eau mère, & par une ſeconde expérience, en y mêlant une livre de potaſſe, une quantité conſidérable de Salpêtre auſſi à baſe d'alkali végétal.

SECONDE

SECONDE PARTIE.

Des conséquences qui résultent des expériences précédentes, soit pour la théorie, soit pour la pratique.

Nous nous sommes bornés, dans la première partie de ce Mémoire, à rassembler des observations & des faits, & nous nous sommes abstenus de les accompagner d'aucune réflexion. Il nous reste maintenant à mettre en œuvre les matériaux que nous avons rassemblés, & à appliquer à la pratique les connoissances que l'observation & l'expérience nous ont procurées.

Pour éviter des transitions inutiles, qui alongeroient le discours sans lui donner plus de clarté, & pour bien distinguer ce qui est de fait & d'observation, d'avec ce qui est de raisonnement & de conclusion, nous allons rassembler en un petit nombre de paragraphes, 1.° tous les faits établis & prouvés dans la première partie de ce Mémoire ; 2.° les conséquences qu'on peut en tirer.

Premier fait.

L'acide nitreux existe dans les craies des environs de Mousseau & de la Roche-Guyon, dans des lieux éloignés de toute habitation, & à plusieurs pieds de profondeur : on peut consulter à cet égard les expériences rapportées dans la première partie de ce Mémoire, N.ᵒˢ 1, 3, 21, 26, 37, 38, 39 & 40. On n'apporte point ici en preuve les expériences faites sur les craies du trou de Bon-Fourquières, attendu que ce trou sert d'abri aux gens de la campagne dans les temps de pluie ; il est de plus probable qu'il sert de retraite à des animaux de différentes espèces.

Second fait.

L'acide nitreux en général est plus abondant à la surface

ou dans le voisinage de la surface, qu'à une certaine profondeur; il paroît même prouvé que les parties de la craie
absolument intérieures, & qui ne peuvent avoir aucune communication avec l'air extérieur, ne contiennent aucune portion d'acide nitreux. L'examen de l'eau des sources & des
puits de ce canton fournit une preuve convaincante de cette
vérité : en effet, si les craies, à travers lesquelles elles cou-
lent, contenoient du Salpêtre, elles devroient s'en charger
elles-mêmes; cependant, d'après les expériences auxquelles
nous les avons soumises, elles ne nous ont pas paru en
contenir en quantité sensible.

Troisième fait.

L'acide nitreux existe dans deux états différens dans les
craies des environs de Mousseau & de la Roche-Guyon;
tantôt il est combiné avec la terre calcaire, & forme ce
qu'on nomme nitre calcaire, ou, en langage de Salpêtrier,
eau mère de nitre; tantôt il est à base d'alkali fixe végétal,
& forme le Salpêtre proprement dit.

Quatrième fait.

Le Salpêtre qui se forme dans des lieux éloignés de toute
habitation, est toujours à base terreuse, c'est-à-dire, dans l'état
d'eau mère, & on n'y rencontre jamais, ou presque jamais,
de nitre à base d'alkali fixe; il n'en est pas de même des
craies des environs des lieux habités, le Salpêtre à base d'alkali fixe y existe presque par-tout, non seulement à la surface sous forme d'efflorescence, mais encore à un & deux
pieds de profondeur, plus ou moins, suivant le local, &
suivant la qualité des craies.

Cinquième fait.

Le Salpêtre à base d'alkali fixe, qui existe dans la craie,
paroît tendre continuellement à gagner la surface, & à s'y
montrer sous forme d'efflorescences cristallines; & voici ce

qu'on obferve à cet égard dans les lieux qui ont été travaillés par les Salpêtriers.

On fe rappelle que ces Ouvriers emportent avec une efpèce de hachette de Maçon la petite couche de Salpêtre qui s'eft formée à la furface de la craie; la partie tranchante de cet inftrument, fur-tout lorfqu'il a fervi quelque temps & qu'il s'eft ufé, ne forme point une ligne droite, mais une courbe; par ce moyen chaque coup de hachette laiffe dans la craie une impreffion plus creufe dans le milieu que vers les bords, & il en réfulte qu'il refte entre chaque coup de hachette une élévation anguleufe ou efpèce d'arête qui excède d'une ligne environ l'endroit où a paffé le milieu de la hachette.

C'eft fur cette élévation ou arête que fe forment les premiers rudimens des efflorefcences falpêtrées. D'abord il part un filet imperceptible de Salpêtre, qui s'alonge en formant avec l'arête un angle de quarante degrés environ. Ce filet groffit peu à peu, puis à une petite diftance de l'arête, il en part un autre qui fe ramifie fur le premier & fous le même angle. Ces filets, en traçant ainfi fucceffivement & en fe ramifiant, forment, en termes de Naturaliftes, des dendrites de Salpêtre. Lorfque les filets & aiguilles fe font multipliés à un certain point, qu'elles fe font rejointes à celles qui partent de l'arête oppofée, & qu'il ne leur refte plus de place pour fe propager, elles commencent à jeter des ramifications qui s'élèvent hors du plan de la furface de la craie, toujours en formant un angle d'environ quarante degrés avec le filet dont elles partent. Ces ramifications, en fe multipliant & fe confondant, forment un réfeau qui s'épaiffit de plus en plus. Chaque aiguille ou ligne droite en particulier, n'a jamais plus d'une ligne de longueur en droiture; mais l'enfemble de toutes ces ramifications forme fouvent, avec le temps, une épaiffeur de trois ou quatre lignes.

Cet amas d'aiguilles très-fines, & qu'on ne diftingue bien qu'à la loupe, eft le vrai Salpêtre de houffage; il eft en totalité à bafe d'alkali végétal parfaitement pur, & ne contient ni eau mère ni fel marin.

Bbbb ij

L'atelier du nommé Renoult, Salpêtrier à Mousseau, présentoit à cet égard une variété singulière : la hachette dont il s'étoit servi pour recueillir le Salpêtre qui s'étoit formé aux parois de son atelier, étoit usée ; il s'y étoit fait des brèches, des dents presque comme à une scie ; les endroits par où la hachette avoit passé présentoient en conséquence une trace sillonnée assez semblable à un ruban rayé. Chaque raie ou arête devenoit l'origine d'une ramification semblable à celles qu'on vient de décrire.

Sixième fait.

Les circonstances qui accompagnent le développement ou la formation du sel marin dans les craies de Mousseau & de la Roche-Guyon, sont à peu près les mêmes que celles qui accompagnent la formation du Salpêtre. En général le sel marin y existe presque toujours à base terreuse, quelquefois à base d'alkali minéral, comme au N.º 38 ; mais jamais, à ce qu'il paroît, à base d'alkali végétal.

Septième fait.

Il paroît constant, d'après les observations rapportées aux N.ᵒˢ 27, 28, 33, que les craies s'épuisent avec le temps des principes propres à la formation du Salpêtre ; ainsi la même habitation creusée dans la craie qui auroit donné perpétuellement ou au moins très-long-temps du Salpêtre, si elle eût continué d'être habitée, cesse d'en donner au bout d'un certain temps, si les environs cessent d'être habités.

De ces faits, qu'on peut regarder comme certains, on peut tirer un nombre de conséquences plus ou moins certaines ; & nous allons, d'après les motifs exposés plus haut, les présenter ici d'une manière isolée comme les faits.

Première conséquence.

L'acide nitreux n'est pas préexistant dans les craies de la Roche-Guyon, mais il s'y forme par l'action de l'air & par le concours de différentes circonftances difficiles à faifir, & à peu près de la même manière que dans les nitrières artificielles. L'expérience de M. le Duc de la Rochefoucault, fur la propriété qu'ont les craies lorfqu'elles ont été leffivées, de fe falpêtrer de nouveau d'elles-mêmes par leur fimple expofition à l'air, forme prefque une démonftration de cette conféquence.

Seconde conféquence.

Non feulement il fe forme de l'acide nitreux dans les craies de la Roche-Guyon, mais il paroît prouvé qu'il s'y forme auffi de l'alkali fixe, & la formation de ce dernier ne paroît pas même très-lente à s'opérer.

Troifième conféquence.

De ce que les craies expofées à l'air dans des lieux éloignés de toute habitation, fe chargent de nitre à bafe terreufe, on peut en conclure que la feule action de l'air fuffit pour former ou pour développer ce fel dans la craie. Probablement comme les montagnes de ce canton, qui font évidemment formées de débris de corps marins, elles contiennent encore des portions de matières animales qui ne font point entièrement décompofées, & dont la putréfaction, s'achevant par l'action de l'air, donne lieu à la production du Salpêtre.

Quatrième conféquence.

Il n'en eft pas de même du Salpêtre à bafe d'alkali fixe; ce dernier ne fe rencontre que dans le voifinage des lieux habités; d'où il paroît qu'on eft en droit de conclure que le concours des exhalaifons animales eft néceffaire à fa formation.

Cinquième conféquence.

Peut-être foupçonnera-t-on que l'alkali fixe qui fert de bafe à l'acide nitreux dans le voisinage des lieux habités, provient de la décomposition des matières animales & végétales; qu'il s'insinue ensuite dans les craies, qu'il y grimpe, & qu'il décompose le nitre à base terreuse qui s'y est formé, pour le transformer en vrai Salpêtre. Cette opinion séduisante a de grandes difficultés; premièrement, les efflorescences salpêtrées s'élèvent souvent à quinze & vingt pieds au dessus du niveau des habitations, & il paroîtroit difficile qu'il s'élevât par la seule imbibition une assez grande quantité d'alkali jusqu'à cette hauteur. Secondement, si l'alkali fixe grimpoit, comme on le suppose, à travers la craie, il décomposeroit, chemin faisant, non seulement le nitre, mais encore le sel marin à base terreuse; cependant les craies de Moussceau & de la Roche-Guyon ne contiennent jamais de sel marin à base d'alkali végétal, rarement même de sel marin à base d'alkali minéral: ce qui semble prouver suffisamment que l'alkali végétal qui sert de base au Salpêtre, ne vient point par imbibition de la destruction des végétaux & des animaux.

Sixième conséquence.

Les craies, lorsqu'elles sont bien disposées & que toutes les circonstances sont favorables, n'exigent, pour donner du Salpêtre, même à base d'alkali fixe, qu'une très-petite quantité d'exhalaisons animales.

Telles sont les conséquences que semblent présenter les faits dont nous avons rendu compte. Elles ne sont pas, il faut l'avouer, pleinement suffisantes sur l'origine & la formation de l'acide nitreux, mais elles pourront au moins nous servir de guide pour seconder la Nature, & nous indiquer les méthodes les plus sûres pour accélérer sa formation dans les craies, & pour transformer le nitre à base terreuse, qui s'y forme presque naturellement en Salpêtre à base d'alkali végétal. C'est par ces applications de la théorie à la pratique, que nous allons terminer ce Mémoire.

On a vu, dans la première partie, qu'en général les craies, prises à une certaine profondeur dans la montagne, contenoient peu d'acide nitreux, qu'il y étoit le plus communément uni à une base calcaire ; le but qu'on doit se proposer pour former des établissemens utiles en ce genre, consiste donc :

1.° A augmenter la quantité d'acide nitreux contenue dans les terres.

2.° A transformer le nitre à base terreuse en nitre à base d'alkali fixe : or, ce moyen, la Nature semble nous le présenter ; on a vu que c'étoit principalement par l'exhalaison des matières animales qu'elle remplissoit ces deux objets ; il ne s'agit donc que de l'imiter, & voici le plan que nous croyons devoir tracer à cet égard.

On choisira d'abord, pour former un établissement, l'endroit de la montagne où l'acide nitreux semblera exister naturellement en plus grande abondance, & où les craies paroîtront avoir le plus de disposition à se salpêtrer ; tel sera, par exemple, le trou de Bon-Fourquières, ou, mieux encore, des caves ou hangars souterrains, dont les parois seront très-chargés de Salpêtre à base alkaline, tels que ceux de Mousseau (voyez ci-dessus N.ᵒˢ 12, 13 & 14) ; les resserres ou remises situées dans la cour du château d'Authile, & quelques-unes des habitations abandonnées, situées entre Authile & Chantemelle.

On fermera ces souterrains avec des portes à claire voie, & on ménagera même une ouverture au dessus des portes, afin de laisser à l'air la circulation la plus libre qu'il sera possible.

Si les caves qu'on aura choisies pour opérer contiennent déjà, comme celles de Mousseau, du Salpêtre à base d'alkali fixe, on se contentera d'abattre, tant de la voûte que des parois latérales, trois ou quatre pouces d'épaisseur de craie ; on concassera le tout, puis on mettra la terre dans des cuveaux pour la lessiver, ainsi qu'il est prescrit page 28 de l'Instruction, pour en extraire le Salpêtre. Lorsque cette craie aura été lessivée, on la laissera s'égoutter & se sécher pendant quelques jours ; on accélèrera cette dessication en y mêlant un peu de paille très-menue ; lorsqu'elle aura été suffisamment ressuyée, on l'arrosera légèrement d'urine ou d'eau de fumier putréfiée ; enfin on en formera une couche qu'on garnira par-deſſous d'une claie triangulaire, ſemblable à celle repréſentée planche première, figures quatre & cinq de l'Inſtruction ſur l'établiſſement des nitrières : on fera en outre dans la couche un grand nombre de trous avec une tarière, pour ménager des accès multipliés à l'air.

Si les caves ou lieux ſouterrains dans leſquels on opérera ſont nouvellement ouverts, s'ils n'ont pas été expoſés un temps ſuffiſant à l'action de l'air, enfin s'il ne s'y eſt pas formé de Salpêtre à baſe alkaline ; alors, au lieu de leſſiver ſur le champ la craie qu'on aura abattue, on la mettra en couche en l'arroſant d'urine, & on attendra, pour la leſ-ſiver, que la quantité de Salpêtre, & ſur-tout de Salpêtre à baſe alkaline, y ſoit ſuffiſamment augmentée.

Au bout de deux, trois ou ſix mois, plus ou moins, car ce terme ne peut abſolument ſe fixer que d'après l'expé-rience ; on abattra de nouveau trois ou quatre pouces de craie à la voûte & aux parois du ſouterrain, & on en fera une nouvelle couche ſéparée de la première, & conſtruite ſur les mêmes principes. On conçoit que tandis que l'urine & l'eau de fumier enrichiront, en fermentant, la couche en Salpêtre, les exhalaiſons de ces mêmes matières agiront ſur la voûte & ſur les parois du hangar ſouterrain, qu'on remplira par conſéquent deux objets par cette méthode, & qu'on mettra en action la plus grande quantité poſſible de craie.

On continuera d'opérer ſur le même plan, juſqu'à ce que le lieu ſouterrain ſoit entièrement rempli de couches à Sal-pêtre, en ménageant cependant l'eſpace néceſſaire pour l'em-placement des cuveaux. On augmentera ainſi de jour en jour la grandeur de l'atelier ; on s'enrichira en matières ſalpêtrées; & ce plan, qu'on ſera obligé de ſuivre pendant pluſieurs années, n'empêchera pas que, chemin faiſant, on ne leſſive les cou-ches qui paroîtront ſuffiſamment riches, & qu'on ne les réta-bliſſe après les avoir leſſivées.

On conçoit que huit ou dix ateliers, montés ſur ces principes, deviendroient

deviendroient un jour une source immense de richesses pour les Propriétaires ; ils verroient leurs fonds s'augmenter de jour en jour, & leur bénéfice ne seroit limité que par leur industrie.

Quoique les craies du trou de Bon-Fourquières ne fournissent que peu ou point de Salpêtre à base d'alkali fixe, cet endroit peut néanmoins servir à former un atelier d'une grande importance. On a vu, en effet, N.ᵒˢ 9 & 10, qu'elle contenoit une très-grande abondance de nitre à base terreuse, & que cette qualité nitreuse s'étendoit fort avant dans la montagne : il seroit donc possible de lessiver les craies à mesure qu'on creuseroit le souterrain ; & loin qu'il en coutât pour la main d'œuvre, il resteroit probablement au contraire un bénéfice considérable.

Parmi les emplacemens commodes pour un établissement de ce genre, on croit devoir insister sur les enfoncemens ou remises creusées dans la craie dans la cour même du château d'Authile. Le Salpêtre à base d'alkali fixe s'y montre de toutes parts. Ces craies sans doute en contiennent jusqu'à une certaine profondeur ; ainsi on commenceroit à lessiver dès les premiers instans. Les caves ou resserres souterraines, situées à l'entrée du village de Mousseau (voyez N.ᵒˢ 12, 13 & 14), présentent bien le même avantage ; mais comme elles sont environnées de toutes parts d'habitations creusées dans la craie, le travail y seroit limité, & on ne pourroit augmenter les excavations sans risquer de causer des éboulemens dangereux.

Enfin, sans se borner aux seuls endroits habités, on peut former des établissemens fructueux, en creusant en pleine craie des hangars souterrains, & en y formant des couches. Le côteau qui s'étend depuis Bennecourt jusqu'à Vetheuil, offre des endroits favorables pour une pareille entreprise ; peut-être dans ces terreins neufs & où l'acide nitreux n'est pas abondant, faudroit-il forcer un peu davantage en urine, en arrosage & en fumier ; peut-être aussi faudroit-il un plus long intervalle de temps, pour développer dans les craies une quantité suffisante de Salpêtre : mais en oubliant pendant un ou

C c c c

deux ans les couches qu'on auroit formées, on ne manque-roit pas de les trouver très-riches, & prêtes à être leffivées.

Les moyens d'exploitation qu'on vient d'indiquer pour les environs de la Roche-Guyon, font également applicables aux craies de Dreux, qui ne font pas moins riches en Salpêtre, à celles d'Ivry fur Eure, à un grand nombre de carrières de tuffeau fituées en Touraine ; enfin aux côteaux de craies dé-couvertes qu'on rencontre fréquemment le long de la Seine, en Normandie, & dans les Provinces de Champagne & de Picardie.

C'eft principalement pour ouvrir les yeux du Public fur cette richeffe nationale, & fur les moyens d'en tirer parti, qu'a été rédigé ce Mémoire. Nous nous propofons de faire un travail de même genre fur le Salpêtre naturel de Touraine.

MÉMOIRE

S U R

DES TERRES ET PIERRES

NATURELLEMENT SALPÊTRÉES

DANS LA TOURAINE ET DANS LA SAINTONGE;

Par MM. CLOUET & DE LAVOISIER.

Nous avons rendu compte à l'Académie, dans un Mémoire qui lui a été lu le 5 Juillet 1777, des Observations que nous avions faites sur les craies naturellement salpêtrées des environs de la Roche-Guyon, sur la quantité & la qualité des sels qu'on obtenoit en les lessivant, & nous y avons joint quelques réflexions sur la formation du Salpêtre. Le Mémoire que nous présentons aujourd'hui est une suite de ce travail, ou plutôt c'est le même travail appliqué à une Province entière qui ne présente pas moins de richesses en Salpêtre, que les environs de la Roche-Guyon.

Le voyage qui a donné lieu aux Observations dont nous allons rendre compte, a été fait dans les mois d'Avril, Mai & Juin 1778. Il n'étoit pas difficile de s'appercevoir, à cette époque, que la guerre, & sur-tout la guerre maritime avec l'Angleterre, étoit inévitable; les préparatifs qui se faisoient de toutes parts en Europe, la quantité prodigieuse de vaisseaux en armement & en construction dans nos ports, les demandes considérables de poudres que la Marine du Roi avoit déjà faites, tout annonçoit que notre service alloit devenir plus important, plus difficile, & que nous avions à nous préparer à des fournitures supérieures, même de beaucoup à celles faites dans les guerres précédentes.

Les magasins de la Régie étoient, il est vrai, bien approvisionnés en poudre & en Salpêtre ; & quelque puissent être les fournitures, le service des deux ou trois premières campagnes étoit complétement assuré; mais il étoit possible que la guerre durât plus long-temps, & il auroit été de la dernière imprudence de ne pas combiner d'avance les ressources nécessaires pour continuer la guerre aussi long-temps que la gloire & la sûreté de l'Etat pouvoient l'exiger.

Cette circonstance nous parut celle de mettre en jeu tous les ressorts de l'administration qui nous étoit confiée, & de développer tout ce que nous avions de moyens pour augmenter la fabrication du Salpêtre, & pour perfectionner celle de la poudre.

Nous partîmes en conséquence, M. Clouet & moi, le 9 Avril 1778, pour parcourir, à nos frais, une partie des Provinces de France, celles sur-tout où il existe des fabriques importantes de poudres, & où nous jugions qu'on pouvoit espérer d'étendre le plus la récolte du Salpêtre. Nous n'avons pas pour objet de rendre compte de tout ce qui nous a occupé dans ce voyage; la plupart de ces détails ne présenteroient ni intérêt ni utilité pour le Public : nous nous bornerons à exposer ce qui a le plus de rapport à notre objet, à l'existence du Salpêtre naturel dans la Touraine & dans la Saintonge.

Dans les environs de la Roche-Guyon, nous n'avions à faire qu'à une seule & même substance, à de la craie, c'est-à-dire, à de la terre calcaire presque pure. Il n'en est pas de même en Touraine. Les terres & pierres que nous avons trouvées salpêtrées, sont des matières composées; leur nature varie suivant leur position, suivant leur niveau; en sorte que les Observations minéralogiques se sont trouvées nécessairement liées à notre travail, & que nous nous sommes trouvés presque indispensablement engagés à déterminer, par des expériences chimiques, la nature des pierres que nous avons été dans le cas d'observer. Cette liaison nécessaire de l'objet qui nous occupe, avec la Minéralogie, nous oblige de préfenter ici un tableau général de la Minéralogie de la Touraine & des pays adjacens; & nous partons à cet effet de la plaine de Beauce qui eft à peu près le point le plus élevé de ce canton, qui a été peu entamé par les eaux, & où les bancs ne font point déformés.

La hauteur moyenne de cette plaine, au deſſus du niveau de la Seine au Pont de l'Hôtel-Dieu, eft d'environ trois cent quatre-vingt-trois pieds. Sa hauteur au contraire, au deſſus du niveau de la Loire à Orléans, n'eft que de cent foixante-onze; d'où il fuit que le lit de la rivière de Loire eft plus haut que celui de la rivière de Seine, dans les deux points que nous venons de défigner, de deux cent douze pieds.

Il arrive de là, que toutes les vallées qui defcendent à la Seine font creufées de deux cent douze pieds plus profondément que celles qui defcendent à la Loire; qu'on pénètre par conféquent plus avant dans les couches terreftres, dans les environs de la Seine à Paris, que dans les environs de la Loire à Orléans, & qu'indépendamment des différences qui réfultent de la différente nature du terrein, il y a des différences qui dépendent de la différence du niveau.

Dans les fouilles qui ont été faites dans la plaine de Beauce, foit par la Nature, foit par l'Art, on obſerve,

1°. Une couche aſſez épaiſſe de terre végétale limoneufe & très-fertile.

2°. Environ cent cinquante pieds d'une efpèce de marne, laquelle renferme des pierres calcaires en rognons, & qui ne forment pas des bancs fuivis : ces pierres font communément fort dures, d'un grain fin; ce font des efpèces de cos.

3°. Une épaiſſeur de fablon blanc très-confidérable.

Il ne paroît pas qu'on ait pénétré au deſſous de ce niveau; mais en liant les obfervations faites en Beauce, avec celles faites dans les environs de Paris, du côté de Verfailles, Sèves & Meudon, on feroit tenté de croire que le fable repofe fur un fecond maſſif de pierres calcaires, ce dernier fur un banc épais de fable; enfin, que le tout porte fur un maſſif immenfe de craie, dont le niveau eft très-variable.

Telle est la nature des couches qui composent la Beauce, d'après les observations faites sur les vallées qui la coupent & qui se jettent dans la Seine ; mais, comme on l'a déjà observé, le lit de la Loire n'étant pas creusé aussi profondément, & la surface de ce fleuve n'étant que de cent soixante-dix pieds environ au dessous du niveau de la plaine de Beauce, près d'Orléans, toutes les vallées qui y aboutissent sont moins profondes, & toutes les ouvertures qui ont été faites, soit naturellement ou par l'art, ne pénètrent pas dans ce canton au delà de l'épaisseur marneuse qui forme le premier des bancs de la Beauce ; le lit de la Loire se creusant ensuite peu à peu à raison d'un pied & demi par mille toises environ, à mesure que ce fleuve chemine vers la mer, il entame la couche inférieure à la Marne ; c'est ce qu'on observe déjà dans les environs de Blois, & ce qui devient plus sensible & plus frappant vers Chaumont, village situé entre Blois & Amboise.

Le sable se retrouve donc dans cette partie à peu près au même niveau que dans les environs d'Étampes, mais avec une différence très-remarquable ; c'est que vers Chaumont, entre Blois & Amboise, la couche sableuse ne succède pas brusquement à la couche marneuse ; elles se mêlent au contraire ensemble, & il en résulte une pierre mixte, partie calcaire, partie sableuse, qui porte le nom de tuffeau en Touraine, & qui est très-propre à être employée dans les bâtimens.

A mesure qu'on avance vers la mer, le lit de la Loire se creuse de plus en plus ; le tuffeau prend peu à peu une couleur bleuâtre, & il est alors formé d'un mélange de schite, de terre calcaire & de sable ; enfin le tuffeau repose sur une masse de schite & d'ardoise, dont la surface n'est point horizontale, & qu'on ne commence à découvrir que dans les environs d'Angers.

C'est à ce tuffeau qu'est dû la grande quantité de Salpêtre que fournit la Touraine. La combinaison de sable & de terre calcaire ou de craie dont il est composé, lui donne précisément le degré de porosité nécessaire, pour que l'air & les émanations putrefcibles puiffent le pénétrer, & pour que la fermentation s'y achève. Non feulement le tuffeau fe falpêtre dans les villes & dans les lieux habités, il contient même fouvent du Salpêtre dès la carrière même, lorfqu'il a été expofé quelque temps à l'air.

Les carrières de tuffeau fe reffemblent toutes par l'arrangement des bancs ; elles diffèrent feulement un peu par la nature de la pierre, & par la proportion de fable & de terre calcaire dont elle eft compofée. Les premiers bancs font communément formés de pierres anguleufes mal arrangées : à mefure qu'on defcend, la pierre prend plus de confiftance ; alors on y trouve quelques noyaux de coquilles & de madrepores, & quelques filex. Plus bas, les bancs deviennent de plus en plus épais, & forment des maffes confidérables. C'eft dans cette maffe que font creufées les carrières de tuffeau de Touraine ; on les taille en parallélogrammes alongés, toujours à peu près des mêmes dimenfions. Toutes les villes fituées le long de la Loire, font bâties de cette pierre. On en tranfporte à Nantes, à Bordeaux ; & même jufque dans les Colonies.

Il feroit difficile de déterminer quelle eft l'épaiffeur de la maffe de tuffeau, parce qu'il n'y en a qu'une partie de découvert. On en voit fouvent dans le bas des côteaux, une épaiffeur de foixante ou quatre-vingts pieds au deffus du niveau de la Loire ; elle eft même de cent vingt pieds dans les environs de Saumur. Comme toutes les fouilles qui ont été faites ne pénètrent pas au deffous du niveau des rivières, il eft impoffible de favoir jufqu'où s'étend le tuffeau. Il paroît feulement qu'il eft plus ou moins épais, fuivant que la maffe de fchite fur laquelle il eft affez probable qu'il repofe, s'approche plus ou moins de la furface de la terre.

Notre premier projet avoit été de joindre une Carte à ce Mémoire, & nous en aurions rendu l'intelligence un peu plus facile ; mais l'étendue de terrein qu'embraffent nos Obfervations, étant fort confidérable, ou nous aurions été forcés d'employer des Cartes très-grandes & très-multipliées, ou de les faire faire fur une très-petite échelle, & elles auroient été inutiles. D'ailleurs la Carte de France de l'Académie eſt maintenant entre les mains de tout le monde; il ſera par conſéquent facile à ceux qui voudront faire une étude particulière du local, de nous ſuivre dans les lieux que nous avons parcourus; ils auront à ſe munir des Cartes ci-après : n°. 1, Paris; n°. 7, Etampes & Fontainebleau; n°. 8, Orléans; n°. 28, Vendôme; n°. 29, Blois; n°. 65, Tours; n°. 66, Loudun, Richelieu, Chinon; n°. 67, Poitiers; n°. 69, la Rochefoucault; n°. 70, Angoulême, Aubeterre; n°. 102, Saintes.

Après avoir donné des idées générales de l'arrangement des couches depuis Etampes juſqu'à l'extrémité de la Touraine, nous allons entrer dans le détail des localités.

Nous avons déjà fait obſerver que c'eſt vers Chaumont, c'eſt-à-dire, entre Blois & Amboiſe, que les carrières de tuffeau commençoient à ſe découvrir dans le bas des côteaux : nous avons pris un échantillon de celui que M. le Ray de Chaumont employoit à Chaumont dans une nitrière qu'il avoit établie, & dans des couches à la Suédoiſe. Ayant diſſous ce tuffeau dans de l'acide nitreux affoibli, nous avons reconnu qu'il contenoit par quintal :

	livres.	onces.
Terre calcaire	78.	2.
Sablon très-fin, très-blanc; en poudre preſque impalpable, qui ne contenoit pas de paillettes talqueuſes.	21.	14.
TOTAL	100.	

Au delà de Chaumont, & après le village de Moſne, la rive gauche de la Loire ne préſente plus preſque juſqu'à Amboiſe, qu'une ſuite de carrières de tuffeau, où l'on a tiré des pierres de taille. Nous avons obſervé quelques-unes de ces carrières à la Calonniere & à la Cave. La carrière où nous nous ſommes le plus arrêté, ſe nomme Notre-Dame-de-Bonne-Cave; elle préſente une coupe d'environ ſoixante pieds, toute de tuffeau; les premiers bancs n'ont point de continuité; vers le milieu elle forme de beau moellon, & dans le bas, de la pierre de taille.

Le

Le banc supérieur, à l'endroit où la pierre commence à se décider en pierre de taille, est rempli de coquilles fossiles ; on y trouve sur-tout beaucoup de tuyaux marins, quelques-uns droits, d'autres vermiculaires, des cames striées, des fragmens de madrepores & d'oursins. La masse de pierre de taille a environ vingt pieds d'épaisseur, & probablement elle se continue plus avant, & peut-être au delà du niveau de la rivière.

Nous avons observé que la surface de ces pierres s'altéroit aisément à l'air ; le sable dont elles sont composées tombe, & il reste une efflorescence calcaire qui souvent a un goût salin ; du reste on ne voit dans les carrières aucune efflorescence de Salpêtre à base d'alkali fixe. Le tuffeau de tout ce côteau est à peu près de même nature que celui voisin de Chaumont ; il contient soixante-quinze à quatre-vingts livres de terre calcaire par quintal, & le surplus en sable fin.

Ce n'est pas seulement dans le bas des côteaux de la vallée de la Loire qu'on observe ces carrières de tuffeau ; on les trouve dans toutes les vallées voisines qui sont assez profondes, & notamment le long du Cher ; & c'est dans cette partie qu'elles sont souvent salpêtrées.

On trouve quelques-unes de ces carrières ouvertes entre la Croye & Civray, ainsi qu'au village de Chissay ; la pierre y est assez dure, d'un grain brillant, & ne présente pas d'efflorescence salpêtrée. Vers Chissay, la pierre commence à devenir plus tendre & plus fine ; la même nature de terrein se continue après Montrichard, & on trouve à Bourré & à Vinneuil des habitations formées dans les carrières mêmes ; on y remarque aussi d'anciens travaux abandonnés, qui pénètrent fort avant dans la montagne. Quoique ce côteau ne soit pas fort riche en Salpêtre, le Salpêtrier de Montrichard y trouve l'aliment de son atelier, principalement dans les environs des carrières habitées.

C'est sur-tout sur les confins de la paroisse de Bourré & de celle de Monthou, que les carrières sont le plus considérables. La pierre qu'on en tire est connue dans le canton sous le nom de pierre de Bourré ; elle est tendre, & se taille plus facilement

D d d d

que celle de Saint-Leu même : elle eft d'une grande blancheur ; & la conferve long-temps ; mais elle a l'inconvénient d'être trop tendre ; de fe décompofer aifément à l'air, & elle fe falpêtre très-promptement. On en tranfporte par la Loire à Orléans, à Tours, à Nantes, & même à Bordeaux. Souvent à l'ouverture de ces carrières on trouve fur le rocher des efflorefcences qui ont un goût falin & amer ; mais on n'y trouve point de Salpêtre à bafe alkaline, ni en efflorefcences, ni en plaques comme à la Roche-Guyon.

Pour connoître exactement la nature de ces pierres & celles des fubftances falines qu'elles pouvoient contenir, nous en avons pris des échantillons dans une carrière de Monthou, fur les confins de la paroiffe de Bourré. Il y avoit des parties de cette carrière nouvellement exploitées, mais elle s'étendoit à une grande profondeur & communiquoit avec des travaux anciens. Nous allons rendre compte & du local où nous avons pris les échantillons, & des expériences auxquelles nous les avons foumis.

Tuffeau pris à l'entrée de la carrière de Monthou, confins de la paroiffe de Bourré, à la furface d'un pillier, & feulement à un pouce de profondeur & à quatre à cinq pieds au deffus du niveau du fol.

Ayant leffivé un quintal de cette matière avec un quintal d'eau, on en a obtenu, en tenant compte de l'eau reftée dans la terre, les quantités de matières falines qui fuivent :

		onces.	gros.	grains.
Sans addition d'alkali.	Terre calcaire..................	ɔɔ	2.	10.
	Sel marin......................	ɔɔ	5.	9.
	Salpêtre à bafe d'alkali fixe.........	ɔɔ	7.	50.
	Eau mère.			
Avec addition de 5 onces 6 gros 54 grains d'alkali fixe.	Salpêtre......................	4.	3.	63.

Quantité de terre calcaire, précipitée de l'eau mère, 3 onces 57 grains.

Total du produit falin.................. 6. 2. 60.

Déblais pris à l'entrée de la même carrière de Monthou dans un lieu exposé à l'air, mais à l'abri de la pluie.

Produits salins obtenus par lixiviation.

PAR QUINTAL.

		onces.	gros.	grains.
Sans addition d'alkali.	Terre calcaire......................	»	3.	70.
	Sélénite...........................	»	2.	»
	Salpêtre à base alkaline............	»	1.	42.
	Eau mère..........................			
Avec addition d'une once 6 gros 20 grains d'alkali.	Salpêtre...........................	1.	6.	20.

Quantité de terre calcaire, précipitée par l'alkali, 1 onc. 1 gr. 38.

TOTAL du produit salin.................... 2. 5. 60.

Produit obtenu par l'analyse avec les acides.

PAR QUINTAL.

	livres.	onces.	gros.	grains.
Terre calcaire...........................	55.	8.	7.	8.
Sablon blanc, très-fin, très-divisé, mêlé de beaucoup de paillettes talcqueuses..................	44.	7½	»	64.

TOTAL des produits terreux............ 100. » » »

Tuffeau détaché dans la même carrière de Monthou, sous la montagne, à quatre cent quatre vingts pieds de l'ouverture de la carrière dans une partie d'anciens travaux abandonnés.

Produits salins obtenus par lixiviation.

PAR QUINTAL.

		onces.	gros.	grains.
Sans addition d'alkali.	Terre calcaire.....................	»	3.	50.
	Sélénite...........................	»	3.	50.
	Sel marin..........................	»	3.	50.
	Salpêtre à base alkaline............	»	1.	61.
	Eau mère.			
Avec addition de 5 gros d'alkali.	Salpêtre...........................	»	5.	39.
	Sel marin végétal...................	»	»	38.

Quantité de terre calcaire, précipitée par l'alkali, 3 gros 50 grains.

TOTAL du produit.................... 2. 3. »

Produit obtenu par l'analyse avec les acides.

PAR QUINTAL.

	livres.	onces.	gros.	grains.
Terre calcaire..........................	60.	6.	5.	24.
Sablon blanc très-fin, très-divisé..................	39.	9.	2.	48.
TOTAL..........................	100.	»	»	»

Déblais de la même carrière de Monthou , pris sur le sol au même endroit, c'est-à-dire , à quatre cent quatre-vingts pieds de l'ouverture de la carrière.

Produits salins obtenus par lixiviation.

PAR QUINTAL.

		onces.	gros.	grains.
Sans addition d'alkali.	Terre calcaire..................	»	»	62.
	Sélénite......................	»	»	50.
	Eau mère..			
Avec addition d'une once 6 gros 11 grains d'alkali.	Salpêtre......................	2.	»	48.
TOTAL du produit salin..................		2.	1.	16.

Produits obtenus par l'analyse avec les acides.

PAR QUINTAL.

	livres.	onces.	gros.	grains.
Terre calcaire........................	57.	4.	5.	24.
Sablon blanc, très-fin, très-divisé, contenant beaucoup de paillettes talcqueuses................	42.	11.	2.	48.
TOTAL des produits terreux...........	100.	»	»	»

Nous observerons ici qu'on trouve dans le banc qui forme le ciel de cette carrière & de la plupart de celles de ce canton, une grande quantité de noyaux de bivalves , de l'espèce de celles qu'on nomme cœurs. Le banc supérieur , quoiqu'à peu près de même nature que les autres, est moins tendre & moins traitable.

Le tuffeau, dans toute cette partie, paroît avoir une grande épaisseur, par exemple, de cent ou de cent vingt pieds, sans compter ce qui s'étend au dessous du niveau de la rivière, & qui est entièrement inconnu.

Nous terminerons ce que nous avons à dire sur les carrières qui sont le long du Cher, en observant qu'elles présentent souvent, sur-tout dans les environs de Montrichard, de grandes fentes perpendiculaires de deux ou trois pieds, qui sont toutes remplies d'une espèce d'argile d'un jaune brun. Le Salpêtrier de Montrichard nous a assuré que les blaireaux faisoient de profonds terriers dans cette glaise, & qu'elle étoit souvent riche en Salpêtre. Ce Salpêtrier pénètre dans ces tanières, en retire la terre le plus avant qu'il peut, & elles produisent par lexiviation jusqu'à une livre & demie de Salpêtre à base terreuse par quintal.

Le même tuffeau se retrouve le long de la Loire depuis Amboise jusqu'à Tours, & dans tous les environs de cette ville.

Nous nous sommes d'abord attachés à observer avec soin les environs de Vernon & de Vouvray, villages situés près de la Loire & à sa rive droite. Tout le côteau & les vallées adjacentes sont composées de tuffeau. Le niveau auquel il commence peut être de cent cinquante à deux cent pieds au dessus du niveau de la Loire. On trouve d'abord, dans le haut, d'assez bonnes terres à bled; dans quelques endroits, elles contiennent des cailloux ou espèces de meulières pleines; ensuite vient la masse de tuffeau qui descend jusqu'au niveau de la rivière de Loire. La pierre, dans le haut, est très-dure, & se salpêtre difficilement; mais lorsqu'on n'est plus qu'à une cinquantaine de pieds du niveau de la Loire, elle devient plus tendre. Nous avons trouvé aux Echenots, près Vouvray, une veine jaunâtre de ce tuffeau, qui étoit remplie de coquilles, & principalement d'huîtres alongées. Il étoit tout pénétré de Salpêtre à base terreuse, & on trouvoit même, dans quelques endroits, du Salpêtre à base alkaline en efflorescence & en plaques. Il y a aux Echenots même un Salpêtrier qui exploite ce tuffeau, & qui en tire, chaque année, une grande quantité de Salpêtre.

En suivant ce côteau jusqu'à Vernon & Chançay, le tuffeau continue, & on trouve en plusieurs endroits des caves & resserres qu'on y a creusées. Dans presque toutes celles qui sont suffisamment aérées, on trouve du Salpêtre à base alkaline en efflorescence : en pénétrant plus avant & dans les endroits où l'air circule avec moins de facilité, on ne trouve plus de Salpêtre à base alkaline, mais seulement du Salpêtre à base terreuse, qui est sensible au goût, & qu'on obtient par lixiviation.

On a pris à Vauzel, paroisse de Vouvray, un échantillon de ce tuffeau, à quatre pouces de profondeur, à l'entrée d'une cave ou resserre, & on en a retiré les produits qui suivent :

Produits salins obtenus par lixiviation.

PAR QUINTAL.

		onces.	gros.	grains.
Sans addition d'alkali.	Terre calcaire........................	»	4.	12.
	Sel marin...........................	1.	4.	56.
	Eau mère.			
Avec addition de 6 onces 0 gros 4 grains d'alkali.	Salpêtre............................	6.	3.	8.
	Sel fébrifuge	»	6.	48.

Terre calcaire, précipitée par l'alkali fixe, 3 onces 1 gros.

TOTAL des produits salins....................	9.	2.	52.

Nous avons trouvé dans ce canton, comme aux Echenots, des veines de tuffeau jaunâtre, qui contiennent beaucoup de débris de coquilles ; on n'en trouve point au contraire dans celui qui est blanc, & il ne contient d'autres corps étrangers que quelques cailloux de la nature de ceux qu'on rencontre dans la craie.

A un quart de lieue au sud-ouest de Chançay, est une ferme nommée le Verger ; on trouve à peu de distance, à la croisière d'un chemin au nord, une veine d'une substance blanche qu'on prendroit pour une craie marneuse. Dans les endroits où elle est à l'abri des injures de l'air, elle a une amertume très-décidée. On trouve une veine de la même substance dans la cour même de la ferme & dans le jardin; cette dernière est encore beaucoup plus amère que la précédente, & nous en avons pris un échantillon pour le lessiver.

Produits salins obtenus par lixiviation de la substance marneuse & sableuse du Verger.

PAR QUINTAL.

	livres.	onces.	gros.	grains.
Sans addition d'alkali. { Eau mère de Salpêtre & de sel marin.				
Avec addition de 3 livres 4 gros 64 grains d'alkali. { Salpêtre....................	2.	3.	»	40.
Sel fébrifuge.................	»	15.	5.	57.
Quantité de terre calcaire, précipitée par l'alkali, 1 livre o onces 7 gros 51 grains.				
TOTAL des produits salins..............	3.	2.	6.	25.

Nous avons soumis ces deux matières à l'analyse par les acides, & nous avons reconnu que, quoique composées l'une & l'autre de terre calcaire & de sable très-fin, elles différoient beaucoup par la proportion de ces deux substances.

Produits obtenus par les acides du premier échantillon pris au Verger.

PAR QUINTAL.

	livres.	onces.	gros.	grains.
Terre calcaire........................	76.	»	5.	24.
Matière douce au toucher, très-fine, espèce de kao-lin, mêlé de paillettes talcqueuses..................	23.	15.	2.	48.
TOTAL............................	100.	»	»	»

Produits obtenus par les acides du second échantillon pris au Verger.

	livres.	onces.	gros.	grains.
Terre calcaire......................	21.	12.	5.	24.
Substance très fine & comme impalpable, tenant cependant de la nature du sablon......................	78.	3.	2.	48.
TOTAL............................	100.	»	»	»

En fuivant de Vouvray pour aller à Tours, le côteau continue à être garni de rochers de tuffeau, & cette pierre s'étend depuis le haut du côteau jufqu'au niveau de la Loire : nous avons eu occafion de nous en affurer à Saint-Georges, dans la maifon de M. Graillet ; cette maifon eft fituée à foixante ou quatre-vingts pieds au deffus du niveau de la Loire ; tout auprès eft une defcente fouterraine très-rapide, qui conduit à une carrière profonde, dont les rues s'étendent fort avant fous la montagne. Le fond de cette carrière eft prefque de niveau avec la Loire, au point que l'eau y pénètre dans les crues de cette rivière ; la pierre eft à peu près de même nature que celle de Bourré ; elle fe laiffe aifément entamer, & l'humidité feule fuffit pour en détacher des particules de fable qui s'amaffent par terre, & il refte en même temps fur la furface de la pierre des efflorefcences calcaires blanches.

Cette pierre contient auffi de la félénite ; car l'eau qui pénètre dans la carrière, en charie, & on en trouve des plaques & même des feuillets très-blancs & très-minces accumulés fur le fol de la carrière.

On y trouve auffi quelques cailloux de la nature de ceux que préfente la craie ; ils font ramifiés & branchus comme du corail ou des bois de cerf ; enfin on y obferve quelques noyaux de coquilles, des cœurs en fubftance, &c. C'eft ainfi qu'on nomme une efpece de grande camme foffile, dont les deux valves réunies préfentent l'apparence d'un cœur de bœuf.

Nous avons remarqué dans cette carrière un filon ou fente perpendiculaire, tout femblable à ceux qu'on trouve dans les carrières des environs de Bleré & de Montrichard ; cette fente avoit à peu près un pied de large, & étoit toute remplie de glaife ; on y avoit ouvert une longue galerie, fans doute pour en tirer de la glaife.

La furface du tuffeau de cette carrière ne préfente aucune apparence de Salpêtre à bafe d'alkali fixe ; les circonftances paroiffoient même peu favorables à la nitrification, attendu qu'il n'y a prefque aucune circulation d'air dans ce fouterrain. Nos expériences nous ont cependant appris, comme on va le

voir,

voir, que même dans la partie la plus profonde, la pierre de la carrière contenoit une petite quantité de Salpêtre.

L'échantillon fur lequel on a opéré, a été pris aux parois de cette carrière, à cinq cents pieds de l'ouverture; il a donné les produits qui fuivent :

Produits falins obtenus par lixiviation du tuffeau de la carrière Saint-George.

PAR QUINTAL.

		onces.	gros.	grains.
Sans addition d'alkali.	Terre calcaire......................	»	1.	69.
	Sélénite............................	»	»	35.
	Sel marin très-amer................	1.	2.	9.
	Salpêtre à bafe alkaline...........	»	1.	22.
	Eau mère.			
Avec addition de 6 gros d'alkali.	Salpêtre...........................	»	4.	62.

Quantité de terre calcaire, précipitée par l'alkali, 1 gros 69 grains.

	onces.	gros.	grains.
TOTAL des produits falins................	2.	2.	52.

Produits obtenus par la diffolution dans les acides.

PAR QUINTAL.

	livres.	onces.	gros.	grains.
Terre calcaire............................	82.	10.	1.	56.
Sable en poudre impalpable................	17.	5.	6.	16.
TOTAL............................	100.	»	»	»

Cet échantillon, comme nous l'avons déjà obfervé, a été pris environ à douze ou quinze pieds du niveau de la rivière de Loire, tout au plus; c'eft le point le plus bas où nous ayons porté nos obfervations dans ce canton.

Le côteau fitué de l'autre côté, c'eft-à-dire, fur la rive gauche de la Loire, préfente à peu près la même nature de terrein.

Celui qui règne derrière Saint-Avertin préfente d'abord dans le haut de gros cailloux ou efpèces de meulières pleines, mêlées dans la terre végétale; enfuite commence la maffe de pierres calcaires ou tuffeau; elle eft quelquefois coupée dans la partie fupérieure par des bancs d'une efpèce d'ocre, ou par du fablon gris & noir. Plus bas, les bancs de pierre font continus,

& ne font plus interrompus jufqu'au niveau de la Loire. On a ouvert dans ce côteau un grand nombre de carrières qui s'étendent fous la montagne; elles font à différens niveaux. La pierre eft à peu près la même dans toutes; elle eft jaunâtre & dure. On y trouve quelques noyaux de coquilles, principalement de vis & de nautilles.

On avoit profité d'une de ces carrières abandonnées à la Roche-Grueau près Saint-Avertin, pour y former une nitrière; les matériaux dont on avoit formé les couches, confiftoient : 1.° dans les déblais de la carrière même, qui font, comme on le verra bientôt, naturellement un peu falpêtrés : 2.° dans des matériaux de démolition leffivés par les Salpêtriers de Tours, & qui avoient été charroyés dans cette carrière : 3.° dans quelques matériaux de démolition non leffivés, tranfportés également de Tours. Toutes ces terres, tous ces décombres étoient difpofés par couches de deux pieds, & la quantité en étoit déjà très-confidérable. Cet établiffement devoit réuffir, s'il eût été bien conduit; mais on ne mêloit dans les couches aucune fubftance fufceptible de fermentation; & des matières abfolument abandonnées à elles-mêmes ne peuvent donner de Salpêtre que très à la longue & en quantité très-médiocre.

Pour connoître fi les matériaux de cette carrière étoient naturellement falpêtrés, on a pénétré fort avant fous la montagne dans des travaux anciens, très-éloignés des couches & où l'on n'avoit point apporté de matériaux falpêtrés; on en a obtenu les produits qui fuivent :

Produits falins obtenus par lixiviation des déblais de la carrière Saint-Avertin, pris à cent vingt pieds de l'ouverture.

PAR QUINTAL.

		onces.	gros.	grains.
Sans addition d'alkali.	Terre calcaire & félénite............	»	2.	56.
	Sel marin amer..................	1.	»	24.
	Salpêtre à bafe alkaline............	»	1.	18.
	Eau mère.			
Avec addition d'une once 7 gros 50 grains d'alkali.	Salpêtre...................	1.	4.	36.
	Sel fébrifuge.................	»	7.	51.
Terre calcaire, précipitée par l'alkali, 1 once 24 grains.				
TOTAL des produits falins................		4.	»	41.

Produits salins obtenus des déblais de la même carrière de Saint-Avertin, à quatre cents pieds de l'ouverture.

PAR QUINTAL.

		onces.	gros.	grains.
Sans addition d'alkali.	Terre calcaire & selénite...........	2.	7.	64.
	Salpêtre..........................	1.	"	64.
	Eau mère dessléchée...............	"	3.	44.
	TOTAL des produits salins..................	4.	4.	28.

Produits obtenus par la dissolution dans les acides d'un échantillon de la pierre de la carrière Saint-Avertin, prise en plein banc.

PAR QUINTAL.

	livres.	onces.	gros.	grains.
Terre calcaire.............................	82.	15.	6.	16.
Sablon fin d'un gris jaunâtre.....................	17.	"	1.	56.
TOTAL.............................	100.	"	"	"

Ce dernier produit est sensiblement le même que celui obtenu du tuffeau de la carrière Saint-George.

Après avoir parcouru les environs de Tours & les principales carrières qui l'avoisinent, nous avons continué à suivre les côteaux qui bordent la Loire jusqu'à Saumur & au delà.

Le chemin de Tours à Vendôme, au sortir du nouveau pont, est ouvert à travers la masse de tuffeau; il est exactement semblable à celui de tout ce canton. La même nature de terrein se continue le long du côteau jusqu'à Luynes. Depuis cet endroit jusqu'à Saint-Mars, le côteau est garni d'habitations souterraines creusées dans le tuffeau; le Salpêtre, principalement à base terreuse, y abonde de toutes parts. Nous nous sommes contentés de goûter les terres & les pierres; leur amertume nous a fait connoître qu'elles contenoient de l'eau mère, & nous avons trouvé le Salpêtre à base alkaline en efflorescences, ou en plaques en beaucoup d'endroits.

Un Salpêtrier qui étoit établi à Luynes, avoit profité de cette disposition pour former dans la montagne même un bel atelier à Salpêtre; on remarquoit dans l'endroit où il s'étoit établi, trois rangs ou étages de caves ou carrières qui étoient féparées les unes des autres par un lit de tuffeau, contenant des cailloux & des noyaux de cœurs fossiles.

Un échantillon de tuffeau, pris dans la cave ou carrière intermédiaire, s'est trouvé contenir par quintal :

	livres.	onces.	gros.	grains.
Terre calcaire..	77.	15.	1.	56.
Sablon fin..	22.	»	6.	16.
TOTAL................................	100.	»	»	»

La cave ou carrière inférieure est située à soixante pieds environ au dessus du niveau de la Loire ; elle étoit ouverte dans un tuffeau fort tendre, très-propre à se salpêtrer, & on y voyoit même du Salpêtre à base alkali fixe en plaques. Le tuffeau de cette carrière inférieure, analysé par la dissolution dans les acides, s'est trouvé contenir par quintal :

	livres.	onces.
Terre calcaire..	79.	11.
Sablon fin mêlé de mica.............................	20.	5.
TOTAL................................	100.	»

On trouve à l'entrée de Langeais quelques habitations creusées dans le tuffeau ; mais, à cela près, les côteaux des environs sont en pente douce, le tuffeau n'est à découvert presque nulle part, & il n'y a ni fouilles ni carrières ouvertes. Lorsqu'on est arrivé près de Saint-Patrice, la grande route qui suit le bord de la rivière s'éloigne du côteau, & on entre dans une plaine basse, peu élevée au dessus du niveau de la Loire, qui est toute remplie de quartz, de silex, de granits roulés par cette rivière ; cette vaste plaine se continue, le long de la rive droite de la Loire, jusqu'à cinq à six lieues au dessous de Saumur.

Le grand éloignement des côteaux, le long de la rive droite de la Loire, nous a naturellement engagés à porter nos observations sur les côteaux situés le long de la rive gauche. La Loire les serre de fort près de ce côté, aussi sont-ils très-escarpés ; le tuffeau y est fréquemment à découvert, & on y a ouvert un grand nombre de carrières.

Le château de Saumur est bâti lui-même sur un côteau de tuffeau de cent vingt à cent cinquante pieds de hauteur; on y a creusé des caves en plusieurs endroits.

En suivant la côte, en descendant la Loire, on trouve, à trois quarts de lieue environ de Saumur, à un endroit nommé Pigereau, de grandes carrières de tuffeau, mais qui donnent peu d'apparence de Salpêtre; on y trouve plusieurs belles sources, dont l'une dépose des incrustations spatheuses calcaires.

Une demi-lieue plus loin, à Mineroles, on trouve des habitations creusées dans un tuffeau blanc; indépendamment de l'eau mère dont le tuffeau est pénétré, on y voit presque par-tout du Salpêtre à base d'alkali fixe en efflorescences & plaques.

Plus loin, à deux lieues au dessous de Saumur, se trouvent le village des Tuffeaux & les carrières de même nom : on ignore si c'est le village qui a donné le nom à la pierre, ou la pierre au village.

Les carrières sont en grand nombre, & on en trouve une suite qui sont ouvertes le long du côteau, un quart de lieue avant & un quart de lieue après la paroisse des Tuffeaux; elles s'étendent très-avant sous la montagne. C'est de là que se tire une grande partie des pierres qu'on emploie à bâtir à Angers & à Nantes; on les exploite par blocs de dix-huit pouces de longueur, sur huit, neuf & dix sur chacune des autres faces : ces blocs ainsi taillés se nomment tuffeaux.

Ceux qui sont tirés à une grande distance sous la montagne, sont d'un gris cendré, ardoisé, sur-tout lorsqu'ils sortent de la carrière & qu'ils sont humides; mais ils deviennent presque blancs en séchant. Cette couleur grise ou plutôt bleuâtre est due à une petite portion de schit ardoisé très-fin qu'ils contiennent; en sorte que ces tuffeaux sont composés d'environ trois quarts de terre calcaire, d'un quart de sablon & d'une petite portion de schit. Cette circonstance de contenir du schit est commune à presque toutes les pierres calcaires qui avoisinent les montagnes de schit; & c'est un motif de plus pour croire que si on creusoit plus avant on trouveroit le fchit ardoifé, ou peut-être l'ardoife elle-même au deffous des bancs calcaires de ce canton.

Nous avons pénétré dans une de ces carrières, environ à trois mille pieds fous la montagne ; la pierre n'y étoit pas diftinguée par bancs, elle ne formoit qu'une feule maffe, dont on détachoit des blocs en les cernant tout autour avec des pics, & en les faifant partir avec des coins de bois ; on les débite enfuite en tuffeau, ou en pierres plus ou moins fortes, & qui portent toutes un nom particulier, fuivant leurs dimenfions.

Cette pierre eft en général fableufe & tendre, d'un grain uniforme : il n'eft pas fans exemple d'y trouver quelques corps marins ; mais ils font rares. On y trouve quelquefois du bois pourri, & le hafard nous y en a fait rencontrer un morceau. Quelquefois on obferve dans l'intérieur de la maffe des rognons d'une pierre plus dure ; mais qui cependant eft à peu près de même nature.

On tranfporte les tuffeaux, du fond de la carrière à l'entrée, fur des traîneaux conduits par des bœufs ; ils fe vendent 9 liv. le cent. Ces pierres ne contiennent point de Salpêtre dans le fond de la carrière, à moins que ce ne foit dans des travaux très–anciennement abandonnés ; mais ils ont une grande difpofition à s'en pénétrer.

La tour de Trèves, qui eft à une demi-lieue au delà des tuffeaux, eft fondée fur une butte de tuffeau blanc qui eft falpêtré dans tous les endroits où il eft abrité de la pluie. L'échantillon que nous avons pris & que nous avons leffivé, nous a donné les produits qui fuivent :

Produits falins obtenus du tuffeau fur lequel eft bâtie la tour de Trèves.

PAR QUINTAL.

		livres.	onces.	gros.	grains.
Sans addition d'alkali.	Salpêtre........................	»	»	2.	56.
	Sel marin......................	»	1.	6.	58.
	Eau mère				
Avec addition de....	Salpêtre......................	1.	4.	5.	20.
	Sel fébrifuge de Silvius........	»	3.	5.	12.
TOTAL des produits falins...............		1.	10.	4.	2.

Il y a dans cette même paroiſſe de Trèves pluſieurs caves ou habitations creuſées dans le tuffeau : on y trouve preſque par-tout des apparences de Salpêtre, même à baſe d'alkali fixe.

Le haut de ce côteau, au deſſus des tuffeaux, eſt compoſé d'un ſable talcqueux qui contient des bancs de grès horizontaux: on trouve de ces mêmes blocs de grès répandus le long de la côte, entre Trèves & Saint-Hilaire.

Une carrière abandonnée près de Trèves, dans un endroit qu'on nomme Barbacanne, nous a donné lieu de faire une obſervation d'un autre genre; elle étoit peu profonde, très-aérée, & toutes ſes parois étoient tapiſſées d'une grande quantité d'effloreſcences ſalines que nous avons ramaſſées, & qui par l'examen ſe ſont trouvées être de l'alkali fixe minéral très-pur, à peu près ſaturé d'air fixe.

Entre les Tuffeaux & Mineroles, plus près de ce dernier endroit, nous avons trouvé une autre petite coupe faite dans le tuffeau, qui étoit pareillement couverte d'effloreſcences, ou plutôt de plaques d'alkali fixe minéral.

On a déjà annoncé que le château de Saumur étoit bâti ſur un côteau de tuffeau blanc; la même nature de terrein ſe continue en remontant la Loire à Dampierre, Souzé, Parnay, Turquan, Caudes & Montſoreau : c'eſt en ce dernier endroit que la Vienne ſe jette dans la Loire; & en remontant cette rivière juſqu'à Chinon, & beaucoup par delà, on continue à trouver le même tuffeau.

Tout le côteau, au moins depuis Saumur juſqu'à Montſoreau, paroît compoſé comme il ſuit : On trouve d'abord dans le haut une eſpèce de ſilex plein & fort dur, c'eſt une eſpèce de meulière pleine; ces cailloux repoſent ſur un banc de huit à dix pieds d'un tuffeau ſableux, ſans conſiſtance, qui contient des pierres mamelonnées ſableuſes & calcaires, & ſouvent des coquilles foſſiles de différentes eſpèces. Ce tuffeau paroît compoſé de ſable plus fin en général que celui de la maſſe inférieure; les corps marins qu'on y trouve ſont principalement des pointes d'ourſins, des vis, &c. Ce banc eſt ſuivi d'un banc de pierre coquillière poreuſe fort dure, dans laquelle, entre autres corps fossiles, on trouve des oursins; enfin viennent les bancs de vrai tuffeau blanc, qui ont environ cent vingt pieds d'épaisseur jusqu'au niveau de la Loire. C'est entre Parnay & Turquan que nous avons été à portée de mieux observer ces dispositions. Après avoir donné une vue générale de la disposition des bancs, nous passons aux détails, & principalement à ceux qui concernent la production du Salpêtre.

On trouve à Dampierre, au fond du jardin de M. l'Evêque de Varennes, à trente pieds au dessus du niveau de la maison, & à quatre-vingt pieds de celui de la Loire, d'anciennes carrières qui s'étendent fort avant sous la montagne; le tuffeau en est plus sableux que celui des environs de Saumur; aussi se décompose-t-il aisément à l'air, le sable tombe, & il reste sur la face des rochers une efflorescence calcaire qui est communément salpêtrée, sur-tout dans le bas.

Ayant fait ramasser des déblais de cette carrière, & les ayant lessivés, nous avons reconnu qu'ils contenoient:

PAR QUINTAL.

		onces.	gros.	grains.
Sans addition d'alkali.	Sélénite	»	2.	156.
	Matière extractive	»	7.	29.
	Eau mère.			
Avec addition de 7 onces 7 gros 19 grains d'alkali.	Salpêtre imprégné d'eau mère & de matières extractives	5.	7.	27.
	Sel fébrifuge de Silvius	1.	3.	8.
	Sel fébrifuge imprégné de matières extractives	1.	»	35.

Terre calcaire, précipitée par l'alkali fixe, 4 onces 0 gros 48 grains.

	onces.	gros.	grains.
TOTAL du produit salin	9.	5.	11.

Derrière & attenant la maison de M. l'Evêque, on trouve d'autres carrières ouvertes dans le tuffeau, environ vingt-cinq pieds au dessous du niveau des précédentes; la pierre y est blanche & sableuse, les bancs ont jusqu'à trois pieds d'épaisseur, ils ne contiennent point de cailloux. On y trouve quelques vestiges de Salpêtre en aiguilles; mais beaucoup d'indices de Salpêtre à base terreuse.

Il y a à Souzé un Salpêtrier qui fait quatre ou cinq milliers
de

de Salpêtre ; il emploie principalement des matériaux de démolitions, & fait peu d'usage des ressources que lui présente le grand nombre de carrières abandonnées de ce canton. Nous avons entrevu que le véritable obstacle tenoit à ce que presque tout le Salpêtre de ces carrières est à base terreuse, & qu'il faudroit une très-grande quantité d'alkali pour le décomposer. Les Salpêtriers, à l'époque de notre voyage, n'employoient que des cendres, & l'usage de la potasse leur étoit entièrement inconnu : or il auroit fallu des volumes énormes de cendres pour décomposer du Salpêtre purement à base terreuse, & la dépense en cendres auroit absorbé le bénéfice, d'autant plus qu'en lessivant la terre & la cendre ensemble, une partie de l'eau salpêtrée seroit restée dans la cendre. L'usage de la potasse que nous avons introduit dans la fabrication du Salpêtre, levera cet obstacle, sur-tout lorsque cet alkali, dont le prix a considérablement augmenté pendant la guerre, aura repris son niveau. Cette circonstance, jointe à l'augmentation de prix accordé par le Roi, mettra avec le temps en activité toutes les ressources de la province, & l'on peut juger déjà combien elles sont considérables.

Nous avons pris dans le haut du côteau de Turquan un échantillon du tuffeau sableux jaunâtre, qui contient des coquilles fossiles ; ce tuffeau, analysé par la dissolution dans les acides, s'est trouvé contenir :

	livres.	onces.	gros.	grains.
Terre calcaire...........................	70.	13.	2.	48.
Sablon jaunâtre très-fin, contenant des paillettes talqueuses.	29.	2.	5.	24.
TOTAL............................	100.	»	»	»

La masse de tuffeau qui est au dessous a été anciennement fouillée profondément en cet endroit, pour y tirer de la pierre. On exploite même encore une carrière qui s'étend jusqu'à une demi-lieue, horizontalement sous la montagne ; elle est ouverte à quatre-vingts pieds environ au dessus du niveau de la Loire ; la pierre en est blanche, sableuse, & fort mêlée

F fff

de paillettes talcqueuses. En ayant analysé un échantillon par les acides, elle s'est trouvée composée ainsi qu'il suit :

PAR QUINTAL.

	livres.	onces.	gros.	grains.
Terre calcaire..	52.	1.	2.	48.
Sable, blanc un peu grisâtre très-fin.................	47.	4.	5.	24.
TOTAL............................	100.	»	»	»

Les environs de Parnay présentent également un grand nombre de carrières abandonnées, qui sont loin de toute habitation; elles sont ouvertes à cent pieds au dessus du niveau de la Loire. On trouve fréquemment dans ces carrières des efflorescences calcaires appelées *lac lunæ* ; la dissolution de cette substance dans les acides nous a fait connoître qu'elle étoit une terre calcaire presque pure, & la lixiviation nous a appris qu'elle contenoit du Salpêtre à base terreuse. Toutes les parties de ces carrières en sont pénétrées ; mais on n'en obtient du Salpêtre proprement dit, qu'avec l'addition de l'alkali ; la quantité en varie entre huit onces & une livre par quintal, indépendamment d'une petite portion de sel marin végétal & minéral.

Au dessus de la masse de tuffeau on retrouve comme à Dampierre le tuffeau sableux coquillier, & ce tuffeau, pris dans les endroits abrités de la pluie & exposés à l'air, est lui-même salpêtré. Nous en avons lessivé, & nous avons obtenu les produits qui suivent :

Produits salins obtenus du tuffeau coquillier du haut du côteau de Parnay.

PAR QUINTAL.

		onces.	gros.	grains.
Sans addition d'alkali.	{ Sélénite.......................	3.	6.	27.
	Sel marin......................	4.	2.	36.
	Eau mère.			
Avec addition d'alkali.	{ Salpêtre.......................	»	4.	62.
	Sel fébrifuge dont les dernières portions étoient imprégnées de matières extractives..................	4.	2.	2.
Terre calcaire, précipitée par l'alkali, 1 once 6 gros 54 grains.				
TOTAL des produits salins.................	12.	7.	55.

Quoique cette quantité de Salpêtre soit très-petite, elle prouve cependant que ce côteau, même dans le haut, & à une grande distance des lieux habités; n'en est point exempt.

Il paroît qu'on faisoit très-anciennement du Salpêtre dans cet endroit; & c'est une tradition du pays, qu'il y en avoit des fabriques établies avant l'invention de la poudre à canon.

Il y a à Turquan un Salpêtrier qui a établi son atelier dans des carrières abandonnées; les parois en sont presque par-tout couvertes de plaques de Salpêtre à base d'alkali fixe; indépendamment du Salpêtre à base terreuse, dont le tuffeau lui-même est pénétré. On pourra fabriquer dans cet atelier des quantités de Salpêtre, pour ainsi dire, illimitées, dès que le Salpêtrier pourra s'approvisionner de potasse à bas prix.

Au bas du côteau où est établi l'atelier du Salpêtrier de Turquan, on voyoit une coupe où le tuffeau étoit à découvert; il étoit tout couvert d'efflorescences d'alkali minéral, dont nous avons ramassé plusieurs onces avec les barbes d'une plume. Nous avions aussi pris un échantillon du tuffeau, & nous l'avions lessivé; mais un accident arrivé à la terrine qui contenoit la liqueur concentrée, nous a empêchés de suivre notre expérience. Il paroît que c'est dans le bas du côteau que se trouve toujours l'alkali minéral, & c'est une présomption pour croire qu'il provient de matières qui sont dans la couche inférieure sur laquelle repose le tuffeau.

A Caudes, nous avons quitté les bords de la Loire & suivi ceux de la Vienne; nous avons trouvé le long des côteaux les indices du même tuffeau, & nous nous sommes assurés qu'il s'étendoit fort au delà de Chinon. A l'égard de la vallée où coule la Vienne, elle présente des cailloux roulés de quarts & de granits, qui annoncent que cette rivière vient d'un pays où ces pierres sont communes; & on sait en effet qu'une partie du Limosin, où cette rivière prend sa source, est composée de granits.

Nous avons été à portée d'examiner, dans quelques détails, la nature du terrein situé entre Parilly & la Roche, à une lieue de Chinon au sud-ouest. La plaine haute, qui est entre ces deux endroits, eft ftérile & inculte; la terre en eft légère, & compofée d'un fable fin qui contient une grande quantité de cailloux fort durs, les uns d'un affez beau rouge, les autres tenant le milieu entre la meulière pleine & le grès dur. Beaucoup de ces cailloux font compofés de morceaux anguleux, non roulés, liés & réunis entre eux. Au deffous de cette terre légère & de ces cailloux, eft une couche de fable affez épaiffe, & enfuite le tuffeau blanc; même dans les endroits éloignés des habitations, il préfente quelques indices de Salpêtre à bafe terreufe.

Le hameau nommé le côteau de Reuffé, paroiffe de la Roche, eft fitué vers le haut de la côte oppofée à Parilly, à peu près au niveau où finit le fable & où commence le tuffeau. Il y a dans ce hameau beaucoup de caves creufées dans le tuffeau, qui eft toujours blanc & fableux; la plupart de ces caves ou carrières, fur-tout celles qui font abandonnées, préfentent, outre la grande quantité de nitre à bafe terreufe dont elles font pénétrées, du Salpêtre alkalin criftallifé en plaques.

Nous avons pris des échantillons de ce tuffeau dans deux de ces caves ou carrières, & nous avons eu les réfultats qui fuivent :

Produits falins obtenus par lixiviation du tuffeau pris dans une cave ou carrière peu profonde, abandonnée & autrefois habitée, au côteau de Reuffé, paroiffe de la Roche.

PAR QUINTAL.

		livres.	onces.	gros.	grains.
Sans addition d'alkali. { Sélénite....................	»	»	3.	51.
Eau mère.				
Avec addition de 2 livres 3 gros 1 grain d'alkali. { Salpêtre pur.................	2.	8.	2.	16.
Salpêtre imprégné d'eau mère...	»	4.	2.	19.

Quantité de terre calcaire, précipitée par l'alkali, 1 livre 2 onces 1 gros 3 grains.

TOTAL des produits falins............... 2. 15. » 14.

Produits falins du tuffeau, pris dans une autre cave ou carrière peu profonde, à la furface de laquelle il y avoit une grande abondance de Salpêtre criftallifé en plaques, au hameau nommé le côteau de Reuffé.

PAR QUINTAL.

		livres.	onces.	gros.	grains.
Sans addition d'alkali.	{ Sélénite	»	1.	»	24.
	{ Eau mère.				
Avec addition d'alkali.	{ Salpêtre pur...............	2.	10.	7.	24.
	{ Sel fébrifuge un peu jaunâtre....	»	5.	6.	48.
Quantité de terre calcaire précipitée, 2 livres 7 onces 2 gros 32 grains.					
TOTAL des produits falins............		3.	1.	6.	24.

En tournant ce côteau pour revenir à Chinon, on trouve près d'un hameau nommé le Bas-Paye, derrière des maifons, plufieurs carrières abandonnées, ouvertes dans le tuffeau, à un niveau beaucoup plus bas que celui des caves du côteau de Reuffé. Le haut de ces carrières préfente un tuffeau blanc fableux; mais le bas eft compofé d'un tuffeau gris beaucoup plus doux au toucher : cette dernière efpèce de tuffeau eft prodigieufement imprégnée d'eau mère.

Nous avons encore été à portée d'examiner le même tuffeau fableux au château de Bertignolles, paroiffe de Sazilly, appartenant à M. le Marquis Turgot; ce tuffeau eft en apparence à peu près de même nature que celui des côteaux de Dampierre, Parnay & Turquan. Nous l'avons foumis aux mêmes expériences, & nous avons obtenu les réfultats qui fuivent :

Produits falins obtenus du tuffeau d'une excavation faite derrière le château de Bertignolles.

PAR QUINTAL.

		livres.	onces.	gros.	grains.
Sans addition d'alkali.	{ Sélénite...................	»	1.	»	50.
	{ Sel matin.................	»	»	3.	28.
	{ Eau mère.				
Avec addition d'une livre 13 onces 3 gros 36 grains d'alkali.	{ Sel fébrifuge...............	1.	15.	1.	2.
Quantité de terre calcaire, précipitée par l'alkali, 1 livre 3 onces 4 gros 38 grains.					
TOTAL des produits falins............		2.	»	4.	8.

Ce tuffeau, analyfé par les acides, a donné :

PAR QUINTAL.

	livres.	onces.	gros.	grains.
Terre calcaire...	61.	12.	7.	8.
Sablon...	38.	3.	»	64.
TOTAL..	100.	»	»	»

Il y a plufieurs caves & carrières peu profondes, dépen-dantes du château de Bertignolles, creufées dans ce même tuffeau; par-tout il eft très-amer & pénétré d'eau mère, mais de fel marin feulement.

En montant vers le midi, à un bon quart de lieue de Bertignolles, fe trouve un champ qu'on nomme Champrouy; il y a très-peu de terre végétale, & au deffous fe trouve le tuffeau blanc. Au milieu de ce champ, on remarquoit dans une excavation peu profonde, des veines d'une terre jaunâtre qui fe trouvoit par bancs horizontaux mêlés avec le tuffeau; elle avoit un goût marqué. Nous avons pris un échantillon, tant de cette terre que du tuffeau qu'elle accompagnoit, & ayant leffivé féparément, nous avons eu les produits qui fuivent :

Produits falins contenus dans le tuffeau du Champrouy, près Bertignolles.

PAR QUINTAL.

		onces.	gros.	grains.
Sans addition d'alkali.	Terre calcaire & félénite...........	»	3.	2.
	Sel marin.........................	»	6.	24.
	Eau mère defféchée, partie nitreufe, partie marine....................	2.	2.	12.
	TOTAL des produits falins...............	3.	3.	38.

Produits falins de la veine glaifeufe du Champrouy, près Bertignolles.

PAR QUINTAL.

		onces.	gros.	grains.
Sans addition d'alkali.	Terre calcaire jaunâtre...........	1.	1.	18.
	Sélénite.........................	»	2.	56.
	Eau mère defféchée, qui s'eft trouvée principalement nitreufe,.........	6.	7.	40.
	TOTAL des produits falins.................	8.	3.	42.

Comme on n'a point traité cette eau mère par l'alkali fixe, pour en tirer du sel fébrifuge & du Salpêtre, & qu'on n'a déterminé sa nature que par celle des vapeurs qu'on en dégageoit par l'huile de vitriol, ces deux expériences ne sont pas aussi sûres que les autres.

Le château de Chinon est bâti sur une butte ou côteau peu élevé, composé de tuffeau argileux. Il contient, d'après les expériences faites par la dissolution dans les acides :

PAR QUINTAL.

	livres.	onces.	gros.	grains.
Terre calcaire.............................	24.	13.	1.	56.
Terre jaune ocreuse mêlée de parties sableuses.........	75.	2.	6.	16.
TOTAL.............................	100.	ʺ	ʺ	ʺ

On a été curieux de voir si la nature argileuse du tuffeau tenoit à la différence des niveaux; en conséquence on en a pris deux échantillons dans un côteau, à un quart de lieue au dessous de Chinon, l'un à cinquante pieds au dessous du niveau de la Vienne, l'autre à vingt-cinq pieds seulement, & voici les résultats :

Produits obtenus par l'analyse avec les acides du tuffeau, pris à cinquante pieds du niveau de la Vienne, à un quart de lieue au dessous de Chinon.

PAR QUINTAL

	livres.	onces.	gros.	grains.
Terre calcaire.............................	70.	13.	2.	48.
Sablon très-fin avec paillettes calqueuses.............	29.	2.	5.	24.
TOTAL du produit....................	100.	ʺ	ʺ	ʺ

Produits obtenus par l'analyse avec les acides du tuffeau, pris à vingt-cinq pieds du niveau de la Vienne, à un quart de lieue au dessous de Chinon.

PAR QUINTAL.

	livres.	onces.
Terre calcaire.............................	81.	2.
Terre jaunâtre argileuse, sablonneuse & ferrugineuse...........	18.	14.
TOTAL.............................	100.	ʺ

D'où nous avons conclu que le tuffeau, au deſſous d'un certain niveau & en s'approchant dé celui de la rivière de Vienne, changeoit de nature; qu'au lieu d'être un mélange de terre calcaire & de ſable, il devenoit argileux & ferrugineux.

De Chinon nous avons quitté la rivière de Vienne pour aller à Richelieu, & ce n'eſt qu'à Châtellerault que nous avons retrouvé cette rivière. Dans tout cet intervalle la nature du terrein eſt la même que dans les environs de Chinon. On obſerve dans le haut des côteaux, du ſable avec grès & cailloux rougeâtres qui tiennent de la meulière pleine; lorſqu'enſuite on a deſcendu environ un quart ou un tiers, à compter du haut juſqu'au fond des vallées, on retrouve le tuffeau blanc. Il arrive quelquefois de trouver du ſable, même dans le bas des côteaux; mais il paroît alors évidemment être éboulé d'en haut, ou avoir été charié par les eaux. Les vallées, au ſurplus, qu'on traverſe depuis Chinon juſqu'à Richelieu, & depuis Richelieu juſqu'à Châtellerault, étant moins profondes que celle de la rivière de Vienne, les obſervations minéralogiques y ſont moins intéreſſantes; les tuffeaux s'y indiquent plutôt qu'ils ne s'y montrent; ils ſont rarement découverts, & on n'en trouve pas de ſalpêtrés.

On obſerve cette même diſpoſition, c'eſt-à-dire, le ſable dans le haut des côteaux, & le tuffeau au deſſous, en ſortant de Châtellerault par le chemin de la Guerche, & notamment à la Chapélle. Le haut des bancs de tuffeau en cet endroit eſt de plus de deux cent vingt à deux cent quarante pieds au deſſus du niveau de la Vienne. Les côteaux ſableux s'apperçoivent enſuite à quelques diſtances, & ils ont environ quatre-vingts pieds de hauteur au deſſus du niveau des bancs de tuffeaux; ainſi la hauteur des lieux les plus élevés de ce canton peut être évaluée au moins à trois cents pieds par rapport à la Vienne.

Dans les endroits où le ſable manque, le tuffeau eſt recouvert de quartz blancs, roulés, mêlés avec une terre végétale ſableuſe.

On voyoit à quelque diſtance du hameau de la Chapelle, près d'une maiſon, une carrière ouverte dans le tuffeau; elle

va

va en s'enfonçant fous la montagne par une pente douce. L'ouverture de cette carrière préfentoit des plaques de Salpêtre à bafe alkaline. En s'enfonçant davantage, le Salpêtre difparoiffoit; mais les parois de la carrière avoient encore quelque goût.

On a pris un échantillon de tuffeau de cette carrière à l'entrée; on l'a leffivé à chaud comme à l'ordinaire, & l'ayant mis en évaporation, on a remarqué une odeur de foie de foufre très-fenfible.

Produits falins obtenus du tuffeau de la carrière de la Chapelle près Chatellerault.

PAR QUINTAL.

			livres.	onces.	gros.	grains.
Sans addition d'alkali.	Terre calcaire................	»	2.	4.	27.
	Sélénite....................	»	1.	1.	18.
	Sel marin..................	»	4.	6.	64.
	Eau mère				
Avec addition de 11 onces 4 gros 43 grains d'alkali.	Sel fébrifuge...............	»	6.	7.	40.
	Sel particulier qui fe bourfoufle fur les charbons...........	»	6.	7.	40.
TOTAL des produits falins............		1.	6.	3.	45.

En fuivant la plaine, au deffus de la Chapelle, vers le Levant, on trouve un hameau qu'on nomme le Petit-pot: à un demi-quart de lieue, au milieu des bruyères, eft une excavation de douze pieds de profondeur, formée dans une terre blanche. A un des bouts de cette excavation, qui eft ouverte en plein air, fe trouve un trou de trois pieds de diamètre, qui donne entrée dans une efpèce de carrière; d'abord elle s'enfonce par une pente affez rapide, à quinze pieds de profondeur. La pierre ou terre, dans cette partie, eft affez dure, & ne préfente aucune apparence de Salpêtre; elle devient plus tendre à mefure qu'on avance, & elle eft de plus en plus falpêtrée jufqu'au fond de la carrière, qui a quatre-vingts pieds de profondeur horizontale. Nous avions d'abord penfé que cette pierre étoit du tuffeau; mais fon examen par les acides

G ggg

nous a détrompés. Nous en avons pris deux échantillons, l'un dans la première excavation en plein air, l'autre au fond de la carrière, c'est-à-dire, à foixante-quinze pieds de l'ouverture, & ayant verfé deffus de l'acide nitreux, il ne s'eft fait aucune efflorefcence. En examinant cette matière avec plus d'attention, nous avons reconnu que c'étoit une efpèce de fablon très-fin, mêlé de paillettes talcqueufes ; elle a, au premier coup-d'œil, quelque rapport avec le kao-lin ; mais elle en diffère en ce qu'elle eft rude au toucher, tandis que le kao-lin eft doux. Cette terre ou fable eft précifément le même qui fe trouve mêlé avec la terre calcaire dans le tuffeau ; mais ce qui nous a le plus furpris, c'eft de trouver cette terre très-falpêtrée.

Produits falins obtenus d'une efpèce de fablon fin talcqueux, de la fouille ouverte près le Petit-pot, pris à foixante-quinze pieds de l'ouverture.

PAR QUINTAL.

		livres.	onces.	gros.	grains.
Sans addition d'alkali. {	Sélénite & terre calcaire.......	»	1.	3.	8.
	Eau mère.				
Avec addition d'une livre 6 gros 48 grains d'alkali. {	Salpêtre..........................	1.	1.	4.	21.

Voilà donc du Salpêtre qui fe forme en abondance dans une matière qui n'eft nullement calcaire, d'où il fembleroit réfulter que les terres ne contribuent que mécaniquement à la formation du Salpêtre ; & en effet, il s'en forme dans la craie, qui eft la terre calcaire pure, dans le fablon très-fin qui ne contient point de terre calcaire ; enfin dans le tuffeau, qui eft le mélange de l'un & de l'autre.

La vallée de Chatellerault, dans le bas, préfente des granites & des quartz roulés par la rivière. Il s'en trouve fouvent de gros morceaux, & prefque toutes les bornes de la ville font compofées de ces pierres.

En allant de Chatellerault à Poitiers, on traverfe la partie basse de la forêt de Chatellerault ; elle est principalement composée de grève & de dépôts de rivière. Ce n'est qu'une demi-lieue par-delà Nintré qu'on retrouve les côteaux ; ils sont toujours du même tuffeau qu'aux environs de Chatellerault, & on les suit à Jaulnais, Chasseneuil & Grand-Pont, hameaux situés à l'endroit où la petite rivière de Vaudeloigne se jette dans le Clain. On voit encore du tuffeau dans une coupe faite le long du chemin de l'autre côté de cette rivière ; mais le terrein change tout à coup à cette même coupe, & il est remplacé par un amas de pierres calcaires roulées très-menues, qui forment une espèce de grève, semblable à celles que roulent quelques rivières, mais dont les différentes parties ont quelques liaisons entre elles. Un peu plus loin, cette grève qui sert, à proprement parler, de transition entre le tuffeau & la pierre dure, disparoît, & on voit à sa place & au même niveau, une suite de rochers de pierre dure de cinquante à soixante pieds de hauteur, coupés à pic, qui bordent le Clain jusqu'à Poitiers. Ces pierres sont purement calcaires & se dissolvent presque complettement dans les acides ; elles laissent seulement un résidu d'une livre environ par quintal d'une espèce de terre bolaire.

Quoique la ville de Poitiers ne soit pas dans des circonstances favorables à la formation du Salpêtre, parce qu'elle est presque entièrement bâtie avec la pierre dure qui se trouve dans ses environs, cette pierre cependant se salpêtre à la longue. D'ailleurs, les ceintres des portes & le tour des fenêtres sont formés d'une pierre plus tendre qui se salpêtre plus aisément.

On trouve dans cette ville les vestiges d'un ancien cirque ou amphithéatre ovale, construit en menues pierres calcaires, liées par du mortier qui est très-pénétré d'eau mère, de Salpêtre & de sel marin. A compter de l'endroit où la pierre calcaire commence à devenir dure, les carrières ne présentent plus aucune apparence de Salpêtre.

En sortant de Poitiers par la route d'Angoulême, on quitte la vallée du Clain, & on monte dans les plaines ; elles sont de

cent cinquante pieds environ au deſſus du niveau du Clain
à Poitiers. On y trouve une terre végétale aſſez fertile; au
deſſous des pierres calcaires de groſſeur médiocre , & à
meſure qu'on deſcend plus profondément , de la pierre
de taille. Ces bancs de pierre de taille s'obſervent dans toutes
les vallées , & notamment le long du Clain , depuis Poitiers
juſqu'à Vivonne & au deſſus.

Ayant pris un échantillon de cette pierre à peu de diſtance
de Vivonne ſur le Clain , elle nous a donné , par l'analyſe avec
les acides :

	livres.	onces.	gros.	grains.
Terre calcaire....................................	98.	4.	1.	56.
Terre bolaire.....................................	1.	11.	6.	16.
TOTAL..............................	100.	»	»	»

Cette pierre eſt dure , & d'un grain ſerré ſpathique ; elle
eſt coupée en des endroits par des bancs de ſilex.

La même nature de pierre ſe trouve le long des côteaux
qui bordent la Dive , & nous en avons pris un échantillon
un quart de lieue avant le Couché. Cette pierre eſt blanche
& dure; on en fait des auges , des bornes & autres ouvrages
de cette nature; analyſée par les acides , elle nous a donné :

	livres.	onces.
Terre calcaire.....................................	98.	12.
Terre bolaire.....................................	1.	4.
TOTAL.................................	100.	»

Un quart de lieue avant Chaunay , la pierre calcaire change
de forme , ſans changer beaucoup de nature. Elle ſe préſente
à la ſurface en feuillets minces comme du ſchit; au deſſous
on trouve des pierres plates calcaires d'un pouce d'épaiſſeur,
& dont on peut tirer des morceaux aſſez grands; ſans doute
en creuſant plus profondément, on trouveroit de la pierre de
taille.

Lorſqu'on eſt près d'entrer en Angoumois, le terrein s'élève
inſenſiblement , & on monte ſur un vaſte plateau, élevé de

cent cinquante pieds environ au deſſus du niveau des plaines du Poitou. Ce plateau, qui comprend la forêt de Ruffec & une grande étendue de terrein adjacent, eſt compoſé d'une terre rouge graſſe, mêlée de pierres calcaires. La couche de cette terre eſt très-épaiſſe ; on y tire, à douze ou quinze pieds de profondeur, principalement dans la forêt de Ruffec, de la mine de fer.

En deſcendant enſuite à Ruffec, on retrouve la pierre calcaire ſemblable à celle des bords de la Dive & du Clain, d'abord en menues pierrailles, enſuite en pierres de taille. Il paroît que tous les côteaux de l'Angoumois & de la Saintonge ſont compoſés d'une pierre à peu près ſemblable ; quelquefois elle eſt dure & ſpathique ; & c'eſt ce qu'on obſerve dans une carrière de pierre à meule, ſituée entre Angoulême & le moulin de Montbron. Cette pierre, analyſée par les acides, a donné :

	livres.	onces.
Terre calcaire...	98.	12.
Terre argileuſe ou bolaire...............................	1.	4.
TOTAL....................................	100.	»

L'expérience précédente a été faite ſur un des premiers bancs de la carrière ; ayant fait la même expérience ſur la pierre du ſecond banc, nous avons obtenu :

	livres.	onces.
Terre calcaire...	99.	8.
Terre bolaire ocreuſe......................................	»	8.
TOTAL....................................	100.	»

Cette pierre ſe trouve le long des côteaux, à une certaine élévation au deſſus de la Charente ; mais il paroît qu'en creuſant plus profondément, & à un niveau plus bas, on trouve une eſpèce de tuffeau, mais plus dur que celui de Touraine ; en effet, en allant du fauxbourg de l'Houmeau, dépendant de la ville d'Angoulême, à la forerie de canons, qui en eſt peu éloignée, nous avons trouvé une pierre bleuâtre qui paroît compofer le pied des côteaux ; elle contenoit :

	livres.	onces.	gros.	grains.
Terre calcaire......................................	62.	5.	1.	56.
Sablon..	37.	10.	6.	16.
TOTAL...............................	100.	»	»	»

Une demi-lieue avant Saintes, en venant d'Angoulême par la grande route, on traverfe un côteau qui eft tout de pierres calcaires, & dans lequel on a ouvert des carrières. Ayant analyfé par les acides un échantillon de cette pierre, nous avons obtenu :

	livres.	onces.
Terre calcaire..	97.	8.
Terre argileufe d'un gris un peu ardoifé....................	2.	8.
TOTAL...............................	100.	»

Tous les côteaux de la Charente, au deffus & au deffous de Saintes, font de cette même pierre ; il paroît feulement qu'elle devient plus tendre à mefure qu'on approche de la mer. On trouve à Saint-Savinien, près de la Charente, à cinq lieues environ au deffous de Saintes, une carrière très-confidérable ouverte dans cette pierre, & très-anciennement abandonnée ; c'eft une tradition du pays, qu'elle a fervi de retraite aux Proteftans. Nous en avons pris un échantillon à l'entrée, en plein banc, à quatre pieds de niveau du fol, & après l'avoir leffivé, nous en avons obtenu les produits qui fuivent :

Produits falins de la pierre de Saint-Savinien, prife à l'entrée de la carrière, en plein banc, à quatre pieds du niveau du fol.

PAR QUINTAL.

		onces.	gros.	grains.
Sans addition d'alkali. {	Sélénite & terre calcaire...........	5.	1.	27.
	Sel marin.......................	1.	6.	68.
	Eau mère.			
Avec addit. de 6 onces {	Salpêtre........................	4.	2.	62.
1 gros 1 grain d'alkali. {	Sel fébrifuge....................	2.	6.	68.
Quantité de terre, précipitée par l'alkali, 2 onces 4 gros 50 grains.				
TOTAL des produits falins.................		14.	2.	9.

Ayant foumis aux mêmes épreuves des déblais de la même carrière, pris à dix-huit pieds de l'entrée, ils nous ont donné :

Produits falins obtenus des déblais de la carrière de Saint-Savinien, à dix-huit pieds de l'ouverture.

PAR QUINTAL.

		onces.	gros.	grains.
Sans addition d'alkali.	Salpêtre......................	»	4.	30.
	Sel marin......................	3.	5.	32.
	Eau mère.			
Avec addition de 12 onces d'alkali fixe.	Salpêtre......................	10.	»	22.
	Sel fébrifuge...................	1.	5.	18.
Quantité de terre calcaire, précipitée par l'alkali, 5 onces 6 gros 56 grains.				
TOTAL........................		15.	7.	40.

On trouve encore d'autres carrières fort confidérables à cinq lieues de Saintes, près du village de Sainte-Mefme, un quart de lieue à gauche du chemin qui conduit de cette ville à Poitiers; la pierre de ces carrières eft blanche & très-dure, elle n'eft point en conféquence fufceptible de fe falpêtrer; auffi n'en avons-nous retiré, par lixiviation, rien de falin; l'ayant analyfée par les acides, elle nous a donné :

	livres.	onces.	gros.	grains
Terre calcaire........................	99.	4.	7.	8.
Terre argileufe grisâtre	»	11.	»	64.
TOTAL..........................	100.	»	»	»

Telles font les obfervations que nous avons été à portée de faire fur la minéralogie de la Touraine & de la Saintonge, & fur le rapport que la nature du terrein de ces deux provinces peut avoir avec la formation & la fabrication du Salpêtre. Nous avons élagué tous les détails qui nous ont paru étrangers à notre objet. Nous avons fupprimé, par le même motif, toutes les obfervations minéralogiques relatives à la Bretagne; cette province n'eft compofée que de fchit, de granité, de pierres quartzeufes, toutes pierres qui font peu fufceptibles de fe falpêtrer ; auffi cette province eft-elle une de celles où l'on tenteroit en vain d'établir une récolte de Salpêtre.

Il ne nous refte plus, après avoir préfenté nos obfervations d'une manière ifolée, qu'à les rapprocher en terminant ce Mémoire, & qu'à examiner les conféquences qu'on en peut tirer relativement à l'Art de fabriquer du Salpêtre.

Il n'eft pas étonnant d'abord que le tuffeau de Touraine foit de toutes les pierres connues celle qui fe falpêtre le plus aifément, lorfqu'on l'emploie dans les bâtimens, puifqu'elle fe falpêtre même dès la carrière, lorfqu'elle eft long-temps en contaét avec l'air. On conçoit d'ailleurs que cette pierre étant fort poreufe, fort fufceptible d'imbiber l'humidité, d'être pénétrée jufqu'à un certain point par l'air & par les fubftances gafeufes qu'il charie, elle réunit toutes les circonftances favo-rables à la formation du Salpêtre ; mais on peut regarder comme un fait conftant & par-tout uniforme, qu'il ne fe forme que du Salpêtre à bafe terreufe dans les endroits éloignés des habitations. Si quelques anciennes carrières abandonnées femblent faire exception à cette règle générale, il eft à obferver que le Salpêtre à bafe alkaline n'y exifte qu'en très-petite quantité, & que le peu qu'on y en trouve tient à ce que ces carrières ont été fréquentées par des hommes & des animaux pendant le temps qu'on les exploitoit.

Il réfulte de là, que, quoique la Touraine préfente des reffources immenfes pour la fabrication du Salpêtre, les progrès en font néanmoins arrêtés par la grande dépenfe à faire en alkali. La Régie des Poudres a fait les plus grands efforts pour lever cet obftacle, qui étoit devenu beaucoup plus grand pendant la guerre, en raifon du renchériffement confidérable des fubftances alkalines ; elle a obtenu du Roi de fournir de la potaffe à perte aux Salpêtriers ; elle a multiplié les inf-truétions fur la manière d'en faire ufage ; enfin le prix du Salpêtre a été augmenté. A l'aide de ces précautions, la fabrication du Salpêtre a été dans un état de progreffion même pendant la guerre, & cette progreffion eft devenue beaucoup plus rapide depuis la paix.

On

On nous demandera peut-être, si l'alkali fixe, qui se combine avec l'acide nitreux dans le voisinage des lieux habités, est le résultat d'une formation réelle, de la combinaison de quelques gas particuliers qui émanent des matières animales ou végétales en fermentation ; ou bien si ce n'est pas l'alkali qui étoit tout formé dans ces matières végétales & animales, & qui, devenu libre par la putréfaction, s'imbibe dans les pores de la pierre, & va décomposer le Salpêtre à base terreuse. Nous avouons que dans l'état actuel de nos connoissances, il nous paroît impossible de répondre d'une manière précise à ces questions : nous croyons cependant que les expériences de M. Thouvenel sont favorables à la première des deux opinions. Quoi qu'il en soit, on peut toujours en tirer une conséquence relative à la pratique ; c'est que par l'addition ou même l'approche de matières végétales ou animales qui se putréfient, on peut convertir le Salpêtre à base terreuse, en Salpêtre à base alkaline. Il paroît donc que les Propriétaires des carrières abandonnées pourroient faire une spéculation avantageuse ; elle consisteroit à mettre dans ces souterrains, des fumiers, des gadoues, des excrémens d'animaux, & à les y laisser pourrir & se détruire. Il est probable qu'au bout de dix, de quinze, de vingt années, ils auroient fait presque sans frais de ces carrières, des nitrières infiniment riches. Ce conseil n'est pas seulement applicable à la Touraine & aux tuffeaux ; il le seroit également à toutes les carrières de pierres tendres. Ce moyen de former des nitrières, a l'avantage de n'exiger aucuns frais de construction, presque aucune avance, de ne comporter aucun risque, en un mot, de présenter une très-grande probabilité de réussite, sans presque aucun inconvénient : dans le cas où on ne réussiroit pas, la dépense seroit d'autant moins considérable, qu'il n'est pas nécessaire d'employer une grande quantité de matières végétales & animales.

**
*

Hhhh

MÉMOIRE

SUR

LA GÉNÉRATION DU SALPÊTRE
DANS LA CRAIE.

Par M. le Duc de la ROCHEFOUCAULD.

Envoyé en Mai 1778.

C'EST un fait connu depuis très-long-temps dans les environs de la Roche-Guyon, que l'existence du Salpêtre, au moins à la surface de la craie : les pigeons furent les premiers indicateurs ; ces oiseaux aiment beaucoup le sel marin, & comme il y en a presque toujours de mêlé au Salpêtre, ils vont béqueter ces endroits, & les creusent quelquefois assez profondément pour faire détacher & tomber les silex dont cette craie est parsemée.

Guidés par les pigeons, les gens du pays tentèrent d'exploiter cette efflorescence saline, & ils firent une récolte suffisante pour les animer à ce travail ; mais bientôt le régime féodal mit cette récolte en monopole entre les mains du Seigneur. Le Roi s'étant ensuite réservé à lui seul le droit de faire fabriquer le Salpêtre & la poudre dans le Royaume, les Seigneurs de la Roche-Guyon lui firent cession de leur droit pour une rente annuelle de deux cents livres de poudre ; & la récolte du Salpêtre ne se fit plus que par quelques privilégiés trop ignorans pour vouloir perfectionner aucune méthode, & trop pauvres pour le tenter : ils se bornoient à fournir, tant bien que mal, la quantité de Salpêtre à laquelle ils étoient taxés, & ne songeoient qu'à conserver les priviléges attachés à leur titre de *Salpêtriers.*

du Roi, & souvent à vexer les autres habitans par l'exercice de ces privilèges, sans que la fourniture de l'Etat en augmentât. La même forme d'exploitation étant établie dans toute la France, on vit diminuer confidérablement la production du Salpêtre, & plus de la moitié de la confommation du Royaume dut être tirée de l'Inde, au rifque de la voir manquer dans les momens peut-être les plus intéreffans.

Enfin un Miniftre, ami du peuple, & éclairé fur les moyens de faire le bien de l'Etat, porta fes vûes bienfaifantes fur cette partie de l'Adminiftration, & crut poffible de détruire toutes les vexations fous lefquelles le peuple des Provinces gémiffoit, tant par la fouille généralement établie, que par le droit attribué aux Salpêtriers dans certaines Provinces, de fe faire fournir leur chauffage par les Communautés, & cependant d'augmenter beaucoup la récolte du Salpêtre en France.

L'Adminiftration des Poudres & Salpêtres, qui depuis long-temps étoit en ferme, fut mife en régie, & confiée à des perfonnes en état, par leurs connoiffances, de trouver des méthodes nouvelles, de perfectionner les anciennes, & portées par leur zèle à l'exécution des vûes bienfaifantes du Gouvernement. Un prix fur les moyens les plus économiques d'augmenter la production du Salpêtre, fut propofé par l'Académie Royale des Sciences, au défir du Gouvernement, & cette Compagnie nomma cinq Commiffaires, & les chargea non feulement d'examiner les Mémoires envoyés au Concours, & de répéter les expériences qui y feroient annoncées, mais encore de faire par eux-mêmes des expériences tendantes au même objet.

D'heureux effets ont déjà réfulté de ces nouveaux établiffemens ; les vexations les plus onéreufes & les plus odieufes ont été abolies ; la production du Salpêtre dans le Royaume a déjà augmenté, & l'Etat a tiré un revenu confidérable de cette partie, qui ne lui rapportoit rien auparavant.

Parmi ces heureux effets, on doit compter l'attention publique, & celle de tous les gens inftruits, dirigée fur cet objet par la publicité que le Gouvernement a donnée à fes opérations &

à ses demandes. Mais c'est assez de cette esquisse historique, il est temps d'entrer en matière, & de me restreindre à la craie de la Roche-Guyon, qui doit faire le sujet de ce Mémoire.

Cette craie, que la coupe de la montagne de la Roche-Guyon laisse à découvert, forme une couche d'une grande épaisseur & contenant une grande abondance de silex, qui s'étend depuis les environs de Paris, dans toute la Normandie, la Picardie, l'Artois, la Flandre, & jusques en Angleterre dans le Comté de Kent; souvent elle n'est apparente que dans les vallons que les fleuves & les rivières ont creusés; car dans la plupart de ces Provinces, le sol des plaines est supérieur au niveau de la craie. Mais dans les environs de la Roche-Guyon, où elle est à découvert, on trouve régulièrement, à mesure qu'on s'élève au dessus de cette couche, 1°. une couche d'argile jaunâtre qui retient l'eau & forme un niveau de sources; 2°. une couche de pierre coquillière fort dure, qui a été employée avec succès au pont de Mantes; 3°. une autre couche mince de pierre calcaire dure & à grain fin, que l'on appelle *cliquart*; 4°. une couche de sable mêlé d'argile dans laquelle il y a beaucoup de grès le plus souvent en blocs séparés, mais aussi formant quelquefois une masse continue; 5°. enfin, une couche de pierres meulières. M. Desmarest, de l'Académie Royale des Sciences, a observé constamment une semblable disposition de couches depuis Paris jusques à la Roche-Guyon, & elle s'étend beaucoup plus loin.

La montagne dont il s'agit dans ce Mémoire, est l'extrémité d'une vallée que la Seine a creusée; les eaux pluviales en ont depuis sillonné l'escarpement, & y ont formé des vallons ou anses perpendiculaires au cours de la rivière, qui sont séparées les unes des autres par des masses de craie à nu, que le temps & les eaux ont figurées de manières différentes : cette montagne, qui court du nord-est au sud-ouest en formant un arc de cercle, a deux lieues environ de longueur, & se termine par un plan incliné dans une des sinuosités de la Seine vers son confluent avec l'Epte; les masses de craie disparoissent vers les deux tiers de sa longueur. Les habitans des villages adossés à cette montagne y creusent des logemens, & c'est dans ces habitations & autour que se fait la récolte du Salpêtre, de *véritable Salpêtre de houssage* ; mais le plus communément il n'y existe que sous la forme d'efflorescence blanche & farineuse, & dans l'état de Salpêtre à base terreuse.

Frappé de l'abondance de cette substance dans les endroits où la craie étoit à découvert, je tentai, il y a quelques années, de déterminer si, à l'abri de l'air & éloignée des habitations, elle en seroit aussi imprégnée ; j'en fis venir à Paris, où j'étois alors, quelques échantillons que nous essayâmes, M. Bucquet, de l'Académie Royale des Sciences, & moi ; & nos expériences nous conduisoient à prononcer pour l'affirmative, lorsque nous reconnûmes que nous avions été trompés par de fausses étiquettes, & que, croyant travailler sur de la craie prise à une certaine profondeur dans l'intérieur de la couche, nous avions opéré sur tous échantillons pris à la surface, mais à différentes hauteurs de la montagne.

Un nouvel essai que je fis l'année dernière avec M. Clouet, l'un des Régisseurs généraux des Poudres & Salpêtres, pensa nous jeter encore dans la même opinion ; deux cents livres de craie prise à six pieds dans l'intérieur du rocher de Cassenoix, que je décrirai ci-après, lessivées dans deux cents livres d'eau, nous fournirent, par une première cristallisation, une once quatre gros & dix-huit grains de Salpêtre à base d'alkali végétal, & l'eau mère traitée ensuite contenoit encore une once quatre gros de Salpêtre véritable, & quatre gros trente-six grains de Salpêtre à base terreuse.

Ce fut cependant l'abondance du résultat qui nous tira d'erreur, & l'ayant attribuée, avec raison, aux ustensiles du Salpêtrier dont nous nous étions servis, & à son atelier dans lequel nous avions opéré, quoiqu'avec beaucoup de précautions, nous résolûmes de répéter l'expérience d'une manière incontestable.

Nous prîmes à Cassenoix, & dans deux autres endroits, à différentes hauteurs de la montagne, & à plusieurs pieds de profondeur, soixante livres de craie dans chacun, que nous lessivâmes dans soixante livres d'eau chaude, & qui ne nous donnèrent aucun vestige de Salpêtre.

Enfin, pour déterminer le fait avec toute la certitude poffible, j'ai entrepris l'analyfe complette de craies prifes dans des lieux différens & fort éloignés les uns des autres, & je vais rendre compte de la partie de cette analyfe qui détermine la non-exiftence du Salpêtre dans la craie, lorfqu'elle n'a été foumife ni à l'action de l'air, ni à la putréfaction des fubftances animales & végétales. Je voulois poufler plus loin mon analyfe, & traiter mes craies par le feu & les acides, comparativement avec le criftal d'Iflande, qui eft la fubftance calcaire la plus pure ; mais mon départ précipité pour me rendre à mon Régiment, m'a forcé de fufpendre ce travail, dont j'efpère que l'Académie me permettra de l'entretenir lorfque j'aurai pu le completter.

Les craies fur lefquelles j'ai opéré cette dernière fois, ont été prifes :

Le n°. premier ; *au rocher de Caffenoix*. C'eft une de ces maffes ou contre-forts de craie à nu qui féparent les anfes dont la montagne de la Roche-Guyon eft fillonnée; il eft fitué un quart de lieue nord-eft de la Roche-Guyon : j'ai fait enlever encore un pied dans l'excavation qui avoit été faite au fommet de ce rocher pour les expériences précédentes ; ainfi, la craie de ce lieu que j'ai employée, a été prife à fept pieds environ dans l'intérieur du rocher.

Le n°. 2, *dans le trou de Bonnefourquières*. C'eft une ouverture longue & étroite qui fe trouve au bas de la montagne, un quart de lieue au fud-oueft de la Roche-Guyon, & à demi-lieue de Caffenoix; cette ouverture, qui s'enfonce dans la montagne, paroît avoir été formée par un ruiffeau intérieur qui fe fera fait jour de ce côté, & qui depuis a tari ; les parois & le fol de ce trou font par-tout recouverts d'efflorefcences falpê-trées : j'ai encore fait enlever un pied de l'excavation latérale, que M. Clouet y avoit fait faire quelques jours auparavant; ainfi ma craie a été prife à fept pieds dans l'intérieur de la montagne.

Le n°. 3, *au fommet d'une des falaifes qui bordent la mer à un quart de lieue de Dieppe vers l'oueft.* Cette craie a été prife à fept ou huit pieds de profondeur, à compter de la fur-face du fol, & à cinq ou fix dans la couche crayeufe qui y eft recouverte de deux pieds environ de terre ; & elle a été traitée trois femaines environ après avoir été tirée.

J'ai pris vingt-cinq livres de chacune de ces craies, que j'ai leffivées dans de l'eau diftillée ; favoir, le n°. premier dans quarante-une livres d'eau ; le n°. 2 dans vingt-cinq livres dix onces, & le n°. 3 dans vingt-cinq livres dix onces auffi. Après une heure de forte ébullition, j'ai filtré mes leffives & j'ai retiré :

Du n°. premier, vingt-une livres quatorze onces un gros de liqueur.

Du n°. 2, treize livres fix onces un gros.

Du n°. 3, quatorze livres une once trois gros.

Ces liqueurs avoient pris une teinte jaunâtre légère ; mais l'aréomètre de M. Baumé ne s'y foutenoit pas fenfiblement plus haut que dans l'eau diftillée.

Je les ai fait évaporer dans des capfules de verre au bain de fable, & après les avoir réduites à une pinte chacune, je les ai apportées à Paris, où leur traitement, que je vais expofer, a été achevé par M. Lavoifier, de l'Académie Royale des Sciences, & par M. Clouet, dans leur laboratoire de l'Arfenal.

N°. premier (Caffenoix). Par le progrès de l'évaporation, la liqueur s'eft troublée, & il s'eft formé peu à peu un dépôt féléniteux qu'on a mis à part, & qui pefoit vingt-deux grains.

Ayant pouffé l'évaporation jufqu'à ficcité, on a obtenu un réfidu, partie falin, partie féléniteux, & fort imbibé de matières extractives ; il pefoit trente-huit grains.

On a paffé fur ce réfidu de l'eau diftillée bouillante, on a décanté, & il eft refté vingt-un grains de félénite. On a

enfuite verfé fur l'eau diftillée qui avoit été décantée, de l'alkali fixe très-pur; il y a eu un léger précipité terreux:puis ayant
mis à évaporer, on a obtenu vingt grains d'une fubftance faline,
imbibée de matières extractives, qui fe boursoufloit fur les charbons, mais qui ne donnoit pas la plus légère apparence de détonnation : cette fubftance faline paroiffoit être un mélange de
fel marin avec quelque autre fel; mais on n'a pas pu parvenir à
en opérer la féparation.

RÉCAPITULATION des produits de la craie de Caffenoix.

		grains.
Sans addition d'alkali.	Première portion de félénite............	22
	Deuxième portion de félénite............	21
	Subftance faline, mêlée de matières extractives.	17

TOTAL... 60

		grains.
Après avoir décompofé la dernière fubftance faline par l'alkali.	Sélénite, en tout....................	43
	Subftance faline, qui fe boursoufle fur les charbons, qui eft mêlée de beaucoup de matières extractives, & qui ne contient point de Salpêtre.........................	20

TOTAL... 63

Pas un atôme de Salpêtre, ni avant, ni après la décompofition des fels à bafe terreufe par l'alkali fixe.

N°. 2 (Bonnefourquières). Pendant l'évaporation, la liqueur
s'eft troublée; fur la fin on a décanté : le premier produit étoit
de la félénite pefant dix-fept grains.

Ayant continué l'évaporation jufqu'à ficcité, on a eu un
réfidu partie féléniteux, partie falin, fort imbibé de matières
extractives, & qui, bien deffeché, a pefé dix-huit grains &
demi.

Ce réfidu contenoit encore fept grains de félénite, qu'on a
féparés par le lavage avec de l'eau diftillée : on a enfuite verfé

fur

fur cette même eau, qui avoit fervi à laver la félénite, un peu d'alkali fixe en liqueur; il s'eft fait un très-léger précipité, après quoi, ayant évaporé, on a obtenu douze grains d'une matière faline imbibée de beaucoup de matières extractives. Cette matière faline étoit compofée pour la plus grande partie de fel marin, qui décrépitoit fur les charbons; mais il y avoit auffi quelques portions de Salpêtre qui détonnoient, & on a évalué à un grain la quantité de ce dernier fel.

RÉCAPITULATION des produits de la craie de Bonnefourquières.

grains.

Sans addition d'alkali. {
Sélénite, première portion................ 17
Sélénite, deuxième portion............... 7
Sel marin à bafe d'alkali minéral.......... 11
Salpêtre à bafe terreufe, au plus.......... 1

TOTAL.................................. 36

grains.

Après avoir décompofé par l'alkali la dernière fubftance faline. {
Sélénite, première & deuxième portion...... 24
Sel marin....................... 11
Salpêtre à bafe d'alkali végétal, au plus..... 1

TOTAL.................................. 36

N°. 3 (Dieppe). Par évaporation la liqueur s'eft troublée, & il s'eft fait un précipité qui, féparé fur la fin de l'évaporation par la décantation, s'eft trouvé pefer feize grains & demi.

Ayant évaporé jufqu'à ficcité, on a obtenu une fubftance faline jaunâtre imbibée de beaucoup de matières extractives, & qui pefoit quarante-deux grains. On en a féparé par le lavage fix grains de félénite, après quoi ayant verfé fur l'eau diftillée, qui avoit fervi à faire ce lavage, un peu d'alkali fixe en liqueur, on en a eu un léger précipité : ayant enfuite mis à évaporer, on a eu quarante-cinq grains de fel marin décrépitant fur les charbons, & imprégné de matières extractives.

Iiii

RÉCAPITULATION *des produits de la craie de Dieppe.*

grains.

Sans addition d'alkali.
{ Sélénite, première portion........................ 16½

Sélénite, deuxième portion................. 6

Sel marin imbibé & imprégné de matières
extractives, & mêlé d'un peu de sel marin
à base terreuse.......................... 45 }

TOTAL.. 67½

Pas un atome de Salpêtre, ni avant, ni après la précipitation par l'alkali.

On se croit en droit d'assurer, d'après ces expériences, que ni le Salpêtre ni l'acide nitreux n'existent dans la craie avant son exposition à l'air; car, quoique celle de Bonnefourquières en ait fourni peut-être un grain, cette quantité est trop petite pour contre-balancer le résultat des deux autres qui n'en ont pas donné la moindre apparence; & sur-tout si l'on considère que le trou de Bonnefourquières étant tout recouvert de Salpêtre dans son intérieur, il est bien difficile d'avoir évité quelque mélange dans l'extraction de la matière essayée, quoique l'on y ait pris toutes les précautions possibles.

Les mêmes expériences prouvent qu'à la profondeur où la craie cesse d'être imprégnée d'acide nitreux, elle l'est encore & même abondamment d'acide vitriolique, avec lequel elle forme la sélénite, & de sel marin; & cela ne paroîtra pas extraordinaire, la craie étant reconnue pour être formée de débris de corps marins, & déposés par la mer, où le sel marin en nature est très-abondant, & qui contient aussi beaucoup de sels vitrioliques; cependant il seroit bon d'essayer cette substance prise encore à une plus grande profondeur, afin de déterminer plus précisément sa nature; & c'est ce que je me propose de faire dans mon prochain travail.

Avant les trois expériences décisives dont je viens de rendre compte, j'avois essayé de la craie prise à Rangiport près Mantes, dans l'intérieur de la terre; mais n'ayant pas alors un laboratoire monté, je n'avois pas pu opérer avec la même exactitude : cependant, comme elle ne fournit point de Salpêtre, je puis maintenant la citer, & j'ajouterai que la surface de cette craie exposée à l'air, est une des mines du canton la plus fertile en Salpêtre ; peut-être doit-elle cette richesse à l'argile dont elle est, je crois, mêlée ; car l'argile est aussi très-propre à devenir matrice de Salpêtre ; on s'en sert avec succès dans les nitrières artificielles de Suède, & plusieurs Auteurs recommandent d'en mêler aux matières calcaires dont on forme les couches à Salpêtre. Jé vais transcrire à cette occasion un passage d'une lettre que j'ai reçue de M. le Chevalier de Dolomieu, dont l'Académie connoît le zèle & les talens, & qu'elle s'est attachée en qualité de Correspondant.

» J'ai vu, m'écrit-il, qu'une partie d'argile & deux parties
» à peu près de terre calcaire, ou de *détritus* de rocher de
» cette espèce, formoient un composé plus propre à la pro-
» duction du Salpêtre que la simple terre calcaire exposée au
» contact de l'air. Toute notre terre végétale de Malte formée
» par une petite portion d'argile rouge, ou par le *détritus* du
» rocher calcaire, étoit employée avec succès dans notre
» manufacture ; elle se salpêtroit en très-peu de temps, & pro-
» duisoit un nitre plus abondant, plus pur & plus facile *à dé-*
» *graisser*, qu'une terre calcaire simple. On pourroit, en répé-
» tant cette expérience, savoir si l'observation est particulière
» au climat de Malte, quelle est la proportion entre ces terres,
» la plus propre pour servir de matrice au nitre, & si elles
» donnent plus de nitre à base alkaline que la craie seule «.

A cette observation, M. le Chevalier de Dolomieu ajoute une vue sur la comparaison des progrès de la génération du Salpêtre, & de ceux de la végétation, qui m'a paru fort ingénieuse, & dont il me prie de faire hommage, ainsi que de l'observation précédente, à l'Académie.

» Je crois, ajoute M. le Chevalier de Dolomieu, que
» les découvertes sur la génération du Salpêtre que doit

» nous donner le Concours au prix de l'Académie, pourront
» bien auſſi nous inſtruire ſur les principes de la végétation.
» Pour mettre un terrein dans ſon plus grand rapport, dans
» ſa plus grande valeur, fait-on autre choſe par les labours
» multipliés, que préſenter ſucceſſivement au contaƈt de l'air
» les différentes parties de la ſurface du terrein? On introduit
» des ſubſtances animales ou végétales en putréfaƈtion, on
» mêle à une terre trop argileuſe & trop tenace, de la marne
» calcaire, & différentes eſpèces de ſels; à une terre maigre
» & cretacée, de l'argile, &c., tous moyens employés avec
» ſuccès pour avoir du nitre. Auſſi n'eſt-il point de terre en
» plein rapport en France & ailleurs, qui ne donnent du nitre
» par la lixiviation; j'en ai fait l'expérience dans pluſieurs Pro-
» vinces de France & à Malte; M. Bowles l'a faite en Eſpagne.
» D'après cela, ne pourroit-on pas ſoupçonner qu'un des prin-
» cipes de la végétation, une de ſes principales cauſes, &
» qui la met en aƈtion, eſt ce même ſel nitreux dont on
» cherche maintenant à deviner la génération? On pourroit
» ſuivre plus loin cette analogie entre les moyens de produire
» du Salpêtre, & ceux dont on ſe ſert pour mettre une terre
» dans ſa plus grande valeur; mais ce ſimple apperçu doit
» ſuffire pour faire faire des obſervations relatives à ce double
» objet «.

C'eſt avoir fait un pas, que d'avoir prouvé la non-exiſtence
du Salpêtre & de l'acide nitreux dans la craie qui n'a pas ſubi
le contaƈt de l'air; mais il reſte encore à déterminer de quelle
manière elle s'imprègne de l'un & de l'autre des principes qui
conſtituent le Salpêtre; & c'eſt ce que je vais tenter, en rendant compte de quelques expériences entrepriſes dans cette vûe.

En 1776, au mois de Mars, je formai, avec de la craie
qui, leſſivée, ne m'avoit point donné de Salpêtre, un mur de
quatre pieds de hauteur, d'un pied d'épaiſſeur à ſa baſe, &
de huit pouces environ en haut; j'avois réduit la craie en morceaux de la groſſeur du poing, & à chaque demi-pied j'avois
mis un lit de paille pour ſéparer les lits de craie, & donner

paſſage à l'air qui circuloit d'ailleurs dans les interſtices des différens morceaux ; j'avois couvert le ſommet de mon mur de deux ou trois planches & de paille qui le mettoient à l'abri des grandes pluies, mais imparfaitement ; malgré cela, une partie de ce mur, leſſivée au mois de Juillet 1777, me fournit une petite quantité de Salpêtre à baſe d'alkali végétal, & une beaucoup plus conſidérable de Salpêtre à baſe terreuſe, que je convertis en véritable Salpêtre, en y mêlant de la potaſſe.

Lorſque je conſtruiſis ce mur, j'engageai le nommé Jerôme, Salpêtrier à la Roche-Guyon, à en former un avec des terres ſalpêtrées après qu'elles auroient ſubi toutes les leſſives ; je les fis ſtratifier, ainſi que ma craie, avec de la paille ; & comme la matière en étoit plus compacte, je fis les lits moins épais, pour faciliter l'introduction de l'air : au bout du même temps, ces couches leſſivées donnèrent un aſſez bon produit.

Mais comme ces expériences avoient été faites dans le voiſinage de l'atelier du Salpêtrier, & auprès de matières déjà ſalpêtrées, j'ai voulu les répéter d'une manière plus ſûre, & en conſéquence, j'ai choiſi une remiſe dans la baſſe-cour du château de la Roche-Guyon, où mes expériences étoient bien abritées de la pluie, mais bien expoſées à l'air ; & M. Goubert, employé dans ce pays par MM. les Régiſſeurs Généraux des Poudres & Salpêtres, a bien voulu, pendant mon abſence, y former des couches ſuivant pluſieurs méthodes différentes : cinq ont été conſtruites avec de la craie tirée de l'intérieur de la montagne, & eſſayée auparavant, pour s'aſſurer qu'elle ne contenoit point de Salpêtre : l'une de ces cinq couches ou murs a été conſtruite avec des morceaux de craie de la groſſeur du poing ſans paille ; une autre avec de la craie broyée très-menue & percée de trous ; les trois autres, de craie auſſi broyée, ont été mêlées & pétries avec de la potaſſe diſſoute dans deux fois ſon poids d'eau ; on a mêlé à l'une demi-livre, à une autre une livre, & à la troiſième une livre & demie de potaſſe ; elles ont été auſſi percées de trous : enfin, M. Goubert a pris de la craie à la ſurface de rochers qui contenoient beaucoup de Salpêtre, & après l'avoir leſſivée juſqu'à ce qu'elle n'en donnât plus aucun signe, il en a formé deux couches, percées aussi de trous comme les précédentes.

Le 24 Novembre dernier, j'ai pris vingt-cinq livres de chacune de ces couches, que l'on a lessivées pendant une heure & demie dans quantité égale d'eau chaude. Je n'alongerai point ce Mémoire, déjà volumineux, en donnant sur les résultats de ces lessives, les mêmes détails que j'ai donnés sur celles *de la craie native;* ils n'ont pas d'ailleurs été tirés avec la même précision, parce que mon objet étoit d'observer le fait général de la génération du Salpêtre, laissant à MM. les Commissaires de l'Académie, & à MM. les Régisseurs Généraux des Poudres le soin de déterminer les quantités dans leurs expériences beaucoup plus nombreuses & mieux faites que les miennes.

Je me bornerai donc à dire que des deux dernières couches (formées avec de la craie salpêtrée bien lessivée), l'une m'a donné du Salpêtre à base d'alkali végétal, par deux cristallisations successives, sans y avoir mêlé de potasse; l'autre, essayée à la vérité en quantité beaucoup moindre (de cinq livres seulement), ne m'a fourni que de la sélénite, quelques atomes de sel marin, mais point de Salpêtre au moins apparent.

Quant aux cinq premières, elles ont toutes refusé de cristalliser avant que j'y mêlasse de la potasse; mais toutes contenoient du Salpêtre à base terreuse, ce dont je me suis assuré d'abord en les essayant avec l'acide vitriolique, qui en a dégagé des vapeurs nitreuses; & toutes, traitées avec de la potasse, m'ont donné du Salpêtre à base d'alkali végétal: la couche formée de craie en gros morceaux, est celle dont le produit a été moindre; toutes contenoient aussi de la sélénite & du sel marin.

Le contraste entre le résultat des deux couches formées de craie salpêtrée bien lessivée, m'engage à les négliger toutes deux; je crains que l'abondance de l'une ne tienne à quelque manque de précaution dans les lavages qu'on lui a fait subir avant de former la couche; & pour le déficit de l'autre, peut-être vient-il seulement de la trop petite quantité sur laquelle j'ai opéré, puisqu'il paroît suffisamment prouvé d'ailleurs, par des expériences faites *ad hoc,* & par l'usage soutenu des

Salpêtriers, que toutes les matières salpêtrées, après avoir été employées, font très-propres à devenir de nouveau matrices do Salpêtre.

Le réfultat des cinq autres prouve très-évidemment que la feule expofition à l'air fuffit pour que la craie s'imprègne au moins d'acide nitreux, puifque toutes ont donné du Salpêtre à bafe terreufe; & le produit moindre de celle formée de craie en morceaux, femble tenir à fon état de moindre divifion.

Pour réfumer, il paroît donc que *la craie native*, ou du moins prife à une certaine profondeur dans l'intérieur de la terre, & qui n'a pas été expofée à la putréfaction des fubftances animales ou végétales, ne contient encore que de la félénite & du fel marin; refte à déterminer fi ce mélange eft effentiel à fa nature, ou s'il provient de caufes étrangères.

Il paroît auffi que l'action feule de l'air fuffit pour imprégner cette craie native d'acide nitreux, & que l'état de divifion de la craie favorife cette imprégnation; que l'action de l'air augmente auffi fenfiblement la quantité d'acide marin que contenoit la craie, & vraifemblablement auffi la quantité d'acide vitriolique : peut-être, pour déterminer ces faits avec toute l'exactitude que mérite leur importance, feroit-il bon de répéter ces expériences à différentes élévations, & d'y joindre des obfervations fur l'état de l'air ambiant. Les expériences qu'on a faites depuis plufieurs années en Angleterre & en France, rendent très-probable l'opinion que l'air entre pour beaucoup dans la formation des acides.

Enfin, il paroît que l'alkali végétal, qui eft la bafe du véritable Salpêtre, eft entièrement dû aux fubftances animales ou végétales, puifqu'on ne trouve le Salpêtre véritable naturellement formé qu'aux environs des habitations, ou, comme aux Indes & en Efpagne, fous & parmi la terre végétale, & que dans les nitrières artificielles, on n'en retire que lorfqu'on y a mêlé les fubftances propres à le fournir. L'arrofement des couches par la potaffe paroît même un moyen infuffifant pour en obtenir du premier abord, parce que la grande proportion de Salpêtre à bafe terreufe l'empêche de criftallifer. Au refte, il feroit bon encore de déterminer par des expériences jufques à quel point il faudroit charger des couches à Salpêtre, de fubftances alkalines, pour obtenir tout Salpêtre véritable, & comparer enfuite les frais de cette préparation avec ceux qu'exige le traitement du Salpêtre à bafe terreufe. Je me propofe, auffi-tôt que je ferai libre, d'entreprendre un travail fur ces différens objets, & de reprendre auffi l'analyfe des craies par tous les moyens chimiques; & fi l'Académie daigne accueillir ce premier effai que j'ai l'honneur de lui préfenter, & le trouve digne d'encouragement, je lui foumettrai la fuite de mes opé-rations, dans lefquelles je défire cependant d'être fecouru par des mains & des yeux plus habiles que les miens, & même d'être prévenu, pour que ces vérités utiles au Public foient mieux & plus promptement déterminées.

EXPÉRIENCES

EXPÉRIENCES

SUR

LA DÉCOMPOSITION DU NITRE

PAR LE CHARBON.

PAR M. LAVOISIER.

IL est nécessaire, pour l'intelligence de ce Mémoire, de se rappeler les expériences nombreuses que j'ai publiées dans le volume de 1781, page 448, sur la formation de l'air fixe ou acide charbonneux; il en résulte que cet acide est composé de vingt-huit parties de charbon, ou plutôt de substance charbonneuse pure, & de soixante-douze parties d'air vital, ou plus exactement de principe oxygine.

Il suit de là, qu'étant donnée une quantité d'air fixe ou acide charbonneux, provenant d'une combinaison quelconque, on peut toujours y substituer sa valeur en substance charbonneuse & en principe oxygine; & il est aisé de sentir que c'est un moyen précieux pour reculer, dans un grand nombre de circonstances, les bornes de l'analyse chimique.

Je suppose encore qu'on admet avec moi, ce que j'ai fait voir dans les Mémoires de l'Académie des années 1775 & 1777, que l'air de l'atmosphère est composé de deux fluides élastiques simplement mêlés ou légèrement combinés; savoir, d'environ vingt-sept parties d'air vital, & de soixante-treize d'un fluide méphitique, que j'ai appelé *mofette atmosphérique*.

Enfin, pour n'avoir plus à revenir sur les données qui serviront de bases aux expériences dont je vais présenter le détail, je supposerai qu'à la pression d'une colonne de vingt-huit pouces de mercure & à dix degrés de température, les fluides élastiques dont j'ai fait ufage pefoient le pouce cube; favoir :

		grains.
L'air vital		0,47317
L'air commun		0,46811
L'air fixe ou acide charbonneux & aériforme		0,69500
La mofette atmofphérique		0,46624

J'ai lieu de croire ces déterminations ou très-exactes, ou très-près de l'être; mais il feroit trop long de difcuter ici les expériences fur lefquelles elles font fondées.

On fait, d'après des expériences de M. Cavallo, rapportées dans fon Traité de la nature & de la propriété des airs & autres fluides élaftiques permanens, partie IV, chap. V, que quand on fait détonner enfemble du nitre & du charbon, on obtient un mélange d'air fixe & de mofette atmofphérique. M. Bertholet a obtenu le même réfultat, en faifant détonner du nitre & du charbon dans un canon de fufil. (Voyez Mémoires de l'Académie 1781, page 231) Quoique ces expériences jetaffent déjà un grand jour fur la nature des principes conftituans de l'acide nitreux, cependant, comme MM. Cavallo & Bertholet n'avoient tenu aucun compte, ni du poids du nitre employé, ni du volume des airs obtenus, il m'a paru néceffaire de reprendre entièrement ces expériences.

Je me fuis muni à cet effet d'un tube de cuivre jaune ou laiton, de huit lignes de diamètre environ, & affez long pour contenir près de deux onces des mélanges fur lefquels je me propofois d'opérer.

Je n'ai employé que du Salpêtre très-pur, & du charbon bien calciné. Je pefois l'un & l'autre bien fecs; après quoi je les pilois dans un mortier de verre, en y ajoutant un peu d'eau, pour empêcher que le charbon divifé en poudre fine ne fût chaffé hors du mortier par le mouvement du pilon. Je chargeois enfuite le petit canon, en comprimant légèrement la compofition avec un cylindre de bois qui y entroit fort jufte, & je prenois les plus grandes précautions pour qu'il ne reftât rien, ni au pilon, ni au mortier, ni au petit cylindre de bois : cette opération faite, j'ajoutois une petite mèche, connue fous le nom d'étoupille, & après l'avoir allumée, je plongeois brufquement le canon fous des cloches remplies d'eau, ou des jarres remplies de mercure. La détonnation une fois commencée, fe continue très-bien fous l'eau, pourvu que le petit canon foit toujours maintenu la bouche en bas, afin que l'eau ne s'y introduife pas, & ne foit point en contact avec le nitre & le charbon. Elle a également lieu fous le mercure, mais alors il eft néceffaire d'opérer fur de plus petites dofes.

Je ne rendrai pas compte de chacune de mes expériences en détail, non plus que des tâtonnemens que j'ai été obligé de faire, pour reconnoître la jufte proportion de nitre & de charbon néceffaire à la détonnation, & je me contenterai de donner le réfultat moyen des expériences qui m'ont paru mériter le plus de confiance.

Pour opérer la détonnation complette d'une once & demie de nitre, il m'a paru qu'il falloit un gros quarante-deux grains de charbon. L'alkali qu'on obtient après la détonnation eft parfaitement blanc, & il ne feroit pas impoffible qu'il contînt encore quelques portions de nitre non décompofées; mais fûrement la quantité n'en eft pas confidérable. Après avoir opéré comme je viens de l'expofer, & avoir recueilli avec foin les fluides aériformes réfultans de la détonnation, j'ai diffous l'alkali qui m'eft refté dans de l'eau diftillée; & comme il s'y étoit uni une portion d'air fixe ou acide charbonneux aériforme, je l'ai dégagée par le moyen d'un acide, & j'en ai mefuré la quantité; enfin j'ai féparé l'acide charbonneux aériforme ou air fixe obtenu pendant la détonnation par l'alkali cauftique, tous moyens connus, & dont j'ai donné de nombreufes applications. Le réfultat a été:

	en volume. pouces.	en poids. gros.	grains.
Air fixe, ou acide charbonneux aériforme.	585,82	5	47,143
Mofette atmofphérique.............	161,76	1	3,419
Alkali cauftique reftant.............		6	63,438

	once.	gros.	grains.
Total.........................	1	5	42,000

Mais l'acide charbonneux ou air fixe, eft compofé de vingt-

K k k k ij

huit parties de substance charbonneuse, & de soixante-douze
de principe oxygine, ou air vital; je puis donc substituer dans
ce résultat, à l'acide charbonneux, sa valeur, & j'aurai alors:

	en volume.		en poids.	
	pouces.	*gros.*		*grains.*
Charbon........................		1		42,000
Air vital........................	619,93	4		5,143
Mofette.........................	161,76	1		3,419
Alkali caustique..................		6		63,438
		once.	*gros.*	*grains.*
Total........................		1	5	42,000

D'après cette expérience, 5 gros 8,562 grains d'acide nitreux
sec, seroient composés ainsi qu'il suit; savoir :

	gros.	*grains.*
Air vital ou principe oxygine......................	4	5,143
Mofette..	1	3,419
Total......................................	5	8,562

D'un autre côté, j'ai fait voir, dans différens Mémoires,
que l'acide nitreux étoit le résultat de la combinaison de quarante parties d'air vital, & de soixante-huit d'air nitreux. Cinq
gros 8,562 grains d'acide nitreux sec sont donc composés
comme il suit; savoir :

	gros.	*grains.*
Air nitreux........................	3	19,66
Air vital...	1	60,90
Total......................................	5	8,56

En faisant une équation de ces deux résultats, on aura :
4 gros 51,43 grains air vital ━ 1 gros 3,219 grains mofette ═ 3 gros 1,966 grains d'air nitreux ━ 1 gros 60,90
grains d'air vital.

D'où il est aisé de conclure pour la valeur de l'air nitreux;
mofette atmosphérique, 1 gros 3,42 grains ━ air vital ou principe oxygine, 2 gros 16,24 grains; ce qui donne pour l'acide
nitreux :

Composition de 5 gros 8 56 grains d'acide nitreux sec en poids.

		gros.	grains.
Air nitreux. { Mofette atmosphérique		1	3,42
{ Principe oxygine employé à former du gas nitreux.		2	16,24
Principe oxygine employé à convertir le gas nitreux en acide nitreux		1	60,90
TOTAL		5	8,56

Composition d'un quintal d'acide nitreux sec.

		livres.
Air nitreux. { Mofette atmosphérique		20,4635
{ Principe oxygine employé à former du gas nitreux		43,4771
Principe oxygine employé à convertir le gas nitreux en acide nitreux		36,0594
TOTAL		100,0000

Après avoir donné la composition de l'acide nitreux en poids, il reste à donner ce même résultat en volume des deux airs ou gas qui le constituent, & c'est ce qui est facile, d'après la connoissance qu'on a de leur pesanteur spécifique. Le calcul donne les résultats qui suivent :

Composition de l'acide nitreux en volume, exprimée en pouces cubiques.

		pouces.
Air nitreux. { Mofette		20,7044
{ Air vital employé à former l'air nitreux		43,3456
Air vital employé à transformer l'air nitreux en acide nitreux		35,9500
TOTAL		100,0000

Les expériences, dont j'ai déduit ces résultats, ont été faites dans le courant de 1784, & je les ai répétées en présence de M. de la Place, de M. Meusnier, & d'un assez grand nombre de personnes, le 23 Septembre de cette même année.

Quelque concluans que pussent paroître ces faits, quelque lumière qu'ils jetassent sur la nature des principes qui entrent dans la composition de l'acide nitreux, je ne les regardois cependant encore que comme des apperçus dont je n'aurois pas même

ofé déduire des conféquences, fi elles n'euffént été appuyées
& confirmées par la fynthèfe.

M. Cavendish eft le premier qui ait publié des expériences
de ce dernier genre ; il a obfervé que dans la formation artificielle de l'eau par la combuftion de l'air inflammable & de
l'air vital, quelquefois on obtenoit de l'eau très-pure, quelquefois de l'eau chargée d'un peu d'acide nitreux. Dans la
combuftion que nous avions faite à Paris le 24 Juin 1783,
M. de la Place & moi, l'eau ne s'étoit pas trouvée fenfiblement acide. Mais comme l'eau que nous avions obtenue nageoit
fur du mercure, la petite portion d'acide nitreux, fi elle en eût
contenu, pouvoit s'être combinée & nous avoir échappé. Dans
la combuftion faite à Mezières par M. Monge, l'acidité, quoique foible, étoit fenfible ; enfin, dans l'expérience très-authen-
tique que nous fîmes à Paris les 27 & 28 Février 1785, l'eau
fe trouva tellement chargée d'acide, qu'en la combinant avec
de l'alkali fixe végétal très-pur, & en faifant évaporer ; nous
retirâmes foixante grains de nitre bien détonnant. La quantité
d'eau que nous avions formée dans cette expérience étoit de
fix onces environ ; mais quelque précaution que nous euffions
prifes pour n'employer que de l'air vital pur, nous conftatâmes
par l'épreuve de l'endiomètre, avant de commencer la combuftion, qu'il contenoit environ un huitième de mofette atmofphérique.

La combuftion fe faifoit dans un grand ballon de dix-fept
à dix-huit pintes de capacité, qu'on avoit d'abord rempli d'air
vital, & dans lequel on faifoit arriver le gas inflammable par
un tuyau très-fin. Ce qui fe confommoit des deux airs étoit
remplacé au moyen de deux réfervoirs qui en fourniffoient de
nouveau ; mais avec cette circonftance que l'air vital arrivoit
avec une preffion égale à celle de l'atmofphère, & que le gas
inflammable étoit comprimé en outre par une colonne d'eau
de deux pouces. Il eft évident que puifque la combuftion fe
fait aux dépens de l'air vital & de l'air inflammable, & que
la mofette ne brûle pas, la portion de cette dernière contenue
dans l'air vital a dû s'accumuler infenfiblement dans le ballon ; & en effet il n'eft aucun des Spectateurs, qui étoient en

très-grand nombre , qui ne fe foit apperçu que la flamme diminuoit peu à peu d'intenfité. Enfin , quand la mofette n'a plus été mêlée d'une affez grande quantité d'air vital pour pouvoir entretenir la combuftion , la flamme s'eft éteinte. Le mélange de mofette , qui n'étoit originairement que d'un huitième , & qui a toujours fucceffivement augmenté pendant tout le cours de l'opération , a donc néceffairement paffé par la proportion convenable pour la formation de l'acide nitreux ; & on ne peut guère douter que ce ne foit à la combinaifon de cette mofette avec l'air vital qu'eft dû l'acide nitreux que que nous avons obtenu. En vain prétendroit-on affoiblir cette explication , en fuppofant que cet acide préexiftoit dans l'air vital que nous avons employé , & qui en effet avoit été tiré du précipité rouge ; les précautions que nous avions prifes paroiffent prévenir cette difficulté : cet air vital avoit été non feulement pendant plus de quinze jours en contact avec l'eau , mais encore on l'avoit fait paffer , avant de l'employer , à la combuftion , 1°. à travers deux flacons d'alkali cauftique en liqueur difpofée à la manière de Woulfe , 2°. à travers deux longs tuyaux de verre remplis d'alkali cauftique concret , groffièrement concaffé. Il étoit donc impoffible qu'il reftât dans cet air le moindre veftige d'acidité , & il auroit plutôt été poffible d'y foupçonner une qualité contraire. D'ailleurs M. Cavendish a levé toute incertitude à cet égard , en employant de l'air vital obtenu des plantes par la végétation , & il a également obtenu un peu d'acide nitreux. On ne peut donc pas fe refufer de reconnoître qu'il s'eft formé de l'acide nitreux dans les combuftions faites par M. Cavendish , & dans les nôtres ; & puifque nous trouvons dans les circonftances de cette formation les mêmes matériaux qu'on obtient de l'acide nitreux par fa décompofition , on ne peut douter qu'ils ne foient entrés réellement dans la compofition de celui que nous avons formé.

Toutes ces vérités , que nous n'avions apperçues que confufément , viennent de recevoir un très-grand degré d'évidence par les fuperbes expériences de M. Cavendish , dont M. Blakden , Secrétaire de la Société Royale de Londres , vient de nous donner connoiffance. M. Cavendish a mêlé enfemble, dans un tube de verre, trois parties de mofette atmofphérique, & fept d'air vital; il a renfermé le tout par de l'eau de chaux, & il a enfuite tiré dans ce mélange un grand nombre d'étincelles électriques. Chaque étincelle diminuoit d'une petite quantité le volume de l'air, & en continuant un temps fuffifant, il eft parvenu à en abforber prefque la totalité. L'eau de chaux n'a point été troublée dans cette expérience; mais il s'eft formé une véritable eau mère de nitre ou nitre à bafe terreufe. En opérant de la même manière fur de l'alkali cauftique au lieu d'eau de chaux, la diminution eft plus prompte, & en faifant enfuite évaporer l'alkali, on a un véritable Salpêtre. L'étincelle électrique ne diminue le volume ni de l'air vital, ni de la mofette, lorfqu'ils font feuls. Une partie de ces expériences ont été répétées dans le laboratoire de M. le Préfident de Sarron, & on s'eft affuré que les deux airs s'abforboient en effet prefque entièrement, comme l'a annoncé M. Blakden.

Il réfulte donc des expériences de M. Cavendish, que l'acide nitreux eft un compofé de fept parties d'air vital & de trois de mofette atmofphérique : & il penfe que pour opérer la combinaifon de ces deux airs, il faut un certain degré de chaleur; c'eft ce qu'opère l'étincelle électrique, ou la combuftion de l'air vital & de l'air inflammable. Les expériences que j'ai rapportées au commencement de ce Mémoire, donneroient une proportion de mofette atmofphérique plus foible que celle déterminée par M. Cavendish : mais il ne feroit pas impoffible que la différence tînt à l'état de l'acide nitreux; on fait en effet que la proportion d'air vital & d'air nitreux varie beaucoup dans cet acide depuis celui qui eft blanc & fans couleur, jufqu'à celui qui eft fumant, rutilant & rouge. Au refte, les expériences de M. Cavendish n'ayant été faites que fur de très-petites quantités, elles peuvent être fufceptibles d'erreurs; je me propofe d'ailleurs de vérifier encore les miennes, afin d'établir, d'une manière de plus en plus certaine, la bafe d'élémens auffi importans.

MÉMOIRE

MÉMOIRE

SUR

LA FABRICATION ARTIFICIELLE

DU SALPÊTRE.

ON a toujours été perfuadé que les méthodes de fabriquer artificiellement du Salpêtre venoient d'Allemagne ; cependant l'obfervation fuivante prouve qu'il y avoit des nitrières établies en France, près d'un fiècle avant qu'il ait été fait mention de celles d'Allemagne.

Il y a près de l'Abbaye de Long-Pont, à deux lieues de Villers-Coterêts, à l'extrémité de la forêt du même nom, une carrière anciennement abandonnée : il paroît que c'eft de là qu'ont été tirées les pierres de taille dont eft bâtie une grande partie de l'Abbaye. Cette carrière eft ouverte dans le flanc d'un côteau ; elle eft peu profonde, mais les ouvertures en font larges, de manière que l'air y circule avec affez de facilité.

Il y a environ cent quarante ans qu'il s'eft établi un Salpê-trier dans cette carrière ; & depuis cette époque, ce font toujours les mêmes terres qu'on y leffive, & dans lefquelles le Salpêtre fe renouvelle dans une révolution de trois années. Aujourd'hui l'atelier fe trouve, par des partages de famille, divifé en deux, & il eft occupé par deux Salpêtriers ; ils tra-vaillent abfolument l'un comme l'autre ; ainfi, décrire les opé-rations de l'un, c'eft décrire celles de tous les deux.

Chaque Salpêtrier n'a que fix cuveaux, qui ne contiennent chacun que deux pieds cubes & demi de terre falpêtrée ; ainfi ils

LIII

ne leſſivent à la fois que quinze pieds cubes de terre : ils paſſent d'abord ſur les terres neuves les petites eaux qui ſont reſtées du leſſivage précédent, & ils obtiennent ainſi des eaux de cuite à huit degrés du pèſe-liqueur. Ils relavent enſuite ces mêmes terres avec de l'eau pure, ce qui leur donne de petites eaux, leſquelles ſont deſtinées à repaſſer à leur tour ſur des terres neuves pour former de la cuite.

Ils ne mêlent point de cendres avec leurs terres, mais ils ont deux cuveaux qu'ils chargent particulièrement de cendre, & ils y paſſent leurs eaux de cuite avant de les mettre en évaporation dans la chaudière. Quand ils manquent de cendre, ils y ſuppléent par la potaſſe, conformément aux inſtructions qui leur ont été données par les Régiſſeurs des Poudres ; ils la mettent dans la chaudière, lorſque la cuite eſt rapprochée environ à moitié. Chaque cuite n'eſt que de quatorze ſceaux, & ils en tirent dix livres ſeulement de Salpêtre, ce qui revient à dix ou onze onces par pied cube.

Lorſque les terres ont été ainſi leſſivées, on vuide les cuveaux, on laiſſe égouter les terres ſur d'autres terres deſtinées à être elles-mêmes leſſivées, afin de ne rien perdre ; puis on les met en couches pour y régénérer le Salpêtre.

On met d'abord ſur le ſol où doit être élevée la couche, ſix à huit pouces de terre leſſivée bien meuble ; on met par-deſſus un lit de fumier de quatre pouces d'épaiſſeur : c'eſt principalement le fumier de vache qu'on emploie ; celui d'âne ou de mulet eſt beaucoup moins bon & donne plus de ſel. On recouvre ce fumier d'un lit de terre, juſqu'à ce qu'on ceſſe de voir le fumier, & ce lit peut être évalué à trois à quatre pouces d'épaiſſeur. On remet par-deſſus alternativement un lit de fumier, & un de terre, juſqu'à ce que les couches aient atteint trois à quatre pieds de haut : alors on finit par un lit de terre de ſix à huit pouces. Plus les couches ſont baſſes, mieux elles réuſſiſſent ; mais on eſt obligé, faute de terrein, de les élever ſouvent juſqu'à quatre pieds. On laiſſe les choſes dans cet état au moins pendant huit mois : la couche s'échauffe dans cet intervalle, elle s'affaiſſe ; alors on la retourne, on mêle bien les matières, & on les change de place. Au bout de huit autres mois, ou les remue de nouveau, & on les change encore de place : enfin, huit mois après, c'est-à-dire au bout de deux ans révolus, elles font bonnes à être lessivées. Cependant, comme on n'est point toujours exact à faire le remuement & les mélanges à l'époque des huit mois, pour plus de sûreté on ne lessive que tous les trois ans.

Jamais les couches ne font arrosées, & l'humidité des carrières les entretient dans un état de fraîcheur suffisant. Quand elles paroissent trop sèches, on y ajoute du fumier, pourvu que ce ne soit pas à l'approche du temps où l'on doit faire le lessivage ; car alors, quand même elles seroient trop sèches, on n'y ajoute absolument rien. Ce font, comme on l'a déjà dit, toujours les mêmes terres que l'on lessive ainsi ; quand il s'en accumule trop, on en jette dehors, & elles font perdues.

Quelquefois aussi on mêle avec les anciennes terres quelques portions de terre de fouille ; & c'est ce qui arrive lorsqu'on a négligé de remuer à temps les couches, qu'elles ne font point encore consommées, & qu'on ne les juge point assez riches : alors, pour ne pas laisser chommer l'atelier, les Salpêtriers se procurent des terres salpêtrées des environs ; mais elles font rarement la dixième partie du travail de l'année.

Le bois ne coute aux Salpêtriers que la peine de le ramasser ; ils se servent de bois mort qu'ils trouvent dans la forêt de Villers-Coterêts, aux environs de la carrière où est établi leur atelier ; aussi ne s'attachent-ils pas à l'économiser. Pour obtenir une médiocre quantité de dix livres de Salpêtre par jour, ils entretiennent un feu presque continuel sous leur chaudière, au moins pendant le jour, car ils ont coutume de discontinuer pendant la nuit : mais, d'un autre côté, cette manière de travailler leur procure une grande abondance de cendre qui leur épargne de la potasse. Leur fourneau est aussi très-mal construit, il consomme beaucoup trop de bois ; mais ils s'embarrassent peu de le mieux construire, par les motifs qu'on vient d'alléguer. La chaudière n'est, à proprement parler, que posée sur quelques pierres : il n'y a pas même de cheminée pour le dégorgement de la fumée, & elle se répand librement dans la carrière. Il arrive de là qu'elle est enfumée & noire, & qu'elle est recouverte, sur-tout dans le haut, d'une couche épaisse de suie.

Rien ne seroit plus aisé que d'augmenter chaque année le travail de cet atelier, en augmentant le fonds actuel de terre avec de la terre de fouille; mais il faudroit un emplacement plus grand; il faudroit construire des hangars, & le local ne s'y prête pas. D'ailleurs, les Salpêtriers, qui ne payent à eux deux, aux Religieux de Long-Pont, qu'une redevance annuelle de 6 livres, voient avec effroi la nécessité où ils seroient de faire une avance de 12 ou 1500 livres: ils ne sont pas persuadés que des hangars soient aussi favorables que des carrières à la régénération du Salpêtre. Enfin, ils ont peu d'ambition, & se bornent à un travail qui les fait vivre eux & leur famille.

On trouveroit au surplus, dans beaucoup d'autres endroits, les mêmes ressources qu'à Long-Pont, si ce n'est l'avantage d'avoir le bois *gratis*, & une grande abondance de cendres qui ne coutent rien; à cela près, il n'est pas de carrière abandonnée qui, avec du fumier, ne puisse être transformée en peu d'années en un atelier de Salpêtrier.

On ne peut finir sans remarquer que cette méthode, employée depuis si long-temps en France, & qui n'a été connue en Allemagne que vers la fin du siecle dernier, sembleroit indiquer que l'art & les principes des nitrières artificielles y ont été portés, comme tant d'autres branches d'industrie, par des François réfugiés en 1685.

F I N.

TABLE DES MATIÈRES
DE LA PARTIE HISTORIQUE
ET
DES MÉMOIRES.

A.

H *indique la Partie Historique, & M les Mémoires. Les indications de pages qui ne font précédées ni d'une H ni d'une M, fe rapportent aux Mémoires.*

ACADÉMIE ROYALE DES SCIENCES de Paris, reçoit une Lettre de M. Turgot, Contrôleur Général des Finances, pour la propofition d'un Prix fur la formation du Salpêtre, H, pages 1, 2 & 3. — Nomme cinq Commiffaires pour rédiger un Programme, & pour examiner les Mémoires propofés, H, pag. 3, 4, 5, &c. — Fait imprimer & diftribuer le Programme, H, pag. 4. — Les Commiffaires font priés de faire traduire tout ce qui a été fait fur cette matière dans les pays étrangers, H, pag. 20. Notice de l'Ouvrage qu'ils ont publié, H, pag. 21. — Regarde comme indifpenfable de retarder la proclamation du Prix, H, p. 98. — Annonce dans un nouveau Programme que le Prix qui devoit être proclamé à la Séance publique de Pâques 1778, fera retardé jufqu'à celle de la Saint-Martin 1782, H, pag. 100. — Décerne la couronne au Mémoire de MM. Thouvenel, H, pag. 129. — Jugement du Prix, H, pag. 184 & fuiv.
De Befançon, propofe pour fujet du Prix de 1766, de déterminer *la manière la moins onéreufe de fabriquer du Salpêtre en Franche-Comté*, H, pag. 12, 13 & 26. — Couronne le Mémoire de M. de Vaunes, pag. 13 & 19. — Tous les Mémoires qui ont concouru pour le Prix, contiennent beaucoup d'affertions & un petit nombre de preuves, H, pag. 18.
ACIDE DU BOIS. Si on y plonge de la chaux vive à plufieurs reprifes, on en obtient enfuite du Salpêtre, M, page 491.
ACIDE MARIN, H. — Peut fe tranfmuer en acide nitreux, felon Stahl, H, pag. 9, & M, pag. 20. Glauber croyoit à cette tranfmutation, M, page 11. M. Woulfe eft dans la même opinion, H, pag. 50. — M. Pietfch a effayé fans fuccès de le phlogiftiquer, H, pag. 72. — Expériences de M. Cornette, dont le réfultat eft qu'il n'entre aucunement dans la compofition de l'acide nitreux, H, page 82, M, pag. 11, 20. Autres preuves, d'après l'Auteur du Mémoire Nº. 13, H, pag. 131. — Se trouve uni aux bafes terreufes dans les craies des environs de la Roche-Guyon, H, page 193. — Il réfulte de la décompofition des corps organiques, M, page 81. — Explication de cette affertion, M. 81, 82. — Son mélange avec de la terre & des plantes fraîches, M, page 175. — Il eft moins nuifible à la nitrification que l'acide vitriolique, page 179. On en trouve moins dans les craies qui n'ont point été expofées à l'air, M, page 623.
Voyez SEL MARIN.

C.

DOMBEY (M.) A vu beaucoup de Salpêtre répandu fur les terres qui fervent au pâturage des beftiaux dans les environs de Lima, au Pérou, page 496.

DREUX. Les craies des côteaux voifins font propres à la formation du Salpêtre, page 570.

E.

EAU. Un certain dégré d'humidité néceffaire à la formation du Salpêtre, pages 27 & 431. — Cette humidité doit avoir des bornes & être convenablement ménagée, pages 41 & 230. — Doit pénétrer jufqu'au centre des couches, p. 240. — Trop de féchereffe eft préférable à une trop grande humectation, p. 360. — D'arrofage doit être expofée à la même température que les couches, p. 471. — Il ne pleut jamais à Lima; d'épais brouillards tiennent lieu de pluies, page 456. — Le voifinage des grandes mares contribue à la formation du Salpêtre, page 500.

EAU BOUILLANTE. Diffout beaucoup plus facilement l'alkali des cendres que la froide, H, page 191.

EAU DE FUMIER. Employée en arrofage, favorife la nitrification dans la craie, page 340.

EAU DE MER. Verfée dans des foffes fur du fumier bien gras, donne, dit-on, du Salpêtre en deux ou trois ans, H, page 37.

EAU DE MORUE ou toute efpèce de faumure, mais pourtant peu chargée de fel, peuvent fervir à la formation du Salpêtre, felon l'expérience de l'Auteur du Mémoire N°. 5, H, page 43. — Regardée comme nuifible par l'Auteur du Mémoire N°. 13, fecond Concours, à caufe de la quantité de fel marin qu'elle contient toujours, H, page 132.

EAU MERE. Obtenue des cuites, contient toujours une portion de Salpêtre, H, page 6. — On doit les employer à arrofer les terres déjà épuifées de nitre, ibid. — Avec une addition d'alkali fixe on peut les convertir toutes en Salpêtre, H, p. 19. — Contiennent quatre fels différens; l'addition d'un alkali en fait difparoître deux, & en forme un nouveau, H, p. 33. — Doivent être traitées différemment, depuis que l'on fait qu'elles décompofent le fel marin à bafe d'alkali végétal, H, p. 33. — Lorfqu'on a précipité la terre par de l'alkali, de la foude ou de la potaffe, on obtient, par évaporation, avant le nitre quadrangulaire, de vraie nitre en aiguilles; il ne faut pas en conclure, avec l'Auteur du Mémoire N°. 37, que le Salpêtre eft tout formé à bafe d'alkali fixe, H, page 96. — Décompofe le fel de Glauber, page 107. — Obfervations fur la manière de traiter les eaux mères, H, pages 175 & 176, M, p. 251, 252, 253. — En employant moins de potaffe que les Salpêtriers, p. 163, 164. — Eau mère de nitre obtenue par le leffivage des craies des roches efcarpées d'Authile, page 555. — Obtenue par le leffivage des efflorefcences blanches des craies d'Authile, page 556. — Obtenue du leffivage des craies du bas de la montagne, entre la Roche-Guyon & Authile, page 559. — Obtenue par le leffivage des murs de craies, expofés pendant quinze mois aux injures de l'air, page 560. — Obtenue par l'analyfe d'une terre qui n'eft point calcaire, page 602.

EAU RENDUE PUTRIDE par la chair des animaux. Propofée pour arrofer les couches, par l'Auteur du Mémoire N°. 22, H, p. 66. — Moyen peu difpendieux de multiplier les arrofages, ibid. & 78.

EAUX DE LESSIVE. Moyens d'en connoître le degré fans le fecours du pèfe-liqueur, page 221.

G.

H.

I. J.

L.

Ooooij

M.

N.

R.

Q q q q

U.

qui produifent un plus grand froid ; c'eft en cela, fuivant M. Rome, qu'elle eft favorable à la formation du nitre, pages 490 & 491.

V.

FIN *de la Table des Matières.*

396